U0923151

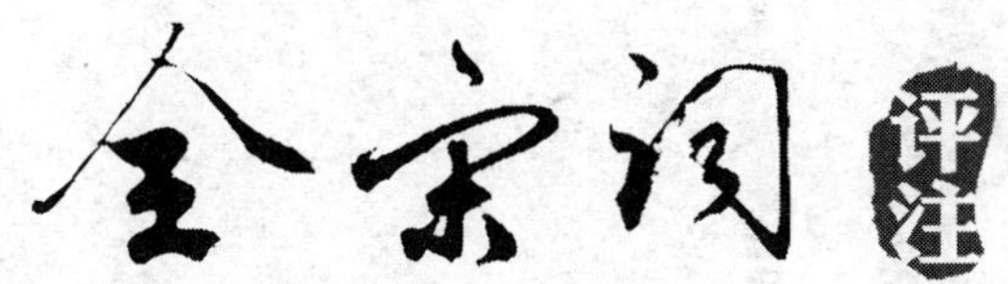

第九卷

评注者：（按编写顺序排列）

王　澍　杨梦麟　朱靖宇　徐育民

赵慧文　周笃文　龚　岚　孔凡礼

徐晋如　时　新

目　录

赵必岊

赵必岊(jié)(1228—1278),宋皇朝宗室,字次山,号云舍。理宗淳祐四年(1244),年十七,登进士第。曾任江南西路抚州(治所在今江西临川)知州。后去官家居,元兵入侵,组织兵力抵抗。失败后,避居汀州(今属福建),翌年去世。

摸鱼子

倚西风、招鸿送燕,年华今已如客。青奴一饷贪凉梦[①],昨夜酒红无力。愁似织。听鸣叶寒蝉,话到情无极。舞衣春入。叹带眼偷移[②],琴心不断,襟袖旧时窄。

红尘陌,谁寄佳人消息。任他珠网瑶瑟。金钗两鬓霓裳曲,总是浪歌闲拍。长夜笛。且慢析轻匀[③],留醉酒垆侧。烟青雾白。望残照关河,晴云楼阁,何处是秋色。

(《隐居通仪》卷九)

[注释]

①青奴:竹夫人。夏日床上用以取凉之竹器。 ②带眼偷移:形容消瘦。 ③慢析轻匀:指对乐曲的分析把握。

林自然

林自然，生卒不详。信奉道教，自号回阳子。宋理宗淳祐年间（1241—1252）在世。著有《长生指要篇》。其馀生平事迹均无考。

西江月

二十馀年访道，经游万水千山。明师未遇肯安闲，几度拈香一瓣[①]。　幸遇至人说破[②]，虚无妙用循环。工夫只在片时间，遍体神光灿烂。

[注释]

①"拈香"句：古时对人拈香一瓣为礼。　②至人：道德修养达到至高无上境界的人。

酹江月

金丹合潮候图

凿开混沌[①]，见钱塘南控，长江凝碧。今古词人图此景，谁解推原端的。岁去年来，日庚月甲，因甚无差忒[②]。如今说破，要知天地来历。　道散有一强名[③]，五行颠倒，互列乾坤历。坎水逆流朝丙户[④]，随月盈亏消息。气到中秋，金能生水，倍涌千重雪。神仙妙用，与潮没个差别。[⑤]

（以上二首见《长生指要篇》）

[注释]

①混沌：天地未分时之元气状态。　②差忒：差异。　③强名：勉强

为之定名。《老子》云:“道生一,一生二,二生三,三生万物……吾不知其名,强字之曰‘道’。” ④坎水:八卦有坎卦,象水。 丙户:五行中丙属火,故曰丙户。 ⑤原注:“赋此《酹江月》词,默合周天之数,故录潮候于右,以示同志。”

奚 淢

奚淢(hàn)，字倬然，号秋崖，里居与具体生卒年均无考。约宋理宗淳祐前后(1247)在世。工词，权相贾似道生辰设祝，曾作《钧天乐》词以献，其词为当时传诵。宋末周密《草堂诗馀》收词二首，近人赵万里辑有《秋崖词》。

念奴娇

四圣观凉堂[①]

踏破秋痕，向虚堂、细问新凉踪迹。野客从来无管领，独鹤自还空碧。红日重开，翠华曾到[②]，应恨湖光窄。游龙别后，两山依旧南北[③]。　无语野草闲花，似嗔人问，万事今非昔。古木苍烟无限意，只有吟魂知得[④]。歌舞百年，是非一醉，未必西风识。浩歌归去，满船风雨凄恻。

[注释]

①四圣观凉堂：故址在今杭州孤山顶。周密《武林旧事》卷五："西太一宫，旧四圣观园，理宗朝建。今黄庭殿，乃昔凉堂也。"　②翠华：皇帝的车驾。　③南北：即杭州西湖西北的南高峰和北高峰。　④吟魂：指诗人之魂。

长相思慢

日折霜檐，寒欺雾幕，晴枝浅弄春华。惊回绮梦[①]，独拥绫衾，腮痕微印朝霞。倦起心情，念风移霜换，依旧天涯。雁影水云斜。算相思、一点愁赊[②]。　问橘楚橙吴，旧香犹在，别后襟袖输他。琴心知未许，想钿钗、流落

谁家。怕上高楼,归思远、斜阳暮鸦。几多年、江湖浪识[3],知心只许梅花。 (以上二首见《阳春白雪》卷四)

[注释]

①绮梦:美妙的梦。 ②愁赊:愁多不尽。 ③浪识:空识,徒然结识。

声声慢

秋声淅沥,楚棹吴鞭,相逢易老颜色。桐竹鸣骚音韵[1],水云空觅。炎凉自今自古,信浮生、有谁禁得。漫回首,问黄花还念,故人犹客。 莫管红香狼藉。兰蕙冷,偏他露知霜识。木落山空心事,对秋明白。征衣暗尘易染[2],算江湖、随人宽窄[3]正无据,看寒蟾、飞上暮碧。

(《阳春白雪》卷五)

[注释]

①桐竹:琴与笛之类管弦乐器。 ②征衣:旅行人所穿的衣服。 ③随人宽窄:任人游处。

解连环

姑苏怀古

霁鬟新掠[1],正风回浪影,时摇城脚。叹天涯、春草无伦,似凝伫当时,柳颦花弱[2]。步锦珠沉[3],谩一眸、千年如昨。信龙楼凤阁,无奈都由,笑歌休却。 斜阳柳边自落。听幽禽两两,沙际停泊。道世间、多少闲愁,总输与扁舟,五湖游乐[4]。便买蓑衣,又生怕、鱼龙风恶。把从前、万事对酒,且休问著。 (《阳春白雪》卷七)

[注释]

①"霁鬟"句：喻雨后之姑苏山，美如梳洗过的女郎之娇髻。 ②柳颦花弱：暗指西施捧心颦眉事。 ③步锦：指晋代石崇、王恺以紫丝、碧绫作步障遮尘鬥富事。 ④五湖：传说范蠡灭吴后，以小舟载西施隐入五湖，不知所终。

醉蓬莱

会稽蓬莱阁怀古

又扁舟东下，水树青圆，雨榴红薄。燕子愁多，在重重帘幕。杖屟山阴[①]，而今休更问，月尖眉约[②]。双杏盟寒[③]，七香珠堕[④]，歌尘飘泊。 莫倚危阑，怨深黄竹[⑤]，一鹤归来[⑥]，乱峰飞落。笑色凌波，任雾抽烟邈。飘渺生香池冷，湘水外，片云如削。昨夜离人，游仙梦远，天风吹觉。

[注释]

①屟(xiè)：鞋子、木屐。 山阴：山阴道，在绍兴。 ②月尖：月牙。 眉约：眉弯。 ③双杏盟寒：杏林相会之约，已不能实现。 ④"七香"句：七香宝珠已经遗失。此喻情人已无踪影。 ⑤黄竹：古诗篇名。《穆天子传》卷五："日中大寒，北风雨雪，有冻人。天子作诗三章以哀民，曰：'我徂黄竹'。" ⑥一鹤归来：用丁令威事，喻人物皆非。详见《搜神后记》卷一。

永遇乐

一雁斜阳，乱蛩衰草[①]，天净秋远。独立西风，星星鬓影，疑被蘖霜染[②]。蹇修何处[③]，秋深湘水，隐约数峰青浅[④]。想而今，亭亭皓月，共谁倚阑凄惋。 瑶箱翠袭，玉奁芸剪[⑤]，暗里泪花偷溅。一日思量，十年瘦削，春色回眸减。雕鸾好在[⑥],文箫重许,罍酒试香庭苑。正销魂,馀霞散碧[⑦],暮鸦数点。

[注释]

①蛩(qióng):蟋蟀。 ②蕖:荷花。 ③蹇修:媒人。屈原《离骚》中述意,有让蹇修向宓妃申达爱慕之意的句子。后因称媒人为“蹇修”。 ④数峰青浅:本唐钱起《省试湘灵鼓瑟》“曲终人不见,江上数峰青”。 ⑤芸剪:芸,指书信,称芸笺。剪,《尔雅·释言》:“剪,齐也。” ⑥雕鸾:似为彩鸾之误。仙女吴彩鸾与书生文箫结为夫妻。见裴铏《传奇》。

宴瑶池

神仙词

紫鸾飞舞,又东华宴罢[①],归步凝碧。缥缈天风吹送处,泠泠珮声清逸。青童两两[②],争笑捻、琪花半折。羽衣寒露香披,翠幢珠辂去云疾[③]。 西真还又传帝敕[④]。霞城检校,问学仙消息。玉府高寒[⑤],有不老丹容,自然琼液。人间尘梦,应误认、烟痕雾迹。洞云依约开时,丹华飞素白。

(以上三首见《阳春白雪》卷八)

[注释]

①东华:神仙宫殿。 ②青童:仙童。 ③珠辂:饰以明珠的车子。 ④西真:西王母。 ⑤玉府:宝藏之库。

齐天乐

寿贾秋壑[①]

金飙吹净人间暑,连朝弄凉新雨。万宝功成[②],无人解得,秋入天机深处。闲中自数。几心酌乾坤[③],手斟霜露。护了山河，共看元影在银兔。　　而今神仙正好，向青空觅个，冲淡襟宇。帝念群生，如何便肯，从我乘风归去。夷游洞府。把月杼云机，教他儿女。水逸山明，此情天付与。　　　　（《齐东野语》卷十二）

[注释]

①贾秋壑，即权相贾似道。奚淢以此贡谀，在当时影响颇大。　②"万宝"句：万钉宝带，帝王以之赏立大功者。　③心酌乾坤：指为天下操劳。

芳　草

南屏晚钟①

笑湖山、纷纷歌舞，花边如梦如薰。响烟惊落日②，长桥芳草外，客愁醒。天风送远，向两山③、唤醒痴云。犹自有、迷林去鸟，不信黄昏。　　销凝。油车归后，一眉新月，独印湖心。蕊宫相答处，空岩虚谷应，猿语香林。正酣红紫梦④，便市朝、有耳谁听。怪玉兔、金乌不换，只换愁人。

[注释]

①南屏：山名。在浙江杭州，是西湖胜景之一。　②响：指回响的钟声。　③两山：即杭州西湖边的南、北高峰。　④"酣红"句：言春色万紫千红。

华胥引

中秋紫霞席上

澄空无际，一幅轻绡，素秋弄色。剪剪天风①，飞飞万里，吹净遥碧。想玉杵芒寒②，听珮环无迹。圆缺何心，有心偏向歌席。　　多少情怀，甚年年、共怜今夕。蕊宫珠殿[③]，还吟飘香秀笔。隐约霓裳声度，认紫霞楼笛[④]。独鹤归来，更无清梦成觅。　　（以上二首见《绝妙好词》卷四）

（以上奚減词十首，用赵万里辑《秋崖词》）

[注释]

①剪剪：形容风势清爽。　②玉杵：传说月中有兔，以玉杵捣长生药。③蕊宫：道家谓天上上清宫有蕊珠宫。　④紫霞：杨缵，号守斋，又号紫霞，精于词律。

存目词

刘毓盘辑《秋崖词》，有镜中人“柳烟浓、梅雨润”一首，乃无名氏作，见《花草粹编》卷四引《古今词话》。

赵闻礼

赵闻礼，生卒不详，字立之，又字粹夫，号钓月，濮县（治所在今山东鄄城临濮集）人。宋理宗淳祐中（约1247前后）在世。曾在逮德县的胥口做过征收船货税的小官。工于词章，著有《钓月轩词》，编有词选《阳春白雪》，均行于世。

玉漏迟

絮花寒食路，晴丝罥日①，绿阴吹雾。客帽欺风，愁满画船烟浦。彩柱秋千散后，怅尘锁、燕帘莺户。从间阻，梦云无准②，鬓霜如许。　夜永绣阁藏娇，记掩扇传歌，剪灯留语。月约星期③，细把花须频数。弹指一襟幽恨，谩空倩、啼鹃声诉。深院宇，黄昏杏花微雨。

[注释]

①罥：挂、牵。　②梦云：用楚王游高唐事。此句指相聚之难。　③月约星期：指与情人约会。星月互文见义。

法曲献仙音

花匣么弦，象奁双陆①，旧日留欢情意。梦别银屏，恨裁兰烛，香篝夜闲鸳被。料燕子重来地，桐阴琐窗绮。
倦梳洗。晕芳钿、自羞鸳镜，罗袖冷，烟柳画阑半倚。浅雨压荼蘼，指东风、芳事馀几。院落黄昏，怕春莺、惊笑憔悴。倩柔红约定②，唤取玉箫同醉。③

[注释]

①双陆:古代的博戏之具。 ②柔红:娇柔的红花。 ③唐氏按:上阙《绝妙好词》卷四引作娄采词。又误入祠堂本《白石词》。

[集评]

况周颐云:"前段……'双陆''陆'字,'旧日''日'字。后段'院落''落'字,并入声是也。守律若是谨严,自是白石家法。"(《蕙风词话续编》卷二)

瑞鹤仙

客边情味恶,花漏远、春静风鸣风铎[①]。空梁燕泥落,映柔红微罥,海棠帘箔。愁钟恨角,怕催人、黄昏索寞。拥吟袍、凭暖阑干,醉怯冷香罗薄。 阿鹊[②]。幽芳月淡,紫曲云昏[③],有人说著。名缰易缚,归鞭杳,误期约。记金泥卜昼[④],银屏娱夜,弹指匆匆恨错。为情多、挽尽芳春,带围瘦觉。

[注释]

①花漏远:更漏声来自遥远的花间。 风铎:做成风形的风铃。 ②阿鹊:打喷嚏声。 ③紫曲:同"紫陌",京师郊野之路。 ④金泥卜昼:指白天在朝中公干,如用金泥封书等。

瑞鹤仙

立 春

冻痕消梦草,又招得春归,旧家池沼。园扉掩寒峭,倩谁将花信,偏传深窈。追游趁早,便裁却、春衫短帽。任残梅、飞满溪桥,和月醉眠清晓。 年少。青丝纤手[①]，彩胜娇鬟[②]，赋情谁表。南楼信杳[③]，江云重，雁归少。记冲香嘶马，流红回岸，几度绿杨残照。想暗黄、依旧东风，灞陵古道。

[注释]

①青丝：乌鬓。 纤手：纤细的手指。 ②彩胜：头上的花饰。 ③南楼：故址在今湖北鄂州市南。也叫玩月楼。《世说新语·容止》：庾太尉（亮）秋约殷浩等登南楼吟咏。后南楼指好友欢聚游赏之地。

好事近

人去绿屏闲，逗晓柳丝风急。帘外杏花微雨，罥春红愁湿。 单衣催赐麹尘罗[①]，中酒病无力[②]。应是绣床慵困，倚秋千斜立。[③] （以上五首见《阳春白雪》卷五）

[注释]

①麹尘：酒麹。 ②中（zhòng）酒：醉酒。 ③唐氏按：上两阕《绝妙好词》卷四引作楼采词。《阳春白雪》乃闻礼自辑，殆无以他作误作已作之理。

好事近

小枕梦催闲，飞雨时鸣高屋。挂起西窗人静，听春禽声续。 鸭塘溪绿涨轻痕，烟柳媚新绿。谁伴瘦筇尊酒[①]，弄岩泉飞瀑。

[注释]

①瘦筇（qióng）：细竹杖。

鱼游春水

青楼临远水，楼上东风飞燕子。玉钩珠箔，密密锁红藏翠。剪胜裁幡春日戏，簇柳簪梅元夜醉[①]。闲忆旧欢，暗弹新泪。　　罗帕啼痕未洗，愁见同心双凤翅。长安十日轻寒，春衫未试。过尽征鸿知几许，不寄萧娘书一纸[②]。愁肠断也，那人知未。　　（《阳春白雪》卷八）

［注释］

①簇柳簪梅：指元宵节女子们头上戴玉梅、雪柳等饰品。　②"不寄"句：萧娘与"萧郎"相对而言，称慕恋年轻的女子。唐杨巨源《崔娘》诗："肠断萧娘一纸书。"

千秋岁

莺啼晴昼，南国春如绣。飞絮眼，凭阑袖。日长花片落，睡起眉山鬥[①]。无个事[②]，沉烟一缕腾金兽[③]。　　千里空回首，两地厌厌瘦[④]。春去也，归来否。五更楼外月，双燕门前柳。人不见，秋千院落清明后。

［注释］

①眉山：形容女子的眉秀如远山。　②无个事：无聊。　③金兽：兽形铜炉。　④厌厌：指气息微弱，倦怠。

［集评］

陈廷焯云："赵闻礼《阳春白雪》八卷，颇能撷两宋人之精。而杂入游词亦不少，未能尽善也。"（《白雨斋词话》卷七）

风入松

麴尘风雨乱春晴[①]，花重寒轻。珠帘卷上还重下，怕东风、吹散歌声。棋倦杯频昼永，粉香花艳清明。　十分无处著闲情，来觅娉婷。蔷薇误罥寻春袖，倩柔荑[②]、为补香痕。苦恨啼鹃惊梦，何时剪烛重盟。

[注释]

①麴尘：天色淡黄曰麴尘。　②柔荑：茅草的地下根茎色白柔软，用以形容女子手指纤长白皙。

[集评]

陆辅之云："警句。"（"珠帘卷起还重下，怕东风吹散歌声。"赵钧月《风入松》。按："起"一作"上"。）（《词旨》下）

王闿运云："《风入松》：'麴尘风雨乱春晴'。篾片语，亦自佳。"（《湘绮楼评词》）

水龙吟

水仙花

几年埋玉蓝田，绿云翠水烘春暖。衣薰麝馥，袜罗尘沁，凌波步浅。钿碧搔头，腻黄冰脑[①]，参差难剪。乍声沉素瑟，天风佩冷，蹁跹舞、霓裳遍。　湘浦盈盈月满，抱相思、夜寒肠断。含香有恨，招魂无路，瑶琴写怨。幽韵凄凉，暮江空渺，数峰清远。粲迎风一笑，持花酹酒[②]，结南枝伴[③]。

（《绝妙好词》卷四）

[注释]

①腻黄冰脑：此言水仙花心色黄而香，如冰脑之腻香可爱。　②酹

酒:把酒倒在地上祭奠。 ③南枝:此指早开的梅花。

隔浦莲近

愁红飞眩醉眼,日淡芭蕉卷。帐掩屏香润,杨花扑、春云暖。啼鸟惊梦远,芳心乱,照影收奁晚。 画眉懒,微醒带困,离情中酒相半①。裙腰粉瘦,怕按六么歌板②。帘卷层楼探旧燕,肠断,花枝和闷重捻。

[注释]

①中酒:病酒。 ②六么:唐时琵琶曲名,也叫“绿腰”、“录要”等名称。

贺新郎

萤

池馆收新雨。耿幽丛、流光几点,半侵疏户。入夜凉风吹不灭,冷焰微茫暗度。碎影落、仙盘秋露①。漏断长门空照泪,袖纱寒、映竹无心顾。孤枕掩,残灯炷。 练囊不照诗人苦②。夜沉沉、拍手相亲,骙儿痴女③。栏外扑来罗扇小④,谁在风廊笑语。竞戏踏、金钗双股。故苑荒凉悲旧赏,怅寒芜、衰草隋宫路。同磷火,遍秋圃。

(以上五首见《绝妙好词》卷四)

[注释]

①仙盘秋露:指汉宫的金铜仙人承露盘。 ②练囊:晋车胤好学,家贫不常得油,用练囊盛萤火夜间照读书 。见《续晋阳秋》。 唐氏按:当作“练囊”。练:粗丝布。 ③骙(ái)儿痴女:天真无邪的少男少女。④“栏外”句:本唐杜牧《秋夕》诗句“轻罗小扇扑流萤”。

[集评]

沈雄云："闻礼字立之，于南宋播迁之后，而词章饶有北宋风味。在诸选中亦一二仅见者。《千秋岁》，《风入松》，与《水龙吟》之咏水仙，《贺新郎》之咏萤火，犹可被诸管弦也。"《古今词话·词评》卷上）。

谒金门

人病酒，生怕日高催绣。昨夜新翻花样瘦，旋描双蝶凑。　慵凭绣床呵手，却说新愁还又。门外东风吹绽柳，海棠花厮勾①。

[注释]

①厮勾：互相接近。

踏莎行

照眼菱花，剪情菰叶①，梦云吹散无踪迹②。听郎言语识郎心，当时一点谁消得。　柳暗花明，萤飞月黑，临窗滴泪研残墨。合欢带上旧题诗，如今化作相思碧。

（以上二首见《浩然斋雅谈》卷下）

（以上赵闻礼词十四首，用赵万里辑《钓月词》）

[注释]

①菰：俗称茭白。　②梦云：用楚王梦巫山神女事，指男女之情。

[集评]

周密云："《谒金门》：'人病酒，生怕日高催绣。昨夜新翻花样瘦，旋描双蝶凑。　慵凭绣床呵手，却说新愁还又。门外东风吹绽柳，海棠花厮勾。'《踏莎行》云：'照眼菱花，剪情菰叶，梦云吹散无踪迹。听郎言语识郎心，当时一点谁消得。　柳暗花明，萤飞月黑，临窗滴泪研残墨。

合欢带上旧题诗,如今化作相思碧。'此二词并见赵闻礼《钓月集》。然集中大半皆楼君亮,施仲山所作,安知非他人者。"(《浩然斋词话》)

存目词

调名	首句	出处	附注
风入松	昔年心醉杜韦娘	《钓月词》	侯寘作,见《孏窟词》

叶　阊

叶阊，生卒不详，字史君，号秋台，又号直庵，金华人。咸淳间，守南康。元军至，迎降。

摸鱼儿

倚薰风[①]、画阑亭午[②]，采莲柔橹如语[③]。红裙溅水鸳鸯湿，几度云朝雨暮。游冶处，最好是、小桥芳树寻幽趣。绣帘低护。任凉入霜纨，月侵冰簟[④]，长夏等闲度。

都如梦，怅望游仙旧侣。遗踪今在何许。愁予渺渺潇湘[⑤]浦，槛竹空敲朱户。黯无绪，念多情文园[⑥]，曾草长门赋[⑦]。酒酣自舞。笑满袖缁尘[⑧]，数茎霜鬓，羞杀照溪鹭[⑨]。

（《阳春白雪》卷五）

[注释]

①薰风：指夏季暖风。　②亭午：中午。　③柔橹如语：橹声轻柔，有如人语。　④冰簟（diàn）：竹席。温庭筠《瑶瑟怨》："冰簟银床梦不成，碧天如水夜云轻。"　⑤潇湘：原指潇水和湘水，后多泛指情人所思之处。⑥文园：代指司马相如。《史记·司马相如列传》载，相如拜为孝文园令。⑦长门赋句：长门，原汉宫名。武帝时陈皇后失宠，退居长门宫。曾奉千金请司马相如为作《长门赋》，以悟主上，陈皇后复得亲幸。后人多以此典故喻失意之态。　⑧缁尘：原指黑色的尘土。常以喻世尘的垢污。⑨"羞杀"句：意谓鬓如霜雪，连照溪的白鹭也会羞愧弗如。

杜良臣

杜良臣,生卒不详,字子卿,豫章(今江西南昌)士人。善小篆。

三姝媚

花浮深岸树。迎就曦窗影,细触游尘①。映叶青梅②,记共折南枝,又及尝新。驻屐危亭③,烟墅杳、风物撩人。虹外斜阳留晚,莺边落絮催春。　心事应辜桃叶④,但自把新诗,遍写修筠⑤。恨满芳洲 ,倩晚风吹梦,暗逐江云。慢捻轻拢⑥,幽思切、清音谁闻。谩有鸳鸯结带,双垂绣巾。

(《阳春白雪》卷六)

[注释]

①"游尘"句:指晨光里飘浮在空间里的细微尘埃。　②"青梅"句:古有把青梅摘下抛来抛去的游戏。后人常以比喻小儿女相悦之事。李白《长干行》:"郎骑竹马来,绕床弄青梅。"　③驻屐危亭:据说屐是南朝宋诗人谢灵运游山时特制的一种木头鞋,下面有齿。上山时去掉前齿,下山时去后齿,以免身体倾斜。驻屐,犹言驻足。　④桃叶:桃叶本是晋王子敬之妾,后常作情侣之代称。《乐府诗集》卷四十五《桃叶歌》:"桃叶映红花,无风自阿袅。"　⑤修筠:即修竹。　⑥慢捻轻拢:指弹拨琴弦。白居易《琵琶行》诗:"轻拢慢捻抹复挑,初为霓裳后六么。"

曹　邍

曹邍(yuán)，生卒不详，字择可，号松山，贾似道客。南宋末年为御前应制，工诗词。《宋诗记事》辑其诗二首，风格浑朴苍凉。《阳春白雪》收其词六首，赵万里辑有《松山词》，其词风典雅清绝，自成一格。

齐天乐

和翁时可悼故姬①

翠箫声断青鸾翼②，心期破钗谁表③。夜烛银屏，春风粉袖，犹记琵琶斜抱。瑶池路杳④。恨巫女回云⑤，月娥沉照⑥。谩说蓬莱，玉环花貌梦难到⑦。　岩花亭院乍冷，更蛩吟风碎，鸿飞烟渺。绿玉弹棋⑧，红牙按拍，乐事欢情终少。刘郎未老⑨。要鬓翼堆玄，腕酥凝皓。莫忘香荐，绿罗裙带草。

[注释]

①翁时可：即翁元龙，为吴文英亲兄弟，工词 。　悼故姬：悼其亡妾之作。　②青鸾：即青鸟。为西王母的信使。李商隐《无题》："蓬山此去无多路，青鸟殷勤为探看。"　③"破钗"句：喻情侣生离死别。化用白居易《长恨歌》"钗留一股合一扇，钗擘黄金合分钿"。　④瑶池：传说为西王母所居仙境，有时也代称西王母。见《拾遗记》。　⑤巫女：指巫山神女。　⑥月娥：即月中嫦娥。　⑦"谩说蓬莱"二句：蓬莱即传说中的三神山之一。玉环即杨贵妃。据《太真外传》载，杨玉环在天宝初年册封贵妃。安禄山反时，随帝西迁，至马嵬坡，缢死祠下。后来临邛道士在蓬莱山又找到了她。　⑧弹棋：古代棋类游戏。王涯《宫词》："白晚移灯向银簟，丛丛绿鬓坐弹棋。"　⑨"刘郎未老"句：指刘晨采药遇仙事，这是作者以刘郎自喻，谓其所思者仙乡阻隔，消息难通。

瑞鹤仙

炉烟销篆碧[①],对院落秋千,昼永人寂。浓春透花骨,正长红小白[②],晕香涂色。铜驼巷陌[③],想游丝[④]、飞絮无力。念绣窗、深锁红鸾,虚度禁烟寒食[⑤]。 空忆。象床沉水,凤枕屏山,殢欢尤惜[⑥]。粉香狼藉,海棠下、东风急。自秦台箫咽[⑦],汉皋珮冷[⑧],断雨零云难觅[⑨]。但杏梁、双燕归来,似曾旧识[⑩]。(以上二首见《阳春白雪》卷七)

[注释]

①“炉烟”句:言炉中烟气飘升,形如篆字。 ②“长红小白”句:言草树的花开得红红白白,十分艳丽,有如美女的腮颊。典出李贺《南园诗》“花枝草蔓眼中开,小白长红越女腮”。 ③铜驼巷陌:铜驼巷原为洛阳街名,市场繁华,妓女聚居,风流少年多来往于此。骆宾王诗云:“金谷园中花几色,铜驼路上柳千条。”后来,常以比喻情人居所或儿女相爱处。 ④游丝:虫类所吐之丝,飞扬空际。 ⑤“禁烟寒食”句:寒食,指清明前一天(或两天),为纪念介子推焚死,禁火生食。这一天又常是古人踏青春游的日子。故有“虚度”之叹。 ⑥殢欢尤惜:极言贪恋欢情。殢,困倦貌。 ⑦秦台箫咽:此处化用李白《忆秦娥》句“箫声咽,秦娥梦断秦楼月”。秦台即凤台,旧传为萧史夫妇所居之所。 ⑧汉皋珮冷:典出《文选·张衡〈南都赋〉》李善注引《韩诗外传》,“郑交甫将南适,遵彼汉皋台下,乃遇二女佩两珠,大如荆鸡之卵。”后二女解佩相赠。此句与“秦台箫咽”意近,均喻与其所爱女子别离。 ⑨断雨零云:喻指已经断绝恋情。毛滂《惜分飞》:“断雨残云无意绪。” ⑩“双燕归来”句:化用晏殊《浣溪沙》“无可奈何花落去,似曾相识燕归来”。意谓将来或有重见的一天。

兰陵王

雨中登龟溪乾元寺阁赋[①]

杏花圻[②],烟柳藏鸦翠陌。苏堤上[③]、人正踏青,嫩草茸茸衬罗袜。游丝挂晴塔，十里酣红艳白。秋千外，娇靥笑春[4]，一片笙箫绮霞碧。　阿香妒倾国[5]。把镜日深奁，丝雨愁织。崇桃积李无颜色。但蝶粉香渍，燕泥芹冷，紫钱芳晕翳宝瑟。怅还近寒食。　岑寂，恨无极。更酒驿孤烟，棋院长日。梨花满地春狼藉。望凤阙[6]波渺，燕楼云隔[7]。凭阑干晚，吟袖湿，但笑拍[8]。

[注释]

①龟溪：据《德清县志》记载，"龟溪古名孔愉泽，即余不溪之上流。昔孔愉见渔者得白龟于溪上，买而放之。"因而得名。　②坼（chè）：裂开。指杏花开放。　③苏堤：原指杭州西湖的苏轼任刺史时所筑之堤，后泛指游览佳处。　④娇靥（yè）：指女子脸腮上娇美的靥涡。　⑤阿香：传说中的雷车女神，后人常因遇雨而怨阿香。李曾伯《贺新凉》："应为犁锄机杼懒，天遣阿香推磨。"阿香事详见晋陶潜《搜神后记》卷五。　⑥凤阙：原为汉宫名，后泛指宫殿朝廷。　⑦燕楼：即燕子楼。楼在今江苏徐州市，本唐名伎盼盼守节所居之处。后人常以喻佳人寡居。苏轼《永遇乐》："燕子楼空，佳人何在，空锁楼中燕。"　⑧"凭阑干"三句：化用辛弃疾《水龙吟》"落日楼头，断鸿声里，江南游子。把吴钩看了，阑干拍遍，无人会登临意"词意。

玲珑四犯

被召赋荼蘼[1]

一架幽芳[2]，自过了梅花，独占清绝[3]。露叶檀心，香满万条晴雪。肌素净洗铅华[4]，似弄玉[5]、乍离瑶阙。看翠蛟、白凤飞舞，不管暮烟啼鴂[6]。　酒中风格天然别[7]。记唐宫、赐樽芳冽[8]。玉蕤唤得馀春住，犹醉迷飞蝶。天气乍雨乍晴，长是伴、牡丹时节。夜散琼楼宴，金铺深掩[9]，一庭香月。　（以上二首见《阳春白雪》卷八）

[注释]

①荼蘼:花名,俗称"佛见笑",蔷薇科落花灌木。春末夏初开花,花白色,重瓣不结实。　②"一架幽芳"句:幽芳,言荼蘼花香幽微。因其枝条细长,需搭架护持,故言一架。　③"过了梅花"句:"古代有二十四番花信之说,梅花最早,楝花最迟,荼蘼和牡丹分别排在后面。故称"过了梅花,独占清绝"。参宋大昌《演繁露·花信风》。　④铅华:曹植《洛神赋》"芳泽无加,铅华不御"。李善注:"铅华,粉也。"　⑤"弄玉"句:据刘向《列仙传》记载,弄玉为春秋时秦穆公之爱女,善吹箫,与萧史同乘鸾凤飞天。这里以弄玉喻荼蘼花色洁白如玉。　⑥啼鴂(jué)":杜鹃。屈原《离骚》:"恐鹈鴂之先鸣号,使百花为之不芳。"　⑦"酒中风格"句:荼蘼不仅是花名,也是酒名(通酴醾酒)。　⑧"赐樽芳冽"句:按唐无名氏《辇下岁时记》载,"唐宫赐宰臣以下酴醾酒"。　⑨金铺:原指古代豪华建筑物门上的金属底座,这里指宫门。

[集评]

张德瀛云:"曹择可有荼蘼应制词,宋退翁有梅花应制词,康伯可有元夕应制词。与唐初沈宋以诗相夸耀者相颉颃焉。风气之宗尚如此。"(《词徵》卷五)

惜馀妍

被召赋二色木香[①]

同根异色,看镂玉雕檀,芳艳如簇。秀叶玲珑,嫩条下垂修绿。禁华深锁清妍,香满架、风梳露浴。轻盈,便似觉、酴醾格调粗俗[②]。　蜂黄间涂蝶粉[③],疑旧日二乔[④],各样妆束。费却春工[⑤],鬥合靓芳秾馥。翠华临槛清赏,飞凤罕休辞醉玉[⑥]。晴昼,镇贮春[⑦]、瑶台金屋[⑧]。

[注释]

①木香:花木名,蔷薇科蔓生植物,叶为羽状复叶,初夏开小花,花色

白或淡黄，香浓而甜。名见《花镜》。 ②酴醿：通“荼蘼”。 ③蜂黄间涂蝶粉：意指木香花一株二色，黄白相间。 ④二乔：此处以人托物，极言花色娇艳。典出《三国志·吴书·周瑜传》，“时得桥公两女，皆国色也。策（指孙策）自纳大桥，瑜纳小桥。”《两汉书疏证》：桥公即乔玄。 ⑤春工：指春天使万物生长的作用。 ⑥凤斝（jiǎ）：古代的一种酒器。飞凤斝就是举杯豪饮之意。 ⑦镇贮春：镇即镇日，整日。贮春，指禁苑里积藏着春意。 ⑧瑶台：本指美玉砌成的楼台，是古人想象中的神仙居处。李白《清平调》：“若非群玉山头见，会向瑶台月下逢。” 金屋：据《汉武故事》记载，汉武幼时长公主曾指其女问他：“阿娇好否？”于是乃笑对曰：“若得阿娇作妇，当作金屋贮之也。“此处瑶台、金屋皆豪华屋宇。

宴山亭

被召赋玉绣球①

香月玲珑，柔风镂刻②，嫩绿枝头圆腻。绯桃院宇，絮柳池塘，独立万红尘外。戏舞千团，讶粉羽、留连春媚。非是。看滚雪抛琼，镜鸾相倚。　唐昌仙观风流③，有霞洞藏花，绀鬟玉蕊④。雕阑占赏，禁苑承恩，难比太平瑶卉。遍插金瓶，更移近、宝猊烟翠⑤。堪爱。只少个、鸳鸯绣带。

（以上二首见《阳春白雪外集》）

［注释］

①玉绣球：俗称八仙花。《花镜》云：“八仙花即绣球，因其一蒂八蕊，簇成一朵故名。”属虎耳草科，落叶小灌木，茎高四五尺，叶平滑，形椭圆，七、八月顷开花。 ②镂刻：雕刻。 ③唐昌仙观：指唐昌宫（观）。唐康骈《剧谈录》载二：“上都安禁坊唐昌观旧有玉蕊花，其花每发，若瑶林琼树。元和中，春物方盛，车马寻玩者相继。忽一日，有女子年可十七八，端丽无比，既下马，直过花所，望之已在半空，方悟神仙来游。” ④绀（gàn）鬟：形容花形如同古代妇女之髮髻。 绀：红青色。 ⑤宝猊（ní）：指狻猊，古代传说中的一种猛兽。此指猊形香炉。

郑雪岩

郑雪岩,生卒不详,即郑霖,字景说,号雪岩,宁海(今属浙江)人。淳祐八年(1248)知平江府事,卒年七十二。著有《中庸讲义》等。

水调歌头

甲辰皖山寄治中秋招客

甫营亭子小[①],花柳斩新栽。衰翁馀暇[②],何妨领客少徘徊。堪叹人生离合,恰似燕莺来往,光景暗中催[③]。芦荻晚风起,明月满沙堆。　　去年秋,如此夜,有谁陪。欲挽天河无路[④],满眼总尘埃。未了痴儿官事[⑤],行止从来难定,又趣到苏台[⑥]。不作别离句,共醉十分杯。

(《阳春白雪外集》)

[注释]

①"甫营"句:指小亭子刚刚营建。甫,始也。　②衰翁:作者自谓。③光景:犹言光阴。　④"欲挽天河"句:慨叹形势乖忤,个人回天无力。⑤痴儿官事:按《晋书·傅咸传》中有"生子痴,了官事"之说。又按宋黄庭坚《登快阁》诗云"痴儿了却公家事,快阁东西倚晚晴"。原意是说只有生了痴儿才能了却官事,避免为官为吏。　⑥苏台:原指姑苏台,在苏州,吴王阖闾所建。

赵汝茪

赵汝茪，生卒不详，字参晦，号霞山，又号退斋。宋宗室，商王元份七世孙。南宋光宗、宁宗间人。工词，存词九首，散见于《阳春白雪》、《绝妙好词》。后人赵万里辑为《退斋词》。题材多写闺中相思，长于抒情。

清平乐

锦屏香褪，寒隐轻衫嫩[①]。燕子护泥飞不稳[②]，庭掩百花难认。　双双绣带微风，海棠此夜帘栊[③]。愁损一番寒食[④]，小窗淡月残红。　（《阳春白雪》卷四）

［注释］

①"寒隐轻衫"句：犹言着春衫而感微寒。　②"燕子护泥"句：燕子唧泥筑巢，常喻新人成家。　③"海棠"句：唐玄宗曾以"海棠睡未足"比喻杨贵妃醉态，这是借以比喻帘栊中的美人。　④"愁损"句：意谓愁绪难禁，白白地损失了一次寒食踏青的机会。

恋绣衾

柳丝空有千万条[①]，系不住、溪头画桡[②]。想今宵、也对新月，过轻寒、何处小桥。　玉箫台榭春多少，溜啼红[③]、脸霞未消。怪别来、胭脂慵傅，被东风、偷在杏梢。

［注释］

①"柳丝"句：古人送别常折柳为赠，故有柳系离情之说。　②画桡：曲木为桡，此指画船上的船桨。　③"溜啼红"句：古代称离人的眼泪为红泪。按《拾遗记》载："薛灵芸闻别父母，唏欷累日，泪下沾衣，至升车就路

之时,以玉唾壶承泪,壶则红色,既发常山,及至京师,壶中泪凝如血。”

[**集评**]

王闿运云:“初见杏花,情思入妙。”(《湘绮楼选绝妙好词》)

杨梦麟云:“‘怪别来’句,以杏花喻人,‘东风偷’句兼容春意与别情,颇俏。”

浣溪沙

笑摘青梅傍绮疏[①],数枝花影漾前除[②]。太湖石畔看金鱼[③]。　笋指晓寒慵出袖[④],翠鬟春懒不成梳。为君缝狭绣罗襦[⑤]。 (以上二首见《阳春白雪》卷六)

[**注释**]

①绮疏:即绮窗。 ②前除:又称庭除,指庭前台阶。温庭筠《菩萨蛮》之十四:“竹风轻动庭除冷,珠帘月上玲珑影。” ③太湖石:《扬州画舫录》云,“太湖石乃太湖中石骨,浪激波涤,年久孔官自生。按石以皱、瘦、透为贵。” ④笋指:犹言女子纤指白嫩,如幼笋。 ⑤绣罗襦:指用绫罗裁制的短衣,也泛指华美服饰。温庭筠《菩萨蛮》之一:“新帖绣罗襦,双双金鹧鸪。”

[**集评**]

杨梦麟云:“‘为君缝狭’句,不著一‘瘦’字,而以衣带渐宽需要改缝作反衬,堪称佳构。正所谓:衣带渐宽终不悔,为伊消得人憔悴。”

梅花引

对花时节不曾忺[①],见花残,任花残。小约帘栊,一面受春寒。题破玉笺双喜鹊[②],香烬冷,绕银屏,浑是山[③]。

待眠,未眠。事万千,也问天,也恨天。髻儿半偏[④]。

绣裙儿、宽了还宽。自取红毡，重坐暖金船[⑤]。惟有月知君去处，今夜月，照秦楼[⑥]，第几间。

［注释］

①忺（xiān）：惬意，高兴。林逋《杂兴诗》："散帙挥毫总不忺。" ②题破玉笺：题破，就是题写。玉笺，指白色笺纸，供题写诗词信札之用。 ③浑是山：全是山。意谓心念游子，视银屏若关山。 ④髻儿半偏：髻儿，指女子髮髻。 ⑤暖金船：温酒。金船，酒盏之别称。 ⑥"照秦楼"句：臆想情侣今宵不知借宿何处。

摘红英

东风冽，红梅拆[①]，画帘几片飞来雪[②]。银屏悄，罗裙小，一点相思，满塘春草。　　空愁切，何年彻，不归也合分明说。长安道，箫声闹，去时骢马[③]，谁家系了[④]。

［注释］

①拆：开了。 ②飞来雪：指梅花飘落如同雪片。 ③骢马：指青白色的马，亦称青骢马。 ④谁家系了：担心游子羁旅不归，另有所爱。

梦江南

帘不卷，细雨熟樱桃。数点霁霞山又晚[①]，一痕凉月酒初消，风紧絮花高[②]。　　闲处少[③]，磨尽少年豪[④]。昨梦醉来骑白鹿[⑤]，满湖春水段家桥[⑥]，濯髮听吹箫[⑦]。

［注释］

①霁霞：雨止后的彩云。 ②絮花：指春季的柳絮杨花。 ③闲处少：言生活维艰，很少有闲暇时候。 ④少年豪：指青少年时代的朝气。 ⑤骑白鹿：古人认为骑白鹿为仙人之举，句含归隐之意。 ⑥段家桥：即

断桥,本名宝祐桥,在杭州孤山边。 ⑦濯髮:犹言濯缨。高洁之意。

谒金门

羞说起,嚼破白桃花蕊。人在夕阳深巷里,燕儿来也未。 一样半红半紫,双凤同心结子[1]。分在郎边郎不记,为郎今拆碎。 (以上四首见《阳春白雪》卷七)

[注释]

①同心结子:即同心结。古代常以锦带绾为连环回文式,每用以表相爱之意,因美其名曰:同心结。梁武帝诗:“腰间双绮带,梦为同心结。”

如梦令

小砑红菱笺纸[1],一字一行春泪[2]。封了更亲题,题了又还坼起[3]。归未,归未,好个瘦人天气[4]。

[注释]

①砑(yà):碾平,使之光。 ②春泪:此指女儿相思之泪。 ③坼(chè):分开。 ④瘦人天气:“瘦”字为使动用法,意谓天气使人消瘦。

[集评]

杨梦麟云:“此小令言简而意丰,有两绝妙处,令人击掌。其一‘封了更新题,题了又还坼起’,写尽人之心绪。其二为篇末结句,不尤人而怨天,意味隽永深长。”

汉宫春

著破荷衣[1],笑西风吹我,又落西湖。湖间旧时饮者,今与谁俱。山山映带,似携来、画卷重舒。三十里、芙蓉步障[②]，依然红翠相扶。　　一目清无留处，任屋浮天上[③]，身集空虚。残烧夕阳过雁[④]，点点疏疏。故人老大，好襟怀、消减全无。慢赢得、秋声两耳，冷泉亭下骑驴[⑤]。

（以上二首见《绝妙好词》卷三）

[注释]

①“著破荷衣”句：荷衣，典出屈原《离骚》诗句“制芰荷以为衣兮，集芙蓉以为裳”。后人多以指隐者的服装。作者是以着破荷衣的隐者自居。②“芙蓉步障”句：芙蓉指荷花，步障即屏障，这里喻荷花为屏幕。　③“屋浮天上”句：屋浮，这里当与杜甫《登岳阳楼》“乾坤日夜浮”意近，点缀对南宋末期时局动荡的感受。　④“残烧夕阳”句：化用白居易《秋思》诗句“夕阳红于烧”，以宣泄内心的忧愤与焦虑。　⑤冷泉亭：在杭州灵隐寺飞来峰下，亭在冷泉上，故而得名。详见《白氏长庆集》卷二十六《冷泉亭记》。

[集评]

况周颐云：（指“故人”以下几句）“以清丽之笔作淡语，便似冰壶濯魄，玉骨横秋，绮纨粉黛，回眸无色。”（《蕙风词话》卷五）

存目词

刘毓盘辑本《退斋词》有《金缕曲·忆鹤》“碧藓黏溪路”一首，乃刘之才作，见宛委别藏本及清吟阁本《阳春白雪》卷七。

谭宣子

谭宣子,字明之,号在庵。里居及生卒年月均不详,约宋理宗淳祐前后在世。工词。作品散见于《花草粹编》、《绝妙好词》诸书中。

摸鱼儿

怀云崖陈乘车东甫,时游湘潭

掩朱弦、住听金缕[①],天涯同是羁旅。多情记把香罗袖[②],残粉半黏荆树。还信否,便忍道、石台暗寂春无主。分明间阻。那睡鸭嘘云[③],翔鸳溜月,此际更休语。

人间世,谁识缄愁最苦[④]。轻帆重解烟雨。而今翻笑周郎误,挑剔寒缸寻谱[⑤]。游倦处,果因甚,亭亭瘦影如前度。无由寄与。待谢却梅花,东风为我,吹梦过淮浦。

[注释]

①金缕:即《金缕曲》,词调名,亦名《贺新郎》。 ②把袖:义同执袂,分别时依依之状。 ③睡鸭:卧鸭状的熏炉。嘘云,形容从熏炉中袅袅上升的白色香烟。 ④缄(jiān)愁:寄书与人,言相思之苦。 ⑤寒缸:寒灯。“缸”通“釭”。

西窗烛[①]

雨霁江行自度

春江骤涨,晓陌微干,断云如梦相逐。料应怪我频来去,似千里迢遥,伤心极目。为楚腰[②]、惯舞东风,芳草萋萋衬绿。 燕飞独。知是谁家,箫声多事,吹咽寻常怨曲。尽教衿袖香泥涴,君不见、扬州三生杜牧[③]。待泪华、暗落铜盘，甚夜西窗剪烛。

［注释］

①西窗烛：唐李商隐《夜雨寄北》诗写对室人忆念之情，有句云“何当共剪西窗烛”。　②楚腰：典出《韩非子·二柄》“楚灵王好细腰，而国中多饿人”。后人因以“楚腰”泛指女子的细腰。此处又借喻细长的柳条。③“扬州”句：唐杜牧，生平不拘行检，佐牛僧孺幕于扬州时，常出入娼家。后分预洛阳时，追念昔游，作《遣怀》诗。有句云“十年一觉扬州梦，赢得青楼薄幸名”。　三生：谓往事，恍如隔世。

侧　犯

素秋渐爽，倚香曲枕情依旧。怀袖，浸数尺湘漪、簟纹皱。悲欢尽梦里，玉骨从消瘦。空又，思太液芙蓉未央柳[①]。　翔凤何在，乐府传孤奏。人病酒，有鸳鸯双字倩谁绣。拜月西楼，几声滴漏。应恐纨洁[②]，已疏郎手。

［注释］

①“思太液”句：本唐白居易《长恨歌》“归来池苑皆依旧，太液芙蓉未央柳”。以太液池中的荷花，喻女子的面庞；以未央宫外章台周围的柳叶，喻女子的眉。　②纨洁：白色细绢，此处指以白色细绢做成的团扇，又转喻为色衰爱弛的女子。

春声碎

南浦送别自度腔

津馆贮轻寒[①]，脉脉离情如水。东风不管，垂杨无力，总雨颦烟寐。栏干外。怕春燕掠天，疏鼓叠、春声碎。
刘郎易憔悴，况是恹恹病起。蛮笺漫展[②]，便写就新词，倩谁将寄。当此际。浑似梦峡啼湘[③]，一寸相思千里。

[注释]

①津馆:渡头驿舍。 ②蛮笺:蜀中所产的彩纸。 ③梦峡:指楚王于高唐之馆梦中与神女会的故事。啼湘:指舜崩于苍梧之野,二妃泣于湘上,泪滴竹成斑的故事。

长相思

去路遥,归路遥。灯月光中立小桥,魂萦紫玉箫。
风萧萧,雨萧萧。此夜相思空寂寥,梅花落丽谯[①]。

[注释]

①梅花落:古横吹曲名。此处喻称箫声。 丽谯:壮丽的城楼。

长相思

净亭亭[①],步盈盈[②]。蝉影明绡傅体轻[③],水边无限情。
翠尊倾,翠鬟倾。归去如何睡得成,西风吹酒醒。

[注释]

①亭亭:本宋周敦颐《爱莲说》"亭亭净植"。此以出水芙蕖喻所思女子体态优美。 ②盈盈:古诗《陌上桑》"盈盈公府步"。此以赞美所思女子行走姿势美好。 ③蝉影明绡:薄如蝉翼的纱绸。

谒金门

银漏滴,午夜平康巷陌[①]。双掩兽镮人语寂,馀香无处觅。 回首旧游踪迹,绀碧染衣犹湿[②]。一饷沉吟谁会得,月明春店笛。

[注释]

①平康：唐都长安丹凰街有平康坊，为妓者聚居之处。后世因之，以平康作为妓院的泛称。 ②绀（gàn）碧：两种用于染衣的颜色。 绀：深青透红色。

谒金门

人病酒，生怕日高催绣。昨夜新翻花样瘦，旋描双蝶凑。 闲凭绣床呵手，却说春愁还又。门外东风吹绽柳，海棠花厮勾。[①]

[注释]

①唐氏按：此首别作赵闻礼词，见《浩然斋雅谈》卷下。《阳春白雪》卷六载此词或无撰人姓氏。此从清吟阁本。

浣溪沙

过高邮

欲展吴笺咏杜娘，为停楚棹觅秦郎[①]。藕花三十六湖香[②]。 珠颗翠檠饶宿泪[③]，玉痕红褪怯晨妆[④]。小桥风月思凄凉。

（以上九首见《阳春白雪》卷六）

[注释]

①秦郎：即秦观，高邮人。与作者不并时，寓指。 ②三十六湖：即三十六陂，在扬州，亦可泛指陂塘。 ③珠颗：荷叶上的露珠。 ④红褪：红荷褪色。此并以喻人。

玲珑四犯

重过南楼用白石体赋①

碧黯塞榆，黄销堤柳，危栏谁料重抚。才情犹未减，指点惊如许。当时共伊东顾，为辞家、怕吟鹦鹉②。衮衮波光，悠悠云气，陶写几今古③。　　生尘每怜微步。渺江空岁晚，知在何处。土花封玉树④，恨极山阳赋⑤。吹芗扇底馀欢断⑥，怎忘得、阴移庭午⑦。离别苦，那堪听、敲窗冻雨。

[注释]

①南楼：此指武昌南楼。　②怕吟鹦鹉：祢衡曾于此地洲中作鹦鹉赋。　③陶写：抒写怀抱。　④土花：苔藓。　⑤山阳赋：晋魏之际，向秀与嵇康、吕安友善。后两人均为司马昭所杀，向秀路遇山阳二人旧居，闻邻人笛声，感念亡友，作《思旧赋》写怀。后人遂以山阳作赋为感念故友的典故。　⑥吹芗：即吹香。　⑦庭午：即亭午，日、月正当中天。

鸣　梭

自　度

织绡机上度鸣梭，年光容易过。萦萦情绪，似水烟山雾两相和。谩道当时何事，流盼动层波。巫影嵯峨①，翠屏牵薜萝②。　　不须微醉自颜酡③，如今难恁么。烛花销艳，但替人、垂泪满铜荷④。赋罢西城残梦，犹问夜如何。星耿斜河⑤，候虫声更多⑥。

[注释]

①巫影：即"巫山高"之意。　②薜萝：薜荔、女萝，植物名。　③颜酡：即酡颜，醉容。　④铜荷：铜灯檠。　⑤星耿斜河：曙星明亮，天河斜

倚，形容天将破晓。 ⑥候虫：应时令活动的昆虫。此指蟋蟀。

江城子[1]

嫩黄初染绿初描。倚春娇，索春饶。燕外莺边，想见万丝摇。便作无情终软美，天赋与，眼眉腰[2]。 短长亭外短长桥。驻金镳[3]，系兰桡[4]。可爱风流[5]，年纪可怜宵。办得重来攀折后，烟雨暗，不辞遥。

［注释］

①通首咏柳，以柳寓情。 ②眼：即柳眼，初生柳叶如眼。腰柔软如柳枝。 ③金镳：黄金装的马嚼子，转指良马。 ④兰桡：木兰制成的小船桨，转指轻舟。 ⑤风流：南齐益州刺史刘悛之，献蜀柳数株于齐武帝，帝植于灵和殿前。时时玩赏，称赞说："此杨柳风流可爱，似张绪当年。"

渔家傲

深意缠绵歌宛转，横波停眼灯前见[1]。最忆来时门半掩。春不暖，梨花落尽成秋苑。 叠鼓收声帆影乱[2]，燕飞又趁东风软。目力漫长心力短。消息断，青山一点和烟远。

（以上四首见《阳春白雪》卷七）

［注释］

①横波：形容女子双眼含情脉脉。 ②叠鼓：指开船的鼓声。

存目词

调名	首句	出处	附注
花犯	翠奁空	《词林万选》卷二	黄公绍词,见《在轩集》
大酺	正绿阴浓	刘毓盘辑《在庵词》	赵以夫作,见《虚斋乐府》卷上

薛　燧

薛燧，字子新，号独庵。与林洪同时。生卒事迹不详。

南乡子

柳色锁重楼，楼上轻寒不满钩[①]。堆径落红深半指，悠悠，飞絮帘栊几许愁。　　逐日望归舟，暖藕全宽玉臂褠[②]。待得君来春去也，休休，未老鸳鸯早白头。

（《阳春白雪》卷三）

[注释]

①不满钩：弯月如钩。　②玉臂褠（gōu）：白色套袖。此句形容望归人不至，手臂为之消瘦。

杨韶父

杨韶父,字季和,号东窗。淳祐元年(1241)进士。《隐居通议》有杨韶父诗。自号录云,字彦良。

伊州三台令①

水村月淡云低,为爱寒香晚吹。瘦马立多时,是谁家、茅舍竹篱。　三三两两芳蕤②,未放琼铺雪堆。只这一些儿,胜东风、千枝万枝。

[注释]

①此词通首咏赞早梅。　②芳蕤(ruí):低垂的美好花朵。

如梦令

凉月薄阴犹殢①,红豆一枝秋思。门外几重山,山外行人千里。归未,归未,又是菊花天气。

[注释]

①殢(tì):滞留。

长相思

溪水清,溪水浑,溪上人家数亩园。垂杨深闭门。青罗裙,白罗裙,采尽青蘩到白蘋①,江南三月春。

(以上三首见《阳春白雪》卷六)

[注释]

①青蘩:早春时从根部萌生,可以饲蚕和食用。间或用于祭祀。《诗经·豳风·七月》:"春日迟迟,采蘩祁祁。"

史 深

史深，号蘖泉，其他不详。

玉漏迟

绿树深庭院，侵帘暝草，沿砌幽藓[①]。问讯馀芳，糁径碎红千点。暗有芹香堕几[②]，认杏栋、营巢新燕。晴思软，春光几许，费人裁剪。　梅阴地湿无尘，但密袖薰虬[③]，静看诗卷。半掬羁心[④]，似翠蕉难展。花事因循过了，渐愁入、薰风团扇。屏昼掩，屏上数峰青远。

[注释]

①砌，台阶。　②芹香：燕子飞来营筑窠巢衔取芹泥以为之。　③薰虬：龙形的小型铜制香炉。　④羁心：离情。

木兰花慢

画楼帘半卷，倩谁觅、凤箫音[①]。记待月梅边，笼香酒后，私语屏阴。匆匆佩珠暗解，断归鸿、消息两沉沉。前度刘郎易老[②]，旧时飞燕难寻[③]。　罗襟，薄有泪痕侵，钗股暗黄金。向宝奁密看，绫笺小字，长是惊心。登临漫劳眺远，但青山、杳隔暮云深。曾傍湾桥系马，紫骝嘶度平林。

[注释]

①凤箫：用萧史与秦穆公之女弄玉吹箫引凤的故事。　②前度刘郎：本唐刘禹锡《再游玄都观》"前度刘郎今又来"词句。　③旧时飞燕：本唐刘禹锡《乌衣巷》"旧时王谢堂前燕，飞入寻常百姓家"，此慨叹往昔梦境难追。

花心动

泊舟四圣观

肌雪浮香，见梅花清姿，漫劳凝伫。淡粉最娇，羞把春□，长记寿阳眉妩[①]。绿苔深径寻幽地，谁相伴、凌波微步。翠鸳冷[②]，芳尘路杳，旧游何处。　不信重城间阻[③]。终没个因由，寄声传语。宝炬凝珠[④]。彩笔呵冰，密写断肠新句。月寒烟暝孤山下，羞吟□、断桥边去。遮愁绪，丹青怎生画取。　（以上三首见《阳春白雪》卷五）

[注释]

①寿阳：南朝刘宋武帝女寿阳公主，卧含章殿下，梅花落于额上，拂之不去。后人仿此为“梅花妆”。　②翠鸳：绣有鸳鸯的绿被。　③不信：不料。　④“宝炬”句：蜡烛熔液凝成圆形珠粒。

丁　默

丁默，字无隐，号书坞。其他不详。

齐天乐

重游番易（鄱阳）

两株烟柳荒城外，依依暮帆曾驻。小扇障尘，轻舆贴岸，谁料重行吟处。流光暗度。怅兰溆春移[①]，苇汀秋聚。可奈清愁，快呼艇子载将去。　　中年怀抱易感[②]，甚风花水叶，犹似孤旅。伴鹤幽期，随莺乐事，还是情乖意负。衣尘帽土。但杜镜堪羞[③]，贺囊偏□[④]。待报山灵，莫教云壑妒。

［注释］

①兰溆（xù）：生长兰草的水边。　②“中年”句：晋谢安曾语王羲之“中年以来，伤于哀乐”。见《晋书·王羲之传》。　③杜镜：唐杜甫《江上》有句“岁月频看镜”，故曰“杜镜”。　④贺囊：唐李贺每出游，小奚童负囊相随。每得句，即投入囊中，号曰“奚囊”。

华胥引

论交眉语[①]，惜别心啼，费情不少。蕙渺溱期[②]，蘋深氾约轻误了[③]。几度金铸相思，又燕归鸿杳。谁料如今，被莺闲占春早。　　频把愁勾，惜鸦云、娇红犹绕。浑拚如梦，争奈枕醒屏晓。欲寄芙蓉香半握，怕不禁秋恼。重是亲逢，片帆双度天杪[④]。　（以上二首见《阳春白雪》卷六）

[注释]

①眉语:以眉目传情。 ②溱期:溱水边男女的约会。“溱与洧,方涣涣分,士与女,方秉蕳兮。”见《诗经·郑风·溱洧》。 ③氾约:指男女之约。唐太学生郑某于洛阳桥下见一艳女,欲投水。救之同归,曰氾人。后别去,曰:我蛟宫之娣也。谴贬,今期满当别。见《沈下贤集·湘中怨辞》。 ④天杪:指天边目力所极之处。

齐天乐

庚戌元夕都下遇赵立之[①]

倦云休雨风还作,交相醒花苏柳。字满吟灰,痕添坐席,赢得新愁痴守。归期未有。负小院移兰,故园尝韭。谩道春来,沈腰惟觉似秋瘦[②]。 烧灯时候是也[③],楚津留野艇,曾趁芳友。问月赊晴,凭春买夜,明月添香解酒。□知别久。怅帝陌论心[④],客尘侵首。戏鼓声中,旧情犹在否。

(《阳春白雪》卷八)

[注释]

①元夕:旧时夏历正月十五日为“上元”,上元之夜,称“元夕”。 赵立之,即赵闻礼。 ②沈腰:梁时沈约曾写信给友人徐勉,说自己“百日数旬,革带常应移孔”。后人因以“沈腰”作为躯体消瘦的通称。 ③烧灯:即上元之夜燃灯。唐王建《宫词》:“院院烧灯如白日。” ④帝陌:京城道路。

曾 栋

曾栋，字原隆，又字子隆，号月朋。其他不详。

浣溪沙

落日蒸红山欲烧，短筇行药过山腰[1]。松声隐隐晚来潮。　矮树依岩无败叶，梅花当路少全梢。水村时有短长桥。（《阳春白雪》卷六）

[注释]

①短筇：即短竹杖，一名“扶老杖”。　行药：古人服五石散等药后，漫步散发药性，称行药，或行散。

过秦楼

曙色开晴，轻飔敷暖[1]，日影才经檐角。倦来芳径，且倚阑干，触地新愁黏著。长日如年，可堪恨雨丝丝，梦云漠漠。见鸣禽递响[2]，乳莺梳翅，痴愁方觉。　凝望处，初绿呈新，陈柯拆旧[3]，忘了一春归却。不伤花老，只怕花开[4]，解使朱颜销铄。宝扇轻摇，乱抛花片教飞，迎风低掠。忍重携素手，骤觉一分瘦落。（《阳春白雪》卷七）

[注释]

①轻飔（sī）：微风。　敷暖：散布着温暖。　②递响：交递鸣叫。　③柯：树枝。　④只怕花开：本辛弃疾《摸鱼儿》“惜春长怕花开早”。

江　开

江开,字开之,号月湖。其他不详。

玉楼春[1]

风前帘幕沾飞絮,家在垂杨深处住。倚楼无语忆郎时,恰是去年今日去。　帝城箫鼓青春暮,应有多情游冶处。争知日日小阑干,望断斜阳芳草路。

[注释]

①通首所抒写者为思妇之怅悒情怀。

菩萨蛮

商妇怨

春时江上廉纤雨[1],张帆打鼓开船去。秋晚恰归来,看看船又开。　嫁郎如未嫁,长是凄凉夜。情少利心多,郎如年少何。　(以上二首见《阳春白雪》卷一)

[注释]

①廉纤:细微,纤细。唐韩愈《晚雨》:“廉纤晚雨不能晴,池岸草间蚯蚓鸣。”

浣溪沙

手捻花枝忆小蘋,绿窗空锁旧时春。满楼飞絮一筝尘。　素约未传双燕语[1],离愁还入卖花声。十分春事倩行云。

［注释］

①素约:旧时之约。

杏花天

谢娘庭院通芳径[1],四无人、花梢转影。几番心事无凭准,等得青春过尽。　秋千下,佳期又近,算毕竟、沉吟未稳。不成又是教人恨,待倩杨花去问。

（以上二首见《绝妙好词》卷四）

［注释］

①谢娘:晋谢道韫有文才,后人因称有才学的女子为“谢娘”。又一说谢娘指谢秋娘,泛指美人、歌伎。

戴平之

戴平之,生卒年月及生平事迹无考。

鹧鸪天

笑擘黄柑酒半醒,玉壶金斗夜生冰[①]。开窗尽见千山雪,雪未消时月正明。　兰烬短[②],麝煤轻[③]。画楼钟鼓已三更。倚阑谁唱清真曲,人与梅花一样清。[④]

（《阳春白雪》卷二）

[注释]

①玉壶:壶之美称。　金斗:金质酒杯。　②兰烬:古时煎泽兰为油,用于照明。油称“兰膏”,灯称“兰灯”,灯油将尽光焰转暗的灯芯为“兰烬”。　③麝煤:此句所指,是结聚在油灯罩上的烟煤。　④唐氏按:此首《阳春白雪》原题作晁子止(公武)撰,注:“一作戴平之。”赵闻礼已不能辨为谁作,今两收之。

王□□

作者名字、生卒与行实俱无考。

汉宫春

九日登丰乐楼

手捻黄花，对西风无语，双鬓萧萧。韶华暗中过眼，零落心交。登临把酒，更谁伴、破橘持螯[1]。惟只有，湖边鸥鹭，飞来如受人招。　往事不禁重省，料绾罗分钿，翠减香销。空向画桥古树，犹系轻桡[2]。西兴渡口[3]，误归帆、几信寒潮。伤情处，淡烟残照，倚阑人共秋高。

（《阳春白雪》卷五）

[注释]

①螯：蟹钳，肉多味美。晋人毕卓曾表示："得酒满数百斛船，四时甘味置船头，右手持酒杯，左手持蟹螯，拍浮酒船中，便足了一生矣。"见《晋书·毕卓传》。　②桡：划船用的短木桨。轻桡，借称小船。　③西兴：钱塘江渡口名，在今浙江萧山市西。

程 武

程武，字楚客，宋理宗时人。其他不详。

念奴娇

题马嵬图

蜀江城远，想连云危栈，接天穷处。惆怅烟尘回首地，双阙觚棱犹故[①]。龙扆星联[②]，羽林风肃，未放鸾骁去[③]。不堪掩面，泪沾宸袖如雨[④]。 底事当日昭阳，吹羌鸣羯，涴却霓裳舞。三十六宫春满眼，曾把色嗔香妒。芳草埋情，飞花陨怨，翻被蛾眉误。画图惊见，黯然魂断今古。

[注释]

①双阙：宫门外峙立的两座高大装饰性建筑物。 ②龙扆：皇帝的卫队。 ③鸾骁（táo）：此指杨贵妃的车骑。鸾，铃。骁，三四岁的马。④宸（chén）袖：唐帝的袖子。 宸：北极星所在之位曰宸，后为帝王代称。

清平乐

曳云摇玉，裙蹙秋绡幅。学得琵琶依约熟[①]，贪按雁沙新曲。 曲终满院春闲。清颦移上眉山[②]。心事怕人猜破，折花背插云鬟。

[注释]

①依约：隐约。 ②“清颦”句：称誉女子的眉美如远山。

小重山

香减鲛绡添泪痕[1]。彩云长是恨[2]，等闲心。玉笙犹记夜深闻。湘水杳，寂寞隔巫云。　翠被冷重熏。做成归梦了，却销魂。垂杨浓处著朱门。依然是，风雨掩黄昏。

（以上三首见《阳春白雪》卷五）

[注释]

①“香减”句：化陆游《钗头凤》“泪痕红浥鲛绡透”。　②彩云：喻指心上人。

王月山

王月山,生平事迹均无考。

齐天乐

夜来疏雨鸣金井[①],一叶舞空红浅[②]。莲渚收香,兰皋浮爽[③],凉思顿欺班扇[④]。秋光苒苒。任老却芦花,西风不管。清兴难磨,几回有句到诗卷。　　长安故人别后,料征鸿声里,画阑凭遍。横竹吹商[⑤],疏砧点月[⑥],好梦又随云远。闲愁似线。甚系损柔肠,不堪裁剪。听著鸣蛩,一声声是怨。

(《阳春白雪》卷五)

[注释]

①金井:饰有雕阑的井。　②一叶:最先感秋凉脱落的树叶,多指梧桐叶。　③兰皋:生长兰草的水边。　④班扇:团扇。汉班婕妤有《团扇行》,故以班扇相称。　⑤横竹:即笛子,竹制横吹,故有此称。　商:五音之一,商声凄厉。　⑥砧(zhēn):捣衣石,此指捣衣声。

王万之

王万之，生平与事迹均无考。

踏莎行

柳外寒轻，水边亭小，昨朝燕子归来了[①]。天涯无数旧愁根，东风种得成芳草。　　亭畔秋千，当时欢笑，香肌不满和衣抱[②]。那堪别后更思量[③]，春来瘦得知多少。

（《阳春白雪》卷五）

［注释］

①昨朝：昨天早晨。　②“香肌”句：指人儿很瘦。　③更：再。　思量：思念。

钱宀孙

钱宀孙，号若洲，与柴望同时。其他不详。

踏莎行

征雁云深，乱蛩寒浅，惊心怕见年华晚。萧疏堤柳不禁霜，江梅瘦影清相伴。　　舞暗香茵[1]，歌阑团扇，月明梦绕天涯远。断肠人在画楼中，东风不放珠帘卷。

（《阳春白雪》卷五）

［注释］

①茵：坐垫。此借指席子。

陈　璧

陈璧，号芸崖。《词综补遗》以为即陈云厓。按南宋陈璧不止一人，不知此为何人，俟考。

踏莎行

江阔天低，楼高思迥，春烟蘸淡如秋景[①]。今年芳草去年愁，分明又报明年信。　　燕子还来，归期未定，可堪醉梦红尘境。世间万事尽消磨，水流不尽青山影。[②]

（《阳春白雪》卷五）

[注释]

①蘸：映照。　②唐氏按：此首又误作赵君举词，见《花草粹编》卷六。

赵时奚

赵时奚，号云涧，郧国公德钧八世孙。其他不详。

多　丽

西　湖

敛吴云，翠奁推上红晴。渺澄流、鳞光寒碎，远峰螺绀低凝[①]。杏香引、画船影湿，柳阴趁、骄马蹄轻。桥限宽平，堤横南北，去来人入绣围行。渐际晚，梅妆游困，十里曳歌声。苍烟润，飞鸦妒春，一梦催醒。　认名园、当时宴幸，缆痕犹在危亭。露花浓、静迎直砌，雾藓冷、淡护飞甍。几对东风，留连丽景，年□□老越山青。夜深月、照人依旧[②]，何处最关情。欢娱地，星移世换，客恨还盈。

[注释]

①绀：天青色。螺绀，亦即“青螺”，比喻湖水里青翠的孤山。　②“夜深月”句：化用唐人诗句“夜深只有西江月，犹照吴王宫里人”。

汉宫春

霜皎千林，正石桥人静，春满横塘[①]。寒花自开自落，晓色昏黄。明沙暗草，对东风、深锁闲堂。金漏短[②]，江南路远，梦回云冷潇湘。　重到旧时花下，按玉笙歌彻，月正西廊。亭亭爱伊素影[③]，粉薄新妆。经年瘦损，漫谁知、心事凄凉。休更听，城头画角，一声声断人肠。

[注释]

①横塘:地名。在今江苏南京市西南。　②金漏:铜壶滴漏,古计时器。　③素影:高洁的身影。

恋绣衾

迢迢江路日又曛,为春迟,长是怨春。小立马[1]、千林下,寄寒香[2]、归赠故人。　　相逢细说经年恨,早匆匆、吹散霁云。算惆怅,芳菲事,粉蝶知,应自断魂[3]。

[注释]

①小立马:暂时驻马。　②寒香:指梅花。　③断魂:本宋林逋《山园小梅》"粉蝶如知合断魂"。

恋绣衾

江南烟水几万重,记玉人、花底旧容。待欲寄,飞鸿信,望前山、夕照冷红。　　塞笳月下声凄楚,怨百花,春事梦空。倩谁共、东君说[1],把阳和[2],分付朔风[3]。

（以上四首见《阳春白雪》卷六）

[注释]

①东君:司春之神。　②阳和:春天的暖气。　③分付:分给。

向希尹

向希尹，字莘老，号畏斋。《绝妙好词》作尚希尹。其他不详。

祝英台近

晓帘栊，晴院宇，空鸭冷沉水[①]。翠被欺寒，娇困未忺起[②]。厌厌两点眉峰，一痕酒晕，正人在、温柔乡里。甚情味，羞对钗燕筝鸿，胭脂暗弹泪。欲写吴笺，无处问双鲤[③]。倩他轻薄杨花，与愁结伴，直吹到、那人根底[④]。

（《阳春白雪》卷六）

[注释]

①鸭：铜制鸭形熏炉。 沉水：即沉香。 ②忺：高兴。 ③双鲤：喻称远方来信。古乐府诗："客自远方来，遗我双鲤鱼。呼儿烹鲤鱼，中有尺素书。" ④根底：指落脚处。

浪淘沙

结客去登楼[①]，谁系兰舟。半篙清涨雨初收。把酒留春春不住，柳暗江头。　老去怕闲愁，莫莫休休[②]。晚来风恶下帘钩。试问落花随水去，还解西流。

（《绝妙好词》卷六）

[注释]

①结客：约集宾客。 ②莫莫休休：意同"算了"、"不要了"。

存目词

《古今别肠词选》卷四载有向希尹《念奴娇》“春来多困”一首，乃柴望作，见《阳春白雪》卷五。

萧元之

萧元之,字体仁,号鹤皋,临江人。有《鹤皋小稿》。其他不详。

渡江云

和清真

流苏垂翠幰[①],高低一色,红紫等泥沙。香山居士老[②],柳枝桃叶[③],飞梗属谁家[④]。好音过耳,任啼乌、怨入芳华。心情懒,笔床吟卷,醉墨戏翻鸦。　　堪嗟。雕弓快马,敕勒追踪[⑤],向夕阳坡下。休更忆,青丝络辔,红袖裁纱。司空见惯浑如梦,笑几回、索苇吹葭[⑥]。山中乐,从渠恣赏莺花。

[注释]

①翠幰(xiǎn):车前的帘帷。　②香山居士:唐白居易休官后,卜居洛阳城南香山,自号香山居士。　③桃叶:晋王子敬侍妾名桃叶。此指歌女。　④飞梗:形容散去的侍女,如飞蓬泛梗,不知去向。　⑤勅勒:在阴山下,向为鲜卑族人盘马弯弓之地域。　⑥索苇:旧俗元旦悬苇索以辟凶邪。见《荆楚岁时记》。　吹葭:古代候气法。冬至日阳气动,则六琯葭灰飞出。此言岁时流逝之快。

菩萨蛮

断红流水香难觅[①],行云一去无踪迹。杨柳漫遮阑,闲愁付远山。　　玉筝弹未了,倚柱人空老。青子摘来酸[②],酸心有几般。　　(以上二首见《阳春白雪》卷六)

［注释］

①断红：即落花。 ②青子：未熟的梅子。

水龙吟

答沈庄可[①]

人生何必求名，身闲便是名高处。卧云衣袂，何因自染，修涂尘土[②]。世路羊肠，人情狙赋[③]，翻云覆雨。把从前旧梦，倚阑重省，休更错、添笺注。 况是吾庐江上，也抵得、封侯千户。高眠闲听，邻舟渔唱，倚阑农语。休望当年，溪边俱载[④]，隆中三顾[⑤]。怕群鸥微觉，见人欲起，背人飞去。

（《阳春白雪外集》）

［注释］

①沈庄可：分宜（今属江西）人。宣和进士，知钱塘县。嗜菊，庭植数百本。后以九月九日死，朱熹有诗悼之。 ②修涂尘土：奔走长途，弄得一身尘土。 ③"人情"句：意为人情似猴性，只顾目前利益。狙公饲猴以芋，朝三暮四则猴怒，朝四暮三，众猴皆喜。见《庄子·齐物论》。 ④"溪边"句：殷末，姜尚钓于磻溪，西伯姬昌出猎，与语大悦，载与俱归。后佐周灭殷。 ⑤"隆中"句：东汉末，诸葛亮躬耕隆中，刘备三顾草庐，礼请出山相佐。

陈成之

陈成之,字伯可。其他不详。

小重山

恨入眉尖熨不开,日高犹未肯,傍妆台。玉郎嘶骑不归来[1]。梁间燕,犹自及时回。　粉泪污香腮。纤腰成瘦损,有人猜。一春那识下香阶。春又去,花落满苍苔。

(《阳春白雪》卷六)

[注释]

①玉郎:如意郎君。

王师锡

王师锡，生平事迹均无考。

如梦令

竹上一楼岚翠[1]，竹下一渠春水。中有隐人居，破屋数间而已。无事，无事，静夜月明千里[2]。[3]

（《阳春白雪》卷六）

［注释］

①岚翠：山气翠绿色。 ②月明千里：本谢庄《月赋》“隔千里兮共明月”。 ③唐氏按：《铁网珊瑚书品》卷四，此首作王容溪词。

赵时行

赵时行，字行可，号石洞。申王德文八世孙。见宋宗室世系表。其他不详。

望江南

霜月湿，人睡矮篷秋[①]。惊觉夜深儿女梦，渔歌风起白蘋洲。别岸又潮头[②]。　（《阳春白雪》卷六）

[注释]

①矮篷：有矮篷的小船。　②别岸：离岸。

郭□□

作者名字及生平行实均无考。

菩萨蛮

卖饧天气箫声软[1]，午院水沉烟未断。睡起补残眉[2]，红绵入镜迟。　　霎时开笑靥，花上看双蝶。新月上帘钩，相思不断头。

（《阳春白雪》卷六）

［注释］

①饧（xíng）：饴糖。古时相沿，卖饧人用箫声唤顾客。　②残眉：眉上黛墨因睡眠而褪脱。

王大简

王大简，字敬子。其他不详。

浣溪沙

拂面凉生酒半醒，廉纤小雨晚初晴[①]。过云无定月亏盈。　　庭户不关春悄悄，阑干倚遍夜深深。几回风竹误人听[②]。　　（《阳春白雪》卷六）

[注释]

①廉纤：细微。　②风竹：风吹动竹帘作声。唐李益《竹窗闻风寄苗发司空曙》："开门复动竹，疑是故人来。"

更漏子

梦期疏[①]，书约误，肠断夜窗风雨。灯晕冷，漏声遥，酒消愁未消。　　想天涯，芳草碧，人与芳春俱客。凭杜宇，向江城，好啼三两声。　　（《阳春白雪》卷七）

[注释]

①梦期疏：梦中相见的机会越来越少。

刘菊房

刘菊房，生平与事迹均无考。

蓦山溪

醉魂离梦，捻合难成片。恶味怕黄昏[①]，更西风，梧桐深院。蝉松翠妩[②]，记那日相逢，情缱绻，语玲珑，人静凌波见。　香云曾约，念阻题红怨[③]。应是绿窗寒，也思郎、云衣谁换。郎今销黯，步楚竹江空，云缥缈，水淼茫，不抵相思半。

（《阳春白雪》卷七）

[注释]

①恶味：恶情味，心情不好。　②蝉松：蝉鬓松乱。　翠妩：绿髮娇美可爱。　③"念阻"句：红叶题诗之愿望无法实现。

杜龙沙

杜龙沙，生平与事迹均无考。

谒金门

阶露重，浥透寻花双凤[①]。天色晴明风不动，薄衫金络缝。　午枕高云斜纵[②]，一觉风流春梦。起看翻翻帘影弄[③]，夕阳归燕共。

［注释］

①浥(yì)：沾湿。　双凤：女子足下所着的凤头鞋。　②高云斜纵：高髻歪斜松散。　③翻翻：犹翩翩。

踏莎行

波暖芹汀[①]，风香兰圃，清尘几点茸茸雨[②]。画船丝竹载梁州[③]，彩旗绳板欢游女[④]。　修禊初三[⑤]，禁烟百五[⑥]，年华恰到风流处。一生只当百回春，一回春到休轻负。

［注释］

①芹汀：生长水芹的小洲。　②茸茸雨：毛毛雨。　③梁州：《梁州令》，词曲。此泛指歌曲。　④彩旗绳板：饰以彩旗的秋千。　⑤初三：旧俗人们于三月初三日为上巳节。在水边进行洗浴祓除不祥的活动。⑥百五：人们在清明节前一日即冬至节后的一百零五天，禁止烟火，称为“寒食节”，以纪念春秋时晋国被火焚身死的介子推。

鬥鸡回

夹钟商[1]

莺啼人起，花露真珠洒。白苎衫，青骢马。绣陌相将，鬥鸡寒食下。　回廊暝色愔愔[2]，应是待、归来也。月渐高，门犹亚[3]。闷剔银缸[4]，漏声初入夜。

（以上三首见《阳春白雪》卷七）

[注释]

①夹钟商：词的乐调。夹钟，十二律之一。确定曲子的绝对音高。商，五音之一，确定曲子调式。　②愔愔：安静貌。　③亚：掩闭。　④银缸：银制的灯具。

雨淋铃

窗影珑璁[1]，画楼平晓，翳柳啼鸦[2]。门巷渐有新烟，东风定、人扫桐花。峭寒斗减[3]，看旅雁、争起蒹葭。溯断云，多少悲鸣，数行又下远汀沙[4]。　应是故园桃李谢，送清江、一曲阑干下。染翰为赋春羁，嗟双鬓、客舍成华。绣鞭绮陌，强携酒、来觅吴娃[5]。听扇底、凄惋新声，醉里翻念家[6]。

（《阳春白雪》卷八）

[注释]

①珑璁：光明洁净貌。　②翳柳：柳翳，柳荫。　③斗减：陡然减去。④汀沙：沙汀，汀洲。　⑤吴娃：吴地美女。　⑥翻念家：即《念家山》词牌名，多以之抒写久处边地，忆念故乡的客子情怀。

王　苍

王苍,字篔州。其他不详。

诉衷情

补成团扇绣残工,并蒂瑞芙蓉[①]。花心欲就针折,赪玉唾残茸[②]。　寻断绪,怨西风。寂寥中。两般时候,旧月新霜,晓角昏钟。　(《阳春白雪》卷七)

[注释]

①“并蒂”句:指并蒂莲。　②唾:吐出线头。　残茸:刺绣时馀剩的线段。

宋德广

宋德广，生平与事迹均无考。

阮郎归

好风吹月过楼西，楼前人影稀。杜鹃啼断绿杨枝，行人知不知。　　红叶字，断肠诗，从今懒再题[①]。后园零落淡胭脂，似君初去时。（《阳春白雪》卷七）

[注释]

①"红叶字"三句：意谓从今不愿再在红叶上题诗。反用"红叶题诗"之意。

李好古

李好古,字仲敏。其他不详。

唐氏按:李好古不止一人。有《碎锦词》之李好古,《词综补遗》卷十五以为别是一人。

谒金门

花过雨,又是一番红素①。燕子归来愁不语,旧巢无觅处。　谁在玉关劳苦②,谁在玉楼歌舞。若使胡尘吹得去,东风侯万户③。④

（《阳春白雪》卷七）

[注释]

①红素:红色、白色,指花。　②玉关:即玉门关,古时关隘名,位于今甘肃敦煌一带,为从前自北路通西域的要道。前人多以玉关为防戍地的代称。　③"若使"二句:意谓东风能吹走胡尘,它也会被封为万户侯。④唐氏按:《贵耳集》卷上此首作卫元卿词。《花草粹编》卷三又作李好义词。

[集评]

陈霆云:"玉楼歌舞数句,语意不平,岂非当时擅国者宴乐湖山,而不恤边功故耶。然则宋之沦亡,非一日之故矣。"(《渚山堂词话》卷二)

黄廷琇

黄廷琇，号双溪。其他不详。

解连环

乍寒帘幕，愁灯花正结，又还轻落。弄瘦影[①]、瓶里梅梢，为谁缀陇头，向来新萼。万古千今，算惟有、别情难托。把潘郎鬓绿[②]，尽付雁声，几度寥寞。　扁舟暮江旧泊，记携觞就折[③]，烟翠犹弱。漫过却[④]、歌夕吟朝，问天道何时，素纤重握。想得文姬[⑤]，近更苦、云衣香薄。待更阑、试寻梦境，梦回更恶。

[注释]

①瘦影：指梅影。　②潘郎：即西晋潘安，才高貌美，后人以之为年轻美男子的代称。　③就折：指折柳送别。　④漫过却：白白地度过。　⑤文姬：东汉末年才女蔡琰的表字。此处作为才女的代称，或代意中人。

忆旧游

乍梅黄雨过，遍倚层楼，时舞垂杨。暗绿知谁换，似烟浓雾薄，望眼偏妨。昔人画鹢无数[①]，相引入横塘。纵细切香蒲，重开绛蕊，懒向清觞。　凄凉。旧游地，谩赋减兰成[②]，才退周郎[③]。总把芳辰误，念纱窗深静，冰簟流光。凤笺试写新句，青羽碧天长。又隐隐城头，随风断角斜照黄。

[注释]

①画鹢：船头绘有鹢鸟的船。　②兰成：北周文人庾信的小字。　③周郎：东汉末年吴中人对周瑜的爱称。

宴清都

坠叶窥檐语。风帘薄，递来幽恨无数。牙签倦展[1]，银缸细别，悄然归旅。声传漏阁偏长[2]，更奈向、潇潇乱雨。想近日，舞袖翻云，吟笺度雪谁顾。　　当时翠缕吹花，东城绣陌，双燕何许。香罗唾碧，晴纱印粉，甚缘重睹。蓝桥镇隔芳梦，念骑省、悲秋漫赋。待倚阑，或遇宾鸿[3]，殷勤寄与。

[注释]

①"牙签"句：唐皇朝集贤院图书，内容以颜色不同的象牙签作为正别标记。后因以"牙签"作为书籍的代称。　②漏阁：放铜壶滴漏的地方，此代指铜漏计时器。　③宾鸿：本《礼记·月令》"鸿雁来宾"。鸿雁之属，春北秋南，往来如客旅，因之称为"宾鸿"。

兰陵王

絮花弱，吹满斜阳院落。秋千外，无数小舟，绿水溶溶带城郭。流光漫暗觉。辜却，莺呼燕诺。欢游地，都在梦中，双蝶翩翩度帘幕。　　凭谁问康乐[1]。又粉过新梢，红褪残萼。阑干休倚东风恶。怜瑟韵空在[2]，鉴容偷改[3]，青青洲渚遍杜若[4]。故交半寥寞[5]。　　漂泊，镇如昨。念玉指频弹，珠泪还阁。孤灯隐隐巫云薄[6]。奈别遽无语[7]，恨深谁托。明朝何处，夜渐短，听画角。

[注释]

①康乐：南朝诗人谢灵运，袭封康乐公，人称谢康乐。　②瑟韵：琴声。　③鉴容：镜里的容颜。　④杜若：香草名，可入药。南齐谢朓《怀故人》："芳洲有杜若。"　⑤半寥寞：多半没有信息。　⑥巫云：巫山云雨，指男女幽会。此写梦境。　⑦奈：无奈，怎奈。　别遽：遽别，匆匆别离。

琐窗寒

驻马林塘，还寻旧迹，雨收秋晚。残蕉映牖，强把碧心偷展[①]。记相逢、画堂宴开，乱花影入帘初卷。正小池涨绿，丝纶曾试[②]，事随鸿远。　凄断，情何限。料素扇尘深，怨娥碧浅。清宫丽羽[③]，漫有苔笺题满。问低墙、双柳尚存，几时艳烛亲共剪[④]。但凝眸，数点遥峰，春色青如染。

［注释］

①碧心：芭蕉的绿心。　偷展：暗暗展开。　②丝纶：为天子起草诏诰曰掌丝纶。此指曾任翰林舍人之职。　③清宫丽羽：言音乐美听。宫、羽，五音中的两个音部。　④“几时”句：用李商隐《夜雨寄北》“何当共剪西窗烛，却话巴山夜雨时”。

齐天乐

十年汉上东风梦[①]，依然淡烟莺晓。系马桥空，维舟岸易，谁识当时苏小[②]。筹花鬥草[③]。任波浴斜阳，絮迷芳岛。笑底歌边，黛娥娇聚怕归早。　京尘衣袂易染[④]，旧游随雾散，新恨难表。燕子朱扉，梨英翠箔[⑤]，留得春光多少。晴丝漫绕。料带角香销[⑥]，扇阴诗杳。细倚秋千，片云天共渺。　（以上六首见《阳春白雪》卷八）

［注释］

①汉上东风梦：指情场艳遇，如汉皋解佩与杜牧扬州遣怀一样。　②苏小：即苏小小，南齐时钱塘著名歌伎。　③筹花鬥草：即赛花鬥草。　④“京尘”句：比喻功名利禄之事。　⑤梨英：梨花。　翠箔：绿色帘幕。　⑥带角香消：角形香囊，已无香味。

陈坦之

陈坦之,字行简。其他不详。

塞翁吟

远碧秋痕瘦,楚玉恨赋凄凉[1]。荷雨碎,泣残妆,系愁在垂杨。秋衣拂叠仙栀露,裁云刀尺犹香。诗锦字,献明珰,肯容易相忘[2]。　　思量。空掩抑,分宵缓枕[3],终不敌、凉谯漏长[4]。自解珮[5]、兰皋去后,渐消灭、香梅酝藉,小杜疏狂[6]。年华驶水,鬓影西风,都付清觞。

[注释]

①楚玉:指楚国宋玉。作有《九辩》,“悲哉,秋之为气也。”　②肯:岂肯。　容易:轻易。　③分宵:半夜。　④凉谯(qiáo):凄凉的更鼓声。谯:谯楼,俗称鼓楼。　⑤解珮:《列仙传》记述,仙女在长江和汉水交汇处的水滨,遇见郑交甫,悦郑姿容,手解玉佩相赠。　⑥小杜:即晚唐诗人杜牧。

沁园春

睡起闻莺,卷帘微雨,黄昏递愁。正青翰音断[1],离怀几折,碧云暮合,千里双眸。思发花前,人归雁后[2],误记归帆天际舟[3]。浑无据[4],但馀香绕梦,频到西楼。　　风流,翻是花仇[5]。谩长遣眉山翠不流。想哀筝绕指,鸿移凤咽,残灯背泣,玉沁春柔。夜月精神,朝阳微艳,何处瑶台轻驻留。愁无际,被东风吹去,绿黯芳洲。

[注释]

①青翰:小船别称,船上刻有鸟形,涂以青色,故名。此指思念之人。②“思发”二句:本隋薛道衡《人日》“人归落雁后,思发在花前”。③“归帆”句:本宋柳永《八声甘州》“误几回天际识归舟”。④无据:无聊赖,精神无寄托。⑤花仇:花之敌害。

柳梢青

绿弱红臞[1],暖云沁雨,乍有还无。破晓幽禽,平渠流水,春响庭除[2]。　梅酸初著花跗[3],似滴滴、新愁未舒。几信花风,一痕青烧[4],万里秦吴。

[注释]

①臞(qū):消瘦。②除:台阶。③梅酸:初结的梅子。花跗:花萼的底部。④一痕青烧:青草从烧过的灰痕中长出。“春入烧痕青”,惠崇诗句。

谒金门

归未卜,频倒金弫纤玉[1]。明月绡窗停剪烛,搦愁题蠹绿[2]。　秋水娟娟鱼目,腰素几分销缩[3]。接得云笺无意读,雕鞍何处宿。　(以上四首见《阳春白雪》卷八)

[注释]

①金弫(kōu):金指环。纤玉:玉人的纤手。②搦(nuò)愁:手执愁苦之笔。蠹绿:指虫子蛀食树叶,曲折如人在书字。③腰素:称美女之腰。

张　艾

张艾,号船窗。其他不详。

夜飞鹊

荷　花

霓裳按歌地[①],凉影参差。还是珮解江湄[②]。沧波正洗袜尘恨[③],流霞空沁铢衣[④]。盈盈半输笑,向朱阑凝伫,欲诉心期[⑤]。碧筒唤酒[⑥],恐娇娥、来下瑶池。　未许西风吹断,环步障千重,镇护金猊[⑦]。落晚文禽点镜,分香窈翠,却念幽羁。彩云惊散,暗伤情、不似芳时。待清歌招些[⑧],怜心问的[⑨],水杳舟移。

[注释]

①霓裳按歌地:此指荷花池。　霓裳:云霓的衣裳。喻荷叶。　②珮解江湄:用郑交甫遇仙女典,此形容荷花。　③"沧波"句:用《洛神赋》典,代指荷花美姿。　④铢:古时重量单位,二十四铢为一两。铢衣,极言衣轻。　⑤心期:期许之心。　⑥碧筒:用荷叶制成的酒杯。　⑦金猊:金属制成的狮形香炉。　⑧招些:"些(suò)",《楚辞》语尾助词。　招:《招魂》,《楚辞》篇名。　⑨怜心:谐音"莲心"。　的:莲子。

解语花

轻雷殷殷[①],小枕惊回[②],帘影摇庭户。嫩凉遥度。江云堕、结作西窗暗雨。闲阶静伫。叹疏袂、愁宽一缕[③]。凭画栏,润叶鸣条[④],总是安秋处。　因唤扁舟晚渡。渐闻歌招得,采菱俦侣。临平归路[⑤]。花无数、应识汀洲倦旅。飞红怨暮。长趁得、断鸿南浦。闲枕衾,谁更无聊，应最怜纨素[6]。

[注释]

①殷殷：形容雷声。　②小枕：小睡。　③疏袂：宽松衣袖，指人瘦。④鸣条：风声。　⑤临平：湖名，在浙江馀杭县馀杭山下。　⑥怜纨素：指因天气入秋而被冷置的团扇。

绕佛阁

渚云弄湿，烟缕际晚[1]，江国遥碧。鸿过无迹，怕闻野寺孤钟动凄恻。小桥路窄。疏袖暗拂衰草，愁听蛩语还寂[2]。可堪过了，龟纱负瑶席[3]。　荏苒露华白[4]，一夜秋窗惊晓色。柳影孤危，残蝉空抱叶。想摇落关情，归梦频折。物华消歇。尽倒断寒塘，幽香先灭，怨红供、拒霜啼颊[5]。

（以上三首见《阳春白雪》卷八）

[注释]

①际晚：傍晚。际，接。　②蛩(qióng)语：蟋蟀叫声。　③龟纱：纱窗帘，上有其形如龟的八角形纱眼。　④荏苒：时间慢慢过去。　⑤拒霜：木芙蓉，仲秋开花，耐寒不落，故名。

徐 □

作者名字与生平事迹均无考。

真珠帘

落红几阵清明雨,忆花期、半被晴悭寒阻[①]。新柳著春浓,早翠池波妒。粉雨香云消息远,漫旧日、秋千庭宇。凝伫。正春醒帘外,一声莺语。　尘锁宝筝弦柱。自眉峰惹恨,六么慵舞[②]。深院不成妆,有泪弹谁与。记得踏青归去后,细共说、花阴深处。心愫[③]。怕当时飞燕,知人分付。　(《阳春白雪》卷八)

[注释]

①晴悭寒阻:少晴多寒。　悭:吝啬。　②六么:唐时琵琶曲名,又称绿腰。　③心愫:真诚之心。

施翠岩

施翠岩，生平与事迹均无考。

桂枝香

西风满目，渐院落悄清，愁近银烛。多少虫书堕翠[①]，又随波縠[②]。姮娥半露扶疏影，向虚檐、似知幽独。浦鸿声断，枝乌漏永，芳梦难续。　记旧日、离亭细嘱，早归趁香边，频泛醽醁[③]。谁遣而今，对景黛娥双蹙。玉鞭但共秋光远，漫空怜、如许金粟[④]。露零襟冷，萧萧更兼，数竿修竹。

（《阳春白雪》卷八）

［注释］

①虫书：上有虫蚀如字的树叶。　②波縠：波纹。　③醽（líng）醁：古时美酒名。　④金粟：桂花别名，色黄如粟，故有此称。

沁园春

夜登白鹭亭[①]

披紫茸裘[②]，上白鹭亭，看吹洞箫。望长庚鲸过[③]，江横素练。回仙鹤度[④]，月在青霄。依约淮山，清泠风露，如到瀛洲听海涛。浮图近[⑤]，更玉铃金铎，初奏琅璈[⑥]。　人间梦境寥寥。问故国繁华能几朝。有千年枯井[⑦]，龙沉凤怨。数丘黄壤，兔走猿嗥。莫问荣华，不如归去，短棹孤篷乘夜潮。翠岩下，耕白云二顷，剩种仙苗。

（《阳春白雪外集》）

[注释]

①白鹭亭:江苏南京市西南江中有白鹭洲,上有亭。 ②紫菟裘:紫色兔毛皮袍。 ③长庚鲸过:传李白曾骑鲸鱼游长江。 ④回仙:传说中的仙人吕洞宾。 ⑤浮图:佛塔。 ⑥琅璈:玉制乐器名。 ⑦千年枯井:此指胭脂井,南朝陈景阳宫之井。隋兵南下过江,攻占台城。陈后主闻兵至,与妃张丽华匿此井中。

续雪谷

续雪谷，生平与事迹均无考。

念奴娇

砌红慵扫[1]，问东风、应念西园寥落[2]。帘卷垂杨莺唠巧，才见还因飞却。捻指光阴，关心节序，总在秋千索。翩翩双蝶，傍人争趁行乐。　　曾记步月归来，秦筝弹遍，共倚阑干角。别后池亭谁斗草，多少芳游担阁[3]。世事升沉，人生聚散，俯仰空如昨。馀香犹在，绣帏清晓寒薄。

［注释］

①砌红：飘散在台阶上的落花。　②西园：园名。建安时曹操所建，在邺都，为曹魏君臣游宴之处。　③担阁：同"耽搁"，延误之意。

南歌子

眼媚双波溜，腰柔一搦纤[1]。问伊何事放珠帘，笑道篆香销尽、要重添[2]。　　数日宽金钏[3]、梳云拂翠奁。梅妆依旧落虚檐，题起一春心事、两眉尖。

［注释］

①一搦（nuò）：一握。　②篆香：即盘香，因其线形弯曲，有类篆体字笔划，故名。　③宽金钏：意谓身体消瘦。　金钏：女子所戴金腕环。

长相思

心悠悠，恨悠悠。谁剪青山两点愁，笙寒燕子楼[1]。

晓星稀,暮云飞。织就回文不下机,花飞人未归。

(以上三首见《阳春白雪》卷八)

[注释]

①燕子楼:白居易《燕子楼诗·序》,徐州故尚书有爱妓曰盼盼,善歌舞。尚书既殁,归葬东洛,而彭城有张氏旧第。第中有小楼名燕子,盼盼念旧爱而不嫁,居是楼十馀年。

荣樵仲

荣樵仲，生平与事迹均无考。

水调歌头

既难求富贵，何处没溪山。不成天也[①]、不容我去乐清闲。短褐宽裁疏葛，柱杖横拖瘦玉，著个竹皮冠[②]。弄影碧霞里，长啸翠微间。　醉时歌，狂时舞，困时眠。翛然自得，了无一点俗相干。拟把清风明月，剪作长篇短阕，留与世人看。待倩月边女，归去借青鸾。

[注释]

①不成：反诘语，难道。　②竹皮冠：以竹皮制成。刘邦微时，常着此。既为帝，人追效之，号“刘氏冠”。以形似鹊尾，亦称“鹊尾冠”。

陆象泽

陆象泽，生平与事迹均无考。象，一作东。

贺新凉

送灵山冯可久通守浔阳①

笛唤春风起。向湖边、腊前折柳，问君何意。孤负梅花立晴昼，一舸凄凉雪底。但小阁、琴棋而已。佳客清明留不住，为匡庐②、只在家窗里。湓浦去③，两程耳。　草堂旧日谈经地。更从容、南山北水，庾楼重倚④。万卷心胸几千古，仰首骎骎紫气⑤。正江上、风寒如此。且趁霜天鲈鱼好，把貂裘、换酒长安市⑥。明夜去，月千里。

（《阳春白雪外集》）

[注释]

①灵山：县名。今属广东。　冯可久，名通。　②匡庐：即庐山。传说秦时匡氏兄弟居此，故名，　③湓浦：即湓口，九江城西湓水入江处。④庾楼：晋庾亮曾月夜登武昌南楼游赏。　⑤骎骎（qīn）：疾速。　⑥“把貂裘”句：晋阮孚为散骑常侍时，酣饮不治事，曾以所服金貂换酒。后人以此为名士耽饮傲岸的典故。

鞠华翁

鞠华翁，吉水（今江西吉安）人。其他不详。

桂枝香

过溧水感羊角哀左伯桃遗事[①]

丁丁起处[②]，在纵牧九京[③]，经烧残树。时见乌鸢饥噪，鸺鹠妖呼[④]。数间老屋团荒堵，算何人、瓣香来注。淡烟斜照，闲花野草[⑤]，杳杳年度。　世事几、番云覆雨，独此道嫌人，抛弃尘土。眼里长青，谁也解如山否。三三五五骑牛伴，望前村、吹笛归去。柳青梨白，春浓月淡。蹋歌椎鼓。（《阳春白雪外集》）

[注释]

①溧水：县名，今属江苏。　羊角哀左伯桃：羊左二人之楚，乏粮。左乃以粮与羊，自入空树死。羊至楚为上大夫，备礼以葬伯桃。见《烈士传》。其墓在溧水县。　②丁丁：伐木斧声。　③九京：九原，墓地。④鸺鹠（xiu liú）：猫头鹰。　⑤野草："草"原作"棠"，依《全宋词》改。

绮寮怨

月下残棋

又见花阴如水，两心犹未平。正坐久、主客成三，空无语、影落楸枰[①]。千年人间事业，垂成处、一著容易倾。便解围、小住何妨，机锋在，瞬息天又明。　甚似汉吴对营[②]，纷纷不了，孤光照彻连城。又似残星，向零落，有馀情。姮娥笑人迟暮，念才力、底须争。从亏又成[③]。何

人正听隔壁声④。 (元《草堂诗馀》卷中)

[注释]

①楸枰:楸木制作的棋盘。 ②汉吴对营:蜀汉与东吴对垒。 ③从亏又成:从败局(亏)获得胜机。 ④唐氏按:一作“何人正隔屋睡声”。

曾晞颜

曾晞颜，字达圣，号东轩。景定三年（1262）进士，官知县，除御史。其他不详。

贺新郎

贺耐轩周府尹　己卯[①]

富贵人间有。就如今、秤量阴德，还公最厚。一郡鹘仑全似旧[②]，春满霜畴稻亩。近帐外、干将夜吼[③]。直指禾川弄霆雷，纵山阴、鹿健那能走[④]。都算计，怎担负。
单车曲曲穿岩窦。向迷途、分明一呼，散渠回首。夹路香花迎拜了，见说家家举酒。道公是、再生父母。活一口还添一岁，这一回、活几千千口。只此事，是公寿。[⑤]

（《翰墨大全》丙集卷十三）

［注释］

①周耐轩：名天骥。曾知吉州（禾川）。　己卯：宋帝昺祥兴二年（1279）。②鹘仑：通"囫囵"，浑然一体状。　③干将：古剑名，吴国剑工干将所制。④鹿健哪能走：反用"逐鹿中原"之典。谓政权不至倾覆。　⑤唐氏按：此首原题曾东轩作。

好事近

以梅为寿

昨夜探寒梅，先报一阳消息[①]。天遣花神妆点，衬贤侯清白。　试将玉蕊比修龄，算枝头千百。更有不凡风味，付调羹仙客[②]。[③]

（《翰墨大全》丙集卷十四）

[注释]

①一阳:古时认为,冬至即一阳发生,阳气动于下,草木有萌动的征兆,因称此日为“一阳生”。 ②调羹:《尚书·说命》记述商王任傅说为相的典故,“若作和羹,尔惟盐梅。” ③唐氏按:此首原题东轩作。

存目词

调名	首句	出处	附注
如意令	炎暑尚馀八日	《花草粹编》卷七	无名氏词,见《翰墨大全》丁集卷二
水晶帘	谁道秋期远	《花草粹编》卷十	同上

朱子厚

朱子厚，生平与事迹均无考。与宋末俞德邻同时。

谒金门

风动竹，清遍一窗梅溽。闻道小乔乘凤玉[①]，仙裳飘雾縠。　来嫁吾门公瑾叔[②]，天上人间愿足。浓缘水沉燃宝烛，鬟长相对绿。

[注释]

①小乔：比喻歌者。　②公瑾：东汉末江东周瑜的表字。周为小乔的丈夫，名将佳人，姻缘美满。作者以之为贺。

存目词

《花草粹编》卷五有朱子厚《鹧鸪天》“烛影摇红玉漏迟”一首，乃《翰墨大全》乙集[补辑]卷十七无名氏作品。

【补　辑】

菩萨蛮

酴醾浴罢温香玉[①]，牡丹睡起歌云绿。弹压属东阳[②]，留春在庆堂。　简端新组绶[③]，辉映烟岚秀。妙曲倩清妍，祝君无尽年。

（见《诗渊》第二十五册，引自孔凡礼《全宋词补辑》）

[注释]

①“酴醾浴罢”句：指雨后荼蘼花更为娇艳。　②弹压：犹统摄，管理。东阳：指沈约，曾任东阳太守。　③组绶：官员礼服上的绶带。　新组绶：新任官职。

刘辰翁

刘辰翁(1232—1297),字会孟,号须溪,庐陵(今江西吉安)人。少登陆象山之门,补太学生。宋理宗景定三年(1262)廷试对策,触犯贾似道置于丙等,曾任濂溪书院山长。后被荐居史馆,又除太学博士,因不满朝廷腐败而固辞。宋亡,隐居不仕。其词继辛弃疾一派。宋亡前后,多感伤时事的篇章。其词以中锋突进之手法表现奔放之情,直率不隐,情真不雕。有《须溪词》一卷,《补遗》一,计三百五十四首词。又能诗,曾评点杜甫、王维、李贺、陆游诸家之作。原有集,已散佚,清人辑有《须溪集》。

望江南

晚　晴

朝朝暮,云雨定何如[①]。花日穿窗梅小小,雪风洒雨柳疏疏,人唱晚晴初。

[注释]

①朝暮云雨:用宋玉《高唐赋序》典。

望江南

元　宵

春悄悄,春雨不须晴。天上未知灯有禁[①],人间转似月无情,村市学箫声。

[注释]

①灯有禁:元兵入杭城,十载废元宵节,禁灯。

望江南

秋日即景

梧桐子，看到月西楼。醋酽橙黄分蟹壳[①]，麝香荷叶剥鸡头[②]，人在御街游。

[注释]

①醋酽：醋浓。　②鸡头：植物名。即芡。种子称“芡实”或“鸡头米”，供食用或酿酒。

望江南

梧桐子[①]，人在御街游。凤宿云绡金缕带，龙池翠帐玉香球[②]，宫女后庭秋。

[注释]

①梧桐子：朱德才主编《增订注释全宋词》卷五，此首开章为“风流子”。　②“凤宿”二句：言帝在后宫的生活奢丽。

双调望江南

赋所见

长欲语，欲语又蹉跎。已是厌听夷甫颂[①]，不堪重省越人歌[②]，孤负水云多。　羞拂拂[③]，懊恼自摩挲。残烛不教人径去，断云时有泪相和，恨恨欲如何。

[注释]

①夷甫：指晋代王衍（字夷甫）容貌整丽，妙于清谈。《晋书·桓温传》载，桓温自江陵北伐，过淮……与诸僚属登平乘楼，眺瞩中原，慨然曰：

"遂使神州陆沉,百年丘墟,王夷甫诸人不得不任其责!"词中用王夷甫典指当权者如贾似道之流专权跋扈,谎报军情,向敌乞和等行径。 ②越人歌:出刘向《说苑·善说》,"越人为鄂君子析划船,对鄂君有好感,以歌声表白悦慕之情,其歌曰:"……今日何日兮,得与王子同舟。……山有木兮木有枝,心悦君兮君不知。"此典表示对君王歌颂。 ③拂拂:羞怯貌。

双调望江南

寿谢寿朋

前之夕,织女渡河边。天上一朝元五日,人间小住亦千年,相合降神仙。 当富贵,掩鼻正高眠[①]。欲语会稽仍小待[②],不知文举更堪怜[③],蔗境在顽坚[④]。

[注释]

①掩鼻正高眠:用谢安事。见《世说新语·雅量》,形容诗酒风流状。 ②"欲语"句:汉朱买臣初家贫,其妻求离去。后朱为会稽太守归故乡,荣耀一时。 ③文举:孔融,字文举,官至太中大夫,对曹操多所非议,后为操所杀。 ④蔗境:顾长康食甘蔗,先食尾。人问其故,曰"渐至佳境"。见《世说新语·排调》。后因用"蔗境"比喻老来幸福或处境逐渐好转。

双调望江南

寿赵松庐

添一岁,减一岁愁眉。若待一生昏嫁了,更须采药十年迟,昏嫁已随时。 东家者,俎豆伴儿嬉[①]。幸自少年场屋了,谁能匊淅数还炊[②],千岁是灵龟[③]。

[注释]

①俎(zǔ)豆:俎和豆都是古代祭祀用的器具。后人引申为祭祀,崇奉之意。 ②匊淅:双手捧取淘过的米。匊,同"掬(jū)"双手捧取。淅

(xī)，淘过的米。 ③灵龟：神龟，古代用以占卜。

双调望江南

胡盘居生日

盘之所，春蝶舞晴暄[1]。溪傍野梅根种玉，墙围修竹笋生鞭，深院待回仙。 嘉熙好[2]，四十二年前。犹记五星丁卯聚[3]，更迟几岁甲申连，快活共千年。（丁酉生奎其名[4]。）

[注释]

①暄(xuān)：暖和。 ②嘉熙：宋理宗年号(1237—1267)。 ③丁卯：指宋度宗咸淳三年(1267)。 ④丁酉：指宋理宗嘉熙元年(1237)，为胡盘出生年。胡，名奎。

双调望江南

寿王秋水

齐眉举，彩侍紫霞卮[1]。天上九朝凫冉冉，尊前一笑玉差差[2]，人唱自家词。 篱下菊，醉把一枝枝。花水乞君三十斛[3]，秋风记我一联诗，取留看晚香时。

[注释]

①齐眉举：用后汉梁鸿孟光事，以表夫妻相敬有礼。 卮(zhī)：古代一种盛酒器。 ②差差(cī cī)：犹“参差”，不齐貌。 斛(hú)：量器名。古代以十斗为一斛，南宋末年改为五斗。

双调望江南

寿张粹翁

七日后，重会是星前[1]。二月之间浑似此，馀年何止万三千，日拟醉华筵。　　歌白雪，除是雪儿传[2]。看取长生瓢屡倒，眼前橘粟术何玄[3]，自唱鹊桥仙。

[注释]

①星前：双星相会之前日。此言张当生于六月底。　②白雪：古曲名。　雪儿，李密爱姬名。此指歌女。　③橘粟术：未详。似指橘中戏之橘叟。见《玄怪录》。

南乡子

乙酉九日[1]

宽处略从容，华水华山自不同[2]。旧日诸贤携手恨，匆匆，只说明年甚处重。　　几岁避辽东[3]，茅竹秋风一并空。欲望辽东何处是，濛濛，也似秦楼一梦中。

[注释]

①乙酉：至元二十二年(1285)。　②华水华山：在陕西华阴山南。③辽东：古代郡、国名。汉末天下大乱，管宁避居辽东，从者甚多，旬月成邑。泛指辽宁、河北一带。

南乡子

木犀花下[1]，因忆永阳宣溪与故乡族子门径之盛[2]，而其人皆适在此，感叹复赋

香雪碎团团，便合枝头带露餐。笑倒那人和玉屑，金丹[3]，不在仙人掌上盘。　　千树碧阑干[4]，山崦朱门梦里残[5]。花下主人都在此，谁看，天上人间一样寒。

[注释]

①木犀花：即桂花。 ②永阳：今江西永阳县。 门径：门庭。 ③玉屑金丹：古代方士以玉之碎末与丹砂炼成的金丹。 ④阑干：纵横交错貌。 ⑤崦（yān）：常与“嵫”连用。崦嵫，是山名。在甘肃天水西境。古代常用来指日没的地方。此处“崦”用“掩”意。

南乡子

即席纪游

去似赏花移，处处开尊亦不辞[①]。梨栗又空醅又尽[②]，方知，旧日骊驹劝客归[③]。 归路月相随，儿子门生个个迟。坐久不知无可待，堪疑，向道儿痴直是痴。

[注释]

①尊：古代酒器。 ②醅（pēi）：未滤的酒。 ③骊驹：黑色的小马。此指逸《诗》篇名，为送别客人之歌。辞云：“骊驹在门，仆夫在存；骊驹在路，仆夫整驾。”

浪淘沙

秋夜感怀

无叶著秋声，凉鬓堪惊。满城明月半窗横。惟有老人心似醉[①]，未晓偏醒。 起舞故无成[②]，此恨难平。正襟危坐二三更[③]。除却故人曹孟德[④]，更与谁争。

[注释]

①老人：词人自指。 ②起舞：即“闻鸡起舞”。《晋书·祖逖传》载，祖逖立志为国家效力，夜里听到鸡叫就起床舞剑，刻苦练武。后为东晋名将，所部纪律严明，击败敌军。后来用以比喻有志为国效力的人。 ③正襟危坐：正一正衣襟，端正地坐着。 ④曹孟德：即曹操。三国时政治家，

军事家,诗人。

浪淘沙

大风作

卷海海翻杯,倾动蓬莱[1]。似嫌到处马头埃。雨洗御街流到我[2],吹向潮回。　　寒似雪天梅,安石榴开。绣衾重暖笑炉灰[3]。料想东风还忆我,昨夜归来。

[注释]

①蓬莱:古时传说中的三仙岛之一。　②马头埃:喻征战之尘。③御街:帝京的大道。　④绣衾:绣花被子。衾,被子。

浪淘沙

有　感

无谓两眉攒,风雨春寒。池塘小小水漫漫。只为柳花无一点,忘了临安[1]。　　何许牡丹残,客倚屏看。小楼面面是春山。日暮不知春去路,一带阑干。

[注释]

①临安:宋建炎三年(1129)置行宫于杭州,为行在所,升州为临安府,治所在钱塘(今杭州市)。绍兴八年(1138)定都于此。

如梦令

题四美人画

比似寻芳娇困,不是弓弯拍衮[1]。无物倚春慵,三寸袜痕新紧。羞褪,羞褪,忽忽心情未稳。[2]

[注释]

①拍衮(gǔn)：拍、衮：宋代词乐专用名词。此指歌舞表演。　弓弯：弓足舞姿。　②原注："褪履。"

如梦令

寂历柳风斜倚，错莫梦云难记。花影为谁重，一握鲛人丝泪[①]。何事，何事，历历脸潮羞起。[②]

[注释]

①鲛人：亦作"蛟人"。传说中的人鱼。《太平御览·珍珠部二·珠下》引张华《博物志》："鲛人从水出，至人家积日，卖绡将去，从主人索一器，泣而成珠满盘，以与主人。"　②原注："托腮。"

如梦令

睡眼青阴欲午，当户小风轻暑。倦近碧阑干，斜影却扶人去。无绪，无绪，落落一襟轻举[①]。[②]

[注释]

①落落：孤独的样子。　轻举：伸臂打哈欠。　②原注："欠伸。"

如梦令

落叶西风满地，独宿琼楼丹桂。孤影抱蟾寒[①]，寄与月明千里。休寄，休寄，粟粟蕊珠心碎。[②]

[注释]

①蟾：蟾蜍的省称，传说月中有蟾蜍，故以"蟾"为月的代称。　②原注："折桂。"

江城子

西湖感怀

涌金门外上船场[①]。湖山堂[②],众贤堂[③]。到几凄凉,城角夜吹霜。谁识两峰相对语,天惨惨,水茫茫。　月移疏影傍人墙。怕昏黄,又昏黄。旧日朱门,四圣暗飘香[④]。驿使不来春又老,南共北,断人肠。

[注释]

①涌金门:杭州正西城门。　上船场:即上船坞。　②湖山堂:西湖名胜,度宗时洪焘创建。　③众贤堂:西湖名胜,即三贤堂。　④四圣:即四圣观,在孤山上。　唐氏按:原"圣"字作"望",据《永乐大典》卷二千二百六十五"湖"字韵改。

江城子

春兴

一年春事几何空。杏花红,海棠红。看取枝头,无语怨天公。幸自一晴晴太暖[①],三日雨,五更风。　山中长自忆城中。到城中,望水东。说尽闲情,无日不匆匆。昨日也同花下饮,终有恨,不曾浓。

[注释]

①幸自:本自、本是。

江城子

和默轩初度韵[①]

书题拂拂洞庭香[②]。孕云黄,粲珠光。唤谪仙人[③],除是贺知章[④]。未老得闲闲到老，无一事，和诗忙。　是中曾著老人双。送千觞，乐谁妨。世上输赢，不似烂柯长[⑤]。晚入耆英年最少[⑥]，空结客，少年场。

[注释]

①初度：指生日。　②拂拂：风动貌。　③谪仙人：指李白。天宝元年，李白入长安后，曾与八十馀岁高龄的太子宾客贺知章相见。贺一见李白，惊奇白之风骨，“呼为谪仙人”（魏颢《李翰林集序》）。　④贺知章：唐诗人。字孟真，自号四明狂客。官至秘书监。后还乡为道士。好饮酒，与李白友善。工书法，尤擅草书。其诗今存二十首，《回乡偶书》传诵颇广。　⑤烂柯：《述异记》载，晋王质入山采樵，见二童子对弈，童子与王质物如枣核，食之不饥。局终，童子曰：“汝柯（斧柄）烂矣。”质归乡里，已到百岁。　⑥耆（qí）英：即耆英会。宋文彦博留守西都洛阳，集年老的士大夫十一人，聚会作诗，当时谓之“洛阳耆英会”。见司马光《洛阳耆英会序》。耆，老也。

江城子

海棠花下烧烛词[①]

红攲醉袖殢阑干[②]。夜将阑，去难拚。烧蜜调蜂，重照锦团栾[③]。春到洞房深处暖，方知道，月宫寒。　枝枝红泪不曾干。背人弹，语羞檀[④]。欲睡心情，一似梦惊残。正自朦胧花下好，银烛里，几人看。

[注释]

①“海棠花下”句：本苏轼《海棠》“只恐夜深花睡去，故烧高烛照红妆”。　②攲（yī）：通“倚”。　殢（tì）：留恋沉溺。　③团栾：圆貌。　④檀：指檀郎。晋代潘岳，小名檀奴，姿仪美好，因以“檀郎”或“檀奴”作为对所爱慕的男子之称谓。

[集评]

况周颐云：“须溪词，风格遒上似稼轩，情辞跌宕似遗山。有时意笔俱化,纯任天倪,竟能略似坡公。往之独到之处,能以中锋达意,以中声赴节。世或目为别调,非知人之言也。《促拍奴儿》云:'百年已是中年后,西州垂泪,东山携手,几个斜晖。'……其《江城子》(海棠花下烧烛词)云:'欲睡心情,一似梦惊残。'若斯之类,是其次矣。如衡论全体大段,以骨干气息为主,则必举全首而言。其中即无如右等句可也。由是推之全卷。乃至口占,漫与之作,而其骨干气息具在此。须溪之所以不可及乎。"(《蕙风词话》)

点绛唇

瓶　梅

小阁横窗,倩谁画得梅梢远[①]。那回半面,曾向屏间见。　风雪空山,怀抱无荀倩[②]。春堪恋,自羞片片,更逐东风转。

[注释]

①倩(qìng):请,央求。　②荀倩:即荀奉倩。南朝宋刘义庆《世说新语·惑溺》:"荀奉倩与妇至笃。冬月妇病热,乃出中庭,自取冷,还以身熨之。妇亡,奉倩后少时亦卒。"词以比喻梅花。

点绛唇

和访梅

一雪蹉跎,蹇驴不载吟鞭去[①]。夜听春雨,踏雪差无苦[②]。　待得花晴,总是游人处。梅应许,小桥延伫,蜂蝶先成路。

[注释]

①蹇驴(jiǎn):驽劣之驴。蹇,跛足,行动迟缓。　吟鞭:指骑驴诗人。
②差:尚。

点绛唇

寄 情

醉里瞢腾[①]，昨宵不记归时候。自疑中酒，耿耿还依旧[②]。　恨不能言，只是天相负。天知否，卷中人瘦，一似章台柳[③]。

［注释］

①瞢（méng）腾：即“懵腾”，半睡半醒，朦胧迷糊。　②耿耿：形容心中不能宁贴。　③章台柳：孟棨《本事诗·情感》载，天宝末进士韩翃负才名，与妓柳氏相爱悦。后韩出为淄青节度使侯希逸从事，柳氏留居都下，为番将所得。三年后，韩题《章台柳》词远寄柳氏：“章台柳，章台柳，往日青青今在否？纵使长条似旧时，亦应攀折他人手。”柳氏以《杨柳枝》词相答：“杨柳枝，芳菲节，可恨年年赠离别。一叶随风忽报秋，纵使君来岂堪折。”后来韩求淄青节度使手下虞候为韩翃夺回柳氏。章台，汉朝长安有章台街，为妓女所居之地。

点绛唇

和邓中甫晚春[①]

燕子池塘，乱红过尽秋千晚[②]。絮飞欲倦，正是帘初卷。　睡起无情，犹道天涯远。羞匀面[③]，乍惊红浅，梦自无人见。

［注释］

①邓中甫：邓剡，字光荐，一曰字中甫，庐陵人。与刘辰翁同乡，同年中进士。宋亡，投海未死。曾与文天祥唱和，共励高节。　②乱红：落花。③匀面：以粉涂于脸上。

点绛唇

题画

鞲指春寒[1],陇禽一片飞来雪[2]。无言可说,暗啄相思结。　　只影年深,也作关山别。翻成拙,落花时节,倩子规声绝[3]。

[注释]

①鞲(góu):臂套,用以束衣袖以便动作。　②陇禽:甘肃等西北地区的禽鸟。如鹦鹉又名陇客,因多产于甘肃一带地方,故名。　③子规:杜鹃鸟的别称。传说是蜀王望帝“杜宇”所化,啼声悲切。

点绛唇

虹玉横箫[1],纤纤指按新声作。参差重约[2],昨夜梁伊错[3]。　　几许闲愁,品字都忘却[4]。沉吟觉,一声哀角,满院残花落。

[注释]

①虹玉:此指箫。　②重约:反复弹奏。　③梁伊错:《梁州》、《伊州》,古曲名。错按梁州,指歌女因看情郎而分心所致。　④品字:字,指字音字调。品字,指对音位的把握。

浣溪沙

三月三日

高卧何须说打乖[1],小篱过雨翠长街。缃桃定有踏青鞋[2]。　　晴日又思花处所,东风绝似柳情怀。人间安得酒如淮。

[注释]

①打乖：指女孩卖弄乖巧。 ②缃（xiāng）桃：缃浅黄色；桃，桃花色。

浣溪沙

壬午九日

身是去年人尚健，心知十日事如常。眼前杯酒是重阳。 破帽簪萸携素手[①]，长歌藉草慰寒香[②]。儿童怪我老来狂。

[注释]

①簪萸（yú）：插戴茱萸草。古代风俗，阴历九月九日重阳节，佩萸囊以祛邪辟恶。 萸：茱萸，有浓烈香味的植物，可入药。 ②藉（jiè）草：坐在草地上。 藉：坐卧其上。

浣溪沙

虎溪春日[①]

春日春风掠鬓须，乱山相对拥寒炉。彩鞭金胜一时无[②]。 自缕青丝成细柳，更堆残雪当凝酥。儿童且莫唱皇都[③]。

[注释]

①虎溪：溪名，也作“武溪”。在今江西庐山东林寺前。 ②金胜：即春胜。古人立春日将春胜插在头上、门上以迎春。 ③皇都：南宋故都临安。

浣溪沙

寿陈敬之推官[①]

身是高人欲寝冰[②]，引年可待进豨苓[③]。无忧无患也身轻。　雪里放囚天亦喜[④]，平安骑鹤到家庭[⑤]。今年春早为长生。

[注释]

①陈敬之：陈尧道，字敬之。端平二年进士，官至监察御史。　②寝冰：坐卧冰堆玉鉴中，比喻操守高洁。　③引年：延年。　豨(xī)苓：草名，即猪苓。　④放囚：释放囚徒。　⑤骑鹤：比喻成仙。

浣溪沙

十日千机可复谐[①]，郭郎感运岂仙才[②]。人间自是少行媒。　直上扶摇须九万[③]，满前星斗共昭回[④]。又传贾客向曾来。

[注释]

①"复谐"句：指办事干练。　②郭郎：郭璞，精通卜筮、道术，作游仙诗多首。　③扶摇：风名。《庄子·逍遥游》："……抟扶摇而上者九万里。"　④昭回：星光明亮。

浣溪沙

暮暮相望夕甫谐[①]，针楼巧巧似身材。下头无数老人媒。　昨夜竹林那得见，朝来乾鹊是空回[②]。人间五日后能来。

[注释]

①甫：才，方。　②乾(gān)鹊：喜鹊。恶湿喜晴，故名乾鹊。

摊破浣溪沙

潭上夜归

醉里微寒著面醒，天风不展帽攲倾[①]。行过溪深松雪下，夜三更。　白白野田铺似月，瑽瑽沙路踏如冰[②]。不见剡溪三百曲[③]，一舟横。

［注释］

①攲（qí）：斜侧不平。　②瑽瑽（cōng）：佩玉声。　③剡（shàn）溪：水名，在浙江剡县，即曹娥江上游。

摊破浣溪沙

澹澹胭脂浅著梅，温柔不上避风台。若比杏桃真未识，夺银胎。　汗面拭来慵傅粉[①]，酒香浓后暗潮腮。娇嫩不应醒似醉，倩谁猜[②]。

［注释］

①慵傅粉：懒得擦粉。　②倩：请，央求。

霜天晓角

初春即事

柳梢欲雪，十里烟明灭。曲曲阑干转影，教人忆、夜来月。　家人相对说，灯花还又结。冻雨村村□鼓，终不似、上元节[①]

［注释］

①上元节：节日名。旧时以阴历正月十五日为上元节，其夜为上元

夜,也叫“元宵”。

霜天晓角

中秋对月

乌云汗漫[1],浊浪翻河汉[2]。过尽千重魔障,堂堂地、一轮满。　　秋光还又半,檐声初漏断[3]。不管满身花露,已办著、二更看。

[注释]

①汗漫:广泛,漫无边际。　②河汉:即银河。　③漏:古代滴水计时的器具。

霜天晓角

和中斋九日[1]

骑台千骑,有菊知何世。想见登高无处,淮以北、是平地[2]。　　老来无复味,老来无复泪。多谢白衣迢递[3],吾病矣、不能醉。

[注释]

①中斋:邓光荐号中斋,文天祥之客。宋亡,以义行。其所著《鹧鸪词》:“行不得也哥哥!瘦妻弱子羸牸耿,天长地阔多网罗,南音渐少北语多,肉飞不起可奈何?行不得也哥哥!”　②“淮以北”句:指淮河以北皆被元人所占。　③白衣:古代平民着白衣,因以称无功名的人。

霜天晓角

楼下梅一株，经冬无一花。春半忽开，一萼梢头，出万红中，因赋之

经年寂寞，已负花前约。忽向红梅侧畔，开点雪、有人觉。　不开何似莫，百梢才一萼。却问寿阳宫额[①]，两三蕊、怎能著。

[注释]

①寿阳宫额：《太平御览·时序部》引《杂五行书》云，"宋武帝女寿阳公主人日卧于含章殿檐下。梅花落于公主额上，成五出花，挥之不去。经三日，洗之乃落，宫女奇其异，竞效之，则成梅花妆。"寿阳宫额，此指梅花。

霜天晓角

寿吴蒙庵[①]

臞然如竹[②]，自是天仙福。小小画堂锦样，听人唱、鹤飞曲[③]。　橙橘黄又绿，蟹到新篘熟[④]。便做月三十斛，饮不尽、菊潭菊。

[注释]

①吴蒙庵：吴蒙，字明发，号明庵。江西吉安人。曾知建昌军。　②臞（qú）：亦作"癯"。瘦也。　③鹤飞曲：旧时以鹤为长寿仙禽，故云。　④篘（chú）：滤酒之竹器。

霜天晓角

寿陈敬之

朝来微雪，又近长生节。造就一枝清绝，梅与雪、怎

分别。　　两年心似月，除是天知得。手种春风千树，一颗颗、待儿摘。

霜天晓角

寿张古岩

明年七十，歌彩桥仙夕[①]。见说严君平道[②]，年年是、月初一。　　同时同里密，后今今又昔。便做伏生年纪[③]，也未到、蹇吃吃[④]。

[注释]

①彩桥仙夕：七月七日为“七夕”，是牛郎织女相聚之日。是夕银河有喜鹊为桥，二人相会。《开元天宝遗事》载，是夕宫中以锦结成楼殿，上可数十人。设坐以祀牛、女二星，嫔妃各以九孔针、五色线，向月穿之，是为“乞巧”。士民之家亦效之。《荆楚岁时记》：“是夕人家妇女结彩缕，穿七孔针，以乞巧。”　②严君平：西汉隐士。名遵，蜀（今四川）人。卜筮于成都市。日得百钱即闭门读《老子》，著书十馀万言。一生不愿做官，为当时著名文学家扬雄所敬重。著有《道试真经指归》十三卷，现仅存七卷。严君平道，指老子之学说“有无相生”及庄子的“齐一论”等。　③伏生：亦称伏胜。西汉今文《尚书》的最早传授者，济南人。曾任秦博士。汉文帝时，派晁错向其学《尚书》。西汉的《尚书》学者，都出于他的门下。今本今文《尚书》二十八篇，即由他传授而存。　④蹇（jiǎn）吃：口吃。西汉著名文学家扬雄即有口吃。庾信《谢滕王集序启》：“言辞蹇吃，更甚扬雄。”

霜天晓角

寿贾教[①]

良宵七七，又近中元日[②]。桥上老人有约，后五日、重来觅。　　婵娟银海出，木犀新雨湿。惟有延平剑气[③]，箕斗外[④]、广寒逼。

[注释]

①贾教：字昌忠，号节庵，咸淳进士、曾知吉州。 ②中元：旧俗以阴历七月十五日为“中元节”。 ③延平剑气：延平是古代府、路名。境内负山阻水，形势险要，古有“铜延平”之称。元大德六年（1302）改为南剑路。治所在南平（今福建南平）。 ④箕斗：星名，即箕宿，斗宿。

霜天晓角

寿萧静安[①]，时归永新[②]

归来把菊，春瓮今朝熟。苦苦留君不得，携孺子、到汾曲[③]。 庐山真面目，冰清还映玉。长笑欧公老懒[④]，君且住、饮螺绿[⑤]。（其子昏燕氏。）

[注释]

①萧静安：名寿甫，字大德，号静安。 ②永新：县名，今属江西吉安。 ③汾曲：汾水曲折处。汾水，在山西省内。 ④欧公：指欧阳修。 ⑤螺绿：指美酒。

霜天晓角

寿康臞山[①]

问春来未，也似辛壬癸[②]。如此男儿五十，又过却、孔融二[③]。 画堂孙子子，新桃如故垒。不管明朝后日，春满眼、是千岁。

[注释]

①康臞山：康应弼，字德辅，号臞山，龙泉人，曾任吉州教授。 ②辛

壬癸:为甲年前之三个天干年号。 ③又过孔融二:即比年满五十的孔融,还多了两年。

霜天晓角

□□□□。□□□□□。□□□□□□。□□□、□□□。 治中心似佛。治中心似日。人祝治中千岁,似翁福、似翁德。

卜算子

元 宵

不是重看灯,重见河边女。长是蛾儿作队行[1],路转风吹去。 十载废元宵,满耳番腔鼓[2]。欲识尊前太守谁,起向尊前舞。

[注释]

①蛾儿:蛾眉的省称,借指美人。 ②番腔:番,旧时对西方边境各族的称呼,亦为外族的通称;番腔,指蒙元音乐。

卜算子

寿郡守

早已是三年,父老依依借。愿与天公借几年,保我鸡豚社[1]。 □□□□□,□□□□□。□□□□□□□,□□□□□。

[注释]

①“保我”句:保佑我鸡豚生计之平安。

菩萨蛮

秋 兴

芭蕉叶上三更雨，人生只合随他去[1]。便不到天涯，天涯也是家。　　屏山三五叠，处处飞胡蝶。正是菊堪看，东篱独自寒[2]。

[注释]

①只合：只该。　②东篱：陶渊明《饮酒》诗有“采菊东篱下，悠然见南山”语，此为作者自比。

菩萨蛮

湖南道中[1]

黄鸡喔喔催人起，困不成眠窗似水。清露不曾寒，朝来起自难。　　家人当睡美，又忆归程几。不管湿阑干，芙蓉花自看。

[注释]

①湖南道中：刘将孙《养吾斋集》提及其父刘辰翁于丙申年(1296)曾至湖南。

菩萨蛮

春 晓

画梁语透帘栊晓[1]，坼桐风送杨花老[2]。细雨绿阴寒，罗襟只似单。　　青门三里道，个个游芳草。比似嫁来看，踏青难更难。

[注释]

①帘栊:指帘子窗棂。 ②坼(chè):分裂,裂开。此指草木种子分裂发芽。

菩萨蛮

春日山行

江波何似西湖曲,村烟相对峰南北[①]。何处不青青,青青是汉茔[②]。 长亭芳草路,寒食谁家墓。旧日厌残红,人行九里松。

[注释]

①峰南北:指杭州西湖畔的南高峰和北高峰。 ②汉茔:汉人的墓地。

菩萨蛮

丁丑送春

殷勤欲送春归去,白首题将断肠句。春去自依依,欲归无处归。 天涯同是寓,握手留春住。小住碧桃枝,桃根不属谁[①]。

[注释]

①桃根:王献之妾桃叶之妹,后用作歌女、侍女的代称。

菩萨蛮

题醉道人图

八仙名姓当时少[①],污尊牛饮同倾倒[②]。惟有我公荣,旁人笑独醒。 多年村落走,泥饮无升斗[③]。入了玉门关[4]，人生一醉难。

[注释]

①八仙：即汉钟离、张果老、韩湘子、铁拐李、吕洞宾、曹国舅、蓝采和、何仙姑。　②污尊：污浊的酒杯。　③牛饮：狂饮，大饮。　④玉门关：汉武帝置。因西域输入玉石取道于此而得名。故址在今甘肃敦煌西北小方盘城。和西南的阳关同为当时通往西域各地的交通门户，出玉门关为北道，出阳关为南道。唐王之涣《凉州词》："羌笛何须怨杨柳？春风不度玉门关。"

好事近

中斋惠念，赐词俾寿[1]，不胜岁寒兄弟之意

□后百年闲，元度自伤来暮[2]。打破虚空无碍，共乘龙飞去。　　更参末后句如何，此事未能付。前遇小桥风雪，是君诗成处。

[注释]

①中斋：邓光荐。　俾寿：祝寿。　②元度：晋许询，字元度，为当时名士。

谒金门

风乍起，约巽吾同赋海棠[1]

娇点点，困倚春光欲软。滴尽守宫难可染[2]，浓欺红烛艳。　　寂寂露珠啼脸，翠袖不禁风飐。芳径相逢惊笑靥，日长初睡转。

[注释]

①巽吾：彭元逊，字巽吾。　②守宫：旧传守宫（壁虎）饲以朱砂，杀之，可染红色。

谒金门

和巽吾重赋海棠

花露湿，红泪裹成珠粒。比似昭阳恩未得[1]，睡来添醉色。　一笑娇波滴滴，再顾羞潮拂拂。恨血千年明的皪[2]，千年人共忆。

[注释]

①昭阳：昭阳殿，汉代后妃所居之殿。《汉书·外戚传·孝成赵皇后》载赵后飞燕受宠之事。此"昭阳"代指赵后。　②的皪：明亮，鲜明貌。

谒金门

和巽吾海棠韵

游赏竞，看取落红阵阵。花睡不成娇似病，春寒空受尽。　旧日不知繁盛，欲饮如今无兴。恨满东风无绿鬓[1]，东风还自恨。

[注释]

①绿鬓：乌黑而光亮的鬓发。引申为青春年少的容颜。

长相思

喜　晴

上元晴[1]，上元晴。待得晴时坐触屏，山禽三两声。
欲归城，未归城。见说城中处处灯，明年处处行。

[注释]

①上元：节日名。旧以正月十五日为上元节。

忆秦娥

中斋上元客散感旧，赋《忆秦娥》见属，一读凄然，随韵寄情，不觉悲甚

烧灯节[1]，朝京道上风和雪[2]，风和雪。江山如旧，朝京人绝。　　百年短短兴亡别[3]，与君犹对当时月。当时月，照人烛泪，照人梅髮。

[注释]

①烧灯节：即元宵节。　②京：指南宋旧京临安（今浙江杭州）。③百年短短兴亡别：短短一生竟划分为兴亡各别的两个时期，遭遇亡国的惨痛。百年，指一生。

忆秦娥

昨和次[1]，又作收灯节[2]，未遣。早见古岩四叠，又得中斋别梅，遂并写寄

惊雷节[3]，梅花冉冉销成雪。销成雪，一年一度，为君肠绝。　　古人长恨中年别，馀年又过新正月。新正月，不堪临镜，不堪垂髮。

[注释]

①昨和次：昨日与友人次韵之作。　②收灯节：古时正月十五元宵节，十四为试灯，十六夜为收灯。　③惊雷节：即“惊蛰”。二十四节气之一。每年三月六日前后。

忆秦娥

梅花节，白头卧起餐毡雪。餐毡雪，上林雁断，上林

书绝[1]。　　伤心最是河梁别[2],无人共拜天边月。天边月,一尊对影,一编残鬓。

[注释]

①上林:为宫苑名。原是秦之旧苑,汉武时又开上林苑。　书绝:汉武帝求苏武不得,诡称在上林苑射雁,足系帛书,言武在大泽中,因此得归。此仅用其意。　②河梁:世传李陵《与苏武诗》"携手上河梁,游子暮何之"。

忆秦娥

收灯节,霖铃又似鳌山雪[1]。鳌山雪,今宵清绝,今宵愁绝。　　老人似少终然别,痴痴更望春三月。春三月,花如人面,自羞余鬓。

[注释]

①鳌山雪:宋时元宵节夜,放花灯庆祝,堆叠彩灯如山形,称鳌山。

忆秦娥

为曹氏胭脂阁叹

春如昨,晓风吹透胭脂阁。胭脂阁,满园茅草,冷烟城郭[1]。　　青衫泪尽楼头角[2],佳人梦断花间约。花间约,黄昏细雨,一枝零落。

[注释]

①郭:外城。　②青衫:即青襟,指读书人。亦指官职最低者。白居易《琵琶行》:"座中泣下谁最多,江州司马青衫湿。"

西江月

新秋写兴

天上低昂似旧[①]，人间儿女成狂[②]。夜来处处试新妆[③]，却是人间天上[④]。　不觉新凉似水，相思两鬓如霜。梦从海底跨枯桑[⑤]，阅尽银河风浪[⑥]。

[注释]

①低昂：起伏，用来形容天色变化。　②成狂：指人间欢度七夕乞巧节。　③试新妆：吴自牧《梦粱录·七夕》言，此日晚饭后，全城儿女，不论贫富皆着新妆。　④却是人间天上：说人间的生活也和天上一样欢乐。⑤枯桑：即“沧海桑田”。《神仙传·麻姑》：“麻姑自说云，接待以来，已见沧海三为桑田。”后比喻世事变迁很大。　⑥银河风浪：用牛郎织女七夕渡河相会的故事，借指人间风浪。

西江月

忆　仙

曾与回翁把手，自宜老子如龙[①]。怀胎不敢问春冬，等待鞭鸾笞凤。　昨夜又迟黄石[②]，今朝重叩鸿濛[③]。碧桃花下醉相逢，说尽鹏游蝶梦[④]。

[注释]

①老子：是道教尊奉的始祖。旧题汉刘向《列仙传·老子》记载其成仙之事。　②黄石：神仙黄石公，此谓仙者与黄石公游。　③鸿濛：即“鸿蒙”。旧指宇宙形成以前的混沌状态。一说指未成形之气。　④鹏游：《庄子·逍遥游》载，鹏是北海之鲲所化，其背不知几千里，怒而飞，其翼若垂天之云。能借大风飞入九万里高空，从北海飞至南海。　蝶梦：《庄子·齐物论》载，庄周做梦化为蝴蝶。

西江月

石奇仪尝授吾奇门式局,以为兵法至要,日持扇图自卫

玉帐传心如镜[①],青龙绕指成轮[②]。尘中多少白头人,乾里寻壬难认。　　世事说来都了,鬼神见也须瞋[③]。迷槎问我是何津[④],向道先生昼困。

[注释]

①玉帐:指兵书。《汉书·艺文志》有《玉帐经》一卷。　②青龙:指宝剑。　③瞋(chēn):瞋目,瞪眼或睁大眼睛。　④槎(chá):用竹木编成的筏。《博物志》言天河与海相通,有人乘浮槎往来于天河、大海之间。

清平乐

石　榴

深红半面,一似墙头见。草树池塘青一片,独倚阑干几遍[①]。　　更谁绛袖朱唇,火云相对英英[②]。笑杀牡丹正午,离披不任看承。

[注释]

①独倚阑干:将石榴比喻为思妇,冯延巳《谒金门》:"斗鸭阑干独倚,碧玉搔头斜坠。终日望君君不至,举头闻鹊喜。"　②英英:俊美。

清平乐

寿某翁

君词为寿,绝妙孙辛妇[①]。但恨杯无露添酒,空等待梅花久。　　喜君白首还玄,人间合信天缘。如此相从

至老，我亦何倦馀年。

［注释］

①孙辛妇：即“黄绢幼妇，外孙齑臼”之省文，所谓绝妙好词也。见《世说新语·捷悟》。

归国遥

暮春遣兴

初雨歇，照水绿腰裙带热[①]。杨花不做人情雪，风流欲过前村蝶。羞成别，回头却恨春三月。

［注释］

①绿腰：此处以舞女喻柳枝。唐李群玉《长沙九日登东楼观舞》诗：“南国有佳人，轻盈绿腰舞。”绿腰，唐宋歌舞大典名，也作《六幺》、《录要》，属软舞类，女子独舞。节奏由慢以快，舞姿轻盈柔美。

昭君怨

玩　月

月出东山之上[①]，长忆御街人唱。恨我不能琴，有琴心。　　徙倚秋波平莹，渐久玉肌清冷。待更下阑干，起来看。

［注释］

①月出东山之上：本苏轼《前赤壁赋》“少焉，月出于东山之上，徘徊于斗牛之间”。

浣溪沙

春日即事

远远游蜂不记家，数行新柳自啼鸦。寻思旧事即天涯。　　睡起有情和画卷，燕归无语傍人斜。晚风吹落小瓶花。

[集评]

况周颐云："须溪词中，间有轻灵婉丽之作。似乎元明以后词派，导源乎此。讵时代已入元初，风会所趋，不期然而然者耶。如《浣溪沙·春日即事》云：'远远游蜂不记家，数行新柳自啼鸦。寻思旧事即天涯。　睡起有情和画卷，燕归无语傍人斜。晚风吹落小瓶花。'此等小词乃至略似国初顾梁汾、纳兰容若辈之作，以谓须溪词之别调可耳。"(《蕙风词话》)

浣溪沙

感　别

点点疏林欲雪天，竹篱斜闭自清妍。为伊憔悴得人怜。
欲与那人携素手，粉香和泪落君前。相逢恨恨总无言[①]。

[注释]

①恨恨：悔恨。

减字木兰花

玩月答蒙庵和词

何须剪纸，依旧一团圆照水。莫倚空寒，柳下池边也只般。　　君何忽忽[①]，宇宙人生都是客。月在云端，人自愁人不解看。

［注释］

①君何忽忽：蒙庵词中有“忽忽早睡语”。

减字木兰花

甲午九日午山作[1]

旧游山路，落在秋阴最深处。风雨重阳，无蝶无花更断肠。　　天知老矣，莫累门生与儿子。不用登高，高处风吹帽不牢[2]。

［注释］

①甲午：元世祖至元三十一年（1294）。九日：指九月九日。　②风吹帽：用孟嘉落帽典。

减字木兰花

有　感

东风似客，醉里落花南又北。客似东风，携手斜阳一笑中。　　佳人怨我，不寄江南春一朵[1]。我怨佳人，憔悴江南不似春。

［注释］

①江南春：用陆凯驿寄梅花事。

减字木兰花

腊望初晴[1]，月佳甚，有上元花柳意，不能忘情

腊销三五，月向雪山云外吐。烟水黄昏，梅柳依稀笛断魂。　　今宵豫赏[2]，便作香尘随步想。莫待元宵，灯

火零星雨寂寥。

[注释]

①腊望:腊月十五日。 ②豫:欢悦,游乐。

减字木兰花

乙亥上元①

无灯可看,雨水从教正月半。探茧推盘,探得千秋字字看。　铜驼故老②,说著宣和似天宝③。五百年前,曾向杭州看上元。

[注释]

①乙亥上元:宋恭帝德祐元年(1275)的上元节。 ②铜驼:喻亡国。《晋书·索靖传》:"靖有先识之量,知天下将乱,指洛阳宫门铜驼,叹曰:会见汝在荆棘中耳!"后因以"铜驼荆棘"形容亡国后残破的景象。 ③宣和天宝:宣和,系宋徽宗年号(1119—1125);天宝,唐玄宗年号(742—755)。二者代表唐宋由盛转衰时。

减字木兰花

庚辰送春①

送春待晓,春是五更先去了。我醉方知,春正怜伊怕别伊。　留君不可,归到海边方忆我。做尽花归,欲赠君时少一枝。

[注释]

①庚辰:即元世祖至元十七年(1280)。

减字木兰花

尚学林己丑寿旦[1]，适归庐陵[2]。其先世相州人[3]，居永和，今家临川

相州锦好，待到相州人已老。颍水归田[4]，白鹭惊猜已十年。　　太师尚父[5]，晚遇明时方用武。大笑相逢，把酒家乡是客中。

[注释]

①己丑：元世祖至元二十六年（1289）。　②庐陵：今江西吉安。　③相州：州名。辖境河北成安、广平，河南安阳等地。治所在安阳（今河南安阳）。　④颍水：淮河最大支流。在安徽西北部及河南省东部。　⑤太师尚父：指太公望吕尚，姓姜名子牙。八十岁垂钓渭滨，遇文王，立为师。武王尊为师尚父。

减字木兰花

自　述

不能管得，欲雨能教天地黑。待得开晴，不用吾言也自行。　　一杯亦醉，万事无能吾欲睡。旧亦能诗，说旧时诗问是谁。

减字木兰花

再用韵戏古岩出妾[1]

清欢昨日，十事不如人六七。试数从前，素素相从得几年[2]。　　子兮子兮[3]，再拣一枝何处起。翠釜峰驼[4]，客好其如良夜何[5]。

[注释]

①古岩:张古岩,词人同乡前辈。 出妾:把小妾遣出家门。 ②素素:爱姬。白居易有家伎樊素,此用其典。 ③子兮:"子"泛指人,"兮"语气词。 ④翠釜:精美的炊具。杜甫《丽人行》:"紫驼之峰出翠釜。" ⑤其如良夜何:本《诗经·小雅·庭燎》"夜如何其,夜未央"。

减字木兰花

寿 词

脾神喜乐[1],寿酒一杯胜服药。过却明朝,顶上新霜也合销。 小春三日[2],便觉春暄梅影出[3]。醉把梅看,比似茱萸更耐寒[4]。

[注释]

①脾神喜乐:犹脾气欣悦。 ②小春:阴历十月。《岁时广记》卷三十七引《初学记》:"冬月之阳,万物归之。以其温暖如春,故谓之小春。亦云"小阳春"。 ③暄:暖和。 ④茱萸:古代风俗,阴历九月九日重阳节,佩茱萸以祛邪辟恶。

山花子

春 暮

东风解手即天涯[1],曲曲青山不可遮。如此苍茫君莫怪,是归家。 阊阖相迎悲最苦[2],英雄知道鬓先华[3]。更欲徘徊春尚肯,已无花。

[注释]

①解手:挥手,犹言离别。 ②阊阖(chāng hé):传说中的天门。此句犹言生离死别。 ③华:花白。

山花子

此处情怀欲问天，相期相就复何年。行过章江三十里[①]，泪依然。　　早宿半程芳草路，犹寒欲雨暮春天。小小桃花三两处，得人怜。

[注释]

①章江：又称章水，赣江西源，在江西西南部。

柳梢青

春　感

铁马蒙毡[①]，银花洒泪[②]，春入愁城。笛里番腔[③]，街头戏鼓，不是歌声。　　那堪独坐青灯[④]。想故国、高台月明[⑤]。辇下风光[⑥]，山中岁月[⑦]，海上心情[⑧]。

[注释]

①铁马蒙毡：指元朝南侵的骑兵。　②银花：代指灯花。　③番腔：少数民族吹的腔调。此指蒙元之调。　④青灯：油灯光色偏青，故曰青灯。　⑤想故国高台月明：用李煜《虞美人》词“故国不堪回首月明中”语意。　⑥辇下风光：表示不忘京城的美丽风光。　⑦山中岁月：南宋亡国后，作者隐居。　⑧海上心情：临安沦陷，南宋爱国志士多从海上逃亡，继续在闽粤从事抗元斗争。此表示对抗元生活的关注。

南歌子

搔困麻仙爪[①]，含暄忍客衣[②]。夜长窗月露成帏，不说明朝风雨、自当归。

[注释]

①麻仙爪:指麻姑。晋葛洪《神仙传》:“麻姑鸟爪,蔡经见之,心中念言:‘背大痒时,得此爪爬背,当佳。’”麻姑是古代传说中的女仙。 ②含暄:怀抱春日熙和之气。

南歌子

篘熟双投美[1],香飘一缕丝。霜前雁到蟹螯持。自试小窗醉墨、作新诗。

[注释]

①篘熟:酒熟。篘,滤酒器。 双投:指博戏双陆,置投子二枚。

朝中措

劝 酒

炼花为露玉为瓶[1],佳客为频倾。耐得风霜满鬓,此身合是金茎[2]。 墙头竹外,洞房初就,画阁新成。嚼得梅花透骨[3],何愁不会长生。

[注释]

①炼花为露:即美酒。 ②金茎:汉武帝所建承露盘的铜柱,此指成仙。 ③“嚼得”句:谓将酒中的梅花嚼碎,清香透骨。

太常引

和香岩上元韵

便晴也是不曾晴,不怕金吾禁行[1]。风雨动乡情,梦灯火、扬州化城。 少年跌宕,谁家娇小,绕带到天明。

昨夜月还生，但惊破、霓裳数声[②]。[③]

[注释]

①金吾：官名，管京城的戒备防务。韦述《西都杂记》："西都京城街衢，有金吾晓瞑传呼，以禁夜行，惟正月十五日夜敕金吾施禁。"元宵节开放夜禁。 ②霓裳：指《霓裳羽衣曲》。唐代宫廷乐舞。 ③原注："是夜月蚀。"

太常引

寿李同知[①]

此公去暑似新秋[②]，吏毒一句句[③]。行县胜监州，觉甘雨、随车应求。　　鹭清为酒，螺清为寿，起舞祝君侯。急召也须留，廿四考、中书到头[④]。

[注释]

①李同知：即李嘉龙，字敬轩，都昌人。刘辰翁同榜进士。曾任吉州同知。为政宽厚。 ②去暑似新秋：言仁政得民心，如秋风之去酷暑。 ③"吏毒一句（gōu）"句：把酷吏之恶政，一笔勾消。 ④廿四考：此以郭子仪功业相颂赞。《旧唐书·郭子仪传》："校中书令考二十有四。"

玉楼春

侯仲泽约饮螺山灵泉寺[①]，余与邓中甫候久[②]，欲暮，归。归而侯至寺，相失

霜风不动晴明好，探梅有约城东道。桥边失却老仙期，城门落日人归早。　　野田一望迷芳草，除是腾空君后到。立马三周黛佛头[③]，参差中路令人老。

[注释]

①螺山:在江西吉安北十里。山委宛如螺。 ②邓中甫:邓郯,号中甫。 ③黛:指螺山。比喻螺山如螺形的佛头髪髻。

玉楼春

乙酉九日[1]

龙山歌舞无人道[2],只说先生狂落帽。秋风亦是可怜人,要令天意知人老。 菊花不为重阳早,自爱古人诗句恼。与君郑重说□□,残年惟有重阳好。

[注释]

①乙酉九日:元世祖至元二十年(1285)重阳节。 ②"龙山"二句:龙山,在安徽当涂县东南十二里,孟嘉九日登山落帽处。后用以形容名士风度和重阳嘉会。

乌夜啼

初 夏

犹疑薰透帘栊,是东风。不分榴花更胜[1],一春红。

新雨过,绿连空,蝶飞慵[2]。闲过绿阴深院,小花浓。

[注释]

①不分:没想到。 ②慵:懒。

乌夜啼

中 秋

素娥醉语曾留[1],又中秋。待得重圆谁妒、两悠悠。　　向愁旱[②]，今愁水，没中洲。看取明朝晴去，不须愁。

[注释]

①素娥：古代传说中嫦娥的别称，亦泛指月宫的仙女。　②向：从前，往昔。

乌夜啼

何年似永和年，记湖船。如此晴天无处、望新烟。

江南女，裙四尺，合秋千。[①]昨日老人曾见，久潸然[②]。

[注释]

①原注："北妆短，后露骭，秋千合而并起。"　②潸然：泪流貌。

行香子

和北客问梅，白氏，长安人

雪履无痕，溪影传神。著坡诗、请自清温[①]朝朝不去，夕夕空勤。似梦中云，云外雪，雪中春。　　四野昏昏，匹马巡巡[②]。拣一枝、寄与芳尊。更谁兴到，于我情真。是白家宾，江南路，陇头人。

[注释]

①原注："松风亭韵。"　松风亭：在广东惠阳东，苏轼《十一月二十六日松风亭下梅花盛开》："天香国艳肯相顾，知我酒熟诗清温。"　②巡巡：往来不止貌。

行香子

次草窗忆古心公韵[1]

玉立风尘，光动黄银。便谈文、也到夜分。无人烛下，壁上传神。记老婆心，寒士语，道人身。　极意形容，下语难亲。更万分、无一分真。醉翁去后[2]，往往愁人。愿滴山泉，衔丘冢，化龙云。

[注释]

①古心公：江万里号。万里字子远，江西都昌人。官至参知政事。宋末赴水殉国。辰翁之师。　②醉翁：欧阳修。与江万里同乡，官位相当。

行香子

叠　韵

海水成尘，河水无银。恨幽明、我与公分[1]。青山独往，回首伤神。叹魏阙心[2]，磻石魄[3]，汨罗身[4]。　除却相思，四海无亲。识风流、还贺季真。而今天上，笑谪仙人[5]。但病伤春，愁厌雨，泪看云。[6]

[注释]

①幽明：阴阳两界，言生死异途。　公：指江万里。　②魏阙心：思念故国之心。魏阙，古代宫门上有巍然高出的楼观称魏阙。　③磻石魄：言其人有吕尚一样的魄力。吕尚曾钓于磻溪，后相武王，灭商。　④汨罗身：指像屈原一样为国殉身。　⑤谪仙人：指李白，《李白传》载天宝初年，李白至长安，拜见贺知章，贺知章见其文，说："谪仙人也。"　⑥原注："公尝谓余仙风道骨，不特文字为然，故屡著之，不敢忘。草窗，其族子也。"

行香子

探　梅

月露吾痕，雪得吾神。更荒寒、不傍人温。山人去后[①]，车马来勤。但梦朝云，愁暮雨，怨阳春。　说著东昏[②]，记著南巡[③]。泪盈盈、檀板金尊[④]。怜君素素，念我真真[⑤]。叹古来言，新样客，旧时人。

[注释]

①山人：指隐士。　②东昏：齐废帝东昏侯，极宠潘妃，凿金为莲花以贴地，令妃行其上。　③南巡：指帝舜南巡，二妃后追随。舜死，二妃洒泪于竹。　④檀板：檀木制成的绰板，亦称“拍板”，演奏音乐时打拍子用。金尊：古代酒器。　⑤素素、真真：指歌女侍妾。

品　令

闻　莺

满庭芳草，更昨日、落红如扫。绿阴正似人怀抱。一声睍睆[①]，春色何曾老。　幸自不须人起早[②]，寂寞如相恼。旧时闻处青门道，禁烟时候，柳下人家好。

[注释]

①睍睆（xiàn huán）：美丽，好看。　②幸自：本自。

鹊桥仙

题陈敬之扇

乘鸾著色，痴蝇误拂[①]，不及羲之醉墨。偶然入手送东阳[②]，便看取、薰时清适。　清风去暑，闲题当日，宰相纱笼谁识[3]。封丘门外定何人，这一点、瞒他不得。

[注释]

①"痴蝇"句：曹不兴善画，孙权使作画，误落墨点素，因以作蝇。权以为真，举手弹之。此言画技逼真。　②送东阳：晋袁宏出守东阳，谢安赠之以扇。宏应声曰："辄当奉扬仁风，慰彼黎庶。"合座叹其才捷。见《续晋阳秋》。　③宰相笼纱：唐王播少年居僧寺受辱，题诗而别。及为宰相，寺僧以纱笼护诗。见《唐摭言》。

鹊桥仙

寿腥山母

看人掷果[1]，看人罢织，难得团栾七夕[2]。蟠桃只在屋东头，庆西母[3]、年开八袠[4]。　去年今日，今年今日，添个曾孙抱膝。人间乐事有多般，算此乐、人间第一。

[注释]

①"掷果"二句：潘岳美容颜，外出，观者掷果满车。　罢织：七夕牛女相会而不再耕织。　②团栾(luán)：团聚。七夕，节日名。阴历七月七日晚上。古代神话，牛郎织女在天河相会。　③西母：即西王母。神话人物。蟠桃熟时，大开寿宴，诸仙都来给她上寿。旧时民间将西王母作为长生不老的象征。　④八袠(zhì)：八十岁。"袠"与"秩"通，十年为一秩。

鹊桥仙

自寿二首

轻风淡月，年年去路，谁识小年初度[1]。桥边曾弄碧莲花，悄不记、人间今古。　吹箫江上，沾衣微露，依约凌波曾步[2]。寒机何意待人归，但寂历[3]、小窗斜雨。

[注释]

①小年：腊月二十四日为小年。 ②凌波：指凌波仙子。 ③寂历：犹言寂寞。

鹊桥仙

天香吹下，烟霏成路，飒飒神光暗度。桥边犹记泛槎人，看赤岸、苔痕如古。 长空皓月，小风斜露，寂寞江头独步。人间何处得飘然，归梦入、梨花春雨[①]。

[注释]

①梨花春雨：本白居易《长恨歌》"梨花一枝春带雨"。

一剪梅

和人催雪

万事如花不可期。花不堪持，酒不堪持，江天雪意使人迷。剪一枝枝，歌一枝枝。 歌者不来今几时。姜影无词[①]，张影无词[②]，不歌不醉不成诗。歌也迟迟，雪也迟迟。

[注释]

①姜影：指南宋词人姜夔。姜工诗词，擅音乐，今传《白石道人歌曲》内有十七首注明工尺谱。其词有著名的《自度曲》《暗香》、《疏影》皆咏梅之作，姜影以其《疏影》呼之。 ②张影：指北宋词人张先。以善用"影"字而著名，人呼"张三影郎中"。

一剪梅

和敖秋崖为小孙三载寿谢

人生总受业风吹[①]。三岁儿儿，八十儿儿，深闺空谷把还持。啼看人知，啼怕人知。　　客中自种绿猗猗[②]。月下横枝，雪下横枝，尊前百岁且开眉。今岁今时，前岁今时。

[注释]

①业风：佛家指善恶因果所导致的轮回之风。　②绿猗猗（yí）：绿竹美盛貌。《诗经·卫风·淇奥》："绿竹猗猗。"

夜飞鹊

七　夕

何曾见飞渡，年又年痴。今古相望犹疑。朱颜一去似流水，断桥魂梦参差[①]。何堪更嗟迟暮，听旁人说与，此夕佳期。深深代籍，盼悠悠、北地胭脂。　　谁寄扬州破镜[②]，遍海角天涯，空待人归。自小秦楼望巧[③]，吴机回锦[④]，歌舞为谁。星萍耿耿，算欢娱、未省流离。但秋衾梦浅，云闲曲远，薄命同时。

[注释]

①断桥：在浙江杭州西湖白堤上。　②扬州破镜：指扬州梦。杜牧《遣怀诗》："十年一觉扬州梦，赢得青楼薄幸名。"扬州梦，指落魄江湖的文人对往事的回忆。　破镜：喻夫妻分别。　③秦楼：本指秦娥所居之楼。李白《忆秦娥》词："秦娥梦断秦楼月。"秦娥原指秦穆公女儿弄玉，秦地方言称女子美好曰"娥"。传说她嫁与会吹箫引凤凰的萧史，两人乘凤凰飞去。词中秦楼代指美好的女子所居处，转指年少美妙的女子。　④回锦：

前秦苏蕙之夫为秦州（在甘肃）刺史，徙流沙。苏氏思之，织锦为回文诗以赠，宛转回环读之，词甚凄惋，凡八百四十字。

疏 影

催 雪

香篝素被[①]，听花犯低低[②]，瑶花开未。长记那时，炽炭围炉，瘦妻换酒行试。党家人在销金帐[③]，约莫是、打围归际。又谁知、别忆烹茶，冷落故家愁思。　闻道滕骄巽懒[④]，今朝待檄与[⑤]，翻云须易。白白不成，又不教晴，做尽黄昏情味。银河本是冰冰底。怎忍向、东风成水。待满城、玉宇琼楼，却报卧庐人起[⑥]。

[注释]

①香篝：香笼。　②花犯：词牌名。双调一百二字，前段十句六仄韵，后段九句四仄钧。周邦彦所创，音韵优美。　③“党家人”句：陶谷买党太尉家姬。一日雪，谷取雪水烹团茶。顾妾曰：“党家有此景否？”曰：“彼粗人安识此景。但能于销金帐下，浅斟低唱，饮羊羔美酒耳。”以此写高贵人家的冬日生活。见《绿窗新语》。　④滕：即“滕六”，古代神话中的雪神名。巽：即“巽二”，古代神话中的风神名。　⑤檄（xí）：古代官府用以征召、晓喻或声讨的文书。　⑥卧庐：坐卧家中。

摘红英

赋花朝月晴

花朝月，朦胧别，朦胧也胜檐声咽[①]。亲曾说，令人悦，落花情绪，上坟时节。　花阴雪，花阴灭，柳风一似秋千掣[②]。晴未决，晴还缺，一番寒食，满村啼鸩[③]。

[注释]

①檐声咽:指檐前雨滴之声。 ②掣(chè):牵引,拽。 ③啼鴂(jué):杜鹃鸣啼。

千秋岁

和尚学林寿筵即席

新笋熟也,借问谁家早。梅影里,蜂儿绕。三更残月上,一夜霜天晓。溪桥小,春风有意年年到。 当年青鸟去[①],落叶无人扫。铜柱仄[②],瑶池老。残钟长乐树[③],坠马咸阳道。空回首,御街人卖南京枣。

[注释]

①青鸟:《艺文类聚》卷九十一引《汉武故事》载,七月七日西王母欲至承华殿,晤汉武帝,先派青鸟来殿上。后称传信的使者为青鸟。 ②铜柱:汉武帝所铸之仙人承露盘。 仄(zè):倾斜。 ③长乐:汉宫殿名。

促拍丑奴儿

辛巳除夕[①]

送岁可无诗,得团栾[②]、忍不开眉。不记去年今夕梦,江东怀抱,江西信息,舍北妻儿。 五十扊扅炊[③]。待五十、富贵成痴。百年苦乐乘除看,今年一半,明年一半,更似儿时。

[注释]

①辛巳:至元十八年(1281),辰翁年五十岁。 ②团栾:团聚。 ③扊扅(yǎn yí):门闩。颜之推《颜氏家训·书证》:"古乐府歌《百里奚》词曰:百里奚,五羊皮,忆别时,烹伏雌,炊扊扅,今日富贵忘我为?"言百里奚昔

日贫困，用门闩木作薪炊。

促拍丑奴儿

有 感

世事莫寻思，待说来、天也应悲。百年已是中年后，西州垂泪①，东山携手②，几个斜晖。　也莫苦吟诗，苦吟诗，待有谁知。多□不是无才气，文时不遇，武时不遇，更说今时。

[注释]

①西州垂泪：晋时羊昙为谢安赏识，安死后，昙停乐以祭，行走不经西州路。某日昙醉经西州门，恸哭而去。　②东山携手：谢安早年隐居东山，携妓游以自乐。

[集评]

况周颐云："须溪词，《促拍旦奴儿》云：'百年已是中年后，西州垂泪，东山携手，几个斜晖。'余所摘警句视此。如衡论全体大段，以骨干气息为主，则必举全首而言。由是推之全卷，乃至口占，漫与之作，而其骨干气息具在此。须溪之所以不可及乎。"（《蕙风词话》卷二）

最高楼

寿秋水

银河水，洗得世间清，山色雨馀青。老子纶巾棋别墅①，人家鼾睡柝秋城②。定谁劳，定谁福，定谁能。　常恨著、景升儿不似③。又恨著、景升牛小耳④。空相望，愧平生。我欲临风扶玉树⑤，自攀承露酌金茎⑥。看昆明⑦，鳞石长⑧，海桑晴。

[注释]

①纶巾:古代用青丝带做的头巾。为儒者之服。 ②柝(tuò):旧时巡夜者击以报更的木梆。 ③景升:指东汉末刘表,字景升。初平元年(190)任荆州刺史,据有今湖南、湖北之地。后为荆州牧。后病死,其子刘琦、刘琮内讧,子琮降于曹操。 ④"景升牛小耳"句:曹操喟然叹,"生子当如孙仲谋,刘景升儿子若豚犬耳!" ⑤玉树:玉树乃汉武帝所作,集众宝为之,以供神。 ⑥金茎:汉武帝所作承露盘的铜柱。 ⑦昆明:即长安昆明池。 ⑧鳞石长:汉京城昆明湖有石鲸。杜甫诗"石鲸鳞甲动秋风"指此。

最高楼

壬辰寿王城山八十[①]

朱顶字,八十正平头,添作八千秋。无能也自收郿坞[②],到今恨不贬潮州[③]。看几人,炎又冷,老还羞。

也不学、太公忙把火[④]。也不学、申公轮转磨[⑤]。休莫莫,莫休休。小迟授业何曾吃,更迟食乳不须愁。且从容,某水钓,某丘游。

[注释]

①壬辰:元世祖至元二十九年(1292)。 王城山:名孟孙,字长翁。宋时官太常丞。 ②郿坞:古城堡名。故址在今陕西眉县东北渭水北岸。东汉初平三年(192)董卓主持筑。墙高丈馀,周一里馀。广聚金银珍宝屯积粮谷,号"万岁坞"。卓败后,郃毁。 ③贬潮州:唐韩愈谏迎佛骨,忤肃宗贬潮州。 ④太公:指姜太公,名尚。八十岁时在渭水边为周文王访得,拜为丞相。 ⑤申公:汉初儒者鲁人,名培。传鲁诗。武帝时征入都,年八十馀。

最高楼

和咏雪

非是雪，只是玉楼成，屑不尽云英[1]。东边老树颓然折，西头稚柳爆然声[2]。试平安，松丈丈[3]，竹兄兄[4]。有谁向、金船呼小玉[5]，又谁怜、纸帐梦飞琼[6]。怪疏影，坠娉婷。唤起老张寒蔌蔌[7]，好歌白雪与君听，但党家[8]，人笑道，太粗生。

[注释]

①云英：云母之别名。此言雪花似云母之屑片。　②稚柳：即嫩柳。③松丈丈：呼松树为松丈人。　④竹兄兄：呼竹树为竹兄。　⑤金船：酒盏。　小玉：歌女。　⑥飞琼：仙女名。　⑦老张：指作者诗友。　蔌蔌：风声劲急。　⑧党家：此指党进太尉家极富贵。　太粗生：《绿窗新语》载，其原妾谓陶谷曰："彼粗人安识此景。"

最高楼

再　和

花上雪，信手捻来成，屑不就琼英[1]。昨朝已见诗成卷，今朝又试曲成声。更催催，莫不做，水仙兄。　终须待、晴时携斗酒。更须待、老夫吟数首。休更叠，□娉婷。已无翠鸟传花信，又无羯鼓与花听[2]。更催催，迟数日，是春生。

[注释]

①琼英：将雪比喻成玉。　②羯鼓：古击乐器。南北朝时经西域传入内地，流行于唐开元、天宝年间。李隆基善羯鼓，早春一击花蕾竞开。见《羯鼓录》。

桂枝香

寄扬州马观复。时新旧侯交恶,甚思去年中秋泛月,感恨杂言①

吹箫人去,但桂影徘徊②,荒杯承露③。东望芙蓉缥缈,寒光如注。去年夜半横江梦,倚危樯④、参差曾赋。茫茫角动,回舟尽兴⑤,未惊鸥鹭。　情知道、明年何处。漫待客黄楼⑥,尘波前度。二十四桥⑦,颇有杜书记否⑧。二三子者今如此,看使君、角巾东路⑨。人间俯仰,悲欢何限,团圆如故。

[注释]

①马观复:字德,名熙,号观复道人。仕元官南台御史等职。　新旧侯交恶:指前后任地方官互相攻击。　②桂影:月影,传说月宫中有桂树。③荒:大。　④危樯:高高的桅杆。　⑤"回舟"句:王子猷居山阴,夜大雪,忽忆剡溪戴安道,即夜乘轻舟访戴,经宿方至,不入门而返。人问其故,答曰:"吾本乘兴而行,兴尽而返,何必见戴。"见《世说新语·任诞》。⑥黄楼:在徐州,苏轼建。　⑦二十四桥:本杜牧《寄韩绰判官》诗"二十四桥明月夜,玉人何处教吹箫"。二十四桥旧址在今扬州西郊,相传古代有二十四个美人吹箫于此,故名。另一说,指二十四座桥。沈括在他的《补笔谈》里指出唐时扬州确有二十四座桥,但北宋时已不全存。　⑧杜书记:指杜牧。曾为江西观察使沈传师和淮南节度使牛僧孺之幕僚。⑨角巾:有棱角的方头巾,隐士之服。

临江仙

代贺丞相两国夫人生日并序

甲子之秋①,九月吉日,大丞相国公寿母两国太夫人初度,谨上小词,用献为王母三千年之曲

丞相衮衣朝戏彩,年年庆事如新。尊前一笑共儿孙。

人间传寿酒，天上送麒麟[2]。　缥缈祥烟连北阙，天颜有喜生春。蓬莱清浅海光平。今年初甲子[3]，重试碧桃根。

[注释]

①甲子：理宗景定五年(1264)。丞相，即贾似道。两国太夫人即贾母胡氏。　②麒麟：传说中的瑞兽。送麒麟，即送圣童、佳儿。　③初甲子：即六十岁。

临江仙

寿刘教[1]

闻道城东鹤会[2]，欣然一笑乘风。不知一鹤在墙东。神仙人不识，未始出吾宗。　弟子有年于此，先生之道如龙。碧桃花子落壶中[3]。化为三五粒，元是北边松。

[注释]

①刘教：作者友人，即刘壎，字起潜，吉州教授。　②鹤会：指祝寿聚会。《淮南子·说林训》："鹤寿千岁，以极其游。"　③壶中：道家所谓仙境。

临江仙

壬午七夕[1]

天际何分南与北，五更纵又成横。夜来拾得断河星。化为一片石，持去问君平[2]。　老大看天一笑，儿童问我须麿。向来牛女本无名[3]。要知天上事，亦似谤先生。

[注释]

①壬午：元世祖至元十九年(1282)。　②君平：西汉隐士严君平。名

遵,蜀(今四川)人。成帝时,卜筮于成都,日得百钱即闭门读《老子》,著书十馀万言。著有《道德真经指归》十三卷,现仅存七卷。　一片石:指乘槎至天河,得石一片,归问君平告曰:织女机石也。事见《荆楚岁时记》。③牛女:牛郎、织女。

临江仙

将孙生日赋[①]

二十年前此日,女兄庆我生儿。簪萱弄彩听孙啼[②]。典衣沽美酒,数待冠昏时。　　乱后飘零独在,紫荆墓棘风吹[③]。尊前万事莫寻思。儿童看有子,白髪故应衰。

[注释]

①将孙:辰翁子刘将孙。此词作于景炎元年(1276)。　②簪萱:指将孙的祖父母。　弄彩:用老莱子彩衣娱亲事。　③紫荆墓棘:墓上长满荆棘,喻亲人多故。　紫荆:原指兄弟和睦。

临江仙

贺默轩

旧日诗肠论斗酒,风流怀抱如倾。几年不听渭城声。尊前无贺老[①],卷里少弥明[②]。　　闻说语言都好,便应步履全轻。长生第一是风僧[③]。额前书八十,能说又能行。

[注释]

①贺老:指唐贺知章。　②弥明:唐诗人。与侯喜、刘说等石鼎联句,险韵奇字,层出不穷。见韩愈《石鼎联句序》。此处言作诗无伴。　③风僧:指朱默轩,时已八十岁。

临江仙

访　梅

西曲罥衣迷去路[①]，雪销断岸无痕。寻花不拟到前村。暖风初转袖，小径忽开门。　　却忆临塘桥下马[②]，暗香不是黄昏[③]。人生南北与谁论。岭梅花树下，闲听蜜蜂喧。

[注释]

①罥衣：牵挂衣裳。　②原注："古心旧居"。古心，即江万里。　③"暗香"句：本宋林逋《山园小梅》"暗香浮动月黄昏"。

临江仙

谢友人

老去尚呼张丈，醉中自惜熊儿[①]。越王台上鹧鸪啼[②]。三朝臣不遇，无复好文时。　　情绪幽幽似结，鬓丝索索禁吹。病来魂不到相思。散人腰已散，倚仗叹吾衰。（原注：时苦腰滞）

[注释]

①熊儿：古人以熊罴入梦为生佳儿之吉兆。　②越王台：梁任昉《述异记》载，吴灭越国，迁越王勾践于会稽之上，地方千里。勾践得范蠡之计，让民耕桑，建台募贤士，即会稽山筑台。宋曾巩《南游感兴》诗："日暮东风春草绿，鹧鸪飞上越王台。"此处有青山故国之叹。

临江仙

晓　晴

海日轻红通似脸[①],小窗明丽新晴。满怀著甚是真情。不知春睡美,为爱晓寒轻。　　说似吴山楼万叠[②],雪销未尽宫城。湖边柳色渐啼莺。才听朝马动[③],一巷卖花声。

[注释]

①通:整个,全部。　②吴山:又名胥山,在杭州西湖东南。　③朝(cháo)马动:谓是官员骑马上朝的时后了。

临江仙

有　感

过雁天边信息,两宫池上心情[①]。沉思海角愤难平[②]。山风欺客梦,耿耿到天明[③]。　　幸自不争名利,闲愁夜夜如惊。明朝鬓白两三茎。世人都不念,似汝复何成。

[注释]

①两宫:指南宋末的宋恭帝和谢太后。德祐二年(1276)二月,元兵陷临安,掳恭帝与谢太后等去北方。　池上心情:指怀念故国心情。　②沉思海角:指宋帝昺在元兵追袭下投海而死。　③耿耿:形容心中不能宁贴。

临江仙

睡过花阴一丈,愁深酒力千钟[①]。梦魂不得似游蜂。瓶花无密约,到处自神通。　　天上西湖似锦,人间骄马如龙，今年不与去年同。飘零终不恨，难与故人逢。

[注释]

①酒力千钟：以千钟酒来消愁，可见愁之深。

临江仙

端　午

幸自不须端帖子[①]，闲中一句如无。爱他午日午时书。惟应三五字，便是辟兵符。　久雨石鲸未没[②]，小风纨扇相疏。邀朋一笑共菖蒲[③]。去年初禁酒，今日漫提壶。[④]

[注释]

①幸白：本白，本来。　端帖子：端午书帖子，为当时时尚、官场尤为盛行。　②石鲸：石刻的鲸鱼，昆明池中有石鲸，长三丈。　③菖蒲：多年生草本植物，有香气。民间于端午节常将菖蒲叶与艾结絜成条。或烧其花序，以熏蚊虫。　④原注："适满城无酒酤，去年此日，初卖官酒。"

临江仙

坐　悟

我去就他甚易，他来认我良难。悟时到处是壶天[①]。古诗寻一句，危坐看香烟。　金玉满堂不守，菁华岁月空迁[②]。从今饱饭更安眠。丹经都不看[③]，闲坐一千年。

[注释]

①壶天：比喻神仙世界。　②菁华：同"精华"。　③丹经：炼丹求仙之秘笈。

临江仙

辛巳端午和陈简斋韵[①]

旧日采莲羞半面，至今回首匆匆。梦穿斜日水云红。痴心犹独自，等待郑公风[②]。　　海上颓云潮不返，侧身空堕辽东。人间天上几时同。宫衣元不遇，无语醉醒中。

[注释]

①辛巳：元世祖至元十八年（1281）。　陈简斋：陈与义，号简斋。　②郑公风：指随心而来的山谷风。郑樵《通志》载，郑弘常采薪于白鹤山，苦于若耶溪载薪之难，就企盼早上刮南风，晚上刮北风。后来果然如此，于是后人就称若耶溪风为郑公风。

临江仙

闲居感旧

昔走都门终夜雨，明朝泥淖堪惊。疏疏点点忽鸡鸣。数峰青似染，快活早来晴。　　十五年间春梦断[①]，乱山寒食清明。无人挑菜踏青行[②]。青鸠啼雨外[③]，闲听寺中声。

[注释]

①“十五年”句：当指宋亡已十五年。词当作于辛卯（1291）至元二十八年。　②挑菜：挑菜节。农历二月二日，又称踏青节。　③青鸠：即斑鸠。

鹧鸪天

九　日

白白江南一信霜[①]，过都字不到衡阳[②]。老嘉破帽并吹却[3]，未省西风似此狂。　攀北斗，酌天浆[4]。月香满似菊花黄[5]。神仙暗度龙山劫，鸡犬人间百战场。

[注释]

①信霜：霜信，指白雁。杜甫诗："故国霜前白雁来。"　②过都："历块过都"，见杜甫《论诗六绝句》之三。言越过都市跨过土块一样容易。字不到衡阳：指大雁不向衡阳飞去。字，雁行。衡阳（今湖南市名）旧城南有回雁峰，相传大雁南飞到衡阳回雁峰，停止不前，明春即北归。　③老嘉破帽并吹却：《晋书·孟嘉传》载孟嘉帽于龙山登高被吹落，被嘲，则以诗答之。　④攀北斗、酌天浆：反用《诗经·小雅·大东》"维北有斗，不可以挹酒浆"诗意，言可以攀上北斗星，可以酌饮天上美酒。

鹧鸪天

寿康教

白髮平津起褎然[1]，燕飞定远望生还[2]。世间最有团栾乐，又是平平过一年。　银信近，玉鞭先。东来西去爵衔鳣[3]。人生有命迟迟好，且喜称觞寿母前。

[注释]

①平津：汉丞相公孙弘封平津侯。此指富贵之人。　褎（yòu）然：禾苗渐长貌，引申为丛生。　②定远：班超封定远侯。超燕颔虎颈，相者谓其有飞而食肉、万里侯之相。　③爵衔鳣：爵，鹳雀。鳣，同"鳝"。鱼类。鹳雀衔鳝集讲堂前，为升迁之兆。见《太平御览》引谢承《后汉书·杨震传》。

鹧鸪天

寿赵松庐

占得春风五日先，至今住处是开元[1]。写真若遇丹元子[2]，只著当时宫锦船。　松戴雪，自苍然。八公花下少如前[③]。看来天上多辛苦,且住人间五百年。

[注释]

①开元:开元、天宝,玄宗年号。此言住处仍是太平气象。 ②丹元子:隋时道士,著有《步天歌》。 ③八公:即八公山,在今安徽淮南西。俯瞰平野,形势险要。东晋太元八年(383)淝水之战时,前秦苻坚登寿阳城(今寿县)望八公山草木,以为晋兵。

鹧鸪天

和谢胡盘居贶橘为寿[①]

自入孤山分外香,南枝不改旧时妆。为曾盘里承青眼[②],一见溪头道胜常。 商山乐[③],又相羊[④]。上方不复记传觞。橘中个个盘深窈,依倚东风局意长。

[注释]

①贶(kuàng):赠送。 ②青眼:昔阮籍能为青白眼,常以青眼对所契重的人。后因以"青眼"称对人喜爱或敬重。 ③商山乐:指隐居之乐。秦末、汉初东园公等四老人隐居于商山。商山,又名商阪,在陕西商县东南。 ④相羊:同"倘徉",徘徊,自由自在地往来。

鹧鸪天

迎 春

去年太岁田间土[①],明日香烟壁下尘。马上新人红又紫,眼前歌妓送还迎。 钗头燕,胜金纠[②]。燕歌赵舞动南人[③]。遗民植杖唐巾起[④],闲伴儿童看立春。

[注释]

①太岁:旧历纪年所用值岁干支别名。木星所在方位为太岁,旧以为

凶方。 ②纠(xūn):绦子。 ③燕歌赵舞:指古燕赵地区的歌舞。此指戎狄之调。 ④唐巾:唐代帝王所戴的一种便帽,宋元士人亦多戴之。

鹧鸪天

立春后即事

旧日桃符管送迎[①],灯球爆竹斗先赢。鹿门乱走团栾久[②],才到城门有鼓声。 梅弄雪,柳窥晴。残年犹自冷如冰。欲知春色招人醉,须是元宵与踏青。

[注释]

①桃符:古时习俗,元旦用桃木板写神荼郁垒二神名,悬挂门旁,以为压邪。后作为春联的别名。 ②鹿门:是隐士所居之地。《后汉书·逸民传·庞公》:"庞公是襄阳人,居于岘山之南,未曾入城府。夫妻相敬如宾。荆州刺史刘表请数次,不去。后遂携妻子登鹿门山,采药不归。"

鹧鸪天

赠 妓

暖逼酥枝渐渐融,双飞谁识蝶雌雄。歌声已逐行云去,花片偏来酒戋中。 眉目冷,画楼空。酒阑犹未见情钟。直须把烛穿花帐[①],方见佳人玉面红。

[注释]

①直须:必须。

青玉案

微晴渡观桃,非复前日弥望之盛,独可十数树耳。盖以此间人摘实之苦,自伐去也。归途悄然念之,作此以示同行稠塘旧是花千树[①]，曾泛入、溪深误。前度刘郎重唤渡[②]。漫山寂寂，年时花下，往往无寻处。 一年一度相思苦，恨不抛人过江去。及至来时春未暮。兔葵燕麦[③]，冷风斜雨，长恨稠塘路。

[注释]

①稠塘：即微晴渡之种桃地名。 ②前度刘郎：唐刘禹锡有诗句“前度刘郎今又来”。 ③兔葵燕麦：皆野生植物。刘禹锡《再游玄都观绝句诗引》：“重游兹观，荡然无复一树。唯兔葵燕麦动摇于春风耳。”谓物是人非之境。

青玉案

用辛稼轩元夕韵[①]

雪销未尽残梅树，又风送、黄昏雨。长记小红楼畔路[②]，杵歌串串[③]，鼓声叠叠，预赏元宵舞。 天涯客鬓愁成缕，海上传柑梦中去[④]。今夜上元何处度，乱山茅屋，寒炉败壁，渔火青荧处。

[注释]

①辛稼轩元夕韵：指辛弃疾所作《青玉案·元夕》词韵。元夕，农历正月十五叫上元节，此夜又叫元宵。旧有观灯习俗，故又称灯节。 ②小红：泛指歌伎。 ③杵歌：宋元时杂曲之一。周密《南渡宫禁典仪大礼·南郊》云：“每队各有歌头，以彩旗为号，唱和杵歌等曲以相。” ④传柑：北宋元宵夜，皇帝许宫中人互赐黄柑。

青玉案

寿老登八十六岁，戊午六月十七日[①]

里中上大人谁大，人上大、仁难作。八十六翁闲处坐，小生懒惰，近来高卧，忘却今朝贺。　甲申还是连珠么，剩有老人星一个[②]。白髮朱颜堪婆娑，灵光殿火，昆明劫过，角绮园黄我[③]。

[注释]

①戊午：宋理宗宝祐六年（1258）。　②老人星：亦称南极老人星，寿星。　③角：当作“甪”。甪里、绮里季、东园公、夏黄公四人为汉初商山四皓，隐居于世。

青玉案

暮春旅怀

无肠可断听花雨，沉沉已是三更许。如此残红那得住。一春情绪，半生羁旅，寂寞空山语。　霖铃不是相思阻[①]，四十平分犹过五[②]。渐远不知何杜宇，不如归去，不如归去，人在江南路。

[注释]

①霖铃：《明皇杂录补编》载，明皇幸蜀，西南行。初入斜谷，霖雨过旬，闻栈道中铃音与山相应。明皇悼念贵妃，采其声为《雨霖铃》曲，以寄恨。　②四十过五：即四十五岁。

踏莎行

雨中观海棠

命薄佳人，情钟我辈[①]，海棠开后心如碎。斜风细雨不曾晴，倚阑滴尽胭脂泪。　恨不能开，开时又背，春寒只了房栊闭。待他晴后得君来，无言掩帐羞憔悴。

[注释]

①情钟我辈：语出《世说新语·伤逝》王戎丧子言“情之所钟，正在我辈”。

踏莎行

上元月明，无灯，明日霰雨屡作[①]

壁彩笼尘，金吾掠路[②]，海风吹断楼台雾。无人知是上元时，一夜月明无著处。　早是禁烟，朝来涑雨，东风自放银花树。雪晴须有踏青时，不成也待明年去。

[注释]

①霰（xiàn）：即冰霰，水气遇冷而结为冰霰，如晶莹的冰粒。　②金吾：即执金吾，汉代所设掌管京城治安的官。

踏莎行

北望蝶山，西迷凤苑，匆匆醉里题诗满。黄花只似去年黄，去年人去黄花远。[①]　雨压城荒，丘园路断，却晴又恨公来晚[②]。依稀自唱古人诗，明年此会知谁健。

[注释]

①原注："谓周秋阳同登云腾。" ②却晴：雨止转晴。 公来晚：公指周秋阳。

踏莎行

松偃成阴[①]，荷香去暑，过溪似是东林路。不知宿昔有谁来，寺门同听催诗雨。 北马依风[②]，凉蝉咽暮，城门半带东陵圃。江南不是米元晖[③]，无人更得沧洲趣[④]。

[注释]

①偃(yǎn)：卧。 ②北马：此指元兵的胡马，点出时局的悲凉。③米元晖：米芾长子。南宋书画家，名友仁，字元晖。 ④沧洲：海滨，代指隐居之处。

踏莎行

樱桃词

珠压相於[①]，胭脂同傅[②]，樊家更共谁家语[③]。梢头结取一番愁，玉箫不会双双侣。 风送流莺[④]，前歌后舞，并桃欲吐含来住。双飞燕子自相衔，会教唇舌调鹦鹉。

[注释]

①相於：相亲貌。言棵棵密连。 ②同傅：都敷染上胭脂的红色。③樊家：指白居易家伎樊素。白居易有诗曰"樱桃樊素口"。形容樱桃之俏如佳人。 ④作者自注："李商隐诗：流莺犹故在，争得讳含来。"

烛影摇红

嘲王槐城独赏无月[①]

老子婆娑[②],那回也上南楼去。素娥有恨隐云屏,元是娇痴故。鸾扇徘徊未许。耿多情、为谁堪诉。使君愁绝,独倚阑干,后期无据。　　有酒如船,片云扫尽霓裳露[③]。他时与客更携鱼,犹记临皋路[④]。因念南羁北旅。醉乌乌[⑤]、凭君楚舞。问君不见,壁月词成[⑥],楼西沉处。

[注释]

①王槐城:名榉,字国正,号槐城,吉安人,与须溪同年同月生。　②老子婆娑:语出《晋书·陶侃传》,陶侃逝世前一年,欲去职归乡,佐使等苦留之。及病重,方归长沙。将出府门时,对王愆期曰:“老子婆娑,正坐诸君辈。”老子,同“老夫”,自称。婆娑,盘旋,停留。陶侃意谓自己因佐吏等挽留而耽误至此。后用以表独自徘徊之状。　③霓裳:传说唐时的霓裳羽衣舞乃月宫舞曲,后喻指桂花。　④原注:“余前夜船酒觞客,月明,槐城登楼,余不及赴。月暗,殊败兴。”　⑤乌乌:歌呼声。《汉书·杨恽传》:“酒后耳热,仰天拊缶,而呼乌乌。”　⑥璧月:圆月。

烛影摇红

丙子中秋泛月[①]

明月如冰,乱云飞下斜河去。旋呼艇子载箫声,风景还如故。袅袅余怀何许[②]。听尊前、呜呜似诉。近年潮信,万里阴晴,和天无据。　　有客秋风[③],去时留下金盘露[④]。少年终夜奏胡笳,谁料归无路。同是江南倦旅。对婵娟[⑤]、君歌我舞。醉中休问,明月明年,人在何处。

[注释]

①丙子：德祐二年（1276）。 ②袅袅：形容情怀摇荡不已。 ③有客秋风：语出唐李贺《金铜仙人辞汉歌》“茂陵刘郎秋风客”。秋风客，指汉武帝刘彻。 ④金盘露：语出唐李贺《金铜仙人辞汉歌》诗序“魏明帝青龙元年八月，诏宫官牵车西取汉孝武捧露盘仙人……”金盘露，指宫门前仙人所捧铜盘中的露水。 ⑤婵娟：指月亮。

烛影摇红

立春日雪，和秋崖韵

春日江郊，素娥吹下银幡舞[①]。东风点点乱茶烟，留到明朝否。掩袖凝寒不语。漫粘酥、枝枝缕缕。断肠何似，飞絮多时，落梅深处。　　仙掌擎来，翠眉敛半看成露。惊沙马上面帘轻，谁贵毡庐主。多少高阳伴侣[②]。到如今、沉冥几许。乘槎相问，万里银河，欲归无路。

[注释]

①银幡舞：雪花巧舞。 ②高阳：旧时指好饮酒而狂放不羁之人，语出《史记·郦生陆贾列传》，郦生曰：“吾高阳酒徒也，非儒人也。”

念奴娇

槐城赋以自寿，又和韵见寿，三和谢之

先生自寿，拥衾寒、重赋凌云游意。我有大儿孔文举[①]，弱冠骎骎暮齿[②]。桃已三偷[③]，树犹如此，前度花开几。蓬莱可塞，还童却老无计。　　为此援笔翩翩，大江东去，好似歌头起[④]。寄与两家孙又子，长看以文为戏。某所某公，同年同月，谁剪招魂纸。前三例好，不须举后三例。[⑤]

[注释]

①孔文举:指孔融。"大儿孔文举,小儿杨祖德。"狂士祢衡语。 ②骎骎(qīn):马速行貌。 ③桃已三偷:谓东方朔三次偷盗王母仙桃。语出晋张华《博物志》,此代指长寿。 ④歌头:指词牌《水调歌头》。苏轼词《念奴娇》咏"大江东去",《水调歌头》咏"明月几时有",都是豪放词派名篇。 ⑤原注:"槐城廿一日生。" 按,此作者自注。作于至元二十年(1283),时年五十二岁。槐城即王榉,字国正,号槐城,与刘辰翁同年月生,小三日,故云。

念奴娇

枯寒生晚,复何似、张绪少年时意[1]。薄命不逢何至此,满眼啼妆龋齿[2]。城是城非,年来年去,万八千能几。半痴半了,更痴儿计孙计。 回首仕已半生,仕何如已,已矣羞拈起。幸有橘丸丸日大,且复从公围戏[3]。若论弹文,更书谤箧[4],吾历无馀纸。多年致仕[5],大都有甚恩例。

[注释]

①张绪:南朝齐吴郡(苏州)人。美风姿。武帝植蜀柳于灵和殿前,尝赞曰:"此杨柳风流可爱,似张绪当年时。" ②啼妆龋(qú)齿:啼妆,以粉擦拭眼目作啼痕妆。语出《后汉书·梁冀传》,梁冀妻名孙寿,色美而又善为妖态。常作愁眉、啼妆、坠马髻、折腰、龋齿笑。 ③围戏:以围棋取乐。④谤箧:用魏将乐羊率军攻入中山,有骄色;文侯送其两箧书,尽难攻中山之事,乐羊拜曰:"中山之举,非臣之力,君之功也。"见《吕氏春秋》。⑤致仕:退休。

念奴娇[1]

吾年如此,更梦里、犹作狼居胥意[2]。千首新诗千斛酒[③]，管甚侯何侯齿[④]。员峤波翻[⑤]，瀛洲尘败[⑥]，吾屐能销几[⑦]。经丘寻壑，是他早计迟计。　犹记辰巳嗟嗟，故人贺我，且勉呼君起。五十不来来过二，方悟人言都戏。以我情怀，借公篇韵，恨不天为纸。馀生一笑，不须郇曼容例[⑧]。

［注释］

①此首并前二首作于同时，年五十二岁，皆为寿词。　②狼居胥：山名，在今内蒙古自治区五原县西北。语出《史记·卫将军骠骑列传》。骠骑将军霍去病曾大败匈奴，追敌至狼胥山，在山上筑坛祭祀而归。后遂以此喻北伐歼敌的功业。　③斛（hú）：量器名，古时以十斗或五斗为斛。④侯何侯齿：是何地位，何岁月。　⑤员峤：《列子·汤问》载，渤海之东几亿万里，有大壑，是无底之洞，里面有山，名岱舆、员峤、方壶、瀛洲、蓬莱。泛指海上仙山名。　⑥瀛洲：神话传说中的海上三神山之一。　⑦屐：木头底鞋，泛指鞋。此句形容人生短暂。　⑧郇曼容：汉朝琅邪人，名郇丹，字曼容，事琅邪鲁逢受易，养志自修。为官不肯过六百石，辄自免去，有清名。喻养志自修，不慕荣利。

念奴娇

和臞山用槐城韵见寿

沧洲一叶，待借君、回我炉亭春意。突兀灵光无立壁，八面江风寒齿。响屟廊深[①]，笼门槛赤，数月今才几。千年未论，岂无数十年计。　我本高卧墙东[②]，何知人事，推枕为君起。憔悴庚寅何足记，不觉联翩宾戏。白雪阳春[③]，黄鸡唱日[④]，绝少澄心纸[⑤]。我歌草草，和章有例还例。

［注释］

①响屟廊：春秋时吴王宫中的廊名，遗址在今苏州市灵岩山上。相传吴王令西施步屟（木底鞋），廊虚而响，故名。　②墙东：指隐居。用《后

汉书·蓬萌传》中的王君公隐居不仕事。时人谓:“避世墙东王君公。” ③白雪阳春:即“阳春白雪”,古代歌曲名,属于较高级音乐。 ④黄鸡唱日:黄鸡日出而鸣,有如唱日。语出白居易《醉歌示妓人商玲珑》。 ⑤澄心纸:南唐李煜所居堂名澄心。所选纸因名澄心堂纸,极为名贵。

念奴娇

酬王城山

两丸日月,细看来、也是樊笼中物。点点山河经过了,拔帜几番残壁。白是沙堤,苍然吴楚,一片成毡雪。此时把酒,旧词还是坡杰[①]。 歌罢公瑾当年[②],天长地久,柳与梅都发。几许闲愁斜照里,掌上沤生沤灭[③]。沧海桑枯,东陵瓜远[④],总不关渠鬓[⑤]。簪花起舞,可怜今夕无月。

[注释]

①坡杰:指苏东坡。 ②公瑾:指周瑜。 ③沤生沤灭:指水波,浮沤生灭迅速。 ④东陵瓜:典出《史记·萧相国世家》,“召平者,故封东陵。秦破为布衣,贫,种瓜于长安城东。瓜美,故世俗谓之东陵瓜。” ⑤渠:他。

乳燕飞

王朋益佥事夜坐文江之上[①],屡称赤壁之游乐,酒馀索赋,因取坐间语参差述之

赤壁之游乐。但古今、风清月白,更无坡作[②]。矫首中洲公何许,共我横江孤鹤。把手笑、孙刘寂寞[③]。颇有使君如今否,看青山、似我多前却。几见我、伴清酌。 江心旧岂非城郭。抚千年、桑田海水,神游非昨。对影三人成六客(皆坐间语),更倚归舟夜泊。尚听得、江城愁角。渺渺美

人兮南浦[④]，耿余怀、感泪伤离索。天正北，绕飞鹊[⑤]。

［注释］

①王朋益：辰翁友人。 文江：又名吉阳滩，赣江抵吉水县西南一段之名。 ②坡作：指苏东坡在游赤壁时所写的诗文。如《念奴娇》、《前赤壁赋》、《后赤壁赋》等。 ③孙刘：指赤壁之战时的孙权，刘备。 ④美人兮南浦：南浦，为古代泛指送别之处。《楚辞·九歌·河伯》："子交手兮东行，送美人兮南浦。" ⑤绕飞鹊：本曹操《短歌行》"月明星稀，乌鹊南飞。绕树三匝，何枝可依"。

乳燕飞

寿周耐轩[①]

曾授茅山记[②]。共当年、二百七十，又三甲子。昨上云台占云物，占得景风南至。又恰是、封侯千岁。行遍神州河洛外[③]，早归来、庭下槐阴翠。春万户，共生意。

溪翁图是参同契[④]。想金丹、圆成功行，活人相似。顾我尊前歌赤壁，生子当如此耳[⑤]。笑华发、东坡年几。弟不如人今老矣，看龙头、霄汉雌龙尾。呼白石，为公起。

［注释］

①周耐轩：周天骥。 ②茅山记：记载神仙图箓的书籍，茅山即句曲山，又称三茅山，茅盈兄弟得道之处。 ③河洛：黄河与洛水，也指这二水之间的地区。 ④溪翁图：即《河图》《洛书》，与《参同契》（契，文卷）同为道家秘笈。 ⑤生子当如此：指苏轼《念奴娇·大江东去》一词中的周瑜一类英雄人物。

乳燕飞

饮海棠花下,说放翁记剑南宣华园日报开及几分[1],闻五分亟往。因美放翁记此,足为后人开游赏之趣。盖花开三日色变,五日则后半开者盛,先半开者落矣。歌述此意,使观者有省

过雨城西路。看轻云、弄日花间,微寒如雾。谁是宣华门守者,报我十分开五。便痛饮、能销几度。寄语后来看花客,待看花、莫待开成树。成树也、半为土。　佺巢蜀锦今何许[2]。记西湖、聚景村庄[3],王亭谢墅[4]。冷落柯丘二三子,更问何园韩圃。悄一笑、回车竹所[5]。点点守宫包红泪,纵倾城、一顾倾城顾。家国事,正何与。

[注释]

①宣华园:在成都,以海棠著称。陆放翁有文谈赏花之时宜与趣味。②佺巢:宣华园内楼名。　③原注:"韩侂胄村庄,今名'聚景'。"　④王亭谢墅:王谢贵族园林。此为泛指。　⑤原注:"东坡自柯丘赏海棠复过何氏、韩氏诗云:'竹间老人不读书,留我闭门谁教汝。'盖市人好事者也。适过某氏园,园闭,因记羲之尝造竹主人,主人避不见,其子献之肩舆入人园,复为驱出,回车竹所,并记其父子,宾主一笑。"

瑞鹤仙

寿翁丹山[1]

正丹翁初度。对花满江城,晓莺欲语。崆峒在何处[2]。渐雨过农郊,劝耕问路。州人争觑。问坡老[3]、重来是否。把看灯、传说风流,八境尽图新句。　如许。老子文章,挥毫立马,脱靴嫌污[4]。太平易作,听父老,歌襦袴[5]。愿使君小住,五风十雨,重见一稃三黍。又天边、飞诏殷勤,说相将去。

[注释]

①翁丹山：名合，字叔备，号丹山，崇安（今属福建）人。官至礼部尚书。曾知赣州。此词作于辰翁任赣州濂溪书院山长时，为景定三年（1262）。 ②崆峒：山名。黄帝问道于广成子处。在河南。 ③坡老：苏东坡。 ④脱靴：指高力士为李白脱靴事。 ⑤歌襦袴：《后汉书·廉范传》载，廉范任蜀郡太守有政绩。百姓作歌颂之："平生无襦今五袴。"比喻惠民的德政。

高阳台

和巽吾韵[①]

雨枕莺啼，露班烛散，御街人卖花窠。过眼无情，而今魂梦年多。百钱曳杖桥边去[②]，问几时、重到明河。便人间，无了东风，此恨难磨。 落红点点入颓波。任归春到海，海又成涡。江上儿童，抱茅笑我重过[③]。蓬莱不涨枯鱼泪[④]。但荒村、败壁悬梭。对残阳，往往无成，似我蹉跎。

[注释]

①巽吾：即彭元逊。 ②百钱曳杖：苏轼《初入庐山诗》"芒鞋青竹杖，自挂百钱游"。 ③抱茅：本杜甫诗"南村群童欺我老无力……公然抱茅入竹去"。 ④蓬莱不涨：即蓬莱清浅意，喻时光流逝，陵谷变迁。

声声慢

九日泛湖游寿乐园赏菊[①]，时海棠花开，即席命赋

西风坠绿。唤起春娇，嫣然困倚修竹。落帽人来，花艳乍惊郎目。相思尚带旧子[②]，甚凄凉，未忺妆束[③]。吟鬓底，伴寒香一朵，并簪黄菊。 却待金盘华屋。园林

静、多情怎禁幽独。蛱蝶应愁，明日落红难触。那堪雁霜渐重，怕黄昏、欲睡未足。翠袖冷，且莫辞、花下秉烛[④]。

（以上《须溪词》卷一）

[注释]

①寿乐园：在杭州西湖。 ②"相思"句：红豆，一名相思子。 ③忺(xiàn)：适宜。 ④花下秉烛：本苏轼《海棠》"只恐夜深花睡去，故烧高烛照红妆"。

汉宫春

壬午开炉日戏作[①]

雨入轻寒，但新篘未试，荒了东篱[②]。朝来暗惊翠袖，重倚屏帏。明窗丽阁，为何人、冷落多时。催重顿，妆台侧畔，画堂未怕春迟。 漫省茸香粉晕，记去年醉里，题字倾敧。红炉未深乍暖，儿女成围。茶香疏处，画残灰、自说心期[③]。容膝好，团栾分芋，前村夜雪初归。

[注释]

①壬午：即至元十九年(1282)。 开炉：御炉供火以避寒。 ②东篱：指菊。 ③心期：心事。

汉宫春

岁尽得巽吾寄溪南梅相忆韵

疏影横斜，似故人安道[①]，只在前溪。年年望雪待月，漫倚吟矶。千红万紫，到春来、也是寻思。君不见，永阳江上，残梅冷雨丝丝。 有几情人似我，漫骑牛卧笛，乱插繁枝。市门索笑憔悴，便作新知。城楼画角，又无花、只落空悲。但传说，寿阳一片[2]，何曾迎面看飞。

[注释]

①故人安道：戴逵，字安道。王子猷雪夜乘舟往访，不叩门而归。见《世说新语·任诞》。 ②寿阳一片：指梅花。

洞仙歌

寿中甫[1]

也曾海上，啖如瓜大枣[2]。海上归来相公老。画堂深、满引明月清风，家山好、一笑尘生蓬岛。 六年春易过，赢得清阴，到处持杯藉芳草[3]。看明年此日，人在黄金台上[4]，早整顿、乾坤事了。但细数齐年几人存[5]，更宰相高年，几人能到。

[注释]

①中甫：即邓剡。 ②啖：吃。 如瓜大枣：李少君言海上遇安期生食巨枣如瓜。见《史记·封禅书》。 ③藉芳草：垫衬于芳草上。 ④黄金台：燕昭王礼聘贤才的处所。 ⑤齐年：同年登第。

洞仙歌

器之高谊，取前月青山《洞仙歌》华余重寿，走笔谢之[1]

有客从余，不计余无酒。袖有蟠桃为君寿。叹此桃再熟，也须年后。甚办得，转盼个偷桃手[2]。 菊潭三十斛，月又月添，天赋先生日更久。但黄杨长寸[3]，闰年倒寸，似恁得到梧宫甚时候。客又道奇特是阳生，后七日相看，醉春风柳。

[注释]

①器之:黄镛,字器之,曾知吉州。 青山:赵文号青山,吉安人。 ②偷桃手:《汉武故事》载,汉东方朔曾三次去西王母处偷桃。 ③黄杨长寸:比喻境遇困难,取"黄杨厄闰"意。语出宋苏轼《监洞霄宫俞康直郎中所居四咏"园中草木春无数,只有黄杨厄闰年"。自注:"俗说,黄杨长一寸,遇闰退三寸。"

齐天乐

端午和韵

枝头雨是青梅泪,翻作一江春水。鱼腹魂销,龙舟叫彻,不了湖亭张戏。满庭芳芷。正艾日高高[1],葛风细细[2]。试比陈人,人间除我更谁似。 浮沉君共我里。记薰廊待对[3],闻鸡蹴起。昨日蟾蜍[4],明朝蝇虎[5],身与渠衰更悴。老夫病已。任采绿采苓,为师为帝。但有昌阳[6],倩酤扶路醉。

[注释]

①艾日:白日,因艾草为苍白色,故称。 ②葛风:仙风。因葛玄、葛洪二人均炼仙丹,故称风为葛风。 ③薰廊:薰风廊殿,指朝廷。 待对:等候帝王召问。 ④蟾蜍:神话传说月中有蟾蜍。又指月光,月亮。 ⑤蝇虎:蜘蛛名,不结网,捕食蝇类。 ⑥昌阳:菖蒲。可以泡酒以辟瘟气。

齐天乐

节庵和示中斋端午《齐天乐》词,有怀其弟海山之梦[1]。昨亦尝和中斋此韵,感节庵此意,复不能自已,倘见中斋及之

海枯泣尽天吴泪[2],又涨经天河水[3]。万古鱼龙,雷收电卷,宇宙刹那间戏。沉兰坠芷。想重整荷衣,顿惊腰

细。尚有干将，冲牛射斗定何似[④]。　　成都桥动万里。叹何时重见，鹃啼人起。孤竹双清[⑤]，紫荆半落，到此吟枯神瘁。对床永已。但梦绕青神[⑥]，尘昏白帝[⑦]。重反离骚，众醒吾独醉[⑧]。

[注释]

①节庵：贾昌忠，号节庵，庐陵教官。弟纯孝，元兵陷崖山，蹈海死。父承议公，为西和倅。城陷，一门死节。四川金堂人。　中斋，即邓光荐。　②天吴：海神名。　③天河水：本杜甫《怀弟妹》诗"犹有泪成河，经天复东注"。　天河：银河。　④"尚有干将"二句：谓剑气直冲霄汉。干将，宝剑名。牛斗，星宿名。　⑤孤竹：指孤竹君之二子伯夷，叔齐、互辞王位，逃至首阳山，后又义不食周粟，以至饿死。　⑥青神：县名，属四川眉州。⑦白帝：城名，在四川奉节。　⑧众醒吾独醉：反用屈原《渔父》"众人皆醉我独醒"。

齐天乐

戊寅登高，即席和秋崖韵[①]

蒋陵故是簪花路[②]，风烟奈何秋暑。候馆凋梧，宫墙断柳，谁识当年倦旅。余怀何许。想上马人扶，翠眉愁聚。旧日方回[③]，而今能赋断肠语。　　登高能赋最苦。叹高高难问，欲望迷处。蝶绕东篱，鸿翻上苑，那更画梁辞主。来今往古。漫湛辈同来，远公回去[④]。我醉安归，黄花扶路舞。

[注释]

①戊寅：端宗景炎三年（1278）。　②蒋陵：即蒋山，钟山。晋干宝《搜神记》载：蒋子文，广陵人，汉末为秣陵尉，逐贼至钟山下，伤而死。后封神钟山为蒋山，立庙堂，蒋子文遂为钟山之神。　③方回：贺铸字方回。其

《青玉案》"彩笔新题断肠句",名著一代。 ④"远公回去"句下:原注,"是日,共二僧登华盖"。

江城梅花引

辛巳洪都上元[①]

几年城中无看灯。夜三更。月空明。野庙残梅,村鼓自春声。长笑儿童忙踏舞,何曾见,宣德棚,不夜城。 去年今年又伤心。去年晴,去年曾。不似今年,闲坐处、却不曾行。忆去年人、弹烛泪纵横。想见西窗窗下月[②],窗下月,是无情,是有情。

[注释]

①辛巳:元世祖至元十八年(1281)。 洪都:南昌的古称。 上元:即农历正月十五,元宵节。 ②西窗:"西窗剪烛"略语。西窗剪烛,语出李商隐《夜雨寄北》"何当共剪西窗烛,却话巴山夜雨时"。后为游子思家语。

江城梅花引

相思无处著春寒。傍阑干,湿阑干。似我情怀,处处忆临安[①]。想见夜深村鼓静,灯晕碧,为傍人,说上元。 是花是雪无意看。雨摧残,雨摧残。探春未还。到春还、似不如闲。感恨千般、憔悴做花难。不惜与君同一醉,君不见,铜雀台[②],望老瞒[③]。[④]

[注释]

①临安:杭州。南宋绍兴八年定都于此。 ②铜雀台:曹操所筑之台,故址在今河北临漳西南。 ③望老瞒:曹操小字阿瞒,曹操死后曾遗言每月朔望于铜雀台遥对其墓作乐。其墓于邺之西冈上,与西门豹祠相

近。 ④原注："时邻居声妓有物化之感。"

兰陵王

丁丑感怀和彭明叔韵[1]

雁归北，渺渺茫茫似客。春湖里，曾见去帆，谁遣江头絮风息。千年记当日。难得，宽闲抱膝。兴亡事，马上飞花，看取残阳照亭驿。 哀拍，愿归骨。怅毡帐何匹，湩酪何食。相思青冢头应白[2]。想荒坟酹酒，过车回首，香魂携手抱相泣，但青草无色。 语绝，更愁极。漫一番青青，一番陈迹。瑶池黄竹哀离席。约八骏犹到[3]，露桃重摘。金铜知道[4]，忍去国，忍去国。

[注释]

①丁丑：景炎二年(1277)。临安城破后一年，南宋帝后此年五月北行。彭明叔：未详。 ②青冢：即王昭君墓，在内蒙古呼和浩特市南五十华里。王昭君嫁匈奴单于呼韩邪。死后冢上草色青青，故称"青冢"。 ③八骏：传说中周穆王的八匹名马。 ④金铜：指金铜仙人。唐李贺《金铜仙人辞汉歌》诗序曰："魏明帝青龙元年八月，诏宫官牵车西取汉孝武捧露金盘仙人，欲立置前殿。宫官既拆盘，仙人临载乃潸然泪下。"此句言亡国之悲。

兰陵王

丙子送春[1]

送春去，春去人间无路。秋千外、芳草连天，谁遣风沙暗南浦。依依甚意绪。漫忆海门飞絮。乱鸦过，斗转城荒，不见来时试灯处[2]。 春去，最谁苦。但箭雁沉边，梁燕无主。杜鹃声里长门暮。想玉树凋土，泪盘如露[3]。咸阳送客屡回顾，斜日未能度。 春去，尚来否。

正江令恨别[4],庾信愁赋[5]。[6]苏堤尽日风和雨。叹神游故国,花记前度。人生流落,顾孺子,共夜语。

[注释]

①丙子:宋景炎元年(1276)。是年元兵入临安,南宋亡。 ②试灯:旧俗正月十四日为试灯之时。 ③泪盘如露:《三辅故事》云,“汉武帝以铜作承露盘,高二十丈,大十围,上有仙人掌承露,和玉屑饮之以求仙。”李贺《金铜仙人辞汉歌》诗序云:“魏明帝青龙元年八月,诏宫官牵车西去,取汉孝武捧盘仙人,欲立置前殿,宫官既拆盘,仙人临载乃潸然泪下。” ④江令:指江淹。江淹曾写《恨赋》、《别赋》。 ⑤庾信:北朝文学家。原是南朝梁的官员,出使北朝因才被留,虽被委以高官,仍念念不忘家国,故作《哀江南赋》。 ⑥原注:“二人皆北去。”

[集评]

卓人月云:“‘送春去’二句悲绝,‘春去谁最苦’四句凄清,何减夜猿,第三叠悠扬悱恻,即以为《小雅》、《楚骚》可也。”(《词统》引自王弈清《历代词话》)

张宗楠云:“按樊榭论词绝句,‘《送春》苦调刘须溪’信然。”(《词林纪事》)

陈廷焯云:“题是《送春》,词是悲宋,曲折说来,有多少眼泪。”(《白雨斋词话》)

琐窗寒

和巽吾闻莺

嫩绿如新,娇莺似旧,今吾非故。空山过雨,睍睆留春春去[1]。似尊前曲曲阳关,行人回首江南处。漫停云低黯[2],征衫憔悴,酒痕犹污。 欲语,浑未住。记匹马经行,风林烟树。家山何在,想见绿窗啼雾。又何堪满目凄凉,故园梦里能归否。但数声、惊觉行云,重省佳期误。

[注释]

①睍睆(xiàn huǎn)：美丽、好看。②停云：本陶潜诗“霭霭停云，濛濛时雨”。思亲友之作。

归朝歌[①]

最是一人称好处，昨日小春留得住[②]。梅花信信望东风[③]，须待公归香满路。年时今已度，长是巴山深夜雨。宣又召[④]，凯还簇簇[⑤]，要见寿觞举。扫尽窝蜂闲绣斧[⑥]，叠鼓春声欢岁暮。燕台剑履趣锋车[⑦]，银信低低传好语[⑧]。紫貂裘脱与，肘印累累映三组[⑨]。但重省，西来斗水，忘却爱卿取。

[注释]

①归朝歌：词用调名本义。赞颂凯旋归朝者。《全宋词》注：按词律调名当作《归朝欢》。②小春：小阳春，阴历十月。③信信：守信。④宣又召：奉钦命还朝。⑤凯还：凯旋。⑥绣斧：执法除奸之官员衣绣执斧以行法。⑦剑履：剑履上殿，对大臣的礼遇。锋车：快迅之车。⑧银信：华翰，好消息。⑨肘印：肘悬金印，升官之意。

大圣乐

伤春，有序

余尝爱古词云：“休眉锁，问朱颜去也，还更来么。”音韵低黯，辞情跌宕，庶几哀而不怨，有益于幽忧憔悴者。然二语外率鄙俚，因依声仿佛反之和之。此曲少有作者，流为善歌，则或数十叠，其声皆不可考。今特以意高下，未必尽合本调，聊以纾思志感云尔

芳草如云，飞红似雨，卖花声过。况回首、洗马塍荒[①]，更寒食、宫人斜闭[②]，烟雨铜驼。提壶卢何所得酒[③]，

泥滑滑[4]、行不得也哥哥[5]。伤心处，斜阳巷陌，人唱西河[6]。　天下事，不如意十常八九，无奈何。论兵忍事，对客称好，面皱如靴[7]。广武噫嘻[8]，东陵反覆，欢乐少兮哀怨多。休眉锁，问朱颜去也，还更来么。

[注释]

①洗马塍(chéng)：地名。 ②宫人斜：在杭州，宫女墓地名。 ③提壶卢：鸟名。叫声如"提壶卢"。 ④泥滑滑：竹鸡别名。 ⑤"行不得"句：鹧鸪鸟叫声。 ⑥西河：词调名。 ⑦如靴：绉纹密布如靴。 ⑧广武嘻嘻：形容生不逢时，怀才不遇。用阮籍登广武叹息事。

宝鼎现

春　月[1]

红妆春骑，踏月影、竿旗穿市。望不尽、楼台歌舞，习习香尘莲步底。箫声断、约彩鸾归去[2]，未怕金吾呵醉。甚辇路、喧阗且止？听得念奴歌起[3]。　父老犹记宣和事[4]，抱铜仙、清泪如水。还转盼、沙河多丽[5]。滉漾明光连邸第，帘影冻、散红光成绮。月浸葡萄十里。看往来、神仙才子，肯把菱花扑碎。　肠断竹马儿童，空见说、三千乐指[6]。等多时春不归来，到春时欲睡。又说向、灯前拥髻，暗滴鲛珠坠。便当日、亲见霓裳，天上人间梦里。

[注释]

①春月：又题为"丁酉元夕"。丁酉即大德元年(1297)。 ②彩鸾：唐太和末，书生文箫遇女仙彩鸾，吟诗曰："若能相伴陟仙坛，应得文箫驾彩鸾。自有绣襦并甲帐，琼台不怕雪霜寒。"后遂登仙而去。见《唐人传奇集》。 ③念奴：唐天宝时名歌女。 ④宣和：宋徽宗年号。 ⑤沙河：钱塘南五里有沙河塘。宋时居民甚盛，碧瓦红檐，歌管不绝。 ⑥三千乐

指：三百人的乐队（一人十指）。

[集评]

杨慎云："此词题云'丁酉'，盖元成宗大德元年，亦渊明书甲子之意也。词意凄惋，与《麦秀》歌何殊？"（《词品补》）

张孟浩云："刘辰翁作《宝鼎现》词，时为大德元年，自题曰丁酉元夕，亦义熙旧人，只书甲子之意。其词有云：'父老犹记宣和事，抱铜仙，清泪如水。'又云：'肠断竹马儿童，空见说三千乐指。'又云：'向灯前拥髻，暗滴鲛珠坠，便当日亲见《霓裳》，天上人间梦里。'反反复复，字字悲咽，真孤竹、彭泽之流。"（《历代诗馀引》）

陈廷焯云："通篇炼金错采，绚烂极矣；而一二今昔之感处，尤觉韵味深长。"（《白雨斋词话》）

祝英台近

水　后

昨朝晴，今朝雨，渺莽遽如许[①]。厌听儿童，总是涨江语。是谁力挽天河[②]，误他仙客，并失却，乘槎来路[③]。

断肠苦。剪烛深夜巴山[④]，酒醒听如故。勃窣荷衣[⑤]，堕泪少乾土。从初错铸鸱夷[⑥]，不如归去？到今此、欲归何处。

[注释]

①遽（jù）：急，骤然。　②天河：即银河。　③乘槎：乘木筏到天河，意谓登仙。典出张华《博物志》。　④剪烛：语出唐李商隐《夜雨寄北》诗，"君问归期未有期，巴山夜雨涨秋池。何当共剪西窗烛，却话巴山夜雨时。"作怀念家室意。　⑤勃窣：同"勃屑"，纷乱貌。　⑥鸱夷：鸱夷是越国范蠡隐居江湖后的自号。勾践曾以金铸范蠡以彰其功勋。

祝英台近

席间咏绣球

看师师[①]、成蝶蝶，甕尽不成叠。欲试搔头，花重怎堪捻。是谁抛过东墙，今无赤凤[②]，梦得似、那人身捷。年时腊，曾笑梅梢和豆，去月忽如荚。便向龙门，无复钏金接。待教开到琼林[③]，阆仙重见[④]，又谁念、昆明前劫。

[注释]

①师师：李师师，北宋名妓。此处泛指佳人。 ②赤凤：指燕赤凤。《飞燕外传》："赵后飞燕所通宫奴燕赤凤者，雄健能超观阁。" ③琼林：仙境中的玉树林。 ④阆仙：仙境中的神仙。

忆旧游

和巽吾相忆寄韵

渺山城故苑，烟横绿野，林胜青油[①]。甚相思只在，华清泉侧[②]，凝碧池头[③]。故人念我何处，堕泪水西流。念寒食如君，江南似我，花絮悠悠。 不知身南北，对断烟禁火，蹇六年留[④]。恨听莺不见，到而今又恨，睍睆成愁[⑤]。去年相携流落，回首隔芳洲。但行去行来，春风春水无过舟。

[注释]

①青油：形容树木色绿如油。 ②华清泉：在陕西临潼骊山下。唐于此建华清宫。 ③凝碧池：唐禁苑中的池名。 ④蹇六年留：此当作于宋亡六年之后。时在至元二十一年（1284）左右。 蹇：困顿貌。 ⑤睍睆（xiàn huǎn）：美好的样子。

唐多令

丙子中秋前[1]，闻歌此词者，即席借芦叶满汀洲韵

明月满沧洲，长江一意流。更何人、横笛危楼。天地不知兴废事，三十万、八千秋。　落叶女墙头[2]，铜驼无恙不[3]。看青山、白骨堆愁。除却月宫花树下，尘坱莽[4]、欲何游。

[注释]

①丙子：丙子（1276）年，南宋亡。词即咏此巨变，语极悲怆。　②女墙：城墙上的矮墙。刘禹锡《石头城》诗："淮水东边旧时月，夜深还过女墙来。"　③铜驼无恙：此以问铜驼之命运，寓亡国之悲。《晋书·索靖传》："靖有先识远量，知天下将乱，指洛阳宫门铜驼，叹曰：会见汝在荆棘中耳！"　④坱莽：弥漫状。

唐多令

风露小瀛洲[1]，斜河倒海流。人间尘、不到琼楼。错向五陵陵上望[2]，几回月、几回秋。　落日太湖头[3]，垂虹今是不。醉尊前、往往成愁。便有扁舟西子在[4]，无汗漫[5]、与君游。

[注释]

①瀛洲：神话传说中的海上三仙山之一。　②五陵：原指西汉几个皇帝的陵墓。此指南宋诸陵。　③太湖：在江苏南部。范蠡功成后曾隐居于此。　④西子：指西施，亦指西湖。　⑤汗漫：仙人名。《论衡·道虚》："吾与汗漫期于九垓之上。"

唐多令

寒雁下荒洲，寒声带影流。便寄书、不到红楼。如此月明如此酒，无一事、但悲秋。　　万弩落潮头，灵胥还怒不[①]。满湖山、犹是春愁。欲向涌金门外去，烟共草、不堪游。

[注释]

①灵胥：即"胥涛"。古代传说伍子胥死后为浙江涛神，因称浙江潮为"胥涛"。

唐多令

日落紫霞洲，兰舟稳放流。玉虹仙、如在黄楼。何必锦袍吹玉笛，听欸乃[①]、数声秋。　　赤壁舞涛头[②]，周郎还到不。倚西风、袅袅余愁[③]。唤起横江飞道士[④]，来伴我、月中游。

[注释]

①欸（ǎi）乃：摇橹声。柳宗元《渔翁》诗："烟销日出不见人，欸乃一声山水绿。"　②赤壁舞涛头：本苏轼《念奴娇·赤壁怀古》"大江东去，浪淘尽、千古风流人物。故垒西边，人道是三国周郎赤壁"。　③袅袅余愁：用屈原《九歌·湘夫人》"目眇眇兮愁予。袅袅兮秋风，洞庭波兮木叶下"诗意。　④横江飞道士：谓仙鹤。语出苏轼《后赤壁赋》。

唐多令

《龙洲曲》已八九和，复为中斋勉强夜和[①]，中有数语，醉枕忘之

零露下长洲[②]，云翻海倒流。素娥深[③]，不到西楼。忽

觉断潮归去也，饮不尽、一轮秋。　城外土馒头④，人能饮恨不。古人不见使吾愁。莫有横江孤鹤过，来伴我、醉中游。

[注释]

①中斋：邓剡，号中斋。　②长洲：县名，即今苏州。　③素娥：古代传说中嫦娥的别称，亦泛指月宫的仙女。　④土馒头：谓坟墓。

唐多令

丙申中秋

明月满河洲，星河带月流①。料素娥，独倚琼楼②。竟是何年何药误③，魂梦冷，不禁秋。　少日梦龙头，知君犹梦不。算虚名、不了闲愁。便有鹄袍三万辈④，应不是、旧京游⑤。

[注释]

①星河：指天上星星与银河。　②琼楼：传说中的广寒宫殿。　③药误：传说嫦娥因偷吃了长生不老药，独自飞入月宫。　④鹄袍：色白如鹄的袍衣，旧时应试士子所服，因借指举子。　⑤旧京：指临安。

唐多令

残日下瓜洲①，平安火又流。月高高、挂古城楼。回首少年真可笑，无一事、又悲秋。　天在海边头，天风有意不。结桂枝，袅袅余愁。不是银河无去路，先不去、后难游。

[注释]

①瓜洲:古地名,今江苏邗江县南长江北岸。

唐多令

癸未上元午晴[1]

春雨满江城,汀洲春水生。更悲久雨似春酲[2]。犹有一般天富贵,夜来雨,早来晴。　　年少总看灯,老来犹故情。便无灯,也自盈盈。说著春情谁不爱,今夜月、有人行。

[注释]

①癸未上元:元世祖至元二十年(1283)正月十五日上元节。　②春酲:春日病酒。

虞美人

咏牡丹

空明一朵扬州白,红紫无□色。是谁唤作水晶球,惹起高烧银烛、上元愁。　　去年一捧飞来雪,不似渠千叶。狂风一蹴过秋千,憔悴玉人和泪、望婵娟。[1]

[注释]

①原注:“水晶球。”　水晶球:牡丹的一个品种。

虞美人

天香国色辞脂粉,肯爱红衫嫩。翛然自取玉为衣[1],似是银河水皱、织成机。　　寒欺薄薄春无力,月浸霓裳湿。

一窠香雪世间稀，可惜不教留到、布衣时。[②]

[注释]

①翛(xiáo)然：无拘无束的样子。　②原注："白叠罗。"

虞美人

寿安楼子重重蕊，少见如鱼尾。向来染得渭脂红[①]，又自细摇花浪、动春风。　赪鳞似是人谁信，但向残红认。若教随水去悠然，为报沙头玉鹭、莫贪鲜。[②]

[注释]

①渭脂红：渭水流淌着红色胭脂。杜牧《阿房宫赋》："渭流涨腻，弃脂粉也。"　②原注："鱼尾寿安。"寿安：地名。英锦屏山产鱼尾牡丹，特佳。

虞美人

花心定有何人捻，晕晕如娇靥[①]。一痕明月老春宵，正似酥胸潮脸、不曾销。　当年掌上开元宝[②]，半是杨妃爪[③]。若教此掐到痴人。任是高墙无路、蝶翻身。[④]

[注释]

①娇靥(yè)：女子面颊上的酒涡。　②开元：唐玄宗年号。　③杨妃：杨贵妃。　④原注："一捻红。"一捻红：传为贵妃手指所掐而留有一捻指痕。

虞美人

咏海棠

无花敢与姚黄比[①],对对鸳鸯起。谶他金带万钉垂,谁向麒麟楦里[②]、卸猴绯。　　潜溪以上难为说,自是君恩别。后来西子避无盐[③]。又道君王捉鼻[④]、又何嫌。[⑤]

[注释]

①姚黄:名贵的牡丹。宋欧阳修《洛阳牡丹记》:“姚黄者,千叶黄花,出于民姚氏家。”　②麒麟楦:比喻虚有其表,不堪实任。《太平广记》卷二六五引唐张鷟《朝野佥载》,衢州盈州令杨炯,每见朝官,目为麒麟楦。人问其故,杨曰:“今乐弄麒麟者,皆刻画头角,修饰皮毛,覆之驴上,巡场而走。及脱皮褐,还是驴马。无德而衣朱紫者,与驴覆麟皮何别。”　③无盐:战国时齐无盐邑有女钟离春,貌丑,四十未嫁。自谒齐宣王,陈四殆之义。宣王纳之,拜为“无盐君”,立为后。后用为丑女之尊称。　④捉鼻:犹掩鼻不屑貌。《战国策·楚策四》:魏王遗楚王美人,楚王大悦。夫人郑袖知楚王喜新人。于是对新人说:“王爱汝美,然恶汝鼻。见王时,应掩鼻。”新人见王果掩其鼻。王问郑袖何故,郑袖曰:“恶闻君王之臭也。”王怒,割新人鼻。　⑤原注:“公服紫。”

虞美人

咏海棠

魏家品是君王后[①],岂比昭容袖。风吹满院绣囊香,谁赐大师师号、退昭阳[②]。　　飞霞一落无根蒂,空堕重华泪。离披正午盛时休,闲为思王重赋、洛神愁[③]。[④]

[注释]

①魏家品:牡丹花的另一名种,即魏紫。宋欧阳修《洛阳牡丹记》:“魏家花者,千叶肉红,花出于魏相仁溥家。”钱思公尝曰:“人谓牡丹花

王,今姚黄真可为王,而魏花乃后也”,词中以牡丹中的王后魏紫比拟海棠。 ②“谁赐大师”句:此以赵飞燕喻海棠名种御爱紫。昭阳,指昭阳殿,汉成帝皇后赵飞燕所居之宫。 ③“思王重赋”句:思王,指曹植,曾写《洛神赋》。此句意曹植当重新为洛神作赋。以洛神之美拟海棠。 ④原注:“御爱紫。”

虞美人

咏海棠

犹疑绿萼花微甚,难与青莲并。青莲朵朵是天人,又向天人想见、洛阳春。 多情素质尘生步,况被潘妃污[①]。此花仍是□微赪。却似娇波波外、两眉青。青莲萼

[注释]

①况被潘妃污:此以潘妃的莲步尘污,反衬海棠名种青莲萼的娇洁。潘妃,即潘玉儿,乃齐废帝东昏侯之妃,东昏侯命凿金为莲花帖地,令潘妃行其上。

虞美人

客中送春

楼台烟雨朱门悄,乔木芳云杪[①]。半窗天晓又闻莺,比似当年春尽、最关情。 客中自被啼鹃恼[②],况落春归道。满怀憔悴有谁知,犹记涌金门外、送人时。

[注释]

①杪(miǎo):树木的末梢。 ②啼鹃:指杜鹃啼,传说杜鹃为古蜀国望帝所变。常夜啼达旦,血渍花木。比喻哀怨之深。

虞美人

城山堂试灯[1]

黄柑擘破传春雾，新酒如清露。城中也是几分灯，自爱城山堂上、两三星。　　枝头未便风和雨，寂寞无歌舞。天公肯放上元晴[2]，自是六街三市、少人行。

[注释]

①试灯：元宵节前一天。　②上元：即元宵节。

虞美人

扬州卖镜，上元事也，用前韵

徐家破镜昏如雾[1]，半面人间露。等闲相约是看灯，谁料人间天上、似流星。　　朱门帘影深深雨，憔悴新人舞。天涯海角赏新晴，惟有桥边卖镜、是闲行。

[注释]

①破镜：南朝陈太子舍人徐德言，娶后主妹乐昌公主。时陈政方乱，德言知国破两人不能相保，因破镜，与公主各持其半，约他年正月望日（正月十五，上元节）卖于都市，冀得相见。及陈亡，其妻果没入杨素家。德言依期至京。见有苍头卖半镜，因引至其家，出半镜合之，并题诗与之。乐昌公主得诗，悲泣不食。杨素得之，即召德言，还其妻。

虞美人

黄帘绿幕窗垂雾[1]，表立如承露。夕郎偷看御街灯[2]，归奔河边残点、乱如星[3]。　　开园蒋李游春雨[4]。蛱蝶穿人舞。如今烟草锁春晴，并与苏堤葛岭、不堪行[5]。

[注释]

①"黄帘"二句:言炉亭帘幕四垂,亭耸如承露金茎一样。 ②"夕郎"句:此言是夜偷出看灯之事。 ③原注:"时余在炉亭六日礼数内,同舍诱余窃出观灯,亟归。" ④蒋李:原注,"二宦者。" ⑤葛岭:西湖名胜之一。

虞美人

大红桃花

鞓红乾色无光霁,须是鲜鲜翠。翛然一点系裙腰[①],不著人间金屋[②]、恐难销。 英英肯似焉支贵[③],漫脱红霞帔。落时且勿涴尘泥[④],留向天台洞口、泛吾诗。

[注释]

①翛(xiao)然:无拘无束,自由自在貌。 ②金屋:将大红桃花比拟成心爱的美女。 ③英英:俊美貌。 焉支:即胭脂。 ④涴(wò):为泥土所沾污。

虞美人

壬午[①]中秋雨后不见月

湿云待向三更吐,更是沉沉雨。眼前儿女意堪怜,不说明朝后日、说明年[②]。 当年知道晴三鼓,便似佳期误。笑他拜月不曾圆,只是今朝北望、也凄然。

[注释]

①壬午:元世祖至元十九年(1282)。 ②原注:"今年十七望。"

虞美人

用李后主韵二首

梅梢腊尽春归了，毕竟春寒少。乱山残烛雪和风，犹胜阴山海上[①]、窖群中[②]。　　年光老去才情在，惟有华风改。醉中幸自不曾愁，谁唱春花秋叶、泪偷流[③]。

[注释]

①阴山：山脉名，起于甘肃西北，穿过内蒙古自治区，和兴安岭相接。诗中代指塞外荒寒地区。　②窖群：地窖。匈奴单于置苏武于大窖中，欲其降己。见《汉书·李广苏建传附苏武》。　③春花秋叶：本李煜《虞美人》"春花秋月何时了，往事知多少"。寄故国之思。

虞美人

同　前

情知是梦无凭了，好梦依然少。单于吹尽五更风[①]，谁见梅花如泪、不言中。　　儿童问我今何在，烟雨楼台改。江山画出古今愁，人与落花何处、水空流。

[注释]

①单于：乐曲名。李益《听晓角》诗："无数塞鸿飞不度，秋风卷入《小单于》。"

[集评]

梁亦犁云："与后主同调，哀亡之音，凄凉悲怨。"(《滴水轩词话》)

虞美人

春　晓

轻衫倚望春晴稳，雨压青梅损。皱绡池影泛红蔫[1]，看取断云来去、似炉烟。　　愁春来暮仍愁暮，受却寒无数。年来无地买花栽，向道明年花信、莫须来。

[注释]

①"皱绡"句：写池水波光粼粼如轻纱被风吹皱。　红蔫：指上面浮着枯萎的红花。

虞美人

花　品

娟娟二八清明了，犹说淮阳早。钱欧陆谱遍花光[1]，红到寿阳、也不说淮阳。　　此花地望元非薄[2]，回首伤流落。洛阳闲岁断春风，怎不当时道是、洛阳红。

[注释]

①钱欧陆谱：指钱惟演《花谱》，欧阳修的《洛阳牡丹记》，陆游的《天彭牡丹谱》。　②地望：地位、名望。

虞美人

中秋对月

秋阴团扇如人老，渐近中秋好。新凉还忆小楼边，自在一窗明月、傍人眠。　　多情谁到星河晓，只道圆时少。他年几处与君看，长是成愁成恨、不成欢。

[注释]

①秋阴:秋凉。言秋后团扇被捐弃,如人老色衰而被冷落。

[集评]

梁亦犁云:"'长是成愁成恨不成欢',笔端满蕴凄惋之音。"(《滴水轩词话》)

恋绣衾

宫中吹箫

胭脂不涴紫玉箫[①],认宫中、银字未销[②]。但凤去、台空古,比落花、无第二朝。　天涯流落哀声在,听乌乌、不似内娇。漫身似、商人妇,泣孤舟[③]、长夜寂寥。

[注释]

①涴(wò):沾污。　②银字:笙笛类管乐器上用银字作标记,以表示音色高低。　③泣孤舟:用白居易《琵琶行》"老大嫁作商人妇,商人重利轻别离,前月浮梁买茶去"诗意。

恋绣衾

或送肉色牡丹同赋

困如宿酒犹未销[①],满华堂、羞见目招。忽折向、西邻去,教旁人、看上马娇。　肉色似花难可得,但花如、肉色妖娆。谁说汉宫飞燕,到而今、犹带脸潮。

[注释]

①宿酒:头天晚上喝的酒。

恋绣衾

己卯灯夕[①]，留城中独坐，忆当涂买灯[②]，姑苏夜舞[③]，再集赋此

当年三五舞太平[④]，醉归来、花影满庭。办永夜、重开宴，笑姑苏、万眼未明[⑤]。　而今绕市歌儿马，客黄昏、细雨满城。十年事、去如水，想家人、村庙看灯。

[注释]

①己卯灯夕：元世祖至元十六年（1279）的元宵节。　②当涂：古县名，今安徽当涂。　③姑苏：苏州市别称，因西南有姑苏山而名。　④三五：即每月十五日，此指正月十五日。　⑤万眼：纱罗的一种。　原注："万眼罗最精最贵，然最暗。"

[集评]

梁亦犁云："兴亡之感，寄于言外。"（《滴水轩词话》）

花　犯

旧催雪词，苦不甚佳，因复作此

海山昏，寒云欲下，低低压吹帽[①]。平沙浩浩。想关塞无烟，时动衰草。苏郎卧处愁难扫[②]，江南春不到。但怅望、雪花夜白，人间憔悴好。　谁知广寒梦无谬，丁宁白玉炼[③]，不关怀抱。看清浅、桑田外，尘生热恼。待说与、天公知道。期腊尽春来事宜早。更几日、银河信断，梅花容易老。

[注释]

①压吹帽：用重阳风吹落孟嘉帽之典。言已无复当日风流。　②苏

郎:指苏武,持节牧羊于匈奴十九年。此篇催雪,用苏武啮雪与吞毛之事。③丁宁:叮嘱、告诫。　白玉炼:指雪如白玉炼成。

花　犯

再和中甫

甚天花、纷纷坠也,偏偏著余帽。乾坤清皓。任海角荒荒,都变瑶草。落梅天上无人扫,角吹吹不到。想特为、东皇开宴[①],琼林依旧好。　看儿贪耍不知寒,须塑就玉狮,置儿怀抱。奈转眼、今何在,泪痕成恼。白髮翁翁向儿道。那曲巷袁安爱晴早[②]。便把似、一年春看,惜花花自老。

[注释]

①东皇:春神。一谓天帝。　②袁安:汉时人,袁安未达时,家道贫苦,清廉自守。袁安在大雪时僵卧陋室,故盼望早晴雪霁。

酹江月

北客用坡韵改赋访梅

冰肌玉骨,笑嫣然、总是风尘中物。谁扫一枝,流落到、绝域高台素壁。匹马南来,千山万水,为访林间雪[①]。渊明爱菊[②],不知谁是花杰[③]。　憔悴梦断吴山,有何人报我,前村夜发。蜡屐霜泥烟步外,转入波光明灭。雪后风前,水边竹外,岁晚华余髮。戴花人去,江妃空弄明月[④]。

[注释]

①林间雪:指梅。　②渊明爱菊:陶渊明《饮酒》诗曰“采菊东篱下,

悠然见南山”。 ③原注：“陶诗谓菊为霜下杰。” ④江妃：江水女神。

[集评]

梁亦犁云：“霜泥烟步，雪后风前，水边竹外，江妃弄月，皆衬托梅花之格高韵胜。”（《滴水轩词话》）

酹江月

赵氏席间即事，再用坡韵

四无谁语[①]，待推窗、初见江南风物。索笑巡檐无奈处，悄隔东邻一壁。有酒如船，招呼满载，只欠枝头雪。疏花冷眼，坐中都是词杰。 堪恨几日西郊，寻消问息，肯向吟边发。著意相看，又恐是、六出幻成还灭[②]。恼恨儿童，攀翻顶戴，不到先生髮。明朝重省，初三知属谁月[③]。

[注释]

①四无谁语：反诘语气。犹云良辰美景赏心乐事一一具足也。 ②六出：指雪花。雪花呈六角形。 ③“初三”句：犹言谁知是哪月初三。暗喻不减上巳初三之佳致也。

酹江月

和朱约山自寿曲[①]，时寿八十四

五朝寿俊，算生平占得、淳熙四四[②]。三万六千三万了，剩有一千饶底。三百年间，和风丽日，几个能销此。约山山笑，先生不负山矣。 今岁甲子重阳[③]，待重数，五百十三甲子[③]。吟万首诗更自和，岁岁寿诗自喜。若比潞公[④]，如今年纪，犹是平章事[⑤]。先生抚掌，问他闲日能几。

[注释]

①朱约山:朱涣字行父,号约山。庐陵人,官至大理寺丞、知衢州。此词作于景定五年甲子(1264),年八十四。 ②淳熙:宋孝宗年号。四四即八年。 ③甲子:宋理宗景定五年(1264)。 ④潞公:文彦博。仁宗朝宰相,封潞国公。 ⑤平章事:官名,唐宋时有同平章事之名,实即宰相。

酹江月

同舍延平林府教制新词祝我初度,依声依韵,还祝当家[①]

西风处士,例一枝团月,咸平印印[②]。千古诗宗传不绝,至竟被渠道尽。雪返香魂,霜吹晓怨,肯受东君聘。罗浮梦转[③],兔环知是谁孕[④]。 未说烟雨江南,垂垂青子,须要调金鼎[⑤]。愁绝西山明秀处,依旧鹤南飞影。我白君元,君词我和,各自为长庆。后来桃李,遥遥别是花信。

[注释]

①林府教:即林甲元,曾任延平教官。当年为太学同舍生。 初度:生日。 当家:此指林甲元,并为其祝寿之意。 ②咸平:宋真宗年号。当指林和靖生活之时代。 印印:即印可,承传。言甲元得和靖真传。③罗浮梦:指与梅花仙子梦中相遇之事。也代指梅花。唐柳宗元《龙城录》载,隋开皇中,赵师雄迁罗浮。一日,天寒日暮,在醉梦间,遇一女子,淡妆素服与之饮酒。醉。至东方色白,赵师雄起视,才知在大梅花树下。④兔环:月亮。 ⑤调金鼎:喻相国职责。

酹江月

五日和尹存吾,时北人竞鹭洲渡

棹歌齐发[①],江云暮、吹得湘愁成雨[②]。小酌千年,知他是、阿那年时沉午。日落长沙，风回极浦，黯不堪延伫。吴头楚尾[3]，非关四面为楚[4]。　几度唤起醒櫑，淋漓痛饮，不学愁余句[5]。踏鲤从鼋胥涛上[6]，怎不化成龙去。越女吴船，燕歌赵舞，世事悠悠许。明朝寂寂，双双飞下鸣鹭。

［注释］

①棹（zhào）：划船的桨。　②湘愁：指湘水水神之愁。《楚辞·湘夫人》："目眇眇兮愁予。"　③吴头楚尾：江西的代称。江西位于吴地上游，楚地下游，如首尾相衔接，故称吴头楚尾。　④四面为楚：指四面受敌的处境。此仅借用"四面楚歌"的成语，而略加变化，并不取其原义。　⑤"愁余"句：指辛弃疾《菩萨蛮·书江西造口壁》中的"江晚正愁予，山深闻鹧鸪"。　⑥胥涛：古代传说伍子胥死后为浙江涛神，因称浙江潮为"胥涛"。

酹江月

怪梅一株，为北客载酒移置盆中，伟然

岁寒相命，算人间、除了梅花无物。窥宋三年又不是[1]，草草东邻凿壁。偃蹇风前[2]，沉吟竹外，直待天骄雪。白家人至，一枝横出终杰[3]。　寂寞小小疏篱，探花使断，知复何时发。北驿不来春又远，只向窗前埋灭。好在冰花，著些风篠[4]，怎不清余髪。补之去后，墨梅又有明月。[5]

［注释］

①窥宋三年：宋玉东邻美女，爱玉，登墙窥看三年。见宋玉《登徒子好色赋》。　②偃蹇：屈曲婉转貌。　③一枝横出：指梅。林逋《山园小梅》："疏影横斜水清浅。"　④风篠（xiǎo）：小竹。　⑤原注："北人著小竹花间更好。"

酹江月

漫　兴

遥怜儿女，未解忆长安[①]、十年前月。徙倚桂枝空延伫，无物同心堪结。冷落江湖，萧条门巷，犹著西楼客[②]。恨无铁笛，一声吹裂山石。　休说起舞登楼[③]，那人已先我，渡江横楫。圆缺不销青冢恨[④]，漠漠风沙如雪。西母长生，素娥好在，何皓当时髮。山河如此，月中定是何物。

[注释]

①未解忆长安:用杜甫《月夜》诗句"遥怜小儿女，未解忆长安"。②西楼客:此指宰相吴节斋当时文采风流之盛。　原注:"李舍人班旧节斋吴客，尝言赏中秋之盛。"　③起舞:引用苏轼《水调歌头》"起舞弄清影，何似在人间"意。　④青冢:即昭君坟。王昭君嫁匈奴单于呼韩邪，被封为宁胡阏氏。死后冢上草色常青，故称为青冢。

酹江月

中秋，彭明叔别去赴永阳，夜集

团团桂影，怕人道、大地山河里许。旧日影娥池未缺[①]，惊断霓裳歌舞。雪白长城，金明古驿，尽是乘槎路。少年白髮，自无八骏能去[②]。　犹记流落荒滨，故人相过，共吹箫前度。无酒无鱼空此客，昨夜留之不住。睡起披衣，行吟坐对，又有重圆处。不知今夕，那人有甚佳句。

[注释]

①影娥池:汉武帝时筑，可登台眺月影落池中，故名。　②八骏:《列子·周穆王》载，周天子之骏马有八:赤骥、盗骊、白义、逾轮、山子、渠黄、

华骝、绿耳。

酹江月

中秋待月

城中十万，有何人、和我乌乌鸣瑟。对影姮娥成三处[①]，谁料尊中无月。剪纸吹成，长梯摘取，儿戏那堪惜。洞庭夜白，一声聊破空阔。　休说二十四桥[②]，便一分无赖，有谁谁识。一枕秋衾南北梦，好好娟娟成雪。旧日少游[③]，锦袍玉笛，醉卧藤阴石。萧然今夕，无鱼无酒无客。

［注释］

①姮娥：嫦娥。　②二十四桥：本杜牧《寄扬州韩绰判官》诗"二十四桥明月夜，玉人何处教吹箫"。二十四桥旧址在今扬州西郊。　③少游：秦观，字少游。有《好事近》词"醉卧古藤阴下，了不知南北"，此用其意。

满江红

海棠下歌后村调共和[①]

淡淡胭脂，似褪向、景阳甃石[②]。依然是、春睡未足，捧心犹癖[③]。藉甚不禁君再顾，嫣然却记渠初拆。黯销魂、欲尽更堪怜，终难得。　犹记是，卿卿惜。空复见，谁谁摘。但当时一笑，也成陈迹。我懒花残都已往，诗朋酒伴犹相觅。听连宵、又雨又还晴，鸠鸣寂。

［注释］

①后村：刘克庄号。　共和：同和。　②景阳甃石：指景阳宫胭脂井的石栏。南朝陈景阳宫中之井，又名胭脂井。隋兵南下过江，攻占台城。陈

后主闻兵至,与妃张丽华投此井。葛立方《韵语阳秋》卷五:“今胭脂井在金陵之法宝寺,井有石栏,红痕若胭脂,相传云后主与张孔泪痕所染。” ③捧心:西施心痛,捧心蹙眉。后用以形容美人生病的姿态。词中以西子捧心之态比拟海棠。

满江红

古岩以马观复遣舟,约余与中斋和后村海棠韵,后寄述怀[①]

何许相求,且不是、南温北石。也欲学,绝交高论,自陈余癖[②]。万里鱼书长记忆,十年波浪伤离拆。算此舟、不是剡溪舟,空回得。　非出处,何须惜,非瑕纇[③],何须摘。看雪销鸿去,有何留迹。安石岂无同乐意[④],玄真不是朝廷觅[⑤]。但眼前、真率暂相违,歌声寂。

[注释]

①古岩:张古岩,词人同乡先辈。 ②“也欲学”三句:晋嵇康闻山涛有举荐意,乃作《与山巨源绝交书》,自陈七不堪的嗜癖。 ③瑕纇(lěi):瑕疵。 ④安石:东晋谢安,字安石,少有名,常游赏。 ⑤玄真:张志和,号玄真子。隐居时作《渔歌子》,享誉中外。

满江红

莺语依然,但春去、人间无约。谁念我、吟情憔悴,醉魂落魄。尽日只将行卷续[①],有时自整残棋著。向黄昏、细雨闷无憀[②],青梅落。　南又北,相思错。朝异暮,人情薄。漫踌躇在目,奢华如昨。海底月沉天上兔,辽东人化扬州鹤[③]。记龙云、波浪岂能平,天难托。

[注释]

①行卷：唐人应举者，卷轴所为诗文，投之卿大夫，谓之行卷。此指应酬或干谒文字。　②憀（liáo）：同"聊"。　③扬州鹤：《说郛》载《殷芸小说》，有客各言其志，有言愿为扬州刺史，有言愿多资财，有言愿骑鹤上天。其中一人说，愿腰缠十万贯，骑鹤上扬州。即集富贵成仙于一身。

满江红

寿某翁

十岁儿童，看骑竹、花阴满城。与新第、桐乡孙子[①]，高下齐生。倚枕不寻柯下梦[②]，举头自爱橘中名[③]。但有时、米价问如何，公助平。　　东西塾，听书声。长短卷，和诗成。总神仙清福，前辈家庭。试问凌烟图相国[④]，何如洛寺写耆英[⑤]。甚天公、属意富民侯，银信青。

[注释]

①桐乡：典出《汉书·循吏传·朱邑》，朱邑在桐乡（在今安徽桐城北）为吏，爱民，民敬爱焉。病将死，属其子："我故为桐乡吏，其民爱我，必葬我桐乡。"后世桐乡民果然共为邑起冢立祠，岁时祠祭，历久不绝。　②柯下梦：即"南柯梦"。传说淳于棼醉酒后，睡在大槐树下，梦至大槐安国。被封为驸马，任南柯太守，居官数十年。公主死，遭国王疑忌，夺官遣归故里。梦醒，见槐树下有大蚁穴，乃知即槐安国。见唐李公佐《南柯记》。　③橘中名：某人剖大橘，中有二叟相对象戏。并云橘中之乐，不减商山，但不得为愚人摘下耳。此指遁世之乐。见《玄怪录》。　④凌烟阁：唐刘肃《大唐新语》载，唐太宗于凌烟阁图画功臣像，如长孙无忌、魏征、房玄龄、尉迟敬德、虞世南、秦叔宝等二十四人，太宗亲为之赞，褚遂良题阁，阎立本画。后世以为功业不朽之称。　⑤洛寺写耆英：即"洛阳耆英会"。《宋史·文彦博传》载文彦博与司马光等十三人，用白居易九老会故事，置酒赋诗相乐。好事者莫不慕之。此指老人以诗酒会相乐。

八声甘州

和汪士安海棠下先归,前是观桃水东,至其乡真常观

问海棠花下,又何如、玄都观中游[①]。叹佺巢蜀锦,常时不数,前度何稠。谁见宣华故事[②],歌舞簇遨头[③]。共是西江水,不解西流。　　在处繁华如梦,梦占人年少,生死堪羞。任倾城倾国,风雨一春休。醉逢君、何须有约,醉留君、系不住扁舟。空又失,花前一笑,绿尽芳洲。

[注释]

①玄都观:唐寺观名,以桃花著名。唐刘禹锡诗曰:"玄都观里桃千树,尽是刘郎去后栽。"诗中用刘禹锡玄都观看桃花事,与汪士安观海棠相比拟。　②宣华故事:当作宣和故事。徽宗宣和年间,太平歌舞盛极一时。　③遨头:宋代成都自正月至四月浣花,太守出游,士女纵观,称太守为遨头。

八声甘州

和邓中甫中秋

看团团、一物大如杯[①],时复几何秋。俯天涯海角,今来古往,人物如流。想见霓裳歌罢,无物与浇愁[②]。惟有当时树,香满琼楼。　　谁念南楼老子[③],倚西风尘满,心事悠悠。便班姬袖里[④],明月一时休。叹年年、吹箫有约,又一番、鹤梦雪堂舟。池上久,满身风露,还索衣裘。

[注释]

①团团一物:指圆如明月之团扇。　②"想见"二句:语出白居易《长恨歌》"惊破霓裳羽衣舞"。喻国变。　③南楼老子:用庾亮登南楼与诸宾赏月事自喻。　④班姬:指汉班婕妤。班婕妤《怨诗》:"新裂齐纨素,鲜洁如

霜雪。裁为合欢扇，团团似明月。出入君怀袖，动摇微风发。"此诗中化用原典，明月代指团扇。

八声甘州

贺 词

记前朝、鹤会又重来[1]，攀翻第三桃[2]。看云华授策，麻姑擘脯[3]，嬴女吹箫。寻思曲江旧事，宫锦胜龙标。奏罢清华梦，独立春宵。　　不数相州锦样[4]，是调羹御手，重解金貂[5]。但今年此日，疏了醉葡萄。闻老仙、衣冠皓伟，又丁宁、天语著儿招。都人望，回班赐第，赤舄飞朝[6]。

[注释]

①鹤会：指鹤寿，华诞。　②攀翻第三桃：言东方朔三次窃取王母蟠桃。见《博物志》。　③麻姑擘脯：俗传三月三日，西王母寿辰，麻姑在绛珠河畔酿灵芝酒，又献鲜桃，为王母寿。　④"相州"句：韩琦，相州人，有大功、封魏国公。于相州建昼锦堂。欧阳修作《昼锦堂记》以荣之。⑤解金貂：即"金貂换酒"。语出《晋书·阮孚传》。孚迁黄门侍郎、散骑常侍，尝以金貂换酒，被有司弹劾。　⑥赤舄（xiè）：冕服之鞋。

八声甘州

和萧汝道感秋

但秋风、年又一年深，不禁长年悲。自景阳钟断[1]，馆娃宫闭[2]，冷落心知。千树西湖杨柳，更管别人离。看取茂陵客[3]，一去无归。　　都是旧时行乐，漫烟销日出，水绕山围。看人情荏苒[4]，不似鸱鸪飞。听砧声、遥连塞外，问三衢、道上去人稀。销凝久，残阳短笛，似我歔欷。

[注释]

①景阳钟:是南朝齐景阳宫上的一个楼阁,上有钟。诗中用景阳楼钟声断绝,来写宋亡后故都秋日的冷落。 ②馆娃宫:春秋时吴王夫差所建的一座宫殿,以居美女。其旧址在今苏州灵岩山上。诗中以吴国亡喻宋亡。 ③茂陵客:指汉武帝,语出唐李贺《金铜仙人辞汉歌》“茂陵刘郎秋风客,夜闻马嘶晓无迹”。茂陵,在京兆府兴平县东北十七里,汉武帝之陵。 ④荏苒:时光渐逝。

八声甘州

送春韵

看飘飘、万里去东流,道伊去如风。便锦缆危潮[1],青山御宿,烟雨啼红。愁是明朝酒醒,听著返魂钟。留得春如故,了不关侬。 春亦去人远矣,是别情何薄,归兴何浓。但江南好□,未便到芙蓉。念今夜、初程何处,有何人、垂袖舞行宫。青青柳,留君如此,如此匆匆。

[注释]

①锦缆:锦帆彩缆。据说隋炀帝游江南,以锦制船帆,以青丝揽船。

八声甘州

春雪奇丽,未能赋也,因古岩韵志喜

甚花间、儿女笑盈盈。人添雪狮成[1]。任踏青无路,凌波有地,步步光尘。招得梅妃魂也[2],好似去年春。柳亦何曾絮,都是云英[3]。 休道东皇诞漫[4],到茶烟歇后,谁浊谁清。赖谢娘好语[5],端胜解围兵。看昨朝、天公雨粟[6],定大家、快活社翁平。春晴好,溶溶雨尽,听卖花声。

[注释]

①人添雪狮成:本宋吴自牧《都城纪事》"雪后人家儿女塑雪人雪狮"。②梅妃:梅妃本指江采蘋,唐玄宗之妃,性喜梅,所居均植梅花,号梅妃。词中以梅妃代梅。雪后梅感,抒写对春雪奇丽的喜悦。 ③云英:仙女名,喻美女。 ④东皇:春神。 后句原注:"退之语。" ⑤谢娘:《晋书·列女传》载,谢道韫,谢安侄女,晋王凝之妻,聪慧有才识,一日,下雪。道韫曰:"未若柳絮因风起。"世称道韫为咏絮才。 ⑥雨(yù)粟:天下粟米。语出《淮南子·本经训》,"昔者苍颉作书,天雨粟,鬼夜哭。"雨,下,落也。

水龙吟

寓兴和巽吾韵

何须银烛红妆,菜花总是曾留处。流觞事远,绕梁歌断,题红人去。绕蝶东墙,啼莺修竹,疏蝉高树。叹一春风雨,归来抱膝,怀往昔、自凄楚。 遥望东门柳下,梦参差、欲归幽路。断红芳草,连空积水,凭高坠雾。水洗铜驼[①],天清华表,升平重遇[②]。但相如老去,江淹才尽,有何人赋。

[注释]

①水洗铜驼:铜驼荆棘,为亡国乱象。见《晋书·索靖传》。水洗,言时局好转,表现了对元朝政权的某种肯定。 ②升平重遇:言太平可期。似作于元德祐初,被诏入馆(未行)之时。

水龙吟

寿周耐轩

多年袖瓣心香,重新拈出为公寿。唤起老龙,如今正是,欠伸时候。弱语闻莺,轻阴转柳,弦薰未透。信江南,自有真儒未用，须待见、衮和绣[①]。　闻说锋车在道，更四辈、传宣来骤。蟠胸何限，天门夜对，春宫晨奏。梅子阴浓，菖蒲花老，桔槔闲后[②]。但北关下泽[③]，遗民社在，贺公归昼[④]。

[注释]

①衮和绣：绣服衮衣，上公礼服。此言耐轩将任高官。此词当作于其出任元授吉州总管后。　②桔槔(jié gāo)：亦称吊杆，一种古代的提水工具。　③下泽：田间矮马短车，农人所用。　④归昼：回到昼锦堂。即光荣退休之意。

水龙吟

看人削树成槎[①]，布帆海上秋风浪。白头坡老[②]，知津水手，倚桄榔杖。九点齐州，半生髀肉[③]，烟尘苍莽。但北窗梦转，青阴满眼，抚陈迹、玩新涨。　世事艰难已遍，笑而今、不堪重想。龙筋虎骨，根深伏兔，擎空千丈。礼乐文章，终须梦卜，南人为相[④]。问凌烟生面，他时仿佛，似何人像。

[注释]

①削树成槎：编制浮海木筏。槎，浮槎，木筏。　②坡老：东坡曾渡海至儋州（今属海南），以桄榔为杖。　③半生髀肉：髀里生肉，安闲无作为之意。见《三国志·蜀书·先主传》。　④南人为相：此谓元朝当重用长于礼乐文章的南方汉人治国。

水龙吟

和清江李侯士弘来寿[①]

闲思十八年前，依稀正是公年纪。铜驼陌上，乌衣巷口，臣清如水。是处风筝，满城昼锦，儿郎俊伟。但幅巾藜杖，低垂白鬓，甪与绮[②]，问何里。　　最忆他年甘旨。也曾经、三仕三已。至今结习，馀年未了，业多生绮[③]。安得滕廛[④]，移将近市，长薰晋鄙[⑤]。望福星炯炯，西江千里，待公来社。

[注释]

①李士弘：李倜名士弘，元大德中出任临江路总管（辖清江）。　②甪（jǔ）和绮：甪里、绮里季，秦末隐于商山之高士。　③业多生绮：业念多了绮里浮想。　④滕廛：愿受滕文公一廛之地以居之。见《孟子·滕文公上》。犹言愿作李侯之百姓。　⑤长薰晋鄙：以化陋俗。

水龙吟

和南剑林同舍元甲远寄寿韵

多年绿幕黄帘，瓶花黯黯无谁主。荀陈迹远[①]，燕吴路断，何人星聚。四圣楼台[②]，水仙华表，冷烟和雨。但徘徊梦想，美人不见，空犹记、铁炉步。　　过尽凉风天末，堕华笺、行行飞翥。一端翠织，锦鲸茅屋[③]，天吴惊舞[④]。念我何辰，涸阴冰子，生怜金虎[⑤]。恨儿痴不了，山川悠缅，共君黉宇[⑥]。

[注释]

①荀陈迹远：荀季和与陈仲弓子侄皆贤。两家相会，太史奏："五百里内有贤人聚。"见《异苑》。后形容文人高士聚会。　②四圣楼台：禅林以阿弥陀佛等为四圣。　③锦鲸：锦被，指林所寄礼品——被缬。上有鲸鱼类

图案。 ④天吴:海神名。 后句原注:"时林寄被缬为礼。" ⑤金虎:太阳。 ⑥黉(hóng)宇:古时学校。

水龙吟

巽吾赋溪南海棠,花下有相忆之句,读之不可为怀,和韵并述江东旅行

征衫春雨纵横,何曾湿得飞花透。知君念我,溪南徙倚,谁家红袖。藉草成眠,簪花倚醉,狂歌扶手。叹故人何处,闻鹃堕泪,春去也、到家否。 说与东风情事,怕东风、似人眉皱。乱山华屋,残邻废里,不堪回首。寒食江村,牛羊丘陇,茅檐酤酒。笑周秦来往[1],与谁同梦,说开元旧。

[注释]

①周秦来往:牛僧孺著《周秦行记》言开元、天宝事,多非非遐想。

水龙吟

和中甫九日

孤烟淡淡无情,角声正送层城暮。伤怀绝似,龙山罢后[1],骑台沉处。珠履三千[2],金人十二[3],五陵无树[4]。叹岐王宅里[5],黄公垆下[6],空鼎鼎、记前度[7]。 几许英雄文武。酒不到、故人坟土。平生破帽,几番摇落,受西风侮。昨日如今,明年此会,俛然怀古。便东篱甲子,花开花谢,不堪重数。

[注释]

①龙山:《晋书·孟嘉传》载,孟嘉后为征西桓温参军。九月九日,温设宴龙山,风吹落孟嘉帽,孟嘉不觉。温命孙盛作文嘲嘉,嘉见之即答,其

文甚美，四座惊叹。　②珠履三千：《史记·春申君列传》载，春申君客三千人，其上客皆蹑珠履以见赵使，赵使大惭。后以珠履表示上客，贵宾。③金人十二：秦始皇收天下兵器，铸成十二个铜人，置宫殿之前。　④五陵：原指西汉几个皇帝的陵墓。词中代指皇室。　⑤岐王宅：岐王，唐玄宗之弟。唐杜甫《江南逢李龟年》诗："岐王宅里寻常见，崔九堂前几度闻。正是江南好风景，落花时节又逢君。"词中用杜甫遇李龟年事，以寄寓盛衰兴亡之感。　⑥黄公垆：黄公酒店。嵇康、阮籍等竹林七贤曾于此酣饮。后用作悼念亡友之辞。　⑦空鼎鼎：时光流逝貌。陆游诗："残岁堂堂去，新春鼎鼎来。"

宴春台

寿周耐轩

五十三年，韶华刚度，今年夏五十三。瑞鹤朝来，待公弥月重探。人生贵寿多男。看斓斑室，添个荷衫。□□□，亭亭八面，醉倚红酣。　承平故事，暇日清谈。云龙风虎，塞北江南。午桥午枕，羲皇白日如惔①。手种蟠桃，明年看取，实大如柑。奈何堪。天妒人睡美，趣趁朝参。

[注释]

①羲皇：太古的人。太古的人恬淡无为，故后世用以喻高隐之士。惔（tián）：恬淡。

扫花游

和秋崖见寿。秋崖时谒选①，留词去

春台路古，想店月潭云，鸡鸣关候②。巾车尔久。记湘累降日③，留词劝酒。不是行边，待与持杯论斗。算吾寿，已待得河清，万古晴昼。　京国事转手。漫宫粉堆黄，髻妆啼旧。瑶池在否。自刘郎去后，宴期重负。解事天公，道是全无又有。浯溪友，笑浯溪、至今聱叟[④]。

[注释]

①谒选：入京应试。 ②鸡鸣关候：函谷关鸡鸣时关吏开关以通出入。 ③湘累：代指屈原。词中言屈原以庚寅降生。 ④浯溪：水名。源出湖南祁阳西南，东北流入湘江。水清石峻，唐诗人元结爱其胜景，居于溪畔，并起此名。 聱（áo）：聋。聱叟，唐元结别号。

忆江南

二月十八日，臞轩约客，因问晏氏海棠开未，即携具至其下，已盛甚

花几许，已报八分催。却问主人何处去，且容老子个中来。花外主人回。 年时客，如今安在哉。正喜锦官城烂漫[①]，忽惊花鸟使摧颓。世事只添杯。[②]

[注释]

①锦官城：故址在今四川成都市南，简称锦城。三国蜀汉时管理织锦之官驻此。后又用作成都的别称。 ②原注："时有称宣使折花者，盖诈也，托以肆陵慢。"

梅花引

寿槐城

酒熟未，梅开未，去年迟待重来醉。笑当筵，舞当筵，惟有今年，八十是开年。 参差野袂成归鹤，石鼎未开容剥啄[①]。岁开尊，岁添孙，孙又开尊，福曜萃高门。

[注释]

①石鼎：古代石制煎烹之器。

蝶恋花

感　兴

过雨新荷生水气。高影参差，无谓思量睡[1]。梦里不知轻别意，醒来竟是谁先起。　去路夕阳芳草际。不论阑干，处处情怀似。记得分明羞掷蕊，自知不是天仙子。

[注释]

①无谓：无聊。

蝶恋花

寿李侯

八九十翁嬉入市。把菊簪萸[1]，共说新[illegible]美。何以祝公千百岁，寿潭自酌花间水。　白鹭沉沉飞复起。杜老江头，不恨秋风里[2]。欲种蟠根天上李，三千年看青青子。

[注释]

①萸（yú）：即茱萸。古代风俗，阴历九月九日重阳节，佩茱萸囊以祛邪辟恶。　②"杜老江头"二句：指杜甫《哀江头》诗，"少陵野老吞声哭，春日潜行曲江曲。江头宫殿锁千门，细柳新蒲为谁绿？"

霓裳中序第一

石瑶林作《霓裳中序第一》咏温泉,疑其未尝亲见,语不甚切。余所见庐山一两池,初不可近,渐入颇觉奇赏,因用其声用其韵试为之

银河下若木[①],暖涨一川春雾绿。白凤徘徊清淑,似沉水无烟[②],磐汤千斛[③]。柔肌暗粟,想临流、娇喷轻触。空恨恨,何人热恼,却忆冷泉掬。　酥玉,未谙汤沐。深又浅、荡摇心目。云蒸雨渍翻覆,泛影浮红,飘飘相逐。裳衣还未欲,蓦自怪、野鸳双浴。华清远[④],寒猿夜绕,落月可能漉。

[注释]

①若木:古代神话中的树名,生在昆仑山的极西处,日落的地方。②沉水:沉香的别名。 ③磐汤:此指温泉。 ④华清:指唐代的华清池,在骊山上。

瑞龙吟

和王圣与寿韵[①]

老人语。曾见昨日开炉[②],坠天花否。生年不合荒荒,枯根薄命,婵娟误汝。　那知许。女乐如烟点点,江南处处。何时重到湖堧[③],淋漓载酒,依稀吊古。

终待胭脂露掌,弄鸥招鹤,凭君画取。万柳漫堤,一丝一泪垂雨。濛濛絮里,又送金铜去[④]。漫肠断、王孙望帝[⑤],呕心囊句。市隐今成趣。袖回地狭,天吴凤舞[⑥]。莫是青州谱。怎不早,翩翩向青州住。回头蜃海,已沉花雾。

[注释]

①王圣与：王沂孙，字圣与，号碧山。著名词人。辰翁词多言西湖景物，与沂孙行迹合。 ②开炉：开启丹炉。韦庄诗："开炉夜看黄芽鼎，卧瓮闲敲白玉簪。" ③湖堧（yuán）：湖边。 ④金铜：指汉武帝在长安宫殿前所建的金铜仙人捧露盘。典出于李贺《金铜仙人辞汉歌》。⑤望帝：相传古时蜀王杜宇称帝，号望帝。 ⑥天吴：水神。

满庭芳

和卿帅自寿

千骑家山，一觞父老，前有韩魏公来[1]。青原上巳，才见寿筵开。欧公云间还见[2]，忆相州、更自迟回。公知否，福星分野，飞骑不须排。 留春亭下草，雪霜过了，依旧春荄[3]。待留春千岁，日醉千杯。却怕催归丹诏，栋明堂、须要雄材。趋朝去，西风便面，只手障浮埃[4]。

[注释]

①韩魏公：北宋韩琦，抵御西复，名重当时，封魏公。 ②欧公：欧阳修，与韩琦交笃，为撰《昼锦堂记》。 ③荄（gāi）：草根。 ④"只手"句：庾亮拥军居石头，气焰十足。王导以扇拂尘曰"元规（庾亮字）尘污人"。见《世说新语·轻诋》。

满庭芳

草窗老仙歌《满庭芳》寿余[1]，勉次原韵

空谷无花，新篘有酒，去年穷胜今年。蛩吟蛩和，且省费蛮笺。闻说先生去也，江南岸、缚草为船。依然在，山栖寒食，路断却归廛[2]。 老人，三又两，清风作供，晴日生烟。但高高杜宇，不办行缠[3]。几度披衣教我，二

升内、煮石烧铅。休重道，玉龙无孔[④]，夜夜叫穿天。

［注释］

①草窗：南宋词人周密，号草窗。 ②归廛：归家。 ③行缠：差旅费。 ④玉龙：笛之别名。

木兰花慢

别云屋席间赋[①]

午桥清夜饮，花露重、烛光寒。约处处行歌，朝朝买酒，典却朝衫。尊前自堪一醉，但落红、枝上不堪安。归去柳阴行月，酒醒画角声残。 王官，难得似君闲。闲我见君难。记李陌看花，光阴冉冉，风雨番番。相逢故人又别，送君归、斜日万重山。江上愁思满目，离离芳草平阑。

［注释］

①云屋：徐云屋，与辰翁同年举进士。

木兰花慢

和中甫李参政席上韵[①]

自崆峒麦熟，耕犊满、桔槔闲[②]。笑吾党清谈，长衣橱具[③]，更进贤冠。仓皇庇公宇下，便秋风、江上不惊寒。雪夜入三城易[④]，槐阴护一家难[⑤]。 东山，零雨几时还。领客竹林间。看满座空尊，轻裘缓带，绿鬓朱颜。风流一笑余事，定碑金、无恙庾家完。又赋南烹初食，明朝餐玉何山[⑥]。

[注释]

①李参政,名嘉龙,字敬轩,号中甫,与辰翁同门、同榜进士。官至参知政事。　②桔槔:汲水用具。　③櫑(lěi)具:酒器名。　④“雪夜”句:唐李愬于雪夜攻入蔡州,擒吴元济,申、光二州相继来降。见《唐书·李愬传》。⑤“槐阴”句:宋王祐以一家百口保符彦卿而获贬。祐植三槐于门,曰吾子孙必有至三公者。见《邵氏闻见录》。　⑥何山:山名。在浙江吴兴县西南。

永遇乐

余自乙亥上元[1]诵李易安《永遇乐》[2],为之涕下。今三年矣,每闻此词,辄不自堪。遂依其声,又托之易安自喻。虽辞情不及,而悲苦过之

璧月初晴[3],黛云远淡[4],春事谁主。禁苑娇寒[5],湖堤倦暖[6],前度遽如许[7]。香尘暗陌[8],华灯明昼[9],长是懒携手去。谁知道,断烟禁夜[10],满城似愁风雨。　宣和旧日[11],临安南渡[12],芳景犹自如故[13]。缃帙流离[14],风鬟三五[15],能赋词最苦。江南无路[16],鄜州今夜[17],此苦又谁知否。空相对,残釭无寐,满村社鼓[18]。

[注释]

①乙亥上元:宋恭帝德祐元年(1275)的上元节(元宵)。此词作于丁丑(1277)南宋已亡,故特沉痛。　②李易安《永遇乐》:李清照号易安居士。宋代女词人。《永遇乐》为其晚年词作。词中抒发饱经忧患的悲情及对故国的眷念。　③璧月初晴:暮雨初晴,璧月上升。　④黛云:青绿色像眉似的淡云。　⑤禁苑娇寒:指皇帝的花园尚在微寒中。　⑥湖堤:西湖边。　⑦前度遽如许:再来临安时,局势竟变得如此之快。前度,用刘禹锡诗“前席刘郎今又来”句意。　⑧香尘暗陌:街道上尘土飞扬,往来车马很多。　⑨华灯明昼:无数花灯照耀得像白天一样。　⑩断烟禁夜:炊烟断了,表明京城里的人多避难逃亡了。禁夜,实行军事戒严,禁止夜行。　⑪宣和旧日:指宋徽宗宣和年间汴京的繁华盛况。　⑫临安南渡:宋高宗时,南渡

临安,以杭州为京城。 ⑬芳景犹自如故:用周颙“风景不殊,正自有山河之异”语意。 ⑭缃帙流离:指在战乱中,李清照夫妇收藏的珍本古籍大部分失落。缃帙,浅黄色的书衣,引申为书籍。 ⑮风鬟三五:指李清照南渡后过上元节时,已是境遇凄惨,头发蓬乱。李清照《永遇乐》:“记得偏重三五”,“如今憔悴,风鬟雾鬓”。 ⑯江南无路:江南已沦陷,故云。 ⑰鄜(fū)州:用杜甫“今夜鄜州月,闺中只独看”诗意。此时刘辰翁和家人在离散中。 ⑱社鼓:春天的社祭活动。

永遇乐

余方痛海上元夕之习①,邓中甫适和易安词至,遂以其事吊之

灯舫华星,崖山矴口,官军围处②。璧月辉圆,银花焰短,春事遽如许。麟州清浅③,鳌山流播,愁似汨罗夜雨④。还知道,良辰美景,当时邺下仙侣。 而今无奈,元正元夕,把似月朝十五。小庙看灯,团街转鼓,总似添恻楚。传柑袖冷⑤,吹藜漏尽,又见岁来岁去。空犹记,弓弯一句,似虞兮语⑥。

[注释]

①元夕之习:指祥兴三年(1279)元月,元军围崖山,宋军于海上苦战一月,血染海水,终兵败。陆秀夫负帝昺投水死,南宋亡之事。 ②“崖山”二句:崖山在广东新会南。宋末时为抗元的最后据点。1279年元军围崖山,宋军全体上船,苦战一月,终兵败。陆秀夫负帝昺蹈海而亡。矴,如锚。 ③麟州:海中仙山。 ④汨罗:指汨罗江,爱国诗人屈原殉国处。⑤“传柑”二句:传柑,以香柑赐近臣,为朝廷旧俗。 吹藜:吹藜杖燃之,以照刘向夜读。见王嘉《拾遗记》。 ⑥似虞兮语:项王兵败垓下,作歌有“力拔山兮气盖世……虞兮虞兮奈若何”!

内家娇

寿王城山

结客少年场，携高李、闻笛赋游梁[1]。看汉水淮山，高楼共卧，融尊郑驿[2]，飞盖相望。春风里，种他红与白，笑我懒中忙。供奉后来，玄都桃改，佳人好在，庾岭梅香。

何处最难忘。会稽归鬓晚，空带吴霜。赢得黄冠野服，笑傲羲皇[3]。看花外小车[4]，出长生洞，橘中二老，鬥智琼黄[5]。称寿堂添十字，孙认三房。

[注释]

①高李：高适、李白。此指诗友。杜甫《昔游》："昔者与高李，晚登单父台。" 闻笛赋：用闻笛以怀念亡友。晋向秀与嵇康友善，嵇康被司马昭杀害后，向秀经过嵇康故居，闻邻笛而作《思旧赋》。闻笛赋即指《思旧赋》。 ②融尊郑驿：孔融好客，有"坐上客常满，尊中酒不空"之诗。尤爱重郑玄，为立一乡曰郑公乡。朝廷以公车征为大司农。 ③羲皇：上古之人。 ④花外小车：邵雍于花时坐小车赏花，吟诗自乐。见《宋史本传》等。 ⑤智斗琼黄：典出《玄怪录》，橘中二叟决赌迄。一叟曰：君输我智琼额黄二十支。云云。智琼，仙女名。额黄：黄色化妆品。

六州歌头

乙亥二月[1]，贾平章似道督师至太平州鲁港[2]，未见敌，鸣锣而溃。后半月闻报，赋此

向来人道，真个胜周公。燕然眇[3]，浯溪小，万世功。再建隆。十五年宇宙[4]，宫中赝，堂中伴，翻虎鼠[5]，搏鹯雀，覆蛇龙。鹤发庞眉，憔悴空山久，来上东封。便一朝符瑞，四十万人同。说甚东风，怕西风[6]。 甚边尘起，渔阳惨[7]。霓裳断，广寒宫。青楼杳[8]。朱门悄，镜湖空，

里湖通[9]。大纛高牙去[10],人不见,港重重。斜阳外,芳草碧,落花红。抛尽黄金无计,方知道、前此和戎[11]。但千年传说,夜半一声铜[12],何面江东[13]。

[注释]

①乙亥:宋恭帝德祐元年(1275)。 ②贾似道:南宋末年权臣,理宗贾贵妃之弟。开庆元年(1259)以右丞相领兵救鄂州(今湖北武昌),私向蒙古忽必烈乞和,答应称臣纳币,兵退后诈称大胜。此后专权多年。宋恭帝德祐元年(1275)元军沿江东下,他被迫出兵,在鲁港(今安徽芜湖西南)大败。不久,被贬流放,至福建漳州木绵庵,为监送人郑虎臣所杀。 ③燕然眇:指收复失地,击败敌军没有希望。《后汉书·窦宪传》载,窦宪追北单于,登燕然山(即今蒙古杭爱山)刻石记功而还。 ④十五年宇宙:指贾似道任右丞相领兵救鄂州,私向蒙古忽必烈乞和,兵退后诈称大胜,时至德祐元年再次兵败。这一期间他专权跋扈。 ⑤"翻虎鼠"三句:均形容贾似道在朝廷专权情况。 ⑥原注:"都人窃议者称西头。" ⑦渔阳惨:将元军节节进逼,以唐朝安禄山之乱相比。安禄山起兵渔阳(今北京)。 ⑧原注:"都城籍妓皆隶歌舞,无敢犯。" ⑨"朱门"三句:葛岭瞰里湖,无敢过。 ⑩大纛高牙:指贾似道之仪仗。 ⑪"抛尽黄金无计"三句:指开庆元年(1259)贾似道私向蒙古忽必烈乞和,称臣纳币事。 ⑫一声铜:指罢兵。古时鸣锣收兵。 ⑬何面江东:用项羽"无面见江东父老"事。

[集评]

梁亦癸云:"愤激之情,针砭之意,溢于言表。"(《滴水轩词话》)

六　丑

春感和彭明叔韵

看东风海底,送落日、飞空如掷。醉游暮归,怕西州堕策[1],归路偏失。记上元时节,千门立马,望金坡残雪。

素娥推下团栾辙。塞草惊尘,河水渡楫,悠悠雨丝风拂。但相随断雁,时度荒泽。　　回头紫陌,梦归归未得。憔悴江南,秋风旧客,去年说著今日。漫故人相命,玳筵鸣瑟[②]。愁汗漫[③]、全林杯窄。况飘泊相遇,当时老叟,梨园歌籍。高歌为我几回阕。似子规、落月啼乌悄[④],傍人泪滴。

[注释]

①西州:用谢安之甥羊昙不入金陵西门事。　堕策:掉下马鞭。　②玳筵:指华筵。　鸣瑟:鼓瑟为乐。　③汗漫:无边无际。　④落月乌啼:用唐张继《枫桥夜泊》"月落乌啼霜满天,江枫渔火对愁眠"意。

百字令

李云岩先生远记初度,手写去年赤壁歌,岁晚寄之,少贱不敢当也。匆匆和韵,寄长鬟去[①],倘以可教则教之

少微星小[②]。抚剑气横空,隐见林杪。夜来宋都如雨,更长得奇哉悯皎[③]。与汝三龄,览余初度,一语占先兆。暮年喜见,甲申聚五星照。　　堪叹亡国馀民,老人孺子,尔汝霜桥晓。骑马听鸡朝寂寞,梦入南枝三绕。洛社耆英,行窝真率[④],著我真堪笑。与公试数,开禧嘉定宝绍。[⑤]

[注释]

①寄长鬟去:交老仆送去。　长鬟,老仆之代称。　②少微星:处士星,此指李云岩。　③悯皎:美好、明亮貌。　原注:"佛以四月八生,见明星悟道曰:奇哉,即左传星陨如雨之夕也。"　④行窝:邵雍名其居曰安乐窝。出坐小车,曰行窝。行事极真率可敬。　⑤原注:"公开禧丁卯生,仆生绍定之五年壬辰、相望二十六岁云。"

百字令

寿陈静山[1],少吾一岁

洞房停烛,似新岁,数到上元时节。一盏屠苏千岁酒,添得新人罗列[2]。昨日迎长,今朝献寿,赏团团佳月。永和春好,用之不竭嘉客。[3] 见说海上归来,有如瓜大枣,无人分得。六十二三刘梦得[4],输与香山乐色[5]。菱谷二绡,杨枝春草,歌舞琵琶笛。只愁元日,玉龙催上金驿。

[注释]

①陈静山:吉州永和镇人。名应洪,字恢叟,曾出仕连州。 ②新人:新婚之配偶。 ③原注:“闻其新造酒永和镇百石。” ④六十二三刘梦得:刘梦得,刘禹锡。此以梦得自喻,时年六十二三岁。 ⑤香山:白居易,晚年号香山居士。

莺啼序

感 怀

匆匆何须惊觉,唤草庐人起。算成败利钝,非臣逆睹,至死后已。又何似、采桑八百,看蚕夜织小窗里。漫二升自苦,教人吊卧龙里。 别有佳人,追桃恨李。拥凝香绣被。争知道、壮士悲歌,萧萧正度寒水。问荆卿[1]、田横古墓[2],更谁载酒为君酹。过霜桥落月,老人不见遗履。 置之勿道,逝者如斯[3],甚矣衰久矣。君其为吾归计,为耕计。但问某所泉甘,何乡鱼美。此生不愿多才艺。功名马上兜鍪出[4],莫书生、误尽了人间事。昔年种柳江潭,攀枝折条,噫嘻树犹如此[5]。 登高一笑,把菊东篱[6],且复聊尔耳。试回首、龙山路断,走马台荒,渭水秋风，沙河夜市。休休莫莫，毋多酌我，我狂最喜高歌去，但高歌、不是番腔底。此时对影成三，呼娥起舞，为何人喜。

[注释]

①荆卿：荆轲，战国末年人。游历燕国，被燕太子丹尊为上卿，派往秦国刺秦王，临行前燕太子等送至易水，荆轲悲歌："风萧萧兮易水寒，壮士一去兮不复还。" ②田横：本齐国贵族 。秦末，从兄田儋起兵，重建齐国。楚汉战争中自立为齐王，不久为汉军所破，投奔彭越。汉朝命他到洛阳，被迫前往。因不愿称臣于汉，于途中自杀。 ③逝者如斯：语出《论语·子罕》"子在川上曰：逝者如斯夫！" ④兜鍪（móu）：古代打仗时戴的盔，这里借指战士。 ⑤树犹如此：《世说新语·言语》载，晋代桓温北征，见到自己早年栽的柳已经长大，便感慨说："木犹如此，人何以堪！"感慨年华逝去。 ⑥把酒东篱：用陶渊明《饮酒》其五"采菊东篱下，悠然见南山"意。

莺啼序

闷如愁红著雨，卷地吹不起。便故人渺渺，相逢前事，欲语还已。凝望久、荒城落日，五湖四海烟浪里。问而今何处，寄声旧时邻里。 闲说那回，海上苏李[①]。雪深夜如被。想携手、汉天不语，叫□不应疑水。待河梁、一尊落月，生非死别君如酹。望故人阁上，依稀长剑方履。 古人已矣，垂名青史，谓当如此矣。又谁料浮沉，自得鱼计。赏心乐事，良辰美景，撞钟舞女，朱门大第。雕鞍骏马番装笠，笑虚名何与身前事。区区相望，饿死西山[②]，悬目东门[③]，人生何乐为此。 古人已矣，天下英雄，使君与操耳。听喔喔、鸡鸣早起，屡舞徘徊，痛饮高楼，狂歌过市。苍苍万古，羲农周孔，文章事业星辰上，到而今、枯见银河底。笑他黄纸除君[④]，红旗报我[⑤]，为君助喜。

[注释]

①海上苏李：单于使李陵至海上，劝降苏武，被拒绝。见《汉书·李广苏建传附苏武》。 ②饿死西山：即伯夷、叔齐死于首阳山事。伯夷、叔齐为商贵族，反对武王以暴伐纣，不食周粟，于首阳山饿死。 ③悬目东门：伍子胥愿死后悬目国都东门，以亲见越国灭吴国。词中用此，感怀史事，谓身后名不足取。 ④黄纸：指诏敕。 除君：命君为官。 ⑤红旗：本唐白居易《刘十九同宿，时淮寇初破》"红旗破贼非吾事，黄纸除书有我名"。

莺啼序

赵宜可以余讥其韵，苦心改为之，复和之

愁人更堪秋日，长似岁难度。相携去、畹晚登高[①]，高极正犯愁处。常是恨、古人无计，看今人痴绝如许。但东篱半醉[②]，残灯自修菊谱。 归去来兮，怨调又苦。有寒螀余赋[③]。湖山外、风笛阑干，胡床夜月谁据。恨当时、青云跌宕，天路断、险艰如许。便桥边，卖镜重圆[④]，断肠无数。 是谁玉斧，惊堕团团，失上界楼宇。甚天误、婵娟余误。悔却初念，不合梦他，霓裳楚楚。而今安在，枫林关塞，回头忆著神仙处，漫断魂飞过湖江去。时时说与，地上群儿，青琐瑶台，阆风悬圃。 琵琶往往，凭鞍劝酒，千载能胡语[⑤]。叹自古、宫花薄命，汉月无情，战地难青，故人成土。江南憔悴，荒村流落，伤心自失梨园部。渺空江、泪隔芦花雨。相逢司马风流[⑥]，湿尽青衫，欲归无路。

（以上《须溪词》卷二）

[注释]

①畹晚:太阳将下山的光景,比喻年老。 ②东篱:谓陶渊明。 ③寒螀(jiāng):寒蝉。《尔雅·释虫》郭璞注:“寒螀,似蝉而小,青赤。” ④卖镜重圆:即破镜重圆。南朝陈太子舍人徐德言娶后主妹乐昌公主。时陈政方乱,德言知国破两人不能相保,因破镜,与公主各持其半。约他年正月望卖于都市,冀得相见。及陈亡,其妻果没入杨素家。徐德言依期至京,见有苍头卖半镜,因引至其居,出半镜合之,并题诗与之。乐昌得诗,悲泣不食。素知之,即告德言,还其妻。 ⑤“琵琶往往”三句:此处用昭君出塞事。杜甫《咏怀古迹》:“千载琵琶作胡语,分明怨恨曲中论。” ⑥相逢司马:指江州司马白居易与琵琶女在浔阳江相逢。《琵琶行》:“座中泣下谁最多,江州司马青衫湿。”

沁园春

和槐城自寿

六十一翁,垂银带鱼,插四角轮[①]。把百个今朝,重排花甲,十年前事,似臼齑辛[②]。骰选功名[③],酒中富贵,管取当筵满劝旬。槐知道,待二郎做甚,父子封申[④]。 便应际会昌辰。怕林下相逢未是真。看焚芰裂荷[⑤],起钟山笑,卖田僦马[⑥],堕贡生贫[⑦]。后六十年,有无穷事,是宰官身是报身[⑧]。年来好,莫做他宰相,便是全人。

[注释]

①四角轮:车轮生四角,言平生仕途很不顺利。 ②臼齑(jiùjī):用石臼磨成细粉。犹言磨难极多。 ③骰(tóu):赌博用具,此言博取功名,如赌博一样。 ④父子封申:封于甲地。姜太公先祖以平水土封于申地。见《史记·齐世家》。 ⑤“焚芰裂荷”二句:南朝孔稚珪《北山移文》借钟山山神的口吻,揭出周颙假隐士的面目。文中曰:“焚芰制而裂荷衣,抗尘容而走俗状。” ⑥僦马:送马。 ⑦贡生:贡禹。后汉人,贫廉自守有令名。 ⑧报身:佛三身之一。以善行功德之报,具有万德圆满之妙智而现之佛。

沁园春

再和槐城自寿韵

刘子生时，当月下弦，输大半轮。记孤馆望云，朝饥讽午，寒炉拥雪，岁晚盘辛[1]。比似先生，两壬相望[2]，岂止参差一二旬。明年好，算乞浆得酒，酉胜如申。　吾辰，定是雌辰[3]。听穷鬼揶揄数得真[4]。但鹤唳华亭[5]，贵何似贱，珠沉金谷[6]，富不如贫。明月清风，晴春暖日，出入千重云水身。吾老矣，叹臣之少也，已不如人。

［注释］

①盘辛：辛盘。元旦迎新之食品。　②两壬相望：两人生于壬年同月而不同日，故云。　③雌辰；时辰不吉利。　④穷鬼揶揄：《南史·刘坱传》载，刘伯龙少而贫，任官后仍贫。常在家慨叹。一日忽见一鬼在旁抚掌大笑。伯龙叹曰："贫穷固有命，乃复为鬼所笑也。"遂不复慨叹。此指士人生计困难。　揶揄：戏弄、侮弄。　⑤鹤唳华亭：用陆机兵败临刑，叹曰："欲闻华亭鹤唳，可复得乎？"典，指仕途险恶，难得全身。　⑥珠沉金谷：金谷，晋石崇建金谷园，有妓名绿珠，孙秀求之不得，乃陷崇于死。绿珠自投楼而死。

沁园春

和槐城见寿

成佛生天，自是两途，任祖生先[1]。看二三大老，依稀吾榜，几多新进，少小齐年。紫陌相逢，青山独往，倚杖鹤鸣听布泉。百年里，但儿时难得，老后依然。　吾牛已不耕田。更雨滑泥深自在鞭。叹十年波浪，悠悠何补，三生石上[2]，种种无缘。白髮来呵，朱颜去也，一曲狂歌落酒边。谁似我，似官奴出籍[3]，散圣安禅。

[注释]

①祖生：祖逖。《晋书·刘琨传》载，刘琨与祖逖为友，闻逖被用，乃致书亲故云："吾枕戈待旦，志枭逆虏，常恐祖生先吾著鞭。"　②三生石上：指因缘前定。传说唐李源与惠林寺僧圆观友善。圆观与李约定，待彼死后十二年，于杭州天竺寺相见。及期李如约前往，见一牧童，即圆观托身，且作歌曰："三生石上旧精魂，赏月吟风不要论。惭愧情人远相访，此身虽异性长存。"歌毕别去。词中反用其意。　③官奴出籍：官奴赎身。

沁园春

闻　歌

十八年间，黄公垆下[①]，崔九堂前[②]。叹人生何似，飘花陌上，妾身难托，卖镜桥边[③]。隔幔云深，绕梁声彻，不负杨枝旧日传。主人好，但留髡一石[④]，空恼彭宣[⑤]。

不因浩叹明年，也不为青衫怆四筵。念故人何在，旧游如梦，清风明月，野草荒田。俯仰无情，高歌有恨，四壁萧条久绝弦。秋江晚，但一声河满[⑥]，我自潸然。

[注释]

①黄公垆：黄公酒店。嵇康、阮籍等竹林七贤曾于此酣饮。后用作悼念亡友之辞。　②崔九堂前：崔九，指殿中监崔涤，与唐玄宗颇亲近。此借指不堪回首。　③卖镜桥边：即破镜重圆之典。　④留髡（kūn）一石：淳于髡，战国齐宣王时人。《史记·滑稽列传》载，髡心喜能饮一石。⑤彭宣：汉哀帝时官至大司空，封长平侯。传张禹之学。宣为人严肃威重，不喜声乐。　⑥何满：唐教坊曲名，后用为词牌。唐玄宗时歌人何满子临刑哀歌一曲以求赎，竟不得免。唐张祜《何满子》："一声何满子，双泪落君前。"

沁园春

和刘仲简九日韵

九日黄花，渊明之后[1]，谁当汝俦[2]。记龙山昨夜，寒泉九井。帽轻似叶，鬓戟如虬。庾扇西风[3]，孔林落照，银海横波十二楼。闲笑道，那华亭上蔡[4]，再见何由。
人生似我何求。算惟有高人高处游。笑如今别驾，前时方外。尘埃半百，岁月如流。如此连墙，今年不见，一首犹胜万户侯。偷闲好，便明朝有约，莫莫休休。

[注释]

①渊明：陶渊明善养菊花。《饮酒》诗："采菊东篱下，悠然见南山。"②俦：伴侣。 ③庾扇西风：庾亮权倾王导。王公在城，忽风起扬尘。王公以扇拂之曰"元规（庾亮）尘污人"。此形容权贵气焰，借指世俗恶风。④华亭上蔡：华亭是陆机故乡，上蔡是李斯故乡，两人被杀时均有思乡之语。李斯曰："吾欲与若（其子）复牵黄犬，俱出上蔡东门逐狡兔，岂可得乎！"陆机曰："华亭鹤唳，岂可复闻乎！"此借指达官显宦失势而被杀戮。

沁园春

送　春

春汝归欤，风雨蔽江，烟尘暗天。况雁门阨塞[1]，龙沙渺莽。东连吴会，西至秦川。芳草迷津，飞花拥道，小为蓬壶借百年[2]。江南好，问夫君何事，不少留连。　江南正是堪怜。但满眼杨花化白毡。看兔葵燕麦[3]，华清宫里，蜂黄蝶粉，凝碧池边。我已无家，君归何里，中路徘徊七宝鞭[4]。风回处，寄一声珍重，两地潸然。

[注释]

①阨塞：险要的地方。 ②蓬壶：即蓬莱仙境。 ③兔葵燕麦：此指长满野菜野麦，一片荒凉。 ④七宝：王敦派兵追明帝。帝遗七宝鞭，追兵赏玩不已。帝得脱险。见《晋书·明帝纪》。

沁园春

笑贡生狂，日日弹冠[①]，西望王阳。待泥封屡下，蒲轮不至[②]。卖琅玡产[③]，办舍人装。厚禄故人，黄金有术，何不分伊肘后方[④]。他年老，三千里外，八十思乡。 何如吾寿华堂。在丞相东山旧第旁。任王人亲至，不妨高枕。吾州盛事，更短邻墙。我学希夷[⑤]，邀公共坐，游戏壶中日月长。山僧道，成仙未晚，救火须忙。

[注释]

①弹冠：弹去冠上灰尘，准备做官。《汉书·王吉传》载王吉与贡禹为友，世称"王阳在位，贡公弹冠"。贡生，指贡禹。 ②蒲轮：《汉书·枚乘传》：汉武帝闻枚乘名，乘年老，乃以安车蒲轮征枚乘。为行车安适，以蒲草裹轮。以示礼敬贤者。 ③卖琅琊产：《汉书·贡禹传》载，禹，琅琊人，家贫无赀，被征召时，只好卖田置备行装。 ④肘后方：唐白居易《六年春赠分司东都诸公》诗："始晤肘后方，不如怀中物。"肘后方，医书，晋葛洪著。后泛指可随身携带的药方。此借用，药方随身携带，取方便之义。 ⑤希夷：《宋史·陈抟传》载，太宗对宰相宋琪等曰："抟独善其身，不干荣利，所谓方外之士也。"诏赠号希夷先生。

法驾导引

寿治中

棠阴日[①]，棠阴日，清美近花朝。共喜治中持福笔，春当霄汉布宽条，兰蕙雪初销。 和气满，和气满，生意到渔樵。清彻已倾螺子水[2]，黑头宜著侍中貂[3]，天马拟归朝。

[注释]

①棠阴：棠，一种乔木，旧说即杜树。周召伯巡南国，曾在甘棠树阴下听讼。后因以“棠阴”喻为官清正政绩显著，为百姓尊敬。 ②螺子水：辰翁家乡吉安县北有螺子山。此水在山侧。 ③黑头宜著侍中貂：指少年高位。貂，指贵重的貂皮官服。

法驾导引

寿治中

蟠桃熟，蟠桃熟，一熟一千年。比似相公年正少，朱颜绿鬓锦蝉连，肉色更光鲜。 西江好，西江好，春雨碧黏天。见说内家消息近[1]，佳人拜舞寿觞前，扶醉起金鞭。

[注释]

①内家：指皇宫。

法驾导引

寿刘侯

儿童喜，儿童喜，献寿摘仙桃。篁峒鸣狐成鬼火[1]，花村买犊卖蛮刀，惟有使君劳。 燕山桂，燕山桂，犹带窦家香[2]。月殿一枝金粟满，囊中玉屑捣成霜，和露入霞觞。

[注释]

①篁峒：长篁竹的村寨。峒，南方少数民族聚居区的名称，犹如村、

寨。 ②窦家香:“窦禹钧生五子。……相继登科,冯瀛王赠禹钧诗,有‘灵椿一树老,丹桂五枝芳’。”见宋文莹《玉壶清话》。

法驾导引

寿吴蒙庵

金茎露,金茎露,绝胜九霞觞。挼碎菊花如玉屑[①],满盘和月咽风香,不老是丹方。 六十七,六十七,七岁见端平[②]。记得是秋除目好,近年大路到南京,楚制起诸生。

[注释]

①挼碎:揉碎。 ②端平:宋理宗元年(1234)。

法驾导引

寿胡潭东[①]

春小小,春小小,梅渐著些些。未必神仙无白髮,依然林下有黄花,潭影浸流霞。 冬十十,冬十十,亥字雁斜斜。不用瑶池偷碧实[②],不须句漏博丹砂[③],阴德遍人家。

[注释]

①胡潭东:即胡蒙亨,字学圣,治《春秋》。 ②瑶池偷碧实:指汉东方朔三偷西王母仙桃事。 ③句漏:广西北流有勾漏山,产丹砂,葛洪曾于此炼丹。此句表示隐居山林。 原注:“其子新漳浦县尹。”

法驾导引

寿城山,用寿胡潭东韵[①]

臣尚少,臣尚少,少似此翁些。点半点斑今似雪,飞来飞去自如花,醉眼看红霞。　　人间事,人间事,倒杖拄颐斜。冷冷清清冰下水,吞吞忍忍饭中砂,选到老人家。

[注释]

①城山:王孟孙,字长翁,号城山,曾为太常丞。

法驾导引

天正子,天正子,亥正较差些。床下玉灵头戴九[①],手中铜叶锦添花,乞汝作飞霞。[②]　　辽东鹤,辽东鹤,无语鹤头斜。尘土不知灰变缟,周遭会见顶成砂,城郭待还家。

[注释]

①玉灵:龟名。支床有龟,言其寿也。《天问》:"鳌戴山抃,何以安之?"意灵鳌之背负蓬莱山,而抃(biàn)舞戏沧海中。　②原注:"城山以石龟为寿,铜荷叶盛之。"

法驾导引

寿胡盘居

盘之水[①],盘之水,清可濯吾缨[②]。我与盘山疏一月,黄花满意绕荒城,怀抱向谁倾。　　十之十,十之十,十十到千龄。我与盘山同一月,不占甲子后先晴,携手看升平。

[注释]

①盘之水：盘谷之水，在河南济源。韩愈《送李愿归盘谷序》："盘之泉，可濯可沿。" ②濯吾缨：《孟子·离娄》有《孺子歌》曰"沧浪之水清兮，可以濯吾缨"。表示避世隐居或清高自守的意思。

法驾导引

代寿丹山

东风雨，东风雨，河汉洗蓬莱[①]。只见丹山高万丈，不知古驿路傍埃，到海几时回[②]。 二月八，二月八，长见醉桃腮。天上玉堂怀旧草，面前金鼎又无梅，除是老翁来。

[注释]

①河汉：银河。 ②到海几时回：本汉乐府《长歌行》"百川东到海，何时复西归"。

法驾导引

寿刘仲简

五月五，五月五，细雨绿菖蒲。早是高花开九节，花堪结子节堪扶，持此揆□初。 长命缕，长命缕，儿女漫区区[①]。何似屏星南极里[②]，清如寒露在冰壶，一府号仙儒。

[注释]

①区区：爱慕、思念。 ②屏星：星名，在玉井南，共二星。

水调歌头

寿詹天游[①]

鹤会正阳后，又为此公来。向时圯上[②]，不似魁梧出尘埃。少日河东赋手[③]，醉里新丰[④]对草[⑤]，谈笑上金台[⑥]。太子少灵气，马客岂仙才[⑦]。　紫貂裘，骇犀剑，鹦鹉杯。龙涎沉水是浅，薄命有人猜。闻说老仙清健，想见风姿皓伟，天语快行催。凫舄看双去，槐第似亲栽[⑧]。

［注释］

①詹天游：詹玉，字可大，号天游。入元历官翰林、集贤学士。　②圯上：黄石公于圯上授张良书，辅刘邦成就帝业。　③河东赋手：指柳宗元，河东人，《旧唐书·柳宗元传》载，著述之盛名协于时，有文集四十卷。④新丰：古县名，汉置。治所在潼关东北。　⑤新丰对草：用唐马周故事。马周舍新丰，主人不顾，周独饮酒一斗八升。众异。后代中郎将常何向唐太宗上陈条受赏识，得破格任用。　⑥金台：即黄金台，战国时燕昭王接受郭隗建议，筑黄金台，礼聘贤才。词中谓将为朝廷所征召。　⑦马客：马周。曾困居新丰客舍。后上书唐太宗，得到重用。　⑧槐第：即槐府。周代朝廷前植槐树，定三公之位，后称三公之位为槐庭、槐府。槐第，指三公宰辅的官署。

水调歌头

寿晏云心

五五复五五，二八且重重。后天先甲如此[①]，满月喜相逢。一日须倾三百，月小又输一日，不满九千锺。但愿客常满，莫问海尊空。　赋长篇，赓短韵[②]，剩谈丛。乱来风日自美，一橘两衰翁[③]。几见东陵瓜好，又看西邻葵烂，半醉半醒中。偶得洞宾象，混混起相从。

［注释］

①先甲：先天。　②赓：继续。　③一橘两衰翁：即“橘中二老”。见《玄怪录》。

水调歌头

谢和溪园来寿[①]

夫子惠收我，谓我古心徒[②]。闲居有客无酒，有酒又无鱼。报道犀兵远坠[③]，问讯陈人何似，陈似隔年萸。天壤亦大矣，知有孔融乎。　白雪歌，丹元赞，赫蹄书[④]。洪崖何自过我，便作授经图[⑤]。教我天根骑月[⑥]，规我扶摇去意，餐我白芝符[⑦]。从此须溪里，更著赤松湖[⑧]。

［注释］

①溪园：周天骥，号耐轩，又号溪园。此首及以下二首同韵之作皆作于祥兴二年（1279），周已降元，且获高位。　②古心：江万里，号古心公。辰翁恩师。元兵南下，赴水死。　③犀兵：利兵指元兵。　④赫蹄书：出药方之薄纸。见《汉书·赵皇后传》。　⑤原注：“溪园号洪崖处士。”⑥原注：“谚谓廿四为骑月，见放翁诗。”　⑦原注：“五芝惟白芝名白符。”⑧原注：“仆故居须山之阳，曰须溪山，即公行窝，故云。东阳记有赤松湖，云赤子安期生，共传道于湖间也。”

水调歌头

寿周溪园有序

天九积阳，月半将望。恭惟某官，嘉定间气，西江耆英[①]。乔木南山，为人父，为众父；光风霁月，有一天，有二天。固宜十万户之民，同致八千秋之祝。某俚歌水调，上赞金丹，辄陈宗工，窃幸微眄

先生岂我辈，造物乃其徒。荷衣自放林壑，亦未弃银

鱼[2]。留得东篱晚节，笑倒龙山秃帽，一醉插茱萸，天下有大老，携手盍归乎。　别头经，三昼梦，一编书。向之麟者止矣[3]，且看老溪图。历遍后天既未，依约明朝三五，乾体适当符[4]。还以奉公寿，不是讲鹅湖[5]。

[注释]

①耆英：指年高德重者。　②银鱼：五品以上官佩银鱼为饰。　③麟者止矣：孔子著《春秋》，绝笔为获麟。　④乾体适当符：卦符乾象，正可有为之意。　⑤鹅湖：谓朱熹与陆九渊的鹅湖之会，两者观点虽不合，然情谊深长。

水调歌头

日献洞宾公像于溪园先生，报以阶庭府公耐轩寿容，曰：是类吾子。且三叠前水调以证之，于是某得自号为小耐矣。虽甚无似，不敢当。顾公所览揆如此，谊不虚辱，敢续之好歌，毋忘佳话

似似不常似，似我一生徒。画工自画龙种，忽近海飞鱼。大笑北宫称弟[1]，遂使西河疑女，同气自椒萸[2]。且谓杜公者，即是老君乎。　日给华，芎藭本[3]，薛羊书。马师真只这是，可是躄浮图[4]。大小卢同马异，天下使君与操，但欠虎铜符。说甚左眼痣，已过洞庭湖。

[注释]

原注："北宫子谓西门子曰"：吾年，兄弟也，貌，兄弟也。而贵贱，父子也，毁誉，父子也，爱憎，亦父子也已。　②椒萸：花椒，茱萸。都是有香气的植物。比喻人的品质好。　③芎藭(qióng)：即川芎，多年生草木植物，可入药。　④"马师"二句：马祖道一禅师，一称马师。　浮图：指佛门僧人。　躄：跛足。

水调歌头

自龙眠李氏夜过臞仙康氏①，走笔和其家灯障水调，迫暮始归

不成三五夜，不放霎时晴。长街灯火三两，到此眼方明。把似每时庭院，传说个般障子，无路与君行。推手复却手，都付断肠声②。　漏通晓，灯收市，人下棚。中山铁马何似，遗恨杳难平。一落掺挝声愤③，再见大晟舞罢④，乐事总伤情。便有尘随马，也任雨霖铃。

[注释]

①龙眼李氏：李公麟号龙眼，家在安徽桐乡。此指其后人。　臞(qú)：瘦。　原注："适有数少年作此者。"　③掺(cān)挝：祢衡作《渔阳参挝》，声情悲愤。见《后汉书·祢衡传》。　④大晟：《大晟乐》，宋徽宗时乐。

水调歌头

中秋口占①

明月几万里，与子共中秋。古今良夜如此，寂寂几时留。何处胡笳三弄，尚有南楼馀兴，风起木飕飕。白石四山立，玉露下平洲。　醉青州②，歌赤壁③，赋黄楼④。人间安得十客，谭笑发中流。看取横江皓彩，犹似沉河白璧，光气彻天浮。举首快哉去⑤，灯火见神州。

[注释]

①口占：作诗不起草曰口占。　②醉青州：称美酒为青州从事，酒力达脐。见《世说新语·术解》。　③歌赤壁：指苏轼的《前赤壁赋》、《后赤壁赋》、《念奴娇·赤壁怀古》。　④赋黄楼：苏轼知徐州，有《黄楼赋》。⑤快哉：苏轼将宋张梦得贬居时所建的亭名为"快哉"。在今湖北黄冈。

水调歌头

癸未中秋,吉文共马德昌泛江①

群动各已息,在汝梦中游。尘埃大地如水,儿女不堪愁。寂寂古人安在,冉冉吾年如此,何处有高楼。客有洞箫者,泪下不能收。　庾楼坠②,秦楼渺③,楚楼休。知公所恨何事,不是为封侯。自有此山此月,说甚何年何处,重泛木兰舟。起舞酹英魄,馀愤海西流。

[注释]

①癸未:元至元二十年(1283)。　吉文:一曰文江,在吉文县(今江西吉安)西南。　马德昌,即马煦。　②庾楼:指晋朝庾亮所登临的南楼。后人常用为英才集会之典。亦称"庾公楼"。　③秦楼:即凤台,秦穆公为其女弄玉夫妇所建。

水调歌头

寂寂复寂寂,此月古时明。银河也变成陆,灰劫断槎横。历落英雄孺子①,灭没龙光牛斗②,胜败黯然平。玉笛叫空阔,终有故人情。　雁南飞,乌绕树③,鹤归城④。问君有酒,何不鼓瑟更吹笙⑤。我饮呜呜起舞,我舞僛僛白髪⑥,顾影可怜生。旧日中秋客,几处几回晴。

[注释]

①历落:犹言磊落。　②龙光牛斗:宝剑的龙文光彩直射牛斗二星,此隐寓盛衰兴亡之慨。　③乌绕树:用曹操《短歌行》"乌鹊南飞,绕树三匝,何枝可依"意。　④鹤归城:用丁令威事,喻世事变化。　⑤鼓瑟吹笙:曹操《短歌行》"我有嘉宾,鼓瑟吹笙"。表示对友人的欢迎。　⑥僛僛(qī):醉舞攲斜貌。《诗经·小雅·宾之初筵》:"屡舞僛僛。"

水调歌头

丙申中秋[①]，两道人出示四十年前濯缨楼赏月水调。臞仙和[②]，意已尽，明日又续之

此夕酹江月，犹记濯缨秋[③]。濯缨又去如水，安得主人留。旧日登楼长笑，此日新亭对泣[④]，秃鬓冷飕飕。木落下极浦[⑤]，渔唱发中洲。　芙蓉阙，鸳鸯阁，凤凰楼。夜深白露纷下，谁见湿萤流。自有此生有客，但恨有鱼无酒，不了一生浮。重省看潮去，今夕是杭州。

［注释］

①丙申：元成宗元贞二年（1296）。　②臞仙：即康臞仙。　③濯缨：《孟子·离娄》有孺子歌曰"沧浪之水清兮，可以濯我缨"，表示清高自守隐居避世。　④新亭对泣：语出《世说新语·言语》，"过江诸人，每至美日，辄相邀新亭，藉卉饮宴。周侯（顗）中坐而叹曰：'风景不殊，正自有山河之异！'皆相视流泪。唯王丞相（导）愀然变色曰：'当共戮力王室，克复神州，何至作楚囚相对！'"此指家国沦亡的悲痛。新亭，在今南京市南。⑤木落：叶落。

水调歌头

和马观复中秋

不饮强须饮，不饮奈何明。也曾劬秃当了[①]，依旧滑如冰。一吸金波荡漾，再吸琼楼倾倒，吾杓亦长盈。试入壶中看[②]，只似世间晴。　饮连江，江连月，月连城。十年离合老矣，悲喜得无情。想见凄然北望，欲说明年何处，衣露为君零。同此大圆镜，握手认环瀛。

[注释]

①劬(qú):劳苦。 秃:年老。 ②壶中:道家仙境。

水调歌头

和巽吾观荷

仙掌下驰道,清露滴芙蓉。无憀似酒初醒,身世笑蓬中。万朵花灯夜宴,一叶扁舟海岛,寂寂五更风。误赏明妆靓[①],愁思满青铜[②]。 陂六六,三十六[③],渺何穷。江南曲曲烟雨,谁是醉施翁。但恨才情都老,无复风流曾梦,缥缈赋惊鸿[④]。寄语清净社,小饮合相容。

[注释]

①靓(jìng):静。 ②青铜:指青铜镜。 ③三十六:三十六陂,地名,今江苏扬州。王安石《题西太一室壁》:"三十六陂流水,白头想见江南。" ④惊鸿:美女轻盈之态。

水调歌头

甲午九日牛山作[①]

不饮强须饮,今日是重阳。向来健者安在,世事两茫茫。叔子去人远矣[②],正复何关人事,堕泪忽成行。叔子泪自堕,湮没使人伤。 燕何归,鸿欲断,蝶休忙。渊明自无可奈,冷眼菊花黄。看取龙山落日[③],又见骑台荒草,谁弱复谁强。酒亦有何好,暂醉得相忘。

[注释]

①甲午:元世祖至元三十一年(1294) 牛山:在今山东淄博东。②叔子:晋羊祜,字叔子,镇襄阳时登岘山,发人生短促之叹,令人悲感不

已，立碑岘山。有善政，死后望者堕泪。 ③龙山：晋大将桓温征西归来，于九月九日率僚佐饮宴江陵龙山。此为有名的“龙山高会”。

水调歌头

辛巳前八月九日夜[①]，自黄州步归。萧英甫以舟泛余，舣本觉寺门外[②]，夜深未能睡，明日为赋此寄之

山水无宿约，村暗自当还。不知有客乘兴，载我弄沧湾。酒吸明河欲尽，月落三星在下，未放水风闲。影转松起舞，扶步入林间。 恨无人，横野笛，叫关山。知君慷慨何事，惜得米阳关[③]。看取大江东去[④]，把酒凄然北望，说著泪潺湲。我饮自须尽，君唱有何难。

[注释]

①辛巳：元世祖至元十八年（1281）。 萧英甫，名逢辰，官至江南安抚使。 ②舣：附船着岸。 ③米阳关：未详，待考。 ④大江东去：本苏轼《念奴娇》“大江东去，浪淘尽、千古风流人物”。

水调歌头

余初入建府，触官妓于马上[①]。后于酒边，妓自言，故赋之

雨声深院里，歌扇小楼中。当时飞燕马上，妖艳为谁容。娇颤须扶未稳，腰袅轻笼小驻，玉女最愁峰。掠鬓过车骤，回首意冲冲。 宝钗斜，云鬓乱，几曾逢。谁知去三步远，此痛与君同。玉箸残妆谁见[②]，獭髓轻痕妙补，粉黛不须浓。重见为低诉，馀恨更匆匆。

[注释]

①初入建府：辰翁随江万里佐职建宁府幕，为景定五年（1264）。

触:碰撞。 ②玉箸:指美女的眼泪。

水调歌头

和王槐城自寿

未信仙都子,曾识老仙翁[①]。卿卿少年去后,心与道人同。挥麈不须九锡,开阁苦无长物,闲日醉千锺。一笑欠伸起,儿戏大槐中[②]。 友彭聃[③],招园绮[④],傲乔松。年来多惯世事,莫莫恼司空。等得三朝好老,恰则而今虚左[⑤],梅信已先通。富贵正不免,从此学痴聋。

[注释]

①原注:"仙都,槐城所领宫观。" ②"一笑"二句:原注,"时槐城方放妾。" ③友彭聃:以彭祖、老子为友。彭祖寿长八百岁,后以为长寿的象征。老子李耳言其活二百馀岁。贺人长寿常以彭聃合称。 ④园绮:指东园公与绮里季。秦末汉初,东园公、绮里季、夏黄公、甪里先生等四人隐于商山,眉髪尽白,为长寿之人。多为祝寿词。 ⑤虚左:虚上位,以待就任。

水调歌头

百千孙子子,八十老翁翁。人间天下清福,阅世苦难同。谁叹东门猎倦[①],谁笑南阳舞罢[②],万事五更钟。但愿人长久,聊复进杯中。 故侯瓜[③],丞相柏[④],大夫松[⑤]。诸公健者安在,春梦转头空。可笑先生无病,病在枕流漱石[⑥],福至自然通。聋者固多笑,一笑更治聋。

[注释]

①东门猎倦:此用李斯临刑时哀叹曰"吾欲与若(子)复牵黄犬,俱出

上蔡东门逐狡兔，岂可得乎”！ ②南阳舞罢：越王赐文种剑，文种叹曰：“南阳之宰，而为越王之禽！” ③故侯瓜：即“东陵瓜”。《史记·萧相国世家》：“召平者，故秦东陵侯。秦破为布衣，贫，种瓜于长安城东。瓜美，故世俗谓之东陵瓜。”此喻安于贫贱。 ④丞相柏：成都诸葛亮祠堂前有古柏。杜甫有诗咏之。 ⑤大夫松：《史记·秦始皇本纪》载，始皇上泰山，逢疾风暴雨，休于树下，因封其树为五大夫。今泰山尚有五大夫松。⑥枕流漱石：《世说新语·排调》载，孙子荆（楚）年少时，欲隐，与王武子曰：“当漱石枕流”。王曰：“流可枕，石可漱乎？”孙曰：“所以枕流，欲洗其耳；所以漱石，欲历其齿。”旧以“枕流漱石”为士大夫隐居的代称。

水调歌头

我有此客否，难作主人翁。小年自不相似，偶与大年同[①]。见说东厢诸少，正拥家君胜会，二八舞歌钟。亦欲得公重，公在画堂中。　笑青蒿，真小草，倚长松。典衣欲作汤饼，家酿愧瓶空。公有潭州百斛[②]，公有秫田二顷[③]，贺客万钱通。小大不相似，但可似公聋。

［注释］

①“小年”二句：原注，“先生与槐城同月生，先后三日。” ②潭州：长沙，古曰谭州。 ③秫（shú）：黏高粱。

水调歌头

和马观复石头渡寄韵

明月隔千里，风动帐纹开。故人锦字如梦，梦转雁初来。倚遍西山朝爽，行过石头旧渡，久别忽经怀。不得与之语，日夕独持杯。　调绿水，歌白雪，有心哉。也知尻高啄俯[①]，无计脱尘埃。狗尾貂蝉满座[②]，贝带鵔鸃弄粉[3],一舆一臣台。岁晚不如愿,谁更忿灰堆。

[注释]

①尻(kāo):臀。 尻高:"口无毛,声嗷嗷,尻益高"为东方朔嘲郭舍人语。讥其献媚而被笞臀也。见《史记·滑稽列传》。 ②狗尾貂蝉:原义谓官爵过滥,后借用为以坏续好,美丑不相称。 ③贝带鵔鸃(jùn yí):本《汉书·佞幸传序》"故孝惠时,郎,侍中皆冠鵔鸃,贝带"。汉代近臣的冠饰是以毛羽饰冠,海贝饰带。鵔鸃,鸟名。

水调歌头

腊月二十一日可远堂索赋

落日半亭榭,山影没壶中。苍然欲不可极,迢递未归鸿[1]。锦织家人何在,春寄故人不到,寂寞听疏钟。木末见江去,无雪著渔翁。 词春容,歌慷慨,语玲珑。岁云暮矣相见,明日是东风。远想使君台上,携手与人同乐,中夜说元龙[2]。世事无足语,且看烛花红。

[注释]

①迢递:高远貌。 ②元龙:陈登字元龙,三国时人,以平吕布功封伏波将军。一次冷遇求田问舍之许汜。许汜曰:"陈元龙湖海之士,豪气不除。"事见《三国志·魏书·陈登传》。

水调歌头

和彭明叔七夕

不见古时月,何似汉时秋。朱陈村里新样[1],新妇又骑牛。欲脱参前氐后[2],又说河边河鼓,此会没来由。何处设瓜果[3],香动犊沟窦[4]。 郭郎老[5],谁为理,岂情流。人间□睡五日，五日复何悠。吾腹空虚久矣，子有满堂锦绣，犊鼻若为酬[6]。玉友[7]此时好，空负葛巾篘。

[注释]

①朱陈村："徐州古丰县，有村曰朱陈。……一村唯两姓，世世为婚姻。"见白居易《朱陈村诗》。用作两姓联姻的代称。 ②参氐：星宿名。参(shēn)，二十八宿之一。氐(dī)，二十八宿之一。 ②原注："别说，二星非经星也。" ③设瓜果，原注："谓今日好事。" ④沟窭：原注，"高丽谓城为沟窭。" ⑤原注："即与运。" ⑥犊鼻：围裙。司马相如临邛卖酒，穿犊鼻裤亲自涤器。 ⑦玉友：原注，"临安七夕酒名。"

水调歌头

天地有中气[1]，第一是中元[2]。新秋七七，月出河汉斗牛间[3]。正是使君初度，如见中州河岳[4]，绿鬓又朱颜。茎露一杯酒，清彻瑞人寰。　大暑退，潢潦净，彩云斑。三壬三甲厚重[5]，屹不动如山。从此五风十雨，自可三年一日，香寝镇狮蛮。起舞愿公寿，未可愿公还。

[注释]

①中气：清气。 ②中元：旧以阴历七月十五日为中元节。 ③河汉斗牛：河汉，银河。斗牛，北斗星与牵牛星。 ④河岳：黄河与嵩山。 ⑤三壬三甲：星相术语。"背无三甲，腹无三壬，此皆不寿之验。"见《三国志·魏书·管辂传》。

水调歌头

陈平章即席赋[1]

夜看二星度[2]，高会列群英。苍颜白髮乌帽，风入古槐清。客有羽衣来者，仍是寻常百姓，坐觉孟公惊[3]。且勿多酌我，未厌我狂醒。　金瓯启[4]，银信喜，衮衣新。向来淮浙草木，隐隐有馀声。闻说井阑沙语，感念石壕村事[5]，倾耳发惊霆。举酒奉公寿，天意厚苍生。

[注释]

①陈平章：即陈宜中。南宋少帝德祐元年(1275)拜右丞相。遂荐辰翁入朝为官。　②二星：牛女双星相会时正乙亥七夕。　③孟公惊："陈遵字孟公，杜陵人，所到，衣冠怀之，唯恐在后。时列侯有与遵同姓字者，每至人门，曰陈孟公，坐中莫不震动。既至而非，因号其人为陈惊坐云。"见《汉书·陈遵传》。形容其人负有盛名，受人仰慕。　④金瓯：金碗，唐玄宗将预定的宰相姓名，书置其下，令太子猜之。典见李德裕《次柳氏旧闻》。　⑤石壕村事：用杜甫《石壕吏》诗意，诗中描述抓壮丁以应"安史之乱"的情景。

水调歌头

和尹存吾

造物反乎覆，白首困耆英[1]。吟风赏月石上，一笑再河清。一百八盘道路[2]，二十四桥歌舞[3]，身世梦堪惊。独酌未能醉，已醉蓦然醒。　别与老，惊相见，几回新。来时燕栖未稳，满耳又蝉声。闲忆钱塘江上，两点青山欲白，血石起鞭霆[4]。此事复安在，相对说平生。

[注释]

①耆英：年高德重之人。　②一百八盘道路：指山路曲折难行。③二十四桥歌舞：二十四桥，在扬州。沈括《梦溪笔谈》谓扬有二十四座桥，为唐时游赏之地。今已失考。　④血石：始皇造石桥。神人鞭石下海，石皆流血。见《三齐略记》。

金缕曲

代贺丞相，有序[①]

恭审天开历甲，旦应生申。钟三光五岳之英[②]，五百年生名世；处前古当今之会，千万世开太平。某隃望门墙[③]，伏深赞颂；积忱依永，奏伎小词，上犯钧严，不胜悚恐庆抃之至[④]

晓殿龙光起。御香浓、新诗写就，云飞相第。一自骑箕承帝赍[⑤]，千载君臣鱼水。端不负、当年弧矢。赤壁周郎神游处，料羞看、故垒斜阳里。今共看，更无比。　尊前若说平生事。叹长江、几番风浪，几人胆碎。数载太平丰年瑞。三百年间又几。想皇揆[⑥]、初心应喜。渐近中秋团团月，算人间、天上俱清美。祝千岁，似甲子。

[注释]

①丞相：此贺贾似道之作。为景定五年（1264）所作。　②钟三光五岳：三光，指日，月、星。五岳指东岳泰山，西岳华山，北岳恒山，南岳衡山，中岳嵩山。钟，汇聚。　③隃（yú）：遥远。　④庆抃（biàn）：因喜庆而鼓掌。　⑤骑箕：即“骑箕尾”。《庄子·大宗师》载傅说得道，以相武丁，治天下，乘东维，骑箕尾，成仙升天。箕尾是天上两星宿名。骑箕尾，谓得仙，亦指高升，又指人去世。　赍（jī）：以物送人。　⑥皇揆：此指父亲估量。“皇览揆予初度兮”，见屈原《离骚》。

金缕曲

寿缪守[①]

秋老寒香圃。自春来、桔槔闲了[②]，去天尺五。陌上踏歌来何暮，收得黄云如土[③]。但稽首、福星初度。不是使君人间佛，甚今朝、欲雨今朝雨。持寿酒，为公舞。　虎头画手谁堪许[④]。写天人、方瞳红颊，共宾笑语。卫戟连营三千士,簇簇满城箫鼓。早恐是、留公不住。飞去翩翩嫌白鹭,算年来、稀姓多登府。祝千岁,奉明主。

[注释]

①缪守:缪元德,曾知吉州事,是辰翁的父母官,有惠政。 ②桔槔:井上汲水工具。 ③黄云:稻麦。 ④虎头:顾恺之,晋杰出画家。小字虎头。

金缕曲

奇番总管周耐轩生日[①]

春入番江雨[②]。满湖山、莺啼燕语,前歌后舞。闻道行骢行且止,却听谯楼更鼓。正未卜、阴晴同否。老子胸中高小范[③],这精神、堪更开封府。新治足,旧民苦。

扁舟浩荡乘风去。看莱衣、思贤堂上,寿觞朝举。六十二三前度者,敢望香山老傅[④]。又过了,午年端午。采采菖蒲三三节,寄我公、矫矫扶天路。重归衮,到相圃。

[注释]

①奇番总管:兼管番民之总管。《元史·地理志》:“管番民总管,下辖小程番、中山曹百纳等处。”此词作于至元三十一年甲午(1294)。耐轩任总管要职。 ②番江:即鄱江,流入鄱阳湖。 ③小范:范仲淹,守西夏,敌畏之。曰“腹中有数万甲兵,不可欺也”。 ④香山老傅:指白居易。白居易晚年归洛阳与香山僧如满结香火社,自称香山居士。老傅,白居易晚年曾任太子少傅。

金缕曲

寿李公谨同知[①]

我误留公住。看人间、犹是重阳，满城风雨。父老棠阴携孺子[②]，记得元宵歌舞。但稽首、乌乌无语。我有桓筝千年恨[③]，为谢公、目送还云抚。公不乐，尚何苦。
吾侬心事凭谁诉。有谁知、闭户穷愁，欲从之去。闻道明朝生申也[④]，满酌一杯螺浦。又知复、明年何处。天若有情西江者，便使君、骢马来当路。香瓣起，胜金缕。

[注释]

①李公谨：李克忠，字公谨，曾任吉州路同知。　②棠阴：棠，旧说为社树。周召伯巡行南国，曾在甘棠树阴下听讼。后因以“棠阴”喻为官清正，政绩显著，为百姓所尊敬。　③桓筝：晋桓伊曾于帝前抚筝歌怨诗，为忠臣抱不平，在座的谢安深为感动。事见《晋书·桓伊传》。　④生申：周贤臣申甫之生日。此指李公谨。

金缕曲

和同姓草叔曲本胡端逸见寿韵并谢[①]

忘却来时路。恨苍苍、寒冰弃我，江南闲处。世事早知今如此，何不老农老圃。更种个、梅花深住。冻雨前朝浯溪石，对苍苔、堕泪怜臣甫[②]。山似我，两眉聚。　岁云暮矣如何度。但多情、寂寥相念，二三君子。越石暮年扶风赋[③]，犹解闻鸡起舞。恨不减、二三十岁。一曲相思碧云合，醉凭君、为我歌如缕。君念我，似同祖。

[注释]

①同姓草叔:即刘草叔,其人未详。其曲乃次胡端逸韵者。端逸即胡天牖,号砚斋,曾任书院山长。 ②臣甫:杜甫。晚年流落,凄苦可怜。③越石:即刘琨,字越石,西晋将领,诗人。少与祖逖为友。曾为并州刺史,据城池与敌作战。所作诗歌今存《扶风歌》、《答卢谌》、《重赠卢谌》三首,抒写壮志未酬的悲愤之情。

金缕曲

寿陈静山

昨醉君家酒。从今十万八千场,未疏老友。人道水仙标格俊,不许梅花殿后。但赢得、一年年瘦。迤逦聚星楼上雪[1],待天风、浩荡重携手。酌君酒,献君寿。 年前春入燕台柳[2]。看联翩、四辈金鞭,长楸承受。岂有中朝瓯覆久[3],更落闽山海口。端自有、玉堂金斗。我喜明年申又酉,但乞浆、所得皆醇酎。拚醉里,送行昼。

[注释]

①聚星楼:汝阳有聚星楼,欧阳修、苏轼等先后有咏雪之作。此用其典,言曾风雪赋诗。 ②"年前"句:言年前曾入元都,金鞭走马,有所营求。 ③"岂有"句:言宋朝瓯覆之事,不应太久。寄望于未来之振兴。

金缕曲

寿朱氏老人七十三岁

七十三年矣。记小人、四百四十五番甲子。看到蓬莱水清浅,休说树犹如此[1]。但梦梦、昨非今是。一曲尊前离鸾操[2],抚铜仙、清泪如铅水[3]。歌未断,我先醉。 新来画得耆英似[4]。似灞桥、风雪吟肩[5],水仙梅弟。里巷依稀灵光在，飞过劫灰如洗。笑少伴、乌衣馀几[⑥]。老子平生何曾默[⑦]，暮年诗、句句皆成史。个亥字，甲申起。

［注释］

①树犹如此：慨叹岁月流逝。语出《世说新语·言语》"桓公北征，经金城，见前为琅邪时种柳已皆十围，慨然曰：'木犹如此，人何以堪！'"
②离鸾操：曲调名。离鸾，比喻夫妻分离。词中言听琴曲引起亡国悲恨。
③铜仙：汉武帝在建章宫作承露盘高二十丈，大七围，以铜为之，上有仙人掌承露，和玉屑饮之，以求长生。汉亡，魏明帝将铜仙迁至洛阳。李贺作《金铜仙人辞汉歌》序曰："……宫官晚拆盘，仙人临载，乃潸然泪下。"
④耆英：宋文彦博留守西都洛阳，集年老的士大夫十一人，聚会吟诗，当时谓之"洛阳耆英会"。 ⑤"似灞桥"句：宋孙光宪《北梦琐言》载，唐相国郑綮曾曰："诗思在灞桥风雪中驴子上。" ⑥乌衣：指乌衣巷，南朝诸王所居。 ⑦原注："号默轩。"

金缕曲

和潭东劝饮寿觞

拍瓮春醅动。洞庭霜、压绿堆黄，林苞堪贡。况有老人潭边菊，摇落赏心入梦。数百岁、半来许中[①]。儿女牵衣团栾处，绕公公、愿献生申颂。公性涩，待重风[②]。
人生一笑何时重。奈今朝、有客无鱼，有鱼留冻。何似尊前斑斓起，低唱浅斟齐奉。也不待、烹龙炰凤[③]。此会明年知谁健，说边愁、望断先生宋[④]。醒最苦，醉聊共。

［注释］

①原注："俗语中半。" ②性涩：耳背不聪。 重风：大声告白也。风，通"讽"。 ③炰：烹煮。 ④"比会"二句：原注，"时宋京议和。"

金缕曲

绝北寒声动。渺黄昏、叶满长安，云迷章贡[①]。最苦周公千年后，正与莽新同梦[②]。五十国、纷纷入中。摇飏都人歌郿坞[③]，问何如、昨日嵩高颂。胪九锡[④]，竟谁风。

当初共道擎天重。奈天教、垓下风寒，滹沱兵冻[⑤]。寂寞放翁南园记，带得园柑进奉。怅回首、何人修凤。寄语权门趋炎者，这朝廷、不是邦昌宋。真与赝，可能共。

[注释]

①叶满长安：本贾岛《忆江上吴处士》"秋风生渭水，落叶满长安"。章贡：章水与贡水于赣州合流成赣江。此指江西。　②莽新：指王莽所建的新朝。　③歌郿坞：《三国志·魏书·董卓传》载，董卓立少子陈留王为献帝，卓为相国。卓筑郿坞，高与长安城埒，积谷为三十年储，云："事成，雄据天下；不成，守此足以毕老。"此用都人歌颂董卓事，以喻公卿谀事贾似道。　④胪九锡：皇帝赐大有功者九种衣物车马仪仗。　胪：罗列。　⑤滹沱兵冻：滹沱河水结冰，军队得以过河。比喻元兵长驰入宋土。疑"兵"为"冰"字之误。《后汉书·王霸传》："及至滹沱河，无船，不可渡。光武令霸往视之，霸想惊众，还诡曰冰坚可渡，比至河，河冰亦合，乃令霸先渡，未毕数骑而冰解。"

金缕曲

杜叟陈君，风谊动人，岁一介寿我，辞华蔚然。至谓我黑漆，则久不相见故耳，为此发歌

吾鬓如霜蕊。自江南、西风尘起，倒骑秃尾[①]。旧日汾阳中书令[②]，何限门生儿子。到今也，陆沉草昧。醉里不行西州路[③]，但斗间、看望成龙气。聊寂寞，自相慰。　夫君自是人间瑞。叹生儿、当如异日，孙仲谋耳[④]。健笔风

云蛟龙起，人物山川形势。犹有封、狼居胥意[⑤]。伐木嘤嘤出幽谷[⑥]，问天之将丧斯文未。吾待子，望如岁。

[注释]

①倒骑秃尾：即倒骑驴。《明皇杂录》："武后时遣使召张果，果诈死，后有人在恒州山中见之，常倒骑白驴。"词中用张果老倒骑驴事，示乱后即隐遁不出。 ②汾阳中书令：指唐代郭子仪。郭子仪在平定安史乱中屡建大功，肃宗时"进位中书令"，后又"进封汾阳郡王"，德宗时号"尚父"，活了八十多岁，儿孙众多，多为高官。 ③西州路：即入西州城之路，谢安扶病还都经此。谢安外甥羊昙为谢安所爱重。谢安死后，羊昙游石头大醉，扶路唱乐，不觉至州门，左右告曰"此西州门"，昙悲恸不已，策马而回，不忍过此路。 ④孙仲谋：即孙权。史载曹操一次与东吴水战时，从战备、军队的整肃上看到孙权的才干，说"生子当如孙仲谋"。 ⑤封狼居胥：《史记·卫将军骠骑列传》载汉武帝元狩四年，霍去病至狼居胥山，在山上筑坛祭天。后遂以喻北伐歼敌的勋业。封，在山上筑坛祭天。狼居胥，山名，在今内蒙古自治区五原县西北。 ⑥伐木嘤嘤：《诗经·小雅·伐木》，"伐木丁丁，鸟鸣嘤嘤，出自幽谷，迁于乔木。嘤其鸣矣，求其友声。"词中义取朋友同气相求。

金缕曲

和龚竹卿客中韵[①]

何处从头说。但倾尊、淋漓醉墨，疏疏密密。看取两轮东西者[②]，也是樊笼中物。这光景、年来都别。白髪道人隆中像[③]，笑相逢、对拥炉边雪。又过了，上元节。

纸窗旋补寒穿穴。柳粘窗、青青过雨，劝君休折。睡不成酣酒先醒，花底东风又别。夜复夜、吟魂飞越。典却西湖东湖住，十三年不出今朝出。容易得，二三月。

[注释]

①龚竹卿:名日升,曾知庐陵县。 ②两轮:指日月。 ③原注:“壁间有武侯像,旅中坐对。”

金缕曲

贺赵松庐

岁事峥嵘甚。是当年、爆竹驱傩[①],插金幡胜。忽晓阑街儿童语,不为上元灯近。但笑拣、梅簪公鬓。莫恨青青如今白,愿年年、语取东君信[②]。巾未堕,笑重整。
他年不信东风冷。鼓连天、银烛花光,柳芽催迸。漫说沉香亭羯鼓,自著锦袍吟凭。待吹彻、玉箫人醒。不带汝阳天人福[③],便不教、百又馀年剩。歌此曲,休辞饮。

[注释]

①驱傩(nuó):古时腊月驱逐疫鬼的仪式。腊岁前一日击鼓驱傩。 ②东君:司春之神。 ③汝阳:汝阳王李琎,小名花奴,善羯鼓。明皇曰:“将花奴持羯鼓,为我解秽。”

金缕曲

壬午五日[①]

叶叶跳珠雨。里湖通[②]、十里红香,画桡齐举[③]。昨梦天风高黄鹄,下俯人间何许。但动地、潮声如鼓。竹阁楼台青青草,问木棉、羁客魂归否[④]。盘泣露,寺钟语。
梦回酷似灵均苦[⑤]。叹神游、前度都非,明朝重五。满眼离骚无人赋[⑥],忘却君愁吊古。任醉里,乌乌缕缕。渺渺茂陵安期叟[⑦],共鄗池[⑧]、夜别还于楚。采涧绿,久延伫[⑨]。

[注释]

①壬午：元世祖至元十九年(1282)。 ②里湖：杭州西湖有里湖、外湖。 ③桡(ráo)：桨。代指船。 ④原注："西湖里湖荷花最盛，贾似道建第葛岭，与竹阁为邻，里湖由是禁不往来。似道贬死漳州木棉庵。" ⑤灵均：屈原字灵均。 ⑥离骚：屈原的代表作。 ⑦茂陵：指汉武帝。茂陵，在西安郊外，汉武帝陵。 安期叟：神话中的仙人。 ⑧鄗(hào)：古地名。即镐池，在长安(今西安)。有神人曰镐池君，能预知祸福。 ⑨原注："广州蒲硐寺，安期生家也。始皇尝至其家，共语三日夜。今其地犹产菖蒲十二节，生服菖蒲得仙者。"

金缕曲

叠 韵

襟泪涔涔雨。料骚魂、水解千年，依然轻举。还看吴儿胥涛上[1]，高出浪花几许。绝倒是、东南旗鼓。风雨蛟龙争何事，问彩丝，香粽犹存否。溪女伴，采莲语。

古人不似今人苦。漫追谈、少日风流，三三五五。谁似鄱阳鸱夷者[2]，相望怀沙终古。待唤醒、重听金缕。尚有远游当年恨，恨南公[3]、不见秦为楚。天又暮，黯凝伫。

[注释]

①胥涛：吴地俗传伍子胥含冤而死后，每于钱塘涛兴浪以泄其终古冤愤。胥涛，指钱塘江潮。 ②鸱(chí)夷者：伍子胥谏吴王不听，杀之。盛以鸱夷(革囊)浮之于江上。与屈原以忠获罪，并沉于水同。故有相望怀沙之叹。 ③南公：《史记·项羽本纪》"故楚南公曰：楚虽三户，亡秦必楚也"。词中语反用楚南公语寓亡国之痛。

金缕曲

五日和韵

锦岸吴船鼓。问沙鸥、当日沉湘，是何端午。长恨青青朱门艾，结束腰身似虎。空泪落、婵媛嬃女[1]。我醉招累清醒否，算平生、清又醒还误。累笑我，醉中语。

黄头舞棹临江处[2]。向人间、独竞南风，叫云激楚。笑倒两崖人如蚁，不管颓波千屦。忽惊抱、汨罗无柱[3]。欸乃渔歌斜阳外，几书生、能办投湘赋。歌此恨，泪如缕。

[注释]

①婵媛嬃女：本屈原《离骚》“女嬃之婵媛兮，申申其詈予”。王逸注，“女嬃，屈原姊也。”婵媛嬃女，指屈原姊，一说为屈原侍妾。此词咏端五，因用屈原女嬃事。　②黄头：即黄头郎，汉代宫廷水手着黄帽。　③“忽惊报”句：原注，“闻两日观渡有溺者。”

[集评]

况周颐云：“须溪词风格遒上似稼轩，情辞跌宕似遗山。有时笔意俱化，纯任天倪，竟能略似坡公。往往独到之能以中锋达意，以中声赴节。世或目为别调，非知人之言也。《金缕曲》五日云：‘欸乃渔歌斜阳外，几书生，能办投湘赋。’余所摘警句视此。”（《蕙风词话》）

金缕曲

古岩和去年九日约登高韵[1]，再用前韵

破帽吹愁去。绕郊墟、残灰败壁，冷烟斜雨。舞马梦惊城乌起[2]，散作童妖灶语[3]。漫说与、谢仙一句。犹记醉归西州路，问行人、望望骊烽误[4]。几未失，袁公屦。

高高况是兴亡处。望平沙、落日湖光，暗淮沉楚。寂寞西陵歌又舞[⑤]，疑冢嵯峨新土[⑥]。黯牛笛、参差归路。试问文君容赊否，待东篱、更就黄花浦。拚酩酊，涴蓝缕[⑦]。

[注释]

①古岩：张古岩，词人之同乡先辈。 ②城乌起：城乌夜起，敌军来袭之兵象。 ③童妖灶语：形容谣言四起，民心散乱。 ④骊烽：骊山一烽。《史记 · 周本纪》载，幽王的爱妃褒姒不好笑，幽王为烽火召诸侯，诸侯至，无寇，褒姒乃大笑。后果有寇至，幽王举烽火征兵，兵不至，遂杀幽王。此寓亡国之痛。 ⑤西陵：曹操陵墓。 ⑥原注："金人为曹操疑冢增土。" ⑦蓝缕：破旧衣服。

金缕曲

丙戌九日[①]

风雨东篱晚。渺人间、南北东西，平芜烟远。旧日携壶吹帽处[②]，一色沉冥何限。天不遣、魂销肠断。不是苦无看山分，料青山、也自羞人面。秋后瘦，老来倦。
惊回昨梦青山转。恨一林、金粟都空，静无人见。默默黄花明朝有，只待插花寻伴。又谁笑、今朝蝶怨。潦倒玉山休重醉[③]，到簪萸、忍待人频劝。今又惜，几人健。

[注释]

①丙戌：元世祖至元廿三年(1286)。 ②吹帽：即龙山孟嘉落帽。③潦倒玉山："其醉也，傀俄若玉山之将崩。"为山涛评嵇康语。见《世说新语 · 容止》。 潦倒：醉倒。

金缕曲

九日即事

与客携壶去。望高高、半山失却,满城风雨。何许白衣人邂逅[①],小立东篱共语。未怪是、催租断句。寂寞午鸡啼三四,悄老人、桥上前期误[②]。卿且去,整吾屦[③]。　寒空旧是题诗处。莽云烟、缠蛟舞凤,东吴西楚。千古新亭英雄梦[④],泪湿神州块土。叹落日、鸿沟无路[⑤]。一片沙场君不去,空平生、恨恨王夷甫[⑥]。凭半醉,付金缕。

[注释]

①白衣人邂逅:指送酒的衙役小吏。事见《续晋阳秋》卷二,“王弘为江州刺史,陶潜九月九日无酒,于宅边东篱下菊丛中摘菊盈把,坐具侧。未几见一白衣至,乃刺史王弘之送酒者也。”　②老人桥上:用张良在圯上为一老人拾履穿履,老人送良《太公兵法》事。　③屦(jù):同“履”,鞋,靴。　④新亭:东晋士人过江后,每至美日,辄相邀新亭(今南京市南),藉卉饮宴。周𫖮中坐而叹曰:“风景不殊,正自有山河之异。”皆相视流泪。唯王丞相(导)愀然变色曰:“当共戮力王室,克复神州,何至作楚囚相对!”见《世说新语·言语》。后世多以新亭代指亡国。　⑤鸿沟:项羽与汉王约,中分天下,割鸿沟而西者为汉,鸿沟而东者为楚。指两国分界。鸿沟在今河南郑州东。词中用此谓元军步步紧逼,南宋朝廷已无处可以退守。　⑥王夷甫:王夷甫为王衍字,西晋时,衍位居宰辅,清谈误国。

金缕曲

登高华盖岭和同游韵[①]

携手登高赋。望前山、山色如烟,烟光如雨。少日凭阑峰南北,谁料美人迟暮。漫回首、残基冷绪。长恨中原无人问,到而今、总是经行处。书易就,雁难付。　斜阳日日长亭路[②]。倚秋风、洞庭一剑[③]，故人何许。寂寞柴桑寒花外，还有白衣来否。但哨遍[④]、长歌归去。尚有孔明英英者[⑤]，怅孔明、自是英英误。歌未断，鬓成缕。

[注释]

①华盖岭：在庐陵为登览胜地。　②长亭：古时设在路旁亭舍，常作饯别之用。　③洞庭一剑：指吕洞宾。《宋史·隐逸传·陈抟》："关西逸人吕洞宾有剑，百馀岁而童颜，步履轻疾，顷刻数百里，世以为神仙。"　④哨遍：词调名。　⑤英英：英杰之才。

金缕曲

绝江观桃[①]，座间和韵

问何年种植。独成蹊、秾华烂漫，锦开千步。花下老人犹记我，不似那回赏处。并吹却、道边谢墅[②]。黄四娘家今何在[③]，也飘零、偎向前村住。千万恨，寄红雨。

携壶藉草行歌暮。记前宵、深盟止酒，况堪扶路。破手一杯花浮面，不觉二三四五。更竹里、颠狂崔护[④]。试语看花诸君子[⑤]，但如今、俯仰成前度。君不见，曲江树。

[注释]

①绝江：横渡江河曰"绝"。　②谢墅：谢安的别墅。此借指达官显宦的园林别墅，多已易主。　③黄四娘家：指善于养花的人家。唐杜甫《江畔独步寻花七绝句》之六："黄四娘家花满蹊，千朵万朵压枝低。"　④崔护：借指多情男子。《本事诗》载，护清明日独游都城南，见庄居桃花绕宅，乃叩门求饮。有女子启门，以杯水，情意甚殷。来年清明复往。寻之，则门已闭，因题诗左扉。诗曰："去年今日此门中，人面桃花相映红。"后数日再往，忽闻哭声，有父老出曰："子崔护耶？吾女读左扉诗，绝食而死。"护大恸，因入祝之，女复活，遂归之。　⑤看花诸君子：本刘禹锡《元和十年自朗州承召至京戏赠看花诸君子》"紫陌红尘拂面来，无人不道看花回。

玄都观里桃千树,尽是刘郎去后栽”。

金缕曲

闻杜鹃

少日都门路。听长亭、青山落日,不如归去。十八年间来往断。[①],白首人间今古。又惊绝、五更一句。道是流离蜀天子[②],甚当初、一似吴儿语[③]。臣再拜,泪如雨。
画堂客馆真无数。记画桥、黄竹歌声[④],桃花前度。风雨断魂苏季子[⑤],春梦家山何处。谁不愿、封侯万户。寂寞江南轮四角,问长安、道上无人住。啼尽血,向谁诉。

[注释]

①原注:“予往来秀城十七八年,自己巳夏归,又十六年矣。” 秀城:秀,疑当作“京”。 ②蜀天子:指望帝杜宇,此指杜鹃。 ③一似吴儿语:喻杜鹃啼声。 ④黄竹歌:哀民疾苦之诗,传为周穆王作,实为后人伪托。《穆天子传》:“天子游黄台之丘,猎于苹泽,日中大寒,北风雨雪,有冻人,天子作《黄竹诗》三章以哀人民。” ⑤苏季子:指苏秦,季子,苏秦字。此化用苏秦说秦王不行,颓丧而归事。写闻杜鹃的啼叫声,引起愁思。

金缕曲

古岩取后村和韵示余,如韵答之[①]

一笑披衣起。笑昨宵、东风似梦,韩张卢李。白髮红云溪上叟,不记儿孙年齿。但回首、秦亡汉驶。苦苦渔郎留不住,约扁舟、后日重来此。吾已老,尚能俟[②] 少年未解留人意。恍出山、红尘吹断,落花流水。天上玉堂人间改,漫欸乃声千里[③]。更说似、玄都君子[④]。闻道酿桃堪为酒,待酿桃、千石成千醉。春有尽,瓮无底。

[注释]

①后村：南宋词人刘克庄，号后村居士。 ②俟：等待。 ③欸乃：摇橹声。 ④玄都君子：指刘禹锡。刘曾写诗《再游玄都观》。

金缕曲

乡校张灯[①]，赋者迫和，勉强趋韵

灯共墙檠语。记昨朝、芒鞋蓑笠，冷风斜雨。月入宫槐槐影淡，化作槐花无数。恍不记、鳌头压处[②]。不恨扬州吾不梦，恨梦中、不醉琼花露。空耿耿，吊终古。

千蜂万蝶春为主。怅何人、老忆江南，北朝开府[③]。看取当年风景在，不待花奴催鼓。且未说、春丁分俎[④]。一曲沧浪邀吾和[⑤]，笑先生、尚是邯郸步[⑥]。如秉檾[⑦]、续残炬。

[注释]

①乡校：乡学，即府中学廨。 ②鳌头压处：状元及第称独占鳌头。 ③北朝开府：指庾信。庾信初仕南朝梁，奉使西魏，被留。西魏亡，仕北周，官至骠骑大将军，开府仪同三司，后世称庾开府。信虽居高位，但怀念南朝，有《哀江南赋》最为著名。 ④俎（zū）：古代切肉所用砧板，此指肉。 ⑤一曲沧浪：屈原《渔父》中载渔父临去而歌《沧浪》。 ⑥邯郸步：比喻模仿他人不成，反而丧失自己原有的本领。词中喻勉强步韵。 ⑦檾（qǐng）：苘麻。

摸鱼儿

和柳山悟和尚与李同年嘉龙韵[①]

渐无多、诗朋酒伴，东林复几人许[②]。旧时船子西湖柳[③]，词与东风尘土。重记否。那月月下句，且避何人疏。当朝自负。甚堕髻愁眉，滕耩短后[④]，一往似伧父。

当年事，伤心说庾开府。人生无百年虑。虎头燕颔人间肉[5],不是蜜翁翁做。今又古。是楚对凡亡[6],为是凡亡楚。朝朝暮暮。听画角楼头,呜咽未断,重数五更鼓。

[注释]

①柳山:在今江西武宁县西南。 悟和尚:名悟木,妙喜弟子。见《五灯会元》卷二十。 李嘉龙:都昌人。辰翁同榜进士。 ②东林:庐山有东林寺。沙门慧远与陶渊明、陆静修等结为方外之友。 ③船子:名德诚。泛小舟,随缘渡日,自号船子和尚。 ④滕:绑腿。 韝(gōu):臂套、军人或猎人装束。 ⑤虎头燕颔:形容相貌威武。《后汉书·班超传》,相者对班超曰:"生燕颔虎头,飞而食肉,此万里侯相也。" ⑥楚对凡亡:凡,国名,周公之后。凡君,凡僖侯。楚王左右再三说凡国将亡。词中言世上事都是相对的,存亡之事,不足介意。

摸鱼儿

和谢李同年

记玄都、看花君子,一生恨奈何许。青云紫陌悠悠者[1],几个玉人成土[2]。今在否。但四海九州,屈指从头疏。吾年空负。看射虎南山,遭逢醉尉,何须饮田父。

神清梦,也是堂堂欧府。此中无破头虑。种槐不隔鞭蛆恶[3],更祝二郎儿做[4]。苍苍古。漫年又一年,老却南公楚[5]。池塘春暮。笑步步鸣蛙,看成两部,正似未忘鼓。

[注释]

①青云紫陌:指仕途得意之人。 ②玉人:此指完美的人。 成土:此指无价值之人。 ③种槐:宋王祐有阴德,手种三槐。曰:"吾之后世必有为三公者。" 鞭蛆:本韩愈诗"鞭背生虫蛆"。此言善恶报应不爽之意。 ④二郎儿做:儿子做宰相,后代任高官。宋邵伯温《邵氏闻见录》载,王晋公事宋太祖,出语直被贬官。七年不召。太宗即位对辅臣曰:"王祐(晋公)文章之外别有清节。"以兵部侍郎召,未至王祐死。初,祐笑曰:"某不

做，儿子二郎必做。”二郎指文正公王旦。 ⑤南公楚：《史记·项羽本纪》载，“故楚南公曰：“楚虽三户，亡秦必楚。”词中以南公自喻。

摸鱼儿

三百年、人间天上，遽如许[1]，遽如许。落花寒食东风雨，漠漠长陵抔土[2]。魂归否。怕些不分明，又堕人笺疏。且无相负。记昔与诸贤，共谈洛下，曾识老人父。 牛衣泪[3]，冷落闻鸡东府。风尘曾独深虑。子规声断长门晓[4]，春梦不堪重做。千万古。但目极心伤，宛转虞兮楚[5]。江东日暮。想野草荒田，而今何处，不待雍门鼓[6]。

[注释]

①遽（jù）：急、仓促。 ②抔土：一捧土。 ③牛衣：编乱麻为之，本为牛御寒之物，后用以形容穷苦困厄。 ④长门：本是陈皇后被汉武帝废弃时所居之宫。后指失宠后妃所居之冷宫。 ⑤虞兮：即虞姬，项羽的宠姬，被困垓下，自刎死。此借指亡国之痛。 ⑥不待雍门鼓：此指无须雍门子鼓琴，已深感破国亡邑之痛。雍门周，战国齐人，居雍门，因以为号。亦称雍门子。善鼓琴，尝于孟尝君引琴而鼓之。孟尝君落涕满襟曰：“先生之鼓琴，令文若破国亡邑之人也。”

摸鱼儿

和　韵

道醉乡、无边无岸，一尊到彼殊径[1]。是间转海人知处[2]，尺地不教渠剩。尊亦瘿[3]。问一斗消酲，一石犹难信。临风小等。记我友醒狂，相从有意，中路恨羌永[4]。

梅花晚，早已雪堆余鬓。此花宁复风韵。空寒独倚天为主，天又几时曾定。今为晋[5]。看秦女山中，绿髪垂垂顶。百年一瞬。叹高卧北窗,闲过五十[6],无说答形影。

[注释]

①殊径:指醉乡。 ②转海人:指引路至沧海的人。 ③尊亦瘿:用瘿瘤木制成的酒杯。 ④羌永:长久。羌,助词。 ⑤晋:春秋时秦晋两国世为婚姻。看秦女,指此。后世指两姓联姻。 ⑥闲过五十:据此可知作者时年五十,乃作于辛巳(1281)年,宋亡已六年。

摸鱼儿

辛巳冬和中斋梅词

记歌头、辛壬癸甲[1],乌乌能知谁晓。梅花不待元宵好,雪月交光独照。愁未老。更老似渠□,冷面迎相笑。君词定峭。但减十年前,偎桃傍李,肯独为梅好。 山中好。可但一枝春早。道边无限花草。米嘉荣共何戡在[2],还忆永新娇小[3]。明年了。又唤起流莺,又自愁鹃叫。东皇太昊[4]。更不是琼花,香无半点,一笑使人倒。

[注释]

①辛壬癸甲:天干相连之四年。犹言一、二、三、四,泛指岁月流逝。②米嘉荣、何戡:中唐著名歌者。 ③永新:唐明皇宠爱之歌女名。④东皇:春神,一谓天帝。 太昊(hào):传说中古帝名,即伏羲氏。

摸鱼儿

和巽吾留别韵

懒能看、海桑世界,风花过眼如传[1]。月明昨夜庭流水,天色朝来都变。尘石烂。铢衣坏,和衣减尽谁能怨。秦亡楚倦。但剪烛西窗,秋声入竹,点点已如霰。 当年事，本是泗亭沛县[②]。却教绵蕝成殿[③]。暮年八阵那曾用[④]，付与江流石转。前楚辩。今哨遍，是乌乌者灯前劝。乾坤较健。叹君已归休，吾方俯仰，种种未曾见。

[注释]

①传(zhuàn)：流转，转瞬即逝。 ②泗亭沛县：指汉高祖刘邦。《史记·高祖本纪》谓高祖沛丰邑中阳里人。及壮，试为吏，为泗水亭长。此指汉高祖当年只是一个沛县的泗水亭长。 ③绵蕝(juè)：在野外画地为宫，引绳为绵，立表蕝，用以习礼仪。 蕝：束茅成把。见《史记·刘敬叔孙通列传》。 ④八阵：即八阵图。古代作战时所用，相传为诸葛亮所作。

摸鱼儿

春暮

渺斜阳、村烟酒市，独教王谢如此[①]。渔翁梦入江头絮，寂寂平安西子[②]。东风起。东风起、种桃千树皆流水[③]。桥边万里。甚老子情钟，明朝后日，又洒送春泪。

青过雨，历历远山如洗。暮云堪共谁倚。诸贤洛下风流散[④]，轻薄纷纷馀几。聊尔尔。问世事，何如自嗅残花蕊。金铜剑履[⑤]。但陌上相逢，摩挲一笑，铸此几时矣。

[注释]

①王谢：六朝时代的望族王氏、谢氏。此言贵族亦如斜阳不能久长。②西子：指西施，借指美女，西湖。 ③种桃千树：用刘禹锡《元和十年自朗州承召至京戏赠看花诸君子》"玄都观里桃千树，尽是刘郎去后栽"，《再游玄都观》"百亩庭中半是苔，桃花净尽菜花开"诗意，寓兴衰之感。④洛下风流：指唐白居易等九老相聚置酒赋诗相乐事。 ⑤金铜：指汉武帝所建金铜承露盘。 剑履：剑履上殿，帝王赐予有大功勋之臣下的特权。

摸鱼儿

甲午送春[①]

又非他、今年晴少,海棠也恁空过。清羸欲与花同梦,不似蝶深深卧。春怜我。我又自、怜伊不见侬赓和[②]。已无可奈。但愁满清漳,君归何处,无泪与君堕。　春去也,尚欲留春可可。问公一醉能颇。钟情剩有词千首,待写大招招些[③]。休阿那。阿那看、荒荒得似江南么。老夫婆娑。问篱下闲花,残红有在,容我更簪朵。

[注释]

①甲午:元至元三十一年(1294)。据词中"愁满清漳"、"荒荒得似江南么",似作于北行道中。　清漳:今河北临漳一带。　②赓(gēng)和:步韵和诗。　③大招:《楚辞》篇名。

摸鱼儿

今岁海棠迟开半月,然一夕如雪,无饮余者,赋此寄恨

是他家、绛唇翠袖,可容卿有功否。相思不到胭脂井[①],只隔东林烟柳。春去又。漫一夜东风,吹得花成旧。无人举酒。但照影堤流,图他红泪,飘洒到襟袖。　人间事,大半归谋诸妇。不如意十八九。敲门夜半窥园李,赤脚玉川惊走[②]。何处有。更炙烛风流[③],看到人归后。休休回首。笑旧日园林,佺巢[④]蜀锦[⑤],处处可携手。

[注释]

①胭脂井:南朝陈景阳宫中的井。隋兵南下过江,攻占台城,陈后主闻兵至,与妃张丽华投此井。相传此井红痕若胭脂,乃后主与张妃泪痕所染。词中以胭脂井事喻海棠。　②玉川:唐诗人卢仝,号玉川子。有老婢

赤足、无齿。 ③更炙烛：化用苏轼“高烧银烛照红妆”句。以杨贵妃喻海棠。 ④佺巢：原注，“曾园洞中楼名。” ⑤蜀锦：原注，“平园亭名。”

［集评］

况周颐云：“须溪词，风格遒上似稼轩，情辞跌宕似遗山。有时笔意俱化，纯任天倪，竟能略似坡公。往往独到之处，能以中锋达意，以中声赴节，世或目为别调，非知人之言也。《摸鱼儿》海棠云：‘无人举酒’，‘飘洒到襟袖’余所摘警句视此。其骨干气息具在此。”（《蕙风词话》卷二）

摸鱼儿

酒边留同年徐云屋三首

怎知他、春归何处，相逢且尽尊酒。少年袅袅天涯恨，长结西湖烟柳。休回首。但细雨断桥，憔悴人归后。东风似旧。问前度桃花，刘郎能记[①]，花复认郎否。

君且住，草草留君剪韭。前宵正恁时候。深杯欲共歌声滑，翻湿春衫半袖。空眉皱。看白髮尊前，已似人人有。临分把手。叹一笑论文[②]，清狂顾曲[③]，此会几时又。

［注释］

①问前度桃花：用刘禹锡《元和十年自朗州承召至京戏赠看花诸君子》“玄都观里桃千树，尽是刘郎去后栽”。 ②论文：语出杜甫《春日忆李白》“何时一尊酒，重与细论文”。 ③顾曲：周瑜精音乐，时人曰“曲有误，周郎顾”。

摸鱼儿

同 前

正何须、阳关肠断，吴姬苦劝人酒[①]。中年怀抱萦萦处，看取伴烟和柳。柳摇首。笑飞到家山，已是酴醿后[②]。

留连话旧。问溪上儿童,颇曾见我,有此故人否。　　相逢地,还忆今宵三韭[③]。青山只了迎候。东风自送归帆去,吹得乱红沾袖。暮云皱。听杜宇高高,啼向无何有。江花垂手。任春色重来,江花更好,难可少年又。[④]

[注释]

①吴姬:吴地歌女。"吴姬压酒劝客尝",李白《金陵酒肆留别》中句。　②酴醾:植物名,亦称荼蘼。初夏开花,白色。苏轼《酴醾花菩萨泉》诗:"酴醾不争春,寂莫开最晚。"　③三韭:原注,"本语,谓廿七也。"　④原注:"大垂手、小垂手,舞名。"

摸鱼儿

同　前

待欲□、家山未得,方知名不如酒。丹砂便做金句漏[①],难遣鬓青似柳。试搔首。记移竹南塘,又是三年后。情怀非旧。叹少日相如,垆边老去,能赋上林否[②]。　　种兰处,赢得青青种韭。渊明中路相候。何须更待三三径[③],也自长拖衫袖。青袍皱。便持当金貂,赊取邻家有。小儿拍手。笑昨醉如泥,盟言止酒,何事醒来又。

[注释]

①句漏:地名在广西北流。产丹砂。葛洪以之炼成金丹。　②相如:司马相如,早年与卓文君曾在成都当垆卖酒。《上林赋》是相如为汉武帝所作。　③三径:隐居处所。《三辅决录》:"蒋诩隐于杜陵,舍中三径,唯羊仲、求仲从之游。"晋陶潜《归去来辞》:"童仆欢迎,稚子候门。三径就荒,松菊犹存。携幼入室,有酒盈尊。"

摸鱼儿

赋云束楼

更比他、东风前度，依然一榻如许。深深旧是谁家府，落日画梁燕语。帘半雨。记湖海平生，相遇忘宾主。阑珊春暮。看城郭参差，长空澹澹，沙鸟自来去。　江山好，立马白云飞处。秦川终是吾土。登临笑傲西山笏[①]，烟树高高杜宇。君且住。况双井泉甘[②]，汲遍茶堪煮。歌残金缕。恰黄鹤飞来，月明三弄，仍是岳阳吕[③]。

[注释]

①西山笏：晋王徽之为桓冲参军。冲有所问，不答。以手版（笏）柱颊云："西山朝来，致有爽气。"后喻官之清高者。　②双井：泉名，在江西修水。　③岳阳吕：指吕洞宾。世传吕洞宾诗："三过岳阳人不识，朗吟飞过洞庭湖。"

摸鱼儿

守　岁

是疑他、春来儵忽[①]，是疑岁别人去。古今守岁无言说，长是酒阑情绪。堪恨处。曾亲见都人，户户银花树。星河未曙。听朝马笼街，火城簇仗，御笔已题露。　人间事，空忆桃符旧句。三茅钟自朝暮[②]。严城夜禁故如鬼，况敢凭陵大嘑。冬冬鼓。但画角声残，已是新人故。休思前度。叹五十加三，明朝领取，闲看五星聚[③]。

[注释]

①儵忽：快速。　②三茅：三茅山本名句曲山。相传汉茅盈与弟茅固、茅衷得道成仙于此，世称三茅君。陶弘景亦隐居于此。此山在今江苏

句容县东南。词中言仙山钟声犹自晨昏,而人间则今非昔比了。 ③五星聚:于历至元二十一年为五星聚南斗之岁。可推之此词作于二十年除夕。

[集评]

况周颐曰:“须溪词,往往独到之处,能以中锋达意,以中声赴节。世或目为别调,非知人之言也。《摸鱼儿·守岁》云:‘古今守岁无言说,长是酒阑情绪。’余所摘警句视此。”(《蕙风词话》卷二)

摸鱼儿

和中斋端午韵

醒复醒,行吟泽畔[1],焉能忍此终古[2]。招魂过海枫林暝[3],招得魂归无处。朝又暮。但依旧,禁街人静冬冬鼓。画船沉雨。听欸乃渔歌,兴亡事远,咽咽未能句。 君且住。能歌吾不如汝。悠悠鼓枻而去[4]。沧洲揽结芳成艾,唤作张三李五。羌自苦[5]。更闲却,玉堂端帖多多许[6]。无人自语。把画扇鸾边,香罗雪底,题作午年午[7]。

[注释]

①行吟:屈原被放逐后,在江边漫步行吟。《楚辞·渔父》:“屈原既放,游于江潭,行吟泽畔;颜色憔悴,形容枯槁。” ②焉能忍此终古:本屈原《离骚》“怀朕情而不发兮,余焉能忍此终古”。 ③招魂:《楚辞》中的一篇。招魂过海:指崖山兵败,陆秀夫负帝昺等赴海死之事。 ④鼓枻而去:本屈原《渔父》“渔父莞尔而笑,鼓枻而去”。 ⑤羌:语助。 ⑥玉堂:指翰林院。端帖:端午帖子。 ⑦午年午:此指至元三十一年(甲午)之端午节。

摸鱼儿

赠友人

想幼安[1]、辽东归后,自羞年少龙首。长安市上垆边卧，枉却快行家走。空两袖。染醉墨淋漓，把似天香透。功名邂逅[3]。便六一词高[3]，君谟字伟[4]，但见说行昼。 人间事，苦似成丹无候。神清苔字如镂。明年六十闻歌后，颇记薄醺醺否。儿拍手。笑马上葛强[5]，也作家山友。烦伊起寿。更时复一中，毋多酌我，疏影共三嗅。

[注释]

①幼安：管宁，字幼安，避乱居辽东。后归长安。与华歆、邴原善。歆为头，原为腹，宁为龙尾。 ②邂逅：不期而遇。 ③六一词高：谓欧阳修的词学高妙。欧阳修自号六一居士。此借喻友人的词高。 ④君谟字伟：谓蔡襄精书法。蔡襄，字君谟。书法为宋四大家之一。此借喻友人字好。 ⑤葛强：另本“强”作“疆”。并州人葛强，骁勇善战，山简的爱将。

摸鱼儿

水东桃花下赋

也何须、晴如那日，欣然且过江去。玄都纵有看花便，耿耿自羞前度。堪恨处。人道是，漫山先落坡翁句[1]。东风绮语[2]。但适意当前，来寻须赋，此土亦吾圃。 海山石，犹记芙蓉城主[3]。弹过飞种成土。是间便作仙客杏，谁与一栽千树。朝又暮。怅二十五年，临路花如故[4]。人生自苦。只唤渡观桃，侵寻至此，世事奈何许。

[注释]

①坡翁：指苏轼，号东坡居士，后世称坡翁。 ②绮语：原注，“坡海市语。” ③芙蓉城主：相传宋王子高曾遇芙蓉城主周瑶英，东坡有《芙蓉城》诗纪之。 ③“怅二十五年”二句：甲子初见，后推二十五年，则知此词当作于至元二十六年己丑(1289)。 ④原注：“甲子初见。”

摸鱼儿

醉与君、狂歌又笑，不知当日何调。孤山梅下吟魂冷[①]，说甚那时苏小[②]。沧波渺。奈此岛，累累竟是谁家表（原注：皆谓先正葬处也）。归欤白鸟。看四圣飘香[③]，朱门金榜，化作竺飞峤。　　衰也久，旧游梦翠禽绕。坱兮轧[④]、皎兮窈。相思一夜窗前白，谁识余怀渺渺。残年了。听画角，悲凉又是霜天晓。馀音杳缈。叹五十之年，我加八九，君隔几科诏。

［注释］

①“孤山”句：指宋诗人林逋已死很久。　②苏小：苏小小，南齐钱塘名妓，死后葬西湖边。　③四圣：即四圣延祥观。在孤山上。　④坱轧（yǎng yà）：漫天无际貌。贾谊《鹏鸟赋》：“大均播物兮，坱轧无垠。”

摸鱼儿

辛巳自寿年五十[①]

是耶非，吾年如此，更痴更悔今昨。狂吟近日疏于酒，转似秋山瘦削。浑未觉。恁儿子门生，前度登高弱。情怀又恶。叹亲友中年，不堪离别，况复久零落。　　长生药，有分神仙难学。人生聊复行乐。百年半梦随流水，半在南枝北萼[②]。妾命薄[③]。但寂寞黄昏，时听城楼角。愁无可著。且取醉尊前，明朝休问，昨日已忘却。

［注释］

①辛巳：词作于元世祖至元十八年辛巳（1281）。　②南枝北萼：指羁旅在外。　③妾命薄：乐府杂曲歌辞名。

摸鱼儿

寿王城山[①]

对尊前、簪花骑竹，老胡起起能舞。春风浩荡天涯去，惟有薰吟自语。槐正午。看万户蜂脾，帘幕双双乳[②]。娇儿骇女。漫学得琵琶，依稀马上，总是主恩处。　凌烟像[③]，空倚临风玉树[④]。升沉事遽如许[⑤]。刘郎惯是瑶池客[⑥]，又醉碧桃三度。花下数。记三度三千，结子多红雨[⑦]。年年五五。共准拟阶庭，钗符献酒，袅袅缀双虎。

（以上《须溪词》卷三）

[注释]

①王城山：王孟孙，字长翁，号城山，官太常丞。　②双双乳：指乳燕。　③凌烟像：唐太宗于凌烟阁画魏征、房元龄、虞世南、秦叔宝等十四功臣像，后世以为功业不朽之称。　④临风玉树：比喻容貌俊美优秀的子弟。《世说新语》："魏明帝使后弟毛曾与夏侯玄共坐，时人谓蒹葭倚玉树。"杜甫《饮中八仙歌》："宗之潇洒美少年，举觞白眼望青天，皎皎玉树临风前。"　⑤遽(ju)：急速。　⑥刘郎：指汉代刘晨 。《太平广记》卷六十一引《神仙记》，刘晨入天台山采药，远不得返。经十三日，饥，遥望山上有桃树，至其上，取而食，止饥。渡山出溪，遇仙女，引至所居。居数日，思家。既返乡，乡邑零落，已十世矣。　⑦红雨：落花。唐李贺《将进酒》诗："况是青春日将暮，桃花乱落如红雨。"

摸鱼儿

李府尹美任

待借留、几曾留得，来鸿空怨秋老。至今父老依依恨，犹说李将军好[①]。东门草。早不为东风，遮却长安道。馀民如槁[②]。愿金印重来，洪都开府[③]，定复几时到。

秋江鹭，尤记当年潦倒。沧洲无复华皓。朝饥堕泪荒田雨，洗忆窝蜂败扫。天能报。看风烛亭亭，玉树宽人抱[4]。风霜善保。但逢驿寄书，无书寄语，要说趋朝早。

[注释]

①李将军：汉代将军李广。文帝时，参加反击匈奴贵族攻掠战争，战功显赫，匈奴数年不敢攻扰，称之为“飞将军”。前后与匈奴作战大小七十馀次，以勇敢善战著称。 ②槁：枯槁，形容憔悴。 ③洪都开府：指阎伯屿在洪都（今江西南昌）任州刺史。开府，开建府署，指州刺史。唐王勃《滕王阁序》：“南昌故都，洪都新府。” ④玉树宽人抱：比喻佳子弟茁壮成长。

金缕曲

送五峰归九江[1]

世事如何说。似举鞍、回头笑问，并州儿葛[2]。手障尘埃黄花路，千里龙沙如雪。著破帽、萧萧馀髮。行过故人柴桑里，抚长松、老倒山间月。聊共舞，命湘瑟。
春风五老多年别[3]。看使君、神交意气，依然晚合。袖有玉龙提携去，满眼黄金台骨[4]。说不尽、古人痴绝。我醉看天天看我，听秋风、吹动檐间铁。长啸起，两山裂。

（以上二首见《翰墨大全》庚集卷十五）

[注释]

①五峰：燕公楠，字国材，号五峰，江西建昌人。历任赣州同知，入元为吉州路总管、河南行省右丞等。 ②并州儿葛：并州人葛强。《晋书·山简传》载，时有童儿歌曰：“山公出何许，往至高阳池。……举鞭向葛强，何如并州儿？”葛强家在并州，山简爱将。 ③五老：庐山有五老峰。 ④黄金台：燕昭王礼聘贤才的处所。《上谷郡图经》载，黄金台，易水东南十八里，燕昭王置千金于台上，以买千里马骨。

意难忘

元宵雨

角动寒谯[①]。看雨中灯市，雪意潇潇。星球明戏马，歌管杂鸣刁。泥没膝，舞停腰。焰蜡任风销。更可怜、红啼桃槛，绿黯杨桥。　　当年乐事朝朝。曾锦鞍呼妓，金屋藏娇[②]。围香春鬥酒，坐月夜吹箫。今老矣，倦歌谣。嫌杀杜家乔。漫三杯、踞炉觅句，断送春宵。

（一百二十七卷本《翰墨大全》后甲集卷五）

[注释]

①谯：望楼。　②金屋藏娇：心爱美女的住室。《汉武故事》汉武帝幼时，姑母抱于膝上问曰："儿欲得妇否。"曰："欲得妇。"姑母长公主指其女问曰："阿娇好不？"笑对曰："若得阿娇作妇，当作金屋贮之。"

[集评]

杨慎云："须溪元宵雨，以意难忘歌之，可歌也。"（《词品》卷之五）

大　酺

春　寒

任琐窗深、重帘闭，春寒知有人处。常年笑花信，问东风情性，是娇是妒。冰柳成须，吹桃欲削，知更海棠堪否。相将燕归又，看香泥半雪，欲归还误。漫低回芳草，依稀寒食[①]，朱门封絮。　　少年惯羁旅。乱山断，皲树唤船渡[②]。正暗想、鸡声落月，梅影孤屏，更梦衾、千重似雾。相如倦游去[③]。掩四壁、凄其春暮。休回首、都门路。几番行晓，个个阿娇深贮，而今断烟细雨。

[注释]

①寒食:节令名。清明前一天。 ②攲(qī):倾斜。 ③相如:指司马相如厌倦远游求官。此喻己。

[集评]

卓人月云:"须溪《大酺》词后阕云:'休回首,都门路。几番行晓,个个阿娇深贮,而今断烟细雨。'说春寒至此,大有深味。"(见王弈清《历代词话》卷八)

谒金门

惜 春

风又雨,春事自无多许。欲待柳花团作絮,柳花冰未吐。　　翠袖不禁春误,沉却绿烟红雾。将谓花寒留得住,一晴春又暮。　　(以上二首见元《草堂诗馀》卷上)

临江仙

过眼纷纷遥集,来归往往羝儿[1]。草间塞口袴间啼。提携都不是,何似未生时。　　城上胡笳自怨,楼头画角休吹。谁人不动故乡思。江南秋尚可,塞外草先衰。

(《永乐大典》卷三千零零五"人"字韵)

[注释]

①羝(dī)儿:指牧羊的蒙古人。羝,公羊。

水调歌头

游洞岩[①],夜大风雨,彭明叔索赋,醉墨颠倒

坐久语寂寞,泉响忽翻空。不知龙者为雨,雨者为成龙。看取交流万壑,不数飞来千丈,高屋总淙淙。是事等恶剧,裂石敢争雄。　敲铿訇[②],扪滑仄[③],藉蒙茸。苍浪向来半掩,厚意复谁容。欲说贞元旧事,未必玄都千树,得似洞中红。檐语亦颠倒,洗尔不平胸。

（《永乐大典》卷九千七百六十四"岩"字韵引刘《须溪词》）

[注释]

①洞岩:在吉安之吉水西。　②铿訇(kēng hōng):形容声大而光亮。　③扪滑仄:抚摸平滑与不平。

绮寮怨

青山和前韵忆旧时学馆,因复感慨同赋

漫道十年前事,闷怀天又阴。何须恨、典了西湖,更笑君、宴罢琼林。闲时数声啼鸟,凄然似、上阳宫女心[①]。记断桥、急管危弦,歌声远,玉树金缕沉[②]。　看万年枝上禽。徊徨落月,断肠理绝弦琴。魂梦追寻,挥泪赋白头吟[③]。当年未知行乐,无日夜、望乡音。何期至今。绿杨外、芳草庭院深。

（《永乐大典》一万一千三百十三"馆"字韵引刘《须溪集》）

[注释]

①上阳宫女:上阳宫中的宫女,宫在洛阳。唐白居易《上阳白髮人》诗:"上阳人,上阳人,红颜暗老白髮新,绿衣监使守宫门,一闭上阳多少春。玄宗末岁初选人,入时十六今六十。"　②玉树:用珍宝制成的树。代

指宫中宝物。《汉武故事》,神明殿前庭植玉树,以珊瑚为枝,以碧玉为叶,花子或青或赤,悉以珠玉为之。 ③白头吟:乐曲名,本叙妇女被遗弃的悲哀。《西京杂记》:“相如将聘茂陵女为妾,卓文君作《白头吟》以自绝,相如乃止。”

存目词

调名	首句	出处	附注
踏莎行	日月跳丸	《须溪词》卷一	刘克庄词,见《后村长短句》卷五
昭君怨	后土宫中玉树	《扬州琼华集》	刘克庄词,见《后村长短句》卷二
沁园春	浅碧芙蓉	《广群芳谱》卷三十一“荷花门”	刘清夫词,见《中兴以来绝妙词选》卷五
满江红	细读箕畴	周泳先《唐宋金元词》钩沉引《须溪集略》	无名氏词,见《翰墨大全》丁集卷一

吴蒙庵

吴蒙庵，生卒不详，与刘辰翁同时。

失调名

忽忽早睡。（《须溪词》卷一《减字木兰花》词注）

颜　奎

颜奎(1234—1308),字子瑜,号吟竹,江西永新人。咸淳二年(1266)以书魁湖南漕。文天祥延至幕中。奎与刘辰翁、邓光荐游,自号云外山人。

醉太平

寿须溪[①]

茶边水经,琴边鹤经。小窗甲子初晴[②],报梅花小春。　小冠晋人[③],小车洛人[④]。醉扶儿子门生,指黄河解清。

[注释]

①须溪:刘辰翁号须溪。　②甲子:岁月。　③小冠晋人:晋末人皆冠小冠风流相效。见《宋书·五行志》。　④小车洛人:指北宋邵雍乘小车赏花之事。司马光《约邵尧夫不至诗》:"花外小车犹未来。"

清平乐

留静得

留君少住,且待晴时去。夜深水鹤云间语[①],明日棠梨花雨[②]。　尊前不尽馀情,都上鸣弦细声。二十四番风后[③],绿阴芳草长亭。　(以上元《草堂诗馀》卷中)

[注释]

①水鹤云间:指人格高尚之义。　②棠梨:野梨。　③二十四番风:由小寒至谷雨一百二十日古代分为二十四候。每候有一花当令,故有二十四番花信风之说。

归平遥[1]

春□□拂拂，檐花双燕入。少年湖上风日，问天何处觅。　湖山画屏晴碧，梦华知夙昔[2]。东风忘了前迹，上青芜半壁。

［注释］

①归平遥：即归国遥。　②梦华：宋孟元老著有《东京梦华录》追记汴京风物。　夙昔：昔日。

浣溪沙

梦泊游丝画影移，水沉香宛紫烟微[1]。玉笙才过画楼西。　天上人间花事苦，镜中翠压四山低。又成春过据莺啼[2]。

［注释］

①水沉：沉水香。　宛：香烟宛转上升。　②又成：又已。　据莺啼：有莺啼。

菩萨蛮

燕姬越女初相见[1]，鬟云翻覆随风转。日日转如云，朝朝白髮新。　江南古佳丽，只绾年时髻[2]。信手绾将成[2]，从来懒学人。

［注释］

①燕姬越女：北方与南方的美女。　②绾：通“挽”。

忆秦娥[①]

水云幽，怕黄霜竹生新愁[②]。生新愁，如今何处，倚月明楼。　龙吟杳杳天悠悠[③]，腾蛟起舞鸣箜篌。鸣箜篌，听吹短气[④]，江上无秋。

[注释]

①忆秦娥：此词押平韵，为变体。　②霜竹：笛。辛弃疾《念奴娇》词："一声谁喷霜竹。"　③龙吟：笛声。　④短气：气促形容乐声呜咽。

大　酺

和须溪春寒

唱古荼蘼，新荷叶，谁向重帘深处。东风三十六[①]，向园林都过，馀寒犹妒。公子狐裘，佳人翠袖，怎见此时情否。天上知音杳，怪参差律吕[②]，世间多误。记画扇题诗，单衣试酒，梦归泥絮。　嗟春如逆旅[③]。送无路、远涉前无渡。回首住、凌波亭馆，待月楼台，满身花气凝香雾。度入南薰去[④]。留燕伴、不教迟暮。但一点、芳心苦。生怕摇落，分付荷房收贮。晚妆又随过雨。

（以上《天下同文》）

[注释]

①东风三十六：言东风料峭寒气很重。三十六言其多。　②参差律吕：音调不齐。　③逆旅：过客。　④度入：进入。　南薰：殿名。指朝廷。

摸鱼儿

尘 梅

对琴台、不堪尘涴[①]，春风微露纤指。峥嵘鹤膝翘空势，取次著花安蕊。偏有意。把竹外一枝，飞洒轻烟里。月痕如洗。又底事丹青，何须水墨，虚白阚清泚[②]。　华堂暮，珍重休弹麈尾[③]。静中留此佳致。桥西几度香浮处，回首都随流水。闲徙倚。叹汩没黄埃[④]，变幻皆如此。蜚廉莫起[⑤]。待别有神人，风斤一运[⑥]，和影上窗纸。

（《翰墨大全》后戊集卷五）

[注释]

①涴（wò）：污染。　②虚白：空白。　阚（kàn）：窥视。　清泚：清澈。　③麈（zhǔ）尾：古人手持的拂尘。　麈，古书上指鹿一类的动物，尾巴可作拂尘。　运斤成麈，古书上指鹿一类的动物，尾巴可作拂尘。④汩没：湮没，淹没。　⑤蜚帘：又名飞廉，风神名。　⑥风斤：风，形容技艺超凡。　斤：斧。见《庄子·养生主》。

尹济翁

尹济翁，字硐民，生卒不详。与刘辰翁同时。庐陵人。

木兰花慢

寄朱子西

渺渺怀芳意，苦对景、可怜生[①]。记燕外莺边，柳深竹嫩，度密穿青。如今淡烟细雨，正午窗半梦酒初醒。乐事怎堪重省，起来一饷愁萦。　悠然又把酒壶倾，摆不动离情。想闲却春游，绿阴深院，芳草长亭。干愁有谁解得[②]，傍晚来，风起碎池萍。坐待晴云四卷，依然月上疏棂[③]。

[注释]

①可怜生：可怜甚。　生：甚。　②干愁：空愁：　③疏棂：疏朗的窗棂。

玉蝴蝶

和刘清安

几许暮春清思，未知芍药，先拟荼蘼[①]。老却东风，春去不与人期。似情多、何曾荀倩[②]，便梦断、不为崔徽[③]。且衔杯[④]，暖风袅袅，淡日晖晖。　怎知。怀芳心在，树花露泣，叶竹烟啼。满目青红，新愁成阵恨成围。画帘空、龙媒独倚[⑤]，午阴静、燕子双飞。任春归，寻人柳下，梦句堂西[⑥]。

[注释]

①先拟：先仿效。 ②荀倩：荀粲，字奉倩。夫妻情笃。妻死，痛不已，岁馀亦亡。见《世说新语》。 ③崔徽：唐代名妓，事见元稹《崔徽歌序》。 ④衔杯：饮酒。 ⑤龙媒：骏马。 ⑥梦句：梦中得句，作诗之意。

声声慢

禁 酿

雕鞍芳径[1]，翠管长亭[2]，春醒不负妍华[3]。几丈闲愁，寄风吹落天涯。深深小帘朱户，是何人、重整香车。愁未醒，记竹西歌吹[4]，柳下人家。 眉锁何曾舒展，看行人都是，醉眼横斜。寄语高阳[5]，从今休唤流霞[6]。残春又能几许，但相从、评水观茶。清梦远，怕东风、犹在杏花。

[注释]

①雕鞍：华美的马鞍。 ②翠管：青竹制成的笛子。 ③春醒：春天醉酒。 ④竹西：古亭名，在扬州。 ⑤高阳：地名，在河北。汉初郦食其自称高阳酒徒。 ⑥流霞：美酒名。

风入松

癸巳寿须溪[1]

曾闻几度说京华，愁压帽檐斜。朝衣熨贴天香在，如今但、弹指兰阇[2]。不是柴桑心远[3]，等闲过了元嘉[4]。 长生休说枣如瓜[5]，壶日自无涯[6]。河倾南纪明奎壁[7]，长教见、寿炁成霞[8]。但得重携溪上，年年人共梅花。

[注释]

①癸巳:元至元三十年(1293)。南宋已亡。 ②兰阇(shé):梵语,赞美之义。晋王导宴宾客走至胡人前弹指曰兰阇,兰阇。诸胡人大悦。见《世说新语·政事》。 ③柴桑心事:指归隐。柴桑,陶渊明故里山名。④元嘉:南朝宋代年号,这里以宋取代东晋隐喻宋元政局更递。 ⑤枣如瓜:仙人安期生食巨枣大如瓜,见《史记·封禅书》。 ⑥壶日:壶中日月,指仙境。 ⑦南纪:南方。 奎璧:当作奎壁,星名,主文章。 ⑧炁:古气字。 寿炁:吉祥之瑞气。

一萼红

和玉霄感旧[1]

玉搔头。是何人敲折,应为节秦讴[2]。棐几朱弦[3],剪灯雪藕[4],几回数尽更筹[5]。草草又、一番春梦,梦觉了、风雨楚江秋。却恨闲身,不如鸿雁,飞过妆楼。 又是山枯水瘦,叹回肠难贮,万斛新愁。懒复能歌,那堪对酒,物华冉冉都休。江上柳、千丝万缕、恼乱人、更忍凝眸。犹怕月来弄影,莫上帘钩。 (以上元《草堂诗馀》卷下)

[注释]

①玉霄:滕宾,字玉霄,黄冈人。风流倜傥,见者心醉。 ②节秦讴:为秦讴按节。 秦讴:秦青讴歌声振林木,响遏行云,为天下至乐。见《列子·汤问》。 ③棐几:用榧木做的琴案。 ④雪藕:形容女子手臂白嫩。⑤更筹:夜间报更的筹牌。

郑　楷

郑楷，字持正，号眉斋，三山（今福建福州）人。曾著《文房拟制表》一卷，载元人樊雪舟士宽所辑文章善戏。

诉衷情

酒旗摇曳柳花天，莺语软于绵。碎绿未盈芳沼，倒影蘸秋千。　　奁玉燕[①]，套金蝉[②]，负华年。试问归期，是酴醾后，是牡丹前。　　（《绝妙好词》卷四）

[注释]

①奁玉燕：将玉钗收入奁中。玉钗化燕见《洞冥记》。　②套金蝉：将金蝉头饰收拾起来。　金蝉：女子头饰。

赵 淇

赵淇,生卒不详,字元建,号平远,葵次子。宋末直龙图阁,广南东路转运使,加右文殿修撰,尚书刑部侍郎。入元,署广东宣抚使等。有文集二十卷,不传。

谒金门

吟望直[①],春在阑干咫尺。山插玉壶花倒立[②],雪明天混碧。　　晓露丝丝琼滴,虚揭一帘云湿。犹有残梅黄半壁,香随流水急。

(《绝妙好词》卷五)

[注释]

①吟望直:长久地吟望。　②山插玉壶:形容湖中的山影如花插湖中。

张　磐

张磐,生卒不详,字叔安,号梅崖。宋末为嵊令。有《梅崖集》,不传。

绮罗香

渔浦有感

浦月窥檐,松泉漱枕,屏里吴山何处[①]。暗粉疏红,依旧为谁匀注[②]。都负了、燕约莺期,更闲却、柳烟花雨。纵十分、春到邮亭[③],赋怀应是断肠句。　　青青原上荞麦,还被东风无赖,翻成离绪。望极天西,惟有陇云江树。斜照带、一缕新愁,尽分付、暮潮归去。步闲阶、待卜心期[④],落花空细数。

[注释]

①屏里吴山:画屏上的吴山,表示对故乡的思念。吴山,在杭州。　②匀注:匀敷脂粉。　③邮亭:驿馆。　④心期:心愿。

浣溪纱

习习轻风破海棠,秋千移影上回廊。昼长蝴蝶为谁忙。　　度柳早莺分暖绿[①],过花小燕带春香。满庭芳草又斜阳。

（以上二首见《绝妙好词》卷六）

[注释]

①度柳:掠过柳阴。　暖绿:春晴景色。

张 林

张林,生卒不详,字去非,号樗岩。《绝妙好词笺》卷六引至正金陵新志云:张林,池州守,大军至,迎降。

唐氏按:宋末名张林者甚多,今姑从《绝妙好词笺》,俟考。

唐多令

金勒鞚花骢[1],故山云雾中。翠蘋洲、先有西风。可惜嫩凉时枕簟[2],都付与、旧山翁。　双翠合眉峰,泪华分脸红。向尊前、何太匆匆。才是别离情便苦,都莫问、淡和浓。

[注释]

①鞚:通"控"。驾驭。　花骢:杂色骏马。　②嫩凉:小凉微凉。

柳梢青

灯　花

白玉枝头,忽看蓓蕾,金粟珠垂[1]。半颗安榴[2],一枝秾杏,五色蔷薇。　何须羯鼓声催[3],银釭里、春工四时[4]。却笑灯蛾,学他蝴蝶,照影频飞。

(以上二首见《绝妙好词》卷六)

[注释]

①金粟:黄色桂花,此指灯花。　②安榴:石榴,一名安石榴。　③羯鼓:羯族鼓乐器,其声高亢急促。　④银釭:银灯。

存目词

《绝妙好词笺》卷六引《景定建康志》张林《柳梢青》“燕里花深”一首,据《景定建康志》卷二十二,乃张杜作。

曹良史

曹良史,字之才,号梅南,钱塘(今浙江杭州)人。有《诗词三摘》。卒于元至大元年以前。其他不详。

江城子

夜香烧了夜寒生,掩银屏,理银筝。一曲春风,都是断肠声。杜宇欲啼杨柳外,愁似海,思如云。　　背灯暗卸乳鹅裙[1],酒初醒,梦初醒。兰炷香篝[2],谁为暖罗衾。二十四帘人悄悄[3],花影碎,月痕深。(《绝妙好词》卷六)

[注释]

①乳鹅裙:鹅黄色的罗裙。　②兰炷香篝:燃点兰香的熏衣架。③二十四帘:形容帘栊众多。

赵与仁

赵与仁，生卒不详，字元父，号学舟。燕王德昭九世孙。临安判官。入元为辰州教授。皇庆中，除嵊县主簿。与方回、张炎等交笃。

柳梢青

落　桂

露冷仙梯，[①]霓裳散舞[②]，记曲人归。月度层霄，雨连深夜，谁管花飞。　　金铺满地苔衣，似一片、斜阳未移。生怕清香，又随凉信，吹过东篱。

[注释]

①仙梯：登上仙界的阶梯。　②霓裳舞：相传唐明皇梦至月宫观仙娥歌舞。记曲而归，令杨玉环排演出霓裳羽衣舞。见《乐府诗集》。

琴调相思引

冰箔纱帘小院清[①]，晴尘不动地花平。昨宵风雨，凉到木樨屏。　　香月照妆秋粉薄，水云飞珮藕丝轻。好天良夜，闲理玉靴笙[②]。

[注释]

①冰箔：透明如水晶的门帘。　②玉靴笙：玉笙。

[集评]

陆辅之云："昨宵风雨，凉到木樨屏。"（《词旨》下《警句》）

西江月[1]

夜半河痕依约[2]，雨馀天气冥濛。起行微月遍池东，水影浮花、花影动帘栊。　量减难追醉白[3]，恨长莫尽题红[4]。雁声能到画楼中，也要玉人、知道有秋风。

[注释]

①西江月：按词律调名当作《临江仙》。　②河痕：银汉的影子。③醉白：李白好醉饮，故云。　④题红：题诗红叶，以寄情思。事见《云溪友议》诸书。

[集评]

王闿运云："此不爱而恨，非恨玉人也，所谓'锦屏人忒看的这韶光贱'，乃讥当时君相，然非词之正。"（《湘绮楼评词》）

清平乐

柳丝摇露，不绾兰舟住[1]。人宿溪桥知那处，一夜风声千树。　晓楼望断天涯，过鸿影落寒沙[2]。可惜些儿秋意，等闲过了黄花[3]。

[注释]

①绾：通"挽"。　②过鸿：过雁。　③黄花：菊花。

好事近

春色醉荼蘼，昼永篆烟初绝[1]。临水杨花千树，尽一时飞雪。　穿帘度竹弄轻盈，东风老犹劣[2]。睡起凭阑无绪，听几声啼鴂[3]。　（以上五首见《绝妙好词》卷七）

[注释]

①昼永：日长。 篆烟：炉烟盘旋上升貌。 ②犹劣：很淘气。 ③啼鴂(jué)：杜鹃。

存目词

《历代诗馀》卷四十三有赵与仁《醉春风》“陌上清明近”一首，乃无名氏作，见《乐府雅词拾遗》卷下。

陈逢辰

陈逢辰,生卒不详,字振祖,号存熙。

乌夜啼

月痕未到朱扉①,送郎时。暗里一汪儿泪,没人知。
揾不住②,收不聚,被风吹。吹作一天愁雨、损花枝。

[注释]

①朱扉:朱门,贵人第宅。 ②揾(wèn):擦拭。

西江月

杨柳雪融滞雨,酴醾玉软欺风。飞英簌簌扣雕栊,残蝶归来粉重。　　罨画扇题尘掩①,绣花纱带寒笼。送春先自费啼红②,更结疏云秋梦。

(以上二首见《绝妙好词》卷四)

[注释]

①罨(yǎn)画:杂色画图。 ②啼红:雨中的落花,比喻送春的红泪。

存目词

《历代诗馀》卷二十一载陈逢辰《西江月》"绿绮紫丝步障"一首,乃周密作,见《绝妙好词》卷七。

史介翁

史介翁，生卒不详，字吉父，号梅屋。

菩萨蛮

柳丝轻飏黄金缕，织成一片纱窗雨。鬥合做春愁[①]，困慵熏玉篝[②]。　暮寒罗袖薄，社雨催花落[③]。先自为诗忙，蔷薇一阵香。（《绝妙好词》卷五）

[注释]

①斗合：凑聚。②困慵：困倦。熏玉篝：在香篝里熏香。③社雨：春社时间的雨。春分前后逢戊之日为春社。旧俗要祭社神以祈福。

何光大

何光大,字谦斋,号半湖。其他不详。

谒金门

天似水,池上藕花风起。隔岸垂杨青到地,乱萤飞又止。　　露湿玉阑闲倚,人静自生凉意。泛碧沉朱供晚醉[①],月斜才去睡。　　(《绝妙好词》卷五)

[注释]

①泛碧沉朱:犹沉瓜浮李之意。　碧:绿瓜。　朱:朱李。

应法孙

应法孙，字尧成，号芝室。其他不详。

霓裳中序第一

愁云翠万叠，露柳残蝉空抱叶。帘卷流苏宝结[①]，乍庭户嫩凉，阑干微月。玉纤胜雪[②]，委素纨、尘锁香箧[③]。思前事、莺期燕约，寂寞向谁说。　悲切，漏签声咽[④]。渐寒炧、兰缸未灭[⑤]。良宵长是闲别。恨酒凝红绡，纷涴瑶玦[⑥]。镜盟鸾影缺[⑦]，吹笛西风数阕。无言久，和衣成梦，睡损缕金蝶。

［注释］

①流苏宝结：用彩线挽成的元宝形扣结。　②玉纤：玉指。　③素纨：白色的纨扇。　香箧：散发香味的箱笼。　④漏签：古代夜间报时的竹签。此指漏声。　⑤寒炧（xié）：凄清的蜡烛馀烬。　兰缸：香灯。　⑥涴（wò）：弄脏。　瑶玦：美玉。　⑦镜盟：破镜重圆的盟约。陈徐德言与乐昌公主于城破前相约，他年元日各执半镜，以为相会之信物。事见《本事诗》。　鸾影：孤鸾对影起舞，一恸而绝。见《艺文类聚》。

贺新郎

宿雾楼台湿。晓清初、花明柳润，燕飞莺集。旧约重来歌舞地，留得艳香娇色。又梦草、东风吹碧[①]。午困腾腾春欲醉，对文楸、玉子无心拾[②]。看蝶舞，傍花立。
酒痕未醒愁先入。记年时、翠楼寒浅，宝笙慵吸[③]。想驻马河桥分别，恨轻竹风飘烟笠[④]。早尘暗、华堂帘隙。倚尽黄昏人独自，望江南回雁归云急。凭付与，锦笺墨[5]。

（以上二首见《绝妙好词》卷六）

[注释]

①梦草：谢灵运梦见族弟谢惠连，忽得“池塘生春草”之奇句。 ②文楸：围棋棋盘。 玉子：玉色的棋子。 ③吸：吹笙有呼气吸气，动作不同自成音响。 ④风驲：即风帆。驲，帆的异体。 ⑤锦笺墨：写在华美信笺上的诗句。

王亿之

王亿之，字景阳，号松间。与柴望为友。其他未详。

高阳台

双桨敲冰，低篷护冷，扁舟晓渡西泠[①]。回首吴山，微茫遥带重城。堤边几树垂杨柳，早嫩黄、摇动春情。问孤鸿，何处飞来，共唤飘零。　轻帆初落沙洲暝，渐潮痕雨渍，面色风皴[②]。旅思羁愁，偏能老大行人[③]。姮娥不管征途苦[④]，甚夜深、尽照孤衾。想玉楼，犹凭阑干，为我销凝[⑤]。

（《绝妙好词》卷六）

[注释]

①西泠：地名，在杭州西湖孤山。　②风皴：为风吹裂。　③老大行人：催客子衰老。　④姮娥：月中嫦娥。此处指月。　⑤销凝：销魂凝神。

王茂孙

王茂孙,字景周,号梅山。宋末王英孙之弟。其他不详。

高阳台

春　梦

迟日烘晴[1],轻烟缕昼,琐窗雕户慵开。人独春闲,金猊暖透兰煤[2]。山屏缓倚珊瑚畔,任翠阴、移过瑶阶。悄无声,彩翅翩翩,何处飞来。　片时千里江南路,被东风误引,还近阳台。腻雨娇云,多情恰喜徘徊。无端枝上啼鸠唤[3],便等闲、孤枕惊回。恶情怀,一院杨花,一径苍苔。

[注释]

①迟日:熙和的春日。　②金猊:狻猊形铜质香炉。　兰煤:香料烧后馀下的烟尘。　③阳台:男女欢会之所,也叫"云梦台"。见宋玉《高唐赋序》。

点绛唇

莲　房

折断烟痕[1],翠蓬初离鸳鸯浦。玉纤相妒,翻被专房误[2]。　乍脱青衣,犹著轻罗护。多情处,芳心一缕,都为相思苦。　(以上二首见《绝妙好词》卷六)

[注释]

①烟痕:此指藕丝不断如烟之有痕。　②专房:专宠。特别宠爱。

朱昺孙

朱昺(sù)孙，字令则，号万山。其他不详。

真珠帘

春云做冷春知未？春愁在、碎雨敲花声里。海燕已寻踪，到画溪沙际①。院落秋千杨柳外，待天气、十分晴霁。春市，又青帘巷陌②，红芳歌吹。　须信处处东风，又何妨对此，笼香觅醉。曲尽索馀情，奈夜航催离，梦满冰衾身似寄③。算几度、吴乡烟水④。无寐，试明朝说与，西园桃李⑤。（《绝妙好词》卷六）

[注释]

①画溪：如画的清溪。　②青帘：青色酒旗。　③冰衾：冰冷的被褥。④吴乡：太湖一带。　⑤西园：汉朝上林苑别名。

郑斗焕

郑斗焕,字丙文,号松窗。《洞霄诗集》有郑斗焕诗。其他不详。

新荷叶

乳鸭池塘,晴波漾绿鳞鳞[①]。宿藕根香[②],夏来生意还新。蚨钱小[③]、钿花贴翠[④],相间萍星。一番雨过,一番暗展圆青。　　鱼戏龟游[⑤],看来犹未胜情。因忆年时,垂钓曾约轻盈[⑥]。玉人何处,关情是、半卷芳心。帘风一棹,鸳鸯催起歌声。

（《绝妙好词》卷六）

[注释]

①鳞鳞:通"粼粼",波光闪动貌。　②宿藕:指池塘里的藕根。　宿:旧。　③蚨钱:指新生的荷叶,圆小如铜钱。　蚨:传说在青蚨(虫名)上涂血,可以引出钱来,因此蚨(蚨母)被用来作钱的通称。　④钿花:金花首饰。　⑤龟游:旧传龟千岁乃游莲叶之上。见《史记·龟策列传》。⑥轻盈:指女子。

蜀中妓

蜀中妓，生卒无考。

市桥柳

送　行

欲寄意、浑无所有，折尽市桥官柳[1]。看君著上征衫，又相将，放船楚江口[2]。　后会不知何日又。是男儿、休要镇长相守[3]。苟富贵[4]、无相忘，若相忘，有如此酒。[5]

（《齐东野语》卷十一）

[注释]

①市桥：成都城西有市桥，一名金花桥。见《华阳国志》。　②楚江：长江中游一带古谓楚，故曰楚江。　③镇长：常常。　④"苟富贵"句："苟（如果）富贵，毋相忘"，为陈涉与起义将士相誓之语。见《史记·陈涉世家》。　⑤唐氏按：此首《齐东野语》原不著调名，《词综》卷二十五作《市桥柳》，疑出杜撰。又此首别见王质《雪山集》卷十六，调作《红窗迥》。

[集评]

陈廷焯云："运笔轻隽，用成语有弹丸脱手之妙，宜为草窗所赏。"（《别调集》卷二）

周　容

周容,生卒不详,字子宽,四明人。

小重山

谢了梅花恨不禁,小楼羞独倚,暮云平。夕阳微放柳梢明,东风冷,眉岫翠寒生[①]。　无限远山青,重重遮不断,旧离情。伤春还上去年心,怎禁得,时节又烧灯[②]。

（《浩然斋雅谈》卷下）

[注释]

①眉岫:眉峰。　②烧灯:正月十五灯节,万户燃灯,故名。

[集评]

陈廷焯云:“此词精绝,只写眼前景物而愁恨连绵不解,直令读者神迷所往。”(《闲情集》卷二)

张 涅

张涅，字清源。其他不详。

祝英台近

一番风，连夜雨，收拾做春暮。艳冷香销，莺燕惨无语。晓来绿水桥边，青门陌上[①]，不忍见、落红无数。
怎分付，独倚红药栏边[②]，伤春甚情绪。若取留春，欲去去何处。也知春亦多情，依依欲住。子规道、不如归去。

（《浩然斋雅谈》卷下）

[注释]

①青门：杭州城东有青门。见姜夔《念奴娇》“卧看青门辙”。 ②红药：芍药之别名。

周　密

周密(1232—1298),字公谨,号草窗,祖籍济南,流寓吴兴,居弁山,又号弁阳啸翁,四水潜夫。景定初为义乌令,入元不仕,终老杭州,主持词坛,词林推为领袖(刘毓崧语)。与王沂孙、张炎等吟唱,托物寄情,陶写悲愤。作词远学周邦彦,近效姜白石。与吴文英(梦窗)齐名,人称"二窗"。有《草窗词》。又名《蘋洲渔笛谱》。早期词多写文人风雅生活,清丽谐美。亡国后伤时感怀,凄凉掩抑,顿挫中见激昂。其他著作甚丰,以辑录遗闻轶事为主,有《齐东野语》、《武林旧事》、《云烟过眼录》等。还编了《绝妙好词》,保存了不少宋代词人的作品。周济称其词"敲金戛玉","精妙绝伦,但立意不高,取韵不远"。

木兰花慢

西湖十景尚矣。张成子尝赋《应天长》十阕夸余曰:"是古今词家未能道者[①]。"余时年少气锐,谓此人间景,余与子皆人间人,子能道,余顾不能道耶,冥搜六日而词成[②]。成子惊赏敏妙,许放出一头地。异日霞翁见之曰:"语丽矣,如律未协何。"[③]遂相与订正,阅数月而后定。是知词不难作,而难于改;语不难工,而难于协。翁往矣,赏音寂然。姑述其概,以寄余怀云。

苏堤春晓

恰芳菲梦醒,漾残月、转湘帘[④]。正翠崦收钟[⑤],彤墀放仗[⑥],台榭轻烟。东园,夜游乍散,听金壶、逗晓歇花签[⑦]。宫柳微开露眼,小莺寂妒春眠。　冰奁[⑧],黛浅红鲜[⑨]。临晓鉴、竞晨妍。怕误却佳期,宿妆旋整[⑩],忙上雕軿[⑪]。都缘探芳起早,看堤边、早有已开船。薇帐残香泪蜡[12]，有人病酒恹恹。

[注释]

①张成子：指张矩，字成子，号梅溪。《阳春白雪》又作榘，载其赋西湖十景《应天长》十阕。②冥搜：冥想。③霞翁：指杨缵，号守斋，又号紫霞翁，与周密结词社唱和。搜访及于幽远之处。④芳菲：花草。也指花草的芳香。⑤翠崦：青山。钟：指山寺钟。⑥彤墀：即丹墀，指宫廷中的台阶。放仗：指早朝时的仪卫。仗：仪卫。⑦金壶：即铜壶，古以铜壶滴水计时。此句按语法断句应为："听金壶逗晓，歇花签。"逗晓：报晓。花签：即花笺。⑧冰奁：晶莹之镜匣，古时用以盛香器和放置梳妆用品。⑨黛：青黑色的颜料，古时女子用以画眉。红：指胭脂。⑩宿妆：隔夜的残妆。⑪雕軿：雕饰花纹的軿车。軿：古代妇女所乘四周有障蔽的车。⑫薇帐：形容罗帐之美好。泪蜡：即蜡泪。蜡烛燃烧时滴下的烛汁。

[集评]

陈廷焯云："公瑾《木兰花慢》西湖十景十章，不过无谓游词耳，《蓉塘诗话》独赏之，何也。"（《白雨斋词话》卷一）

木兰花慢

平湖秋月

碧霄澄暮霭[1]，引琼驾[2]、碾秋光。看翠阙风高[3]，珠楼夜午[4]，谁捣玄霜[5]。沧茫，玉田万顷[6]，趁仙查、咫尺接天潢[7]。仿佛凌波步影[8]，露浓佩冷衣凉。　明珰[9]，净洗新妆。随皓彩、过西厢[10]。正雾衣香润，云鬟绀湿[11]，私语相将[12]。鸳鸯，误惊梦晓，掠芙蓉、度影入银塘[13]。十二阑干伫立，凤箫怨彻清商[14]。

[注释]

①碧霄:碧空。 ②琼驾:指月亮。 ③翠阙:华美的楼阁。 ④夜午:夜半。 ⑤谁捣玄霜:传说月宫中有玉兔捣药,此言不知清冷的月光是谁捣出。 玄霜:神话中的仙药。 ⑥玉田:形容月光照耀的湖面景色。 ⑦仙查:查同“槎”,木筏。 天潢:天河。此用“乘槎”之典。周密《癸辛杂识》谓南朝梁宗懔《荆楚岁时记》记张骞使大夏,导河源,乘槎至一处,逢牵牛、织女,得织女支机石。后返问严君平,乃知所至处为天河。 ⑧凌波步影:本曹植《洛神赋》“凌波微步”。形容女子步姿美好。 ⑨明珰:用珠玉串成的耳饰。 ⑩皓彩:洁白的月光。 西厢:西边的厢房。 ⑪云鬟:言女子髮鬟如云。 绀(gàn):天青色。佛教中有“绀髮”之说。此亦指女子髮鬟。 ⑫相将:相偕。 ⑬芙蓉:指荷花。 度影:映照着身影。 银塘:谓月下湖面如镀了一层银。 ⑭清商:古五音之一,商声。

木兰花慢

断桥残雪[①]

觅梅花信息,拥吟袖、暮鞭寒[②]。自放鹤人归[③],月香水影[④],诗冷孤山。等闲,泮寒晛暖[⑤],看融城、御水到人间[⑥]。瓦陇竹根更好[⑦],柳边小驻游鞍。 琅玕[⑧],半倚云湾。孤棹晚、载诗还。是醉魂醒处,画桥第二,奁月初三[⑨]。东阑[⑩],有人步玉,怪冰泥、沁湿锦鹓斑[⑪]。还见晴波涨绿,谢池梦草相关[⑫]。

[注释]

①断桥残雪;西湖十景之一,在白堤上,距孤山不远。 ②暮鞭寒:暮色中寒气袭人,挥鞭驱马而步。 ③放鹤人:指北宋诗人林逋(和靖),结庐孤山,赏梅养鹤,终生不仕不娶。人称“梅妻鹤子”。 ④月香水影:浓缩林逋《山园小梅》咏梅名句“疏影横斜水清浅,暗香浮动月黄昏”。 ⑤泮寒晛暖:寒消冰解,大地回暖。 泮:冰雪融化。 晛:阳气浮动。

⑥“融城”句:满城冰雪融化,御沟之水也可流到民家。 ⑦瓦陇:屋顶瓦脊。瓦陇和竹根,一在上,一在下,都有白雪覆盖。 ⑧琅玕:本指美石似玉,此指翠竹。 ⑨奁月初三:新月如梳妆的镜匣,才掀开罩巾,露出一角。奁,镜匣。初三,日新月如钩。 ⑩东阑:东边的苑囿。 阑:通“栏”,篱垣之属。 ⑪“有人步玉”三句:说有女移步于融雪中。嗔怪雪泥沾湿了鞋上绣的图案。 锦鹓斑:鞋上用丝绣的鸾凤之类。 ⑫谢池:本谢灵运《登池上楼》“池塘生春草,园柳变鸣禽”。由眼前西湖“晴波涨绿”,联想到谢诗“池塘生春草”,故云“梦草相关”。

[集评]

俞陛云云:“此咏残雪,则言寻梅及踏雪之人,景中有人,便增姿态,词家之思路也。”(《唐五代两宋词选释》)

木兰花慢

雷峰落照

塔轮分断雨,倒霞影、漾新晴。看满鉴春红[①],轻桡占岸[②],叠鼓收声。帘旌,半钩待燕,料香浓、径远趱蜂程[③]。芳陌人扶醉玉,路旁懒拾遗簪。 郊坰[④],未厌游情。云暮合、谩消凝[⑤]。想罢歌停舞,烟花露柳,都付栖莺。重闉[⑥]。已催凤钥,正钿车、绣勒入争门[⑦]。银烛擎花夜暖[⑧],禁街淡月黄昏[⑨]。

[注释]

①鉴:镜。此指湖面如镜。 ②桡:船桨,此指船。 ③趱:赶行,快走。 程:路程。 ④郊坰(jiǒng):郊野。 ⑤谩消凝:空自出神凝想之意。 ⑥闉(yīn):城曲重门。指关闭城门。 ⑦“已催凤钥”二句:谓城门将闭,游人香车争相回城。 钥(yue):门锁。 钿车:香车。 绣勒:勒马络头。此指装饰华美的马。 ⑧擎:举。 擎花:谓烛泪如花。 ⑨禁街:入夜后禁止行人在街上行走。

[集评]

俞陛云云:“此词起笔即咏塔,以后言游人之多,风景之美,想见塔之壮丽,层层皆可登临。词中咏雷峰塔之处少,咏夕阳光景者多,其地近接清波门,游湖者自北而南,经塔畔入城,故有‘钿车争门’之句也。”(《唐五代两宋词选释》)

木兰花慢

麯院风荷①

软尘飞不到,过微雨、锦机张。正荫绿池幽,交枝径窄,临水追凉。宫妆,盖罗障暑②,泛青蘋、乱舞五云裳③。迷眼红绡绛彩④,翠深偷见鸳鸯。　湖光,两岸潇湘⑤。风荐爽、扇摇香⑥。算恼人偏是,萦丝露藕,连理秋房⑦。涉江,采芳旧恨⑧,怕红衣、夜冷落横塘⑨。折得荷花忘却,棹歌唱入斜阳⑩。

[注释]

①麯院:官酒酿制之所,其地多荷花。　②盖罗:即罗圆形,擎头顶的遮盖之物。　③五云裳:五云,五种颜色的云彩,此极言衣裳之华丽。④红绡绛彩:此形容浅红、深红的荷花。　⑤潇湘:指湖南,湖南又称芙蓉国。　芙蓉:即荷花。　⑥荐爽:送爽。　⑦连理秋房:并蒂莲。　⑧采芳旧恨:《古诗十九首》有云“涉江采芙蓉,兰泽多芳草。……同心而离居,忧伤以终老”。　⑨红衣:红色花瓣。　横塘:池塘,此指西湖。　⑩棹歌:船歌。

[集评]

俞陛云云:“麯院在湖之西,前后濒湖,地极幽静,故起笔云‘尘飞不到’……歇拍处,折花归去,所谓‘忘却荷花记得愁’也。”(《唐五代两宋词选释》)

木兰花慢

花港观鱼

六桥春浪暖[①]，涨桃雨、鳜初肥。正短棹轻蓑，牵筒荇带[②]，萦网莼丝[③]。依稀，岸红溯远，漾仙舟、误入武陵溪[④]。何处金刀脍玉[⑤]，画船傍柳频催。　芳堤，渐满斜晖。舟叶乱、浪花飞。听暮榔声合[⑥]，鸥沉暗渚[⑦]，鹭起烟矶[⑧]。忘机[⑨]，夜深浪静，任烟寒、自载月明归。三十六鳞过却[⑩]，素笺不寄相思[⑪]。

[注释]

①六桥：西湖有映波、锁澜、望山、压堤、东浦、跨虹六桥，宋苏轼建。②荇：荇菜。　③莼丝：即莼菜。与荇皆为水生植物，产于湖泊。　④误入武陵溪：晋陶渊明有《桃花源记》，叙武陵渔人沿桃林溯溪上行，得遇世外桃源之人。　⑤金刀脍玉：指用刀剖鱼来烹。　⑥榔：渔人驱鱼的用具。⑦渚：水边小洲。　⑧矶：水边石滩或突起的大石。　⑨忘机：没有机心。用鸥鸟忘机典。《列子·黄帝》载海上有好与鸥鸟游者，其父令其捕之，第二日则鸥鸟皆舞而不下。　⑩三十六鳞：鲤鱼的别名。　⑪素笺：指书信。古乐府《饮马长城窟行》有“呼儿烹鲤鱼，中有尺素书”之句，后遂以“鱼书”借代指书信，音讯。

[集评]

张德瀛云：“前人词多喜用三十六字……周公谨《木兰花慢》‘三十六鳞过却’，用算博士语皆有致。”（《词徵》卷三）

木兰花慢

南屏晚钟

疏钟敲暝色[①]，正远树、绿愔愔[②]。看渡水僧归，投林鸟聚，烟冷秋屏。孤云，渐沉雁影，尚残箫、倦鼓别游人。

宫柳栖鸦未稳，露梢已挂疏星。　重城，禁鼓催更[3]。罗袖怯、暮寒轻。想绮疏空掩[4]，鸾绡翳锦[5]，鱼钥收银[6]。兰灯[7]，伴人夜语，怕香消、漏永著温存[8]。犹忆回廊待月，画阑倚遍桐阴[9]。

[注释]

①疏钟敲暝色：疏朗的钟声在暮色中敲响。　②愔愔：和悦，安闲貌。　③禁鼓催更：报更的鼓声相催。　④绮疏：雕饰花纹的窗户。　⑤翳锦：锦障。　⑥鱼钥：制成鱼形的钥匙。　⑦兰灯：用兰膏点灯。　⑧漏永：夜深。　漏：宫漏，古代计时器具。　⑨画栏：雕饰花纹的栏干。

木兰花慢

柳浪闻莺

晴空摇翠浪[1]，昼禽静、霁烟收[2]。听暗柳啼莺，新簧弄巧[3]，如度秦讴[4]。谁绌[5]，翠丝万缕，飏金梭、宛转织芳愁[6]。风袅馀音甚处，絮花三月宫沟。　扁舟，缆系轻柔。沙路远、倦追游。望断桥斜日，蛮腰竞舞[7]，苏小墙头[8]。偏忧，杜鹃唤去，镇绵蛮[9]、竟日挽春留。啼觉琼疏午梦[10]，翠丸惊度西楼[11]。

[注释]

①翠浪：即柳浪，柳枝繁密摆动如浪。　②霁烟：雨后的烟雾。　③新簧：指莺声如簧。　④秦讴：谓美妙歌声。《列子·汤问》载秦青善讴。　⑤绌：引出，引领。　⑥金梭：指黄莺穿梭于柳浪中。　⑦蛮腰：谓女子细腰善舞。孟棨《本事诗》载白居易有家伎小蛮善舞，尝有诗云“樱桃樊素口，杨柳小蛮腰”。　⑧苏小：杭州歌伎苏小小。有二：一为南齐钱塘歌伎，一为南宋钱塘歌伎。　⑨镇：镇日，整日。　绵蛮：同“绵蔓”，谓柳枝绵长，欲留春住。　⑩琼疏：雕饰华丽之窗。　⑪翠丸：翠柳掩映中

的太阳。

木兰花慢

三潭印月

游船人散后，正蟾影、印寒湫[1]。看冷沁鲛眠[2]，清宜兔浴[3]，皓彩轻浮[4]。扁舟，泛天镜里，溯流光、澄碧浸明眸[5]。栖鹭空惊碧草，素鳞远避金钩。　　临流，万象涵秋[6]。怀渺渺、水悠悠。念汉皋遗佩[7]，湘波步袜[8]，空想仙游。风收，翠奁乍启[9]，度飞星、倒影入芳洲。瑶瑟谁弹古怨，渚宫夜舞潜虬[10]。

［注释］

①蟾影：月影。传说月宫有蟾蜍。　寒湫：寒潭。　②鲛：传说大海中有鲛人。　③兔：传说月宫中有玉兔捣药。　④皓彩：皎洁的月光。此三句皆形容清冷、洁白的月光照在湖水上。　⑤溯流光：谓船在月光浮动的水面逆流而上。　流光：月光随着水波闪动。　⑥万象：自然界的一切事物，景象。　涵秋：笼罩在秋色中。　⑦汉皋遗佩：《文选·郭璞〈江赋〉注引《韩诗内传》云郑交甫游汉皋台下，遇二女，索其佩，女遂解佩与之。行之十步而佩失，回顾二女亦不见。后用以表现男女相爱，赠物传情。　⑧湘波步袜：曹植《洛神赋》写洛神之姿，有“凌波微步，罗袜生尘”句。　⑨翠奁乍启：奁，镜。此句谓碧绿的湖水如一面镜子刚刚打开。⑩渚宫：指深湖中。　潜虬：潜藏的蛟龙。

［集评］

俞陛云云：“此词从月浸波心着想，使得‘印月’之神理……下阕因临流玩月而涉想仙佩凌波，寄情迢递，而‘飞星倒影’及‘夜舞潜虬’，仍从波心‘印月’推想及之。弁阳翁赋此解时，颇费匠心矣。”（《唐五代两宋词选释》）

木兰花慢

两峰插云

碧尖相对处[①],向烟外、挹遥岑[②]。记舞鹫啼猿,天香桂子[③],曾去幽寻。轻阴,易晴易雨,看南峰、淡日北峰云[④]。双塔秋擎露冷,乱钟晓送霜清。　登临,望眼增明。沙路白、海门青。正地幽天迥[⑤],水鸣山籁[⑥],风奏松琴[⑦]。虚楹[⑧],半空聚远,倚阑干、暮色与云平。明月千岩夜午[⑨],溯风跨鹤吹笙。[⑩]

[注释]

①碧尖相对:指南高峰和北高峰青碧相对。　②挹遥岑:挹,通"揖",作揖,谓双峰与远山似相揖礼。　③天香桂子:本宋之问《灵隐寺》诗"桂子月中落,天香云外飘"。白居易《东城桂》诗中自注云,"旧说杭州天竺寺,每岁秋中有桂子坠。"　④看南峰、淡日北峰云:此句按语法断句应为"看南峰淡日、北峰云"。　⑤地幽天迥:地远天高。　⑥山籁:山穴中发出的声音。　⑦风奏松琴:谓风吹松林,声如琴响。　⑧虚楹:屋空无人。⑨夜午:夜半,夜深。　⑩溯风:逆着风。逆,同"溯"。跨鹤吹笙:汉刘向《列仙传》谓王子乔好吹笙,后得道,于七月七日乘白鹤驻于缑氏山巅,举手谢时人,数日乃去。此指飘飘欲仙。　⑩唐氏按:已下共缺四十二行。按原本每半叶九行,行十七字。

[集评]

俞陛云云:"咏西湖十景之首句,皆振裘挈领,无一轻率之笔。此词'碧尖相对'四字足为双峰写照……草窗十解,靡不工丽熨帖,如小李画之金碧楼台,故备录之。"(《唐五代两宋词选释》)

失调名

(前缺)商,西风只在垂杨外。按此词缺文,以行格句调求之,当是《踏莎行》歇拍。

浪淘沙

新雨洗晴空，碧浅眉峰[①]。翠楼西畔画桥东。柳线嫩黄才半染，眼眼东风[②]。　　绣户掩芙蓉[③]，帐减香筒。远烟轻霭弄春容。雁雁又归莺未到，谁寄愁红。

[注释]

①碧浅眉峰：谓新雨过后，远山如眉，色呈浅碧。　②眼眼：满眼。③芙蓉：指芙蓉帐。

浣溪沙

几点红香入玉壶[①]，几枝红影上金铺[②]。昼长人困鬥樗蒱[③]。　　花径日迟蜂课蜜[④]，杏梁风软燕调雏[⑤]。荼蘼开了有春无。

[注释]

①玉壶：计时之器，即宫漏。　②金铺：门上兽面形铜制环钮，用以衔环。　③樗蒱（chū pú）：又作"樗蒲"，古时一种博戏。　④课蜜：指蜜蜂采蜜。　⑤调雏：喂养雏鸟。

浣溪沙

波影摇花碎锦铺[①]，竹风清泛玉扶疏[②]。画屏纹枕小纱橱[③]。　　合色麝囊分翠绣[④]，夹罗萤扇缕金书[⑤]。十分凉意淡妆梳。

[注释]

①"波影"句:谓花影倒映于水面,如碎锦平铺。　②"竹风"句:谓风吹竹动,竹叶轻摆,参差错落。　③纱厨:指碧纱厨,即纱帐。　④合色麝囊:藕荷色的装有麝香的香囊。　⑤夹罗萤扇:用双层纱罗制的扇子。杜牧《秋夕》诗云"轻罗小扇扑流萤"。"萤扇"本此。

浣溪沙

浅色初裁试暖衣,画帘斜日看花飞。柳摇蛾绿妒春眉[①]。　象局懒拈双陆子[②],宝弦愁按十三徽[③]。试凭新燕问归期。

[注释]

①"柳摇"句:云蛾眉修长,令绿柳为之妒嫉。　②象:指象戏,古博戏之一种,即后所称"双陆",与今之象棋不同。　③十三徽:琴弦上指示音节的十三个标志,此指琴。

[集评]

陈廷焯云:"双陆、十三,借对甚巧。结句婉至。"(《别调集》卷二)

东风第一枝

早春赋

草梦初回[①],柳眠未起[②],新阴才试花讯[③]。雏莺迎晓偎香,小蝶舞晴弄影。飞梭庭院,早已觉、日迟人静[④]。画帘轻,不隔春寒,旋减酒红香晕。　吟欲就、远烟催暝。人欲醉、晚风吹醒。瘦肌羞怯金宽[⑤],笑靥暖融粉沁[⑥]。珠歌缓引,更巧试、杏妆梅鬓[⑦]。怕等闲、虚度芳期,老却翠娇红嫩。

[注释]

①“梦草”句：用谢灵运忽梦其弟惠连，即得“池塘生春草”句。②柳眠：典出《三辅故事》，“汉苑中有柳状如人形，号曰人柳，一日三眠三起。”此指柳树尚未发芽。③花讯：花之讯息。④日迟：出自《诗经》“春日迟迟”，此谓春日昼长。⑤“瘦肌”句：谓肌肤瘦损，金钏宽松。⑥“笑靥”句：谓笑脸沁出粉汗。⑦杏妆梅鬓：指女子装扮的美丽。

楚宫春

为洛花度无射宫①

香迎晓白，看烟佩霞绡，弄妆金谷②。倦倚画阑，无语情深娇足。云拥瑶房翠暖，绣帐卷、东风倾国③。半捻愁红，念旧游、凝伫兰翘④，瑞莺低舞庭绿。犹想沉香亭北⑤，人醉里，芳笔曾题新曲。自剪露痕，移取春归华屋。丝障银屏静掩⑥，悄未许、莺窥蝶宿。绛蜡良宵⑦，酒半阑、重绕鸳机，醉靥争妍红玉。

[注释]

①洛花：洛阳花的简称，特指牡丹。度：制曲。无射（yì）宫：十二律之一，音属商声。②弄妆金谷：石崇所宠歌伎绿珠居金谷园。③倾国：谓牡丹艳色倾国。④凝伫：凝望伫立。兰翘：女子首饰。⑤沉香亭北：唐玄宗命移植牡丹于沉香亭前。与杨贵妃共赏，命李白作《清平调》，有“解得春风无限恨，沉香亭北倚栏干”之句。⑥丝障：丝制的步障，用以遮蔽之物。⑦绛蜡：红烛。

大圣乐

东园饯春即席分题

娇绿迷云①，倦红颦晓②，嫩晴芳树。渐午阴、帘影移香，燕语梦回，千点碧桃吹雨。冷落锦宫人归后，记前度兰桡停翠浦[3]。凭阑久，谩凝想凤翘[4]，慵听金缕。　留春问谁最苦，奈花自无言莺自语。对画楼残照，东风吹远，天涯何许。怕折露条愁轻别，更烟暝长亭啼杜宇。垂杨晚，但罗袖、暗沾飞絮。（单煞）

［注释］

①娇绿：嫩绿的树叶。　②倦红，凋零欲谢之花。　③兰桡：兰木船桨，此指装饰华美之船。　④谩：空自。　凤翘：旧时女子凤形首饰，此即指所思念女子。

［集评］

周济云："草窗最近梦窗，但梦窗思沈力厚，草窗则貌合耳。若其镂新鬥冶，固自绝伦。"（《宋四家词选眉批》）

邓廷桢云："弁阳翁工于造句，如'娇绿迷云'、'倦红颦晓'、'腻叶阴清'、'孤花香冷'、'散髮吟商'、'簪花弄水'、'贮月杯宽'、'护香屏暖'之类，不可枚举。至如《大圣乐》之'对画楼残照'东风吹远，天涯何许，《征招》'登临嗟老矣，问今古清愁多少'，《醉落魄》之'愁是新愁，月是旧时月'，《高阳台》之'投老残年，江南谁念方回。渐绿西湖柳，雁已还，人未南归'。又一阕云'雪霁空城，燕归何处人家。梦魂欲渡苍茫去，怕梦轻还被愁遮'，皆体素储洁，含豪邈然。"（《双砚斋词话》）

梁启超云："麦丈云：此刺群小竞进，慨天下之将亡也。忧时念乱，往复低回。"（《饮冰室评词》）

三犯渡江云

丁卯岁未除三日，乘兴棹雪访李商隐、周隐于馀不之滨[1]。主人喜余至，拥裘曳杖，相从于山巅水涯、松云竹雪之间。酒酣，促膝笑语，尽出笈中画、囊中诗以娱客。醉归船窗，纨然夜鼓半矣。[2]归途再雪，万山玉立相映发，冰镜晃耀，照人毛发，洒洒清入肝鬲[3]，凛然不自支，疑行清虚府中[4]，奇绝境也。朅来故山[5]，恍然隔岁，慨然怀思，何异神游梦适。因窃自念人间世不乏清景，往往汩汩尘事[6]，不暇领会，抑亦造物者故为是靳靳乎[7]。不然，戴溪之雪[8]，赤壁之月[9]，非有至高难行之举，何千载之下，寥寥无继之者耶。因赋此解，以寄余怀

冰溪空岁晚，苍茫雁影，浅水落寒沙。那回乘夜兴，云雪孤舟，曾访故人家。千林未绿，芳信暖[10]、玉照霜华。共凭高，联诗唤酒，暝色夺昏鸦[11]。　堪嗟。澌鸣玉佩，山护云衣，又扁舟东下。想故园、天寒倚竹[12]，袖薄笼纱。诗筒已是经年别[13]，早暖律、春动香葭[14]。愁寄远，溪边自折梅花。

[注释]

①棹：桨。李商隐、周隐：李彭老，字商隐；李莱老，字周隐，二兄弟皆周密词友。按：丁卯即咸淳三年(1267)。　②犹(dǎn)然：形容击鼓声。③肝鬲：犹言肺腑，又作“肝膈”。　④清虚府：指月宫。　⑤朅(jié)来：犹去来。　⑥汩汩(gǔ)：动荡不安貌。　⑦抑亦：还是。　造物者：创造万物的人，上帝。　靳靳(jìn)：吝惜。　⑧戴溪之雪：指王徽之雪夜乘船造访居住在剡溪的戴安道，至其门不访而返，人问其故，王曰：“吾本乘兴而行，兴尽则返，何必见戴？”后多用此指文人雅兴。　⑨赤壁之月：宋苏轼曾夜游湖北黄冈赤壁，作《前赤壁赋》、《后赤壁赋》，吟咏月下赤壁之景。　⑩芳信：春天的讯息。　⑪“暝色”句谓黄昏夜色掩没了归巢的乌鸦。　⑫天寒倚竹，袖薄笼纱：语出杜甫《佳人》诗“天寒翠袖薄，日暮倚修竹”。　⑬诗筒：以竹筒盛诗，便于传递，称诗筒。　经年：一整年。⑭春动香葭：古人烧苇膜成灰，置于十二律管中，放密室内，以占气候，某一节候至，某律管中的葭即飞出，示该节候已到。此句即谓葭飞显示春天已到。

[集评]

陆辅之谓其词眼：“联诗唤酒。”（《词旨》）

露　华

次张仲云韵[1]

暖消蕙雪,渐水纹漾锦[2],云淡波溶。岸香弄蕊,新枝轻袅条风[3]。次第燕归将近[4],爱柳眉、桃靥烟浓[5]。鸳径小,芳屏聚蝶,翠渚飘鸿。　六桥旧情如梦[6],记扇底宫眉,花下游骢[7]。选歌试舞,连宵恋醉珍丛。怕里早莺啼醒,问杏钿、谁点愁红。心事悄,春娇又入翠峰[8]。

[注释]

①张仲云:南宋词人,《浩然斋雅谈》载,仲云,张枢,字斗南。《全宋词》收词九首。周密友人。　②水纹漾锦:谓水纹如织绵图案。　③轻袅:轻轻摆动。　条风:春天的东北风。　④次第:转眼间。　⑤柳眉:柳如眉。　桃靥:桃花如人笑靥。　⑥六桥:杭州西湖有六桥。　⑦游骢:游人骑的青骢马。　⑧春娇:春色。

[集评]

陆辅之谓其词眼:"选歌试舞。"(《词旨》)

张德瀛云:"词之平侧通叶者,西江月,……凡十一调,它词如……周公谨《露华》,亦有通叶,然皆韵为之,非若数词有定格也。"(《词徵》)

桃源忆故人

流苏静掩罗屏小[1],春梦苦无分晓。一缕旧情谁表,暗逐馀香袅。　相思谩寄流红杳[2],人瘦花枝多少。郎马未归春老,空怨王孙草[3]。

[注释]

①流苏:下垂的丝绦。　②流红:用"红叶题诗"之典。本事颇多。唐

范摅《云溪友议》卷十载卢渥偶临御沟，得一红叶题诗云："流水何太急，深宫尽日闲。殷勤谢红叶，好去到人间。"后卢渥获宫中省退宫人，即当年题诗红叶者。此用以写闺怨。 ③王孙草：用王维《山中送别》"春草明年绿，王孙归不归"诗意。

糖多令

丝雨织莺梭[①]，浮钱点细荷[②]。燕风轻、庭宇正清和。苔面唾茸堆绣径[③]，春去也、奈春何。　宫柳老青蛾[④]，题红隔翠波。扇鸾孤、尘暗合欢罗。门外绿阴深似海，应未比、旧愁多。

[注释]

①织莺梭：莺飞织梭，此比喻雨景。 ②"浮钱"句：谓雨点打在荷叶上。 ③唾茸：嚼烂的绒线。此指凋萎的落红。 ④青蛾：本指女子用青黛画的眉，此句谓宫女美好的容颜衰老。

[集评]

张德瀛云："周公谨《唐多令》'燕风轻，庭宇正清和'，下阕云'扇鸾孤，尘暗合欢罗'句法与梦窗同。"（《词徵》卷三）

西江月

波影暖浮玉甃[①]，柳阴深锁金铺[②]。湘桃花褪燕调雏，又是一番春暮。　碧柱情深凤怨[③]，云屏梦浅莺呼。绣窗人倦冷熏垆[④]，帘影摇花亭午[⑤]。

[注释]

①甃（zhōu）：井壁。 ②金铺：门上兽面形铜制环钮，用以衔环。 ③碧柱：用碧玉做的琴柱，此指琴。 凤怨：笙声。 ④熏炉：旧时用来熏

香或取暖的炉子。　⑤亭午:正午。

菩萨蛮

霜风渐入龙香被[①],夜寒微涩宫壶水[②]。滴滴是愁声,声声滴到明。　梦魂随雁去,飞到颦眉处[③]。雁已过西楼,又还和梦愁。

[注释]

①龙香被:以龙涎香熏过的被子。龙涎香,一种珍贵的香料。　②宫壶:即宫漏。旧时以铜壶滴漏,中置标有刻度之箭以显示时间。　③颦眉:皱眉,攒眉。

绣鸾凤花犯

赋水仙

楚江湄[①],湘娥乍见[②],无言洒清泪。淡然春意。空独倚东风,芳思谁寄[③]。凌波路冷秋无际[④]。香云随步起[⑤]。谩记得,汉宫仙掌,亭亭明月底[⑥]。　冰弦写怨更多情[⑦],骚人恨,枉赋芳兰幽芷[⑧]。春思远,谁叹赏、国香风味[⑨]。相将共、岁寒伴侣[⑩]。小窗净、沉烟熏翠袂[⑪]。幽梦觉,涓涓清露,一枝灯影里[⑫]。

[注释]

①湄:水边。　楚江:从下句得知为洞庭湘水一带。　②湘娥:湘水女神,或说舜之二妃娥皇,女英。　③芳思谁寄:湘娥高洁而孤寂,无人理解,情思无所寄托。此以人喻水仙花。　④凌波:在波上行走。　⑤香云:仙子在地上走,卷起香尘;在水上行,则伴生香云。以凌波仙子喻水仙花。　⑥"汉宫仙掌"二句:颜师古注《史记·封禅书》"承露仙人掌"谓汉

建章宫承露盘高二十丈，大七围，以铜为之，上有仙人掌承露。此由凌波的仙子联想到捧起承露盘的仙人。又以铜质仙人在月下的亭亭玉影比拟水仙。 ⑦冰弦：仙人鼓瑟，怨多而弦寒。 ⑧“枉赋”句：仙人如此多情，却未得到关注。屈原《离骚》写芳草美人，赋“芳兰”、“幽芷”，枉费才思，不如赋水仙。 ⑨国香：通常以兰为国香，黄庭坚称水仙为国香，这里沿用。黄氏《次韵中玉水仙花》诗云：“可惜国香天不管，随缘流落小民家。” ⑩岁寒伴侣：松竹梅为岁寒三友。此谓水仙亦足为岁寒伴侣。 ⑪沉烟：点燃沉水香散出的轻烟。 翠袂：指水仙叶片，呈绿色。有如美人的翠袖。 ⑫“幽梦觉”三句：写夜里梦见水仙在灯影下的感觉。

［集评］

周济云：“草窗长于赋物，然惟此及琼花二阕，一意盘旋，毫无渣滓。他作纵极工切，不免就题寻典，就典趁韵，就韵成句，堕落苦海矣。特拈出之，以为南京诸公针砭。”（《宋四家词选》眉批）

许昂霄云：“谁记，谩记犯重，下记字疑误。‘芳兰幽芷’衬法。”（按“谁记”，《全宋词》作“芳思谁寄”，与“谩记得·汉宫仙掌”句不犯”。）（《词综偶评》）

丁绍仪云：“草窗《花犯》云‘谩记得汉宫仙掌，亭亭明月底。知谁赏国香风味。’漫记下脱‘得’字，谁赏上脱‘知’字。《大圣乐》云：‘冷落锦衾人归昼’脱‘人’字。《声声慢》云：‘多情最怜飘泊。’落情‘最’字。《玉漏迟》云：‘锦鲸骑去，紫箫声杳，载酒倦游何处。’落骑字，何字，《秋霁》云：‘依之似曾相识。岁华易失，转眼西风，又成陈迹。’曾作‘旧’，岁作‘年’，陈迹上落‘成’字。《一枝春》云：‘空自感，杨柳风流。’感，作‘伤’。”（《听秋声馆词话》卷十三）

探春慢

修门度岁，和友人韵

彩胜宜春①，翠盘消夜，客里暗惊时候。剪燕心情②，呼卢笑语③，景物总成怀旧。愁鬓妒垂杨，怪稚眼④、渐浓如豆。尽教宽尽春衫，毕竟为谁消瘦。 梅浪半空如绣。便管领芳菲,忍孤诗酒。映烛占花,临窗卜镜[5],还念嫩寒宫袖。箫鼓动春城,竞点缀、玉梅金柳。厮句元宵[6],灯前共谁携手。

[注释]

①彩胜:古时立春日以彩色绢、纸剪成小幡和其他饰物叫彩胜,以之迎春接岁。 宜春:古时新春日贴"宜春"二字。见南朝梁宗懔《荆楚岁时记》。 ②剪燕:古时立春日人们剪彩燕戴之,又称剪彩。 ③呼卢:古时一种博戏,又称樗蒲。削木为子,共五个,一子两面,一面黑,一面白,五子俱黑,称"卢",得头彩。玩时大声呼卢以求得胜。 ④稚眼:指柳芽。 ⑤占花:以花为占。 卜镜:以镜为卜。 ⑥厮句:犹云相近,接近。赵令畤《清平乐》云:"搓得鹅儿黄欲就,天气清明厮句。"

瑶花慢

后土之花[1],天下无二本。方其初开,帅臣以金瓶飞骑进之天上[2],间亦分致贵邸[3]。余客辇下[4],有以一枝(已下共缺十八行)

朱钿宝玦[5],天上飞琼,比人间春别。江南江北,曾未见,谩拟梨云梅雪[6]。淮山春晚[7],问谁识、芳心高洁。消几番、花落花开,老了玉关豪杰[8]。 金壶剪送琼枝[9],看一骑红尘,香度瑶阙[10]。韶华正好,应自喜、初识长安蜂蝶。杜郎老矣,想旧事、花须能说。记少年,一梦扬州,二十四桥明月。

(按此首原缺,朱祖谋据江昱注所载补,原出《草窗词》)

[注释]

①后土之花:花指琼花,色微黄而有香。扬州后土祠的琼花,天下只一本,欧阳修曾为之建无双亭。 ②帅臣:指扬州之军政长官。 天上:指皇宫。每年琼花盛开,州郡长官以飞骑传送到皇宫。 ③贵邸:达官贵

人府邸。 ④辇下：京都。 ⑤朱钿宝玦：朱红的钿饰，莹洁的玉玦，暗切琼花美丽高贵的品质。 ⑥“谩拟”句：一般人难以见到琼花，猜想它像云般的梨花，雪般的梅花。 ⑦淮山：指盱眙（今属江苏）的都梁山，在南宋北部边界的淮水旁。 ⑧“老了”句：指南宋主力北向进军，收复河山，师老兵瘦，壮志难酬，琼花亦为之浩叹。 ⑨金壶：即《小序》中所谓“金瓶”。 ⑩瑶阙：皇宫。“一骑红尘”，出自杜牧《过华清宫》诗。讽杨贵妃为食荔枝不惜民力，终遭国破身亡之祸。此处以金瓶飞骑送琼枝与“一骑红尘”运荔枝直接比照。

[集评]

陈廷焯云：“感慨苍茫，不落咏物小家数。亦中仙流亚也。切合大雅，文生于情。”（《大雅集》卷三）

周济云：“草窗长于咏物……一气盘旋，毫无渣滓。”（《宋四家词选》）

玉京秋[①]

长安独客，又见西风，素月丹枫，凄然其为秋也，因调夹钟羽一解

烟水阔。高林弄残照，晚蜩凄切[②]。碧砧度韵[③]，银床飘叶[④]。衣湿桐阴露冷，采凉花、时赋秋雪。叹轻别。一襟幽事，砌蛩能说[⑤]。　　客思吟商还怯[⑥]。怨歌长、琼壶暗缺[⑦]。翠扇恩疏[⑧]，红衣香褪[⑨]，翻成消歇。玉骨西风，恨最恨、闲却新凉时节[⑩]。楚箫咽。谁倚西楼淡月[⑪]。

[注释]

①唐氏按：调名三字原本缺，朱祖谋补。 ②蜩：蝉。 ③碧砧：长了碧苔的捣衣砧。 度韵：传送声调。 ④银床：指石井栏。 ⑤砌蛩：墙缝石隙里的蟋蟀。 ⑥吟商：歌吟发出商音，商，伤也。 ⑦琼壶暗缺：歌吟时敲打琼壶，不知不觉打缺了。 ⑧翠扇恩疏：秋凉，绿扇弃置。 ⑨红衣香褪：荷花凋零。 ⑩闲：指孤独无依。 ⑪唐氏按：“倚”原作“寄”，从《知不足丛书》本。《蘋州渔笛谱》又谓“碧砧度韵”前应有“画角吹寒”一句。

[集评]

杜文澜云:“《玉京秋》周密词‘晚蜩凄切’句下,脱‘画角吹寒’四字。”(《憩园词话》卷一)

谭献云:“南渡词境高处,往往出于清真。”(《复堂词话》)

丁绍仪云:“《词综》所录各词,中有未经订正,《词律》复同其误者。……周草窗《玉京秋》云:‘画角吹寒,碧砧度韵。翠扇阴疏,红衣香褪。’脱‘画角吹寒’四字并‘阴’字。《绿盖舞风轻》云:‘凌波步秋绮。’绮作漪,《词律》误谓平仄通叶。”(《听秋声馆词话》)

鹧鸪天

清 明

燕子时时度翠帘[①],柳寒犹未褪香绵[②]。落花门巷家家雨,新火楼台处处烟[③]。 情默默,恨恹恹[④]。东风吹动画秋千。拆桐开尽莺声老,无奈春何只醉眠[⑤]。

[注释]

①度:飞过。 ②“柳寒”句:谓乍暖还寒,柳絮犹在飞绵。 ③新火:古代四季各用不同的木材钻木取火,易季时所取的火叫新火。唐宋时清明日仍有赐百官新火仪式。 ④恹恹:精神不振貌。 ⑤拆:通“坼”,裂开。拆桐,谓桐花开放。

夜行船

蛩老无声深夜静[①],新霜粲、一帘灯影[②]。妒梦鸿高,烘愁月浅,萦乱恨丝难整。 笙字娇娥谁为靓[③]。香襟冷、怕看妆印。绣阁藏春,海棠偷暖[④],还似去年风景。

[注释]

①蛩(qióng):蟋蟀的别名。 ②粲:鲜明貌。 ③笙字:即银字笙。

沈雄《古今词话》："银字，制笙以银作字，饰其音节。"谁为靓，即"为谁靓"。④海棠偷暖：形容女子睡态，此用玄宗说贵妃"岂是妃子醉，真海棠睡未足耳"之意。

采绿吟

甲子夏，霞翁会吟社诸友逃暑于西湖之环碧[①]。琴尊笔研[②]，短葛练巾[③]，放舟于荷深柳密间。舞影歌尘，远谢耳目[④]。酒酣，采莲叶，探题赋词。余得塞垣春，翁为翻谱数字，短箫按之，音极谐婉，因易今名云

采绿鸳鸯浦，画舸水北云西[⑤]。槐薰入扇，柳阴浮桨，花露侵诗。点尘飞不到，冰壶里、绀霞浅厌玻璃[⑥]。想明珰、凌波远[⑦]，依依心事寄谁。　移棹舣空明[⑧]，蘋风度、琼丝霜管清脆[⑨]。咫尺挹幽香[⑩]，怅岸隔红衣[⑪]。对沧洲、心与鸥闲[⑫]，吟情渺、莲叶共分题。停杯久，凉月渐生，烟合翠微。

[注释]

①霞翁：即杨缵，字继翁，号守斋，又号紫霞翁，妙知音律，与周密等结社唱和。　逃暑：避暑。　②琴尊：琴和酒樽。　笔研：笔墨纸砚。此皆指文人雅集。　③短葛练巾：以葛布（即夏布）制成的短衣。　练（shū）巾：粗布做的头巾。此指避暑之人衣着简朴，随意。　④远谢耳目：谓远远地避开尘俗的喧哗。　⑤画舸：装饰华美之舟。　⑥冰壶：盛冰的玉壶，喻水色洁白明净。　绀霞：深青透红的霞光。此句谓水面平滑如玻璃，被霞光映照出彩色。　⑦明珰：用珠玉串成的耳饰。　凌波：本曹植《洛神赋》"凌波微步，罗袜生尘"。形容女性走路时步态轻盈，此亦指水波起伏。　⑧棹舣：指泊船。　空明：湖水通明透澈。　⑨蘋风：风起则蘋叶动。　蘋：浅水植物。　度：随风吹送。　琼丝霜管清脆：指丝竹管弦乐器所奏音乐清泠脆亮。　⑩咫尺：指距离短。　⑪红衣：此指奏乐歌伎。⑫沧洲：指隐逸之地。

解语花

羽调解语花，音韵婉丽，有谱而亡其辞。连日春晴，风景韶媚，芳思撩人，醉捻花枝，倚声成句①

晴丝罥蝶②，暖蜜酣蜂，重檐卷春寂寂。雨萼烟梢，压阑干、花雨染衣红湿。金鞍误约，空极目、天涯草色。阆苑玉箫人去后③，惟有莺知得。　馀寒犹掩翠户，梁燕乍归，芳信未端的④。浅薄东风，莫因循、轻把杏钿狼藉⑤。尘侵锦瑟，残日绿窗春梦窄。睡起折花无意绪，斜倚秋千立。

[注释]

①韶媚：美好迷人。　捻：拈。　②晴丝罥蝶：谓晴日中蛛丝牵缠住蝴蝶。　③阆苑：原指仙人所居，此用以袪居处美好。　④端的：真的，确实。　⑤"浅薄东风"三句：形容东风吹残落花满地。

[集评]

许昂霄云："起用晴丝，忽接雨萼，微碍。两雨字亦犯重。雨萼疑当作露萼，或作雾萼。否则下雨字有误。(《词综偶评》)

先著、程洪云："前段'得'字韵七字句，美成作上三下四，草窗作上四下三。后段'的'字韵九字句，美成作上五下四，草窗作上四下五。结句'立'字韵，美成破作三句，则三、四五，草窗作两句，则七字，五字。此类不可胜举。虚心折衷自见，无用俗说、之纷纷也。"(《词洁辑评》卷四)

谭献云："层折断续，熔炼沥液。"(《复堂词话》)

曲游春

禁烟湖上薄游①，施中山赋词甚佳②，余因次其韵，盖平时游舫，至午后则尽入里湖③，抵暮始出。断桥小驻而归，非习于游者不知也。故中山极击节余"闲却半湖春色"之句，谓能道

人之所未云

禁苑东风外④，飏暖丝晴絮⑤，春思如织。燕约莺期，恼芳情偏在，翠深红隙。漠漠香尘隔⑥。沸十里、乱弦丛笛。看画船，尽入西泠，闲却半湖春色⑦。　柳陌，新烟凝碧。映帘底宫眉，堤上游勒⑧。轻暝笼寒，怕梨云梦冷⑨，杏香愁幂⑩。歌管酬寒食。奈蝶怨、良宵岑寂。正满湖、碎月摇花，怎生去得。

[注释]

①禁烟：寒食日不得举火。寒食，清明前一日。　②施中山：施岳，字仲山，又作中山，南宋词人，约与陈允平、吴文英同时。本词为和施岳《曲游春·清明湖上》韵作。　③里湖：白堤和苏堤把西湖分隔为前湖、后湖和里湖。白堤北面的湖面称里湖。　④禁苑：皇家苑囿，时以临安为京都。　⑤飏：飘风。　丝、絮：与“思”、“绪”谐音双关。　⑥香尘隔：指香雾笼罩在湖上。　⑦“尽入西泠”二句：画船尽入里湖，前湖“无一舸”，故有“闲却半湖春色”之句。　⑧宫眉、游勒：分别指寒食出游湖堤上的女子（宫眉）和男子游勒（骑马）。　⑨梨云梦冷：梨花之美如梦般消逝。苏轼《西江月》：“夜情已逐晓云去，不与梨花同梦。”刘学箕《贺新郎》：“回首春空梨花梦”，皆化用唐王昌龄“梦中唤作梨花云”语。　⑩杏香愁幂：为杏香将逝之愁笼罩。

[集评]

马臻诗云：“画船过午入西泠，人拥孤山陌上尘。应被弁阳摹写尽，晚来闲却半湖春。”（《霞外集·春日游西湖》）

《山风词说》云：“‘歌管酬寒食’，为一日游事之总绾。与‘沸十里，乱弦丛笛’照应。天色渐晚，‘轻暝笼寒。继而‘良宵岑寂’，由热烈至冷清，怎不引起‘蝶怨’人‘愁’。”

查礼云：“周弁阳《蘋洲渔笛谱·曲游春》一调，游西湖云：‘漠漠香尘隔，沸十里、乱弦丛笛。看画船，尽入西泠，闲却半湖春色。’其词句雅妙，固不必言。按《武林旧事》云：‘都城自过收灯，贵游巨室，争先出郊，谓之探春。水面画楫，栉比如鳞，无行舟之路。游之次第，先南而后北，至午则

尽入西泠桥里湖,其外几无一舸矣。'弁阳老人有词云:'看画船尽入西泠,闲却半湖春色。'盖纪实也。"(《铜鼓书堂词话》)

许昂霄云:"轻暝笼烟以下,即《武林旧事》所谓花影暗而月华生,始渐散去也。前阕两丝字,后阕两烟字,犯重,似失检点。"(《词综偶评》)

李佳云:"周密词:'看画船尽入西泠,闲却半湖春色'、'一砚梨花雨'皆佳。"(《左庵词话》)

大圣乐

次施中山蒲节韵[1]

虹雨霁风,翠萦蘋渚,锦翻葵径。正小亭、曲沼幽深,簟枕梦回[2],苔色槐阴清润。暗忆兰汤初洗玉,衬碧雾、笼绡垂蕙领。轻妆了,袅凉花绛缕,香满鸾镜。　　人闲午迟漏永[3]。看双燕将雏穿藻井[4]。喜玉壶无暑,凉涵荷气,波摇帘影。画舸西湖浑如旧,又菰冷蒲香惊梦醒。归舟晚,听谁家、紫箫声近。

[注释]

①蒲节:端午节。　②簟枕:竹席和枕头。　③午迟漏永:谓时日漫长难捱。　④将:携,领。　藻井:绘有文彩状如井形的天花板,有荷菱等图案形。

桂枝香

云洞赋桂

岩霏逗绿,又凉入小山,千树幽馥[1]。仙影悬霜粲夜[2],楚宫六六[3]。明霞洞窅珊瑚冷[4],对清商、吟思堪掬[5]。麝痕微沁[6],蜂黄浅约[7],数枝秋足。　　别有雕阑翠屋[8]。任满帽珠尘,拚醉香玉。瘦倚西风,谁见露侵肌粟[⑨]。好秋能几花前笑，绕凉云、重唤银烛。宝屏空晓，珍丛怨月[⑩]，梦回金谷[⑪]。

［注释］

①小山：汉淮南小山《招隐士》"桂树丛生兮山之幽"。 幽馥：幽香。②仙影：指汉武帝所筑金铜仙人承露盘。 悬霜：谓铜人夜深独立于霜露之中。此借指桂影婆娑似霜，使暗夜为之美好。 ③楚宫六六：本《韩非子·二柄》"楚灵王好细腰，而国中多饿人"。此以细腰宫女喻桂姿之美好窈窕。 ④窅（yáo）：深远。 ⑤清商：五音之一，商声，此指秋风。掬：捧起。 ⑥"麝痕"句：谓桂香幽浮。 ⑦"蜂黄"句：谓桂色浅黄。⑧雕阑翠屋：形容装饰华美之屋。 ⑨露侵肌粟：谓露冷天寒，使肌肤为之起粟，比喻桂花。 ⑩珍丛：谓桂枝之美好。 ⑪金谷：《晋书·石崇传》载晋石崇有金谷园，美妓绿珠居之，后权贵孙秀强索不得，乃矫诏捕崇，绿珠跳楼自尽以殉。

杏花天

赋莫愁[①]

瑞云盘翠侵妆额[②]，眉柳嫩、不禁愁积[③]。返魂谁染东风笔，写出郢中春色[④]。 人去后，垂杨自碧。歌舞梦，欲寻无迹。愁随两桨江南北，日暮石城风急[⑤]。

［注释］

①莫愁：《旧唐书·音乐志》云，"石城有女子名莫愁，善歌谣。……故歌云：'莫愁在何处？莫愁石城西。艇子打两桨，催送莫愁来。'"本词后两句即化用此意。 ②"瑞云盘翠"句：女子鬓髮浓密乌黑，垂于额前。③眉柳：眉如柳，即指柳眉。 ④郢中春色：用宋玉《对楚王问》阳春白雪，郢中绝唱事。 ⑤石城：在今湖北钟祥县，县西有莫愁村。

杏花天

赋昭君

汉宫乍出慵梳掠[①]，关月冷、玉沙飞幕[②]。龙香拨重春葱弱[③]，一曲哀弦谩托[④]。　君恩厚、空怜命薄。青冢远、几番花落[⑤]。丹青自是难描摸[⑥]，不是当时画错。

[注释]

①慵梳掠：懒得梳洗打扮。　②关月：边关之月。　幕：帐幕，匈奴族起居处。　③龙香拨：以龙香作的琵琶拨子。　春葱：喻女子手柔嫩白皙。　④哀弦：琵琶声哀怨。　谩托：空托。　⑤青冢：相传昭君墓草色长青，故名曰青冢。　⑥"丹青"两句：据《西京杂记》载，汉元帝使画工画后宫美人，按图召幸。诸宫人皆赂画工，独昭君不肯。后乃以昭君为匈奴王妻。临行召见，元帝方悔，乃穷究画工，皆弃市。　摸：通"模"。宋王安石《明妃曲》有"意态由来画不成，当时枉杀毛延寿"之句。

[集评]

许昂霄云："'丹青自是难描模'二句，亦翻案法。然'意态由来画不成，当时枉杀毛延寿'荆公已先道之矣。"（《词综偶评》）

南楼令

次陈君衡韵[①]

桂影满空庭，秋更廿五声[②]。一声声、都是消凝[③]。新雁旧蛩相应和[④]，禁不过、冷清清。　酒与梦俱醒，病因愁做成。展红绡、犹有馀馨。暗想芙蓉城下路，花可可、雾冥冥。

[注释]

①陈君衡：指陈允平，字君衡，一字仲衡，四明人，号西麓。词集名《日湖渔唱》。周密友人。 ②廿五声：古夜间计时单位。一更约两小时。一夜分五更，廿五声约天明时分。 ③消凝：由感怀想念而伤神之意。④蛬（qióng）：同"蛩"，蟋蟀。

南楼令

又次君衡韵

敧枕听西风[1]，蛬阶月正中[2]。弄秋声、金井孤桐[3]。闲省十年吴下路，船几度、系江枫[4]。 辇路又迎逢[5]，秋如归兴浓。叹淹留、还见新冬。湖外霜林秋似锦，一片片、认题红。

[注释]

①敧（qī）：倾斜。 ②阶：台阶，阶梯。 ③秋声：秋时西风作，草木零落，多肃杀之声，曰秋声。 ④吴下：指吴地，今江浙一带。 省：反思。⑤辇路：天子车驾常经之路。此当指南宋京城。

秋　霁

乙丑秋晚[1]，同盟载酒为水月游[2]。商令初肃，霜风戒寒。抚人事之飘零[3]，感岁华之摇落，不能不以之兴怀也[4]。酒阑日暮[5]，怃然成章[6]

重到西泠[7]，记芳园载酒[8]，画船横笛。水曲芙蓉[9]，渚边鸥鹭[10]，依依似曾相识。年芳易失，段桥几换垂杨色[11]。谩自惜[12]，愁损庾郎[13]，霜点鬓华白。 残蛬露草，怨蝶寒花[14]，转眼西风，又成陈迹。叹如今、才消量减，尊前孤负醉吟笔[15]。欲寄远情秋水隔。旧游空在，凭高望极斜阳，乱山浮紫，暮云凝碧。

［注释］

①乙丑：宋度宗赵禥咸淳元年(1265)。　②同盟：指词社诸友。③抚：体恤，抚慰。　④兴怀：感动，感怀。　⑤酒阑：行酒结束时。⑥怃然：茫然自失的样子，　⑦西泠：桥名。在杭州西湖孤山下。　⑧载：盛，放置。　⑨水曲：水畔。　⑩渚：水中小块陆地。　⑪段桥：段家桥，即西湖之名胜断桥。　⑫谩：通“漫”，空。　⑬“愁损庾郎”句：庾信有《愁赋》。　⑭寒花：冬天开的花。　⑮尊前：在酒樽之前，指宴饮时。孤负：对不住，惭愧。

齐天乐

紫霞翁开宴梅边，谓客曰：梅之初绽，则轻红未消；已放，则一白呈露。古今夸赏，不出香白，顾未及此，欠事也。施中山赋之，余和之

宫檐融暖晨妆懒①，轻霞未匀酥脸②。倚竹娇颦，临流瘦影，依约尊前重见。盈盈笑靥。映珠络玲珑③，翠绡葱茜④。梦入罗浮⑤，满衣清露暗香染。　东风千树易老，怕红颜旋减，芳意偷变。赠远天寒，吟香夜永，多少江南新怨。琼疏静掩。任剪雪裁云，竞夸轻艳。画角黄昏，梦随春共远。

［注释］

①“宫檐”句：用寿阳公主之典。《太平御览》卷九百七十引《宋书》云，南朝宋武帝女寿阳公主人日于含章檐下，梅花落其额成五出之花，拂之不去，因谓梅花妆。后常用以写梅工俏丽。　②酥脸：红嫩的脸色。③珠络：珠串。　玲珑：空明貌。　④葱倩：青翠貌。　⑤“罗浮”二句：罗浮山，广东境内，此用罗浮梦事。柳宗元《龙城录》载，隋开皇中，赵师雄遣罗浮，一日天寒日暮，在醉醒间遇一女子，淡妆素服，醒后乃在大梅花树下。

忆旧游

落梅赋

念芳钿委路[①]，粉浪翻空[②]，谁补春痕。伫立伤心事，记宫檐点鬓，候馆沾襟。东君护香情薄[③]，不管径云深。叹金谷楼危，避风台浅，消瘦飞琼。　　梨云已成梦，谩蝶恨凄凉，人怨黄昏。捻残枝重嗅，似徐娘虽老[④]，犹有风情。不禁许多芳思，青子渐成阴[⑤]。怕酒醒歌阑，空庭夜月羌管清。

[注释]

①委路：委弃于路上。　②粉浪：指梅花瓣飘飞。　③东君：神名，即司春之神。唐成彦雄《柳枝词》云："东君爱惜与先春，草泽无人处也新。"④徐娘：本《南史·后妃传》下"徐娘虽老，犹尚多情"。后称年老而尚有风情的妇女，此处比喻落梅残枝。　⑤"青子"句：化用杜牧《叹花》"狂风落尽深红色，绿叶成阴子满枝"诗意。

一枝春

寄闲饮客春窗，促坐款密，酒酣意洽，命清吭歌新制[①]。余因为之沾醉，且调新弄以谢之

碧淡春姿[②]，柳眼醒[③]、似怯朝来酥雨。芳程乍数[④]，唤起探花情绪。东风尚浅，甚先有、翠娇红妩[⑤]。应自把、罗绮围春，占得画屏春聚[⑥]。　　留连绣丛深处[⑦]。爱歌云袅袅，低随香缕[⑧]。琼窗夜暖[⑨]，试与细评新谱。妆梅媚晚，料无那、弄颦佯妒[⑩]。还怕里、帘外笼莺[⑪]，笑人醉语。

[注释]

①寄闲：张枢，字斗南，号寄闲，以善词名于世，周密词友。　促坐款

密:迫近而坐,亲切貌。　酒酣意洽:酒兴正深,情投意合。　②碧淡:淡草绿色。　③柳眠:典出清张澍辑《三辅旧事》,云:"汉苑中有柳状如人形,号曰人柳,一日三眠三起"。　④乍数:初数。　⑤娇、妩:娇嫩,美好⑥画屏:有画饰的屏风。　⑦绣丛:华丽,精美之处。　⑧香缕:丝丝香气。　⑨琼窗:雕饰华美之窗。　⑩无那:无奈。　弄颦佯妒:撒娇作态之意。　⑪还怕里:却恐被。　里:语助,无义。　笼莺:笼中鸟。

一枝春

越一日[①],寄闲次余前韵,且未能忘情于落花飞絮间,因寓去燕杨姓事以寄意,此少游"小楼连苑"之词也[②]。余遂戏用张氏故实次韵代答[③],亦东坡锦里先生之诗乎[④]

帘影移阴,杏香寒、乍湿西园丝雨。芳期暗数,又是去年心绪。金花谩翦[⑤],倩谁画、旧时眉妩[⑥]。空自想、杨柳风流,泪滴软绡红聚[⑦]。　罗窗那回歌处。叹庭花倦舞,香消衣缕。楼空燕冷,碎锦懒寻尘谱[⑧]。么弦谩赋[⑨],记曾是、倚娇成妒[⑩]。深院悄,闲掩梨花,倩莺寄语。

[注释]

①越一日:过了一日。　去燕杨姓事:去燕,指去妾。杨姓事,指去妾为杨姓。　②少游"小楼连苑"之词:指秦观《水龙吟》词,云:"小楼连苑横空,下窥绣毂雕鞍骤。"此指男女间情事。　③张氏故实:白居易《燕子楼诗序》云徐州故尚书张建封有爱妓曰盼盼,尚书殁后,盼盼独居张氏旧第燕子楼十馀年。苏东坡《永遇乐》词曰:"燕子楼空,佳人何在?空锁楼中燕。"即咏此事。　④东坡锦里先生之诗:苏东坡有《张子野年八十五尚闻买妾述古令作诗》,云:"锦里先生自笑狂,莫欺九尺鬓眉苍。诗人老去莺莺在,公子归来燕燕忙。……"　⑤金花谩剪:谓女子无聊地剪着灯花。⑥倩谁画、旧时眉妩:倩,请,此句用"张敞画眉"之典。　⑦"泪滴"句:谓泪水混合着脂粉滴落在柔软的丝绢上。　⑧懒寻尘谱:谓久未弹琴。⑨么弦:琴弦之细者。　⑩倚娇成妒:谓当年曾受娇宠,后乃遭人妒恨而

受冷落。暗用汉武帝陈皇后金屋藏娇事。陈皇后失宠,曾以千金求司马相如作《长门赋》以求幸。

点绛唇

雪霁寒轻[①],兴来载酒移吟艇。玉田千顷[②],桥外诗情迥。　重到孤山,往事和愁醒。东风紧。水边疏影,谁念梅花冷。

[注释]

①雪霁:雪止。　②玉田:指湖面平静如玉。

恋绣衾

赋　蝶

粉黄衣薄沾麝尘[①],作南华、春梦乍醒[②]。活计一生花里[③],恨晓房、香露正深[④]。　芳蹊有恨时时见[⑤],趁游丝、高下弄晴[⑥]。生怕被春归了,赶飞红、穿度柳阴[⑦]。

[注释]

①麝尘:香尘、香粉。　②南华:即庄子。唐贾岛《病起诗》:"灯下南华卷,祛愁当酒杯。"　春梦:蝶梦。《庄子·齐物论》言予梦为蝴蝶,忘却自己是人,醒后发觉仍是庄子,故不知是庄子梦中变为蝴蝶,还是蝴蝶梦中变为庄子。此用以写蝶。　③活计:生计,为生活而忙碌。　④晓房:指晨花。　香露正深:谓蜜藏得很深。　⑤蹊:小径。　⑥游丝:指虫类所吐之丝,飞扬于空中。　高下:上下。　⑦飞红:飘飞的花瓣。

江城子

赋玉盘盂芍药寄意[①]

玉肌多病怯残春，瘦棱棱。睡腾腾[②]。清楚衣裳，不受一尘侵。香冷翠屏春意靓，明月淡，晓风轻。 楼中燕子梦中云，似多情，似无情。酒醒歌阑[③]，谁为唤真真[④]。尽日琐窗人不到[⑤]，莺意懒，蝶愁深。

[注释]

①玉盘盂：芍药的一种，色白如玉。宋苏轼《玉盘盂》诗云："两寺妆成宝缨络，一枝争看玉盘盂。" ②瘦棱棱：形容清减。 睡腾腾：谓芍药似睡未醒。 ③歌阑：歌舞散去。 ④真真：唐进士赵颜于画工处得一画，绘妇人甚丽。画工自谓神画，并谓此女名真真，呼其名百日必应，应后以百家灰酒灌之，女则活。与赵生一子，后赵疑女为妖，真乃携子上画而没，而画上多添一儿。见杜荀鹤《松窗杂记》。 ⑤琐窗：镂刻有连琐图案的窗棂。

绿盖舞风轻

白莲赋

玉立照新妆，翠盖亭亭[①]，凌波步秋绮[②]。真色生香，明珰摇淡月，舞袖斜倚。耿耿芳心，奈千缕、情丝萦系。恨开迟、不嫁东风，颦怨娇蕊。 花底谩卜幽期[③]，素手采珠房，粉艳初退。雨湿铅腮[④]，碧云深、暗聚软绡清泪。访藕寻莲，楚江远、相思谁寄。棹歌回，衣露满身花气。

[注释]

①亭亭：玉立高洁的状态。 ②凌波：喻女子走路时步履轻盈，此形容白莲姿态。 ③谩卜：暗卜。 幽期：相会之期。 ④铅腮：此谓涂了

铅粉的面颊，指莲的素白。

玲珑四犯

戏调梦窗[①]

波暖尘香，正嫩日轻阴[②]，摇荡清昼。几日新晴，初展绮枰纹绣[③]。年少忍负韶华[④]，尽占断、艳歌芳酒。看翠帘、蝶舞蜂喧，催趁禁烟时候[⑤]。　杏腮红透梅钿皱，燕将归、海棠厮句[⑥]。寻芳较晚，东风约、还在刘郎后[⑦]。凭问柳陌旧莺，人比似、垂杨谁瘦。倚画阑无语，春恨远、频回首。

[注释]

①梦窗：即吴文英。字君特，号梦窗，四明（今浙江宁波）人。与周密齐名，并称“二窗”。　②嫩日：谓阳光不烈。　③绮枰：饰有花纹的精美棋盘。　④忍负：不忍辜负。　⑤禁烟：即寒食节。旧日寒食节禁火。⑥厮句：相接近。　⑦刘郎：东汉永平年间，刘晨、阮肇在天台桃源洞遇仙。至太康年间，两人重到天台。见刘义庆《幽明录》。后指去而复来的人为“前度刘郎”。刘禹锡《再游玄都观》：“种桃道士归何处？前度刘郎今又来。”

[集评]

王弈清云：“《蘋洲渔笛谱》中《玲珑四犯》词，乃戏调梦窗作也。后阕云：‘凭问柳陌情人，比似垂杨谁瘦。’（此处所引与《全宋词》略有出入）其《拜星月慢》乃春暮寄梦窗作也。后阕云：‘荡归心，已过江南岸。清宵梦，远逐飞花乱。’又有《玉漏迟》题梦窗霜花腴词集全阕，更觉缠绵深至，可泣可歌。”（《历代词话》引《宋名家词评》）

谒金门

花不定，燕尾剪开红影[①]。几点露香蜂赶趁[②]，日迟帘幕静。　试把翠蛾轻晕[③],愁满宝台鸾镜[④]。屈指一春将次尽[⑤],归期犹未稳。

[注释]

①燕尾剪开:燕子尾巴如剪,故曰剪开。　红影:花影。　②赶趁:追逐。　③翠蛾:美人之眉。眉修长如蛾,以黛点色,故称。　轻晕:轻轻点染。　④鸾镜:饰有鸾鸟图案的妆镜。唐白居易《太行路》:"何况如今鸾镜中,妾颜未改君心改。"　⑤将次:逐渐快要。

[集评]

张德瀛云:"趁,广韵,逐也。……　周公谨词'几点落英蜂翅趁'。"(《词徵》卷三)

眼儿媚

飞丝半湿惹归云[①],愁里又闻莺。淡月秋千,落花庭院,几度黄昏。　十年一梦扬州路,空有少年心[②]。不分不晓[③],恹恹默默[④],一段伤春。

[注释]

①飞丝:指雨丝。　②十年一梦扬州路:出自杜牧《遣怀》"十年一觉扬州梦,赢得青楼薄幸名"。　③不分不晓:分,通"昏",不昏不晓,谓不分昏晓,整日。　④恹恹:精神不振貌。　默默:不言,失意貌。

拜星月慢

癸亥春[①],沿檄荆溪[②],朱墨日宾送,忽忽不知芳事落鹃声草色间。郡僚间载酒相慰荐,长歌清酹[③],正尔供愁,客梦栩栩,已飞度四桥烟水外矣[④]。醉馀短弄,归日将大书之垂虹[⑤]

腻叶阴清[⑥],孤花香冷,迤逦芳洲春换。薄酒孤吟,怅相如游倦。想人在、絮幕香帘凝望，误认几许，烟樯风幔。芳草天涯，负华堂双燕。　　记箫声、淡月梨花院。研笺红、谩写东风怨[7]。一夜落月啼鹃，唤四桥吟缆[8]。荡归心、已过江南岸[9]。清宵梦、远逐飞花乱。几千万缕垂杨，剪春愁不断。[10]

[注释]

①癸亥：宋理宗景定四年（1263）　②沿檄荆溪：到宜兴去传达文告，执行公务。　檄：军书公文，多作征召、晓谕、申讨之用。周密此行主要任务是督公田。　荆溪：今江苏宜兴。　③酹：举酒杯尽饮。此处“清酹”意同“清觞”。　④四桥：在苏州。　⑤垂虹：江苏吴江县东，有垂虹桥。⑥腻叶阴清：叶片肥大，树阴清凉。　⑦研笺：用石碾打磨过的优质纸笺。有的上面还印有五彩图纹。　⑧吟缆：代指词人乘坐的船只。　⑨已过江南岸：此写梦境。　⑩此词又题《春暮寄梦窗》，误，参见夏承焘《唐宋词人年谱·周草窗年谱》。

[集评]

《宋名家词评》云：“其《拜星月》乃春暮寄梦窗作也。后阕云：‘荡归心，已过江南岸。清宵梦，远逐飞花乱。’”（《历代词话》卷八引）

先著、程洪云：“此道必有源流，不讳因袭，徒欲倔强自雄，应是尉佗未见陆生耳。”（《词洁辑评》卷五）

《山风词说》云：“‘人幕香帘凝望，误认几许’，‘误几回天际识归舟’同导源于老杜‘闺中只独看’。怀人而从对面思念自己着笔，情挚意浓。”

好事近

秋水浸芙蓉，清晓绮窗临镜。柳弱不胜愁重，染兰膏微沁[1]。　　下阶笑折紫玫瑰，蜂蝶扑云鬓。回首见郎羞走[2]，罥绣裙微褪。　（以上《彊村丛书》本《蘋洲渔笛谱》卷一）

[注释]

①兰膏:泛指髮膏、香脂等。 沁:渗透。 ②“回首”句:本李清照《点绛唇》“和羞走,倚门回首,却把青梅嗅”。 褪:脱衣。

长亭怨慢

岁丙午、丁未,先君子监州太末[①]。时刺史杨泳斋员外、别驾牟存斋、西安令翁浩堂、郡博士洪恕斋,一时名流星聚,见为奇事[②]。倅居据龟阜[③],下瞰万室,外环四山,先子作堂曰啸咏。撮登览要,蜿蜒入后圃。梅清竹臞[④],亏蔽风月,后俯官河,相望一水,则小蓬莱在焉。老柳高荷,吹凉竟日。诸公载酒论文,清弹豪吹,笔研琴尊之乐[⑤],盖无虚日也。余时甚少,执杖屦,供洒扫,诸老绪论殷殷,金石声犹在耳[⑥]。后十年过之,则径草池萍,怃然葵麦之感[⑦],一时交从,水逝云飞,无人识令威矣[⑧]。徘徊水竹间,怅然久之,因谱白石自制调[⑨],以寄前度刘郎之怀云

记千竹、万荷深处。绿净池台,翠凉亭宇。醉墨题香[⑩],闲箫横玉尽吟趣[⑪]。胜流星聚[⑫]。知几诵、燕台句[⑬]。零落碧云空,叹转眼、岁华如许。 凝伫。望涓涓一水,梦到隔花窗户。十年旧事,尽消得、庾郎愁赋[⑭]。燕楼鹤表半飘零,算惟有、盟鸥堪语。谩倚遍河桥,一片凉云吹雨。

[注释]

①丙午、丁未:宋理宗淳祐六年(1246)和七年(1247)。 先君子:指父亲,即后文“先子”。周密之父周晋,字明叔,号啸斋,济南人,寓吴兴。工词。 监州:官名,通判的别称。 太末:指衢州。 ②刺史:唐时州长官之称。宋时无此称,此谓旧称。 杨泳斋:指杨伯岩,号泳斋,周密外舅,《绝妙好词》存其词一首。 员外:对人尊称。 别驾:官名,州刺史的佐史。 牟存斋:指牟子才,号存斋。事见《南宋名臣言行录》卷十二。

西安：衢州之别称。　博士：官名，教授官。翁浩堂，洪恕斋：生平不详。清陈其寿引《癸辛杂识》云恕斋名洪勋。江昱引《淳安县志》以为或为洪梦为也。　③倅居：通判之居所。宋时通判称倅。　龟阜：像龟壳一样的山丘。　④臞：清瘦。臞同“癯”。　⑤笔研琴尊：笔、砚、琴、酒之类。⑥殷殷：盛貌。　金石声：喻铿锵有力之声。《晋书·孙绰传》：“尝作《天台山赋》辞致甚工。初成，以示友人云：‘卿试掷地，当作金石声也。’后因以喻文章、言辞音节之美。　⑦怃然：茫然自失状。　葵麦之感：旅葵，麦秀之感。《乐府诗集》卷二十五《紫骝马歌辞》载汉代古诗：“十五从军征……中庭生旅谷，井上生旅葵……”《史记·宋微子世家》载《麦秀之歌》曰：“麦秀渐渐兮，禾黍油油。彼狡童兮，不与我好兮。”此皆指旧物变迁的感伤。　⑧令威：指丁令威。《搜神后记》言其学道于灵虚山。后化鹤归辽，集城门华表柱。有少年弯弓欲射，鹤乃徘徊空中言曰：“有鸟有鸟丁令威，去家千年今始归。城郭如故人民非，何不学仙冢垒垒。”词中以丁令威为喻。　⑨白石：指姜夔。　⑩醉墨：醉中作书画。　⑪横玉：谓笛。⑫胜流：名流。　⑬：燕台：即黄金台。在今河北易县东南。战国时燕昭王曾筑台置金以招揽贤士，故称贤士台，又称招贤台。　⑭庾郎愁赋：庾信曾作《愁赋》。

[集评]

陆辅之《词旨》赏其“醉墨题香，闲箫弄玉”之属对。

邓廷桢云：“‘燕楼鹤表半飘零，算惟有盟鸥堪语’，则盛自矜宠，俯瞰时流，等诸自郐以下矣。”（《双砚斋词话》）

齐天乐

余自入冬多病，吟事尽废。小窗淡月，忽对横枝，恍然空谷之见似人也[①]。泚笔赋情，不复作少年丹白想[②]。或者以九方皋求我[③]，则庶几焉

东风又入江南岸，年年汉宫春早。宝屑无痕，生香有韵，消得何郎花恼[④]。孤山梦绕[⑤]。记路隔金沙，那回曾到。夜月相思，翠尊谁共饮清醥[⑥]。　天寒空念赠远，水边凭为问，

春得多少。竹外凝情,墙阴照影,谁见嫣然一笑。吟香未了。怕玉管西楼[7],一声霜晓。花自多情,看花人自老。

[注释]

①似人:言久居空谷,见人则喜,非必亲知者。参见《庄子》。 ②丹白:红色与白色,不求缤纷之五彩。 ③九方皋:相马以神,不求而不辨见颜色之骊黄。 ④消得:值得。 何郎:指何逊,字仲言,南朝梁诗人。有《咏早梅》诗。杜甫《和裴迪登蜀州东亭送客逢早梅相忆见寄》诗:"东阁官梅动诗兴,还如何逊在扬州。" ⑤孤山:在杭州西湖。因盛植梅花,又称"梅屿"。 ⑥翠尊:翠玉做的酒尊。 清醥:清酒。 ⑦玉管:玉笛。

月边娇

元夕怀旧

酥雨烘晴[1],早柳盼颦娇,兰芽愁醒。九街月淡,千门夜暖,十里宝光花影。尘凝步袜[2],送艳笑、争夸轻俊[3]。笙箫迎晓,翠幕卷、天香宫粉[4]。 少年紫曲疏狂[5],絮花踪迹[6],夜蛾心性[7]。戏丛围锦,灯帘转玉,拚却舞勾歌引[8]。前欢谩省[9]。又辇路、东风吹鬓[10]。醺醺倚醉,任夜深春冷。

[注释]

①酥雨:形容雨的轻柔。 烘:渲染,衬托。 ②尘凝步袜:形容女子步态的轻盈。曹植《洛神赋》云:"凌波微步,罗袜生尘。" ③轻俊:年轻俊秀。 ④天香宫粉:本指宫中所用香粉,此泛指女子所用的粉。 ⑤紫曲:即紫陌,帝都郊野的道路。 ⑥絮花踪迹:谓行踪如柳絮杨花无定。⑦夜蛾心性:谓少年心性如夜晚的灯蛾一样喜好热闹。 ⑧拚(pàn)却:舍去。 舞勾歌引:被歌舞勾引。 ⑨前欢谩省:聊且回忆以前的欢乐。⑩辇路:天子车驾常经之路。

[集评]

陆辅之《词旨》谓其词眼："舞勾歌引。"

宴清都

登霅川图有赋[①]

老去闲情懒。东风外、菲菲花絮零乱[②]。轻鸥涨绿，啼鹃暗碧，一春过半。寻芳已是来迟，怕迤逦、华年暗换。应怅恨、白雪歌空[③]，秋霜鬓冷谁管。　凭阑自笑清狂，事随花谢，愁与春远。持杯顾曲[④]，登楼赋笔[⑤]，杜郎才减[⑥]。前欢已隔残照，但耿耿，临高望眼[⑦]。溯流红、一棹归时，半蟾弄晚。

[注释]

①霅(zhà)川图：《癸辛杂志》载，赵氏秀谷园，旧为秀邸，今属赵忠惠家。一堂据山椒曰霅川图画，尽见一城之景，亦奇观也。　②菲菲：花飞不定貌。　③白雪歌空：白雪，指《阳春》《白雪》之曲。宋玉《对楚王问》言有歌《阳春》，《白雪》者，则国中之人和者寡，此言自己曲高和寡，无人见赏。　④顾曲：指周瑜精音律。人弹琴有误必顾之。见《三国志·吴书·周瑜传》。　⑤登楼：指王粲避难荆州，依刘表，未得志，登江陵城楼，作《登楼赋》。　⑥杜郎：指杜牧，此用以自称。　⑦耿耿：烦闷不安貌。

梅花引

次韵篔房赋落梅[①]

瑶妃鸾影逗仙云[②]。玉成痕，麝成尘。露冷鲛房[③]，清泪霰珠零[④]。步绕罗浮归路远[⑤]，楚江晚，赋宫斜[⑥]，招断魂[⑦]。　酒醒，梦醒。惹新恨，褪素妆，愁涴粉[⑧]。翠禽夜冷。舞香恼，何逊多情[9]。委佩残钿，空想坠楼人[10]。欲挽湘裙无处觅，倩谁为，寄江南，万里春[11]。

[注释]

①篔房：指李彭老，字商隐，号篔房。周密词友。　②瑶妃：神女名。即宋玉《高唐赋序》中的巫山之女。　鸾：凤凰之类的神鸟。　③“露冷”句：晋张华《博物志》载，“南海水有鲛人，水居如鱼，不废织绩，其眼能泣珠。”　④霰（xiàn）珠：雪珠。　⑤罗浮：用赵师雄罗浮山遇梅花仙子之典。⑥宫斜：即宫人斜，宫人坟墓。　⑦断魂：亡魂。　⑧涴（wò）：污染。此谓脸上的粉为泪所污染。　⑨何逊：南朝梁诗人，爱梅，曾作《咏早梅》诗。⑩坠楼人：指绿珠。为晋石崇爱妾，后石崇因绿珠得罪，绿珠乃坠楼自尽以报，此借“坠”字意咏落梅。　⑪寄江南，万里春：此用陆凯寄梅赠诗范晔之事。诗曰：“折梅逢驿使，寄与陇头人。江南无所有，聊赠一枝春。”

瑞鹤仙

寄闲结吟台出花柳半空间，远迎双塔，下瞰六桥，标之曰，湖山绘幅，霞翁领客落成之[1]。初筵，翁俾余赋词[2]，主宾皆赏音。酒方行，寄闲出家姬侑尊[3]，所歌则余所赋也。调闲婉而辞甚习，若素能之者。坐客惊诧敏妙，为之尽醉。越日过之，则已大书刻之危栋间矣[4]

翠屏围昼锦。正柳织烟绡，花易春镜。层阑几回凭。看六桥莺晓，两堤鸥暝[5]。晴岚隐隐[6]。映金碧、楼台远近。谩曾夸、万幅丹青，画笔画应难尽。　　那更。波涵月彩[7]，露裛莲妆[8]，水描梅影。调朱弄粉，凭谁写，四时景。问玉奁西子[9]，山眉波盼，多少浓施浅晕。算何如、付与吟翁，缓评细品。

[注释]

①寄闲：即张枢，号寄闲，周密词友。　霞翁：即杨缵，号紫霞翁。

双塔、六桥：皆西湖胜景。②俾(bì)：使。③侑尊：劝酒。④危栋：高楼。⑤两堤：指苏堤和白堤。暝：天黑，日暮。⑥晴岚隐隐：晴朗的天气里，远处山光隐约可见。⑦涵：映照。⑧裛(yè)：沾湿。⑨玉奁：本指古代妇女用的梳妆盒，此指西湖湖面波平如镜奁。

倚风娇近

填霞翁谱赋大花

云叶千重[①]，麝尘轻染金缕[②]。弄娇风软、霞绡舞。花国选倾城[③]，暖玉倚银屏，绰约娉婷[④]，浅素宫黄争妩[⑤]。

生怕春知，金屋藏娇深处[⑥]。蜂蝶寻芳无据。醉眼迷花映红雾。修花谱[⑦]。翠毫夜湿天香露[⑧]。

[注释]

①云叶：犹言叶盛貌。②麝尘：香尘。金缕：金丝，此言花鬟。③倾城：语出《汉书·外戚传》李延年歌，"北方有佳人，绝世而独立；一顾倾人城，再顾倾人国。"言花中绝色。④绰约娉婷：姿态美好。⑤浅素宫黄：指两种色彩素色和黄色。⑥金屋藏娇：指陈皇后阿娇。见汉班固《汉武故事》。此指花生于深处。⑦花谱：分类记录各种花卉名色及有关诗文之书。⑧天香：唐李正封有咏牡丹花诗"天香夜染衣，国色朝酣酒"。

[集评]

陈匪石云："词有句中韵，或名之曰短韵。在全句为不可分，而节拍实成一韵。……草窗《倚风娇近》之'浅素'，是韵非韵，与《倚风娇近》城、屏、婷三字可以断句，是否夹协三平韵，则不敢臆测。既避专辄，又恐失叶，遂成悬案。凡属孤调，遇此即穷。"(《声执》)

祝英台近[1]

烛摇花，香袅穗，独自奈春冷[2]。过了收灯，才始作花信。无端雨外馀酲[3]，莺边残梦，又还动、惜芳心性。　忍重省。几多绿意红情，吟笺倩谁整[4]。香减春衫，老却旧荀令[5]。小楼深闭东风，曲屏斜倚，知他是、为谁成病。

[注释]

①唐氏按：(题)原无祝字，今补。　②穗：灯花，烛花。韩偓《懒缺头》："时复见残灯，如烟坠金穗。"　③无端：没来由地。　酲：病酒。④吟笺：诗稿。　倩：请。　⑤荀令：指汉荀彧(yù)，字文若，为侍中，守尚书令，称荀令君。《襄阳记》载荀衣带香气所至之处，经日不散。此用以形容人的风采高雅。

浪淘沙

芳草碧茸茸[1]，染恨无穷。一春心事雨声中。窄索宫罗寒尚峭[2]，闲倚熏笼[3]。　犹记粉阑东，同醉香丛。金鞍何处骤骅骢[4]。袅袅绿窗残梦断，红杏东风[5]。

[注释]

①茸茸：花草丛生貌。　②窄索宫罗：指单薄罗衣。　峭：冷峻，寒气逼人。　③熏笼：罩在熏炉上的笼子，作熏香及烘干之用。　④骤：马跑。骅骝：赤色骏马。　⑤绿窗：即绿纱窗。温庭筠《菩萨蛮》其六："花落子规啼，绿窗残梦迷。"

浣溪沙

不下珠帘怕燕瞋[1]，旋移芳槛引流莺。春光却早又中分[2]。　杏火无烟然绿暗[3]，梨云如雪冷清明[4]。冶游天气冶游心[5]。

［注释］

①瞋：嗔怒。 ②中分：指春天过了一半。 ③杏火：杏花如火。然绿：绿如燃。然，通“燃”。 ④梨云：梨花似云。 ⑤冶游：野外嬉游。

浣溪沙

丝雨笼烟织晚晴，睡馀春酒未全醒。翠钿轻脱隐香痕[1]。 生怕柳绵萦舞蝶[2]，戏抛梅弹打啼莺。最难消遣是残春。

［注释］

①翠钿：翠玉制的妇女头饰。 ②柳绵：柳絮。 萦：缠绕。

齐天乐

丁卯七月既望，余偕同志放舟邀凉于三汇之交[1]，远修太白采石、坡仙赤壁数百年故事，游兴甚逸。余尝赋诗三百言以纪清适，坐客和篇交属，意殊快也。越明年秋，复寻前盟于白荷凉月间[2]。风露浩然，毛发森爽，遂命苍头奴横小笛于舵尾，作悠扬杳渺之声，使人真有乘查飞举想也[3]。举白尽醉，继以浩歌

清溪数点芙蓉雨[4]，蘋飙泛凉吟艋[5]。洗玉空明，浮珠沆瀣[6]，人静籁沉波息。仙潢咫尺[7]。想翠宇琼楼，有人相忆。天上人间，未知今夕是何夕。 此生此夜此景，自仙翁去后[8]，清致谁识。散髪吟商[9]，簪花弄水，谁伴凉宵横笛。流年暗惜。怕一夕西风，井梧吹碧。底事闲愁，醉歌浮大白[10]。

[注释]

①丁卯：宋度宗咸淳三年(1267)。　三汇：指弁阳翁，在吴兴(今浙江湖州)，苕溪水、前溪水、北流水等汇流处之三汇亭的一次雅游。　②"越明年秋"二句：此记西湖吟社又一次雅游活动。　③乘查：同"乘槎"。　④芙蓉雨：雨落秋荷。　⑤蘋飙：白蘋洲上吹来的秋风。　吟艓：词人乘坐吟咏的小舟。　⑥沆瀣：指夜半露气。　⑦仙潢：银河。　⑧仙翁：指苏轼。　⑨吟商：唱秋日曲调。　⑩大白：酒盏。

大　酺

春阴怀旧

又子规啼，荼蘼谢[1]，寂寂春阴池阁。罗窗人病酒[2]，奈牡丹初放，晚风还恶。燕燕归迟，莺莺声懒，闲罥秋千红索[3]。三分春过二[4]，尚剩寒犹凝，翠衣香薄。傍鸳径鹦笼，一池萍碎，半檐花落。　　最怜春梦弱。楚台远、空负朝云约[5]。谩念想、清歌锦瑟，翠管瑶尊，几回沉醉东园酌。燕麦兔葵恨[6]，倩谁访、画阑红药[7]。况多病、腰如削[8]。相如老去，赋笔吟笺闲却。此情怕人问著。

[注释]

①子规：杜鹃。　荼蘼：灌木名。花白色，有香气，晚春开花，此花多指惜春意。古云："开到荼蘼花事了。"　②病酒：即酒醉。　③红索：悬挂秋千的红绳。　④三分春过二：春天已过去大半。　⑤"楚台远"句：楚襄王尝游高唐，梦巫山神女曰"妾在巫山之阳，高丘之阻。旦为朝云，暮为行雨"。见宋玉《高唐赋序》。后以云雨、朝云约、高唐梦代男女欢爱事。词中意为爱事不谐而空负春光。　⑥兔葵恨：指家国沦亡之恨。　⑦红药：红芍药花。姜夔《扬州慢》词写家国之悲，有"念桥边红药，年年知为谁生"之句。　⑧腰如削：谓腰细瘦。

霓裳中序第一

次篔房韵[1]

湘屏展翠叠[2]，恨入宫沟流怨叶[3]。釭冷金花暗结[4]。又雁影带霜，蛩音凄月。珠宽腕雪[5]。叹锦笺、芳字盈箧。人何在，玉箫旧约[6]，忍对素娥说。　愁切，夜砧幽咽。任帐底、沉烟渐灭。红兰谁采赠别。洛汜分绡[7]，汉浦遗玦[8]。舞鸾光半缺。最怕听、离弦乍阕[9]。凭阑久，一庭香露，桂影弄栖蝶。

[注释]

①篔房：指李彭老。　②"湘屏"句：谓竹制的绿色屏风层层打开。③宫沟流怨叶：指宫女在叶上题诗抒怨而随宫沟流出宫外。即红叶题诗的典故。　④釭：灯。　金花：灯花。　⑤珠宽腕雪：谓因消瘦而使雪白的手腕上所带的珠串变宽松了。　⑥玉箫旧约：韦皋少游江夏，馆姜氏，与侍婢玉箫有情。韦归，一别七年，玉箫绝食而死。后再世，为韦侍妾。见唐范摅《云溪友议》卷三。此用以指情人之间所订的盟约。　素蛾：素女，此指爱恋的女子。　⑦洛汜分绡：曹植《洛神赋》言其与洛水神女宓妃相遇慕恋，有"曳雾绡之轻裾"句。　⑧汉浦遗玦：《文选》注引《韩诗内传》云郑交甫遇二女于汉皋台下，请其佩。行十步而佩失，二女亦不见。此皆谓情人间的分别。　⑨离弦乍阕：离别时所奏情绪伤感之曲。　乍：指情绪不安定。

过秦楼

避暑次窗云韵[1]

绀玉波宽[2]，碧云亭小，苒苒水枫香细。鱼牵翠带[3]，燕掠红衣[4]，雨急万荷喧睡。临槛自采瑶房，铅粉沾襟[5]，雪丝萦指[6]。喜嘶蝉树远，盟鸥乡近，镜奁光里。　帘户悄、竹色侵棋,槐阴移漏,昼永簟花铺水⑦。清眠乍足⑧,晚浴初慵,瘦约楚裙尺二。曲砌虚庭夜深⑨,月透龟纱⑩,凉生蝉翅。看银潢泻露⑪,金井啼鸦渐起⑫。

[注释]

①畲云:张畲云,即张枢,周密友人。 ②"绀玉"句:谓水波如玉,色呈天青色。 ③鱼牵翠带:翠带,水中荇菜。鱼在水草中穿行。 ④红衣:谓红色荷花瓣。 ⑤铅粉沾襟:谓荷花花落沾襟。 ⑥萦指:指雪白的花粉沾上手指。 ⑦"昼永"句:谓白昼漫长,铺上如水般清凉的竹簟小睡。 ⑧乍足:刚够。 ⑨虚庭:空庭。 ⑩龟纱:绿窗纱。 ⑪银潢:银河。 ⑫金井:施有雕栏之井。

[集评]

许昂霄云:"《惜馀春慢》'鱼牵翠带、燕掠红衣,雨急万荷喧睡。'杜陵诗:'水荇牵风翠带长。'赵嘏诗:'红衣落尽渚莲愁。'"(《词综偶评》)

声声慢

逃禅作梅、瑞香、水仙,字之曰三香①

瑶台月冷,佩渚烟深,相逢共话凄凉。曳雪牵云,一般淡雅梳妆。樊姬岁寒旧约②,喜玉儿、不负萧郎③。临水镜,看清铅素靥④,真态生香。 长记湘皋春晓,仙路迥,冰钿翠带交相。满引台杯⑤,休待怨笛吟商⑥。凌波又归甚处,问兰昌、何似唐昌⑦。春梦好,倩东风、留驻琐窗⑧。

[注释]

①逃禅:扬无咎,号逃禅老人,善画。 ②樊姬:指女仙樊夫人。见唐裴硎《传奇·裴航》。此借指水仙。 岁寒:一年的寒冬。 ③玉儿:南齐东昏侯萧宝卷潘妃小字玉儿,东昏侯败,潘死。 萧郎:此指东昏侯。

④清铅素靥：谓花之清雅素洁。　⑤台杯：带托盘的酒杯。　⑥凌波：谓水仙姿态美好。　⑦兰昌：唐代宫室名。见《新唐书·地理志二》。唐玄宗女唐昌公主曾于唐昌观手植玉蕊花。此指水仙花。　⑧琐窗：镂刻有连琐图案的窗棂。

声声慢

逃禅作菊、桂、秋荷，目之曰三逸

妆额黄轻[1]，舞衣红浅，西风又到人间。小雨新霜，苹池藓径生寒。输它汉宫姊妹[2]，粲星钿、霞佩珊珊[3]。凉意早，正金盘露洁[4]，翠盖香残[5]。　三十六宫秋好[6]，看扶疏仙影[7]，伴月长闲。宝络风流，何如细蕊堪餐。幽香未应便减，傲清霜、正自宜看。吟思远，负东篱、还赋小山[8]。

[注释]

①妆额黄轻：古代女子有在额上涂蜂黄以为饰。　②汉宫姊妹：指汉成帝时宠幸的赵飞燕与赵合德姐妹。　③粲：明亮貌。　珊珊：谓前所言星钿霞佩之声的清脆悦耳。　④金盘：汉金人承露盘。　⑤翠盖：指绿色的荷叶如盖。　⑥三十六宫：言宫殿之多。　⑦扶疏：疏朗分披貌。　⑧东篱：陶渊明《饮酒》诗云“采菊东篱下”。此指菊。　小山：《楚辞·淮南小山〈招隐士〉》“桂树丛生兮山之幽”。此指桂花。

风入松

立春日即席次寄闲韵

柳梢烟软已璁珑[1]，娇眼试东风。情丝又逐青丝乱[2]，剩寒轻、犹恋芳栊[3]。笋玉新裁早燕[4]，杏钿时引晴蜂。　当时兰柱系花骢[5]。人在小楼东。莺娇戏索迎春句[6]，爱露笺、新染香红。未信闲情便懒，探花拚醉琼锺[7]。

［注释］

①璁珑：明洁的样子。　②青丝：柳丝。庾信《奉和赵王途中五韵》："村桃拂红粉，岸柳波青丝。"　③芳栊：美好的窗棂。　④"笋玉"句：谓女子纤指秀美如嫩笋。　⑤花骢：青白色相间的马。⑥莺娇：指声音像黄莺般宛转。　⑦琼锺：玉杯。

浪淘沙

柳色淡如秋，蝶懒莺羞。十分春事九分休[1]。开尽楝花寒尚在[2]，怕上帘钩。　　京洛少年游，谁念淹留[3]。东风吹雨过西楼。残梦宿酲相合就[4]，一段新愁。

［注释］

①十分春事九分休：春日胜事十分已过了九分。　②楝花：楝木的花，三四月开花，红紫色，芬香满庭，亦曰金铃子。　③淹留：滞留，停留不归。　④宿酲：宿酒，宿醉。　合就：相聚集。

鹧鸪天

相傍清明晴便悭[1]，闭门空自惜花残。海棠半坼难禁雨[2]，燕子初归不耐寒。　　金鸭冷[3]，锦鸡闲。银釭空照小屏山[4]。翠罗袖薄东风峭，独倚西楼第几阑。

［注释］

①相傍：相近。　悭(qiǎn)：吝啬。　②半坼：半开。俗谓刚开嘴。③金鸭：金属之鸭形炉。唐戴叔伦《春怨》："金鸭香消欲断魂，梨花春雨掩重门。"　④银釭：银灯。　屏山：山形小屏风。

夜行船

寒菊攲风栖小蝶，帘栊静、半规凉月[①]。梦不分明，恨无凭据，肠断锦笺盈箧。　　哀角吹霜寒正怯，倚瑶筝[②]，暗愁谁说。宝兽频添[③]，玉虫时剪[④]，长记旧家时节。

[注释]

①半规：半圆形。　②瑶筝：玉饰的筝。　③宝兽：指古代的兽形香炉。　频添：指不断添香。　④玉虫：灯花。宋陆游《燕堂东偏一室……比夜乃得读书其间戏作》之二："油减玉虫暗，灰深红兽低。"

齐天乐

曲屏遮断行云梦[①]，西楼怕听疏雨。研冻凝华[②]，香寒散雾，呵笔慵题新句。长安倦旅。叹衣染尘痕，镜添秋缕。过尽飞鸿[③]，锦笺谁为寄愁去。　　箫台应是怨别[④]，晓寒梳洗懒，依旧眉妩。酒滴垆香，花围坐暖，闲却珠鞲钿柱[⑤]。芳心谩语。恨柳外游缰，系情何许。暗卜归期，细将梅蕊数。

[注释]

①行云梦：用楚王游高唐典，指男女欢爱的梦。　②研：即砚。③飞鸿：指鸿雁。古有鸿雁传书之说。　④箫台：传秦穆公时，有萧史善吹箫，穆公女弄玉慕之，穆公为之筑台，令萧史教弄玉，此台即箫台。后以箫台指男女相会之地。　⑤珠鞲：嵌珠的革制的袖套。

[集评]

陆辅之《词旨》赏其"砚冻凝花，香寒散雾"之属对。

满庭芳

赋湘梅

玉沁唇脂，香迷眼缬[①]，肉红初映仙裳。湘皋春冷，谁剪茜云香[②]。疑是潘妃乍起[③]，霞侵脸、微印宫妆。还疑是，寿阳凝醉，无语倚含章[④]。　　绛绡，清泪冷，东风寄远，愁损红娘[⑤]。笑李凡桃俗，蝶喜蜂忙。莫把杏花轻比，怕杏花、不敢承当[⑥]。飘零处，还随流水，应去误刘郎[⑦]。

[注释]

①眼缬(xié)：眼发花。庾信《夜听捣衣》："花鬓醉眼缬，龙子烟文红。" ②茜云：茜指红色，茜云指红梅。 ③潘妃：南齐东昏侯妃，小字玉儿。 ④"寿阳凝醉"二句：寿阳指南朝宋武帝女。寿阳公主曾睡在含章殿下，梅花落额上，成五出之花，拂之不去。 ⑤红娘：唐元稹作《莺莺传》，写张生与崔莺莺相爱，经崔婢红娘撮合而成。 ⑥承当：担当，担住。宋慥《王直方诗话》："王君卿云：疏影横斜水清浅，暗香浮动月黄昏。此林逋咏梅，然杏与桃李，皆可用也。坡(苏轼)云：可则可，只是杏花桃李，不敢承当。" ⑦刘郎：用刘阮到天台典，咏梅。

清平乐

次窗云韵

吹梅声噎[①]，帘卷初弦月。一寸春霏消蕙雪[②]，愁染垂杨带结。　　画桥平接金沙，软红浅隔儿家[③]。燕子未归门掩，晚妆空对菱花[④]。

[注释]

①吹梅：笛奏梅花落。 声噎：同"声咽"。 ②春霏：绵绵春雨。蕙雪：香雪。 ③软红：带有脂香味的尘雾。 ④菱花：奁镜。

清平乐

再次前韵

晚莺娇噎[①]，庭户溶溶月。一树湘桃飞茜雪[②]，红豆相思渐结[③]。　看看芳草平沙[④]，游鞯犹未归家[⑤]。自是萧郎飘荡[⑥]，错教人恨杨花。

[注释]

①娇噎：娇莺婉转的声音变得哽咽不畅。　②茜雪：红雪。桃花瓣瓣飘落，有如红色的雪片。　③红豆：相思树所结之子。古人常用以寄托相思。牛希济《生查子》："红豆不堪看，满眼相思泪。"　④芳草平沙：芳草茂盛貌。《楚辞·招隐士》："王孙游兮未归，芳草生兮萋萋。"　⑤游鞯：指骑马按辔出游的男子。　鞯：马鞍。　⑥萧郎：泛指思妇心中所爱所思之男子。

乳燕飞

辛未首夏，以书舫载客游苏湾[①]。徙倚危亭[②]，极登览之趣。所谓浮玉山、碧浪湖者[③]，皆横陈于前，特吾几席中一物耳。遥望具区，渺如烟云；洞庭、缥缈诸峰[④]，矗矗献状，盖王右丞、李将军著色画也[⑤]。松风怒号，暝色四起，使人浩然忘归。慨然怀古，高歌举白，不知身世为何如也。溪山不老，临赏无穷，后之视今，当有契余言者。因大书山楹，以纪来游

波影摇涟甃[⑥]。趁熏风[⑦]、一舸来时，翠阴清昼。去郭轩楹才数里[⑧]，藓磴松关云岫[⑨]。快屐齿、筇枝先后[⑩]。空半危亭堪聚远[⑪]，看洞庭、缥缈争奇秀。人自老，景如旧。

来帆去棹还知否。问古今、几度斜阳，几番回首。晚色一川谁管领，都付雨荷烟柳[⑫]。知我者、燕朋鸥友[⑬]。笑拍阑干呼范蠡[⑭]，甚平吴、却倩垂纶手[⑮]。吁万古，付卮酒。

[注释]

①苏湾:在湖州乌程县南,苏轼知州事时,曾筑堤于其侧,因而得名。②危亭:高亭,即雄跨亭,建在浮玉山顶。 ③浮玉山、碧浪湖:碧浪湖在乌程县城关南三里许。靠湖前有浮玉山。周密《癸辛杂志》:"去南关三里,而近碧浪湖,浮玉山在其前景物殊胜。山脚有雄跨亭,尽见太湖诸山。" ④具区:太湖之别称。 洞庭、缥缈:太湖中的诸峰。 ⑤王右丞:王维,唐著名诗人和画家。 李将军:唐代山水画家李思训、李昭道,称大小李将军。 ⑥甃:砖石砌的堤壁。 摇涟甃:湖上波映在堤壁上摇曳不定。 ⑦熏风:夏日和风。古代歌谣:"南风之熏兮。" ⑧"去郭"句:离县城的亭台才几里路。 ⑨藓磴:长了苔藓的石阶。 松关:松树列于道旁像关塞的拱门。 云岫:白云掩映的山峰。 ⑩屐齿:南朝宋谢灵运游山时特制了一种木屐。屐有前后齿,上山去其前齿,下山去其后齿。 快屐齿:学谢灵运的样愉快地游山。 ⑪空半:半空,或指雄跨亭的视野空阔。 ⑫"晚色"两句:意近姜夔《八归》词"最可惜一片江山,总付与啼鹃"。 ⑬燕朋鸥友:以燕鸥为友,意同苏轼"侣鱼虾而友麋鹿"。 ⑭范蠡:曾辅佐越王勾践灭吴,功成后泛舟隐于五湖(太湖)。 ⑮垂纶手:垂钓丝的人,指隐士。

扫花游

用清真韵①

柳花飏白,又火冷饧香②,岁时荆楚。海棠似语。惜芳情燕掠,锦屏红舞。怕里流芳③,暗水啼烟细雨③。带愁去。叹寂寞东园,空想游处。　　幽梦曾暗许④。奈草色迷云,送春无路。翠丸荐俎⑤。掩清尊谩忆⑥,舞蛮歌素⑦。怨碧飘香,料得啼鹃更苦。正愁伫。暗春阴、倦箫残鼓⑧。

[注释]

①清真:周邦彦,字美成,号清真。 ②饧(xíng):饴糖类食品之名。

旧时寒食清明，造饧（大麦粥）。见《荆楚岁时记》。　③怕里：谓在惧怕之中。　流芳：芳华逝去。　④暗许：暗中相许。　⑤翠丸荐俎：翠丸指青色梅子。俎是古时祭器。意谓把翠丸放入俎中。　⑥清尊：清酒。　谩忆：聊且忆起。　⑦舞蛮歌素：指小蛮舞，樊素歌。小蛮、樊素是白居易的家伎，后以蛮、素指能歌舞的女子。　⑧倦箫残鼓：倦怠的箫声，残碎的鼓声。

龙吟曲

赋宝山园表里画图

仙山非雾非烟，翠微缥缈楼台亚[1]。江芜海树[2]，晴光雨色，天开图画。两岸潮平，六桥烟霁，晚钩帘挂。自玄晖去后[3]，云情雪意，丹青手、应难写。　花底朝回多暇。倚高寒、有人潇洒。东山杖屦[4]，西州宾客[5]，笑谈风雅。贮月杯宽，护香屏暖，好天良夜。乐闲中日月，清时钟鼓，结春风社。

[注释]

①翠微：轻淡青葱的山色。　亚：通“掩”。　②江芜：蘼芜，一种香草。　③玄晖：谢玄晖，即谢朓，字玄晖，南朝著名山水风景诗人，时称“小谢”。　④东山杖屦：《晋书·谢安传》载谢安隐居东山，放情丘壑，游赏处必以妓女从。　⑤西州宾客：《晋书·谢安传》载羊昙为谢安所爱重。安死昙辍乐弥年，行不由西州路。尝因醉至西州门，悲恸不已，诵曹子建诗“生存华屋处，零落归山丘”而去。

风入松

为谢省斋赋林壑清趣[1]

枇杷花老洞云深[2]，流水泠泠[3]。蓝田谁种玲珑玉[4]，土华寒、晕碧云根[5]。佳兴秋英春草[6]，好音夜鹤朝禽。　闲听天籁静看云[⑦],心境俱清。好风不负幽人意,送良宵、一枕松声。四友江湖泉石[⑧],二并钟鼎山林[⑨]。

[注释]

①清趣:清雅的兴致。　②枇杷:常绿树木,果可食,叶能入药。③泠泠:流水声清脆。陆机《招隐诗》:"山溜何泠泠。"　④蓝田:地名。在今陕西西安东南,以产玉出名。李商隐《锦瑟》诗:"蓝田日暖玉生烟。"玲珑:形容玉晶莹透明。　⑤土华:苔藓。华,同"花"。　云根:谓云起之处。指深山交远处。晋张协《杂诗》:"云根临八极,雨足洒四溟。"　⑥秋英:秋日之花,多指菊花。屈原《离骚》:"夕餐秋菊之落英。"　⑦天籁:自然界的声音。　⑧四友:以江、湖、泉、石为四友。　⑨钟鼎山林:钟鼎此处代富贵。山林则谓在野隐居。　二并:谓这两者都得到了。并,具备。

凤栖梧

赋生香亭

竹窈花深连别墅[①],曲曲回廊,小小闲庭宇[②]。忽地香来无觅处,杖藜闲趁游蜂去[③]。　老桂悬秋森玉树,涧底孤芳,苒苒吹诗句[④]。一掬幽情知几许,钩帘半亩藤花雨。

[注释]

①别墅:本宅外另建的园林游息处所。也称别业,别馆。　②庭宇:指屋室庭院。　③杖藜:持藜茎为杖,指扶杖而行。　趁:追逐。　④苒苒:连续不断。

少年游

赋泾云轩

松风兰露滴厓阴[①],瑶草入帘青[②]。玉凤惊飞,翠蛟时舞，喷薄溅春云。　冰壶不受人间暑[③]，幽碧哢珍禽[④]。花外琴台，竹边棋墅[⑤]，处处是闲情。

[注释]

①厓（yá）：山边。　②瑶草：传说中的仙草。　③冰壶：盛冰的玉壶。　④哢（lòng）：鸟鸣声。　⑤棋墅：《晋书·谢安传》记谢安与谢玄在野墅赌棋。此指下棋风雅之处。

西江月

茶蘼阁春赋

花气半侵云阁，柳阴近隔春城。画阑明月按瑶筝[①]，醉倚满身芳影。　翠格素虬晴雪[②]，锦笼紫凤香云[③]。东风吹玉满闲庭，二十四帘春靓[④]。

[注释]

①按：抚。　②格：指方框。唐杨炯《卧读书架赋》："伊国工而尝巧，度山林以为格。"此指窗格。　素虬：白龙。此谓荼蘼花开如白龙飞舞。　③"锦笼"句：谓熏香的篝笼覆盖烟气，缭绕如凤舞。　④二十四帘春靓：谓到处春色美好。

清平乐

横玉亭秋倚

诗情画意，只在阑干外。雨露天低生爽气，一片吴山越水。　宫烟醉柳春晴[①]，海风洗月秋明。唤取九霞飞佩，夜凉跨鹤吹笙[②]。

[注释]

①宫烟醉柳：柳丝如烟。　②跨鹤吹笙：用缑山仙人王子乔修道成仙之典。

朝中措

东山棋墅

桐阴薇影小阑干，昼永琐窗闲。当日清谈赌墅[1]，风流犹记东山[2]。　犀奁象局[3]，惊回槐梦[4]，飞雹生寒。自有仙机活著[5]，未应袖手旁观。

[注释]

①清谈：意谓清雅的言谈。　赌墅：在别墅赌棋。《晋书·谢安传》载谢安尝与谢玄围棋赌胜负。　②东山：晋谢安隐居之地。　③犀奁：犀饰的镜匣。　象局：下象棋。　④槐梦：也称南柯梦。唐李公佐作《南柯太守传》，称淳于棼曾饮酒古槐树下，醉后梦见一城楼题大槐安国。其王招为驸马，任南柯太守三十年，享尽荣华。醒后在槐下见一蚁穴，南枝又有一小穴，即梦中的槐安国和南柯郡。　⑤仙机：妙手。　活著：指围棋中求活之路。　著：同"着"，活着、活手。

闻鹊喜

吴山观涛[1]

天水碧[2]，染就一江秋色。鳌戴雪山龙起蛰[3]，快风吹海立[4]。　数点烟鬟青滴[5]，一杼霞绡红湿[6]。白鸟明边帆影直[7]，隔江闻夜笛。

[注释]

①吴山：在浙江杭州西湖东南，一面靠西湖，一面临钱塘江，故可观潮。　②天水碧：一种浅青的颜色。《宋史·南唐李氏世家》载，李煜妓宴

尝染碧，经露后其色愈鲜。煜爱之，从此宫中竟收天露以染碧，谓之“天水碧”。此指潮来前钱江水色。 ③鳌戴雪山：相传大地在海中由巨鳌支撑，此指海上白涛卷来，有如鳌（大龟）负雪山前行。 龙起蛰：蛰伏（冬眠）龙起来，搅得海水翻腾。 ④“快风”句：疾速的大风将海水吹得竖立起来。苏轼《有美堂暴雨》：“天外黑风吹海立。” ⑤烟鬟：远处青山如鬟髻，为烟雾所笼。 ⑥杼：织梭。 霞绡：天边一抹红霞，如织成的绡纱。 ⑦明边：天边明亮处。

［集评］

李调元云：“周公谨《蘋洲渔笛谱》二卷，人皆未见其全集，独余家有之。遭事后，旋为宾僚等窃携而去。今记其‘天水碧’一阕云：‘……’此《谒金门》调也，真字字如锦。”（《雨村词话》卷二）

陈廷焯云：“前半雄肆，后半淡远，山川景物包括在寥寥数句中。”（《别调集》卷二）

浣溪沙

题紫清道院

竹色苔香小院深，蒲团茶鼎掩山扃[①]。松风吹净世间尘。 静养金芽文武火[②]，时调玉轸短长清[③]。石床闲卧看秋云。

［注释］

①蒲团：用蒲织成的坐垫，为僧道坐或跪拜时用。 茶鼎：煎茶之鼎。山扃，山门锁闭。 ②金芽：此指铢丹之丹头。 文武火：文火，细火。武火，猛火。 ③玉轸：玉制的琴轸。 短长清：长清，短清，皆琴曲名。

吴山青

赋无心处茅亭

山青青，水泠泠，养得风烟数亩成[①]。乾坤一草亭[②]。

云无心，竹无心，我亦无心似竹云[③]。岁寒同此盟[④]。

[注释]

①风烟：风光烟色。 ②乾坤一草亭：天地都包容在草亭中了。③无心：心指机心。《宗镜录》卷四五：“有心则不安，无心则自乐。”④“岁寒”句：岁寒而后知松柏之后凋之意。

祝英台近

赋揽秀园[①]

步玲珑，寻窈窕[②]，瑶草四时碧[③]。小小蓬莱，花气透帘隙。几回翠水荷初，苍厓梅小[④]，绮寮掩、玉壶春色[⑤]。

柳屏窄。芳槛日日东风，几醉几吟笔。曲折花房，莺燕似相识。最怜灯影才收，歌尘初静，画楼外、一声秋笛。

[注释]

①揽秀园：金陵一著名园林。 ②窈窕：深邃之处的幽静景色。③瑶草：仙草。这里泛指草。 ④苍厓：青黑色的山厓。 ⑤绮寮：饰有花纹的窗子。

长相思

灯辉辉，月微微。帐暖香深春漏迟[①]，梦回闻子规。

欲成诗，未成诗。生怕春归春又归，花飞花未飞[②]。

[注释]

①春漏迟:指时间过得很慢。 ②"花飞"句:指花谢花开。

清平乐

小桥萦绿,密翠藏吟屋。千顷风烟森万玉[①],依约辋川韦曲[②]。 临流照影何人,悠然倚仗看云[③]。柳色翠迷山色,泉声清和蝉声。

[注释]

①万玉:指竹。 森:高耸繁茂貌。 ②辋川:唐王维晚年在蓝田辋口得宋之问蓝田别墅,与友裴迪浮舟往来其间。后成为隐居别业的通称。 韦曲:地名。在陕西长安县。东倚龙首,南面神禾,为樊川第一名胜。唐时以诸韦居于此而名。 ③悠然倚杖看云:本王维《终南别业》"行到水穷处,坐看云起时"。

清平乐

杜陵春游图[①]

锦城春晓,苑陌芳菲早。可是杜陵人未老,日日酒迷花恼。 归鞯困倚芳酲[②],醒来还有新吟。人与杏花俱醉,春风一路闻莺。

[注释]

①杜陵:地名。在今陕西西安东南。本名杜原,又名乐游原。汉宣帝在此筑陵,改名杜陵。唐杜甫曾居此,故称杜陵布衣,少陵野老。杜陵人,指杜甫。 ②归鞯:指骑马归来。鞯,本指马鞍。 芳酲:指为花香所陶醉。

清平乐

三白图

静香真色，花与人争白。属玉双飞烟月夕[①]。点波一奁秋碧[②]。　翠罗袖薄天寒[③]，笛声何处关山。手捻一枝春色，东风怨入江南[④]。

[注释]

①属玉：白色水鸟名。　②一奁秋碧：谓秋日碧水如镜。　③"翠袖"句：杜甫《佳人》诗有云"天寒翠袖薄"。　④捻：拈。　一枝：此指梅花。

柳梢青

余生平爱梅，仅一再见逃禅真迹[①]。癸酉冬，会疏清翁孤山下，出所藏《双清图》，奇悟入神，绝去笔墨畦径。卷尾补之自书《柳梢青》四词，辞语清丽，翰札遒劲，欣然有契于心[②]。余因戏云："不知点胸老、放鹤翁同生一时[③]，其清风雅韵，优劣当何如哉。"翁噱曰："我知画而已，安与许事，君其问诸水滨[④]。"因次韵载名于后，庶异时开卷索笑，不为生客云

约略春痕。吹香新句，照影清尊。洗尽时妆，效颦西子[⑤]，不负东昏[⑥]。　金沙旧事休论[⑦]。尽消得、东风返魂。一段真清，风前孤驿，雪后前村。

[注释]

①再：两次。　逃禅真迹：指南宋画家扬无咎，字补之，号逃禅老人，又号清夷长者，江西湖口人。高宗朝不满秦桧所为，累征不起。善书画，尤善画梅，历代宝重。亦工词，有《逃禅词》，人称逃禅三绝。　疏清翁：陈允平有寿疏清陈别驾词，疑即此人。　②翰札：指笔墨。　③点胸老：不详。　放鹤翁：指林逋。　④噱(jué)：大笑。　君其问诸水滨：这里戏仿《左传·僖公四年》齐桓公伐楚，楚使回答管仲质问昭王南征而不复的话：

"昭王之不复，君其问诸水滨！" ⑤效颦西子：古越国美女西施因患心病而捧心颦眉，同村丑女以为美，亦效其颦眉捧心，只增其丑。 ⑥不负东昏：东昏指东昏侯萧宝卷。其妃子玉儿在其被杀后也自缢身死。梅花又称玉妃，故此处借以指梅。 ⑦金沙旧事：金沙，指沙漠。旧谓当年王昭君出嫁边塞匈奴，死于异乡，只有魂魄归来。故后文言"东风返魂"。

柳梢青

万雪千霜，禁持不过，玉雪生光。水部情多，杜郎老去①，空恼愁肠。　天寒野屿空廊②，静倚竹、无人自香。一笑相逢，江南江北，竹屋山窗。

[注释]

①水部：指南朝梁何逊，官水部郎。 杜郎：指杜牧：姜夔《扬州慢》有"杜郎俊赏"之句。 ②屿：海中洲岛。

柳梢青

映水穿篱，新霜微月，小蕊疏枝。几许风流，一声龙竹①，半幅鹅溪②。　江头怅望多时，欲待折、相思寄伊。真色真香，丹青难写，今古无诗。

[注释]

①龙竹：即龙笛，以笛声似水中龙鸣，故名。 ②鹅溪：本是地名，在四川盐亭县西北，以产绢著名，唐时以为贡品。此处应指鹅溪绢。

柳梢青

夜鹤惊飞①，香浮翠藓，玉点冰枝②。古意高风，幽人空谷③，静女深帏。　芳心自有天知，任醉舞、花边帽敧。最爱孤山，雪初晴后，月未残时。

[注释]

①夜鹤惊飞：本南朝齐孔稚圭《北山移文》"蕙帐空兮夜鹤怨，山人去兮晓猿惊"。　②玉点冰枝：犹言梅枝结的冰雪。　③幽人空谷：见杜甫《佳人》"绝代有佳人，幽居在空谷"。　静女：意为闲雅之女。

南楼令

次陈君衡韵[①]

开了木芙蓉[②]，一年秋已空。送新愁、千里孤鸿。摇落江蓠多少恨[③]，吟不尽、楚云峰。　往事夕阳红，故人江水东。翠衾寒、几夜霜浓。梦隔屏山飞不去，随夜鹊、绕疏桐。

[注释]

①陈君衡：陈允平。　②木芙蓉：落叶灌木，插枝即生。秋日开白、黄或淡红色花。　③江蓠：亦作"江离"，香草名。屈原赋中多见。

南楼令

戏次赵元父韵[①]

好梦不分明，楚云千万层。带围宽、愁损兰成[②]。玉杵玄霜才咫尺[③]，青羽信、便沉沉[④]。　水调夜楼清[⑤]，清宵谁共听。研笺红[⑥]、空赋倾城。几度欲吟吟不就，可煞是、没心情[⑦]。

[注释]

①赵元父：赵与仁，字元父，燕王赵德昭九世孙，能词，周密《绝妙好

词》卷七录其词五首。②带围宽：南朝梁沈约曾致信友人言其因消瘦而带围渐宽。兰成：庾信小字，庾信有《愁赋》。③玉杵：玉制的舂杵。传说月宫中有玉兔捣药。玄霜：神话中的仙药。④青羽信：班固《汉武故事》中言西王母令青鸟传信。青羽，青鸟。⑤水调：曲调名，为商调曲，声调怨切。⑥研笺红：红色的磨光笺纸。⑦可煞是：可就是，无奈是。

声声慢

九日松涧席[①]

橙香小院，桂冷闲庭，西风雁影涵秋[②]。凤拨龙槽[③]，新声小按梁州[④]。莺吭夜深啭巧，凝凉云、应为歌留[⑤]。慵顾曲，叹周郎老去，鬓改花羞[⑥]。　何事登临感慨，倩金蕉一洗[⑦]，千古清愁。屡舞高歌，作成陶谢风流[⑧]。人生最难一笑，拚尊前，醉倒方休。待醉也，带黄花、须带满头[⑨]。

[**注释**]

①九日：重九日。松涧：所指不详。②"西风"句：语出杜牧《九日齐山登高》"江涵秋影雁初飞"。涵：包容。③凤拨龙槽：指琵琶。《唐诗纪事》载贵妃妙解琵琶，有以逻沙檀为槽，以龙香柏为拨者。④新声：新曲。梁州：曲名。⑤"凉云"句：本《列子·汤问》"秦青抚节悲歌，声振林木，响遏行云"。此谓莺声美妙。⑥顾曲周郎：周郎，指周瑜，妙解音律，当时有言"曲有误，周郎顾"。⑦金蕉：酒杯。⑧陶谢：陶渊明和谢灵运。⑨黄花满头：古有重九日登高赏菊插花之俗。

明月引

赵白云初赋此词，以为自度腔，其实即《梅花引》也[①]。陈君衡、刘养源皆再和之[②]。会余有西州之恨[③]，因用韵以写幽怀舞红愁碧晚萧萧，溯回潮，伫仙桡[④]。风露高寒，飞下紫霞箫。一雁远将千万恨，怀渺渺，翦愁云，风外飘。　酒醒未醒香旋消，采江蓠，吟楚招[⑤]。清徽芳笔[⑥]，梅魂冷、月影空描。锦瑟瑶尊，闲度可怜宵[⑦]。二十四阑愁倚遍，空怅望，短长亭[⑧]，长短桥。

［注释］

①赵白云：指赵崇嶓，号白云，宋太宗九世孙。　②陈君衡：即陈允平。　刘养源：指刘澜，字养源，《全宋词》辑其词四首。　③西州之恨：《晋书·谢安传》载羊昙为谢安所爱重，安死后，昙悲恸不已，行不过西州路。后以此典表现感伤亲故亡去。　④仙桡：船桨的美称。　⑤江蓠：即蘼芜，一种香草。　楚招：《楚辞·招魂》。　⑥清徽：指琴。　⑦可怜：值得怜惜。　⑧短长亭：古人驿亭，十里一长亭，五里一短亭，为驿人休憩或送别之处。

明月引

养源再赋，余亦载赓[①]

雁霜苔雪冷飘萧，断魂潮，送轻桡。翠袖珠楼，清夜梦琼箫。江北江南云自碧，人不见，泪花寒，随雨飘。　愁多病多腰素消[②]，倚清琴，调大招[③]。江空年晚，凄凉句、远意难描。月冷花阴，心事负春宵。几度问春春不语，春又到，到西湖，第几桥。

［注释］

①载：同“再”。　赓：赓和、唱和。　②素消：一贯消瘦。　③大招：古曲名。

六幺令

次韵刘养源赋雪

痴云剪叶，檐滴夜深悄。银城飞捷翠垅，占祥丰年报。白战清吟未了，寒鹊惊枝晓，鹤迷翠表[①]。山阴今日，醉卧何人问安道[②]。　　交映虚窗净沼，不许游尘到。谁念絮帽茸裘，叹幼安今老[③]。玉鉴修眉未扫[④]，白雪词新草[⑤]，冰蟾光皎，梅心香动，闲看春风上琼岛。

[注释]

①鹤迷翠表：原本青翠的地表被白雪覆盖，故而鹤为之迷路。　②"山阴"二句：用"山阴访戴"之典。刘义庆《世说新语》载，王徽之居山阴，夜大雪，忽忆戴安道，时戴在剡溪，即连夜乘小船至其门，不访而返，人问其故，曰："吾本乘兴而行，兴尽而返，何必见戴？"　③幼安：化用辛弃疾《水调歌头》"季子正年少，匹马黑貂裘。今老矣，搔白首，过扬州"。　④玉鉴：金镜。　⑤草：草拟。

六幺令

春雪再和

回风带雨，冻涩漏声悄[①]。小窗照影虚白，几误邻鸡报[②]。千树天花绽了，鹄立通明晓，眼空八表[③]。宫袍带月，醉里应迷灞陵道[④]。　　风静琼林翠沼，片片随春到。吟鞯十里新堤[⑤]，怪四山青老。玉唾珠尘怕扫，句冷池塘草。白天寒皎，飞琼何在，梦觅梨云度仙岛。

[注释]

①漏声：宫漏滴水之声。　②"小窗"两句：谓雪的亮光误使雄鸡以为天亮而报晓。　③八表：八方以外极远的地方。　④灞陵：地名，本作霸

陵，在今西安市东。《史记·李将军列传》言李广贬为庶人后，因夜出霸陵亭猎，触犯夜禁遭到霸陵醉尉的斥责。　⑤吟鞯：骑马吟咏。　鞯：本指马鞍坐垫，此借指马。

谒金门

次西麓韵[①]

芳事晚，数点杏钿香浅。恻恻轻寒风剪剪[②]，锦屏春梦远。　稚柳拖烟娇软[③]，花影暗藏深院。初试轻衫并画扇，牡丹红未展。

[注释]

①西麓：陈允平，号西麓。　②"恻恻"句：本唐韩偓《寒食夜》诗"恻恻轻寒剪剪风，杏花飘雪小桃红"。　③稚柳拖烟：谓嫩柳笼烟。

好事近

次梅溪寄别韵[①]

轻剪楚台云，玉影半分秋月。一饷凄凉无语[②]，对残花么蝶[③]。　碧天愁雁不成书，郎意似秋叶。闲展鸳绡残谱[④]，卷泪花双叠。

[注释]

①梅溪：指史达祖，号梅溪。有《梅溪词》一卷。　②一饷：一阵。③么蝶：小蝶。　④鸳绡：绣有鸳鸯的薄绢。

声声慢

柳花咏

燕泥沾粉[①]，鱼浪吹香，芳堤十里新晴。静惹游丝[②]，花边袅袅扶春。多情最怜飘泊，记章台、曾绾青青[③]。堪爱处，是扑帘娇软，随马轻盈。　长是河桥三月[④]，做一番晴雪，恼乱诗魂。带雨沾衣，罗襟点点离痕。休缀潘郎鬓影[⑤]，怕绿窗、年少人惊。卷春去，剪东风、千缕碎云。

[注释]

①燕泥：新燕衔泥以作窠。　②游丝：指蛛网。　③章台：指柳。唐传奇《柳氏传》及唐人孟棨《本事诗》皆载此事，谓韩翃与柳氏恩爱，后因战乱分离，翃使人求柳氏，于练囊题诗曰："章台柳，章台柳，昔日青青今在否？纵使长条似旧垂，也应攀折他人手。"章台，本为汉长安街名，时柳氏留在长安，故有此称。　④河桥：河梁，送别之地。旧题李陵《与苏武诗》云："携手上河梁，游子暮何之。"　⑤潘郎：指晋人潘岳，美姿容，此言在外游子。

[集评]

陆辅之《词旨》赏其警句："休缀潘郎鬓影，怕绿窗、年少人惊。"

先著、程洪云："有章、苏在前，自难求胜。此但以清便取致，已是名作。"（《词洁辑评》卷四）

忆旧游

次韵篔房有怀东园[①]

记花阴映烛，柳影飞梭，庭户东风。彩笔争春艳，任香迷舞袖，醉拥歌丛。画帘静掩芳昼，云剪玉璁珑[②]。奈恨绝冰弦[③]，尘消翠谱，别凤离鸿[④]。　莺笼。怨春远，但翠冷闲阶，坠粉飘红。事逐华年换，叹水流花谢，燕去楼空。绣鸳暗老薇径，残梦绕雕栊[5]。怅宝瑟无声，愁痕沁碧，江上孤峰[6]。

[注释]

①篔房：李彭老，号篔房，曾与周密等结词社。　②璁珑：形容玉色明洁。　③冰弦：筝弦。　④别凤离鸿：谓人分离。　⑤雕栊：雕有图案的窗栊。　⑥此用钱起《湘灵鼓瑟》诗“曲终人不见，江上数峰青”诗意。

水龙吟

次陈君衡见寄韵[1]

燕翎谁寄愁笺，天涯望极王孙草[2]。新烟换柳，光风浮蕙，馀寒尚峭。倚杖看云，剪灯听雨，几番诗酒。叹长安倦客，江南旧恨，飞花乱、清明后。　堤上垂杨风骤，散香绵、轻沾吟袖。麹尘两岸，纹波十里[3]，暖蒸香透。海阔云深，水流春远，梦魂难句[4]。问莺边按谱[5]，花前觅句，解相思否。

[注释]

①陈君衡：即陈允平。　②“燕翎”二句：古有燕足传书之说，此言音信难寄，用淮南小山《招隐士》“芳草生兮萋萋，王孙游兮不归”意。③“麹尘”二句：指淡黄色细尘。纹波，即波纹。　④句：同“勾”。　⑤按谱：依谱弹唱。

[集评]

许昂霄云：“草字，峭字，与酒、后等韵同叶，唯南宋诸公有之。”（《词综偶评》）

水龙吟

次张斗南韵[1]

舞红轻带愁飞[2]，宝鞯暗忆章台路[3]。吟香醉雨，吹箫门巷，飘梭院宇。立尽残阳，眼迷晴树，梦随风絮。叹江潭冷落，依依旧恨，人空老、柳如许。　锦瑟华年暗度[4]，赋行云、空题短句[5]。情丝系燕[6]，么弦弹凤[7]，文君更苦。烟水流红，暮山凝紫，是春归处。怅江南望远，蘋花自采[8]，寄将愁与。

（以上《彊村丛书》本《蘋洲渔笛谱》卷二）

[注释]

①张斗南：即张枢，字斗南，张炎之父。　②舞红：飘扬的落花。　③鞯：鞍。此指马。　④锦瑟华年：即美好年华。唐李商隐《锦瑟》："锦瑟无端五十弦，一弦一柱思华年。"　⑤赋行云：指宋玉作《高唐赋序》，咏巫山神女"旦为朝云，暮为行雨"事。　⑥系燕：唐任宗妻郭绍兰思念在湘中行商的丈夫，作诗系燕足以寄情达意。　⑦"弹凤"二句：《史记·司马相如列传》载，相如到卓王孙家，座间弹琴，以琴心挑文君，奏《凤求凰》，文君乃夜奔相如。　文君更苦：后至长安，相如又想纳茂陵女子，文君乃为《白头吟》，词情哀苦，相如览文而止。　⑧蘋花：植物名。唐柳恽《江南曲》："汀州采白蘋，日暮江南春。"采蘋多喻伤别之意。

徵　招

九日登高

江蓠摇落江枫冷，霜空雁程初到[1]。万景正悲凉，奈曲终人杳[2]。登临嗟老矣，问今古、清愁多少。一梦东园，十年心事，恍然惊觉。　肠断，紫霞深[3]，知音远、寂寂怨琴凄调。短发已无多，怕西风吹帽[4]。黄花空自好。问谁识[⑤]、对花怀抱。楚山远,九辩难招[⑥],更晚烟残照。

[注释]

①雁程:雁秋日南飞的路程。 ②曲终人杳:本钱起《省试湘灵鼓瑟》“曲终人不见,江上数峰青”。 ③紫霞:指紫霞翁,杨缵。 ④西风吹帽:用孟嘉九日登龙山,因风吹落帽之典。见《晋书·孟嘉传》。 ⑤唐氏按:“识”原作“是”,从知不足斋本。 ⑥九辩:楚人宋玉曾作《九辩》,开悲秋之先河。

[集评]

陈廷焯云:“骨韵苍凉,调和音雅,在梅溪、竹屋之间。”(《大雅集》卷三)

况周颐:“紫霞翁杨缵,不闻有迁谪之事,不知何因游吾粤也。周公谨九日登高,《徵招》换头云:‘肠断紫霞深,知音远、寂寂怨琴凄调。’歇拍云‘楚山远,九辩难招,更晚烟残照。’吾邑远在楚南,周词云云,可为霞翁游粤之证。”(《蕙风词话》卷四)

酹江月

中秋对月

奁霏净洗[①],唤素娥睡起[②],平分秋色。雁背风高孀兔冷[③],露脚侵衣香湿。银浦流云,珠房迎晓,鬓影霜争白。玉尊良夜[④],与谁同醉瑶席。 忍记倚桂分题[⑤],簪花筹酒,处处成陈迹。十二楼空环佩杳[⑥],惟有孤云知得。如此江山,依然风月,月底人非昔。知音何许,泪痕空沁愁碧。 (以上《彊村丛书》本《蘋洲渔笛谱》卷二附编王棣跋引)

[注释]

①奁霏净洗:谓天空云气消散,明净如镜奁。 ②素蛾:指月。 ③孀兔:传说月中有兔。孀,老妇,指嫦娥。 ④玉尊:玉制酒器。 良

夜：好夜，美好的夜晚。 ⑤分题：指诗人聚会分探题目而赋诗。 ⑥环佩：美人身上所带饰物，此代指美人。

夜合花

茉　莉

月地无尘，珠宫不夜，翠笼谁炼铅霜[①]。南州路杳，仙子误入唐昌[②]。零露滴，湿微妆，逗清芬、蝶梦空忙[③]。梨花云暖，梅花雪冷，应妒秋芳。　　虚庭夜气偏凉。曾记幽丛采玉，素手相将[④]。青蕤嫩萼[⑤]，指痕犹映瑶房[⑥]。风透幕，月侵床。记梦回、粉艳争香。枕屏金络，钗梁绛缕，都是思量[⑦]。

[注释]

①"翠笼"句：谓茉莉绿叶白花的美姿。 ②唐昌：唐昌观，唐寺观名，在长安，观中有玉蕊花，相传为玄宗女唐昌公主手植。 ③蝶梦：庄周曾梦为蝴蝶，醒来后不知自己梦为蝴蝶，还是蝴蝶梦为庄周。 ④"曾记"二句：谓美人玉手曾亲自扶持，采摘茉莉。 ⑤青蕤嫩萼：形容茉莉初长貌。⑥"指痕"句：谓花苞上似犹有美人指迹。 ⑦"枕屏"三句：谓看到房内的摆设、饰物，都会睹物思人想起往事。

水龙吟

白　莲

素鸾飞下青冥[①]，舞衣半惹凉云碎。蓝田种玉[②]，绿房迎晓，一奁秋意。擎露盘深，忆君凉夜，暗倾铅水[③]。想鸳鸯、正结梨云好梦，西风冷、还惊起。　　应是飞琼仙会。倚凉飙、碧簪斜坠。轻妆鬥白[④]，明珰照影[⑤]，红衣羞避。霁月三更，粉云千点，静香十里。听湘弦奏彻[⑥]，冰绡偷剪，聚相思泪。[⑦]

[注释]

①素鸾：白色鸾鸟。此指白莲。 青冥：青天。 ②蓝田种玉：蓝田，地名，在今陕西，历来是出产美玉的地方。此用其字面，形容绿色秋水中的白莲花。 ③“擎露”三句：语出李贺《金铜仙人辞汉歌》“空将汉月出宫门，忆君清泪如铅水”。 ④轻妆：淡妆。 ⑤明珰：用珠玉串成的耳饰。⑥湘弦：用湘妃典。舜二妃娥皇女英死后成为湘水之神。李益《古瑟怨》：“破瑟悲秋已减弦，湘灵沉怨不知年。” ⑦唐氏按：此首别又误作王沂孙词，见《古今图书集成·草木典》卷九十七“莲”部。

[集评]

陈廷焯云：“‘擎露盘深，忆君凉夜，暗倾铅水，想鸳鸯，正结梨云好梦，西风冷、还惊起。’词意兼胜，似此亦居然碧山矣。”（《白雨斋词话》卷二）

天 香

龙涎香[①]

碧脑浮冰，红薇染露，骊宫玉唾谁捣[②]。麝月双心，凤云百和，宝钏佩环争巧。浓熏浅注，疑醉度、千花春晓。金饼著衣馀润，银叶透帘微袅[③]。 素被琼篝夜悄[④]，酒初醒、翠屏深窈。一缕旧情，空趁断烟飞绕。罗袖馀馨渐少。怅东阁、凄凉梦难到。谁念韩郎，清愁渐老[⑤]。

[注释]

①龙涎香：一种珍贵香料名。抹香鲸肠胃的一种分泌物，以得之于海上，故称龙涎。其香浓烈持久。 ②“红薇染露”二句：形容龙涎香之色，状。 ③金饼、银叶：指把龙涎香制成金饼、银叶之状。 袅（niǎo）：香气摇曳貌。 ④琼篝：玉制熏笼，用以烘衣。 ⑤韩郎：用韩寿偷香之典。刘义庆《世说新语》载韩寿美姿容，为贾充属官，与贾女私通。贾女把皇帝

特赐她父之异香给韩寿使用，贾充因此知之。

珍珠帘

琉璃帘[①]

宝阶斜转春宵永[②]，云屏敞、雾卷东风新霁[③]。光动万星寒，曳冷云垂地。暗省连昌游冶事[④]，照炫转、荧煌珠翠。难比，是鲛人织就[⑤]，冰绡渍泪。　独记梦入瑶台[⑥]，正玲珑透月，琼钩十二。金缕逗浓香，接翠蓬云气。缟夜梨花生暖白[⑦]，浸潋滟[⑧]，一池春水。沉醉，归时人在，明河影里[⑨]。

[注释]

①琉璃帘：以琉璃制成的帘子。　②永：漫长。　③新霁：新晴。　④暗省：暗自追忆。　连昌：连昌宫，唐宫殿名，元稹曾作《连昌宫词》写明皇与贵妃游乐事。　⑤"鲛人"二句：传说海中有鲛人，泪泣成珠。　冰绡：如冰一样洁白的绡绢。　⑥瑶台：美玉砌成之台，指神仙所居之地。　⑦缟夜：言梨花把夜晚照得如同白昼。　⑧潋滟：水波荡漾貌。　⑨明河：天河。

[集评]

陈廷焯云："造语精采，其不及中仙者，词胜而意不深厚也。"（《别调集》卷二）

疏　影

梅　影

冰条木叶[①]，又横斜照水[②]，一花初发。素壁秋屏，招得芳魂，仿佛玉容明灭[③]。疏疏满地珊瑚冷[④]，全误却、扑花幽蝶[5]。甚美人、忽到窗前,镜里好春难折[6]。　闲想孤山旧事[7],浸清漪、倒映千树残雪。暗里东风,可惯无情,搅碎一帘香月[8]。轻妆谁写崔徽面[9],认隐约、烟绡重叠[10]。记梦回,纸帐残灯[11],瘦倚数枝清绝。

[注释]

①冰条木叶:一作"冰条冻叶"。词人写影,为突出其清寒,对梅树本身亦施加"冰"、"冻"、"冷"字形容。如蔡伸《点绛唇》:"绿萼冰花,数枝清影横疏牖。"　②横斜照水:写水中梅影。　③"素壁"三句:写壁上屏上梅影,似招来梅魂,其"玉容"在月照下时明时灭。　④"疏疏"句:唐氏按:上句中"容"字与"冷"字原空格,据《词综》卷二十补。　⑤"误却"句:梅影如珊瑚树,误导蝴蝶扑花,实是扑向梅影。　⑥镜里:写镜中梅影,如美人来到窗前,姿容虽美,难以攀折。　⑦孤山旧事:回想在西湖畔孤山林和靖寓址赏梅。如浸泡在"清漪"之中。　⑧"东风"三句:风动涟漪,搅碎梅影。　⑨崔徽:元稹《崔徽歌》写到的河中歌女,因爱人离去,托人绘制肖像以寄。此以人拟梅影。　⑩烟绡重叠:写月照下窗帘梅影景映疏帘,似用烟(半透明)绡剪成重叠的梅花。　⑪纸帐:一种画有梅花的纸质帐子。

[集评]

许昂霄云:"'横斜照水'四字,是题前引子,即为下文伏脉。'素壁秋屏'以下方是正面描写。'轻妆谁写崔徽面',比。'记梦回,纸帐残灯'二句,比而赋。"(《词综偶评》)

齐天乐

蝉

槐薰忽送清商怨[1],依稀正闻还歇。故苑愁深,危弦调苦,前梦蜕痕枯叶[2]。伤情念别。是几度斜阳,几回残月。转眼西风,一襟幽恨向谁说。　轻鬓犹记动影,翠蛾应妒我，双鬓如雪[③]。枝冷频移，叶疏犹抱[④]，孤负好秋时节。凄凄切切，渐迤逦黄昏[⑤]，砌蛩相接。露洗馀悲，暮烟声更咽。

[注释]

①槐薰：槐风。　清商：一种悲怨的乐调，代秋气。此处指蝉鸣声转凄厉。夏风忽送秋声，喻形势骤变。　②"故苑"三句：故苑、危弦，均由宫女之怨引出。相传蝉为齐女魂，鸣出失国之恨。　前梦：已逝之往昔繁华。　蜕痕：蝉蜕壳后痕迹。从前繁盛只馀下蜕痕。　枯叶："伤情念别"，故"愁深"，"调苦"。　③"轻鬟"三句：用宫魂口吻，状昔日倩影，为众蛾妒忌。　双鬓如雪：慨叹今日。　④"枝冷"二句：喻零落无依。　⑤迤逦：绵延起伏，此处有消磨意。

[集评]

《山风词说》云："《疏影》写梅花幽影，《齐天乐》咏蝉而重在蝉声，更以宫魂拟之，亦蝉亦人。亦人亦蝉，故成亡国之凄唱。词以'清商怨'起，以'危弦'、'砌蛩'相继而结煞于'著烟声更咽'，层次清晰，首尾相应。'轻鬟犹记动影，翠蛾应妒我，双鬓如雪'。前二句慨往昔，后一句叹今，巧用硬拐弯笔法，极写盛衰之感。"

满江红

寄剡中自醉兄[①]

秋水涓涓[②]，情渺渺、美人何许。还记得、东堂松桂，对床风雨[③]。流水桃花西塞隐，茂林修竹山阴路[④]。二十年、历历旧经行，空怀古。　评砚品，临书谱。笺画史，修茶具。喜一愚天禀，一闲天赋[⑤]。百战征求千里马，十年饾饤三都赋[⑥]。问何如、石鼎约弥明，同联句[⑦]。

[注释]

①剡(shàn)中:即剡县,在今浙江嵊县。　自醉兄:所指不详。《草窗韵语》有《题族伯自醉翁吟稿》,未知孰是。　②涓涓:水流细缓貌。　③对床风雨:风雨之夜,两人对床共语。此回忆友人相聚的快乐。　④“流水”二句:谓两人当年同游之处。　⑤“喜一愚”二句:谓两人都非天赐禀赋之才。　⑥饾饤:堆砌貌。　三都赋:左思曾构思十年,作《三都赋》,洛阳为之纸贵。　⑦石鼎:石制煎烹之器。唐韩愈有记衡山道士轩辕弥明等人的《石鼎联句》诗。

玉漏迟

题吴梦窗《霜花腴词集》①

老来欢意少,锦鲸仙去②,紫霞声杳③。怕展金奁④,依旧故人怀抱。犹想乌丝醉墨⑤,惊俊语、香红围绕⑥。闲自笑,与君共是,承平年少⑦。　雨窗短梦难凭⑧,是几番宫商,几番吟啸。泪眼东风,回首四桥烟草⑨。载酒倦游甚处,已换却、花间啼鸟。春恨悄,天涯暮云残照。

(以上《草窗词》卷上)

[注释]

①霜花腴词集:吴文英词有《梦窗甲乙丙丁四稿》。亦名《霜花腴词集》。　②锦鲸仙去:代指吴文英亡故。　③紫霞:杨守端,号紫霞。声杳,言其逝去。　④金奁:温庭筠词集名《金奁》,此处指保存吴词的匣子。⑤乌丝:乌丝栏,一种纸笺。　⑥香红:指美丽歌女。梦窗妙音律,“俊语”出,歌女“围绕”歌唱。　⑦承平:指宋亡之前。吴文英写《霜花腴》时,年三十馀,周密仅二十馀岁。　⑧短梦:沉浸在往事的回忆中。　难凭:难以凭信。　⑨四桥:苏州甘泉桥。吴文英与作者曾来游赏。

[集评]

王弈清云:“……又有《玉漏迟·题梦窗霜花腴词集》全阕,更觉缠绵

深至，可歌可泣。”（《历代词话》卷八《宋名家词评》）

西江月

忆　剡[①]

万壑千岩剡曲[②]，朝南暮北樵中。江潭杨柳几东风，犹忆当年手种。　鬓雪愁侵秋绿[③]，容华酒借春红。非非是是总成空，金谷兰亭同梦[④]。

[注释]

①剡：地名，在今浙江嵊县。　②剡曲：剡溪，水名，曹娥江上游，在今嵊县。　③鬓雪：鬓如雪，指头发白。　④金谷：金谷园，晋石崇名园。兰亭：在会稽山阴，晋王羲之等人曾会于此，作《兰亭序》。

杏花天

金池琼苑曾经醉，是多少、红情绿意[①]。东风一枕游仙睡，换却莺花人世[②]。　渐暮色、鹃声四起，正愁满、香沟御水[③]。一色柳烟三十里，为问春归那里。

[注释]

①红情绿意：指艳丽的春日景色。唐赵彦昭《立春日侍宴内出剪采花应制诗》：“花随红意发，叶就绿枝新。”　②莺花：莺啼花开之意，用以指春时景物。　③香沟御水：指从宫里御沟中流出的带香味的水。

四字令

访友不遇

残月半篱，残雪半枝。孤吟自款柴扉[①]，听猿啼鸟啼。

人归未归，无诗有诗。水边伫立多时[2]，问梅花便知。

[注释]

①款:题写。 柴扉:柴门。 ②伫:久立。

醉落魄

洪仲鲁之江西，书以为别[1]

寒侵径叶，雁风去碎珊瑚屑[2]。砚凉闲试霜晴帖[3]。颂菊骚兰[4]，秋事正奇绝。 故人又作江西别，书楼虚度中秋节。碧阑倚遍愁谁说，愁是新愁，月是旧时月。

[注释]

①洪仲鲁:即洪焘，洪咨夔次子。 ②雁风:雁过秋风起。 ③霜晴帖:晋王羲之有《快雪时晴帖》。 ④颂菊骚兰:此指吟咏兰菊等的诗篇。

祝英台近

后溪次韵日熙堂主人[1]

殢馀酲[2]，寻旧雨，愁与病相半。绿意阴阴，丝竹静深院。绝怜事逐春移，泪随花落，似剪断、鲛房珠串[3]。 喜重见。为谁倦酒慵诗，筠屏掩双扇[4]。白髮潘郎，羞见看花伴[5]。可堪好梦残时，新愁生处，烟月冷，子规声断。

[注释]

①后溪:出铜岘山，流至武康县后，称后溪。 日熙堂主人:即李彭老，字商隐，作者友人。 ②殢:阻碍，凝滞。 馀酲:病酒未消。 ③鲛房珠串:神话传说中海底有鲛人，泪水能结成珍珠，此指落泪。 ④筠屏:竹制屏风。 ⑤潘郎:即潘安，貌美，后常作美男子通称。

甘 州

灯夕书寄二隐①

渐萋萋、芳草绿江南，轻晖弄春容②。记少年游处，箫声巷陌，灯影帘栊。月暖烘炉戏鼓，十里步香红。攲枕听新雨③，往事朦胧。　还是江春梦晓，怕等闲愁见，雁影西东。喜故人好在，水驿寄诗筒。数芳程、渐催花信④，送归帆、知第几番风。空吟想，梅花千树，人在其中。

[注释]

①灯夕：指元宵夜。　二隐：指李彭老（字商隐）和李莱老（字周隐）兄弟，皆与周密结社交好，有《龟溪二隐词》。　②晖：春光。　③攲枕：侧着枕头。　④花信：自小寒至谷雨，五日一番风候，与每一番花期对应，称花信风。

甘 州

题疏寮园①

信山阴、道上景多奇②，仙翁幻吟壶。爱一丘一壑，一花一草，窈窕扶疏③。染就春云五色④，更种玉千株⑤。咳唾骚香在⑥，四壁骊珠⑦。　曲折冷红幽翠，涉流花涧净，步月堂虚。美风流鱼鸟，来往贺家湖。认秦鬟、越妆窥镜⑧，倚斜阳，人在会稽图⑨。图多赏，池香洗砚，山秀藏书。

[注释]

①疏寮：高似孙，号疏寮，曾为会稽县主簿。　②山阴道上：本《世说新语·言语》“王子敬云：‘从山阴道上行，山川自相映发，使人应接不暇’”。　③窈窕扶疏：谓错落多姿。　④云五色：五种颜色的云彩，古人

以为祥瑞。　⑤种玉：玉树，名贵而好看的树木。　⑥咳唾：比喻人的言论。　骚香：骚指楚辞《离骚》，此谓言谈骚雅有馀香。　⑦骊珠：宝珠。传说出骊龙颔下，故名。此亦指言辞美好。　⑧秦鬟，越妆：指美貌女子。⑨会稽：县名。在山阴县旁，此即谓山阴。　唐氏按："图"字原空格，据知不足斋丛书本《草窗词》补。

齐天乐

次二隐寄梅[①]

护春帘幕东风里，当年问花曾到。玉影孤搴[②]，冰痕半折，漠漠冻云迷道。临流更好。正雪意逢迎，阴光相照。梦入罗浮，古苔啁哳翠禽小[③]。　一枝空念赠远，溯波流不到，心事谁表。倚竹天寒[④]，吟香夜冷，几度月昏霜晓。寻芳欠早。怕鹤怨山空[⑤]，雁归书少。不恨春迟，恨春容易老。

［注释］

①次：步韵和词。　二隐：指李彭老（字商隐）和李莱老（周隐），有《龟溪二隐词》。　②搴（qiān）：挺举。玉影孤搴谓梅树挺拔独立。　③"罗浮"二句：据唐柳宗元《龙城录》载，有士人赵师雄于罗浮山松林间小憩，见一女子，淡妆素服，与之共饮，梦醒后乃见自已独睡于大梅花树下，树上有翠鸟。后遂以"梦入罗浮"等语吟咏梅花。　啁哳：细碎的声音，此指鸟声。　翠禽：翠鸟。传赵师雄于罗浮遇美人，至酒家共饮，有绿衣童子，笑歌戏舞，即此翠鸟。　④倚竹天寒：语出杜甫《佳人》诗"天寒翠袖薄，日暮倚修竹"。　⑤鹤怨山空：本南朝齐孔稚圭《北山移文》"蕙帐空兮夜鹤怨，山人去兮晓猿惊"。

忆旧游

寄王圣与[①]

记移灯剪雨，换火篝香，去岁今朝。乍见翻疑梦[②]，向梅边携手，笑挽吟桡。依依故人情味，歌舞试春娇。对婉娩年芳，漂零身世，酒趁愁消[③]。　天涯未归客，望锦羽沉沉，翠水迢迢。叹菊荒薇老，负故人猿鹤，旧隐谁招[④]。疏花漫撩愁思[⑤]，无句到寒梢。但梦绕西泠，空江冷月，魂断随潮。

[注释]

①王圣与：即王沂孙，字圣与，号碧山，宋末词人。　②“乍见”句：本唐司空曙《云阳馆与韩绅宿别》“乍见翻疑梦，相悲各问年”。　翻：反过来。③婉娩：美好。欧阳修《渔家傲》：“三月清明天婉娩，晴川祓禊归来晚。”④“负故人猿鹤”二句：谓辜负了故人旧隐的想法。　⑤漫撩：不经意地惹起。

声声慢

送王圣与次韵

琼壶歌月，白髮簪花，十年一梦扬州。恨入琵琶，小怜重见湾头[①]。尊前漫题金缕，奈芳情、已逐东流。还送远，甚长安乱叶[②]，都是闲愁。　次第重阳近也[③]，看黄花绿酒，也合迟留。脆柳无情，不堪重系行舟。百年正消几别，对西风、休赋登楼[④]。怎去得，怕凄凉时节，团扇悲秋。

[注释]

①小怜：北齐后主左皇后冯小怜，善歌舞琵琶。齐亡，为周师所得。

②长安乱叶:语出贾岛《忆江上吴处士》诗“秋风生渭水,落叶满长安”。此写离别之悲。　③次第:立即,转眼。　④赋登楼:王粲避难荆州,登江陵城楼,写《登楼赋》。

踏莎行

题中仙词卷[1]

结客千金[2],醉春双玉[3],旧游宫柳藏仙屋。白头吟老茂陵西[4],清平梦远沉香北。　玉笛天津[5],锦囊昌谷[6],春红转眼成秋绿。重翻花外侍儿歌,休听酒边供奉曲[7]。

(以上《草窗词》卷下)

[注释]

①中仙:即王沂孙,又号中仙。　②结客千金:谓王少时豪爽俊迈,以千金结交宾客。　③双玉:双玉瓯,酒具。　④“白头”句:茂陵为汉武帝刘彻陵墓,司马相如晚年曾闲居于此。唐李商隐《寄令狐郎中》:“休问梁园旧宾客,茂陵秋雨病相如。”此指王沂孙老来郁结而闲居。　⑤玉笛天津:天津,指天津桥,在洛阳南洛水上。李白《春夜洛阳闻笛》诗云:“谁家玉笛暗飞声,散入春风满洛城。”　⑥锦囊昌谷:李贺居昌谷,李商隐《李贺小传》云其骑驴背一锦囊,遇有好句,则书之投于囊中。此句谓王像李贺一样耽于诗思。　⑦供奉曲:为宫廷内演唱的歌曲。唐刘禹锡《听旧宫人中乐人穆氏唱歌》:“休唱贞元供奉曲,当时朝士已无多。”

夷则商国香慢

赋子固凌波图[1]

玉润金明,记曲屏小几,剪叶移根。经年汜人重见[2],瘦影娉婷。雨带风襟零乱,步云冷、鹅管吹春[3]。相逢旧京洛,素靥尘缁[4],仙掌霜凝。　国香流落恨,正冰铺翠薄，谁念遗簪[5]。水天空远，应念矾弟梅兄[6]。渺渺鱼波望极[7]，五十弦、愁满湘云[8]。凄凉耿无语，梦入东风，雪尽江清。

（《珊瑚网名画题跋》卷六[8]）

［注释］

①子固：指赵孟坚，字子固，擅书画，时人比之米芾。　凌波：指水仙花。　②汜（fàn）人：据唐沈亚之《湘中怨解》载，有郑生过洛桥遇一女子欲投水，乃载归同居，号汜人。数年后汜人自言本龙宫之女，遭贬谪，今期满，乃离去。此言凌波图中水仙美姿。　③管：乐器名。　④素靥尘缁：谓水仙素洁，而为缁尘所染。　⑤“国香流落恨”三句：语出黄庭坚《次韵中玉水仙花二首》“可惜国香天不管，随缘流落小民家”。　国香：水仙曾被朝廷封为贡花。　遗簪：《韩诗外传》载有妇人遗簪而悲，孔子弟子问有何悲，妇人言为不忘故也。后因以指睹物而起怀旧之情。　⑥应念矾弟梅兄：语出黄庭坚《王充道送水仙花五十枝，欣然会心，为之作咏》诗“含香体素欲倾城，山矾是弟梅是兄”。　山矾：栀子花，白而香。　⑦鱼波：即水波。　⑧五十弦：指瑟。

［集评］

张德瀛云：“周公谨《国香慢》，以根、婷、春、凝、簪、兄、云、清通叶。”（《词徵》）

一萼红

登蓬莱阁有感[1]

步深幽，正云黄天淡，雪意未全休。鉴曲寒沙[2]，茂林烟草，俯仰千古悠悠。岁华晚、漂零渐远，谁念我、同载五湖舟[3]。磴古松斜，厓阴苔老，一片清愁。　回首天涯归梦，几魂飞西浦，泪洒东州。故国山川，故园心眼，还似王粲登楼。最怜他、秦鬟妆镜[4]，好江山、何事此时游。为唤狂吟老监[5]，共赋销忧。

[注释]

①蓬莱阁:故址在今浙江绍兴卧龙山下。原为五代吴越王钱镠所建,位于会稽郡治所郡厅的后面。　原注:"阁在绍兴,西浦、东州皆其地。"　②鉴曲:鉴湖曲折处。鉴湖又名镜湖,在绍兴城南。　③五湖:即太湖。五湖舟:用范蠡事,春秋时范蠡辅佐越王勾践灭吴,功成后,"遂乘轻舟,以泛于五湖,莫知其所终极"。　④秦鬟妆镜:秦指秦望山,在绍兴东南,其形如髮髻。传秦始皇曾登会稽山以望大海,刻石为颂,因此会稽山又名秦望山。妆镜指镜湖(鉴湖)。　⑤狂吟老监:指唐诗人贺知章,绍兴人,曾为秘书监。晚年辞官归隐,自号"四明狂客"。

[集评]

《词苑萃编》云:"绍兴郡治在卧龙山上,蓬莱阁在郡治厅后,取元微之'我是玉皇香案吏,谪居犹得近蓬莱'句意。名公多题咏……后有周公谨密题《一萼红》词云……"(《舆地记胜》辑)

陈廷焯云:"公谨《一萼红·登蓬莱阁有感》一阕,苍茫感慨,情见乎词,当为草窗集中压卷。虽使美成,白石为之,亦无以过。惜不多耳。"(《白雨斋词话》卷二)

周济云:"草窗词美在缜密,如此章稍空阔,愈益佳妙。"(《周评绝妙好词笺》)

扫花游

九日怀归

江蓠怨碧[①],早过了霜花,锦空洲渚[②]。孤蛩自语。正长安乱叶,万家砧杵[③]。尘染秋衣,谁念西风倦旅。恨无据。怅望极归舟,天际烟树。　心事曾细数。怕水叶沉红[④],梦云离去[⑤]。情丝恨缕。倩回纹为织,那时愁句[⑥]。雁字无多[⑦],写得相思几许。暗凝伫。近重阳、满城风雨。

［注释］

①江蓠:一种香草,生于江岸或洲渚上。李商隐《九日》:“空教楚客咏江蓠。” ②锦:指花。 ③“长安”二句:化用贾岛《忆江上吴处士》“秋风生渭水,落叶满长安”,李白《子夜吴歌》“长安一片月,万户捣衣声”诗意。 ④水叶沉红:红莲凋落沉于水中。 ⑤梦云离去:楚襄王梦遇神女,为云为雨。此言梦云离去,指美好事物一逝难返。 ⑥回纹为织:回纹同“回文”。前秦才女苏蕙织锦字回文诗,指将当时离愁别绪写成书信或诗章。 ⑦“雁字”句:大雁群飞,排成一字人字。“无多”无以表达怀归者无尽思念。

三姝媚

送圣与还越

浅寒梅未绽,正潮过西陵[①],短亭逢雁。秉烛相看,叹俊游零落,满襟依黯[②]。露草霜花,愁正在、废宫芜苑。明月河桥[③],笛外尊前,旧情消减。　莫诉离肠深浅,恨聚散匆匆,梦随帆远。玉镜尘昏,怕赋情人老,后逢凄惋。一样归心,又唤起、故园愁眼[④]。立尽斜阳无语,空江岁晚。

［注释］

①西陵:渡口名,在浙江萧山市西。王沂孙还越,正从此经过。 ②秉烛相看:本杜甫《羌村》(三首之一)诗“夜阑更秉烛,相对如梦寐”。 依黯:伤别之意。 ③河桥:分手之地。 ④“一样”三句:化用秦观《望海湖》“无奈归心,暗随流水到天涯”。

［集评］

俞陛云云:“‘后逢凄惋’四字尤为沉痛。此家、国及离索之三种牢愁,皆在老年并集。人何以堪!临江无语,惟有‘立尽斜阳’。释迦佛所云‘无可说’,‘无可说’也。”(《唐五代两宋词选释》)

献仙音

吊雪香亭梅[1]

松雪飘寒，岭云吹冻，红破数椒春浅[2]。衬舞台荒，浣妆池冷，凄凉市朝轻换[3]。叹花与人凋谢，依依岁华晚。

共凄黯。问东风、几番吹梦，应惯识当年，翠屏金辇。一片古今愁，但废绿、平烟空远。无语消魂，对斜阳，衰草泪满。又西泠残笛，低送数声春怨。

[注释]

①雪香亭：杭州葛岭有集芳园，原为皇家苑囿。后赐贾似道，贾进而增修，中有亭，亭旁植梅树，花开似雪而香，因名雪香亭。宋亡国后，园亭荒芜，一派寒冻、荒冷景象，因赋词吊梅，寓黍离之悲。 ②红破：红梅绽开。 椒：喻红梅含苞未放之状。 春浅：春早，花尚未盛放。 ③市朝轻换：改朝换代，南宋亡国。 轻：指亡之易。

[集评]

陈廷焯云："公谨《献仙音·吊雪香亭梅》云：'一片古今愁，但废绿平烟空远。无语销魂，对斜阳衰草泪满。'又'西泠残笛，低送数声春怨'即杜诗'回首可怜歌舞地'之意。以词发之，更觉凄婉。"（《白雨斋词话》卷二）

高阳台

送陈君衡被召[1]

照野旌旗，朝天车马，平沙万里天低。宝带金章[2]，尊前茸帽风敧[3]。秦关汴水经行地[4]，想登临、都付新诗。纵英游[5]，叠鼓清笳，骏马名姬。 酒酣应对燕山雪，正冰河月冻，晓陇云飞。投老残年，江南谁念方回[6]。东风渐绿西湖柳，雁已还、人未南归[7]。最关情，折尽梅花，难寄相思[8]。

[注释]

①陈君衡：陈允平，南宋后期词人，周密友人。宋亡，元朝征召陈允平至大都（今北京），作者赋此送行。百慨交集却只能蕴藉为辞。（附记）元朝赐官，陈允平不受，随即放还。 ②宝带金章：代指人物受重视的程度，所佩者宝带，所携者金印。词中依稀有讽谕意。 ③茸帽：皮毛帽子。风攲：（帽）被风吹斜了。 ④秦关：潼关。 汴水：流经汴京的汴河。想象之辞，非必经之地。意在引发故国之思。 ⑤纵：任情。 ⑥方回：贺铸，字方回，北宋词人。此处周密慨叹自己年老力衰，蛰隐江南，无人念及。"江南谁念方回"系"谁念江南方回"之倒置。 ⑦雁已还：想象明年春天到来，雁儿北返友人却不能南归。 ⑧折梅花：南朝人陆凯曾从江南寄梅花给在长安的范晔，并赠诗云："折梅逢驿使，寄与陇头人。江南无所有，聊赠一枝春。"

[集评]

俞陛云云："下阕但赋离情，于陈君衡出处，不加褒贬之词，仅言江湖投老，见两人穷达殊途，新朝有振鹭之歌，而故国无归鸿之信，意在言外也。"（《唐五代两宋词选释》）

庆宫春

送赵元父过吴[1]

重叠云衣，微茫雁影，短篷稳载吴雪。霜叶敲寒，风灯摇晕，棹歌人语呜咽[2]。拥衾呼酒，正百里、冰河乍合。千山换色，一镜无尘，玉龙吹裂[3]。 夜深醉踏长虹[4]，表里空明，古今清绝。高台在否，登临休赋[5]，忍见旧时明月。翠消香冷，怕空负，年芳轻别。孤山春早，一树梅花，待君同折。

[注释]

①赵元父:即赵与仁,字元父。《绝妙好词》载其词五首。　②棹歌:船歌。　③玉龙:喻雪。张元《雪诗》:“战罢玉龙三十万,败鳞风卷满天飞。”　④长虹:指桥。桥卧波上,状如虹,因谓长虹。　⑤登临休赋:用王粲登楼作赋事。

高阳台

寄越中诸友①

小雨分江,残寒迷浦②,春容浅入蒹葭③。雪霁空城④,燕归何处人家。梦魂欲渡苍茫去⑤,怕梦轻、还被愁遮。感流年,夜汐东还,冷照西斜⑥。　萋萋望极王孙草⑦,认云中烟树,鸥外春沙⑧。白髮青山,可怜相对苍华⑨。归鸿自趁潮回去,笑倦游、犹是天涯⑩。问东风,先到垂杨,后到梅花⑪。

[注释]

①越中:指浙江绍兴。　诸友:王沂孙、邓牧、谢羽等曾寓居越州。皆不屈于元朝统治的高节之士,深为作者敬重。写作此词时王沂孙已逝世,当是寄赠邓牧、谢羽的。宋亡后周密一直居杭州,词中某些景物足证本词在杭州作。　②残寒迷浦:馀寒笼罩水边,早春给人料峭之感。　③春容:春的意态。　④空城:城空。亡国后,城市遭到很大破坏。　⑤苍茫:宽阔无际的水面,此指下游的钱塘江。　⑥“夜汐”两句:越州近东海,海上掀起的潮汐还会向东边退去;冷冷的日光向西方沉落。　⑦望极:极目远望(寻找友人)。王孙草:本汉淮南小山《招隐士》“王孙游兮不归,芳草生兮萋萋”。　⑧“认云中”两句:写望极不见,只能从“云中烟树,鸥外春沙”想象友人活动的场所。　⑨苍华:青山为“苍”,白髮为“华”,故云“相对苍华”,青山白髮,兼指两地,此处“白髮”对彼处“青山”,彼处“白髮”对此处“青山”。　⑩“归鸿”二句:雁为候鸟,像潮来汐落,以时归去。⑪“问东风”二句:实为向世道发问,为何先顾随风摇摆的垂头柳,后到冷

隽幽香的傲骨梅。

[集评]

陆辅之《词旨》赏其警句："梦魂欲渡苍茫去，怕梦轻还被愁遮。"

李佳云："词家有作，往往未能竟体无疵。每首中，要亦不乏警句，摘而出之，遂觉片羽可珍。……（如）周草窗云：'梦魂欲渡苍茫去。怕梦轻、还被愁遮。'又云：'花深深处，柳阴阴处。一片笙歌。'"（《左庵词话》卷下）

探芳讯

西泠春感

步晴昼，向水院维舟，津亭唤酒[①]。叹刘郎重到[②]，依依谩怀旧。东风空结丁香怨[③]，花与人俱瘦。甚凄凉，暗草沿池，冷苔侵甃[④]。　　桥外晚风骤，正香雪随波[⑤]，浅烟迷岫。废苑尘梁，如今燕来否[⑥]。翠云零落空堤冷，往事休回首。最消魂，一片斜阳恋柳[⑦]。

[注释]

①维舟：系舟。　津亭：渡口旁的亭子。　②刘郎重到：刘郎，指刘禹锡，曾两游京都玄都观，有诗云"种桃道士归何处，前度刘郎今又来"。此指词人重游西泠。　③丁香怨：丁香的花蕾似结，唐宋诗人多用以喻愁思不解。李商隐《代赠》诗云："芭蕉不展丁香结，同向春风各自愁。"④甃：井壁。　⑤香雪：指花。因花似雪而香故曰香雪。　⑥"废苑"二句：用刘禹锡《乌衣巷》诗意。　⑦消魂：魂为之消。形容极度悲伤，愁苦。

效颦十解

四字令

拟花间[①]

眉消睡黄[②],春凝泪妆。玉屏水暖微香[③],听蜂儿打窗。　　筝尘半妆,绡痕半方。愁心欲诉垂杨,奈飞红正忙[④]。

[注释]

①花间:花间体词。赵崇祚编有以温庭筠为首的《花间集》,所作多绮艳婉媚。　②眉消睡黄:谓女子睡后所画之眉及所饰之,额黄消褪。　③玉屏:玉制屏风。　④飞红:落花。

[集评]

李佳云:"周密《醉太平》:'眉销额黄。'额字叶移介切。"(《左庵词话》)

俞陛云云:"下阕写愁,用两半字,便觉含情无限。"(《唐五代两宋词选释》)

西江月

延祥观拒霜拟稼轩[①]

绿绮紫丝步障[②],红鸾彩凤仙城。谁将三十六陂春[③],换得两堤秋锦[④]。　　眼缬醉迷朱碧[⑤],笔花俊赏丹青[⑥]。斜阳展尽赵昌屏[⑦],羞死舞鸾妆镜。[⑧]

[注释]

①延祥观:在西湖孤山。　拒霜:木芙蓉花的异名。　稼轩:指辛弃疾,字稼轩。　②绿绮:古琴名。晋傅玄《琴赋序》:"司马相如有琴曰绿绮。"后用为琴的通名。　步障:用以遮避风尘或障蔽内外的屏幕。

③三十六陂：地名，在今江苏扬州。王安石《题西太一宫壁》诗：“三十六陂烟水，白头想见江南。” ④“换得”句：谓春去秋来，秋色如锦。 ⑤眼缬(xié)：眼发花。 ⑥俊赏：高明的欣赏能力。 ⑦赵昌：宋广汉人，字昌之，以善画花鸟著名。 赵昌屏：谓绘有赵昌之画的屏风。 ⑧唐氏按：此首别误作陈逢辰词，见《历代诗馀》卷二十一。

[集评]

冯金伯辑《词苑萃编》卷十四引周密《武林旧事》云：“孤山路四圣延祥观，有韦太后沈香四圣像、小蓬莱阁、瀛屿堂、金沙井、六一泉。花寒水洁，气象幽古，三朝临幸。周密有咏延祥观拒霜《西江月》词云……”

江城子

拟蒲江[①]

罗窗晓色透花明。靘瑶笙[②]，按瑶筝。试讯东风[③]，能有几分春。二十四阑凭玉暖[④]，杨柳月，海棠阴。 依依愁翠沁双颦[⑤]。爱莺声，怕鹃声。人自多情，春去自无情。把酒问花花不语，花外梦，梦中云[⑥]。

[注释]

①蒲江：指卢祖皋，字申之，号蒲江，有《蒲江词稿》一卷。 ②靘(qìng)：华美。又作“靓”。 ③讯：问讯，询问。 ④二十四阑：阑干的美称。 ⑤双颦：指因愁怨而皱起的双眉。 ⑥把酒问花花不语：语出欧阳修《蝶恋花》“泪眼问花花不语，乱红飘过秋千去”。

少年游

宫词拟梅溪[①]

帘消宝篆卷宫罗[②]，蜂蝶扑飞梭[③]。一样东风，燕梁莺院，那处春多。 晓妆日日随香辇[④]，多在牡丹坡[⑤]。花深深处，柳阴阴处，一片笙歌。

[注释]

①梅溪：史达祖，号梅溪，南宋词人。　②宝篆：谓香烟缭绕形如篆文。　③飞梭：谓蜂蝶往来飞舞如织梭。　④香辇：香车。　⑤牡丹坡：遍植牡丹之坡。

[集评]

陆辅之《词旨》赏其警句："花深深处，柳阴阴处，一片笙歌。"

许昂霄云："'一样东风，燕梁莺户，那处得春多'，即'梨花雪，桃花雨，毕竟春谁主'之意。俱从义山'莺啼花又笑，毕竟是谁春'脱出。（《词综偶评》）

好事近

拟东泽[1]

新雨洗花尘，扑扑小庭香湿。早是垂杨烟老，渐嫩黄成碧[2]。　晚帘都卷看青山，山外更山色。一色梨花新月，伴夜窗吹笛。

[注释]

①东泽：指张辑，号东泽，有词集。　②嫩黄成碧：谓新柳成荫。

西江月

拟花翁[1]

情缕红丝冉冉，啼花碧袖荧荧[2]。迷香双蝶下庭心，一行愔愔帘影[3]。　北里红红短梦[4]，东风雁雁前尘。称消不过牡丹情[5]，中半伤春酒病[6]。

[注释]

①花翁：指孙惟信，自号花翁，能词。 ②荧荧：光艳貌。 ③愔愔（yīn）：和悦、安闲貌。 ④北里：唐长安平康里，因在城北，亦称北里，妓女所居之地。 ⑤称消：消受，承受之意。 ⑥中半：内中多半。 酒病：即病酒。

[集评]

况周颐云："草窗《西江月》词：'称销不过牡丹情，中半伤春酒病'……'称消'……皆唐宋人方言。"（《蕙风词话》续编卷二）

醉落魄

拟参晦[①]

忆忆忆忆，宫罗褶褶消金色[②]。吹花有尽情无极。泪滴空帘，香润柳枝湿。 春愁浩荡湘波窄，红兰梦绕江南北[③]。燕莺都是东风客。移尽庭阴，风老杏花白。

[注释]

①参晦：指赵汝光，字参晦。《绝妙好词》载其词为多。 ②"宫罗"句：谓金色罗衣消褪了光彩。 ③红兰：指因流泪而脸上妆粉纵横。白居易《琵琶行》："梦啼妆泪红阑干。"

[集评]

《山风词说》云："叠用忆字，而音节谐婉。'春愁浩荡湘波窄'，以水喻愁又翻过一层说。"

王闿运云："此亦偶然得句，而清绝天然，几于化工，亦考上上。"（《湘绮楼评词》）

朝中措

茉莉拟梦窗[①]

彩绳朱乘驾涛云，亲见许飞琼[②]。多定梅魂才返，香瘢半掐秋痕。　枕函钗缕[③]，熏篝芳焙[④]，儿女心情。尚有第三花在[⑤]，不妨留待凉生。

[注释]

①梦窗：指吴文英，号梦窗，宋末名家，词风密丽。　②许飞琼：神话传说中西王母侍女。多用以泛指仙女。　③枕函：枕头。　④熏篝：熏香之笼，后所说芳焙亦即焙笼。　⑤第三花：此当指茉莉花。

[集评]

况周颐云："其《朝中措·茉莉拟梦窗》云：'尚有第三花在，不妨留待凉生。'庶几得梦窗之神似。"（《黄风词话》续编卷二）

醉落魄

拟二隐[①]

馀寒正怯，金钗影卸东风揭。舞衣丝损愁千褶。一缕杨丝，犹是去年折。　临窗拥髻愁难说，花庭一寸燕支雪[②]。春花似旧心情别。待摘玫瑰，飞下粉黄蝶。

[注释]

①二隐：指李彭老和李莱老兄弟，有《龟溪二隐词》。　②燕支雪：红雪。燕支即胭脂。此谓满庭落花。

[集评]

王闿运云："周密《醉落魄》'馀寒正怯'此亦偶然得句，而清艳天然，

几于化工，亦考上上。”（《湘绮楼评词》）

浣溪沙

拟梅川[1]

蚕已三眠柳二眠[2]，双竿初起画秋千[3]。莺栊风响十三弦[4]。　鱼素不传新信息，鸾胶难续旧因缘[5]。薄情明月几番圆。

[注释]

①梅川：指施岳，号梅川，周密词友。　②“蚕已三眠”句：蚕自初生至结茧，蜕皮三四次。蜕皮时不食不动状如眠，故称三眠。　柳二眠：用柳眠典。清张澍辑《三辅旧事》：“汉苑中有柳状如人形，号曰人柳，一日三起。”此曰二眠，乃谓时已过半。　③双竿：日上三竿谓太阳已升得很高，双竿是言时尚未近午。　④十三弦：指琴弦。　⑤鱼素：书信。《玉台新咏》载蔡邕《饮马长城窟行》：“客从远方来，遗我双鲤鱼。呼儿烹鲤鱼，中有尺素书”。　鸾胶：传说海上有凤麟洲，多仙人，以凤喙麟角合煎作膏，名续弦胶，能续弓弩断弦。

踏莎行

与莫两山谭邗城旧事[1]

远草情钟，孤花韵胜，一楼耸翠生秋暝[2]。十年二十四桥春，转头明月箫声冷[3]。　赋药才高[4]，题琼语俊[5]，蒸香压酒芙蓉顶[6]。景留人去怕思量，桂窗风露秋眠醒。[7]

（以上见《绝妙好词》卷七）

[注释]

①莫两山：指莫仑，号两山。《全宋词》辑其词五首。　邗城：谓扬州，

因邗沟而得名。 ②暝:暮色。 ③"十年"二句:本杜牧《寄扬州韩绰判官》"二十四桥明月夜,玉人何处教吹箫"。此处用以切扬州,寓物是人非之感。 ④赋药:药指芍药。姜夔《扬州慢》云:"念桥边红药,年年知为谁生。" ⑤题琼:所写诗文如美玉。 ⑥压酒:榨酒。李白《金陵酒肆留别》:"吴姬压酒劝客尝。" ⑥思量:思忖,思索。 ⑦唐氏按:以上见《彊村丛书》本《蘋洲渔笛谱》集外词,原未著所出,今补注。

存目词

调名	首句	出处	附注
点绛唇	午梦初回	《草窗词》卷下	周晋词,见《绝妙好词》卷三
清平乐	图书一室	《草窗词》卷下	周晋词,见《绝妙好词》卷三
柳梢青	似雾中花	《草窗词》卷下	周晋词,见《绝妙好词》卷三

林式之

林式之，福清（今属福建）人，林希逸门人，曾官潮阳通判。其他不详。

酹江月

桐皋东去[①]，又依然、烟际云边柔橹。赖有双台知己耳[②]，牢落孤怀欲吐[③]。小倚云根，细商心事，提起千年语。九天飞梦，别来长记幽渚。　试说北海归文[④]，西山何事，犹不甘臣武[⑤]。广大尧天箕颍小[⑥]，绵上可能如许[⑦]。举世真痴，先生长啸[⑧]，尘海谁堪与。啸声吹送，刺天鸾鹤冲举[⑨]。

（《钓台集》卷六）

［注释］

①桐皋：桐江，严子陵钓台在此。　②双台：在桐庐县境。　③牢落：落落寡合。　④北海归文：伯夷避纣居北海之溪。闻西伯（文王）善养老，遂往归之。及至，西伯卒。适武王伐纣扣马而谏不听。遂归隐西山，不食周粟，饿死于首阳山。见《孟子》《史记》。　⑤臣武：为武王臣子。　⑥箕颍：箕山、颍水。许由避尧归隐之处，见《庄子》。　⑦绵上：在今山西介休，即介山。介子推避晋文公爵禄归隐于此。　⑧先生：指严光。　⑨刺天：划破青天，指高飞入云。

王 奕

王奕,字伯敬,号玉斗山人,玉山(今江西玉山)人。与谢枋得相善。入元后曾补玉山教谕。有《东行斐稿》传于世。词风健举、有声于时。

摸鱼儿

肯堂欲惠书不果[①],借萧彦和梅花韵见意

问梅花、几人邀咏,平生见外骚楚[②]。相思一夜罗浮远[③],姑射仙姿何处[④]。情未吐。□□□、雄蜂雌蝶空相遇。岁年孰与[⑤]。叹皓首相看,冰心独抱,谩作广平赋[⑥]。　　黄昏暮,半点酸辛谁诉。寿阳眉恨妖妩[⑦]。南来北使无明眼,细认杏花真谱。私自语。道消息、孤根还有春风主。启明未举[⑧]。听画角吹残,马头摇梦,人已山阳路[⑨]。

[注释]

①肯堂:即王肯堂,作者之友。 ②见外骚楚:指与诗词无缘。 骚:《离骚》。 楚:《楚辞》。 ③罗浮:在广东增城县一带,以梅花著名。此用柳宗元《龙城录》赵师雄于罗游山遇梅花女仙事。 ④姑射(yè):女仙名。见《庄子·逍遥游》。 ⑤岁年孰与:即谁与华年之意。 ⑥广平赋:宋璟封广平郡公。曾作《梅花赋》,以清便富丽称。 ⑦寿阳眉:即南朝宋武帝女寿阳公主,人日卧含章殿下,梅花落于额上,遂作梅花妆。 ⑧启明:启明星。 ⑨山阳路:在今河南修武,汉为山阳县,嵇康、向秀居此。为一时名士游宴之地。

水调歌头

舟过桃源，适逢初度[1]，和欧阳楚翁韵

吾玄终不白[2]，拗出老扬雄。近日青衿绿鬓[3]，转盼忽成翁。缩首杞天坠地[4]，极力虞渊取日[5]，直欲入冯宫[6]。迂阔有如此，谁不笑王公。　十年后，数椽屋，隐琊峰[7]。人叹乾坤许大，醯瓮老山中[8]。于是泛淮航泗，于是沿邹过鲁，千古慕雩风[9]。造物既生我，斯道岂终穷。

［注释］

①初度：生日。　②“吾玄”二句：汉扬雄闭户注《太玄经》。此言我虽不解太玄真谛，但个性比扬雄还要倔强。　③青衿绿鬓：形容年轻。绿鬓：黑鬓。　④杞天：杞人忧天坠落。　⑤虞渊取日：把将沉于虞渊的太阳提挽出来。　⑥冯宫：水府。即冯夷宫。　⑦琊峰：即琅琊山。　⑧醯（xī）瓮：酒坛子。醯，本指醋。　⑨雩（yú）风：舞雩，为曲阜求雨的祭坛。曾点曾带学生于此游春咏唱。后指悠然自得的生活。

沁园春

和赵莲澳提举《遣怀》

耳目肺肠，不由我乎，更由乎谁。也不必君平[1]，不消詹尹[2]，不疑何卜，不卜何疑。三径归来[3]，一时有见，岂为黄初与义熙[4]。天下事，但行其可，自合乎宜。　大哉用易乘时[5]，纵乌喙那能食子皮[6]。叹失若塞翁，失为得本，赢如刘毅，赢乃输基。大黠小痴，有馀不足，谁必彭殇早与迟[8]。眼前物，纵铜山金屋，一瞑全非。

［注释］

①君平：汉严君平，曾卖卜成都。得百钱，即闭门讲《老子》。　②詹

尹:郑詹尹,古之卜官。　③三径归来:归隐田园。陶渊明《归去来辞》有"三径就荒,松菊犹存"之语。　④黄初:魏文帝年号。　义熙:东晋安帝年号。　⑤用易乘时:指按《易经》的道理,乘时建功。《易经》有"大哉乾元……时乘六龙以御天"之语。　⑥乌喙:勾践嘴尖人称乌喙,难以共处。子皮:范蠡别号鸱夷子皮。功成身退不及于祸。　⑦刘毅:东晋彭城人。好赌,一掷百万。曾任荆州刺史。后为刘裕所败,自缢死。　⑧彭殇:彭祖相传寿至八百。殇,未成年而夭折者。

南乡子

和谢潜庵蒋山①

搔首倚薰风,一幅画图尘土中。鹤怨猿惊人去也②,潜龙③,谁绞香车起蛰松④。　　岁月去熙丰⑤,世味人情自淡浓。春去春来墩不竞⑥,匆匆,蜀水吴山血又红。

[注释]

①蒋山:即今南京之钟山。　②鹤怨猿惊:孔稚圭《北山移文》斥责隐士出山为官,有"蕙帐空兮夜鹤怨,山人去兮晓猿惊"之语。　③潜龙:指蛰居的贤者。　④绞:起动。　香车:华美之车。　蛰松:指隐士。　⑤熙丰:熙宁、元丰,北宋神宗年号。　⑥墩不竞:不再争夺谢公墩的命名权。钟山有谢公墩,王安石亦居钟山,有《谢公墩诗》:"公去我来墩属我,不应墩姓尚随公。"

霜天晓角

和韩南涧采石蛾眉亭①

天无四壁,底用量江尺②　徒把乾坤分裂,谁与帝、扶民厄。　　几年樊圃缺③,耳风腔转笛④。此日双蛾空蹙,依然也,暮山碧。

[注释]

①韩南涧:韩元吉字南涧,南宋前期人。 采石:在当涂。 ②原注:“五代樊若水为太祖量江于此。” ③樊圃:樊篱。指边防。 ④原注:“三十年前,江南笛声有哭襄阳调。”

贺新郎

仆过鲁,自葛水买舟,至维扬,又自扬州买舟,至孔林,登泰山,复还淮楚,往复六千里,共赋此词,括尽山川所历之妙,真所谓兹行冠平生者也

有客过东鲁。自葛水、泛舟西下,帆开三楚[①]。万里湖光磨水镜,际五老、落星烟渚[②]。又飞过、二姑门户[③]。彭泽柳青新旧色[④],望九华、依约池阳路[⑤]。风雨庙,乌江羽[⑥]。 蛾眉牛渚皆如故[⑦]。问缘何、鲁港汀洲[⑧]德祐败师之地,江声无语。采石书生勋业在,吊锦袍、公子魂何处[⑨]。流恨下、秦淮商女。多景楼头吟北固[⑩],笑平山堂里谁为主[⑪]。且烂饮,琼花露[⑫]。

[注释]

①三楚:泛指长江中游之地。 ②五老:五老峰,在庐山东南。 落星:湖名,在鄱阳湖北。 ③二姑:大姑山、小姑山。 ④彭泽:江西县名。⑤九华:安徽山名。 池阳:今安徽贵池之古称。 ⑥乌江羽:乌江在今安徽和县东北。项羽自刎之处。 ⑦蛾眉:指天门山两峰相对如蛾眉。牛渚:即采石矶,在当今涂西北。 ⑧鲁港:在芜湖南。元军于此大败贾似道所率宋军。 ⑨锦袍:李白曾月夜着锦袍游采石,采石,即采石矶。⑩多景楼:在镇江北固山上。 ⑪平山堂:欧阳修建,在扬州蜀冈上。⑫琼花露:美酒。

贺新郎

醉醒琼花露。买扁舟、邵伯津头[①],向秦邮去[②]。流水

孤村鸦万点，忆少游[3]、回首斜阳树。又访著、山阳酒侣[4]。细别留城碑藓看[5]，上歌舞、一啸江东主。望凫峄[6]，过邹鲁。　孔林百拜瞻茔墓。历四阜[7]、少皞之墟[8]，大庭之库[9]。竟涉汶河登泰岱，候清光，夜半开玄圃[10]。迤逦问、东平归路。蚩冢黄花吟笑罢[11]，下新州，醉白楼头赋[12]。复淮楚，寻故步。

[注释]

①邵伯：即邵伯湖，在江苏邗江县北。　②秦邮：即江苏省高邮。　③少游：秦观，字少游。"寒鸦万点，流水绕孤村"为其名句。　④山阳：嵇康、吕安、向秀诸名士隐居之地，在今河南修武。　⑤留城：张良封邑即留县，在江苏沛县东南。　⑥凫峄：凫山，在山东邹县。　⑦四阜：四山。土丘曰阜。　⑧少皞：即少昊，古帝王名。墟，土地。　⑨大庭：传说为上古帝王名。　⑩玄圃：仙境。　⑪蚩冢：蚩尤之墓。　⑫醉白楼：指安阳醉白堂，韩琦所建。苏轼有文纪之。

贺新郎

舟下匡庐，因感己未岁侍谢虚舟游山[1]，江空岁晚，物换星移，如之何而不感。遂赋此呈燕五峰

帆卸西湾侧。望康庐、老峰面目[2]，旧曾相识。岁岁滔滔江浪远，回首暮云空碧。今想见、鬓痕全白。眠鹿砚头茅屋烂，问草堂、谁管真泉石。还更有，青牛迹。　老峰点首如招客。道十年、玉斗窗间[3]，两成疏觌[4]。赢得老夫谙阅世，不作少年太息。看雨馀、依旧青山色。汶上归来重过我[5]，最峰头、新长芝堪摘。分半席、共横笛。

[注释]

①己未：理宗开庆元年(1259)。　②康庐：即庐山，又称匡庐。　老

峰：五老峰。 ③玉斗：北斗星。 ④疏觌：疏于会面。 ⑤汶上：汶水县名，在今山东。

沁园春

过彭泽发明靖节归来之本心[①]

八十日官，浩然归去，知心者希。谓诗有招魂[②]，姑言其概。注其《述酒》[③]，亦特其微。不事小儿[④]，惟书甲子[⑤]，皆是先生杜德机[⑥]。看《时运》，与夫《荣木》[⑦]，始识真归。　黄唐邈不可追[⑧]。慨四十无闻昨已非。故怀彼仙师，策夫名骥[⑨]，志夫童冠[⑩]，寤寐交挥。人表何时[⑪]，谁生过鲁，愿企高风慕浴沂[⑫]。兹行也，尚庶几短葛[⑬]，不负公衣[⑭]。

［注释］

①彭泽：今江西彭泽。陶渊明（靖节）曾任县令，不久辞归。 发明：揭示。 本心：本愿。 ②谓诗有招魂：山谷诗云“欲招千载魂”，斯文或宜出此。 ③《述酒》：阳乐间注《述酒》一篇。 ④不事小儿：《宋书·陶潜传》载，督邮至，县吏告渊明衣冠往拜。渊明曰：‘我不能为五斗米折腰向乡里小人。’遂于当日辞官归去。 ⑤惟书甲子：刘裕代东晋建立宋朝，改元永初（420—422），从此渊明只记甲子，不书年号。 ⑥杜德机：闭塞生机，见《庄子·应帝王》。 ⑦《时运》、《荣木》：二篇陶诗。 ⑧黄唐：黄帝、唐尧，古之圣君。 邈：遥远。 ⑨策夫名骥：鞭策名马赶路。⑩志夫童冠：志与青少年一道从事教学工作。 ⑪人表：为人师表。⑫浴沂：“风乎舞雩，浴乎沂”，孔子弟子曾点的心愿，见《论语·先进》。⑬庶几：接近，差不多。 短葛：粗布短衣。 ⑭公衣：指衣着与陶公一样朴素。 仆有《和陶短葛》。

八声甘州

李太白大雅一赋[1],发少陵之所未发,惜豪狂诗酒,一死疑之。过采石赋此。千载醉魂,招之不醒,吾不信也

诵公诗、大雅久不闻,吾衰竟谁陈。自晋宋以来,隋唐而下,旁若无人。光焰文章万丈,肯媚永王璘[2]。卓有汾阳老[3],抱丈人贞[4]。　不是沉香亭上,谩题飞燕[5],蹴起靴尘[6]。安得锦袍西下[7],明月堕江滨。青山冢[8]、知几番风雨,雷霆走精神。因过鲁,携一尊吊古,疑是前身。

[注释]

①大雅一赋:李白《古风》有"大雅久不作,吾衰竟谁陈"之句。　②永王璘:李璘为明皇第十六子。安史乱起,璘为江陵大都督。李白曾入幕府任职。肃宗诛永王,李白亦获罪。　③汾阳老:郭子仪封汾阳王。曾为李白说情,得以减罪。　④丈人贞:即庄重者可以服众。典出《易经·师》"师贞,丈人,吉:无咎"。　⑤飞燕:赵飞燕。李白沉香亭赋诗有"借问汉宫谁得似,可怜飞燕倚新妆"之句。　⑥蹴起:脚踢起。　靴尘:指舞鞋带起的灰尘。　⑦锦袍西下:传说李白穿锦袍乘舟游于采石溺水而卒。⑧青山:李白葬于当涂青山。

水调歌头

过鲁港丁家洲,乃德祐渡江之地[1],有感。

长江衣带水,历代鼎彝功[2]。服定衣冠礼乐,聊尔就江东。追忆金戈铁马,保以油幢玉垒[3],熢燧几秋风[4]。更有当头著,全局倚元戎[5]。　攒万舸,开一棹,散无踪。到了书生死节,蜂蚁愧诸公[6]。上有皇天白日,下有人心青史,未必竟朦胧。停棹抚遗迹,往恨逐冥鸿。

[注释]

①德祐：理宗德祐元年，贾似道率军从鲁港北上，为元兵所败。②鼎彝：朝廷的大鼎和酒尊。常刻铭功记德之文字。此指战功。③油幢：油布军帐。玉垒：坚固的军垒。④烽燧：烽火。⑤元戎：元老大臣。军事统帅。⑥蝼蚁愧诸公：即诸公还不如蝼蚁，这是讥讽贾似道之流贪生怕死。

贺新郎

金陵怀古。金陵流峙，依约洛阳，惜中兴柄国者巽，皆入床下[①]，遂使金瓯甑堕[②]，惜哉

决眦斜阳里[③]。品江山、洛阳第一，金陵第二。休论六朝兴废梦，且说南浮之始[④]。合就此、衣冠故址。底事轻抛形胜地，把笙歌、恋定西湖水。百年内，苟而已。　纵然成败由天理。叹石城、潮落潮生，朝昏知几。可笑诸公俱铸错[⑤]，回首金瓯瞥徙[⑥]。漫涴了[⑦]、紫云青史。老媚幽花栖断础[⑧]，睇故宫、空拊英雄髀[⑨]。身世蝶[⑩]，侯王蚁[⑪]。

[注释]

①巽(xùn)：通“逊”，卑顺。皆入床下：形容当权者胆小怕死。②金瓯甑堕：比喻大好山河堕毁无馀。《后汉书·郭太传》：“(太)客居太原，荷甑堕地不顾而去。”甑：陶器。③决眦：张目极视。④南浮：指宋室南渡。⑤铸错：酿成无可挽回之大错。《北梦琐言》：“罗绍威曰：合六州四十三县铁不能为此错也。”⑥瞥徙：突然丧失了。⑦涴：污。紫云：祥云。青史：国家正史。⑧栖断础：长在折断的柱子基石之上。⑨英雄髀：刘备有感于髀(大腿两侧)里肉生而功业不建慨然流涕。事见《三国志》。⑩身世蝶：形容身世如一场蝶梦，见《庄子·齐物论》。⑪侯王蚁：李公佐《南柯纪》，淳于棼梦入大槐安国娶公主，为南柯太守，备极荣显。及醒，觉所谓南柯郡，乃槐下蚁穴而已。

酹江月

和辛稼轩《金陵赏心亭》

英雄老矣，对江山、莫遣泪珠成斛。一箑西风休掩面[①]，白浪黄尘迷目。凤去台空，鹭飞洲冷，几度斜阳木。欲书往事，南山应恨无竹。　　宁是商女当年，后来腔调，拍手铜鞮曲[②]。偃蹇老松虽拗□，犹逞一枰残局[③]。乌巷垂杨[④]，雀桥野草[⑤]，今为谁家绿。赏心何处，浩歌归卧梅屋。

[注释]

①箑(shà):扇子。　②铜鞮曲:襄阳歌，又称白铜鞮。　③犹逞:《全宋词》无"逞"字，此据《词综》补。　④乌巷:金陵乌衣巷　⑤雀桥:金陵朱雀桥。此用刘禹锡《乌衣巷》"朱雀桥边野草花，乌衣巷口夕阳斜"诗意。

法曲献仙音

和朱静翁《青溪词》

九曲青溪[①]，千年陈迹，往事不堪依据。老我重来，海干石烂，那复断碑残础。应讶野王当日[②]，三弄罢、乍无语。　　□□□。高牙大纛船如屋[③]，又少甚笙歌，翠云箫鼓。流恨入寒筝，离合君臣良苦。花落几春□，无此一番风雨。是何人、尚秦淮门馆，柳桥荷浦。

[注释]

①九曲青溪:金陵有青溪，曲折流入秦淮河。五代以后逐渐湮没。②野王:顾野王，南朝梁陈间人。善音乐，著有《笙赋》《筝赋》等。　③高牙:高耸的牙旗。　大纛(dào):大旗。泛指高位者的仪仗。

贺新郎

秦淮观鬥舟有感[1]，追和思远楼

惆怅秦淮路。慨当年、商女谁家，几多年数。死去方知亡国恨，尚激起、浪花如语。应不为、黍峰蒲缕[2]。花隔青溪胭井湿[3]，又谁省、此时情绪。云盖拥，翠阴午。　汨罗无复灵均楚[4]。到如今、荃蕙椒兰[5]，尽成禾黍。疑是豼龙穿王气[6]，遗恨六朝作古。□留与、浮歌载醑[7]。天外长江浑不管，也无春无夏无晴雨。流岁月、滔滔去。

[注释]

①斗舟：竞龙舟。　②黍峰蒲缕：黍角粽与菖蒲叶。　③胭井：故址在今南京市，隋兵破陈，后主与张丽华等投匿井中。亦称辱井。　④灵均：屈原，一字灵均。　⑤荃蕙椒兰：芳香草木名。屈原用以比德君子。　⑥豼龙：一曰即猪龙。唐玄宗宴安禄山，安醉卧化为猪首龙形。帝曰此猪龙也，无能为。见《太真外传》。　穿王气：漏泄了金陵的帝王之气。　⑦载醑（xǔ）：载酒。

木兰花慢

和赵莲澳《金陵怀古》

翠微亭上醉，搔短发、舞缤纷。问六朝五姓[1]，王姬帝胄[2]，今有谁存。何似乌衣故垒，尚年年、生长儿孙。今古兴亡无据，好将往史俱焚。　招魂，何处觅东山[3]，筝泪落清樽[4]。怅石城暗浪，秦淮旧月，东去西奔。休说清谈误国，有清谈，还有斯文。遥睇新亭一笑[5]，漫漫天际江痕。

[注释]

①六朝五姓:即东吴孙、东晋司马、宋刘、齐萧、梁萧与陈朝陈姓。 ②帝胄:帝王之子裔。 ③东山:谢安曾隐居东山。 ④筝泪:淝水战后,晋孝武帝猜忌谢安,不予重用,桓伊抚筝歌《怨歌》以讥,谢安为之泪下。见《晋书·桓伊传》。 ⑤新亭:即劳劳亭。故址在江宁县境。晋南渡初,诸名士曾宴于此,语多凄苦。此反用其典。

南乡子

和辛稼轩《多景楼》

豪杰说中州,及此见题多景楼。曹石当年徒浪耳[①],悠悠,岁月滔滔江自流。 风雪老兜鍪[②],不混关河事不休[③]。浪舞桃花颠又蹶,嬴刘[④],莫与武陵仙客谋[⑤]。

[注释]

①曹石:疑指曹娥碑。昔人题以"黄绢幼妇、外孙齑臼"八字。曹操问杨修解不?乃"绝妙好辞"之隐语。见《世说新语·捷悟》。此处意谓曹娥碑之文彩不如辛弃疾之多景楼诗。 ②兜鍪:战士的头盔。 ③不混:不统一。 ④嬴刘:嬴,秦姓,此指秦始皇。刘,此指汉刘邦。 ⑤武陵仙客:指隐居世外的人。此用《桃花源记》故事。

水调歌头

和陆放翁《多景楼》

迢迢嶓冢水[①],直泻到东州[②]。不拣秦淮吴楚,明月一家楼。何代非卿非相,底事柴桑老子[③],偏恁不推刘[④]。半体鹿皮服[⑤],千古晋貔貅[⑥]。 过东鲁,登北固,感春秋。抵掌嫣然一笑,莫枉少陵愁。说甚萧锅曹石[⑦],古矣苏吟米画[⑧],黑白满盘收[⑨]。对水注杯酒,为我向东流。

[注释]

①嶓(bō)冢:山名。在陕西汉中,为汉水发源地。　②东州:江东(今江苏)一带。　③柴桑老子:陶渊明家住柴桑,故称。　④不推刘:不臣于刘裕,指渊明至刘宋朝不书年号,只书甲子之事。　⑤鹿皮服:鹿裘带索,隐士之服。见《列子·天瑞》。　⑥晋貔貅:忠于晋朝的猛士。　⑦萧锅:未详。　曹石:即曹娥碑。　⑧苏吟:东坡的诗作。　米画:米芾的画作。　⑨黑白:围棋的黑子、白子。

八声甘州

题维扬摘星楼[①]

问苍天、苍天阒无言[②],浩歌摘星楼。这茫茫禹迹,南来第一,是古扬州。当日双龙未渡[③],风月一家秋。中分胡越后,横断江流。　□百年间春梦,笑槐柯蚁穴[④],多少王侯。谩平山堂里,棋局几边筹[⑤]。是谁教、海干仙去,天地付浮沤[⑥]。书生老,对琼花一笑,白髮苍洲。

[注释]

①维扬:扬州。　摘星楼:在扬州西北。贾似道建。　②阒(qù):静。　③双龙未渡:指晋、宋未渡江立国时。　④槐柯蚁穴:用南柯一梦的典故。　⑤边筹:边防大计。　⑥浮沤:浮在水面的泡沫。比喻虚无不实。

临江仙

和元遗山《题扬州平山堂》[①]

二十四桥明月好,暮年方到扬州。鹤飞仙去总成休[②]。襄阳风笛急,何事付悠悠。　几阕平山堂上酒[③],夕阳还照边楼。不堪风景事回头。淮南新枣熟,应不说防秋[4]。

［注释］

①元遗山：金人元好问，其诗文成就颇高。　②鹤飞仙去："腰缠十万贯，骑鹤上扬州"，欲兼神仙富贵而一身。见南朝梁代《殷芸小说》。③阕：歌止曰阕。　④防秋：古代北方边塞地方常有进犯，边军加意警备，为防秋。

沁园春

题新州醉白楼[1]

唐李太白，访贺知章，浩歌此楼。想斗酒百篇[2]，眼花落井[3]，一时豪杰，千古风流。白骨青山[4]，美人黄土，醉魄吟魂安在否。江南客，因来游胜践，稽首前修[5]。　悠悠，往事俱休，更莫遣兴亡狂白头。也莫论高皇、莫论项羽，谁为黄帝，谁为蚩尤。拶破愁城[6]，吸干酒海，袖拂安梁[7]舞暮秋。题未了，又笑骑白鹤，飞下扬州[7]。

［注释］

①新州：今广东新兴境，古为新州。　醉白楼：纪念李白与贺知章而命名。与韩琦仰慕白居易而建于安阳楼同名异实。　②斗酒百篇：杜甫《饮中八仙歌》诗云"李白斗酒诗百篇"。　③落井：李白醉态失足坠于井中。　④青山：李白葬于当涂之青山。　⑤稽首：长拜。　前修：前辈贤者。　⑥拶(zǎn)破：击碎。以手扪物曰拶。　⑦安梁：二山名。　⑧"笑骑白鹤"二句：比喻不切实际的幻想。用"腰缠十万贯，骑鹤上扬州"三者兼顾的典故。

婆罗门引

忆叠山翁[1]

佳人鬓髪，几回涂抹共婵娟[2]。又何止三千。拟待盈盈宝鉴[3]，多少绮罗筵。恨妖蟇怪事[4]，长夜中天。　中河影圆，清泪落尊前。舞罢霓裳初服[5]，肯为人妍。□□□□，算惟有、蕊宫天上仙[6]。缑山鹤[7]，亦欲蹁跹。

[注释]

①叠山翁：南宋末爱国诗人谢枋得，号叠山。　②婵娟：月亮。　③盈盈宝鉴：此指满月如镜。　④妖蟇：指传说中的月中蟾蜍。　⑤初服：未嫁时的服装。　⑥蕊宫：仙子所居之宫殿名。　⑦缑（gōu）山：在河南偃师境内。周灵王太子晋乘鹤驻缑山以别众人。

贺新郎

题扬州琼花观[1]

试问司花女[2]，是何年、培植琼葩，分来何谱。禁苑岂无新雨露，底事刚移不去[3]，偏恋定、鹤城抔土[4]。却怕杏花生眼觑，先廿年、和影无寻处。遗草木，悴风雨。　看花老我成迟暮。绕阑干、追忆沉吟，欲言难赋。根本已非枝叶异，谁把赝苗裨补[5]。但认得、唐人旧句。明月楼前无水部[6]。扣之梅、梅又全无语。询古柏，过东鲁。

[注释]

①琼花观：即扬州后土祠所植琼花，天下无二本。见周密《齐东野语》卷十七。　②司花女：主司花木之仙女。　③刚：硬是。　④鹤城：扬州之别称。　抔土：土堆。　⑤赝苗：据《齐东野语》载，宦者陈源命园丁取孙枝移接聚八仙根上遂活，然其香色大减。　⑥水部：南朝梁何逊曾官水部郎。

沁园春

客山阳偕诸公游杜康庄刘伶台醉吟[①]

醉面挟风，携杜康酒，酹刘伶台。问漂母矶头[②]，韩侯安在。钵山池下[③]，乔鹊曾回[④]。孝说仲车[⑤]，忠传祖逖[⑥]，忠孝如今亦可哀。清河口，但潮生潮落，帆去帆来。

休呆，且饮三杯。莫枉教、东乌西兔催[⑦]。更谁可百年，脱身不化。谁能五日，笑口长开。痛饮高歌，胡涂乱抹，快活斗山王秀才[⑧]。今天下，曰利而已，何以平哉。

［注释］

①山阳：地名。治所在今江苏淮安。　杜康：传为最早造酒者。　刘伶：晋代竹林七贤之一。以善饮出名。　②漂母：韩信微时乞食于漂母（洗衣老妇）。　③钵山：即钵池山，在山阳县西北。　④乔鹊：乔迁之鹊。⑤仲车：姓徐。宋徐积，字仲车，山阳人，以孝著称。　⑥祖逖：东晋名将，字士稚，范阳人。　⑦东乌西兔：东边日头，西边月亮。旧传日中有三足乌，月中有捣药玉兔。　⑧斗山王秀才：作者自称。王奕玉山人，自号玉斗山人。

唐多令

登淮安倚天楼

直上倚天楼，怀哉古楚州[①]。黄河水、依旧东流。千古兴亡多少事，分付与、白头鸥。　　祖逖与留侯[②]，二公今在不。眉尖上、莫带星愁[③]。笑拍危阑歌短阕[④]，翁醉矣，且归休。

［注释］

①楚州：隋开皇二十年设楚州治山阳。　②留侯：汉开国功臣张良。

③星愁：一点点愁。 ④危阑：高台上的阑干。 短阕：短歌。

沁园春

见王肯堂

吾祖文中[①]，曾于夫子[②]，受罔极恩[③]。有宇宙以来，春秋而后，三纲所系，万古常存。列国何时，东吴何地，十哲之中尚有言[④]。况今也、与圣贤邦域，同一乾坤。 卑飞难傍天阍[⑤]。但勃窣衔香拜圣门[⑥]。要水看黄河，山登岱岳，鲁求君子，学究中原。虽有他人，不如同姓，仰止文星出禁垣[⑦]。又安得，借蒙庄大瓢[⑧]，酌泗水之源[⑨]。

［注释］

①文中：隋王通号文中子。 ②夫子：指孔子。 ③罔极恩：恩德极深。如天之高广，无以报答。 ④十哲：指孔子的十个大弟子如颜渊、子路等从祀于孔庙之中。 ⑤卑飞：低飞。 天阍：天门。 ⑥勃窣：匍匐。 ⑦文星：文曲星。此为赞美王肯堂之词。 ⑧蒙庄：庄周，蒙城人，故称蒙庄。 大瓢：指庄子所说的无用之大瓢。 ⑨泗水：洙泗为孔子家乡曲阜之水名。此指孔门儒学。

西　河

和周美成《金陵怀古》[①]

江左地，兴亡旧恨谁记。腥风不搅洛山云[②]，怒涛怎起。泪眶历落泫新亭，碑趺犹卧江际[③]。 古今事，天莫倚。废兴元有时系。女墙月色自荒荒[④]，尽平寸垒[⑤]。舞台歌榭草痕深，青溪弥望烟水。 马蹄杂遝锦绣市[⑥]。认乌衣六朝，东巷西里。景物已非人世。但长干铁塔[7],岿然相对。檐铃嘈囋薰风里。

(以上《彊村丛书》本《玉斗山人词》)

[注释]

①周美成:周邦彦,字美成。　②腥风:指金兵攻陷中原。　③碑趺:石碑的基座。　④女墙:城墙上呈凹形的小墙。　荒荒:凄黯。　⑤尽平寸垒:一切大小堡垒都被铲平。　⑥杂遝(tā):错杂繁复。　⑦长干:地名,在金陵南。

蒲寿宬

蒲寿宬，生卒不详，号心泉，阿拉伯人，与弟蒲寿庚来泉州贸易，遂定居泉州。以平海寇功，曾知梅州事。宋末，益、广二王航海至泉州，不纳。使弟降元。有《心泉学诗稿》。

满江红

登楼偶作

楼倚虚空，觉人世、不知何处。人缥缈、半檐星斗[①]，一窗风露。潮退沙平凫雁静，夜深月黑鱼龙怒。把清樽、独自笑馀生，成何事。　　尘埃外，谈高趣。烟波上，题诗句。这美景良宵，且休虚度。梦觉宦情甜似蜡[②]，老来况味酸如醋。念儿曹[③]、南北几时归，情朝暮。

［注释］

①缥缈：虚浮。　②宦情：官场滋味。　蜡：蜂蜜。　③儿曹：儿孙辈。

贺新郎

赠铁笛

铁笛穿花去。问长安、市上生涯，而今何似。破帽青衫尘满面。不识何人共语。且面壁、听风雨[①]。惟我虚中元识破[②]，笑人间、日月无停杼[③]。名与利，莫轻许。
人生穷达皆天铸。试灯前、为问灵龟[④]，劝君休怒。心肯命通元有数，何幸知音记取。季主也、应留得住[⑤]。百岁光阴弹指过，算伯夷、盗跖俱尘土[⑥]。心一寸，人千古。

[注释]

①唐氏按:此句“听”字上或“风”字下脱一字。 ②虚中:心无杂念。元:通“原”。 ③停杼:停梭。 ④灵龟:指以龟壳占吉凶。 ⑤季主:司马季主,以善卜著名。见《史记·日者列传》。 ⑥伯夷:商末贤者。 盗跖:春秋时大盗。

渔父词 十三首

(一)

万里长江一钓丝,萧萧蓬鬓任风吹[①]。微雨过,片帆攲[②],青山浓淡更多奇。

[注释]

①蓬鬓:蓬乱的鬓髪。 ②攲(qī):倾斜。

渔父词

(二)

江渚春风澹荡时[①],斜阳芳草鹧鸪飞。莼菜滑,白鱼肥,浮家泛宅不曾归[②]。

[注释]

①澹荡:犹骀荡,和畅貌。 ②浮家泛宅:指以船为家。

渔父词

(三)

烟浦回环几百湾,无人知此橛头船[①]。风露冷,月娟娟[②],云间一过看飞仙[③]。

[注释]

①橛头船：小木船。 ②娟娟：明媚美好貌。 ③飞仙：月中嫦娥。

渔父词

（四）

野缆闲移石笋江[1]，旁人争看老眉庞[2]。铺月席，展风窗，飞来何处白鸥双。

[注释]

①石笋：系缆之石柱，嶙峋如笋矗立江边。 ②老眉庞：花白眉毛的老翁。

渔父词

（五）

葭荻横披众木东[1]，浪花如雪晚来风。云母幌[2]，水晶宫，莲花一叶白头翁。

[注释]

①葭荻：芦苇。 ②云母幌：形容芦苇作花，白如云母之画屏。

渔父词

（六）

飘忽狂风一霎间，长鱼吹浪势如山[1]。牢系缆，蓼花湾[2]，白鸥沙上伴人闲。

[注释]

①长鱼:指鲸鱼。 ②蓼(liǎo)花:生长水边的水草,开红白花。

渔父词

（七）

清晓朦胧古渡头,烟中人语橹声柔。云五色,蜃成楼[1],鸡鸣日出似罗浮[2]。

[注释]

①蜃:传说中的蛟类,能吐气成楼台。实则为一种海上的光学现象。②罗浮:在今广东,为相连的两座小岛。是道家所传的仙境。

渔父词

（八）

搔首推篷晓色新,雪花飘瞥大江滨[1]。渔父醉,不收缗[2],白髭红颊玉为人。

[注释]

①飘瞥:飘落。 ②缗(mìn):钓丝。

渔父词

（九）

明月愁人夜未央[1],篷窗如画水浪浪。何处笛,起凄凉,梅花喷作一天霜[2]。

[注释]

①未央：未尽。 ②梅花：指笛曲《梅花落》。

渔父词

（十）

白首渔郎不解愁，长歌箕踞亦风流[1]。江上事，寄蜉蝣[2]，灵均那更恨悠悠[3]。

[注释]

①箕踞：伸展两足，坐形如箕。为傲慢无礼动作。 ②蜉蝣：小虫名。成虫交尾即死。 ③灵均：屈原。

渔父词

（十一）

琉璃为地水精天[1]，一叶渔舟浪满颠。风肃肃[2]，露娟娟，家在芦花何处边。

[注释]

①水精：水晶。 ②肃肃：风声。即瑟瑟之意。

渔父词

（十二）

江上浪花飞洒天，拍阶鞺鞳屋如船[1]。月不夜，水无边，何处笛声人未眠。

[注释]

①鞺鞳(tāng tà):钟鼓大作之声。此指浪涛拍岸声。

渔父词

（十三）

远入茫茫无尽边,渔舟来往似行天。攲枕看[1],不成眠,谁识人间太乙仙[2]。

[注释]

①攲(qī):倾斜。 ②太乙仙:道家所称的天神名。

渔父词 二首

书玄真祠壁[1]

白水塘边白鹭飞,龙湫山下鲫鱼肥[2]。攲雨笠,著云衣,玄真不见又空归。

[注释]

①玄真子:唐张志和,自号玄真子。 ②龙湫山:江苏勾容县北山名。

渔父词

岩下无心云自飞,塘边足雨水初肥。龟曳尾,绿毛衣[1],荷盘无数尔安归。

[注释]

①绿毛衣:即绿毛龟。

欸乃词

赠渔父刘四

白头翁，白头翁，江海为田鱼作粮。相逢衹可唤刘四，不受人呼刘四郎。　（《心泉学诗稿》卷六）

吴龙翰

吴龙翰(1233—?),字式贤,歙县人。咸淳间举乡贡。

喜迁莺

微雨后,落花天,娇态病恹恹[1]。怕人猜著是相思,成日不开帘。　宝钗横,蝉鬓乱,院宇待人归尽。缓移莲步玉阑前,纤手掐花钿。　(《古梅吟稿》卷一中五言诗序)

[注释]

①恹恹:病弱无力貌。

朱嗣发

朱嗣发(1234—1304)，字士荣，号雪崖，乌程(今属浙江)人。专志奉亲。宋亡，举充提学学官，不受。

摸鱼儿

对西风、鬓摇烟碧，参差前事流水[1]。紫丝罗带鸳鸯结，的的镜盟钗誓[2]。浑不记、漫手织回文，几度欲心碎。安花著蒂。奈雨覆云翻，情宽分窄，石上玉簪脆。　朱楼外，愁压空云欲坠。月痕犹照无寐。阴晴也只随天意，枉了玉消香碎[3]。君且醉。君不见、长门青草春风泪[4]。一时左计[5]。悔不早荆钗[6]，暮天修竹，头白倚寒翠。

(《阳春白雪》卷八)

[注释]

①前事流水：从前的情缘已尽。　②镜盟钗誓：分镜掰钗立下团圆的情誓。　③玉消香碎：比喻所爱的女子已死。　④长门：汉宫殿名。陈皇后失宠退居长门殿。以千金请司马相如作赋，欲唤回武帝之爱情。见《史记·司马相如列传》。　⑤左计：失策。　⑥荆钗：贫女的首饰。

陈达叟

陈达叟,宋末人。其他不详。

更漏子

妾倚门,君上马,残月晓星犹挂。眉黛敛,泪珠凝,别离多少情。　　翠翘横[1],云鬓乱,复入绮衾犹暖。人独自,枕成双,争教不断肠[2]。

[注释]

①翠翘:翡翠制成的首饰。　②争教:怎教。

菩萨蛮

举头忽见衡阳雁,千声万字情何限[1]。叵耐薄情夫[2],一行书也无。　　泣归香阁恨,和泪掩红粉。待雁却回时,也无书寄伊[3]。[4]　(以上二首杨金本《草堂诗馀前集》卷下)

[注释]

①千声万字:形容雁唳声声。　字:指雁飞时排成"一"字或"人"字形。　②叵耐:不可耐,可恨。　③寄伊:寄给他。　④唐氏按:此首别又作李白词,见《尊前集》。别又误作陈以庄词,见《历代诗馀》卷九。

文天祥

文天祥（1236—1282），初名云孙，字天祥，后改字宋瑞，一字履善，吉安（今江西吉安）人。理宗宝祐四年（1256）进士第一。德祐元年，元兵东下，乃起兵勤王。二年年初，拜右丞相兼枢密使，出使元营谈判，被留。后于镇江脱险，回温州拥立端宗，力图恢复，转战东南。益王祥兴元年（1278）末，被俘。拘囚燕都，从容就义。今存词八首，其中六首作于家国危难、沦亡之际，直抒胸臆，激越沉痛，今日读之，犹令人感动不已。有《指南集》。

齐天乐

庆湖北漕知鄂州李楼峰①

南楼月转银河曙②，玉箫又吹梅早③。鹦鹉沙晴④，葡萄水暖⑤，一缕燕香清袅。瑶池春透⑥，想桃露霏霞，菊波沁晓。袍锦风流，御仙花带瑞虹绕⑦。　玉关人正未老⑧。唤矶头黄鹤，岸巾谈笑⑨。剑拂淮清，槊横楚黛，雨洗一川烟草。印黄似斗⑩。看半砚蔷薇，满鞍杨柳。沙路归来⑪，金貂蝉翼小⑫。

［注释］

①李楼峰：李雷应字楼峰。《文山先生全集》卷七《除湖南宪通交代李楼峰》、《贺前人改除湖北漕兼知鄂州》。文天祥除湖南宪，为咸淳九年正月，见《全集》卷十七。此词咸淳九年作。　②南楼：范成大《吴船录》卷下谓在鄂州（今武昌），“州治前黄鹤山上，轮奂高寒，甲于湖外”。③“玉箫”句：本李白《与史郎中钦听黄鹤楼上吹笛》“黄鹤楼中吹玉笛，江城五月落梅花”。　④鹦鹉沙晴：鹦鹉谓鹦鹉洲，在湖北汉阳西南江中。崔颢《黄鹤楼》：“芳草萋萋鹦鹉洲。”　⑤葡萄水暖：苏轼《东坡乐府》卷上

《南乡子》"认得岷峨春雪浪,初来,万顷蒲萄涨绿醅"。葡萄水本此。⑥瑶池:古代神话中神仙所居。李商隐《瑶池》:"瑶池阿母绮窗开。"阿母,西王母。 ⑦御仙花带:绣有御仙花之佩带。宋赵安时罢参知政事,真宗命赐御仙花带与绣鞯。以后中书省、枢密院罢官者及学士、散官通服御仙带,遂为故事。见欧阳修《归田录》卷二、宋敏求《春明退朝录》卷中。⑧玉关:即玉门关,在今甘肃敦煌西北。后汉班超在西域三十一年,上疏求归,有"愿生入玉门关"之语,见《后汉书·班超传》。此谓李楼峰尚可为边效力。 ⑨岸巾:推起头巾,露出前额,形容衣着简率不拘。 ⑩印黄似斗:《世说新语·尤悔》引周顗语"今年杀诸贼奴,当取金印如斗大,系肘后"。 ⑪沙路:即沙道、沙堤。唐宰相出行,载沙填路。杜甫《遣兴》:"府中罗旧尹,沙道尚依然。" ⑫金貂:汉时冠饰。武冠,又名武弁大冠,诸武官冠之。侍中、中常侍则加金貂蝉冠,附蝉为文,貂尾为饰。见《后汉书·舆服志》。

[集评]

陈霆云:"文文山词,在南宋诸人中,特为富丽。其书灯屏《齐天乐》云:(略)染指一脔,则馀可知矣。史称文山必豪侈,每食方丈,声妓满前。晚节乃散家资。募义勤王,九死不夺。盖子房所谓韩亡不爱万金之资者也。真人豪哉。"(《渚山堂词话》卷二)

田同之云:"魏塘曹学士云:'词之为体如美人,而诗则壮士也。如春华,而诗则秋实也。如夭桃繁杏,而诗则劲松贞柏也。'罕譬最为明快。然词中亦有壮士,苏、辛也。亦有秋实,黄、陆也。亦有劲松贞柏,岳鹏举、文文山也。"(《西圃词说》)

刘熙载云:"文文山词有风雨如晦、鸡鸣不已之意,不知者以为变声,其实乃变之正也。故词当合其人之境地以观之。"(《词概》)

王国维云:"文文山词,风骨甚高,亦有境界,远在圣与、叔夏、公谨诸公之上。亦如明初诚意伯词,非季迪、孟载诸人所敢望也。"(《人间词话删稿》)

齐天乐

甲戌湘宪种德堂灯屏[①]

夜来早得东风信，潇湘一川新绿。柳色含晴，梅心沁暖，春浅千花如束。银蝉乍浴[②]。正沙雁将还，海鳌初矗。云拥旌旗，笑声人在画阑曲。　星虹瑶树缥缈，佩环鸣碧落，瑞笼华屋[③]。露耿铜虬[④]，冰翻铁马[⑤]，帘幕光摇金粟[⑥]。迟迟倚竹[⑦]。更为把瑶尊，满斟醽醁[⑧]。回首宫莲，夜深归院烛[⑨]。　（以上二首见《文山先生全集》卷六）

[注释]

①甲戌湘宪：甲戌当度宗咸淳九年（1273）。湘宪，湖南提刑简称。时文天祥在湘宪任上。　②银蝉："蝉"通"蟾"。银蟾，月。　③华屋：华丽之屋室。　④铜虬：铜为铜壶，古计时刻漏。虬为无角龙，铜壶之水，自龙口吐出。　⑤铁马：檐马、风铃。悬于檐下，风起则有声。　⑥金粟：灯花。　⑦倚竹：本杜甫《佳人》"天寒翠袖薄，日暮倚修竹"。　⑧醽醁：酒名。《抱朴子》："寒泉旨于醽醁。"谓美酒。　⑨夜深归院烛：《东观奏记》卷上载，唐宣宗将命令狐绹为相，夜半，于含春亭召对，烛尽，赐金莲花烛（金饰莲花形烛）送之。

[集评]

沈雄云："高耻庵所列丽句，'系天壤间有限之语'，其中有此词'春浅千花如束'句。"（《古今词话·词品》卷下）

酹江月

南康军和苏韵[①]

庐山依旧，凄凉处、无限江南风物。空翠晴岚浮汗漫[②]，还障天东半壁。雁过孤峰，猿归危嶂[③]，风急波翻雪。

乾坤未老[④],地灵尚有人杰[⑤]。　堪嗟漂泊孤舟,河倾斗落[⑥],客梦催明发。南浦闲云连草树,回首旌旗明灭。三十年来,十年一过,空有星星髮。夜深愁听,胡笳吹彻寒月。

[注释]

①南康军和苏韵:苏轼原韵乃《念奴娇·赤壁怀古》。宋太平兴国六年,以江西星子县为南康军治。此词作于至元十六年(1279)六月,时元人押文天祥赴燕都,经此。　②汗漫:水势浩瀚貌。　③唐氏按:“危”原作“老”,从江标宋元十五家词本《文山词》。　④唐氏按:“老”原作“歇”。⑤地灵尚有人杰:本王勃《滕王阁序》“人杰地灵”。　⑥河倾斗落:黄河倾,北斗落。隐寓时事。

[集评]

(明)陈霆云:自此词“‘还障天东半壁’、‘地灵尚有人杰’及以下‘水天空阔’词,‘恨东风不借世间英物’、‘乾坤能大’词只有‘丹心难灭’观之,文丞相,于兴复未尝不耿耿也。”(《渚山堂词话》卷二)

酹江月

驿中言别友人[①]

水天空阔,恨东风不借[②]、世间英物。蜀鸟吴花残照里[③],忍见荒城颓壁。铜雀春情[④],金人秋泪[⑤],此恨凭谁雪。堂堂剑气,斗牛空认奇杰[⑥]。　那信江海馀生,南行万里,属扁舟齐发[⑦]。正为鸥盟留醉眼[⑧],细看涛生云灭[⑨]。睨柱吞嬴[⑩],回旗走懿[⑪],千古冲冠髮。伴人无寐。秦淮应是孤月。

[注释]

①友人：谓邓剡。祥兴间，文与邓先后为元军所俘，同被押北上。至元十六年(1279)秋，至金陵，文囚驿中，邓因病寓天庆观，后留金陵就医，文别邓时作此词。 ②东风不借：反用赤壁之战借东风火攻曹军的典故。③蜀鸟吴花：蜀鸟，杜鹃。吴花，吴宫花草。李白《登金陵凤凰台》："吴宫花草埋幽径 。" ④铜雀：台名。汉末曹操建。故址在河北临漳县西南。杜牧《赤壁》："铜雀春深锁二乔。"二乔：大乔，孙策妻，小乔，周瑜妻。⑤金人秋泪：《李长吉歌诗汇解》卷二《金铜仙人辞汉歌序》载，"魏明帝青龙元年八月，诏徙汉武帝捧露盘仙人立置前殿，仙人临载泪下。"⑥"堂堂"二句：依词意应标"堂堂剑气斗牛，空认奇杰"。上句言宝剑光芒上冲云霄，下句谓辜负宝剑对为英雄之期望。 斗牛：北斗、牵牛二星。《晋书·张华传》：张华与雷焕发现斗、牛间有剑气，后在丰城地下掘出宝剑。 ⑦"那信"三句：指脱险南归事。端宗景炎元年(1276)间，文天祥在镇江从元兵的监视下逃脱，经历千难万险，绕道海上，始得南归。 属：托付。谓以个人生命托付扁舟。 ⑧鸥盟：原谓与鸥鸟为友。此则为与矢志抗元志士相别。 ⑨涛生云灭：喻时局险恶变化。 ⑩睨柱吞嬴：《史记·廉颇蔺相如列传》叙蔺奉使秦国，持璧睨柱怒髪上冲冠，欲与璧俱碎，威胁秦王终于完璧归赵事。 ⑪回旗走懿：懿，司马懿(仲达)。此处用"死诸葛走仲达"之典。见《三国志·蜀书》。诸葛亮死，亮部将整军出，百姓奔告司马懿，懿追之。亮部将姜维令仪反旗鸣鼓，若将向懿，懿退。于是仪结阵而去，故百姓谚曰"死诸葛走生仲达"。

[集评]

陈子龙云："文文山驿中与友人言别，赋《百字令》，气冲斗牛，无一毫委靡之色。"(《历代词话》卷八引)

张德瀛云："词有与风诗意义相近者，自唐迄宋，前人巨制，多寓微旨。……文文山'水天空阔'，于役之伤难也。"(《词徵》卷一)

胡云翼云："有人怀疑(这首词)，说是他的朋友邓剡的作品，这是难以征信的。细玩全词的语意和风格，以及过片处'江海馀生'等语，确系反映了文天祥的生平及其思想。《历代诗馀·词话》引陈子龙赞美这首词的话说：'气冲斗牛，无一毫委靡之色。'这种豪迈风格，在宋末词坛中，很难找出第二个可以相比的人来。"(《宋词选》)

酹江月

和①

乾坤能大,算蛟龙、元不是池中物②。风雨牢愁无著处,那更寒虫四壁。横槊题诗③,登楼作赋④,万事空中雪⑤。江流如此,方来还有英杰。　堪笑一叶漂零,重来淮水⑥,正凉风新发。镜里朱颜都变尽,只有丹心难灭。去去龙沙⑦,江山回首,一线青如发⑧。故人应念,杜鹃枝上残月⑨。

[注释]

①和:谓和此前《南康军和苏韵》。此词金陵作,以赠邓剡。　②算蛟龙元不是池中物:算,数。元,同"原"。意为数古今英杰,皆非屈居于池中物。语出《三国志·吴书·周瑜传》"恐蛟龙得云雨,终非池中物也"。③横槊题诗:苏轼《前赤壁赋》叙曹操率大军顺流东下,旌旗蔽空,意气不可一世,乃临江,"横槊赋诗"。槊,长矛。　④登楼作赋:东汉末王粲依刘表,不得志,尝登荆州城楼,作《登楼赋》抒不遇之情。　⑤万事空中雪:感叹今为囚徒,再不能横槊题诗,登楼作赋。　⑥重来淮水:德祐二年(1276)文天祥出使元营被拘,伺机逃脱后,"日与北骑相出没于长淮间"(《指南录后序》),此次被押送北去,再经淮水。　⑦龙沙:《后汉书·班超传》"坦步葱、雪,咫尺龙沙",谓葱岭、雪山及白龙堆沙漠。今泛指边塞。　⑧青如发:苏轼《澄迈驿通潮阁》"杳杳天低鹘没处,青山一发是中原"。　唐氏按:此二句原作"向江山回首,青山如发"。从江本。⑨"杜鹃"句:本唐崔涂《春夕》"蝴蝶梦中家万里,杜鹃枝上月三更"。

[集评]

刘诜云:"坡公赤壁词'妙绝百代','信国文公所和雄词,直气不相上下。'"(《桂隐文集》卷四《跋文信公和东坡赤壁词后》)

刘熙载云:"词之妙,全在衬跌,如文文山《满江红》和王夫人云:'世态便如翻覆雨,妾身元是分明月。'《酹江月》和友人驿中言别云:'镜里朱

颜都变尽，只有丹心难灭。’每二句若非上句，则下句之声情不出矣。”（《词概》）

满江红

和王夫人《满江红》韵，以庶几后山《妾薄命》之意[1]

燕子楼中[2]，又捱过、几番秋色。相思处、青年如梦，乘鸾仙阙。肌玉暗消衣带缓，泪珠斜透花钿侧。最无端、蕉影上窗纱，青灯歇。　曲池合[3]，高台灭[4]。人间事，何堪说。向南阳阡上[5]，满襟清血[6]。世态便如翻覆雨[7]，妾身元是分明月。笑乐昌、一段好风流[8]，菱花缺[9]。

［注释］

①后山妾薄命：《妾薄命》，乐府杂曲歌辞名，南朝梁简文帝、唐李白皆有作，叙妇女不幸遭遇。后山《妾薄命》，北宋陈师道，字后山，是曾巩的学生。其《妾薄命》诗，自喻一生崇拜曾巩。　②“燕子楼”三句：楼在江苏徐州。唐贞元中，张尚书镇徐州，筑楼以居家伎关盼盼。张死后，盼盼不嫁，居此楼十馀年。见白居易《燕子楼序》。此为王夫人明志。　③曲池合：《咸淳临安志》卷一《皇城图》大内有水池。《武林旧事》卷四谓宋高宗“于宫内凿大池”。《增订湖山类稿》卷四有《旧内曲水池》诗。曲池指此。“合”谓今已合上，不开。　④高台灭：崔曙《九日登望仙台呈刘明府》“汉文皇帝有高台”。台为望仙而作，据《神仙传》。此高台盖谓临安所建或为祭天用。　⑤南阳阡：《汉书·原涉传》：涉父为南阳太守，父死涉起庐舍，买地开道立表，署曰南阳阡。　⑥清血：清纯之血。钱易《西游曲》：“拟将清血洒昭陵。”　⑦翻覆雨：喻反覆无常。杜甫《贫交行》：“翻手作云覆作雨，纷纷轻薄何须数。”　⑧乐昌：南朝陈太子舍人徐德言，娶陈后主妹乐昌公主。时陈政方乱，德言知国破二人不能保，因破镜与妻各执其半，约他年正月望日卖于都市，冀相见。以后，破镜重圆，二人得以完聚。　⑨菱花：古铜镜中，六角形者或镜背刻有菱花者，谓菱花镜。以后诗文中，常以菱花为镜之代称。

[集评]

陈霆云:“文文山……拘囚之馀,漫和一阕,庶几妾薄命之义。……又按《佩楚轩客语》,以原词为张琼瑛所作,题之夷山驿中。琼瑛,本昭仪位下也。若然,则后世可以移责矣。”(《渚山堂词话》卷一)

沈际飞上片末评:“总是文山钢肠铁骨所吐。”下片评:“必不肯稍缺,英雄戎马中读书深思而得之。”(《古香岑批点草堂诗馀四集·别集》卷三)

王弈清云:“文山于成败死生之际,盖见之明,守之固矣。然《女史》载王昭仪抵上都,恳为女道士,号冲华。则昭仪女冠之请,丞相黄冠之志,固先后合辙,从容圆缺,取义成仁,无有二也。”(《历代词话》卷八)

满江红

代王夫人作(《永乐大典》卷三千零零四“人”字韵题作:王夫人至燕题驿中云,中原传诵,惜末句欠商量,代王夫人作)

试问琵琶①,胡沙外、怎生风色②。最苦是、姚黄一朵③,移根仙阙④。王母欢阑琼宴罢⑤,仙人泪满金盘侧⑥。听行宫、半夜雨淋铃⑦,声声歇。　彩云散,香尘灭。铜驼恨⑧,那堪说。想男儿慷慨,嚼穿龈血⑨。回首昭阳离落日⑩,伤心铜雀迎秋月。算妾身、不愿似天家,金瓯缺⑪。

(以上《指南后录》)

[注释]

①试问琵琶:用王昭君出塞戎服乘马,奏琵琶事。　②怎生风色:怎生,怎样;风色,风光物色。此以王昭君喻王夫人清惠,意为塞外胡沙,别无风物。　③姚黄:牡丹珍种之一。　④移根仙阙:谓自仙阙移根,意为宋三宫被俘北上。　⑤王母欢阑琼宴罢:引西王母于瑶池设宴故事,见《穆天子传》。阑,尽。琼宴,仙人宴会。　⑥仙人泪满金盘侧:李贺《金铜仙人辞汉歌序》载,“魏明帝青龙元年八月,诏宫官牵车西取汉孝武捧露盘仙人,欲立置前殿,宫官既拆盘,仙人临载乃潸然泪下。”此借谓王夫人。

⑦雨霖铃:《太真外传》载,明皇入蜀,淋雨弥旬,栈道中闻铃声,悼念贵妃,因为《雨霖铃》曲。 ⑧铜驼恨:典出《晋书·索靖传》。靖知天下将乱,指宫前铜驼,曰:“会见汝在荆棘中耳。”铜驼恨谓亡国之恨。 ⑨嚼穿龈血:安史之乱中,张巡守睢阳,督战辄大呼,眦裂血面,嚼齿皆碎。见《旧唐书·张巡传》。龈,牙根肉。 ⑩昭阳:汉后宫有昭阳殿,此指宋宫殿。⑪“算妾身”三句:谓国虽亡但求全名节。天家谓天子。金瓯缺谓山河残破,出《梁书·侯景传》。

[集评]

杨慎云:“王昭仪之词,传播中原。文天祥读之末句,叹曰:‘惜也,夫人于此少商量矣。’为之代作一篇,云‘试问琵琶,胡沙外,怎生风色。……’又和云:‘燕子楼中,又捱过,几番秋色。……’”(《词品》卷六)

徐士俊云:“元时傅按察嘲宋云:陈桥驿孤儿寡妇,久假当还。读宋末诸公诗词,悲愤横生,须借此语破涕。”(《诗馀广选》卷十二)

沈际飞云:“文山黄冠之志,昭仪女冠之请,先后合辙。‘从容’、‘圆缺’语,未可遂贬。”(《古香岑批点草堂诗馀四集·别集卷三》)

沁园春

至元间留燕山作①

为子死孝,为臣死忠,死又何妨。自光岳气分②,士无全节。君臣义缺,谁负刚肠。骂贼睢阳,爱君许远③,留得声名万古香。后来者,无二公之操,百炼之钢。 人生翕欻云亡④,好烈烈轰轰做一场。使当时卖国,甘心降虏。受人唾骂,安得留芳。古庙幽沉,仪容俨雅⑤,枯木寒鸦几夕阳。邮亭下⑥,有奸雄过此,仔细思量。

（元《草堂诗馀》卷上）

[注释]

①至元:元世祖忽必烈年号。 燕山:今北京。一本作“题潮阳张许

二公庙";据《永乐大典》卷五三四五引元潮州路总管王用文《刻文丞相谒张许庙词跋》,谓作宋端宗景炎时。 ②光岳:指天地。三光日、月、星,岳谓五岳。 ③爱君许远:唐安史之乱,许远为睢阳太守,邀张巡一起守城。张、许合力守睢阳(今河南商丘),屏障江淮 ,唐得江淮财用以济中兴。《唐书》、《新唐书》皆有传。 ④翕欻:迅疾。 ⑤俨雅:俨,矜庄令人生敬。雅,谓威仪之美。 ⑥邮亭:驿馆,递送文书投止之所。

存目词

调名	首句	出处	附注
浪淘沙	疏雨洒天青	《翰墨大全》甲集卷六	邓剡词,见元《草堂诗馀》卷上
唐多令	雨过水明霞	《草堂诗馀续集》卷下	同上
踏莎行	红叶空传	《古今别肠词选》卷二	无名氏词,见《草堂诗馀新集》卷二
满江红	酹酒天山	《古今词选》卷二	疑出后人依托,(兹不录)
念奴娇	琮琤何处	《古今词选》卷七	同上(兹不录)
念奴娇	同云笼覆	同上	同上(兹不录)

邓 剡

邓剡(yǎn)(1232—1303),字光荐,号中甫,又号中斋,庐陵(江西吉安)人。理宗景定三年(1262)进士。历官礼部侍郎。入丞相文天祥之幕,坚持抗元。厓山(今广东新会)失守,为元军所俘,押赴大都,至建康,以病留。后变服为黄冠。剡有《中斋词》。宋元鼎革之际,剡以词鸣。寓激烈于微婉之中,是其词所长。

念奴娇

驿中言别[①]

水天空阔,恨东风不借、世间英物。蜀鸟吴花残照里,忍见荒城颓壁。铜雀春情,金人秋泪,此恨凭谁雪。堂堂剑气,斗牛空认奇杰。

那信江海馀生,南行万里,不放扁舟发。正为鸥盟留醉眼,细看涛生云灭。睨柱吞嬴,回旗走懿,千古冲冠髮。伴人无眠,秦淮应是孤月。[②]

[注释]

①驿中言别:此词即文天祥《酹江月·驿中言别友人》所述之作。《全宋词》注:清雍正三年刊本《文文山全集·指南录》中载此首,题作“驿中言别”,下署“友人作”,盖以为邓剡词,未知何据,俟考。《全宋词》于邓剡之下,首列此词,今入存目。 ②原注:“雍正三年刊本文山长生全集指南录中。”

满江红

广斋谓柳山和王夫人《满江红》韵，惜未见之，为赋一阕①

王母仙桃，亲曾醉、九重春色②。谁信道、鹿衔花去③，浪翻鳌阙。眉锁娇娥山宛转，髻梳堕马云攲侧④。恨风沙、吹透汉宫衣，馀香歇。　霓裳散，庭花灭。昭阳燕⑤，应难说。想春深铜雀⑥，梦残啼血。空有琵琶传出塞，更无环佩鸣归月⑦。又争知、有客夜悲歌，壶敲缺⑧。

[注释]

①《全宋词》注：题从《永乐大典》卷三千零零四“人”字韵补。 ②“王母仙桃”三句：杜甫《奉和贾至舍人早朝大明宫》“九重春色醉仙桃”。王母，原谓西王母。此谓太皇太后谢氏。 ③鹿衔花去：本《诗馀广选》卷十二注“唐明皇有牡丹将开，为鹿衔去，应禄山之乱”。此谓元兵入杭，国事大变。 ④“髻梳”句：堕马髻，古代妇女髮髻名。《后汉书·梁冀传》谓冀妻作堕马髻。注谓髻“侧在一边”。一谓髮髻松垂似欲坠貌。 ⑤昭阳燕：汉后宫有昭阳殿，赵飞燕所居。 ⑥春深铜雀：本杜牧《赤壁》“铜雀春深锁二乔”。铜雀，台名，东汉末曹操建。故址在今河北临漳西南。二乔：大乔，孙策妻；小乔，周瑜妻。 ⑦“空有”二句：杜甫《咏怀古迹》云“千载琵琶作胡语，分明怨恨曲中论”，又云“环佩空归月夜魂”。 ⑧“又争知”三句：《北堂书钞》卷一二五晋裴启《语林》谓王敦每酒后，辄诵曹操《乐府歌》“老骥伏枥”云云，以笏“击唾壶为节”。唾壶，痰盂。“客”，作者自谓。

[集评]

徐士俊云：“‘恨风沙’云云十一字，是亦不降其志者”。（《诗馀广选》卷十二）

沈雄云：“《松筠录》曰：宋季高节，盖推庐陵、吉水、涂川，亦同一派，如邓剡字光荐，刘会孟号须溪，蒋捷号竹山，俱以词鸣一时者。”（《古今词话·词话》卷上）

贺裳云:“和王昭仪词,不独文信公,邓剡作亦有佳句,如‘眉锁娇娥山宛转,髻梳堕马云攲侧’、‘空有琵琶传出塞,更无环佩鸣归月’,甚有风致,但冰霜之气不如。”(《皱水轩词筌》)

浪淘沙①

疏雨洗天晴,枕簟凉生。井梧一叶做秋声②。谁念客身轻似叶,千里飘零。　　梦断古台城③,月淡潮平。便携酒访新亭④。不见当时王谢宅,烟草青青。

（以上二首见《指南后录》）

[注释]

①唐氏按:此首别误作文天祥词,见《翰墨大全》甲集卷六。　②井梧:古诗有“金井梧桐”之语。金井谓施有雕栏之井。　③梦断古台城:谓梁武帝为其臣侯景所迫,饿死台城。见《资治通鉴》卷一六二。台城,在今南京,玄武湖侧。　④新亭:东晋南渡士人新亭饮燕,相与流涕。新亭在江苏江亭南,属南京市。此句于律当作七字句。疑“携”后脱“尊”字,俟考。

[集评]

沈际飞上片评:“与文文山辈同北行者,宋末臣子之苦乃尔。”总评:“寓激于婉,不失词旨。”(《古香岑批点草堂诗馀四集·别集》卷一)

王弈清云:(此词下片)“怀君忆旧,情见乎词矣。”(《历代词话》卷八引《雪舟脞语》)

唐多令①

雨过水明霞,潮回岸带沙。叶声寒、飞透窗纱。堪恨西风吹世换,更吹我、落天涯。　　寂寞古豪华,乌衣日又斜②。说兴亡、燕入谁家③。惟有南来无数雁,和明月、

宿芦花。　（元《草堂诗馀》卷上）

[注释]

①唐氏按:此首《草堂诗馀·续集》卷下误作文天祥词。　②乌衣:即乌衣巷,故址在今南京市。此词作于金陵。　③燕入谁家:本唐刘禹锡《金陵五题·乌衣巷》"旧时王谢堂前燕,飞入寻常百姓家"。辛弃疾《酒泉子》:"春声何处说兴亡,燕双双。"

[集评]

沈际飞云:"词尚微婉,故悲壮者难工。但见微婉,不见悲壮,此词妙处。"(《古香岑批点草堂诗馀四集·续集》卷下)

王闿运云:"亡国不死,仍有羁愁,一词写尽黄梨洲、王船山一辈人。"(《湘绮楼评词》)

烛影摇红

雪楼得次子①,行台时治金陵

郢雪歌高②,天教鹤子参鸣和③。薰风旌节瑞华□④,光动垂弧左。早是烟楼撞破⑤。更明珠、重添一颗。镜容中夜,摩顶欣然,石麟天堕⑥。　未羡眉山,两峰儿子中峰我⑦。推贤世世珥金貂⑧,何况阴功大。欲写弄璋书贺⑨。愧无功、难消玉果⑩。摩挲老眼,曾识英雄,试啼则个⑪。

（《翰墨大全》丙集卷三）

[注释]

①雪楼:程钜夫之号。钜夫,元建昌人。郢州有白雪楼,钜夫尝以名所寓,故世称之。《元史》有传。　②郢雪:楚郢人歌之高者曰《阳春》《白雪》,国中属而和者不过数十人。见《文选·宋玉〈对楚王问〉》。　③鹤鸣:《易经·中孚》载,"鹤鸣在阴,其子和之;我有好爵,吾与尔靡之。"后人截取其义,称修身洁行而有时誉者为鹤鸣之士。此谓程雪楼。　④唐

氏按:原无空格,据律补。 ⑤烟楼撞破:谓子超过父辈。见苏拉《松醪赋》。 ⑥石麟天堕:典出《陈书·徐陵传》,陵数岁,宝志上人手摩其顶,曰"天上石麒麟也"。此颂程雪楼所生子前程远大。 ⑦"未羡眉山"二句:眉山谓苏洵及其子轼、辙;谓程雪楼已可与苏氏比,不羡苏氏。 ⑧珥金貂:珥,插。汉侍中、中常侍之冠插貂尾,加金珰附蝉为装饰。曹植《王仲宣诔》:"戴蝉耳貂,朱衣皓带。"后泛指贵近之臣。 ⑨弄璋:本《苏轼诗集》卷十一《贺陈述古弟章生子》"甚欲去为汤饼客,惟愁错写弄璋书"。贺人生子曰弄璋,璋乃美玉。《旧唐书·李林甫传》误为"獐","獐乃兽类。作者有意戏之。 ⑩愧无功难消玉果:典出《东坡乐府》卷下《减字木兰花》"犀钱玉果,利市平分沾四坐。多谢无功,此事如何着得侬"。调下引《笑林》:"晋元帝生子,宴百官,赐束帛,殷羡谢曰:'臣等无功受赏。'帝曰:'此事岂容卿有功乎?'" ⑪"摩挲"三句:桓温生未期而温峤见之,试使啼,峤闻其声,曰:"真英物也。"温父彝遂以温名之。见《晋书·桓温传》。

霜天晓角

寿文文溪,时守清江[①]

蛮烟塞雪,天老梅花骨。还著锦衣游戏[②],清江上、管风月。 木兰归海北[③],竹梧侵户碧。三十六峰苍玉[④],驾白鹿、友仙客[⑤]。

[注释]

①文文溪:文璧(1237—1298),字季万,号文溪,庐陵(江西吉安)人。文天祥弟,并同年登第。 清江:宋属江南西路,为临江军之治。见《舆地纪胜》卷三十四。 ②锦衣:彩衣。古显贵之服。《诗经·秦风·终南》:"君子至止,锦衣狐裘。" ③木兰:香草名。屈原《离骚》:"朝搴陂之木兰兮。" ④三十六峰:《舆地纪胜》卷三十四《临江军》谓境内有玉笥山,乃道教胜地。山有三十六峰。当是其地。 ⑤驾白鹿:本《水经注》"中山卫敬卿常乘云车,驾白鹿"。《汉武帝内传》谓鲁女生饵胡麻,颜色如桃李,驾白鹿。

木兰花慢

寿周耐轩府尹①

步凉飔绿野②，□锺鼓、□园林③。有骑竹更生④，扶藜未老⑤，歌舞棠阴⑥。金鞭半横玉带，烨神人、风度五云深⑦。大耐自应鹤骨⑧，活人总是天心。　寿蒲香晚尚堪斟⑨，梧竹对潇森。早问道燕城，衣裁绣衮，台筑黄金⑩。天瓢正消几滴，化中原、焦土作甘霖。却伴赤松未晚⑪，碧桃花下横琴。

[注释]

①周耐轩：详下首词《摸鱼儿》。此词云“早问道燕城”，与耐轩经历不符，有误。　②绿野：堂名，唐裴度别墅。旧址在河南洛阳。花木万株，与白居易、刘禹锡为诗酒会。见《唐书·裴度传》。　③《全宋词》注：原无空格，据律补。　④骑竹：本《后汉书·郭伋传》，伋行部至河西美稷，有儿童数百，骑竹马相迎。　⑤藜：谓藜杖，即用藜老茎所制成之手杖。《晋书·山涛传》：“魏帝尝赐景帝（司马师）春服，帝以赐涛，又以母老，并赐藜杖一枚。　⑥棠阴：传召公巡行南国，于棠树下听讼断案，后人思之，不忍伐其树。见《诗经·召南·甘棠》。后以喻惠政。　⑦五云：杜甫《送李八校书赴杜相公幕》“五云多处是三台”。三台乃三公之位，见《晋书·天文志》。五云谓五色云。　烨神人：烨，光辉灿烂。　⑧鹤骨：喻骨格清奇。《孟东野集》卷四《石淙》：“飘飘鹤骨仙。”　⑨寿蒲香晚尚堪斟：蒲丛生水际，花粉名蒲黄，入药，根茎可食。参《政和证类本草》卷七。堪斟，当谓以蒲入酒。以下《摸鱼儿》有“采蒲为寿”语。　⑩黄金台：故址在今河北易县东南。传战国时燕昭王置千金于台上，以延天下士。　⑪赤松：传说中仙人。《史记·留侯世家》：“愿弃人间事，欲从赤松子游。”

摸鱼儿

寿周耐轩府尹[①]，是岁起义仓

问庐陵、米作何价。棠阴又绿今夏。活人手段依然在，独乐园中司马[②]。初度也。算几处篝香，手额你多谢[③]。风亭月榭。尽隐橘观棋[④]，折荷筒酒[⑤]，花竹秀而野。　阶庭树，满目鱼鱼雅雅[⑥]。千金难买清暇。纷纷征榷尘如梦，谁有似公闲者。天怎舍。趁绿鬓朱颜，须入凌烟画[⑦]。海天不夜。管岁岁安期[⑧]，采蒲为寿，高宴碧桃下。

[注释]

①周耐轩：名天骥。宋末以神童科显，历知吉州。恭帝德祐二年(1276)降元，授吉州路总客。《雪楼集》卷二十八、《桂隐诗集》卷四挽词载其事。作此词时，天骥知吉州。　②独乐园中司马：司马光(君实)居洛，创独乐园。《苏轼诗集》卷十五有《司马君实独乐园》诗。此借谓周天骥。　③手额：以手加额，表示庆幸。《苏轼文集》卷十六《司马光行状》谓神宗卒，光赴阙，卫士望见，以手加额曰："此司马相公也。"此借指周耐轩。　唐氏按："你"字误。赵万里辑本《中斋词》正文作"称"。　④隐橘观棋：典出唐牛僧孺《玄怪录》"巴邛人家有橘园，得大橘二枚，剖之。中有二叟下棋，谈笑自若。云云"。　⑤筒：竹筒。　⑥鱼鱼雅雅：整齐貌。"雅"通"鸦"。鱼行成贯，鸦飞成阵，故云。《昌黎集》卷一《元和圣德》诗："驾龙十二，鱼鱼雅雅。"　⑦凌烟画：封建王朝为表彰功臣而建之阁，绘有功臣图像。如唐太宗贞观间、代宗广德间皆有绘功臣像于凌烟阁事，见《旧唐书·太宗纪、代宗纪》。　⑧安期：谓安期生，先秦时代方士。《史记·封禅书》记汉武帝遣使入海求蓬莱仙人安期生之属。后代谓为道家仙人。

促拍丑奴儿

寿孟万户[①]

睡起怯春寒，海棠花、开未开间。莫言春色三分二[②]，朱颜绿鬓，栽花种竹，谁似君闲。　侯印旧家毡[③]，早天边、飞诏催还。从今岁岁称觞处，人如玉雪[④]，花如锦绣，福寿如山。　（以上四首见《翰墨大全》丙集卷十三）

[注释]

①万户：官名，元置，为世袭军职。元于各路设万户府，属行省。万户府分上中下，上管军七千以上，中管五千以上，下管三千以上。见《元史·百官志》。　②莫言春色三分二：用苏轼《水龙吟》"春色三分，二分尘土，一分流水"。　③侯印旧家毡：王献之夜卧斋中，偷儿入其室，献之徐曰："青毡我家旧物，可特置之。"见《晋书·王羲之传》。后遂以青毡为故家旧物之代称。"侯印旧家毡"言侯印乃其家旧物，孟万户亦将封侯。　④玉雪：韩愈《殿中少监马君墓志》"肌肉玉雪"。谓肌肤洁白。

八声甘州

寿胡存斋[①]

笑钗符[②]、恰正带宜男[③]，还将寿花簪。早风薰竹醉，松凉鹤健，午坐存庵。三十六峰玉立，隔麈听玄谈[④]。何似人难老，三十才三。　闻得天边好语，第一流人物，偏重江南。满玻璃春绿，十载爱棠甘[⑤]。青青鬓、尽堪图画，趁紫岩、年纪作枢参[⑥]。却归宴、瑶池未晚，荷日红酣。

[注释]

①胡存斋：名泳。喜延接士人，入元出仕，官至江西参政。《云烟过眼录》卷下、《辍耕录》卷七及之。　②钗符：即钗头符，端阳节头饰。见陈

元靓《岁时广记》卷二十一。据此，知胡存斋生于五月。 ③宜男：萱草别名。古谓孕妇佩之则生男。见《太平御览》卷九九六引《本草经》。 ④隔麈听玄谈：麈乃麈尾简称，古以驼鹿尾为拂尘，因称拂尘为麈尾。《世说新语·容止》谓王衍"妙于谈玄，恒捉白玉柄麈尾，与手都无分别"。此谓胡存斋善谈玄，甚有风度。 唐氏按："麈"原误作"尘"，赵辑本《中斋词》校正。 ⑤棠甘：喻惠政。《诗经·召南·甘棠》："蔽芾甘棠，勿剪勿伐，召伯所发。" ⑥紫岩：张浚号紫岩。 枢参：枢为北斗七星第一星，参为西方白虎七宿中末一宿。见《史记·天官书》。此谓将出任枢机参政之要职。

好事近

寿刘须溪[①]

桃脸破初寒，笑问刘郎前度[②]。为说正元朝上[③]，缥缈午桥午[④]。 百年方半日来多，且醉且吟去。须信剑南万首[⑤]，胜侯封千户。

（以上二首见《翰墨大全》丙集卷十四）

[注释]

①刘须溪：刘辰翁之号。辰翁生绍定五年（1232）。据此词"百年方半"句，知此词约作于元世祖至元十八年（1281）。 ②刘郎前度：南朝宋刘义庆《幽明录》记东汉永平间，刘晨、阮肇在天台桃源洞遇仙。晋太康间，二人重到天台。刘禹锡《再游玄都观》："种桃道士归何处，前度刘郎今又来。" ③正元：即贞元唐德宗年号。 ④午桥：庄名，唐裴度别墅。白居易《长庆集》卷六六有《奉和裴令公新成午桥庄绿野堂即事》诗。 ⑤剑南万首：陆游《剑南诗稿》存诗八十五卷，九千馀首。

摸鱼儿

杨教之齐安任[1]

笑平生、布帆无恙，堂堂稳送君去。江声悲壮崖殷血，曾是英雄行处。今亦古。甚一点东风，天不周郎与。城幡夜竖。几铜爵春残，战沙秋冷，华发遽如许[2]。 东坡老，千载风流两赋。馀音不绝如缕。临皋一笑三生梦，还认岷峨乡语[3]。挥玉麈。尽不碍灯前，痛饮檐花雨。雪堂在否[4]。管驾鹤归来[5]，为君细赏，蝴蝶上阶句。[6]

[注释]

①齐安：《元丰九域志》卷五谓黄州为齐安郡，治黄冈县。 ②华发：《东坡乐府》卷上《念奴娇》"故国神游，多情应笑我，早生华发"。 ③"临皋一笑"句：语出《后赤壁赋》，见《苏轼文集》卷一。参本词集评陈霆语。 ④雪堂：堂名。宋王宗稷《东坡先生年谱》元丰五年(1082)纪事：春，筑雪堂。时谪黄州。 ⑤驾鹤归来：传丁令威汉辽东人，在灵虚山学道成仙，后化鹤归来，落城门华表柱上。见旧题陶潜《搜神后记》卷一。此谓苏轼化鹤回故地。 ⑥原注："官闲无一事，蝴蝶飞上阶。"黄州朱教授载诗也，坡公深赏之。官闲云云。见《舆地纪胜》卷四十九《黄州》。

[集评]

陈霆云："元人杨某之齐安(黄州)教，邓中斋作《摸鱼儿》送之。后阕有云：'临皋一枕三生梦，还认岷峨乡语。'盖及东坡谪居黄州，其游赤壁之夜所遇道士化鹤也。予谓'岷峨乡语'虽暗用天道中青城道士化鹤于沙苑故事，但谓岷峨，则语意颇晦。不若'青城乡语'庶一览可见也。"(《渚山堂词话》卷三)

疏 影

尹簿之平江[①]

瑶尊蘸翠[②]，短长亭送别[③]，风恋晴袂。腊树迎春，一路清寒，能消几日羁思。霜华不惜阳关柳，悄莫系、行人嘶骑。对梅花、一笑分携，胜约别来相寄。　人物仙蓬妙韵[④]，瑞鸾敛迅翼，聊憩香枳[⑤]。见说使君[⑥]，好语先传，付与芙蓉清致[⑦]。客来欲问荆州事，但细语、岳阳楼记[⑧]。梦故人、剪烛西窗[⑨]，已隔洞庭烟水。

（以上二首见《翰墨大全》庚集卷十五）

（以上邓郯词十三首，用赵万里辑《中斋词》）

[注释]

①尹簿之平江："尹簿"原作"笋薄"，误，今正。盖尹为姓，簿为主簿。平江，地名，属湖南。　②瑶尊：瑶，美玉，尊，酒杯。　③短长亭：秦汉十里置亭，其后五里置短亭，供行人休息，朋友远行在此送别。　④仙蓬妙韵：蓬，蓬壶，仙人所居。此谓其人气质不俗。　⑤香枳：枳，小木。枳而日香，谓其人以高才而为小吏。　⑥使君：此乃谓尹簿上司，已不详其人。⑦芙蓉清致：芙蓉以清致称。芙蓉出水，即喻清新秀丽。　⑧岳阳楼记：范仲淹名篇。岳阳楼在岳州。平江属岳州。　⑨剪烛西窗：本李商隐《夜雨寄北》"何当共剪西窗烛，却话巴山夜雨时"。

刘　鉴

刘鉴,字清叟,号立雪,江西人。累举不第。生平刻意为诗,欧阳守道为序其前集行世。宋亡后,与诸遗老切磋砥砺,益造精到。年逾七十而终。《宋季忠义录》卷十六有传。有《立雪稿》,《元诗选》入二集甲。

贺新郎

贺臞翁倅生曾孙

曾作莺迁贺①。道玉皇、久敕薇垣②,分君星颗。只待好年好时日,约束东风吹堕。到今日、看来真个。恰好丁年翁七十,五云间、太乙吹藜火③。青一点,杉溪左。　太翁阴骘天来大④。后隆山、层一层高,层层突过。簪绂蝉联孙又子⑤,眼里人家谁那。算只有、臞翁恁麽。孙陆机云翁卫武⑥,便履声、毡复尚书坐⑦。拚几许,犀钱果⑧。

(《翰墨大全》丙集卷三)

[注释]

①莺迁:本《诗经·小雅·伐木》"伐木丁丁,鸟鸣嘤嘤。出自幽谷,迁于乔木"。后以嘤鸣之声为黄莺,以莺迁为升擢或迁居之颂词。　②薇垣:古代天文家分天体恒星为三,中垣有紫薇十五种,亦称紫宫。此指天帝居室,为天帝办事处。　③太乙吹藜火:太乙,同太一。天神中之最贵者,见《史记·封禅书》。《三辅黄图》卷六载,刘向校书天禄阁,夜有黄衣老人,植青藜杖,叩阁见。向暗中诵书,老人乃吹杖端烟,然,因见向授以五行洪范之文。此老人即太乙。此以喻臞翁。　④阴骘:语出《尚书·洪范》"惟天阴骘下民"。本为默定之意,后衍为阴德之义。　⑤簪绂蝉联:簪,冠簪;绂,丝织缨带。古礼服之制,以喻显贵。　蝉联:连续不绝貌。⑥陆机云:陆机、陆云两兄弟。西晋时同以才名重一时。　卫武:春秋时

卫君，在位五十五年卒，年九十五，见《史记·卫康叔世家》。 ⑦"履声"句：《汉书·郑崇传》，崇数谏，哀帝纳用之。每见曳革履，哀帝曰："我识郑尚书履声。"后以为尚书重臣之典。 ⑧犀钱果：苏轼《减字木兰花》"犀钱玉果"。自注谓戏李常（公择）生子。犀角贵，钱色近似，故称犀钱，即洗儿钱。玉果，形容柑橘之美或借指柑橘。出《穆天子传》。谢惠连《柑赋》："超玉果于昆山。"

满江红

上元呈徐静观①

袅袅春幡②，恰十日、又逢元夕。人正在、景清堂上，金樽娱客。蜡炬红摇花外竹，宝香清透梅边石。听儿童、父老说青原③，东风国。　平易政，人皆悦。真实念，天知得。想旌旗一路，又添春色。满眼变成金色界，举头身近琼楼月④。问明年、何处著鳌山⑤，蓬莱北。

（《翰墨大全》后甲集卷十）

[注释]

①上元：农历正月十五日为上元节，十五夜称元夕、元夜、元宵。 ②袅袅：摇曳貌。南朝宋鲍令晖《拟青青河畔草》："袅袅窗前竹。" 幡：旗帜。旧俗于立春日挂春幡以为春至之象征。 ③青原：乃青原山，在吉州庐陵。见《舆地纪胜》卷三十七。 ④琼楼月：谓月中宫殿。苏轼《水调歌头》："琼楼玉宇。" ⑤鳌山：宋时元宵夜，堆叠彩灯为山形，称鳌山。向子諲《鹧鸪天·上元》："鳌山宫阙隐晴空。"

臞　翁

臞翁，宋末人，与刘鉴同时。其他不详。

满江红

孟史君祷而得雨

祷雨文昌[①]，只全靠，心香一瓣。才信宿，沛然膏泽，来从方寸。早稻含风香旖旎，晚秧饱水青葱蒨。问螺江、恰见线来流[②]，今平岸。　君作事，看天面。天有眼，从君愿。信瑞莲芝草，几曾虚献。此雨千金无买处，丰年饱吃君侯饭。管酿成、春酒上公堂，人人献。

（《翰墨大全》后甲集卷七）

[注释]

①文昌：即梓潼帝君，道教神名。　②螺江：福州有螺江，见《元丰九域志》卷九。《舆地纪胜》卷三十一《吉州》有螺川，当是后者。

王 洧

王洧，号仙麓，闽人。理宗宝祐四年（1256）、度宗咸淳元年（1265）两入两浙西路安抚使幕。尝守道州。其他不详。

糖多令

庆曹松庐侍郎，与秋壑只争二日，曹新除两浙漕八月初十

雁荡接台山[①]，秋来最好看。寿星明、高现云端。八月初弦三日里，□二老、福人间[②]。　玉节近天颜[③]，东西两路安[④]。祝苍松、节劲根蟠。相汉元勋萧第一[⑤]，留次位、著曹参。（《翰墨大全》丁集卷三）

[注释]

①雁荡接台山：雁荡山、天台山，皆在两浙境内。　②二老：一谓贾似道，号秋壑。一指曹松庐。　《全宋词》注：原无空格，按律补。　③玉节：玉制符节。节乃信物。曹松庐新除两浙漕，故以玉节称松庐。　④两路：两浙路分两浙西路、两浙东路。　⑤萧：萧何。

汪梦斗

汪梦斗,字玉(一作以)南,号杏山,绩溪(今属安徽)人。理宗景定二年(1261)魁江东漕试。宋亡,不仕。有《北游集》。《宋史翼》卷三十四有传。梦斗之词,深沉而不晦涩,盖其积之也厚。

南乡子

初入都门漫赋[①]

西北有神州,曾倚斜阳江上楼。目断淮南山一抹,何由,载泪东风洒汴流。 何事却狂游,直驾驴车渡白沟[②]。自古幽燕为绝塞[③],休愁,未是穷荒天尽头。

[注释]

①都门:指北宋旧都汴京(今河南开封)城门。 ②白沟:河名。巨马河自河北涞水流入定兴南,为白沟河。宋、辽分界于此,故亦名界河。③幽燕:即幽州,古代为燕地,今河北北部、辽宁一带。

朝中措

客邸有感

人言楼观似寥阳[①],巍倚太清傍[②]。便有二京赋手[③],也须费力铺张。 客窗梦断,星稀月淡,一枕凄凉。旧日春风汴水,□□多少垂杨。

[注释]

①楼观:《苏轼诗集》卷三“楼观”注谓在周至县(今属陕西)东三十七里,本周康王大夫尹喜宅。 寥阳:唐宫观名。 ②太清:天。孟浩然《临

洞庭》："涵虚混太清。"此当指终南山。 ③二京：班固有《两都赋》，张衡有《西京赋》、《东京赋》，俱见《文选》。

人月圆

寻常一样窗前月，人只看中秋。年年今夜，争寻诗酒，共上高楼。 一奁明镜[①]，能圆几度，白了人头。良辰美景，赏心乐事[②]，输少年游。

[注释]

①奁：镜匣，以放镜。后遂用作量词，以表示镜之数量。 ②良辰美景赏心乐事：本谢灵运《拟太子邺中集诗序》"天下良辰、美景、赏心、乐事四者难并"。王勃《滕王阁序》谓"良辰、美景、赏心、乐事"为四美。

金缕曲

月夕赋首词，书毕，怆然有感，再赋此

满目飞明镜[①]。忆年时、呼朋楼上，畅怀觞咏。圆到今宵依前好，诗酒不成佳兴。身恰在、燕台天近[②]。一段凄凉心中事，被秋光、照破无馀蕴。却不是，诉贫病。 宫庭花草埋幽径[③]。想夜深、女墙还有[④]，过来蟾影。千古词人伤情处，旧说石城形胜。今又说、断桥风韵[⑤]。客里婵娟都相似，只后朝，不见潮来信。且喜得，四边静。

[注释]

①明镜：明亮铜镜，谓月。 ②燕台：大都。今北京市。此词作于大都。 ③"宫庭"句：本李白《登金陵凤凰台》"吴宫花草埋幽径"。 ④"想夜深"二句：本刘禹锡《石头城》"淮水东边旧时月，夜深还过女墙来"。

女墙:城上呈凹凸形小墙。 ⑤断桥:在今杭州。孤山之路至此而断,故自唐以来称之。

摸鱼儿

过东平有感[①]

忆旧时、东方□郡,东原尽是佳处[②]。梁都破了寻南渡[③],几遍狐号鳝舞[④]。君试觑。环一抹荒城,草色今如许。芳华旧地。曾一上飞云,歌台酒馆,落日乱鸦度。 吟情苦,滴尽英雄老泪,凄酸非是儿女。西湖似我西湖否。只怕不如西子。秋欲暮,要一看秋波,又自催归计。休□浪语。待过江说与,高车驷马[⑤],今是朝天路。

[注释]

①东平:宋宣和元年改郓州为东平府,元改为路。此词作于元统一后。 ②东原:古地区名。《尚书·禹贡》:"东原底平。"据郑玄注,即汉东平郡地,相当今东平、汶上、宁阳一带。 ③梁都:汴京,即开封。 南渡:徽宗、钦宗被金人俘。高宗南渡,建都临安。 ④狐号鳝舞:此词以后,元杨维桢《神羊赋》有"显则麟仪而凤师,隐则狐号而鳅舞"之句。麟仪凤师,盖谓太平之世;而狐号鳅舞则乱世。狐鳝谓小人。 ⑤高车驷马:高车谓车盖高、立乘之车。亦称高盖车。《汉书·于定国传》:"少高大其门,令容驷马高盖车。"古代一车套四马,后遂以高车驷马称显贵。

踏莎行

贺宗人熙甫赴任

选得官归,黄埃满面,难于奏赋明光殿[①]。秋帆落日渡淮来,三杯酒浊凭谁劝。 旧日佳词,自吟一遍,绿袍不是嫦娥剪[②]。红楼十里古扬州,无人为把珠帘卷[③]。

(以上《彊村丛书》本《北游词》)

[注释]

①明光殿:汉武帝建,南与长乐宫相连。见《三辅黄图》。《汉官仪》:“尚书奏事明光殿。” ②绿袍:本白居易《江楼宴别》“灯下红裙间绿袍”。绿袍乃下级长官朝服。此谓熙甫所任者乃下级官吏。 ③“红楼”二句:本杜牧《赠别》“春风十里扬州路,卷上珠帘总不如”。

彭元逊

彭元逊,字巽吾,庐陵(今江西吉安)人。理宗景定二年(1261)解试。刘辰翁《须溪词》内屡有唱和之词。《全宋词》存词二十首。其词刻意求工,其佳者忧深思远,其末则入于晦。

汉宫春

元 夕

十日春风,又一番调弄,怕暖愁阴。夜来风雨,摇得杨柳黄深。熏篝未断[①],梦旧寒、浅醉同衾。便是闻灯见月,看花对酒惊心。　　携手满身花影,香雾霏霏,露湿罗襟。笙歌行人归去,回首沉沉。人间此夜,误春光、一刻千金[②]。明日问、红巾青鸟[③],苍苔自拾遗簪。

[注释]

①熏篝:谓取暖之熏笼。熏,暖。篝,竹笼。　②"笙歌"五句:《苏轼诗集》卷四十八《春夜》"春宵一刻值千金,花有清香月有阴。歌管楼台声细细,秋千院落夜沉沉"。　③红巾青鸟:本杜甫《丽人行》"杨花雪落覆白蘋,青鸟飞去衔红巾"。青鸟乃西王母使者,见《山海经》注。后多借指使者。

[集评]

沈雄云:"彭巽吾名元逊,罗壶秋名志仁……皆忠节自苦,没齿无怨者。必欲屈抑之为元人,不过以词章阐扬之,则亦不幸甚矣。"(《古今词话·词话》上卷)

陈廷焯云:"余拟辑古今二十九家词选,附四十二家。……元代一家,张仲举。附彭元逊、末附金之元遗山。"(《白雨斋词话》卷八)

况周颐云:"彭巽吾《汉宫春》元夕云:'夜来风雨,摇得杨柳黄深。'此

等句便是元词，去南渡诸贤远矣。"（《蕙风词话》卷三）

平韵满江红

牡　丹

翠袖馀寒[①]，早添得、铢衣几重[②]。何须怪，妍华都谢，更为谁容[③]。衔尽吴花成鹿苑[④]，人间不恨雨和风。便一枝、流落到人家，清泪红。　山雾湿，倚熏笼[⑤]。垂匐叶[⑥]，鬓酥融。恨宫云一朵，飞过空同[⑦]。白日长闲青鸟在，杨家花落白蘋中[⑧]。问故人、忍更负东风，尊酒空。[⑨]

[注释]

①翠袖：翠色衣袖 。杜甫《佳人》："天寒翠袖薄。"　②铢衣：极言衣之轻。铢，古衡制单位，为两之二十四分之一。　③更为谁容：本《诗经·卫风·伯兮》"岂无膏沐，谁适为容"。　④吴花鹿苑：唐明皇有牡丹将开为鹿衔去，此应安禄山之乱。见《太真外传》。　⑤熏笼：罩在熏炉上之笼，作熏香及烘干用。白居易《后宫词》："斜倚熏笼坐到明。"　⑥匐（è）叶：妇女头上所戴花饰。杜甫《丽人行》："翠微匐叶垂鬓唇。"此谓戴牡丹。　⑦空同：山名。《庄子·在宥》："广成子在空同山，黄帝往见之。"在河南临汝西南，见《太平寰宇记》卷八《汝州》。　⑧杨家花：刘禹锡《隋唐嘉话》谓北齐杨子华有画牡丹，极分明。此所云杨家花即牡丹花。⑨唐氏按：此首误入《宋元三十一家词》本《天游词》。

解珮环

寻梅不见

江空不渡，恨蘼芜杜若[①]，零落无数。远道荒寒，婉娩流年[②]，望望美人迟暮[③]。风烟雨雪阴晴晚，更何须，春风千树。尽孤城、落木萧萧，日夜江声流去。　日晏山深闻笛，恐他年流落，与子同赋[④]。事阔心违，交淡媒劳[⑤]，蔓草沾衣多露[⑥]。汀洲窈窕馀醒寐[⑦]，遗珮浮沉澧浦[⑧]。有白鸥淡月，微波寄语，逍遥容与[⑨]。

［注释］

①蘼芜杜若：皆香草名。 ②婉娩：天气温和。欧阳修《渔家傲》："三月清明天婉娩。" ③美人迟暮：本《离骚》"惟草木之零落兮，恐美人之迟暮"。美人谓君王，此谓梅花。 ④"日晏"三句：本唐殷尧藩《山中梅花》"铁心自拟山中赋，玉笛谁将月下横"。 ⑤媒劳：本《九歌·湘君》"心不同兮媒劳，恩不甚兮轻绝"。 ⑥蔓草：本《诗经·郑风·野有蔓草》"野有蔓草，零露汚兮"。 ⑦"汀洲"句：汀洲，水中小舟。《九歌·湘夫人》："搴汀洲兮杜若，将以遗兮远者。"丁绍仪《听秋声馆词话》卷十三《红情绿意》谓此句"馀醒寐"费解，必有讹脱。 ⑧遗珮浮沉澧浦：本《九歌·湘君》"遗余珮兮澧浦"。《听秋声馆词话》谓此词张炎调名为《红情绿意》，较之张调，此句少一字。 ⑨逍遥容与：本屈原《九歌·湘君》"聊逍遥兮容与"。容与，放任。

［集评］

陈廷焯云："忧深思远，于两宋外，又辟一境。而本原正见相合。出自元人手笔，尤为难得。"（《白雨斋词话》卷七）

徵招

和焕甫秋声。君有远游之兴，为道行路难以感之

人间无欠秋风处，偏到霜痕月杪。风雨船篷，日夜风波未了。忽潮生海立，又天阔、江清欲晓。孤迥幽深，激扬悲壮，浮沉浩渺。　　行路古来难，貂裘敝、匹马关山人老[①]。锦字未成[②]，寒到君边书到否。倚门回首[③]，儿女灯前娭笑[④]。早斟酌、万里封侯，镜迟霜照。

［注释］

①貂裘敝：苏秦说秦王，书十上而说不行，黑貂之裘敝。见《战国策·

秦策》。 ②锦字：前秦秦州刺史窦滔徙流沙，其妻苏氏思之，织锦为回文旋图诗赠滔，可宛转循环以读之，词甚哀惋。见《晋书·列女列传·窦滔妻苏氏》。 ③倚门：《战国策·齐策》王孙贾母曰："汝朝出而晚来，则吾倚门而望。"后以喻盼望子女归来。 ④娭（xì）：嬉戏。

子夜歌

和尚友[①]

视春衫，箧中半在，浥浥酒痕花露[②]。恨桃李、如风过尽，梦里故人成雾。临颍美人，秦川公子，晚共何人语。对人家、花草池台，回首故园咫尺，未成归去。 昨宵听、危弦急管[③]，酒醒不知何处[④]。飘泊情多，衰迟感易，无限堪怜许。似尊前眼底，红颜消几寒暑。年少风流，未谙春事，追与东风赋。待他年、君老巴山，共君听雨[⑤]。

[注释]

①尚友：刘将孙之字。将孙为辰翁之子，有《养吾斋集》三十二卷（《永乐大典》本）行世。生宋理宗宝祐五年（1257）。 ②浥浥：香气盛貌。苏轼《台头寺步月得人字》："浥浥炉香初泛夜。" ③危弦急管：喻乐曲节拍紧张、急促。宋周邦彦《满庭芳》："憔悴江南倦客，不堪听、急管繁弦。" ④酒醒不知何处：本柳永《雨霖铃》"今宵酒醒何处"。 ⑤君老巴山共君听雨：本李商隐《夜雨寄北》"何当共剪西窗烛，却话巴山夜雨时"。

临江仙

红袖乌丝失酒[①]，金钗银烛销春。柳边桃下复清晨。帽风回马旋，扇雨拂花情。 白帝空惊旧曲[②]，阳关只梦行人[③]。碧云何处认芳尘。紫荆花作荚，青杏核生仁[④]。

[注释]

①红袖乌丝:红袖,妇女红色衣袖;乌丝,妇女满头黑髮。 ②白帝:在今四川奉节县东瞿唐峡口,城名。李白《早发白帝城》:"朝辞白帝彩云间。"指此。 ③阳关:今甘肃敦煌西南,以居玉门关南而名。王维《送元二使安西》:"西出阳关无故人。"谓此。此诗入词,为《阳关曲》。 ④"紫荆"二句:喻芳华已逝,老景来临。荚、仁属种子部分。

临江仙

自结床头麈尾[①],角巾坐枕孤松[②]。片云承日过山东。起听荷叶雨,行受芷花风[③]。 无客同羹莼菜[④],有人为剥莲蓬。东墙年少未从容[⑤]。何因知我意,吹笛月明中[⑥]。

[注释]

①麈尾:古以驼鹿尾为拂尘,因称拂尘为麈尾。白居易《斋居偶作》:"老翁持麈尾,坐拂半张床。" ②角巾:方巾,有角之头巾。古代隐士冠饰。高适《答侯少府》:"丘园有角巾。" ③芷:香草名。又名白芷。 ④羹莼菜:本用张翰典。《晋书·张翰传》:"除大司马东曹掾,因见秋风起,乃思吴中菰菜、莼羹、鲈鱼鲙,乃命驾归。"莼,植物名,多生湖泊河流之中,茎及叶柄有黏液,可以作羹。菰菜,俗称茭白,可作蔬菜。菰米可作饭。 ⑤东墙年少:邻家美女登墙窥三年而不为动。见宋玉《登徒子好色赋》。从容:举动。⑥吹笛:本李白《春夜洛城闻笛》"此夜曲中闻《折柳》,何人不起故园情"。

[集评]

陈廷焯云:"元《草堂诗馀》,录彭元逊词最多。其警句如《临江仙》云:'自结床头麈尾,角巾坐枕孤松。片云承日过山东。起听荷叶雨,行受芷花风。'《蝶恋花》云:'无复卷帘知客意,扬花更欲因风起。'语爽朗而意深远,在元代定推作手。"(《白雨斋词话》卷七)

瑞鹧鸪

背人西去一莺啼,拍手还惊百舌飞[①]。浅雨微寒春有思，宿妆残酒欲忺时[②]。　鸡鹄浪起蒲茸暖[③]，翡翠风来柳絮低。故遣苍头寻杏子[④]，凭肩小语只心知。

［注释］

①百舌：鸟名，即反舌。以其鸣声反复如百鸟之音，故名。立春后鸣，夏至后无声。②忺（xiàn）：适意，高兴。③鸡鹄：水鸟名。④苍头：奴仆。汉时仆隶以深青色巾包头。故称。

瑞鹧鸪

东洲游伴寄兰苕[①]，人日晴时不用招。微雨来看杨柳色，故人相遇浴龙桥。　愁如春水年年长，老共东风日日消。几欲作笺无可寄，双鱼犹自等归潮[②]。

［注释］

①兰苕：兰之茎。鲍照《观漏赋》："结兰苕以望楚。"②双鱼：谓书信。《饮马长城窟行》："客从远方来，遗我双鲤鱼，呼儿烹鲤鱼，中有尺素书。"

蝶恋花

微雨烧香馀润气。新绿愔愔[①]，乳燕相依睡。无复卷帘知客意，杨花更欲因风起。　旧梦苍茫云海际。强作欢娱，不觉当年似。曾笑浮花并浪蕊[②]，如今更惜棠梨子[③]。

［注释］

①愔愔（xīn）：和悦、安闲貌。嵇康《琴赋》："愔愔琴德。"②浮花浪蕊：寻常花草。苏轼《贺新郎》："待浮花浪蕊都尽，伴君幽独。"③棠梨：木名，一名甘棠，俗称野梨。树似梨而小，春初开小白花，结实如小楝子

大,可食。

蝶恋花

日晚游人酥粉涴[①]。四雨亭前[②],面面看花坐。扇拂游蜂青杏堕,新红一路秋千过。　　帘外清歌帘底和。自理琵琶,不用笙簧佐。八折香罗馀碧唾,露花点笔轻题破。

[注释]

①酥粉:酥喻物之润泽。酥粉盖谓使面容润泽之粉。　②"四雨"二句:《蕙风词话》卷四引《苕溪渔隐丛话》,"'梨花一枝春带雨','桃花乱落如红雨','小院深深杏花雨','黄梅时节家家雨',皆古今诗词之警句也。予亦欲作一亭子,四面皆植花一色,榜曰'四雨'。"此二句出此。按:"黄梅"云云,乃赵师秀句,《苕溪渔隐丛话》无此则,《蕙风词话》误,此当出宋末人著述。

如梦令

今夜故人独宿,小雨梨花当屋。犹有未残枝,轻脆不堪人触。休触,休触,憔悴怕惊郎目。

菩萨蛮

玉蛇踯躅流光卷[①],连珠合沓帘波远[②]。花动见鱼行,红裳眩欲倾。　　人来惊翡翠,小鸭惊还睡。两岸绿阴生,修廊时听莺。

[注释]

①玉蛇:似指银河踯躅,不前。此句之意,盖谓时光缓缓流驶。　②连珠合沓帘波远:连珠,连成串之珍珠。合沓,重叠。帘波,帘影摇曳如波

纹状。

谒金门

春一点，透得酥温玉软。唇晕唾花连袖染，嫣红惊绝艳[①]。　日暮飞红扑脸，翠被夜寒波飐[②]。梦断锦茵成堕靥[③]，宫廊微月转。

[注释]

①嫣红：姣艳之红色。李商隐《河阳》："侧近嫣红伴柔绿。"　②波飐(zhān)：飐，风吹物动。柳宗元《登柳州城楼》："惊风乱飐芙蓉水。"波飐谓水波摇曳。　③锦茵：锦制之垫褥。　靥：颊边微涡，俗称酒涡，如笑靥。

月下笛

江上行人，竹间茅屋，下临深窈。春风袅袅，翠鬟窥树犹小。遥迎近倚，归还顾、分付横枝未了。扁舟却去，中流回首，惊散飞鸟。　重踏新亭屐齿[①]，耿山抱孤城[②]，月来华表[③]。鸡声人语，隔江相半歌笑。壮游历历，同高李、未拟诗成草草[④]。长桥外，有醒人吹笛，并在霜晓。

[注释]

①新亭屐齿：新亭在今江苏南京。屐齿乃木屐齿。谢安闻破苻坚，过户限，不觉屐齿为折。见《晋书·谢安传》。时谢安在建康(今江苏南京)。②耿：光，明。《苏轼诗集》卷四《二十六日五更起行》："山头孤月耿犹在。"　③华表：古代立于宫殿、城垣或陵墓前石柱，柱身往往刻有花纹。④高李：高适、李白。二人皆壮游。

六丑

杨花

似东风老大,那复有、当时风气。有情不收,江山身是寄。浩荡何世。但忆临官道[1],暂来不住,便出门千里。痴心指望回风坠。扇底相逢,钗头微缀。他家万条千缕,解遮亭障驿,不隔江水。 瓜洲曾舣[2],等行人岁岁。日下长秋,城乌夜起。帐庐好在春睡。共飞归湖上,草青无地。愔愔雨、春心如腻[3]。欲待化、丰乐楼前[4],青门都废[5]。何人念、流落无几。点点抟作,雪绵松润,为君裛泪[6]。[7]

[注释]

①官道:《东坡乐府》卷上《水龙吟·次韵章质夫杨花》有“抛家傍路”之句。 ②瓜洲:江苏邗江县南,大运河入长江处。与镇江市相对。 舣:船舶靠岸。 ③愔愔:和悦、安静貌。此谓雨缓慢不断。 ④丰乐楼:杭州胜迹,宋时与涌金门相值。见《西湖游览志》卷三。 ⑤青门:汉长安城东南门,以门色青,故称。后泛指京城城门。此谓临安(杭州)城门。 ⑥“点点”三句:本苏轼《水龙吟·次韵章质夫杨花词》“细看来,不是杨花,点点是离人泪”。⑦唐氏按:以上二首误入《宋元三十一家词》本《天游词》。

隔浦莲近

夜寒晴早人起,见柳知新翠。撼树试花意,两蜂狂救堕蕊。见著羞懒避,春都在,时节到愁地。 屏间字,香痕半掐,误期一一曾记。朱弦谩锁,不会近番慵脆[1]。强踏秋千似醉里,扶下,眼花跕跕飞坠[2]。

[注释]

①慵脆:懒散、脆弱。 ②跕跕(tié):坠落貌。

忆旧游

记新楼试酒，上客回车，初识能歌。几许怜才意，觉援琴意动，授简情多。青鸾昼下缥缈[①]，烟雾隔轻罗。还自有人猜，素巾承汗，微影双娥。　　西陂千树雪，欲绝世乘风[②]，下照沧波。怪倚春憔悴，扁舟月上，草草相过。少年翰墨相误，幽恨愧星河。谁为语伶玄[③]，秋风并冷双燕窠[④]。

[注释]

①青鸾：南朝宋刘敬叔《异苑》卷三，罽宾国王得一鸾，三年不鸣，从夫人之言，以镜照之，"鸾观影悲鸣，冲霄一奋而绝"。后称青鸾镜，本此。②绝世：弃绝人世。　③谁为语伶玄：伶玄，汉人。传为《飞燕外传》撰人。玄妾樊通德能道飞燕姐妹数事，于是玄为传。此处盖谓情人与己旧事。④梁沈君攸《双燕离》云："双燕双飞，双情相思，容色已改，故情不衰。双入幕双出帷。秋风去春风归。"

生查子

痴多故恼人，妆晚翻嫌趣[①]。只为眼波长，嗔笑娇难触。　　春心不肯深，春睡何曾足。莫待柳花飞，飞去无拘束。

[注释]

①趣：《诗馀广选》卷三注，"音促。"

[集评]

徐士俊云："何等不安详，不老成，个中有一娇女在，左思犹未道尽。"

玉女迎春慢

柳

浅入新年，逢人日、拂拂淡烟无雨[①]。叶底妖禽自语，小啄幽香还吐。东风辛苦，便怕有、踏青人误[②]。清明寒食，消得渡江，黄翠千缕。　看临小帖宜春[③]，填轻晕湿，碧花生雾。为说钗头袅袅，系著轻盈不住。问郎留否。似昨夜、教成鹦鹉。走马章台[④]，忆得画眉归去[⑤]。

（以上元《草堂诗馀》卷上）

［注释］

①人日：农历正月初七。　②踏青：春日郊游。或为二月二日，或为三月三日。后世多以清明出游为踏青。　③宜春：旧时立春日祝颂新春之帖。《太平御览》引《荆楚岁时记》："立春日，悉剪彩为燕以戏之，帖宜春之字。"　④走马章台：章台，宫名，战国时建，以宫内有章台而名。台下有街名章台街。汉京兆尹张敞，走马过章台街，即此。见《汉书·张敞传》。此词咏柳，尚隐含章台柳故事。唐韩翃有姬柳氏，安史乱，二人奔散，柳为尼。韩使人寄柳诗，首云"章台柳，章台柳，昔日青青今在否"。后辗转得团圆。见《太平广记》引《柳氏传》。　⑤忆得画眉：张敞为妇画眉，长安城中盛传。帝知之，亦不责备。

存目词

调名	首句	出处	附注
千秋岁	重阳来未	刘毓盘辑《虚寮词》	彭子翔词，见《翰墨大全》丁集卷一
木兰花慢	仙家春不老	同上	彭子翔词，见《翰墨大全》乙集卷十七

方 衡

方衡，宋末人。其他不详。

齐天乐

寿贾使三月二十八日生[①]

伏以皇祚中兴，笃生元哲。维岳受命[②]，允协良辰。同禀天地之清宁，间出山河之气数[③]。仰惟某官，身兼三杰[④]，德盛一夔[⑤]。西清学士之班[⑥]，选高天下；东方诸侯之长，功冠域中。拥百万之貔貅，制三边之狼虎。克膺大任，宜受遐龄。某辱在万间，尤深鼓舞。敬裁一曲，莫尽形容。仰祈熏慈[⑦]，俯加采览

皇天眷佑中兴烈[⑧]，维岳共生鸿硕。镇抚精神，规恢调度，未数至言长策[⑨]。中原徯望[⑩]。总万里山河，尽归经画。更看旋乾转坤，烦一指麾力。　胡尘顿消海岱[⑪]，倚天长啸处，兼惠南北。宝镇还朝，圣恩如海，趁得嵩高华席[⑫]。星辰步峻，看丹凤飞来[⑬]，趣登枢极[⑭]。□寿齐天，愿齐开寿域。

（《截江网》卷四）

[注释]

①贾使：《宋史·宰辅表》，理宗淳祐十年（1250）三月，贾似道除端明殿学士、两淮制置大使、淮南安抚使、知扬州。开庆元年（1259）改除京西、湖南北、四川宣抚大使、都大提举两淮兵甲。十月，自金紫光禄大夫、右丞相兼枢密使，依前京西、湖南北、四川宣抚大使、都大提举两淮兵甲。据此，知贾使为贾似道。然似道乃八月八日生，见以下郭居安词。此云“三月二十八日生”，疑有误。　②维岳受命：本《诗经·大雅·崧高》“崧高维岳，峻极于天。维岳降神，生甫及申”。谓尹吉甫、申伯，周名臣。此谓贾似道。　③间气：古代唯心论者谓英雄豪杰上应星象，禀天地特殊之气，间世而生，称“间气”。《太平御览》卷三百六十引《春秋演孔图》：“正

气为帝,间气为臣。”宋均注间气:“各受一星以生”。 ④三杰:谓汉张良、韩信、萧何,见《史记·高祖本纪》。 ⑤夔:人名,尧(或谓舜)时乐正。孔子谓有夔一人,足以制乐。见《韩非子·外储》、《吕氏春秋·察传》。后因以谓能独当一面之专门人才。 ⑥西清:《苏轼诗集》卷二十九《九月十五日迩英讲论语……》“日高黄伞下西清”,《苏轼文集》卷十四《谢兼侍读表》“望西清之帷幄,久立彷徨”。宋人注:“西清,西厢清闲之地也。”在宫内。 ⑦熏慈:熏谓熏风,即和风。慈谓慈爱、关怀。 ⑧中兴:由衰落而重新兴盛。《诗经·大雅·烝民》:“任贤使能,周室中兴焉。” ⑨至言长策:至理之言,优长之策。 ⑩徯:等待。 ⑪海岱:《禹贡》青徐二州之地,指东海与泰山间之地。 ⑫华席:盛美之筵席。谓贾似道功高归来,朝廷待以殊礼。 ⑬丹凤:“丹穴之山,有鸟,状如鹤,五色而文,名曰凤。……见则天下安宁。”见《山海经·南次山经》。李峤《咏凤》:“有鸟居丹穴,其名曰凤凰。九苞应灵瑞,五色成文章。” ⑭枢极:枢谓枢府,政权之中枢;极谓极限、最高。

郭居安

郭居安，字应西，号梅石。贾似道客。理宗末、度宗时为仁和令，除官告院。宋末赴崖山。《湖南通志》卷二百七十四载澹山岩题名，有资中郭应西，或即其人。

声声慢

寿贾师宪[①]

捷书连昼[②]，甘洒通宵，新来喜沁尧眉[③]。许大担当，人间佛力须弥[④]。年年八月八日[⑤]，长记他、三月三时[⑥]。平生事，想只和天语，不遣人知。　一片闲心鹤外，被乾坤系定，虹玉腰围[⑦]。阊阖云边，西风万籁吹齐[⑧]。归舟更归何处[⑨]，是天教、家在苏堤[⑩]。千千岁，比周公、多个彩衣。

（《黄氏日钞·古今纪要逸编》）

[注释]

①贾师宪：即贾似道。　②捷书：捷报，《宋史·理宗纪》景定元年(1260)年三月癸未纪事："贾似道奏蘄草坪大战，进至黄州。"《齐东野语》卷十二谓"捷"乃指此。此词即作于其时。　③尧眉：犹尧寿。《史记·五帝本纪》谓尧寿逾百岁。《诗经·豳风·七月》注谓眉豪（长）为眉寿。④须弥：佛教传说山名，常以谓至大、至高、至广。比喻贾似道。　⑤八月八日：贾似道生日。见《齐东野语》。　⑥三月三时：西王母蟠桃祝寿，俗传为三月三日。　⑦虹玉腰围：虹玉犹玉虹，即虹。虹玉腰围，犹言虹采环绕。　⑧阊阖：天门。《离骚》："倚阊阖而望予。"　⑨归舟：贾似道舫斋名。见《齐东野语》。　⑩苏堤：在杭州西湖。宋哲宗元祐中苏轼守杭时所筑。见《武林旧事》卷五。

[集评]

孔凡礼云:“据《齐东野语》,贾似道谓此词为佳词。此词以周公喻似道,正合似道心曲。然似道复谓此词‘失之太俳,安得有著彩衣周公’。妙哉‘著彩衣周公’,不伦不类,非古非今,滑稽之至。郭居安欲捧似道,不知捧之适所以棒之,当为其始料所不及也。”

木兰花慢

寿贾秋壑母两国胡夫人①

听都人共语,又还是、岁逢庚②。记金帖频催,衮衣将至③,绣幰先迎④。笙歌六宫齐奏,到而今、犹唱贺升平。千岁人间福本,天公著意看承。　秋深,帘卷空明。问西子、最宜晴⑤。喜新来多暇,玉醪龙炙⑥,菊院花城。明年耳孙头上⑦,更君王、亲点泥金⑧。兜率摩耶住世⑨,长看佛度众生。⑩

(《翰墨大全》丙集卷十四)

[注释]

①胡夫人:湖州德清人,封秦齐国夫人。《齐东野语》卷十五谓“屡入禁中,恩宠甚渥”。　②岁逢庚:《癸辛杂识·前集·贾母饰终》谓贾母胡氏卒于咸淳十年(1274),此“庚”乃是咸淳六年(1270)庚午。　③衮衣:古代帝王及上公绣龙之礼服。《诗经·豳风·九罭》:“衮衣绣裳。”贾似道之母封两国太夫人,故以衮衣至。　④幰:车前帷幔。即设有障幔之车。　⑤问西子最宜晴:西子,西湖。《苏轼诗集》卷九《饮湖上初晴后雨》:“水光潋滟晴方好。”　⑥玉醪龙炙:醪,酒。玉醪谓美酒。炙,烧烤。龙炙:谓美味。　⑦耳孙:《汉书·惠帝纪》注“耳孙者,玄孙之子也”。此处作“孙”解。　⑧泥金:即泥金帖,用金饰之笺帖。《开元天宝遗事》卷下:“新进士及第,以泥金书帖子附于家书中。”此祝胡夫人之孙明年进士及第。　⑨兜率摩耶:兜率,佛家用语,知足之意。兜率天,欲界六天之第四天。摩耶:摩伽陀净饭王之大妃,释迦牟尼生母。　⑩唐氏按:原题郭梅石作。

赵从橐

赵从橐，生平不详，宋末人。

摸鱼儿

寿贾师宪[①]

指庭前、翠云含雨[②]，霏霏香满仙宇。一清透彻浑无底，秋水也无流处。君试数，此样襟怀，顿得乾坤住。闲情半许[③]。听万物氤氲[④]，从来形色，每向静中觑。　琪花路[⑤]，相接西池寿母。年年弦月时序。荷衣菊佩寻常事[⑥]，分付两山容与[⑦]。天证取，此老平生，可向青天语。瑶卮缓举。要见我何心，西湖万顷，来去自鸥鹭。

（《齐东野语》卷十二）

[注释]

①贾师宪：贾似道。度宗称似道"师臣"而不名，见《宋史·贾似道传》。故似道属下亦称之。封建社会属下称上司为宪。称师为宪，以此。　②翠云含雨：翠云谓庭院中树木高大，绿荫如云。《全宋词补辑》莫蒙《寿星明》："翠樾阴浓。""含"原作"金"，《词品》卷五作"含"，今据改。　③闲情半许：《齐东野语》卷十二谓贾似道尝作半闲堂。此句隐有此意。　④氤氲：指天地阴阳之气之聚合。《易经·系辞》："天地氤氲，万物化醇。"　⑤路：《全宋词》作"落"，据点校本《齐东野语》改。　⑥荷衣菊佩：本屈原《离骚》"制芰荷以为衣兮"。以荷叶制衣，喻高洁。佩菊亦喻高洁。　⑦容与：安逸自得貌。《九歌·湘夫人》："聊逍遥兮容与。"

廖莹中

廖莹中，字群玉，号药洲，邵武（今属福建）人。生年不详。登第后，为贾似道客，尝除大府丞，知某州，皆不赴。咸淳间，命善工翻刻淳化阁帖、绛帖，皆逼真。贾似道贬，莹中自杀。《宋史翼》卷四十有传。

木兰花慢

寿贾师宪

请诸君著眼，来看我、福华编①。记江上秋风②，鲸漦涨雪③，雁徼迷烟。一时几多人物，只我公、只手护山川。争睹阶符瑞象④，又扶红日中天。　因怀下走奉櫜鞬⑤。磨盾夜无眠⑥。知重开宇宙，活人万万，合寿千千。凫鹥太平世也⑦。要东还、赴上是何年。消得清时钟鼓⑧，不妨平地神仙。

（《齐东野语》卷十二）

［注释］

①福华编：廖莹中所撰，颂贾似道。见《宋稗类钞》。　②江上秋风：贾似道园池中有秋水观。见《齐东野语》卷十九。　③鲸漦：鲸之涎沫。④阶符：阶，泰阶，星名。即三台。上台、中台、下台共六星，两两并排而斜上，如阶梯，故名。《文选·左思〈魏都赋〉》："故令斯民符泰阶之平。"注谓泰阶乃天之三阶，三阶平则天下太平。符为祥瑞之征。　⑤櫜鞬：藏箭与弓之器具。　⑥磨盾：盾乃古代用以防护之兵器。此谓加强防守措施。⑦凫鹥（yì）：水鸟。凫，野鸭；　鹥：鸥鸟。《诗经·大雅·凫鹥》言凫鹥至"来燕来宁"。《旧唐书·音乐志》："草木仁化，凫鹥颂声。"　⑧消得清时钟鼓：消得，消受、享受、受用。清时，太平盛世。《太平御览》卷八一七曹操《令》："今清时，但当尽忠于国，效力王事。"钟，鼓，乐器，此泛指游乐。

个侬

恨个侬无赖[①]，卖娇眼、春心偷掷。苍苔花落，先印下一双春迹[②]。花不知名，香才闻气，似月下箜篌，蒋山倾国[③]。半解罗襟，蕙薰微度，镇宿粉、栖香双蝶。语态眠情，感多情、轻怜细阅。休问望宋墙高[④]，窥韩路隔[⑤]。　　寻寻觅觅，又暮雨凝碧。花径横烟，红扉映月，尽一刻、千金堪值[⑥]。卸袜熏笼，藏灯衣桁[⑦]，任裹臂金斜[⑧]，搔头玉滑[⑨]。更恨檀郎[⑩]，恶怜深惜。尽颤袅、周旋倾侧。软玉香钩，怪无端、凤珠微脱。多少怕晓听钟，琼钗暗擘。（《皱水轩词筌》）

[注释]

①个侬：这人或那人。　②一双春迹：脚印。　③蒋山：即钟山、紫金山，在南京市东北。　④望宋墙高：《文选·宋玉〈登徒子好色赋〉》引宋玉答楚王言东家美女"登墙窥臣三年，至今未许"，表明不好色。　⑤窥韩：韩谓韩寿，美姿容，贾充少女午窥而悦之。见《晋书·贾充传》。　⑥一刻千金：《苏轼诗集》卷四十八《春夜》"春宵一刻值千金"。　⑦桁：衣架。　⑧裹臂金：即缠臂金。镯子，手钏。《苏轼文集》卷三十二《寒具》："压褊佳人缠臂金。"　⑨搔头玉：搔头犹搔首，簪别名。《西京杂记》卷二谓汉武帝过李夫人，取玉簪搔头，"自此后宫人搔头皆用玉，玉价倍贵。"　⑩檀郎：晋潘安小字檀奴，姿仪秀美。后因以檀郎为美男子代称。罗隐《七夕》："尽写檀郎锦绣篇。"

[集评]

贺裳云："其诗文不传，惟《西湖游览志》载数篇，皆谀佞语耳，不为工也。偶见抄本有《个侬》一词，颇富艳。"（《皱水轩词筌》）

丁绍仪云："前后极整齐。"（《听秋声馆词话》卷十一）

丁察院

丁察院，宋末人。与贾似道同时。其他不详。

万年欢

寿两国夫人胡氏[①]

葛井丹明[②]，西来金母[③]，霓旌云旆。移下瑶池，竹外一壶秋水。菊□香留宿醉[④]。看后夜、冰轮满桂[⑤]。貂蝉映、虹玉称觞[⑥]，遂初堂上佳会[⑦]。　娇孙彩衣聚戏。指明年八十，儿额先记。要比庄椿，八数更加千倍[⑧]。好是皇恩锡类。许东殿、首舆扶至[⑨]。君臣庆、齐侍慈颜，万年欢对尧世。

（《翰墨大全》丙集卷十四）

[注释]

①两国夫人胡氏：贾似道之母。据《齐东野语》卷十五、《癸辛杂识》前集，此词咸淳六年作。　②葛井丹明：葛洪，晋句容人。好神仙导养之法。从祖玄传炼丹之术。有《抱朴子》，除言神仙外，亦论炼丹。《晋书》有传。　③西来金母：西王母。此谓胡氏。　④宿醉：隔夜犹存之馀醉。　菊□：原刻漫漶，似是"瓣"字。　⑤冰轮满桂：冰轮，明月。满桂则为满月。桂，古代传说月中有桂树。　⑥貂蝉：古代王公显官冠上之饰物。附蝉为文，貂尾为饰。见《后汉书·舆服志》。　⑦遂初堂：《齐东野语》卷十九谓贾似道园池中，有"遂初堂"，理宗书。　⑧庄椿：《庄子·逍遥游》"上古有大椿者，以八千岁为春，八千岁为秋"。　⑨许东殿首舆扶至：享受皇家殊礼。《齐东野语》卷十五《龟溪二女贵》条谓胡氏屡入禁中，恩宠甚渥。

黄右曹

黄右曹，宋末人。与贾似道同时。其他不详。

卜算子

寿两国夫人胡氏[①]

清晓听麻姑[②]，来约西王母。共取蟠桃簇玉盘，来劝摩耶酒[③]。　王母问摩耶，此意还知否。只为曾生我佛来，更与千千寿。　　（《翰墨大全》丙集卷十四）

［注释］

①两国夫人胡氏：贾似道之母。　②麻姑：传说中女仙。东汉桓帝时，仙人王远（方平）降蔡经家，召麻姑至。年十八九，自言"已见东海三为桑田"。见《太平广记》卷六十旧题晋葛洪《神仙传》。　③摩耶：释迦牟尼生母。

存目词

《花草粹编》卷七载黄右曹《庆灵椿》"瑞溪庭"一首，乃无名氏作，见《截江网》卷六。

翁溪园

翁溪园，宋末人。明抄《诗渊》第二五册有溪园诗。其他不详。

水龙吟

代寿制帅贾参政①

镇淮楼下旌旗②，晶明辉映云山阁③。宸旒倚重④，折冲千里，无逾秋壑⑤。缓带轻裘⑥，纶巾羽扇⑦，从容筹略。使毡裘胆破，丁宁边吏，无生事，空沙漠。　二十四桥风月⑧，称迷楼、卷尽帘箔⑨。绂麟华旦⑩，饱吟玉蕊⑪，款簪金药⑫。驿骑朝驰，宝鞍赍赐，御筵宣押。更赐环促召⑬，中书入令，作汾阳郭⑭。

（《截江网》卷四）

[注释]

①制帅贾参政：乃贾似道。《宋史·宰辅表》："理宗宝祐四年（1256）四月癸未，贾似道除参知政事，依旧两淮制置大使兼淮东西安抚使兼知扬州。词作于此略后。　②镇淮楼：见"镇淮楼，在南城上，规模甚壮。"《舆地纪胜》卷三十七《淮南东路·扬州·景物下》。　③云山阁：北宋元丰末吕公著守扬州时建，见《舆地纪胜》。　④宸旒（chén liú）：宸：北辰，谓帝王。　旒：冕冠前后悬垂之玉串。《礼记·礼器》："天子之冕，十有二旒。"　⑤秋壑：贾似道之号。　⑥缓带轻裘：衣带宽松，裘轻，谓雍容闲适。《晋书·羊祜传》："在军常轻裘缓带。"　⑦纶巾羽扇：纶巾，古时用青丝带所编头巾。羽扇，鸟羽所制扇。纶巾羽扇状人之风雅闲致。《殷芸小说》谓诸葛亮葛巾持白羽指麾。　⑧二十四桥："隋置，并以城门坊市为名。"见《舆地纪胜》。杜牧《寄韩绰判官》："二十四桥明月夜，玉人何处教吹箫。"　⑨称迷楼卷尽帘箔：《舆地纪胜》引《广陵志》，"炀帝时，浙人项升进新宫楼，帝爱之，令扬州依图营建。既成，帝幸之，曰：若使真仙游

此，亦自当迷。又《南部烟花录》云：炀帝于扬州作迷楼。"杜牧《赠别》："春风十里扬州路，卷上珠帘总不如。"　⑩绂（fú）麟华旦：绂，同"黻"。黻衣，礼服。华旦，生日。　⑪玉蕊：花名。在后土祠中，王禹偁更名琼花。此花擅天下无双之名，香如莲花，清馥可爱。见《舆地纪胜》卷三十七《扬州·景物下》及《古迹》。　⑫金药：妇女金制首饰，形似芍药。⑬赐环：《荀子·大略》"绝人以玦，反绝以环"。注谓古者臣有罪待于境，与之环则还，与玦则绝。此则谓朝廷将召回贾似道，乃宠荣之。　⑭汾阳郭：郭子仪，唐华州郑人。平安史之乱，功第一。以一身系时局安危者二十年。累官至太尉、中书令，封汾阳郡王。世称郭汾阳，新、旧《唐书》有传。此以喻贾似道。

水调歌头

寿常州刘守

丹鹤结青士[①]，玄鹿侍苍官[②]。寿仙堂下，应伴凫舄戏莱斑[③]。麟记当年绣绂，燕剪今朝彩胜[④]，淑气逐椒盘[⑤]。孕毓阳和粹，独占一春先[⑥]。　平淮了，勋业盛，傲东山[⑦]。中原犹待经略，趣诏凤池还[⑧]。更数尧阶五荚[⑨]，又上华封三祝[⑩]，千载圣须贤。即拜玉枝赐[⑪]，长冠紫宸班。

（《截江网》卷五）

[注释]

①青士：竹。《剑南诗稿》卷十二《晚到东园》："岸帻得青士。"②玄鹿侍苍官：玄，天青色。泛指黑色。苍官，松、柏别称。秦始皇登泰山，封松为五大夫。武则天封柏为五品大夫。松柏色苍然，故名。《临川集》卷三十四《红梨》："岁晚苍官才自保。"　③凫舄戏莱斑：凫，野鸭；舄，鞋。东汉王乔，明帝时为叶令。帝异其数来而无车骑，伺其临至，辄有双凫飞来，因举网张之，但得一只舄。见《后汉书·方术传·王乔》。后遂沿用为县令州守故实。莱，老莱子，春秋时楚人。年七十，父母尚存，常身着五色彩衣以娱亲。见《初学记》引《孝子传》。据此，刘守父母其时尚在。　④燕剪今朝彩胜：《苏轼诗集》卷三十《再和》"莫笑华颠羞

彩胜”句宋人注引《荆楚岁时记》,“立春之日,以剪彩为燕戴之,帖宜春二字。” ⑤椒盘:古时正月初一日用盘进椒,饮酒则取椒置酒中,称椒盘。杜甫《杜位宅守岁》:“守岁阿戎家,椒盘已颂花。” ⑥“孕毓”二句:谓刘守生于正月。 ⑦东山:山名,在浙江上虞县西南。晋谢安早年隐此。临安、金陵均有东山,亦谢安游憩地。后遂指东山为隐居。据此,知刘守已不在其位。 ⑧凤池:即凤凰池,禁苑中池沼。唐以前指中书省,唐以后指宰相之职。杜甫《紫宸殿退朝口号》:“会羡夔龙集凤池。”此谓刘守将被急诏入朝中任要职。 ⑨尧阶五荚:荚,古代传说瑞草名。传尧时有草夹阶而生,随月生死。每月朔日生一荚,至月半则生十五荚。至十六日以后,日落一荚,月晦而尽。参《白虎通·封禅》。据此,知刘守生于初五日。 ⑩华封三祝:华封人祝帝尧长寿、富有、多男。见《庄子·天地》。 ⑪玉枝:“枝”疑为“杖”之误。罗愿《尔雅翼》谓汉仲秋月,“年始七十者,授之以玉杖”。

沁园春

代寿宗室

记得花筵,巧夕星河,初度女牛[1]。更四双蓂荚[2],十分桂魄,中元佳致[3],妆点初秋。蔼蔼非烟[4],濛濛如雾,锦水郁葱佳气浮[5]。人人道,是王孙帝胄,今日生朝。
银潢万叶源流[6],见一点长庚辉绛霄[7]。似东平为善[8],河间献雅[9],风流酝藉,西汉诸刘。恰遇称觞,蓬壶歌缓[10],满酌蒲萄双玉舟[11]。椿松等算,年年醉傲,花马金裘[12]。

(《截江网》卷六)

[注释]

①“巧夕”二句:谓七月初七日。 ②更四双蓂荚:一蓂荚为一日,四双为八日。意谓更过八日。 ③中元:道家以农历七月十五日为中元节。 ④非烟:祥瑞之彩云。《史记·天官书》:“若烟非烟,若云非云,郁郁纷纷,萧索轮囷,是谓卿云。卿云,喜气也。” ⑤锦水:即锦江,在四川成都。所寿宗室

盖居四川。 ⑥银潢：银河。苏轼《和文与可洋州园池·天汉台》："汉水东流旧见经，银潢左界上通灵。" ⑦长庚：金星别名。《诗·小雅·大东》："东有启明，西有长庚。"此谓所寿宗室。 ⑧东平：谓汉东平王刘宇，《汉书》有传。 ⑨河间：谓河间献王，名德，景帝子，武帝弟，封河间王。爱好儒学。《史记》、《汉书》皆有传。 ⑩蓬壶：山名，传为仙人所居，即蓬莱。海中三仙山之一，见旧题晋王嘉《拾遗记》。 ⑪玉舟：酒杯。 ⑫花马金裘：李白《将进酒》："五花马，千金裘。"唐人把马鬣剪成三簇者为三花，五簇者为五花。

洞仙歌

代寿李尉孺人①

几番梅雨，蒲风过、端阳后②。细数月轮，犹待双蓂秀。戏彩华堂宴，设帨朱门右③。酌金荷，争献寿。蟠桃新熟，阿母齐长久。 一门奋建④，攀桂客、无双手。好事来春在，杏苑联蓝绶⑤。应继琼林董，却胜燕山窦⑥。夸盛事、真罕有。金花封诰，管取重重受。

（《截江网》卷六）

［注释］

①孺人："天子之妃曰后，诸侯曰夫人，大夫曰孺人，士曰妇人，庶人曰妻。"见《礼记·曲礼》。宋政和二年，通直郎以上，妻封孺人。见《宋会要辑稿·仪制》。 ②蒲风：农历五月称蒲月，旧俗于端午节悬菖蒲于门，谓可以辟邪，因名。蒲风为五月之风。 ③设帨：女子生日称设帨。《礼记·内则》："子生，男子设弧于门左，女子设帨于门右。"注：帨，事人之佩巾。后庆女子生日为设帨，本此。 ④一门奋建：石奋，汉河内温县人。历侍高祖、文帝、景帝。景帝号为万石君。子建等四人，皆以小心谨慎著称。《史记》、《汉书》皆有奋传。此借谓李孺人一家。 ⑤杏苑联蓝绶：杏苑当指杏坛。杏坛传为孔子聚徒讲学处，后遂泛指授徒讲学处。绶，丝带，用以系帷幕或印章。 ⑥燕山窦：窦禹钧，五代后周渔阳（燕山）人，与兄禹锡以词学名。尝建义塾，延名儒教贫士。五子仪、俨、侃、偁、僖，号窦

氏五龙。相继登科。俗语“五子登科”本此。

踏莎行

寿人母八十三

蓂荚飞双,桂分缺二,金风已肃深秋意。萱庭戏彩恰称觞[①],蕊宫仙子天台裔[②]。 鹤发童颜,龟龄福备,孩儿书额添三字[③]。常将机训付儿孙[④],取青行拥潘舆侍[⑤]。[⑥]

(《翰墨大全》丁集卷一)

[注释]

①萱庭:即萱堂。《诗经·卫风·伯兮》谓种萱草北堂。古时母居北堂,遂以萱堂、萱庭称母。 ②天台:山名,在今浙江境内。有汉刘晨、阮肇入天台采药故事,传即此山。见《太平御览》卷四十一《天台山·幽明记》。此谓所寿之母为仙人之裔。 ③孩儿书额:宋代习俗,每朱书“八十”字于小儿额上以求长生。陈藻《丘叔乔八十》:“大家于此且贪生,八十孩儿心向额。”周必大《三月三日会客》:“兄弟相看俱八十,研朱赢得祝婴孩。” ④机训:指孟母曾以折断机杼以教子。 ⑤潘舆:晋潘岳以母疾去官,作《闲居赋》,云“太夫人乃御版舆,升轻轩,远览王儿,近周家园”。见《晋书·潘岳传》。后遂以潘舆为养亲之典。 ⑥唐氏按:此首观《截江网》卷六,题作“代寿东屏母年八十三岁”,无撰人姓名,其前二首俱无撰人姓名,更前一首为翁溪园《洞仙歌》,疑此首或非翁作,《翰墨大全》涉前首而误。

倪君奭

倪君奭，四明（今浙江宁波）人。此词临终时所赋。其他不详。

夜行船

年少疏狂今已老，筵席散，杂剧打了[①]。生向空来，死从空去，有何喜、有何烦恼。　说与无常二鬼道[②]，福亦不作，祸亦不造。地狱阎王，天堂玉帝，看你去、那里押到。

（《随隐漫录》卷三）

[注释]

①打了：演完了。　②无常二鬼：旧时迷信，谓人死时收摄生魂之使者，有"白无常、黑无常"。

杨佥判

杨佥判，不知其名。宋末人。其他不详。

一剪梅

襄樊四载弄干戈[1]，不见渔歌，不见樵歌[2]。试问如今事若何，金也消磨，谷也消磨。　柘枝不用舞婆娑[3]，丑也能多[4]，恶也能多。朱门日日买朱娥[5]，军事如何，民事如何。

（《随隐漫录》卷二）

［注释］

①"襄樊"句：襄阳、樊城，今湖北襄樊。度宗咸淳四年（1268）九月，元筑白河城，始围襄樊。见《宋史·度宗纪》。今云四载，知作于咸淳八年。　②渔歌樵歌：南朝以来，襄阳流传渔歌樵歌颇多。李白《襄阳歌》："襄阳小儿齐拍手，拦街争唱白铜鞮。"即梁时歌谣。　③柘枝：舞曲名。《乐苑》谓"用二女童，帽施金铃，抃转有声，其求也，于二莲花中藏，花坼而后见，对舞相占，实舞中雅妙者"。　④能多：真多。　⑤朱娥：指女子。

萧 某

萧某，度宗时太学生。其他不详。

沁园春

讥陈伯大御史①

士籍令行②，伯仲分明，逐一排连。问子孙何习，父兄何业，明经词赋③，右具如前。最是中间，娶妻某氏，试问于妻何与焉。乡保举，那当著押，开口论钱。　祖宗立法于前，又何必更张万万千。算行关改会④，限田放粜⑤，生民凋瘵⑥，膏血既朘⑦。只有士心，仅存一脉，今又艰难最可怜。谁作俑⑧，陈坚伯大，附势专权。

（《钱塘遗事》卷六）

[注释]

①讥陈伯大御史：原无此题，乃《全宋词》加，今从。　②士籍令：据《钱塘遗事》，乃为纠正科场冒名顶替等弊病而制定。　③明经词赋：宋以经义论策、诗赋试进士。　④行关改会：关谓关子，南宋初所发行之兑换券。持此可向官府领取钱币或茶、盐、香货钞引等。理宗末，发行金银现钱关子，称银关、金银关子。会谓会子，乃南宋纸币。　⑤限田：北宋限制官员占田，仁宗时规定臣僚高者可到三十顷地，许置墓田五顷。度宗时，田产在限额内，免除差役；一品官限额百顷，九品十顷。时称限田。孝宗时，限田数减半。理宗、度宗时，限田之额放宽。　⑥凋瘵：凋敝，疾苦。⑦朘（jiān）：缩，减。此谓老百姓膏血被压榨殆尽。　⑧作俑：俑，古代用来陪葬之木偶人或泥偶人。《孟子》引孔子曰，“始作俑者，其无后乎！”后遂谓创始为作俑，用于贬义。

赵 文

赵文(1238—1315),初名凤之,字惟恭,又字仪可,号青山,庐陵(今江西吉安)人。入太学为上舍。元破临安后,至闽入文天祥幕府。汀州破,遁归故里。入元后为东湖书院山长,选授南雄文学。有《青山集》。事迹见《雪楼集》墓铭、《养吾斋集》墓表、《宋季忠义录》。宋元鼎革之际,赵文以文鸣。其友刘壎评其文"意绪潜藏,旨趣沈郁"(《水云村稿》卷五《青山文集序》),其词亦然。

乌夜啼

秋 兴

院静槐阴似水,雨馀蝉语先秋。熟残梅子无人打,金弹满红沟①。　　又送行人归去,谁怜倦客淹留。画船旗鼓江南岸,人倚夕阳楼。

[注释]

①金弹:金制弹丸。《西京杂记》载,韩嫣好弹,常以金为丸。京师儿童,每闻嫣出弹,随而拾之。此比喻落梅。　红沟:指飘满落花之沟。

[集评]

沈雄云:"赵文自号青山,连辟不起,与刘将孙为友,结青山社。……必欲屈抑之为元人,不过以词章阐扬之,则亦不幸甚矣。"(《古今词话·词话》上卷)

阮郎归

梨　花

冰肌玉骨淡裳衣[①]，素云生翠枝[②]。一生不晓谪仙诗[③]，雪香应自知。　　微雨后，禁烟时[④]，洗妆君莫迟。东风不解惜妍姿，吹成蝴蝶飞。

[注释]

①冰肌玉骨：本《东坡乐府》卷上《洞仙歌》“冰肌玉骨，自清凉无汗”。谓肌肤若冰雪。此则谓梨花高洁。　②素云：白云。　③谪仙诗：指李白《宫中行乐词》“梨花白雪香”。　④禁烟：寒食节。古代逢此日禁止烟炊。王禹偁《寒食》：“巷陌春阴乍禁烟。”

阮郎归

惜春用前韵

舞红一架欲生衣，残英辞旧枝。雨声自唱惜春词，行人应未知。　　新火后[①]，薄罗时[②]，君归何太迟。镜中失却少年姿，年随花共飞。

[注释]

①新火：古代四季，各有不同木材，钻木取火。易季时所取之火名新火。《苏轼诗集》卷二十一《徐使君分新火》：“三月清明改新火。”　②薄罗时：指天暖。

苏幕遮

春　情

绿秧平，烟树远，村落声喧，凫雁归来晚。自倚阑干舒困眼，一架葡萄，青得池塘满。　饮先愁，吟又懒。几许闲情，百计难消遣。客路不如归梦短[1]，何况啼鹃，怎不教肠断。

[注释]

①客路：身处他乡漂泊。

侧 犯

夜饮海棠下

恨花开尽，夜深自敛胭脂颗。雨过，绕曲曲花蓬锦围裹。浮空烧蜜炬，香雾霏霏堕[1]。无那，倚滴滴娇红笑相亸[2]。　歌俦饮伴，花底围春坐。念满眼、少年人，谁更老于我。岁岁花时，洞门无锁[3]。莫负东君[4]，酒盟诗课。

[注释]

①"浮空"二句：本《苏轼诗集》卷二十《海棠》"东风渺渺泛崇光，雪雾空濛月转廊。只恐夜深花睡去，故烧高烛照红装"。　②亸(duǒ)：避。　③洞门：洞壑之门，原意为仙人居所。此则谓己所居。　④东君：太阳之神。屈原《九歌·东君》，即为祭日神之歌。

石州慢

京浙尘埃[1]，闽峤风霜，不觉催老。封侯事付儿曹，懒把菱花频照[2]。明光赋笔[3]，那知白首山中，年年管领闲花草。叩角夜漫漫[4]，问何时能晓。　堪笑，空有传世千篇，正似病呻饥啸。欲傲王侯，早被王侯相傲。盖棺事定[5]，即今老子犹龙[6]，荣枯得丧浑难料。无酒不须愁，问黄花知道[7]。

[注释]

①京浙：指临安。 ②菱花：镜。 ③明光赋笔：明光，宫殿名。《汉官仪》："尚书奏事于明光殿。"辛弃疾《鹊桥仙》："盾看有诏日边来，便入侍、明光殿里。" ④叩角：叩牛角。《艺文类聚》卷九十六引《琴操》："宁戚饭牛车下，叩角而商歌，齐桓公闻之，举以为相。"此处隐喻怀才不遇之意。 ⑤盖棺事定：谓人死后一生是非功过有公平结论。 ⑥老子犹龙：孔子赞老子语，见《史记·老子韩非列传》"吾今日见老子，其犹龙邪"！⑦黄花：菊花秋开，秋令在金，故以黄色为正，因称黄花。

望海潮

次龙有章韵

云外梅阴，雨馀苔晕，嫩寒初沁罗裳。书几凝尘，琴丝带润，小窗幽梦生凉，新水涨银塘[1]。恨王孙去后，烟草茫茫。记得湖山胜处，相对拆封黄[2]。 情笺思墨犹香，奈当时两鬓，都是吴霜。兔颖吟苦[3]，鹴裘解尽[4]，何意此□游梁。旧话不堪长。便倩薰风吹去，本地看风光。惟有青山，伴我耕钓老村庄。

[注释]

①银塘：新雨之后，经阳光照射，塘水泛银色。此词作于宋亡后。②拆封黄：封黄乃黄封，宫廷酿造之酒。以用黄罗帕封，故称黄封。《苏轼诗集》卷二十三《歧亭》："为我取黄封，亲拆官泥赤。" ③兔颖：兔毛可作笔；颖，毛笔之头。 ④鹴（shuāng）裘：即鹔鹴羽所制之裘。鹔鹴，雁之一种，其羽毛可制裘。旧题汉刘歆《西京杂记》："司马相如以所着鹔鹴裘就市人贳酒与卓文君为欢。"

[集评]

况周颐云:"'旧话不堪长',赵青山《望海潮》句。叶'长'字隽。倘易为'详',则寻常,无韵致矣。可悟用字之法。"(《蕙风词话》卷三)

大　酺

感　春

正宝香残,重帘静,飞鸟时惊花铎[①]。沉思前梦去,有当时老泪,欲弹还阁。太一宫墙[②],菩提寺路[③],谁管纷纷开落。心情浑何似,似琵琶马上,晓寒沙漠。想筝雁频移[④],钏金度瘦[⑤],素肌清削。　　相思无奈著。重访旧、谁遣车生角[⑥]。暗记省、刘郎前度[⑦],杜牧三生[⑧],为何人、顿乖芳约。试把菱花拭,愁来处、鬓丝先觉。念幽独、成荒索。何日重见,错拟扬州骑鹤[⑨],绿阴不妨细酌。

[注释]

①铎:风铃。《开元天宝遗事》载,岐王于竹林内悬碎玉片子,夜闻碎玉片子相触之声,即知有风,谓占风铎。　②太一宫墙:《梦粱录》卷八谓御前宫观,有东太乙宫,在新庄桥南;西太乙宫,在西湖孤山。　③菩提寺路:《武林旧事》卷五《湖山胜概·北山路》有菩提院。此"菩提寺路"当即北山路。菩提寺,佛教寺院。　④筝雁:谓筝柱排列似雁行也。《剑南诗稿》卷十《雪中感成都》:"寄书筝雁恨慵飞。"　⑤钏:俗谓之镯。古男女通用,后唯女饰用之。　⑥车生角:即车轮生四角。车轮生角,即不能转动,无法行走。　⑦刘郎前度:南朝宋刘义庆《幽明录》记东汉永平间,刘晨、阮肇在天台遇仙。晋太康间,二人重来,故曰前度。　⑧三生:即三生石。传说唐李源与僧圆观友善,二人约好于圆观死后十二年在杭州天竺寺相见。后果然如约。此指因缘前定。　⑨扬州骑鹤:指升官、发财等使人心满意足的愿望。南朝梁殷芸《小说》卷六:"其一人曰:'腰缠十万贯,骑鹤上扬州。'"

莺啼序

春 晚

东风何许红紫，又匆匆吹去。最堪惜、九十春光，一半情绪听雨。到昨日、看花去处，如今尽是相思树。倚斜阳脉脉，多情燕子能语。　自怪情怀，近日顿懒，忆刘郎前度。断桥外、小院重帘，那人正柳边住。问章台、青青在否[①]。芳信隔、□魂无据。想行人，折尽柔条，滚愁成絮。　闲将杯酒，苦劝羲和[②]，揽辔更少驻。怎忍把、芳菲容易委路。春还倒转归来，为君起舞。寸肠万恨，何人共说，十年暗洒铜仙泪[③]，是当时、滴滴金盘露。思量万事成空，只有初心，英英未化为土。　浮生似客，春不怜人，人更怜春暮。君不见、青楼朱阁，舞女歌童，零落山丘，便房幽户。长门词赋[④]，沉香乐府[⑤]，悠悠谁是知音者，且绿阴多处修花谱。殷勤更倩啼莺，传语风光，后期莫误。

[注释]

①章台：唐韩翃寄姬柳氏诗“章台柳，章台柳，昔日青青今在否”。汉唐长安有章台街。　②羲和：神话中太阳之御者。《离骚》：“吾令羲和弭节兮，望崦嵫而勿迫。”　③“十年”句：“魏明帝青龙元年八月，诏徙汉武帝金铜捧露盘仙人立置前殿，仙人临载泪下。”见李贺《金铜仙人辞汉歌·序》。　④长门词赋：《乐府诗集》卷四十二《长门怨》引《乐府解题》，陈皇后退居长门宫，求司马相如作解愁之辞，相如作《长门赋》，陈皇后复得亲幸。　⑤沉香乐府：谓李白《清平调》，其三有“沉香亭北倚阑干”句。

莺啼序

有 感

秋风又吹华髮，怪流光暗度。最可恨、木落山空，故国芳草何处[①]。看前古、兴亡堕泪，谁知历历今如古。听吴儿唱彻，庭花又翻新谱[②]。　　肠断江南，庾信最苦[③]，有何人共赋。天又远，云海茫茫，鳞鸿似梦无据。怨东风、不如人意，珠履散、宝钗何许[④]。想故人、月下沉吟，此时谁诉。　　吾生已矣，如此江山，又何怀故宇。不恨赋归迟，归计大误。当时只合云龙[⑤]，飘飘平楚[⑥]。男儿死耳，嘤嘤眤眤[⑦]，丁宁卖履分香事[⑧]，又何如、化作胥潮去[⑨]。东君岂是无能，成败归来，手种瓜圃[⑩]。　　膏残夜久，月落山寒，相对耿无语。恨前此、燕丹计早，荆庆才疏，易水衣冠，总成尘土[⑪]。鬥鸡走狗，呼卢蹴鞠，平生把臂江湖旧，约何时、共话连床雨[⑫]。王孙招不归来[⑬]，自采黄花，醉扶山路。

（以上《青山集》卷八）

[注释]

①故国芳草：本《离骚》“何所独无芳草兮，尔何怀乎故宇”。　芳草：指香芷。　②庭花：即《玉树后庭花》。乐府吴声歌曲。陈后主于清乐中造《玉树后庭花》等曲，与幸臣等制其歌词，男女唱和，其声甚哀。杜牧《泊秦淮》：“商女不知亡国恨，隔江犹唱《后庭花》。”“后庭花”喻亡国之音。　③庾信：北周南阳新野人，字子山。初仕南朝梁，奉使西魏，被留不放还。西魏亡，仕北周。有《哀江南赋》，怀念南朝。《北史》、《周书》有传。　④“东风”三句：本杜牧《赤壁》“东风不与周郎便，铜雀春深锁二乔。”　⑤云龙：即龙。《易经·乾》：“云从龙，风从虎，圣人作而万物睹。”意谓随大势。　⑥平楚：楚，丛木。登高远望，见树梢齐平，故称平楚。《文选·谢朓〈郡内登望〉》：“寒城一以眺，平楚正苍然。”　⑦眤眤：疑为“昵昵”，此为亲昵貌。　⑧卖履分香：本曹操《遗

令》“馀香可分与诸夫人，诸舍中无所为，学作组履卖也”。后遂谓人临死撇不下妻子儿女。 ⑨胥潮：又作胥涛。传说春秋时伍子胥为吴王夫差所杀，尸投浙江，成为涛神。后遂称浙江潮为胥涛，亦泛指汹涌波涛。《剑南诗稿》卷五十《送子龙吉州掾》：“汝行犯胥涛，次第过彭蠡。”此谓忠于故国，不惜杀身。 ⑩手种瓜圃：召平，秦时广陵人，封东陵侯。秦亡，种瓜长安城东，俗称东陵瓜。此谓隐居不仕。 ⑪“燕丹”四句：燕丹，燕太子丹；荆庆，荆轲，亦名荆卿、庆卿。荆轲受太子丹命入秦，刺秦王，不中，被杀。见《史记·刺客列传》。 ⑫连床雨：白居易《雨中招张司业宿》“听雨对床眠”。谓朋友相聚，倾心交谈。 ⑬王孙招不归来：本《楚辞·招隐士》“王孙游兮不归，春草生兮萋萋”。又，“王孙兮归来，山中兮不可久留”。王孙谓屈原，欲屈原还归郢也，此则作者自谓。

绮寮怨

题写韵轩

绛阙珠宫何处[1]，碧梧双凤吟[2]。为底事、一落人间，轻题破、隐韵天音。当时点云滴雨，匆匆处，误墨沾素襟。算人间、最苦多情，争知道、天上情更深。 世事似晴又阴。罗襦甲帐[3]，回头一梦难寻。虎啸嶔崟[4]，护遗迹、尚如今。斜阳落花流水，吹紫宇、澹成林。霜空月明，天风响、环佩飞翠禽。

[注释]

①绛阙珠宫：绛阙，深红色宫殿门；珠宫，以珠为宫，盖仙人所居。 ②碧梧双凤吟：本《诗经·大雅·卷阿》“凤凰鸣矣，于彼高冈。梧桐生矣，于彼朝阳”。谓凤栖梧。 ③罗襦甲帐：罗乃质地轻软之丝织品；襦，短衣、袄。《汉武帝故事》：“上以琉璃珠玉、明月夜光杂错天下珍宝为甲帐，次为乙帐。甲以居神，乙以自居。” ④嶔崟（qí qīn）：山高峻貌。

疏 影

道士朱复古善弹琴,为余言:琴须对拙声。若太巧,即与筝阮无异①。余赏其言,为赋

寒泉溅雪,有环佩隐隐,飞度霜月②。易水风寒③,壮士悲歌,关山万里离别。杨花浩荡晴空转,又化作、云鸿霜鹘④。耿石壕,夜久无言寂历,如闻幽咽⑤。 云谷山人老矣⑥,江空又岁晚,相对愁绝。玉立长身,自是胎仙,舞我黄庭三叠⑦。人间只惯丁当字⑧,妙处在、一声清拙。待明朝、试拂菱花,老我一簪华髮。

[注释]

①阮:乐器名,相传为阮咸所造。长头十三柱,形似今月琴。 ②"寒泉"三句:形容琴声轻微、舒缓、清幽与缥缈。杜甫《咏怀古迹》:"环佩空归月夜魂。"音细而度远。 ③"易水"三句:叙荆轲别燕太子丹赴秦事,见《史记·刺客列传》。 ④"杨花"二句:谓曲调转为高亢激越。 ⑤"耿石壕"三句:叙杜甫《石壕吏》诗事。谓曲调结尾时馀音袅袅,不绝如缕。⑥云谷山人:宋朱熹读书于福建建阳县西北七里芦峰,并更名曰云谷,文集有《云谷记》。此谓朱复古,以其与熹同姓,故以喻之。 ⑦"自是"二句:《云笈七签》卷十一《上清黄庭内景经》"琴心三叠舞胎仙"。注:"胎仙即胎灵大神。"琴心,琴曲名。胎仙,又鹤之别称。此指鹤。 ⑧丁当:弹琴声。

[集评]

厉鹗云:"愚见《纪忘》云:赵公此词,知琴音者。'寒泉溅雪,有佩环隐隐,飞度霜月',此锁历声也。'易水风寒,壮士悲歌,关山万里离别',此楚歌一曲句剔之声。'杨花浩荡东风转',此汎声也,'又化作云鸿霜鹘',此秋鸿之声也。'夜久无言,寂历如闻幽咽',此凄凉调明妃引之曲也。'云谷山人老矣,江空又岁晚,相对愁绝',此度关山猗兰操等曲调也。'自是胎仙,舞我黄庭三叠',此鹤鸣九皋之音也。如赵者,其知琴士乎。

若以此调为筝琵之音，则谬矣。”（丛书集成本《名儒草堂诗馀》卷中）

夏承焘等云：“本词的上片着重描写听琴的音乐境界，用寒泉泻玉、佩声夜起，状其清幽；易水悲歌，关山永别，言其悲壮；杨花转空，写其绵妙；云鸿戾天，形其俊迈；过拍处则以老妇应征、哽然惨别，言其幽咽；如非妙解音律，是无从想象的。下片则直抒感慨，‘人间’二句，颇有拔出恒流、扫空凡马的清超意致。歇拍‘老我一簪华髮’，言感受之巨大，连头髮都愁白了。写情真挚、深刻，但字面上并不显得激烈，这是他的一个特点。”（《金元明清词选》）

瑞鹤仙

刘氏园西湖柳

绿杨深似雨，西湖上、旧日晴丝恨缕。风流似张绪[①]，羡春风依旧，年年眉妩。宫腰楚楚[②]，倚画阑、曾門妙舞。想而今似我，零落天涯，却悔相妒。 痛绝长秋去后，杨白花飞[③]，旧腔谁谱。年光暗度，凄凉事，不堪诉。记菩提寺路，段家桥水[④]，何时重到梦处。况柔条老去，争奈系春不住。

[注释]

①张绪：南朝齐吴郡吴人。美风姿，清简寡欲，口不言利。武帝植蜀柳于灵和殿前，赞曰：“此杨柳风流可爱，似张绪当年时。”《南齐书》有传，《南史》附《张裕传》。 ②宫腰楚楚：本《韩非子·二储》“楚灵王好细腰”。后因以楚腰泛称女子之细腰。《唐诗纪事》卷三十二杨炎《憫薛瑶英》：“楚腰如柳不胜春。” ③杨白花：乐府杂曲歌辞名。杨华，本名白花，伟容貌，北魏胡太后逼通之。华降梁，太后作《杨白花》思之。见《梁书》、《南史·王神念传》。 ④段家桥：即断桥。其地“万柳如云，望如裙带”。见《武林旧事》卷五《湖山胜概·孤山路》。

法驾导引

寿云岩师

云漠漠，云漠漠，云拥紫皇家[①]。岩上神仙无一事，幅巾临水看桃花，点点是丹砂。

[注释]

①紫皇：道家传说中神仙。《梁书·沈约传》引《郊居赋》："降紫皇于天阙。"太清九宫，皆有僚属，其最高者称天皇、紫皇、玉皇。

法驾导引

山中好，山中好，长日养婴儿[①]。午夜独行金阙路，晴窗自写绿章词[②]，闲有鹤相随。

[注释]

①婴儿：道家称铅为婴儿。　②绿章：旧时道士祈天时用青藤纸朱书所写奏文，亦名青词。《剑南诗稿》卷六《花时遍游诸家园》："绿章夜奏通明殿。"

法驾导引

公度我，公度我，我是汉铜仙。借我玉龙为觳觫[①]，为公锄雨种芝田[②]，留眼看千年。

[注释]

①觳觫（hú sù）：恐惧貌。《孟子·梁惠王上》："吾不忍其觳觫。"原指牛，此将玉龙作牛用。　②芝田：谓仙人种芝草之处。《文选·曹植〈洛神赋〉》："尔乃税驾乎衡皋，秣驷乎芝田。"

八声甘州

和孔瞻怀信国公，因念亦周弟[①]

是去年、春草又凄凄，尘生缕金衣[②]。怅朱颜为土，白杨堪柱，燕子谁依。谩说漫漫六合[③]，无地著相思。辽鹤归来后[④]，城亦全非。　更有延平一剑[⑤]，向风雷半夜，何处寻伊。怪天天何物，堪作玉弹棋[⑥]。到年年、无肠堪断，向清明、独自掩荆扉。何况又、禽声杜宇[⑦]，花事酴醾[⑧]。

[注释]

①信国公：文天祥。　孔瞻：即吴孔瞻，字山房，作者友人。《青山集》卷八多言及亦周；亦周名必强，赵文之弟。至元十三年十月卒，年二十。见《雪楼集》卷二十二《赵仪可墓志铭》。　②缕金衣：物细而长皆称缕。缕金衣，金丝所制衣。喻高贵。　③六合：天地四方。李白《古风》："秦王扫六合。"　④辽鹤：汉辽东人丁令威，在灵虚山学道成仙，后化鹤归来，落城门华表柱上，作人言："有鸟有鸟丁令威，去家千年今始归，城郭如故人民非。"见《搜神后记》。　⑤延平一剑：延平在今福建南平市东南。传说为晋雷焕宝剑堕水化龙处。参《晋书·张华传》。　⑥弹棋：棋戏之一种。《后汉书·梁冀传》已及之。李清照《打马图序》列举博弈，其中有弹棋。　⑦禽声杜宇：用杜鹃啼血典。　⑧花事酴醾（tú mí）：酴醾，亦称荼蘼，此花开于春末，古云"开到荼蘼花事了"，有叹惋意。

塞翁吟

黄园感事

又海棠开后，楼上倍觉春寒。绿叶润，雨初干。爱远树团团。当时剩买名花种，那信付与谁看。十载事，土花漫[①]，但青得阑干。　悲欢。思人世、真如一梦，留不住、城头日残。看眼底、西湖过了，又还见、赵舞燕歌，抹粉涂丹。凭君更酌，后日重来，直是晴难。

［注释］

①土花：苔藓。李贺《金铜仙人辞汉歌》："三十六宫土花碧。"据以下"赵舞燕歌"句，知此词乃入元后作。

凤凰台上忆吹箫

转官球①

白玉磋成，香罗捻就，为谁特地团团。羡司花神女，有此清闲。疑是弓靴蹴鞠②，刚一踢、误挂花间。方信道，酴醾失色，玉蕊无颜。　　凭阑。几回淡月，怪天上冰轮③，移下尘寰。奈堪同玉手，难插云鬟。人道转官球也，春去也，欲转何官。聊寄与、诗人案头，冰雪相看。

（以上元《草堂诗馀》卷中）

［注释］

①转官球：转官球乃牡丹之一种。　②"蹴鞠"句：弓靴，弓形靴。此代指女子。蹴鞠，古代军中习武之戏，类似今之足球赛。《后汉书·梁冀传》谓冀嗜"蹴鞠之戏"。　③冰轮：明月。《苏轼诗集》卷十《宿九仙山》："云峰缺处涌冰轮。"

玉烛新

梅花新霁后，正锦样华堂，一时装就。洞房花烛深深处，慢转铜壶银漏。新妆未了，奈浩荡、春心相候。香篆里、簇簇笙歌、微寒半侵罗袖。　　侵晨浅捧兰汤①，问堂上萱花②，夜来安否。功名漫門，漫赢得、万里相思清瘦。蓝袍俊秀③，便胜却、登科龙首④。春昼永，帘幕重重，箫声缓奏。

[注释]

①侵晨浅捧兰汤：侵晨，破晓。 兰汤：有香味之浴水。《离骚》："浴兰汤兮沐芳。"捧兰汤，概侍候长辈。 ②堂上萱花：指母亲。 堂：指北堂，母亲居室。 萱花：即萱草，忘忧草。 ③蓝袍：即蓝衫。旧时儒生之服装。韦应物《送秦系赴润州》："长怀旧卷映蓝衫。" ④登科龙首：中状元。

花犯

贺后溪刘再娶

绣帘深，刘郎一笑，风流胜前度。戟香门户①，还别有祥云，檐外飞舞。洞底烛下应低语，晨妆须带曙。待献了、堂前罗袜，双双交祝付。 从前茜桃与杨枝②，如今便、合逊梅花为主③。行乐处，西溪上、柳汀花屿。封侯事、看人漫苦。谁能向、黄河风雪路。且对取、锦屏金幕，双蛾新样妩。（以上二首《翰墨大全》乙集卷十七）

[注释]

①戟香门户：显贵之户称戟户、戟门。唐制，官阶、勋俱三品，得立戟于门。参清顾张思《土风录》。此云戟香，盖所再娶者，当为习武之家。②茜桃与杨枝：茜桃，宋寇准女侍，能诗。准贬官岭南，随行，卒杭州，葬天竺山下。见宋张邦基《侍儿小名录》、元陈世隆《北轩笔记》。杨枝，白居易家伎樊素。《苏轼诗集》卷三十八《朝云诗》："不似杨枝别乐天。"③合逊梅花为主：南朝梁何逊，诗名甚著，有梅花诗。《梁书》、《南史》有传。又承上言，茜桃与杨枝，皆应让位于梅花。盖有双关意。赞后溪再娶夫人之高洁。

氐州第一

寿刘府教

风雨山城，天意欲雪，梅花照影清峭。彩燕飞春，祥麟绂旦[①]，当日文星高照。天地无情，向十载、风埃吹老。盖世科名，经邦事业，白衣苍狗[②]。　不是贪名求分表，漫猎较、逢场一笑[③]。野外朝仪，城中马队，且暂淹才调。为斯文争一脉，斯文在、乾坤未了。烂醉金尊，夜何其，东方渐晓。（《翰墨大全》丙集卷十三）

[注释]

①祥麟绂旦：谓生日有麒麟呈瑞。 ②白衣苍狗：喻世事变幻无常。唐杜甫《可叹》诗："天上浮云如白衣，斯须改变如苍狗。" ③猎较：古代风俗，打猎时争夺猎物，以所得用为祭祀。《孟子·万章下》："孔子之仕于鲁也，鲁人猎较，孔子亦猎较。"后泛指打猎。

莺啼序

寿胡存斋[①]

初荷一番濯雨，锦云红尚卷。隘华屋、赋客吟仙，候望南极天远[②]。还报道、飘然紫气，山奇水胜都行遍。却归来领客，水晶庭院开宴。　窗户青红，正似京洛，按笙歌一片。似别有、金屋佳人[③]，桃根桃叶清婉[④]。倚薰风、虬须正绿[⑤]，人似玉手挼纨扇。算风流，只有蓬瀛，画图曾见。　谁知老子，正自萧然，于此兴颇浅。只拟问、金砂玉蕊，兔髓乌肝[⑥]，偃月炉中[⑦]，七还九转[⑧]。今来古往，悠悠史传，神仙本是英雄做，笑英雄、到此多留恋。看看破晓耕龙，跨海骑鲸，千年依旧丹脸。　便教乞与，万里封侯，奈朔风如箭。

又何似、广山一任，种竹栽花，棋局思量，墨池挥染。天还记得，生贤初意，乾坤正要人撑拄，便公能安隐天宁肯。待看佐汉功成，伴赤松游[9]，恁时未晚。

[注释]

①胡存斋：名泳。历官江西参政。《云烟过眼录》卷下、《辍耕录》卷七及之。 ②南极：星名。《史记·天官书》有南极老人星。杜甫《赠韩谏议》："南极老人应寿昌。" ③金屋：极言屋之华丽。汉武帝为太子时，长公主欲以女阿娇配之。帝曰："若得阿娇为妇，当以金屋贮之。"见班固《汉武故事》。后遂以男子有宠姬曰金屋藏娇。 ④桃根桃叶：晋王献之之妾。二人乃姐妹，叶居长。《乐府诗集》卷七十《杂曲歌辞》梁费昶《行路难》："君不见长安客舍门，娼家少女名桃根。"乐府吴声歌曲有《桃叶歌》，献之有词，见《隋书·五行志》。此谓胡存斋有妾。 ⑤虬鬓正绿：虬鬓，蜷曲胡鬓。绿鬓谓鬓乌亮，言其健康。 ⑥兔髓乌肝：兔髓，指月亮；乌肝，指太阳。皆因传说日月中有金乌与玉兔而来。 ⑦偃月炉：道教丹法名词。 偃月：一指心宫别名，一指月亮半弦时形状。《周易参同契》："偃月作鼎炉。"袁仁林注：偃月借喻炉鼎，炉以炷火，鼎以烹物，因其下部得阳，势将上进，黑白均判恍如偃月，遂以名炉。 ⑧七还九转：道教内丹名词。九转丹亦称九转金丹、九还大丹。道教内丹派解释九转丹，"常爱气惜精，握固闭口，舌气舌液，液化为精，精化为气，气化为神，神复化为液，液复化为精，精复化为气，气复化为神，如是七返七还，九转九易，既益精矣，即易形焉。"见《元气论》。 ⑨赤松：传说中仙人。《史记·留侯世家》："愿弃人间事，欲从赤松子游。"

最高楼

寿刘介叔

春小小，和气满仙家，喜渐近春华。彩衣明媚人如玉，金杯潋滟酒成霞。寿诗翁，翁饮少，更添些。 便万里传宣谁不美[1]，便万里封侯谁不愿。适意处，退为佳。

田园尽可渊明栗[2],弓刀何似邵平瓜[3]。但年年,清浅水[4],看梅花。

[注释]

①传宣:传达命令。此谓朝廷之命。 ②渊明栗:晋陶潜(渊明)尝居栗里。栗里在今江西九江市南陶村西。白居易《访陶公旧宅》:"柴桑古村落,栗里旧山川。" ③邵平瓜:邵(召)平,秦封东陵侯。秦亡种瓜长安城东,称东陵瓜。见《史记·萧相国世家》。 ④清浅水:麻姑自说已见东海三为桑田,向到蓬莱,又水浅于往日。见葛洪《神仙传》。

临江仙

寿此山[1],有酒名如此堂

如此中山如此酒,何须更觅蓬瀛。江湖历□记平生[2]。诗囊都束起,只好说丹经[3]。 家事付他儿辈,功名留待诸孙。维摩法喜鬓青青[4]。日长深院里,时听读书声。

[注释]

①此山:元周权之号。权字衡之,处州人。有《此山集》四卷,《四库全书》著录。 ②唐氏按:原无空格,据律补。 ③经:唐氏按原作"陉",从赵万里辑《青山诗馀》所校改。 ④维摩法喜:维摩,即维摩诘,释迦同时人。曾向佛弟子舍利弗、弥勒、文殊、师利等讲说大乘教义。法喜谓闻佛法而喜。此谓周此山。

临江仙

寿前人

恰好菊花前二日,寿星高照秋天。堂前王母鬓方玄。怀中娇凤小,已解祝公年。 如此生涯如此屋,看看海亦成田[1]。闲中多把酒杯传。长生无别诀,放下是神仙。

[注释]

①海亦成田：麻姑自云“已见沧海三为桑田”。见葛洪《神仙传》。

洞仙歌

寿须溪[①]。是年，其子受鹭洲山长[②]

千年鹭渚，持作须翁酒。剩有儿孙上翁寿。向玉和堂上，樽俎从容，笑此处，惯著丝纶大手[③]。　金丹曾熟未，熟得金丹，头上安头甚时了[④]。便踢翻炉鼎，抛却蒲团[⑤]，直恁俊鹘梢空时候[⑥]。但唤取、心斋老门生，向城北城南，傍花随柳。

[注释]

①须溪：刘辰翁。　②其子受鹭洲山长：子谓刘将孙。将孙尝为临汀书院山长（即鹭洲山长）。有《养吾斋集》，《四库全书》著录。山长，主讲并总管事务者。　③丝纶：本《礼记·缁衣》“王言如丝，其出如纶”。谓王言初出微细入丝，及其出行于外，言更渐大如纶。后因谓帝王诏令为丝纶。　④头上按头：《景德传灯录》卷十六《元安禅师》谓禅师问众，“若道遮个是，即头上安头；若道遮个不是，即斩头求活”。后用以比喻事之繁琐重复。　⑤蒲团：用蒲编织成之圆垫，为僧人坐禅及跪拜时所用。　⑥俊鹘：俊，出众；鹘，鸷鸟，或谓为鹰。

塞翁吟

坐对梅花笑，还记初度年时。名利事，总成非。漫老矣何为。吴山夜月闽山雾，回首鬓影如丝。懒更问，斗牛箕[①]，强凭醉成诗。　闲思。嗟飘泊，浮云飞絮，曾跌荡、春风柘枝[②]。使万里、金台筑就，已长分采药庞公[③]，誓墓羲之[④]。百年正尔，一笑尊前，儿女牵衣。

（以上六首《翰墨大全》丙集卷十四）

[注释]

①斗牛箕:二十八宿中之三宿。此谓星宿推移,即时间流驶。　②柘枝:唐宋时流行舞曲名。古羽调有柘枝曲,商调有屈柘枝。有柘枝舞,宋时为多人队舞,官乐有柘枝队。　③采药庞公:东汉末襄阳庞德公,有令名,为诸葛亮等所尊事。后携其妻子登鹿门山采药不返。　④誓墓羲之:王羲之与王述不协。羲之为会稽守,述检察会稽郡,主者疲于应对。羲之深恨之,称病去郡,于父母墓前自誓不复出仕。见《晋书·王羲之传》。

八声甘州

胡存斋除泉府大卿[①]

记年时、快马上青云,而今衮衣还。问公归何有,春风万斛,散满人间。闻道金銮召对,风采动朝班。宰相从来有,几个朱颜。　梅雨槐风清润[②],正台星一点,光照龙湾。赴经纶馀暇,按行紫芝山[③]。念江南、民生何似,把囊封、奏上九重关。须信道,济时功行,便是仙丹。

[注释]

①胡存斋:名泳。其除泉府大卿,为元时事。　泉府:主管贸易、货币流通之官衙。　②槐风清润:意指好官为民致福。　③按行紫芝山:秦末商山四皓,隐商山,作《紫芝操》,首云"晔晔紫芝,可以疗饥"。此谓胡存斋为无意仕世而卓有才华之贤士。

木兰花慢

送赵按察归洪州[①]

鹭州江上水,望南浦、送将归。想陌上儿童,尊前父老,口口能碑。家声一琴一鹤[②],甚和他、琴鹤也无之。城市貔貅昼静[③],泮宫芹藻春迟[④]。　与公南北两天涯,渺再见何时。

记楼月歌残，碧云句好[⑤]，尽是相思。江南烧痕未补，倩春归、说与上天知。早晚洪钧一转[⑥]，东风先到寒枝。

（以上二首《翰墨大全》庚集卷十五）

[注释]

①洪州：治所为今南昌。　②家声一琴一鹤：宋赵抃知成都，匹马入蜀，以一琴一鹤自随。见《苏轼文集》卷十七《赵清献公神道碑》。　③貔貅（pí xiū）：猛兽名。喻勇猛之士。　④泮宫芹藻：泮，春秋鲁水名。鲁作宫其上，称泮宫。《诗经·鲁颂》有《泮水》。《礼记·明堂位》谓周学有泮宫。后代说经者以泮宫为学宫。《泮水》："思乐泮水，薄采其芹。……思乐泮水，薄采其藻。"泮宫为教化处所，后以芹藻比喻有才学之士。　⑤碧云：本江淹《休上人怨别》"日暮碧云合，佳人殊未来。"　⑥洪钧：万物皆由天所化育而成，因言天为洪钧。钧，制陶器转轮。《文选·张华〈答何劭〉》诗："洪钧陶万类。"此谓节候。

扫花游

李仁山别墅

结庐胜境，似旧日曾游，玉莲佳处。万花织组。爱回廊宛转，楚腰束素。度密穿青，上有燕支万树[①]。探梅去。正竹外一枝[②]，春意如许。　　奇绝盘谷序[③]。更碧皱沿堤，绮霏承宇。柳桥花坞。问何人解有，玉兰能赋。老子婆娑[④]，长与春风作主。彩衣舞。看人间、落花飞絮。

（《翰墨大全》后丁集卷六）

[注释]

①燕支：即胭脂。燕支万树，谓红紫芳菲，争奇斗艳。　②竹外一枝：本《苏轼诗集》卷二十二《和秦太虚梅花》"竹外一枝斜更好"。　③盘谷序：韩愈有《送李愿归盘谷序》。盘谷，在今河南济源县北，唐李愿曾隐居读书于此。　④老子：自称，同"老夫"。

赵功可

赵功可，号晚山，赵文之弟。庐陵（今江西吉安）人。其他不详。

八声甘州

燕山雪花

渺平沙、莽莽海风吹，一寒气崔嵬。耿长天欲压，河流不动，云湿如灰。帝敕冰花剪刻，飞瑞上燕台。马上行人笑，万玉堆虺[①]。　　滉漾天街晴昼[②]，料酒楼歌馆，都是春回。喜丰年有象，贺表四方来。仗下貂裘茸帽，拥千官、齐上紫金杯[③]。明朝起，江南驿使，来进宫梅[④]。

[注释]

①堆虺（huī）：堆叠相撞。　②滉漾天街晴昼：滉漾，浮动貌。天街，皇帝出入经行之地。范成大《州桥》有"州桥南北是天街"之句。此则谓燕都街道。此句意为燕都晴昼一片喧哗。　③紫金杯：紫金，紫磨金，一种精美之金。紫金杯，言其贵重，不同一般。　④"江南驿使"二句：用驿寄梅花事。

氐州第一

次韵送春

杨柳楼深，推梦乍起，前山一片愁雨。嫩绿成云，飞红欲雪，天亦留春不住。借问东风，甚飘泊、天涯何许。可惜风流，三生杜牧，少年张绪[①]。　　陌上差差携手去[②]。怕行到、歌台旧处。落日啼鹃，断烟荒草，吟不成谁语。听西河、人唱罢[③]，何堪把、江南重赋[④]。敲碎琼壶[⑤]，又前村、数声钟鼓。

[注释]

①少年张绪：南朝齐吴郡吴人，美风姿，武帝尝赞柳树曰："此杨柳风流可爱，似张绪当年时。"《南齐书》有传。 ②差差：参差不齐。 ③西河：词牌名。又名西河慢、西湖、三叠。 ④江南重赋：庾信有《哀江南赋》，故云"重"也。 ⑤琼壶：琼，琼浆，美酒。此谓盛美酒之壶。敲碎琼壶，形容怀才不遇，慷慨悲歌之状。

曲游春

次韵

千树玲珑罩，正蒲风微过[1]，梅雨新霁。客里幽窗，算无春可到，和愁都闭。万种人生计。应不似、午天闲睡。起来踏碎松阴，萧萧欲动疑水。　　借问归舟归未。望柳色烟光，何处明媚。抖擞人间，除离情别恨，乾坤馀几。一笑晴凫起。酒醒后、阑干独倚。时见双燕飞来，斜阳满地。

[注释]

①蒲风：为五月江南梅雨季节之风。

[集评]

况周颐云："'抖擞人间，除离情别恨，乾坤馀几？'苦语，亦豪语。"（《蕙风词话》卷三）

声声慢

残梦和儿韵

情痴倦极，天阔归迟，吟魂无力随风。月落墙阴，一屏睡睫濛濛。邯郸平生难记①，记花前、犹醉金钟。留连处，忽一声山外，吹度晴钟。　觉来重重追忆，似游尘飞去，那拾遗踪。寄谢芳卿，向来曾主芙蓉②。人间兴亡万感，看千年、与梦皆空。披衣起，倚阑干、人在笑中。

[注释]

①邯郸平生难记：唐沈既济《枕中记》谓有卢生于邯郸旅店中，遇道者吕翁，翁以枕授生，生入梦，历数十年富贵繁华。及觉，主人炊黄粱未熟。本此。　②"寄谢"句：《苏轼诗集》卷十六《芙蓉城》叙王迥(子高)与仙人周瑶英游芙蓉城事。诗首云"芙蓉城事花冥冥，谁其主者石与丁"，谓石延年、丁度为芙蓉城主。诗又云"芳卿寄谢空丁宁"，盖王迥谢周瑶英也。此隐含自己青年时浪漫轶事。

桂枝香

和詹天游就访①

晓天凉露，天上玉箫吹，飞声如雨。金阙高寒②，闲却一庭梅雨。漫漫八表尘埃梦③，把文章、洗空千古。精神一似，风裳水珮④，兰皋蘅浦。　看万里、跳龙跃虎。甚花娇英气，剑清尘妩⑤。憔悴江南，应念小窗贫女。朱楼十二春无际，倚苍寒、青袖如故。茶香酒熟，月明风细，试教歌舞。⑥

[注释]

①詹天游：名玉，宋末、元初词人。　②金阙高寒：《东坡乐府》卷上

《水调歌头》云“不知天上宫阙，今夕是何年”，又云“唯恐琼楼玉宇，高处不胜寒”。③八表：八方之外，指极远之处。《宋书·乐志》引魏明帝《苦寒行》：“遗华布四海，八表以肃清。”④风裳水珮：荷花。⑤尘妩：尘世间妩媚。⑥唐氏按：《历代诗馀》卷七十二，此首误作王学文词。

绮寮怨

和儿韵

忽忽东风又老，冷云吹晚阴。疏帘下、茶鼎孤烟，断桥外，梅豆千林[1]。江南庾郎憔悴[2]，睡未醒、病酒愁怎禁。倚阑干、一扇凉风，看平地、落花如雪深。　千曲囊中古琴。平泉金谷[3]，不堪旧事重寻。当日登临，都化作、梦销沉。元龙丘垅无恙[4]，谁唤起，共论心。哀歌怨吟，问何似，啼鸟枝上音。[5]

[注释]

①梅豆：豆粒大青梅，即初结成之梅实，味酸涩。②庾郎：谓庾信，信有《哀江南赋》。此自谓。③平泉金谷：平泉庄，唐李德裕别墅，在洛阳。金谷，晋石崇所筑园，在洛阳市西北。④元龙：陈登字。登，东汉下邳人，深沉有大略。《三国志·魏书》有传。⑤唐氏按：《历代诗馀》卷八十三，此首误作王学文词。

柳梢青

怀青山兄，时在东湖[1]

一健如仙，东湖烟柳，坐拥吟翁。几许功名，百年身世，相见匆匆。　别来三度秋风。怕看见、云间过鸿。酒醒灯寒，更残月落，吾美楼中。

[注释]

①“怀青山”句:青山乃赵文。《舆地纪胜》卷二十六《隆兴府·景物上》:“东湖,在郡东南,周广五里。”隆兴府治,今南昌。

柳梢青

友人至

客里凄凉,桐花满地,杜宇深山。幸自君来,谁教春去,剪剪轻寒[①]。　　愁怀无语相看。谩写入、徽弦自弹。小院黄昏,前村风雨,莫倚阑干。[②]

(以上元《草堂诗馀》卷中)

[注释]

①剪剪轻寒:本韩翃《夜深》“恻恻轻寒剪剪风,杏花飘雪小桃红”。剪剪:形容风轻微而带寒意。　②唐氏按:《历代诗馀》卷三十,此首误作王学文词。

汪宗臣

汪宗臣（1239—1330），字公辅，号紫岩，婺源（今属江西）人。咸淳二年（1266）中亚选，入元不仕。事迹见《新安文献志》卷八十七《紫岩先生汪公行状》，《宋史翼》卷三十五有传。汪宗臣之词，大抵直抒所见所感，以清新淡雅见长。

满江红

春　雨

检点春光，阴雨过、三分之一。从头数、元宵灯夕，都无晴日。不碍郊原肥草绿，但漫丘壑沉云黑。那东君、忒煞没纲维[①]，春无力。　燕忙甚，泥浑湿。蜂愁甚，脾无蜜。更两旬又是，梨花寒食。蔫红殷桃吾不较[②]，岂堪浸烂东畴麦。望前村、白鹭衬霞红，探晴色。

［注释］

①东君：司春之神。　忒煞：太，过于。辛弃疾《金菊对芙蓉》："叹少年胸襟，忒煞英雄。"　②蔫：花叶萎缩。《苏轼诗集》卷三十二《雪后便欲与同僚寻春》："浮红任早蔫。"

蝶恋花[①]

清明前两日闻燕

年去年来来去早。怪底不来，庭院春光老。知过谁家翻别调，家家望断飞踪窅[②]。　千里潇湘烟渺渺。不记雕梁，旧日恩多少。匝近清明檐外叫，故巢犹在朱檐晓。

[注释]

①唐氏按:原误作《踏莎行》调。 ②窅(yǎo):形容深远。

酹江月

题乌江项羽庙[①]

白蛇宵断[②],逐鹿人、交趁罾鱼群起[③]。赤帜雄张军缟素[④],龙种天生大器[⑤]。堪鄙猴冠[⑥],自为狼藉,楚帐多尘垒。胆寒垓下[⑦],一鞭东窜休矣。 亭长空舣扁舟[⑧],范增群辈[⑨],尽涂脂流髓。望断秦关无限恨,羞面江东山水[⑩]。购首千金[⑪],若为名利,黯黯斜阳里。石炉灰冷,美人魂落烟翠[⑫]。 (以上三首见《新安文献志》卷六十)

[注释]

①乌江项羽庙:"西楚霸王庙:在乌江县东南二里,号西楚霸王祠。"见《舆地纪胜》卷四十八《淮南西路·和州·古迹》。乌江,以附近有乌江得名,在今安徽和县东北苏皖界上之乌江镇。楚汉之际,项羽垓下战败至此自刎。晋置乌江县,明初废。 ②"白蛇"句:高祖率徒经丰西泽中前有大蛇当径,高祖乘醉斩之,蛇遂分为两径开。蛇乃白帝子所化,高祖乃赤帝子。见《史记·高祖本纪》。 ③"逐鹿"句:本《史记·淮阴侯列传》"秦失其鹿,天下共逐之"。 罾(zēng):捕鱼网。《史记·陈涉世家》:"乃丹书帛曰'陈胜王',置人所捕鱼腹中。"此句意谓秦末群雄并起,争夺天下。 ④"赤帜"句:汉用赤色旗帜。韩信攻赵背水为阵,诱赵军空壁出战,选轻骑驰入赵壁,拔赵旗,立汉赤帜。见《史记·淮阴侯列传》。 缟素:白色丧服。 ⑤"龙种"句:《史记·高祖本纪》谓高祖母息大泽之陂,梦与神遇。其时雷电晦冥,高祖父往视,见蛟龙于母身上,遂孕,生高祖。 ⑥猴冠:沐猴而冠。《史记·项羽本纪》载,项羽屠咸阳,烧秦宫室,收其货宝妇女而东,人讥其"沐猴而冠"。谓猴不任久著冠带,喻楚人性躁暴,无远志。 ⑦"胆寒"二句:"项羽军壁垓下,兵少食尽,汉军及诸侯兵围之数重。"见《史记·项羽本纪》。 ⑧亭长空舣扁舟:"项羽欲东渡乌江,乌江亭长舣船

待,谓江东尚足王”,愿羽急渡,羽不从。见《史记·项羽本纪》。舣(yì),船靠岸。 ⑨范增:项羽谋士,辅羽霸诸侯,羽尊之为亚父。羽后中刘邦反间,疑增。增愤去,途中死。见《史记·项羽本纪》。 ⑩羞面江东山水:“羽答乌江亭长:‘籍与江东子弟八千人渡江而西,今无一人还,纵江东父兄怜而王我,我何面目见之?’。见《史记·项羽本纪》。 ⑪购首千金:项王曰:“吾闻汝购我头千金。”见《史记·项羽本纪》。 ⑫“美人”句:美人谓项羽之姬虞姬。项羽被困垓下,悲歌慷慨,自为诗,其末句云“虞兮虞兮奈若何”。歌数阕,虞和之。

[集评]

孔凡礼云:“此为论史词。此词主旨,乃尊刘悲项;而项之败,实‘自为狼藉’,咎由自取。”

水调歌头

冬至

候应黄钟动[①],吹出白葭灰[②]。五云重压头上[③],潜蛰地中雷。莫道希声妙寂[④],嶰竹雄鸣合凤[⑤],九寸律初裁[⑥]。欲识天心处,请问学颜回[⑦]。 冷中温,穷时达,信然哉。彩云山外如画,送上笔尖来。一气先通关窍,万物旋生头角,谁合又谁开。官路春光早,萧落数枝梅[⑧]。

（《汇选历代名贤词府全集》卷五）

[注释]

①黄钟:古乐十二律之一。《礼记·月令》仲冬之月:“其日壬癸……其音羽,律中黄钟。”注谓黄钟律之始,“仲冬气至则黄钟之律应”。 ②葭灰:葭莩(芦苇中之薄膜)之灰。古人烧苇膜成灰,置于十二律管中,放密室内,以占气候。其一节候至,某律管中葭灰即飞出,示该节候已至。如冬至节至,则相应之黄钟律管之葭灰飞动。详《后汉书·律历志上》。杜甫《小至》:“吹葭六管动飞灰。” ③五云:于尹躬《南至日太史登台书云物》

载,“至日行令,登台约礼文。官称伯赵氏,色辨五方云。”五云,乃青、白、赤、黑、黄五色之云。 ④希声:极细微之声音。《老子》:“至音希声。” ⑤嶰(xiè)竹:传黄帝命泠纶取解谷之竹作乐器,后因泛称箫笛等乐器为嶰竹。见《汉书·律历志上》。 ⑥九寸律:《礼记·月令》注,黄钟律九寸。 ⑦颜回:孔子弟子。《论语·雍也》:“一箪食,一瓢饮,在陋巷,人不堪其忧,回也不改其乐。”此谓安贫乐道。 ⑧箫落数枝梅:本李白《与史郎中钦听黄鹤楼上吹玉笛》“黄鹤楼中吹玉笛,江城五月落梅花”。

刘 壎

刘壎(1240—1319)，字起潜，号水云村人，南丰(今属江西)人。入元，为延平路儒学教授。事迹见《吴文正集》卷三十六《故延平路儒学教授南丰刘君墓表》。有《水云村稿》、《隐居通议》传世。其词，《彊村丛书》收入《水云村诗馀》。德祐之变以前，刘壎感叹不遇，每有哀怨之音。德祐之变以后，故国黍离之感，每形之笔端。其词格调虽不甚高，然自是宋元之际一作者。其爱情词有极佳者。

湘灵瑟

故妓周懿葬桥南

酸风泠泠，哀笳吹数声。碎雨冥冥，泣瑶英[1]。　　花心路，芙蓉城。相思几回魂惊，肠断坟草青。

[注释]

①瑶英：仙人周瑶英。《苏轼诗集》卷十六《芙蓉城》叙王迥(子高)与瑶英游芙蓉城事。诗云："芙蓉城中花冥冥。"此代指故妓。

醉思仙[1]

黄南山县寄所寓

琼楼几间，瑶徽几弹。觅花声绕回阑，悄微闻佩环。　　帘栊昼闲，炉薰昼残。午风摇曳屏山，露裙红一班。

[注释]

①醉思仙：清江顺诒《词学集成》卷二谓即《醉太平》。　唐氏按：词

律调名当作《醉思凡》。

点绛唇

风卷游云，梨云梦冷人何处[1]。一溪烟雨，遮断垂杨路。 恨入琴心，能写当时语。愁无绪，泪痕红蠹[2]，犹带香如故。

[注释]

①梨云梦冷：本《东坡乐府》卷上《西江月》“高情已逐晓云空，不与梨花同梦”。原为思念朝云作。 ②蠹：蛀虫。此为耗尽之意。

浣溪沙

道 情

已断因缘莫更寻，寻时烦恼不如心。从今休听世间音。 鸾梦渐随秋水远[1]，鹤情甘伴野云深。隔楼花月自阴阴。

[注释]

①鸾梦：指男女相爱。

菩萨蛮

题山馆

长亭望断来时路，楼台杳霭迷花雾[1]。山雨隔窗声，思君魂梦惊。 泪痕侵褥锦，闲却鸳鸯枕。有泪不须垂，金鞍明月归。

[注释]

①杳霭：雾霭时有时无。

菩萨蛮

和詹天游①

故园青草依然绿，故宫废址空乔木。狐兔穴岩城，悠悠万感生。　胡笳吹汉月②，北语南人说。红紫闹东风，湖山一梦中③。

[注释]

①詹天游：名玉，字可大，号天游。有《天游词》。　②"胡笳"句：用蔡琰事。　③湖山一梦中：本李煜《子夜歌》"往事已成空，还如一梦中"。

[集评]

况周颐云："仅四十许字，而麦秀黍离之感，流溢行间。所谓满心而发，颇似包举一长调于小令中。与天游《齐天乐》赠童瓮天兵后归杭阕，各极慷慨低徊之致。"（《蕙风词话》卷三）

谒金门

题建昌城楼①

云薄薄，人静黄梅院落。细数花期并柳约，新愁沾一握。　梦醒从前多错，寄恨画檐灵鹊②。明月欲西天寂寞，魂销连晓角③。

[注释]

①建昌：宋江南西路有建昌军，治所在南城（今江西南城）。见《舆地

纪胜》卷十五。 ②灵鹊:喜鹊。《开元天宝遗事》卷下:"时人之家,闻鹊声,皆为喜兆,故谓灵鹊报喜。" ③角:古乐器,出西北地区游牧民族。见《晋书·乐志下》。

[集评]

孔凡礼云:"'握'量愁,修辞新;'明月欲西天寂寞',境界新。"

谒金门

庆彭教任满

花雾暖,红逗海棠开半。毡坐谈经春四换[①],今朝官正满。 好上鳌坡虎观[②],好近御屏香案。休笑吾侬行色缓,待君来作伴。

[注释]

①"毡坐"句:毡坐,用王献之"青毡我家旧物"之典。此盖谓刘府教乃士人故家子弟,任教已四经春。 ②鳌坡虎观:唐宋称翰林学士为鳌坡,见《石林燕语》卷五。翰林学士、承旨朝见皇帝时,立于镌有巨鳌之殿陛石正中,因称入翰林院为上鳌头。虎观即虎闱。虎闱乃国子学之别称。国子学在虎门之左,故称虎闱。见《文选·王融〈三月三日曲水诗序〉》"入虎闱"注。

谒金门

临汝有歌者稍慧[①]。咸淳中[②],尝与吟朋夜醉其楼。对予唱《贺新郎》词,至"刘郎正是当年少。更那堪、天教赋与,许多才调"之句,笑谓余曰:古曲名今日恰好使得。予因以此意作小词题壁,明日遂行。后二年再访之,壁间醉墨尚存,而人已他适矣。然旧词多有见之者,姑录于此

眉月小,红烛画楼歌绕。唱到刘郎频笑道,古词今恰

好。　　深夜银屏香袅，明日雕鞍尘杳。一饷春风容易晓，三生思不了。

[注释]

①临汝：县名，今属河南。　稍慧：较聪明。　②咸淳：宋度宗年号。

谒金门

题吕真人醉桃源像①

春正媚，闲步武陵源里②。千树霞蒸红散绮，一枝高插髻。　　飞过洞庭烟水，酩酊莫教花坠。铅鼎温温神谒帝③，何曾真是醉。

[注释]

①吕真人：乃吕洞宾。传为唐朝人，咸通中及第。修道终南山，不知所终。见《能改斋漫录》卷十八。　②武陵源：即桃花源。陶潜有《桃花源记》。武陵，在今湖南常德境。　③铅鼎：道家用以炼丹之鼎。

清平乐

赠教坊乐师

铿金戛玉①，弹就神仙曲。铁拨鹍弦清更熟②，新腔浑胜俗。　　教坊尽道名师，声华都处俱知。指日内前宣唤，云韶独步丹墀③。

[注释]

①铿金戛玉：形容声音清脆。　②鹍（kūn）：同“鹍”，凤凰的别称。《苏轼诗集》卷十六《杜介熙熙堂》：“鹍鸡铁拨响如雷。”　③丹墀：古代宫殿前石阶，漆为红色，称丹墀。

太常引

送丁使君

甘棠春色满南丰[①],春好处、在黉宫[②]。宫柳映墙红[③],对墙柳、常思耐翁。 文章太守[④],词华哲匠,人与易居东[⑤]。攀恋计无从,判行省、重临旧封[⑥]。

[注释]

①南丰:宋属江南西路建昌军,今属江西。 ②黉(hóng)宫:学校。 ③宫墙:房屋围墙。《论语·子张》谓夫子之宫墙数仞,"不得其门而入"。后遂指师门。 ④文章太守:本欧阳修《朝中措》"文章太守,挥毫万字,一饮千钟"。 ⑤人与易居东:本《后汉书·郑玄传》"玄事扶风马融,辞归山东。融谓门人曰:郑生今去,吾道东矣"。此用其意。 ⑥行省:元代以中书省为最高行政机关,因于河南、江浙、湖广、陕西、辽阳、甘肃、岭北、云南等处设行中书省,简称行省。见《元史·百官志》。

柳梢青

哀二歌者,邓元实同赋

青鸟西沉,彩鸾北去,月冷河桥。梦事荒凉,垂杨暗老,几度魂销。 云边音信迢迢。把楚些[①]、凭谁为招。万叠清愁,西风横笛,吹落寒潮。

[注释]

①楚些(suó):《楚辞·招魂》句尾多用"些"字。指歌者招亡魂之意。

恋绣衾

城南净凉亭赋

轻风吹雾月满廊，芙蕖香、飘入隔窗。记旧月、闲庭院，擘碎红，蒙幂晓妆[①]。　如今两鬓秋凄恻，负凌波[②]、万顷凄凉。花若惜、刘郎老，倩藕丝、牵住夕阳。

［注释］

①幂（mì）：蒙盖。　②凌波：本曹植《洛神赋》“凌波微步，罗袜生尘”。喻女子体态轻盈。

临江仙

和陈宪使韵

朔雪驱将残腊去，东风放出新晴。绣衣瑞彩照岩城。江天收宿霭，湖水动春声。　要净狐嗥并鳝舞[①]，未烦鹤怨猿惊[②]。元龙老气正峥嵘[③]。毫端肤寸润[④]，野烧绿痕生[⑤]。

［注释］

①狐嗥鳝舞：盖谓乱世。狐鳝谓小人。　②鹤怨猿惊：本孔稚圭《北山移文》“蕙帐空兮夜鹤怨，山人去兮晓猿惊”。　③元龙：即陈登。三国时名士，有远志。《三国志·魏书》有传。　④肤寸：古以一指宽为一寸，四指为肤。《公羊传·僖公三十一年》：“肤寸而合。”言片片小云，合成大雨。　⑤野烧绿痕生：本白居易《赋得古原草送别》诗“野火烧不尽，春风吹又生”。

洞仙歌

大德壬寅秋送刘春谷学正[①]

津亭折柳[②],正秋光如画。绕路黄花拥朝马。叹市槐景淡,池藻波寒,分明是、三载春风难舍。　军峰天际碧[③],云隔空同[④],无奈相思月明夜。薇药早催人[⑤],应占先春,休如我、醉卧水边林下。待来岁、今时庆除书,绣锦映宫花,玉京随驾[⑥]。

[注释]

①大德壬寅:即元大德六年(1312)。　刘春谷:《水云村稿》卷七有《刘春谷行稿跋》卷十有《谢春谷学正惠寿词》。　②津亭:津,渡口。津亭,渡口之亭。　③军峰:即军山,又名南山,在南丰县南二百步。见《舆地纪胜》卷三十五《建昌军》。谓军山"峻削耸特,上逼霄汉"。　④空同:山名,又名崆山、崆峒山。在赣县境内。见《舆地纪胜》卷三十二《江南西路·赣州》。　⑤薇药:《重修政和证类本草》卷八有白薇,一名薇草,一名春草,生平原川谷,三月三日采根阴干,久服益人。　药:芍药。　⑥除书:授官的诏令。　玉京:此谓帝都。　随驾:指做皇帝身边的大臣。

西湖明月引

用白云翁韵送客游行都[①]

江村烟雨暗萧萧,涨寒潮,送春桡。目断京尘,何日听鸾箫[②]。金雀觚棱千里外[③],指天际,碧云深,魂欲飘。

薰炉炷愁烟尽销、酒孤斟、谁与招。满怀情思,任吟笺、赋笔难描。惆怅山风、吹梦老秋宵。绿漾湖心波影阔,终待到,借垂杨、月半桥。

[注释]

①行都:谓临安。此词作于宋末亡时。　白云翁:赵崇皤,号白云,南丰人。　②鸾箫:萧史,春秋时人,善吹箫,作凤鸣,秦穆公以女弄玉妻之。见《列仙传》。鸾,鸾凤。此当谓友人婚姻谐合。　③金雀觚棱:本班固《西都赋》"设璧门之凤阙,上觚棱而栖金爵。"雀,同"爵"。金爵,饰于屋角之铜凤。殿堂屋角之瓦脊成方角棱瓣之形,名觚棱。

意难忘

咸淳癸酉用清真韵①

汀柳初黄。送流车出陌,别酒浮觞。乱山迷去路,空阁带馀香。人渐远,意凄凉,更暮雨淋浪②。悔不办,窄衫细马③,两两交相。　　春梁语燕犹双。叹晓窗新月,独照刘郎④。寄笺频误约,临镜想慵妆。知几梦,恼愁肠。任更驻何妨。但只怜,绿阴匝匝⑤,过了韶光。

[注释]

①咸淳癸酉用清真韵:癸酉宋度宗咸淳九年癸酉(1273)。清真,北宋词人周邦彦。　②淋浪:水不断下流貌。　③细马:小马。李白《对酒》:"吴姬十五细马驮。"　④刘郎:作者自谓。　⑤匝匝:周、遍。匝匝犹言遍地。

六么令

云舍赵使君同赋①

晓来寒角,吹起愁相触。乱云黯淡江渚,疏柳双鸦宿。锦瑟银屏何处,花雾翻香曲。柔红娇绿,魂销往梦,羞向孤梅说幽独。　　燕支曾印素袂②,绛艳收残馥。频问讯,道新来闷损纤腰束。多谢芳心惓恋,罗结文鸳蹴③。

前欢谁卜，云笺封蜡[4]，就寄相思恨盈掬。

[注释]

①赵云舍：赵必岊之号。必岊字次山，南丰人。年十七，举淳祐四年(1244)进士。 ②燕支印素袂：燕支，同“胭脂”。素，白。袂，袖口。③“罗结”句：用罗带挽结绣鞋(文鸳)去踢球。写女子玩蹴鞠。 ④云笺：书信为云笺、云翰。

满庭芳

春日过城东旧游

帘卷疏棂[1]，楼平危堞[2]，几回笋玉凭阑[3]。觅花呼酒，更共理哀弹。暖日柔风好景，行云绕、莺燕翩翩。谁知道，冶游重到[4]，已赋《解连环》。 乘云，行处去，花深隔院，应恨春闲。但紫骝嘶度[5]，时望重关[6]。长恨江楼柳老，女郎腰、又负眠三[7]。东城路，一回一感，愁见月儿弯。

[注释]

①棂：窗或栏杆上雕有花纹之木格。 ②堞：城上如齿状矮墙。③笋玉：喻美女脚趾与手指。亦作玉笋。 ④冶游：野游。《乐府诗集·子夜四时歌·春歌》：“冶游步春露，艳觅同心郎。”后世多称嫖妓为冶游。⑤紫骝：良马名。杨炯《紫骝马》：“金鞭控紫骝。” ⑥重关：险要、难行之地。 ⑦“长恨”三句：本《三辅旧事》“汉苑中有柳，状如人形，号曰人柳，一日三眠三起”。眠谓倒伏、卧陈。

天 香

次韵赋牡丹

雨秀风明，烟柔雾滑，魏家初试娇紫[1]。翠羽低云，檀心晕粉[②]，独冠洛京新谱[③]。沉香醉墨[④]，曾赋与、昭阳仙侣[⑤]。尘世几经朝暮，花神岂知今古。 愁听流莺自语，叹唐宫、草青如许[⑥]。空有天边皓月，见霓裳舞。更后百年人换，又谁记、今番看花处。流水夕阳，断魂钟鼓。

［注释］

①魏家初试娇紫：五代魏仁溥家培育出千叶肉红牡丹花，后遂称魏紫。 ②檀心晕粉：檀心，浅红花心。晕粉，谓与妇女面上光色相似。此谓牡丹。 ③洛京新谱：欧阳修《文忠集》有《洛阳牡丹记》。 ④沉香醉墨：唐天宝中，沉香亭牡丹盛开，唐玄宗宣李白进《清平调》三章，白带醉立赋，有“沉香亭北倚阑干”句。 ⑤曾赋与昭阳仙侣：李白《清平调》有“可怜飞燕倚新装”句。汉武帝时后宫有昭阳殿，成帝时赵飞燕居之。见《汉书·孝成赵皇后传》。 ⑥唐宫：实谓宋宫。

烛影摇红

月下牡丹

院落黄昏，残霞收尽廉纤雨[①]。天香富贵洛阳城，巧费春工作。自笑平生吟苦，写不尽、此花风度。玉堂银烛，翠幄画阑，万红争妒。 那更深宵，寒光幻出清都府[②]。嫦娥跨影下人间[③]，来按红鸾舞[④]。连夜杯行休驻，生怕化、彩云飞去。酒阑人静，月淡尘清，晓风轻露。

［注释］

①廉纤：细微、纤细。韩愈《晚雨》：“廉纤晚雨不能晴。” ②清都：古时谓天帝所居宫阙。《列子·周穆王》：“王实以为清都紫微，钧天广乐，帝之所居。” ③嫦娥：月中女神。 ④红鸾：神话传说中之红色仙鸟。杜光庭《题都庆观》：“三仙一一驾红鸾。”红鸾舞当谓红鸾鸟之舞。

长相思

客中景定壬戌秋[1]

雾隔平林[2],风欺败褐,十分秋满黄华。荒庭人静,声惨寒蛩,惊回羁思如麻。庾信多愁[3],有中宵清梦,迢递还家。楚水绕天涯,黯销魂、几度栖鸦。 对绿橘黄橙[4],故园在念,怅望归路犹赊。此情吟不尽,被西风、吹入胡笳。目极黄云[5],飞渡处、临流自嗟。又斜阳,征鸿影断,夜来空信灯花。

[注释]

①景定壬戌:宋理宗景定三年(1262)。 ②平林:平原上之树林。李白《菩萨蛮》:“平林漠漠烟如织。” ③庾信多愁:南朝庾信出使北朝被留不归。虽位显,但怀思乡之愁。有《哀江南赋》。 ④绿橘黄橙:本《苏轼诗集》卷三十二《赠刘景文》“一年好处君须记,正是橙黄橘绿时”。⑤黄云:本王安石《自白上村入北寺》“畦稼卧黄云”。

[集评]

孔凡礼云:“此乃少作,满纸哀怨。”

选冠子

送歌者入闽,用月巢韵[1]

暝霭迷红,水天笼晓,帆去野潮声急。离鸾独倚,巧燕双飞,忍向东风飘折。尘销紫曲阑干[2],筝雁成声[3],顿成孤臆。叹舟回人远,钿花芗泽[4],悄无痕迹。 憔悴损,俊赏杜郎,多情荀令[5],欲写别愁无力。闽星南转,江月西沉,空拟梦来今夕。古驿荒村,谁怜腻粉风侵,松蝉云湿[6]。但断魂烟浪,痴看桥西落日。

[注释]

①月巢：乃邓有功之号。有功字子大，南丰人。嘉定三年生。累试进士不中。以恩补迪功郎。祥兴二年卒。《宋诗纪事补遗》有传。 ②紫曲：盖谓歌者所居。张炎《台城路》："欢游曾步翠窈。乱红迷紫曲，芳意今少。"詹玉《三姝媚》："紫曲藏娇。" ③筝雁：谓筝柱上排列成雁形之弦带。 ④钿花芗泽：钿，金花。钿花，金钿，妇女首饰。白居易《长恨歌》："花钿委地无人收。" 芗：同"香"。 ⑤荀令：东汉荀彧。尝守尚书令，故称荀令，又称荀令君。以喜熏香著称。 ⑥松蝉云湿：蝉谓蝉鬓，古代妇女髪式之一种。蝉身黑而光润，故称。崔豹《古今注》谓魏文帝宫人莫琼树"制蝉鬓，缥缈如蝉，故曰蝉鬓"。松盖谓蝉鬓松散。云谓云鬓，盛美之鬓髪。《乐府诗集·木兰诗》："当窗理云鬓。"

惜馀春慢

春 雨

玉勒丝鞭[①]，彩旗红索，总向愁中休了。偏怜景媚，为甚愁浓，都为雨多晴少。桃杏开到梨花，红印香印[②]，绿平幽沼。也无饶、红药殿春[③]，更作薄寒清峭。 尘梦里、暗换年华，东风能几，又把一番春老。莺花过眼，蚕麦当头，朝日浓阴笼晓。休恨烟林杜鹃，只恨啼鸠，呼云声杳[④]。到如今，暖霭烘晴，满地绿阴芳草。

[注释]

①玉勒：玉制马衔。 ②红印香印：印谓印迹。意谓红之印迹、香之印迹。 ③红药：即芍药。 ④呼云：《渊鉴类函·鸟部·鸠》引许慎曰，鸠奋迅其羽，"直刺上飞数千丈，入云中"。

买陂塘

与沈润宇、邓元实同赋[1]

暮云沉、凄凄花陌，荒苔青润鸳甃[2]。娇红一捻不胜春，苦雨酸雨僝僽[3]。从别后。但暗忆娉婷[4]，几把垂杨蹂。香销韩袖[5]。念莺燕悲吟，凤鸾仙去，空负摘花手。　铜铺掩，窥见文窗依旧，筝琶尘暗弦绉。欲圆春梦今犹未，怪得西飞太骤。凝伫久，拟待倩、鸿都羽客寻仙偶[6]。青衫湿透[7]。叹玉骨沉埋，芳魂缥缈，何处酹尊酒。

[注释]

①邓元实：名德秀，号秀山，南丰人。咸淳四年(1268)进士，为建州府推官，有《秀山小稿》。《宋诗纪事补遗》有小传。　②鸳甃：鸳，鸳鸯，成对。甃，井壁。用两两对称之砖石砌成之井台、井壁。　③僝僽：埋怨，嗔怪。秦观《满园花》："行待痴心守，甚捻着脵子，倒把人来僝僽。"　④娉婷：姿态美好。《乐府诗集·春歌》："娉婷扬袖舞。"　⑤韩袖：晋贾充女午钟情韩寿。晋武帝以西域所进奇香赐充，午盗以赠寿。充知之，以午嫁寿。见《晋书·贾充传》。　⑥鸿都羽客：本白居易《长恨歌》"临邛道士鸿都客，能以精诚致魂魄"。　鸿都：洛阳城门名，见《后汉书·灵帝纪》注。此鸿都或指道教胜地。　⑦青衫湿透：本白居易《琵琶行》"江州司马青衫湿"。

买陂塘

兵后过旧游

倚楼西、西风惊鬓，吹回尘思萧瑟。碧桃花下骖鸾梦[1]，十载雨沉云隔。空自忆。漫红蜡香笺，难写旧凄恻。烟村水国。欲闲却琴心，蠹残箧面[2]，老尽看花客。

河桥侧，曾试雕鞍玉勒，如今已忘南北。人间纵有垂杨在，欲挽一丝无力。君莫拍，浑不似、年时爱听酒边笛。湘帘巷陌[3]。但斜照断烟，淡萤衰草，零落旧春色。

[注释]

①骖鸾：骖谓同驾一车之三匹马，又谓为驾车时位于两旁之马。韩愈《送桂州严大夫》："远胜登仙去，飞鸾不暇骖。"此谓乘鸾入空。 ②箧：书箱。 ③湘帘：斑竹编成之帘。

贺新郎

催花呈赵云舍

办著春游费。奈狂风吹寒，禁定满城花事。天暝云深时度雨，院落秦筝未试。倩谁趱[1]、杏娇桃媚。韶色三停今过一，只淡黄、杨柳装愁思。芳径滑，绣窗闭。
玉炉闷炷香温被。忆去年、匆匆胜赏，梦沉烟水。遥望秋千新彩索，难把旧痕重系。待暖入、香红十里。别拥双鸾迎素月[2]，教明年、不恨今憔悴。莺共燕，汝知未。

[注释]

①趱（zǎn）：赶快。 ②"别拥"句："开元中，明皇与申天师游月中，见素娥十馀人，皓衣乘白鸾，笑舞于广庭大桂树下。"见《异闻录》。此或有过分贪欢之意。

贺新郎

答赵清远见寄韵

莫笑刘郎老。老刘郎平生，不是山林怀抱。梦里风云翻海岳，觉后狂歌坠帽。叹几度、荒鸡误晓[1]。天际晴云开五色[②],纵今年、意气犹年少。机事远[③],有时到。　凯歌檄笔凭谁道。对村中、一溪流水,半林斜照。赖有可人堪话旧,时共掀髯绝倒[④]。也来问、衮衣茸帽。聊且问天占百岁,看乾坤、此事如何了。肠断处,春城草。

[注释]

①荒鸡误晓:古以夜三鼓前所鸣之鸡为荒鸡。《苏轼诗集》卷三十六《召还至都门先寄子由》:"荒鸡号月未三更。"　②云开五色:五种颜色之云彩,古人以为祥瑞。《旧唐书·郑肃传》尝曰"天瑞有五色云"。　③机事:机巧之事。　④掀髯绝倒:笑时开口张鬚貌。

贺新郎

醉里江南路。问梅花、经年冷落,几番烟雨。玉骨冰肌终是别[①],犹带孤山瑞露[②]。想蕴藉、和羹风度[③]。万紫千红嫌妒早,羡仙标、岂比人间侣。聊玩弄,六花舞[④]。　云寒木落山城暮。忽飘来、暗香万斛[⑤],春浮江浦。茅舍竹篱词客老,拟傍东风千树[⑥]。看好月、亭亭当午。流水村中清浅处,称横斜疏影相容与[⑦]。时索笑,想应许。　(以上《彊村丛书》本《水云村诗馀》)

[注释]

①玉骨冰肌:本《东坡乐府》卷上《洞仙歌》"冰肌玉骨,自清凉无汗"。此言梅花之高洁。　②瑞露:甘露。　③和羹:用调味品配制之羹汤。《尚书·说命下》帝得傅说相佐,曰:"若作和羹,尔惟盐梅。"《传》:"盐咸梅醋,羹须咸醋以和之。"后遂以喻大臣同心治国。此谓梅有宰相风度。　④六花:雪。贾岛《寄令狐绹相公》:"自著衣偏暖,谁忧雪六花。"　⑤暗香万斛:本林逋《山园小梅》"暗香浮动月黄昏"。《剑南

诗稿·雪后寻梅》:“青帝宫中第一妃,宝香熏彻素绡衣。定知谪堕不容久,万斛玉尘来聘归。” ⑥东风千树:本殷尧藩《山中梅花》“临水一枝春占早,照人千树雪同清”。 ⑦“流水村中”二句:本林逋《山园小梅》“疏影横斜水清浅”。

王清观

王清观,生卒不详,刘壎之晚辈。《水云村稿》卷七《跋王清观所画姚玉像词》,作于元成宗大德十一年(1307),时年六十八。跋称清观约生于宋末或元初。据此清观应入元。今仍次此。

太常引

题洞宾醉桃源像①

邯郸梦里武陵溪②,春色醉冥迷。花压帽檐欹,漫赢得、红尘满衣③。　　青蛇飞起④,黄龙喝住⑤,才是酒醒时。和露饮刀圭⑥,待月满、长空鹤归。

(《水云村稿》卷七)

[注释]

①洞宾醉桃源:洞宾,谓吕洞宾,传说中仙人。此桃源,乃陶潜《桃花源记》中之桃源。　②邯郸梦:唐人小说记有卢生在邯郸旅店中,遇道者吕翁,授以枕,生梦中历数十年荣华。及醒主人炊黄粱尚未熟。见沈既济《枕中记》。作者意谓此吕翁即洞宾。　③红尘:佛道等家称人世为红尘。陆游《鹧鸪天》:"插脚红尘已是颠,更求平地上青天。"　④青蛇:本元稹《说剑》"白虹坐上飞,青蛇匣中吼"。　⑤黄龙喝住:黄龙乃隆兴府黄龙慧南禅师,住黄龙寺。尝喝:"英雄奸贼 棒喝玄妙,皆为长物。……总用不着。"神宗熙宁二年卒。见《五灯会元》卷十七。　⑥刀圭:古时量取药物之用具。此则为丹药。

[集评]

刘壎云:"此词斫冰积雪,不翅如自回仙口中出,王郎真妙笔也。持此见解,亦可学仙。"(《水云村稿》卷七《跋王清观题洞宾醉桃源像》)

熊则轩

熊则轩，据词中"燕辕"句，盖入元。其他不详。

满庭芳

郭县尹美任

波有颓澜①，渴无冷镬②，谁言制邑为难。汾阳善政③，只在笑谈间。三载刑清讼简，官事辨、俗阜民安④。帘垂昼，焚香宴坐，犹得半清闲。　　西风，催入觐⑤，声驰当道，名达朝端。任锦溪溪上，卧辙攀辕⑥。从此燕辕北去，好官样、留与人看。扁舟稳，图书外⑦，惟有月俱还。

（《翰墨大全》庚集卷十五）

[注释]

①波有颓澜：颓澜谓无浪或无大浪，盖谓郭县尹善于解决民间纠纷。②渴无冷镬：镬，金属，《周礼·天官·亨人》注谓为"煮肉及鱼腊之器"，今仅取金属义。犹言行旅来往，十分方便。　③汾阳：谓郭子仪。此借谓郭县尹。　④辨：疑为"办"之误。　阜：富裕。　⑤觐：古代诸侯秋朝天子曰觐，见《礼记·曲礼下》注。后遂谓地方官朝皇帝曰觐。据以下"燕辕"，此所朝者乃元代皇帝。　⑥卧辙攀辕：牵挽车辕，横卧车道，拦阻车行。侯霸为淮平大尹，更始元年（23）征霸，百姓攀辕卧辙，乞求留霸。见《后汉书·侯霸传》、《白孔六帖》。　⑦"扁舟稳"句：宋崔与之出蜀，唯载归家之图籍。见《渊鉴类函·政术部·廉洁二》。　唐氏按："图书"上下缺一字。

阮槃溪

阮槃溪，生平事迹不详，宋末人。

大江乘

郭县尹美任

东阳四载[①]，但好事、一一为民做了。谈笑半闲风月里，管甚讼庭生草。瓯茗炉香，菜羹淡饭，此外无烦恼。问侯何苦，自饥只要民饱。　犹念甘旨相违，白云万里[②]，不得随昏晓。暂舍苍生归定省，回首又看父老。听得乖崖[③]，交章力荐，道此官员好。且来典宪[④]，中书还二十四考[⑤]。[⑥]

（《翰墨大全》庚集卷十五）

［注释］

①东阳：时属江浙行省。今属浙江。　②白云：狄仁杰之亲在河阳别业。仁杰赴任并州法曹，登太行，南望白云孤飞，谓左右曰“吾亲所居，在此云下”，悲泣，伫立久之。见《大唐新语》。后以喻思亲。　③乖崖：宋名臣张咏自号。咏为政清廉有守。见《东斋笔记》。　④典宪：谓宪司，魏晋以来御史别称。唐封演《封氏闻见记》卷三《风宪》谓“唐兴，宰辅多自宪司登钧轴”。　⑤中书还二十四考：《旧唐书·郭子仪传》谓“校中书令考二十有四”。子仪官中书令期间，主持官吏考绩凡二十四次。此借谓郭县尹将受到朝廷重用。　⑥唐氏按：此首别又见《填词图谱》卷五，误作阮逸女词。

危西麓

危西麓，宋末人，其他不详。《全宋词》谓《刘壎水云村吟稿》卷十有《至樵城别西麓危提举》诗。

风流子

郭县尹美任

西风吹锦水、朝天路、冉冉两凫飞[①]。看父老褰花，苦遮去辙[②]，儿童骑竹，争问归期[③]。帐簇马前纷蔽日，实绩纪行碑。冰饮三年[④]，从容官事，棠阴百里，悠久民思。　　圣明矜遐远[⑤]，关山道，应是来骤华丝[⑥]。昼绣过家[⑦]，莱庭彩舞斑衣[⑧]。便稳奉安舆[⑨]，江南向暖，早传言语，樵曲先知。重约旧临，倪耄迎候杭西。

（《翰墨大全》庚集卷十五）

[注释]

①两凫飞：谓县令去官。盖由“凫舄”来。东汉王乔，明帝时为叶令，至都无车骑，帝侦其至，有双凫飞来，因举罗张之，得双舄。见《后汉书·方术传·王乔》。后遂沿用为县令故实。　②“看父老”二句：详《后汉书·寇恂传》。恂为颍川太守。后随光武帝至颍川，百姓遮道，求光武复留寇一年。　③“儿童”二句：郭伋行部至河西美稷，有童儿数百，骑竹马迎拜。事讫，诸儿复送至郭外，问何日当还，伋告之。见《后汉书·郭伋传》。　④冰饮：谓生活清苦。唐刘言史《初下东周赠孟郊》赞冰饮者“洁立保贤贞”。　⑤唐氏按：“矜”原误作，改从一百二十七卷本《翰墨大全》。　⑥骤华丝：骤，迅速。此作动词用，作“催促”解。华丝犹言华鬓。　⑦昼绣：“昼”原作“画”，误。《史记·项羽本纪》项羽曰：“富贵不归故乡，如衣绣夜行，谁知之者。”后因称富贵还乡为昼锦。“昼锦”之“锦”盖由“绣”来。今正。　⑧莱庭采舞斑衣：传老莱子年七十，父母犹存。常身着五色彩衣，戏舞亲侧以娱亲。

见《初学记》卷十七、《艺文类聚》卷二十。老莱子,春秋时楚人。 ⑨安舆:即安车。老年人与妇女所乘之车。《新唐书 · 赵隐传》:“懿宗诞日,宴慈恩寺,隐侍母以安舆临观。”后遂以指迎亲养老。 唐氏按:“舆”原误作“与”,改从一百二十七卷本《翰墨大全》。

汪元量

汪元量（1241—1317?），字大有，号水云、水云子、楚狂，自号江南倦客、江淮倦客。钱塘（今浙江杭州）人。度宗时以词章给事宫掖，以琴事谢太后、王昭仪。恭帝德祐二年（1276），元兵入临安，随谢氏北行。留北十二年，回钱塘。后为黄冠师。尝入湘、蜀。后不知所终。有《增订湖山类稿》五卷行世。存词五十三首。德祐之变前所作宫中词，欢快明畅，其后词风一变，其留燕期间所作《忆秦娥》、《人月圆》等作，凄凉哀怨，令人泣下，乃遗民之心声。

满江红

吴江秋夜[①]

一个兰舟，双桂桨、顺流东去。但满目、银光万顷，凄其风露。渔火已归鸿雁汊，棹歌更在鸳鸯浦。渐夜深、芦叶冷飕飕，临平路[②]。　吹铁笛[③]，鸣金鼓。丝玉脍[④]，倾香醑[⑤]。且浩歌痛饮，藕花深处。秋水长天迷远望[⑥]，晓风残月空凝伫[⑦]。问人间、今夕是何年，清如许。

［注释］

①吴江：县名，属江苏，西滨太湖。此词作于度宗时。　②临平：山名，在浙江馀杭县境；湖名，在临平山东南。此指湖。　③铁笛：铁制笛管。宋胡寅《斐然集》卷四《游武夷赠刘生》："更须横铁笛，吹与众仙聆。"　④丝玉脍：脍，通"鲙"，谓切松江鲈鱼以为丝，以此为脍。《隋唐嘉话》：隋炀帝谓松江鲈乃"金齑玉鲙"，江南佳味。　⑤醑：美酒。　⑥秋水长江：本唐王勃《滕王阁序》"秋水共长天一色"。　⑦晓风残月：本柳永《雨霖铃》"杨柳岸，晓风残月"。

[集评]

孔凡礼云:“上片秋夜舟行,下片秋夜舟饮。末句拈出‘清’字,为此词基本情调。然言‘冷’、‘迷’、‘残’、‘空’,则不免有凄清之感。”

金人捧露盘

越州越王台①

越山云,越江水,越王台。个中景、尽可徘徊。凌高放目,使人胸次共崔嵬②。黄鹂紫燕报春晓③,劝我衔杯。　古时事,今时泪,前人喜,后人哀④。正醉里、歌管成灰。新愁旧恨,一时分付与潮回。鹧鸪啼歇夕阳去⑤,满地风埃。

[注释]

①越州:时为绍兴府,治所在今浙江绍兴。　越王台:绍兴名胜。见《宝庆会稽续志》卷一。据末句,词作于咸淳中。　②崔嵬:胸中郁结,犹言磊块。黄庭坚《黄豫章先生文集》卷三《次韵子瞻武昌西山》:“酒浇不下胸崔嵬。”　③春晓:“晓”原作“晚”,据《诗渊》改。　④后人哀:本唐杜牧《阿房宫赋》“秦人不暇自哀,而后人哀之;后人哀之而不鉴之,亦使后人而复哀后人”。　⑤“鹧鸪”句:本辛弃疾《菩萨蛮》“江晚正愁余,山深闻鹧鸪”。

[集评]

孔凡礼云:“上片写上越王台,然已无心观赏此越中胜概。下片写下越王台,以酒消胸中磊块,然磊块亦不能消。末句‘满地风埃’四字,点出背景。盖以国事垂危,而又报国无地,忧心如焚,故有此耳。”

琴调相思引

越上赏花

晓拂菱花巧画眉[①]，猩罗新剪作春衣[②]。恐春归去，无处看花枝。　　已恨东风成去客，更教飞燕舞些时。惜花人醉，头上插花归。

[注释]

①菱花：镜。　②猩罗：猩，鲜红色。罗乃质地轻软，经纬组织显椒眼纹之丝织品。

长相思

越上寄雪江[①]

吴山深，越山深。空谷佳人金玉音[②]，有谁知此心。

夜沉沉，漏沉沉。闲却梅花一曲琴，月高松竹林。

[注释]

①雪江：名宇，姓徐，号雪江居士。汪元量挚友，长元量二十馀岁。善琴。见方回《桐江续集》卷三十三《叶君爱琴诗序》。此词作于咸淳中，时在绍兴。　②空谷佳人金玉音：本杜甫《佳人》“绝代有佳人，幽居在空谷”。佳人喻贤者。此盖谓徐宇。金玉音谓徐宇之言如金玉，喻其贵重也。

传言玉女

钱塘元夕

一片风流，今夕与谁同乐。月台花馆，慨尘埃漠漠。豪华荡尽，只有青山如洛[①]。钱塘依旧，潮生潮落。　　万点灯光，羞照舞钿歌箔[②]。玉梅消瘦，恨东皇命薄[③]。昭君泪流[④],手捻琵琶弦索。离愁聊寄,画楼哀角。

[注释]

①青山如洛:本唐许浑《金陵怀古》"英雄一去繁华尽,惟有青山似洛中"。借指杭州湖山。此词作于德祐二年正月元夕,时元军已压境。 ②舞钿歌箔:钿,金花,多指妇人手饰,如花钿金钿。 箔:白居易《长恨歌》"珠箔银屏迤逦开"。此谓歌舞者装饰及歌舞环境。 ③东皇命薄:东皇谓司春神;命薄谓无力回春。 ④昭君:王昭君。此谓宫中妃嫔。

好事近

浙江楼闻笛[①]

独倚浙江楼,满耳怨笳哀笛。犹有梨园声在[②],念那人天北。 海棠憔悴怯春寒,风雨怎禁得。回首华清池畔[③],渺露芜烟荻。

[注释]

①浙江楼:《舆地纪胜》卷二《临安府·景物下》有浙江亭,在钱塘江下跨浦桥之侧。《武林旧事》卷三《观潮》谓"每岁京尹出浙江亭教阅水军"。亭、楼或是一地。此乃南归后作,忆留北友人。 ②梨园:唐玄宗曾选乐工三百人,宫女数百人,教授乐曲于梨园。见《新唐书·礼乐志》。后遂称戏班为梨园。 ③华清池:今陕西临潼骊山下,为唐华清宫中之温泉。白居易《长恨歌》:"春寒赐浴华清池,温泉水滑洗凝脂。"此盖谓临安南宋皇帝游乐之地。

洞仙歌

毗陵赵府,兵后僧多占作佛屋[①]

西园春暮,乱草迷行路。风卷残花堕红雨[②]。念旧巢燕子,飞傍谁家,斜阳外、长笛一声今古。 繁华流水去。舞歇歌沉，忍见遗钿种香土。渐橘树方生，桑枝才长，都付与、沙门为主[③]。便关防[④]、不放贵游来，又突兀梯空，梵王宫宇。

[注释]

①毗陵：即常州，常州为毗陵郡，属两浙西路。见《舆地纪胜》卷六。作于至元十三年（1276）被俘赴燕途中。 佛屋：佛僧所用之屋。 ②红雨：喻落花。李贺《将进酒》："桃花乱落如红雨。" ③沙门：僧徒。 ④关防：防范。

莺啼序

重过金陵

金陵故都最好，有朱楼迢递。嗟倦客、又此凭高[①]，槛外已少佳致[②]。更落尽梨花，飞尽杨花，春也成憔悴。问青山、三国英雄，六朝奇伟。　　麦甸葵丘[③]，荒台败垒。鹿豕衔枯荠。正朝打孤城[④]，寂寞斜阳影里。听楼头、哀笳怨角，未把酒、愁心先醉。渐夜深，月满秦淮，烟笼寒水[⑤]。　　凄凄惨惨，冷冷清清[⑥]，灯火渡头市。慨商女不知兴废。隔江犹唱庭花，馀音亹亹[⑦]。伤心千古，泪痕如洗。乌衣巷口青芜路，认依稀、王谢旧邻里[⑧]。临春结绮[⑨]。可怜红粉成灰[⑩]，萧索白杨风起。　　因思畴昔，铁索千寻，谩沉江底[⑪]。挥羽扇、障西尘，便好角巾私第[⑫]。清谈到底成何事[⑬]。回首新亭，风景今如此。楚囚对泣何时已[⑭]。叹人间、今古真儿戏。东风岁岁还来，吹入钟山[⑮]，几重苍翠[⑯]。

[注释]

①倦客:汪元量自谓。 ②槛外:王勃《滕王阁》“槛外长江空自流”。作者面对大江,故如是云。 ③麦甸葵丘:刘禹锡《再游玄都观诗序》:“惟兔葵、燕麦动摇于春风耳”。麦,野麦,燕麦;葵,兔葵,野菜;甸,平地;陵,丘陵。 ④朝打孤城:本刘禹锡《石头城》“山围故国周遭在,潮打孤城寂寞回”。 ⑤“月满”二句:本杜牧《泊秦淮》“烟笼寒水月笼沙,夜泊秦淮近酒家”。 ⑥“凄凄”二句:本李清照《声声慢》“寻寻觅觅,冷冷清清,凄凄惨惨戚戚”。 ⑦“慨商女”二句:本杜牧《泊秦淮》“商女不知亡国恨,隔江犹唱《后庭花》”。 亹亹(wěi):优美动听。 ⑧“乌衣”三句:本刘禹锡《乌衣巷》“朱雀桥边野草花,乌衣巷口夕阳斜。旧时王谢堂前燕,飞入寻常百姓家”。 ⑨临春结绮:南朝陈后主起临春、结绮、望仙阁,高数十丈。后主自居临春,张贵妃居结绮,龚、孔二贵嫔居望仙,并复道交相往来。刘禹锡《台城》:“结绮临春事最奢。” ⑩红粉成灰:本白居易《和关盼盼感事》“见说白杨堪作柱,争教红粉不成灰”。 ⑪“因思”三句:本刘禹锡《西塞山怀古》“千寻铁锁沉江底,一片降幡出石头”。叙晋灭吴。 ⑫“挥羽扇”三句:叙东晋事。庾亮(元规)权重,足以压倒王导。亮在石头(今南京清凉山),导在冶城(今南京朝天宫一带)。一日,大风扬尘,导以羽扇拂之,谓“元规尘污人”,不思对策。亮欲东下,导谓如亮来,便角巾、私第(回乌衣巷住处),不设防。见《世说新语·轻诋》。 ⑬“清谈”句:谓王衍终日清谈,唯言老、庄事。见《晋书·王衍传》。 ⑭“回首”三句:用过江士大夫相邀新亭作楚囚对泣事。见《世说新语·言语》。 ⑮钟山:在南京东北,一名蒋山、紫金山。 ⑯唐氏按:“苍”字原缺,据《词谱》卷三十九补。《历代诗馀》卷一百作“黄”,盖皆臆补。

[集评]

俞平伯云:“全篇多用典故,平铺直叙,而借古伤今,意甚明白,语亦妥帖。此长调之近于赋体者。”(《唐宋词选释》卷下)

孔凡礼云:“此词着眼于金陵历史、人物、街巷、山水、城郭,抒写古今兴亡之大主题,寓南宋亡国沉痛教训于其中。格调苍凉凄婉,意境深远,乃作者代表作。”

六州歌头

江　都[①]

绿芜城上[②]，怀古恨依依。淮山碎，江波逝，昔人非。今人悲。惆怅隋天子[③]。锦帆里，环朱履。丛香绮。展旌旗，荡涟漪。击鼓挝金，拥琼璈玉吹[④]。恣意游嬉，斜日晖晖，乱莺啼。　　销魂此际。君臣醉，貔貅弊。事如飞。山河坠，烟尘起，风凄凄，雨霏霏。草木皆垂泪。家国弃，竟忘归。笙歌地，欢娱地。尽荒畦。惟有当时皓月，依然挂、杨柳青枝。听堤边渔叟，一笛醉中吹。兴废谁知。

[注释]

①江都：扬州治所。见《舆地纪胜》卷三十七。今江苏有江都县。②芜城：古城名。即广陵城，今江苏江都县境内。西汉吴王刘濞都此，筑广陵城。南朝宋竟陵王刘诞据广陵反，兵败死，城邑荒芜。鲍照作《芜城赋》讽之。因名扬州为芜城。　③隋天子：谓隋炀帝。大业十二年（616）七月，炀帝至江都，在江都一年馀。义宁二年（618）三月，炀帝被才臣下杀于江都。《开河记》："龙舟既成，泛江沿淮而下。……锦帆过处，香闻千里。"义宁二年（618）三月，炀帝被臣下杀于江都。　④璈（áo）玉：玉制古乐器。

[集评]

孔凡礼云："此为怀古词。上片写隋炀帝在江都恣意游嬉。下片写隋炀帝家国倾覆。昔日笙歌、欢娱之地，尽成荒畦，末句'兴废谁知'，引人思考，突出主旨，其意固不仅在隋之兴废也。"

水龙吟

淮河舟中夜闻宫人琴声

鼓鞞惊破霓裳①,海棠亭北多风雨②。歌阑酒罢,玉啼金泣③,此行良苦。驼背模糊,马头匼匝④,朝朝暮暮。自都门燕别,龙艘锦缆,空载得、春归去⑤。 目断东南半壁⑥,怅长淮、已非吾土⑦。受降城下⑧,草如霜白,凄凉酸楚。粉阵红围⑨,夜深人静,谁宾谁主。对渔灯一点,羁愁一搦⑩,谱琴中语。

[注释]

①鼓鞞惊破霓裳:本白居易《长恨歌》"渔阳鞞鼓动地来,惊破霓裳羽衣曲"。谓元兵鼓鞞惊破宋宫中歌舞。此词作于元世祖至元十三年(1276)作者等被押赴大都途中。 ②海棠亭:据乐史《太真外传》,此即沉香亭,唐玄宗、杨贵妃游宴所。此借谓宋宫。 ③玉啼金泣:"玉"、"金"谓妃嫔。 ④"驼背"三句:本杜甫《送蔡希鲁都尉还陇右……》"马头金匼匝,驼背锦模糊"。 匼匝(kē zā):周绕貌。写元军军容之盛,承上"此行良苦"来,言以后生活将如此。然宋三宫实舟行北去。 ⑤春归去:实谓宋帝、后妃、宫女北去。 ⑥半壁:半边。 ⑦已非吾土:本王粲《登楼赋》"虽信美而非吾土兮"。元兵入临安后,淮西帅夏贵以淮西全境降元。见《文山先生全集》卷十六。 ⑧受降城:本益《夜上受降城闻笛》"受降城外月如霜"。此谓夏贵降元,非指在今内蒙古乌拉特旗北之受降城。 ⑨"粉阵"一句:粉阵红围谓被俘女子,今相依而眠,不分贵贱,皆为臣妾。 ⑩搦:一把。李百药《少年行》:"一搦掌中腰。"

[集评]

孔凡礼云:"谱宫人琴中语,实谱个人心中语。上片重在叙事。暴风雨将临,宫内惶惶不可终日。议论、谣诼丛生,'多风雨'三字,非身历其境者不能道。下片重在抒怀,'凄凉酸楚'四字尽之。"

望江南

幽州九日[①]

官舍悄[②]，坐到月西斜。永夜角声悲自语[③]，客心愁破正思家。南北各天涯。　肠断裂，搔首一长嗟。绮席象床寒玉枕[④]，美人何处醉黄花[⑤]。和泪捻琵琶。

[注释]

①幽州：即元大都（今北京）。　②官舍：官方馆舍。指词人居住的会馆。　③永夜角声悲自语：杜甫《宿府》句。甫此诗抒写安史乱后思家情怀。亦作者此时情怀。此词作于到燕之初。　④绮席象床寒玉枕：丰盛筵席、象牙床、质寒之美玉所作枕。　⑤美人：喻君王。《离骚》："恐美人之迟暮。"

[集评]

孔凡礼云："水云燕都词作，实思念乡国之作。君王、宫人、宫女则为水云心中乡国之具体形象。此乃此一时期水云词作特色。"

卜算子

河南送妓移居河西[①]

我向河南来，伊向河西去。客里相逢只片时，无计留伊住。　去住总由伊，莫把眉头聚。安得并州快剪刀[②]，割断相思路。

[注释]

①河南、河西：约指黄河以南、以西。　②并州快剪刀：并州，宋为河东路太原府。杜甫《戏题王宰画山水图歌》："焉得并州快剪刀，剪取吴松半江水。"古代并州（今山西大同）所产剪刀，以锋利著称。

满江红

和王昭仪韵[①]

天上人家,醉王母[②]、蟠桃春色。被午夜、漏声催箭[③],晓光侵阙。花覆千官鸾阁外[④],香浮九鼎龙楼侧[⑤]。恨黑风、吹雨湿霓裳[⑥],歌声歇。　　人去后,书应绝。肠断处,心难说。更那堪杜宇[⑦],满山啼血。事去空流东汴水[⑧],愁来不见西湖月[⑨]。有谁知、海上泣婵娟[⑩],菱花缺。

[注释]

①王昭仪:宋宫人王清惠。她在被押送大都途中,曾作《满江红》,题于驿壁,一时和者甚多。　②王母:谓西王母,此则谓太皇太后谢氏。　③"被午夜"句:本杜甫《奉和贾至舍人早朝大明宫》"五夜漏声催晓箭,九重春色醉仙桃"。漏,壶,古计时器,以铜为之。漏声,铜壶滴漏之声。箭,漏壶部件,刻节文,随水浮沉以计时。　④鸾阁:宫内楼阁。　⑤香浮九鼎:鼎原为烹饪器。此鼎乃为焚香用。九鼎为传国重器,乃国家权力象征。　⑥黑风吹雨:"若有众生入于大海,假使黑风吹其船舫,漂坠罗刹鬼国。见《法华经·普门品》。《苏轼诗集》卷十《有美堂暴雨》:"天外黑风吹海立,浙东飞雨过江来。"　⑦杜宇:古蜀帝名,化为杜鹃。杜宇又名子规。白居易《琵琶行》:"其间旦暮闻何物,杜鹃啼血猿哀鸣。"　⑧东汴水:谓汴京。　⑨西湖月:谓临安。　⑩婵娟:形态美好。此盖谓王昭仪。

[集评]

孔凡礼云:"'恨黑风'十一字,运用佛典,极为精当。宋遗民词人无人道及。固知水云涵泳典籍者深,其功力甚深厚。"

满江红

吴　山[①]

一霎浮云[②],都掩尽、日无光色。遥望处、浮图对峙[③],

梵王新阙[4]。燕子自飞关北外，杨花闲度楼西侧。慨金鞍、玉勒早朝人，经年歇。　昭君去，空愁绝。文姬去[5]，难言说。想琵琶哀怨，泪流成血。蝴蝶梦中千种恨[6]，杜鹃声里三更月。最无情、鸿雁自南飞，音书缺。

[注释]

①吴山:《舆地纪胜》卷二《临安府·景物上·胥山》,"在城中,即吴山也。吴人怜子胥以谏死,故名曰胥山。"此词之韵与上词同,盖为忆临安而作。 ②一霎:一阵。孟郊《春后雨》:"昨夜一霎雨。" ③浮图:塔。详《魏书·释老志》。 ④梵王新阙:梵王乃大梵天王简称。佛教设想一切世界为欲界、色界、无色界三界。大梵天乃第二色界诸天之第三天,其王称大梵天王。此谓新建佛殿。 ⑤文姬:蔡琰,乃邕女。博学能文,善音律。掳嫁南匈奴左贤王,留十二年。见《后汉书·董祀妻传》。 ⑥蝴蝶梦:《庄子·齐物论》记庄子梦为蝴蝶,后因称梦为蝴蝶梦。

一剪梅

怀　旧

十年愁眼泪巴巴[1]。今日思家，明日思家。一团燕月照窗纱[2]。楼上胡笳，塞上胡笳。　玉人劝我酌流霞[3]。急捻琵琶，缓捻琵琶。一从别后各天涯。欲寄梅花，莫寄梅花。

[注释]

①十年愁眼:作于元世祖至元二十三(1286),汪随三宫北上,于至元十三年(1276)秋初抵大都。 ②燕月:燕地(元大都北京)的月亮。 ③流霞:泛指美酒。李白《豳歌行》:"狐裘兽炭酌流霞。"

惜分飞

歌楼别客

燕子留君君欲去，征马频嘶不住。握手空相觑，泪珠成缕，眉峰聚。　恨入金徽孤凤语[①]，愁得文君更苦[②]。今夜西窗雨[③]，断肠能赋，江南句。

[注释]

①金徽：金饰琴徽。梁元帝《咏秋夜》："金徽调玉轸，兹夜抚离鸿。"此谓琴。　②文君：卓文君。此谓歌者。　③西窗：本李商隐《夜雨寄北》"何当共剪西窗烛"。

唐多令

吴江中秋

莎草被长洲[①]，吴江拍岸流。忆故家、西北高楼[②]。十载客窗憔悴损，搔短鬓、独悲秋。　人在塞边头，断鸿书寄不[③]。记当年、一片闲愁。舞罢羽衣尘满面，谁伴我、广寒游[④]。

[注释]

①莎草被长洲：莎草乃香附子，入药。长洲属苏州。苏州治吴县一名长洲。　②西北高楼：《古诗》"西北有高楼，上与浮云齐"。　③断鸿：失群孤雁。柳永《夜半乐》："凝泪眼，杳杳神京路，断鸿声远长天暮。"④广寒：旧题柳宗元《龙城录·明皇梦游广寒宫》"顷见一大官府，榜曰'清虚广寒之府'"。后遂以为月中仙宫名。

鹧鸪天

潋滟湖光绿正肥[①]，苏堤十里柳丝垂[②]。轻便燕子低低舞，小巧莺儿恰恰啼[3]。　花似锦，酒成池。对花对酒两相宜。水边莫话长安事[4]，且请卿卿吃蛤蜊。

[注释]

①潋滟：水波荡漾貌。《苏轼诗集》卷九《饮湖上初晴后雨》："水光潋滟晴方好。"湖，西湖。　②苏堤：《舆地纪胜》卷二谓元祐间苏轼筑。《武林旧事》卷五谓"起南讫北，横截湖面，夹道杂植花柳"。　③恰恰：自然，和谐。杜甫《江畔独步寻花》："自在娇莺恰恰啼。"　④"水边"句：即指亡国之事。　长安：代指南宋京都。

眼儿媚

记得年时赏荼蘼，蝴蝶满园飞。一双宝马[1]，两行箫管，月下扶归。　而今寂寞人何处，脉脉泪沾衣。空房独守，风穿帘子，雨隔窗儿。

[注释]

①宝马：名贵骏马。王维《同比部杨员外十五夜游》："香车宝马共喧阗。"

忆王孙

汉家宫阙动高秋[1]，人自伤心水自流[2]。今日晴明独上楼[3]。恨悠悠，白尽梨园子弟头[4]。

[注释]

①"汉家"句：本唐赵嘏《长安秋望》"云物凄清拂曙流，汉家宫阙动高秋"。　②"人自"句：本唐刘长卿《重送裴郎中贬吉州》"人自伤心水自流"。　③"今日"句：本唐卢纶《春日登楼有怀》"年来笑伴皆归去，今日晴明独上楼。"　④"白尽"句：本唐孟迟《过骊山》"白尽梨园弟子头"。

忆王孙

吴王此地有楼台[①],风雨谁知长绿苔[②]。半醉闲吟独自来[③]。小徘徊,惟见江流去不回[④]。

[注释]

①“吴王”句:出自唐刘沧《长洲怀古》。 ②“风雨”句:出自唐李运《听话丛台》。 ③“半醉”句:出自高骈《访隐者不遇》。 ④“惟见”句,出自唐窦巩《南游感兴》。

忆王孙

长安不见使人愁[①],物换星移几度秋[②]。一自佳人坠玉楼[③]。莫淹留,远别秦城万里游[④]。

[注释]

①“长安”句:出自李白《登金陵凤凰台》。 ②“物换”句:出自唐王勃《滕王阁诗》。 ③“一自”句:出自唐胡曾《金谷园》。 ④“远别”句:出自唐李涉《再宿武关》。

忆王孙

阵前金甲受降时[①],园客争偷御果枝[②]。白髮宫娃不解悲[③]。理征衣,一片春帆带雨飞[④]。

[注释]

①“阵前”句:出自唐李郢《上裴晋公》。 ②“园客”句:出自唐刘禹锡《题于家公主旧宅》。 ③“白髮”句:出自刘得仁《悲老宫人》。 ④“一片”句:出自唐法振《送友人之上都》。

忆王孙

鹧鸪飞上越王台[①]，烧接黄云惨不开[②]。有客新从赵地回[③]。转堪哀，岩畔古碑空绿苔[④]。

[注释]

①"鹧鸪"句：出自唐窦巩《南游感兴》。　②"烧接"句：出自唐吴融《彭州用兵后经汴洛》。　③"有客"句：唐李远《听话丛台》。　④"岩畔"句：出自唐许浑《凌歊台》。

忆王孙

离宫别苑草萋萋，对此如何不泪垂[①]。满槛山川漾落晖[②]。昔人非，惟有年年秋雁飞[③]。

[注释]

①"对此"句：出自白居易《长恨歌》。　②"满槛"句：出自罗隐《广陵开元寺阁上作》。　③"惟有"句：出自唐李峤《汾阴行》。

忆王孙

上阳宫里断肠时[①]，春半如秋意转迷[②]。独坐纱窗刺绣迟[③]。泪沾衣，不见人归见燕归[④]。

[注释]

①"上阳"句：出自唐顾况《叶上题诗从苑中流出》。　②"春半"句：出自唐柳宗元《柳州二月榕叶落尽偶题》。　③"独坐"句：出自唐朱绛《春女怨》。　④"不见"句：出自唐崔鲁《华清宫》。

忆王孙

华清宫树不胜秋[1],云物凄凉拂曙流[2]。七夕何人望斗牛[3]。一登楼,水远山长步步愁[4]。

[注释]

①“华清”句:出自孟迟《过骊山》。 ②“云物”句:出自唐赵嘏《长安秋望》。 ③“七夕”句:出自唐李嘉祐《早秋京口旅泊……七夕》。④“水远”句:出自唐许浑《将为南行陪尚书崔公……》。

忆王孙

五陵无树起秋风[1],千里黄云与断蓬[2]。人物萧条市井空[3]。思无穷,惟有青山似洛中[4]。

[注释]

①“五陵”句:出自唐杜牧《登乐游原》。五陵,本指汉帝五陵,此借指绍兴南宋帝陵。 ②“千里”句:出自唐冯凭《雨中怨秋》。 ③“人物”句:出自南唐张泌《边上》。 ④“惟有”句:出自唐许浑《金陵怀古》。

[集评]

刘辰翁云:“集句数首,甚婉娩,情至可观。”

孔凡礼云:“夏承焘《周草窗年谱》宋端宗景炎三年(1278)纪事:‘十二月,杨琏真伽发会稽宋帝后陵。’此词首句‘五陵’云云,盖隐约言之,其心亦甚苦矣。”

凤鸾双舞

慈元殿[1],薰风宝鼎,喷香云飘坠。环立翠羽,双歌丽调,舞腰新束,舞缨新缀。金莲步、轻摇彩凤儿,翩翩作戏。便似月里仙娥谪来，人间天上，一番游戏。　　圣人乐意[2]。任乐部、箾韶声沸[3]。众妃欢也，渐调笑微醉。竞奉霞觞，深深愿、圣母寿如松桂。迢递，更万年千岁。

（以上《水云词》）

[注释]

①慈元殿：乃谢太后所居。此词乃咸淳中为寿谢太后而作。　②圣人：谓帝王。《礼记·大传》："圣人南面而治天下。"此谓度宗。　③箾（xiāo）韶：传为舜时乐名，见《说文》。《尚书·益稷》作"箫韶"。

柳梢青

湖上和徐雪江[1]

滟滟平湖，双双画桨，小小船儿。袅袅珠歌，翩翩翠舞，续续弹丝。　　山南山北游□[2]，看十里、荷花未归。缓引壶觞，个人未醉，要我吟诗。

（《永乐大典》卷二千五百七十三"湖"字韵）

[注释]

①徐雪江：与张炎、王沂孙均有唱和。　②□：唐氏按，《大典》原作"丝"，与上韵重，疑误。

暗　香

西湖社友有千叶红梅[1]，照水可爱。问之自来，乃旧内有此种[2]。枝如柳梢，开花繁艳，兵后流落人间。对花泫然承脸而赋[3]

馆娃艳骨[4]。见数枝雪里，争开时节。底事化工，著意阳和暗偷泄。偏把红膏染质，都点缀、枝头如血。最好是、院落黄昏,压栏照水清绝。　　风韵自迥别。谩记省故家[⑤],玉手曾折。翠条袅娜,犹学宫妆舞残月。肠断江南倦客[⑥],歌未了、琼壶敲缺[⑦]。更忍见,吹万点、满庭绛雪[⑧]。

[注释]

①西湖社友:作者南归后,于西湖结诗社;社友:诗社之友。　②旧内:谓宋宫苑。　③承脸:犹满面。　④馆娃:春秋吴宫名。吴人谓美女为娃,吴王夫差作此馆以馆西施。故址在今江苏吴县境内。此借指宋大内。　⑤故家:原谓世家大族。此谓宋宫庭。　⑥江南倦客:作者自谓。⑦琼壶:琼,琼浆,美酒。琼壶谓盛美酒之壶。　⑧绛雪:绛,深红色。此谓红梅如雪片纷飞。

疏　影

西湖社友赋红梅,分韵得落字

虬枝茜萼[①]。便轻盈态度[②],香透帘幕。净洗铅华,浓抹胭脂,风前伴我孤酌。诗翁瘦硬□□□[③],断不被、春风熔铄。有陇头、折赠殷勤[④],又恐暮笳吹落。　　寂寞。孤山月夜[⑤],玉人万里外[⑥],空想前约。雁足书沉[⑦],马上弦哀,不尽寒阴沙漠[⑧]。昭君滴滴红冰泪,但顾影、未忺梳掠。等恁时、环佩归来[⑨],却慰此况萧索[⑩]。

(以上二首见《永乐大典》二千八百零九"梅"字韵引汪元亮词。后者又见影印本《诗渊》第四册)

[注释]

①虬枝茜萼:虬,卷曲。茜,茜草根可作大红色染料,因借指大红色。②便:原作"使",今据明抄本《诗渊》第十四册所引此词改。　③□□□:原缺,据《词律》补。《永乐大典》卷二千八百九引此词,亦缺此三字。　④有陇

头折赠殷勤：陆凯赠范晔诗“折梅逢驿使，寄与陇头人。江南无所有，聊赠一枝春”。见《太平御览》卷九七。引南朝宋盛弘之《荆州记》。 ⑤孤山：“孤山去钱塘旧治四里湖中，独立一峰。”见《舆地纪胜》卷二《临安府·景物上》。 ⑥玉人：喻貌美者，男、女皆可用。此指羁留北方未归友人。 ⑦雁足书沉：雁来去有定候，以帛系雁足得以传书，后因称书札为雁书。王勃《采莲曲》：“还羞北海雁书迟。”此谓书信不达。 ⑧漠：《大典》误作“汉”，今正。 ⑨环佩归来：本杜甫《咏怀古迹》“环佩空归月夜魂”。此乃咏昭君。此昭君，乃指以上所云羁留北方未归之玉人。 ⑩况：《永乐大典》卷二千八百九引《汪元量词》作“兄”，《全宋词》改为“况”。 按：兄谓红梅，作兄是。

[集评]

孔凡礼云：“水云南归后，忆念羁留北方友人，而作此词。”

天 香

迟日侵阶，和风入户，朱弦欲奏还倦。一幅鸾笺，五云飞下[①]，赐予内家琴苑。音随指动，犹仿佛、虞薰再见[②]。妙处谁能解心，和平自无哀怨。 猩罗帕封古洗[③]，有龙涎[④]、渗花千片[⑤]。骤睹瑶台清品[⑥]，眼明如电。爇白桐窗竹几[⑦]，渐缕缕腾腾细成篆。就祝金闺，天长地远。

（《诗渊》第八册）

[注释]

①五云：五色瑞云。杜甫《重经昭陵》：“还有五云飞。”谓皇帝所在。 ②虞薰：相传虞舜作五弦琴，歌《南风》，有“南风之薰兮”句。见《史记·乐书》集解引。 ③猩罗：猩，鲜红色。罗乃质地轻软、经纬组织显椒眼纹织品。 ④龙涎：香名。产海上，因名。和以其他香料，其香加烈，阅久不散，为香中珍品。宋、元间用为熏香。 ⑤渗花：龙涎有渗沙之名，渗花当是其中一种。 ⑥瑶台清品：谓龙涎香。瑶台为仙人所居。此谓香之高贵。 ⑦“爇白”句：爇，点燃。言燃香于桐木作窗之室，置香于竹几之上，香灰呈白色。

瑞鹧鸪

内家雨宿日辉辉[①],夹道桃花张锦机[②]。黄纛软舆抬圣母[③],红罗凉伞罩贤妃。　龙舟缥缈摇红影,羯鼓喧哗撼绿漪[④]。阿监柳亭排燕处[⑤],美人門把玉箫吹。

[注释]

①内家:指皇宫。　雨宿:“雨”当作“两”。疑形近讹。　②道:原作“遥”,误,今正。　③黄纛:帝王乘舆上用的大旗。圣母谓度宗之母谢太后。　④羯鼓:古羯族乐器,声急促高亢。　⑤柳亭:唐玄宗好羯鼓,尝于内庭临轩击鼓,亭下柳杏时正发拆。见《羯鼓录》。此柳亭当为柳树环绕之亭。　柳亭排燕:当用《羯鼓录》故事。燕,通“宴”。

汉宫春

春苑赏牡丹

玉砌雕栏。见吴宫西子[①],一笑嫣然。舞困人间半亸[②],艳粉争妍。珠帘尽卷,看人间、金屋神仙。歌队里,霞裾袅娜,百般娇态堪怜。　别有一枝仙种,更同心并蒂,来奉君筵。猩唇若教解语[③],曲谱应传。柘黄独步[④],昼笼晴,锦幄张天。试剪插,金瓶千朵,醉时细看婵娟。[⑤]

[注释]

①西子:西施。此谓牡丹。　②亸:下垂貌。　③猩唇:指猩红色牡丹。　唇:唐本作“蜃”,疑形近讹。　④柘黄:以柘木汁所染杏黄色。王建《宫中三台词》:“日色柘黄相似,不着红鸾扇遮。”　⑤孔凡礼按:此词脱去调名,今依词律补。

瑶　花

天中树木，高耸玲珑，向濯缨亭曲[①]。繁枝缀玉。开朵朵、九出飞琼环簇[②]。唐昌曾见，有玉女，来送春目[③]。更月夜、八仙相聚[④]，素质粲然幽独。　江淮倦客再游[⑤]，访后土琼英[⑥]，树已倾覆[⑦]，攀条掐干，细嗅来，尚有微微清馥。却疑天上列燕赏，催汝归速。恐后时，重谪人间，剩把铅华装束。

（以上三首俱见《诗渊》第十三册引《水云诗》，
引自孔凡礼《全宋词补辑》）

[注释]

①“天中”三句：此所咏都指琼花。此词，南归后作于扬州。　②九出：花开六瓣者谓六出。《西阳杂俎》：“栀子花六出。”此谓琼花开九瓣。③“唐昌”三句：唐昌谓玄宗女唐昌公主。长安安业坊南有唐昌观，以公主而名。观有玉蕊花，传为公主手植。花发若琼林瑶树。刘禹锡《和严给事闻唐昌观玉蕊花下游仙》：“玉女来看玉蕊花，异香先引七香车。”玉蕊花即琼花。琼花自长安移扬州。　④更月夜八仙相聚：花中有聚八仙，俗名八仙花。《齐东野语》卷十七《琼花》谓琼花绝类八仙花。八仙相聚乃就此加以神话。　⑤江淮倦客：作者自谓。　⑥“访后土琼英”句：《齐东野语》卷十七《琼花》“扬州后土祠琼花，天下无二本”。　⑦树已倾覆：指后土之琼花已砍作薪。

莺啼序

宫中新进黄莺

檀栾宫墙数仞[①]，敞朱帘绣户。正春暖、飘拂和风，衮入红尘香雾。见丝柳青青，袅娜如学宫腰舞。有黄莺、恰恰飞来[②]，一梭金羽[③]。　小巧身儿，锦心绣口，圆滑遽如许。避人，渐飞入琼林藏身，桃杏深处。对银屏、珠圆翠陈，隔叶底、恣歌金缕[4]。忽群妃，拍手惊飞，奋然高举。　晓来雨湿，花娜柳垂，误投罗网去。缓缓访、六宫寻问[5]，玉纤争握。放入金笼，眼娇眉妩。身如旅琐[6]，无心求友。烟窗分影光阴里，听蛮声，似怨还如诉。　青山隔断，红装满眼，谁怜一匊。幽恨难吐，沉香拂拂[7]。亭北阑干[8]，已得君王顾[9]。但暗忆、西湖美景，雨色晴光，入翠穿红，巧转娇语。莺莺休怨天家，已赠金衣公子[10]。生前号这恩荣，物类将何补。娇黄白奏词臣[11]，为尔翻成，太平乐府。

（见《诗渊》第十六册《水云词》，引自孔凡礼《全宋词补辑》）

[注释]

①檀栾：秀美貌，多形容竹。枚乘《梁王兔园赋》："修竹檀栾。"　②恰恰：自然，和谐。杜甫《江畔独步寻花》："自在娇莺恰恰啼。"　③梭：言其迅速。　④金缕：曲调名。亦名《贺新郎》，又名《金缕歌》。　⑤六宫：相传古代天子有六宫。后泛称皇后妃嫔居住之所。　⑥旅琐：旅居困顿。《易经·旅》："旅琐琐，斯其所取灾。"旅谓寄旅，琐谓琐屑杂役。　⑦沉香：香木，入水能沉。　⑧亭北阑干：李白《清平乐》"沉香亭北倚阑干"。⑨君王顾：李白《清平乐》"常得君王带笑看"。　⑩金衣公子：黄莺别名。五代后周王仁裕《开元天宝遗事》卷上："明皇每于禁苑中见黄莺，常呼之为金衣公子。"　⑪娇黄：嫩黄色。此谓黄莺。

[集评]

孔凡礼云："自有词以来，宫中词大半皆宫外词人所为，其典雅、富丽有之，然所乏者情致，隔靴搔痒，不能引人入胜。水云之宫中词则不然。水云给事宫中，固宫中人。宫中人而写熟知之宫中之人、事、物，读来倍觉亲切。就此而言，水云此类词，在词史中自应有其特定地位。今就此词，略作评析。此词写黄莺，首写黄莺飞入宫中，次写群妃逐黄莺，再写黄莺不慎自投罗网，以得君王恩宠告终。其特定环境为宫中。黄莺之形态、心态，黄莺之乐与怨与诈与恨，活脱脱纸上。群妃着墨不多，然群起追逐黄莺之态，直盎然足以传神。”

失调名

宫人鼓瑟奏霓裳曲

绿荷初展。海榴花半吐，绣帘高卷。整顿朱弦，奏霓裳初遍。音清意远。恍然在广寒宫殿[①]，窈窕柔情，绸缪细意，闲愁难剪。　曲中似哀似怨。似梧桐叶落，秋雨声颤[②]。岂待闻铃[③]，自泪珠如霰[④]。春纤罢按[⑤]，早心已笑慵歌懒。脉脉凭栏，槐阴转午，轻摇歌扇。

[注释]

①广寒宫殿：曾慥《类说》卷五引旧题汉郭宪《洞冥记》“月养魄于广寒宫”，以为月中仙宫名。此词作于咸淳间，时给事宫中。　②“似梧桐”二句：本白居易《长恨歌》“秋雨梧桐叶落时”。　③闻铃：本《长恨歌》“夜雨闻铃肠断声”。《明皇杂录》、《杨太真外传》谓玄宗幸蜀初入斜谷，霖雨弥旬，栈道中闻铃声，因悼念杨贵妃。　④霰：雪珠。雨点下降遇冷凝结而成之微小冰粒。　⑤春纤：指女子纤纤素手。

长相思

阿哥儿，阿姑儿。两个天生一对儿，偷吹玉琯儿[①]。
笑些儿，话些儿。罗带同心双绾儿[②]，团团似月儿。[③]

[注释]

①玉琯：玉制古乐器。长一尺，六孔，用以定律。　琯：同“管”。②绾：旋绕打结，盘髮为髻。　③孔凡礼按：此下原有《忆王孙》七首，疑为金元之际全真道士词，今删不录。　注者移作“存目词”。

[集评]

孔凡礼云:“此词赞美少男、少女纯真爱情,笔调欢快,实为水云少作。”

忆秦娥

笑盈盈,晓装扫出长眉青。长眉青,双开雉扇[①],六曲鸳屏[②]。 少年心在尚多情,酒边银甲弹长筝[③]。弹长筝,碧桃花下,醉到三更。

[注释]

①雉扇:即雉尾扇。古仪仗之一。以雉之羽或尾编制而成,用以障翳风尘。乘舆有之。周以为王后夫人之车服,魏晋以来,诸王皆可用。见崔豹《古今注·舆服》。元稹《长庆集》卷十八《酬孝甫见赠》:“雉尾扇开朝日出。” ②六曲鸳屏:鸳屏,绣有鸳鸯屏风。曲,曲折。此屏风当为曲折展开,而非平面一直展开。 ③银甲:银制假指甲。用以弹筝、琵等弦乐,亦称拨。杜甫《陪郑广文游何将军山林》:“银甲弹筝拨。”

[集评]

孔凡礼云:“《忆秦娥》组词七首,代被俘至北之宫人士人立言。此首忆宫人临安少年时宫中生活,情调开朗。”

忆秦娥

雪霏霏,蓟门冷落人行稀[①]。人行稀,秦娥渐老[②],着破宫衣。 强将纤指按金徽,未成曲调心先悲。心先悲,更无言语,玉箸双垂[③]。

[注释]

①蓟门:即蓟丘,此谓大都。蓟丘故地在今北京市德胜门外。 ②秦

娥：本李白《忆秦娥》“秦娥梦断秦楼月”。此谓宫人。 ③玉箸双垂：本《白氏六帖》卷十九“魏甄后面白，泪双垂如玉箸”。指两行清泪。

[集评]

孔凡礼云：“此词写宫人长期流落蓟门之凄凉处境。”

忆秦娥

天沉沉，香罗拭泪行穷阴[①]。行穷阴，左霜右雪，冷气难禁。 几回相忆成孤斟，塞边鞞鼓愁人心。愁人心，北鱼南雁，望到而今。

[注释]

①穷阴：犹穷冬、季冬，谓冬令将尽之际。

[集评]

孔凡礼云：“此写宫人穷冬往边塞之哀愁。宫人留边塞，史籍未载，此可补其遗。”

忆秦娥

水悠悠，长江望断无归舟。无归舟，欲携斗酒，怕上高楼。 当年出塞拥貂裘，更听马上弹箜篌。弹箜篌，万般哀怨，一种离愁。

[集评]

孔凡礼云：“欲归无舟，欲饮无绪，此乃写留燕南人之哀愁。”

忆秦娥

风声恶，个人蕉萃凭高阁[①]。凭高阁，相思无尽，泪珠偷落。　　锦书欲寄鸿难托[2]，那堪更听边城角。边城角，又添烦恼，又添萧索。

[注释]

①蕉萃：同“憔悴”。　②锦书：出晋苏氏致其夫窦滔织锦回文旋图诗，见《晋书·列女列传·窦滔妻苏氏》。此谓致意中人书信。

[集评]

孔凡礼云：“至元十三年南方大批士子被俘北去，分开多少有情人。士子居北方思念之殷，不能形之颜面。盖身为楚囚，不得不尔。水云拈一‘偷’字，道出士子心中凄楚。”

忆秦娥

如何说，人生自古多离别。多离别，年年辜负，海棠时节。　　娇娇独坐成愁绝，胡笳吹落关山月。关山月，春来秋去，几番圆缺。

[集评]

孔凡礼云：“南方海棠花发之际，大地芳菲，春意正盛。而北方此时，坚冰尚未消尽。思念海棠，令人心醉；辜负海棠，令人心碎。水云知士子之心，其词之感人亦在此。”

忆秦娥

马萧萧，燕支山中风飘飘[1]。风飘飘，黄昏寒雨，直是无憀[2]。　　玉人何处教吹箫[3]，十年不见心如焦。心如焦，彩笺难寄，水远山遥。

[注释]

①燕支山：此谓燕山。　②无憀：同“无聊”。温庭筠《菩萨蛮》：“无憀独倚门。”　③“玉人”句：秦穆公时有萧史，善吹箫，穆公女弄玉爱之，遂成夫妇。此句盖用此典。玉人谓心爱之人。

[集评]

孔凡礼云：“‘风声恶’一词，犹有所含蓄；此则直抒胸臆。”

人月圆

钱塘江上春潮急，风卷锦帆飞。不堪回首，离宫别馆，杨柳依依。　蓟门听雨，燕台听雪[①]，寒入宫衣。娇鬟慵理，香肌瘦损，红泪双垂。

（以上十首俱见《诗渊》第二十三册《水云诗》，引自孔凡礼《全宋词补辑》）

[注释]

①燕台：即黄金台、金台。故址在今河北易县南。传战国时燕昭王置千金于台上，以延天下士，故名。参《韵语阳秋》卷六。此处泛指燕都。

太常引

四月梁初八日庆六十[①]

广寒宫殿五云边，看天上、烛金莲[②]。香袅御炉烟。拥彩仗、千官肃然。　世间王母，月中仙子，花甲一周天[③]。乐指沸华年[④]，更福寿，千年万年。

[注释]

①四月初八日庆六十：四月初八日，乃宋理宗之后谢道清生日。见宋吴自牧《梦粱录》卷三“皇太后圣节”条。度宗时，道清为皇太后。道清至

元十三年(1276)年七十,见以下《婆罗门引》注。此词作于度宗咸淳二年(1266)。 ②烛金莲:古代宫廷所用蜡烛,烛台似莲花瓣,故称金莲烛。《宋史·苏轼传》谓召入对便殿,“撤御前金莲烛送归院”。 ③花甲:指六十甲子。天干地支顺次组合为六十位纪序名号,自甲子至癸亥,错综参互相配,故称花甲子或花甲。 ④乐指沸华年:华年,少年。李商隐《锦瑟》:“一弦一柱思华年。”此谓众少年乐手奏乐庆寿。

婆罗门引

四月八日谢太后庆七十

一生富贵,岂知今日有离愁。锦帆风力难收。望断燕山蓟水,万里到幽州①。恨病馀双眼,冷泪交流。 行年已休。岁七十,又平头②。梦破银屏金屋③,此意悠悠。几度□□④。见青冢、虚名不足留⑤。且把酒、细听箜篌。

(以上二首俱见《诗渊》第二十五册《水云诗》,引自孔凡礼《全宋词补辑》)

[注释]

①幽州:谓元都城大都。今北京市。此词作于至元十三年(1276)赴燕途中。 ②平头:十、百、千、万不带零头的整数,又称齐头数。白居易《长庆集》卷十九《登龙尾南望忆庐山旧隐》:“白髮平头五十人。” ③银屏金屋:极言屋宇及室内陈设华丽。 屏:屏风。 ④□□:原缺,据《词律》卷十一补。 ⑤青冢:原谓王昭君墓。此泛指坟墓。

[集评]

孔凡礼云:“此词自太皇太后谢氏立言。上片‘一生’二句,正是谢氏此时心情。水云知谢氏者深。第三句拈出‘难收’二字,盖谓谢氏实不欲行,然风帆既张,即已身不由己。转念燕蓟万里,病躯如何受,故冷泪交流。下片写谢氏于无可奈何之中,自我宽慰,亦系实写。谢氏既举国与人,此时自无颜念及东南。此词之特点即为实写,其历史价值亦在此。”

锦瑟清商引[①]

玉窗夜静月流光，拂鸳弦、先奏清商[②]。天外塞鸿飞呼，群夜渡潇湘。风回处，戛玉铿金，翩翻作新势，声声字字，历历锵锵。忽低颦有恨，此意极凄凉。　炉香帘栊正清洒，转调促柱成行[③]。机籁杂然鸣素手[④]，击碎琳琅。翠云深、梦里昭阳[⑤]。此心长。回顾穷阴绝漠[⑥]，片影悠扬。那昭君更苦，香泪湿红裳。

（见《诗渊》第八册，引自孔凡礼《全宋词补辑》）

[注释]

①孔凡礼按：《诗渊》此词，"凉"字后不空格，不分上下阕。　据"群夜"句，知词作于南归后赴湘途中。　②清商：古五音之一，商声。南北朝时，中原旧曲及江南吴歌、荆楚四声，统称清商。见《魏书·乐志》。　③促柱：急弦。左思《蜀都赋》："起西音于促柱。"　④"机籁"句：机，人为；籁，天籁，自然。琴声中有自然因素，有非自然因素，故谓之杂然。素，白。素手谓奏琴者。　⑤翠云：裘名，翠羽编成云纹之裘。宋玉《讽赋》："主人之女，翳承日之华，披翠云之裘。"　昭阳：汉后宫有昭阳殿。此借指宋后宫后妃所居。　⑥穷阴：犹穷冬。孟浩然《赴京途中遇雪》："穷阴连晦朔，积雪满山川。"

[集评]

孔凡礼云："此亦为思念羁留北方友人而作。"

玉楼春

度宗愍忌长春宫斋醮[①]

咸淳十载聪明帝，不见宋家陵寝废。暂离绛阙九重天[②]，飞过黄河千丈水。　长春宫殿仙璈沸[③]，嘉会今辰为愍忌。小儒百拜酹霞觞，寡妇孤儿流血泪[④]。

（见《诗渊》第九册，引自孔凡礼《全宋词补辑》）

[注释]

①愍忌：死者生日。　度宗悯忌：据《宋史》，度宗生于嘉熙四年（1240）四月九日。　长春宫：即白云观，在今北京市宣武区广安门外。　②绛阙九重天：天宫。　绛阙：宫殿门阙。　九重天：传说天有九重，极言其高。③璈：古乐器。　④寡妇孤儿：寡妇谓度宗之妻全太后，孤儿谓度宗之子，故宋国君赵显。此词作于至元十九年（1283）赵显被遣往上都以前。

[集评]

孔凡礼云："上片写咸淳帝，虚写。一二句赞咸淳帝不见宋社丘墟为聪明，其深意乃在彰新朝之不仁，盖以咸淳帝免于被俘称臣之辱。免于赴大都、上都道途之苦为幸也。轻轻避过新朝眼目。水云用笔，真可谓之聪明矣。第三、四句写咸淳帝离绛阙，过黄河，一则将赴大都受祭，一则以陵寝不能安居，益以彰新朝之不仁。下片写斋醮，实写。'寡妇孤儿'一句写尽太皇太后谢氏、皇太后全氏、帝显艰难、悲惨之处境，令人心酸。"

玉楼春

赋双头牡丹

帝乡春色浓于雾，谁遣双环堆绣户[①]。金张公子总封侯[②]，姚魏弟兄皆裂土[③]。　碧纱窗下修花谱，交颈鸳鸯娇欲语。绛绡新结转官球[④]，桃李仆奴何足数。

（见《诗渊》第十四册，引自孔凡礼《全宋词补辑》）

[注释]

①"谁遣"句：《苏轼诗集》卷十三《谢郡人田贺二生献花》"不愁家四壁，自有锦千堆"。　双环：谓双头牡丹。　②金张：汉金日磾家，自武帝至平帝，七世为内侍。张汤后世，自宣帝、元帝以来，为侍中、中常侍者十

馀人。此借喻各种牡丹竞相开放。 ③姚魏:姚黄、魏紫,牡丹名品。范成大《石湖集》卷三十《再赋简养正》:“一年春色摧残尽,更觅姚黄魏紫看。” ④转官球:牡丹之一种。

存目词

调名	首句	出处	附注
忆王孙	神州稳驾出现流	《诗渊》二十三册引《水云诗》	孔凡礼按:此所录之七首与见于《全宋词》之九首,格调各异。疑为金元之际全真道士词。今删不录
忆王孙	修行谁会把心降	同上	同上
忆王孙	从初得得便风流	同上	同上
忆王孙	心中无事气神和	同上	同上
忆王孙	尘寰财色苦相萦	同上	同上
忆王孙	无无无有有无无	同上	同上
忆王孙	茫茫苦海两无边	同上	同上

王学文

王学文,号竹涧,眉山(今属四川)人。其他不详。《词学丛书》本元《草堂诗馀》云:《天下同文集》作竹涧杨学文,字必节。

摸鱼儿

送汪水云之湘

记当年、舞衫零乱,霖铃忍按新阕[①]。杜鹃枝上东风晚,点点泪痕凝血。芳信歇。念初试琵琶,曾识关山月。悲弦易绝。奈笑罢颦生,曲终愁在,谁解寸肠结。　浮云事,又作南柯梦彻[②]。一簪聊寄华发。乾坤桑海无穷事,才历昆明初劫[③]。谁共说。都付与焦桐[④],写入梅花叠[⑤]。黄花送客。休更问湘魂[⑥],独醒何在,沉醉浩歌发。

(元《草堂诗馀》卷中)

[注释]

①霖铃:即《雨霖铃》,唐教坊曲名。传为唐玄宗作。见《碧鸡漫志》卷五。此谓宋宫中所奏曲。　②南柯梦彻:唐李公佐作《南柯记》,叙淳于棼梦中富贵事。此借谓宋时事,全为一梦。　③昆明初劫:汉武帝穿昆明池底,得黑灰。问西域人法兰,云:"世界终尽,劫火洞烧,此灰是也。"见《高僧传》卷一《竺法兰》。此谓元代宋后,继续经历劫运。　④焦桐:东汉蔡邕曾用烧焦桐木造琴,后因称琴为焦桐。　⑤梅花叠:反复咏唱词句谓叠。梅花谓《梅花落》,笛中曲。　⑥湘魂:谓屈原。下之"独醒",用屈原"众人皆醉我独醒"语。

存目词

调名	首句	出处	附注
曲游春	千树玲珑草	《汇选历代名贤词府全集》卷六	赵功可词，见元《草堂诗馀》卷中
柳梢青	客里凄凉	《历代诗馀》卷三十	同上
桂枝香	晓天凉露	《历代诗馀》卷七十二	同上
绮寮怨	忽忽东风又老	《历代诗馀》卷八十三	同上

王清惠

王清惠,字冲华。度宗昭仪(女官名)。宋亡徙北,教授瀛国公赵显读书。至元十九年(1282),随显赴上都,二十年随显赴北地,至居延、天山。归为女道士,旋卒。见《增订湖山类稿》附录《汪元量事迹编年》。

满江红[①]

太液芙蓉,浑不似、旧时颜色[②]。曾记得,春风雨露,玉楼金阙。名播兰簪妃后里,晕潮莲脸君王侧[③]。忽一声,鼙鼓揭天来,繁华歇。　　龙虎散,风云灭[④]。千古恨,凭谁说?对山河百二[⑤],泪盈襟血。客馆夜惊尘土梦[⑥],宫车晓碾关山月。问嫦娥,于我肯从容,同圆缺。

(《浩然斋雅谈》卷下)

[注释]

①满江红:《古香岑批点草堂诗馀四集》有此词,题作《自述》。此词作于元世祖至元十三年(1276)被俘赴燕途中。《浩然斋雅谈》卷下谓题于"汴京夷山驿"。《汴京遗迹志》卷四谓汴京有夷山,以山之平夷而得名。唐氏按:此首《东园客谈》、《佩楚轩客谈》、《渚山堂词话》卷一,俱谓张琼英作。　②太液芙蓉:太液,汉武帝时宫苑池名。　③晕潮莲脸:指妇女脸上所泛起之红润美丽光彩。《古香岑批点草堂诗馀四集·别集》卷三作"欢承笑语"。　④龙虎散:《易经·乾》"云从龙,风从虎"。龙虎,喻南宋君臣。风云,喻国家威势。　⑤山河百二:《史记·高祖本纪》谓河山之险,"秦得百二"。意为秦兵二万可敌诸侯兵百万。此谓南宋山川。⑥客馆:旅舍。

[集评]

文天祥云:"王夫人至燕题驿中云云,中原传诵,惜末句少商量。"

（《文山先生全集》卷十四）

刘辰翁云："结句欠商量。"（清汪森抄本刘辰翁批点《湖山类稿》）

沈际飞云："河山千古恨，出自妇人口，已愧鬒眉男子。"又："文山黄冠之志，昭仪女冠之请，先后合辙。'从容圆缺'语，未可遽贬。"（《古香岑批点草堂诗馀四集·别集》卷三）

徐士俊云："岳之悲壮，王之凄凉，宫怨边愁，风景一时尽矣。"（按：此词之前，为岳飞《满江红》。）（《诗馀广选》卷十二）

孔凡礼云："游仙天上，与不事元正等，未可责之。"

章丽贞

章丽贞,宋宫人。其馀不详。

长相思

吴山秋,越山秋。吴越两山相对愁,长江不尽流。　　风飕飕,雨飕飕。万里归人空白头,南冠泣楚囚[①]。

(《宋旧宫人诗词》)

[注释]

①“南冠”句:指亡国伤痛。春秋时钟仪被郑国俘,解送晋国。《左传·成公九年》载,晋侯观于军府,问“南冠而絷者谁也”,有司答以“郑人所献楚囚”。南冠,楚人冠名。后遂以南冠为羁囚代称。

袁正真

袁正真，宋宫人。其馀不详。

长相思

南高峰[1]，北高峰[2]。南北高峰云淡浓，湖山图画中。
采芙蓉，赏芙蓉。小小红船西复东，相思无路通。

（《宋旧宫人诗词》）

[注释]

①南高峰：在杭州南山。见《西湖游览志》卷三。　②北高峰：在杭州北山。见《西湖游览志》卷十。南、北高峰皆胜迹。

金德淑

金德淑,宋宫人。沈雄《古今词话》卷上引《乐府纪闻》:适章丘李生。其他不详。

望江南[①]

春睡起,积雪满燕山。万里长城横玉带,六街灯火已阑珊,人立蓟楼间。　　空懊恼,独客此时还。辔压马头金错落,鞍笼驼背锦斓班。肠断唱门关[②]。

(《宋旧宫人赠汪水云南还词》)

[注释]

①唐氏按:此首亦见《宋旧宫人诗词》,作单调。　②唱门关:唐氏按,"门"字疑误,似应是"阳"字。

[注释]

王弈清等《历代词话》卷八:"章丘先生至元都,旅次无聊,对月歌曰:'万里倦行役,秋来瘦几分。因看河北月,忽忆海东云。'夜静闻邻妇有倚楼而泣者。明日访之,则宋宫人金德淑也。询李曰:'客非昨暮悲歌人乎?词乃佳制否?'李曰:'歌非已作,有同舟人自杭来吟此,故记之耳。'妇泣曰:'此亡宋昭仪王清惠所寄汪水云诗。'因自举其《望江南》词,云:'春睡起……'后遂委身于生。"(出《乐府纪闻》。按:此殆传闻小说之类,事非必如此。录之以广见闻耳。)

连妙淑

连妙淑，宋宫人。其他不详。

望江南

寒料峭，独立望长城。木落萧萧天远大[①]，□声羌管遏云行[②]。归客若为情。　樽酒尽，勒马问归程。渐近芦沟桥畔路[③]，野墙荒驿夕阳明。长短几邮亭。

（《宋旧宫人赠汪水云南还词》）

[注释]

①萧萧：唐氏按，原只一“萧”字，臆补。　②□：唐氏按，空格据律补。③卢沟桥：在北京市西南，跨永定河上。初建于金章宗大定二十九年，成于明昌三年，为交通要道。

黄静淑

黄静淑，宋宫人。其他不详。

望江南

君去也，晓出蓟门西。鲁酒千杯人不醉[1]，臂鹰健卒马如飞[2]。回首隔天涯。　　云黯黯，万里雪霏霏。料得江南人到早，水边篱落忽横枝。清兴少人知。

（《宋旧宫人赠汪水云南还词》）

［注释］

①鲁酒：《庄子·祛箧》“鲁酒薄而邯郸围”，因称薄酒为鲁酒。②臂鹰：《增订湖山类稿》卷三《幽州歌》“臂鹰解带忽放飞”。

陶明淑

陶明淑，宋宫人。其他不详。

望江南

秋夜永，月影上阑干。客枕梦回燕塞冷[①]，角声吹彻五更寒。无语翠眉攒。　　天渐晚，把酒泪先弹。塞北江南千万里，别君容易见君难。何处是长安。

（《宋旧宫人赠汪水云南还词》）

[注释]

①燕塞：燕都近塞外。此犹言燕都，盖身居燕都，犹居塞外也。　寒：唐氏按，据文义改“冷”。

柳华淑

柳华淑,宋宫人。其他不详。

望江南

何处笛,觉妾梦难谐。春色恼人眠不得,卷帘移步下香阶。呵冻卜金钗[1]。　人去也,毕竟信音乖[2]。翠锁双蛾空宛转,雁行筝柱强安排[3]。终是没情怀。

(《宋旧宫人赠汪水云南还词》)

[注释]

①卜金钗:以金钗卜归。　②乖:不通。　③雁行筝柱:指筝柱上排列作雁行的徽带。

杨慧淑

杨慧淑，宋宫人。其他不详。

望江南

江北路，一望雪皑皑。万里打围鹰隼急[①]，六军刁斗去还来[②]。归客别金台。　　江北酒，一饮动千杯。客有黄金如粪土，薄情不肯赎奴回。挥泪洒黄埃。

（《宋旧宫人赠汪水云南还词》）

［注释］

①打围：打猎。猎时合转，故曰打围。　鹰隼：打猎所用凶猛之鸟。《增订湖山类稿》卷三《斡鲁垛观猎》："快鹰已落蓟水畔。"　②刁斗：古代行军用具，见《史记·李将军列传》；《索隐》谓乃小铃，如宫中传夜铃。

华清淑

华清淑,宋宫人。其他不详。

望江南

燕塞雪[1],片片大如拳。蓟上酒楼喧鼓吹,帝城车马走骈阗[2]。羁馆独凄然。　燕塞月,缺了又还圆。万里妾心愁更苦,十春和泪看婵娟。何日是归年。

（《宋旧宫人赠汪水云南还词》）

［注释］

①燕塞:犹言燕都。以下"蓟上"意同。"塞",原讹作"寒"。　②骈阗:市集连属。《洛阳伽蓝记》卷四《城西永明寺》:"奇花异草,骈阗阶砌。"

梅顺淑

梅顺淑,宋宫人。其他不详。

望江南

风渐软,暖气满天涯。莫道穷阴春不透[①],今朝楼上见桃花。花外碾香车。　　围步帐,羯鼓杂琵琶。压酒燕姬骑细马[②],秋千高挂彩绳斜。知是阿谁家。

（宋旧宫人赠汪水云南还词）

[注释]

①穷阴:隆冬季节。　②压酒燕姬骑细马:压酒,米酒酿制将熟时,压榨取酒。李白《金陵酒肆留别》:“吴姬压酒劝客尝。”细马,小马。

吴昭淑

吴昭淑,宋宫人。其他不详。

望江南

今夜永,说剑引杯长。坐拥地炉生石炭①,灯前细雨好烧香。呵手理丝簧。　君且住,烂醉又何妨。别后相思天万里,江南江北永相忘。真个断人肠。

(《宋旧宫人赠汪水云南还词》)

[注释]

①地炉:火炕。　石炭:即煤。

周容淑

周容淑，宋宫人。其他不详。

望江南

春去也，白雪尚飘零。万里归人骑快马，到家时节藕花馨。那更忆长城。　妾薄命，两鬓渐星星。忍唱乾淳供奉曲①，断肠人听断肠声。肠断泪如倾。

（《宋旧宫人赠汪水云南还词》）

[注释]

①乾淳：乾道（1165—1173）、淳熙（1174—1189），皆宋孝宗年号。供奉曲：宫廷内演奏的歌曲。

吴淑真

吴淑真,宋宫人。其他不详。

霜天晓角

塞门桂月[①],蔡琰琴心切[②]。弹到笳声悲处,千万恨、不能雪。　愁绝,泪还北。更与胡儿别。一片关山怀抱,如何对、别人说。[③]　(《宋旧宫人赠汪水云南还词》)

[注释]

①塞门桂月:宋宫人称燕都为燕塞、塞门,盖谓身居燕都,犹居塞上。桂月,八月。　②蔡琰:蔡文姬。此乃自况。　③右听水云弹《胡笳十八拍》因而有作。

张琼英

张琼英，王清惠位下宫人。《宋旧宫人诗词》载其诗一首。其他不详。

满江红[①]

题南京夷山驿[②]

太液芙蓉，浑不似、丹青颜色。常记得、春风雨露，玉楼金阙。名播兰簪妃后里，晕生莲脸君王侧。忽一声、鼙鼓拍天来[③]，繁华歇。　龙虎散，风云灭。千古恨，凭谁说。对山河百二，泪痕沾血。客馆夜惊尘土梦，宫车晓转关山月。问嫦娥、垂顾肯相容，同圆缺。

（《佩楚轩客谈》）

[注释]

①唐氏按：《东园客谈》亦云，或传张琼英所赋。惟文天祥《指南后录》、《浩然斋雅谈》、《辍耕录》俱以为王清惠作，疑较是，姑两收之。又，刘辰翁选批《湖山类稿》卷五附录此词，亦谓为王清惠作。　②南京夷山驿：周密《浩然斋雅谈》卷下录此词，“南京”作“汴京”。据明李濂《汴京遗迹志》卷四，汴京有夷山。　③鼙（pí）鼓：古代军中用的一种鼓。《全宋词》为“鞞鼓”，误，今改正。

詹 玉

詹玉,字可大,号天游,古郢(今湖北江陵)人。官翰林学士。天游词,《全宋词》考定辑录十三首。词中感怀诸作,格调深沉,其微义不可以骤得之,盖时代使然尔。言情词有佳作。

霓裳中序第一

至元间,监醮长春宫[①],偶见羽士丈室古镜,状似秋叶,背有金刻"宣和玉宝"四字[②],有感因赋

一规古蟾魄[③],瞥过宣和几春色。知那个、柳松花怯。曾磋玉团香[④],涂云抹月。龙章凤刻[⑤]。是如何、儿女消得。便孤了、翠鸾何限[⑥],人更在天北。 磨灭,古今离别。幸相从、蓟门仙客。萧然林下秋叶。对云淡星疏,眉青影白[⑦]。佳人已倾国[⑧]。赢得痴铜旧画[⑨]。兴亡事,道人知否,见了也华髪[⑩]。

[注释]

①至元:元世祖忽必烈年号。 长春宫:今北京市白云观。 ②宣和:宋徽宗年号(1119—1125)。 ③一规古蟾魄:圆形为规。《荀子·劝学》:"其曲中规。"镜圆形,故以规称。蟾魄为月别称,今指镜。 ④香:《古香岑批点草堂诗馀四集·别集》卷四注文谓"一作'春'"。 ⑤凤:《古香岑》谓一作"飞"。疑作"飞"是。 ⑥翠鸾:翠,翠华,用翠羽饰于旗竿顶上之旗,为皇帝仪仗。鸾,鸾车,有铃之车乘,行则铃声如鸾鸣,乃人君所乘。 ⑦青:《古香岑》谓一作"清"。 ⑧佳人倾国:出《汉书·外戚传》李延年歌。佳人,谓美人。 ⑨漫赢得痴铜旧画:"漫"原缺。《古香岑》校:"一本缺'漫'字,误。"今补。痴铜,谓古镜。 ⑩见了也华髪:《东坡乐府》卷上《念奴娇》"故国神游,多情应笑我,早生华髪"。盖隐含"早

生”二字。

［集评］

沈际飞云：“古藻。”又云：“神在霞气之表。”（《古香岑批点草堂诗馀四集·别集》卷四）

孔凡礼云：“‘翠鸾’谓徽宗，盖有怀故国也。”

汉宫春

题西山玉隆宫[1]

吟髮萧萧，正古槎秋入[2]，河汉银涛。红云甚家院落，一片笙箫。晋时言语[3]，问何人、还肯逍遥。知几度、落花啼鸟，乡歌犹在儿曹。　游帷旧时明月[4]，照满庭空翠，剪剪春梢。西山笑人底事，流浪宫袍。江湖近日，说神仙、多在渔樵。[5]千古意，水沉香里[6]，孤枫阴落重霄[7]。

［注释］

①西山：北京西郊名胜。为太行山支脉，众山连接，山名甚多，总名曰西山。　②正古槎秋入：槎，竹、木筏。《博物志》卷三谓天河与海通，并云：“年年八月，有浮槎去来不失期。”杜甫《秋兴》：“奉使虚随八月槎。”作者至西山，乃八月事，以天河喻西山。　③晋时言语：陶潜《桃花源记》叙武陵人入桃花源，村中人“问今是何世，乃不知有汉，无论魏晋”。此暗用其意，言西山安详静谧，与桃花源相似。　④游帷：帷，帐幕。联系以下“流浪宫袍”句，作者盖尝入人幕府，游访各地。　⑤说神仙：“说”原无此字，据《天游词》补。　⑥水沉香：沉香乃香木，可作熏香料。其黑色芳香，脂膏凝结为块，入水能沉，故名水沉香。　⑦孤枫阴落重霄：《全宋词》注，此六字原缺，据《天游词》补。

［集评］

孔凡礼云：“此词主旨，在‘神仙多在渔樵’；末三句则谓此玉隆宫即神仙所居。”

多 丽

念 念

晚云归，小楼又作阴凉。霎儿间，恨桐招雨，西风叶叶商量。醒时心、又还南浦[1]，愁边句、多在斜阳。菱碗笼青，莲瓶拖艳，旋倾花水咽茶香。怨蛩有、许多言语，说动软心肠。夜沉沉，几条凉月，界破晴窗。 共绣帘吹絮未久，却孤剑水云乡[2]。自家书、未能成字，邻家笛、且莫吹商[3]。好梦偏悭，闲情未了，隔墙又唱秋娘[4]。怕绡依、旧时香摺，戏封做书囊[5]。鸳鸯字，见时千万，绣一双双。

[注释]

①南浦：泛指面南水边。屈原《九歌·河伯》："送美人兮南浦。"后多泛指送别处。 ②水云乡：《苏轼诗集》卷十三《和章七出守湖州》"高情犹爱水云乡"。指隐居之地。 ③吹商：《荀子·王制》注，商谓哀思之声。 ④秋娘：乃谢秋娘，唐李德裕家姬。姬死，德裕作《望江南》曲。见唐段安节《乐府杂录》。 ⑤书囊：《太平御览》卷六百九十九引《益部耆旧传》："汉文帝连上事书囊以为帐。"此则谓连旧时香摺以为帐。

[集评]

沈际飞云："（上片）偶句流。"又云："（下片）冲口成工，'商'字妙；又，修收时千思万想；又，意承前，不嫌字复。"（《古香岑批点草堂诗馀四集·别集》卷四）

孔凡礼云："此词为思念情人而作。上片与情人相会，下片别情人。情真意切，感人至深。昔人论词，谓'造语贵新'（《词旨》）。此词'几条凉月，界破晴窗'属之。"

桂枝香

题写韵轩①

紫薇花露，潇洒作凉云，点商勾羽②。字字飞仙，下笔一帘风雨。江亭月观今如许。叹飘零、墨香千古。夕阳芳草，落花流水，依然南浦。　甚两两、凌风驾虎。恁天孙标致③，月娥眉妩。一笑生春，那学世间儿女。笔床砚滴曾窥处，有西山、青眼如故④。素笺寄与，玉箫声彻，凤鸣鸾舞。

［注释］

①写韵轩：赵功可斋名。赵有《和詹天游就访》词。　②点商勾羽：指合乎五音中的商羽之音。　③天孙：星名，即织女星。《史记·天官书》："织女，天孙也。"　④青眼：眼睛青色，其旁白色。正视见青，斜视见白。晋阮籍见凡俗之士，对以白眼；嵇康至，大悦，对以青眼。见《晋书·阮籍传》。后因谓对人重视曰青眼。

渡江云

春江雨宿

掩阴笼晚暝，商量清苦，阵阵打篷声。分明都是泪，不道今宵，篷底有离人。松涛摇睡，梦不稳、难湿巫云。几点儿、泪痕跳响，休要醒时听。　销魂。灯下无语，□泣梨花①，掩重门夜永。应是添、伤春滋味，中酒心情②。东风湖上香泥软，明日去、天色须晴。相见也，洛阳沽酒旗亭③。

［注释］

①□泣：唐氏按，"泣"字原空，据《天游词》补。　②中酒：酒酣，出

《史记·樊郦滕灌列传》。后多以中酒称醉酒。杜牧《樊川集》卷三《睦州四韵》:“中酒落花前。” ③旗亭:酒楼。李贺《歌诗编》卷三《开愁歌》:“旗亭下马解秋衣,请贳宜阳一壶酒。”

[集评]

沈际飞云:“笔势逶迤倾注。”又云:“其喑呜啁哳,商舟淹留,惊心骇听。”(《古香岑批点草堂诗馀四集·别集》卷四)

三姝媚

古卫舟[①]。人谓此舟曾载钱塘宫人

一篷儿别苦。是谁家、花天月地儿女。紫曲藏娇[②],惯锦窠金翠,玉璈钟吕[③]。绮席传宣[④],笑声里,龙楼三鼓[⑤]。歌扇题诗,舞袖笼香,几曾尘土。　因甚留春不住。怎知道人间,匆匆今古。金屋银屏,被西风吹换,蓼汀蘋渚。如此江山,应悔却、西湖歌舞[⑥]。载取断云何处,江南烟雨。

[注释]

①古卫:地名。南宋亡后,古卫一舟,曾载钱塘宫人赴北。见叶申芗《本事词》。 ②紫曲:本张炎《台城路》“欢游曾步翠窈。乱红迷紫曲,芳意今少”。盖谓宫人所居。紫言其色,曲谓曲折回绕。 ③璈:古乐器。《类说》卷一《汉武帝内传》:“上元夫人自弹云林之璈。” ④绮席:绮,素地织纹起花之丝织物。绮席谓贵人。 ⑤龙楼:帝王宫阙。 ⑥西湖歌舞:本林升《题临安邸》“西湖歌舞几时休”。

[集评]

况周颐云:“《一萼红》云:‘闲著江湖尽宽,谁肯渔蓑。’忠愤至情,流溢行间句里。《三姝媚》云:‘如此江山,应悔却、西湖歌舞。’则尤慨乎言之。”(《蕙风词话》卷三)

一萼红

泊沙河[①]。月钩儿挂浪，惊起两鱼梭。浅碧依痕，嫩凉生润，山色轻染修蛾。钓船在、绿杨阴下，蓦听得、扇底有吴歌。一段风情，西湖和靖[②]，赤壁东坡。　往事水流云去，叹山川良是，富贵人多。老树高低，疏星明淡，只有今古销磨。是几度、潮生潮落，甚人海，空只恁风波。闲著江湖尽宽，谁肯渔蓑。

[注释]

①沙河：《舆地纪胜》卷二《临安府》谓沙河有三，外沙、中沙 、里沙。②和靖：乃林逋。逋字君复，钱塘人。隐居西湖孤山。卒谥和靖先生。《宋史》有传。

[集评]

况周颐云："'闲著江湖尽宽，谁肯渔蓑。'忠愤至情，流溢行间句里。"（《蕙风词话》卷三）

齐天乐

赠童瓮天兵后归杭[①]

相逢唤醒金华梦[②]，吴尘暗斑吟鬓[③]。倚担评花，认旗沽酒，历历行歌奇迹。吹香弄碧。又坡柳风情[④]，逋梅月色[⑤]。画鼓红船，满湖春水断桥客[⑥]。　当时何限怪侣，甚花天月地，人被云隔。却载苍烟[⑦]，更招白鹭，一醉修江又别[⑧]。今回记得。再折柳穿鱼，赏花催雪。如此湖山，忍教人更说。

[注释]

①童瓮天:明杨慎《词品》谓失其名氏,“有《瓮天脞语》一卷传于今”。已佚。词作于德祐之变后,时在修江。　②金华:《词品》卷五作“京”,可从。京华谓杭州。　③吴尘暗斑吟鬓:《词品》“吴”作“胡”。杜荀鹤《秋晨有感》:“吟鬓不长黑。”词人自谓。　④坡柳风情:苏轼(东坡)有《洞仙歌·咏柳》。见《东坡乐府》卷上。　⑤逋梅月色:林逋《山园小梅》其一,“暗香浮动月黄昏”。　⑥断桥:桥名。在浙江杭州市孤山边。以孤山之路,至此而断,故自唐以来皆呼为断桥。参周密《武林旧事》卷五、田汝成《西湖游览志》卷二。　⑦苍烟:青色烟,炊烟。　⑧修江:《元丰九域志》卷六《江南东路·南康军·建昌》有修江,今江西境内。

[集评]

杨慎云:“詹天游以艳词得名,见诸小说。其送童瓮天兵后归杭《齐天乐》云:(略)此伯颜破杭州之后也。观其词全无黍离之感,桑梓之悲,而止以游乐言。宋末之习,上下如此,其亡不亦宜乎。”(《词品》卷五)

丁绍仪云:“《词品》讥此词‘止以游乐为言’,真是无目人语。以下云:“篇中第一句即寓沧桑之慨。前阕‘倚担’、‘认旗’、‘吹香弄碧’,追喟时事,隐然言表。后阕‘花天月地,人被云隔’,似指贾似道一辈言。至后结二语,更明明点破矣。”(《听秋声馆词话》)

况周颐云:“‘如此湖山,忍教人更说。’看似平淡,却含有无限悲凉。以此二句结束全词,可知弄碧吹香,无非伤心惨目,游乐云乎哉:曲终奏雅,吾谓天游,犹为敢言。”又云:此词“极慷慨低徊之致”。(《蕙风词话》卷三)

阮郎归

闺　情

斜河一道界相思[①],好秋都上眉。鸾笺象管写心啼[②],搦愁题做诗。　　添别恨,卜欢期,灯花红几时。看看月上小窗儿[③],夜香今夜迟。　(以上九首元《草堂诗馀》卷上)

[注释]

①界:隔开。 ②鸾笺象管:纸笔。罗隐《清溪江令公宅》:“鸾笺象管夜深时,曾赋陈宫第一诗。” ③看看:渐渐。

[集评]

沈际飞评上片云:“精切灵妙透情。”评下片云:“不开人便径。”(《古香岑批点草堂诗馀四集·别集》卷一)

八声甘州

寿张尚书

从黄石容履[①],一编书,曾佐汉王关。甚殷勤佳约,茹芝人共,引鹤差鸾。借手便成羽翼,方略正如闲[②]。说道赤松去[③],还在人间。 紫绶青春如许,是南辰尊宿[④],北斗天官。问沙堤早晚[⑤],喜色满长安。传宣能勾凤诏[⑥],便玉除前面领仙班[⑦]。功名了,却茶烟琴月,慢慢东山[⑧]。 (《翰墨大全》丙集卷十四)

[注释]

①黄石:乃黄石公,秦时隐士。张良刺秦始皇不中,匿下邳,于圯上遇之,为拾履。乃授以《太公兵法》,曰“读此则为王者师”。见《史记·留侯世家》。 ②“其殷勤”五句:叙张良出计迎商山四皓、辅太子,太子得不废。此谓张尚书有安社稷之功。四皓为东园公、绮里季、夏黄公、甪里先生。见《史记·留侯世家》。 ③赤松:传说中仙人。《史记·留侯世家》:“愿弃人间事,欲从赤松子游。” ④南辰:谓南极老人星。见《史记·天官书》。杜甫《赠韩谏议》:“南极老人应寿昌。” ⑤沙堤:即沙道。唐宰相出行,载沙填路。此祝张尚书将为相。 ⑥凤诏:即诏书。《初学记》引《邺中记》:“石虎为诏书,著所作凤口中,凤既衔诏,侍人放数百丈绳,辘轳回转,凤飞下,谓之凤诏。” ⑦玉除:玉阶。曹植《赠丁仪》:“凝霜依玉除,清风飘飞阁。” ⑧东山:山名。在浙江上虞,晋谢安早年隐此。

临安、金陵亦有东山，为安游憩所。后遂以东山指隐居。

桂枝香

丙子送李倅东归①

沉云别浦。又何苦扁舟，青衫尘土。客里相逢，洒洒舌端飞雨。只今便把如伊吕，是当年、渔翁樵父。少知音者，苍烟吾社，白鸥吾侣。　是如此英雄辛苦。知从前、几个适齐去鲁②。一剑西风③，大海鱼龙掀舞④。自来多被清谈误，把刘琨、埋没千古⑤。扣舷一笑，夕阳西下，大江东去。

（《翰墨大全》庚集卷十五）

[注释]

①丙子：当宋恭帝德祐二年、元世祖至元十三年。是岁，元兵入临安。倅：官名，佐知州、知府为其副。　②适齐去鲁：鲁乃父母之邦，见《孟子·万章下》。此谓降元者少。　③一剑西风：西风萧杀，而又临之以一剑，盖谓元兵入临安后，抗元尚在继续。　④鱼龙：古杂戏。《汉书·西域传·赞》云及“曼衍鱼龙”，乃变幻之戏术。鱼龙先为兽，入水，化成鱼，跳跃漱水，作雾障日，化成黄龙八丈，出水敖戏于庭，炫耀日光。　⑤刘琨：字越石。生当西、东晋之交，有志恢复中原。曾任大将军，都督并、冀、幽三州军事。《晋书》有传。

浣溪沙

赠粉儿①

淡淡青山两点春，娇羞一点口儿樱。一梭儿玉一㛹云②。　白藕香中见西子，玉梅花下遇昭君。不曾真个也销魂。

[注释]

①赠粉儿:此三字原缺,据《诗馀广选》卷四补。《古今词话·词话》下卷引《乐府纪闻》谓故宋都尉杨震招詹玉宴,出诸姬,玉属意粉儿者,占此词,震遂赠之。《词林纪事》卷二十一《诗词馀话》引此则杨震作杨镇。 ②一梭儿玉一娲云:本李煜《长相思》"云一娲,玉一梭。淡淡衫儿薄薄罗。轻颦双黛螺"。女子头髮一束为娲,云谓髪之多。梭谓玉簪。又谓云为手,梭谓敏捷。

[集评]

徐士俊云:"'见西'二字,宜作平仄。"(《诗馀广选》卷四)

沈雄云:"时传天游以艳词得名。"(《古今词话·词话》下卷)

《诗词馀话》云:"詹可大风流才思,不减昔人。"(张宗棣《词林纪事》卷二十一引)

庆清朝慢

红雨争妍,芳尘生润,将春都揉成泥。分明蕙风薇露[①],持搦花枝。款款汗酥薰透[②],娇羞无奈湿云痴。偏厮称,霓裳霞佩,玉骨冰肌[③]。 梅不似,兰不似,风流处,那更著意闻时。蓦地生绡金扇底,嫩凉浮动好风微。醉得浑无气力,海棠一色睡胭脂[④]。闲滋味,殢人花气[⑤],韩寿争知[⑥]。

(以上二首《诗词馀话》)

[注释]

①蕙风:夹带花草芳香之风。 左思《魏都赋》:"蕙风如薰。" ②款款:徐缓貌。杜甫《曲江》:"点水蜻蜓款款飞。" ③玉骨冰肌:本《东坡乐府》卷上《洞仙歌》"冰肌玉骨,自清凉无汗"。 ④"醉得"二句:《太真外传》,明皇登沉香亭,召太真。时宿酒未醒,命高力士及侍儿扶掖而至。醉颜残妆,钗横鬓乱,不能再拜。明皇笑曰:"海棠春睡未足耶!" ⑤殢:引逗、烦扰。 ⑥韩寿:晋南阳人。美姿容。贾充少女爱之,偷父藏西域奇香以赠。充得其实,以女妻寿。见《晋书·贾充传》。

存目词

调名	首句	出处	附注
六丑	似东风老大	《天游词》	彭元逊词,见元《草堂诗馀》卷上
临江仙	自结床头麈尾	同上	同上
满江红	翠袖馀寒	同上	同上
木兰花慢	爱幽花带露	同上	曹通甫词,见元《草堂诗馀》卷上
洞仙歌	醉骑黄鹤	同上	滕宾词,见元《草堂诗馀》卷上
点绛唇	缟袂啼香	同上	同上
蝶恋花	微雨烧香馀润气	同上	彭元逊词,见元《草堂诗馀》卷上
蝶恋花	日晚游人酥粉涴	同上	同上
瑞鹧鸪	背人西去一莺啼	同上	同上
瑞鹧鸪	东洲游伴寄兰桡	同上	同上
临江仙	白髮壮心犹未减	同上	谢醉庵词,见元《草堂诗馀》卷上
月下笛	江上行人	同上	彭元逊词,见元《草堂诗馀》卷上

调　名	首　句	出　处	附　注
归朝欢	画角西风轰万鼓	《天游词》	滕宾词，见元《草堂诗馀》卷上
清平乐	醉红宿翠	《草堂诗馀别集》卷一	石孝友词，见《金谷遗音》

王沂孙

王沂孙,字圣与,号碧山,又号中仙、玉笥山人,会稽(今浙江绍兴)人。生卒年不可确考。与周密、张炎辈交游。入元,曾与庆元路学正。碧山颇负才华,张炎称其"能文工词,琢语峭拔,有白石意度"(《琐窗寒》序)。其词有故国社稷之悼,伤别相思之语,缠绵哀婉;咏物词占半数之多。今存词六十四首,另有存目词二首及少许断句。有《花外集》,又名《碧山乐府》。

天　香[1]

龙涎香[2]

孤峤蟠烟[3],层涛蜕月,骊宫夜采铅水[4]。讯远槎风[5],梦深薇露[6],化作断魂心字[7]。红瓷候火[8],还乍识、冰环玉指。一缕萦帘翠影,依稀海天云气。　几回殢娇半醉[9],剪春灯、夜寒花碎。更好故溪飞雪,小窗深闭。荀令如今顿老[10],总忘却、尊前旧风味。谩惜馀熏,空篝素被。

[注释]

①此词又见《乐府补题》,词调下有题云"宛委山房拟赋龙涎香"。宛委山即会稽山之一峰。　②龙涎(xián)香:一种名贵的香。　③孤峤:传说为神龙所蟠伏之礁石。　④骊宫:骊龙所居之宫殿。　铅水:喻指龙涎,色白。　⑤讯远槎风:"讯"同"汛",潮汛。此谓在潮汛中乘船采龙涎。　⑥梦深薇露:描绘深夜将龙涎与蔷薇水研和来制香。　⑦心字:将香制成"心字"盘香。　⑧红瓷候火:言将香放在红瓷合内等候燃烧。⑨殢(tì)娇半醉:形容女子半醉时娇憨之状。　⑩荀令:三国的荀彧,曾

为尚书令，喜熏香。此反用其典，言香已无人赏识。

[集评]

邓廷桢云：“王圣与工于体物，而不滞色相。如《天香》咏龙涎香：‘……荀令如今顿老，总忘却、樽前旧风味。’”（《双砚斋词话》）

陈廷焯云：“王碧山词品最高，味最厚，意境最深，力量最重。感时伤世之言，而出以缠绵忠爱。诗中之曹子建、杜子美也。词人有此，庶几无憾。又：‘荀令’二语必有所见，但不知其何所指。”（《词则·大雅集》卷四）

俞陛云云：“咏物工细之作，唐五代以来绝少，南宋较多。此调前半体物浏览，后半即物寓情。咏物之名作也。起笔切合而极凝练，‘蟠’字、‘蜕’字尤工。‘萦帘’二句状香痕荡漾，而以海山云气关合本题，在离合之间。后四句藉香以寓身世今昔之感，开合有致。”（《唐五代两宋词选释》）

唐圭璋（《唐宋词简释》）云：“此首咏涎香，上实下虚，语语凝练，脉络分明，皆意当有寄托。”

陶尔夫、刘敬圻云：“这首词中‘骊宫夜采铅水’诸句，似与发陵倒悬尸体求珠之事相关。而‘孤峤’、‘槎风’、‘海天’诸句又似与陆秀夫拥立帝昺于海上崖山有某种关联……应当说，抒写亡国的哀痛在这首词中表现是比较充分而又明显的。”（《南宋词史》）

花　犯

苔　梅①

古婵娟，苍鬟素靥，盈盈瞰流水。断魂十里②，叹绀缕飘零，难系离思。故山岁晚谁堪寄，琅玕聊自倚。谩记我、绿蓑冲雪，孤舟寒浪里。　　三花两蕊破蒙茸，依依似有恨，明珠轻委。云卧稳，蓝衣正③、护春憔悴。罗浮梦④、半蟾挂晓，么凤冷、山中人乍起。又唤取、玉奴归去⑤，馀香空翠被。

[注释]

①苔梅:梅之一种,枝干苍藓鳞皴。 ②断魂十里:喻其暗香浮动,愈远愈香。 ③蓝衣:指隐逸之士。相传唐末逸士入仙之一蓝采和,常衣蓝衫。 ④罗浮梦:用《龙城录》载赵师雄经罗浮遇梅仙事。 ⑤玉奴:指梅花。

[集评]

万树云:"此篇仿美成风度,至所用上去字十馀,皆妙绝,真名词也。"(《词律》卷十七)

周济云:"赋物能将人景情思一齐融入,最是碧山长处。由其心细笔灵,取径曲,布势远故也。"(《宋四家词选》)

陈廷焯云:"幽索得屈宋遗意。"(《词则·大雅集》卷四)

陈廷焯云:"少陵每饭不忘君国,碧山亦然。然两人气质不同,所处时势又不同。少陵负沉雄博大之才,正值唐室中兴之际,故其诗也悲以壮。碧山以和平中正之音,却值宋室败亡之后,故其词哀以思。推而至于国风、离骚,则一也。"(《白雨斋词话》卷二)

露 华

碧 桃

绀葩乍坼[①]。笑烂漫娇红,不是春色。换了素妆,重把青螺轻拂[②]。旧歌共渡烟江,却占玉奴标格[③]。风霜峭、瑶台种时[④],付与仙骨。 闲门昼掩凄恻[⑤]。似淡月梨花,重化清魄。尚带唾痕香凝,怎忍攀摘。嫩绿渐满溪阴,蔌蔌粉云飞出。芳艳冷,刘郎未应认得[⑥]

[注释]

①绀葩乍坼:碧桃树上的花朵刚刚绽放。 绀(gàn):青中带红色,指树干。 坼(chè):裂开。 ②青螺:喻桃花。 ③旧歌:指王献之给爱妾桃叶所作之《桃叶歌》。 玉奴:指梅花。 ④瑶台种时:指西王母所

植之蟠桃不凡。 ⑤“闲门”句：反用崔护“去年今日此门中，人面桃花相映红”典。 ⑥刘郎：指刘禹锡，曾作《再游玄都观》诗，言“桃花净尽”。

[集评]

《钦定词谱》卷二十二云：“此调押仄声韵者，只有此体。张翥、陶宗仪词俱如此填。”

露　华

碧　桃

晚寒伫立，记铅轻黛浅，初认冰魂①。绀罗衬玉，犹凝茸唾香痕。净洗妒春颜色，胜小红、临水湔裙②。烟渡远，应怜旧曲，换叶移根③。　山中去年人到，怪月悄风轻，闲掩重门④。琼肌瘦损，那堪燕子黄昏。几片故溪浮玉，似夜归、深雪前村⑤。芳梦冷，双禽误宿粉云⑥。

[注释]

①冰魂：喻碧桃。 ②小红：指桃红。 湔(jiān)裙：以三月三日临水洗涤的女子喻桃花。 ③换叶移根：叶、根指晋王献之的爱妾桃叶，其妹桃根。王曾有《桃叶歌》。 ④“山中”三句：用刘晨、阮肇于天台山桃溪遇仙女事。 ⑤深雪前村：用齐己《早梅》诗“前村深雪里，昨夜一枝开”。⑥“双禽”句：用赵师雄于罗浮遇梅花仙事。借咏碧桃。

[集评]

俞陛云云：“其下阕取径远而布势曲，无语不工。尤耐寻味。写溪上桃花，如三素仙姝，静夜向清波照影也。”（《唐五代两宋词选释》）

南浦

春水

柳下碧粼粼，认麯尘乍生[①]，色嫩如染。清溜满银塘，东风细、参差縠纹初遍。别君南浦[②]，翠眉曾照波痕浅[③]。再来涨绿迷旧处，添却残红几片。 葡萄过雨新痕[④]，正拍拍轻鸥，翩翩小燕。帘影蘸楼阴，芳流去、应有泪痕千点。沧浪一舸，断魂重唱蘋花怨。采香幽径鸳鸯睡，谁道湔裙人远[⑤]。

[注释]

①麯尘：喻新柳。麯，酒母。麯尘，麯上所生菌，色淡如尘。 ②别君南浦：本江淹《别赋》“春草碧色，春水绿波，送君南浦，伤如之何”。③翠眉：以柳喻离人。 ④葡萄：以葡萄形容雨后春水。 ⑤湔裙人：指旧欢。

[集评]

许昂霄云：“‘别君南浦’四句，点化文通《别赋》，却又转进一层，匪夷所思。‘应有泪痕千点’用东坡词意。”（《词综偶评》）

周济云：“碧山故国之思甚深，托意高，故能自尊其体。”（《宋四家词选》）

吴衡照云：“王碧山春水云：‘别君南浦……添却残红几片。’数语刻画精巧，运用生动，所谓空前绝后矣。”（《莲子居词话》卷一）

陈廷焯云：“‘帘影……花怨。’寄慨处，清丽纡徐，斯写雅正。”（《白雨斋词话》卷二）

俞陛云云：“咏春水不难于写景言情，而难于寓情于景，沉思入细。此作一往情深，且有托意。‘南浦’以下四句及‘帘影’至结句皆经意之作。”（《唐五代两宋词选释》）

南　浦

春　水

柳外碧连天，漾翠纹渐平，低蘸云影。应是雪初消，巴山路、娥眉乍窥清镜[①]。绿痕无际，几番漂荡江南恨[②]。弄波素袜知甚处[③]，空把落红流尽。　何时橘里莼乡[④]，泛一舸翩翩，东风归兴。孤梦绕沧浪，蘋花岸，漠漠雨昏烟暝。连筒接缕，故溪深掩柴门静[⑤]。只愁双燕衔芳去，拂破蓝光千顷。

[注释]

①娥眉：喻柳枝。　②江南恨：用江淹《别赋》"送君南浦，伤如之何"意。　③弄波素袜：指昔日一同嬉戏的欢情。　④莼乡：用张翰思乡典。⑤"连筒"二句：即用竹筒通水。杜甫《春水》诗："三月桃花浪，江流复旧痕。朝来没沙尾，碧色动柴门。接缕垂芳饵，连筒灌小园。已添无数鸟，争浴故相喧。"

[集评]

詹安泰云："'巴山语……空把落红流尽'似均为谢（太后）全（太后）北上事而发。末寓讽刺意，盖谢后年已七十，犹不能死难也。陆秀夫将抱祥兴赴水时犹云：'陛下当为国死，太皇后辱已甚，陛下不可以再辱。'则当时臣子固不以此为讳也（陈仲微《卫王本末》）。又第二首'孤梦绕沧浪，蘋花岸，漠漠雨昏烟暝'，则此诗当作于发陵后也。"（《花外集笺注》第二首）

谢桃坊云："《南浦·春水》词里，词人由春水粼粼而产生泛舟归去的愿望。……王沂孙的隐退，与张翰有所不同，他并非为莼羹鲈脍，而是耻于屈志新朝的，宁愿在故乡过遗民的生活。"（《宋词概论》）

声声慢

催　雪

风声从臾，云意商量，连朝滕六迟疑[①]。茸帽貂裘，兔园准拟吟诗[②]。红炉旋添兽炭，办金船[③]、羔酒镕脂。问剪水[④]，恁工夫犹未，还待何时？　休被梅花争白，好夸奇斗巧，早遍琼枝。彩索金铃[⑤]，佳人等塑狮儿。怕寒绣帏慵起，梦梨云[⑥]、说与春知。莫误了，约王猷、船过剡溪。

[注释]

①从臾：即从容。　商量：即“准备”，见张相《诗词曲语辞汇释》卷五。　滕六：雪神名。　②兔园：汉文帝之子刘武（梁孝王）所筑之园，又称梁园，在今开封市东南，为游宴之所。　③金船：酒器。　④剪水：即雪。　⑤彩索金铃：装饰雪山的饰物。　⑥梦梨云：化用王建诗句“落落漠漠路不齐，梦中唤作梨花云”。以梨花喻雪。　⑦“约王猷”句：用王子猷雪夜访戴之典。

高阳台

纸　被[①]

霜楮刳皮，冰花擘茧，满腔絮湿湘帘[②]。抱瓮功夫[③]，何须待吐吴蚕？水香玉色难裁剪，更绣针、茸线休拈。伴梅花、暗卷春风，斗帐孤眠。　篝熏鹊锦熊毡，任粉融脂涴，犹怯痴寒[④]。我睡方浓，笑他欠此清缘。揉来细软烘烘暖，尽何妨、挟纩装绵[⑤]。酒魂醒、半榻梨云，起坐诗禅[⑥]。

[注释]

①纸被：纸制之被，又称纸衾，产自闽浙，宋人多用之。　②“霜楮”三句：写纸被制作材料。　楮：树木名，皮可制纸，色白。　冰花：喻茧纸之

白。 茧：指茧纸。 湘帘：造纸时用帘取浆。 ③抱瓮：用《庄子·天地》中圃者抱瓮汲水的故事，喻指淳朴生活。 ④痴寒：严寒。 ⑤挟纩(kuàng)装绵：纩为丝棉絮，纳之衣中以御寒。 ⑥梨云：指纸被。 诗禅：以禅意说诗。

［集评］

詹安泰云："《坚瓠集》：'五代李观象与周行逢节度使掌书记，因行逢严酷，恐及祸，乃寝纸帐，卧纸被。'据此则此词当有所为而发。或者指贾似道及依附似道者。'伴梅'两句及'笑他'句意可略见。"（《花外集笺注》）

疏　影

咏梅影

琼妃卧月[①]。任素裳瘦损[②]，罗带重结。石径春寒，碧藓参差，相思曾步芳屧[③]。离魂分破东风恨，又梦入、水孤云阔[④]。算如今，也厌娉婷，带了一痕残雪。 犹记冰奁半掩，冷枝画未就，归棹轻折[⑤]。几度黄昏，忽到窗前，重想故人初别[⑥]。苍虬欲卷涟漪去[⑦]，慢蜕却、连环香骨。早又是、翠荫蒙茸，不似一枝清绝。

［注释］

①琼妃卧月：以月中仙子比拟月下梅姿。 ②素裳瘦损：指梅瓣凋零。 ③芳屧(xiè)：指足迹。屧，鞋子。 ④"离魂"二句：用倩女离魂之典，言梅花飘落水上情景。 ⑤冰奁：指水面。 冷枝：指梅枝。 ⑥"几度"三句：化用卢仝诗意转忆故人。卢仝《有所思》："相思一夜梅花发，忽到窗前疑是君。" ⑦"苍虬"二句：苍虬欲去喻指窗前梅影。

［集评］

陈廷焯云："碧山咏梅之作最多，篇篇皆有寓意。出入风骚，高不可

及。”(《词则·大雅集》卷四)

俞陛云云:“宋词中咏梅诸作,各有思致,此作清超而兼迴曲之趣。起首‘琼妃’四字殊新颖。‘芳屧’句有陈思王‘凌波罗袜’之思,未必有其人,而文人每有此托想。下阕由折花归去而忆及故人,旋见翠叶成阴,叹芳时之易逝,既惜别而又惜花,可以兴,可以怨矣。”(《唐五代两宋词选释》)

詹安泰云:“周密、张炎均有此词,寄意亦同,应系倡和之作。此亦托喻后妃。‘琼妃卧月’、‘蜕却连环香骨’词意显然。”(《花外集笺注》)

无闷

雪意[①]

阴积龙荒,寒度雁门[②],西北高楼独倚。怅短景无多,乱山如此。欲唤飞琼起舞[③],怕搅碎、纷纷银河水。冻云一片,藏花护玉[④],未教轻坠。　清致,悄无似。有照水一枝[⑤],已挽春意。误几度凭栏,莫愁凝睇[⑥]。应是梨花梦好,未肯放、东风来人世。待翠管、吹破苍茫,看取玉壶天地[⑦]。

[注释]

①雪意:雪欲下未下之意。　②“阴积”二句:描绘雪前阴寒之状。③飞琼:仙女名,此指雪。　④藏花护玉:形容冻云对雪花的护佑。　⑤照水一枝:指梅花。　⑥莫愁:乐府中之女子。　⑦玉壶天地:即冰雪天地。

[集评]

周济云:“何尝不峭拔,然略粗壮,其所以为碧山之清刚也。白石好处,无半点粗气矣。”(《宋四家词选》)

陈廷焯云:“无限怨情,出以浑厚之笔。惟‘南枝’句中含讥刺,当指文溪、松雪辈。”(《词则·大雅集》卷四)

詹安泰云:“按文文山死宋,其弟壁号文溪者降元,当时有诗讥之。赵

子固入元不仕，其从弟子昂仕元。然玩碧山词意，似当谢、全（太后）北上，崖山国覆时作，陈说恐非。”（《花外集笺注》）

陶尔夫、刘敬圻云：“题为‘雪意’，即雪欲下未下之意。作者选择雪前这一短时间内的矛盾冲突，反映出企盼改变现状和人定胜天的坚强信念。这一点在王沂孙乃至南宋遗民词人群中都是极为特殊的。”（《南宋词史》）

眉　妩

新　月

渐新痕悬柳①，澹彩穿花，依约破初暝。便有团圆意，深深拜，相逢谁在香径。画眉未稳，料素娥、犹带离恨②。最堪爱、一曲银钩小，宝帘挂秋冷。　千古盈亏休问。叹慢磨玉斧，难补金镜③。太液池犹在，凄凉处、何人重赋清景④。故山夜永，试待他、窥户端正。看云外山河，还老尽、桂花影⑤。

[注释]

①新痕：即新月。　痕：眉痕。　②素娥：指嫦娥。　③金镜：指月亮。　④“太液池”二句：以此宋盛时情景来比眼前亡国现状。《后山诗话》载，太祖夜幸后池，对月置酒，命当直学士卢多逊赋诗，其诗曰：“太液池边看月时，如风吹动万年枝。谁家玉匣开新镜，露出清光些子儿。”　⑤桂花影：反用月中吴刚伐桂事，寓亡国之悲。

[集评]

张惠言云：“碧山咏物诸篇，并有君国之忧。此喜君有恢复之志，而惜无贤臣也。”（《茗柯词选》）

邓廷桢云：“《眉妩》咏新月‘千古盈亏休问……还老桂花旧影’，则别有怀抱，与石帚《扬州慢》、《凄凉犯》诸作异曲同工。”（《双砚斋词话》）

谭献云：“‘便有’四句，寓意自深，音辞高亮。欧、晏如兰亭真本，此

仅一番。后半阕蹊径显然。”(《谭评词辨》卷一)

陈廷焯云:“‘渐’字,‘便有’字,却是新月,寓意微而多讽。后半忽用纵笔,却又是虚笔,寄慨无端,别有天地。极龙跳虎卧之奇,海涵地负之观。”(《词则·大雅集》卷四)

俞陛云云:“上阕赋本题,人与月兼写,描摹工雅,若一串牟尼,粒粒皆含精彩。下阕故国之念甚深,‘云外山河,’尚留‘旧影’,而新亭举目,朝市全非,纵有吴刚‘玉斧’,焉能补破碎金瓯耶!”(《唐五代两宋词选释》)

水龙吟

牡丹

晓寒慵揭珠帘,牡丹院落花开未。玉阑干畔,柳丝一把,和风半倚[①]。国色微酣,天香乍染,扶春不起。自真妃舞罢,谪仙赋后[②],繁华梦,如流水。　池馆家家芳事,记当时、买栽无地。争如一朵,幽人独对,水边竹际[③]。把酒花前,剩拚醉了,醒来还醉。怕洛中、春色匆匆,又入杜鹃声里[④]。

[注释]

①“晓寒”五句:隐括徐仲雅《宫词》诗“内人晓起怯春寒,轻揭珠帘看牡丹,一把柳丝收不得,和风搭在玉栏杆”。　②真妃:指杨贵妃。谪仙赋:指唐明皇命翰林李白进《清平东》三章。　③“幽人”二句:指隐士独自赏花。　④“怕洛中”二句:指春归花谢。洛中:即洛阳。

[集评]

陈廷焯云:“以清虚之笔,摹富艳之题,感慨沉至,一往哀怨。”又《白雨斋词话》卷二“咏牡丹云:‘自真妃舞罢……繁华梦,如流水。’感寓中出以骚雅之笔,人人自深。”(《词则·大雅集》卷四)

俞陛云云:“前七句赋牡丹正面,‘真妃’四句借唐宫遗恨,慨天水之消沉。下阕言众醉盈廷,独醒何补,咏花亦以自悼。结句言京洛春光虽

好，白雁南来，帝业共春光俱逝，但微旨及亡，不说尽耳。”（《唐五代两宋词选释》）

水龙吟

海 棠

世间无此娉婷，玉环未破东风睡[①]。将开半敛，似红还白，馀花怎比。偏占年华，禁烟才过，夹衣初试。叹黄州一梦[②]，燕宫绝笔[③]，无人解、看花意。 犹记花阴同醉。小阑干、月高人起。千枝媚色，一庭芳景，清寒似水。银烛延娇、绿房留艳，夜深花底[④]。怕明朝，小雨濛濛，便化作燕支泪。

[注释]

①“玉环”句：《杨太真外传》载，明皇一日召贵妃，贵妃酒未醒，侍儿扶至，不能再拜。明皇笑曰：“岂妃子醉，海棠春睡未足耳。” ②黄州一梦：代指苏轼，苏曾贬黄州，作诗曰“海棠真一梦，梅子欲尝新”。又曾写《寓居定惠院之东，杂花满山，有海棠一株，土人不知贵也》诗，以海棠自喻。 ③燕宫绝笔：燕宫在成都，陆游入蜀多作海棠诗。 ④夜深花底：本苏轼《海棠》诗“只恐夜深花睡去，高烧银烛照红妆”。

[集评]

陈廷焯云：“碧山咏物诸篇固是君国之感，时时寄托，却无一笔犯复，字字贴切故也。就题论题，亦感踌躇满志。碧山乃一归雅正。善学者当服膺勿失。”（《词则·大雅集》卷四）

俞陛云云：“此词惟上、下阕之结句见本意，其馀皆咏海棠。‘黄州’三句言自东坡去后，俊赏无人，叹人才销乏，负此名花。下阕‘明朝小雨’二句黯然家国之悲，音在弦外花香细雨间，杜娘红泪，与燕支同洒春衫矣。”（《唐五代两宋词选释》）

水龙吟

落　叶

晓霜初著青林,望中故国凄凉早。萧萧渐积,纷纷犹坠,门荒径悄。渭水风生①,洞庭波起②,几番秋杪③。想重压半没,千峰尽出,山中路、无人到④。　前度题红杳杳⑤。溯宫沟、暗流空绕。啼螿未歇,飞鸿欲过,此时怀抱。乱影翻窗,碎声敲砌,愁人多少。望吾庐甚处,只应今夜,满庭谁扫。

[注释]

①渭水风生:化用贾岛《忆江上吴处士》诗“秋风生渭水,落叶满长安”。　②洞庭波起:化用屈原《九歌·湘夫人》“袅袅兮秋风,洞庭波兮木叶下。”　③秋杪(miǎo):秋深。杪,本指树梢,此指末尾。　④山中路无人到:本韦应物《寄全椒山中道士》“落叶满空山,何处寻行迹”。⑤“前度题红”二句:反用宫沟红叶题诗意。

[集评]

陈廷焯云:“笔意幽冷,寒芒刺骨,其有慨于崖山乎?结语寂寞。”(《词则·大雅集》卷四)

俞陛云云:“《淮南子》云:‘木叶落,长年悲。’见落叶而伤秋,词人每有此感。但碧山忠爱之忱,出于不容已,故词中‘宫沟’、‘故国’,触处生悲。‘渭水’、‘洞庭’句引乱愁于无次,‘山路无人’句叹劫后之萧条。下阕因落叶而动乡思,断雁寒螿,同其凄韵。此词‘洞庭’七句及‘前度’以下五句颇警动。”(《唐五代两宋词选释》)

刘永济云:“起从未落叶说,是题前著笔。‘望中故国’谓汴京也。‘萧萧’三句指渐落之叶声,‘纷纷’写影。‘渭水’三句,用贾岛诗……北地秋时也。‘洞庭’用湘夫人词句,南方秋时也。过拍总说。换头用御沟流红,逗引出秋情另起。……‘啼螿’三句以‘啼螿’、‘飞鸿’点明秋时。‘螿’,蝉也。以陪衬叶声,下句以‘鸿’陪衬叶影。‘乱影’三句正写叶声、

叶影。'望吾庐'三句以思家作结。"(《微睇室说词》)

詹安泰云:"陈廷焯云:'咏落叶……其有慨于崖山乎?'按祥兴元年(1278)六月,帝昺迁居新会之崖山,九月葬端宗于崖山,陵号永福。二年(1279)陆秀夫负帝溺海(《宋史记事本末卷一〇八》)。此词有'啼螀未歇,飞鸿欲过,此时怀抱'之句,指祥兴未沉海时,末着'望吾庐甚处'。则此词为杭州陷后崖山死宋时作,其意尤明显。"(《花外集笺注》)

谭蔚云:"全词句句写落叶,却句句写故国之情,虽不见一个泪字,却很哀切。"(《唐宋词万首浅释》)

陶尔夫,刘敬圻云:"《水龙吟·落叶》构思与其他咏物词有所不同。……这首咏落叶的《水龙吟》则是从整个国家的灭亡来抒写这万叶萧疏,飘摇零落的现实。"(《南宋词史》)

谢桃坊云:"此词比其余的咏物词有更为浓厚的抒情气氛。"(《宋词概论》)

水龙吟

白　莲[①]

淡妆不扫娥眉,为谁伫立羞明镜。真妃解语[②],西施净洗,娉婷顾影。薄露初匀,纤尘不染,移根玉井[③]想飘然一叶,飕飕短髮,中流卧、浮烟艇。　　可惜瑶台路迥,抱凄凉、月中难认。相逢还是,冰壶浴罢[④],牙床酒醒。步袜空留[⑤],舞裳微褪,粉残香冷。望海山依约[⑥],时时梦想,素波千顷。[⑦]

[注释]

①此词又见于《乐府补题》,词调下有题云:"浮翠山房拟赋白莲。"②真妃解语:用唐玄宗喻杨贵妃为解语花事。　③玉井:原为星名,此指仙境。　④冰壶:喻白莲冰清玉洁。　⑤步袜:用曹植《洛神赋》语。　⑥海山依约:用杨贵妃死后入海上仙山事。　⑦唐氏按:此首别误作赵汝讷词,见《历代诗馀》卷七十五。

水龙吟

白　莲[①]

翠云遥拥环妃[②]，夜深按彻霓裳舞。铅华净洗，涓涓出浴，盈盈解语。太液荒寒，海山依约，断魂何许。甚人间、别有冰肤雪艳，娇无奈、频相顾。　三十六陂烟雨[③]，旧凄凉、向谁堪诉。如今谩说，仙姿自洁，芳心更苦。罗袜初停，玉珰还解，早凌波去。试乘风一叶，重来月底，与修花谱[④]。

［注释］

①此词又见于《乐府补题》。词调下有题云："浮翠山房拟赋白莲"。②环妃：指杨贵妃。　③三十六陂：泛指江南池塘。　④修花谱：指撰写花谱，以此花事开落代指人事兴衰。

［集评］

陈廷焯云："咏白莲云：'太液荒寒，海山依约，断魂何许。'又云：'……旧凄凉、向谁堪诉。如今谩说仙姿自洁，芳心更苦。'写出幽贞，意者亦指清惠乎。"（《白雨斋词话》卷二）

钱基博云："此借白莲以喻贞臣遗老，如谢枋得一流人也。'海山依约，断魂何许'，明指崖山之难，主臣蹈海。"（《中国文学史》）

詹安泰云："《乐府补题》浮翠山房赋白莲十首（沂孙两首，馀人均一首）均系托喻后妃，语意均极相似，与杨髡发陵事有关，不徒为清惠发也。"（《花外集笺注》）

绮罗香

秋　思

屋角疏星，庭阴暗水[①]，犹记藏鸦新树[②]。试折梨花，行入小阑深处。听粉片、蔌蔌飘阶，有人在、夜窗无语。料如今，门掩孤灯，画屏尘满断肠句。　佳期浑似流水，还见梧桐几叶，轻敲朱户。一片秋声，应做两边愁绪。江路远、归雁无凭，写绣笺、倩谁将去。谩无聊，犹掩芳樽，醉听深夜雨。

[注释]

①暗水：潜流的水。　②藏鸦新树：本周邦彦《渡江云》词"千万丝，陌头杨柳，渐渐可藏鸦"。

[集评]

陈廷焯云："精警。"（《词则·大雅集》卷四）

钱基博云："史载元巴延入临安，以全太后、幼帝㬎、两宫宫人、百官及三学生等北去，宋亡。而沂孙在行，两阕（指《绮罗香·秋思》和《扫花游·秋声》两首）皆羁北而思南之作也。"（《中国文学史》）

郑振铎云："沂孙的词，咏物很工，有时意境也极高隽。如'听粉片、簌簌飘阶'之类。"（《插图本中国文学史》）

绮罗香

红　叶

玉杵馀丹[①]，金刀剩彩[②]，重染吴江孤树[③]。几点朱铅，几度怨啼秋暮。惊旧梦、绿鬓轻凋，诉新恨、绛唇微注。最堪怜、同拂新霜，绣蓉一镜晚妆妒[④]。　千林摇落渐少，何事西风老色，争妍如许。二月残花，空误小车山路[⑤]。重认取、流水荒沟，怕犹有、寄情芳语[⑥]。但凄凉、秋苑斜阳，冷枝留醉舞。

[注释]

①玉杵馀丹:用裴航过蓝桥,遇云英,欲娶之,其母令取得玉杵臼则许之事。此喻红叶如玉杵之丹。 ②金刀:剪刀。 ③吴江:此泛指江南,南宋故地。 ④绣蓉:指木芙蓉,即拒霜,经寒不落,喻红叶。 ⑤二月残叶:用杜牧《山行》"霜叶红于二月花"意。 ⑥流水荒沟:指宫沟红叶题诗。

[集评]

陈廷焯云:"此词亦有所刺,结亦有所寓。"(《词则·大雅集》卷四)

绮罗香

红 叶

夜滴研朱,晨妆试酒[①],寒树偷分春艳[②]。赋冷吴江,一片试霜犹浅。惊汉殿、绛点初凝,认隋苑、彩枝重剪[③]。问仙丹,炼熟何迟,少年色换已秋晚。 疏枝频撼暮雨,消得西风几度,舞衣吹断。绿水荒沟,终是赋情人远。空一似、零落桃花,又等闲、误他刘阮[④]。且留取,闲写幽情,石阑三四片。

[注释]

①"夜滴"二句:喻红叶变红如涂胭脂,如饮晨酒。 ②寒树偷分春艳:化用杜牧诗句"霜叶红于二月花"。 ③"认隋苑"句:以隋代西苑宫树秋冬凋零,剪花叶缀于枝头事。见《通鉴·隋炀帝纪》。 ④刘阮:即刘晨、阮肇二人遇仙事。

[集评]

詹安泰云:"此词似讽贾秋壑误樊襄之围事。玩'仙丹炼熟何迟,少年色换已秋晚',及'绿水荒沟'以下,词意显然。"(《花外集笺注》)

齐天乐

萤

碧痕初化池塘草[①]，荧荧野光相趁。扇薄星流，盘明露滴，零落秋原飞磷[②]。练裳暗近。记穿柳生凉，度荷分暝。误我残编，翠囊空叹梦无准[③]。　楼阴时过数点，倚栏人未睡，曾赋幽恨。汉苑飘苔，秦陵坠叶，千古凄凉不尽[④]。何人为省。但隔水馀晖，傍林残影。已觉萧疏，更堪秋夜永。

[注释]

①"碧痕"句:《礼记·月令》"季夏之月,腐草为萤"。　②飞磷:本骆宾王《萤火赋》"知战场之飞磷"。磷,即萤。　③"误我"二句:反用晋车胤好学家贫,以萤夜读事。　④"汉苑"三句:化用刘禹锡《秋萤引》诗"汉陵秦苑遥苍苍,陈根腐叶秋萤光"。

[集评]

陈廷焯云:"感慨苍茫,深人无浅语。"(《词则·大雅集》卷四)

陈廷焯云:"碧山《齐天乐》诸阕,哀怨无穷,都归忠厚,是词中最上乘。"(《白雨斋词话》卷二)

俞陛云云:"上阕句句切本题,工致妥贴,咏物之本色。下阕以'幽恨'二字领起下文。'汉苑''秦陵'以下,今愁古怨,并赴毫端,如秋声自西南来,金铁皆鸣。'馀晖'、'残影'句草间之爝火,即劫后之遗民,为之一叹。"(《唐五代两宋词选释》)

齐天乐

蝉[①]

绿槐千树西窗悄,厌厌昼眠惊起。饮露身轻,吟风翅薄，半剪冰笺谁寄[②]。凄凉倦耳。谩重拂琴丝[③]，怕寻冠珥[④]。短梦深宫，向人犹自诉憔悴。　残虹收尽过雨，晚来频断续，都是秋意。病叶难留，纤柯易老，空忆斜阳身世。窗明月碎。甚已绝馀音，尚遗枯蜕。鬓影参差，断魂青镜里[⑤]。

［注释］

①此词又见于《乐府补题》，词调下有题云："馀闲书院拟赋蝉"，同赋蝉者共八人：吕同老、王易简、王沂孙、周密、陈恕可、唐珏、唐艺孙、仇远。②"饮露"三句本骆宾王《在狱咏蝉》诗序"有翼自薄，不以俗厚而易其贞。吟乔树之微风，韵资天纵；饮高秋之坠露，清畏人知"。　冰笺：冰莹洁白的诗笺。　③"谩重拂"句：反用蔡邕事以言休要重弹捕蝉之琴音。④怕寻冠珥：言害怕谋求仕进升迁。　冠珥：貂蝉冠。　⑤"断魂"句：用齐王后死后化蝉事。崔豹《古今注》："昔齐王后忿而死，尸变为蝉，登庭树，嘒唳而鸣。"

［集评］

周济云："此身世之感。"(《宋四家词选》)

陈廷焯云："言中有意，其指全太后祝髪为尼事乎？(《词则·大雅集》卷四)

俞陛云云："起笔二句便得闻蝉神理。'嫩翼'二句咏本题。'冰笺'至'憔悴'六句是蝉是人，同抱身世之感。转头处三句，虹收残雨、惊耳秋声，即写景亦是佳句，况咏蝉耶！'病叶'三句无限苍凉之思，尤耐吟讽。结笔'枯蜕'、'断魂'四句咏蝉固佳，何凄清乃尔耶？"(《唐五代两宋词选释》)

齐天乐

蝉

一襟馀恨宫魂断，年年翠阴庭树[①]。乍咽凉柯，还移暗叶，重把离愁深诉。西窗过雨。怪瑶珮流空，玉筝调柱[②]。镜暗妆残，为谁娇鬓尚如许[③]。　铜仙铅泪似洗，叹携盘去远，难贮零露[④]。病翼惊秋，枯形阅世，消得斜阳几度。馀音更苦。甚独抱清高，顿成凄楚。谩想薰风，柳丝千万缕。

［注释］

①“一襟”二句：用齐王后忿而死，尸变蝉事。王悔恨，故世名蝉为齐女。　②“瑶佩”二句：喻掠过天空的蝉鸣。　③娇鬓：指蝉翼。　④“铜仙”三句：用汉武帝金铜仙人承露盘事。

［集评］

周济云：“此家国之恨。”（《宋四字词选》）

谭献云：“此是学唐人句法、章法，‘庾郎先自吟愁赋’逊其蔚跂。‘西窗’句亦排宕法。‘铜仙’三句，极力排荡。‘病翼’三句，玩其弦指收裹收，有变徵之音。结笔掉尾，不肯直泻，然未自在。”（《谭评词辩》卷一）

端木埰云：“详味词意，殆亦碧山黍离之悲也。首句‘宫魂’字点清命意。‘乍咽’、‘还移’慨播迁也。‘西窗’三句，伤敌骑暂退，宴安如故也。‘镜暗妆残’残破满眼。‘为谁’句，指当日修容饰貌，侧媚依然。哀世臣主全无心肺，真千古一辙也。‘铜仙’三句，伤宋室重宝均被迁夺北去也。‘病翼’三句，更是痛哭流涕，大声疾呼，言海徼栖流，断不能久也。‘余音’三句，哀怨难论也。‘谩想薰风’‘柳丝千万’责诸人当此尚安危利灾，视若全盛也。语意明显，凄惋至不能卒读。”（《词选批注》）

俞陛云云：“此首乃宗社之痛。端木子畴评此词……其论与张皋文、周止庵之言相合，余亦从之。沧桑遗黎，诵之呜咽。”（《唐五代两宋词选释》）

齐天乐

赠秋崖道人西归[①]

冷烟残水山阴道[②]，家家拥门黄叶。故里鱼肥，初寒雁落，孤艇将归时节[3]。江南恨切。问还与何人，共歌新阕。换尽秋芳，想渠西子更愁绝。　当时无限旧事，叹繁华似梦，如今休说。短褐临流，幽怀倚石，山色重逢都别[4]。江云冻结。算只有梅花，尚堪攀折[5]。寄取相思，一枝和夜雪。

［注释］

①秋崖：李莱老，字周隐，号秋崖。奚淢字倬然，亦号秋崖，有《秋崖词》。道人，是对隐士的称呼。　②山阴：会稽。　③“故里”三句：用张翰思归故里典。　④别：不同。　⑤“算只有”二句：秋崖有《长相思慢》词云“几多年，江湖浪识，知心只许梅花”。

［集评］

陈廷焯云：“碧山‘赠秋崖道人西归’调《齐天乐》云：‘冷烟残水山阴道，家家拥门黄叶。’一起令人魂销。又云：‘换尽秋芳，想渠西子更愁绝。’亦不堪多诵。后叠云：‘短褐临流，幽怀倚石，山色重逢都别。’黍离麦秀之悲，‘山色’六字，凄绝警绝。觉‘国破山河在’犹浅语也。下云：‘江云冻结。算只有梅花，甚堪攀折。’此亦必有所指。骨韵高绝。玉田感伤处，亦自雅正，总不及碧山之厚。”（《白雨斋词话》卷二）

钱基博云：“‘冷烟残水’十三字，一起已令人魂销。‘国破山河在，城春草木深，’杜甫写春感，此写秋怀。‘江南恨切，问还与何人共歌新阕’，真如丁令威化鹤而归，城郭犹是，人民已非。‘算只有梅花’云云，乃以寄怀遗民贞亡之隐遁不仕元者。”（《中国文学史》）

齐天乐

四明别友[1]

十洲三岛曾行处[2]，离情几番凄惋。坠叶重题，枯条旧折，萧飒那逢秋半。登临顿懒。更葵箑难留，苎衣将换[3]。试语孤怀，岂无人与共幽怨。　迟迟终是也别，算何如趁取,凉生江满。挂月催程,收风借泊,休忆征帆已远。山阴路畔,纵鸣壁犹蛩,过楼初雁。政恐黄花[④],笑人归较晚。

[注释]

①四明:山名,在今浙江。 ②十洲三岛:本指仙境,此指友人游历之处。 ③葵箑(shà):葵扇。 苎衣:麻衣。 ④政:同"正"。

一萼红

石屋探梅[①]

思飘飘。拥仙姝独步,明月照苍翘[②]。花候犹迟,庭阴不扫,门掩山意萧条。抱芳恨、佳人分薄,似未许、芳魄化春娇。雨涩风悭[③],雾轻波细,湘梦迢迢。 谁伴碧尊雕俎[④],笑琼肌皎皎,绿鬓萧萧。青凤啼空,玉龙舞夜[⑤],遥睇河汉光摇。未须赋、疏香淡影,且同倚、枯藓听吹箫[⑥]。听久馀音欲绝,寒透鲛绡。

[注释]

①石屋:在今浙江杭州南高峰下。 ②苍翘:本指翠鸟尾上的长羽,引申为梅枝特立之状。 ③雨涩风悭:指少雨无风。 ④碧尊雕俎:酒杯与载酒食的小桌。 ⑤玉龙:喻笛声。 ⑥吹箫:指《梅花落》曲。

[集评]

陈廷焯云:"托志孤高。"(《词则·大雅集》卷四)

钱基博云:"此以梅喻谢枋得之孤芳独抱,屡荐不起,而继之以死也。曰'花候犹迟,庭阴不扫,门掩山意萧条',入山惟恐不深。史称程文海荐枋得,枋得遗书,有云:'稍知诗书,识义理,不可以召命',所谓‘抱芳恨佳人分薄,似未许芳魂化春娇’者也。‘倚枯藓听吹箫’,‘疏香淡影’之‘未须赋’,遁世无闷何疑焉。及魏天祐为参知政事,欲起枋得为功。遣使诱之入城,与之言,坐而不对,或隐言无礼。天祐怒,逼之北行,枋得以死自誓,上道即不食;二十余日不死,及复少茹蔬果,积数月,困殆。至燕,问全太后鉠所及瀛国公所在,再拜恸哭。疾甚,留梦炎使医持药杂米饮进之。枋得怒,掷诸地,不食五日死,则所谓‘听久馀音欲绝,寒透鲛绡’矣,‘久’者,言其死之难,‘馀音’,谓恸哭也。”(《中国文学史》)

一萼红

丙午春,赤城山中题花光卷①

玉婵娟。甚春馀雪尽,犹未跨青鸾②。疏萼无香,柔条独秀,应恨流落人间。记曾照、黄昏淡月,渐瘦影、移上小栏干。一点清魂,半枝空色,芳意班班③。　重省嫩寒清晓,过断桥流水,问信孤山④。冰粟微销,尘衣不浣,相见还误轻攀。未须讶、东南倦客⑤,掩铅泪、看了又重看。故国吴天树老⑥,雨过风残。

[注释]

①丙午:一为宋理宗淳祐六年(1246)丙午,一为元成宗大德十年(1306)丙午,此当指后者。　赤城山:在今浙江天台县北。　花光卷:旧传花光长老所绘梅花卷。　②犹未跨青鸾:指梅花尚未凋谢。　③芳意班班:指梅花芳意浓郁。　④孤山:在杭洲西湖,孤山多梅,北宋林逋隐居于此,植梅养鹤。　⑤东南倦客:王沂孙自指。　⑥树老:用桓温“木犹如此,人何以堪”之事。

[集评]

陈廷焯云:“身世之感,君国之恨,一一如见。”(《词则 · 大雅集》卷四)

俞陛云云："起六句确是题梅花卷而非咏物。'玉婵娟'三句云思霞想，破空而来。'淡月'、'阑干'二句咏花影以衬托画梅，仍不实赋梅花，词心灵妙。下阕"孤山"句，罗浮庾岭，梅花盛处，而独言孤山者，盖寓宗国之思，故歇拍有'故国'、'风残'之慨。后幅姜白石《疏影》词咏梅同意。掩泪频看，低回不尽，与禾黍周原同感矣。"（《唐五代两宋词选释》）

一萼红

红梅

占芳菲。趁东风妩媚，重拂淡燕支①。青凤衔丹，琼奴试酒，惊换玉质冰姿②。甚春色、江南太早，有人怪、和雪杏花飞③。藓珮萧疏，茜裙零乱，山意霏霏。　空惹别愁无数，照珊瑚海影，冷月枯枝④。吴艳离魂⑤，蜀妖浥泪⑥，孤负多少心期，岁寒事、无人共省，破丹雾、应有鹤归时⑦。可惜鲛绡碎剪、不寄相思⑧。

[注释]

①燕支：胭脂。　②青凤：喻梅干。　琼奴：喻梅花。　③和雪杏花飞：本晏元献诗"若更迟开三二月，北人应作杏花看"。　④"照珊瑚"二句：用萧德藻《古梅》诗"海月冷挂珊瑚枝"写梅枝。　⑤离魂：用倩女离魂典，言梅之飘落。　⑥蜀妖浥泪：指红梅飘零。蜀妖，指红梅。浥泪，流泪。　⑦"应有"句：用丁令威化鹤归来事。　⑧"可惜"二句：用宋徽宗《燕山亭》"裁剪冰绡"典，谓梅落人远。

[集评]

钱基博云："此以梅而红，喻宋遗民而任元也，曰'惊换玉质冰姿，甚春色江南太早，有人怪和雪杏花飞'。明讥江南遗民，如叶李、赵孟洪辈，不知亡国之恨，不能淡泊明志，熏心富贵以应元征。"（《中国文学史》）

詹安泰云："'甚春色江南太早，有人怪，和雪杏花飞'用徽宗《北行见杏花》故实,明寓宋帝北上事。过片以下指发陵事:‘吴艳离魂’指宋宫人事,‘蜀妖浥泪’指陷蜀事;蜀既陷,贺靖权成都,录城中骸骨一百四十万,其惨酷可知,词意甚显。”(《花外集笺注》)

一萼红

红 梅

剪丹云。怕江皋路冷,千叠护清芬。弹泪绡单[①],凝妆枕重,惊认消瘦冰魂[②]。为谁趁、东风换色,任绛雪、飞满绿罗裙。吴苑双身[③],蜀城高髻[④],忽到柴门。　欲寄故人千里,恨燕支太薄,寂寞春痕。玉管难留,金樽易泣,风度残醉纷纷。谩重记、罗浮梦觉,步芳影、如宿杏花村。一树珊瑚淡月,独照黄昏。

[注释]

①弹泪绡单:用赵佶《燕山亭》词“裁剪冰绡,轻叠数重,淡著胭脂匀注。新样靓妆,艳溢香融,羞杀蕊珠宫女”。言红梅如残妆女儿红泪浸透的绡纱制成。　②消瘦冰魂:指冬日梅枝。　③吴苑双身:指产于吴地的红梅被分栽两处。　④蜀城高髻:指产于蜀地的红梅。《摭遗》云:“蜀中有红梅数本,郡侯建阁扃钥,游人莫得见。一日有两妇人高髻大袖凭栏大吟,郡侯启钥阒不见人,惟东壁有诗。”

[集评]

谢桃枋云:“《一萼红》(‘剪丹云’)好像不似赋红梅,而是描述一位薄施胭脂、绛雪满裙、高髻古服的古代宫人的‘消瘦冰魂’,她在叙述往日的梦境和今日的凄婉。作者在描述这古代宫人形象时又几乎字字句句都不离红梅的性状的事典。我们读它时又好似不是写的物而是写的人,而且所写的古代宫人却又与宋旧宫人的命运相同。因此,这个艺术形象所含蕴的现实意义就能体现作者隐微的寄意了。”(《宋词概论》)

一萼红

初春怀旧

小庭深。有苍苔老树，风物似山林。侵户清寒，捎池急雨[①]，时听飞过啼禽。扫荒径、残梅似雪，甚过了、人日更多阴[②]。压酒人家，试灯天气[③]，相次登临。　犹记旧游亭馆，正垂杨引缕。嫩草抽簪。罗带同心，泥金半臂[④]，花畔低唱轻斟。又争信、风流一别，念前事、空惹恨沉沉。野服山筇醉赏[⑤]，不似如今。

[注释]

①捎：拂。　②人日：正月初七。　③试灯：指农历正月十四日试灯，正月十五日张灯迎元宵节。　④泥金半臂：以金钱装饰的短袖外衣。⑤野服：隐居者所穿之粗服。

[集评]

詹安泰云："此或刺廖莹中辈之作。莹中为似道作伥，民不堪命。"（《花外集笺注》）

解连环

橄　榄

万珠悬碧，想炎荒树密[①]，□□□□。恨绛娣[②]、先整吴帆，政鬟翠逞娇，故林难别。岁晚相逢，荐青子、独夸冰颊[③]。点红盐乱落[④]，最是夜寒，酒醒时节。　霜槎猬芒冻裂[⑤]，把孤花细嚼，时咽芳冽。断味惜、回涩馀甘，似重省家山，旧游风月。崖蜜重尝，到了输他清绝。更留人、绀丸半颗，素瓯泛雪。

[注释]

①炎荒:南方边远蛮荒之地。 ②绛娣:指臂缠绛纱之女子,此喻用绛纱色裹的用以进贡的橄榄。 ③冰颊:此指其味清冽。 ④“红盐”句:指收获、腌制的橄榄。苏轼《橄榄》诗:“纷纷青子落红盐。” ⑤“霜槎”句:指经腌制的橄榄形状。 霜槎:外皮色泽白如霜。 猬芒:喻外皮皱裂。

三姝媚

次周公谨故京送别韵[①]

兰缸花半绽。正西窗凄凄,断萤新雁。别久逢稀,谩相看华髮,共成销黯[②]。总是飘零,更休赋、梨花秋苑。何况如今,离思难禁,俊才都减。 今夜山高江浅,又月落帆空,酒醒人远。彩袖乌纱[③],解愁人、惟有断歌幽婉。一信东风[④],再约看、红腮青眼[⑤]。只恐扁舟西去,蘋花弄晚。

[注释]

①次周公谨:步周密(公谨)原韵作词。 故京:南宋故都临安。元人改称杭州。 ②销黯:神伤。 ③彩袖:指歌女。 乌纱:乌纱帽,代指友人。 ④一信东风:指梅花开时。 ⑤红腮:旧欢。

[集评]

陈廷焯云:“中有幽怨,涉笔便深。”(《词则·大雅集》卷四)

詹安泰云:“按题名故京,自是入元后作。”(《花外集笺注》)

三姝媚

樱 桃

红缨悬翠葆[①]。渐金铃枝深,瑶阶花少。万颗燕支[②],

赠旧情[3]、争奈弄珠人老。扇底清歌[4]，还记得、樊姬娇小[5]。几度相思，红豆都销，碧丝空袅。　芳意荼蘼开早。正夜色瑛盘[6]，素蟾低照。荐笋同时[7]，叹故园春事，已无多了。赠满筠笼[8]，偏暗触、天涯怀抱。谩想青衣初见，花阴梦好[9]。

［注释］

①红缨：喻花残初实之樱桃。　②燕支：胭脂。指樱桃。　③赠旧情：指郑交甫至汉皋台遇二女，佩两珠大如鸡卵，交甫事。此以珠喻樱桃。④扇底清歌：本李煜《一斛珠》"一曲清歌，暂引樱桃破"。　⑤樊姬娇小：白居易诗"樱桃樊素口"。　⑥"夜色瑛盘"句：《拾遗录》载，"后汉明帝于月夜宴群臣于照园，太官进樱桃，以赤瑛（赤玉）为盘，赐群臣。月下视之，盘与桃同色，群臣皆笑，云是空盘也。"　⑦荐笋：本《宋史·礼志》"礼官宗正条定每岁春季月荐蔬以笋，果以樱"。　⑧筠笼：语出杜甫《野人送朱樱》诗"西蜀樱桃也自红，野有相赠满筠笼"。筠笼：竹篮。　⑨"青衣"二句：用《异闻录》范阳卢子至僧舍，有一青衣女子携一笼樱桃至，卢与之相好事。

［集评］

吴衡照云："咏物虽小题，然极难作，贵有不粘不脱之妙……樱桃云：'荐笋同时，叹故园春事，已无多了。……花阴梦好。'……数语刻画精巧，运用生动，所谓空前绝后矣。"（《莲子居词话》卷一）

庆清朝

榴　花

玉局歌残，金陵句绝，年年负却薰风[1]。西邻窈窕，独怜入户飞红[2]。前度绿阴载酒，枝头色比舞裙同。何须拟，蜡珠作蒂，缃彩成丛[3]？　谁在旧家殿阁，自太真仙去，扫地春空[4]。朱幡护取，如今应误花工[5]。颠倒绛英满径,想无车马到山中。西风后,尚馀数点,还胜春浓。

[注释]

①"玉局"三句:指苏轼。玉局:苏轼曾提举玉局观,称苏玉局。金陵:指王安石。王安石退居金陵。此三句指苏、王写下的咏榴花诗词后,后继无人,榴花空自开落。 ②西邻:指榴花。朱熹《榴花》诗:"窈窕安石榴,乃是西邻树,坠萼可怜人,风吹入幽户。" ③缃彩:缃锦中的一种,即榴红锦。 ④"太真"二句:杨贵妃曾于七圣殿前植石榴。见《洪氏杂俎》。⑤"朱幡"二句:用处士崔玄徽作朱幡保护安石榴与众花之事。

[集评]

陈廷焯云:"所谓兴者,意在笔先,神馀言外,极虚极活,极沉极郁,若远若近,可喻不可喻,反复缠绵,都归忠厚……《庆清潮·榴花》……亦庶乎近之矣。"(《白雨斋词话》卷六)

俞陛云云:"词中引用古事,以用其事不用其名为佳。……碧山此词之'玉局'、'金陵',皆引其事不显其名也。此词虽咏花,而起三句即含有社屋之悲。以下七句皆咏本题。转头处即明言'旧家殿阁',以后皆兼写其禾黍之思。观其'车马山中'句当是咏西湖行殿之榴花。结句言数点馀红,犹胜于浓酣之春色,喻己之一点丹心,耿然长在,与吴梅村诗之'石榴喷火照皇都,再哭苍梧愧左徒',有同感也。"(《唐五代两宋词选释》)

庆宫春

水仙花

明玉擎金[①],纤罗飘带,为君起舞回雪。柔影参差,幽芳零乱,翠围腰瘦一捻。岁华相误,记前度、湘皋怨别[②]。哀弦重听[③],都是凄凉,未须弹彻。 国香到此谁怜[④],烟冷沙昏,顿成愁绝。花恼难禁,酒销欲尽,门外冰澌初结[⑤]。试招仙魄,怕今夜、瑶簪冻折。携盘独出,空想咸阳,故宫落月[⑥]。

［注释］

①明玉擎金：谓水仙花。 ②湘皋怨别：用娥皇、女英湘皋啼舜之事。③“哀弦”句：琴曲有《水仙操》，传说为春秋伯牙所作。 ④国香：此指水仙。 ⑤冰澌：水流曰澌。喻江流初冻。 ⑥咸阳：即秦都渭城。今陕西西安东。

［集评］

陈廷焯云：“凄凉哀怨，其为王清惠作乎？”（《词则·大雅集》卷四）

俞陛云云：“起笔二句工整。‘起舞’、‘腰瘦’四句从水仙化身着想，遂觉仙影翩嬛，色香双绝。‘前度’句以湘皋映带水仙，而以‘怨别’二字领起下阕之意。‘哀弦’三句用琴中《水仙操》以切合本题。且廿五湘弦与‘湘皋’句融同一片。转头处‘国香’句及歇拍‘故宫’句标明借花写怨之怀，既感喟身世，复眷念宗国，故下阕烟昏月冷等辞，满纸皆凄凉之韵也。”（《唐五代两宋词选释》）

高阳台

残萼梅酸[①]，新沟水绿，初晴时节暄妍。独立雕阑，谁怜枉度华年。朝朝准拟清明近，料燕翎、须寄银笺[②]。又争如、一字相思，不到吟边。 双娥不拂青鸾冷[③]，任花阴寂寂，掩户闲眠。屡卜佳期，无凭却恨金钱[④]。何人寄与天涯信，趁东风、急整归船。纵飘零、满院杨花，犹是春前。

［注释］

①“残萼”句：指青梅花谢，梅子初结。 ②“料燕翎”句：指雁燕捎书事。 ③双娥：指眉。 不拂：不扫，指不修饰。 ④“屡卜”二句：指古人用金钱占卜的事。

［集评］

张惠言云：“此伤君臣晏安，不思国耻，天下将亡也。”（《论词》）

梁启超云:“麦丈云:此言半壁江山,犹可整顿也。眷怀君国,盼望中兴,何减少陵。”(《饮冰室评词》)

俞陛云云:“芳春正好,而留滞未归,紫燕盼书,金钱卜信,怀人与怀乡之念,并集客中,宜其词之善感矣。张叔夏评碧山词云:‘琢语峭拔,有白石意度。’今观此类之词,笔势迴旋,情致悱恻,是碧山所长,若云峭拔,视白石似尚隔一尘也。……此词纯是怀人之作。”(《唐五代两宋词选释》)

高阳台

陈君衡远游未还,周公谨有怀人之赋,倚歌和之①

驼褐轻装,狨鞯小队②,冰河夜渡流澌③。朔雪平沙,飞花乱拂蛾眉。琵琶已是凄凉调④,更赋情、不比当时。想如今,人在龙庭⑤,初劝金卮。　一枝芳信应难寄,向山边水际,独抱相思。江雁孤回,天涯人自归迟。归来依旧秦淮碧⑥,问此愁、还有谁知?对东风、空似垂杨,零乱千丝。

[注释]

①陈君衡:宋末词人陈允平。　周公谨:宋末词人周密。　②驼褐:粗驼毛衣服。　狨:金丝猴。　鞯:藉马鞍之具。　③流澌:冰下之流水。④“琵琶”句:指昭君出塞事。　⑤龙庭:此指元大都。　⑥“归来”句:用苏轼《和王巩南迁初归》诗“归来万事非,惟见秦淮碧”。

[集评]

陈廷焯云:“上半叙远游未还,是悬揣之词;下半言归来情事,是逆料之词。”(《词则·大雅集》卷四)

谢桃枋云:“陈允平被召北上,使王沂孙联想到历史上王昭君出塞远嫁北方少数民族之事,但又强调今非昔比,意谓今日汉民族国家政权已经丧失,情势已不相同……在词里,作者曲折地表现了汉族士人耻于仕元的民族气节,而陈允平也未负友人们的愿望,拒不接受元朝的官禄,果然以

病辞归了。”(《宋词概论》)

高阳台

和周草窗寄越中诸友韵①

残雪庭阴，轻寒帘影，霏霏玉管春葭②。小帖金泥③，不知春在谁家。相思一夜窗前梦，奈个人、水隔天遮④。但凄然，满树幽香，满地横斜。　江南自是离愁苦⑤，况游骢古道，归雁平沙。怎得银笺，殷勤与说年华。如今处处生芳草，纵凭高、不见天涯。更消他，几度东风，几度飞花。

［注释］

①周草窗：宋末词人周密。越中，指会稽。　②“霏霏”句：指时至春阳，葭灰从律管中飞出。　③小帖金泥：以金泥写的“春帖子”。　④“相思”二句：化用卢仝《有所思》诗“相思一夜梅花发，忽到窗前疑是君”。奈，那。　⑤“江南”句：“别易会难，古人所重。江南饯送下泣言离，北方风俗不屑此，歧路言离，欢笑分首。”见《颜氏家训》。

［集评］

张惠言云：“此伤君臣晏安，不思国耻，天下将亡也。”(《茗柯词选》)

陈廷焯云：“无限哀怨，一片热肠，反复低回，不能自已。以视白石之《暗香》、《疏影》，应有过之无不及。词至是，乃蔑以加矣。”又，“词有碧山而词乃尊，以其品高也。古今不可无一，不可有二。词法莫密于清真，词理莫深于少游，词笔莫超于白石，词品莫高于碧山。皆圣于词者。”(《词则·大雅集》卷四)

王闿运云：“此等伤心语，词家各自出新，实则一意，比较自知文法。”(《湘绮楼评词》)

陶尔夫、刘敬圻云：“这是一首唱和词。情词慷慨，寄意遥深，和韵而超过原韵，显示出王沂孙精湛的艺术造诣。从周密原作看，其五六句含亡国哀思，当为宋亡后写。王沂孙此词，写于稍后，亦从‘残雪’二字起拍。

但词中的重点却是盼春,写春天即将来临。……在思想上大大超过了周密的原作。"(《南宋词史》)

扫花游

秋　声

商飙乍发[1],渐淅淅初闻,萧萧还住。顿惊倦旅。背青灯吊影[2],起吟愁赋。断续无凭,试立荒庭听取。在何许。但落叶满阶,唯有高树。　　迢递归梦阻。正老耳难禁[3],病怀凄楚。故山院宇。想边鸿孤唳,砌蛩私语。数点相和,更著芭蕉细雨。避无处。这闲愁,夜深尤苦。

[注释]

①商飙:秋风。　②吊影:对影自伤。　③难禁:难以忍耐。

[评注]

许昂霄云:"不似竹山罗列许多秋声,命意与欧公一赋仿佛相似。但从旅客情怀说来,倍觉怆然。'顿惊倦旅',主意。'但落叶满阶,惟有高树',欧公所谓声在树间也。'想边鸿孤唳'四句,借以作波,亦如欧公赋末,用虫声唧唧也。"(《词综偶评》)

陈廷焯云:"前半隐括永叔《秋声赋》,后半则自写身世飘零之感。"(《词则·大雅集》卷四)

扫花游

绿　阴

小庭荫碧,遇骤雨疏风,剩红如扫。翠交径小,问攀条弄蕊,有谁重到。谩说青青,比似花时更好。怎知道,□一别汉南,遗恨多少[1]。　　清昼人悄悄。任密护帘寒，暗迷窗晓。旧盟误了[②]，又新枝嫩子，总随春老。渐隔相思，极目长亭路杳。搅怀抱，听蒙茸、数声啼鸟。

[注释]

①汉南：指荆州。桓温望昔日所植树木，叹曰，“树犹如此，人何以堪?”感叹时光易逝。 ②“旧盟”句：暗用杜牧《叹花》“狂风吹落深红色，绿叶成阴子满枝”诗意。讲杜牧游湖州遇一女子，约后娶之，当再来时，女子已嫁生子事。

[集评]

周济云：“叹感时已去。”(《宋四家词选》)

詹安泰云：“‘旧盟误了，又新枝嫩子，总随春老，渐隔相思，极目长亭路杳。’为少帝新立时作。‘旧盟’指秦桧和议事，‘新枝嫩子’指少帝，怜其幼冲，又无贤辅，恐无济时艰也。”(《花外集笺注》)

扫花游

绿　阴

卷帘翠湿，过几阵残寒，几番风雨。问春住否？但匆匆暗里，换将花去。乱碧迷人，总是江南旧树。谩凝伫，念昔日采香[①]，今更何许？　　芳径携酒处。又荫得青青，嫩苔无数。故林晚步，想参差渐满，野塘山路。倦枕闲床，正好微曛院宇[②]。送凄楚，怕凉声、又催秋暮。

[注释]

①采香：指采香人、美人。 ②微曛：日落时之馀光。

[集评]

周济云：“刺朋党日繁。”(《宋四家词选》)

钱基博云：“两阕(指《扫花游·绿荫》和《摸鱼儿》)皆以‘春住’为

言,‘春’亦喻宋……前阕曰‘过几阵残寒,几番风雨。问春住否’……其殆有望于崖山将相,排万难,历百险,同心勠力以延宋一脉乎?而无如‘匆匆暗里,换将花去’,春终不住,宋亦不延也。‘乱碧迷人,总是江南旧树’,言元用以前驱伐宋,而勘定江南者,如范文虎、吕文焕、夏贵之徒,宋之降将耳。此皆以比兴为寄托。”(《中国文学史》)

扫花游

绿　阴

满庭嫩碧,渐密叶迷窗,乱枝交路。断红甚处。但匆匆换得,翠痕无数。暗影沉沉,静锁清和院宇。试凝伫。怕一点旧香,犹在幽树。　　浓阴知几许。且拂簟清眠,引筇闲步[①]。杜郎老去[②],算寻芳较晚,倦怀难赋。纵胜花时,到了愁风怨雨。短亭暮,谩青青、怎遮春去?

[注释]

①引筇闲步:拄杖信步。筇,竹杖。　②杜郎:指杜牧。

[集评]

陈廷焯云:“托体高远。”(《词则·别调集》卷二)

詹安泰云:“‘暗影沉沉,静锁清和院宇。试凝伫。怕一点旧香,犹在幽树。’此亦言小人竞进,君子高蹈,怕之者,正所以伤之也。“杜郎老去”以下,当更有所指意者,其文天祥乎?……此词殆作于乙亥夏乎?”(《花外集笺注》)

琐寒窗

春　思

趁酒梨花[①],催诗柳絮[②],一窗春怨。疏疏过雨,洗尽满阶芳片。数东风、二十四番,几番误了西园宴[③]。认小帘朱户，不如飞去，旧巢双燕。　曾见，双蛾浅。自别后，多应黛痕不展。扑蝶花阴，怕看题诗团扇[④]。试凭他、流水寄情，溯红不到春更远。但无聊、病酒厌厌，夜月荼蘼院。

[注释]

①趁酒梨花：杭州习俗梨花开时酿酒。号梨花春。　②催诗柳絮：引用谢道韫诗句"未若柳絮因风起"形容雪的故事。被誉为咏絮才。　③西园：上林苑。泛指苑囿。　④题诗团扇：指汉班婕妤事，表现女子失宠。

[集评]

李调元云："其词以韵胜，如《琐窗寒》起句云：'趁酒梨花，催诗柳絮，一窗春怨。'末句云：'夜色荼蘼院。'皆倩丽宜人。"（《雨村词话》卷二）

琐寒窗

春　寒

料峭东风，廉纤细雨[①]，落梅飞尽。单衣恻恻，再整金猊香烬[②]。误千红、试妆较迟，故园不似清明近。但满庭柳色，柔丝羞舞，淡黄犹凝。　芳景，还重省。向薄晓窥帘，嫩阴敧枕。桐花渐老，已做一番风信。又看看、绿遍西湖，早催塞北归雁影。等归时、为带将归，并带江南恨[③]。

[注释]

①廉纤：细微。　②金猊：香炉。　③江南恨：指离恨。韦庄《古离别》："更把玉鞭云外指，断肠春色在江南。"

[集评]

詹安泰云:“玩‘单衣恻恻,再整金猊香烬。误千红试妆较迟,故园不似清明近’及‘等归时为带将归,并带江南恨’等句,似寓三宫北上,崖山谋复时事。词亦当作于此时。”(《花外集笺注》)

琐寒窗

出谷莺迟[①],踏沙雁少,殢阴庭宇[②]。东风似水,尚掩沉香双户[③]。恁莓阶[④]、雪痕乍铺,那回已趁飞梅去[⑤]。奈柳边占得,一庭新暝,又还留住。　　前度,西园路。记半袖争持,鬥娇眉妩。琼肌暗怯,醉立千红深处。问如今、山馆水村,共谁翠幄熏蕙炷。最难禁、向晚凄凉,化作梨花雨[⑥]。

[注释]

①出谷莺迟:黄莺来迟,表明春日迟。《诗经·小雅·伐木》:“出自幽谷,迁于乔木。” ②殢(tì)阴:阴霭笼罩。 ③双户:指门。古称一扇门为户,双扇为门。 ④莓阶:生满苔藓的台阶。 ⑤飞梅:指凋谢的梅花。 ⑥梨花雨:雨打落花。李重元《忆王孙》词:“欲黄昏,雨打梨花深闭门。”

[集评]

詹安泰云:“此首殆得崖山败讯时作,词意极凄郁沉痛。‘问如今山馆水村,共谁翠幄熏蕙炷。最难禁、向晚凄凉,化作梨花雨。’则已家国沉沦,无恢复之望,又不止‘江南恨’已也。”(《花外集笺注》)

应天长

疏帘蝶粉,幽径燕泥,花间小雨初足。又是禁城寒食[①],轻舟泛晴渌。寻芳地,来去熟,尚仿佛、大堤南北[②]。望杨柳、一片阴阴,摇曳新绿。　　重访艳歌人,听取春声，犹是杜郎曲[3]。荡漾去年春色，深深杏花屋。东风曾共宿，记小刻、近窗新竹。旧游远，沉醉归来，满院银烛。

[注释]

①寒食：寒食节禁火三日。在冬至后一百五日。　②大堤：指隋堤，在今江苏江北运河上。白居易《隋堤柳》诗："大业年中炀天子，种柳成行夹流水，西自黄河东至淮，绿影一千三百里。"　③杜郎曲：杜牧《遣怀》诗"十年一觉扬州梦，赢得青楼薄幸名"。

[集评]

俞陛云云："上阕仅叙述旧游，其婉妙处在'荡漾去年春色'至结句，笔致亦若春风之荡漾，当年之题竹小诗，醉花深屋，如流尘逐梦矣。结句四字，昌黎之咏银烛，在共醉之时。此则在独归之后，其有'烛消人瘦'之感耶？"（《唐五代两宋词选释》）

八六子

扫芳林，几番风雨，匆匆老尽春禽。渐薄润侵衣不断，嫩凉随扇初生，晚窗自吟。　沉沉，幽径芳寻。晻霭苔香帘净[1]，萧疏竹影庭深。谩淡却蛾眉，晨妆慵扫，宝钗虫散[2]，绣屏鸾破，当时暗水和云泛酒[3]，空山留月听琴。料如今，门前数重翠阴。

[注释]

①晻霭：阴暗不明的雾气。　②虫散：指宝钗上的玉虫装饰分离，喻情侣分离。　③暗水和云泛酒：指曲水流觞之雅事。

[集评]

陈廷焯云："碧山《八六子》云：'谩淡却蛾眉……门前数重翠阴。'宛雅幽怨，殊耐人思。"（《白雨斋词话》卷二）

俞陛云云:“上阕惜春光之易老,下阕‘蛾眉’句以下感旧而兼怀人,承以‘宝钗’二句,凄艳动人。《八六子》之腔拍生硬,作者自然雅逸出入,若不经意,而情景并到,结处馀韵不尽,句亦浑成。”(《唐五代两宋词选释》)

摸鱼儿

洗芳林、夜来风雨,匆匆还送春去[①]。方才送得春归了,那又送君南浦[②]。君听取。怕此际、春归也过吴中路。君行到处。便快折湖边,千条翠柳,为我系春住。　春还住,休索吟春伴侣。残花今已尘土[③]。姑苏台下烟波远,西子近来何许?能唤否?又恐怕、残春到了无凭据。烦君妙语。更为我将春,连花带柳,写入翠笺句。

[注释]

①“洗芳林”二句:言风雨催春。化用孟浩然《春晓》“夜来风雨声,花落知多少”和辛弃疾《摸鱼儿》“更能消几番风雨,匆匆春又归去”。②“方才”二句:化用王观《卜算子》词“才始送春归,又送君归去,若到江南赶上春,千万和春住”。　③残花今已尘土:化用辛弃疾《摸鱼儿》词“惜春常怕花开早,何况落红无数”。

[集评]

邓廷桢云:“至慢词换头处,最忌横亘血脉,碧山集中,独无此病。如《摸鱼儿》云:‘洗芳林……写入翠笺句。’通体一气卷舒,生香不断,鄱阳家法,斯为嗣音矣。”(《双砚斋词话》)

李佳云:“余谓词,最宜清空,一气转折,方足陶冶性灵。碧山《花外集·摸鱼儿》云:‘洗芳林……写入翠笺句。’不须雕琢自佳。蒙每学词,必以此旨为式。”(《左庵词话》卷上)

陈廷焯云:“中仙词惟此篇最疏快,风骨稍低,情词却妙。”(《词则·大雅集》卷四)

摸鱼儿

莼[1]

玉帘寒、翠痕微断[2]，浮空清影零碎。碧芽也抱春洲怨，双卷小缄芳字。还又似。系罗带相思，几点青钿缀[3]。吴中旧事。怅酪乳争奇[4]，鲈鱼谩好，谁与共秋醉。
江湖兴[5]，昨夜西风又起，年年轻误归计。如今不怕归无准，却怕故人千里。何况是。正落日垂虹，怎赋登临意[6]。沧浪梦里。纵一舸重游，孤怀暗老，余恨渺烟水。

[注释]

①此词又见《乐府补题》，词调下有题云："紫云山房拟赋莼。"《乐府补题》："紫云，吕同老，和甫"。紫云山房为吕同老之寓所。莼：莼菜。②翠痕：莼丝。浮水面，若断若续。③青钿：指初生莼叶。④酪乳争奇：指莼可与酪乳比美。⑤江湖兴：引起隐居之意。⑥"落日垂虹"二句：化用辛弃疾《水龙吟·登建康赏心亭》"落日楼头，断鸿声里，江南游子。把吴钩看了，阑干拍遍，无人会，登临意"。

[集评]

詹安泰云："按起结两韵及过变三句，家国沦亡之感如盘托出。"（《花外集笺注》）

声声慢

啼螀门静[1]，落叶阶深，秋声又入吾庐。一枕新凉，西窗晚雨疏疏。旧香旧色换却，但满川、残柳荒蒲。茂陵远，任岁华冉冉，老尽相如[2]。　昨夜西风初起，想莼边呼棹，橘后思书[3]。短景凄然，残歌空叩铜壶[4]。当时送行共约，雁归时、人赋归欤？雁归也，问人归、如雁也无？

[注释]

①螀(jiāng):蝉的一种。 ②茂陵:汉武帝陵墓。相如:沂孙自喻。③橘后思书:用韦应物《答郑骑曹青橘绝句》"怜君卧病思新橘,试摘犹酸亦未黄。书后欲题三百颗,洞庭须待满林霜"诗意,表盼友人来信之情。④空叩铜壶:用晋王敦酒后咏曹操诗,击唾壶尽碎事。

[集评]

陈廷焯云:"此篇以疏淡之笔状凄恻之情,绝有姿态。"(《词则·大雅集》卷四)

詹安泰云:"此词虽写身世之感,玩结韵亦亡国后作。茂陵相如寓意显然。"(《花外集笺注》)

声声慢

高寒户牖,虚白尊罍,千山尽入孤光①。玉影如空,开葩暗落清香②。平生此兴不浅,记当年、独据胡床③。怎知道、是岁华换却,处处堪伤。 已是南楼曲断④,纵疏花淡月,也只凄凉。冷雨斜风,何况独掩西窗⑤。天涯故人总老,谩相思、永夜相望。断梦远,趁秋声、一片渡江。

[注释]

①户牖:即门窗。 虚白、孤光:均指月光。 ②开葩:指梅花。③胡床:指椅之一种。折叠椅,来自外族,故名。 ④南楼曲断:反用庾亮登楼游乐吟咏事。南楼,在湖北鄂城南,又名玩月楼。 ⑤西窗:化用李商隐《夜雨寄北》诗句"何当共剪西窗烛,却话巴山夜雨时"。

[集评]

詹安泰云:"此词殆为襄樊失陷后作:'岁华换却,处处堪伤。''断梦远,趁秋声一片渡江。'寓意可见。"(《花外集笺注》)

声声慢

迎门高髻，倚扇清吭，娉婷未数西州[①]。浅拂朱铅，春风二月梢头[②]。相逢靓妆俊语，有旧家、京洛风流[③]。断肠句，试重拈彩笔，与赋闲愁。　犹记凌波欲去，问明珰罗袜，却为谁留[④]？枉梦相思、几回南浦行舟。莫辞玉尊起舞，怕重来、燕子空楼[⑤]。谩惆怅，抱琵琶、闲过此秋。

（以上见孙人和校本《花外集》）

［注释］

①迎门高髻：代指歌伎。　西州：扬州。　②"浅拂"二句：化用杜牧《赠别》"娉娉袅袅十三馀，豆蔻梢头二月初。春风十里扬州路，卷上珠帘总不如"。　③京洛：指北宋汴京与洛阳。　④"犹记"三句：用曹植《洛神赋》事。　⑤燕子空楼：用白居易《燕子楼诗序》记盼盼事，言人去楼空。

［集评］

俞陛云云："绮梦消沉，馀情萦曳，通篇皆感旧成吟，此词叙情明顺，无事寻绎。以倩丽之笔，致低回之意，碧山所擅长也。"（《唐五代两宋词选释》）

金盏子

雨叶吟蝉，露草流萤，岁华将晚。对静夜无眠，稀星散、时度绛河清浅[①]。甚处画角凄凉，引轻寒催燕。西楼外、斜月未沉，风急雁行吹断。　此际怎消遣。要相见、除非待梦见。盈盈洞房泪眼，看人似、冷落过秋纨扇[②]。痛惜小院桐阴，空啼鸦零乱。厌厌地[③]、终日为伊，香愁粉怨。

[注释]

①绛河:即银河。《古诗十九首》:“河汉清且浅。” ②秋纨扇:用班婕妤《怨歌行》语,指被弃。 ③厌厌:恹恹。慵懒愁态。

[集评]

詹安泰云:“按‘西楼外、斜月未沉,风急雁行吹断’及‘痛惜小院桐阴,空啼鸦零乱’两句,似宋室危急,权奸误国时作。‘啼鸦’显有所指。”(《花外集笺注》)

谢桃坊云:“其《金盏子》是写普通的闺怨……是代言体的,托拟妇人语气,内容与风格与传统婉约词比较并无多大相异之点。它们不用事典,语气流美明畅,词意较为明白,可代表王沂孙早期的词作。”(《宋词概论》)

更漏子

日衔山,山带雪,笛弄晚风残月。湘梦断,楚魂迷,金河秋雁飞[①]。 别离心,思忆泪,锦带已伤憔悴。蛩韵急,杵声寒,征衣不用宽。 (以上二首《阳春白雪》卷三)

[注释]

①金河:水名,又名金川,现名大黑河,流经内蒙古中部,在托克托县东流入黄河。

[集评]

詹安泰云:“玩‘湘梦断,楚魂迷’及‘征衣不用宽’等句,殆作于度宗癸酉(1273)襄樊失陷时。”(《花外集笺注》)

锦堂春

七 夕

桂嫩传香，榆高送影，轻罗小扇凉生。正鸳机梭静，凤渚桥成。穿线人来月底，曝衣花入风庭[①]。看星残靥碎[②]，露滴珠融，笑掩云扃[③]。　彩盘凝望仙子，但三星隐隐，一水盈盈[④]。暗想凭肩私语，鬓乱钗横[⑤]。蛛网飘丝罥恨[⑥]，玉签传点催明。算人间待巧，似恁匆匆，有甚心情。

［注释］

①穿线人：指七夕妇女穿针乞巧。　曝衣：七夕宫女将后衣曝晒。②靥碎：此以星喻织女面容。　③扃（jiǒng）：门栓。　④三星：即织女三星。　一水：指银河。　⑤“暗想”二句：想象牛郎织女相会。　⑥罥（juàn）：挂。

青房并蒂莲

醉凝眸。是楚天秋晓，湘岸云收。草绿兰红，浅浅小汀洲。芰荷香里鸳鸯浦，恨菱歌、惊起眠鸥。望去帆，一片孤光[①]，棹声伊轧橹声柔。　愁窥汴堤翠柳，曾舞送当时，锦缆龙舟。拥倾国、纤腰皓齿，笑倚迷楼[②]。空令五湖夜月，也羞照、三十六宫秋[③]。正朗吟，不觉回桡，水花枫叶两悠悠。[④]

［注释］

①孤光：指水光波荡。刘一止《水调歌头》：“水明沙净，波面一叶弄孤光。”　②迷楼：在扬州，为隋炀帝时造。　③三十六宫：西汉长安有离宫别馆三十六所。班固《西都赋》：“离宫别馆，三十六所。”　④唐氏按：此首见吴讷《唐宋名贤百家词》本《片玉集》抄补。《阳春白雪》原注云，明

本误附美成集后。

[集评]

陈廷焯云:“结七字淡而有味。”(《词则·大雅集》卷四)

锦堂春

中 秋

露掌秋深[①],花签漏永,那堪此夕新晴。正纤尘飞尽,万籁无声。金镜开奁弄影,玉壶盛水侵棱[②]。纵帘斜树隔,烛暗花残,不碍虚明[③]。　美人凝恨歌黛,念经年间阻,只恐云生。早是宫鞋鸳小,翠鬓蝉轻。蟾润妆梅夜发,桂熏仙骨香清。看姮娥此际[④],多情又似无情。

(以上三首见《阳春白雪》卷四)

[注释]

①露掌:指承露盘。　②金镜、玉壶:均指月亮。　③虚明:指月光。④姮娥:嫦娥。

[集评]

詹安泰云:“过片起结,均似有所指。‘美人’似指度宗;‘嫦娥’似指贾似道。”(《花外集笺注》)

如梦令

妾似春蚕抽缕,君似筝弦移柱。无语结同心,满地落花飞絮。归去,归去,遥指乱云遮处[①]。

(《阳春白雪》卷五)

[注释]

①“遥指”句：化用欧阳修《踏莎行》词“平芜尽处是青山，行人更在青山外”。

[集评]

陈廷焯云：“意有所兴，总不作一浅语。”（《词则·别调集》卷二）

詹安泰云：“‘满地落花飞絮。归去，归去，遥指乱云遮处。’亡国哀音，迷离惝恍，不堪卒读。”（《花外集笺注》）

谢桃坊云：“这是写普通的闺情，词风柔靡轻灵。”（《宋词概论》）

醉蓬莱

归故山①

扫西风门径，黄叶凋零，白云萧散。柳换枯阴，赋归来何晚②。爽气霏霏，翠蛾眉妩，聊慰登临眼。故国如尘，故人如梦，登高还懒。　数点寒英，为谁零落，楚魄难招③，暮寒堪揽。步屧荒篱④，谁念幽芳远？一室秋灯，一庭秋雨，更一声秋雁。试引芳尊，不知消得，几多依黯⑤。

[注释]

①故山：指词人故里会稽。　②“柳换”二句：用陶渊明典，表归隐之思。　③“楚魄”句：用屈原《楚辞·招魂》典，以写君国之悲。　④步屧（xiè）：散步。　屧：木底鞋。　⑤依黯：惆怅感伤。

[集评]

陆辅之《词旨》警句：“一室秋灯，一庭秋雨，更一声秋雁。”

俞陛云云：“词为归故山而作，起笔萧飒之音，凌纸而发。‘翠蛾’二句知我无人，谁相慰藉，有‘相看两不厌，只有敬亭山’之意。‘故国’二句怀人恋阙，以浑成之笔写之。‘寒英’六句写匏瓜无匹之感。‘秋灯’三句清愁重叠而来，句法如明珠一串，宜周公瑾称为‘玉笛天津，锦囊昌谷’

也。"(《唐五代两宋词选释》)

钱基博云:"风景不殊,举目有山河之异;'登高还懒','几多依黯',此皆以赋出之。笔情婉秀而出以低回,不为叫嚣,此所以异于辛弃疾之慷慨悲歌也。"(《中国文学史》)

法曲献仙音

聚景亭梅,次草窗韵①

层绿峨峨②,纤琼皎皎,倒压波痕清浅③。过眼年华,动人幽意,相逢几番春换。记唤酒寻芳处,盈盈褪妆晚。

已销黯。况凄凉、近来离思,应忘却、明月夜深归辇。荏苒一枝春,恨东风、人似天远。纵有残花,洒征衣、铅泪都满。但殷勤折取,自遣一襟幽怨。

[注释]

①聚景亭:在西湖之东聚景园内。园以梅著称。 ②层绿:指绿萼梅,此为名品。 峨峨:层层叠叠。 ③倒压波痕:指梅花倒映于湖面。

[集评]

陈廷焯云:"高似孙《过聚景园》诗:'翠华不向苑中来,可是年年惜露台。水际春风寒漠漠,官梅却作野梅开。'可谓凄怨。读碧山此词更觉哀婉。"(《词则·大雅集》卷四)

谢桃坊云:"此非咏一般的梅,而是聚景亭的梅。遗民们选择这个题材是别有深意的……它是宋室帝后曾致养临幸之地,宋亡后词人们吊园中雪香亭之梅,实为抒发沧桑之感以寓故国之思。"(《宋词概论》)

淡黄柳

甲戌冬,别周公谨丈于孤山中。次冬,公谨游会稽,相会一月。又次冬,公谨自剡还,执手聚别,且复别去。怅然于怀,

敬赋此解[1]

花边短笛[2]，初结孤山约，雨悄风轻寒漠漠。翠镜秦鬟钗别，同折幽芳怨摇落[3]。　素裳薄，重拈旧红萼。叹携手、转离索。料青禽、一梦春无几[4]，后夜相思，素蟾低照，谁扫花阴共酌。

[注释]

①甲戌：宋度宗咸淳十年（1274），次冬，宋恭帝德祐元年乙亥（1275），又次冬，宋端宗景炎元年丙子冬（1276）。丙子春正月元兵破临安。②花边短笛：指昔日宴游。　③翠镜：指会稽镜湖。　秦鬟：指会稽秦望山。　钗别：指分离、告别。幽芳：指梅花。　④"料青禽"一句：用赵师雄赴罗浮遇梅仙翠禽事。

[集评]

俞陛云云："此词与草窗叙别。通首历叙萍踪，含情婉转，牙期、管鲍，平生能有几人？南浦移舟，山阳闻笛，同此黯然之思也。"（《唐五代两宋词选释》）

长亭怨

重过中庵故园

泛孤艇、东皋过遍。尚记当日，绿阴门掩。屐齿莓阶，酒痕罗袖事何限。欲寻前迹。空惆怅、成秋苑[1]。自约赏花人，别后总、风流云散。　水远。怎知流水外，却是乱山尤远。天涯梦短。想忘了、绮疏雕槛。望不尽、苒苒斜阳，抚乔木、年华将晚[2]。但数点红英，犹织西园凄婉。

[注释]

①成秋苑：化用李贺"梨花落尽成秋苑"诗句，形容人去园空。　②抚

乔木:化用晋桓温所说“木犹如此,人何以堪”。感叹年华逝去。

[集评]

周尔墉云:“后半阕一片神行,笔墨到此俱化。”(《周批碧山词》)

唐圭璋云:“此首过故园有感。起处叙事,用直起法。‘尚记’两句,即逆入,回忆前游之地。‘屐齿’两句,回忆前游之人。‘欲寻’两句,承上言地已改观,‘自约’两句,承上言人已分散。换头宕开,叹人去之远。‘天涯’两句,叹人不归来。‘望不尽’两句,叹盛时难再。末言花落园空,无限伤感。”(《唐宋词选释》)

西江月

为赵元父赋雪梅图①

褪粉轻盈琼靥②,护香重叠冰绡。数枝谁带玉痕描,夜夜东风不扫。　　溪上横斜影淡,梦中落莫魂销③。峭寒未肯放春娇,素被独眠清晓。

[注释]

①赵元父:为赵与仁之字。宋宗室燕王德昭十世孙,与王沂孙交往甚密。　②琼靥:指雪梅花面如玉。　③“梦中”句:化用王建《梦看梨花云》诗“落落寞寞路不分,梦中唤作梨花云”。

[集评]

俞陛云云:“‘褪粉’二句雪梅合咏,双管齐下。‘东风不扫’四字确是画中之梅,词心工细。结句‘素被’六字即实赋雪梅,亦是佳句。况合‘峭寒’句观之,仍是虚写画中雪梅,字句锤炼而出,犹其馀事也。”(《唐五代两宋词选释》)

踏莎行

题草窗词卷[①]

白石飞仙[②],紫霞凄调[③],断歌人听知音少[④]。几番幽梦欲回时,旧家池馆生青草。　风月交游,山川怀抱[⑤],凭谁说与春知道。空留离恨满江南,相思一夜蘋花老。

[注释]

①草窗词卷:周密现存词集《草窗词》二卷,又名《蘋洲渔笛谱》。②白石:南宋著名词人姜夔。号白石道人。　③紫霞:南宋词人、著名词乐家杨缵,号紫霞翁。　④断歌:指周密词章。　⑤"风月"二句:概括草窗词内容与清逸风格。

[集评]

俞陛云云:"以浑朴之笔,发凄恋之音,可见交谊深挚,紫霞、白石,弁阳翁庶几当之。'风月'、'山川'二句凝重而倜傥,总括草窗之词境,亦隐以自道。此调与稼轩《贺新郎》词之怀同甫,玉田《琐窗寒》词之怀碧山,皆令人增朋友之重。"(《唐五代两宋词选释》)

詹安泰云:"按草窗先居湖,晚年依杨大受居杭,而不复返湖州,然时思湖州……其词集名《蘋洲渔笛谱》,实有怀旧居深意。碧山'相思一夜蘋花老'殊非泛指。"(《花外集笺注》)

醉落魄

小窗银烛,轻鬟半拥钗横玉。数声春调清真曲[①]。拂拂朱帘,残影乱红扑。　垂杨学画蛾眉绿,年年芳草迷金谷[②]。如今休把佳期卜。一掬春情,斜月杏花屋。

(以上七首见《绝妙好词》卷七)

[注释]

①清真曲:北宋词人周邦彦,自号清真居士。其词在南宋广泛传唱。②金谷:金谷园,在今河南洛阳。用石崇昼夜游宴于别业金谷园事。

[集评]

陆辅之《词旨》警句:"一掬春情,斜月杏花屋。"

陈廷焯云:"宛丽中见幽怨。"(《词则·大雅集》卷四)

又云:"殆亦借题言志耶。"《白雨斋词话》

醉落魄

揉碎花心,吟碎淡黄雪。

霜天晓角

翠篁一池秋水,半床露,半床月。

谒金门

恰似断魂江上柳,越春深越瘦。(以上《词旨》警句)

失调名

挑云研雪。(《词旨》)

存目词

调名	首句	出处	附注
望梅	画栏人寂	《花草粹编》卷十二	无名氏词，见《梅花》卷四
水龙吟	素鸾飞下青冥	《古今图书集成》草木典卷九十七莲部艺文五	周密词，见《草窗词》卷上

黄公绍

黄公绍,生卒不详,字直翁,邵武(今属福建)人。咸淳元年(1265)进士。入元不仕,隐居樵溪。有《在轩集》,并著有《古今韵会》,今佚。

潇湘神

端午竞渡棹歌[①]

望湖天,望湖天,绿杨深处鼓䶵䶵[②]。好是年年三二月,湖边日日看划船。

[注释]

①棹歌:船夫之歌。 棹:船桨。 ②鼓䶵䶵(yuān):鼓声洪亮。

潇湘神

鬥轻桡[①],鬥轻桡,雪中花卷棹声摇。天与玻璃三万顷[②],尽教看得几吴舠。

[注释]

①轻桡:轻桨。 ②玻璃:形容水色透明如同玻璃。 ③吴舠(dāo):吴地小船,形如刀。

潇湘神

看龙舟,看龙舟,两堤未鬥水悠悠。一片笙歌催闹晚,忽然鼓棹起中流。

潇湘神

贺灵鼍，贺灵鼍[1]，几年翠舞与珠歌。看到日斜犹未足，涌金门外涌金波[2]。

［注释］

①灵鼍（túo）：鳄鱼一曰鼍。其皮可以蒙鼓。　②涌金门：古杭州西门。

潇湘神

马如龙[1]，马如龙，飞过苏堤健鬥风[2]。柳下系船青作缆，湖边荐酒碧为筒[3]。

［注释］

①马如龙：骏马，马高八尺曰龙马。见《周礼·庾人》。　②鬥风：迎风奋进。　③荐酒：敬酒。　碧为筒：指以荷梗吸酒。

潇湘神

绣周张[1]，绣周张，楼台帘幕絮高扬。谁赋珠宫并贝阙[2]，怀王去后去沉湘[3]。

［注释］

①周张：张罗摆设。“甫绣周张，承神至尊”。见《汉书·礼乐志》。②珠宫贝阙：指水府宫殿。　③沉湘：指屈原自沉于湘水支流之汨罗江。

潇湘神

棹如飞，棹如飞，水中万鼓起潜螭[1]。最是玉莲堂上好,跃来夺锦看吴儿[2]。

[注释]

①潜螭:无角之龙曰螭。 ②吴儿:指西湖赛龙舟的选手。杭州,古属吴地。

潇湘神

建云旂[1],建云旂,土风到处总相犹[2]。朝了霍山朝岳帝[3],十分打扮是杭州。

[注释]

①云旂(yóu):云旗。旗帜之垂穗曰旂。 ②相犹:相似。 ③霍山:即安徽天柱山,古为南岳。 岳帝:东岳泰山之神。

潇湘神

踏青青,踏青青,西泠桥畔草连汀[1]。扑得龙船儿一对[2],画阑倚遍看游人。

[注释]

①西泠:在杭州西湖畔。 ②扑得:捉得,犹言租到。

潇湘神

月明中,月明中,满湖春水望难穷。欲学楚歌歌不得[1],一场离恨两眉峰。

[注释]

①楚歌:楚地民歌。后多指悲苦之歌。

满江红

花朝雨作[1]

客子光阴，又还是、杏花阡陌。攲枕听、一窗夜雨，怎生禁得。银蜡痕消珠凤小[2]，翠衾香冷文鸳拆[3]。叹人生、时序百年心[4]，萍踪迹[5]。　声不断，楼头滴。行不住，街头屐[6]。倩新来双燕，探晴消息。可煞东君多著意，柳丝染出西湖色。待牡丹、开处十分春，催寒食。

[注释]

①花朝：俗传以农历二月十日为百花生日谓之花朝。　②珠凤：女子头上之凤形珠花。　③文鸳：绣有鸳鸯的鞋子。　④时序：时光。　⑤屐：木屐。　⑥倩：请。

念奴娇

月

山围宽碧，月十分圆满，十分春暮。匹似涌金门外看[1]，添得绿阴佳树。野阔星垂，天高云敛，不受红尘污。徘徊水影，闲中自有佳处。　乘兴著我扁舟，山阴夜色[2]，渺渺流光溯。望美人兮天一角，我欲凌风飞去。世事浮沉，人生圆缺，得似烟波趣。兴怀赤壁[3]，大江千古东注[4]。

[注释]

①匹似：据《彊村丛书》本，“匹”当作“正”。　②山阴：绍兴，古称山阴。　③“赤壁”句：指东坡谪黄州时放舟赤壁填词作赋之事。　④东注：东流。

望江南

雨

思晴好，去上竹山窠[①]。自古常言光霁好[②]，如今却恨雨声多。奈此坐愁何。

[注释]

①竹山窠(kē)：竹山深处。 ②光霁：晴天，雨止曰霁。

望江南

思晴好，试卜那朝晴[①]。古木荒村云淰淰[②]，孤灯败壁夜冥冥。不寐听檐声。

[注释]

①试卜：预卜，推测。 ②云淰淰(niǎn)：云不流动。

望江南

思晴好，小驻岂无因。花上半旬春社雨[①]，松间三宿暮山云。转住是愁人[②]。

[注释]

①春社：旧俗立春后第五个戊日为春社。 ②转住：去与住。

望江南

思晴好，春透海棠枝。刻惜许多过时了[①]，可怜生是我来迟[②]。不见软红时。

［注释］

①刻惜：可惜。　②可怜生：可惜。生，语助，无意。

望江南

思晴好，天运几乘除[1]。只为晴多还又雨，谁知雨过是晴初。那得绿阴乎。

［注释］

①乘除：变化。

望江南

思晴好，路滑少人行。早信雨能留得住，尽教尽日自舟横[1]。直等到清明。

［注释］

①尽教：任教、任凭。

望江南

思晴好，我欲问花神。刚道社公瞋旧水[1]，一回旧也一回新。不是两般春。

［注释］

①社公：土地神。

望江南

思晴好，松路翠光寒。夜夜竹窠常梦到，天天后土几时干[1]。极目雾漫漫。

[注释]

①后土:对大地的尊称。

望江南

思晴好,日影漏些儿。油菜花间蝴蝶舞,刺桐枝上鹁鸠啼[1]。闲坐看春犁。

[注释]

①刺桐:即海桐。树似梧桐,花如金凤,色深红。多生于闽粤一带。鹁鸠:斑鸠鸟之别称。

望江南

思晴好,晨起望篱东。毕竟阴晴排日子[1],大都行止听天公。且住此山中。

[注释]

①排日子:安排活计。

花犯

木芙蓉

翠奁空[1]、红鸾蘸影,嫣然弄妆晚。雾鬟低颤。飞嫩藕仙裳,清思无限。象床试锦新翻样,金屏连绣展。最好似、阿环娇困[2],云酣春帐暖。　　寻思水边赋娟娟,新霜□旧约,西风庭院[3]。肠断处,秋江上、彩云轻散。凭谁向、一筝过雁[④]。细说与、眉心杨柳怨。且趁此、菊花天气，年年寻醉伴。[⑤]

[注释]

①翠奁(lián)：绿色的镜台。　②红鸾：红色凤凰、指木芙蓉。　蘸影：弄影水中。　③阿环：杨贵妃，字玉环。　④一筝过雁：指弹筝。雁：雁柱，筝上的弦柱。　⑤唐氏按：此首《词林万选》卷二误作谭宣子词。

喜迁莺

荼　蘼

乱红飞雨。怅春心一似，腾腾闷暑。密绾柔情[①]，暗传芳意，人在垂杨深宇。晓雪一帘幽梦，半点檀心知否[②]。春不管，想粉香凝泪，翠颦含趣[③]。　谁念芳径小，新绿戋戋[④]，问讯今何许。玉冷钗头，罗宽带眼[⑤]，缥缈青鸾难遇[⑥]。望断碧云深处，倚遍画阑将暮。空惆怅，更江头桃叶[⑦]，溜横波渡。

[注释]

①密绾(wǎn)：密挽，暗结。　②檀心：浅红色花心。　③翠颦：绿色眉毛。此指枝叶。　④戋戋(jiān)：众多貌。　⑤带眼：腰带上的孔洞。⑥青鸾：青凤，此指乘凤之仙偶。　⑦桃叶：王献之妾名。曾于秦淮作歌赠别，有桃叶渡。

汉宫春

郡圃赏白莲

身到瑶池。正□永芙蓉[①]，跕素鸾飞[②]。绿云淡笼波面，鸳影差差。青冥世界，向龙宫、涌出江妃。凝望久，夜凉如水，人间惆怅芳时。　池上方壶仙伯[③]，是珊珊月佩[④]，绰绰冰肌。重来碧环胜处，笑引琼卮[⑤]。谁歌白雪，坐中客、赛过玄晖[⑥]。醉归也，玉绳低转[⑦]，晓风轻拂荷衣。

[注释]

①永芙蓉：据《彊村丛书》“永”当作“水”。　②跕(tié)：紧挨着。③方壶：道家传说中的神山。　④珊珊：玉佩叮咚声。　⑤琼卮：玉杯。⑥玄晖：南齐谢朓，字玄晖。曾任宣城太守。　⑦玉绳：玉衡北两星为玉绳。后泛指群星。

莺啼序

吴江长桥[①]

银云卷晴缥渺，卧长龙一带。柳丝蘸、几簇柔烟，两市帘栋如画。芳草岸、弯环半玉、鳞鳞曲港双流会。看碧天连水，翻成箭样风快。　白露横江，一苇万顷[②]，问灵槎何在[③]。空翠湿衣不胜寒，日华金掌沆瀣[④]。甃花平、绿文衬步，琼田涌出神仙界。黛眉修，依约雾鬟，在秋波外。　阁嘘青蜃[⑤]，楼啄彩虹，飞盖蹴鳌背[⑥]。灯火暮，相轮倒影，偷睇别浦，片片归帆，远自天际。舞蛟幽壑，栖鸦古木、有人剪取松江水，忆细鳞巨口鱼堪脍[⑦]。波涵笠泽，时见静影浮光，霏阴万貌千态。　蒹葭深处[⑧]，应有闲鸥，寄语休见怪。倩洗却、香红尘面，买个扁舟，身世飘萍，名利微芥[⑨]。阑干拍遍，除东曹掾[⑩]，与天随子是我辈[⑪]，尽胸中、著得乾坤大。亭前无限惊涛，总把遥吟，月明满载。

[注释]

①吴江长桥：即垂虹桥，在今江苏吴江松陵镇。建于北宋庆历八年(1048)，俗称长桥。 ②一苇：小船。"纵一苇之所如，凌万顷之茫然。"见东坡《前赤壁赋》。 ③灵槎：仙舟。 ④金掌：指金铜仙人承露盘。汉武帝建。 沆瀣(hàng xiè)：天上的清露。 ⑤青蜃：传说中的海怪，能吐气为楼台。 ⑥鳌背：传说有巨鳌十五，负海中五山。见《列子·汤问》。 ⑦细鳞巨口："细鳞巨口，状如松江之鲈。"语见《后赤壁赋》。⑧蒹葭：即芦荻。 ⑨微芥：微细如同芥子。 ⑩东曹掾：晋张翰为大司马东曹掾。秋风起，思吴中莼菜鲈鱼羹，乃弃官归隐。 ⑪天随子：唐陆龟蒙，号天随子，隐居不仕，有《松陵唱和集》。

明月棹孤舟

木　樨[1]

雁带愁来寒事早，西风把、鬓华吹老。猛省中秋[2]，都来几日[3]，先自木樨开了。　　淰淰轻阴天弄晓，平白地、被花相恼。一枕云闲，半窗秋晓，时有阵香吹到。

[注释]

①木樨：桂花之别名。 ②猛省：突然想起。 ③都来几日：共有几日就要到了。

踏莎行

木　樨

蟾苑萧疏[1]，云岩芳馥。仙娥寄种来溪曲[2]。晓烟薰上古龙涎[3]，西风展破黄金粟[4]。　　庾岭未梅[5]，陶园休菊。天教占取清香独。胆瓶枕畔两三枝，梦回疑在瑶台宿。

（以上《彊村丛书》本《在轩词》）

[注释]

①蟾苑:月宫。传说月中有蟾蜍、桂树等。 ②仙娥:指月里嫦娥。③龙涎:香名,从抹香鲸中提取,有异香。 ④黄金粟:桂花细小色黄故名。 ⑤庾岭:大庾岭,以产梅著称。

洞仙歌

刘守之任

银菟分竹[①],是君王亲付。州在扶舆最清处[②]。紫云楼、记取天语丁宁,襦袴手[③],好好为吾摩拊。 望公如望月,见说郴江,父老多时问来暮。旌旆试初凉,紫马西来[④],青丝络、秋风满路。早橘井丹成入仙班[⑤],有乔木前芳,事须公做。 (《翰墨大全》庚集卷十五)

[注释]

①银菟:即银兔符,朝廷派任大臣,取符为信。 分竹:分官爵之意。竹,为象征权力的竹使符。 ②扶舆:犹扶摇,盘旋上升貌。 ③襦绔手:指爱民的好官。“廉叔度,来何暮……平生无襦今五绔。”见《后汉书·廉范传》。 ④紫马:朝廷官员所乘之车马。杜甫《山寺诗》:“使君骑紫马,捧拥从西来。” ⑤橘井:传说汉时苏耽得道仙去,告母曰,明年大疫可用庭前井水,橘叶疗治。事见《神仙传》。橘井,在今湖南郴州。

喜迁莺

和老人咏梅

世情冰尽[①]。算耐久只是,陇头芳信[②]。惆怅人间,几千年□,留得陆郎馀韵。朔云解识花意,遮断疏狂蝶粉。岁寒了,狂风传香远,月移影近。 清润。无点涴,不曰坚乎,如玉真难尽。除宋广平[③],与林和靖[④],肉眼有谁

能认。仙丰道骨如许，相对霜髯雪鬓。长健也，好年年管领，春光随分[⑤]。（《翰墨大全》后戊集卷五）

[注释]

①世情：世态人情。　冰尽：像冰一样消融了。　②陇头芳信，据《荆州记》，陆凯与范晔交善，自江南寄梅花一枝诣长安与晔，诗有"折梅逢驿使，寄与陇头人"之语。　③宋广平：宋璟，开元名相，著有梅花赋。④林和靖：北宋诗人。爱梅。有"疏影横斜水清浅，暗香浮动月黄昏"之句。　⑤随分：随缘欣赏。

存目词

调名	首句	出处	附注
青玉案	碧山锦树明秋霁	《自怡轩词选》卷三	曹组作，见《乐府雅词》卷下
青玉案	年年社日停针线	《词林万选》卷三	无名氏作，见《阳春白雪》卷五

彭履道

彭履道(？—1304),字端正,号正心,江西丰城人。咸淳元年(1265)进士。仕为鄂县令。元大德中,为山南湖北道按察司知事、宁州通判、瑞州蒙山银场提举。

凤凰台上忆吹箫

秦淮夜月

劝客新楼,鸣筝上酒[1],夜凉人爱秋深。何似过、赏心佳处,依约湖阴。东望寒光缥缈,烟水阔、短笛销沉。阑干近,胜时种柳[2],清到如今。 凌波又成误约[3],自珮环飞去,暗想遗音。重省江城倦客[4],醉拥秋衾。谁家一掬红泪[5],孤雁远、湿逗罗襟[6]。石城晓,数声又递寒砧。

[注释]

①鸣筝上酒:在筝琶弹奏中饮酒。 ②胜时:清平时代。 ③凌波:形容女子轻盈的步态,见曹植《洛神赋》,此处指秦淮歌女。 ④重省:回想。 江城:指金陵。 ⑤红泪,相思血泪。 ⑥湿逗:按《历代诗馀》,"逗"作"透"。

兰陵王

渭城朝雨

章台路[1],西出重城几步。秦楼晓、花气未明,一霎空濛洗高树。行人半倚户,飞去,黄鹂自语。秋千小,不系柳条,惟有轻阴约飞絮。 钿车暗相遇[2]。早拂拭红巾,初放鹦鹉。闻歌犹是淋铃处[3]。掩面鸣筝,倚垆呼酒,东风重记旧眉妩[4]。报伊共歌舞。　　西去，屡回顾。渐客舍荒凉，嘶马先驻。玉关万里知何许？但倦拥荒泽，瓜洲难渡[5]。将军垂老，望故国，夜寒苦。

[注释]

①章台：在长安。本秦之宫名，汉时犹存。　②钿车：以金花装饰的车子。　③淋铃：即雨淋铃，歌曲名，唐明皇至斜谷，闻雨声，作此曲以悼念杨贵妃。柳永翻为新声曰《雨霖铃》。　④眉妩：形容女子眉姿娇秀。⑤瓜洲：即瓜州。汉为敦煌郡，后魏改名瓜州，地在玉门关之西。

疏　影

庐山瀑布

银云缥缈[1]。正石梁倒挂[2]，飞下晴昊[3]。早挽悬河，高泻鲸宫[4]，洪声百步低小。分明仙仗崆峒过[5]，又化作，归帆杳杳。倚参差、翠影红霞，远落明湖残照。　　曾共呼龙夭矫[6]。几回过月下，先种瑶草。九叠屏风[7]，青鸟冥冥，更约谪仙重到。昨梦骑黄鹄，飞不去、和天也笑。等恁时、秋夜携琴，已落洞天霜晓。

（以上元《草堂诗馀》卷下）

[注释]

①银云：指瀑布。　②石梁：石桥。　③晴昊：晴空。　④鲸宫：犹龙宫水国。　⑤仙仗：仙人的乐队仪仗。　崆峒：山名。传说黄帝曾至崆峒访广成子。　⑥夭矫：屈曲变化之态。　⑦九叠：指庐山群峰为屏风九叠，“庐山秀出南斗旁，屏风九叠云锦张。”见李白《庐山谣》。

存目词

调名	首句	出处	附注
点绛唇	一夜东风	《汇选历代名贤词府全集》卷一	曹允元作，见元《草堂诗馀》卷下

韦居安

韦居安，生卒不详，浙江吴兴人。咸淳四年（1268）进士。咸淳八年（1272），摄教历阳。景炎元年（1276），司纠三衢。有《梅硐诗话》传世。

摸鱼儿

绕苕城、水平坡渺[①]，双明遥睇无际[②]。就中惟有鱼湾好[③]，占得西关佳致。杨柳外、羡泛宅浮家[④]，当日元真子[⑤]。溪山信美，叹陈迹犹存，前贤已往，谁会景中意。　萧闲甚，筑屋三间近水。汀洲香泛兰芷。清风明月知多少，肯滞软红尘里[⑥]。垂钓饵。这春水生时，剩有桃花鳜。烦襟净洗。待办取轻蓑，来分半席，相对弄清泚。

（《梅硐诗话》卷下）

[注释]

①苕城：吴兴，苕溪流注之地故名。　坡：疑为"波"字之误。　②双明：双眼。　③鱼湾：吴兴有张志和钓游处。　④泛宅浮家：以船为家。⑤元真子：张志和号元真子。　⑥软红尘里：都市车马扬起的尘埃。

[集评]

周笃文云："《梅硐诗话》云：'乡人钱牧叔谦别墅在西门外，地名张钓鱼湾，即唐人元真子张志和钓游处，水亭三间，匾曰：鱼湾风月。诸公多有赋咏。余亦有一词'云云即此词也，风致清美，不减名家。"

柴元彪

柴元彪，生卒不详，号泽臞，浙江江山人。咸淳四年(1268)进士。宋亡不仕。与兄望，随亨、元亨号柴氏四隐。有《袜线词》。

唱金缕

咸淳癸酉茶陵灯夕，时文文山为湖南提刑①

春到云中早。恰梅花、雪后□□，锁窗寒悄。鼓吹喧天灯市闹，在处鳌山蓬岛②。正新岁、金鸡唱晓。一点魁星光焰里③，这水晶、庭院知多少。鸣凤舞，洞箫袅④。

太平官府人嬉笑。道紫微⑤、魁星聚会，参差联照。借地栽花河阳县⑥，桃李芳菲正好。暖沁入、东风池沼。百里楼台天不夜，看祥烟、瑞霭相缭绕。生意满，翠庭草。

[注释]

①咸淳癸酉：宋度宗九年(1273)。　文文山：文天祥。　②鳌山蓬岛：指灯市妆扮的神山仙岛。　③魁星：神话中主文章科第之星。文天祥为状元及第，故此处用之。　④洞箫袅：箫声绵延不断。　⑤紫薇：中书省。　⑥河阳：地名，在河南孟州，潘岳为县令遍种桃花。

水龙吟

己卯中秋①，寓玉山章泉赵石硐家，相留为延桂把菊之会

秋云元自无心，那曾系得归心住。阳关酒尽，灞桥人远，也须别去。□□□□，□□□□，□□□□。有哀雁

声声，愁蛩切切，悄悄地、听人语。　　回首琵琶旧恨，叹西风、□兴如许。江左百年[②]，风流云散，不堪重举。怎得归来，樵歌互答，自相容与[③]。又何须□□，三五蟾光[④]，重阳风雨。

［注释］

①己卯：1279年，元灭南宋故无年号。　②江左：江南，指南宋定都临安，已过百年。　③容与：从容放任。　④蟾光：月光。

踏莎行

戊寅秋客中怀钱塘旧游

淡柳平芜[①]，乱烟疏雨。雁声叫彻芦花渚。亭前落叶又西风，断送离怀无著处。　　切切归期，盈盈尺素[②]。断魂正在西兴渡[③]。满船空载暮愁来，潮头一吼推将去。

［注释］

①平芜：野草丛生的平旷之地。　②尺素：书信。　③西兴渡：钱塘江之渡口名。

蝶恋花

己卯菊节得家书[①]，欲归未得

去年走马章台路[②]。送酒无人，寂寞黄花雨。又是重阳秋欲暮，西风此恨谁分付。　　无限归心归不去。却梦佳人，约我花间住。蓦地觉来无觅处，雁声叫断潇湘浦。

[注释]

①菊节:重阳节。 ②章台:秦宫名,在长安。后指歌台妓馆。

苏幕遮

客中独坐

晚晴初,斜照里。远水连天,天外帆千里。百尺高楼谁独倚。滴落梧桐,一片相思泪。 马又嘶,风又起。断续寒砧[1],又送黄昏至。明月照人人不睡。愁雁声声,更切愁人耳。

[注释]

①寒砧:寒凉的砧杵之声。 砧,捣衣石。

海棠春

客中感怀

阳关可是登高路[1]。算到底、不如归去。时节近中秋,那更黄花雨。 酒病恹恹[2],羁愁缕缕[3]。且是没人分诉。何似白云深,更向深深处。

[注释]

①阳关:古关名,在敦煌玉门关之南。 ②恹恹:无精打采。 ③羁愁:离愁,旅愁。

惜分飞

客 怀

候馆天寒灯半灭[1],对着灯儿泪咽。此恨难分说,能禁几度黄花别。　乍转寒更敲未歇[②]，蛩语更添凄恻[③]。今夜归心切，砧声敲碎谁家月。

[注释]

①候馆：驿馆。　②寒更：寒凉的打更之声。　③蛩语：蟋蟀鸣声。

高阳台

怀钱塘旧游

丹碧归来[①]，天荒地老，骎骎华髮相催[②]。见说钱塘，北高峰更崔嵬。琼林侍宴簪花处，二十年、满地苍苔。倩阿谁，为我起居[③]，坡柳逋梅[④]。　凄凉往事休重省，且凭阑感慨，抚景衔杯。冷暖由天，任他花谢花开。知心只有西湖月，尚依依、照我徘徊。更多情，不间朝昏，潮去潮来。

（以上八首见《柴氏四隐集》卷二）

[注释]

①丹碧：指帝王宫殿。丹碧，金碧装饰。　②骎骎：迅疾貌。　③起居：住所。　④坡柳逋梅：即种柳栽梅之意。　坡柳：指东坡咏柳之事。逋梅：林和靖，名逋，隐居于西湖孤山，养鹤植梅，梅妻鹤子，有名于时。

东　冈

南宋有二东冈，一姓林，名子明，字用晦，三山人。见方回《桐江集》。月泉吟社云：分水人，自署月华吟客。一姓徐，不知其名。见《翰墨大全》及《永乐大典》。

百字令

戴平轩新居，子侄新婚

排云拓月，向天上移下，神仙华屋。画栋飞檐千万落，黼黼城南乔木[①]。出谷莺迁，趋庭燕尔[②]，袍绾登科绿[③]。嫦娥分付，广寒今夜花烛。　遥想高越于门[④]，烂盈百辆，夹道争车毂。春满剡溪溪上路，一任瑶华飞六[⑤]。舆奉潘慈[⑥]，楼高华萼[⑦]，坐享齐眉福。庭槐列戟[⑧]，公侯衮衮相属[⑨]。

（《翰墨大全》后丁集卷六）

[注释]

①黼黼：本义为礼服上黑白相间之花纹。此为盛美之意。　②燕尔：形容新婚之欢乐为燕尔婚。　③袍绾：犹袍带。　登科绿：新科进士穿绿色袍服。　④于门：即于公高门之省。西汉于公为县吏，治狱公平，筑屋时高大其门谓子孙必有兴者，后其子于定国果为显贵。　⑤飞六：飞雪。雪花六角故称六出花。　⑥潘慈：指潘岳母亲。潘岳《闲居赋》："太夫人乃御板舆，升轻轩。"后世以为养亲之典。　⑦华萼：喻兄弟。唐明皇建有华萼楼，以处其兄弟。　⑧庭槐：王旦植槐于庭曰吾子孙应有为三公者。已而果然。天下谓之三槐王氏。见《言行录》。　列戟：卫士持戟于门，言门第显贵。　⑨衮衮：连续貌。

范晞文

范晞文，生卒不详，字景文，号药庄，钱唐（今浙江杭州）人。太学生。理宗时，与叶李上书诋贾似道，窜琼州。入元，以程钜夫荐，擢江浙儒学提举，转长兴丞。有《药庄废稿》。

意难忘

清泪如铅[①]。叹咸阳送远，露冷铜仙。岩花纷堕雪，津柳暗生烟。寒食后，暮江边。草色更芊芊[②]。四十年，留春意绪，不似今年。　山阴欲棹归船[③]。暂停杯雨外，舞剑灯前。重逢应未卜，此别转堪怜。凭急管，倩繁弦[④]。思苦调难传。望故乡，都将往事，付与啼鹃。[⑤]

（《绝妙好词》卷六）

[注释]

①如铅："忆君清泪如铅水。"见李贺《金铜仙人辞汉歌》。铅泪形容泪水之凝重酸苦。　②芊芊：茂盛。　③山阴：绍兴。东晋王徽之居山阴，雪夜泛舟剡溪访戴逵，到门而返。人问之。曰：乘兴而去兴尽而返，何必见戴。　④倩：请。　⑤唐氏按：此首别误作范仲淹词，见《古今词选》卷五。

叶　李

叶李(1242—1293),字太白,一字亦愚,又字舜王,杭州人。景定五年(1264),为太学生,上书攻贾似道得罪,窜漳州。宋亡仕元,官至尚书右丞。

失调名

赠贾似道

君来路,吾归路,来来去去何时住。公田关子竟何如[1],国事当时谁汝误。　雷州户,厓州户,人生会有相逢处。客中颇恨乏蒸羊,聊赠一篇长短句。

(《南村辍耕录》卷十九)

[注释]

①公田:官田。官府管辖之田。　关子:南宋时的一种纸币。

[集评]

陶宗舆云:"叶公亦愚(李),钱唐人,宋太学生。上诋贾似道公田关子不便,专权误国……遂遭黥流岭南。及蒙恩放还,与似道遇诸途。公以词赠云……"(《辍耕录》卷十九)

梁　栋

梁栋(1242—1305)，字隆吉，其先湘州人，迁镇江。咸淳四年(1268)进士。选宝应簿，调钱唐仁和尉，入帅幕。宋亡，归武林，后卜居建康，时往来茅山中。

念奴娇

春　梦

一场春梦，待从头、说与傍人听著。罨画溪山红锦障[①]，舞燕歌莺台阁。碧海倾春，黄金买夜，犹道看承薄[②]。雕香剪玉，今生今世盟约。　须信欢乐过情[③]，闲嗔冷妒，一阵东风恶。韵白娇红消瘦尽，江北江南零落。骨朽心存，恩深缘浅，忍把罗衣著。蓬莱何处，云涛天际冥漠。

（《翰墨大全》后甲集卷十）

[注释]

①罨(yǎn)画：彩画。　②看承：招待。　③过情：过度。

摸鱼儿

登凤凰台[①]

枕寒流、碧萦衣带，高台平与云倚。燕来莺去谁为主，磨灭谪仙吟墨[②]。愁思里。待说与山灵，还又羞拈起。箫韶已矣[③]。甚竹实风摧[④]，桐阴雨瘦，景物变新丽。　江山在，认得刘郎阿寄[⑤]。年来声誉休废。英雄不博胭脂井[⑥]，谁念故人衰悴。时有几。使凤去台空，莫厌频游此。兴亡过耳。任北雪迷空，东风换绿，都付梦和醉。

（《翰墨大全》后乙集卷十三）

[注释]

①凤凰台:在金陵凤凰山上,相传刘宋永嘉年间,凤凰集于此山,乃筑台。　②谪仙吟墨:李白有《登金陵凤凰台》诗。　③箫韶:舜乐名。《尚书·益稷》:"箫韶九成,凤凰来仪。"　④竹实:凤凰非竹实不食梧桐不栖。　竹实:竹之果实。　⑤刘郎阿寄:刘裕字寄奴,为刘宋开国之君。　⑥胭脂井:即金陵之景阳井。隋兵入城陈后主与张丽华、孔贵妃投入此井,后被牵出,又名辱井。

一萼红

芙蓉和友人韵[1]

怨东风,把韶华付去,秾李小桃红。黄落山空,香销水冷,此际才与君逢。敛秋思、愁肠九结,拥翠袖、应费剪裁工。晕脸迎霜,幽姿泣露,寂寞谁同。　休笑梳妆淡薄,看浮花浪蕊,眼底俱空。夜(帐)(怅)云闲[2],寒城月浸,有人吟遍深丛。自前度、王郎去后[3],旧游处、烟草接吴宫。惟有芳卿寄言,蹙损眉峰。

(《永乐大典》卷五百四十"蓉"字韵引《梁隆吉集》)

[注释]

①芙蓉:木芙蓉一名拒霜,霜后始开花。　②夜(帐)(怅)云闲:此为对仗句,"夜帐"对"寒城","云闲"对"月浸"。　③王郎:王圭字禹玉,有咏芙蓉诗。

莫仑

莫仑，生卒不详，字子山，号两山，江都人。寓家丹徒（今江苏镇江）。咸淳四年（1268）登进士第，入元不仕。见至顺镇江志卷十九。

水龙吟

镜寒香歇江城路，今度见春全懒[①]。断云过雨[②]，花前歌扇，梅边酒盏。离思相欺，万丝萦绕，一襟销黯。但年光暗换，人生易感，西归水、南飞雁。　也儗与愁排遣[③]。奈江山、遮拦不断。娇讹梦语，湿荧啼袖[④]，迷心醉眼。绣毂华茵[⑤]，锦屏罗荐[⑥]，何时拘管。但良宵空有，亭亭霜月[⑦]，作相思伴。

［注释］

①今度：这回。　②断云：片云。　过雨：阵雨。　③儗：打算。　④湿荧：泪光。　⑤华茵：华美的地毯。　⑥罗荐：丝质的席褥。　⑦亭亭：高远貌。

［集评］

况周颐云："莫子山《水龙吟》换头云：'也拟与愁排遣，奈江山遮拦不断。……迷心醉眼。'此等句便开明以后词派，风格稍稍逊矣。其过拍云：'但年光暗换，人生易感，西归水，南飞燕。'此等句便佳，浑成而意味厚。"（《蕙风词话》卷二）

玉楼春

绿杨芳径莺声小，帘幕烘香桃杏晓[①]。馀寒犹峭雨疏疏[2]，好梦自惊人悄悄。　凭君莫问情多少，门外江流罗带绕。直饶明日便相逢[3]，已是一春闲过了。

[注释]

①烘香：熏香。　②犹峭：仍很冷峻。　③直饶：即使，就算。

[集评]

况周颐云："《玉楼春》换头云：'凭君莫问情多少，门外江流罗带绕。'此等句便佳，浑成而意味厚。"（《蕙风词话》卷二）

生查子

三两信凉风[1]，七八分圆月。愁绪到今年，又与前年别。　衾单容易寒，烛暗相将灭。欲识此时情，听取鸣蛩说[2]。

[注释]

①信凉风：依节令而至的凉风。江淮上行船，待风而驶。七八月之东北风曰上信。　②鸣蛩：鸣叫的蟋蟀。

卜算子

红底过丝明[1]，绿外飞绵小[2]。不道东风上海棠，白地春归了[3]。　月笛曲栏留，露舄芳池绕[4]。争得闲情似旧时，遍索檐花笑。　（以上四首见《绝妙好词》卷五）

[注释]

①"红底"句：红花上飘过的柳丝，显得分外显眼。　②飞绵：飞絮。③白地：白白地。　④露舄：光着脚着鞋。

摸鱼儿

听春教、燕颦莺诉[①]。朝朝花困风雨。六桥忘却清明后[②]，碧尽柳丝千缕。蜂蝶侣。正闲觅闲花，闲草闲歌舞。最怜西子。尚薄薄云情，盈盈波泪，点点旧眉妩[③]。
流红记[④]，空泛秋宫怨句。才色何处娇妒。落红无限随风絮，诗恨有谁曾遇。堪恨处。恨二十四番[⑤]花信催花去[⑥]。东君暗苦。更多嘱多情，多愁杜宇，多诉断肠语。

（《词品》卷五）

[注释]

①燕颦莺诉：莺燕弄姿作态，尽情倾诉。　②六桥：西湖有六桥。③眉妩：眉样娇好。　④流红：宫女题诗红叶自沟中流出。见《云溪友议》。　⑤二十四番：原作“前度”，据《词综》卷二十三改。　⑥花信：即二十四番花信风。

[集评]

卓人月云：“多字，多多益善。”（《词统》卷十五）

陈廷焯云：“此词以叠字，双字见长，亦有佳致。”（《别调集》卷二）

姚云文

姚云文,生卒不详,字圣瑞,高安(今属江西)人。咸淳四年(1268)进士,官兴县尉。入元,授承直郎,抚建两路儒学提举。有《江村遗稿》,今不传。《翰墨大全》又称为"姚若川"。《天下同文》称姚云。

摸鱼儿

艮 岳[①]

渺人间、蓬瀛何许[②],一朝飞入梁苑[③]。辋川梯洞层瑰出[④],带取鬼愁龙怨。穷游宴。谈笑里,金风吹折桃花扇[⑤]。翠华天远[⑥]。怅莎沼黏萤,锦屏烟合,草露泣苍藓。　　东华梦[⑦],好在牙樯雕辇[⑧]。画图历历曾见。落红万点孤臣泪,斜日牛羊春晚。摩双眼。看尘世,鳌宫又报鲸波浅[⑨]。吟鞘拍断。便乞与娲皇,化成精卫,填不尽遗恨。

[注释]

①艮岳:宋徽宗时,在禁城东北(艮方)培筑的土山,穷极奢华。　②蓬瀛:神话中的仙山。　③梁苑:梁孝王所修之兔园。此指艮岳。　④辋川:陕西蓝田辋川谷有王维别墅。　⑤"金风"句:指金兵攻陷汴京,掳二帝妃嫔北去。　⑥翠华:皇帝的车驾,仪仗。　⑦东华梦:宋都汴京有东华门。⑧牙樯:象牙装饰的桅杆。　雕辇:雕刻精美的御车。　⑨鳌宫:龙宫。

[集评]

陈廷焯云:"姚云文艮岳词云:'渺人间蓬瀛何许'慨当以慷,亦陈经国之亚匹也。"(《白雨斋词话》卷七)

玲珑玉

半闲堂赋春雪[①]

开岁春迟，早赢得、一白潇潇。风窗淅簌，梦惊金帐春娇。是处貂裘透暖，任尊前回舞，红倦柔腰。今朝。亏陶家[②]、茶鼎寂寥。　　料得东皇戏剧[③]，怕蛾儿街柳[④]，先門元宵。宇宙低迷，倩谁分、浅凸深凹。休嗟空花无据，便真个、琼雕玉琢，总是虚飘。虚飘。且沉醉，趁楼头、零片未消。

[注释]

①半闲堂：贾似道于临安葛岭起半闲堂。　②陶家：陶弘景，南朝梁代人，工于方术及丹鼎之事。　③东皇：春神。　④蛾儿、街柳：指女子元宵日应景的头饰。街柳即雪柳。

木兰花慢

清明后赏牡丹

笑花神较懒，似忘却、趁清明。更油幄晴悭[①]，箬庵寒浅[②]，湿重红云。东君似怜花透，环碧帹、遮住怕渠惊[③]。惆怅犊车人远[④]，绿杨深闭重城。　　香名，谁误娉婷。曾注谱[⑤]、上金屏。问洛中亭馆，竹西鼓吹[⑥]，人醉花醒。且莫煎酥涴却，一枝枝、封蜡付铜瓶[⑦]。三十六宫春在，人间风雨无情。

[注释]

①油幄：油布车篷。　晴悭（qiān）：晴少。　②箬（ruò）庵：以竹叶（箬）作篷防风。见欧阳修《洛阳风土记》。　③碧帹：绿色的罗巾。　④犊车：牛车。宋时贵妇人入皇宫多乘犊车。见陆游《老学庵笔记》。　⑤注谱：

为花谱所载。 ⑥竹西:在扬州,为风景名胜之地。 ⑦封蜡:以蜡封花切口,可数日不落。

紫萸香慢

近重阳、偏多风雨,绝怜此日暄明。问秋香浓未,待携客、出西城。正自羁怀多感,怕荒台高处,更不胜情。向尊前、又忆漉酒插花人[①]。只座上、已无老兵[②]。 凄情。浅醉还醒,愁不肯、与诗平。记长楸走马,雕弓搾柳[③],前事休评。紫萸一枝传赐,梦谁到、汉家陵。尽乌纱、便随风去,要天知道,华发如此星星。歌罢涕零。

[注释]

①"漉酒"句:陶渊明曾取头巾滤酒。 ②老兵:东晋谢奕逼桓温饮酒,温走避。奕乃邀一军官共饮。曰:失一老兵,得一老兵,亦何所在。见《晋书·谢奕传》。 ③雕弓:刻有花纹的弓。 搾柳:射柳。庾信《周大将军司马裔神道碑》:"藏松宝剑,搾柳雕弓。"

洞仙歌

燕窠香湿[①],误天涯芳信。社近阴晴未前定[②]。听莺簧宛转,似羽疑宫[③],歌未断,落落旧愁都醒。 疏狂追少日,杜曲樊楼[④],拚把黄金买春恨。回首武陵溪[⑤],花待郎归,洞云深、未知春尽。问杨柳梢头几分青,消不得,朝来雨寒一阵。

[注释]

①燕窠(kē):燕巢。 ②社近:春社将近。立春后第五个戊日为社日,一般在春分前后。 ③似羽疑宫:宫商角徵羽为五音。 ④杜曲:地

名，唐长安县有杜氏世世居此。　樊楼：汴京街名，为著名游乐之地。⑤武陵溪：即桃花源。

齐天乐

柳花引过横塘路[1]，萦回曲蹊通圃[2]。插槿编篱，挨梅砌石，次第海棠成坞。吟筇独拄。待寻访斜桥，水边窥户。已约青山，云深不碍客来处。　繁华阅人无数。问旧日平原[3]，君还知否。啼鸟窗幽，昼阴人寂，慵困不如飞絮。匆匆燕语。似迎得春来，且留春住。惜取名花，一枝堪寄与。

[注释]

①横塘：在苏州枫桥之南。　②曲蹊：曲径。　③平原：战国时之平原君。喜宾客养士数千人，有浊世佳公子之称。

蝶恋花

春到海棠花几信[1]。堠馆馀寒[2]，欲雨征衣润。燕认杏梁栖未稳，牡丹忽报清明近。　恨入青山连晓镜。香雪柔酥，应被春消尽。绣阁深深人半醒，烛花贴在金钗影。

[注释]

①花几信：还有几番花信？《荆楚岁时记》："始梅花，终楝花，只二十四番花信风。"海棠为第十七番花信风。　②堠（hòu）馆：驿馆，旅舍。

如梦令

昨夜佳人凭酒[1]，隔著罗衾厮守[2]。听彻五更钟，陡觉霜飞寒逗[3]。却又，却又，陪笑倩人温手。

（以上元《草堂诗馀》卷中）

[注释]

①凭酒：举起酒杯。 ②断守：作伴。 ③寒逗：寒至。

八声甘州

竞　渡

卷丝丝、雨织半晴天，棹歌发清舷。甚苍虬怒跃[1]，灵鼍急吼[2]，雪涌平川。楼外榴裙几点，描破绿杨烟。把画罗遥指，助啸争先。　憔悴潘郎曾记[3]，得青龙千舸，采石矶边。叹内家帖子[4]，闲却缕金笺。觉素标、插头如许[5]，尽风情、终不似門赢船[6]。人声断，虚斋半掩，月印枯禅[7]。

（《天下同文》）

[注释]

①苍虬：青龙。此指船。 ②灵鼍急吼：形容鼓声大作。 ③潘郎：潘岳。 ④内家帖子：四时八节皇宫设宴时，翰林按例撰写帖子词以进。 ⑤素标：白髮。“素标播人头”见陶渊明《杂诗》之七。 ⑥终不似句：于律当为五字句，疑“终”字衍。 ⑦枯禅：枯坐参禅。

赵必瑑

赵必瑑（1245—1294），字玉渊，号秋晓，商王元份九世孙，家东莞。咸淳元年（1265），与父同登进士，任南康县丞。文天祥开府潮惠，辟摄军事判官。入元，隐温塘。有《覆瓿集》。

绮罗香

和百里春暮游南山

办一枝藤，蜡一双屐[1]，纵步翠微深处。无限芳心，付与蜂媒蝶侣。红堆里、杏脸匀妆，翠围外、柳腰娇舞。有吟翁、热恼心肠，肯拈出、美成佳句[2]。　九十光阴箭过，趁取芳晴追逐，春风杖屦。消得几番，风和雨、春归去。怅莺老、对景多愁，倩燕语、苦留难住。秋千影里送斜阳，梨花深院宇。

[注释]

①蜡屐：以蜡涂木屐（木底鞋）。晋阮孚自吹火蜡屐曰："未知一生当着几量（双）屐。"见《世说新语·雅量》。后为悠闲无事之称。　②美成：周邦彦，字美成。

念奴娇

和云谷九日游星岩

一时四美[1]，对重阳、那更无风无雨。尘世难逢开口笑，不饮黄花有语。云谷春生，星岩秋好，引领群仙去。满襟霁月[2]，山中一洗尘雾。　濂翁旧说犹存[3]，渊明独爱菊，风流千古。拄杖笑谈卿与我，不减晋人风度。破帽攲风[④],空尊眠月,也有悠然趣。秋容未老,晚香尤有佳处。

[注释]

①四美:良辰、美景、赏心、乐事、谓之四美。 ②霁月:朗月。 ③濂翁:周敦颐,号濂溪一称濂翁,著有《爱莲说》。 ④破帽:东晋孟嘉九日登山,风吹落帽而不自知,成为诗家熟典。刘克庄不以为然,有句云:"常恨世人新意少……把破帽年年拈出。"

兰陵王

赣上用美成韵

画阑直[①],饾饤千红万碧[②]。无端被,怪雨狂风,僽柳僝花禁春色[③]。寻芳遍楚国。谁识,五陵俊客[④]。流水远,题叶无情,雁足不来杳笺尺[⑤]。 浮生等萍迹。才卸却归鞍,坐未温席。匆匆还又京华食。叹聚少离多,漂零因甚,江南逢梅望寄驿。美人兮天北。 悲恻,恨成积。怅钗玉尘生,猊金烟寂。绿杨芳草情何极。偏懒拨琵琶,愁听羌笛。梨花院落,黄昏后,珠泪滴。

[注释]

①画阑:装饰着花纹的阑干。 ②饾饤:罗列、堆砌。 千红万碧:犹万紫千红。 ③僽柳僝花:折磨摧残花柳。 唐氏按:"僽"原作"憷",误,从《宋元三十一家词》本《覆瓿词》。 ④五陵:汉帝王陵寝区,在长安一带。为豪贵居住之所。 ⑤雁足:指书信,相传雁足可以寄书。

[集评]

潘飞声云:"秋晓先生,志节高超,儒林景仰。其词若霜天鹤唳,清气往来,骚屑哀音,寓黍离麦秀之感,皆可传也。词则绮思丽句,取法清真。"(《粤雅词》)

风流子

赣上饮归用美成韵

旧梦忆钱塘，笙歌里、几度醉斜阳。曾载月一篷，眠杨柳岸，买春深巷，过杏花墙。肠恼断，香鬟盘凤髻，樱口啭莺簧。钗玉分轻[①]，梦孤宵枕，歌纨蠹久[②]，愁对春觞[③]。　司空曾见惯[④]，相逢处，还又联步西厢。底用十分迷殢[⑤]，翠阵红行。记鸳笺题情[⑥]，离怀如诉，鲛绡粉湿[⑦]、别泪犹香。年少抛人易去，苦也相妨。

[注释]

①"钗玉"句：将玉钗分成两股用以赠别。　②"歌纨"句：歌姬的纨扇，久为蛀虫所蚀。　③觞：酒杯。　④"司空"句：唐李绅为司空。以二歌伎为苏州刺史刘禹锡侑酒。刘赠诗云："司空见惯浑闲事，断尽苏州刺史肠"。　⑤迷殢（tì）：着迷陶醉。醉酒曰殢。　⑥鸳笺：绘有鸳鸯的书册。　⑦鲛绡：传说为水底鲛人所织之绡。此指手帕。

风流子

别赣上故人用美成韵

春光才一半，春未老、谁肯放春归。问买春价数，酒边商略[①]，寻春巷陌，鞭影参差。春无尽，春莺调巧舌，春燕垒香泥。好趁春光，爱花惜柳，莫教春去，柳怨花悲。　春心犹未足，春帏暖，炉薰香透春衣。说与重欢后约，春以为期。记春雁回时，锦笺须寄[②]，春山锁处，珠泪长垂。多少愁风恨雨，惟有春知。

[注释]

①商略：商议、合计。　②锦笺：锦书，情书。

[集评]

笃文云:"春字凡十七见,如转辘轳,流利雅畅,一气贯注,摇曳生姿。才人风调,历历可见。"

齐天乐

舟中和花翁韵答自村同年[①]

东南半壁乾坤窄,渺人物、消磨尽。官爵网罗,功名钓饵,眼底纷纷蛙井。暮更朝令。扞格了多少[②],英雄豪俊。身事悠悠,儒冠误矣文章病。　　休休蕉鹿梦省[③]。早牛衣无恙[④],鸥盟未冷[⑤]。相越平吴[⑥],终成底用,不似五湖舟稳。浩歌狂饮。休说我命通,待他心肯。浮世南柯[⑦],梦邯郸一枕。

[注释]

①花翁:孙惟信,字季蕃,号花翁。有《花翁集》。　②扞格:阻碍,排拒。　③蕉鹿梦省:得失梦醒。郑人获鹿藏蕉叶中,后忘其藏鹿之地遂以为梦。见《列子·周穆王》。　④牛衣:蓑衣。汉王章家贫无被卧牛衣中。见《汉书·王章传》。　⑤鸥盟:指隐居云水乡,如与鸥鸟有约。鸥鸟忘机事见《列子·黄帝》　⑥相越平吴:范蠡为勾践相,灭吴国后泛舟五湖而归隐。　⑦南柯:指梦,李公佐有《南柯记》写淳于生于槐下南柯所作荣衰之梦。　⑦邯郸梦:即黄粱梦。卢生于邯郸旅舍中借吕翁一枕梦举进士官场得意,及醒时吕翁所煮黄粱犹未熟。

华胥引

舟泊万安用美成韵[①]

沧浪矶外,小舣兰舟[②],旋沽竹叶[③]。雨过溪肥,波心荡漾鸥对唼[④]。烟晚欸乃渔歌[⑤],和橹声咿轧。要泛五湖,只恐西施羞怯。　年少飘零，鬓未霜、底须轻镊。江南归雁，寄来鸳笺细阅。盟言誓语，满鲛绡罗箧。撩弄相思，琴心寸寸三叠。

[注释]

①万安：今江西吉安，宋时为万安县。　②舣：傍泊。　③竹叶：酒名。　④对唼（zà）：对语。唼，象声词。　⑤欸乃：渔歌声。

意难忘

过庐陵用美成韵[1]

魏紫姚黄[2]。属吟翁管领，曾醉春觞。盟寒钗凤股[3]，灰冷宝猊香。前事远，此心凉。去也棹沧浪。把年时、芳情付与，鸳颈交相。　灯前吊影成双。叹星星丝鬓，老矣潘郎。愁偏欺客枕，样不入时妆。尘面目，铁心肠。归隐又何妨。小滩头、曲竿直钓，谁识严光[4]。

[注释]

①庐陵：今江西吉安，又称庐陵。　②魏紫姚黄：牡丹名种。　③盟寒：失约。　④严光：严子陵名光，东汉人，刘秀友。刘秀称帝，钓于桐庐，隐居不仕。

宴清都

舟中思家用美成韵

远远渔村鼓。斜阳外、宾鸿三两飞度[1]。茅檐春小，白云隐几，青山当户。骚翁底事飘蓬[2]，浑忘却、耕徒钓侣。何时寻、斗酒江鲈，悠悠千古坡赋。　风流种柳渊明[3]，折腰五斗，身为名苦。有秫田贰顷，菊松三径，不如归去。山灵休勒俗驾[④],容我卧、草堂深处。问故园、怨鹤啼猿,今无恙否。

[注释]

①宾鸿:来鸿。 ②骚翁:诗翁。 ③坡赋:苏东坡有前后《赤壁赋》。④种柳:陶渊明门植五柳,自号五柳先生。 ④勒:阻拦档驾。孔稚圭《北山移文》:"请回俗士驾,为我谢逋客。"

锁窗寒

春暮用美成韵

乳燕双飞,黄莺百啭,深深庭户。海棠开遍,零乱一帘红雨[①]。绣帘低、卷起春风,香肩倦倚娇无语。叹玉堂底事[②]。匆匆聚散,又江南旅。 春暮,人何处。想歌馆睡浓,日高丈五。旧迷未醒,莫负孤眠凤侣。长安道、载酒寻芳,故园桃李还忆否。早归来、整过阑干,花下携春俎[③]。

[注释]

①红雨:落花。 ②玉堂:官署,翰林院之代称。 ③春俎:春盘,侑酒之肴食。

隔浦莲

春行用美成韵

东风吹长嫩葆[①],花坞穿青窈[②]。玉管新声,金铃颤响惊青鸟[③]。行乐莫草草。春光闹,鸳浴垂杨沼。 红娇小,梳宫样、髻云钗凤斜倒。酒边轻别,一枕相思到晓。巫山难梦到[④],愁觉,一些心事谁表。

[注释]

①嫩葆:嫩草。 ②青窈:青幽深远。 ③金铃:护花惊鸟之铃铛。④巫山梦:巫山梦神女指男女欢合,见宋玉《高唐赋序》。

苏幕遮

钱塘避暑忆旧用美成韵

远迎风,回避暑。人似荷花,笑隔荷花语。无限情云并意雨。惊散鸳鸯,兰棹波心举[①]。 约重游,轻别去。断桥风月,梦断飘蓬旅。旧日秋娘犹在否[②]。雁足不来,声断衡阳浦[③]。

[注释]

①兰棹:木兰船桨。木兰舟言其华美。 ②秋娘:谢秋娘,唐时名妓。③衡阳浦:衡阳之水边。旧传衡阳回雁峰,大雁至此不再南飞。

[集评]

笃文云:"'无限情云并意雨,惊散鸳鸯,兰棹波心举'弄情无限。《粤词雅》以为短调之极艳冶者,信然。"

齐天乐

簿厅壁灯[①]

红纷绿闹东风透[②],暖得枳花香也。雪柳捻金[③],玉梅铺粉,妆点春光无价。鳌蓬如画[④]。簇万顷芙蕖,桂华相射。艳冶逢迎,香尘满路飘兰麝。 人生行乐聊尔,况良辰美景,好天晴夜。茧帖争先[⑤],芋郎卜巧[⑥],细说成都旧话。传觞立马。看翠阵珠围,歌朋舞社。酒尽更阑,月在蒲萄架。[⑦]

[注释]

①簿厅:主簿官署,主簿即县丞之别称。 ②绿闹:绿叶丰茂。 ③雪柳:此指元宵时女子之头饰。 ④鳌峰:神山名,此指元宵搭建的灯棚。 ⑤茧帖:即茧卜。旧俗元宵时抟米、麦粉做茧状团子,书官位,以卜一年官位之高下。见《开元天宝遗事》。 ⑥芋郎:旧俗元宵搏芋酥为人形食品,以多少决胜负。 ⑦原注:“时簿厅新作蒲萄架。”

烛影摇红

县厅壁灯

月浸芙蕖,冰壶天地波凝碧[①]。太平歌舞醉东风,花市人如织。桃李一城春色。玉梅娇、闹蛾无力[②]。粉围红阵,灯火楼台,绮罗巷陌。 乐事还同,遨头引领神仙客[③]。高烧银烛照红妆,香雾穿瑶席。款款檀牙细拍[④]。醉金尊、东方未白。传柑相遗[⑤],探茧争先,明年今夕。

[注释]

①冰壶:月光。 ②闹蛾:即闹蛾儿。元宵节时女子头上的饰物。 ③遨头:宋代成都太守出游赏花与士女同乐,称太守为“遨头”。 ④款款:从容不迫。 ⑤传柑:北宋宫中元宵节时贵戚近臣以黄柑相赠为乐。

沁园春

归田作

看做官来,只似儿时,掷选官图[①]。如琼崖儋岸[②],浑么便去[③],翰林给舍[④],喝采曾除[⑤]。都一掷间,许多般样,输了还赢赢了输。回头看,这浮云富贵,到底花虚。
吾生谁毁谁誉。任荆棘丛丛满仕途。叹塞翁失马,祸也福也,蕉间得鹿,真欤梦欤。何怨何尤[⑥],自歌自笑,天要吾侪更读书。归去也，向竹松深处，结个茅庐。

[注释]

①选官图：即升官图。玩者掷骰子定升降。 ②琼崖儋岸：琼州，崖州、儋州，为海南地名。苏轼贬官所至之地。 ③浑么：这么。 ④翰林给舍：即翰林、给事中，中书舍人，皆清要官位。 ⑤喝采：博戏呼喝作势，俾得采头叫喝采。 除：升官。 ⑥何尤：有什么过失。

贺新郎

和陈新渌观竞渡韵

绣口琅玕腹[①]。美人兮、阳春一曲，华貂难续。唤醒荷花归棹梦，犹忆红尘迷目。只消得、乌飞兔逐[②]。往事已随流水去，眇愁予、郁郁哀时俗[③]。恨千缕，泪一掬。 不须青史流芳馥。也不须、荣华富贵，尊前频祝。但得山中茅屋在，莫遣鹤悲猿哭。随意种、荼薇躏躅[④]。莼菜可羹鲈可鲙[⑤]，听渔舟、晚唱清溪曲。醉又醒，唤芳醁。

[注释]

①琅玕：美玉。 ②乌飞兔逐：日月流逝，传说日中有乌，月中有兔，故名。 ③眇愁予："目眇眇兮愁予。"出屈原《九歌·湘夫人》，眇，远望。愁予，令我发愁。 ④荼薇：白茅曰荼。薇，菜，可食。 躏躅：即踯躅。杜鹃花，一名红踯躅。 ⑤"莼菜"句：莼生湖沼中，秋日采以作羹，与鲈鱼脍（丝）同食，极鲜美，晋张翰因此归隐。见《晋书·张翰传》。

夏日燕黉堂

和竹硐韵寿匝峰使君

赤城中[①]。奏鹤笙一曲,玉佩丁东。蒲节后七日[②],宴翠阆琼宫[③]。年年王母来称寿,醉蟠桃、几度东风。簇花间五马,轻裘短帽,雪鬓吟翁。　魁宿耀三雍[④]。曾归车共载,非虎非熊[⑤]。急流勇退,渊底卧骊龙。山中不用官三品,垫角巾[⑥]、人慕林宗。记亳州旧事[⑦],画鸱夷子[⑧],献与恭公[⑨]。

[注释]

①赤城:传说中的仙境。　②蒲节:端午节。　③翠阆琼宫:即翠玉砌成的宫殿。传说中的仙宫。　④魁宿:魁星主文章科第。三雍:即辟雍明堂、三台之总称,古代士人应试之地。　⑤非虎非熊:西伯(周文王)将出猎,卜之曰:非熊非罴,非虎非貔。所获霸王之辅。果遇吕尚于渭水之阳。　⑥垫角巾:东汉郭泰字林宗,途中遇雨。巾(帽)折一角以遮雨。时人效之,曰林宗巾。　⑦亳州:今安徽亳县。　旧事:未详。　⑧鸱夷子:范蠡浮海至齐,变姓名曰鸱夷子皮。　⑨恭公:似即寿翁陈匝峰。

水调歌头

寿梁多竹八十

百岁人能几,七十世间稀。何况先生八十,蔗境美如饴[①]。好与七松处士[②],更与梅花君子[③],永结岁寒知。菊节先五日[④],满酌紫霞卮[⑤]。　美成词,山谷字,老坡诗。三径田园如昨,久矣赋归辞。不是商山四皓[⑥],便是香山九老[⑦],红颊白鬅眉。九十尚入相,绿竹颂猗猗[⑧]。

[注释]

①蔗境：晋顾恺之食甘蔗，自尾至本曰“渐入佳境”。见《晋书·文苑传·顾恺之》。　②七松处士：唐郑薰晚年种七松于家，号七松处士。见《南部新书》。　③梅花君子：林和靖。　④菊节：重阳节。　⑤紫霞卮：仙酒之杯。　紫霞：紫色云霞，仙人所乘。　⑥四皓：指秦末隐居商山的东园公、角里先生、绮里季、夏黄公。年皆八十时称商山四皓。　⑦香山九老：白居易晚年居洛阳与胡杲等九人聚于履道坊，人称香山九老。⑧绿竹：“绿竹猗猗”，《诗经·卫风·淇奥》中句。　猗猗：始生柔弱而美盛貌。

贺新郎

寿陈新渌

寿酒浮萸菊[①]。记年年、重阳嘉节，开尊华屋。绿鬓朱颜春不改，彼美人兮如玉。有锦绣、珠玑满腹。户外红尘飞不到，受人间、倒大清闲福[②]。数花甲，才八六。

十分秋色呈新绿。一簇儿、池馆亭台，左梅右竹。柳下系船花下饮，不减西园金谷[③]。更橘外、安排棋局[④]。独立小桥明月夜，唤莺莺、低唱双飞曲。有子也，万事足。

[注释]

①萸菊：茱萸、菊花。　②倒大：非常大、特别大。　③西园：曹操所建，在临漳。　金谷：石崇所建，在洛阳。　④“橘外”句：霜后见二大橘，剖开，中有二叟象戏。见《幽怪录》。象戏即下象棋。

贺新郎

生朝新渌用前韵见赠，再依调答之

低唱芙蓉菊[①]。有吟翁、坐拥红娇，宴黄金屋[②]。恰则绂麟三日后[③]，灿灿睟盘珠玉[④]。不待梦、燕怀枫腹[⑤]。

自是嫦娥分桂种，伴灵椿、千岁延清福。回笑我，龟藏六[⑥]。　　归欤老圃锄春绿。吾菟裘[⑦]、三径荒苔，一庭瘦竹。欲隐贫无山可买，聊尔徜徉盘谷[⑧]。更管甚、云台玉局[⑨]。紧闭柴门传语客，道主人、高枕南窗曲。有酒蟹，此生足。

[注释]

①芙蓉菊：词牌有《金菊对芙蓉》。　②黄金屋：藏娇之屋。汉武帝曰"若得阿娇，当以金屋贮之"。见《史记·武帝本纪》。　③绂麟：生日。④晬盘：生儿周岁，以盘陈弓矢珍宝等物观其取舍，以测其志向。　⑤梦燕：犹燕梦。郑文公有小妾燕姞，梦天使赠兰，后生穆公。　枫腹：张志和母梦枫生腹上，遂生志和。　⑥龟藏六：龟遇险将头尾四足藏于甲中，喻人深藏不露，免招祸灾。　⑦菟裘：退隐之地。在泗水境内。鲁隐公拟营菟裘以养老。　⑧盘谷：河南济源有盘谷。李愿归隐于此。韩愈有《送李愿归盘谷序》。　⑨云台：东汉时建。上绘二十八位功臣图像。　玉局：即玉局观。苏轼曾任提举。

贺新郎

用张小山韵贺小山纳妇

沙上盟鸥鹭。笑吟翁、梦今不到，草堂深处。金屋重重春睡暖，傍翠偎香步步。已自摘、蟠桃三度[①]。旧日画眉情性在，更君房、妙绝文章语[②]。消受得，乘鸾侣。
楼中燕燕谁家住。又从新、移根换叶，栽花千树。第一信风春事觉，莫遣绿羞红污。早早做、阑干遮护。天上姻缘千里合，喜乘槎、先入银河路。人似玉，衣金缕。

[注释]

①三度：传说东方朔三度偷吃西王母蟠桃。见《汉武故事》。　②君

房：张君房，北宋人。工文章，著有《云笈七签》、《丽情集》等。

满江红

和李自玉蒲节见寄韵

如此风涛，又断送、一番蒲节。何处寄、黍筒彩线[①]，龙馋蛟啮。已矣骚魂招不返[②]，兰枯蕙老馀香歇。俯仰间、万事总成陈，新愁结。　梅子雨，荷花月。消几度，头如雪。叹英雄虚老，凄其一吷[③]。回首百年歌舞地，胥涛点点孤臣血[④]。问长江、此恨几时平，茫无说。

[注释]

①黍筒：黍角，即粽子，以彩线缚之，为端午节应时食品。　②骚魂：指屈原。　③一吷（xuè）：以口吹发声曰吷。　④胥涛：钱塘江涌潮，传为伍子胥冤魂所致。

念奴娇

贺陈新渌再娶

烧灯过也[①]，倩东风、又剪芙蕖千朵[②]。翠阵珠围依然是，旧日笙歌社火[③]。一曲乘鸾，万钱骑鹤，仙子来蓬岛。金尊满酌，不妨斜戴花帽。　人生能几欢娱，趁良辰美景，绿娇红小。洞里桃花应笑道，前度刘郎未老[④]。眼雨眉云，情香粉态，恨不相逢早。明年今夕，犀钱玉果分我[⑤]。

[注释]

①烧灯：元宵张灯，故称烧灯。　②芙蕖：荷花，此处指灯。　③社火：民间鼓乐，俗称社火。　④刘郎：刘晨。传说曾同阮肇入天台采药，遇

女仙结为仙侣。 ⑤犀钱玉果:洗儿之钱物。“犀钱玉果,利市平分沾四坐。”见苏轼《减字木兰花》词。

念奴娇

饯朱沧洲

中年怕别,唱阳关未了[①],情怀先恶。回首西湖十年梦,几夜檐花清酌。人世如萍,客愁似海,吟鬓俱非昨。风涛如许,只应高卧林壑。 菊松尽可归欤,叹折腰为米,渊明已错。相越平吴[②],终成底事,一舸五湖差乐[③]。细和陶诗,径寻坡隐,时访峰头鹤。罗浮咫尺[④],春风寄我梅萼。

[注释]

①阳关:即《渭城曲》,离别时演奏之歌曲。 ②相越平吴:范蠡佐越王勾践平灭吴国。 ③五湖:此指太湖,范蠡灭吴后乘一舟泛五湖归隐。④罗浮:广东山名,以梅花著名。

醉落魄

用韵赋九月见梅

西园饮歇,倚阑干、玉箫声彻。荷枯菊老秋芳歇。两蕊三花、九月南州雪[①]。 何郎情思逋仙骨[②],观桃墙杏成疏阔[③]。醉骑玉凤游银阙,满袖西风、吹动暗香月。

[注释]

①南州雪:开在南方的白梅。 ②何郎:何逊。曾有赋扬州早梅诗。逋仙:林逋,以咏梅诗享有盛名。 ③观桃:刘禹锡曾有玄都观桃花诗。墙杏:“一枝红杏出墙头”见陆游诗。叶绍翁改一字,作“一枝红杏出墙来”。

浣溪沙

寄小黄

只为相思怕上楼，离鸾一操恨悠悠[①]。十二翠屏烟篆冷[②]，晓窗秋。　绣线未拈心已懒，花笺欲寄写还羞。懊恨郎边无个信，暮云愁。

[注释]

①离鸾操：乐曲名，表现失偶之苦情。　②烟篆：焚香时的烟气盘旋而上形如篆字。

菩萨蛮

戏菱生

红娇翠溜歌喉急[①]，旧弦拨断新腔入。往事水东流，菱花晓带秋[②]。　帏香双凤集[③]，清泪层绡湿。残梦五更头，酒醒依旧愁。

[注释]

①翠溜：犹翠滑，形容黑髪光滑可爱。　②菱花：即菱花镜。③帏：帐。

朝中措

贺益斋令嗣娶妇

凤凰台上听吹箫，银烛万红摇。要觅琼浆玉饮[①]，隔墙便是蓝桥[②]。　大儿清彻，小乔初嫁[③]，雨腻云娇。愁怕沈郎销瘦[④]，不堪十万缠腰[⑤]。

[注释]

①琼浆玉液:仙家饮料。 ②蓝桥:在陕西蓝田县。世传附近有仙窟,唐人裴航遇云英于此。 ③小乔:三国时周瑜之妻。 ④沈郎:沈约,以清瘦著称。 ⑤十万缠腰:即腰缠十万贯,比喻富足。

朝中措

饯梅分韵得疏字[1]

冰肌玉骨为谁癯[2],只为故人疏。憔悴粉销香减,风流不似当初。 聚能几日,匆匆又散,骑鹤西湖。整整一年相别,到家传语林逋。

[注释]

①分韵:即拈韵,拈得某字为韵脚。 ②癯(qú):清瘦。

朝中措

戏赠东邻刘生再娶板桥谢女

橘肥梅小蜡橙黄,薄薄板桥霜。春透谢娘庭院,雅宜倚玉偎香[1]。 旧情如纸,新情如海,冷热心肠[2]。谁为移根换叶,桃花自识刘郎[3]。

[注释]

①雅宜:最宜。 ②移根换叶:变换环境,此指别娶新人。 ③刘郎:刘禹锡,曾有玄都观看桃花诗。此指东邻刘生。

鹧鸪天

戏赠黄医

湖海相逢尽赏音，囊中粒剂值千金[①]。单传扁鹊卢医术[②]，不用杨高郭玉针[③]。　三斛火，一壶冰。蓝桥捣熟隔云深。无方可疗相思病，有药难医薄幸心[④]。

（以上傅增湘校本秋晓先生《覆瓿集》卷二）

[注释]

①囊：青囊，药囊。　粒：药丸。　剂：方剂，药剂。　②扁鹊：春秋时名医，卢地（今山东长清）人。　③杨高：未详。郭玉，东汉名医，精针灸，师从程高有名于时。　④薄幸：负心之人。

黎廷瑞

黎廷瑞(1250—1308),字禅仲,又字祥仲。号芳洲,鄱县(今属江西)人。咸淳七年(1271)进士,授迪功郎。元至元二十三年(1286)摄本路教授。有《芳洲集》三卷。

大江东去

题项羽庙

鲍鱼腥断[①],楚将军[②]、鞭虎驱龙而起。空费咸阳三月火[③],铸就金刀神器[④]。垓下兵稀[⑤],阴陵道隘[⑥],月黑云如垒。楚歌哄发,山川都姓刘矣。　悲泣呼醒虞姬,和伊死别,雪刃飞花髓。霸业休休骓不逝[⑦],英气乌江流水。古庙颓垣,斜阳老树,遗恨鸦声里。兴亡休问,高陵秋草空翠[⑧]。[⑨]

[注释]

①鲍鱼腥断:秦始皇暴死于沙丘,秘不发丧,以鲍鱼一石置车以乱尸臭。　②楚将军:项羽为楚上将军。　③三月火:项羽入咸阳,火烧阿房宫,三月始息。　④金刀神器:刘氏天下。卯金刀刘(劉)也。　神器:社稷。　⑤垓下:项羽兵败之处,在今安徽灵璧。　⑥阴陵:地名,今定远县境。　⑦骓:乌骓,项羽所骑骏马名。　⑧高陵:即长陵。汉高祖陵墓。　⑨唐氏按:《古今别肠词选》卷四此首误作陆秀夫词。

[集评]

李调元云:“用笔颇有鞭虎驱龙之势,应为咏项羽第一词。”(《雨村词话》卷三)

蝶恋花

元 旦

密炬瑶霞光颤酒[①]，翠柏红椒，细剪青丝韭。且劝金樽千万寿，年时芳梦休回首。　小雨轻寒风满袖，下却帘儿，莫遣梅花瘦。万点鹅黄春色透[②]，玉箫吹上江南柳。

［注释］

①密炬：即蜡烛之别名。　②鹅黄：淡黄色，此指泛青的柳色。

八声甘州

金陵怀古

恨巨灵、多事凿长江[①]，消沉几英雄。恨乌江亭长，天机轻泄，说与重瞳[②]。更恨南阳耕叟[③]，撺掇紫髯翁[④]。一弹金陵土，战虎争龙。　杯酒凤凰台上，对石城流水，钟阜诸峰。问六朝陵阙，何处是遗踪。后庭花[⑤]、更无留响，渺春潮、残照笛声中。悲欢梦，芜城杨柳，几度春风。

［注释］

①巨灵：开山导河的天神。　②重瞳：指项羽。　③南阳耕叟：诸葛亮曾躬耕南阳(今湖北襄阳)。　④撺掇：唆使。　紫髯翁：孙权。　⑤后庭花：歌曲名，即《玉树后庭花》。陈后主作。

水龙吟

金陵雪后西望

不知玄武湖中，一瓢春水何人借。裁冰剪雨[①]，等闲占断，桃花春社[②]。古阜花城，玉龙盐虎[③]，夕阳图画。是东风吹就，明朝吹散，又还是、东风也。　回首当时光景，渺秦淮、绿波东下。滔滔江水，依依山色，悠悠物化[4]。璧月琼花，世间消得，几多朝夜。笑乌衣[5]、不管春寒，只管说、兴亡话。

[注释]

①裁冰剪雨：融冰下雨。　②春社：春天祭土地神。在春分前后之戊日举行。　③玉龙盐虎：形容飞雪如玉屑盐末满天飘舞。　④物化：变化消逝。　⑤乌衣：金陵街道名。东晋王谢宦族聚居之地。

南乡子

乌衣园

醉罢黑瑶池[1]，渺渺春云海峤归[2]。画栋珠帘成昨梦，谁知，百姓人家几度非。　相对语斜晖，肠断江城柳絮飞。再见玉郎应不认[3]，堪悲，也被缁尘染素衣[4]。

[注释]

①黑瑶池：形容酒乡醉卧，一觉黑甜。　②海峤：岭海一带。　③玉郎：指风度清美的王谢子弟。　④缁尘：黑色尘埃。谢朓诗："京洛多风尘，素衣化为缁。"

清平乐

舒　州[1]

秋怀骚屑[2]，卧听萧萧叶。四壁寒蛩吟不歇，旧恨新愁都说。　疏疏雨打栖鸦，月痕犹在窗纱。一夜西风能紧，明朝瘦也黄花。

[注释]

①舒州：今安徽舒城。　②骚屑：犹萧瑟凄凉。

浪淘沙

惜　别

别易见时难，万水千山。参商烟树暮云间[①]。料想凤凰城里梦[②]，夜夜归鞍。　杨柳小楼闲，倚遍阑干。东风剪剪雨珊珊[③]。落尽桃花无可落，只管春寒。

[注释]

①参商：参星与商星，一东一西此出彼没永不相见。后指离别。　②凤凰城：在辽宁，古为征战之地。山顶有射孔，相传为唐名将薛仁贵所射。③剪剪：形容轻而寒的风。　珊珊：雨声叮咚似玉佩之响。

浣溪沙

送　别

一曲离愁浅黛颦[①]，云帆渺渺下烟津。山长水远客愁新。　柳絮低迷千里梦，桃花荡漾一江春。小楼疏雨可怜人[②]。

[注释]

①浅黛颦：浅色的黛眉轻蹙。　颦：同"颦"。　②可怜人：娇小可爱之人。

祝英台近

闺 怨

彩云空,香雨霁[①],一梦千年事。碧幌如烟[②],却扇试新睡[③]。恁时杨柳阑干[④],芙蓉池馆,还只似、如今天气。 远山翠,空相思,淡扫修眉,盈盈照秋水。落日西风,借问雁来未。只愁雁到来时,又无消息,只落得、一番憔悴。

[注释]

①霁:雨停。 ②碧幌:绿色窗帘。 ③却扇:新婚时女郎以扇掩面,后指完婚。 ④恁时:那时。

水调歌

寄奥屯竹庵察副留金陵约游扬州不果[①]

腰缠十万贯,骑鹤上扬州[②]。诗翁那得有此,天地一扁舟。二十四番风信[③],二十四桥风景[④],正好及春游。挂席欲东下[⑤],烟雨暗层楼。 紫绮冠[⑥],绿玉杖[⑦],黑貂裘。沧波万里,浩荡踪迹寄浮鸥。想杀南台御史[⑧],笑杀南州孺子,何事此淹留。远思渺无极,日夜大江流。

[注释]

①奥屯:女真之姓。 察副:元朝御史台官名。 不果:未成行。 ②骑鹤:作神仙。 ③二十四番风信:自梅花至楝花,一月二气六候(五日一候)凡二十四候,花应时而开,故曰二十四番花信风。 ④二十四桥:扬州有二十四桥,风景佳丽。 ⑤挂席:挂帆。古有以蒲席为帆者。 ⑥紫绮冠:道冠。李白诗“秋风吹落紫绮冠”。 ⑦绿玉杖:道人所持手杖。李白诗“手持绿玉杖,朝别黄鹤楼”。 ⑧南台御史:即行江南道御史台长官。此指奥屯。

满江红

赋竹樽[①]

千亩君封[②]，新移就、美泉天禄[③]。形制古，椰樽嫌窄，瓠壶嫌俗。爱酒步兵缘业重[④]，平生所愿何时足。再来生、竟堕此林中，充其腹。　秋入洞，鉴金筑[⑤]。春出户，跳珠玉。想宜城九酝[⑥]，叶光凝绿。驴背夕阳同倒载，醉乡只在筼筜谷[⑦]。问东坡、何独饮松醪[⑧]，还思肉[⑨]。

[注释]

①竹樽：竹制盛酒之器。　②千亩君封：帝王赐竹田千亩。“渭川千亩竹，其人与千户侯等。”见《史记》。　③天禄：天赐之福禄。　④步兵：阮籍闻步兵厨有美酒乃求为步兵校尉。　⑤金筑：竹制乐器，其色金光可鉴。　⑥宜城九酝：酒名。湖北宜城有金沙泉，酿酒极美。又名竹叶春。⑦筼筜谷：地名，在陕西洋县。谷中多竹。东坡有《洋州三十咏》。　⑧松醪：酒名。　⑨思肉：东坡诗云“宁可食无肉，不可居无竹。无肉令人瘦，无竹令人俗”。

唐多令

己未中秋后二日，同范见心，李思宜饮百花洲上，待月鲁公亭。呼月磵禅师不应，放棹东湖，夜色皎然。见心用龙洲少年游韵赋词，因次韵

回棹百花洲[①]，迢迢碧玉流。听笛声、何处高楼。如此江山无此客，虽有酒、奈何秋。　呼月出云头，问渠能饮不[②]。笑人间、元自无愁[③]。可惜月翁呼不出，呼得出、载同游。

[注释]

①百花洲:地名,在江西南昌。 龙洲:宋词人刘过号龙洲道人。 ②渠:他。 ③元:通“原”。

朝中措

送 春

游丝千万暖风柔,只系得春愁。恨杀啼莺句引[1],孤他语燕攀留[2]。 纵然留住,香红吹尽,春也堪羞。去去不堪回首,斜阳一点西楼。

[注释]

①句(gōu)引:勾引。 句:同“勾”。 ②孤他:辜负他(燕子)。

眼儿媚

寓城思归,竹庵留行赋呈[1]

暖云挟雨洗香埃,划地峭寒催[2]。燕儿知否,莺儿知否,厮句春回[3]。 小楼日日重帘卷,应是把人猜。杏花如许,桃花如许,不见归来。

[注释]

①竹庵:即奥屯竹庵。 寓城:即客居金陵城。 思归:归鄱阳故乡。 ②划地:突然地。 ③厮句(gōu):相勾引。

诉衷情

濡溪悼旧[1]

曲屏深院赴幽期,心事梦云知[2]。佩环零乱何处,江上草离离[③]。　　日平西，天似幕，月如眉。依稀还记，两岸杨花，送上船时。

[注释]

①濡溪：地名，在安徽，即濡须水。　②梦云：美女。典出宋玉《高唐赋序》楚王梦见女神朝为行云暮为行雨。　③离离：草盛貌。

贺新郎

落星寺[①]

帆影斜阳里。与芦花、分风飞过、落星遗此。瓦老苔荒钟鼓陋，斑剥残碑无几[②]。想此处、阅人多矣。天上白榆犹落去[③]，况人间、一瞬浮花蕊。问五老[④]，笑而已。

仙翁当日曾挥麈[⑤]。拍阑干、浩歌音响，振鱼龙耳。九十馀年无人问，遗韵半江烟水。慨宇宙、风涛如许。安得六丁移此石[⑥]，去横身、作个中流砥。长唱罢，冥鸿起[⑦]。

[注释]

①落星寺：寺建于落星石上，在南京，已圮。　②斑剥：唐氏按，“剥”原作“荆”，改从《彊村丛书》本《芳洲诗馀》。　③白榆：指星。古乐府：“天上何所有，历历种白榆。”　④五老：传说中的五星之精。见《竹书纪年》。　⑤挥麈：挥动手中的拂尘。　⑥六丁：六丁六甲为神话中的力士。　⑦冥鸿：高飞入空的鸿鸟，后指隐士。

青玉案

泛大江

巨舟双橹鸣鹅鹳[①]，千万顷、玻璃面[②]。宇宙浮萍堪永叹。黄唐开辟[③]，秦隋争战，不把江山换。　　芦花新雪秋撩乱，何处渔舟起孤箢[④]。一片古愁萦不断。平沙矮树，溪烟荒岸，落日西风雁。

［注释］

①鹅鹳：战阵名，见《左传·昭公二十一年》。一曰橹声如鹅鹳之鸣。 ②玻璃：形容江水清澄如玻璃明净。 ③黄唐：黄帝，唐尧。 ④孤箢：孤笛。箢，通“管”。

酹江月

题永平监前刘氏小楼[①]

远山如簇，对楼前、浓抹淡妆新翠。应是西湖湖上景，移过江南千里。旧日春光，重归杨柳，苒苒黄金缕。市声分付，画桥之外流水。 最好叠观泥金[②]，危城带粉，文笔双峰倚[③]。烟寺晚钟渔浦笛，都入王维画里。攲枕方床[④]，凭阑往古，世界浮萍耳。湖天风紧，白鸥欲下还起。

［注释］

①永平：江西鄱阳东，宋置永平监。 ②叠观：重叠高耸的楼观建筑物，饰以金粉叫沁金。 ③文笔双峰：双峰并峙如文笔之对起。 ④攲枕：斜枕。

酹江月

呈谭龙山

锦袍何处[①]，向旧江，衰草寒芦萧瑟。瀛馆神仙挥玉麈[②]，唤醒诗酒魂魄。走电飞虹，惊涛触石，举目乾坤窄。油然归去[③]，短篷多载风月。 好在雨外云根，水边石上，鸥鹭盟重结[④]。见说西湖湖上路，香沁梅梢新雪。驾白麒麟[⑤]，鞭青鸾凤[⑥]，次第孤山客。吾今西啸，寄诗先与逋仙说[⑦]。

[注释]

①锦袍：指李白。《新唐书·李白传》："着宫锦袍，坐舟中，旁若无人。" ②瀛馆：仙馆，此指翰林院，这是恭维谭龙山的话。 ③油然：悠然。 ④鸥鹭盟：即鸥盟。指退隐林泉。 ⑤白麒麟：传说中的瑞兽，神仙所骑。 ⑥鞭青鸾凤：乘凤，鸾，凤类之仙鸟。 唐氏按："凤"原误作"风"，改从《彊村丛书》本《芳洲诗馀》。 ⑦逋仙：指林和靖。按此句于律为六字，此词多出一字。

一剪梅

菊 酒

小小黄花尔许愁。楚事悠悠，晋事悠悠，荒芜三径渺中洲[①]，开几番秋，落几番秋。 不是孤芳万古留。餐亦堪羞，采亦堪羞。离骚赋罢酒新笃[②]，醒也风流。醉也风流。

[注释]

①三径：隐士园舍之路。"三径就荒，松菊犹存"，陶渊明《归去来辞》中语。 ②笃：漉酒曰笃。

水龙吟

九日登城

荒城落日西风，满街芳草无行路。楼台羽化[①]，萤飞故苑，蛩吟残础[②]。不减承平[③]，半湖秋月，隔溪烟树。慨江南风景，一朝如许，教人恨、王夷甫[④]。 对酒强推愁去,酒醒来、愁还如故。青萍三尺[5],阴符一卷[6],土花尘蠹[7]。试问黄花,花知余否,沉吟无语。拍阑干,空羡平沙落雁,沧波归鹭。

[注释]

①羽化:世称成仙曰羽化。此指消失。 ②残础:残破的柱脚石。 ③承平:升平。 ④王夷甫:晋王衍字夷甫,喜清谈相习成风,政事日废,后为石勒所杀。 ⑤青萍:剑名。 ⑥阴符:《阴符经》,兵书名。 ⑦土花:苔藓。

清平乐

雨中春怀呈准轩

清明寒食[1],过了空相忆。千里音书无处觅,渺渺乱芜摇碧。 苍天雨细风斜,小楼燕子谁家。只道春寒都尽,一分犹在桐花[2]。

[注释]

①寒食:冬至后一百五日为寒食。一般在清明前二日,旧俗禁火三日。 ②桐花:按二十四番花信风,桐花为十九候。清明时开,尚有一分寒意。

秦楼月

梅花十阕

云根屋[1],东风四壁花如玉。花如玉,水仙伤婉,山矾伤俗。 高标懒趁时妆束[2],一丘一壑便幽独,便幽独,商山四皓[3],首阳孤竹[4]。

［注释］

①云根屋：房舍在山脚下。 ②高标：高风。 ③四皓：秦末隐居商山的四位老者：东园公、甪里先生、绮里季、夏黄公。 ④首阳：山名。在河南偃师境，伯夷、叔齐隐居之地。 孤竹：地名，在河北卢龙一带，古名孤竹国，伯夷、叔齐为该国王子。

秦楼月

罗浮暮[1]，青松林下相逢处。相逢处，缟衣素袂，沉吟无语。 行云飞入瑶台路，梦回飘渺香风度。香风度，参横月落，几声翠羽[2]。

［注释］

①罗浮：山名，在广东增城。隋赵师雄于林间见美人与绿衣童子于酒肆。酒醒不知所在，盖梅之花神也。见《龙城录》。 ②翠羽：翠鸟。

秦楼月

叶叶里，一枝冷浸铜瓶水。铜瓶水，飞英簇簇[1]，砚屏香几。 夜阑雪片敲窗纸[2]，半衾芳梦相料理。相料理，梨花漠漠[3]，江南千里。

［注释］

①飞英：飞落的梅花。 ②夜阑：夜已将尽时分。 ③梨花：形容雪片。

秦楼月

春脉脉，含章檐下妆宫额[1]。妆宫额，也还点画，村烟茅结。 人间天上俱清绝，风流大似东坡客[2]。东坡客,玉堂如玉[3],雪堂如雪[4]。

[注释]

①含章:宫殿名,南朝宋武帝女寿阳公主卧含章檐下,梅花落额上成五出花,拂之不去,遂为梅花妆。 ②唐氏按:"大"原作"太",改从《彊村丛书》本《芳洲诗馀》。 ③玉堂:指翰林院。 ④雪堂:东坡在黄州筑雪堂居住。

秦楼月

红苞拆[1],巡檐一笑风情别。风情别,广平空道[2],心肠如铁。 灞桥更有狂吟客[3],短鞭破帽貂裘窄。貂裘窄,瘦驴卓耳[4],一鞍风雪。

[注释]

①红苞拆:红苞开放。 ②广平:宋璟,封广平郡公。曾有梅花赋以清丽见称,与其刚强作风迥异。 ③灞桥:在长安东灞水上,为古人送别之地。 狂吟客:此指郑綮,词曾云"诗思在灞桥风雪中驴子背上"。 ④卓耳:长耳。

秦楼月

春来了,孤根矫树花开早[1]。花开早,水村山郭,嫩红清晓[2]。 陇头何处鳞鸿杳[3],一枝欲寄行人少。行人少,大江南岸,北风低草[4]。

[注释]

①矫树:形态不正的怪树。 ②唐氏按:"清"原误作"青",改从《彊村丛书》本《芳洲诗馀》。 ③陇头:地名,在甘肃陇山。陆凯赠范晔诗:"折梅逢驿使,寄与陇头人。" 鳞鸿:鱼雁。此指书信。 ④"北风"句:"风吹草低见牛羊"为《敕勒歌》中语。此言江南已沦为胡人统治。

秦楼月

齐山顶[①]，扫开残雪簪花饮。簪花饮，樽前人唱，暗香疏影[②]。　　枝南枝北迢迢恨，春风旧梦难重省。难重省，小窗斜月，薄酲残醒[③]。

[注释]

①齐山：在安徽贵池县境。　②暗香疏影："疏影横斜水清浅，暗香浮动月黄昏。"林逋咏梅名句。　③薄酲：薄醉。

秦楼月

花孤冷，海棠聘与花应肯[①]。花应肯，海棠只是，无香堪恨。　　香无却有仙风韵，能争几日芳期近。芳期近，东风何事，不留花等。

[注释]

①聘与：聘取。即以梅花嫁与海棠为匹。林逋咏梅诗："终共公言数来者，海棠端的免包羞。"免包羞，无愧辱之意。

秦楼月

醒人眼，一枝玉雪疏篱晚[①]。疏篱晚，精神旷逸，风姿凝远。　　幽香零乱无人管，依依春恨天涯满。天涯满，霜城戍角[②]，月楼羌管[③]。

[注释]

①玉雪：白梅。　②戍角：画角，军号声。　③羌管：羌笛。李白诗："黄鹤楼中吹玉笛，江城五日落梅花。"

秦楼月

幽香歇，玉龙吹彻花如雪[①]。花如雪，小桥流水，不胜愁绝。　　横梢剪入生绡墨[②]，翠阴青子盈盈结。盈盈结，淡烟微雨，江南三月。　　　（以上《芳洲集》卷三）

[注释]

①玉龙:笛。　②生绡墨:画在生绢上的墨梅画幅。

李　震

李震，生卒不详，庐陵（今江西吉安）人。咸淳七年（1271）进士。

贺新郎

题高克恭夜山图[①]

楼据湖山背。倚高寒、尘飞不到，越山相对。老月腾辉群动息，独坐清分沆瀣[②]。更满听、潮声澎湃。醉里诗成神鬼泣，景苍凉、又在新诗外。浑忘却、功名债[③]。

凭谁妙笔能图绘。羡中郎、前身摩诘，宛然心会。拈出清宵无限意，半幅溪藤光怪。方信有、人间仙界。云淡天低奇绝处，笑僧殊、未识丹青在[④]。留此轴，夸千载。

（《铁网珊瑚画品》卷三）

［注释］

①高克恭：字彦敬。宋元间画家以山水著称。　②沆瀣：夜半清露。③浑忘却、功名债：《全宋词》注，以上六字原缺，据《清河书画舫戌集》补。　④僧殊：仲殊。北宋诗僧，曾住西湖寺中。

陈　纪

陈纪(1245—1315),字景元,号淡轩,东莞(今属广东)人。咸淳十年(1274)进士。官通直郎。宋亡,隐居不仕。有《秋江欸乃集》,不传。

贺新郎

听琵琶

趁拍哀弦促[①]。听泠泠、弦间细语,手间推覆。莺语间关花底滑[②],急雨斜穿梧竹。又涧底、松风簌簌。铁拨鹍弦春夜永[③],对金钗、钟乳人如玉。敲象板,剪银烛。　六么声断凉州续[④]。怅梅花、岁晚天寒,佳人空谷。有限弦声无限意,沦落天涯幽独。顿唤起、闲愁千斛。贺老定场无处问[⑤],到如今、只鼓昭君曲。呼羯鼓,泻醽醁[⑥]。

[注释]

①拍哀弦促:即促拍哀弦,指急促而哀伤的乐曲。　②间关:象声词,形容鸟鸣。　③铁拨:弹拨琵琶之器,以铁为之故曰铁拨。　鹍弦:以鹍鸡筋做的琵琶弦。　④六么:即绿腰,曲名。　⑤贺老:唐琵琶艺人贺怀智。　定场:压场。　⑥醽(líng)醁:酒名。

[集评]

许昂霄云:“稼轩作从昔人说起,此就本事说起。合二阕观之,可以识章法之变。唐怀智以鹍鸡和琵琶弦,用铁拨弹,故坡以有‘鹍弦铁拨响如雷。’之句。香山诗:‘钟乳三千两”金钗十二行’。”(《词综偶评》)

念奴娇

梅　花

断桥流水，见横斜清浅，一枝孤袅。清气乾坤能有几，都被梅花占了。玉质生香，冰肌不粟[①]，韵在霜天晓。林间姑射[②]，高情迥出尘表。　　除是孤竹夷齐，商山四皓，与尔方同调。世上纷纷巡檐者[③]，尔辈何堪一笑。风雨忧愁，年来何逊[④]，孤负渠多少。参横月落[⑤]，有怀付与青鸟[⑥]。

[注释]

①不粟：指皮肤光洁，不起疙瘩。　②姑射（yè）：仙女。见《庄子·逍遥游》。　③巡檐者：往来于檐前赏梅的人。　④何逊：南梁人，字仲言，曾任官扬州，有梅花诗。　⑤参横：参星横斜，指夜已深。　⑥青鸟：西王母之神鸟名，传递信息的使者。

满江红

重九登增江凤台望崔清献故居[①]

凤去台空，庭叶下、嫩寒初透。人世上、几番风雨，几番重九。列岫迢迢供远目，晴空荡荡容长袖。把中年、怀抱更登台，秋知否。　　天也老，山应瘦。时易失，欢难久。到于今惟有，黄花依旧。岁晚凄其诸葛恨[②]，乾坤只可渊明酒。忆坡头、老菊晚香寒，空搔首。

[注释]

①增江：广东水名。　崔清献：名与之，字正子，理宗时参知政事。
②凄其：凄然。　诸葛恨：诸葛亮未能匡复天下之遗恨。

[集评]

潘飞声云:“增城有增江口,以昌黎‘增江灭无口’句为名,相传崔清献公曾家于此。景元先生有重九登增江凤台,望清献公故居,调《满江红》云。”

倦寻芳

郭颐堂寒食有无家之感,为赋

满簪霜雪[①],一帽尘埃,消几寒食。手捻梨花[②],还是年时岑寂[③]。簌簌落红春似梦[④],萋萋柔绿愁如织。怪东君、太匆匆、亦是人间行客。　问几度、五侯传烛[⑤],但回首东风,吹尽尘迹。笑杜陵泪洒[⑥],金波如积[⑦]。对酒且宽愁意绪,题诗与寄真消息。待归来,细温存、慰伊相忆。

(以上四首见《粤东词钞》)

[注释]

①霜雪:白髮。　②捻:拈,手持。　③岑寂:孤独寂寞。　④簌簌:同“嗖嗖”,象声词。　⑤五侯传烛:本唐韩翃诗“日暮汉宫传蜡烛,轻烟散入五侯家”。五侯,东汉桓帝一日封单超等五家为侯,恩宠无比。⑥杜陵:此指杜甫,自称杜陵野老。汉宣帝陵曰杜陵。　⑦金波:酒名。见《曲洧旧闻》。

满江红

饯赵佥事

揽辔埋轮[①],算不负、苍髯如戟。人争看,横秋一鹗[②],轩然健翼。只手为天行日月,寸怀与物同苏息[③]。到于今、天定瘴云开,伊谁力[④]?　云霄路,金门客[⑤]。念往事,情何极。把行藏细说[⑥],应无惭色[⑦]。虹气上横牛斗剑，梅花不软心肠石[8]。愿此行、珍重不赀躯[9]，无瑕璧。

[注释]

①揽辔：手握马辔，表示有治国抱负。见《后汉书·范滂传》。埋轮：埋车轮于地下，表示长住下来，处理乱局。见《后汉书·张纲传》。　②横秋：一鹗横秋，言气概极盛。　③"与物"句：指让百姓得到休养生息。　④伊谁力：是谁的力量。此指赵佥事办事果敢。　⑤金门：指朝廷。　⑥行藏：出仕与退隐。　⑦无惭色：无愧。　⑧"梅花"句：用贤相宋璟故事。人谓其心铁石，而梅花之赋却清丽多姿。　⑨不赀躯：犹言无价之宝。

念奴娇

钓鳌台用东坡赤壁韵。台在亭头海滨[1]

凭高眺远，见凄凉海国，高秋云物。岛屿沉洋萍几点，漠漠天垂四壁。粟粒太虚[2]，蜉蝣天地，怀抱皆冰雪。清风明月，坐中看我三杰。　为爱暮色苍寒，天光上下，舣棹须明发[3]。一片玻璃秋万顷，天外去帆明灭。招手仙人，拍肩居士[4]，散我骑鲸髪[5]。钓鳌台上，叫云吹断残月。（以上二首见宋《东莞遗民录·补遗》引东莞亭头陈氏族谱）

[注释]

①亭头：在广东东莞海滨。　②粟粒：一粒粟米。　太虚：天空。③舣棹：船靠岸曰舣。　棹：船桨。　明发：明日航海。　④居士：此指东坡。　⑤骑鲸髪：散髪骑鲸。旧传李白骑鲸鱼，游于采石。此用其典。

仇　远

仇远(1247—1326?),字仁近,一字仁父,自号山村民,钱塘(今浙江杭州)人。咸淳间以诗名。元大德九年(1305),尝为溧阳教授,官满归,优游湖山以终。所著有《兴观集》、《金渊集》、《无弦琴谱》二卷。今存词一百二首。其为词有家国之慨,亦有隐逸之情。

摸鱼儿

答二隐[①]

爱青山、去红尘远,清清谁似巢许[②]。白云窗冷灯花小,夜静对床听雨。愁不语。念锦屋瑶筝,却伴闲云住。莲心尚苦。谩自折兰苕,答书蕉叶[③],都是断肠句。

鸥沙外,还笑失群鸳鹭。凄凉烟水深处。碧笺空寄江南弄[④],鸦墨乱无行数。梅半树。怅未识、佳人日暮情谁与。何时辇路。共系柳游鞯[⑤],印苔金屐[⑥],湖曲步春去。

[注释]

①二隐:李彭老(字商隐)、李莱老(字周隐),作者词友。　②巢许:巢父和许由。相传是唐尧时人,隐居不仕。杜甫《奉赠萧二十使君》诗:"巢许山林志。"　③兰苕(tiáo):兰之茎。意谓折兰苕以赠所思之人。蕉叶:芭蕉叶。此谓用芭蕉叶为信笺。　④江南弄:乐府《清商曲》名。梁武帝曾作《江南弄》七曲,沈约作《江南弄》四曲,两者格调、字数全同。并同有转韵,说明《江南弄》一调已成定格。有人认为是唐五代词的雏形。⑤鞯(jiān):衬托马鞍的垫子。诗中代指马。　⑥屐:鞋子的一种。常见木屐、草屐,俗名拖鞋。谢灵运穿有齿木屐登山,人称"谢公屐"。

摸鱼儿

柳絮

恼晴空、日长无力，风吹不尽愁绪。马头零乱流光转，粟粟巧黏红树[1]。闲意度。似特地、随他燕子穿帘去。徘徊不语。谩仿佛眉尖，留连眼底，芳草正如雾。　冥濛处，独凭阑干凝伫，翠蛾今在何许[2]。隔花箫鼓春城暮，肠断小窗微雨。休更舞，明日看、池萍始信低飞误[3]。长桥短浦。怅不似危红[4]，苍苔点遍，犹涩马蹄驻。

[注释]

①粟粟：犹片片。　②翠蛾：即翠黛、蛾眉。指女子的眉毛。此代指女子。　③池萍：指柳絮。俗云“柳絮入水化为萍”，苏轼《水龙吟·次章质夫杨花词》：“晓来雨过，遗踪何在？一池萍碎。”　④危红：指高处的花。

诉衷情

渚莲香贮一房秋，秋叶上人头。年光鬓影偷换，堪叹不堪留。　人渺渺，事休休，恨悠悠。莼鲈不梦[1]，也□归舟，家住沧洲[2]。

[注释]

①莼鲈：莼，多年生水中植物，叶可做汤。鲈，鲈鱼。此用张翰思乡典。《晋书·张翰传》：“翰因见秋风起，乃思吴中菰菜、莼羹、鲈鱼脍，曰：‘人生贵得适志，何能羁官数千里以要名爵乎？’遂命驾而归。”　②沧洲：指隐居之处。

台城路

寄子发

暮云春树江东远，十年软红尘井。雨屋酣歌，月楼醉倚，还倩天风吹醒[1]。青灯耿耿[2]。算除却渊明[3]，谁怜孤影。自卷荷衣，石床高卧翠微冷[4]。　山空但觉昼永。旧游花柳梦，不忍重省。燕子梁空，鸡儿巷静[5]，休说长安风景。丹台路迥[6]。怎见得玄都，□□芳径。共理瑶笙，凤凰花外听。

[注释]

①倩：请。　②耿耿：微明貌。　③渊明：东晋田园诗人陶潜。　④翠微：山气青翠貌。　⑤鸡儿巷：北宋汴京街巷，为妓馆会集之处。　⑥丹台：神仙居住之所。《列仙传》："羡门子曰：名在丹台石宝中，何忧不仙。"

临江仙

柳

湘水晓行无酒，楚乡客久思家。空城暗柳老愁芽。燕归才社后[1]，人老尚天涯。　记得津头轻别[2]，离觞愁听琵琶。东风吹泪落鸥沙。一番新雨重，飞不起杨花。

[注释]

①社：指社日，古时春秋两季祭祀土神的日子，一般在立春、立秋后第五个戊日。诗中指春社。　②津头：渡口。

糖多令[1]

凉露湿秋芜，空庭啼蟪蛄[2]。紫苔衣、犹护金铺。疏箔翠眉人不见，流水急，泣鳏鱼[3]。　恨草倩谁锄，西风吹鬓疏。问刘郎、别后何如[4]。纵有桃花千万树，也不似，旧玄都。

[注释]

①糖多令：多作“唐多令”。　②蟪蛄：蝉科。黑翅，五六月间作“吱一吱吱”鸣声。　③鳏（guān）鱼：大鱼。李时珍说：其性独行，故曰鳏。④刘郎：刘禹锡，作诗有句“玄都观里桃千树，尽是刘郎去后栽”。

如梦令

特特问花消息[1]，结果剩红残白。芍药可人怜，相约荼蘼留客[2]。消得，消得，犹有一分春色。

[注释]

①特特：特地。　②荼蘼：即酴醾，蔷薇科花。初夏开白花，俗谚“开到荼蘼花事了”。苏轼《酴醾花菩萨泉》诗：“酴醾不争春，寂寞开最晚。”

如梦令

听尽西窗风雨，又听东邻砧杵[1]。犹自立危阑，阑外青山无语。何处，何处，一树乱鸦啼暮。

[注释]

①砧杵（zhēn chǔ）：捣衣石与棒槌。此指捣衣之声。

南歌子

结屋依苍树，开窗对碧山。西湖不厌久长看，玉勒钿车偏在[1]、六桥间。　　露柳凝朝润，烟花敛暮寒。才经人赏便阑残[2]，谢柳辞花、醉策瘦筇还[3]。

[注释]

①玉勒：玉饰之马衔。　钿车：金银镶饰之车。　②阑残：指暮春花卉凋残。　③策：拄着。　筇(qióng)：竹杖。

南歌子

细细金丝柳，重重青黛山。玉人楼上倚愁看，移得浅颦深恨、上眉间。　　泪湿红绡薄，香凝碧绮寒。多情别去未春残，归趁海棠开后[1]、燕双还。

[注释]

①趁：追赶。

点绛唇

黄帽棕鞋，出门一步为行客。几时寒食[1]，岸岸梨花白。　　马首山多，雨外青无色。谁禁得。残鹃孤驿[2]，扑地春云黑。

[注释]

①寒食：节令名，清明前一天。相传起于晋文公悼念介之推事，以介之推抱木焚死，就定于此日禁火寒食。　②残鹃孤驿：孤身于驿站，听到杜鹃断续啼叫。

点绛唇

千里平阑，水天低处山无数。断城孤树，城外人来去。　欲问青鸾，杳杳随烟雾。空怀古。巴山何处[2]，自剪灯听雨。

[注释]

①青鸾：即青鸟。青鸟本为西王母使者，后泛指传书信的使者。　②"巴山"句：化用李商隐《夜雨寄北》诗意。

蝶恋花

碧树残鹃啼未歇。昨夜春归，不与行人别。留得绿杨枝上月，晓风吹作晴天雪。　龟甲屏低红叠叠[1]。火暖萸烟[2]，罗荐鸳鸯热。一插宝簪云妥贴[3]，下阶先拣花枝折。

[注释]

①龟甲屏：以龟甲装饰之华贵屏风。见《洞冥记》。　②萸（yú）：即茱萸。有浓烈香味，可入药。古代风俗，阴历九月九日重阳节，佩茱萸囊以祛邪辟恶。　③云：云鬓，髮髻。

蝶恋花

深院萧萧梧叶雨。知道秋来，不见秋来处。云压小桥人不渡，黄芦苦竹愁如雾[1]。　四壁秋声谁更赋[2]。人只留春，不解留秋住。秋又欲归天又暮，斜阳红影随鸦去。

[注释]

①苦（gǔ）竹：竹名。白居易《琵琶行》诗："黄芦苦竹绕宅生。"　②谁更赋：欧阳修曾作《秋声赋》。

虞美人

满城风雨消凝处，谁是潘郎句[①]。萧萧杨柳□凋黄，醉渡官桥瘦马、踏轻霜。　　旧时都道游春好，不似秋光小。菊花过了海棠来，定是催归锦字[②]、不须开。

[注释]

①潘郎：指潘岳。岳美姿仪，辞藻艳丽，尤善为哀悼之文。　②锦字：用晋窦滔妻苏氏织锦回文诗以寄其夫盼归之事。

阮郎归

教他双燕意循循[①]，隔湖杨柳深。芹香泥滑趁新晴[②]，差池来往频[③]。　　春浪暖，绿无痕，醒人也醉人。断桥日落水云昏，归舟个个轻。

[注释]

①循循：有次序的样子。　②芹泥：燕子筑巢的泥。　③差（cī）池：交错状。

阮郎归

桃花坊陌散香红，捎鞭骤玉骢[①]。官河柳带结春风，高楼小燕空。　　山晻霭[②]，草蒙茸，江南春正浓。王孙家在画桥东[③]，相寻无路通。

[注释]

①玉骢：青白色良马。　②晻（yǎn）：日无光。　③王孙：古代贵族子弟的通称。

渡江云

流莺啼怨粉，嫩寒著柳，语尚困东风。问荒垣旧藓，烟雨何时，溅泪瘗危红[①]。□愁不尽，对乱花、芳草茸茸。嗟绮尘、漂零无定，绡幕燕巢空。　匆匆。玉銮声杳，绣屋香消，谩精神入梦。记旧家、定场声价，曾冠深宫。香魂仿佛留环佩，正淡月、春雾朦朦。花影底，长年恨锁云容。

[注释]

①瘗(yì)：埋、埋葬。　危红：高枝上的红花。

卜算子

疏树小花风，别浦残鹃雨。不是王孙忘却归[①]，草没归来路。　空积琐窗尘，谁按琼箫谱。暗把金钱卜远人[②]，争敢分明语。

[注释]

①王孙：用《楚辞·招隐士》典。“王孙游兮不归，春草生兮萋萋。”
②金钱卜：以金钱占卜，暗问归期。唐于鹄《江南曲》：“众中不敢分明语，暗掷金钱卜远人。”

眼儿媚

谢家池馆占花中[①]，微雨湿春风。艳红修碧[②]，浓香疏影，浮动帘栊。　娇娥聚翠寻春梦，衣上泪痕重。闲窗愁对，金笼鹦鹉，彩带芙蓉。

[注释]

①谢家池：指谢灵运池塘。谢灵运久病初愈，登楼纵目，写下名篇《登池上楼》诗"池塘生春草，园柳变鸣禽"。　②艳红：指梅。　修碧：指竹。

眼儿媚

伤春情味酒频中，困倚小屏风。宝钗斜插，懒来梳洗，懒出帘栊[①]。　云鬟鬌鬌娇无力[②]，此醉不禁重。分明仿佛，未央杨柳，太液芙蓉[③]。

[注释]

①帘栊：指帘子与窗棂。此指屋内。　②鬌鬌：(wǒ duǒ)：髮髻名，亦作"倭堕"。形容髮式倾坠优美。　③太液：本汉、唐皇宫内水池名。后借指宫廷池沼。

谒金门

但病酒，愁对清明时候。不为吟诗应也瘦，坐久衣痕皱。　曾约花间携手，空忆洛阳耆旧[①]。道不相逢还却又，海棠开斯句[②]。

[注释]

①耆(qí)旧：年高而久负声望的人。　②斯句(gōu)：斯够，接近之意。

南乡子

急雨涨潮头，越树吴城势拍浮[①]。海鹤一声苍竹裂，扁舟，轻载行云压水流。　独倚最高楼，回首屏山叠叠秋。江上数峰人不见，沙鸥，曾识西风独客愁。

[注释]

①拍浮：游泳。

酹江月

梅和彦国

探春消息，觉南枝开遍，北枝犹缺。越女娉婷天下白，堪与冰霜争洁。孤影棱棱，暗香楚楚[①]，水月成三绝。行云不动，素波轻浣尘袜[②]。　回首雪里关山，玉龙吹怨，似替人幽咽。溪上园林应满树，一径莓苔萦折。金马疏篱[③]，玉堂茅舍[④]，终是风光别。寻花欲语，对花却又无说。

[注释]

①楚楚：鲜明整洁貌。　②浣（huàn）：洗。　尘袜："凌波微步，罗袜生尘"，曹植《洛神赋》语，形容女子体态轻盈。　③金马：汉金马门之简称。　④玉堂：汉代殿名，后为宫殿的通称。

酹江月

片云凝墨，看荷花才湿，依然无雨。水槛空明人少到，恰恰幽禽相语。曲几横陈，长琴高挂，自奏南风谱[①]。俄闻刀尺，隔窗人剪霜苎[②]。　因念西子湖边，闹红一舸[③]，曾宿鸳鸯浦。翠羽不传沧岛信[④]，日暮闲情□与。懒拂鸾笺，懒拈象管[⑤]，秀句同谁赋。孤鸿程杳，夕阳低下平楚。

[注释]

①南风：相传舜歌南风，表示解除愠怨、增益民财的愿望。　②霜苎：

白色苎麻。　③闹红:盛开的荷花。　④沧岛:指沧洲。滨水之地,多指隐居处。　⑤象管:以象牙为笔杆的毛笔。亦泛指笔。

玉蝴蝶

独立软红尘表,远吞翠雾,平挹纹澜[①]。草长西垣,生怕隔断双鬟。树梢明、夕阳未冷,菱叶静、新雨初干。倚阑干。一声鹅管[②],人影高寒。　　休寻王孙桂隐[③],白云鸡犬,曾识刘安[④]。羽扇纶巾,不知门外有人闲。袖素手、懒招黄鹄,写碧笺、空寄青鸾。且盘桓。听风听雨,山北山南。

[注释]

①挹(yì):舀。　②鹅管:笙的别名。李贺《天上谣》:"王子吹笙鹅管长。"　③桂隐:指升仙。　④刘安:相传西汉淮安王刘安学道,修炼成仙。

玉蝴蝶

野树昏鸦归尽,素烟如练,低罩平芜。断壁飞楼,红翠似有还无。女墙矮、月笼粉雉,娃馆静[①]、尘暗金铺。问清都。广寒仙子[②],别后何如。　　愁予。十年梦境,浅歌短酒,总是欢娱。寂寞秦郎[③],不堪离镜照鸾孤。记曲径、共携素手,向闲窗、频捻吟鬚。怕西湖、少年游伴,说著当初。

[注释]

①娃馆:春秋时吴王夫差所建的一座宫殿,以居西施。其旧址在今苏州灵岩山。　②广寒仙子:指月神嫦娥,神话嫦娥居广寒。广寒,亦指月。　③秦郎:指秦观,其词凄婉。

金缕曲

仙骨清无暑。爱兰桡[①]、撑入鸳波，锦云深处。休唱采莲双桨曲，老却鸥朋鹭侣。算只有、青山如故。旧雨初晴新水涨，画桥低、杳霭迷苍渚。头戴笠，日亭午[②]。独醒耿耿空怀楚。渺愁予[③]、岸芷江蓠[④]，尚青青否。锦瑟谩弹斑竹恨，难写湘妃怨语。怅谁与、孤芳为主。流水无声云不动，向渔郎、欲觅桃源路。船尾带，落花去。

[注释]

①桡（ráo）：桨。　②亭午：中午。　③渺愁予："渺渺兮愁予"（屈原《九歌·湘夫人》）的简括，表自己惆怅忧虑之情。　④岸芷江蓠：江岸边生长的香草。屈原作品中多比喻贤士。《离骚》："扈江蓠与辟芷兮。"

霜天晓角

绮帷高揭，风动流苏结。兴在夜凉多处，兰烬短[①]，半明灭。　醉彻，香未绝，紫箫声乍歇。声入碧云堆里，还起舞，桂花月。

[注释]

①烬：物体燃烧后剩下之灰烬。

浪淘沙

芍药小纱窗，唾碧茸长[①]。粉香犹涴旧时妆[②]。玉佩丁东仙步远，好处难忘。　草草赋高唐[③]，终是荒凉。凉蟾飞入合欢床[④]。争得花阴重邂逅[⑤]，才不思量。

[注释]

①"唾碧"句:绣女咬断线茸,吐出残线,叫唾碧。　②涴(wò):沾污。　③赋高唐:即宋玉所作《高唐赋序》。记楚王遇巫山神女事。④凉蟾:月光。　⑤争:怎。

烛影摇红

次韵

中酒情怀[1],怨春羞见桃花面。王孙别去草萋萋,十里青如染。不恨梨云梦远[2],恨只恨、盟深交浅。一般孤闷,两下相思,黄昏依黯。　　楼依斜阳,翠鸾不到音书远。绿窗空对绣鸳鸯,□缕凭谁剪。知在新亭旧院,杜鹃啼、东风意懒。便归来后,也过清明,花飞春减。

[注释]

①中酒:病酒。　②梨云梦:梦境。传唐王建梦见白如梨花的云。

生查子

飞尘入建章[1],乐事难重见。白髮故宫娃,闲说沉香宴。　　霓裳秋梦寒,□靸黏冰片[2]。萤火起庭莎,犹忆轻罗扇。

[注释]

①建章:汉代长安宫殿名,在长安故城西,俗呼"贞女楼"。　②靸(sǎ):拖鞋。

醉落魄

水西云北,锦苞泫露无颜色[1]。夜寒花外眠双鹢[2]。

莫唱江南，谁是鹧鸪客[3]。　薄情青女司花籍[4]，粉愁红怨啼螀急[5]。月明倦听山阳笛[6]。渺渺征鸿，千里楚天碧。

[注释]

①锦苞：花骨朵。　泫（xuàn）：水珠下滴。　②鶒（chì）：即鸂鶒。指一种水鸟。　③鹧鸪：叫声如“行不得也哥哥”。　鹧鸪客：思乡之客。④青女：传说中管霜雪的女神，也指霜。　⑤螀（jiāng）：即寒螀，寒蝉。⑥山阳笛：指晋向秀闻笛思念山阳好友嵇康被杀之事。

江神子

云阶步影夜凄凉，采丹房，宿芽黄[1]。万粟千萤，风露四阑香。歌断小山枝上月，环佩冷，怯流光。　年时金屋罩琴床，忆情郎，淡梳妆。笋玉春纤[2]，挼蕊细浮觞。愁夜满城今旧雨，分付菊，自重阳。

[注释]

①丹房、芽黄：指道士练丹。　②笋玉春纤：指女子之手。

八声甘州

敛双蛾[1]、冷雨立毡车，离思上青枫。想天阶辞辇，长门分镜[2]，征骑西东。应被婵娟早误，谁遣出深宫。鸾袖不堪绾[3]，前事成空。　独掩琵琶无语，恨主恩太薄，泪脸弹红。又争如汉月，深夜照帘栊[4]。草青青、年年归梦，算北来、应自有征鸿。还堪笑，玉关何事[5]，不锁春风。

[注释]

①双蛾：指双眉。　②长门：本是陈皇后被汉武帝废弃时所居之宫，

后指失宠后妃所居之冷宫。　③绾(wǎn):系。　④帘栊:指帘子、窗棂。　⑤玉关:本唐王之涣《出塞》诗"羌笛何须怨杨柳,春风不度玉门关"。

清平乐

寒泉如线,莎石绵云软。十里梅花香一片,不记入山深浅。　漫留两袖春风,罗浮旧梦成空[1]。独对阑干明月,教人犹忆山中。

[注释]

①罗浮:指与梅花仙子梦中相遇之事。也用以指代梅花。唐柳宗元《龙城录·赵师雄醉憩梅花下》载,隋开皇中,赵师雄迁罗浮。一日,天寒日暮,在醉醒间,因憩仆车于松林间酒肆。傍舍见一女人,淡妆素服,出逆师雄,与饮,顷醉寝。师雄但觉风寒相袭,时东方白,师雄起视,乃在大梅花树下。

清平乐

苑秋凉早,石径幽花小。霜絮飞飞风草草[1],翠碧斓斑驰道[2]。　香沟诗叶难寻[3],依然绿浅红深。倚竹空歌黄鹄[4],谁招青冢游云。

[注释]

①草草:骚动貌。　②驰道:大道。　③香沟诗叶:指红叶题诗事。唐宣宗时诗人卢渥赴京举,偶临御沟,捡得红叶,叶上题诗云:"流水何太急,深宫尽日闲,殷勤谢红叶,好去到人间。"后宣宗放出一些宫女,许从百官。渥得一人,即题诗红叶者。　④空歌黄鹄:《列女传》载,鲁女陶婴,少寡,劝其再嫁,陶作歌云:"悲夫黄鹄之早寡兮,十年不双。宛颈独宿兮,不与众同。……飞鸟尚然兮,况于贞良。"

塞翁吟

短绿抽堤草，芳信未许花知。尚留冻梗冰枝，藓石雪消迟。方塘水浅鸳鸯冷，沙际水翼相依。拾翠约，踏青期。终是乐游稀。　　相思。江南远，渔汀渺渺，还又是、梅花谢时。有多少、旧愁新恨，纵罗虬[①]、妙曲风流，怎比红儿。何时再得，画鹢摇春[②]，丰乐楼西[③]。

［注释］

①罗虬：唐台州（今浙江临海）人。累举不第。遭兵乱，依鄜州李孝恭。咸通、乾符中以诗名，与罗隐、罗邺合称"三罗"。作有《比红儿诗》七绝百首。其诗以历代美人与红儿相比，认为皆不如红儿。红儿姓杜，乃一歌伎，虬以追求不遂，将其杀死，又作此诗以表示对红儿的"恋慕"。②鹢：鸟名，能高飞。画鹢，指头上画着鹢鸟的船。　③丰乐楼：南宋杭州的著名楼馆。宋耐得翁《都城记胜·酒肆》："丰乐楼在今涌金门外，乃旧杨和王之耸翠楼，后张定叟兼领库事，取为官库，正跨西湖，对西山之胜。"此指旧赏难再。

塞翁吟

风柳吹残醉，推枕梦便难寻。小院静，曲屏深。剪不断轻阴。新蚕乍扫鹅毛细，纤手镂叶如针。又负了，赏花心。听高树鸣禽。　　千金。嗟难买，飘红坠粉，怕容易、愁痕暗侵。但惜取、婵娟好在，任千里、杳杳鸿迷，渺渺鱼沉。相如未老[①]，尽把衷肠，分付瑶琴。

［注释］

①相如：司马相如。汉辞赋家。善弹琴，曾以琴声使新寡卓文君仰慕，夜奔相如，共驰归成都。

忆旧游

忆寒烟古驿，淡月孤舟，无限江山。落叶牵离思，到秋来，夜夜梦入长安。故人剪烛清话，风雨半窗寒。甚宦海漂流，客毡寂寞，忍说间关[①]。　　征衫。赋归去，喜故里西湖，不厌重看。莫待青春晚，趁莺花未老，觅醉寻欢。故园更有松竹，富贵不如闲。却指顾斜阳，长歌李白行路难[②]。

[注释]

①间(jiàn)关：道路崎岖曲折。　②李白行路难：李白所作《行路难》是乐府《杂曲歌辞》旧题，大约作于天宝三载(744)，是李白被谗离开长安时所作。诗里表现政治上的苦闷，以及冲破艰难、实现理想的信心。

忆旧游

对庭芜黯淡，院柳萧疏，还又深秋。正一星灯暗，更一声雁过，一点萤流。合成一片离思，都在小红楼。想扑地阴云，人愁不尽，替与天愁。　　酸风未应□，雨簌簌潇潇，欲下还收。忆绣帏贪睡，任花梢晨影，移上帘钩。被池半卷红浪[①]，衣冷覆熏篝。怎忘得江南，风流庾信空白头[②]。

[注释]

①被池：被头，被子的包边。此指被子。　②庾信：北朝人。原为南朝梁人，出使北魏，因才学被留北魏为官，后又仕北周。但内心一直思念家乡，作有《哀江南赋》。

[集评]

梁逸犁云："庭芜、柳疏、灯暗、雁过、萤流，层层渲染，有声、有色将离思写足。"

小秦王

眼溜秋潢脸晕霞[1]，宝钗斜压两盘鸦[2]。分明认得萧郎是[3]，佯凭阑干唤卖花。

[注释]

①潢：积水池。　②盘鸦：指乌髮盘为髮髻。　③萧郎：泛指女子所爱恋的男子。唐范摅《云溪友议·襄阳杰》载，秀才崔郊与所爱之婢不得成婚，婢泣之。崔郊赠诗曰："公子王孙逐后尘，绿殊垂泪滴罗巾。侯门一入深如海，从此萧郎是路人。"

小秦王

水拍长堤没软沙，菰蒲深处钓鱼家。罾头免得黏风絮[1]，船尾依然带落花。

[注释]

①罾（zēng）：鱼网。

木兰花令

月堕觚棱寒鹊起[1]，露拭秋空清似水。西风昨起过江南，红叶黄芜三四里。　香莼先近幽人齿，断杵偏来征客耳。沧洲无路迷将归，□叠楚山□梦里[2]。

［注释］

①觚棱：殿堂屋角之棱形瓦脊。　②□梦：唐氏按，□原作为“青”，疑误。

八拍蛮

翠袖笼香醒宿酒，银屏汲水瀹新茶[①]。几处杜鹃啼暮雨，来禽空老一春花[②]。

［注释］

①瀹(yuè)：煮沸。　②来禽：树名，即林禽。

好女儿

恨结眉峰，两抹青浓。不忺人[①]、昨夜曾中酒，甚小蛮绿困[②]，太真红醉[③]，肯嫁东风。　无奈游丝堕蕊，尽日□逐飞蓬。把西园、鬥草芳期阻，怕明朝微雨，庭莎翠滑，湿透莲弓[④]。

［注释］

①忺(xiān)：高兴、适意。　②小蛮：白居易的家伎，腰肢轻柔善舞。后泛指侍妾或歌伎。　③太真：唐杨贵妃号，此比喻花。　④莲弓：指弓鞋。

桃园忆故人

苎萝山下花藏路，只许流莺来去。吹落梨花无数，香雪迷官渡[①]。　浣纱溪浅人何许，空对碧云凝暮。归去春愁如雾，奈五更风雨。

[注释]

①官渡：古地名。在今河南中牟东北，临古官渡水。东汉建安五年(200)，曹操以劣势兵力歼灭袁绍主力于此，为曹操统一北方奠定了基础。今尚有土垒遗存，称中牟台，又名曹公台。

忆闷令

岸柳丝丝青尚浅，渐春归吴苑。缭垣不隔花屏，爱翠深红远。　　瞥地飞来何处燕，小乌衣新剪[①]。想芹短、未出香泥，波面时时点。

[注释]

①乌衣：燕别名乌衣公子。

极相思

云头灰冷，金彝熏透茜罗衫[①]。可人犹带[②]，紫陌青门[③]，珠泪斑斑。　　自恨移根无宿土，红姿减、绿意阑珊。有谁知我，花明眼暗，如雾中看。

[注释]

①彝(yí)：古代酒器。　茜罗衫：红色绸衫。　②可人：心上人。　③青门：即汉长安东城南头的霸城门。后泛指京城。　紫陌：旧指帝都的道路。

少年游

钗云垂耳未胜冠，私语别青鸾[①]。露帐银床，海棠睡足，偏称晚来看。　　一年一梦青楼曲[②]，香浅被池寒。却听西风，小窗残雨，红叶满长安。

［注释］

①青鸾：即青鸟。　②青楼：原指贵族妇女居住的楼阁。后常用以指妓院。

燕归来

三叠曲，四愁诗[①]，心事少人知。西风未老燕迟归，巢冷半干泥。　流红句，回文字。除燕知，谁能记。一声恰到画楼西，云压小鸿低。

［注释］

①四愁诗：指东汉张衡所作《四愁诗》，抒发个人忧思。

睡花阴令

愁云歇雨，净洗一奁秋霁。枝上鹊、欲栖还起，曲阑人独倚。　持杯酌月，月未醉、笑人先醉。忘醉倚、木犀花睡[①]，满衣花影碎。

［注释］

①木犀花：即桂花。

望仙楼

九仙山晓。雾冥冥，一鹤飞来华表。衔得红云花岛，双蒂仙桃小。　破罂旋汲香泉[①]，短镰闲锄春草[②]。愁种愁深多少，头白鸳鸯老。

[注释]

①罂（yīng）：盛酒器，小口大腹，比缶大。 ②鑁（jué）：大锄。

眼儿媚

苔笺醉草调清平[①]，鸦墨湿浮云。霓裳步冷，琼箫声断，旧梦关心。　小乔不恋周郎老，翠被折秋痕。那堪门外，黄花红叶，细雨更深。

[注释]

①苔笺：唐宋时一种名纸，用水苔为原料制成。 醉草：酒后急书。

爱月夜眠迟

小市收镫[①]，渐柝声隐隐[②]，人语沉沉。月华如水，香街尘冷，阑干琐碎花阴。罗帏不隔婵娟[③]，多情伴人，孤枕最分明。见屏山翠叠，遮断行云。　因记款曲西厢，趁凌波步影，笑拾遗簪。元宵相次近也，沙河箫鼓，恰是如今。行行舞袖歌裙，归还不管更深。黯无言，新愁旧月，空照黄昏。

[注释]

①镫：灯之一种，也叫豆。上有盘，中有柱，下有底，盘以盛油。 ②柝（tuò）：打更用的梆子。 ③婵娟：指月。

花心动

醒眼明霞，问染成、晴堤几分秋色。腻困未醒，欲语还羞，掩映雾笼烟幂[①]。艳姿相亚柔枝妥[②]，凭娇倚、西风无力。只疑是、彩云散影，误留仙魄。　不见芳卿信息。但晓沁嫣红，雨湿轻白。落日光中，窥影横塘，恰似试妆脉脉。芳心空有韶华想，忍拚与、清霜狼籍[3]。雁声里、丹枫伴人泪滴。

[注释]

①幂(mì)：覆盖、罩。　②相亚：相衬托。　③狼籍：错乱不齐。

薄　幸

眼波横秀，乍睡起、茸窗倦绣。甚脉脉、阑干凭晓，一握乱丝如柳[1]。最恼人、微雨悭晴[2]，飞红满地春风骤。记帕折香绡，簪敲凉玉，小约清明前后。　昨梦行云何处，应只在、春城迷酒[3]。对溪桃羞语，海棠贪困，莺声唤醒愁仍旧。劝花休瘦。看钗盟再合，秋千小院同携手。回文锦字[4]，寄与知他信否。

[注释]

①乱丝：散乱的头发。　②悭(qiān)：吝。悭晴，不放晴。　③"昨梦"三句：谓薄幸人移情别恋。　④回文锦字：指苏蕙给他丈夫窦滔的以织锦为回文旋图诗。代相思文体。

风流子

红锦旧同心，西池上、曾与系青禽[1]。记山水写情，秋桐促轸[2]，鸳鸯萦恨，春绣停针。常叹好风妨画扇，明月坠瑶簪。短梦易残，一声长笛，新愁无限，何处孤砧[3]。　香奁依然在，但鸾镜、孤影渺渺难寻。雨后胭脂，应想粉蚀尘侵。怅去帆渐杳，鱼鳞浪浅，远笺难寄，鸿尾云深[4]。回首高楼，不堪烟雨平林。

[注释]

①青禽:指青鸟,原是西王母的信鸟,后泛指信使。 ②轸(zhěn):指弦乐器上的转动弦线的轴柱。 ③砧(zhēn):洗衣的垫石。 ④"帐去帆"四句:谓音讯杳然,书信难达。

清商怨

黄花丹叶绀草[1],染恨西园晓[2]。梦度秦楼[3],孤鸿云影倒。 连环旧约忘了[4],应记□、绿珠娇小。莫剪回文,玉关人未老[5]。

[注释]

①绀(gàn):红青色。形容草正枯萎。 ②西园:本建安时曹操所建,在邺都,为曹魏君臣游冶之处。后泛指高贵园林。 ③秦楼:即凤台,为萧史夫妇所居之处。萧史善吹箫,秦穆公有女弄玉嫁史。后凤凰来止其屋,穆公为其作凤台。 ④连环约:不可解之盟约。 ⑤玉关:玉门关。玉关人:指离人。

台城路

海棠才试春光小,西风便吹秋去。白石粼粼,丹林点点,装缀东皋南浦。清游顿阻。谩空有园林,可无钟鼓。一曲庭花[1],隔江谁与问商女。 离怀浑似梦里,碧云犹冉冉,佳人何处。越岫鸡盟[2],秦楼燕约,争奈年华已暮。凭高吊古。算只有梅花,伴人凄楚[3]。极目天长,淡霞明断雨。

［注释］

①一曲庭花：陈后主作《玉树后庭花》“玉树后庭花，花开不复久”。不久亡国。比喻亡国之音。杜牧《夜泊秦淮》：“商女不知亡国恨，隔江犹唱后庭花。”　②“越岫”三句：似谓鸡盟、燕约等儿女风情，已与暮年之词人无甚干系了。　③“梅花”二句：宋林逋隐居孤山，植梅养鹤。不婚不仕，人称“梅妻鹤子”。

醉公子

晓入蓬莱岛，松下锄瑶草。贪看碧桃花，误游金母家[①]。　一酌洼尊露[②]，醉失归来路。不见董双成[③]，隔花闻笛声。[④]

［注释］

①金母：即西王母。　②洼尊露：仙人所饮之酒。　③董双成：神话中西王母的侍女。　④《全宋词》注：以上《彊村丛书》本《无弦琴谱》卷一。

台城路

画楼西送斜阳下，不随逝波东去。野旷莎长，山空木短，零落红衣南浦[①]。游云路阻。便魂断苍梧[②]，怨弦谁鼓。空采江蓠，□□□□吊湘女[③]。　迢迢千里万里，碧天空雁信，传意无处。翠袖闲笼，珠帏怨卧，几度黄昏□暮。相思自古。怅独客三吴[④]，故人三楚[⑤]。懒话巴山，剪灯同听雨。

［注释］

①红衣：红莲。　②苍梧：即九疑山虞舜死葬之地。　③吊湘女：传说舜之二妃娥皇女英，闻知舜死于苍梧山，寻至湘水，将泪洒于竹，为斑竹，死后为湘水女神。　④三吴：指吴兴、吴郡、会稽。　⑤三楚：东楚、西

楚、南楚，泛指楚地。

庆春宫

江影涵空，山光浮水，画楼直倚东城。落叶声稀，归鸿声杳，晚风却递钟声。去天咫尺，只疑是、齐云摘星。阑干凝伫，愁见垂杨，烟絮萦萦。　官梅冷笑相迎[①]，□怕繁枝，容易凋零。因念□□，吟仙鹤去，断桥谁赋疏清。染云如黛，这雪意、看看做成。有谁知得，庾信闲愁[②]，陶令闲情[③]。

［注释］

①官梅：官厅所植之梅。　②庾信：北周文学家。字子山，南阳新野（河南）人。初仕梁，后出使西魏，留北朝，历仕西魏、北周，官至骠骑大将军。在梁时诗文绮靡，为宫廷文学代表，入北朝后，风格大变。呈萧瑟凄凉貌。代表作《哀江南赋》、《枯树赋》等，今存《庾子山集》。　③陶令：指东晋陶渊明，曾任彭泽令，后归隐田园，为我国第一位田园诗人。有《闲情赋》，风格迥异。

阳台怨

月明如白日，遮径花阴密密。未见黄云衬袜来[①]，空伴花阴立。　疑是碧瑶台，不放彩鸾飞出[②]。隐隐隔花清漏急，一巾红露湿。

［注释］

①黄云：黄色尘埃。黄云衬袜，言风尘仆仆之状。谢灵运《拟魏太子邺中集》诗："河洲多沙尘，风悲黄云起。"　②彩鸾：仙人吴彩鸾，谪为文箫妻。见裴铏《传奇》。

梦江南

花雾湿，黯黯覆庭芜。十二阑干空见月，谁教凉影伴人孤。素被带香铺。　情荏苒，金屋又笙竽[①]。天际有云难载鹤[②]，墙东无树可啼乌[③]。春梦绕西湖。

[注释]

①金屋：原指汉武帝给心爱的陈皇后（阿娇）所盖之屋，后指美女居室，或华美的屋宇。　②载鹤：谓驾鹤远游。　③啼乌：古曲有《乌夜啼》，多叙离恨情思。

巫山一段云

王氏楼

酒力欺愁薄，轻红晕脸微。双鸳谁袖出青闺，刬袜步东西[①]。　倦蝶栖香懒，雏莺调语低。钗盟惟有烛花知[②]，半醉欲归时。

[注释]

①刬（chǎn）：光着、露着。刬袜，露着袜子（不穿鞋）。　②钗盟：男女盟誓。白居易《长恨歌》："钗留一股合一扇。"

忆秦娥

秋乍觉，露凉顿觉罗衾薄。罗衾薄，黄昏庭院，水风帘幕。　阑干待月花时约，愁长梦短浑忘却。浑忘却，南山猿鹤，北枝乌鹊[①]。

[注释]

①"南山"二句：谓室内无人相伴，只听远处猿鹤鸣叫，近处乌鹊啼鸣。

八犯玉交枝

招宝山观月上[①]

沧岛云连，绿瀛秋入，暮景欲沉洲屿。无浪无风天地白，听得潮生人语。擎空孤柱。翠倚高阁凭虚，中流苍碧迷烟雾。惟见广寒门外，青无重数。　遥想贝阙珠宫，琼林玉树。不知还是何处。倩谁问[②]、凌波轻步。谩凝睇、乘鸾秦女[③]。想庭曲、霓裳正舞。莫须长笛吹愁去。怕唤起鱼龙，三更喷作前山雨。

[注释]

①招宝山：在浙江镇海，一名候涛山。相传有大蚌明珠。　②倩：请。③秦女：秦穆公之女弄玉，善吹箫，能引凤，后乘鸾仙去。

[集评]

王弈清云："（后段）纵横之妙，直似东坡。"（《历代诗话》卷九引《词苑》语）

夜行船

十二阑干和露倚，银潢淡、玉蟾如洗[①]。万籁无声，纤云不染，目断楚天千里。　自把黄花闲数蕊。空招隐[②]、湘君山鬼[③]。古剑埋光[④]，孤灯倒影，咄咄树犹如此[⑤]。

[注释]

①玉蟾:指月。　②招隐:《招隐士》,《楚辞》篇名,汉淮南小山作。　③湘君:屈原《九歌》之一《湘君》。　山鬼:屈原《九歌》之一《山鬼》。　④古剑埋光:《晋书·张华传》载,张华见天空斗牛之间常有紫气,雷焕曰:宝剑之精,上彻于天。张华命焕为丰城令。到县,掘狱屋基,入地四丈馀,得石函,光气非常,中有双剑,并刻题,一曰龙泉,一曰太阿。　⑤树犹如此:感叹时光流逝。晋桓温北伐姚襄,经金城,见昔日所植柳已大十围,感叹地说:"木犹如此,人何以堪。"见《世说新语·言语》。

荐金蕉

梅边当日江南信[①],醉语无凭准。斜阳丹叶一帘秋。燕去鸿来,相忆几时休。

[注释]

①江南信:南朝陆凯与范晔友善。自江南寄梅花一枝至长安,并赠诗曰"江南无所有,聊赠一枝春"。

[集评]

江顺诒云:"仇远之《荐金蕉》,即《虞美人》之半。"(《词学集成》卷二)

思佳客

落尽残红雨乍收,新篁静院叫钩辀[①]。柳丝轻拂阑干角,怕引闲愁懒上楼。　春淡淡,水悠悠。绮窗曾为牡丹留。转头千载真成梦,赢得春风一枕愁。

[注释]

①篁:竹子。　钩辀(zhōu):鹧鸪鸟鸣声。韩愈《古花》:"鹧鸪钩舟

猿叫歇。”

思佳客

日影扶花一万重，秋香阁下又芙蓉。旧时楚楚霓裳曲[①]，移入长杨短柳中。　文甃碧[②]，朵墙红[③]。金舆苍鼠玉华宫[④]。行人忍听啼乌怨，笛里阑干落叶风。

[注释]

①楚楚：鲜明整洁貌。　②文甃（zhòu）：井壁加以文饰。　甃：井壁。　③朵墙：朵，通“垛”。指门两侧的墙垛。　④金舆：帝王之车驾。苍鼠：老鼠。　玉华宫：唐代行宫，在陕西宜君县。此言由盛入衰之巨大变化。

蝶恋花

燕燕楼空帘意静[①]。露叶如啼，红沁胭脂井[②]。浅约深盟期未定，木犀风里鸳鸯径。　楚岫秦眉相入映[③]。私倚云阑，淡月笼花顶。今夕兰釭空吊影[④]，绣衾罗荐馀香冷。

[注释]

①燕燕楼：唐节度使张愔筑燕子楼，其妾关盼盼居之。　②胭脂井：传陈后主与其妃张丽华在兵临城下时所投之井为胭脂井，在今江苏南京。③楚岫秦眉：泛指楚、秦两地的山峦。　④釭（gāng）：灯也。江淹《别赋》：“冬釭凝兮夜何长。”

秋蕊香

三径归来秋早[①]，门外金铺谁扫[②]。东篱不种闲花草[3]，恼乱西风未了。 霜华侵鬓渊明老，南山晓[4]，啼红怨绿骎骎少[5]。自采落英黄小。

[注释]

①三径：指隐者的住所。晋陶渊明《归去来辞》："三径就荒，松菊犹存。" ②金铺：指门饰。 ③东篱：陶渊明种菊之处，后指隐居庭院。陶渊明《饮酒》："采菊东篱下，悠然见南山。" ④南山：指江西庐山。陶渊明居所附近之山。 ⑤骎骎(qīn)：马速行貌，引申为疾速之状，此指迅速消逝。

解连环

绮疏人独[1]。记芙蓉院宇，玉箫同宿[2]。尚隐约、屏窄山多，□衾暖浪浮，帐香云扑。步袜蹁然，又何处、秦筝金屋。□柔簪易折，破镜难留，断缕难续。 斜阳谩穷倦目。甚天寒袖薄，犹倚修竹。待听雨、闲说前期，奈心在江南，人在江北。老却休文[3]，自笑我、腰围如束。莫思量，寻花傍柳，旧时杜曲[4]。

[注释]

①绮疏：华美疏朗的窗棂。 ②玉箫：本韦皋之侍女。此指情人。 ③休文：沈约之字，沈以清瘦著称。 ④杜曲：当时长安繁华之地。

雪狮儿

梅

武林春早[1]，乘兴试问，孤山枝南枝北。见说椒红[2]，初破芳苞犹绿。罗浮梦熟[3]，记曾有、幽禽同宿[4]。依稀似、缟衣楚楚[5]，佳人空谷。 娇小春意未足。甚娇羞，怕入玉堂金屋。误学宫妆，粉额蜂黄轻扑。江空岁晚，最难是、旧交松竹[6]。忒幽独，笛倚画楼西曲。

[注释]

①武林：旧对杭州的别称。　②椒红：比喻红梅。椒，芳香植物。椒红，椒花。　③罗浮：用赵师雄于罗浮见梅花仙子事。　④幽禽：用赵师雄见梅仙梦醒事。　⑤缟衣楚楚：白衣鲜明整齐。　⑥旧交松竹："松梅竹"岁寒三友。

探芳信

和草窗西湖春感词[1]

坐清昼。记步幄行春[2]，短亭呼酒。怅湔裙香远[3]，波痕尚依旧。赤阑桥下桃花观，寒勒花枝瘦[4]。转回廊、古瓦生松，暗泉鸣甃。　山雨夜来骤。便绿涨平堤，云横远岫。细认沙头，还见有落红否。杨花自趁东风去，空白鸳鸯首。劝游人、莫把骄骢系柳。

[注释]

①《全宋词》注：原无题，兹据光绪刊本补。　②幄：帏帐。　③湔(jiān)裙：洗涤衣裙。　④寒勒：寒气阻遏而不如期开花。

琐窗寒

小袖啼红，残茸唾碧，深愁如织。闲愁不断，冉冉舞丝千尺。倚修筠、袖笼浅寒，望人在水西云北。想绿杨影里，兰舟轻舣[1]，赤阑桥侧。　游剧归来[2]，恨汗湿酥融，步悭袜窄。兰情蕙盼[3]，付与栖鸾消息。奈无情、风雨做愁，帐灯闪闪春寂寂。梦相思、一枕巫山，更画楼吹笛。

[注释]

①舣(yǐ):移船靠岸。　②游剧:剧游,辛苦的出游。　③盼(pàn):顾盼。

一寸金

楼倚寒城,隔岸江山见东越。望远红千尺。游丝起舞,空青一段,斜阳明灭。孤树秋声歇。霜枝袅、尚留病叶。阑干外、带郭人家,蜂房几盘折[①]。　我独逍遥,乘虚凭远,天风醒毛髮[②]。问西窗停烛[③]。谁吟巴雨,连床鼓瑟,谁弹湘月。消得青鸾下[④],分明是、绛台紫阙。何时约、姑射仙人[⑤]、试手回剪雪。

[注释]

①蜂房:密集的民居。　②乘虚凭远:本《庄子·逍遥游》"乘天地之正,而御六气之辩,以游无穷"。　③西窗烛:西窗夜对,剪烛共话,后常用作游子思乡语。李商隐《夜雨寄北》:"何当共剪西窗烛,却话巴山夜雨时。"　④青鸾:即青鸟,传说中西王母的信使,后泛指传书的使者。　⑤姑射仙人:指貌美之女子。《庄子·逍遥游》:"藐姑射之山有神人居焉,肌肤若冰雪,淖约若处子。"姑射(yè),在今山西临汾之西。

声声慢

藏莺院静,浮鸭池荒。绿阴不减红芳。高卧虚堂,南风时送微凉。游鞯践香未遍[①],怪青春、别我堂堂[②]。闲里好,有故书盈箧,新酒盈缸。　只怕吴霜侵鬓,叹春深铜雀[③],空老周郎。弱絮沾泥,如今梦冷平康[④]。翻思旧游踪迹,认断云、低度横塘。离恨满,甚月明、偏照小窗。

[注释]

①鞯(jiān):衬托马鞍的垫子,此指马。 ②堂堂:公然,毫不在意。③铜雀:即铜雀台,曹操建于河北临漳。唐杜枚诗:“东风不与周郎使,铜雀春深锁二乔。” ④平康:洛阳有平康里,妓女居处。

越山青

四月时,五月时。柳絮无风不肯飞,卷帘看燕归。

雨凄凄,草凄凄。及早关门睡起迟,省人多少诗。

[集评]

谢章铤云:“丰神一何旖旎。”(《赌棋山庄词话》卷一)

尾　犯

霅　中①

宝蜡夜笼花,不碍画楼,无限清景。病叶分秋,剪愁桐金井②。银汉外、尘飞不到,暮云收、琉璃万顷。弁山横翠③,好倩西风,送上江心镜。　霓裳空楚楚,钧天旧梦难省。最忆婵娟,□钗钿香冷。欲高跨、娇鸾归去,又还愁、乌啼酒醒。独思前事,夜永谁问相如病。

[注释]

①霅(zhá)中:霅溪,在浙江湖州。 ②金井:有雕饰栏干之井,古诗词中多指宫廷园林的井。 ③弁(biàn)山:地名,在浙江长兴附近。

两同心

踏青归后,小步西园。翠袖薄、新篁难倚,绿窗润、弱絮轻黏。春风急，暮雨凄然。早听啼鹃。　　忆昔几度湖边。款曲花前[1]。约俊客、同倾凿落[2]，看游女、同上秋千。春无主，落日低烟，芳草年年。

[注释]

①款曲：诉说心曲。　②凿落：金银雕饰的酒杯。

瑶花慢

雪

疏疏密密，漠漠纷纷，乍舞风无力。残砖断础，才转眼、化作方圭圆璧[1]。非花非絮，似骋巧、先投窗隙。立小楼、不见青山，万里鸟飞无迹。　　休邻冻梗冰苔，算飞入园林，都是春色。年华婉娩[2]，谁信道、老却梁园词客[3]。踏青近也，且一白、何消三白[4]。把一白、分与梅花，要点寿阳妆额。

[注释]

①方圭(guī)：方形玉器名。古代贵族佩用。　②婉娩：仪容柔顺，亦作天气温和。　③梁园词客：司马相如、枚乘等曾为梁园(梁孝王园囿)的宾客。　④三白：雪的别称。苏东坡《次韵王觌正言喜雪》："行当见三白，拜舞欢万岁。"

破阵子

柳浪六桥春碧[1]，香尘十里花风。好是烂游浓醉后，画□阑干见小红[2]。红明绿暗中。　　旧约涌金门道[3]，纱笼毕竟相逢。只恐入城归路杂，便转头树北云东。侯门深几重。

[注释]

①六桥：西湖有六桥柳浪闻莺诸景点。　②小红：浅红，常指桃花。杜甫《江雨有怀郑典设》诗：“点注桃花舒小红。”　③涌金门：杭州城门，西临西湖。

凤凰阁

晴绵欺雪[1]，扑扑红楼锦幄。小蜻蜓载水花泊。犹记横波浅笑[2]，香云深约。甚可怪、匆匆忘却。　寻芳人老，那得心情问著。雁程不到怨无托。还又月笛幽院，风灯疏箔[3]。谩傍竹、寒笼翠薄。

[注释]

①晴绵：柳絮。　②横波：谓美目。　③箔（bó）：用苇子秫秸做的帘子。

归田乐

略彴横溪曲[1]，映带短莎修竹[2]。傍岸谁家屋。爱水护遥碧，林拥深绿。呼布谷，东里西邻才一簇。　社鼓初鸣春酒熟[3]。长衫方帽，翁醉扶黄犊。断霞倦鹊，未晚先争宿。门外月明山六六[4]。

[注释]

①略彴（zhuó）：桥。　②莎（suō）：草名。　③社鼓：社日的锣鼓。社日，古时春秋两次祭祀土神的日子，一般在立春、立秋后第五个戊日。④山六六：言山之多。楼异《嵩山三十六峰赋》：“未观奇峰之六六。”

解佩令

浅莎深苑，流萤暗度。问霜纨、藏在何处[1]。一自西风，乱剪剪、枝头红露。怕因循、彩鸾尘蠹。　歌台香散，离宫烛暗[2]，谩消凝、凌波微步[3]。最怕黄昏，小楼外、零云残雨。把相思、共青灯诉。

[注释]

①霜纨：白色薄绢。　②离宫：皇帝正宫以外的行宫。　③凌波步：本是形容洛神行步之美，后亦用指美女。曹植《洛神赋》描写洛神的体态为"凌波微步，罗袜生尘"。

何满子

舞褥行云衬步，歌纨片月生怀。歌残舞罢花困软，凝情犹小徘徊。髻滑频扶堕珥，裙低略露弓鞋。　当日凝香清燕[1]，惯听八拍三台[2]。谢娘荀令都□老[3]，匆匆好梦惊回。闲指青衫旧泪，空连半股鸾钗。

[注释]

①凝香清燕：谓宴席清幽华美。燕，通"宴"。　②八拍三台：古曲调有《八拍蛮》、《三台词》。　③谢娘：本为名妓谢秋娘或谢安妓，后泛指歌伎，亦作美人的代称。　荀令：指荀彧，字文若，为汉侍中，守尚书令，传说荀令坐处留香，经日不散。

更漏子

楝花风[1]，都过了，冷落绿阴池沼。春草草，草离离[2]，离人归未归。　暗魂消，频梦见，依约旧时庭院。红笑浅，绿颦深，东风不自禁。

[注释]

①楝(lian)：楝树，亦称“苦楝”。落叶乔木，高可达二十米。春夏之交开花，花淡紫色。 ②离离：繁茂貌。

庆清朝

山束滩声[1]，月移石影，寒江夜色空浮。丹青古壁，风幡横卧东流[2]。小舣载云轻棹[3]，湖痕渐落葑泥稠[4]。津亭外，隔船吹笛，唤起眠鸥。 非但予愁渺渺，料那人，应自有、一襟愁。霜栖露泊，容易吹白人头。漠漠荻花胜雪，拟寻静岸略移舟。留闲耳，听莺小院，听雨西楼。

[注释]

①束：缩、系。 ②幡(fān)：长方形的旗子。 ③舣(yǐ)：附船着岸。 棹：划船的桨。也指船。 ④葑(féng)：菰根。菰根盘结，上植土，可以为田，即葑田。

一落索

尽日西阑凭醉，新寒难睡。袖炉烟冷帐云宽，倩倩倩[1]、先温被。 空对短屏山水，清清无寐。却思十里小红楼，应不报、平安字。

[注释]

①倩：请。后二“倩倩”为娇好貌，指娇好之人，是第一个“倩”的宾语。

琴调相思引

鸦墨斜行印粉香[①],倚楼凝望过鸿将[②]。寸心天远,月冷梦浮湘。　　题恨谩留诗叶小,合欢空恋舞衣长。旧愁千斛,深浅倩谁量。

[注释]

①鸦黑:写字。　②过鸿将:请(将)鸿雁捎书信。

生查子

钗头缀玉虫[①],耿耿东窗晓[②]。京洛少年游,犹恨归来早。　　寒食正梨花,古道多芳草。今夜试青灯,依旧春花小。

[注释]

①玉虫:玉雕的首饰,亦喻灯花。　②耿耿:明亮。

合欢带

效柳体[①]

令巍巍[②]、一段风流。看情性、忒温柔。记得河桥曾识面,两凝情、欲问还羞。沉吟半晌,蝉鼓舞鬟,莺涩歌喉。到黄昏饮散,□虽未语,心已相留。　　纱窗低转,红袖同携,随花归去秦楼。酒力难禁花易软,聚眉峰、点点清愁。瞋人笑语,朦胧娇眼,鬖髻扶头[③]。醒来时、月转西厢,隔窗犹听箜篌。

［注释］

①《全宋词》注：此题原无，据光绪刊本补。　当效柳永词体。②令巍巍：仪容美好之极。　令：美也。　③鬖髻（wǒ duǒ）：髮髻名。亦作“倭堕”。

思佳客

家住银塘东复东，赤阑桥下笑相逢。春风豆寇抽新绿①，夜雨茱萸湿老红②。　鸥鸟散，水天空。绮窗昨梦已无踪。月昏云淡莎汀小，帘影重重花影中。

［注释］

①豆寇：植物名，即荳蔻，多年生常绿草本。常喻处女，后谓十三四岁女子为豆寇年华。　②茱萸：植物名。有浓香，可入药。古代风俗，阴历九月九日重阳节，佩茱萸囊以祛邪辟恶。

思佳客

东壁谁家夜捣砧，荆江流滞客偏闻。三三五五潇湘雁，飞尽南云入北云。　人独自，月黄昏。青灯红蕊落缤纷①。野篁谩白秋萧索②，无雨无风也闭门。

［注释］

①红蕊：指灯花。　②谩白：指秋景，萧疏。

思佳客

霜醉秋花锦覆堤，西风一舸小桥西①。闲将窗下红兰梦，写入江南白苎词②。　芳绪断，旧游非。空遗香墨湿乌丝[3]。碧云冉冉无穷恨，只有山阳短笛知[4]。

[注释]

①舸(gě):船。② 白苎:词牌名，双调，慢词，仄韵。③乌丝:"乌丝栏"的省略语，指有黑格线的绢素或纸笺。④山阳短笛:山阳，今河南修武，嵇康旧庐所在。向秀与嵇康友善，嵇康被司马昭杀后，向秀经其山阳旧居，闻邻人吹笛而作《思旧赋》。后因以"山阳闻笛"比喻对已故挚友的悼念。

满江红

脂雨东流，觉春去、绿阴如幄[1]。尝记得、桃花碧径、自怜幽独。日暮碧云空冉冉，摘花小袖犹依竹。望江南、草色欲连天，人江北。　谁共剪，西窗烛[2]。谁共度，西园曲[3]。甚采香情懒[4]，楚骚谁续[5]。海远休寻双燕信，夜长争忍孤鸾宿。夹缃签、曾有旧题诗，灯前读。

[注释]

①幄:帏帐。②西窗烛:化用李商隐《夜雨寄北》诗，表达对亲人的思念。③西园曲:西园，本建安时曹操所建，在邺都，为曹魏君臣游宴之处。后泛指高贵园林。④采香:屈原采掇香草以为佩饰。⑤楚骚:即屈原《离骚》。

浣溪沙

鸦墨鸳茸暗小窗，栀花时递淡中香。何须华屋艳红妆。　栊月凉筛金琐碎[1]，床琴清写玉丁当[2]。风车闲倚在回廊[3]。

[注释]

①"栊月"句:指月光透过窗棂,一片金黄碎影。 ②"床琴"句:琴床上流淌(写)着清脆的丁当声。 ③风车:刮风。李商隐《燕台诗》:"风车雨马不持去。"

浣溪沙

薄薄梳妆细扫眉,鬟鸦双叠岭云低[①]。对人浓笑问归期。　荀令老来香已减,谢娘别后梦应迷。一番心事只春知。

[注释]

①鬟鸦:指女子黑色髮鬟。

浣溪沙

红紫妆林绿满池[①],游丝飞絮两依依。正当谷雨弄晴时。　射鸭矮阑苍藓滑[②],画眉小槛晚花迟。一年弹指又春归。

[注释]

①红紫:万紫千红,指春花。 ②射鸭:宫苑中的一种游戏。王建《御猎》诗:"新教内人唯射鸭。"

浣溪沙

豆蔻枝头冷蝶飞,荼蘼花里老莺啼。懒留春住听春归。　北海芳尊谁共醉[①],东山游屐近应稀[②]。小窗寒草送春时。

[注释]

①北海:指孔融。孔融曾为北海相,好宴宾客,尊酒不空。　②东山:指谢安,出任前曾隐居会稽东山。

西江月

犹记春风庭院,桃花初识刘郎[1]。绿腰传得旧官腔[2],自向花前学唱。　锦瑟空寻小袖,翠衾尚带馀香。一番拈起一思量,又是桃花月上。

[注释]

①刘郎:指刘禹锡。　②绿腰:亦称"六么",是唐时京城流行的曲调,至宋时仍流行。

西江月

楚塞残星几点,关山明月三年。长亭犹有竹如椽,可惜中郎不见[1]。　折柳新愁未歇,落梅旧梦谁圆。何人吹向内门前,一片鹧鸪清怨[2]。

[注释]

①中郎:蔡邕曾为中郎将,美文采精音乐。　②鹧鸪:鸟名。其叫声似"行不得也哥哥"。

西江月

漠漠河桥柳外[1],愔愔门巷灯初[2]。笙歌饮散醉相扶,明月伴人归去。　娃馆深藏云木[3],女墙斜掠烟芜[4]。水天空阔见西湖,鹤立夜寒多处。

［注释］

①漠漠：密布貌。 ②愔愔（yīn）：形容安静和悦。 ③娃馆：即馆娃宫。春秋吴王夫差所建的一座宫殿，以居西施。其旧址在今苏州灵岩山。吴俗谓好女为娃。 ④女墙：城墙上面的凹凸矮墙。

西江月

暗柳荒城叠鼓[1]，小花静院深灯。年年寒食可曾晴，今夜晴犹未稳。 豆蔻梢头二月，杜鹃枝上三更。春风知得此时情，吹动秋千红影。

［注释］

①叠鼓：不断敲击的鼓声。岑参诗："鸣笳叠鼓拥回车。"

西江月

小立画桥西畔，仙车蓦送香风。多情问我太匆匆，疑是当年小宋[1]。 须识蓬山不远，梨云路杳无踪。觉来斜月隔帘栊，不是相逢是梦。

［注释］

①小宋：宋祁，美风仪，有文采，宫中美人遇于途曾揭帘呼小宋。

满庭芳

寒食无情，阳春如客，晚风落尽繁枝。落红堆径，小槛立移时。乐事不堪再省，吴乡远、愁思依依。谁家燕，斜穿绣幕，轻惹画梁泥。 还知。人寂寞，殷勤软语，来说差池[1]。怕王孙归去，芳草离离。倚翠屏山梦断，无心听、啼鸟催归。何时向，溪流练带[②]，一舸载鸱夷[③]。

[注释]

①差池：燕飞貌。此为“差池来说”之倒文。言其亲人也。　②练带：形容溪水白净如练带。　③鸱（chī）夷：范蠡平吴后，更名鸱夷子皮，泛舸太湖而隐。

减字木兰花

鸡儿画曲，处处筝篆鸣雨屋[①]。十载重游，柳外啼乌也怨秋。　粉楹醉墨，燕去楼空人不识。醉踏花阴，错认人家月下门。

[注释]

①篆（qín）：古乐器，似筝而有七弦。

减字木兰花

三生杜牧[①]，惯识小红楼上宿。压帽花斜，醉跨门前白鼻騧[②]。　归来寻睡，懒拨熏炉温素被。两袖香尘，肯信春风老得人。

[注释]

①三生：指姻缘前定。传说唐李源与惠林寺僧园观友善。园观与李约定，待彼死后十二年，于杭州天竺寺相见。及期李源如约前往，见一牧童，即园观托身，且作歌曰：“三生石上旧精魂。”　②騧（guā）：黑嘴的黄马。

减字木兰花

一番春暮，恼人更下潇潇雨。花片纷纷，燕子人家都是春。　莫留春住，问春归去家何处。春与人期[1]，春未归时人未归。

[注释]

①期：约定时日。

木兰花慢

远钟消断梦，又霜信、到纹窗[1]。有六曲屏山，四垂斗帐，重锦方床。轻寒画眉尚懒，想留连、一线枕痕香。无语因谁悒快[2]，何心重理丝簧[3]。　花房，空记旧周郎[4]，指印□鸳鸯。悄不堪□□，暗尘绣陌，淡月幽坊。休凭败红寄远，怕惊波、侵字不成行。坐忆江南信息，断肠蘸甲清觞[5]。

[注释]

①霜信：秋信。　纹窗：华美的窗棂。　②悒快（yì yàng）：懊恼。　③丝簧：指管弦音乐。　④周郎：指周瑜。又借指风流倜傥、才华横溢的少年。　⑤蘸甲清觞：以指甲蘸酒，表示开怀痛饮。刘禹锡《和乐天以镜换酒》："蘸甲须欢便到来。"

木兰花慢

泥凉闲倚竹[1]，奈冉冉、碧云何。爱水槛空明[2]，风疏画扇，雪透香罗。惺松未成楚梦，看玲珑、清影罩平坡。便有一庭秋意，碎蛩声乱寒莎。　银河，不起纤波。天似水,月明多。算江南再有,贺方回在[3],空费吟哦。年年自圆自缺,恨紫箫、声断玉人歌。谩对双鸳素被,翠屏十二嵯峨。

[注释]

①泥凉:贪凉。　②水槛:水边栏杆。　②楚梦:指楚王梦巫山神女与其欢会事。　③贺方回:贺铸。北宋末期词人。

木兰花令

一声啼鴂无芳草[1],南浦晴波云渺渺。蠹尘珠网满香车,三十六桥春悄悄。　垂杨柳舞吹笙道,红粉台空灰蝶小。惜花心性不禁愁,莫放堕香随去鸟。

[注释]

①鴂(jué):即鹈鴂。鸟名,亦即子规,杜鹃。《离骚》:"恐鹈鴂之先鸣兮,使夫百草为之不芳。"

菩萨蛮

翠鸾不隔巫山路,无人肯指行云处。徙倚最高楼,秋波春望愁[1]。　先来愁似雾,更下丝丝雨。芳径溅香泥,苔花滑马蹄。

[注释]

①秋波:眼波。

菩萨蛮

瑶琴欲把相思谱,殷勤难写相思语。人在碧苕滨[1],

相思烟水深。　　鳞波流碎月，荏苒年芳歇[2]。何处寄相思，白蘋秋一枝。

［注释］

①苕（tiáo）：草名，也叫凌青，紫葳。　②年芳：春花。

水龙吟

晓星低射疏棂[1]，殢寒却枕还慵起。炊烟逗屋，隔房人语，灯前行李。霜滑平桥，雾迷衰草，时闻流水。怅雕鞍独拥，清寒满袖，入斜月、空山里。　　谩把鞭梢暗指。酒旗边、柴门又闭。分水点墨[2]，因风欲寄，梅花万里。宝帐春慵，梦中肯信，有人憔悴。待归来、别倚新腔，换却泪毫愁纸[3]。

［注释］

①疏棂：宽阔的窗棂。　②泪毫愁纸：纸笔全是愁与泪。　③点墨：谓书写或绘画。

早梅芳近

碧溪湾，疏竹外，正小春天气。绿珠羞涩[1]，半吐椒红可人意。月香传瘦影，露脸凝清泪。笑倡条冶叶，怕冷尚贪睡。　　马行迟，雪未霁。还忆前村里。青禽啁哳[2]，疑是当时梦初起。旧愁归塞管，远恨潇湘水。望江南，故人家万里。　　（以上《彊村丛书》本《无弦琴谱》卷二）

［注释］

①绿珠：石崇的歌伎。泛指美艳而善于弹唱的歌女。　②啁哳（zhāo

zhā)：形容声音繁杂而细碎。

齐天乐

蝉

夕阳门巷荒城曲，清音早鸣秋树。薄剪绡衣[1]，凉生鬓影，独饮天边风露。朝朝暮暮。奈一度凄吟，一番凄楚。尚有残声，蓦然飞过别枝去。　　齐宫往事谩省，行人犹与说，当时齐女[2]。雨歇空山，月笼古柳，仿佛旧曾听处。离情正苦。甚懒拂冰笺，倦拈琴谱。满地霜红，浅莎寻蜕羽。

（《乐府补题》）

[注释]

①绡衣：形容蝉之翅薄如丝绡。　②齐女：蝉的异名。此咏蝉，故用齐女变蝉以寄忿。传说齐王后忿而死，尸变为蝉，登庭树悲鸣，王悔恨。

[集评]

蒋敦复云："碧山、草窗、玉潜，仁近诸遗民，《乐府补遗》中，龙涎香、白莲、莼、蟹、蝉诸咏，皆寓其家国无穷之感，非区区赋物而已。"（《芬陀利室词话》卷三）

董嗣杲

董嗣杲，生卒不详，字明德，号静传，杭州人。宋理宗景定间，官富池专管茶叶贸易。宋度宗咸淳末，为武康令。宋亡后入道，改名思学，字无益，号老君山人。有《百花诗集》、《西湖百咏》。

湘 月

莲幽竹邃，旧池亭几处，多爱君子。醉玉吹香还认取，忙里得闲标致[①]。心逐云帆，情随烟笛，高会知谁继。宵筵会启，蓦然身外浮世。　因见杜牧疏狂，前缘梦里，谩蹙双眉翠。香满屏山春满几，炉拥麝焦禽睡[②]。月落梅空，霜浓窗掩，两耳风声起。艳歌终散，输他鹤帐清寐[③]。

（《绝妙好词》卷六）

[注释]

①醉玉：即醉玉颓山，形容男子风姿挺秀。用晋嵇康典。　②麝焦：麝香燃烧。　③鹤帐：指道士床帐。

齐天乐

玉山曾醉凉州梦[①]，图芳夐无今古。露颗虬藤，风枝蠹叶，遗墨何人收取。当时赠与。记轻别西湖，笑离南浦。万里奚囊，岂知随处助吟苦。　归来情寄谩远，旧寻犹在望，荒亭荒圃。绀蕾攒冰[②]，苍阴弄月，休说堆盘马乳。云梯尚阻。袖一幅秋烟，扫空尘土。静想山窗，半乘寒架雨。

（《大观录》卷十五）

[注释]

①玉山曾醉:比喻人之酒醉。《世说新语·容止》:“嵇叔夜之为人也,岩岩若孤松之独立;其醉也,傀俄若玉山之将崩。” ②绀(gàn):一种深青带红的颜色。

高晞远

高晞远，字照庵，通州（今江苏南通）人。咸淳、德祐间通判平江府。宋亡，隐居不仕。

失调名

梦绕荆溪，蟹肥春瓮满。（《蚁序词选》卷二《点绛唇》词序）

杨　均

杨均，生卒不详，临安盐官县（今浙江海宁）人。

霜天晓角

祭双庙乐章·初献[1]

丹楹转月，金绣纷幢钺[2]。勋在有唐宗社，人千载、仰英烈。　　维辰嗟尽节，故里昭虔揭[3]。临御雍雍来下[4]，歆初荐、俎羞洁[5]。

[注释]

①双庙：在睢阳。唐张巡、许远抗安禄山叛军，死于此，为立庙祀之。②幢钺（cháng yuè）：古时用为仪仗的旗帜与兵器。幢，一种旗帜。钺，古代兵器。　③昭虔揭：昭显虔诚与崇仰。　④雍雍：形容乐声的谐和。⑤歆（xīn）：指歆享，指祭鬼神时用的祭品、香火，祭祀进献的食品。

霜天晓角

祭双庙乐章·亚献

当年宋壁[1]，血拥河流赤。全护东南形胜，百易万[2]、五神力。　　人心同奋激，立此生民极。哀角载歌霜晓。蘜琼酥[3]、圣容怿[4]。

[注释]

①宋壁：指睢阳，古称宋州。　②百易万：指以百人当敌万人。③蘜（jū）：酌酒。　琼酥：美酒。　④怿（yì）：喜悦。

霜天晓角

祭双庙乐章·终献

忠忱谊愊[①]，对越如丹赤[②]。缅想遗风馀烈，犹身见、古颜色。　　惟馨非黍稷，穆穆歆明德[③]。箪滟芳彝须醉[④]，回云旞[⑤]、佑乡国。

（以上三首见咸淳《临安志》卷七十四）

[注释]

①愊（bì）：至诚。　②对越：面对。　丹赤：真心。　③穆穆：仪表美好，容止端庄恭敬，旧时用以颂扬帝王。　④滟：酒。　彝：盛祭品的鼎类器皿。　⑤旞（suì）：导车上所立的彩色鸟羽的旗帜。

胡幼黄

胡幼黄(1229—?),字成玉,永新(今属江西)人。宋度宗咸淳十年(1274)进士第三人。调官未上而宋亡,避匿不出。

水调歌头

寿段知事。时方旱,祈雨大作

有喜君初度,风雨作秋声。连旬烈日,稻畦麦垅欲扬尘。好是天瓢在手,笑把群龙呵叱,四野注如倾。勃勃生意满,翠浪涌纵横。　君知否,仁者寿,寿斯仁。自从三代而下,民命寄苍旻①。满目桑麻谷粟,满目簿书期会②,试说与仁人。小试作霖手③,苏醒永新民。

(《翰墨大全》丙集卷十三)

[注释]

①苍旻(mǐn):天空。　②簿书期会:各种文书按时汇集在一起。③作霖手:比喻济世之臣。《尚书·说命上》载,殷高宗对大臣傅说言:"若济巨川,用汝作舟楫;若岁大旱,用汝作霖雨。"　霖:连绵大雨。

熊　禾

熊禾（1247—1312），字去非，号勿轩，又号退斋，建安（今属福建）崇泰里人。咸淳十年（1274）进士，授汀州司户参军。宋亡不仕，入武夷，筑洪源书堂讲学。为一代儒学大师。又归故里，筑鳌峰书堂。学者称勿斋先生。

婆罗门引

送张监察出闽[①]

秋宵倦起[②]，起来风露湿人衣。休休未是早行时。旋摘青蔬炊饭，暖酒就炉围。值青山有意，且把诗题。　兴阑便归[③]。忽邂逅、故人期[④]。道是游山正叔，消息曾知。茶烟午灶，听击棹、歌声笑语迟。云霭散、皓月呈辉。

［注释］

①出闽：原作“出关”，据《翰墨大全》改。　②倦起：原缺“起”，据《翰墨大全》庚集卷十五补。　③兴阑：兴尽。　④邂逅：不期而遇。

沁园春

自　寿

自笑生身，历事以来，垂六十年。今浮沉闾里，半非识面，交游朋友，各已华颠。富贵不来，少年已去，空见悠悠岁月迁。虽然是，壮心一点，犹自依然。　新阳又长天边。人指似山间诗酒仙。算胸次崔嵬[①]，不胜百榼[②]，笔端枯槁，难足千篇。隐几杖藜[③]，相耕听诵，聊看诸郎相后先。馀何事，但读书煮茗，日晏高眠。

[注释]

①崔嵬:犹言块垒。　②榼(kē):古代盛酒器。犹酒盏。　③隐几:凭着几案打瞌睡。

满庭芳

斗转璇霄,梧飘金井[①],洞天秋气方新。幔亭仙子[②],飞佩下瑶京[③]。霞袂霓裳缥缈,冰肌莹、月作精神。云璈动[④],琼仙歌舞,共庆捧瑶觥[⑤]。　蟾宫,人未老[⑥],纵横礼乐,谈笑功名。从今去,有多少、富贵光荣。且听宾云奏曲,千秋岁、更引清声。齐眉处,朱颜绿鬓[⑦],相与共长生[⑧]。

[注释]

①金井:井栏上有雕饰的井。　②幔亭:用帐幔围成的亭子。幔亭仙子。指武夷君。典出《云笈七签》卷九六:"太子文学陆鸿渐撰《武夷山记》云:武夷君,地官也。相传于八月十五日大会村人,于武夷山置幔亭,化虹桥通上下。"　③飞佩:即飞霞佩。指佩戴的玉饰。唐韩愈《调张籍》:"乞君飞霞佩,与我高颉颃。"　④璈(áo):古乐器名。《汉武帝内传》:"王母乃命诸侍女弹八琅之璈。"　⑤瑶觥(gōng):玉制饮酒器皿。⑥蟾宫:指月宫。亦指科举中试。　⑦绿鬓:乌黑而光亮的鬓发。引申为青春年少的容颜。　⑧原注:"时良人正赴廷对。",良人,指丈夫。

瑞鹤仙

翠旗迎凤辇[①]。正金母西游,瑶台宝殿[②]。蓬莱都历遍。□飘然来到,笙歌庭院[③]。朱颜绿鬓。须尽道、人间罕见。更恰恰占得[④],美景良辰,小春天暖。　开宴。画堂深处,银烛高烧,珠帘任卷。香浮宝篆[⑤]。翻舞袖,掩歌扇。看兰孙桂子[⑥]，成团成簇，共捧金荷齐劝[⑦]。□从今、鹤算龟龄，天长地远。[⑧] （以上《熊勿轩先生文集》卷八）

［注释］

①凤辇：皇帝所乘的车子。此指王母之车。 ②金母：即西王母。 ③庭：《全宋词》注，“庭”字原无，据《截江网》补。 ④《全宋词》注：“恰恰”原作“恰”，据《截江网》补。 ⑤宝篆：盘香的别称。秦观诗：“宝篆沉烟袅。” ⑥兰孙桂子：指子孙有出息，资质很美。 ⑦金荷：荷形酒杯。 ⑧唐氏按：此首又见《截江网》卷六、《翰墨大全》丙集卷十四，无撰人姓名。《翰墨大全》此首前为鳌峰“斗转璇霄”满庭芳词，疑辑勿轩集者承前首而误收。

詹无咎

詹无咎，与熊禾同时。生平事迹不详。

鹊桥仙

题烟火簇[①]

龟儿吐火，鹤儿衔火。药线上、轮儿走火。十胜一斗七星球[②]，一架上、有许多包裹[③]。　　梨花数朵，杏花数朵。又开放、牡丹数朵。便当场好手路歧人[④]，也须教、点头咽唾。

（《翰墨大全》壬集卷十六）

［注释］

①烟火簇：即烟火架，放置烟花之器。　②十胜一斗：胜、斗皆量器。胜，通“升”。十升成斗之意。　③唐氏按：此句多一字。　④唐氏按：此句多一字。

贺新郎[①]

端　午

梅子黄时雨。对幽窗、依依抱独，几多愁绪。润逼琴丝无雅韵，难续文园旧诣[②]。头白尽、相如谁顾。燕子楼空尘又锁[③]，望天涯、不寄红丝缕。嗟往事，且休语。　　伤情当日斑衣舞。更宫衣、香罗乍带，九天繁露。一寸草心迎永日，更把葵心自许。怎料有、风推雨如[④]。惹起灵均千古恨，转凄凉、更不成端午。拚小醉，读骚句。

（《翰墨大全》后甲集卷十）

[注释]

①唐氏按;此首原题无咎作,不著其姓。　②旧诣:诣字出韵。《全宋词》注:疑为"谱"字之误。　③燕子楼:楼在今江苏徐州。本唐名妓盼盼守节所居之处。见唐白居易《燕子楼诗·序》。　④风推雨如:即风吹雨打之意。

王槐建

王槐建,生平事迹不详。与熊禾同时。

水龙吟

送人归武夷

武夷一片闲云,被风吹落清原顶。溪梅馥馥[1],飞来相傍,不嫌凄冷。瓦釜争鸣[2],丝桐一曲[3],满城倾听。奈阳春未了[4],骊驹已驾[5],桐阴底、梦魂醒。　何限吟笺赋笔,甚乡心、分却清兴。鳌峰胜处[6],遥知风月,属谁管领。邂逅何时,无穷事业,有穷光景。但相期、不负初心,此外分[7]、皆前定。

(《翰墨大全》壬集卷八)

[注释]

①馥馥;香气浓烈。　②瓦釜:古代陶制的炊器。此指粗陋的音乐。③丝桐:指琴。　④阳春:高雅的音乐。　⑤骊驹:逸《诗》篇名。言友人已驾车而去。　⑥鳌峰:武夷山峰名。　⑦分(fèn):缘分。

刘应李

刘应李（？—1311），字希泌，号省轩，建阳（今属福建）人。初名桀。咸淳十年（1274）进士，调建阳簿。入元不仕。编有《事文类聚》、《翰墨大全》传于世。

祝英台近

登武夷平林

濯沧浪[①]，歌窈窕[②]，云日弄微霁[③]。屏倚曾空，鹤去几何岁。尚留洞草芊青[④]，岩花重碧，游泳处、露中风袂[⑤]。　　木兰舣。亭外冉冉斜阳，杯行尚联断[⑥]。独凭危阑，解渴漱寒水。少须酒力还低，茶香不断，清与处[⑦]、月明川底。

（《翰墨大全》后乙集卷十三）

［注释］

①濯沧浪：语出《楚辞·渔父》“沧浪之水清兮，可以濯吾缨”。喻清高。　②歌窈窕：指追求美好目标。《诗经·周南·关雎》：“关关雎鸠，在河之洲。窈窕淑女，君子好逑。”　③霁：雨、雪放晴。　④芊青：草茂盛而色青。　⑤露中：唐氏按，疑是“巾”字之讹。　⑥联断：唐氏按，此（断）字失韵，疑是“继”字。　⑦唐氏按：此三字疑有误。

王梦应

王梦应,生卒不详,字静得,攸县(今属湖南)人。咸淳十年(1274)进士,调庐陵尉。临安陷,起兵抗敌,屡与元人战。后兵败,一家皆歿,惟一身存。

摸鱼儿[①]

寿王尉　癸未冬至后五日[②]

问谁歌、暗香疏影,此花堪照人世。起持霜月为花寿,天亦愿花千岁。谁有意。著如此人间,更著花如此。高寒洒洒[③]。看浩荡刚风,跨虬飞佩,玉影乱如水。　行春处,一笑人间紫翠。纷纷窥此天地。寿如川至。□好是、涧翁兹岁喜。荣沾南儒恩例,捧觞更喜郎君美。任夜来归侍。见说生辰,恰逢本命,寿筵且未。听老聃孙子,祝公耆艾[④],祝公富贵。

(《翰墨大全》丙集卷十三)

[注释]

①唐氏按:此首下半全误,似是二调讹为一首者,无别本可校。　②癸未:至元二十一年(1283)。　③洒洒:冷貌。　④耆艾:古称六十岁为耆,五十岁为艾。

锦堂春

寿李仁山

浅帻分秋[①],凉尊试月[②],西风未雁犹蝉。看芙蓉影里,绿鬓年年。日上云帆压海,尘清玉马行天。更烟楼凤举[③],风幕麟游,锦后珠前。　绿阴池馆如画,记晴春药径，雨晓芝田。已办十年笑语，小聚云边。舞称香围艳雪，歌迟酒落红船。早群仙醉去，柳掖花扶，似雾非烟。

［注释］

①帻（zé）：古代的一种头巾。　②尊：古代的一种饮酒器。　③烟楼：撞破烟楼之省。谓前程远大。

念奴娇

欲霜更雨，记青云篱落，东风前此。帘外客秋人共老，雁与愁飞千里。水郭烟明，竹陂波小，万叶寒声起。凭高那更，九嶷吹尽云气。　婉娩空复多情[1]，年年晋梦[2]，花与柴桑是[3]。谁解意消风日晚，短笛孤舟林水。江蟹笼新，露萸斟浅[4]，浇得乡关思。平芜天远，一痕黄抹秋霁。

（以上二首见元《草堂诗馀》卷下）

［注释］

①婉娩（wǎn miǎn）：仪容柔顺。　②晋梦：即晋人陶渊明的"桃花源"之梦。　③柴桑：陶渊明家于柴桑。　④露萸：茱萸泡的酒。

疏　影

瞢腾晓被，听堕冰屋角，晴哢仍未[1]。土湿烟生，庭掩寒青，障泥懒为春试[2]。东风旧与花飞去，料记得、年年沙际。忍落梅、万点苔根，化作一窗离思。　犹忆蔫红稗绿[3]，断桥雪未扫，天近春易。老对荒寒，事旧人新，雁后不成情味。人间解有花如海，待一片、不教随水。但玉香、酥影玲珑，逐日暖红云里。

[注释]

①哢(lòng):鸟叫。左思《蜀都赋》:“云飞水宿,哢吭清渠。” ②障泥:马鞯。因垫在马鞍下,垂于马背两旁以挡泥土,故称。此句言懒于出游。 ③蔫红:花儿谢了。 稺绿:枝叶绿,此指柳发芽。

醉太平

送人入湘

寒窗月晴,寒梢露明。一痕归影灯青,又分携短亭。 蘅皋佩云[1],蒸溪酒春[2]。有谁勤说归程,是峰头雁声[3]。 (以上二首见《天下同文》)

[注释]

①蘅皋:长满香草的水边高地。蘅,即蘅芜,香草。 ②蒸溪:蒸水,湘水支流。 ③峰头:指回雁峰,在衡阳。

存目词

金绳武本《花草粹编》卷二十三载王梦应《望梅》“画栏人寂”一首,乃《梅苑》卷四无名氏作品。

孙 锐

孙锐（1199—1277），字颖叔，号耕闲居士，吴江（今江苏吴江）人。咸淳七年（1271）举于乡，十年（1274）登进士第，佥判庐州。宋亡，隐居平望之桑磐村，被征不出。

渔父词

和玄真子①

平湖千顷浪花飞，春后银鱼霜更肥。菱叶饭，芦花衣，酒酣载月忙呼归②。

［注释］

①玄真子：张志和号玄真子。 ②载：通"戴"。

水调歌头

玄真子吟①

玄真子隐居江湖②，自号烟波钓徒。肃宗赐之奴曰渔童，婢曰樵青。人问其故。曰：渔童使捧钓收纶③，芦中鼓枻④；樵青使苏兰薪桂⑤，竹里煎茶。玄真既离苍波，游绮市⑥，与群仙集于平湖。樵青，鄙女也，得随仙迹，暂至尘寰，情动于中而献之歌

渔钓有遗逸，天子宠玄真。赐之奴仆，得随妫艳下神京⑦。几度蘋汀蓼岸，不问金钩无饵，谈笑取冰鳞。珍重主人意，名我曰樵青。 肩兰桨，萦桂棹，出波津。凌虚上□□□，□□会群真。卸下绿蓑青笠，付与渔童收管，相与□红尘。归去又□□，同赏洞中春。

（以上二首并见《耕闲集》）

[注释]

①唐氏按:此首原仅题《玄真子吟》,无调名。夺字原无空格,据律补。②玄真子:即张志和(756 年前后在世),字子同,婺州金华(今浙江金华)人。唐肃宗时官至左金吾卫录事参军。后坐事贬官,隐居江湖,自号"烟波钓徒"。著有《玄真子》。其词今仅存《渔歌子》五首。　③纶:较粗的丝线,常指钓丝。　④枻(yì):船桨。　⑤苏:割草。　⑥绮市:繁华的市井。　⑦妫艳:犹妫女。　妫水:舜之居处,尧曾以二女嫁之。此指肃宗赐志和女仆。

李　琳

李琳，号梅溪，长沙（今湖南长沙）人。咸淳十年（1274）进士。

平韵满江红

题宜春台①

碧蘸江山，鹤唳晓②、云献画屏。瑶宫敞、舞金翔翠，巍枕春城。龙背神瓢飞旱雨③，虹光花石转阴晴。蔼昼香、飞雾福苍生，千古灵。　　箫鸾响，笙鹤鸣。瑞烟起，彩云行。满阑干花影，绣飐帘旌。佛界三千笼日月，仙楼十二挂星辰。望赭袍、霞珮并云軿④，游紫清⑤。

［注释］

①宜春台：在江西宜春东南。　②鹤唳（lì）：鹤鸣。　③神瓢：由尧时隐者许由所用之饮水瓢转义而来，此谓可施霖雨。　④軿：古代贵族妇女所乘有帷幕之车。云，像云一样多的车。　⑤紫清：天空。

木兰花慢

汴　京

蕊珠仙驭远，横羽葆①、簇霓旌②。甚鸾月流辉，凤云布彩，翠绕蓬瀛③。舞衣怯环珮冷，问梨园、几度沸歌声。梦里芝田八骏④，禁中花漏三更。　　繁华一瞬化飞尘，辇路劫灰平。恨碧灭烟销，红凋露粉，寂寞秋城。兴亡事空陈迹，只青山、淡淡夕阳明。懒向沙鸥说得，柳风吹上旗亭。

[注释]

①羽葆:即羽盖。古时用鸟羽装饰的车盖。 ②霓旌:古时皇帝出行时用的彩旗。 ③蓬瀛:即蓬莱和瀛洲,古代传说中的神山名。 ④芝田:古代传说中仙人种芝草的地方。 八骏:传说中周穆王的八匹名马。《穆天子传》:"天子之骏:赤骥、盗骊、白义、逾轮、山子、渠黄、华骝、绿耳。"

六么令

京中清明[①]

淡烟疏雨,香径渺啼鸩[②]。新晴昼帘闲卷,燕外寒犹力。依约天涯芳草,染得春风碧。人间陈迹?斜阳今古,几缕游丝趁飞蝶[③]。 柳向尊前起舞,又觉春如客。翠袖折取嫣红,笑与簪华髮。回首青山一点,檐外寒云叠。梨花淡白,柳花飞絮,梦绕阑干一株雪。

(以上元《草堂诗馀》卷中)

[注释]

①京中:此似指南宋首都临安。 ②啼鸩:杜鹃鸟啼叫。 ③趁:追逐。

[集评]

况周颐云:"此词语淡态浓,笔留神往。初春早花,方其韶令,庶几不负此调。"(《蕙风词话》卷三)

醴陵士人

醴陵士人，生卒不详。

一剪梅[1]

宰相巍巍坐庙堂。说着经量[2]，便要经量，那个臣僚上一章。头说经量，尾说经量。　轻狂太守在吾邦。闻说经量，星夜经量，山东河北久抛荒。好去经量，胡不经量。

（《花草粹编》卷七）

[注释]

①《花草粹编》卷七载此词，并记云："咸淳甲子，又复经量湖南。"

②经量：丈量土地，以定税赋。

褚　生

褚生,德祐时太学生。其他不详。

百字令

半堤花雨。对芳辰消遣,无奈情绪。春色尚堪描画在,万紫千红尘土。鹃促归期[①],莺收佞舌[②],燕作留人语。绕栏红药,韶华留此孤主。　　真个恨杀东风,几番过了,不似今番苦。乐事赏心磨灭尽,忽见飞书传羽。湖水湖烟,峰南峰北,总是堪伤处。新塘杨柳,小腰犹自歌舞。

[注释]

①鹃:即杜鹃。啼声凄切,似是"不如归去"。　②佞(nìng):用花言巧语谄媚人。

[集评]

《湖海新闻》云:"三四谓众宫女行;五谓朝士去;六谓台官默;七指太学上书;八九谓只有陈宜中在;'东风'谓贾似道;'飞书传羽',北兵至也;'新塘杨柳'谓贾妾。"(《柯茗词选·续》卷二)

陈廷焯云:"权臣当国,不得志者,不敢明斥其非。托为诗词,长歌当哭,哀哀深怨之至也。"(《大雅集》卷四)

祝英台近

倚危栏,斜日暮,蓦蓦甚情绪。稚柳娇黄,全未禁风雨。春江万里云涛,扁舟飞渡。那更听、塞鸿无数[①]。
叹离阻。有恨落天涯,谁念孤旅。满目风尘,冉冉如飞雾。是何人惹愁来,那人何处。怎知道、愁来不去。

(以上二首《湖海新闻夷坚续志》后集卷二)

[注释]

①塞鸿:塞外飞鸿。

[集评]

卓人月云:“与辛词结,句法同,而境迥异。”(《词统》卷十一)

徐君宝妻

徐君宝妻，宋末岳州人徐君宝之妻，被元军掠至杭，不从敌酋，自投池水而死。

满庭芳

汉上繁华，江南人物，尚遗宣政风流[1]。绿窗朱户，十里烂银钩[2]。一旦刀兵齐举，旌旗拥、百万貔貅[3]。长驱入，歌台舞榭，风卷落花愁。　清平三百载，典章人物，扫地俱休。幸此身未北，犹客南州。破鉴徐郎何在[4]，空惆怅、相见无由。从今后，梦魂千里，夜夜岳阳楼[5]。

（《东园客谈》）

[注释]

①尚遗宣政风流：还保持宋徽宗时期的流风馀韵。宣政，宋徽宗年号宣和、政和。　②十里烂银钩：意十里珠帘到处是灿烂的银制帘钩。繁华可见。　③貔貅（pí xiū）：猛兽名，常作为勇猛军队的代称。　④破鉴：孟棨《本事诗》载，徐德言娶陈后主妹乐昌公主。陈亡，公主为杨素所得。徐德言题《破镜诗》一首，公主得诗，悲泣不食，素知之，召德言还其妻。后人引此典，喻丧乱中夫妻失散。鉴，镜子。　⑤岳阳楼：在湖南岳阳城西门上，面对洞庭湖。

[集评]

杨慎云："岳州徐君宝妻某氏，被掳来杭，居韩蕲王府。自岳至杭，相从数千里。其主者数欲犯之，而终以巧计脱。盖某氏有美姿，主者弗忍杀之也。一日，主者怒甚，将即强焉。……某氏乃焚香再拜默祝，南向饮泣，题《满江红》一词于壁上。书已，投大池中以死。"（《词品》卷六）

沈雄云："情死情生，天日为之瞑瞑也。"（《古今词话·词辨》下卷）

谢章铤云："徐君宝妻之《满江红》，有柏舟自矢之风。凡此忠孝节义

之事，可约略学也。”（《赌棋山庄词话》卷十一）

陈廷焯云：“上半言往日繁华，销归一梦，深责在位诸臣不能匡复，酿成祸乱。下半言典章虽失，大义自在，今日存死而已。词严义正，凛凛有生气。”（《别调集》卷二）

王闿运云：“写兵乱国亡，正是不相干人语，非吴梅村所得借口，亦非赵子昂所能说也。”（《湘绮楼评词》）

存目词

《太平府志》卷六有徐君宝妻《霜天晓角·蛾眉亭》一首，据《林下词选》卷六，乃明人徐媛作。

刘　氏

刘氏，自署雁峰刘氏。宋末被掠，题词长兴酒库。

沁园春[①]

我生不辰，逢此百罹[②]，况乎乱离。奈恶因缘到，不夫不主，被擒捉去，为妾为妻。父母公姑，弟兄姊妹，流落不知东与西。心中事，把家书写下，分付伊谁。　越人北向燕支[③]。回首望、雁峰天一涯[④]。奈翠鬟云软，笠儿怎带，柳腰春细，马性难骑。缺月疏桐，淡烟衰草，对此如何不泪垂。君知否，我生于何处，死亦魂归。

（《梅磵诗话》卷下）

［注释］

①据《梅磵诗话》卷下载："近丁日岁（1217），有过军挟一妇人经从长兴和平酒库前，题一词云云，词名《沁园春》，后书雁峰刘氏题。语意悽惋，见者为之伤心。"　②罹（lí）：遭受不幸。　③燕支（yān zhī）：燕支山，即焉支山，在甘肃永昌西。此泛指北方。　④雁峰：雁荡山，在浙江乐清一带。

无闻翁

无闻翁，宋末人。

沁园春

题樟镇清江桥

埋冤姐姐，衔恨婆婆。（《养吾斋集》卷七《沁园春》词序）

杨　氏

杨氏,嫁罗姓,螺川(江西吉安)人。景炎元年(1276)被元军所掠。

沁园春

题樟镇清江桥和无闻翁

便归去,懒东涂西抹,学少年姿。

满庭芳

同　上

错应谁铸。

(以上《养吾斋集》卷七《沁园春》词序)

张淑芳

张淑芳，西湖樵家女，贾似道匿为妾，后自度为尼。

更漏子

秋

墨痕香，红蜡泪，点点愁人离思。桐叶落，蓼花残，雁声天外寒。　　五云岭[①]，九溪坞，待到秋来更苦。风淅淅[②]，水淙淙，不教蓬径通[③]。

[注释]

①五云：指天上五色祥云。　五云岭：在浙江杭县西南。　②淅淅(xī)：风声。杜甫《秋风》诗："秋风淅淅吹我衣。"　③蓬径：通往蓬莱山的路。

满路花

冬

罗襟湿未乾，又是凄凉雪。欲睡难成寐、音书绝。窗前竹叶，凛凛狂风折。寒衣弱不胜，有甚遥肠[①]，望到春来时节。　　孤灯独照，字字吟成血。仅梅花知苦、香来接。离愁万种，提起心头切。比霜风更烈。瘦似枯枝，待何人与分说[②]。

（以上《林下词选》卷十四）

[注释]

①遥肠：念远情怀。　②分说：诉说。

浣溪沙

散步山前春草香，朱阑绿水绕吟廊。花枝惊堕绣衣裳。　　或定或摇江上柳，为鸾为凤月中篁[①]。为谁掩抑锁芸窗[②]。

（《古今词话》卷上）

[注释]

①篁：竹子。此句指月下之竹像凤凰。　②芸窗：书斋。

王易简

王易简，生卒不详，字理得，号可竹，山阴（今浙江绍兴）人。宋末登进士，除瑞安簿，不赴，隐居城南。景炎三年（1278）与李彭老、仇远、张炎、陈恕可、唐珏等人结社赋《乐府补题》以写亡国悲怀。有《山中观史吟》。

齐天乐

客长安赋

宫烟晓散春如雾，参差护晴窗户。柳色初分、饧香未冷[1]，正是清明百五。临流笑语。映十二阑干，翠嚬红妒[2]。短帽轻鞍，倦游曾遍断桥路。　　东风为谁媚妩。岁华顿感慨，双鬓何许。前度刘郎[3]，三生杜牧，赢得征衫尘土。心期暗数。总寂寞当年，酒筹花谱[4]。付与春愁，小楼今夜雨。

[注释]

①饧（xíng）：糖。此指糖粥。　②嚬：同"颦"，皱眉。　③刘郎：指刘禹锡。刘禹锡《玄都观》诗："前度刘郎今又来。"　④酒筹：旧时饮酒时用以记数的筹码。

酹江月

暗帘吹雨，怪西风梧井，凄凉何早。一寸柔情千万缕，临镜霜痕惊老。雁影关山，蛩声院宇[1]，做就新怀抱。湘皋遗珮[2]，故人空寄瑶草。　　已是摇落堪悲，飘零多感，那更长安道。衰草寒芜吟未尽，无那平烟残照。千古闲愁,百年往事,不了黄花笑。渔樵深处,满庭红叶休扫。

[注释]

①蛩(qiǒng):蟋蟀。 ②湘皋:湘水水边。 遗珮:用郑交甫遇江妃事。

庆宫春

谢草窗惠词卷①

庭草春迟,汀蘋香老②,数声珮悄苍玉。年晚江空,天寒日暮,壮怀聊寄幽独。倦游多感,更西北、高楼送目。佳人不见,慷慨悲歌,夕阳乔木。　　紫霞洞窅云深③,袅袅馀香,凤箫谁续。桃花赋在④,竹枝词远,此恨年年相触。翠楄芳字⑤,谩重省、当时顾曲⑥。因君凝伫,依约吴山⑦,半痕蛾绿。 (以上三首见《绝妙好词》卷六)

[注释]

①草窗:宋周密之号。原籍济南,后为吴兴人。宋末曾任义乌令,宋亡不仕。其词讲求格律,风格在姜夔、吴文英之间,与吴文英(梦窗)并称"二窗"。有慨叹宋亡之作。并能诗,善书画。著有《草窗韵语》、《草窗词》、《武林旧事》、《癸辛杂识》、《齐东野语》、《云烟过眼录》等。编有《绝妙好词》。 ②汀蘋:长白蘋花的小洲。 ③窅(yǎo):深邃。 ④桃花赋:指陶潜《桃花源记》的内容。 ⑤楄:笺的异体。 ⑥顾曲:典出《三国志·吴书·周瑜传》"时人谣曰:'曲有误,周郎顾。'"后称欣赏音乐、戏曲为顾曲。 ⑦吴山:在浙江杭州西湖东南,左带钱塘江,右瞰西湖,为杭州名胜,又名胥山。

天　香

宛委山房拟赋龙涎香[①]

烟峤收痕[②]，云沙拥沫，孤槎万里春聚[③]。蜡杵冰尘[④]，水研花片，带得海山风露。纤痕透晓，银镂小、初浮一缕。重剪纱窗暗烛，深垂绣帘微雨。　馀馨恼人最苦。染罗衣、少年情绪。谩省珮珠曾解，蕙羞兰妒。好是芳钿翠妩[⑤]。恨素被、浓熏梦无据。待剪秋云，殷勤寄与。

[注释]

①委宛山房：社友陈恕可别墅名。　龙涎香：从抹香鲸体内排出分泌物，加工后为龙涎香，具有持久香气，是极名贵的香料。　②烟峤（jiào）：指烟云缭绕如山岭。峤，高而小的山。　③槎（chá）：用竹木编的筏。④蜡杵（chǔ）：蜡形如断木。　⑤芳钿：女子佩戴的首饰。

[集评]

俞陛云云："首句'烟峤'，'云沙'，含有龙涎之意，以外皆咏香。下阕'少年'句、'素被'句与碧山'荀令'、'空篝'词意相似。但此调颇工细。虽未与《花外》抗手，亦可接武矣。"（《唐五代两宋词选释》）

水龙吟

浮翠山房拟赋白莲[①]

翠裳微护冰肌[②]，夜深暗泣瑶台露。芳容淡泞[③]，风神萧散，凌波晚步。西子残妆[④]，环儿初起[⑤]，未须匀注。看明珰素袜[⑥]，相逢憔悴，当应被、西风误[⑦]。　十里云愁雪妒。抱凄凉、盼娇无语。当时姊妹，朱颜褪酒，红衣按舞。别浦重寻，旧盟唯有，一行鸥鹭。伴玉颜月晓，盈盈冷艳，洗人间暑。

[注释]

①浮翠山:山名。在会稽城附近。 ②翠囊:荷叶。 冰肌:指白莲。 ③淡泞(níng):明净貌。 ④西子:指西施。 ⑤环儿:指杨玉环。 ⑥珰:女子耳上装饰品。 ⑦西风:一本作“熏风”。

摸鱼儿

紫云山房拟赋莼①

怪鲛宫②、水晶帘卷,冰痕初断香缕。澄波荡桨人初到,三十六陂烟雨。春又去。伴点点荷钱③,隐约吴中路。相思日暮。恨洛浦娉婷,芳钿翠剪,奁影照凄楚。 功名梦,消得西风一度。高人今在何许④。鲈香菰冷斜阳里⑤,多少天涯意绪。谁记取。但枯豉红盐,溜玉凝秋箸。尊前起舞。算唯有渊明,黄花岁晚,此兴共千古。

[注释]

①莼:莼菜,又名水葵。睡莲科,其叶夏季嫩时可为蔬菜。 ②鲛宫:传说中鲛人之宫。鲛人,传说中人鱼。 ③荷钱:指初生的小荷叶。 ④高人:指晋人张翰。见秋风起乡思,辞官归里。 ⑤菰:多年生水生植物,根部可食,为茭白。菰米可煮食。

齐天乐

馀闲书院拟赋蝉①

翠云深锁齐姬恨②,纤柯暗翻冰羽③。锦瑟重调,绡衣乍著,聊饮人间风露。相逢甚处。记槐影初凉,柳阴新雨。听尽残声,为谁惊起又飞去。 商量秋信最早。晚来吟未彻,却是凄楚④。断韵还连,馀悲似咽,欲和愁边佳句。幽期谁语。怕寒叶凋零,蜕痕尘土。古木斜晖,向

人怀抱苦。 （以上四首见《乐府补题》）

［注释］

①馀闲书院：南宋末年王英孙主持的书院。 ②翠：一作“碧”。 齐姬：即齐女，指蝉。 ③纤柯：细枝。 冰羽：指蝉翼透明。 ④却：一作“都”。

［集评］

俞陛云云：“咏蝉较咏莼取境为宽。此作虽不及碧山之沈著，而通首皆工切。”（《唐五代两宋词选释》）

存目词

《历代诗馀》卷九十二载王易简《摸鱼儿》“过湘皋、碧龙惊起”一首，乃《乐府补题》无名氏作。

冯应瑞

冯应瑞,字祥父,号友竹。景炎三年(1278)与李彭老、仇远、张炎、陈恕可、唐珏等人结社赋词,以抒亡国之痛。其他不详。

天 香

宛委山房拟赋龙涎香

枯石流痕,残沙拥沫,骊宫夜蛰惊起[①]。海市收时,鲛人分处[②],误入众芳丛里。春霖未就,都化作、凄凉云气。惟有清寒一点,消磨小窗残醉。　　当年翠篝素被。拂馀薰、倦怀如水。谩惜舞红犹在,为谁重试。几片金昏字古,向故箧聊将伴憔悴。□□□□,□□□□。[③]

(《乐府补题》)

[注释]

①骊宫:骊龙宫殿。　②鲛人:传说中人鱼。　③缺八字。据《历代诗馀》当作“继续风流,柔情缕缕”。

唐艺孙

唐艺孙，字英发，有《瑶翠山房集》。与李彭老、唐珏等结为词社。其他不详。

天　香

宛委山房拟赋龙涎香

螺甲磨星[1]，犀株杵月[2]，蕤英嫩压拖水[3]。海蜃楼高，仙娥钿小，缥缈结成心字。麝煤候暖[4]，载一朵、轻云不起。银叶初生薄晕，金猊旋翻纤指。　　芳杯恼人渐醉。碾微馨、凤团闲试。满架舞红都换，懒收珠佩。几片菱花镜里，更摘索双鬟伴秋睡。早是新凉，重薰翠被。

[注释]

①螺甲：螺壳。　磨星：久历风霜。　②犀株：犀角。俗有犀牛望月，久而月影八角之说。　③蕤：花叶下垂貌。　④麝煤：做墨的原料，代指墨。

齐天乐

馀闲书院拟赋蝉

柳风微扇闲池阁，深林翠阴人静。渐理琴丝，谁调金奏[1]，凄咽流空清韵。虹明雨润。正乍集庭柯，凭阑新听。午梦惊回，有人娇困酒初醒。　　西轩晚凉又嫩。向枝头占得，银露千顷。蜕剪花轻，羽翻纸薄[2]，老去易惊秋信。残声送暝。恨秦树斜阳，暗催光景。淡月疏桐，半窗留鬓影。

[注释]

①金奏:敲钟击锣。 ②羽翻:一本作“翼翻”。

桂枝香

天柱山房拟赋蟹

收帆渡口。认远岸夜篝,松炬如昼。还见沙痕雪涨[1],水纹霜后。秦宫梦到无肠断,望明河、月斜疏柳[2]。琐窗相对,茶边犹记,眼波频溜。　渐嫩菊、初篘绿酒[3]。叹风味尊前,潇洒如旧。几度金橙香雾,玉盘纤手。清愁小醉凄凉里,拚今生、容易消瘦。草心春浅,年年相忆,看灯时候。　　(以上三首见《乐府补题》)

[注释]

①雪涨:一作“雪际”。 ②月斜:一作“月残”。 ③篘(chōu):用竹篾编的滤酒器具。

[集评]

许昂霄云:“‘眼波频溜’用蟹眼汤入妙。”(《词综偶评》)

吕同老

吕同老，字和甫，济南人。与李彭老、仇远、唐珏等同为词社中人。其他不详。

天　香

宛委山房拟赋龙涎香

冰片熔肌，水沉换骨，蜿蜒梦断瑶岛[1]。剪碎腥云，杵匀枯沫[2]，妙手制成翻巧。金篝候火[3]，无似有、微薰初好。帘影垂风不动，屏深护春宜小。　　残梅舞红褪了，佩珠寒、满怀清峭。几度酒馀重省，旧愁多少。荀令风流未减，怎奈向飘零赋情老。待寄相思，仙山路杳。

［注释］

①瑶岛：传说中的仙岛。一作“瀛岛”。　②枯沫：龙诞香晒干的块状物。　③金篝：金色的熏笼。

水龙吟

浮翠山房拟赋白莲

素肌不污天真，晓来玉立瑶池里。亭亭翠盖，盈盈素靥[1]，时妆净洗。太液波翻，霓裳舞罢[2]，断魂流水。甚依然、旧日浓香淡粉，花不似、人憔悴。　　欲唤凌波仙子。泛扁舟、浩波千里。只愁回首，冰帘半掩[3]、明珰乱坠。月影凄迷，露华零落，小阑谁倚。共芳盟，犹有双栖雪鹭，夜寒惊起。

[注释]

①靥(yè):面颊上的笑涡。 ②霓裳:即《霓裳羽衣曲》,传说为月宫舞曲,实为西凉乐,乃开元中河西节度使杨敬述所献,原名《婆罗门》。③冰帘:一作“冰奁”。

齐天乐

徐闲书院拟赋蝉

绿阴初蔽林塘路,凄凄乍流清韵。倦咽高槐,惊嘶别柳,还忆当时曾听。西窗梦醒[①]。叹弦绝重调,珥空难整[②]。绰约冰绡,夜深谁念露华冷。 不知身世易老,一声声断续,频报秋信。坠叶山明,疏枝月小,惆怅齐姬薄幸[③]。馀音未尽。早枯翼飞仙,暗嗟残景。见洗冰奁,怕翻双翠鬓。

[注释]

①西窗:本李商隐《夜雨寄北》“何当共剪西窗烛”,后常用作游子思家语。 ②珥:女子珠玉耳饰。 ③齐姬:蝉的别名。

桂枝香[①]

天柱山房拟赋蟹

松江岸侧。正乱叶坠红,残浪收碧。犹记灯寒暗聚,簖疏轻入[②]。休嫌郭索尊前笑[③],且开颜、共倾芳液。翠橙丝雾,玉葱浣雪,嫩黄初擘[④]。 自那日、新诗换得。又几度相逢,落潮秋色。常是篱边早菊,慰渠岑寂[⑤]。如今谩有江山兴,更谁怜、草泥踪迹。但将身世,浮沉醉乡,旧游休忆。 (以上四首见《乐府补题》)

［注释］

①唐氏按：此首误作李彭老词，见《词综》卷二十三。　②簖（duàn）：插在河流中捕拦鱼蟹的苇栅或竹栅。　③郭索：蟹的别名。后多用来形容蟹爬行，及爬行的声音。　④擘（bò）：剖开。　⑤渠：他。

李居仁

李居仁,字师吕,号五松。为李彭老等词社中人。其他不详。

天香

宛委山房拟赋龙涎香

瀛峤浮烟[①],沧波挂月,潜虬睡起清晓。万里槎程,一番花信,付与露薇冰脑[②]。纤云渐暖,凝翠席、氤氲不了[③]。银叶重调火活,珠帘日垂风悄。　　螺屏酒醒梦好,绣罗帱、依旧痕少。几度试拈心字,暗惊芳抱。隐约仙舟路杳[④],谩佩影玲珑护娇小。素手金篝,春情未老。

[注释]

①瀛峤:代指瀛洲,传说中的仙山。峤,尖而高的山。　②冰脑:亦称冰片,天然的龙脑树干分泌的香料。　③氤氲(yīn yūn):气与光色混合动荡貌。　④仙舟:一作"仙州"。

水龙吟

浮翠山房拟赋白莲

蕊仙群拥宸游[①],素肌似怯波心冷。霜裳缟夜,冰壶凝露[②],红尘洗尽。弄玉轻盈,飞琼绰约,淡妆临镜。更多情、一片碧云不掩,笼娇面、回清影。　　菱唱数声乍听,载名娃、藕丝萦艇。雪鸥沙鹭,夜来同梦,晓风吹醒。酒晕全消,粉痕微渍,色明香莹。问此花,盍贮瑶池[③],应未许、繁红并。

(以上二首见《乐府补题》)

[注释]

①宸:北辰所居之处。代指帝王。　②冰壶:盛冰的玉壶。形容表里明彻。多指人心地光明,品行高洁。　③盍(hé):何不。

唐　珏

唐珏(1247—?),字玉潜,号菊山,越州(今浙江绍兴)人。至元间,与林景熙同为采药之行,潜瘗南宋帝后诸陵遗骨,树以冬青。谢翱作《冬青引》纪之。汴人袁俊官越,延致之,为买田宅以给焉。

水龙吟

浮翠山房拟赋白莲

淡妆人更婵娟[1],晚奁净洗铅华腻。泠泠月色[2],萧萧风度[3],娇红敛避。太液池空,霓裳舞倦,不堪重记。叹冰魂犹在,翠舆难驻[4],玉簪为谁轻坠。　别有凌空一叶,泛清寒、素波千里。珠房泪湿,明珰恨远,旧游梦里。羽扇生秋,琼楼不夜,尚遗仙意。奈香云易散,绡衣半脱,露凉如水。

[注释]

①婵娟:美好貌。　②泠泠:清凉貌。　③萧萧:花白稀疏貌。　④翠舆:乘舆,帝王的车驾。

[集评]

陈子龙云:"唐玉潜……咏莼,咏莲、咏蝉诸作,巧夺天工,亦宋人所未有。"(《历代词话》卷八)

周济云:"玉潜非词人也。其《水龙吟·白莲》一首,中仙无以远过。信夫忠义之士,性情流露,不求工而自工。"(《介存斋论词杂著》)

谭献云:"'太液'句开,'别有'句推阐以尽能。'珠房'句为合。'奈香'句一唱三叹,有遗音者矣。"(《复堂词话》)

摸鱼儿

紫云山房拟赋莼

渐沧浪、冻痕消尽，琼丝初漾明镜。鲛人夜剪龙髯滑，织就水晶帘冷。凫叶净。最好似、嫩荷半卷浮晴影。玉流翠凝。早枯豉融香[①]，红盐和雪，醉齿嚼清莹。
功名梦，曾被秋风唤醒。故人应动高兴。悠然世味浑如水，千里旧怀谁省。空对景。奈回首、姑苏台畔愁波暝[②]。烟寒夜静。但只有芳洲，蘋花共老[③]，何日泛归艇。

［注释］

①豉（chī）：即豆豉，莼菜须盐豉调味。陆机有“千里莼羹，未下盐豉”之语。　②姑苏台：在苏州市南的姑苏山上，又名胥台。　③共老：一本作“与老”。

齐天乐

馀闲书院拟赋蝉

蜡痕初染仙茎露[①]，新声又移凉影。佩玉流空，绡衣剪雾，几度槐昏柳暝。幽窗睡醒。奈欲断还连，不堪重听。怨结齐姬[②]，故宫烟树翠阴冷。　当时旧情在否，晚妆清镜里，犹记娇鬓。乱咽频惊，馀悲渐杳，摇曳风枝未定。秋期话尽。又抱叶凄凄，暮寒山静。付与孤蛩[③]，苦吟清夜永。

［注释］

①蜡痕：一作“蜕痕”。　②齐姬：即齐女，蝉的别称。　③蛩（qióng）：蟋蟀。

桂枝香

天柱山房拟赋蟹

松江舍北，正水落晚汀，霜老枯荻。还见青匡似绣[①]，绀螯如戟[②]。西风有恨无肠断，恨东流、几番潮汐。夜灯争聚微光，挂影误投帘隙。　　更喜荐、新篘玉液[③]。正半壳含黄，一醉秋色。纤手香橙风味、有人相忆[④]。江湖岁晚听飞雪，但沙痕、空记行迹。至今茶鼎，时时犹认，眼波愁碧。

（以上四首见《乐府补题》）

[注释]

①青匡：青壳。指蟹壳上的花纹。　②绀螯：青红色的大螯。　③“新篘”句：新酿的美酒颜色似玉。　④“纤手”句：指与情人幽会事。“纤手破新橙”，周邦彦《少年行》中语。

赵汝钠

赵汝钠，生卒不详，字真卿，号月洲，商王元份七世孙。曾与李彭老等结为词社。

水龙吟

浮翠山房拟赋白莲

露华洗尽凡妆，玉妃来侍瑶池宴。风裳水佩[①]，冰肌雪艳，清凉不汗。解语情多，凌波步稳，酒容易散[②]。想温泉浴罢，天然真态，浑疑是、宫妆浅。　暗想凄愁别岸[③]。粉痕消、香腮凝汗。雪空冰冷，此情唯许，鹭知鸥见。羽扇微摇，翠帷低拥，清凉庭院。待夜深，月上阑干，更邀取、姮娥伴。（《乐府补题》）

［注释］

①风裳水佩：风作裳，水作佩。李贺《苏小小墓》："风为裳，水为佩。"②易散：一本作"消散"。　③暗想：一本作"暗忆"。

存目词

《历代诗馀》卷七十五载赵汝钠《水龙吟》"淡妆不扫蛾眉"一首，乃王沂孙作，见《乐府补题》。

曹穞孙

曹穞孙,字颖实,号许山,瑞安(今属浙江)人。官承直郎。其馀不详。

贺新郎

题江心[1]

极目天如画。水花中、涌出莲宫,翠楹碧瓦。胜景中川金焦似,勒石□□□□。尚隔浦、风烟不跨。妖蜃自降真歇手,涨平沙、妙补乾坤罅[2]。双寺合,万僧夏[3]。　东西塔影龙分挂。夜无云、点点一天,星斗相射。七十二滩声到海[4],括橹瓯帆上下。泣不为、琵琶声哑。故寝荒凉成一梦,问来鸥、去鹭无知者。烟树湿,怒涛打。

(《岐海琐谈集》卷四)

[注释]

①江心:此指温州瓯江之江心屿。有东西塔与双寺之胜。　②罅(xià):裂缝。　③僧夏:僧人夏日安居寺内修持。亦以纪僧人法龄。　④七十二滩:温州瓯江口以滩多著称。

林横舟

林横舟，平阳人，其馀不详。

大江词

寿仙尉十一月初一

一蓂呈秀[①]，近迎长佳节[②]，拟书云物[③]。隐隐虹桥天际下，光照梅仙丹壁[④]。鹏路横飞，蟾宫直上，早脱麻衣雪[⑤]。一时篇翰，并游俱是魁杰。　长记怀燕良辰，华堂称庆，皓齿清歌发。自暖杯中须缓举，莫放金炉香灭。事业伊周，功名韩白，未到星星发。九天有诏，蓝田□□风月[⑥]。

（《翰墨大全》丁集卷四）

[注释]

①“一蓂”句：传尧时有蓂荚以计时日，一蓂，指初一。正仙尉之生日。②迎长：迎长至之省，此指冬至节将到。③书云：觇天象以卜吉凶事业。④梅仙：西汉梅福本南昌尉，后学仙，称梅仙。此寿翁当姓梅，故以此典颂之。⑤麻衣：布衣，未登科士子之服。⑥唐氏按：原无空格，按律补。

杨舜举

杨舜举，生卒不详，字观我，金华（今属浙江）人。出王应麟之门。善填词。

浣溪沙

钱唐有感

残照西风一片愁，疏杨画出六桥秋。游人不上十三楼[①]。　有泪金仙还泣汉[②]，无心玉马已朝周[③]。平湖寂寂水空流[④]。（《词苑萃编》卷二十三引《江村诗词剩语》）

［注释］

①十三楼：与前句六桥皆临安名胜。　②金仙：汉武帝在长安宫殿前铸捧露盘仙人。魏明帝青龙元年八月，诏宫官牵车西取汉武帝捧露盘，欲立置前殿。宫官既拆盘，仙人临载乃潸然泪下。事见李贺《金铜仙人辞汉歌·序》。　③"玉马"句：商纣惑于妲己，贤臣微子去而朝周。见《论语比考谶》。　④平湖：指西湖。

［集评］

姚云文《江村胜语》："玉马朝周，盖讥赵氏宗室入仕本朝者。"（《词苑丛编》卷十四）

危复之

危复之，字见心，抚州（今江西临川）人。太学生，博学好《易》。入元隐居。元帅郭昂曾荐为儒学官，不就。至元中累征不应，隐紫霞山卒，门人私谥贞白先生。元郭豫亨《梅花字字香》后集中集有危复之句。

永遇乐[①]

早叶初莺，晚风孤蝶，幽思何限。檐角萦云，阶痕积雨，一夜苔生遍。玉窗闲掩，瑶琴慵理，寂寞水沉烟断。悄无言、春归无觅处，卷帘见双飞燕。　　风亭泉石，烟林薇蕨[②]，梦绕旧时曾见。江上闲鸥，心盟犹在，分得眠沙半。引觞浮月，飞谈卷雾[③]，莫管愁深欢浅。起来倚阑干，拾得残红一片。　　（元《草堂诗馀》卷中）

［注释］

①唐氏按：《草堂诗馀别集》卷四此首作范复之撰。　②薇蕨：薇，野生菜，又名大巢菜。蕨，野生菜，幼可食。　③飞谈卷雾：高谈阔论。

罗志仁

罗志仁，号壶秋，涂川（今属江西）人。曾作诗颂文天祥，讥留梦炎，几得祸，逃而免。

金人捧露盘

丙午钱塘[1]

湿苔青，妖血碧，坏垣红。怕精灵、来往相逢。荒烟瓦砾，宝钗零乱隐鸾龙。吴峰越巘[2]，翠颦锁、苦为谁容。　　浮屠换[3]、昭阳殿[4]，僧磬改、景阳钟[5]。兴亡事、泪老金铜[6]。骊山废尽，更无宫女说元宗[7]。角声起，海涛落，满眼秋风。

[注释]

①丙午：大德十年（1306），作于元朝，多兴亡之感。　②巘（yǎn）：山峰。　③浮屠：佛教名词，此指佛塔。　④昭阳殿：汉成帝皇后赵飞燕所居之宫。　⑤景阳钟：本是齐景阳宫的一个楼阁，上有钟。　⑥金铜：指汉武帝时铸的金铜仙人捧露盘。　⑦"更无"句：本唐元稹《行宫》"白头宫女在，闲坐说玄宗"。

霓裳中序第一

四圣观[1]

来鸿又去燕，看罢江潮收画扇。湖曲雕阑倚倦。正船过西陵[2]，快篙如箭。凌波不见，但陌花[3]、遗曲凄怨。孤山路，晚蒲病柳，淡绿锁深院。　　谁恨，五云深处宫殿。记旧日、曾游翠辇。青红如写便面[4]。下鹄池荒，放鹤人远。粉墙随岸转，漏碧瓦、残阳一线。蓬莱梦，人间那信，坐看海涛浅。

［注释］

①四圣观：在西湖，即延祥观。有韦太后（高宗母）献之沉香四圣像，故名。 ②西陵：即西泠桥，在孤山侧。 ③陌花：即《陌上花曲》。吴越王妃所制。 ④便面：古时女子遮面之物，状如扇。

风流子

泛　湖

歌咽翠眉低，湖船客、尊酒谩重携。正断续斋钟，高峰南北，飘零野褐[①]，太乙东西[②]。凄凉处，翠连松九里[③]，僧马溅障泥。葛岭楼台[④]，梦随烟散，吴山宫阙，恨与云齐。　　灵峰飞来久，飞不去，有落日断猿啼。无限风荷废港，露柳荒畦。岳公英骨[⑤]，麒麟旧冢，坡仙吟魄[⑥]，莺燕长堤。欲吊梅花无句，素壁慵题。

［注释］

①褐：贫人穿的粗短衣。 ②太乙：似指东、西太乙宫。 ③九里：九里松地名，在西湖旁。 ④葛岭：在西湖侧，晋时葛洪在山炼丹处。 ⑤岳公：指岳飞。 ⑥坡仙：指苏轼，号东坡。

扬州慢

危榭摧红[①]，断砖埋玉，定王台下园林[②]。听樯干燕子，诉别后惊心。尽江上、青峰好在，可怜曾是，野烧痕深。付潇湘渔笛，吹残今古销沉。　　妙奴不见[③]，纵秦郎、谁更知音。正雁妾悲歌[④]，雕奚醉舞[⑤]，楚户停砧。化碧旧愁何处，魂归些[6]、晚日阴阴。渺云平铁坝，凄凉天也沾襟。

[注释]

①危榭:高耸的台榭。 ②定王台:在长沙。西汉长沙定王所建。③妙奴:疑为秦观在长沙宴席上所识侍儿之小名。见《铁围山丛谈》。④雁妾:雌雁。 ⑤雕奴:雄鹰。 ⑥魂归些(sōu):招魂之意。 些:楚辞语尾助词。

虞美人

净慈尼

君王曾惜如花面，往事多恩怨。霓裳和泪换袈裟[1]，又送鸾舆北去、听琵琶[2]。 当年未削青螺髻[3]，知是归期未。天花丈室万缘空，结绮临春何处、泪痕中[4]。

[注释]

①袈裟:佛教僧尼的法衣。 ②鸾舆:古代帝王的车驾。此句言帝室被俘北去。 ③青螺髻:青色髮髻。 ④结绮、临春:南朝陈后主所建宫殿。

木兰花慢

禁 酿

汉家縻粟诏[1]，将不醉、饱生灵。便收拾银瓶[2]，当垆人去[3]，春歇旗亭[4]。渊明权停种秫[5]，遍人间，暂学屈原醒。天子宜呼李白，妇人却笑刘伶[6]。 提葫芦更有谁听，爱酒已无星。想难变春江，蒲桃酿绿[7]，空想芳馨。温存鸬鹚鹦鹉[8]，且茶瓯淡对晚山青。但结秋风鱼梦，赐酺依旧沉冥[⑨]。

[注释]

①糜粟诏：关于浪费粮食的诏书。即禁酒令。 糜：耗。 粟：谷子。②银瓶：指酒壶。 ③垆：安置酒瓮的土墩，代指酒店。 ④旗亭：指酒楼。 ⑤渊明：东晋陶渊明善饮酒，有《饮酒》诗。 秫（shú）：即黏高粱，多用以酿酒。 ⑥刘伶：西晋时"竹林七贤"之一。嗜酒，作《酒德颂》，宣扬老庄思想和纵酒放荡的生活。 ⑦蒲桃：即葡萄。《汉书》作"蒲桃"。⑧鸬鹚：酒杯名。李白诗："鸬鹚杓，鹦鹉杯……一日须倾三百杯。" ⑨酺：特许大聚饮。

菩萨蛮

晓莺催起。问当年秀色，为谁料理。怅别后、屏掩吴山，便楼燕月寒[①]，鬓蝉云委[②]。锦字无凭[③]，付银烛、尽烧千纸。对寒泓静碧[④]，又把去鸿、往恨都洗。 桃花自贪结子。道东风有意，吹送流水。谩记得当日、心嫁卿卿[⑤]，是日暮天寒，翠袖堪倚。扇月乘鸾，尽梦隔、婵娟千里[⑥]。到嗔人、从今不信，画檐鹊喜。

（以上元《草堂诗馀》卷中）

[注释]

①楼燕：即燕子楼的倒装，言风情不再了。 ②"鬓蝉"句：即蝉鬓也无心梳理之意。 ③锦字：锦书，书信。 ④泓：深水。 ⑤卿卿：男女之间昵称。 ⑥婵娟：指美好的月色。

曾寅孙

曾寅孙,山阴(今浙江绍兴)人。其馀不详。

减字木兰花

题温日观葡萄卷[1]

生绡蜀茧[2],笔底墨云飞一片。点点秋腴[3],收得骊龙颔下珠。　　兴来一扫,惜处有时悭似宝[4]。露叶烟条,几度西风吹不凋。　　(《珊瑚网名画题跋》卷七)

[注释]

①温日观:宋僧,以画葡萄著名。　②蜀茧:蜀地生绡。　③秋腴:秋天的嘉果,指葡萄。　④"惜处"句:谓惜墨如金。

沈　钦

沈钦，字尧道，汴（今河南开封）人。其馀不详。

甘　州

心传索词屡矣[①]，久以缮金字之冗[②]，未暇填缀。玉田生乃歌白雪之章[③]，汴沈钦就用其韵

有吴僧、醉倒墨池边，西风暗吹芳。对苍髯冷挂[④]，龙珠万颗，清映经窗。却似仙人黄鹤，笛里换时光。静处观生意，竹老梅荒。　犹说当年分种，是枯槎远驾[⑤]，万里途长。信留真何许，烨烨楮毫香[⑥]。□前度、离宫别馆，正金铺[⑦]、深掩绿苔床。都休问，一番展卷，清昼生凉。

（《大观录》卷十五）

［注释］

①心传：曾遇，字心传。　②缮金字：即应诏书写金字佛经。　③玉田生：张炎字玉田。　④苍髯：此指葡萄藤。下文“龙珠”指葡萄。　⑤“枯槎”句：言来自远方的枯槎上。旧传张骞乘槎到天河边，取回了葡萄良种。⑥烨烨：光亮貌。　⑦金铺：门上的铜制环钮。

刘 沆

刘沆，鄜州(今陕西富县)人。其馀不详。

甘 州

余客燕山，心传曾君携日观葡萄见示，辄倚玉田《甘州》韵，形容墨妙之万一云

爱累累、万颗贯骊珠[1]，特地写幽芳。想黄昏云淡，夜深人静，清影横窗。冷淡一枝两叶，笔下老秋光。参透圆明相[2]，日观开荒[3]。 最是柔髭修梗，映风姿雾质，雅趣悠长。更淋漓草圣，把玩墨犹香。珍重好、卷藏归去，枕屏间、偏称道人床。江南路，后回重见，同话凄凉。

(《大观录》卷十五)

[注释]

①骊珠：传说骊龙颔下之珠。此指葡萄。 ②圆明相：本指悟透禅机功德圆满。此指精通葡萄表现法。 ③开荒：破天荒，新的突破。

止禅师

止禅师，宋末人。其馀不详。

卜算子

离　念

书是玉关来[①]，泪向松江堕[②]。梅自飘香柳自青，嘹唳征鸿过[③]。　沙漠暗尘飞，嵩岳愁云锁。淮上千营夜枕戈，此恨凭谁破。

（《草堂诗馀续集》卷上）

［注释］

①玉关：指玉门关，此指边塞，边地。　②松江：吴淞江的古称。即苏州河，黄浦江支流。　③唳：雁鸣声。

蒋　捷

蒋捷(1245—1310),字胜欲,号竹山,阳羡(今江苏宜兴)人。宋恭帝时进士。宋亡,隐居不仕,隐于太湖竹山。元成宗大德中,多人举荐,仍不出。为人不受羁绊,行文敢于尝试。其词构思新颖,语言清新,风格多样。虽未直接反映亡国剧变,但其追昔伤今之作,颇与时代相通。有《竹山词》,其词对后世影响颇深,清初阳羡词派继之。与周密、王沂孙、张炎并称"宋末四大家"。

贺新郎

秋　晓

渺渺啼鸦了。亘鱼天、寒生峭屿[①],五湖秋晓[②]。竹几一灯人做梦,嘶马谁行古道。起搔首、窥星多少。月有微黄篱无影,挂牵牛、数朵青花小。秋太淡,添红枣。

愁痕倚赖西风扫。被西风、翻催鬓鬒[③],与秋俱老。旧院隔霜帘不卷,金粉屏边醉倒。计无此、中年怀抱[④]。万里江南吹箫恨[⑤],恨参差、白雁横天杪[⑥]。烟未敛,楚山杳[⑦]。

[注释]

①峭屿:陡峭的岛屿。　②五湖:此指太湖。　③鬒(zhěn):黑发。④中年怀抱:本《晋书·王羲之传》"谢安尝谓羲之曰:'中年以来,伤于哀乐。'"　⑤江南吹箫恨:化用"鼓腹吹箫"典。春秋时伍子胥在父兄被害之后,含恨茹苦逃来吴国,膝行肉袒,击腹以为节,行乞于吴市,此喻自己的亡国流离之恨。　⑥杪(miǎo):树梢。　⑦楚山:泛指南方之山,喻家国。

［集评］

陈廷焯云："竹山词多不接处，如《贺新郎》云：'竹几一灯人做梦'，可称警句。下接云：'嘶马谁行古道'，合上下文观之，不解所谓。即云托诸梦境，无源可寻，不以亦接不接。下云'起搔首、窥星多少'，盖言梦醒。下云：'月有微黄，篱无影。'又是警句。下接云：'挂牵牛、数朵青花小。秋太淡，添红枣。'此三句无味之极，与通首词意，均不融洽，所谓外强中干也。古人脱接处，不接而接也。竹山不接处，乃真不接也。大抵刘蒋之词，未尝无笔力，而理法气度，全不讲究。是板桥、心馀辈所祖。乃词中左道。有志复古者，当别有会心也。"（《白雨斋词话》卷一）

贺新郎

约友三月旦饮[①]

雁屿晴岚薄[②]。倚层屏、千树高低，粉纤红弱。云隘东风藏不尽，吹艳生香万壑。又散入、汀蘅洲药[③]。扰扰匆匆尘土面，看歌莺、舞燕逢春乐。人共物，知谁错。　宝钗楼上围帘幕。小婵娟、双调弹筝，半霄鸾鹤。我辈中人无此分，琴思诗情当却。也胜似、愁横眉角。芳景三分才过二，便绿阴、门巷杨花落。沽斗酒，且同酌。

［注释］

①友三：其人不详。　月旦：论人物谓月旦。每月初一相聚评议人物。见《后汉书·许劭传》。　②岚：山中的光气。　③汀蘅：长着杜蘅的小洲。杜蘅，香草。　洲药：长着白芷的小洲。药，香草，即白芷。

［集评］

许昂霄云："'我辈人中无此分'三句，名言。"（《词综偶评》）

贺新郎

吴　江[①]

浪涌孤亭起。是当年、蓬莱顶上,海风飘坠。帝遣江神长守护[②],八柱蛟龙缠尾。門吐出、寒烟寒雨。昨夜鲸翻坤轴动[③],卷雕翚、掷向虚空里[④]。但留得,绛虹住[⑤]。　五湖有客扁舟舣[⑥]。怕群仙、重游到此,翠旌难驻。手拍阑干呼白鹭,为我殷勤寄语。奈鹭也、惊飞沙渚。星月一天云万壑,览茫茫、宇宙知何处。鼓双楫,浩歌去。

[注释]

①吴江:吴淞江,一名松陵江、苏州河。　②帝:最高的天神,古人以为宇宙万物的主宰。　③坤轴:地轴。坤,为八卦之一,象征地。　④翚(huī):羽毛。　⑤绛虹:红色彩虹。此指长桥垂虹。　⑥舣(yǐ):附船着岸。

贺新郎

梦冷黄金屋[①]。叹秦筝、斜鸿阵里[②],素弦尘扑。化作娇莺飞归去,犹认纱窗旧绿。正过雨、荆桃如菽。此恨难平君知否,似琼台、涌起弹棋局[③]。消瘦影,嫌明烛。　鸳楼碎泻东西玉[④]。问芳悰、何时再展,翠钗难卜。待把宫眉横云样,描上生绡画幅。怕不是、新来妆束。彩扇红牙今都在,恨无人、解听开元曲[⑤]。空掩袖,倚寒竹[⑥]。

[注释]

①黄金屋:娇美女子所住的华贵屋宇。典出汉武帝“金屋藏娇”。②斜鸿阵里:筝柱斜列如雁阵,故云。　③“弹棋”句:此言世事变幻如棋

局。　弹棋:古博戏,《述异记》谓汉武帝时已有之。　④东西玉:酒器。《词统》云:"山谷诗:"佳人斗南北,美酒玉东西。"注:"酒器。"　⑤开元曲:开元,唐玄宗年号。开元曲,盛唐歌曲。　⑥倚寒竹:本杜甫诗"天寒翠袖薄,日暮倚修竹"。

[集评]

谭献云:"瑰丽处鲜妍自在,然词藻太密。"(《复堂词话》)

陈廷焯云:"处处飞舞,如奇峰怪石,非平常蹊径也。"又云:"竹山集中,便算最高之作。乃秀水必谓其效法白石,何异痴人说梦耶?"(《白雨斋词话》)

贺新郎

兵后寓吴

深阁帘垂绣。记家人、软语灯边,笑涡红透。万叠城头哀怨角,吹落霜花满袖。影厮伴[①]、东奔西走。望断乡关知何处,羡寒鸦、到著黄昏后。一点点,归杨柳。　相看只有山如旧。叹浮云、本是无心,也成苍狗[②]。明日枯荷包冷饭,又过前头小阜[③]。趁未发、且尝村酒。醉探枵囊毛锥在[④],问邻翁、要写牛经否。翁不应,但摇手。

[注释]

①影厮伴:影相伴之意,即形影相吊。　②苍狗:即"浮云苍狗"。比喻世事变化无常。杜甫《可叹》诗:"天上浮云如白衣,斯须改变如苍狗。"　③阜(fù):土山。　④枵囊:空囊。　枵(xiāo):空虚。　毛椎:此指毛笔。

[集评]

《四库全书总目提要》云:"捷词炼字精深,音调谐畅。"

沁园春

为老人书南堂壁

老子平生，辛勤几年，始有此庐。也学那陶潜，篱栽些菊，依他杜甫，园种些蔬。除了雕梁，肯容紫燕，谁管门前长者车。怪近日，把一庭明月，却借伊渠[①]。 鬓边白髪纷如。又何苦招宾约客欤。但夏榻宵眠，面风攲枕[②]，冬檐昼短，背日观书。若有人寻，只教僮道，这屋主人今自居。休羡彼，有摇金宝辔[③]，织翠华裾[④]。

[注释]

①伊渠：他。 ②攲（qí）：倾斜。 ③宝辔：华美的辔头。辔，驾驭牲口的嚼子和缰绳。 ④华裾：华丽的衣服。裾，衣服的大襟。此指衣服。

[集评]

李调元云："蒋竹山词堆金砌玉，少疏宕。独《沁园春·为老人书南堂壁》，甚有奇气，人多不选，今录之。"（《雨村词话》卷二）

沁园春

次强云卿韵

结算平生，风流债负，请一笔句。盖攻性之兵，花围锦阵[①]，毒身之鸩[②]，笑齿歌喉。岂识吾儒，道中乐地，绝胜珠帘十里楼[③]。迷因底[④]，叹晴干不去，待雨淋头。 休休。著甚来由。硬铁汉从来气食牛[⑤]。但只有千篇，好诗好曲，都无半点，闲闷闲愁。自古娇波，溺人多矣，试问还能溺我不。高抬眼，看牵丝傀儡，谁弄谁收。

[注释]

①花围锦阵：比喻沉溺于歌楼妓馆的享乐生活。 ②鸩(zhèn)：传说中的毒鸟，羽泡酒中可杀人。 ③珠帘十里：比喻繁华娱乐之处。唐杜牧《赠别》："春风十里扬州路，卷上珠帘总不如。"后多用于形容扬州的繁华。 ④迷因底：因何着迷。底，何也。 ⑤气食牛：英雄气概。杜甫《徐卿二子歌》："小儿五岁气吞牛。"

[集评]

李调元云："每读之爽神数日。'晴干'二句，见《五灯会元》守初禅师语也。俗语入词，必有所本方可用。"(《雨村词话》卷二)

女冠子

元　夕

蕙花香也，雪晴池馆如画。春风飞到，宝钗楼上，一片笙箫，琉璃光射。而今灯漫挂。不是暗尘明月，那时元夜。况年来、心懒意怯，羞与蛾儿争耍[①]。　江城人悄初更打。问繁华谁解，再向天公借。剔残红灺[②]。但梦里隐隐，钿车罗帕。吴笺银粉砑[③]。待把旧家风景，写成闲话。笑绿鬟邻女，倚窗犹唱，夕阳西下。

[注释]

①蛾儿：女子所戴之彩花。 ②红灺(xiè)：红烛灰烬。 ③砑(yà)：碾压使之发光。

[集评]

周密云："元夕张灯，好事家间设雅戏，烟火。花边水际，更自雅洁，靓妆笑语，望之如神仙。又云妇人皆带珠翠，闹娥、玉梅、雪柳、菩提叶灯球，销金蝉、貉袖项帕，而衣多尚白，盖月下所宜也。"(《武林旧事》)

陈廷焯云："极力渲染，'而今'二字，忽然一转，有水逝云卷，风驰电

掣之妙。"(《白雨斋词话》)

梁亦犁云:"参差对照,家国之慨自出。"

女冠子

竞　渡

电旂飞舞[1],双双还又争渡。湘漓云外[2],独醒何在[3],翠药红蘅[4],芳菲如故。深衷全未语。不似素车白马[5],卷潮起怒。但悄然、千载旧迹,时有闲人吊古。

生平惯受椒兰苦[6]。甚魄沉寒浪,更被馋蛟妒。结琼纫璐[7]。料贝阙隐隐[8],骑鲸烟雾。楚妃花倚暮。□□琼箫吹了,溯波同步[9]。待月明洲渚,小留旌节,朗吟骚赋。

[注释]

①旂(qí):古时旗帜的一种。　②湘漓:指湘水、漓江。　③独醒:指屈原。屈原《渔父》:"举世皆浊我独清,众人皆醉我独醒。"　④药:白芷,香草,屈原以香草喻贤。　蘅:杜衡,香草。　⑤素车白马:形容潮水浪花飞卷之状。　⑥椒兰:均为香草,屈原诗中比喻为贤者。　⑦纫璐:佩美玉。《楚辞·涉江》:"被明月兮佩宝璐。"　⑧贝阙:指水宫。　⑨溯波:逆水而上。

大圣乐

陶成之生日

笙月凉边,翠翘双舞,寿仙曲破[1]。更听得艳拍流星,慢唱寿词初了,群唱莲歌。主翁楼上披鹤氅,展一笑、微微红透涡。襟怀好,纵炎官驻伞[2],长是春和。　千年鼻祖事业、记曾趁雷声飞快梭。但也曾三径[3],抚松采菊,随分吟哦。富贵云浮，荣华风过，淡处还他滋味多。休辞饮，有碧荷贮酒，深似金荷[④]。

[注释]

①曲破：大曲至后段，曲遍繁声，曰入破。韵读平声。　②炎官：高官，指炙手可热之位。　驻伞：驻扎。　③三径：指归隐者的居所。陶渊明《归去来辞》："三径就荒，松菊犹存。"　④金荷：指荷花形酒杯。

解连环

岳园牡丹

妒花风恶。吹青阴涨却，乱红池阁。驻媚景、别有仙葩，遍琼甃小台[①]，翠油疏箔[②]。旧日天香，记曾绕、玉奴弦索[③]。自长安路远，腻紫肥黄[④]，但谱东洛。　天津霁虹似昨。听鹃声度月，春又寥寞。散艳魄、飞入江南，转湖渺山茫，梦境难托。万叠花愁，正困倚、钩阑斜角。待携尊、醉歌醉舞，劝花自乐。

[注释]

①甃(zhuò)：井壁。　②箔(bó)：苇子或秫秸织成的帘子。　③玉奴：南朝齐东昏侯潘妃的小名。又有谓"玉奴"为唐玄宗杨贵妃小字者。此指杨贵妃。　④腻紫肥黄：即魏紫姚黄，指牡丹。

永遇乐

绿　阴

清逼池亭，润侵山阁，雪气凝聚[①]。未有蝉前[②]，已无蝶后，花事随逝水。西园支径，今朝重到，半碍醉筇吟袂[③]。除非是、莺身瘦小，暗中引雏穿去。　梅檐溜滴[4],风来吹断,放得斜阳一缕。玉子敲枰,香绡落剪,声度深几许。层层离恨,凄迷如此,点破谩烦轻絮。应难认、争春旧馆,倚红杏处。

[注释]

①雪气:凉气。 ②"未有"二句:蝉前蝶后,指清夏景象。 ③"半碍"句:谓绿叶浓密,不便行走。 ④"梅檐"句:梅雨不断。江南旧历五月天也。

花心动

南塘元夕

春入南塘,粉梅花、盈盈倚风微笑。虹晕贯帘,星球攒巷,遍地宝光交照。涌金门外楼台影,参差浸、西湖波渺。暮天远,芙蓉万朵,是谁移到。 鬒鬓双仙未老[1]。陪玳席佳宾,暖香云绕。翠簨叩冰[2],银管嘘霜,瑞露满钟频醮[3]。醉归深院重歌舞,雕盘转、珍珠红小。凤洲柳,丝丝淡烟弄晓。

[注释]

①鬒(zhěn):黑发。 ②簨(sǔn):古代悬挂磬的架子,横杆叫簨,直柱叫虡,合称簨虡。 叩冰:击出冰玉一样的乐音。 ③醮(jiào):喝干杯中酒。

金盏子

练月萦窗[1],梦乍醒、黄花翠竹庭馆。心字夜香消,人孤另[2]、双鹣被池羞看[3]。拟待告诉天公,减秋声一半。无情雁。正用恁时飞来,叫云寻伴。 犹记杏栊暖,银烛下、纤影卸佩款。春涡晕，红豆小，莺衣嫩，珠痕淡印芳汗。自从信误青骊，想笼莺停唤。风刀快，剪尽画檐梧桐，怎剪愁断。

[注释]

①练月：清如白练的月光。 ②孤另：孤独。 另：通“零”。 ③鹣（jiān）：即鹣鹣，传说中的比翼鸟。

[集评]

卓人月云：“‘犹记’二语，甘言道泪。‘风刀’二语，苦志求新。”（《词统》卷十四）

先著云：“初见之雕缋满眼，细按则清气首尾贯彻。陈言习语，吐弃一切。与梦窗相似，又别是一种。大抵亦自美成出，但字字作意。”（《词洁辑评》卷五）

喜迁莺

暮 春

游丝纤弱。谩著意绊春，春难凭托。水暖成纹，云晴生影，双燕又窥帘幕。露添牡丹新艳，风摆秋千闲索。对此景，动高歌一曲，何妨行乐。 行乐。春正好，无奈绿窗，孤负敲棋约。锦幄调笙①，银瓶索酒，争奈也曾迷著。自从髮凋心倦，常倚钩阑斜角②。翠深处，看悠悠几点，杨花飞落。

[注释]

①锦幄：华美的帏帐。 ②钩阑：即“勾栏”，栏杆。

[集评]

唐圭璋云:武进陶氏景元钞本此首注云:右改前词,其前另有一首云:"游丝纤弱。谩著意绊春,春难凭托。水暖成纹,云晴生影,芳草渐浸裙幄。露添牡丹新艳,风摆秋千闲索。对此景,动高歌一曲,何妨行乐。　行乐。君听取。莺转绿窗,也似来相约。粉壁题诗,香街走马,争奈鬓丝输却。梦回昼长无事,聊倚阑干斜角。翠深处、看悠悠几点,杨花飞落。"

昼锦堂

荷　花

染柳烟消,敲菰雨断,历历犹寄斜阳。掩冉玉妃芳袂[①],拥出灵场[②]。倩他鸳鸯来寄语,驻君舴艋亦何妨。渔榔静[③],独奏棹歌[④],邀妃试酌清觞。　湖上云渐暝,秋浩荡,鲜风支尽蝉粮。赠我非环非佩,万斛生香。半蜗茅屋归吹影,数螺苔石压波光。鸳鸯笑,何似且留双楫,翠隐红藏。

[注释]

①玉妃:白荷花。　②灵场:犹言仙境。　③渔榔:捕鱼时用以敲击船舷的木条。　④棹歌:划船时唱歌,亦称渔歌。

[集评]

卓人月云:"花风可以饲蝉,花影可以啖鱼,此谓捕风捉影。"(《词统》卷十四)

水龙吟

效稼轩体招落梅之魂[①]

醉兮琼瀣浮觞些[②],招兮遣巫阳些[③]。君毋去此,飓风将起，天微黄些。野马尘埃[4]，污君楚楚，白霓裳些。驾空兮云浪，茫洋东下，流君往、他方些。　月满兮西厢些。叫云兮、笛凄凉些。归来为我，重倚蛟背，寒鳞苍些。俯视春红，浩然一笑，吐山香些。翠禽兮弄晓，招君未至，我心伤些。

[注释]

①稼轩体：辛弃疾有《水龙吟·用"些"语再题瓢泉歌以饮客……》词。尾用"些"字。仿其体。"些"(suò)为楚辞语气词，在《招魂》中多见。　②瀣(xiè)：即沆瀣，指露水。　③巫阳：神名。见《楚辞·招魂》。　④野马：浮游的云气。见《庄子·逍遥游》。

[集评]

杨慎云："幽秀古绝，迥出纤冶秾华之外，可爱也。"(《词品》卷二)

沈雄云："《词品》谓其古艳，迥出浓纤之外。余谓奇矣，未见当行也。"(《古今词话·词辨》下卷)

贺裳云："蒋捷用骚体作《水龙吟》招梅魂，奇耳，固未为妙。"(《皱水轩词筌》)

冯金伯云："今读竹山词一卷，语语纤巧，真世说靡也。字字妍倩，真六朝腴也。岂其稍劣于诸公。即或读招魂词，谓其磊落横放，与辛幼安同调，其殆以一斑而失全豹也。"(《词苑萃编》卷五)

瑞鹤仙

红　叶

缟霜霏霁雪[1]。渐翠没凉痕，猩浮寒血[2]。山窗梦凄切。短吟筇犹倚，莺边新樾。花魂未歇。似追惜、芳消艳灭。挽西风、再入柔柯，误染绀云成缬。　休说。深题锦翰[3]，浅泛琼漪，暗春曾泄。情条万结。依然是，未愁绝。最怜他，南苑空阶堆遍，人隔仙蓬怨别。锁芙蓉、小殿秋深，碎虫诉月④。

［注释］

①缟霜：白色霜花。　②猩浮寒血：指红叶如腥血。　③“深题锦翰”三句：用“红叶题诗”典。唐范摅《云溪友议》卷十载，唐宣宗时，卢渥赴京应举，偶临御沟，拾得红叶，叶上题诗云：“流水何太急，深宫尽日闲。殷勤谢红叶，好去到人间。”后宣宗放出一些宫女，许从百官司吏，渥得一人，即题诗红叶者。　④碎虫：指秋虫。

［集评］

陈廷焯云：“造语奇丽。”（《放歌集》卷二）

瑞鹤仙

乡城见月

绀烟迷雁迹①。渐断鼓零钟，街喧初息。风檠背寒壁②。放冰蜍飞到③，丝丝帘隙。琼瑰暗泣④。念乡关、霜芜似织。漫将身、化鹤归来⑤，忘却旧游端的⑥。　欢极。蓬壶蕖浸⑦，花院梨溶，醉连春夕。柯云罢弈⑧。樱桃在⑨，梦难觅。劝清光，乍可幽窗相伴⑩，休照红楼夜笛。怕人间、换谱伊凉⑪，素娥未识。

［注释］

①绀（gān）：红青色。　②檠（qíng）：灯架。　③冰蜍：指月亮。传说月中有蟾蜍，故云。　④琼瑰：琼玉瑰珠。《左传》云：“声伯梦涉洹，或与己琼瑰食之，泣而为琼瑰，盈其怀。”　⑤化鹤归来：《续搜神记》云，“辽东城门有华表柱，有白鹤集其上言曰：‘有鸟有鸟丁令威，去家千年今来归，城郭如故人民非，何不学仙冢累累！’”此讲丁令威化鹤的故事，比喻成仙。　⑥端的：确实情况。　⑦蕖：芙蕖，即荷花。　⑧柯云罢弈：晋时王质入山采樵，遇二童对弈，一童以一物如枣核与质食之，不饥。局终，童

云"汝柯烂矣"。柯，斧柄。质归家已及百岁。见《述异记》。　⑨樱桃在：有人梦邻女赠二樱桃，食之，既觉，核坠枕侧。见段成式《酉阳杂俎》。　⑩乍可：宁可。　⑪伊凉：《伊州》、《凉州》。曲名。

[集评]

先著、程洪云："句意警拔，多由于拗峭，然须炼之精纯，殆不失于生硬。竹山此词云：'劝清光，乍可幽窗相照，休照红楼夜笛。'梦窗云：'问阊门，自古春送多少？'玉田云：'能几番游，看花又是明年。'妙语独立，各不相假借，正不必举全词，即此数语，可长留数公天地间。"（《词洁辑评》）

瑞鹤仙

寿东轩立冬前一日

玉霜生穗也。渺洲云翠痕，雁绳低也[①]。层帘四垂也。锦堂寒早近，开炉时也[②]。香风递也。是东篱、花深处也。料此花、伴我仙翁，未肯放秋归也。　嬉也。缯波稳舫[③]，镜月危楼，酹琼酡也[④]。笼莺睡也。红妆旋、舞衣也。待纱灯客散，纱窗日上，便是严凝序也。换青毡、小帐围春，又还醉也。

[注释]

①雁绳：犹谓雁行如一字。　②开炉：开始燃炉防寒。　③缯波：形容水波如丝绸。　缯（zēng）：古代丝织品总称。　④酡：同"酡"。饮酒脸红。

[集评]

卓人月云："山谷《醉翁操》词太熟，不如此之鲜香。"（《词统》卷十四）

潘游龙云："体取变，旨取远，浑不似寿词，妙工。"（《古今诗馀醉》）

瑞鹤仙

友人买妾名雪香

素肌元是雪。向雪里带香，更添奇绝。梅花太孤洁。问梨花何似，风标难说。长洲漾楫。料鸳边、娇蓉乍折。对珠栊、自剪凉衣，爱把淡罗轻叠。　清彻。螺心翠靥[①]，龙吻琼涎，总成虚设。微微醉缬[②]。窗灯晕，弄明灭。算银台高处，芳菲仙佩，步遍纤云万叶。觉来时、人在红帱，半廊界月[③]。

［注释］

①靥：笑涡。　②醉缬（xié）：微醉时媚颊如花。　③界月：月亮所照的地方。　半廊界月：指月已下斜。

木兰花慢

冰

傍池阑倚遍，问山影、是谁偷。但鹭敛琼丝[①]，鸳藏绣[②]，羽碍浴妨浮。寒流。暗冲片响，似犀椎、带月静敲秋[③]。因念凉荷院宇，粉丸曾泛金瓯。　妆楼，晓涩翠罂油[④]，倦鬓理还休。更有何意绪，怜他半夜，瓶破梅愁。红裯[⑤]，泪干万点[⑥]。待穿来、寄与薄情收。只恐东风未转，误人日望归舟。

［注释］

①琼丝：此指白鹭敛起羽翅，形容结冰不能下水。　②"鸳鸯"句：言鸳鸯也藏起美丽的翅膀。　③犀椎：形容冰柱如犀牛头上的角。　④"晓涩"句：早上脂粉瓶（罂）也冻住了，无法化妆。　⑤红裯：红色绸被。　⑥"泪干"句：言眼泪冻成冰粒。

木兰花慢

再　赋

渺琉璃万顷，冷光射、夕阳洲。见败柳漂枝，残芦泛叶，欲去仍留。罗帱[①]。少年梦里，正窥帘、月浸素肌柔。谁念衰翁自老，断髭冻得成虬。　　凝眸，一望绝飞鸥，宇宙正清幽。漫细敲紫砚，轻呵翠管[②]，吟思难抽。飕飕。晚风又起，但时听、碎玉落檐头[③]。多少梅花片脑[④]，醉来误整香篝。

［注释］

①罗帱(chóu)：罗帐。　②管：指笔。　③碎玉：指冰屑。　④梅花片脑：指梅花龙脑香，体莹白如玉。

珍珠帘

寿岳君选

书楼四面筠帘卷[①]。微薰起[②]，翠弄悬签丝软。楼上读书仙，对宝狻霏转[③]。绣馆钗行云度影，滟寿觥、盈盈争劝。争劝。奈芸边事切[④]，花中情浅。　　金奏未响昏蜩[⑤]，早传言放却，舞衫歌扇。柳雨一窝凉，再展开湘卷。万颗蕖心琼珠辊[⑥]，细滴与、银朱小砚。深院。待月满廊腰，玉笙又远。

［注释］

①筠帘：竹帘。　②微薰：和风。　悬签：书签被风吹动。　③宝狻(suān)：即狮形香炉。　④芸边：书边，指读书之事。芸香可妨书虫，故云。　⑤金奏：钟磬之声。　昏蜩：指沸如蝉(蜩)鸣的杂音。　⑥辊：滚动。

高阳台

芙　蓉[1]

霞铄帘珠[2],云蒸篆玉,环楼婉婉飞铃。天上王郎,飙轮此地曾停[3]。秋香不断台隍远,溢万丛、锦艳鲜明。事成尘,鸾凤箫中,空度歌声。　　臞翁一点清寒髓[4],惯餐英菊屿,饮露兰汀。透屋高红,新营小样花城。霜浓月淡三更梦,梦曼仙[5]、来倚吟屏。共襟期,不是琼姬,不是芳卿。

[注释]

①芙蓉:此咏芙蓉城人神之恋。苏轼有《芙蓉城诗序》言王子高游芙蓉城遇仙女周瑶英、芳卿事。瑶英亦称琼姬。　②“帘珠”二句:言帘珠、篆玉灿如云霞。极言仙城之美。　③飙轮:仙车。　④臞翁:清瘦老人。⑤曼仙:石曼卿。据传死后为芙蓉城主。

高阳台

送翠英

燕卷晴丝[1],蜂黏落絮,天教绾住闲愁。闲里清明,匆匆粉涩红羞。灯摇缥晕茸窗冷[2],语未阑、娥影分收[3]。好伤情,春也难留,人也难留。　　芳尘满目悠悠。问萦云佩响,还绕谁楼。别酒才斟,从前心事都休。飞莺纵有风吹转,奈旧家、苑已成秋。莫思量,杨柳湾西,且棹吟舟。

[注释]

①晴丝:空中飘荡的游丝。　②缥晕:青色灯光摇曳貌。　③娥影:美女之踪影。此指艺伎翠英离去。

[集评]

贺裳云:“然险丽贵矣,须泯其镂划之痕乃佳。如蒋捷‘灯摇缥晕茸窗冷’,可谓工矣,觉斧痕犹在。”(《皱水轩词筌》)

高阳台

闰元宵

桥尾星沉,街心尘敛,天公还把春饶[①]。桂月黄昏,金丝柳换星摇。相逢小曲方嫌冷,便暖薰、珠络香飘。却怜他、隔岁芳期,枉费囊绡[②]。　人情终似娥儿舞[③],到嚬翻宿粉[④],怎比初描。认得游踪,花骢不住嘶骄。梅梢一寸残红炬,喜尚堪、移照樱桃。醉醺醺,不记元宵,只道花朝。

[注释]

①春饶:指闰正月,多了一个春月。　②囊绡:给歌女的缠头费。多以绡帛为赠。　③蛾儿:即元宵妇人头饰之闹蛾儿。剪彩帛为之。　④宿粉:隔夜脂粉。

春夏两相期

寿谢令人[①]

听深深、谢家庭馆。东风对语双燕。似说朝来,天上婺星光现[②]。金裁花诰紫泥香,绣里藤舆红茵软。散蜡宫辉[③],行鳞厨品,至今人羡。　西湖万柳如线。料月仙当此,小停飙辇。付与长年,教见海心波浅。萦云玉佩五侯门,洗雪华桐三春苑。慢拍调莺,急鼓催鸾,翠阴生院。

[注释]

①谢令人:谢姓命妇。宋制令人为五等之命妇。受到诰命褒奖。②婺星:星名,即“女宿”。旧时用作对妇人的颂辞。 ③“散蜡”二句:言朝命赐以宫烛、鱼类食品。

念奴娇

寿薛稼堂[①]

稼翁居士,有几多抱负,几多声价。玉立绣衣霄汉表,曾览八州风化。进退行藏[②],此时正要,一著高天下。黄埃扑面[③],不成也控羸马。 人道云出无心,才离山后,岂是无心者。自古达官酣富贵,往往遭人描画。只有青门[④],种瓜闲客,千载传佳话。稼翁一笑,吾今亦爱吾稼。

[注释]

①薛稼堂:未详。据“曾览八州风化”知曾任州郡长官。 ②进退行藏:即出仕与归隐之意。 ③“黄埃”二句:意谓难道(不成)要仆仆于尘埃中,为了区区一官吗? ④青门:此指东陵侯召平种瓜处。

绛都春

春愁怎画。正莺背带雪[①],酴醾花谢。细雨院深,淡月廊斜重帘挂,归时记约烧灯夜。早拆尽、秋千红架。纵然归近,风光又是,翠阴初夏。 娅姹[②]。蘼青泫白[③],恨玉佩罢舞,芳尘凝榭。几拟倩人,付与兰香秋罗帕。知他坠策斜拢马。在底处、垂杨楼下。无言暗拥娇鬟[④],凤钗溜也。

[注释]

①莺背带雪：莺翅上带着落花。　②娅姹：娇媚貌。　③颦青泫白：皱眉流泪。　④暗拥娇鬟：此指移情别恋之丈夫行径。

[集评]

卓人月云："妇人美而智者。指酸时犹然尔。雅若一味凶狠，正坐愚耳。"(《词统》卷十三)

许昂霄云："'细雨深院'二句，景中有情。'早拆尽秋千红架'，情中有景。'纵然归近'二句，曲折入情。'无言暗拥娇鬟，凤钗溜也'，'也'字叶得妙。"(《词综偶评》)

声声慢

秋　声

黄花深巷，红叶低窗，凄凉一片秋声。豆雨声来[①]，中间夹带风声。疏疏二十五点，丽谯门[②]、不锁更声。故人远，问谁摇玉佩，檐底铃声。　　彩角声吹月堕，渐连营马动，四起笳声[③]。闪烁邻灯，灯前尚有砧声[④]。知他诉愁到晓，碎哝哝、多少蛩声。诉未了，把一半、分与雁声。

[注释]

①豆雨：即豆花雨。时为阴历豆子开花季节。　②丽谯：高楼。③笳：胡笳，我国古代北方民族的一种乐器，类似笛子。　④砧（zhēn）：洗衣用的砧石。

[集评]

许昂霄云："《声声慢》福唐体，亦名独木桥体。"(《词综偶评》)

陈廷焯云："结得不尽，并能使通篇震动。"(《别调集》卷二)

谢铤章云："蒋竹山《声声慢·秋声》……历数诸景，挥洒而出，比之稼轩《贺新凉》(绿树中鹈鴂)，尽集许多恨事，同一机杼，而用笔尤为崭

新。”(《赌棋山庄词话》卷四)

尾 犯

寒 夜

夜倚读书床[①],敲碎唾壶,灯晕明灭。多事西风,把斋铃频掣[②]。人共语、温温芋火[③],雁孤飞、萧萧桧雪。遍阑干外,万顷鱼天[④],未了予愁绝。　　鸡边长剑舞,念不到、此样豪杰。瘦骨棱棱,但凄其衾铁。是非梦、无痕堪记,似双瞳、缤纷翠缬[⑤]。浩然心在,我逢著、梅花便说。

[注释]

①床:此指一种坐榻。　②斋铃:屋角风铃。　③芋火:煨芋之火。微火。　④鱼天:犹言水天。　⑤“缤纷”句:犹言眼花缭乱。

满江红

一掬乡心[①],付杳杳、露莎烟苇。来相伴、凄然客影,谢他穷鬼。新绿旧红春又老,少玄老白人生几[②]。况无情、世故荡摩中,凋英伟。　　词场笔,行群蚁[③]。战场胄,藏群虮[④]。问何如清昼,倚藤凭棐[⑤]。流水青山屋上下,束书壶酒船头尾。任垂涎、斗大印黄金,狂周颉[⑥]。

[注释]

①一掬(jū):一捧。　②少玄老白:指年轻到老年。　③行群蚁:言人物琐屑不足道。　④藏群虮:甲胄生虮虱。言战祸不断。　⑤凭棐(fěi):凭几。棐木可作几。　⑥狂周颉(yǐ):周颉,汝南安城人,西晋末官至吏部郎,渡江拜尚书左仆射。常嗜酒,不理朝政,人称“三日仆射”。后被王敦诬杀。

满江红

秋本无愁，奈客里、秋偏岑寂。身老大、忺敲秦缶[①]，懒移陶甓[②]。万误曾因疏处起，一闲且向贫中觅。笑新来、多事是征鸿，声嘹呖。　　双户掩，孤灯剔。书束架，琴悬壁。笑人间无此，小窗幽阒[③]。浪远微听葭叶响[④]，雨残细数梧梢滴。正依稀、梦到故人家，谁横笛。

［注释］

①忺(xiān)：高兴，适意。　②甓(pì)：砖。陶侃无事常运砖以习劳，故称陶甓。　③阒(qù)：寂静。　④葭(jiā)：初生的芦苇。

［集评］

卓人月云："瘦笔既胜肥肠，狂言复凌痴骨。"(《词统》卷十一)

卓人月云："竟把陶公做菊花前身，奇。"(《词统》卷十八)

陈廷焯云："'浪远'二句，极静细。不是阒寂中，如何辨得。竹山词多粗，惟此二语最细。"(《放歌集》卷二)

陈廷焯云："万误曾因疏处起，一闲且向贫中觅。"自是阅历语，而词笔甚隽。"(《白雨斋词话》卷七)

探芳信

菊

翠吟悄[①]。似有人黄裳，孤伫埃表[②]。渐老侵芳岁，识君恨不早。料应陶令吟魂在，凝此秋香妙。傲霜姿，尚想前身，倚窗馀傲。　　回首醉年少。控骏马蓉边[③]，红鞭茸帽[④]。淡泊东篱，有谁肯、梦飞到。正襟三诵悠然句，聊遣花微笑。酒休赊[⑤]，醒眼看花正好。

[注释]

①翠吟:清吟。　②埃表:尘表、尘世外。　③蓉边:犹言花边。　④亸(dǔo):下垂。　茸帽:皮帽。　⑤赊:欠。

梅花引

荆溪阻雪①

白鸥问我泊孤舟,是身留,是心留。心若留时,何事锁眉头。风拍小帘灯晕舞,对闲影,冷清清,忆旧游。　旧游旧游今在不,花外楼,柳下舟。梦也梦也,梦不到、寒水空流。漠漠黄云②、湿透木绵裘。都道无人愁似我,今夜雪,有梅花,似我愁。

[注释]

①荆溪:在今江苏宜兴。作者故乡。　②黄云:阴霾雪天。

[集评]

刘熙载云:"洗炼缜密,语多创获。"(《艺概·词概》)

卓人月云:"起以鸥问,结以梅愁。花鸟情长,江湖气短。"(《词统》卷十一)

洞仙歌

对雨思友

世间何处,最难忘杯酒。惟是停云想亲友①。此时无一盏②,千种离愁,西风外,长伴枯荷衰柳。　去年深夜语,倾倒书□,窗烛心悬小红豆。记得到门时,雨正萧萧,嗟今雨③、此情非旧。待与子、相期采黄花,又未卜重阳,果能晴否。

[注释]

①停云:"停云,思亲友也。"见陶渊明《停云诗序》。 ②琖:同"盏"。③今雨:新友曰今雨,老友曰旧雨,见杜甫《秋述》诗"当时车马之客,旧雨来,今雨不来"。

洞仙歌

柳

枝枝叶叶,受东风调弄。便是莺穿也微动。自鹅黄千缕[1],数到飞绵[2],闲无事,谁管将春迎送。　轻柔心性在,教得游人,酒舞花吟恣狂纵。更谁家鸾镜里,贪学纤蛾[3],移来傍、妆楼新种。总不道、江头锁清愁,正雨渺烟茫,翠阴如梦。

[注释]

①鹅黄:指柳树发芽时的嫩绿色。 ②飞绵:指柳絮飞扬。 ③纤蛾:指女子修剪蛾眉。

最高楼

催　春

新春景,明媚在何时。宜早不宜迟。软尘巷陌青油幰[1],重帘深院画罗衣。要些儿,晴日照,暖风吹。　一片片、雪儿休要下。一点点、雨儿休要洒。才恁地,越愆期[2]。悠悠不趁梅花到,匆匆枉带柳花飞。倩黄莺,将我语,报春归。

[注释]

①幰(xiǎn):车幔。 ②愆(qiān):过期。

祝英台

次　韵

柳边楼，花下馆，低卷绣帘半。帘外天丝[①]，扰扰似情乱。知他蛾绿纤眉，鹅黄小袖，在何处、闲游闲玩。　最堪叹。筝面一寸尘深，玉柱网斜雁[②]。谱字红蔫[③]，剪烛记同看。几回传语东风，将愁吹去，怎奈向、东风不管。

[注释]

①天丝：游丝。　②斜雁：指筝柱排列如雁行。　③蔫（yān）：花草枯萎，颜色不鲜。

[集评]

丁绍仪云："南宋末季，士多悯世遗俗，托兴遥深，如蒋竹山《祝英台近》（柳边楼），与德祐太学生《百字令》词'真个恨煞东风'同一意旨。"（《听秋声馆词话》卷二十）

风入松

戏人去妾

东风方到旧桃枝，仙梦已云迷[①]。画阑红子摴蒱处[②]，依然是、春昼帘垂。恨杀河东狮子[③]，惊回海底鸥儿。　寻芳小步莫嫌迟，此去却慵移。断肠不在分襟后，元来在、襟未分时。柳岸犹携素手，兰房早掩朱扉。

[注释]

①"东风"二句：写怅惘心情。　②摴（shū）蒱：同"樗蒲"，古代博戏。盛行于汉魏，后则专以五木为戏，并作为赌博的通称。　③河东狮子：指妻子凶悍，常用以嘲笑惧内的人。宋洪迈《容斋三笔》卷三："陈造字季

常，自称龙丘先生。好宾客，喜畜声妓。然其妻柳氏绝凶妒，故苏轼《寄吴德仁兼简陈季常》诗："龙丘居士亦可怜，谈空说有夜不眠，忽闻河东狮子吼，拄杖落手心茫然。"狮子吼，佛家比喻威严。季常好谈佛，故轼借佛家语以为戏谑。

解佩令

春

春晴也好，春阴也好。著些儿、春雨越好。春雨如丝、绣出花枝红袅。怎禁他、孟婆合皂[①]。　梅花风小，杏花风小。海棠风、蓦地寒峭。岁岁春光，被二十四风吹老[②]。楝花风、尔且慢到。

[注释]

①孟婆：宋时民俗称风为孟婆。　合皂：通"聒噪"，扰乱。宋元俗语。　②二十四风：即二十四番风。指应花期而来的风，简称花信风。

[集评]

杨慎云："'春雨如丝，绣出花枝红袅。怎禁他，孟婆合皂。'此言虽鄙俚，亦自有来矣。"（《词品》卷五）

丁绍仪云："余谓诗意必如此铨释方显，亦太隐矣。然作者不宜如此，读者不可不如此体会，因思南宋末季，士多悯世遗俗，托兴遥深，如蒋竹山《解佩令》'春晴也好'……与德祐太学生《百字令》词'真个恨煞东风'同一意旨。"（《听秋声馆词话》卷二十）

一剪梅

宿龙游朱氏楼[①]

小巧楼台眼界宽。朝卷帘看，暮卷帘看，故乡一望一心酸。云又迷漫，水又迷漫。　天不教人客梦安。昨夜春寒,今夜春寒,梨花月底两眉攒。敲遍阑干,拍遍阑干[2]。

[注释]

①龙游:县名,在今浙江。 ②拍遍阑干:化用刘孟节典,表达胸中抑郁苦闷之气,借拍敲栏干来发泄。《渑燕谈录》载,刘孟节与世龃龉,常凭栏静立,怀想世事,吁嘘独语,或以手拍栏杆,尝有诗曰"读书误我四十年,几回醉把栏干拍"。

[集评]

陈廷焯云:"竹山《一剪梅》词,'敲'与'拍'无甚分别。然其妙正在无甚分别,乃见人情况。必如此乃可以不分别为工。否则差以毫厘,谬以千里。"(《放歌集》卷二)

一剪梅

舟过吴江

一片春愁待酒浇。江上舟摇,楼上帘招。秋娘度与泰娘娇[1]。风又飘飘,雨又萧萧。 何日归家洗客袍[2]。银字笙调,心字香烧,流光容易把人抛。红了樱桃,绿了芭蕉。

[注释]

①秋娘度:一本作"秋娘渡"。泰娘娇,一本作"秦娘桥",均指吴江一带地名,并代指苏州吴江一带景物之美。 ②"何日归家"句:一本作"何日云帆卸浦桥"。

[集评]

李佳云:"蒋竹山《一剪梅》词,有云:'银字笙调,心字香烧。……红了樱桃,绿了芭蕉。'久脍炙人口。"(《左庵词话》卷上)

潘游龙云："末句两用'了'字，有许多悠悠忽忽意。"（《古今诗馀醉》卷十一）

糖多令[①]

寿东轩

秋碧泻晴湾，楼台云影闲。记仙家、元在蓬山。飞到雁峰尘更少[②]，三万顷、玉无边。　　金钱倒垂莲，歌摇香雾鬟。任芙蓉、月转朱阑。天气已凉犹未冷，重九后、小春前。

［注释］

①糖多令：多作"唐多令"。　②雁峰：似指湖南衡阳回雁峰。距浩渺汪洋之洞庭湖甚近。此泛指高峰，喻一种境界。

柳梢青

有谈旧娼潘氏

小饮微吟，残灯断雨，静户幽窗。几度花开，几番花谢，又到昏黄。　　潘娘不是潘郎[①]，料应也、霜黏鬓旁。鹦鹉阑空，鸳鸯壶破，烟渺云茫。

［注释］

①潘郎：指潘岳。美姿容。

阮郎归

客中思马迹山[①]

雪飞灯背雁声低，寒生红被池[②]。小屏风畔立多时，闲看番马儿。　　新揾泪[③]，旧题诗，一般罗带垂。琼箫夜夜挟愁吹，梅花知不知。

[注释]

①马迹山：在江苏武进县，与作者故乡宜兴相接。　②被池：被头。③揾（wèn）：擦拭。辛弃疾《水龙吟》："唤取红巾翠袖，揾英雄泪。"

金蕉叶

秋夜不寐

云褰翠幕[1]，满天星碎珠迸索[2]。孤蟾阑外，照我看看过转角。　酒醒寒砧正作。待眠来、梦魂怕恶。枕屏那更，画了平沙断雁落。

[注释]

①褰（qiān）：揭起。　翠幕：阴云、夜幕。　②碎珠迸索：言星星如散珠忽然从云中迸出。

忆秦娥

阖　闾[1]

山无限，登山试望吴宫殿。吴宫殿，是藏深坞，是临清浅。（下阙）

[注释]

①阖闾：春秋吴国末代国君名。

昭君怨

卖花人

担子挑春虽小，白白红红都好。卖过巷东家，巷西家。　帘外一声声叫，帘里鸦鬟入报[①]。问道买梅花，买桃花。[②]

[注释]

①鸦鬟：即丫环，古时侍候小姐、夫人的年轻婢女。　②唐氏按：题及上半首原缺，据《永乐大典》卷三千零零六“人”字韵补。

如梦令

夜月溪篁鸾影，晓露岩花鹤顶。半世踏红尘，到底输他村景。村景，村景，樵斧耕蓑渔艇。

小重山

晴浦溶溶明断霞。楼台摇影处，是谁家。银红裙裥皱宫纱[①]。风前坐，闲鬥郁金芽[②]。　人散树啼鸦。粉团黏不住，旧繁华。双龙尾上月痕斜[③]。而今照，冷淡白菱花。

[注释]

①裙裥（jiǎn）：裙幅的折叠处。　②郁金：郁金花。　③双龙尾：宫殿屋脊上的龙形鸱吻。

小重山

曾伴芳卿锵佩环[①]。西风吹梦断，堕人寰。假饶无分入雕阑。窥妆镜，也合小溪湾[2]。　此地有谁怜。斜阳牛卧处，牧童攀。劝花休苦恨夭夭。从来道，薄命是朱颜。

[注释]

①锵(qiāng)：金玉相击声。　②合：合住，应该住在。

白苎

正春晴，又春冷，云低欲落。琼苞未剖，早是东风作恶。旋安排、一双银蒜镇罗幕[1]。幽壑。水生漪，皱嫩绿，潜鳞初跃[2]。愔愔门巷[3]，桃树红才约略。知甚时，霁华烘破青青萼[4]。　忆昨。□□□□，引蝶花边，近来重见，身学垂杨瘦削。问小翠眉山，为谁攒却。斜阳院宇，任蛛丝罥遍[5]，玉筝弦索。户外惟闻，放剪刀声，深在妆阁。料想裁缝，白苎春衫薄。

[注释]

①银蒜：银制的压帘之物，形似蒜条，故名。庾信《梦入堂内》诗："幔绳金麦穗，帘钩银蒜条。"　②潜鳞：水中游鱼。　③愔愔(yīn)：安静和悦貌。　④烘破：晒开(花朵)。　⑤罥(juàn)：缠绕、牵挂。

蝶恋花

风莲

我爱荷花花最软。锦拶云挨[1]，朵朵娇如颤。一阵微风来自远，红低欲蘸凉波浅[2]。　莫是羊家张静婉[3]。抱月飘烟，舞得腰肢倦。偷把翠罗香被展，无眠却又频翻转。

[注释]

①拶(zā):压紧。 ②蘸(zhàn):原指把东西浸入水中。引申为物沾手,手沾物(指液体)。 ③羊家张静婉:羊家,指羊侃。羊初仕北魏,后归南朝梁,性奢,善音律,自制曲,每有新作,由姬歌舞之。张静婉,羊侃歌伎,美姿容,善舞。腰细,能做掌上舞。

虞美人

梳　楼

丝丝杨柳丝丝雨,春在溟濛处。楼儿忒小不藏愁。几度和云飞去[①]、觅归舟。　　天怜客子乡关远,借与花消遣。海棠红近绿阑干。才卷朱帘却又、晚风寒。

[注释]

①和云飞去:指心魂满蕴愁绪。

[集评]

卓人月云:"'心字小,难著许多愁'不为'楼儿'句更奇。"(《词统》卷七)

李佳云:"亦工整,亦圆脆。"(《左庵词话》卷下)

况周颐云:"'楼儿忒小不藏愁。几度和云飞去,觅归舟',较'天际识归舟'更进一层。"(《蕙风词话续编》卷一)

虞美人

听　雨

少年听雨歌楼上[①],红烛昏罗帐。壮年听雨客舟中[②],江阔云低、断雁叫西风[③]。　　而今听雨僧庐下,鬓已星星也[④]。悲欢离合总无情,一任阶前、点滴到天明。

[注释]

①“少年”二句:言浪漫的冶游生活。　②“而今”二句:言亡国后的避世流离生活。　③断雁:失群的孤雁。　④已星星:已经白了。星星,形容白髮多。

[集评]

许昂霄云:“‘悲欢离合总无情’二句,此种襟怀,固不易到,然亦不愿到也。”(《词综偶评》)

谢章铤云:“蒋竹山……《虞美人·听雨》历数诸景,挥洒而出,比之稼轩《贺新凉》(绿树听鹈鴂),尽集许多恨来同一机杼,而用笔尤为崭新。”(《赌棋山庄词话》卷四)

王闿运云:“此是小曲,情亦作凭,较胜。”(《湘绮楼评词》)

南乡子

泊雁小汀洲,冷淡湔裙水漫秋[①]。裙上唾花无觅处[②],重游,隔柳惟存月半钩。　　准拟架层楼,望得伊家见始休。还怕粉云天末起,悠悠,化作相思一片愁。

[注释]

①湔(jiǎn):洗。　②唾花:似指吻痕。或为唾绒痕迹。

[集评]

卓人月云:“柔情浪语。”(《词统》卷八)

南乡子

塘门元宵

翠幰夜游车,不到山边与水涯。随分纸灯三四戋[①],邻家,便做元宵好景夸。　　谁解倚梅花,思想灯球坠绛纱。旧说梦华犹未了[②]，堪嗟，才百馀年又梦华。

[注释]

①戋：同“盏”。 ②梦华：孟元老有《东京梦华录》纪汴梁故都盛况。百馀年后临安亦沦为异族，故有“才百馀又梦华”之叹。

步蟾宫

木 犀

绿华剪碎娇云瘦，剩妆点、菊前蓉后[①]。娟娟月也染成香，又何况，纤罗襟袖。 秋窗一夜西风骤，翠奁锁、琼珠花镂。人间富贵总腥膻，且和露、攀花三嗅。

[注释]

①菊前蓉后：指桂花开在菊花与荷花之间。 蓉：芙蓉，荷花之别名。

步蟾宫

春 景

玉窗掣锁香云涨[①]，唤绿袖、低敲方响[②]。流苏拂处字微讹[③]，但斜倚、红梅一饷。 濛濛月在帘衣上，做池馆、春阴模样。春阴模样不如晴，这催雪、曲儿休唱[④]。

[注释]

①掣锁：开和闭。 香云涨：头髮香气浓郁。 ②方响：古乐器名。以铜铁为之，敲击作声。 ③微讹：稍有跑调。 ④催雪：曲调名。

玉楼春

桃花湾马迹[1]

秦人占得桃源地，说道花深堪避世。桃花湾内岂无花，吕政马来拦不住[2]。　明朝与子穿花去，去看霜蹄剜石处。茫茫秦事是耶非，万一问花花解语。

[注释]

①马迹山：在宜兴。传有始皇马迹，故名。　②吕政：指吕不韦、秦始皇嬴政，用以比暴政，指元朝统治。

恋绣衾

茜金小袖花下行[1]，过桥亭、倚树听莺。被柳线、低萦鬓，绀云垂、钗凤半横。　红薇影转晴窗昼，漾兰心、未到绣绷[2]。奈一点、春来恨，在青蛾、弯处又生。

[注释]

①茜金：金红色。　②绣绷(bēng)：用杂色丝线拼花。

浪淘沙

人爱晓妆鲜，我爱妆残。翠钗扶住欲攲鬟[1]。印了夜香无事也，月上凉天。　新谱学筝难。愁涌蛾弯[2]。一床衾浪未红翻。听得人催佯不睬[3]，去洗珠钿。

[注释]

①攲(qī)：倾斜。　②蛾弯：指眉弯。　③佯(yáng)：假装。

浪淘沙

重　九

明露浴疏桐，秋满帘栊。掩琴无语意忡忡[①]。掐破东窗窥皓月，早上芙蓉。　　前事渺茫中，烟水孤鸿。一尊重九又成空。不解吹愁吹帽落[②]，恨杀西风。

［注释］

①忡忡(chōng)：忧虑不安貌。　②帽落：孟嘉落帽，为后来重九登高典。

［集评］

潘游龙云："不翻落帽事，亦复情挚。"（《古今诗馀醉》卷十）

燕归梁

风　莲

我梦唐宫春昼迟，正舞到、曳裾时[①]。翠云队仗绛霞衣[②]，慢腾腾、手双垂。　　忽然急鼓催将起，似彩凤、乱惊飞[③]。梦回不见万琼妃，见荷花、被风吹。

［注释］

①曳裾：裙带飘逸。　②绛霞衣：绛紫色舞衣翩如彩霞。　③"似彩凤"句：指舞女如受惊的彩凤。

步蟾宫

中　秋

去年云掩冰轮皎[①]，喜今岁、微阴俱扫。乾坤一片玉琉璃[2]，怎算得、清光多少。　　无歌无酒痴顽老，对愁影、翻嫌分晓。天公元不负中秋，我自把、中秋误了。

[注释]

①冰轮：指中秋明月。　②玉琉璃：指月光皎洁。

南乡子

黄　葵[1]

冷淡是秋花，更比秋花冷淡些。到处芙蓉供醉赏，从他，自有幽人处士夸[2]。　　寂寞两三葩，昼日无风也带斜。一片西窗残照里，谁家，卷却湘裙薄薄纱。

[注释]

①黄葵：一名蜀葵、侧金盏。朝开暮落，与向日葵异。　②幽人：指隐逸高人。

行香子

舟宿兰湾

红了樱桃，绿了芭蕉。送春归、客尚蓬飘。昨宵谷水[1]，今夜兰皋[2]。奈云溶溶，风淡淡，雨潇潇。　　银字笙调[3]，心字香烧。料芳悰、乍整还凋[4]。待将春恨，都付春潮。过窈娘堤，秋娘渡，泰娘桥[5]。

[注释]

①谷水：溪水。　②兰皋：生长兰花的水边。　③“银字”句：即以银标注的笙乐。　④悰（cōng）：心情。　⑤“窈窕堤”三句：吴江一带地名。

粉蝶儿

残　春

啼鸩声中，春光化成春梦①。问东君、仗谁诗送。燕怜晴，莺爱暖，一窗芳哄②。奈匆匆、催他柳绵狂纵。
轻罗扇小，桐花又飞么凤③。记寒吟、沁梅霜冻。古今□，人易老，莫闲双鞚④。尚堪游、荼蘼粉云香洞。

［注释］

①啼鸩：杜鹃之别名。《离骚》："恐鹈鸩之先鸣兮，使夫百草为之不芳。"　②芳哄：诓人的春色。　③么凤：小鸟，又名桐花凤。　④双鞚：并辔出游。　鞚：马络头。

翠羽吟

响林王君本示予《越调小梅花引》，俾以飞仙步虚之意为其辞。予谓泛泛言仙，似乎寡味，越调之曲与梅花宜，罗浮梅花①，真仙事也。演而成章，名《翠羽吟》

绀露浓②。映素空，楼观峭玲珑。粉冻霁英，冷光摇荡古青松。半规黄昏淡月，梅气山影溟濛。有丽人、步依修竹，萧然态若游龙。　　绡袂微绉水溶溶。仙茎清瀣③，净洗斜红④。劝我浮香桂酒，环佩暗解，声飞芳霭中。弄春弱柳垂丝，慢按翠舞娇童。醉不知何处，惊剪剪、凄紧霜风。梦醒寻痕访踪。但留残星挂穹。梅花未老，翠羽双吟，一片晓峰。

［注释］

①罗浮梅花：指赵师雄遇梅花仙子事，典出自柳宗元《龙城录》。②绀露：紫红色露水。　③仙茎清瀣（xiè）：仙人掌上的清露。瀣，指露

水。 ④斜红:梅花。

贺新郎

乡士以狂得罪,赋此饯行

甚矣君狂矣。想胸中、些儿磊磈[①],酒浇不去。据我看来何所似,一似韩家五鬼[②]。又一似、杨家风子[③]。怪鸟啾啾鸣未了,被天公、捉在樊笼里。这一错,铁难铸。 濯溪雨涨荆溪水。送君归、斩蛟桥外[④],水光清处。世上恨无楼百尺,装著许多俊气。做弄得、栖栖如此。临别赠言朋友事,有殷勤、六字君听取。节饮食,慎言语。

[注释]

①磊磈:亦作"块垒",比喻郁积在胸中的不平之气。 ②韩家五鬼:韩愈作《送穷文》:"穷鬼有五,其名曰:智穷,学穷,文穷,命穷,交穷。凡此五鬼,为吾五患,饥我寒我,兴讹造讪。……三揖穷鬼而送其行。"五鬼比喻百事不顺,穷愁潦倒的境遇。 ③杨家风子:指唐代杨凝式那样因惧罹罪祸而佯装为疯。宋张世南《游宦记闻》卷十载,杨凝式字景度,隋越公素之后,唐相涉之子也。天资警悟,工草隶,善属文。昭宗时第进士,为度支巡官。朱全忠篡唐时,杨凝式曾劝其父杨涉拒交唐皇帝的印绶,"恐事泄,即日遂佯狂,时人谓之杨风子。"本诗谓乡士像杨凝式一样装疯。 ④斩蛟桥:相传宜兴有桥,曾是周处斩蛟龙之处。宋时名荆溪桥。

[集评]

卓人月云:"语用得恁趣。刘蕡,杨相嗣复门生也。对策忤中官仇士良。谓杨曰:奈何放此风汉及第耶? 杨曰:嗣复昔与蕡及第时,犹未疯耳。"(《词统》卷十七)

贺新郎

弹琵琶者

妾有琵琶谱。抱金槽、慢捻轻抛，柳梢莺妒。羽调六么弹遍了[①]，花底灵犀暗度。奈敲断、玉钗纤股。低画屏深朱户掩，卷西风、满地吹尘土。芳事往，蝶空诉。　天天把妾芳心误。小楼东、隐约谁家，凤箫鼍鼓[②]。泪点染衫双袖翠，修竹凄其又暮。背灯影、萧条情互。捐佩洲前裙步步[③]，渺无边、一片相思苦。春去也，乱红舞。

［注释］

①六么：亦作绿腰，是唐宋流行曲调。　②鼍（tuó）：亦称“扬子“鳄”，俗名“猪婆龙”。　鼍鼓：用鼍皮作鼓。　③捐佩：舍弃玉佩信物。

［集评］

叶申芗云：“名姬有善琵琶者，胜欲为赋《贺新郎》。”（《本事词》卷下）

贺新郎

题后院画像

绿堕云垂领[①]。背琵琶、盈盈袖手[②]，粉闲红靓。依约春游归来倦，又似春眠未醒。滟寒泚[③]、低迷蓉影。莺带松声飞过也，柳窗深、尚记停针听。魂浩荡，孤芳景。　金钗断股瓶沉井。问苏城、香销卷子[④]，倩谁题咏。灯晕青红残醉在，小院屏昏帐暝。误嗔怪、眉心慵整。人道真真招得下[⑤]，任千呼万唤无言应。空对此，泪花冷。

[注释]

①"绿堕"句:绿髮垂领。　②盈盈:仪态美好貌。　③泚(cǐ):清澈、鲜明。　④苏城:指苏州。　⑤真真:旧传画中美人。呼百日变为活人。见《松窗杂记》。

摸鱼子

寿东轩

辨吟鞭、雁峰高处。曾游长寿仙府。年年长见瑶簪会[1],霞杪盖芝轻度[2]。开绣户。笑万朵香红,剩染秋光素。清箫丽鼓。任滟玉杯深,鸾酣凤醉[3],犹未洞天暮。　　尘缘误。迷却桃源旧步。飞琼芳梦同赋。朝来闻道仙童宴,翘首翠房玄圃。云又雾。身恍到微茫,认得胎禽舞[4]。遥汀近浦。便一苇渔航,撑烟载雨,归去伴寒鹭。

[注释]

①瑶簪会:即瑶池会,神仙聚会。　②"霞杪"句:言仙家车盖,云霞满天。　③鸾酣凤醉:神仙们都醉了。　④胎禽:鹤,一曰胎禽。

沁园春

寿岳君举

昔裴晋公,生甲辰岁,秉唐相钧[1]。向东都治第,才娱老眼,北门建节[2],又绊闲身。燠馆花浓,凉台月淡,不记弓刀千骑尘。谁堪羡,羡南塘居士,做散仙人。　　南塘水向晴云。三百树凤洲杨柳春。有绿衣奏曲[3],金斜小雁[4],彩衣劝酒,玉跪双麟[5]。前后同年,逸劳异趣,中立翻成雌甲辰[6]。斯言也,是梅花说与,竹里山民[7]。

[注释]

①裴晋公：指唐朝宰相裴度。　秉钧：掌权。　②建节：指掌握兵权。节：符节。　③绿衣：歌女。　④小雁：琵琶。　⑤“玉跪”句：玉杯上雕有跪式麒麟。　⑥中立：裴度，字中立。　雌甲辰：意谓岳君举“做散仙人”，才是真正大男子。　雌：柔弱。　⑦竹里山民：蒋捷号竹山。

喜迁莺

金村阻风

风涛如此，被闲鸥诮我[1]，君行良苦。槲叶深湾，芦窠窄港，小憩倦篙慵橹。壮年夜吹笛去，惊得鱼龙嗥舞[2]。怅今老，但篷窗紧掩，荒凉愁愫[3]。　别浦[4]，云断处。低雁一绳，拦断家山路。佩玉无诗[5]，飞霞乏序，满席快飙谁付。醉中几番重九，今度芳尊孤负。便晴否。怕明朝蝶冷，黄花秋圃。

[注释]

①诮：讥笑。　②嗥：呼号。　③愁愫：愁绪。　④别浦：小水入大水之口。　⑤“佩玉”二句：即无佩玉诗（见《列仙传·江妃》）与飞霞序（见《滕王阁序》）。

喜迁莺

晴天寥廓。被孤云画出，离愁消索。玉局弹棋[1]，金钗剪烛，芳思可胜摇落。镜妆为慵迟晚，笙曲缘愁差错。倒纤指，□从头细数，年时同乐。　寂寞。花院悄，昨夜醉眠，梦也难凭托。车角生时[2]，马蹄方后[3]，才始断伊漂泊。闷无半分消遣，春又一番担阁。倚阑久，奈东风忒冷，红绡单薄。

[注释]

①玉局:玉质棋盘。　②车角:即车轮生四角,行驶不得,以示挽留之意。　③马蹄方后:马蹄才向后转,打道回府之意。

齐天乐

元夜阅《梦华录》①

银蟾飞到觚棱外,娟娟下窥龙尾②。电紫鞘轻③,云红筤曲④,雕玉舆穿灯底。峰缯岫绮。沸一簇人声,道随竿媚。侍女迎銮,燕娇莺姹炫珠翠。　　华胥仙梦未了⑤,被天公澒洞⑥,吹换尘世。淡柳湖山,浓花巷陌,惟说钱塘而已。回头汴水。望当日宸游⑦,万□□□。但有寒芜,夜深青燐起⑧。

[注释]

①梦华录:指《东京梦华录》。南宋孟元老撰。十卷。作者初居汴京(今河南开封),南渡后写成此书。所记汴京城市面貌、岁时物产,风土习俗等,反映出北宋城市的经济发达和市民文化娱乐生活的若干侧面。书中也有宋代典章制度和讲唱文学的资料。　②龙尾:指殿角(觚棱)上的龙形鸱吻。　③"电紫"句:即紫电,宝剑名。　鞘:剑鞘。　④筤(láng):苍筤,青黄竹。　⑤华胥:黄帝梦游华胥之国,后用为梦境的代称。此代指汴京元夜热闹繁华有如仙梦。　⑥鸿洞:亦作"洪洞",弥漫无际。　⑦宸游:指当年游京都。宸,指帝王居住之处。　⑧青燐:指"鬼火"之燐光。

[集评]

卓人月云:"使小朝廷上,愧汗与悲泪并出。"(《词统》卷十四)

念奴娇

梦有奏方响而舞者

夜深清梦，到丛花深处，满襟冰雪。人在琼云方响乐，杳杳冲牙清绝[①]。翠簨翔龙[②]，金枞跃凤[③]，不是蕤宾铁[④]。凄锵仙调，风敲珠树新折。　中有五色光开，参差帔影，对舞山香彻。雾阁云窗归去也，笑拥灵君旌节[⑤]。六曲阑干，一声鹦鹉，霍地空花灭。梦回孤馆，秋笳霜外呜咽。

[注释]

①冲牙：一作"崇牙"。悬钟磬之乐器架。　②簨（sǔn）：乐器架上的横木。　③金枞（cōng）：乐器架上的金色直木。　④蕤（ruí）宾铁：十二律中第七律之名。　⑤灵君：仙君。

应天长

次清真韵[①]

柳湖载酒，梅墅赊棋，东风袖里寒色。转眼翠笼池阁，含樱荐莺食[②]。匆匆过、春是客。弄细雨、昼阴生寂。似琼花、谪下红裳，再返仙籍。　无限倚阑愁，梦断云箫，鹃叫度青壁。漫有戏龙盘□，盈盈住花宅。骄骢马，嘶巷陌。户半掩，堕鞭无迹。但追想，白苎裁缝，灯下初识。

[注释]

①清真：指《清真集》，为北宋周邦彦作。　②含樱：樱桃。莺所含食。《礼记·月令》："仲春之月，羞以含桃，先荐寝庙。"

贺新郎

隐括杜诗[①]

绝代幽人独。掩芳姿、深居何处，乱云深谷。自说关中良家子，零落聊依草木。世丧败、谁收骨肉。轻薄儿郎为夫婿，爱新人、窕窈颜如玉。千万事，风前烛[②]。　鸳鸯一旦成孤宿。最堪怜、新人欢笑，旧人哀哭。侍婢卖珠回来后，相与牵萝补屋。漫采得、柏枝盈掬。日暮山中天寒也，翠绡衣，薄甚肌生粟。空敛袖，倚修竹。

[注释]

①隐括杜诗：所隐括的杜甫《佳人》诗。　②风前烛：喻世事反复无常。

玉漏迟

寿东轩

客窗空翠杪。前生饮惯，长生琼醥[①]。回首红尘，换了□花幰草[②]。隔水神仙洞府，但只有、飞霞能到。谁信道，西风送我，还陪清啸。　缥渺。柳侧双楼，正绣幕围春，露深烟悄。鱼尾停时[③]，雪上鬓云犹少。醉傍芙蓉自语，愿来此、年年簪帽。青屿小，鹤立淡烟秋晓。

[注释]

①琼醥（piáo）：美酒。　②幰（xiǎn）草：青色芳草。　③鱼尾：眼角鱼尾纹。

玉漏迟

傅岩隐木如武林[①]，纳浴堂徐氏女子于客楼。其归也，亦贮之所居楼上，而图西湖景于楼壁

翠鸳双穗冷。莺声唤转，春风芳景。花涌□香，此度徐妆偏称。水月仙人院宇，到处有、西湖如镜。烟岫暝。纤葱误指[②]，莲峰篁岭。　料想小阁初逢，正浪拍红猊[③]，袖飞金饼[④]。楼倚斜晖，暗把佳期重省。万种惺忪笑语[⑤]，□一点、温柔情性。钗倦整，盈盈背灯娇影。

[注释]

①隐木：傅岩（今山西地名）人。姓名不详。　如武林：来到杭州，纳徐氏为妾。　②纤葱：指白如葱。　③浪拍：使劲击节（拍）。　红猊：狮形酒器。　④"袖飞"句：言舞袖到月亮落下。　金饼：月亮。　⑤"万种"句：言风情万种。　惺松：乖巧貌。

高阳台

江阴道中有怀

宛转怜香，徘徊顾影，临芳更倚苔身。多谢残英，飞来远远随人。回头却望晴檐下，等几番、小摘微薰[①]。到而今、独袅鞭梢[②]，笑不成春[③]。　愁吟未了烟林晓，有垂杨夹路，也为轻噘[④]。今夜山窗，还□□绕梨云。行囊不是吴笺少[⑤]，问倩谁、去写花真[⑥]。待归时，叶底红肥，细雨如尘。

[注释]

①微薰：微有香味的花。　②"独袅"句：独自骑马出行。　③笑不成春：没有乐处。　④噘：同"颦"。　⑤吴笺：吴地纸笺。　⑥写花真：为花

写影。此指为人画像。

探春令

玉窗蝇字记春寒[①],满茸丝红处。画翠鸳、双展金蜩翅,未抵我、愁红腻。　　芳心一点天涯去,絮濛濛遮住。旧对花、弹阮纤琼指[②],为粉靥、空弹泪。[③]

[注释]

①蝇字:字如冻蝇,言书法佳美。　②弹阮:弹琵琶。　阮:阮咸,乐器名。琵琶之一种。　③唐氏按:《填词图谱》卷三,此首误作苏轼词。

秋夜雨

秋 夜

黄云水驿秋笳噎,吹人双鬓如雪。愁多无奈处,谩碎把、寒花轻撧[①]。　　红云转入香心里[②],夜渐深、人语初歇。此际愁更别,雁落影、西窗斜月。

[注释]

①撧(juē):折断。　②红云:红晕。

秋夜雨

蒋正夫令作春夏冬各一阕,次前韵

金衣露湿莺喉噎,春情不解分雪。宝筝弦断尽,但万缕、闲愁难撧。　　长红小白谁亭馆,过禁烟、弹指芳歇。今夜休要别,且醉宿、缃桃花月。

[集评]

卓人月云:"词香秀异,常肖宝唾玉币之美。"(《词统》卷十六)

秋夜雨

髹车转急风如噎[①],冰丝松藕新雪。有人凉满袖,怕汗湿、红绡犹挽。　　三更梦断敲荷雨,细听来、疏点还歇。茉莉标致别,占断了、纱厨香月。

[注释]

①髹(xiū):赤黑色的漆。

秋夜雨

红麟不暖瓶笙噎[①],炉灰一片晴雪。醉无香嗅醒,但手把、新橙闲挽。　　更深冻损梅花也,听画堂、箫鼓方歇。想是天气别,豫借与、春风三月。

[注释]

①红麟:火炉。上有兽形如麒麟。

少年游

梨边风紧雪难晴,千点照溪明。吹絮窗低,唾茸窗小[①],人隔翠阴行。　　而今白鸟横飞处,烟树渺乡城。两袖春寒,一襟春恨,斜日淡无情。

[注释]

①唾茸:又作唾绒,男女情欢时撒娇动作。李煜《一斛珠》:"烂嚼红

茸,笑向檀郎唾。”

[集评]

潘游龙云:“‘淡无情’三字妙。”(《古今诗馀醉》卷十一)

少年游

枫林红透晚烟青,客思满鸥汀。二十年来,无家种竹,犹借竹为名[①]。 春风未了秋风到,老去万缘轻。只把平生,闲吟闲咏,谱作棹歌声。

[注释]

①“借竹”句:蒋捷号竹山。即借竹为名也。

柳梢青

游 女[①]

学唱新腔,秋千架上,钗股敲双。柳雨花风,翠松裙褶,红腻鞋帮。 归来门掩银釭[②],淡月里,疏钟渐撞。娇欲人扶,醉嫌人问,斜倚楼窗。

[注释]

①唐氏按:此首别误作毛幵词,见《词林万选》卷三。 ②银釭:银质烛台。

[集评]

李调元云:“蒋竹山词,有全集所遗而升庵《词林万选》所拾者,最为工丽。如《柳梢青》(学唱新腔)。”(《雨村词话》卷二)

许昂霄云:“‘柳雨花风’三句,态浓意远。”(《词综偶评》)

霜天晓角

人影窗纱，是谁来折花。折则从他折去，知折去、向谁家。　　檐牙[①]。枝最佳。折时高折些。说与折花人道，须插向、鬓边斜。　　（以上《彊村丛书》本《竹山词》）

[注释]

①檐牙：房檐翘出如牙。

[集评]

李调元云："蒋竹山词，有全集所遗而升庵《词林万选》所拾者，最为工丽。又如《霜天晓角》。"（《雨村词话》卷二）

潘游龙云："此词妙在淡而浓，俚而雅，雅而老。又在柳秦张周之上。"（《古今诗馀醉》卷十三）

存目词

调　名	首　句	出　处	附　　注
翻香令	金炉犹暖麝煤残	《填词图谱续集》卷六	苏轼词，见《东坡词卷》下
垂　杨	银屏梦觉	同上	陈允平词，见《绝纱好词》卷五
沁园春	问讯竹湖	《古今词统》卷十五	刘过词，见《龙洲词》
好事近	叶暗乳鸦啼	《纪红集》卷一	蒋元龙词，见《乐府雅词拾遗》卷上

谒金门　　三首全缺
菩萨蛮　　二首全缺
卜算子　　二首全缺
霜天晓角　　五首全缺
点绛唇　　二首全缺
昭君怨　　二首全缺

（以上见《全宋词》五卷）

陈德武

陈德武，三山（今福建福州）人。生平事迹不详。有《白雪遗音》。其怀古词，慷慨悲壮，多兴亡之叹。

水龙吟

西湖怀古

东南第一名州①，西湖自古多佳丽。临堤台榭，画船楼阁，游人歌吹。十里荷花，三秋桂子②，四山晴翠。使百年南渡，一时豪杰，都忘却③、平生志。　可惜天旋时异，藉何人、雪当年耻。登临形胜，感伤今古，发挥英气。力士推山④，天吴移水⑤，作农桑地。借钱塘潮汐，为君洗尽，岳将军泪⑥。

[注释]

①东南第一名州：四印斋《草堂诗馀》曰，仁宗御制："地有湖山美，东南第一州。"　②"十里荷花"两句：语出柳永《望海潮》。　③都忘却平生志：有林升《题临安邸》"山外青山楼外楼，西湖歌舞几时休？暖风熏得游人醉，直把杭州作汴州"意。　④力士：传说蜀王派五丁力士去迎五位秦女，拔巨蛇，山崩分为五岭。　⑤天吴：是海神。《山海经·海外东经》："朝阳之谷有神曰天吴，是为水伯。"　⑥岳将军：指岳飞。

[集评]

梁逸犁云："凛然磅礴，设想雄奇。"

西江月

漳州丹霞驿[①]

山拱罗城四面，柳营横接江东[②]。十年前事影随风，今日宛如春梦。　　天下几多邮驿[③]，人生到处飘蓬。丹霞楼上再相逢，横笛为君三弄。

[注释]

①漳州：福建地名，又称罗城。　②柳营：即细柳营。周亚夫的军营，后喻指纪律严明的军营，此喻宋军。周亚夫，西汉将军。　③邮驿：驿站。马递为驿，步递为邮。

望海潮

钱塘怀古

珑山西峙[①]，浙江东逝，谁馀一箭临冲[②]。凤舞龙飞，地灵人杰，当年树此勋庸[③]。强弩万夫雄[④]。令冯夷退舍，海若潜锋。拥石成堤，百川约束障西东。　　至今人物蕃丰。仰功扬山立，德润川容。乐极西湖，愁多南渡，他都是梦魂空。感古恨无穷。叹表忠无观[⑤]，古墓谁封。棹舣钱塘，浊醪和泪洒秋风。

[注释]

①珑山：即玲珑山，在杭州西。　②临冲：位居要冲之地。　③勋庸：建功立业。　④“强弩”句：旧传吴越王钱镠曾以十万强弩射退狂潮。　⑤表忠无观：指没有为钱镠建立表彰功烈的庙观。

水龙吟

十月二十三日阻雨，住长乐兴宁驿馆舍[①]，寂甚。偶见窗外桃花数朵，遂成此调以寓意焉

驿楼岁暮萧条，小桃何事迎人笑。无言如诉，命睽王母[②]，信沉青鸟。靥瘦繁霜，脂销零雨，梦寒清晓。自刘郎去后[③]，天台路隔，知孤负、春多少。　今日玉骢来到。喜相逢、菱花孤照。清幽谁伴，黄花告谢，芙蓉云老。早趁东风，移根换叶，脱身池沼。卜佳期，前度琴心一曲，作相思调。

[注释]

①长乐：今福州市，古称长乐。　②睽（kuí）：违离。　③刘郎：东汉人刘晨曾入天台采药。遇仙女。后重入天台，已不见仙女踪迹。

沁园春

舟中夜雨

冬夜如年，客枕无眠，怎到天明。待数残二十五、寒更点，听馀一百八、晓钟声。雨脚敲篷，滩头激缆，总与离人诉不平。遍闻得，我浚深恨海[①]，砌起愁城。　问君何事牵萦，想最苦人间是别情。念千山万水，沉鱼阻雁，一身两地，燍燕煎莺[②]。绣枕痕多，锦衾香冷，意有巫山梦不成。怎撇下，这两字相思，万里虚名。

[注释]

①浚：疏通，挖深。　②燍（chǎo）：同“炒”。

西江月

冬　至

时序去如流矢，人生宛似飞蓬。石湾江上又逢冬。且喜一阳初动[①]。　　但见堪舆杳杳[②]，更连山水重重。凄凉云物雨濛濛，惟足睡中归梦。

［注释］

①一阳：《易》十一月为复卦，一阳生于下。此指农历十一月，故称"一阳初动"。　②堪舆：天地的代称。《文选·扬雄〈甘泉赋〉》："属堪舆以壁垒兮。"《淮南子》许慎注："堪，天道也，舆，地道也。"

望海潮

拱日亭

山涯海角，天高地厚，长安举首何妨。万水朝宗，众星环极，平生此志无忘。亭上一翱翔。见烟收雾敛，凤翥龙骧[①]。海色沧凉，金乌拍翅上扶桑[②]。　　遥瞻咫尺清光。物无遐不烛[③]，有隐皆彰。发蔀心劳[④]，之官路远，篙师又促归航。不敢久徜徉。抱梧桐绮实[⑤]，葵藿心肠。假我双翰[⑥]，一朝飞上五云乡[⑦]。

［注释］

①凤翥龙骧：唐氏按，"骧"原作"翔"，与上句韵重，从《彊村丛书》本《白雪遗音》。　翥(zhǔ)：飞举。　骧：马首昂举，引申为上举。　②金乌：古代神话，太阳中有三足乌，因用为太阳的别称。　③烛：照耀。　④发蔀：从茅屋出发。　蔀：茅屋。　⑤绮实：美丽的珍果。　⑥翰：指长而硬的鸟羽。《尚书大传·西伯戡黎》："取白狐青翰。"　⑦五云乡：指天上五色祥云。多比喻朝廷宫阙之处。

木兰花慢

寄桂林通判叶夷仲

自淮阳别后，一回首、又穷年。叹蓬逐旋飙，叶随流水，星散维垣[①]。南来忽闻归兴，岂苍天、故意要储贤。云慢凌司马赋[②]，风偏动季鹰船[③]。　　梅窗夜月见修妍。骏辔忆连钱[④]。命画桨溪流，篮舆山郭[⑤]，囊锦诗篇。休辞岁寒远道，对松篁、莫慰寂寥边。尘榻谁为我下，酒杯惟待君传。

[注释]

①维垣（yuán）：矮墙。　②司马：指西汉司马相如，善作赋。　③季鹰指晋代吴郡人张翰，字季鹰，在洛阳作官，因秋风起，想起家乡的莼菜和鲈鱼脍，就辞官回乡了。"鹰"原作"膺"。　④《全宋词》注："连钱"《彊村丛书》本作"钱连"，与下二首韵合，惟"钱连"不可解，仍从原本。⑤篮舆：竹轿。

木兰花慢

再用前韵

对江云日暮，又那更、夜如年。见霜满晴空，山衔星斗，月挂城垣。知心故人间阻，几何时、尊酒会多贤。冷落巴山夜雨[①]，凄凉剡水寒船[②]。　　孱容羞睹镜中妍[③]，远水与天连。怪梦有馀甜，酒无好味。诗不成篇。刀圭解生毛羽[④]，向晨风、飞傍彩云边。报道东君到也，一枝春信先传。

[注释]

①巴山夜雨：比喻无人对床夜话。唐李商隐《夜雨寄北》诗："君问归

期未有期,巴山夜雨涨秋池。何当共剪西窗烛,却话巴山夜雨时。" ②剡水:即剡溪,在浙江嵊县,即曹娥江上游。 ③孱容:病弱容颜。 ④刀圭:古时量取药末的用具,形状像刀头的圭角。后亦称医术为刀圭。

木兰花慢

三用前韵

一春看又尽,问何日、是归年。望五岭重关,九嶷叠翠[①],满目藩垣。苍梧几时舣棹[②],许论文、高议仰英贤。夜立残花影月,朝盼尽柳阴船。 天台山水世间妍[③],天姥赤城连[④]。好收拾兰庄,白云深处,咏卜居篇[⑤]。重寻旧游莺燕,恐无心、待雁夕阳边。声迹今犹密迩,鸾笺莫厌频传。

[注释]

①九嶷:九嶷山,亦作九疑山,又名苍梧山,在湖南宁远县南。相传虞舜葬此。 ②舣(yǐ):船靠岸。 ③天台山:在浙江省东部。 ④天姥:山名,在今浙江嵊县东。 赤城:山名,浙江省天台县北。 ⑤卜居:楚辞中的篇名。

望海潮

清明咏怀

三分春色,十分官事,令人孤负芳菲。歌燕簧莺,语花舞柳,园林好处谁知。还忆旧游时。对海棠驻马,红药题诗。一别东君,回顾又是隔年期。 相思远在天涯。镇海填恨臆,山锁愁眉。杜宇能言[①],鹧鸪有泪[②],慢劳蝴蝶于飞。景与少年宜。把榆分新火[③],香透罗衣。风月常存,双鱼报道早来归[④]。

[注释]

①杜宇:指杜鹃鸟,其啼悲苦,相传为古蜀王杜宇所化。　②鹧鸪:其鸣犹“行不得也哥哥”。　③新火:古有逢年节改用新火。多钻榆木以取火。　④双鱼:指书信。

百字谣

咏惜花春起早

惜花心事,不由人、蝴蝶梦魂先觉[1]。刚纳绣鞋行掠鬓,仰见斗横林杪[2]。昨日深红,今朝轻白,颜色殊昏晓。此中滋味,料他尘世知少。　　问二十四番风,寒梅并绛楝,始终俱好。须看未开开又谢,多少落英颠倒。彩缀隋园,鹿游唐苑,哀乐无凭祷。此音谁寄,凭阑犹把琴抱。

[注释]

①蝴蝶梦:《庄子·齐物论》记庄子梦为蝴蝶之事,后称梦。　②斗:指北斗星。

百字谣

咏爱月夜眠迟

古今明月,魄生明后[1],积渐圆还缺。秋解伤神春最好,衾枕几番铺设。十二瑶台,千金一刻,横竹休吹彻[2]。绣帘高揭,戒他莫把灯爇[3]。　　夜久谁共婵娟,掩孤帏睡去,此情尤切。梦驾彩鸾何处觅,飞上玉楼琼阕。舞按霓裳,歌扬红豆,高处风光别。鸟声惊觉,冲冠怒竖吾髪。

[注释]

①魄:初三的眉月。　②横竹:指横笛。　③爇(ruò):点燃。

百字谣

咏掬水月在手

晚临湘浦[①],忆鲛人、曾许泪珠绡帕[②]。盥掬空明和月待,宫锁水晶深夜。跃璧初圆,浮金不定,敌眼寒光射。水心龙镜[③],喜来翻不成把。　　最恨对面姮娥,舞霓裳掌上,(下阙)

[注释]

①湘浦:湘水岸旁。　②泪珠绡帕:旧传鲛人泣泪成珠,置绡帕赠主人。见《博物志》。　③龙镜:指水中月影。

百字谣

咏弄花香满衣　　(词全缺)

望海潮　二调

寄别浔郡鲁教谕子振、李训道宗深[①]

南冠一载[②],西流万里,离怀孰不伤情。富贵邯郸[③],雨云巫峡[④],回头一梦空惊。谁辱又谁荣。问当时道德,今日功名。楚水吴山,向来多少送和迎。　　长安古道长亭。叹马蹄不驻,车辙难停。薇老首阳[⑤],芝深商谷[⑥],时遥雾拥云平。此意已羞评。但金缄白雪[⑦],锦佩青萍[⑧]。采竹昆仑,有时吹作凤凰鸣。

[注释]

①浔郡:浔阳郡,今江西九江的古称。　教谕:县学教官。　训道:县学副教官。　②南冠:本指楚囚钟仪。此指作客异乡之人。　③邯郸:指

邯郸梦，亦即黄粱梦。唐沈既济《枕中记》载，卢生在邯郸客店中昼寝入梦，历尽荣华。梦醒，主人的黄粱饭尚未熟。　④雨云巫峡：指梦境中男女欢合之事，或代指梦境。　⑤薇老：伯夷叔齐采薇首阳山，不食周粟。⑥“芝深”句：商山四皓采芝商山。　⑦“金缄”句：用金箱藏好自己的作品《白雪遗音》。　⑧青萍：宝剑名。

望海潮

祖觞东馆[1]，移舟南渡，江天云树离离。盘谷渔樵，舞雩风咏，渴心常望云霓。知与故人齐。念翼残犹铩[2]，足蹶还羁。百折江流，峡猿水鸟助孤凄[3]。　　几回梦绕山西。耐疏篷夜雨，惊枕晨鸡。对无声诗[4]，哦有声画[5]，仪形已见端倪。回首暮云迷。又桐飞金井，燕落乌衣。有意相思，双鳞乘羽莫教迟[6]。

[注释]

①祖觞：设酒送别。　②铩：铩羽，剪掉鸟羽。　③孤凄：“凄”原误为“栖”，据《全宋词》改。　④无声诗：指画，画中多诗意。《宣和画谱》十二称南朝顾野王，“画，野王无声诗也”。　⑤有声画：指诗。元人岑安卿《次韩明善题推蓬图》：“无声诗生有声画，吟咏功夫见挥洒。”　⑥双鳞：两条鱼。　乘羽：四只鸟翅。亦即双鸟。这是以之喻为比目鱼，比翼鸟。

西江月

题洞箫亭

凤舞汉阳月丽，龙吟汉水波飞。行云何事驻天涯，横玉危阑四倚[1]。　　问岳阳三度后[2]，看尘世几番棋。鹤群何处未归来[3]，冷落吴头楚尾[4]。

[注释]

①横玉:横笛。 ②岳阳三度:本吕洞宾诗“三过岳阳人不识,朗吟飞渡洞庭湖”。 ③归来:《全宋词》注:“来”音“黎”。 ④吴头楚尾:江西代称。江西位于吴地上游、楚地下游、故称。

西江月

同 前

为问云间滕六[①],天工何事依违。冬前三白不时为,今日驾言春瑞。 瘦损穷彭泽柳[②],禁持杀傅岩梅[③]。仁风反掌霁天威。都做一江流水。

[注释]

①滕六:古代神话中的雪神名。 ②彭泽柳:指陶渊明所植柳树。陶渊明曾为彭泽令,归隐田园,作《五柳先生传》。 ③傅岩:古地名。在今山西平陆东,相传是商代傅说为奴隶时版筑之处。

西江月

同 前

疏散履穿东郭[①],流离马没蓝关[②]。瓜洲谁问卧袁安[③],孤负新年月半。 铁瓮成银瓮出,金山做玉山看。无知儿女不知寒,冰筯掌中争看[④]。

[注释]

①“履穿”句:东郭先生曹参引为上宾。衣敝履不完,足尽践地。见《史记》。 ②“马没”句:“雪拥蓝关马不前”,韩愈贬潮州道中诗句。③袁安:东汉人,字邵公。《录异传》载,汉时大雪,积地丈馀,洛阳令至袁安门,入户见安僵卧,问何以不出,安曰:“大雪人皆饿,不宜干人。”令以为贤。 ④冰筯:冰棍。

西江月

同 前

压雪江山亦老，迎春草木俱新。雪销春去逐飞轮，谁识静中机运。　浊浊坝头泥土，攘攘市上风尘。为何不住往来人，都被利名淘尽。

西江月

咏 云

有信江头春色，无凭天上浮云。白衣苍狗又何频①，岂是随风情性。　法受三千谪路②，翻成万里思亲。瓜洲中道不逢人③，谁寄江南春信。

[注释]

①白衣苍狗：旧时喻世事无常。又指多变的云。杜甫《可叹》诗："天上浮云如白衣，斯须改变如苍狗。"　②法受：依法受贬。　③瓜洲：有二，一在江苏江都，一在甘肃敦煌。此似指后者。

归朝欢

送前王通判惟善赴召①

昨夜城头望牛斗②，金气横空作龙吼。朝天尺一鹤飞书，尊前夺我龙头友。风流江左后，青毡旧物曾坚守。念侨居、淮阳九载，闲却丝纶手③。　花骢欲系无长柳，玉箸频挥翻短袖④。凤凰台近月重圆，紫薇花暖香依旧。功名随分有，论交要在知心友。唱阳关、一杯别酒，先祝斯文寿⑤。

[注释]

①赴召:当是赴元朝之召。据“前”通判可知。 ②“牛斗”二句:金气,剑气。此用张华令雷焕觅龙泉、太阿宝剑之典。 ③丝纶:帝王的诏书为“丝纶”。《礼记·缁衣》:“王言如丝,其出如纶。”比喻帝王的一句话虽极轻微,也会产生很大的影响。 ④玉箸:指美女的眼泪。 ⑤斯文:文人,指王惟善。

望海潮

和韵寄别叶睢宁[1]

陵山载酒,泗河扬柂[2],尊前折尽将离。才试牛刀,俄惊凫舄[3],令人去后多思。休唱别离词。看玉函星铁[4],骑佩铜丝[5]。丹凤鸣阳,碧梧栖尔最高枝。 等闲展对声词。对一庭明月,千里邦畿。西涧家声,玉堂人物,夜窗梦果心期[6]。才思浩无涯。若深航濂洛[7],峻驾峨眉。胸抱相思,银筝锦字莫教迟。

[注释]

①睢宁:江苏地名。与泗州、盱眙相接。 ②扬柂:开船。柂通“舵”。 ③凫舄:以凫为舄(鞋)。汉王乔为邺县令,来去乘凫。后为县令出行之典。 ④星铁:指剑。 ⑤铜丝:未详。或为桐丝之讹。桐丝,琴也。 ⑥心期:心愿。 ⑦濂洛:指周敦颐(濂溪)二程(洛水)理学流派。

沁园春

送 春

飞雨一番,杜宇数声[1],东君又回。对花垂粉泪,舟移洛浦[2],柳眉颦黛,马走章台[3]。南架海棠,北窗红药,都是当年手自栽。伤离别，想今朝去也，明日重来。　　轩车且莫相催。待细把衷肠诉此怀。这画阑六曲，懒和月倚，朱帘十二，不与风开。青杏园林，朱樱酪酒，争似和羹雪后梅。那时节，好都将心事，分付多才。

[注释]

①杜宇：即杜鹃鸟，子规鸟。规与归谐音，以子规的叫声为思归之声。②洛浦：洛水之浦，指代洛神。　③章台：章台路多柳，后因以章台代指杨柳。章台路，为长安（今西安）中街道。

庆春宫

立　春

风送深冬，雪消残腊，天时人事相催。堂北迎萱①，水东问柳，阿谁报道春回。土牛装罢②，候葭琯③、先飞律灰。宜春宝字，是处人家，罗绮筵开。　　三年客里情怀。千里亲闱，一寸灵台④。彩燕金钗，青丝生菜，还思纤手安排。韶光是也，可人的、如今再来。介他眉寿⑤，但愿年年，春酒盈杯。

[注释]

①萱，指萱草，又名忘忧草。　②土牛：古时春祭，以土制成牛形，以备祭礼。　③葭琯：葭管。葭灰，把芦苇中的薄膜放在十二只玉管内，每到某一节气，相应律管内的葭灰会自行飞出。见《后汉书·律历志》。　④灵台：指心。　⑤眉寿：年事高者之寿。

水调歌头

题杨妃夜宴醉归图[①]。上写秦虢二夫人[②]、贵妃抱婴于马上

日色隐花萼，清夜宴华清。梁州新曲初就，锦瑟按银筝。中坐太真妃子，列坐亲封秦虢，欢笑尽倾城。百斛金尊倒，一醉玉山倾。　　扶上马，东小玉[③]，右双成[④]。绛纱笼烛高照，宫漏已三更。抱得禄儿归去[⑤]，酒醒三郎何处[⑥]，忽听鼓鼙惊[⑦]。可惜马嵬恨[⑧]，不得寄丹青。

［注释］

①杨妃：唐玄宗贵妃杨玉环。　②秦虢：杨贵妃姐妹秦国夫人、虢国夫人。　③小玉：诗指贵妃的侍女。小玉，传说是吴王夫差的小女，殉情而死，死后曾保护其情人。　④双成：传说中仙女名。　⑤禄儿：安禄山，曾为杨贵妃义子。　⑥三郎：唐玄宗排行第三。　⑦鼓鼙惊：安禄山在渔阳起兵作乱。　⑧马嵬恨：安史之乱，杨贵妃被缢死于马嵬坡。

水龙吟

次韵寄别叶尹

花骢柳外频嘶，使君底事拚人去[①]。圯桥风月[②]，睢陵桃李，几回良遇。我待君来，他催君去，谁留君住。想尊空北海[③]，诗成东阁[④]，这都是、欢娱处。　　宝月才圆又缺，况人生、会难离易。驭风无计，缩地无术，问天无语。枯海为炉，赭山为炭[⑤]，尽烧愁绪。把一心天地，一家南北，此身堪寄。

［注释］

①拚人去：摒人而去。拚，通“摒”。　②圯桥：黄石公授张良兵书之地，为叶尹故乡。　③北海：指孔融。孔融曾为北海相，好宴宾客，有尊酒

不空之说。 ④东阁：本唐杜甫《和裴迪登蜀州东亭送客逢早梅相忆见寄》诗“东阁官梅动诗兴，还如何逊在扬州”。多用在作诗咏梅典。⑤赭山：砍尽山上树木。

醉春风

三月二十七日出禁，谪宁夏安置①

推枕床羞下，临鸾眉不画②。妒深谁复白圭瑕③，怕怕怕。飞燕班姬，昭君延寿，孰知淫雅④。 背倚荼蘼架，泪满鲛绡帕⑤。白头吟断怨琵琶。罢罢罢。采柏卖珠，牵萝补屋，顺天生化⑥。

[注释]

①出禁：出狱。 谪宁夏：贬往宁夏。此当为宋亡以后词。 ②鸾：指鸾镜。 ③白圭：白玉。 瑕：疵点。 ④淫雅：邪恶与雅正。 ⑤帕：《全宋词》注，原为“把”，疑“帕”字之讹。 ⑥顺天生化：顺天由命之意。

水调歌头

咏惜花春起早

好是三春景，都在百花轩。美人眠不成梦，早已绣帘掀。分付海棠睡足，检点牡丹开未①，桃李寂无言。叶露联珠络，枝月坠金盆②。 树铃索③，高障槛，补篱藩。丁宁莺燕蜂蝶，上下莫争翻。遥想韶光九十，只恐花飞一片，瘦减玉颜温。不惮银瓶冷④，汲井沃芳根。

[注释]

①检点：察看。 ②金盆：月亮。 ③铃索：牵索发声以惊鸟，护花之具。 ④银瓶：汲水浇花之器。

水调歌头

咏爱月夜眠迟

三五嫦娥月,夜色正婵娟。自从窃药归去,天上几千年。试问广寒高处,为甚缺多圆少,此理孰为权①。弦望知天定②,离合可人怜。　典宫锦③,歌水调④,载楼船。谪仙居士何在,月色尚依然。遥想人生百岁,三万六千良夜,能得几时圆。莫遣金盆落⑤,达曙照无眠。

[注释]

①权:评论。 ②弦望:半边月为弦,满月为望。 ③典宫锦:当掉锦袍喝酒,李白之事。 ④水调:《水调歌头》曲。此指苏轼名词。 ⑤金盆:月。

水调歌头

咏掬水月在手

莲衬凌波步,笋浴影娥东①。晚妆脂粉犹腻,雪洁弄春溶。恰似玉盘拈指,莫是金环脱腕,宝镜逐华容。好个明珠颗,落在掌窝中。　可人意,拿不住,握还空。骑鲸便欲深取,恐触卧骊龙。奈玉春纤冻也,那壁团圆何处,有影却无踪。不上广寒殿,便入水晶宫。

[注释]

①笋:纤指。 影娥:月。

水调歌头

咏弄花香满衣

梦足芙蓉曙，步入牡丹丛。试将枝叶枚数，宠紫与娇红。如诉如歌体态，轻暖轻寒天气，春色把人烘。百斛沉檀味，两腋麝兰风。　　春衫透，罗袜沁，暗回中。芳心能有多少，一点束千重[①]。只恐游丝行露，漫惹狂蜂轻蝶，珍重惜仪容。兰蕙修芳佩，蘋藻荐公宫[②]。

［注释］

①束千重:《全宋词》注，原误为“来千重”。　②蘋藻：古人用作祭品。　荐公宫：荐之庙堂。

惜馀春慢

忆海棠

不语佳人，多才名友，天遣伴吾幽独。令姿潘岳[①]，太素何郎[②]，争似一丛红玉[③]。谁为织云锦裳，天孙巧处[④]，暗空机轴。别离间、陡觉春风一度，电光惊目。　　因念著、旧日欢娱，清平歌曲。板按玉人横竹。金盆月落，银烛纱笼，一刻千金难赎。微醉欲醒未醒，声声唤起，睡何时足。待移根、与赋归来，敢比渊明松菊。

［注释］

①潘岳：西晋文学家。《晋书·潘岳传》：岳美姿仪，辞藻丽，妇人遇之者，皆连手萦绕，投之以果。　②何郎：何晏。《世说新语·容止》：“何平叔（晏）美姿仪，面至白，魏明帝疑其傅粉。”　③红玉：指海棠。　④天孙：织女星。

浣溪沙

春　思

庭院深沉绝俗埃，绿苔因雨上层阶。画帘低卷燕归来。　　月似有情中夜入，花何无语向人开。漫劳飞梦到天台①。

[注释]

①天台：天台山，今浙江天台县北。

西江月

春　暮

时序去如流水，功名冷似寒灰。尽教江庾赋多才①，一刻千金难买。　　客里月圆月缺，尊前花落花开。春来何处带愁来，春去此愁还在。

[注释]

①江庾：指江淹与庾信。江淹，南朝梁文学家。诗文俱佳，赋以《恨赋》、《别赋》最著名。庾信，北朝文学家。初仕梁，后出使西魏，被留。暮年所作《哀江南赋》、《枯树赋》最著名。

蝶恋花

送　春

昨夜狂风今日雨，风雨相催，断送春归去。万计千方留不住，春归毕竟归何处。　　好鸟如歌花解舞，花鸟无情，也诉离愁苦。流水落红芳草渡，明年好记归时路。

浣溪沙

送　春

月落桐梢杜宇啼[①]，云埋芳树鹧鸪飞。夜阑分作送春诗[②]。　　山上安山经几载，口中添口又何时。相思一曲诉伊谁[③]。

［注释］

①杜宇：杜鹃的别名。传说古蜀王杜宇死后化为鸟，名杜鹃。　②分：《全宋词》注，原作“公”。　③诉伊谁：向谁诉说。

木兰花慢

思　情

自东君别后，对花柳、愈无聊。但旅寓年年，梦添夜夜，饭减朝朝。应怜此情何似，恰梅天、风雨正潇潇。奁玉有谁暖眼[①]，带围漫自松腰[②]。　　深沉庭院好香烧，水远玉人遥。念信阻鸾笺，调空绿绮，字满鲛绡[③]。东君也知人意，几黄昏、天际送兰桡[④]。锦荔堂前载酒，梧桐月下吹箫。

［注释］

①奁玉：奁中玉镜。　暖眼：热情照镜。　②带围漫自松腰：指人消瘦。　带围：腰带。柳永《凤栖梧》：“衣带渐宽终不悔，为伊消得人憔悴。　③鲛绡：丝制手帕。　④兰桡：兰木制的船桨，代指船。

清平乐

咏　月

娥眉淡伫，未约心先许。坐待不来来又去，直到碧窗深处。　雨云偏妒妖娇[1]，几孤三五良宵。要见残妆新画，多应暮暮朝朝。

[注释]

①妖娇：指月。

清平乐

咏　星

天孙自织[1]，经纬天南北。明月楼台高百尺，玉手昔曾亲摘。　种榆人去何年，乘槎偶认张骞[2]。报道秋期近也，好将巧思相传[3]。

[注释]

①种榆：种星星。榆，白榆。《古乐府》："天上何所有，历历种白榆。"②张骞：西汉汉武帝时，张骞曾两次奉命出使西域。　③巧思相传：阴历七月七日为乞巧节，女子向织女乞巧。

清平乐

咏　风

呼来吸去，毕竟为谁主。软力慢扶花柳舞[1]，禁不住颠狂处。　等闲天易凉炎，每教人爱人嫌。最是相思病起，呼儿紧下珠帘。

[注释]

①“软力”二句：指风轻吹，怒卷。

清平乐

咏　雨

丝丝线线，惹起云根燕。万里江山春欲遍，多在梨花庭院。　　经旬一见通宵，恍如身在蓝桥[①]。记与巫山神女[②]，不禁暮暮朝朝。

[注释]

①蓝桥：桥名。在陕西蓝田县东南蓝溪之上。为裴航遇仙女云英处。
②宋玉《高唐赋序》：“昔者先王尝游高唐，怠而昼寝，梦见一妇人，曰：‘妾巫山之女也，为高唐之客，闻君游高唐，愿荐枕席。’王因幸之，去而辞曰：‘妾在巫山之阳，高丘之阻，旦为朝云，暮为行雨。’”此借指多情之雨。

清平乐

咏　云

随风情性，聚散元无定。雨过黄昏收拾尽，送出月明花影。　　谁言出岫无心，腾腾飞上巫岑[①]。梦断不知何处，玉人鬓上斜簪。

[注释]

①岑：小而高的山。　巫岑：巫山。

清平乐

咏　蝉

娇声娇语，恰似深闺女。三叠琴心音一缕[①]。躲在绿阴深处。　　此音宁与人知，此身不与人欺。薄暮背将斜月，噤声飞上高枝[2]。

[注释]

①三叠：反复咏唱。　②噤声：闭口不作声。

清平乐

咏　蚊

三三两两，夜夜教人想。偷入霜绡斜隙帐，直到珊瑚枕上。　　玉人梦绕江南，输他一饷肥甘[1]。莫恨我心儿毒，只因你口儿馋。

[注释]

①“输他”句：羡慕他。犹言玉人梦中一顿美餐，令我（蚊虫）羡慕。

清平乐

咏　蝶

轻姿傅粉，学得偷香俊[1]。百紫千红人未问，先与芳心折损。　　一生天赋风流，不知节去蜂愁。堪笑庄周老子[2]，将身梦里追游。

[注释]

①偷香：用晋贾充女钟情于韩寿，偷香赠寿事。　②庄周：用庄周梦蝶典故。《庄子·齐物论》：“昔者庄周梦为蝴蝶，栩栩然蝴蝶也。自喻适志与，不知周也。俄然觉，则蘧然周也。不知周之梦为蝴蝶，蝴蝶之梦为周与？”

清平乐

咏　蛙

黄梅雨住，青草池塘暮。轻许天然乐两部[①]，遥想周郎不顾[②]。　　生憎利口喃喃，凭谁井塞泥缄[③]。最是玉人枕上，几回梦断江南。

[注释]

①乐两部：指蛙鸣。孔稚珪以庭中蛙鸣，当两部鼓吹。见《南齐书·孔稚珪传》。　②周郎不顾：周瑜通音乐，时有“曲有误，周郎顾”之说。③井塞泥缄：指井底之蛙，泥中之蛙。

清平乐

咏　萤

星星散散，绕地无人管。一点寒光虽有烂，飞不到河西畔。　　画堂花暗银缸，井阑添个双双。欲照相思两字，藉风扶过虚窗。

清平乐

咏促织

啾啾唧唧，夜夜鸣东壁。如诉如歌如涕泣，乱我离怀似织。　　画堂帘幕沉深，美人睡稳香衾。懒妇知眠到晓，尔虫枉自劳心[①]。

[注释]

①尔虫：指促织。

醉春风

闺情

陌上轮蹄满[1]，花间蜂蝶乱。画帘低卷对南山，□□□，轻暖轻寒，乍晴乍雨，风流云散。　罗袖伤春晚，纨扇惊秋换。谁将白雪污青鬓，懒懒懒。金屋笙歌，茅檐风月，悲欢相伴。

[注释]

①轮蹄：车与马。

玉蝴蝶

雨中对紫薇[1]

好是春光秋色，天工巧处，都上花枝。更值云情雨态，净沐芳姿。醉相扶、霓裳舞困，眠未得、宫锦淋漓。有谁知。眼空相对，心系相思。　相思。鲛绡帕上，珠悬红泪，水洗胭脂。寂寞阑干，无言暗忆旧游时。五花骢、载将郎去，双喜鹊、报道郎归。卜佳期。梦回巫峡，春在瑶池。

[注释]

①紫薇：花名，一名百日红。自夏开至秋。

千秋岁引

咏前[1]

濯锦丰姿，新凉台阁。懊悔巫云太轻薄。琵琶未诉衣衫湿，菱花不照胭脂落。凤凰池[2]，鸳鸯殿，重金钥。　　春色画船何处泊，秋色丹青人难摸[3]。可惜风流总闲却。此情不与人知道，知时只恐人挠著。碧窗前，银灯下，陪孤酌。

［注释］

①咏前：咏前题，即紫薇。　②凤凰池：古时以称朝中书省，唐以后又名紫薇省，亦称凤凰池。　③难摸：难以描模。

玉蝴蝶

七　夕

金井梧桐飞报[1]，秋期近也，乌鹊成桥。为问双星何事[2]，长待今宵。别今年、新欢暂展，更五鼓、旧恨重摇。黯魂销。两情脉脉，一水迢迢[3]。　　寂寥。寄言儿女，纵能多巧笑，奚暇相调[4]。暗想离愁，人间天上古来饶。但心坚、天长地久，何意在、雨暮云朝。宝香烧。无缘驾海，有分吹箫[5]。

［注释］

①金井：井栏有雕饰之井，多指宫廷之井。　②双星：指牛郎星、织女星。　③一水：指银河。　④奚：何。　⑤吹箫：即吹箫侣，指秦穆公女弄玉与其夫萧史一同吹箫仙去。

木兰花慢

春　游

值升平海宇，又春色、与俱还。向杨柳楼台，海棠庭院，红药阑干。可人好风良月，都收拾入锦囊间。心事已超尘外，天公分付人间。　　世途陆海拥波澜，回首梦中看。想酒醒罗浮，云空巫峡[1]，饭熟邯郸[2]。从兹破琴煮鹤，猗兰不用对人弹[3]。粗足少游衣食[4]，何妨司马江山。

[注释]

①云空巫峡：指男女欢事成空，用宋玉《高唐赋序》典。 ②邯郸：即邯郸梦，黄粱梦，比喻功名富贵不过同于一场梦而已。 ③猗兰：《猗兰操》，琴曲名。传为孔子自伤不遇而作。 ④少游衣食：谓马少游但取衣食足，而不求致贵显。马少游是东汉马援之弟。诗中用此，表达看破红尘，仅求温饱的感慨。

水龙吟

和雪后过瓜洲渡韵

问津扬子江头，滔滔潮汐东流去。六朝文物[1]，千年陈迹，几更乌兔[2]。天限东南，水流今古，地分吴楚。喜壮游千里，桑弧蓬矢[3]，功名事、儒生语。 翘首石头城北[4]，簇楼台、远连芳树。雪销天气，澄江如练，碧峰无数。银瓮春回[5]，金山钟晓[6]，梦闲鸥鹭[7]。早归来，尽日风平人静，孤舟横渡。

[注释]

①六朝：指在金陵（今南京）建都的六个朝代：东吴、东晋、宋、齐、梁、陈。 ②乌兔：乌，即金乌，指日；兔，即玉兔，指月，引申为光阴。 ③桑弧蓬矢：以蓬草为矢，桑木为弓。射天地四方，以寓志在四方。此谓壮游千里是男儿本色，与生俱来。 ④石头城：在今南京市清凉山。孙权在楚金陵城基础上重筑改名为石头城，又名石首城、石城。 ⑤银瓮：银质酒壶。按：据后文“金山”在镇江。疑为“铁瓮”之误。 铁瓮城：在镇江，孙权所筑。 ⑥金山：在镇江之大江中。 ⑦鸥鹭：旧时隐士称自己与鸥鹭为盟，此代指隐居。

望远行

城头初鼓[①]，天街上[②]、渐渐行人声悄。半窗风月，一枕新凉，睡熟不知天晓。最是家山千里，远劳归梦，待说离情难觉。觉来时，帘外数声啼鸟。　　谁道。为甚新来消瘦，底事恹恹烦恼。不是悲花，非干病酒，有个离肠难扫。怅望江南，天际白云飞处，念我高堂人老。寸草心[③]，朝夕怎宽怀抱。

［注释］

①初鼓：初更。　②天街：京城街道。　③寸草心：喻儿女报父母恩之心。孟郊《游子吟》："谁言寸草心，报得三春晖。"

满江红

记得年时，离筵上、把梅花折。还经尽、江南烟雨，淮阳风雪。寒食清明都过了，看看又到端阳节。倚阑干、屈指数流光，经年别。　　心一寸、肠千结。千里梦、三更月。□晓来寒透，不堪愁绝。羞见慈乌啼反哺[①]，厌闻乳燕调新舌。睹禽物、愈觉倍伤情，归心切。

［注释］

①慈乌反哺：俗传乌鸦长大后，能哺养母乌。

惜馀春慢

阑葺疏芦，帘编小苇，好个清幽公馆。栽槐夹道，种菊盈轩，景物便堪吟玩。门外一番雨馀，嫩绿缘枝，浅清清眼[①]。悄无人，一枕新凉睡觉，燕泥香暖。　　蓦地里，对景伤怀,思量无限。回首故园春远。松期竹待,鏊诮林嘲、苦被浮名牵绊。一种思情最长,万叠江山,怎生遮断。向北堂见了[②],忘忧萱草,此心方满。

[注释]

①《全宋词》注:“清清”二字有误,《彊村丛书》本《白雪遗音》作“□青”。 ②“北堂”二句:即指北堂萱,代指母亲。

忆秦娥

疏帘揭,云端仰见娟娟月。娟娟月[①],不应何恨,照人离别。 闭门独睡空愁绝,姮娥梦里低低说[②]。低低说,悲欢离合,阴晴圆缺。

[注释]

①娟娟:美好貌。 ②姮娥:即嫦娥,为月神,代指月。

踏莎行

中秋不见月

雾失南楼,云低东阁。枝头不见南飞鹊。姮娥何事太多情,今宵故误年时约。 天易阴晴,人多哀乐。从来此事难凭度。匆匆又是隔年期,且烧银烛酬高酌[①]。

[注释]

①高酌:惬意饮酒。

一剪梅

九　日

新酒初香菊半含。月也三三，日也三三。登高已约上崭岩①。世事相担②，风雨相担。　　头上茱萸颠倒簪。身在河南③，心在江南④。渊明何日解征骖。俯也何惭⑤，仰也何惭。

［注释］

①崭（zhǎn）岩：突出的山岩。　②担：担当，承受。　③河：古代“河”指黄河。　④江：古代“江”专指长江。　⑤“俯”：俯、仰，意指罢职与升官。

鹧鸪天

咏　菊

三径芳根自不群①，每于霜后播清芬。枝头蛱蝶如羞见，篱外征鸿不可闻。　　情脉脉，思纷纷。绕窗吟咏理馀薰。卷帘人在西风里，知是新来瘦几分。

［注释］

①三径：指隐者之家园。　不群：不一般。

踏莎行

声迹随风，浪痕如霰①，蓝桥路远无由见②。黄昏肠断倚阑时，看看数尽南飞雁。　　日理丝机，宵拈针线，春秋不管莺和燕。欲将心事诉佳期，回文直上金銮殿。

[注释]

①霰(xiàn):水气在空中凝成的小冰粒。 ②蓝桥:蓝桥驿,传说中裴航遇仙处。此指与心上人相聚处。

踏莎行

梅压宫妆[1],柳横眉黛,都将留得春光在。弄琴台上忽相逢,吹箫月下曾相待。 海燕春归,江鸿秋迈,到头总是恩和爱。佳期约在白云间,一团和气春如海。

(毛扆校紫芝漫抄本《白雪词》,讹字据《彊村丛书》本《白雪遗音》校改)

[注释]

①梅压宫妆:指梅花妆。古代妇女涂抹在额上的梅花形面饰。《太平御览·时序部》引《杂五行书》载宋武帝女寿阳公主,人日卧含章殿檐下,梅花落额拂不去,宫女争而效之,为梅花妆。

张　炎

张炎(1248—1320?),字叔夏,号玉田,晚号乐笑翁,原籍西秦,临安(今浙江杭州)人。六世祖张俊为南渡功臣,封循王。张炎前期生活优裕,日以文酒自娱,作品多带欢娱色彩。宋亡后,家道中落,贫难自养。曾一度至燕京谋职,失意而归。词境也变而凄黯。有《山中白云词》。律吕协洽,意度超远。善以清空之笔,状沦落之悲,堪为白石后劲。所著《词源》一书,辨析乐理,探讨词艺,体大思精,是一部重要的词学专著。

南　浦

春　水

波暖绿粼粼[1],燕飞来、好是苏堤才晓。鱼没浪痕圆,流红去、翻笑东风难扫[2]。荒桥断浦,柳阴撑出扁舟小。回首池塘青欲遍,绝似梦中芳草[3]。　和云流出空山,甚年年净洗,花香不了。新渌乍生时,孤村路、犹忆那回曾到。馀情渺渺。茂林觞咏如今悄[4]。前度刘郎归去后[5],溪上碧桃多少。

[注释]

①粼粼:水波清澈貌。　②翻笑:反笑。　③梦中芳草:谢灵运梦见族弟惠连,遂得"池塘生春草"之句。见《南史·谢惠连传》。　④茂林觞咏:王羲之与谢安等游兰亭。写了有名的《兰亭序》。中有"茂林修竹"、"一觞一咏"诸语。　⑤前度刘郎:此指东汉刘晨、阮肇入天台采药与仙女遇合事。见《幽明录》。

[集评]

邓牧云:"《春水》一词,绝唱千古,人以'张春水'目之。"(《山中白云

词序》)

许昂霄云:“亦空阔,亦微妙,非玉田先生不能。”(《词综偶评》)

王弈清云:“乐笑翁张炎词如‘荒桥断浦,柳阴撑出渔舟小’。咏春水入画。”(《御制历代诗馀》)

周济云:“如《南浦》之赋春水,《疏影》之赋梅影,逐韵凑成,毫无脉络,而户诵不已,真耳食也。”(《宋四家词选序论》)

陈廷焯云:“《南浦》‘鱼没’五字静细。‘和云’神化之句……‘前度’婉约清丽。”(《云韶集》)

陈廷焯云:“玉田以《春水》一词得名,用冠词集之首。此词深情绵邈,意馀于言,自是佳作。然尚非乐笑翁压卷,知音者审之。”(《白雨斋词话》卷二)

俞陛云云:“《春水词》为玉田盛年所作,以此得名……审其全篇过人处,能运思于环中,而传神于象外也。论其字句,上阕言春水浮花,而云‘东风难扫’,具见巧思。言春水移舟,而云断涧生波,且自柳阴撑出,以写足春字……后路以感旧作结,融情景于一家。”(《唐五代两宋词选释》)

笃文云:“宛然如画,咏物妙境。……‘东风’句前人未曾道语。‘鱼没’句,体物工细,化工手段。‘和云’三句吹香嚼蕊,愈转愈深。邓牧《伯牙琴》云:‘叔夏春水一词,绝唱古今。’”(《宋百家词选》)

高阳台

西湖春感

接叶巢莺[①],平波卷絮,断桥斜日归船。能几番游,看花又是明年。东风且伴蔷薇住,到蔷薇、春已堪怜。更凄然。万绿西泠,一抹荒烟。　　当年燕子知何处[②],但苔深韦曲[③],草暗斜川[④]。见说新愁,如今也到鸥边。无心再续笙歌梦,掩重门、浅醉闲眠。莫开帘。怕见飞花,怕听啼鹃。

[注释]

①接叶:树叶浓密,上下相接。　②“当年燕子”句:用刘禹锡《金陵》“旧时王谢堂前燕,飞入寻常百姓家”诗意。言昔时豪贵,今已没落。　③韦

曲:在长安城南,唐代韦后之母家住地。 ④斜川:在江西星子县境。陶渊明有《斜川》诗纪其游。

[集评]

陆辅之云:"乐笑翁奇对,'接叶巢莺,平波卷絮。'"(《词旨》卷上)

许昂霄云:"淡淡写来,泠泠自转,此境大不易到。"(《词综偶评》)

陈廷焯云:"情景兼到,一片身世之感。'东风'二语,虽是激迫之词,然音节婉约。惹甚闲愁,不如掩门一醉高卧也。"(《云韶集》)

谭献云:"'能几翻'句,运掉虚浑。'东风'二句是措注,惟玉田能之,为他家所无。换头见章法。玉田云:'最是过片不可断了曲意'是也。"(《谭评词辨》)

笃文云:"结尾三句:莫让开帘,莫教入眼的飞花,到耳的啼鹃,加重内心的愁思。一句一变,笔笔翻腾,凄艳入骨。陈廷焯以为'凄凉幽怨,郁之至,厚之至'。(《白雨斋词话》)可谓知言。"(《宋百家词选》)

忆旧游

大都长春宫,即旧之太极宫也[1]

看方壶拥翠[2],太极垂光,积雪初晴。阊阖开黄道[3],正绿章封事[4],飞上层青。古台半压琪树,引袖拂寒星。见玉冷闲坡,金明邃宇,人住深情。 幽寻。自来去,对华表千年,天籁无声。别有长生路,看花开花落,何处无春。露台深锁丹气,隔水唤青禽。尚记得归时,鹤衣散影都是云[5]。

[注释]

①此词作于北京,时赴大都写经,为至元二十八年(1291)。 长春宫:即今之白云观。 ②方壶:海上三仙山之一。此指长春宫。 ③阊阖:天门。 黄道:星辰运行轨道,此指御街。 ④绿章:道士祈天时用青藤纸所书奏章,也叫青词。 ⑤鹤衣:鹤氅,道士的法衣。

[集评]

陈廷焯云:“直是仙笔,古艳幽香,别饶感喟。”(《大雅集》)

凄凉犯

北游道中记怀[①]

萧疏野柳嘶寒马,芦花深、还见游猎。山势北来,甚时曾到,醉魂飞越。酸风自咽。拥吟鼻、征衣暗裂[②]。正凄迷,天涯羁旅,不似灞桥雪。　　谁念而今老,懒赋长杨[③],倦怀休说。空怜断梗梦依依,风华轻别。待击歌壶[④],怕如意、和冰冻折。且行行,平沙万里尽是月。

[注释]

①北游:至元十七年秋(1280)张炎北上大都缮写《金字藏经》,至二十八年北归,共十一年。此词当作于北游后期。　②拥吟鼻:拥鼻微吟,指作诗词。　③长杨:汉宫名。扬雄有《长杨赋》。　④击歌壶:用玉如意击玉唾壶,壶口尽缺,为东晋王敦事。见《晋书·王敦传》。

[集评]

高亮功云:“想乐笑翁之以艺北游,必牵拂于不得已,非其本怀也。读诸词,可想见其不遇,宜矣。收语雄阔。”(芸香草堂评《山中白云词》)

壶中天

夜渡古黄河,与沈尧道、曾子敬同赋[①]

扬舲万里[②],笑当年底事,中分南北。须信平生无梦到,却向而今游历。老柳官河,斜阳古道,风定波犹直。野人惊问,泛槎何处狂客[③]。　　迎面落叶萧萧,水流沙共远,都无行迹。衰草凄迷秋更绿,惟有闲鸥独立。浪挟天浮，山邀云去，银浦横空碧。扣舷歌断，海蟾飞上孤白[4]。

[注释]

①沈尧道：即沈钦。 曾子敬：疑即曾心传，作者友人。 ②扬舲：扬帆。 舲：船窗。 ③泛槎：乘舟。 槎：木筏。 ④海蟾：海月。传说月中有蟾蜍，故名。

[集评]

高亮功云："'浪挟'三句写远景如画。"（芸香草堂评《山中白云词》）

陈廷焯云："高绝、超绝、真绝、老绝。风流洒脱，置之白石集中，亦是高境。结更高更旷，笔力亦劲。通篇骨韵皆高，压遍今古。"（《云韶集》）

声声慢

都下与沈尧道同赋[1]

平沙催晓，野水惊寒，遥岑寸碧烟空[2]。万里冰霜，一夜换却西风。晴梢渐无坠叶，撼秋声、都是梧桐。情正远，奈吟湘赋楚[3]，近日偏慵。 客里依然清事，爱窗深帐暖，戏拣香筒[4]。片霎归程，无奈梦与心同。空教故林怨鹤[5]，掩闲门、明月山中。春又小，甚梅花、犹自未逢。

[注释]

①《全宋词》注：别本作"北游答曾心传惠诗"。 惠诗：赐诗。 ②遥岑：远山。小而高的山曰岑。 ③吟湘赋楚：屈原行吟湘水而赋楚辞。此以之自况。 ④香筒：帐中熏香器具。"夜帐减香筒"，见李贺《恼公》诗。 ⑤怨鹤：本孔稚圭《北山移文》"蕙帐空兮夜鹤怨，山人去兮晓猿惊"。此言客子乡思。

[集评]

高亮功云："'吟湘'数语，略略顿住。'片霎'以下再转入深处。江

南、蓟北，只写风景之殊，而旅怀自透。”（芸香草堂评《山中白云词》）

绮罗香

席间代人赋情

候馆深灯，辽天断羽[①]，近日音书疑绝。转眼伤心，慵看剩歌残阕。才忘了、还著思量，待去也、怎禁离别。恨只恨、桃叶空江[②]，殷勤不似谢红叶。　　良宵谁念哽咽。对熏炉象尺[③]、闲伴凄切。独立西风，犹忆旧家时节。随款步、花密藏春[④]，听私语、柳疏嫌月。今休问，燕约莺期，梦游空趁蝶。

［注释］

①断羽：犹断雁。无传书之鸿雁，音信断绝之意。　②桃叶：王献之小妾名。王曾于秦淮河迎送桃叶，今尚有桃叶渡口。　③象尺：象牙制的尺子。　④款步：缓步。

庆春宫

都下寒食，游人甚盛。水边花外，多丽环集。各以柳圈祓禊而去，亦京洛旧事也

波荡兰觞，邻分杏酪，昼辉冉冉烘晴。罥索飞仙[①]，戏船移景，薄游也自忺人[②]。短桥虚市，听隔柳、谁家卖饧[③]。月题争系[④]，油壁相连[⑤]，笑语逢迎。　　池亭小队秦筝。就地围香，临水湔裙。冶态飘云，醉妆扶玉，未应闲了芳情。旅怀无限，忍不住、低低问春。梨花落尽，一点新愁，曾到西泠。

[注释]

①罥(juàn)索:秋千,亦指悬挂秋千的绳索。 ②忺(xiān):欢快。 ③饧(xīng):麦芽熬成的饴糖。 ④月题:马额上的佩饰。此指骑马出游。 ⑤油壁:妇女乘坐的小车。以油涂车壁故名。

[集评]

高亮功云:"此都下是北都,非杭城也。末数句是即景而动怀乡之思也。"(芸香草堂评《山中白云词》)

国 香

沈梅娇,杭妓也,忽于京都见之。把酒相劳苦,犹能歌周清真《意难忘》、《台城路》二曲①,因嘱余记其事。词成,以罗帕书之

莺柳烟堤。记未吟青子②,曾比红儿③。娴娇弄春微透,鬟翠双垂。不道留仙不住,便无梦、吹到南枝。相看两流落,掩面凝羞,怕说当时。 凄凉歌楚调,袅馀音不放,一朵云飞。丁香枝上,几度款语深期④。拜了花梢淡月,最难忘、弄影牵衣。无端动人处,过了黄昏,犹道休归。

[注释]

①周清真:周邦彦号清真。《意难忘》、《台城路》为邦彦词曲名。 ②青子:未成熟的嫩果。此指沈梅娇少时。 ③比红儿:唐鄜州李孝恭有歌伎名红儿,被罗虬所杀。罗悔之,为赋比红儿诗百首。 ④款语:轻柔的话语。 深期:深深的企盼。

[集评]

高亮功:"略映'梅'字。"(芸香草堂评《山中白云词》)

俞陛云云:"'留仙'以下五句,同是沦落,有江州司马之思。结处'黄昏'二句,有'城上已三更……不如休去'之意。观拜月二句,其人当颇风雅。想见翠袖支颐,红牙按拍,宜玉田眷恋也。"(《唐五代两宋词选释》)

台城路

庚寅秋九月[①],之北,遇汪菊坡[②],一见若惊,相对如梦。回忆旧游,已十八年矣。因赋此词

十年前事翻疑梦,重逢可怜俱老。水国春空,山城岁晚,无语相看一笑。荷衣换了[③]。任京洛尘沙[④],冷凝风帽。见说吟情,近来不到谢池草[⑤]。　欢游曾步翠窈。乱红迷紫曲[⑥],芳意今少。舞扇招香,歌桡唤玉,犹忆钱塘苏小。无端暗恼。又几度留连,燕昏莺晓。回首妆楼,甚时重去好。

[注释]

①庚寅:元世祖至元二十七年(1290)作于大都。　②汪菊坡:作者友人。　③荷衣:隐者之衣。语出《离骚》"制芰荷以为衣兮"。　④京洛尘沙:指京城的烦嚣尘俗。语出陆机《为顾彦先赠妇》"京洛多风尘"。　⑤谢池草:即谢灵运"池塘生春草"之典。谢池在浙江永嘉(今温州)。　⑥紫曲:红紫缤纷的花间曲径。

[集评]

王弈清云:"如此等词,即以为杜诗、韩笔可也。岂止极填词之能事?"(《历代诗馀》)

高亮功云:"起句藏却后半阕。"(芸香草堂评《山中白云词》)

陈廷焯云:"起语魂消。"(《大雅集》卷四)

三姝媚

海云寺千叶杏二株[①],奇丽可观,江南所无。越一日,过傅岩起清晏堂[②]。见古瓶中数枝,云自海云来,名芙蓉杏。因爱玩不去,岩起索赋此曲

芙蓉城伴侣。乍卸却单衣,茜罗重护。傍水开时,细

看来、浑似阮郎前度[3]。记得小楼，听一夜，江南春雨。梦醒箫声，流水青蘋，旧游何许。　　谁剪层芳深贮。便洗尽长安，半面尘土。绝似桃根[4]，带笑痕来伴，柳枝娇舞[5]。莫是孤村，试与问、酒家何处。曾醉梢头双果，园林未暑。

[注释]

①海云寺：佛寺三十八区中海云寺。元时寺有千叶杏二株，名芙蓉杏。见《方舆胜览·大兴府》。　②傅岩起：泰定元年三月，监察御史宋本，李嘉宾、傅岩起言三公之职，滥假僧人。见《元史》。　③阮郎：东汉人阮肇入天台采药遇仙，世称阮郎。　④桃根：桃叶之妹曰桃根，亦王献之侍妾。　⑤柳枝：唐妓女名。见李商隐《柳枝》诗序。

甘　州

辛卯岁[1]，沈尧道同余北归[2]，各处杭越。逾岁，尧道来问寂寞，语笑数日，又复别去。赋此曲，并寄赵学舟[3]（别本尧道作秋江、赵学舟作曾心传）

记玉关、踏雪事清游，寒气脆貂裘。傍枯林古道，长河饮马，此意悠悠。短梦依然江表[4]，老泪洒西州[5]。一字无题处，落叶都愁。　　载取白云归去，问谁留楚佩，弄影中洲。折芦花赠远，零落一身秋。向寻常野桥流水，待招来、不是旧沙鸥。空怀感，有斜阳处，却怕登楼。

[注释]

①辛卯：至元二十九年（1292）。　②沈尧道：沈钦，字尧道，号秋江，至元二十七年（1290）九日，与作者同以写经入上都。　③赵学舟：即赵与仕，字元父，宋之宗室。入元为辰州教授。　④江表：江南。　⑤西州：西州城故址在南京台城西，东晋时为扬州刺史治所。谢安死，其甥羊昙不过此门。偶醉中至此，大哭而返。

[集评]

陈廷焯云:“苍凉悲壮,盛唐人悲歌之诗,不是过也。又‘折芦花’十字警绝。”(《大雅集》卷四)

谭献云:“一气旋折,作壮词须识此法。白石嘤求稼轩,脱胎耆卿。此中消息,愿与知音人参之。”(《谭评词辨》)

俞陛云云:“‘短梦’以下四句,能用重笔,力透纸背,为《白云词》中所罕。‘折芦花’二句传诵词苑,咸推佳句。”(《唐五代两宋词选释》)

笃文云:“此词气势疏宕,反虚入浑。‘载取’、‘零落’诸句皆极警策流动之至,不愧名家杰作。”(《宋百家词选》)

声声慢

为高菊墅赋[①]

寒花清事[②],老圃闲人,相看秋色霏霏。带叶分根,空翠半湿荷衣。沅湘旧愁未减,有黄金、难铸相思[③]。但醉里,把苔笺重谱[④],不许春知。　聊慰幽怀古意,且频簪短帽,休怨斜晖。采摘无多,一笑竟日忘归。从教护香径小,似东山、还似东篱[⑤]。待去隐,怕如今、不是晋时。

[注释]

①《全宋词》注:别本“墅”作“涧”。　②寒花:菊花。　③沅湘旧愁:指相思之情。《九歌·湘夫人》:“沅有茝兮澧有兰,思公子兮未敢言。”“黄金”句:反用卢仝《楼上女儿曲》“黄金矿里铸出相思泪”之意。　④苔笺:纸名。　⑤东山:谢安曾隐居越(绍兴)之东山。　东篱:指陶渊明,采菊东篱。

[集评]

高亮功云:“结句甚痛。”(芸香草堂评《山中白云词》)

扫花游

赋高疏寮东墅园①

烟霞万壑，记曲径幽寻，霁痕初晓。绿窗窈窕。看随花甃石②，就泉通沼。几日不来，一片苍云未扫。自长啸。怅乔木荒凉，都是残照。　　碧天秋浩渺。听虚籁泠泠③，飞下孤峭。山空翠老。步仙风，怕有采芝人到④。野色闲门，芳草不除更好。境深悄。比斜川、又清多少。

［注释］

①高疏寮：高似孙，字续古，号疏寮，鄞县人。后居越中，有东墅园。　②甃(zhòu)石：以石砌成的井壁。　③虚籁：天籁，自然界的声音。　④采芝人：秦有商山四皓因不满秦政，隐蓝田山采芝疗饥。此代指高疏寮。

［集评］

高亮功云："前段实写，后段虚写。"（芸香草堂评《山中白云词》）

陆辅之云："乐笑翁奇对：随花甃石，就泉通沼"（《词旨》卷上）又，警句："几日不来，一片苍云未扫。"（《词旨》卷下）

陈廷焯云："风骨高骞，文采疏朗，直入白石室矣。"（《大雅集》卷四）

又云："有笔力，有气骨，白石不能过也。"（《云韶集》）

琐窗寒

王碧山又号中仙①，越人也。能文工词，琢语峭拔，有白石意度，今绝响矣。余悼之玉笥山②，所谓长歌之哀，过于痛哭

断碧分山③，空帘剩月，故人天外。香留酒殢。蝴蝶一生花里。想如今、醉魂未醒，夜台梦语秋声碎。自中仙去後，词笺赋笔，便无清致。　　都是，凄凉意。怅玉笥埋云，锦袍归水④。形容憔悴，料应也、孤吟山鬼。那知

人、弹折素弦，黄金铸出相思泪。但柳枝、门掩枯阴，候蛩愁暗苇。

[注释]

①王碧山：王沂孙，中仙其别号。　②玉笥山：在绍兴会稽山南。　③“断壁”句：玉笥山从会稽山分出，因云断碧，同时暗喻王碧山之辞世。　④锦袍归水：相传李白着锦袍，乘酒捉月，沉水中而逝。

[集评]

王弈清云：“其推碧山至矣。然如此等词，其情致不更胜碧山耶。”(《历代诗馀》卷八)

李调元云：“‘黄金’无理而奇，最妙。”(《雨村词话》)

许昂霄云：“起句隐藏‘碧山’二字，偶尔弄巧，诗家亦有此例。”(《词综偶评》)

陈廷焯云：“措语琢炼，无限痛惜。字字从性情流出，不独铸语之工。”(《大雅集》卷四)

木兰花慢

为越僧樵隐赋樵山

龟峰深处隐[①]，岩壑静、万尘空。任一路白云，山童休扫，却似崆峒[②]。只恐烂柯人到[③]，怕光阴、不与世间同。旋采生枝带叶，微煎石鼎团龙[④]。　从容，吟啸百年翁。行乐少扶筇。向镜水传心[⑤]，柴桑袖手[⑥]，门掩清风。如何晋人去后，好林泉、都在夕阳中。禅外更无今古，醉归明月千松。

[注释]

①龟峰：在浙江衢州，僧樵隐所居樵山，当在此地。　②崆峒：山在河南临汝县西南。庄子所谓黄帝问道于广成子，即在此地。　③烂柯：衢州

有烂柯山。旧传王质入山伐木，见仙人对弈。置斧观之。不久斧柯烂尽。见《述异记》。 ④石鼎：石质烹具。 团龙：茶名。 ⑤镜水：镜花水月，比喻虚幻景象。 ⑥柴桑：陶渊明归隐于柴桑，袖手不闻政事。

三姝媚

送舒亦山游越[①]

苍潭枯海树。正雪窦高寒[②]，水声东去。古意萧闲，问结庐人远，白云谁侣。贺监犹狂，还散迹、千岩风露。抱瑟空游，都是凄凉，此愁难语。 莫趁江湖鸥鹭。怕太乙炉荒[③]，暗消铅虎[④]。投老心情，未归来何事，共成羁旅。布袜青鞋，休误入、桃源深处。待得重逢却说，巴山夜雨。

［注释］

①舒亦山：舒君实，名襟，号亦山。 ②雪窦：山名，在浙江奉化。 ③太乙炉：炼丹之炉。 ④铅虎：犹言铅汞、水火、龙虎。铅属水为真阴，汞属火为真阳。炼丹家用以修炼金丹。

扫花游

台城春饮[①]，醉馀偶赋，不知词之所以然

嫩寒禁暖，正草色侵衣，野光如洗。去城数里。绕长堤是柳，钓船深舣[②]。小立斜阳，试数花风第几。问春意。待留取断红，心事难寄。 芳讯成捻指[③]。甚远客他乡，老怀如此。醉馀梦里。尚分明认得，旧时罗绮。可惜空帘，误却归来燕子。胜游地，想依然、断桥流水。

[注释]

①台城：六朝宫禁所在。故址在南京宝鸡山南。　②舣：泊船。　③捻指：犹弹指，形容时间短暂。

[集评]

高亮功云："'可惜'二句，触景伤怀，绝不道破，所谓词之所以然也。"（芸香草堂评《山中白云词》）

台城路

杭友抵越，过鉴曲渔舍会饮[1]

春风不暖垂杨树，吹却絮云多少。燕子人家，夕阳巷陌，行入野畦深窈。筹花鬥草[2]。记小舫寻芳，断桥初晓。那日心情，几人同向近来老。　　消忧何处最好。夜深频秉烛，犹是迟了。南浦歌阑[3]，东林社冷[4]，赢得如今怀抱。吟悰暗恼[5]。待醉也慵听，劝归啼鸟。怕搅离愁，乱红休去扫。

[注释]

①鉴曲鱼舍：即鉴湖鱼舍。据谢翱《山阴王氏鉴湖渔舍记》载，"越城东南多隐者居。贺监、玄真子遗迹犹在。王氏别业在城南，尽得其胜……前置屋如列舟，面镜湖，匾之曰渔舍。"　②"筹花"句：以花为筹，行鬥草之戏。　③南浦：泛指送别处。《九歌·河伯》："子交手兮东行，送美人兮南浦。"　④东林：东晋慧远于庐山西麓建东林寺，创白莲社，与陶渊明、陆修静为方外交。　⑤吟悰：诗情。

[集评]

高亮功云："起炼。'待醉也'二句翻深一层，格警。"（芸香草堂评《山中白云词》）

疏　影

余于辛卯岁北归[1]，与西湖诸友夜酌，因有感于旧游，寄周草窗[2]

柳黄未结[3]。放嫩晴消尽，断桥残雪。隔水人家，浑是花阴，曾醉好春时节。轻车几度新堤晓，想如今、燕莺犹说。纵艳游、得似当年，早是旧情都别。　重到翻疑梦醒，弄泉试照影，惊见华髮。却笑归来，石老云荒，身世飘然一叶。闭门约住青山色[4]，自容与、吟窗清绝[5]。怕夜寒、吹到梅花[6]，休卷半帘明月。

[注释]

①辛卯：元世祖至元二十八年（1291）。　②周草窗：周密，字公谨，号草窗，先世济南人，流寓吴兴。　③柳黄：初春的柳条色浅。　未结：还没有结子飞絮。　④约住：留住。　⑤容与：徘徊。　⑥“怕夜寒”句：笛曲中有《梅花落》，音调凄怨悲切。

[集评]

许昂霄云：“先述旧游，后说北归。于事则为顺叙，于法则为倒装。”（《词综偶评补》）

高亮功云：“字字摇曳，是玉田生极用意之作。一句一转，全在虚字灵动。写景正与前后相映。”（芸香草堂评《山中白云词》）

陈廷焯云：“写游湖起，‘纵艳游’句追想当年重到。以下是寄周之词。自述身世之感，怨而不怒，哀而不伤，深得清真、白石之妙。”（《云韶集》卷九）

渡江云

山阴久客[1]，一再逢春，回忆西杭，渺然愁思

山空天入海，倚楼望极，风急暮潮初。一帘鸠外雨[2]，

几处闲田，隔水动春锄。新烟禁柳[3]，想如今、绿到西湖。犹记得、当年深隐，门掩两三株。　愁余。荒洲古溆[4]，断醒疏萍，更漂流何处。空自觉、围羞带减，影怯灯孤。常疑即见桃花面[5]，甚近来、翻笑无书。书纵远，如何梦也都无。

[注释]

①山阴久客：张炎自辛卯(1291)南归，至己亥(1299)回杭以前，多居山阴(绍兴)。　②鸠外雨：鸠鸟声中，雨不停地下着。《埤雅》："天欲雨，鸠逐妇，既雨，鸠呼妇。"　③新烟：古俗清明时皇宫取榆柳之火，以赐近臣，曰改火。见《辇下岁时记》。　④古溆(xù)：水浦曰溆，指小的港汊。　⑤桃花面：人面艳如桃花，指意中女子。此用崔护《题都城南庄》诗意。

[集评]

许昂霄云："'常疑'四句，曲折如意。"(《词综偶评》)

高亮功云："'新烟'数语，淡淡言之，而情味自深，所谓取深不如取浅也。'常疑'四句，所谓曲折如意者，全在虚字宛转处。"(芸香草堂评《山中白云词》)

陈廷焯云："起句笔力雄苍。'犹记得'句低徊想到当年，情致不乏。'空自觉'句凄惋。'书纵远'句一层逼一层，情词凄恻。"(《大雅集》卷四)

笃文云："家亡国破，一身孤旅。作为故国王孙，自多漂泊之感，怀旧之伤。首句山耸春空，天澄大海，起势雄健……'常疑'以下，叹别久无书，末句就无书而反诘无梦。笔极翻腾，意亦纡宛，开后人不少门径，不宜以空疏目之。"(《宋百家词选》)

琐窗寒

旅窗孤寂，雨意垂垂，买舟西渡未能也。赋此为钱塘故人韩竹闲问[1]

乱雨敲春，深烟带晚，水窗慵凭。空帘谩卷，数日更无花影。怕依然、旧时燕归，定应未识江南冷。最怜他、树底蔫红，不语背人吹尽。　清润。通幽径。待移灯剪韭，试香温鼎。分明醉里，过了几番风信[2]。想竹间、高阁半开，小车未来犹自等。傍新晴、隔柳呼船，待教潮信稳。

［注释］

①韩竹闲：韩铸，号竹闲，字亦颜，韩世忠之孙。　问：问讯。　②风信：指花信风。从小寒至谷雨，凡四月一百二十日，共二十四候，有二十四番花信风。

［集评］

先著云："此春雨也，熨贴流转乃尔。前结十三字，皆单字领下十二字作五、四、四句法。此破七、六句，未尝不可讽咏，恐执谱者必废是词矣。"（《词诘》卷四）

忆旧游

新朋故侣，诗酒迟留，吴山苍苍[1]，渺渺兮余怀也。寄沈尧道诸公

记开帘过酒，隔水悬灯，款语梅边。未了清游兴，又飘然独去，何处山川。淡风暗收榆荚，吹下沈郎钱[2]。叹客里光阴，消磨艳冶，都在尊前。　留连。殢人处，是镜曲窥莺[3]，兰皋围泉[4]。醉拂珊瑚树，写百年幽恨，分付吟笺。故乡几回飞梦，江雨夜凉船。纵忘却归期，千山未必无杜鹃。

［注释］

①吴山：又名胥山，在杭州西湖东南。　②沈郎钱：东晋沈充铸小钱，

形制精巧,人用以比榆荚。 ③镜曲:鉴湖一角。 ④兰皋:兰渚山,下有兰亭,王羲之等曲水流觞之地。

[集评]

高亮功云:"此玉田游越思杭之作。小序'新朋'二句,贴越说,'旧侣'二句,贴杭说。前半阕末了数语,转笔清利。'镜曲''兰皋'是承明'何处山川'句。'故乡'以下收应起处。"(芸香草堂评《山中白云词》)

梁启超云:"张玉田'记开帘过酒'一首,如'淡风暗收榆荚,吹下沈郎钱'、'故园几回飞梦,江雨夜凉船'似此作品,即非旖旎,亦非幽怨,更非雄豪,只能名之曰'陶写冷笑'而已。"(《曼殊室随笔·词论》)

周笃文云:"据'镜曲'、'兰皋'句,知为山阴之作,客里怀乡思友,宜其老怀凄黯如此。"(《影珠词话》)

水龙吟

白 莲[①]

仙人掌上芙蓉[②],涓涓犹湿金盘露。轻妆照水,纤裳玉立,飘飖似舞。几度消凝,满湖烟月,一汀鸥鹭。记小舟夜悄,波明香远,浑不见、花开处。 应是浣纱人妒。褪红衣、被谁轻误。闲情淡雅,冶容清润,凭娇待语。隔浦相逢,偶然倾盖[③],似传心素。怕湘皋佩解[④],绿云十里,卷风西去。

[注释]

①白莲:此词作于至元十六年己卯(1279)。去冬杨琏真伽发会稽宋帝后诸陵,暴尸荒野。唐珏等为殓埋之。宋遗民王沂孙、李彭老、周密、张炎、仇远等十四人于翌年分咏龙涎香、白莲、莼、蝉、蟹诸题,以寄哀思。编为《乐府补题》,皆隐指六陵被发事。此其一也。 ②仙人掌:汉武帝铸金人,掌擎承露之金盘,此喻指帝陵。 芙蓉:荷花之别名,此隐喻后妃。 ③倾盖:两人相遇于途,倾盖(车篷)而晤谈。此指偶然相遇。 ④湘皋:湘水边。 解佩:解下佩玉。此用郑交甫于江汉遇二妃事。见《神仙传》上。

［集评］

陈廷焯云："意度闲雅，非人所及。"（《云韶集》卷九）

先著云："玉田此调，不见作手。才到浦江（卢祖皋）、竹屋（高观国）之间。"（《词诘》卷五）

忆旧游

余离群索居，与赵元父一别四载[①]，癸巳春[②]，于古杭见之，形容憔悴，故态顿消。以余之况味，又有甚于元父者，抑重余之惜，因赋此调，且寄元父，当为余愀然而悲也

叹江潭树老[③]，杜曲门荒，同赋飘零。乍见翻疑梦，对萧萧乱髮，都是愁根。秉烛故人归后，花月锁春深。纵草带堪题[④]，争如片叶，能寄殷勤。　　重寻。已无处，尚记得依稀，柳下芳邻。伫立香风外，抱孤愁凄惋，羞燕惭莺。俯仰十年前事，醉後醒还惊。又晓日千峰，涓涓露湿花气生。

［注释］

①赵元父：即赵与仁，燕王德昭十世孙。　②癸巳：至元三十年(1293)。　③江潭树老：东晋桓温北征，过金城。见昔日种柳，枝叶繁茂叹曰："树犹如此，人何以堪。"　④草带：郑玄门前生草大如带，称书带草。见《三齐记》。

［集评］

高亮功云："凄婉中饶有顿挫之致，便觉哀而不伤。"（芸香草堂评《山中白云词》）

甘　州

题赵药牖山居[①]。见天地心、怡颜、小柴桑，皆其亭名

倚危楼、一笛翠屏空，万里见天心。度野光清峭[②]，晴

峰涌日,冷石生云。帘卷小亭虚院,无地不花阴。径曲知何处,春水泠泠。　　啸傲柴桑影里,且怡颜莫问,谁古谁今。任燕留鸥住,聊复慰幽情。爱吾庐、点尘难到,好林泉、都付与闲人。还知否,元来卜隐[③],不在山深。

[注释]

①赵药牖:不详。江昱疏证云:"《木兰花》后段起结与卷一《甘州》题赵药牖山居约略相同。岂此鹤心即药牖耶!"　②清峭:清冷。　③卜隐:择地隐居。

[集评]

高亮功云:"前段写景,后段写情。……暗寓'题'字,毫无痕迹。"(芸香草堂评《山中白云词》)

摸鱼子

高爱山隐居[①]

爱吾庐、傍湖千顷,苍茫一片清润。晴岚暖翠融融处,花影倒窥天镜。沙浦迥。看野水涵波,隔柳横孤艇。眠鸥未醒。甚占得莼乡[②],都无人见,斜照起春暝。　　还重省。岂料山中秦晋。桃源今度难认。林间即是长生路,一笑元非捷径。深更静。待散发吹箫,跨鹤天风冷。凭高露饮[③]。正碧落尘空,光摇半壁,月在万松顶。

[注释]

①高爱山:其人不详。　②莼乡:指吴兴一带。此用张翰爱鲈鱼莼菜羹而辞官返乡归隐事。　③露饮:饮于室外。

[集评]

高亮功云："闲适之致如画。结语极静，极豪。"（芸香草堂评《山中白云词》）

陈廷焯云："雄阔雅秀，画所不到……（认林间）吐弃红尘，飘飘有凌云之志。世称白石老仙，玉田亦仙乎？"（《云韶集》卷九）

陈廷焯云："亦凄婉，亦超逸，圆美流转，脱手如丸，飘飘有凌云之志，振衣千仞冈，无此超远。"（《词则·大雅集》卷四）

风入松

赋稼村[①]

老来学圃乐年华，茅屋短篱遮。儿孙戏逐田翁去，小桥横、路转三叉。细雨一犁春意，西风万宝生涯[②]。　携筇犹记度晴沙，流水带寒鸦。门前少得宽闲地，绕平畴、尽是桑麻。却笑牧童遥指，杏花深处人家。

[注释]

①稼村：名稼村者甚多，难以确指。玩味文义，似指耕稼之事。　②西风万宝：秋风带来丰收之意。

凤凰台上忆吹箫

赵主簿，姚江人也[①]，风流蕴藉，放情花柳，老之将至，况味凄然。以其号孤篷，嘱余赋之

水国浮家[②]，渔村古隐，浪游惯占花深。犹记得、琵琶半面，曾湿衫青。不道江空岁晚，桃叶渡、还叹飘零。因乘兴，醉梦醒时，却是山阴。　投闲倦呼俦侣，竟棹入芦花，俗客难寻。风渺渺、云拖暮雪，独钓寒清。远溯流光万里，浑错认、叶竹寰瀛[③]。元来是、天上太乙真人[④]。

[注释]

①姚江:又名舜江,在浙江馀姚。　②水国浮家:以舟为家,浮游水上。　③叶竹寰瀛:竹林环抱的尘世。白居易《江州赴忠州》诗:"无妨隐朝市,不必谢寰瀛。"　④太乙真人:道家传说的仙人。

解连环

孤　雁

楚江空晚。怅离群万里,怳然惊散[①]。自顾影、欲下寒塘,正沙净草枯,水平天远。写不成书,只寄得、相思一点。料因循误了,残毡拥雪[②],故人心眼。　谁怜旅愁荏苒。谩长门夜悄,锦筝弹怨。想伴侣、犹宿芦花,也曾念春前,去程应转。暮雨相呼,怕蓦地、玉关重见。未羞他、双燕归来,画帘半卷。

[注释]

①怳(huǎng)然:心神恍惚。　②残毡拥雪:苏武为匈奴所囚,绝饮食,天雨雪,啮雪与毡毛并咽之。见《汉书·苏武传》。

[集评]

孔齐云:"钱塘张叔夏,尝赋孤雁词,有'写不成书,只寄得相思一点',人皆称曰'张孤雁'。"(《至正直记》)

邓廷桢云:"'写不成书,只寄得相思一点。料因循误了,残毡拥雪,故人心眼',类皆遣声赴节,好句如仙。其馀前辈风流,政如佛家舍。盖自马塍宿草,骚雅寝衰。王孙以晚出之英,颉之颃之,遗貌取神,遂相伯仲。故知虎贲之似中郎,终嫌皮相。而善学柳下惠,莫如鲁男子也。"(《双砚斋词话》)

谭献云:"起是侧入,而气伤于僄。'写不成书'二句,若檇李之有指痕。'想伴侣'二句,清空如话。'暮雨'二句,若浪花之圆蹴,颇近自然。"(《谭评词辨》)

满庭芳

小　春[①]

晴皎霜花，晓熔冰羽[②]，开帘觉道寒轻。误闻啼鸟，生意又园林。闲了凄凉赋笔，便而今、不听秋声。消凝处，一枝借暖，终是未多情。　　阳和能几许，寻红探粉，也恁忺人。笑邻娃痴小，料理护花铃。却怕惊回睡蝶，恐和他、草梦都醒。还知否，能消几日，风雪灞桥深。

［注释］

①小春：农历十月称小阳春。　②冰羽：冰花，细微如羽毛。

［集评］

高亮功云："'不听秋声'是来路，'风雪灞桥'是去路。同一用衬，凭地变化。"（芸香草堂评《山中白云词》）

许昂霄云："'销凝处'三句，折笔即为'小'字添毫。'阳和能几许'三句，承上再用宕笔。"（《词综偶评补遗》）

夏敬观云："如前调《解连环孤雁》之'未羞他'，此调之'恐和他'等语调，最为词之下品。"（《吷庵词评》）

忆旧游

登蓬莱阁[①]

问蓬莱何处，风月依然，万里江清。休说神仙事，便神仙纵有，即是闲人。笑我几番醒醉，石磴扫松阴。任狂客难招[②]，采芳难赠，且自微吟。　　俯仰成陈迹，叹百年谁在，阑槛孤凭。海日生残夜，看卧龙和梦，飞入秋冥，还听水声东去，山冷不生云。正目极空寒，萧萧汉柏愁茂陵[③]。

[注释]

①《全宋词》注:别本“登”下有“越州”二字。 蓬莱阁:在绍兴卧龙山麓。 ②狂客:唐诗人贺知章晚年隐居鉴湖,自号四明狂客。 ③茂陵:汉武帝墓,在陕西兴平县境。

[集评]

高亮功云:“‘休说’数语立论极高,恰好引起‘登’字。‘仰’字宜叶韵。”(芸香草堂评《山中白云词》)

陈廷焯云:“后阕愈唱愈高,是玉田真面目。”(《词则·大雅集》卷四)

张德瀛云:“炼淬澄音,可与张伯玉《蓬莱阁诗》、王十朋《蓬莱阁赋》并传。”(《词徵》卷五)

解连环

拜陈西麓墓①

句章城郭②。问千年往事,几回归鹤。叹贞元、朝士无多③,又日冷湖阴,柳边门钥。向北来时,无处认、江南花落。纵荷衣未改,病损茂陵,总是离索。 山中故人去却。但碑寒岘首④,旧景如昨。怅二乔、空老春深⑤,正歌断帘空,草暗铜雀。楚魄难招,被万叠、闲云迷著。料犹是、听风听雨,朗吟夜壑。⑥

(以上《彊村丛书》本《山中白云词》卷一)

[注释]

①陈西麓:陈允平,字君衡,号西麓。词学周邦彦,有《西麓继周集》和《日湖渔唱》。 ②句章:古县名,在宁波南。为西麓故里。 ③贞元:唐德宗年号。刘禹锡、柳宗元、韩愈等皆贞元朝士。 ④岘首:即岘山堕泪碑,在湖北襄阳。羊祜为都督,有德政。死后州人建碑岘山以颂祜德。 ⑤二乔:本杜牧《赤壁》诗“东风不与周郎便,铜雀春深锁二乔”。 ⑥自注:“山中楼扁万叠云。”

台城路

寄姚江太白山人陈文卿①

薛涛笺上相思字②，重开又还重折。载酒船空，眠波柳老，一缕离痕难折③。虚沙动月。叹千里悲歌，唾壶敲缺。却说巴山，此时怀抱那时节。　　寒香深处话别。病来浑瘦损，懒赋情切。太白闲去，新丰旧雨④，多少英游消歇。回潮似咽。送一点秋心，故人天末。江影沉沉，露凉鸥梦阔。

[注释]

①陈文卿：馀姚人，号太白。《全宋词》注：别本"文卿"作"又新"。太白山：在宁波鄞县东六十里，亦名小白岭。②薛涛笺：唐女诗人薛涛，于成都锦江命匠人所制彩色小笺。③离痕难折："折"字重韵，似误。④新丰：地名，在陕西临潼西北。刘邦父居长安，思乡不乐。乃依故乡丰邑筑新丰，迁民居之。日与故人饮酒高会。后世用作新贵与故旧相乐之词。旧雨：旧交、老友。

声声慢

送琴友季静轩还杭①

荷衣消翠，蕙带馀香②，灯前共语生平。苦竹黄芦，都是梦里游情。西湖几番夜雨，怕如今、冷却鸥盟。倩寄远，见故人说道，杜老飘零。　　难挽清风飞佩，有相思都在，断柳长汀。此别何如，一笑写入瑶琴。天空水云变色，任愔愔、山鬼愁听。兴未已，更何妨、弹到广陵③。

[注释]

①琴友：即琴客。指故妾。唐顾况有《宜城放琴客歌》。吴梦窗有

《法曲献仙音·放琴客和宏庵》,皆与此同。　②蕙带:香草作的佩带,女子之饰。　③广陵:《广陵散》,琴曲名。

[集评]

笃文云:"此为玉田送别旧妾之作。'难挽清风飞佩,有相思都在,断柳长汀',飘逸缠绵,清虚骚雅,俱臻高境。"

水龙吟

春晚留别故人

乱红飞已无多,艳游终是如今少。一番雨过,一番春减,催人渐老。倚槛调莺,卷帘收燕,故园空杳。奈关愁不住,悠悠万里,浑恰似、天涯草。　　不拟相逢古道[1],才疑梦、又带惊觉。清风在柳,江摇白浪,舟行趁晓。遮莫重来[2],不如休去,怎堪怀抱。那知又、五柳门荒[3],曾听得、鹃啼了。

[注释]

①不拟:不料,未曾想到。　②遮莫:纵使。　③五柳:陶渊明于宅旁种五柳,自号五柳先生。

一萼红

赋红梅

倚阑干。问绿华何事[1],偷饵九还丹。浣锦溪边,餐霞竹里,翠袖不倚天寒。照芳树、晴光泛晓,护么凤、无处认冰颜[2]。露洗春腴[3],风摇醉魄,听笛江南。　　树挂珊瑚冷月,叹玉奴妆褪[4],仙掾诗悭[5]。谩觅花云,不同梨梦,推篷恍记孤山[6]。步夜雪、前村问酒,几消凝、把做杏花看。得似古桃流水，不到人间。

[注释]

①绿花：即仙女绿萼花。此以绿萼梅与红梅比衬。 ②么凤：一名倒挂子，绿毛，似鹦鹉而小，多出入梅间。 ③春腴：春花浓艳。 ④玉奴：南齐东昏侯之潘妃，小字玉儿，亦称玉奴。 ⑤仙掾（yuàn）：梅福字子真。官南昌尉。王莽当政，弃去修道。后世关于梅掾成仙的传说很多。 ⑥孤山：此指林和靖种梅放鹤，隐于孤山之事。

祝英台近

与周草窗话旧

水痕深，花信足，寂寞汉南树[①]。转首青阴，芳事顿如许。不知多少消魂，夜来风雨。犹梦到、断红流处。

最无据。长年息影空山，愁入庾郎句。玉老田荒[②]，心事已迟暮。几回听得啼鹃，不如归去。终不似、旧时鹦鹉。

[注释]

①汉南树：本庾信《枯树赋》“昔年移柳，依依汉南。今日摇落，凄怆江潭”。此谓人树俱老。 ②玉老田荒：张炎号玉田，此有自伤迟暮之意。

[集评]

高亮功云：“须玩他顿挫处。‘玉老田荒’自嘲亦妙。”（芸香草堂评《山中白云词》）

王国维云：“玉田之词，余得取其词中之一语以评之曰：‘玉老田荒。’”（《人间词话》）

月下笛

孤游万竹山中[①]，闲门落叶，愁思黯然，因动黍离之感[②]。时寓甬东积翠山舍[③]

万里孤云，清游渐远，故人何处。寒窗梦里，犹记经行旧时路。连昌约略无多柳[④]，第一是、难听夜雨。谩惊回凄悄，相看烛影，拥衾谁语。　张绪[⑤]，归何暮。半零落，依依断桥鸥鹭。天涯倦旅，此时心事良苦。只愁重洒西州泪，问杜曲、人家在否。恐翠袖、正天寒，犹倚梅花那树。

[注释]

①万竹山：浙江台州有万竹山。　②黍离之感：兴亡之感。周大夫见宗庙尽种禾黍，而赋《黍离》以志哀，见《诗经·王风·黍离》序。　③甬东：宁波之东，今浙江定海一带。　④连昌：唐宫殿名。　⑤张绪：南齐吴郡人，美风仪，口不言利。武帝植蜀柳于灵和殿前，叹曰："此杨柳风流可爱，似张绪当年时。"

[集评]

高亮功云："'万里孤云'，自况也。'断桥鸥鹭'，况故人也。'连昌'二语，写梦中景物，销魂语，却摇曳有姿，是欷吁，不是长恸，此玉田之不可及处。"（芸香草堂评《山中白云词》）

陈廷焯云："骨韵俱高，词意兼胜，白石老仙之后劲也。"（《别调集》卷二）

水龙吟

寄袁竹初

几番问竹平安[①]，雁书不尽相思字。篱根半树，村深孤艇，阑干屡倚。远草兼云，冻河胶雪，此时行李[2]。望去程无数，并州回首[3]，还又渡、桑干水。　　笑我曾游万里，甚匆匆、便成归计。江空岁晚，栖迟犹在，吴头楚尾。疏柳经寒，断槎浮月，依然憔悴。待相逢、说与相思，想亦在、相思里。

［注释］

①李德裕言："北都惟童子寺有竹一窠。才长数尺，相传其寺纲维（规则），每日报竹平安。"见《酉阳杂俎续集·支植下》。后为平安家信之代称。　②行李：同行旅，在外奔走。　③并州：山西太原，古为并州治所。

［集评］

高亮功云："寄衰意只首尾点出，余俱贴自己说。'远草'二句炼。'并州'句，运用唐诗，极工切。玉田《乐府指迷》云：'最是过片不要断了曲意，须要承上。'接'笑我'数语，可以想见。'疏柳'二字赋而无比。萧中孚云'收句即昌黎"知足下亦默默于吾"之意'，而玉田本色语尤佳。"（芸香草堂评《山中白云词》）

陈廷焯云："风雅、疏狂兼而有之。结更是情至，语意亦曲折妙人。"（《云韶集》卷九）

绮罗香

红　叶

万里飞霜，千林落木，寒艳不招春妒。枫冷吴江[1]，独客又吟愁句。正船舣[2]、流水孤村，似花绕、斜阳归路。"甚荒沟、一片凄凉，载情不去载愁去。　　长安谁问倦旅。羞见衰颜借酒，飘零如许。谩倚新妆，不入洛阳花谱[3]。为回风、起舞尊前，尽化作、断霞千缕。记阴阴、绿遍江南，夜窗听暗雨。

[注释]

①枫冷吴江："枫落吴江冷"，唐崔信明残句。当时大得声称。　②船舣：船泊岸曰舣。　③"不入"句：谓红叶虽艳，毕竟非花，故不入花谱。洛阳花谱：欧阳修有《洛阳牡丹记》。

[集评]

先著云："对句八字起，已关注红叶，下用'枫冷吴江'点明。'斜阳'句略写，高绝。后段'衰颜借酒'，是衬法。'回风'二句状丹枫之神。结句反映，安章顿句极妥贴，而思路更入微。"（《词诘》卷五）

许昂霄云："'甚荒沟'二句，用事无迹，后段弹丸脱手，不足喻其圆美也。'羞见'二句，比拟最切。'谩倚'二句，香山诗：'醉貌如红叶，虽红不是春。'"（《词综偶评补录》）

陈廷焯云："'寒艳'六字新警。'甚荒沟'三句，情词兼工，少游之匹也。镂金错彩之笔，抚时哀世之作。"（《云韶集》卷九）

洞仙歌

观王碧山《花外词集》有感[1]

野鹃啼月，便角巾还第[2]。轻掷诗瓢付流水。最无端、小院寂历春空，门自掩，柳髮离离如此。　可惜欢娱地。雨冷云昏，不见当时谱银字[3]。旧曲怯重翻，总是离愁，泪痕洒、一帘花碎。梦沉沉、知道不归来，尚错问桃根，醉魂醒未。

[注释]

①花外词集：王沂孙词集名。　②角巾：有棱角的方巾，隐士之服。　③银字：笙管类乐器，用银字标志声音高低。

新雁过妆楼

赋 菊

风雨不来，深院悄、清事正满东篱。杖藜重到[1]，秋气冉冉吹衣。瘦碧飘萧摇露梗，腻黄秀野指霜枝。忆芳时。翠微唤酒，江雁初飞[2]。　湘潭无人吊楚，叹落英自采，谁寄相思。淡泊生涯，聊伴老圃斜晖。寒香应遍故里，想鹤怨山空犹未归。归何晚，问径松不语，只有花知。

[注释]

①杖藜：扶藜杖而行。　②"翠微"二句："江涵秋影雁初飞，与客携壶上翠微。"杜牧《九日齐山登高》诗句。

[集评]

许昂霄云："萧疏淡远，雅与题称。"（《词综偶评补录》）

俞陛云云："皆疏宕而有远韵，绝无咏菊陈言，可称逸品。"（《唐五代两宋词选释》）

江神子

孙虚斋作四云庵，俾余赋之两云之间①

奇峰相对接球庭[2]，乍微晴，又微阴。舍北江东，如盖自亭亭。翻笑天台连雁荡，隔一片、不逢君。　此中幽趣许谁邻。境双清，人独清。采药难寻，童子语山深[3]。绝似醉翁游乐意，林壑静、听泉声[4]。

[注释]

①孙虚斋：即孙凝。居四明白云山。有问云、友云、耕云、岫云四亭，故名四云庵。　两云：当指两亭之间。据后所咏友云、耕云、岫云三亭，则

此当为咏“问云”之作。　②球庭：当是山名，与白云山相对。　③“采药”二句：用贾岛《访隐者不遇》诗意。　④“绝似醉翁”二句：用欧阳修《醉翁亭记》文意。

［集评］

高亮功云：“词中四字妙在意会，而不可以言传，洵是神品。”（芸香草堂评《山中白云词》）

塞翁吟

友　云

交到无心处，出岫细话幽期。看流水、意俱迟[①]。且淡薄相依。凌霄未肯从龙去，物外共鹤忘机。迷古洞，掩晴晖。翠影湿行衣。　　飞飞。垂天翼，飘然万里，愁日暮、佳人未归。尚记得、巴山夜雨，耿无语、共说生平，都付陶诗。休题五朵[②]，莫梦阳台，不赠相思。

［注释］

①“流水”句：用杜甫《江亭》诗“水流心不竞，云在意俱迟”之意，表明一种与世无争的恬淡心境。　②五朵：四明山西南有五朵山，状如芙蓉五峰。

祝英台近

耕　云

占宽闲，锄浩渺[①]，船舣水村悄。非雾非烟，生气覆瑶草。蒙茸数亩春阴，梦魂落寞，知踏碎、梨花多少。　　听孤啸。山浅种玉人归[②]，缥缈度晴峭[③]。鹤下芝田，五色散微照。笑他隔浦谁定，半江疏雨，空吟断、一犁清晓。

[注释]

①锄浩缈：亭立于浩缈云间，有如锄云，故名其亭。　②“山浅”句：用卢纶《酬畅当嵩山尊道士见寄》“开云种玉嫌山浅，渡海传书怪鹤迟”。之意。　③晴峭：晴峰。

风入松

岫　云

卷舒无意入虚玄[1]，丘壑伴云烟。石根清气千年润，覆孤松、深护啼猿。霭霭静随仙隐，悠悠闲对僧眠。　傍花懒向小溪边，空谷覆流泉。浮踪自感今如此，已无心、万里行天。记得晋人归去[2]，御风飞过斜川。

[注释]

①虚玄：虚空。此言岫云已安于丘壑，无意出游。　②晋人归去：指陶渊明。陶《归去来兮辞》有“云无心以出岫，鸟倦飞而知还”之句。

瑶台聚八仙

为野舟赋[1]

带雨春潮，人不渡、沙外晓色迢遥。自横深静[2]，谁见隔柳停桡。知我知鱼未是乐，转篷闲趁白鸥招。任风飘。夜来酒醒，何处江皋。　泛宅浮家更好，度菰蒲影里，濯足吹箫。坐阅千帆，空竞万里波涛。他年五湖访隐，第一是吴淞第四桥[3]。玄真子、共游烟水[4]，人月俱高。

[注释]

①野舟：即江野舟，作者友人，元初道士。萨都剌有《雪霁过清溪题道

士江野舟馆》诗。　②自横:用韦应物《滁州西涧》"春潮带雨晚来急,野渡无人舟自横"诗意。　③第四桥:即苏州之甘泉桥,一名第四桥。　④玄真子:唐张志和放浪江湖,自号玄真子。

疏　影

梅　影

黄昏片月。似碎阴满地,还更清绝。枝北枝南,疑有疑无,几度背灯难折。依稀倩女离魂处[1],缓步出、前村时节。看夜深、竹外横斜,应妒过云明灭。　窥镜蛾眉淡抹,为容不在貌,独抱孤洁。莫是花光,描取春痕,不怕丽谯吹彻[2]。还惊海上然犀去[3],照水底、珊瑚如活。做弄得、酒醒天寒,空对一庭香雪。

[注释]

①倩女离魂:唐陈玄佑《离魂记》载,倩娘与王宙相恋。倩娘父以女另配他人,倩娘抑郁成疾,夜半灵魂出窍,追至王宙舟上,终成眷属。此言梅影之虚幻凄美。　②丽谯(qiáo):城楼上的角楼。大角曲有《小梅花》。　③然犀:点燃犀角,旧传可照见水怪原形。

[集评]

高亮功云:"'依稀'数语,入神之笺,亦从白石'想佩环、月下归来'数语化出。萧中孚云:后段淡淡着笔。正与中段疏密相间处,须知此题是赋月下梅影,烦用'丽谯'、'燃犀'等字。若单赋梅影,又不必如是矣。蒿庐先生谓'首标出眼目'是也。"(芸香草堂评《山中白云词》)

许昂霄云:"人巧极而天工错,草窗亦应退三舍避之。"(《词综偶评》)

周济云:"玉田才本不高,专恃磨砻雕凿,装头作脚……然如《南浦》之赋'春水',《疏影》之赋'梅影',逐韵凑成,毫无脉络,而户诵不已,真耳食也。"(《宋四家词选序论》)

陈廷焯云:"'照水底,珊瑚疑活'句,姿态横生。"(《大雅集》卷四)

陈廷焯又云："起笔实写'影'字，正妙不假敷佐，何等笔力。处处见笔力。清虚骚雅，意似白石。"(《云韶集》卷九)

木兰花慢

书邓牧心东游诗卷后[①]

采芳洲薜荔，流水外、白鸥前。度万壑千岩，晴岚暖翠，心目娟娟[②]。山川。自今自古，怕依然、认得米家船[③]。明月闲延夜语[④]，落花静拥春眠。　吟边。象笔蛮笺。清绝处、小留连。正寂寂江潭，树犹如此，那更啼鹃。居廛[⑤]。闭门隐几，好林泉。都在卧游边。记得当时旧事，误人却是桃源。

[注释]

①邓牧心：名邓牧，字牧心。钱塘人。入元为遗民，漫游四方。后隐居大涤山中。编有《洞霄诗集》、著有《伯牙琴》等。　②娟娟：秀美。　③米家船：北宋画家米芾常乘舟载书画，遨游江湖，因号米家船。　④闲延：疑为"闲庭"之讹。　⑤居廛：民舍曰廛。

[集评]

高亮功云："前段叙其东游，后段书其诗卷。是调'岩'字、'然'字、'潭'字、'泉'字，俱不必押韵，或是作者有密致耶！言已虽'闭门隐几'，但留连其诗卷，即可以当卧游也。末又因之怅触往事，俱贴自己说。"(芸香草堂评《山中白云词》)

风入松

陈文卿酒边偶赋

小窗晴碧飐帘波[①]，昼影舞飞梭。惜春休问花多少，柳成阴、春已无多。金字初寻小扇[②],铢衣早试轻罗[③]。　　园林未肯受清和。人醉牡丹坡。啸歌且尽平生事,问东风、毕意如何。燕子寻常巷陌,酒边莫唱西河[④]。

[注释]

①飐:风吹起。　②“金字”句:寻出金泥小扇,准备度夏。　③铢衣:极轻之衣。二十四分之一两为一铢。　④西河:曲牌名。周邦彦有《西河·金陵怀古》词。

台城路

游北山寺[①]

云多不记山深浅,人行半天岩壑。旷野飞声,虚空倒影,松挂危峰疑落。流泉喷薄。自窈窕寻源,引瓢孤酌。倦倚高寒,少年游事老方觉。　　幽寻闲院邃阁。树凉僧坐夏[②],翻笑行乐。近竹惊秋,穿萝误晚,都把尘缘消却。东林似昨[③]。待学取当年,晋人曾约[④]。童子何知,故山空放鹤。

[注释]

①《全宋词》注:“游北山寺”别本作“雪窦寺访同野翁日东岩”。　雪窦寺:在浙江奉化溪口镇西北雪窦山上。　野翁:宋僧名,作者方外之友。　日东岩:即东岩寺之净日禅师。宋末出主东林寺,至元间归隐雪窦寺,得与张炎相会。　②坐夏:佛教徒于夏日禁外出,安居坐禅修学。　③东林:指净日禅师前曾任庐山东林寺主持。　④晋人:指晋慧远禅师主持东林时,与陶渊明、陆静修交往事。

[集评]

高亮功云:“玉田最工起句,盖起句好则通篇得势,诚为圣于此道者也。”(芸香草堂评《山中白云词》)

还京乐

送陈行之归吴[①]

醉吟处。都是琴尊，竟日松下语。有笔床茶灶，瘦筇相引，逢花须住。正翠阴迷路，年光荏苒成孤旅。待趁燕樯，休忘了、玄都前度。[②]　　渐烟波远，怕五湖凄冷，佳人袖薄，修竹依依日暮。知他甚处重逢，便匆匆、背潮归去。莫因循、误了幽期，应孤旧雨[③]。伫立山风晚，月明摇碎江树。

[注释]

①陈行之：陈恕可字行之，亦字如心。晚任吴县尹。　②玄都前度：本刘禹锡《戏赠看花诸君子》“玄都观里桃千树，尽是刘郎去后栽”。③孤：辜负。　旧雨：旧友。

台城路

章静山别业会饮[①]

一窗烟雨不除草[②]，移家静藏深窈。东晋图书[③]，南山杞菊，谁识幽居怀抱。疏阴未扫。叹乔木犹存，易分残照。慷慨悲歌，故人多向近来老。　　相逢何事欠早。爱吟心共苦，此意难表。野水无鸥，闲门断柳，不满清风一笑。荷衣制了。待寻壑经丘，溯云孤啸。学取渊明，抱琴归去好。

[注释]

①章静山：其人不详。　②不除草：用周敦颐故典。程颢云：“周茂叔（敦颐）窗前草不除去。问之云：‘与自家意思一般’。”见《宋元学案》卷十二。　③东晋图书：此用《归去来兮辞》“悦亲戚之情话，乐琴书以消忧”之意，表示对归隐生活之向往。

梅子黄时雨

病后别罗江诸友①

流水孤村，爱尘事顿消，来访深隐。向醉里谁扶，满身花影。鸥鹭相看如瘦，近来不是伤春病。嗟流景。竹外野桥，犹系烟艇。　谁引，斜川归兴。便啼鹃纵少，无奈时听。待棹击空明②，鱼波千顷③。弹到琵琶留不住，最愁人是黄昏近。江风紧，一行柳阴吹暝。

[注释]

①罗江：即罗阳，今浙江瑞安。至元三十一年（1294）作者曾寓此。　②空明：水中天影。　③鱼波：水波。

[集评]

高亮功云："'鸥鹭'句脱一字，疑当作'如此瘦'也，此句亦妙。'烟艇'即归艇也，便逗起后半阕。"（芸香草堂评《山中白云词》）

西子妆慢

吴梦窗自制此曲①。余喜其声调妍雅，久欲述之而未能。甲午春，寓罗江，与罗景良野游江上。绿阴芳草，景况离离，因填此解。惜旧谱零落，不能倚声而歌也

白浪摇天，青阴涨地②，一片野怀幽意。杨花点点是春心，替风前、万花吹泪。遥岑寸碧。有谁识、朝来清气。自沉吟、甚流光轻掷，繁华如此。　斜阳外。隐约孤村，隔坞闲门闭③。渔舟何似莫归来，想桃源、路通人世。危桥静倚，千年事、都消一醉。谩依依，愁落鹃声万里。

[注释]

①吴梦窗:宋末词人,名文英,字君特,号梦窗,有《梦窗词》四卷。 ②"青阴"句:树影满地。 ③坞:四面如屏的花木深处。

[集评]

先著云:"'杨花点点是春心,替风前、万花吹泪。'此词家李长吉呕心得来。必如是方可谓之造句。呕心之句,妙在绝不伤气。此其脱胎于尧章也。其馀诸公便不能。"(《词洁》卷四)

陈廷焯云:"景物苍茫,出以雄秀之笔,固自不减梦窗。"(《词则·大雅集》卷四)

声声慢

赋渔隐①

门当竹径,鹭管苔矶②烟波自有闲人。棹入孤村,落照正满寒汀。桃花远迷洞口,想如今、方信无秦。醉梦醒,向沧浪容与③,净濯兰缨④。 欸乃一声归去,对笔床茶灶,寄傲幽情。雨笠风蓑,古意谩说玄真。知鱼淡然自乐,钓清名、空在丝纶。笑未已,笑严陵、还笑渭滨⑤。

[注释]

①赋渔隐:词写渔夫生活之闲逸,与前"赋稼村"同一命意。 ②鹭管苔矶:犹言矶石苍苔,付之鸥鹭。 ③容与:自在徘徊。 ④"净濯"句:洗去帽缨(系带)上的尘污。表洁身遁去之意。 ⑤渭滨:吕尚钓于渭水磻溪,得遇文王而成大业。

湘　月

余载书往来山阴道中,每以事夺①,不能尽兴。戊子冬晚②,与徐平野、王中仙曳舟溪上。天空水寒,古意萧飒。中仙

有词雅丽，平野作晋雪图，亦清逸可观。余述此调，盖白石念奴娇鬲指声也[3]

行行且止。把乾坤收入，篷窗深里。星散白鸥三四点，数笔横塘秋意。岸觜冲波[4]，篱根受叶，野径通村市。疏风迎面，湿衣原是空翠。　堪叹敲雪门荒[5]，争棋墅冷[6]。苦竹鸣山鬼。纵使如今犹有晋，无复清游如此。落日沙黄，远天云淡，弄影芦花外。几时归去，剪取一半烟水[7]。

［注释］

①事夺：事忙而罢。　②戊子：至元二十五年（1288）。　③念奴娇之鬲指声：鬲指声即过腔，即白石变腔之湘月词也，其句式同《念奴娇》。　④岸觜：突出水中矶石。　⑤敲雪门荒：用王子猷雪夜驾舟访戴逵，至门而返事。见《世说新语·任诞》。　⑥争棋墅冷：用谢安与客弈棋，闻肥水捷报，默无一言，不异于常事。以表示晋人之高蹈。　⑦"剪取"句：表示对画之欣赏，欲剪得携去。用杜甫《戏颢王宰画山水图歌》"焉得并州快剪刀，剪取吴淞半江水"诗意。

［集评］

高亮功云："略借山阴古迹寄慨，是拓笔也。"（芸香草堂评《山中白云词》）

陈廷焯云："此词胸襟高旷，气韵沉雄，有一片精神团聚，尤为玉田集中高作。真与白石并驱中原。结笔有力如虎。一半烟水，题外馀波。"（《云韶集》卷九）

长亭怨

为任次山赋驯鹭

笑海上、白鸥盟冷。飞过前滩，又顾秋影。似我知鱼，乱蒲流水动清饮。岁华空老，犹一缕、柔丝恋顶[1]。慵忆鸳行[2]，想应是、朝回花径。　人静。怅离群日暮，都把野情消尽。山中旧隐。料独树、尚悬苍暝。引残梦、直上青天，又何处、溪风吹醒。定莫负、归舟同载，烟波千顷。

[注释]

①柔丝恋顶：言鹭鸟顶之白色长羽。　②鸳行：朝臣上朝之班列，如白鹭鸳鸯之飞行有序。

徵招

听袁伯长琴[1]

秋风吹碎江南树，石床自听流水。别鹤不归来[2]，引悲风千里。馀音犹在耳，有谁识、醉翁深意[3]。去国情怀，草枯沙远，尚鸣山鬼。　客里。可消忧，人间世、寥寥几年无此。杏老古坛荒[4]，把凄凉空指。心尘聊更洗。傍何处、竹边松底。共良夜，白月纷纷，领一天清气。

[注释]

①袁伯长：袁桷，字伯长。浙江鄞县人，官至侍讲学士。　②别鹤：《别鹤操》，琴曲名。　③醉翁：苏轼隐括欧阳修《醉翁亭记》语，作《醉翁操并引》以悼醉翁。沈遵为创成琴曲。　④杏老古坛荒：杏坛为孔子讲学处。此言学堂荒废。

法曲献仙音

席上听琵琶有感

云隐山晖[1]，树分溪影，未放妆台帘卷。篝密笼香[2]，镜圆窥粉，花深自然寒浅。正人在、银屏底，琵琶半遮面。　　语声软，且休弹、玉关愁怨。怕唤起西湖，那时春感。杨柳古湾头，记小怜、隔水曾见[3]。听到无声，谩赢得、情结难剪。把一襟心事，散入落梅千点。

［注释］

①“云隐”句：谓山光被云彩遮蔽。　云隐：陆辅之《词旨》作“云映”。　②“篝密”句：竹笼里散发着炉香。　③小怜：北齐后冯淑妃，善弹琵琶，小名叫小怜。齐亡后被北周军队俘获，流落异乡。此指被元军掳去之宋宫人。

［集评］

高亮功云：“排场闲丽。萧中孚云：‘花深’句新绝。”（芸香草堂评《山中白云词》）

陈廷焯云：“（花深）写婉丽处夹写情景，故自不俗。（把一襟）泠泠如珠玉，飒飒似秋风。”（《云韶集》卷九）

渡江云

怀　归

江山居未定，貂裘已敝[1]，空自带愁归。乱花流水外，访里寻邻，都是可怜时。桥边燕子，似软语、斜日江蓠。休问我、如今心事，错认镜中谁。　　还思。新烟惊换，旧雨难招，做不成春意。浑未省、谁家芳草，犹梦吟诗[2]。一株古柳观鱼港，傍清深、足可幽栖。闲趣好，白鸥尚识天随[3]。

［注释］

①貂裘已敝：苏秦说秦王，书十上而说不行。黑貂之裘敝，黄金百斤

尽，狼狈而归。事见《战国策·秦策》。　②犹梦吟诗：谢灵运梦其弟惠连，即得“池塘生春草”之句。世以为工。　③天随：陆龟蒙，号天随子。

［集评］

高亮功云：“‘庾信平生最萧瑟，暮年诗赋动乡关。’读此词仿佛过之。过片下数语，词意俱警。”（芸香草堂评《山中白云词》）

俞陛云云：“善写重游情况……前六句不过自述。‘桥边’以下四句及后阕追忆前游，极闲婉之致。”（《唐五代两宋词选释》）

鬥婵娟

春　感[①]

旧家池沼，寻芳处、从教飞燕频绕[②]。一湾柳护水房春，看镜鸾窥晓。晕宿酒、双蛾淡扫。罗襦飘带腰围小。尽醉方归去，又暗约明朝鬥草。谁解先到。　心绪乱若晴丝，那回游处，坠红争恋残照。近来心事渐无多，尚被莺声恼。便白髪、如今纵少。情怀不似前时好。谩伫立、东风外，愁极还醒，背花一笑。

［注释］

①春感：水竹居本及四印斋本作“故园荒没，欢事去心，有感而作”。　②从教：任教。

［集评］

梁启勋云：“全首不叙今日之满目荒凉，但写前时之赏心乐事。是后以‘愁极酒醒，背花一笑’二语兜转，倍觉凄凉。”（《词学》下编）

暗 香

海滨孤寂,有怀秋江、竹闲二友①

羽音辽邈②。怪四檐昼悄,近来无鹊。木叶吹寒,极目凝思倚江阁。不信相如便老,犹未减、当时游乐。但趁他、鬥草筹花,终是带离索。　忆昨,更情恶。谩认著梅花,是君还错。石床冷落,闲扫松阴与谁酌。一自飘零去远,几误了、灯前深约。纵到此、归未得,几曾忘却。

［注释］

①《全宋词》注:别本作“海滨孤寂,鱼浪不来,寄李商隐”。　鱼浪:此指书信。古有鱼雁传书之说。　李商隐:李彭老,字商隐,善词。　秋江:沈钦号秋江。　竹闲:韩铸号竹闲。　②羽音:指书信。

玉漏迟

登无尽上人山楼①

竹多尘自扫,幽通径曲,禅房深窈。空翠吹衣,坐对闲云舒啸。寒木犹悬故叶,又过了、一番残照。经院悄。诗梦正迷,独怜衰草。　幽趣尽属闲僧,浑未识人间,落花啼鸟。呼酒凭高,莫问四愁三笑②。可惜秦山晋水,甚却向、此时登眺。清趣少,那更好游人老。

［注释］

①无尽上人:即无尽灯禅师。元至元年间于奉化建福泉庵,有八景。山楼当指此。　②四愁:《四愁诗》,东汉张衡作。　三笑:旧传陶渊明、慧远、陆静修于庐山东林寺相会。慧远送客不觉过虎溪,神虎吼叫不止,三人为之大笑。见陈舜俞《庐山记》。

长亭怨

岁庚寅，会吴菊泉于燕蓟[①]。越八年，再会于甬东[②]，未几别去，将复之北，遂作此曲

记横笛、玉关高处。万里沙寒，雪深无路。破却貂裘，远游归後与谁谱。故人何许。浑忘了、江南旧雨。不拟重逢，应笑我、飘零如羽。　同去，钓珊瑚海树[③]。底事又成行旅。烟篷断浦，更几点、恋人飞絮。如今又、京洛寻春，定应被、薇花留住。且莫把孤愁，说与当时歌舞。

（以上《彊村丛书》本《山中白云词》卷二）

[注释]

①庚寅：元至元二十七年（1290）。　吴菊泉：德清人，庚寅岁北上大都写经，与张炎会于燕京。　②甬东：明州（即宁波）。　③"钓珊瑚"句：喻搜求人才。《新唐书·西域传下·拂菻国传》："海中有珊瑚树。海人乘大舶，堕铁网水底。珊瑚初生磐石上……枝格交错，高三四尺。铁发其根，系网舶上，绞而出之。"宋梅尧臣《送韩子文寺丞通判瀛州》："选才才且殊，铁网收珊瑚。"

[集评]

高亮功云："循题布置，极顿宕之致，此等章法真如常山之蛇，无懈可击，起数语甚悲壮，'烟篷'二句，正与'沙寒'、'雪深'映。"（芸香草堂评《山中白云词》）

陈廷焯云："起笔凄切，中笔力雄苍。'更几点'夹情夹景，妙不可思议。结一往凄绝。"（《云韶集》卷九）

陈廷焯云："时菊泉将复之蓟北，数语微而多讽。结二语，自明其不仕之志。似此亦不让碧山。"（《白雨斋词话》卷二）

西 河

依绿庄赏荷[①],分净字韵[②]

花最盛。西湖曾泛烟艇。闹红深处小秦筝,断桥夜饮。鸳鸯水宿不知寒,如今翻被惊醒。 那时事、都倦省。阑干来此闲凭。是谁分得半机云[③],恍疑昼锦。想当飞燕皱裙时,舞盘微堕珠粉。 软波不剪素练净,碧盈盈、移下秋影。醉里玉书难认[④]。且脱巾露髮,飘然乘兴。一叶浮香天风冷。

[注释]

①依绿庄:别本作"史元叟依绿庄赏荷"。元叟疑为允叟之误。允叟,即史守之,乃史浩之孙。依绿庄乃其山庄名。 ②分净字韵:即分韵押"净"字。 ③半机云:"机"一本作"溪"。谓半溪云彩,(指荷花倒影)尽留此中。 ④玉书:史允叟退居月湖,宋宁宗御书"碧沚"(史允叟字)二字赐之。玉书当指此。

玲珑四犯

杭友促归,调此寄意[①]

流水人家,乍过了斜阳,一片苍树。怕听秋声,却是旧愁来处。因甚尚客殊乡[②],自笑我、被谁留住。问种桃、莫是前度。不拟桃花轻误[③]。 少年未识相思苦,最难禁、此时情绪。行云暗与风流散,方信别泪如雨。何况夜鹤帐空[④],怎奈向、如今归去。更可怜,闲里白了头,还知否。

[注释]

①调此寄意:作此调寄杭友以写此时心意。 ②殊乡:异乡。 ③"不拟"句:谓不打算耽误赏桃花的机会。 ④"夜鹤"句:意谓隐士出山,鹤

因空帐而怨。指期待远人归隐故居。“蕙帐空兮夜鹤怨”，见孔稚珪《北山移文》。

凄凉犯

过邻家见故园有感

西风暗剪荷衣碎，柔丝不解重缉[1]。荒烟断浦，晴晖历乱[2]，半山摇碧。悠悠望极，忍独听、秋声渐急。更怜他、萧条柳髮，相与动秋色。　老态今如此，犹自留连，醉筇游屐。不堪瘦影，渺天涯、尽成行客。因甚忘归，谩吹裂、山阳夜笛[3]。梦三十六陂流水，去未得[4]。

[注释]

①柔丝：此指藕丝。　重缉：重新联结。　②历乱：零乱。　③山阳夜笛：晋向秀与嵇康、吕安交笃。嵇、吕被诛。向秀过山阳嵇、吕旧庐，听邻人吹笛，不胜感慨，作《思旧赋》以悼亡友。　④三十六陂（bēi）：地名。扬州、汴京皆有。此用王安石“三十六陂烟处，白头相见江南”之典，表示怀旧。

声声慢

别四明诸友归杭[1]

山风古道，海国轻车，相逢只在东瀛。淡薄秋光，恰似此日游情。休嗟鬓丝断雪，喜闲身、重渡西泠。又溯远，趁回潮拍岸，断浦扬舲[2]。　莫向长亭折柳，正纷纷落叶，同是飘零。旧隐新招。知住第儿层云。疏篱尚存晋菊，相依然、认得渊明。待去也，最愁人，犹恋故人。

[注释]

①四明:山名,在宁波。传说山有方石,四面如窗,可见日月星宿之光。后称宁波为明州。此词据黄畲《山中白云词笺》作于大德三年(1299),时五十二岁。 ②扬舲:扬帆远行。 舲:船窗。此借指船帆。

[集评]

高亮功云:"前段叙四明归杭,后段叙别。'归隐'四句,一愁一喜,确是久客将归心事。一'晋'字书法,显然知玉田人品高不可及。"(芸香草堂评《山中白云词》)

烛影摇红

西浙冬春间,游事之盛,惟杭为然。余冉冉老矣[①],始复归杭。与二三友行歌云舞绣中,亦清时之可乐,以词写之

舟舣鸥波[②],访邻寻里愁都散。老来犹似柳风流,先露看花眼。闲把花枝试拣,笑盈盈、和香待剪。也应回首,紫曲门荒[③],当年游惯。 箫鼓黄昏,动人心处情无限。锦街不甚月明多,早已骄尘满。才过风柔夜暖、渐迤逦、芳程递趱[④]。向西湖去,那里人家,依然莺燕。

[注释]

①冉冉老矣:据黄畲《山中白词笺》,此词作于大德三年(1299),时五十二岁。 ②舣:船靠岸。 ③紫曲:欢坊。犹歌楼妓馆。 ④递趱:不断加紧赶路。

[集评]

张惠言云:"市朝已改,歌舞依然,可当恸矣……洛邑顽民,真有古风,后世更不可得。"(《山中白云词》批校本)

忆旧游

过故园有感

记凝妆倚扇，笑眼窥帘，曾款芳尊[①]。步屧交枝径[②]，引生香不断，流水中分。忘了牡丹名字，和露拨花根。甚杜牧重来[③]，买栽无地，都是消魂。　空存。断肠草，伴几折眉痕，几点啼痕。镜里芙蓉老，问如今何处，绾绿梳云[④]。怕有旧时归燕，犹自识黄昏。待说与羁愁，遥知路隔杨柳门。

[注释]

①款：招待。　②步屧(xiè)：木屐曰屧，此指穿木屐行走。用西施着木屐行于响屧廊之典故。　③杜牧重来：本姜白石《扬州慢》"杜郎俊赏，算而今、重到须惊"。　④绾绿梳云：女郎梳头。绿云，黑髪。绾，通"挽"。

[集评]

夏敬观云："起句轻，叠'几'字，南宋烂调，小巧可厌。"（《吷庵词评》）

春从天上来

己亥春[①]，复回西湖，饮静传董高士楼[②]，作此解以写我忧

海上回槎。认旧时鸥鹭，犹恋蒹葭。影散香消，水流云在，疏树十里寒沙。难问钱塘苏小，都不见、擘竹分茶[③]。更堪嗟。似荻花江上，谁弄琵琶。　烟霞。自延晚照，尽换了西林[④]，窈窕纹纱。蝴蝶飞来，不知是梦，犹疑春在邻家[⑤]。一掬幽怀难写，春何处、春已天涯。减繁华。是山中杜宇，不是杨花。

[注释]

①己亥:元大德三年(1299)张炎自四明归杭时作。　②静传董高士:董嗣杲,字静传,钱塘道士。作诗词不假思索,下笔便成。有《西湖百咏诗》。　③擘竹:分发酒筹。　分茶:烹茶待客。　④西林:即西泠,在孤山之西。　⑤“蝴蝶”三句:本唐王驾《雨晴》“蜂蝶纷纷过墙去,却疑春色在邻家”。

[集评]

高亮功云:“是一首丁令威歌,黯然魂销,一片浑是泪痕。‘烟霞’二句,是倒装法。言白日西林之窈窕,纹纱今已尽,换了烟霞晚照矣。末二句,是无可归咎,作此无聊之语。”(芸香草堂评《山中白云词》)

陈廷焯云:“后半极沉郁。读玉田词者,贵取其沉郁处。徒赏其一字一句之工,遂惊叹欲绝,转失玉田矣。”(《词则·大雅集》卷四)

甘　州

赋众芳所在[1]

看涓涓、两水自东西,中有百花庄。步交枝径里,帘分昼影,窗聚春香。依约谁教鹦鹉,列屋带垂杨。方喜闲居好,翻为诗忙。　　多少周情柳思[2],向一丘一壑,留恋年光。又何心逐鹿,蕉梦正钱塘[3]。且休将扇尘轻障[4],万山深、不是旧河阳[5]。无人识,牡丹开处,重见韩湘[6]。

[注释]

①众芳所在:韩铸园林之景点名。　②周情柳思:指周邦彦、柳永之词风。　③蕉梦:有郑人毙鹿,恐人知,藏沟中,覆以蕉叶。俄而忘之,乃以为梦。见《列子·周穆王》。　④扇尘轻障:东晋王导厌恶庾亮(元规)权势逼人。见大风扬尘,乃以扇障之,曰:“元规尘污人。”见《世说新语·轻诋》。　⑤河阳:潘岳任河阳(河南孟州)令,县中遍植桃李,人称河阳一县花。　⑥韩湘:韩湘子,八仙之一。此指韩铸。

庆清朝

韩亦颜归隐两水之滨[①]，殆未逊王右丞茱萸沜[②]。余从之游，盘花旋体，散怀吟眺，一任所适。太白去后三百年，无此乐也

浅草犹霜。融泥未燕，晴梢润叶初干。闲扶短策，邻家小聚清欢。错认篱根是雪，梅花过了一番寒。风还峭，较迟芳信，恰是春残。　此境此时此意，待移琴独去，石冷慵弹。飘飘爽气，飞鸟相与俱还。醉里不知何处，好诗尽在夕阳山。山深杳，更无人到，流水花间。

[注释]

①韩亦颜：韩铸字，韩世忠之孙，铸学词于张炎。　②王右丞：唐诗人王维晚居蓝田辋川。　茱萸沜（pàn）：为辋川景点之一。　沜："泮"之古字。

[集评]

高亮功云："通首写从游之乐。'好诗'句颇佳。"（芸香草堂评《山中白云词》）

俞陛云云："此词以上下阕之后段为精。落梅误雪及'春残'句，见词心之清妙。结处'夕阳山'七字，可称名句。'山深杳'三句，极超脱。惟第二句'燕'字，似觉未稳。"（《唐五代两宋词选释》）

真珠帘

梨　花

绿房几夜迎清晓[①]，光摇动、素月溶溶如水。惆怅一株寒，记东阑闲倚。近日花边无旧雨，便寂寞、何曾吹泪。烛外。谩羞得红妆，而今犹睡[②]。　琪树皎立风前，万尘空、

独挹飘然清气。雅淡不成娇，拥玲珑春意。落寞云深诗梦浅，但一似、唐昌宫里[③]。元是。是分明错认，当时玉蕊[④]。

[注释]

①绿房：指梨花之绿色花萼。　②“烛外”三句：用东坡海棠诗句“只恐夜深花睡去，高烧银烛照红妆”意。言梨花品格殊高。　③唐昌宫：唐代寺观，以玄宗女唐昌公主命名。　④玉蕊：玉蕊花。唐昌公主手植，有盛名。

探春慢

雪　霁

银浦流云[①]，绿房迎晓[②]一抹墙腰月淡。暖玉生烟，悬冰解冻，碎滴瑶阶如霰。才放些晴意，早瘦了、梅花一半。也知不做花看，东风何事吹散。　　摇落似成秋苑。甚酿得春来，怕教春见。野渡舟回，前村门掩，应是不胜清怨。次第寻芳去，灞桥外、蕙香波暖。犹妒檐声，看灯人在深院。

[注释]

①银浦：银河。　②绿房：花苞。

[集评]

许霄昂云：“‘才放些晴意’四句，可谓笔如其手，手如其口矣。不意于咏物题得之。”(《词综偶评》)

许宝善云：“通首抟捥处，意思深厚，笔意峭拔，最宜学之。”(《自怡轩词选》卷三)

高亮功云：“萧中孚云：‘“才放”四句，一句一转，越瘦越腴。’予谓此亦是侧笔取胜，顿挫中更寓感慨。”(芸香草堂评《山中白云词》)

陈廷焯云：“处处摹‘霁’字之神。好句如珠、如玉、如烟，结是冬尽春

初时候。”（《云韶集》卷九）

夏敬观云：“此佳词也。惜句中仍有务为流走句调。”（《吷庵词评》）

风入松

春游

一春不是不寻春，终是不忺人[①]。好怀渐向中年减，对歌钟、浑没心情[②]。短帽怕黏飞絮，轻衫厌扑游尘。　暖香十里软莺声，小舫绿杨阴。梦随蝴蝶飘零后，尚依依、花月关心。惆怅一株梨雪，明年甚处清明。

［注释］

①不忺（xiān）人：不让人快乐。　②歌钟：唱歌喝酒。　钟：酒盏。

渡江云

次赵元父韵[①]

锦香缭绕地，深灯挂壁[②]，帘影浪花斜。酒船归去后，转首河桥，那处认纹纱。重盟镜约，还记得、前度秦嘉[③]。惟只有、叶题堪寄，流不到天涯。　惊嗟。十年心事，几曲阑干，想萧娘声价。闲过了、黄昏时候，疏柳啼鸦。浦潮夜涌平沙白，问断鸿、知落谁家。书又远，空江片月芦花。

［注释］

①赵元父：赵与仁，字元父，号学舟。燕王德昭十世孙。　②深灯挂壁：嵌入壁中的灯。　③“重盟镜约”二句：东汉秦嘉在外为官。其妻徐淑因病还家。嘉赠以明镜等物表情爱。两人书信不断。今《玉台新咏》存二人赠答诗。

[集评]

高亮功云:“写离情不肯作凄苦语、鄙亵语,读之使人回肠荡气而不能已,此真功于言情者,柳耆卿辈不足语此。过变是再提起法。结句正与起处相映。”(芸香草堂评《山中白云词》)

陈廷焯云:“既曰堪寄,又曰流不到天涯。其词有尽,其情无尽。结只写景而情味自深。”(《云韶集》卷二十四)

又云:“落落清超。”(《词则·大雅集》)

探芳信

西湖春感寄草窗①

坐清昼。正冶思萦花②,馀酲倦酒。甚采芳人老,芳心尚如旧。消魂忍说铜驼事③,不是因春瘦。向西园,竹扫颓垣,蔓萝荒甃。 风雨夜来骤。叹歌冷莺帘,恨凝蛾岫④。愁到今年,多似去年否。旧情懒听山阳笛,目极空搔首。我何堪,老却江潭汉柳⑤。

[注释]

①《全宋词》注:别本作“次周草窗韵”。 草窗:周密,号草窗,著名词人。 ②冶思:艳情之思。 ③铜驼事:指天下将乱,宫门前铜驼将废置荆棘之中。见《晋书·索靖传》。 ④蛾岫:秀如远山之蛾眉,指美女。 ⑤江潭汉柳:桓温北伐见昔日种树皆大。叹曰:“树犹如此,人何以堪。”庾信用之入《枯树赋》云:“昔年移柳,依依汉南。今堪摇落,凄怆江潭。树犹如此,人何以堪。”

[集评]

高亮功云:“感时溅泪,恨别惊心,不减读少陵诗。”(芸香草堂评《山中白云词》)

陈廷焯云:“‘销魂’,语极沉重。‘愁到’,声情凄怨。‘我何堪’哀而不伤,得情之正。”(《云韶集》)

又云：“以退让见高旷，襟怀自加人数等。”（《词则·别调集》）

声声慢

题吴梦窗遗笔①

烟堤小舫，雨屋深灯，春衫惯染京尘。舞柳歌桃②，心事暗恼东邻③。浑疑夜窗梦蝶，到如今、犹宿花阴。待唤起，甚江蓠摇落，化作秋声。　回首曲终人远，黯消魂、忍看朵朵芳云。润墨空题，惆怅醉魄难醒。独怜水楼赋笔④，有斜阳、不怕登临。愁未了，听残莺、啼过柳阴。

[注释]

①《全宋词》注：别本作“题梦窗自度曲霜花腴卷后”。　霜花腴卷：吴文英自度曲有《霜花腴》，后即亦此名其词集。张炎此词作于至元三十一年（依黄畬说），时梦窗已过世多年。　②舞柳歌桃：“樱桃樊素口，杨柳小蛮腰。”白居易诗中语，此指乐坊女子。　③东邻：指暗恋着宋玉的东家美女。见宋玉《登徒子好色赋》。　④水楼赋笔：吴文英咏西湖北山丰乐楼有《莺啼序·天吴驾云阆海》及《高阳台·修竹凝妆》，皆有盛名。

[集评]

高亮功云：“‘夜窗’句隐寓‘梦窗’二字，玉田生惯有此巧。情之至者每多疑似之词，昌黎文所谓‘传之非真’也。玉田之悼王碧山则曰‘想如今、醉魂未醒’，悼陈西麓则曰‘被万叠、闲云迷着’，与此云‘到如今、犹宿花阴’同一意理，‘听残莺啼柳’又与‘舞柳歌桃’心事暗触也。”（芸香草堂评《山中白云词》）

俞陛云云：“此词精到处，在‘梦蝶’二句，‘斜阳’三句。‘梦蝶’句谓寻芳梦觉，已化秋声。不如留宿花阴，沉酣不醒。有‘微生尽恋人间乐，只在襄王忆梦中’诗意。‘斜阳’、‘柳阴’句谓玉田怀友固可。而其词悲而丽，殆为梦窗空中传恨耶？夏闰庵云：‘玉田与诸名流酬唱，皆不苟作。’此词颇有梦窗之意，结语尤胜。”（《唐五代两宋词选释》）

徵 招

答仇山村见寄[1]

可怜张绪门前柳，相看顿非年少。三径已荒凉，更如今怀抱。薄游浑是感，满烟水、东风残照。古调谁弹，古音谁赏，风华空老。　　京洛染缁尘，悠然意，独对南山一笑。只在此山中，甚相逢不早。瘦吟心共苦，知几度、剪灯窗小。何时更、听雨巴山[2]，赋草池春晓[3]。

[注释]

①仇山村：仇远字仁近，号山村，以诗词名。有《无弦琴谱》。　②听雨巴山：用李商隐《夜雨寄北》“何当共剪西窗烛，却话巴山夜雨时”诗意，以表怀念。　③赋草：用谢灵运因梦见堂弟惠连而得“池塘生春草”之句典，以表二人关系之亲密与有助益。

甘 州

饯草窗归霅[1]

记天风、飞佩紫霞边[2]，顾曲万花深。甚相如情倦，少陵愁老，还叹飘零。短梦恍然今昔，故国十年心。回首三三径，松竹成阴。　　不恨片篷南浦，恨剪灯听雨，谁伴孤吟。料瘦筇归后，闲锁北山云。是几番、柳边行色，是几番、同醉古园林。烟波远，笔床茶灶[3]，何处逢君。

[注释]

①草窗：周密。　霅(zhà)：水名，即霅溪。在浙江湖州市南。亦为湖州之别称。草窗生于湖，晚年亦归老于湖。事在元贞元年(1295)。　②紫霞：杨缵，号紫霞，度宗淑妃之父，官列卿，居杭。工词，尤精于琴。周密久与之游，称其“知音妙天下”。　③笔床茶灶：犹言品茗、填词。

［集评］

高亮功云："过变下在他人必说草窗归后情事矣，此却只诉自家离索之苦，知非寻常应酬之格。'料瘦筇'四句，指点神情，栩栩欲话，想见先生与草窗朋游文宴之密。收笔切霅溪，故佳。"（芸香草堂评《山中白云词》）

陈廷焯云："精炼。玉田警句极多，不可枚举，然不及碧山处正在此。盖碧山几于浑化，并无惊奇可喜之句，令人悦目，所以为高，所以为大。"（《词则·大雅集》卷四）

又云："玉田工于造句，每令人拍案叫绝……又前调云：'料瘦筇归后，闲锁北山云。'"（《白雨斋词话》卷二）

夏闰庵云："此与《月下笛》一首皆浑成透到，渣滓全净，玉田胜处。"（俞陛云《唐五代两宋词浅释》引）

夏敬观云："叠三字，贯二句，俗调滑极。"（《吷庵词评》）

一萼红

弁阳翁新居，堂名志雅[①]，词名《蒉洲渔笛谱》

制荷衣。傍山窗卜隐，雅志可闲时。款竹门深[②]，移花槛小，动人芳意菲菲。怕冷落、蒉洲夜月，想时将、渔笛静中吹。尘外柴桑[③]，灯前儿女，笑语忘归。　分得烟霞数亩，乍扫苔寻径，拨叶通池。放鹤幽情，吟莺欢事，老去却愿春迟。爱吾庐、琴书自乐，好襟怀、初不要人知。长日一帘芳草，一卷新诗。

［注释］

①弁：湖洲小山名，周密因号弁阳翁。其新居有志雅堂。　②款竹：行走在竹径里。　③柴桑：地名，在九江，陶渊明故里。此指周密居处。

［集评］

陆辅之云："乐笑翁奇对：'款竹门深，移花槛小'、'扫苔寻径，拨叶通池。'"（《词旨》卷上）

高亮功云:“幽居乐事,一一绘出。收句所谓融情景于一家。”(芸香草堂评《山中白云词》)

高阳台

庆乐园即韩平原南园[①]。戊寅岁过之[②],仅存丹桂百馀株,有碑记在荆榛中,故末有亦犹今之视昔之感,复叹葛岭贾相之故庐也[③]

古木迷鸦,虚堂起燕,欢游转眼惊心。南圃东窗,酸风扫芳尘。鬓貂飞入平原草[④],最可怜、浑是秋阴。夜沉沉。不信归魂,不到花深。 吹箫踏叶幽寻去,任船依断石,袖裹寒云。老桂悬香,珊瑚碎击无声。故园已是愁如许,抚残碑,却又伤今。更关情。秋水人家,斜照西泠。

[注释]

①庆乐园:南宋韩侂胄故居,在杭州。侂胄以误国伏诛。 ②戊寅:南宋端宗祥兴元年(1278)。恭宗降元之次年。 ③贾相:贾似道,理宗时为相,作后乐园于葛岭,后以误国被诛于漳州。 ④“鬓貂”句:此指韩侂胄北伐失败,被诛,函封其首级送与金国求和事。

台城路

送周方山游吴[①]

朗吟未了西湖酒,惊心又歌南浦。折柳官桥,呼船野渡,还听垂虹风雨[②]。漂流最苦。况如此江山,此时情绪。怕有鸱夷[③],笑人何事载诗去。 荒台只今在否。登临休望远,都是愁处。暗草埋沙,明波洗月,谁念天涯羁旅。荷阴未暑。快料理归程,再盟鸥鹭。只恐空山,近来无杜宇。

[注释]

①周方山：周暕，字伯阳，号方山。泰州人。词入选月泉吟社第十九名。　吴：苏州。　②垂虹：桥名，在吴江县。　③鸱夷：范蠡灭吴后归隐江湖，号鸱夷子皮。

[集评]

高亮功云："萧中孚云：'一起黯然。送其游后望其归，又恐其不得归，情致缠绵，曲折不尽。'换头接法是再从游吴提起也。"（芸香草堂评《山中白云词》）

陈廷焯云："只缓缓写来，写到消魂之处，令人感慨不禁。'暗草'字字秀炼，却极纯雅，无斧凿痕迹。此白石之妙也。结冀其归来，而说来极娴雅。"（《云韶集》卷九）

桂枝香

送宾月叶公东归①

晴江迥阔。又客里天涯，还叹轻别。万里潮生一棹，柳丝犹结。荷衣好向山中补②，共飘零、几年霜雪。赋归何晚，依依径菊，弄香时节。　　料此去、清游未歇。引一片秋声，都付吟箧。落叶长安，古意对人休说。相思只在相留处，有孤芳、可怜空折。旧怀难写，山阳怨笛③，夜凉吹月。

[注释]

①宾月叶公：叶宾月，即叶东叙，永嘉人。　②荷衣：荷衣蕙带，指高人隐士之服。　③山阳怨笛：怀念亡友之笛声。向秀过山阳旧居，听到邻人吹笛，追念亡友嵇康、吕安，因作《思旧赋》。

庆春宫

金粟洞天[①]

蟾窟研霜[②],蜂房点蜡,一枝曾伴凉宵。清气初生,丹心未折,浓艳到此都消。避风归去,贮金屋、妆成汉娇[③]。粟肌微润,和露吹香,直与秋高。　　小山旧隐重招[④]。记得相逢,古道迢遥。把酒长歌,插花短舞,谁在水国吹箫。馀音何处,看万里、星河动摇。广庭人散,月淡天心,鹤下银桥。

[注释]

①金粟洞天:南宋勋臣和王杨沂中园林名。《武林旧事》卷五:"云洞园,杨和王府。"　金粟:桂花之别名。此为咏桂之作。　②蟾窟:月宫,传说月有蟾蜍,故称。　③汉娇:汉武帝为太子时曾云"若得阿娇,当以金屋贮之"。见《汉武故事》。　阿娇:长公主女,即陈皇后。　④小山:文体名:犹"大雅"、"小雅"。《小山》中有《招隐士》之文。见王逸《楚辞·招隐士》题解。

[集评]

夏敬观云:"此词稍凝重,微似梦窗。"(《吷庵词评》)

长亭怨

旧居有感[①]

望花外、小桥流水,门巷愔愔[②],玉箫声绝[③]。鹤去台空,佩环何处弄明月。十年前事,愁千折、心情顿别。露粉风香谁为主,都成消歇。　　凄咽。晓窗分袂处,同把带鸳亲结。江空岁晚,便忘了、尊前曾说。恨西风不庇寒蝉,便扫尽、一林残叶。谢杨柳多情,还有绿阴时节。

[注释]

①旧居有感：张炎为循王张俊裔孙。旧居在杭州南湖一带。元兵入杭，祖父被杀，故家乔木、一片凄凉，多于词中见之。 ②愔愔：寂静无声。 ③"玉箫"句：唐士子韦皋，馆于江夏姜氏，与侍婢玉箫相恋。皋归，一别七年，玉箫遂绝食死。此指自己的少年恋情。

[集评]

高亮功云："此等词不知情生于文，文生于情？'恨西风'以下数句，赋而比也。玩他虚字转折处，有对此茫茫百端交集之象。"（芸香草堂评《山中白云词》）

陈廷焯云："通篇无一字不呜咽，如断雁惊风，哀猿叫月。'恨西风'句，故作摆脱之笔，愈形凄恻。结笔从无可奈何处聊以自解。"（《云韶集》卷九）

梁启勋云："玉田乃循王之后。王孙落魄，重过故国，感伤不能自已，然'恨西风'，以下数句，则极风流蕴藉之致。"（《词学》下篇）

甘州

寄李筠房[1]

望涓涓、一水隐芙蓉，几被暮云遮。正凭高送目，西风断雁，残月平沙。未觉丹枫尽老，摇落已堪嗟。无避秋声处，愁满天涯。 一自盟鸥别后，甚酒瓢诗锦[2]，轻误年华。料荷衣初暖，不忍负烟霞。记前度剪灯一笑，再相逢、知在那人家。空山远，白云休赠，只赠梅花。

[注释]

①李筠房：即李彭老。 ②诗锦：以古锦囊盛诗句，为李贺存诗句于囊之典。已累见。

[集评]

高亮功云："前段即景，后段述怀。'记前度'二句，淡而有味。"（芸香

草堂评《山中白云词》)

甘　州

赵文升索赋散乐妓桂卿①

隔花窥半面，带天香、吹动一天秋。叹行云流水，寒枝夜鹊，杨柳湾头。浪打石城风急，难系莫愁舟。未了笙歌梦，倚棹西州。　　重省寻春乐事，奈如今老去，鬓改花羞。指斜阳巷陌，都是旧曾游。凭寄与、采芳俦侣②，且不须、容易说风流。争得似、桃根桃叶，明月妆楼。

[注释]

①赵文升：未详。　桂卿：歌伎名，姓武，张炎有《恋绣衾》词赠之。　散：遣散、放归。　②采芳："采芳洲兮杜若，将以遗兮下女。"见屈原《九歌·湘君》。此指桂卿。

[集评]

俞陛云云："起句便得神。'天香'句赠桂卿，语殊隽妙。"(《唐五代两宋词选释》)

疏　影

题宾月图①

雪空四野，照归心万里，千峰独立。身与天游。一洗襟怀，海镜倒涌秋白②。相逢懒问盈亏事，但脉脉、此情无极。是几番、飞盖追随③，桂底露衣香湿。　　闲款楼台夜色④。料水光未许，人世先得。影里分明，认得山河，一笑乱山横碧。乾坤许大须容我，浑忘了、醉乡犹客。待倩谁、招下清风，共结岁寒三益。

[注释]

①宾月图：叶东叔，号宾月。有《宾月堂诗》。善画，有《宾月堂图》。子叶伯几，与张炎友善。 ②“海镜”句：大海如镜，倒映出秋月的银光。 ③飞盖：飞奔的马车。车篷曰盖。 ④款：欣赏。

湘　月

赋云溪[①]

随风万里。已无心出岫，浮游天地。为问山中何所有，此意不堪持寄。淡薄相依，行藏自适[②]，一片松阴外。石根苍润，飘飘元是清气。　长伴暗谷泉生，晴光潋滟，湿影摇花碎。浊浊波涛江汉里，忽见清流如此。枝上瓢空，鸥前沙净，欲洗幽人耳。白蘋洲上，浩歌一棹春水。

[注释]

①云溪：未详。贝琼《清江集》有《题云溪耕隐》云：“云外青山山似莲，云溪隐者即神仙。”或即其人。 ②行藏：入世与退隐。

真珠帘

近雅轩即事

云深别有深庭宇，小帘栊、占取芳菲多处。花暗水房春，润几番酥雨[①]。见说苏堤晴未稳[②]，便懒趁、踏青人去。休去。且料理琴书，夷犹今古[③]。　谁见静里闲心，纵荷衣未葺，雪巢堪赋。醉醒一乾坤，任此情何许。茂树石床同坐久，又却被、清风留住。欲住。奈帘影妆楼，剪灯人语。

[注释]

①酥雨：春雨。韩愈《初春小雨》：“天街小雨润如酥。”此用其意。 ②见

说:听说。　③夷犹:从容不迫。

［集评］

陈廷焯云:“婉雅。只‘休去’二字,足见笔致不可捉摹处。胸襟超远,先生本色。结婉丽。”(《云韶集》卷九)

大圣乐

华春堂分韵同赵学舟赋[①]

隐市山林[②],傍家池馆,顿成佳趣。是几番临水看云,就树揽香,诗满阑干横处。翠径小车行花影,听一片春声人笑语。深庭宇。对清昼渐长,闲教鹦鹉。　芳情缓寻细数,爱碧草平烟红自雨。任燕来莺去,香凝翠暖,歌酒清时钟鼓。二十四帘冰壶里[③],有谁在箫台犹醉舞。吹笙侣,倚高寒、半天风露。

［注释］

①赵学舟:赵与仁,字元父,号学舟。宋宗室。　②隐市山林:把城市当作山林,隐居其中。　③冰壶:此指月光照映得园林如冰壶玉鉴,清澄一片。

瑞鹤仙

赵文升席上代去姬写怀[①]

楚云分断雨,问那回、因甚琴心先许[②]。匆匆话离绪。正花房峰闹,著春无处。残歌剩舞,尚隐约、当时院宇。黯消凝、铜雀深深,忍把小乔轻误。　休赋。玉尊别后,老叶沉沟,暗珠还浦[③]。欢游再数,能几日、采芳去。最无端做了,霎时娇梦,不道风流恁苦。把馀情、付与秋蛩，夜长自语。

[注释]

①去姬：遣去之小妾。 ②琴心：爱慕之心。 ③暗珠：人老珠黄，指年岁已大。 还浦：指回到故乡。

祝英台近

重过西湖书所见

水西船，山北酒，多为买春去。事与云消，飞过旧时雨。谩留一掬相思，待题红叶，奈红叶、更无题处。
正延伫[1]。乱花浑不知名[2]，娇小未成语。短棹轻装，逢迎段桥路[3]。那知杨柳风流，柳犹如此，更休道、少年张绪。

[注释]

①延伫：伫足观望。 ②乱花：野花，此指少女。 ③段桥：即孤山之段家桥，今称断桥。

恋绣衾

代题武桂卿扇

一枝凉玉攲路尘[1]，下瑶台、疑是梦云。怕趁取、西风去[2]，被何人、拈住皱裙[3]。 温柔只在秋波里，这些儿、真个动心。再同饮、花前酒，莫都忘、今夜夜深。

[注释]

①攲（qí）：斜立。 凉玉：指如玉的美人。 ②趁取：趁着。 ③皱裙：汉伶玄《赵飞燕外传》，飞燕于太液池歌舞《归风》、《送远》之曲。风起欲飞。帝令无方持后裙，风止，裙为之皱。因号“留仙裙”。

甘 州

赵文叔与余赋别十年馀。余方东游[①],文叔北归,况味俱寥落。更十年观此曲,又当何如耶

记当年、紫曲戏分花,帘影最深深。听惺忪语笑[②],香寻古字,谱掐新声[③]。散尽黄金歌舞,那处著春情。梦醒方知梦,梦岂无凭。　　几点别馀清泪,尽化作妆楼,断雨残云。指梢头旧恨,豆蔻结愁心。都休问、北来南去,但依依、同是可怜人。还漂泊,何时尊酒,却说如今。

[注释]

①张惠言批校《山中白云词》:"此词当在东游时,则丁酉也。"丁酉即大德元年(1297)。　②惺忪:睡梦初醒貌。　③谱掐:即按谱,打谱。

[集评]

高亮功云:"'香寻古字,谱掐新声'即目前所值之境。忆及当年,想到后来,不言情而情深矣。'几点'二句工妙。"(芸香草堂评《山中白云词》)

浣溪纱

犀押重帘水院深[①],柳绵扑帐昼愔愔。梦回孤蝶弄春阴。　　乍减楚衣收带眼[②],初匀商鼎熨香心[③]。燕归摇动护花铃。

[注释]

①犀押:用犀角制成的押帘的坠子。　②楚衣:华服。　收带眼:收紧罗带眼孔,说明又瘦了。　③商鼎:古鼎,香炉。

[集评]

俞陛云云:“写闺怨而无迹可寻。仅于‘孤蝶’及‘收带眼’五字,略露本义。”(《唐五代两宋词选释》)

菩萨蛮

蕊香不恋琵琶结[①],舞衣折损藏花蝶。春梦未堪凭,几时春梦真。　　愁把残更数,泪落灯前雨。歌酒可曾忺,情怀似去年。

[注释]

①琵琶结:琵琶声歇。　结:了、停止。

四字令

莺吟翠屏,帘吹絮云。东风也怕花瞋,带飞花赶春。　　邻娃笑迎,嬉游趁晴。明朝何处相寻,那人家柳阴。　　　　(以上《彊村丛书》本《山中白云词》卷三)

[集评]

俞陛云云:“词人送春之意数见不鲜,而风亦赶春。此意无人道及。下阕之意,其如陈思王惊艳耶?或谓春尽花飞,而邻娃依然嬉笑,若商女之不知恨耶?”(《唐五代两宋词选释》)

声声慢

己亥岁[①],自台回杭。雁旅数月,复起远兴。余冉冉老矣,谁能重写旧游编否

穿花省路[②],傍竹寻邻,如何故隐都荒。问取堤边,因

甚减却垂杨。消磨纵然未尽，满烟波、添了斜阳。空叹息，又翻成无限，杜老凄凉[3]。 一舸清风何处，把秦山晋水，分贮诗囊。髮已飘飘，休问岁晚空江。松陵试招旧隐[4]，怕白鸥、犹识清狂。渐溯远，望并州、却是故乡[5]。

[注释]

①己亥岁：元大德三年（1299），此词作于杭州。 ②省路：回忆旧时行路。 ③杜老：杜甫。 ④松陵：江苏吴江之古称。 ⑤并州：山西汾水中游地区。 "望并州"句：用唐人刘皂《渡桑干》"无端更渡桑干水，却望并州是故乡"诗意。

[集评]

高亮功云："'雁旅'二字甚新。前段叙自台回杭，后段叙复起远兴。'消磨'句，须玩他顿挫清越，顿挫则越条达。下片与前段体开神合，此种章法，洵神明于规矩之中。"（芸香草堂评《山中白云词》）

俞陛云云："'秦山晋水'及'并州'等句，玉田以西秦凤翔人，随宦临安，而年少流寓北方颇久。故结句用'却望并州是故乡'诗意。浮屠桑下，未能忘情也。"（《唐五代两宋词选释》）

杏花天

赋疏杏

湘罗几剪粘新巧[1]，似过雨、胭脂全少。不教枝上春痕闹[2]，都被海棠分了。 带柳色、愁眉暗恼，谩遥指、孤村自好。深巷明朝休起早，空等卖花人到。

[注释]

①"湘罗"句：言杏花之美如湘罗剪出。 湘罗：湘地之罗绮。 ②春痕闹：用宋祁《玉楼春》"红杏枝头春意闹"词意。

醉落魄

柳侵阑角，画帘风软红香泊[①]。引人蝴蝶翻轻薄。已自关情，和梦近来恶。　　眉梢轻把闲愁著，如今愁重眉梢弱。双眉不画愁消却。不道愁痕，来傍眼边觉。

[注释]

①红香泊：残花聚在一起。

[集评]

俞陛云云："下阕五句重叠写愁，如剥茧抽丝，词心与愁心皆相引而弥长。一线盘旋，为小令中别成一格。"（《唐五代两宋词选释》）

甘　州

题戚五云云山图[①]

过千岩万壑古蓬莱，招隐竟忘还。想乾坤清气，霏霏冉冉，却在阑干。洞户来时不锁，归水映花关。只可自怡悦，持寄应难。　　狂客如今何处，甚酒船去后，烟水空寒。正黄尘没马，林下一身闲。几消凝、此图谁画，细看来、元不是终南[②]。无心好、休教出岫，只在深山。

[注释]

①戚五云：元人，名明瑞，字子云。读书于会稽五云山，因号五云。　云山图：《五云山图》，为赵孟頫所作。　②终南：终南山，在长安南。唐之名士往往隐居于此，以待朝廷召用，时称"终南捷径"。此反用其意。

[集评]

高亮功云："前段写景，后段叙情。想戚之为是图也，有归隐之心而实

未尝隐也,故后段似有规意。”(芸香草堂评《山中白云词》)

小重山

赋云屋

清气飞来望似空。数椽何用草[①],膝堪容。卷将一片当帘栊。难持赠,只在此山中。 鱼影倦随风。无心成雨意,又西东。都缘窗户自玲珑。江枫外,不隔夜深钟。

[注释]

①“数椽”句:檩上木条,用置屋瓦。 草:茅草。

声声慢

西 湖[①]

晴光转树,晓气分岚,何人野渡横舟。断柳枯蝉,凉意正满西州。匆匆载花载酒,便无情、也自风流。芳昼短,奈不堪深夜,秉烛来游。 谁识山中朝暮,向白云一笑,今古无愁。散髪吟商[②],此兴万里悠悠。清狂未应似我,倚高寒、隔水呼鸥。须待月,许多清、都付与秋。

[注释]

①《全宋词》注:别本作“与王碧山泛舟鉴曲,王蕺隐吹箫,余倚歌而和。天阔秋高,光景奇绝,与姜白石垂虹夜游,同一清致也”。 王碧山:王沂孙别号。 鉴曲:鉴湖,在绍兴。 王蕺隐:王迪简,字廷吉,号蕺隐。 ②吟商:吟曲。姜白石有《醉吟商小品》。

木兰花慢

为静春赋①

幽栖身懒动，邃庭悄、日偏长。甚不隐山林，不喧车马，不断生香②。澄心淡然止水，笑东风、引得落花忙。慵对鱼翻暗藻，闲留莺管垂杨。　徜徉，净几明窗。穿窈窕、染芬芳。看白鹤无声，苍云息影③，物外行藏。桃源去尘更远，问当年、何事识渔郎。争似重门昼掩，自看生意池塘④。

［注释］

①静春：袁易，字通甫，长洲人。居吴淞，筑室曰"静春"，著《静春堂集》。　②不断生香：即香花不断。　③苍云：青云。　④生意池塘：用谢灵运"池塘生春草"诗意，谓小院生机勃勃。

玉蝴蝶

赋玉绣球花①

留得一团和气，此花开尽，春已规圆②。虚白窗深，恍讶碧落星悬。飐芳丛、低翻雪羽③，凝素艳、争簇冰蝉。向西园。几回错认，明月秋千。　欲觅生香何处，盈盈一水，空对娟娟。待折归来，倩谁偷解玉连环。试结取、鸳鸯锦带，好移傍、鹦鹉珠帘。晚阶前。落梅无数，因甚啼鹃。

［注释］

①玉绣球花：白色绣球花，春月开花。　②春已规圆：谓春工于季末成就了此一球形名花。　③雪羽：白色的鸟羽。此形容玉绣球花。

南楼令

寿邵素心席间赋[①]

一片赤城霞[②]，无心恋海涯。远飞来、乔木人家。且向琴书深处隐，终胜似、听琵琶。　休近七香车[③]，年华已破瓜[④]。怕依然、刘阮桃花。欲问长生何处好，金鼎内、转丹砂。

[注释]

①邵素心：其人不详。　②赤城：山名，在浙江天台北。　③七香车：华美的车子。　④破瓜：十六岁。

国　香

赋　兰

空谷幽人。曳冰簪雾带，古色生春.结根未同萧艾[①]，独抱孤贞[②]。自分生涯淡薄，隐蓬蒿、甘老山林。风烟伴憔悴，冷落吴宫，草暗花深。　霁痕消蕙雪，向崖阴饮露，应是知心。所思何处，愁满楚水湘云。肯信遗芳千古，尚依依、泽畔行吟。香痕已成梦，短操谁弹，月冷瑶琴。

[注释]

①萧艾：野蒿之类，味臭，与香兰异。《离骚》："何昔日之芳草兮，今直为此萧艾也。"　②孤贞：孤高贞洁的品格。

[集评]

高亮功云："'所思'二句，颇能为国香传神。结亦韵。"（芸香草堂评《山中白云词》）

探春慢

己亥客阖闾①，岁晚江空，暖雨夺雪，篝灯顾影，依依可怜。作此曲，寄戚五云。书之，几脱腕也

列屋烘炉，深门响竹，催残客里时序。投老情怀，薄游滋味，消得几多凄楚。听雁听风雨，更听过、数声柔橹。暗将一点归心，试托醉乡分付。　　借问西楼在否。休忘了盈盈，端正窥户。铁马春冰②，柳蛾晴雪③，次第满城箫鼓。闲见谁家月，浑不记、旧游何处。伴我微吟，恰有梅花一树。

[注释]

①己亥：大德三年（1299）。　阖闾：苏州之古称，吴王阖闾建都于此。　②铁马：檐前风铃。　③柳蛾：闹娥、雪柳，元宵节妇女头饰。

[集评]

先著、程洪云："白石老仙以后，只有此君与之并立。以上两词（按：另一首是姜夔的《探春慢》'衰草愁烟'），工力悉敌，试掩姓氏观之，应不辨孰为尧章，孰为叔夏。"（《词洁辑评》卷三）

烛影摇红

答邵素心

隔水呼舟，采香何处追游好①。一年春事二分花，犹有花多少。　　容易繁华过了，趁园林、飞红未扫。旧醒新醉，几日不来，绿阴芳草。

[注释]

①采香：采香径，在苏州灵岩山畔。

木兰花慢

丹谷园

万花深处隐，安一点、世尘无。步翠麓幽寻，白云自在，流水萦纡。携歌缓游细赏，倩何人、重写辋川图[①]。迟日香生草木[②]，淡风声和琴书。　安居，歌引巾车[③]。童放鹤、我知鱼[④]。看静里闲中，醒来醉後，乐意偏殊。桃源带春去远，有园林、如此更何如。回首丹光满谷，恍然却是蓬壶。

[注释]

①辋川图：王维自绘其蓝田别墅景色为《辋川图》。　②迟日：和暖的春日。　③巾车：有车篷的车子。　巾：车篷。　④知鱼：庄子与惠子观鱼濠梁之上。庄子曰：鱼之乐，我知之矣。此言与游鱼同乐。

意难忘

中吴车氏，号秀卿，乐部中之翘楚者[①]，歌美成曲得其音旨[②]。余每听，辄爱叹不能已，因赋此以赠。余谓有善歌而无善听，虽抑扬高下，声字相宜[③]，倾耳者指不多屈。曾不若春蚓秋蛩，争声响于月篱烟砌间，绝无仅有。余深感于斯，为之赏音，岂亦善听者耶

风月吴娃。柳阴中认得，第二香车。春深妆减艳，波转影流花。莺语滑，透纹纱。有低唱人夸。怕误却，周郎醉眼，倚扇佯遮。　底须拍碎红牙[④]。听曲终奏雅[⑤]，可是堪嗟。无人知此意，明月又谁家。尘滚滚，老年华。付情在琵琶。更叹我，黄芦苦竹，万里天涯。

[注释]

①乐部:指属于乐籍的官妓。 翘楚:突出优秀。 ②美成:周邦彦,号美成。《意难忘》为美成自创之词,声情美听。 ③相宜:相互映衬、发挥,犹相得益彰。 ④底须:何须。 红牙:红色檀木拍板。 ⑤奏雅:声情美听的结尾。

[集评]

高亮功云:"不惜歌者苦,但伤知音稀,自古悲之矣。'怕误却'二句,作一折笔,使换头陡接有势,善歌善听,针芥相投,亦于此可见。下片至此青衫尽湿矣。"(芸香草堂评《山中白云词》)

壶中天

养拙园夜饮[①]

瘦筇访隐,正繁阴闲锁,一壶幽绿[②]。乔木苍寒图画古,窈窕行人韦曲[③]。鹤响天高,水流花净,笑语通华屋。虚堂松外,夜深凉气吹烛。 乐事杨柳楼心,瑶台月下,有生香堪掬。谁理商声帘外悄[④],萧瑟悬珰鸣玉。一笑难逢,四愁休赋[⑤],任我云边宿。倚阑歌罢,露萤飞上秋竹。

[注释]

①养拙园:园名。周密《草窗韵语四稿》有"养拙园桐丘五古诗"。 ②一壶:一片。 壶:壶天胜境。 ③韦曲:唐长安南郊著名风景区,韦氏世世居此。此指美景。 ④谁理商声:谁奏秋声之曲。 ⑤四愁:张衡有《四愁诗》。

壶中天

赋秀野园清晖堂[①]

穿幽透密,傍园林宴乐,清时钟鼓。帘隔波纹分昼影，融得一壶春聚。篆径通花[2]，花多迷径，难省来时路。缓寻深静，野云松下无数。 空翠暗湿荷衣，夷犹舒啸[3]日涉成佳趣。香雪因风晴更落，知是山中何树。响石横琴，悬崖拥槛，待月慵归去。忽来诗思，水田飞下白鹭。

[注释]

①别本作“为陆义斋赋清晖山堂”。 义斋：陆垕之号。秀野园为其别墅，在江苏江阴县境。 ②篆径：弯曲的花径。 ③夷犹：从容自在。

清波引

横舟，是时以湖湘廉使归[1]

江涛如许，更一夜听风听雨。短篷容与，盘礴那堪数[2]。弭节澄江树[3]，不为莼鲈归去。怕教冷落芦花，谁招得旧鸥鹭。 寒汀古溆，尽日无人唤渡。此中清楚，寄情在谭麈[4]，难觅真闲处，肯被水云留住。泠然棹入川流，去天尺五。

[注释]

①湖湘廉使：指陆垕。时任湖湘廉使。 ②盘礴：徘徊。 ③弭(mǐ)节：停车。 ④谭麈：谈话时挥动的拂尘（麈尾）。

暗 香

送杜景斋归永嘉

猗兰声歇[1]。抱孤琴思远，几番弹彻。洗耳无人，寂寂行歌古时月。一笑东风又急。黯消凝、恨听啼鴂。想少陵、还叹飘雪，遣兴在吟篋。　　愁绝，更离别。待款语迟留[②]，赋归心切。故园梦接，花影闲门掩春蝶。重访山中旧隐，有羁怀、未须轻说。莫相忘，堤上柳、此时共折。

[注释]

①猗兰：《猗兰操》，琴曲名。　②款语：亲切交谈。

一萼红

束季博园池[①]，在平江文庙前

舣孤篷[②]。正丛篁护碧，流水曲池通。伛偻穿岩，纡盘寻径，忽见倒影凌空。拥一片、花阴无地，细看来、犹带古春风。胜事园林，旧家陶谢[③]，诗酒相逢。　　眼底烟霞无数，料神仙即我，何处崆峒[④]。清气分来，生香不断，洞户自有云封。认奇字、摩挲峭石，聚万景、只在此山中。人倚虚阑唤鹤，月白千峰。

[注释]

①束季博：平江（苏州）名士。牟巘、袁易都有题束季博山园之作。见《陵阳集》与《静春堂集》。　②舣：舟泊岸。　③陶谢：陶渊明、谢灵运。　④崆峒：山名，在河南临汝东南。黄帝问道广成子之处。

霜叶飞

悼澄江吴立斋[①]　南塘、不碍、云山，皆其亭名

故园空杳，霜风劲、南塘吹断瑶草。已无清气碍云山，奈此时怀抱。尚记得、修门赋晓[②]，杜陵花竹归来早。

傍雅亭幽榭，惯款语英游，好怀无限欢笑。 不见换羽移商[③]，杏梁尘远，可怜都付残照。坐中泣下最谁多，叹赏音人少。怅一夜、梅花顿老。今年因甚无诗到。待唤起清魂□，说与凄凉，定应愁了。

[注释]

①吴立斋：曹伯启有《南塘戏赠立斋主人》诗，当即其人。 ②修门：本楚郢都城门。后泛指京都城门。 ③换羽移商：变换曲调。

忆旧游

寄 友

记琼筵卜夜[①]，锦槛移春[②]，同恼莺娇。暗水流花径，正无风院落，银烛迟销。闹枝浅压髻髻[③]，香脸泛红潮。甚如此游情，还将乐事，轻趁冰消。 飘零又成梦，但长歌袅袅，柳色迢迢。一叶江心冷，望美人不见，隔浦难招。认得旧时鸥鹭，重过月明桥。溯万里天风，清声谩忆何处箫。

[注释]

①卜夜：消受夜景。 ②移春：度过春光。 ③闹枝：杏花。用宋祁"红杏枝头春意闹"诗意。

[集评]

高亮功云："写冶游景物亦佳。"（芸香草堂评《山中白云词》）

陈廷焯云："婉雅。只'休去'二字，足见笔致不可捉摹处。胸襟超远，先生本色。结婉丽。" 又云："措语超脱而幽秀。"（《云韶集》卷九）

木兰花慢

舟中有怀澄江陆起潜皆山楼昔游①

水痕吹杏雨，正人在、隔江船。看燕集春芜，渔栖暗竹，湿影浮烟。馀寒尚犹恋柳，怕东风、未肯擘晴绵②。愁重迟教醉醒，梦长催得诗圆。　楼前。笑语当年。情款密、思留连。记白月依弦，青天堕酒，衮衮山川③。垂髫至今在否④，倚飞台、谁掷买花钱。不是寻春较晚，都缘听得啼鹃。

[注释]

①澄江：门名，在江苏江阴境。　陆起潜：其人不详，疑是江阴陆垕族人。　②擘晴绵：吹散柳絮。　擘：分开，拆开。　③衮衮（gǔn）：连绵不绝。　④垂髫：此指少女。

[集评]

许昂霄云："乐笑翁警句：'水痕吹杏雨，正人在、隔江船。'"（《词综偶评·补遗》）

潇潇雨

泛江有怀袁通父、唐月心①

空山弹古瑟，掬长流、洗耳复谁听。倚阑干不语，江潭树老，风挟波鸣。愁里不须啼鴂，花落石床平。岁月鸥前梦，耿耿离情。　记得相逢竹外，看词源倒泻，一雪尘缨②。笑匆匆呼酒，飞雨夜舟行。又天涯、零落如此，掩闲门、得似晋人清。相思恨，趁杨花去，错到长亭。

[注释]

①袁通父:袁易,字通甫(父)。　唐月心:唐希贤,字月心。　②一雪尘缨:一洗帽缨上的灰尘。

[集评]

陈廷焯云:"哀怨沉痛,故国之思,溢于言外。"(《别调集》卷二)

台城路

抵吴,书寄旧友

分明柳上春风眼,曾看少年人老。雁拂沙黄,天垂海白,野艇谁家昏晓。惊心梦觉。谩慷慨悲歌,赋归不早。想得相如,此时终是倦游了。　经行几度怨别,酒痕消未尽,空被花恼。茂苑重来[①],竹溪深隐[②],还胜飘零多少。羁怀顿扫。尚识得妆楼,那回苏小。寄语盟鸥,问春何处好。

[注释]

①茂苑:本左思《吴都赋》"带朝夕之浚池,佩长洲之茂苑"。此指花木繁盛之园囿。　②竹溪:李白与孔巢父等居徂徕山,号竹溪六逸。此指吴郡宜隐之地。

[集评]

先著云:"张炎'分明柳上春风眼'。美成(周邦彦)如杜。白石兼王、孟、韦、柳之长。与白石并有中原者,后起之玉田也。"(《词洁辑评》卷五)

木兰花慢

赵鹤心问余近况[①]，书以寄之

目光牛背上[②]，更时把、汉书看。记落叶江城，孤云海树，漂泊忘还。悬知偶然是梦[③]，梦醒来、未必是邯郸。笑指萤灯借暖，愁怜镜雪惊寒。　　投闲，寄傲怡颜。要一似、白鸥闲。且旋缉荷衣，琴尊客里，岁月人间。菟裘渐营瘦竹[④]，任重门、近水隔花关。数亩清风自足，元来不在深山。

［注释］

①赵鹤心：未详。据前《甘州·题赵药牖山居》下阕与此词略近。“怡颜”，又为赵药牖居所之亭名，因疑“鹤心”或即“药牖”之别号。　②“目光”句：李密乘牛车，挂《汉书》牛角上，且行且读。见《新唐书·李密传》。　③悬知：料想。　④菟裘：告老归隐处。见《左传·隐公十一年》

瑶台聚八仙

杭友寄声，以词答意

秋水涓涓，人正远、鱼雁待拂吟笺。也知游意，多在第二桥边[①]。花底鸳鸯深处影，柳阴淡隔里湖船。路绵绵。梦吹旧笛，如此山川。　　平生几两谢屐[②]，任放歌自得，直上风烟。峭壁谁家，长啸竟落松前。十年孤剑万里，又何似、畦分抱瓮泉[③]。山中酒，且醉餐石髓[④]，白眼青天。

［注释］

①第二桥：西湖苏堤之锁澜桥，亦名第二桥。　②谢屐：谢灵运制登山屐。上山去前齿，下山去后齿。世称谢屐。又阮孚自吹火蜡屐，叹曰：

"未知一生能着几两屐。"见《世说新语·雅量》。此略用其意。　③抱瓮:抱瓮灌园,喻生活休闲自得。语出《庄子·天地》。　④石髓:石钟乳。

[集评]

高亮功云:"从答意直起,前段贴杭州说,后段贴自己说。'花底'二句,写西湖承平风景,如在目前。"(芸香草堂评《山中白云词》)

摸鱼子

寓澄江,喜魏叔皋至[①]

想西湖、段桥疏树,梅花多是风雨。如今见说闲云散,烟水少逢鸥鹭。归未许。又款竹谁家,远思愁□庾[②]。重游倦旅。纵认得乡山,长江滚滚,隔浦正延伫。　垂杨渡,握手荒城旧侣。不知来自何处。春窗剪韭青灯夜,疑与梦中相语。阑屡拊[③]。甚转眼流光,短髪真堪数。从教醉舞。试借地看花,挥毫赋雪,孤艇且休去。

[注释]

①澄江:门名,在江阴。一说,在无锡。　魏叔皋:魏峻,号方泉,字叔皋。或即此人。　②"远思"句:另本作"远思愁徐庾"。　徐庾:南朝文人徐陵、庾信。　③阑屡拊:手拍阑干不断。

壶中天

陆性斋筑葫芦庵[①],结茅于上,植桃于外,扁曰小蓬壶

海山缥缈。算人间自有,移来蓬岛。一粒粟中生倒景[②],日月光融丹灶。玉洞分春,雪巢不夜,心寂凝虚照。鹤溪游处,肯将琴剑同调。　休问挂树瓢空,窗前清意,赢得不除草。只恐渔郎曾误入,翻被桃花一笑。润色茶经,

评量山水，如此闲方好。神仙陆地，长房应未知道[③]。

[注释]

①陆性斋：陆大猷，字雅叔，号性斋。家有桃园、葫芦庵等。 ②一粒粟：用《五灯会元》“一粒粟中藏世界，半升铛内煮乾坤”之意。 倒景：返照的日影。 ③长房：费长房，东汉汝南人，传说从壶公学道得仙术。

风入松

题澄江仙刻海山图[①]。或云桃源图。《夷坚志》云：七十二女仙，正合霓裳古曲。仇仁近一诗精妙详尽，余词不能工也

危楼古镜影犹寒，倒景忽相看。桃花不识东西晋[②]，想如今、也梦邯郸。缥缈神仙海上，飘零图画人间。 宝光丹气共回环，水弱小舟闲。秋风难老三珠树[③]，尚依依、脆管清弹。说与霓裳莫舞，银桥不到深山。

[注释]

①仙刻海山图：仇远《海上图澄江仙刻》诗云“老仙指甲坚如铁，夜画枯衫出宫阙……我将就此逍遥游，高步青云拾明月”。 仇远：字仁近。 ②“桃花”句：此用《桃花源记》中所云，此中避秦人不知有汉，无论魏晋之意。 ③三珠树：传说中的宝树，如柏，叶皆为珠。见《山海经·海外南经》

数花风

别义兴诸友[①]

好游人老，秋鬓芦花共色。征衣犹恋去年客，古道依然黄叶。谁家萧瑟，自笑我、如何是得。 酒楼仍在，

流落天涯醉白[2]。孤城寒树美人隔。烟水此程应远，须寻梅驿。又渐数、花风第一[3]。

[**注释**]

①义兴：江苏宜兴之古称。　②醉白：以嗜酒乐天之白居易自喻。韩琦作醉白堂于私第，取白乐天池上之诗意也。　③花风第一：梅花为二十四番花信风之首。

南楼令

风雨怯殊乡，梧桐又小窗。甚秋声、今夜偏长。忆著旧时歌舞地，谁得似、牧之狂[1]。　茉莉拥钗梁，云窝一枕香[2]。醉瞢腾、多少思量。明月半床人睡觉，听说道、夜深凉。

[**注释**]

①牧之狂：杜牧，字牧之。有赠紫云诗云“华堂今日绮筵开，谁唤分司御史来？忽发狂言惊四座，两行红袖一时回”。　②云窝：云鬟。

[**集评**]

陈廷焯云：“入愁人耳中，自觉秋声长。若至明日，又觉更长于今夜。愁人心中耳中事也。”(《云韶集》卷九)

南楼令

送黄一峰游灵隐[1]

重整旧渔蓑，江湖风雨多。好襟怀、近日消磨。流水桃花随处有，终不似、隐烟萝。　南浦又渔歌，挑云泛远波。想孤山、山下经过。见说梅花都老尽，凭为问、是如何[2]。

[注释]

①黄一峰：黄公望，字子久，号一峰，又号大痴道人。常熟人。　②凭：向谁。

[集评]

俞陛云云："下阕高洁如梅花，亦复老尽。犹'新愁也到鸥边'。'为问'、'如何'句，问何以劫到梅花？则滔滔浊世，更无招隐地矣。"（《唐五代两宋词选释》）

淡黄柳

赠苏氏柳儿

楚腰一捻，羞剪青丝结[1]。力未胜春娇怯怯，暗托莺声细说。愁凴眉心鬥双叶。　正情切，柔枝未堪折。应不解、管离别。奈如今已入东风睫。望断章台[2]，马蹄何处，闲了黄昏淡月。

[注释]

①青丝：秀髮。　结：髻子。　②章台：汉宫名，在西安城南。后为妓女居处。

清平乐[1]

候蛩凄断[2]，人语西风岸。月落沙平江似练，望尽芦花无雁。　暗教愁损兰成[3]，可怜夜夜关情。只有一枝梧叶，不知多少秋声。

[注释]

①清平乐:此词据《词旨》作者陆辅之《碧梧苍石图题跋》云,“此友人张叔夏赠余之作也。……转瞬二十一载,今卿卿,叔夏皆成故人,恍如隔世,遂书于卷首,以记一时之感慨云。” ②候蛩:秋候之鸣虫,指蟋蟀。 ③兰成:庾信,小字兰成。有《哀江南赋》、《伤心赋》等,其情甚悲。

[集评]

许昂霄云:“‘只有一枝梧叶’二句,淡语能腴,常语有致,唯玉田为然。”(《词综偶评》)

高亮功云:“‘只有’二句,盖炼极而返于自然也。”(芸香草堂评《山中白云词》)

陈廷焯云:“秋江图画,笔法自高,亦是因感有得。”(《云韶集》)

俞陛云云:“‘梧叶’十二字,如絮浮水,如露滴荷,虽沾而非著。词中胜境,妙手偶得之。”(《唐五代两宋词选释》)

虞美人

余昔赋柳儿词,今有杜牧重来之叹[①]。刘梦得诗云:“春尽絮飞留不住,随风好去落谁家。”作忆柳曲

修眉刷翠春痕聚,难剪愁来处。断丝无力绾韶华,也学落红流水、到天涯。 那回错认章台下,却是阳关也。待将新恨趁杨花[②],不识相思一点、在谁家。

[注释]

①杜牧重来之叹:《唐诗纪事》记杜牧游湖中,得垂髫十馀岁。后十四年,牧官湖州刺史,其人已嫁而生子。乃为诗曰:“自是寻芳去较迟,不须惆怅怨芳时。狂风落尽深红色,绿叶成阴子满枝。” ②趁杨花:追赶杨花。

[集评]

高亮功云："'断丝'句甚新巧。'章台'、'阳关'柳上典故却用得如许顿宕。"（芸香草堂评《山中白云词》）

陈廷焯云："情事宛转连出。"（《闲情集》卷二）

减字木兰花

寄车秀卿

锁香亭榭[1]，花艳烘春曾卜夜。空想芳游，不到秋凉不信愁。　酒迟歌缓，月色平分窗一半。谁伴孤吟，手擘黄花碎却心。

[注释]

①锁香亭榭：关闭着有香花的亭榭。

踏莎行

柳未三眠[1]，风才一讯[2]。催人步屟吹笙径[3]。可曾中酒似当时，如今却是看花病。　老愿春迟，愁嫌昼静。秋千院落寒犹剩。卷帘休问海棠开，相传燕子归来近。

[注释]

①柳未三眠："汉苑中有柳状如人形，号曰人柳。一日三眠三起。"见《三辅旧事》。　②一讯：《四印斋本》"讯"作"信"，是。　一信：一番花信风。　③步屟：步履声。　屟：木屐鞋，行走有声。

南乡子

忆　春

歌扇锦连枝，问著东风已不知。怪底楼前多种柳，相思。那叶浑如旧样眉。　醉里眼都迷，遮莫东墙带笑窥[①]。行到寻常游治处，慵归。只道看花似向时[②]。

[注释]

①遮莫：任，尽教。　东墙：用宋玉东邻美女凭墙窥宋玉事，言受到美女的钟爱。　②向时：前时。

蝶恋花

赠杨柔卿

颇爱杨琼妆淡注[①]。犹理螺鬟，扰扰鬆云聚。两剪秋痕流不去，佯羞却把周郎顾。　欲诉闲愁无说处。几过莺帘，听得间关语。昨夜月明香暗度，相思忽到梅花树。

[注释]

①杨琼：唐代歌伎。刘禹锡、白居易都有诗相赠。此指歌女杨柔卿。淡注：清新明净貌。

蝶恋花

陆子方饮客杏花下[①]

仙子锄云亲手种。春闹枝头，消得微霜冻。可是东风吹不动，金铃悬网珊瑚重[②]。　社燕盟鸥诗酒共。未足游情，刚把斜阳送。今夜定应归去梦，青蘋流水箫声弄。

[注释]

①陆子方：陆文圭，字子方，江阴人。学者称墙东先生。 ②金铃：护花的铜铃。于花丛悬红绳为网，密缀小铃，以惊鸟雀。

蝶恋花

赋艾花[①]

巧结分枝粘翠艾。剪剪香痕，细把泥金界[②]。小簇葵榴芳锦隘，红妆人见应须爱。 午镜将拈开凤盖[③]。倚醉凝娇，欲戴还慵戴。约臂犹馀朱索在，梢头添挂朱符袋[④]。

[注释]

①艾花：剪艾叶为花形，以应端阳节气。如艾虎等，用辟邪气。 ②泥金界：用金粉涂饰周框。 ③凤盖：此指凤冠霞佩，贵妇头饰。 ④朱符：朱砂书写的符咒。

清平乐

赠处梅[①]

暗香千树，结屋中间住。明月一方流水护，梦入梨云深处。 清冰隔断尘埃，无人踏碎苍苔。一似逋仙归后[②]，吟诗不下山来。

[注释]

①处梅：陆处梅，作者诗友。 ②逋仙：林和靖，名逋。此以比陆处梅。

烛影摇红

隔窗闻歌

闲苑深迷，趁香随粉都行遍。隔窗花气暖扶春[①]，只许莺莺占[②]。烛焰晴烘醉脸，想东邻、偷窥笑眼。欲寻无处，暗掐新声，银屏斜掩。　　一片云闲，那知顾曲周郎怨。看花犹自未分明，毕竟何时见。已信仙缘较浅，谩凝思、风帘倒卷。出门一笑，月落江横，数峰天远。

[注释]

①扶春：烘托春意。　②莺莺：此指隔窗歌女。

露　华

碧　桃

乱红自雨[①]，正翠蹊误晓，玉洞明春。蛾眉淡扫，背风不语盈盈。莫恨小溪流水，引刘郎、不是飞琼[②]。罗扇底，从教净冶[③]，远障歌尘[④]。　　一掬莹然生意，伴压架酴醾，相恼芳吟。玄都观里，几回错认梨云。花下可怜仙子，醉东风、犹自吹笙。残照晚，渔翁正迷武陵。

[注释]

①"乱红"句：落花如雨下。　②刘郎：此指刘晨，曾于天台遇女仙。　飞琼：许飞琼，女仙名。　③净冶：洁净美艳。　④"远障"句：以歌扇掩面遮蔽红尘。

解语花[1]

吴子云家姬[2]，号爱菊，善歌舞，忽有朝云之感[3]，作此以寄

行歌趁月，唤酒延秋，多买莺莺笑。蕊枝娇小。浑无奈、一掬醉乡怀抱。筹花鬥草。几曾放、好春闲了。芳意阑，可惜香心，一夜酸风扫。　海上仙山缥缈[4]。问玉环何事[5]，苦无分晓。旧愁空杳。蓝桥路、深掩半庭斜照。馀情暗恼。都缘是、那时年少。惊梦回、懒说相思，毕竟如今老。

［注释］

①唐氏按：此首《历代诗馀》卷七十一误作周邦彦词。　②吴子云：吴士龙，江泽人，字子云。吴从龙，奉化人，亦字子云，未知孰是。　③朝云之感：苏轼侍妾朝云，姓王。曾歌“花褪残红青杏小”之句，不胜伤感。卒于惠州，东坡有诗文纪之。　④“海上”句：本白居易《长恨歌》“忽闻海上有仙山，山在虚无缥缈间”。　⑤玉环：杨贵妃小名玉环。

祝英台近

余老矣，赋此为猿鹤问[1]

及春游，卜夜饮[2]，人醉万花醒。转眼年华，白髮半垂领。与鸥同一清波，风蘋月树[3]，又何事、浮踪不定。　静中省。便须门掩柴桑，黄卷伴孤隐。一粟生涯[4]，乐事在瓢饮。爱闲休说山深，有梅花处，更添个、暗香疏影。

［注释］

①猿鹤问：问候故山猿鹤，表示怀念故乡。　②卜夜饮：通宵狂

饮。 ③风蘋:像风吹蘋草一样漂流不定。 月树:月照树影。 ④一粟生涯:本苏轼《赤壁赋》“寄蜉蝣于天地,渺沧海之一粟”。

瑶台聚八仙

菊日寓义兴[①],与王觉轩会饮[②],酒中书送白廷玉[③]

楚竹闲挑,千日酒、乐意稍稍渔樵[④]。那回轻散,飞梦便觉迢遥。似隔芙蓉无路到,如何共此可怜宵。旧愁消。故人念我,来问寂寥。 登临试开笑口,看垂垂短髮,破帽休飘。款语微吟,清气顿扫花妖。明朝柳岸醉醒,又知在烟波第几桥。怀人处,任满身风露,踏月吹箫。

[注释]

①菊日:重阳日。 ②王觉轩:王天觉,字觉轩。元时任兰溪州判。 ③白廷玉:白珽,字廷玉,儒学教官。晚居西湖,号湛渊。 ④千日酒:相传狄希造酒,饮之醉千日。

满江红

韫玉传奇惟吴中子弟为第一流[①],所谓识拍道字正声清韵不狂惧得之矣。作平声《满江红》赠之

傅粉何郎[②],比玉树、琼枝谩夸。看生子、东涂西抹,笑语浮华。蝴蝶一生花里活,似花还却似非花。最可人、娇艳正芳年,如破瓜。 离别恨,生叹嗟。欢情事,起喧哗。听歌喉清润,片玉无瑕。洗尽人间笙笛耳,赏音多向五侯家[③]。好思量、都在步莲中[④],裙翠遮。

[注释]

①韫玉:杨韫玉,为南戏传奇名家。 ②何郎:三国魏人何晏,美

姿容，面如傅粉。 ③五侯：汉桓帝一日封近侍五人为侯。此指权贵豪门。 ④步莲：莲步。

摸鱼子

别处梅

向天涯、水流云散，依依往事非旧。西湖见说鸥飞去，知有海翁来否[①]。风雨后。甚客里逢春，尚记花间酒。空嗟皓首。对茂苑残红，携歌占地，相趁小垂手[②]。 归时候，花径青红尚有。好游何事诗瘦。龟蒙未步寻幽兴[③]，曾恋志和渔叟[④]。吟啸久。爱如此清奇，岁晚忘年友。呼船渡口。叹西出阳关，故人何处，愁在渭城柳。

［注释］

①海翁：指在海上与鸥鸟相接而令其子取鸟的老翁。见《列子·黄帝》。 ②小垂手：舞蹈名。 ③龟蒙：唐诗人陆龟蒙。 ④志和：唐张志和，渔隐于西塞山下，有《渔歌子》词传世。

南乡子

为处梅作

风月似孤山[①]，千树斜横水一环。天与清香心独领，怡颜。冰雪中间屋数间。 庭户隔尘寰，自有云封底用关[②]。却笑桃源深处隐，跻攀。引得渔翁见不难。

［注释］

①孤山：此用林逋梅妻鹤子隐于孤山之典。 ②底用关：何用关门。

南楼令

送韩竹闲归杭①,并写未归之意

一见又天涯,人生可叹嗟。想难忘、江上琵琶②。诗酒一瓢风雨外,都莫问,是谁家。　　怜我鬓先华,何愁归路赊。向西湖、重隐烟霞。说与山童休放鹤,最零落,是梅花。

[注释]

①韩竹闲:即韩铸,字亦颜。韩世忠嗣孙。　②江上琵琶:此用白居易《琵琶行》典,以写青衫流落之悲。

醉落魄

题赵霞谷所藏吴梦窗亲书词卷①

镂花镌叶,满枝风露和香撷②。引将芳思归吟箧。梦与魂同,闲了弄香蝶。　　小楼帘卷歌声歇,幽篁独处泉呜咽。短笺空在愁难说。霜角寒梅,吹碎半江月。

[注释]

①赵霞谷:未详。　②撷:摘取。

[集评]

俞陛云云:"'镂花'二句,言梦窗词之工妙。'梦与魂同'句,写人琴之感。结处承'短笺'句,言词境清高,若寒梅霜月,而写足凄凉之景,兼有凭吊之思。"(《唐五代两宋词选释》)

壶中天

客中寄友

西秦倦旅[①]。是几年不听，西湖风雨。我托长镵垂短发[②]，心事时看天语。吟箧空随，征衣休换，薜荔犹堪补。山能招隐，一瓢闲挂烟树。　方叹旧国人稀，花间忽见，倾盖浑如故。客里不须谈世事，野老安知今古。海上盟鸥，门深款竹，风月平分取。陶然一醉，此时愁在何处。

[注释]

①西秦倦旅：张炎祖籍凤翔，自称西秦人。生于杭州。中年北上写经，历时十年，曾游西秦。　②长镵（chān）：长的掘土器如锄、铲之类。“长镵长镵白木柄，我生托子以为命。”见杜甫《乾元中同谷县作歌》。

声声慢

和韩竹闲韵，赠歌者关关[①]，在两水居[②]

鬓丝湿露，扇锦翻桃，尊前乍识欧苏[③]。赋笔吟笺，光动万颗骊珠。英英岁华未老，怨歌长、空击铜壶。细看取，有飘然清气，自与尘疏。　两水犹存三径[④]，叹绿窗窈窕，谩长新蒲。茂苑扁舟，底事夜雨江湖。当年柳枝放却[⑤]，又不知、樊素何如。向醉里，暗传香、还记也无。

[注释]

①关关：元人黄雪蓑《青楼集》，“张玉梅，刘子安之母也。刘之妻曰蛮儿。皆擅美当时。其女关关，谓之小婆儿，七、八岁已得名湘湖间。”　②两水居：韩亦颜（竹闲）之居所，在杭州。　③欧苏：欧阳修、苏东坡。此指席上名流。　④三径：隐者园林中之道路。“三径就荒，松菊犹存。”见陶潜《归去来辞》。　⑤柳枝放却：柳枝指小蛮，白居易家伎。白诗云“樱桃樊

素口,杨柳小蛮腰”。居易晚年遣之使去。

清平乐

题处梅家藏所南翁画兰[①]

黑云飞起,夜月啼湘鬼。魂返灵根无二纸,千古不随流水。　香心淡染清华,似花还似非花。要与闲梅相处,孤山山下人家。

[注释]

①所南:郑思肖,字所南,连江人。宋亡隐居吴下。坐卧必南向,因号所南。思肖者,思赵宋之意。善画无根兰,寓亡国失土之意。

台城路

饯干寿道应举[①]

几年槐市槐花冷[②],天风又还吹起。故箧重寻,闲书再整,犹记灯窗滋味。浑如梦里。见说道如今,早催行李。快买扁舟,第一桥边趁流水[③]。　阳关须是醉酒,柳条休要折,争似攀桂。旧有家声,荣看世美,方了平生英气。琼林宴喜。带雪絮归来,满庭春意。事业方新,大鹏九万里。

[注释]

①干寿道:干文传,字寿道,平江(苏州)人。入元官至县尹,曾预修宋史。　②“槐市”句:谚曰“槐花黄,举子忙”。此指往昔应举考试未中。　③第一桥:在西湖三堤,六桥之首,名映波。

壶中天

咏周静镜园池[1]

万尘自远，径松存、彷佛斜川深意[2]。乌石冈边犹记得[3]，竹里吟安一字。暗叶禽幽，虚阑荷近，暑薄迟花气。行行且止，枯瓢枝上闲寄。　不恨老却流光，可怜归未得，翻恨流水。落落岭头云尚在，一笑生涯如此。树老梅荒，山孤人共，隔浦船归未。划然长啸，海风吹下空翠。

[注释]

①周静镜：不详。　②斜川：在江西星子县境，陶渊明有《游斜川》诗。　③乌石冈：在江西临川。王安石外家住地。安石诗云："不知乌石冈头路，到老相寻得几回。"

如梦令

处梅列芍药于几上酌余，不觉醉酒，陶然有感

隐隐烟痕轻注，拂拂脂香微度[1]。十二小红楼，人与玉箫何处[2]。归去，归去，醉插一枝风露。

[注释]

①脂香：口脂的香气。　②玉箫：侍婢名。钟爱韦皋，绝食而死。见《云溪友议》卷三。此指乐器。

祝英台近

寄陈直卿[1]

路重寻，门半掩、苔老旧时树。采药云深，童子更无语。怪他流水迢迢[2]，湖天日暮，想只在、芦花多处。　谩延

伫。姓名题上芭蕉,凉夜未风雨。赋了秋声,还赋断肠句。几回独立长桥,扁舟欲唤,待招取、白鸥归去。

[注释]

①陈直卿:宋末诗人。朱德润《存复斋续集》有《题陈直卿一碧万顷》诗。 ②他:《全宋词》注,原作“我”,据《大典》一万四千三百八十三“寄”字韵改。

[集评]

陈廷焯云:“‘采药云深’二句,点缀唐诗,用笔清超,无些子尘俗气。”(《别调集》卷二)

如梦令

题渔乐图

不是潇湘风雨,不是洞庭烟树[①]。醉倒古乾坤,人在孤篷来处。休去,休去,见说桃源无路。

[注释]

①潇湘、洞庭:元人绘有《湘潇八景图》,此中有“洞庭秋月”、“潇湘夜雨”等,后人以此八景专属之潇湘洞庭。

桂枝香

如心翁置酒桂下[①],花晚而香益清,坐客不谈俗事,惟论文。主人欢甚,余歌美成词

琴书半室。向桂边偶然,一见秋色。老树香迟,清露缀花疑滴。山翁翻笑如泥醉[②],笑生平、无此狂逸。晋人游处,幽情付与,酒尊吟笔。 任萧散、披襟岸帻[③]。叹

千古犹今，休问何夕。鬓短霜浓，却恐浩歌消得。明年野客重来此，探枝头、几分消息。望西楼远，西湖更远，也寻梅驿。

[注释]

①如心翁：陈恕可，字如心，作者友人。 ②山翁：晋山简字季伦，山涛子。晚出镇襄阳，招纳流亡，百姓归附。嗜酒，每游习家园，必醉，名之曰高阳池。 ③披襟：敞开衣襟。 岸帻：推起头巾，露出前额。

瑶台聚八仙

为焦云隐赋[1]

春树江东，吟正远、清气竟入崆峒。问余栖处，只在缥缈山中。此去山中何所有，芰荷制了集芙蓉。且扶筇。倦游万里，独对青松。 行藏也须在我，笑晋人为菊[2]，出岫方浓。淡然无心，古意且许谁同。飞符夜深润物，自呼起苍龙雨太空[3]。舒还卷，看满楼依旧，霁日光风。

[注释]

①焦云隐：道术之士，生平不详。 ②晋人为菊：此指爱菊的陶渊明。 ③“飞符”二句：形容道人画符唤起苍龙行雨。

瑶台聚八仙

余昔有梅影词[1]，今重为模写

近水横斜，先得月、玉树宛若笼纱。散迹苔茵，墨晕净洗铅华。误入罗浮身外梦，似花又却似非花。探寒葩。倩人醉里，扶过溪沙。 竹篱几番倦倚，看乍无乍有，如寄生涯。更好一枝,时到素壁檐牙[②]。香深与春暗却,且休把江头千树夸。东家女,试淡妆颠倒,难胜西家。

[注释]

①梅影词:指张炎《疏影·梅影》之作。 ②檐牙:屋角。

瑶台聚八仙

咏鸳鸯菊[①]

老圃堪嗟,深夜雨、紫英犹傲霜华[②]。暖宿篱根,飞去想怯寒沙。采摘浮杯如戏水[③],晚香淡似夜来些。背风斜。翠苔径里,描绣人夸。 白头共开笑口,看试妆满插,云髻双丫。蝶也休愁,不是旧日疏葩。连枝愿为比翼,问因甚寒城独自花。悠然意,对九江山色,还醉陶家。

[注释]

①鸳鸯菊:一蒂双花之菊。 ②紫英:紫色菊花。 ③"采摘"句:谓泡菊花为茗。

西江月

绝妙好词乃周草窗所集也

花气烘人尚暖,珠光出海犹寒[①]。如今贺老见应难,解道江南肠断[②]。 谩击铜壶浩叹,空存锦瑟谁弹。庄生蝴蝶梦春还,帘外一声莺唤。

[注释]

①"珠光"句:形容所选词字字珠玑,寒光照人。令人钦佩。 ②贺老:贺方回。其《青玉案》词脍炙人口。黄山谷云"解道江南断肠句,只今

惟有贺方回”。

霜叶飞

眦陵客中闻老妓歌[1]

绣屏开了，惊诗梦、娇莺啼破春悄。隐将谱字转清圆，正杏梁声绕[2]。看帖帖、蛾眉淡扫。不知能聚愁多少。叹客里凄凉，尚记得当年雅音，低唱还好。　同是流落殊乡，相逢何晚，坐对真被花恼[3]。贞元朝士已无多[4]，但暮烟衰草。未忘得春风窈窕，却怜张绪如今老。且慰我留连意，莫说西湖，那里苏小。

[注释]

①眦陵：江苏常州之古称。　②杏梁声绕：馀音绕梁，言歌声之美。杏梁：华美山梁之屋。　③被花恼：用黄山谷《王充道送水仙》诗“坐对真成被花恼，出门一笑大江横”之意，以水仙花喻歌伎。　④贞元朝士：刘禹锡、柳宗元、韩愈皆属之。　贞元：唐德宗年号。“贞元朝士已无多”为刘禹锡《听旧宫中乐人穆氏唱歌》中语。

[集评]

俞陛云云：“上阕‘蛾眉’二句，及后‘贞元朝士’四句，尤为凄怆动人。”（《唐五代两宋词选释》）

蝶恋花

题末色褚仲良写真[1]

济楚衣裳眉目秀[2]。活脱梨园，子弟家声旧。诨砌随机开笑口[3]，筵前戏谏从来有。　戛玉敲金裁锦绣。引得传情，恼得娇娥瘦。离合悲欢成正偶，明珠一颗盘中走。

[注释]

①末色:杂剧男角色名,约相当京剧里的“生”,主要演中年男子。有正末、副末等。 写真:画像。 ②济楚:鲜明华丽。 ③诨砌:戏谑调笑。

甘 州

为小玉梅赋[1],并柬韩竹闲

见梅花、斜倚竹篱边,休道北枝寒。□□□翠袖,情随眼盼,愁接眉弯。一串歌珠清润,绾结玉连环。苏小无寻处,元在人间。 何事凄凉蚓窍[2],向尊前一笑,歌倒狂澜。叹从来古雅,欲觅赏音难。有如此、和声软语,甚韩湘、风雪度蓝关。君知否,挽樱评柳[3],却是香山[4]。

[注释]

①小玉梅:元代歌伎名,姓刘,独步江浙。见《青楼集》。 ②蚓窍:比喻声音微小。 ③挽樱评柳:本白居易《杨柳枝》诗“樱桃樊素口,杨柳小蛮腰”。 ④香山:白居易号香山居士。

甘 州

澄江陆起潜皆山楼四景[1],云林远市,君山下枕江流[2],为群山冠冕。塔院居乎绝顶,旧有浮远堂,今废

俯长江、不占洞庭波,山拔地形高。对扶疏古木,浮图倒影[3],势压雄涛。门掩翠微僧院,应有月明敲。物换堂安在,断碣闲抛。 不识庐山真面,是谁将此屋,突

兀林坳。上层台回首，万境入诗豪。响天心、数声长啸，任清风、吹顶髮萧骚。凭栏久，青琴何处，独立琼瑶。

[注释]

①皆山楼：在江阴澄江，与无锡惠山临近。　②君山：据《江阴县志》，"君山在澄江门外二里，旧名瞰江山，以春申君易名。隆起平畴，横枕大江……北瞰维扬，南挹姑苏，东窥海虞，西盼京口，一方之大观，列郡之雄胜。"　③浮图：宝塔。

瑶台聚八仙

千岩竞秀[①]。澄江之山，崒嵂清丽[②]，奔驶相触，自北而东，由东而南，笑人应接不暇[③]其秀气之所钟欤

屋上青山，青未了、凌虚试一凭栏。乱峰叠嶂，无限古色苍寒。正喜云闲云又去，片云未识我心闲。对林峦，底须谢屐，何用跻攀。　　三十六梯眺远，任半空笑语，飞落人间。赋笔吟笺，尘事竟不相关。朝来自然气爽，更好是秋屏宜晚看。蓬壶里，有天开图画，休唤边鸾[④]。

[注释]

①千岩竞秀：景点名，为皆山楼第二景。　②崒嵂（zú lǜ）：山高耸貌。　③笑人：此指喜剧演员。　④边鸾：唐画家，工于花鸟。

壶中天

月涌大江[①]。　西有大江，远隔淮甸，月白潮生，神爽为之飞越

长流万里。与沉沉沧海，平分一水。孤白争流蟾不没[②]，影落潜蛟惊起。莹玉悬秋，绿房迎晓，楼观光疑洗。

紫箫声袅,四檐吹下清气。　遥睇浪击空明,古愁休问,消长盈虚理。风入芦花歌忽断,知有渔舟闲舣。露已沾衣,鸥犹栖草,一片潇湘意。人方酣梦,长翁元自如此[3]。

［注释］

①月涌大江:景点名,为皆山楼之第三景。　②孤白:孤月。　蟾:旧传月中有蟾。　③长翁:苏轼之别名。其《赤壁赋》有"盈虚者如彼,而卒莫消长也"之语。

台城路

遥岑寸碧[1]。　澄江众山外,无锡惠峰在其南,若地灵涌出,不偏不倚,处楼之正中,苍翠横陈,是斯楼之胜境也

翠屏缺处添奇观,修眉远浮孤碧。天影微茫,烟痕黯淡,不与千峰同色。凭高望极。向帘幕中间,冷光流入。料得吟僧,数株松下坐苍石。　泉源犹是故迹。煮茶曾味古,还记游历。调水符闲[2],登山屐在,却倚阑干斜日。轻阴易□[3]。看飘忽风云,晦明朝夕。为我飞来,傍江横峭壁。

［注释］

①遥岑寸碧:此皆山楼第四景。"遥岑出寸碧",韩愈《城南联句》诗语。　②调水符:取水的竹签。苏东坡爱玉女洞水,破竹为符,以为取水凭证,曰调水符。见《自清平镇游楼观……寄子由同作》诗序。　③轻阴易□:另本为"轻阴易失"。

［集评］

高亮功云:"怀古亦是展局法。萧中孚云:'一收雄杰中有清峭之致。'"(芸香草堂评《山中白云词》)

江城子

为满春泽赋横空楼①

下临无地手扪天。上云烟，俯山川。栖止危巢②，不隔道林禅③。坐处清高风雨隔，全万境，一壶悬。　我来直欲挟飞仙。海为田，是何年。如此江声，啸咏白鸥前。老树无根云懵懂，凭寄语、米家船④。

[注释]

①满春泽：不详何人。　②栖上危巢：住在鸟巢一样的高楼上。此指满春泽之横空楼。　③道林禅：晋支遁，字道林，一代高僧。隐于吴县西南之支硎山上。　④米家船：米芾父子善画山水，舟载以行，称米家船。

木兰花慢

游天师张公洞①

风雷开万象②，散天影、入虚坛。看峭壁重云，奇峰献玉，光洗琅玕③。青苔古痕暗裂，映参差、石乳倒悬山。那得虚无幻境，元来透彻玄关④。　跻攀，竟日忘还。空翠滴、逼衣寒。想邃宇阴阴，炉存太乙⑤，难觅飞丹。泠然洞灵去远⑥，甚千年、都不到人间。见说寻真有路，也须容我清闲。

[注释]

①张公洞：张道陵修炼之洞，在宜兴西南禹峰山麓。　②"风雷"句：指造化成就了含纳万象的古洞。　③光洗琅玕：山石被洗刷得明光铮亮。　④玄关：天门。　⑤太乙：太乙炉，炼丹之炉。　⑥洞灵：洞中真仙。

台城路

为湖天赋[①]

扁舟忽过芦花浦，闲情便随鸥去。水国吹箫，虹桥问月，西子如今何许。危栏谩抚。正独立苍茫，半空飞露。倒影虚明[②]，洞庭波映广寒府。　鱼龙吹浪自舞。渺然凌万顷，如听风雨。夜气浮山，晴晖荡日，一色无寻秋处。惊凫自语。尚记得当时，故人来否。胜景平分，此心游太古。

[注释]

①湖天：陆行直，号称壶天，或即此人。　②倒影虚明：水中倒映虚明的天影。

[集评]

高亮功云："空明萧瑟，胸无点尘。……'夜气'二句，妙写难状之景。"（芸香草堂评《山中白云词》）

陈廷焯云："疏狂闲雅，真可与白石老仙相鼓吹。下片字字精神团聚，锤炼归于和缓。"（《云韶集》卷九）

陈廷焯云："满眼是秋，却云无寻秋处，警绝，奇绝。"（《词则·大雅集》）

月下笛

寄仇山村溧阳[①]

千里行秋，支筇背锦[②]，顿怀清友。殊乡聚首，爱吟犹自诗瘦。山人不解思猿鹤，笑问我、韦娘在否[③]。记长堤画舫，花柔春闹，几番携手。　别后都依旧。但靖节门前[④]，近来无柳。盟鸥尚有，可怜西塞渔叟。断肠不恨江南老，恨落叶、飘零最久。倦游处，减羁愁，犹未消磨是酒。

[注释]

①仇山村：仇远之号。元大德间出任溧阳教授。 ②背锦：背负锦囊。 ③韦娘：杜韦娘，唐歌女名。 ④靖节：陶渊明亦称靖节先生。

[集评]

高亮功云："直叙起，前段写合，后段写离。'殊乡'数语，写诗人痴情可见。萧中孚云：'记长堤画舫，花柔春闹，几番携手。'风流跌宕，非玉田生不能作此语。'别后都依旧。但靖节门前，近来无柳。'字字顿挫。"（芸香草堂评《山中白云词》）

俞陛云云："同为衰世遁迹之人，乃不问猿鹤而问当日之韦娘，且忆及'花柔春闹'，仇山村当是至友，故以谐笑出之。"（《唐五代两宋词选释》）

台城路

迁　居

桃花零落玄都观[①]，刘郎此情谁语。鬓发萧疏，襟怀淡薄，空赋天涯羁旅。离情万缕。第一是难招，旧鸥今雨[②]。锦瑟年华，梦中犹记艳游处。　　依依心事最苦。片帆浑是月，独抱凄楚。屋破容秋，床空对雨，迷却青门瓜圃[③]。初荷未暑。叹极目烟波，又歌南浦。燕忽归来，翠帘深几许。

[注释]

①玄都观：唐长安道观名。"玄都观里桃千树，都是刘郎去后栽。"为刘禹锡《元和十年自朗州至京，戏赠看花诸君子》诗中语。 ②旧鸥：指老友。 今雨：指新交。杜甫《秋述》："旧，雨来；今，雨不来。" ③青门瓜：召平为秦东陵侯。秦亡卖瓜城东青门。

惜红衣

赠伎双波

两剪秋痕①，平分水影，炯然冰洁。未识新愁，眉心倩人贴。无端醉里，通一笑、柔花盈睫。痴绝。不解送情，倚银屏斜瞥。　长歌短舞，换羽移宫②，飘飘步回雪③。扶娇倚扇，欲把艳怀说。□□杜郎重到④，只虑空江桃叶。但数峰犹在，如傍那家风月。

[注释]

①两剪秋痕：形容双眸清亮如秋波照人。　②换羽移宫：变换曲调。　③回雪：形容舞姿轻妙如回风吹雪。　④杜郎：杜牧。　□□杜郎：另本为“旧日杜郎”。

满江红

澄江会复初李尹①

江上相逢，更秉烛、浑疑梦里。寂寞久，瑟弦尘断，为君重理。紫绶金章都莫问②，醉中□送揶揄鬼③。看满头、白雪欲消难，春风起。　云一片，身千里。漂泊地，东西水。叹十年不见，我生能几。慷慨悲歌惊泪落，古人未必皆如此。想今人、愁似古人多，如何是。

[注释]

①李尹：指江阴县尹李师善，字复初，范阳人。　②紫绶金章：金印与紫色的绶带，为高官之佩饰。　③揶揄鬼：嘲笑人的鬼物。路中逢鬼曰：“我只见汝送人作郡，何以不见人送汝作郡？”见《世说新语·任诞》注引《晋阳秋》。

壶中天

送赵寿父归庆元[①]

奚囊谢屐[②]。向芙蓉城下，□□游历[③]。江上沙鸥何所似，白髮飘飘行客。旷海乘风，长波垂钓，欲把珊瑚拂。近来杨柳，却怜浑是秋色。　日暮空想佳人，楚芳难赠，烟水分明隔。老病孤舟天地里，惟有歌声消得。故国荒城，斜阳古道，可奈花狼藉。他时一笑，似曾何处相识。

（以上《彊村丛书》本《山中白云词》卷五）

[注释]

①赵寿父：即赵槱生，元时燕人。南游来浙。　庆元：宁波之别称。　②奚囊：奚童（小仆）所背之锦囊。见《李长吉小传》。　③□□游历：另本为“闲客游历”。

红　情

疏影、暗香，姜白石为梅著语，因易之曰红情、绿意，以荷花荷叶咏之

无边香色。记涉江自采[①]，锦机云密[②]。剪剪红衣，学舞波心旧曾识。一见依然似语，流水远、几回空忆。看□□、倒影窥妆[③]，玉润露痕湿。　闲立，翠屏侧。爱向人弄芳，背酣斜日。料应太液[④]，三十六宫土花碧[⑤]。清兴凌风更爽，无数满汀洲如昔。泛片叶、烟浪里，卧横紫笛。[⑥]

[注释]

①涉江：“涉江采芙蓉，兰泽多芳草。”见《古诗十九首》。　②“锦机”句：指荷花美如云锦。　③看□□：另本为“看亭亭”。　④太液：皇宫池苑名。汉武帝于建章宫北建太液池。后泛指宫中池沼。　⑤“三十六宫”

句:本李贺《金铜仙人辞汉歌》"三十六宫土花碧"。此指临安之宫殿荒废。　⑥唐氏按:《历代诗馀》卷五十七此首误作柳永词。

[集评]

夏闰庵云:"与姜白石赋梅,同一寄托,而不如白石。彼是忧危语,此是凭吊语,亦时为之也。"(俞陛云《唐五代两宋词选释》引)

绿　意①

碧圆自洁。向浅洲元渚,亭亭清绝。犹有遗簪②,不展秋心,能卷几多炎热。鸳鸯密语同倾盖,且莫与、浣纱人说。恐怨歌、忽断花风,碎却翠云千叠。　回首当年汉舞③,怕飞去、谩皱留仙裙褶。恋恋青衫,犹染枯香,还叹鬓丝飘雪。盘心清露如铅水④,又一夜、西风吹折。喜静看、匹练秋光,倒泻半湖明月。

[注释]

①绿意:此咏荷叶。　②遗簪:此指尖尖未展开的荷叶。　③汉舞:汉赵飞燕轻盈善舞,用以形容风荷的姿态。　④铅水:"忆君清泪如铅水",李贺《金铜仙人辞汉歌》中语。此指荷叶上的露珠,如伤心的眼泪一样沉重。

[集评]

张惠言云:"此伤君子负枉而死。盖似李纲、赵鼎之流。'回首当年汉舞'云者,言其自结主,知不肯远引。结语喜其已死,而心得白也。"(《词选》卷二)

高亮功云:"'鸳鸯'二句,侧赋极有风致。结语本东坡。"(芸香草堂评《山中白云词》)

俞陛云云:"赋荷叶胜于赋花。层折较多,分五六层意,次第写出,且句亦矜炼,结句尤见清超。"(《唐五代两宋词选释》)

虞美人

题陈公明所藏曲册①

黄金谁解教歌舞②，留得当时谱。断情残意落人间，汉上行云迷却、旧巫山。　　妆楼何处寻樊素，空误周郎顾。一帘秋雨剪灯看，无限羁愁分付、玉箫寒。

［注释］

①陈公明：不详。　②“黄金”句：本唐韩滉《听乐怅然自述》“黄金用尽教歌舞，留与他人乐少年”。

踏莎行

卢仝啜茶手卷①

清气崖深，斜阳木末。松风泉水声相答②。光浮碗面啜先春，何须美酒吴姬压。　　头上乌巾，鬓边白发。数间破屋从芜没。山中有此玉川人，相思一夜梅花发③。

［注释］

①卢仝：唐代诗人，号玉川子。饮茶成癖。其茶诗有《走笔谢孟谏议新茶》。此词乃题其饮茶写真图卷之作。　②松风：茶汤滚沸声如松涛。　泉水：指汲泉烹茗。　③“相思”句：本卢仝《有所思》“相思一夜梅花发，忽到窗前疑是君”。

南乡子

杜陵醉归手卷①

晴野事春游，老去寻诗苦未休。一似浣花溪上路②，清幽，烟草纤纤水自流。　　何处偶迟留，犹未忘情是酒筹。童子策驴人已醉，知不，醉里眉攒万国愁。

[注释]

①“杜陵”句：此为杜甫醉归图卷。杜甫自称杜陵布衣。 ②浣花溪：成都西郊，杜甫草堂在其附近。

临江仙

太白挂巾手卷①

忆得沉香歌断后②，深宫客梦迢遥。研池残墨溅花妖。青山人独自，早不侣渔樵。 石壁苍寒巾尚挂，松风顶上飘飘。神仙那肯混尘嚣。诗魂元在此，空向水中招。

[注释]

①挂巾：挂冠。 巾：帻巾，包头巾。 ②沉香：沉香亭，李白应诏于沉香亭作《清平调》咏贵妃词三首。

[集评]

高亮功云：“‘砚池’句甚新。结语翻用古事，极高。”（芸香草堂评《山中白云词》）

夏敬观云：“奇句。”（《吷庵词评》）

南楼令

云冷未全开，檐冰雨冱苔①。入花根、暖意先回。一夜绿房迎晓白②，空忆遍、岭头梅。如幻旧情怀，寻春上吹台③。正泥深、二十香街。且问谢家池畔草④，春必定、几时来。

[注释]

①"檐冰"句：冰化成水遇冷凝结成冻雨，布满青苔之上。 ②绿房：幽室。 ③吹台：传为春秋时师旷奏乐之台，汉梁孝王扩建，在开封。 ④谢家池：谢灵运咏春草之池。在温州。

摸鱼子

己酉重登陆起潜皆山楼[①]，正对惠山

步高寒、下观浮远[②]，清晖隔断风雨。醉魂误入滁阳路[③]，落莫不知何处[④]。栏屡拊。又却是，秋城自有芙蓉主[⑤]。重游倦旅。对万壑千岩，长江巨浪，空翠洒衣屦。 景如许，都被楼台占取。晴岚暖霭朝暮，乾坤静里闲居赋。评泊水经茶谱[⑥]，留胜侣。更底用，林泉曳杖寻桑苎。休休访古。看排闼青来[⑦]，书床啸咏，莫向惠峰去。[⑧]

[注释]

①己酉：元至大二年（1309）。陆起潜皆山楼在江阴澄江，与无锡惠山临近。 ②浮远：指浮远堂，在江阴北，临长江。 ③滁阳：安徽滁州，欧阳修游此，有醉翁亭。 ④落莫：落魄、失意。 ⑤芙蓉主：相传石延年在死后为芙蓉城主。 ⑥评泊：评议。 ⑦排闼：开门闯入。"两山排闼送青来"，见王安石《书湖阴先生壁》诗。 ⑧原注："澄江又名芙蓉城。"

台城路

陆义斋寿日[①]，自澄江放舟，清游吴山水间，散怀吟眺，一任所适所之。既倦，乘月夜归。太白后三百年无此乐耶

清时乐事中园赋，怡情楚花汀草。秀色通帘，生香聚酒，修景常留池沼[②]。闲居自好。奈车马喧尘，未教闲了。

把菊清游，冷红飞下洞庭晓。　寻泉同步翠杳。更将秋共远，书画船小。款竹谁家，盟鸥某水，白月光涵圆峤[③]。天浮浩渺。称绿鬓飘飘，溯风舒啸。缓筑堤沙，渭滨人未老[④]。

［注释］

①陆义斋：陆垕号义斋，江阴诗人。　②修景：长长的日影，此指美好的光阴。　③圆峤：仙山。　④渭滨人老：吕尚钓于渭滨，年八十得遇文王。此指陆垕。

华胥引

钱舜举幅纸画牡丹、梨花[①]。牡丹名洗妆红，为赋一曲，并题二花

温泉浴罢[②]，酣酒才苏，洗妆犹湿。落暮云深，瑶台月下逢太白。素衣初染天香，寻东风倾国。惆怅东阑，炯然玉树独立。　只恐江空，顿忘却、锦袍清逸[③]。柳迷归院，欲远花妖未得。谁写一枝淡雅，傍沉香亭北。说与莺莺，怕人错认秋色。

［注释］

①钱舜举：钱选，字舜举，宋元间著名花鸟画家。　②温泉浴罢：白居易《长恨歌》有"温泉水滑洗凝脂"诗句，此以贵妃出浴比喻名花之美。　③锦袍清逸：《唐才子传》，"（李白）与崔宗之自采石至金陵，著宫锦袍坐，傍若无人。"

风入松

听琴中弹樵歌

松风掩昼隐深清，流水自泠泠。一从柯烂归来后[①]，

爱弦声，不爱杆声。颇笑山中散木[2]，翻怜爨下劳薪[3]。　透云远响正丁丁，孤凤划然鸣。疑行岭上千秋雪，语高寒、相应何人。回首更无寻处，一江风雨潮生。

［注释］

①柯烂：即烂柯。王质观仙人弈棋，不觉斧柯（斧柄）烂尽。　②散木：无用之木。　③爨（cuàn）下：灶下。“吴人有烧桐以爨。（蔡）邕闻火烈之声，知其良木，因请而裁为琴。果有美音，而其尾犹焦。”见《后汉书·蔡邕传》。

［集评］

高亮功云：“‘透云’句甚佳，谓能以一笔作两笔写也。”（芸香草堂评《山中白云词》）

浪淘沙

秋　江

万里一飞篷[1]，吟老丹枫。潮生潮落海门东。三两点鸥沙外月，闲意谁同。　一色与天通，绝去尘红。渔歌忽断荻花风。烟水自流心不竞[2]，长笛霜空。

［注释］

①飞篷：快帆。　②心不竞：没有争胜之心，喻心态悠闲。

夜飞鹊

大德乙巳中秋[1]，会仇山村于溧阳。酒酣兴逸，各随所赋。余作此词，为明月明年佳话云

林霏散浮暝[2]，河汉空云，都缘水国秋清。绿房一夜迎向晓，海影飞落寒冰[3]。蓬莱在何处，但危峰缥缈，玉籁

无声。文箫素约，料相逢、依旧花阴。　登眺尚馀佳兴，零落下衣襟，欲醉还醒。明月明年此夜，颉颃万里[④]，同此阴晴。霓裳梦断，到如今、不许人听。正婆娑桂底，谁家弄笛，风起潮生。

[注释]

①乙巳：大德九年（1305）。　②浮暝：浮动的暮云。　③寒冰：凉月。　④颉颃：上下翻飞。

风入松

为山村赋

晴岚暖翠护烟霞，乔木晋人家[①]。幽居只恐归图画，唤樵青、多种桑麻[②]。门掩推敲古意，泉分冷淡生涯。　无边风月乐年华，留客可茶瓜。任他车马虽嫌僻[③]，笑喧喧、流水寒鸦。小隐正宜深静，休栽湖上梅花。

[注释]

①晋人家：此以晋陶渊明归田园居为喻。　②樵青：唐肃宗赏赐张志和奴婢各一，夫曰渔童，妻曰樵青，以供驱使。后以樵青指女仆。　③“任他车马”句：陶渊明《饮酒》诗“结庐在人境，而无车马喧”，此略用其意。

石州慢

书所见寄子野、公明[①]

野色惊秋，随意散愁，踏碎黄叶。谁家篱院闲花，似语试妆娇怯。行行步影，未教背写腰肢[②]，一搦犹立门前雪[③]。依约镜中春，又无端轻别。　痴绝。汉皋何处，解佩何人[④]，底须情切。空引东邻，遗恨丁香空结。十年旧梦，谩馀恍惚云窗，可怜不是当时蝶。深夜醉醒来，好一庭风月。

［注释］

①子野、公明：即姜子野、陈公明，皆作者诗友。 ②背写腰肢：画美人腰肢背影。 ③“一搦”句：形容腰肢瘦如一搦，如倚门之雪白梨花。 ④解佩：郑交甫游于汉滨，遇二女，悦之，请解其佩。见《神仙传》。

清平乐

为伯寿题四花[①] 牡丹

百花开后，一朵疑堆绣。绝色年年常似旧，因甚不随春瘦。 脂痕淡约蜂黄[②]，可怜独倚新妆。太白醉游何处，定应忘了沉香。

［注释］

①伯寿：罗志仁字伯寿，号壶秋。 ②蜂黄：蝶粉蜂黄，唐时宫妆之颜色。

点绛唇

芍 药

独殿春光[①]，此花开后无花了。丹青人巧，不许芳心老。 密影翻阶，曾为寻诗到。竹西好[②]，采香歌杳，十里红楼小。

［注释］

①“独殿”句：芍药开于暮春，又称婪尾花，以为春花之尾。 ②竹西：古亭名，在扬州甘泉北。以盛栽芍药著称。

卜算子

黄葵[①],一名侧金盏

雅淡浅深黄,顾影敧秋雨。碧带犹皴笋指痕[②],不解擎芳醑[③]。　休唱古阳关,如把相思铸。却忆铜盘露已干[④],愁在倾心处。

[注释]

①黄葵:即黄蜀葵,亦名侧金盏。紫心六瓣而侧。　②笋指:纤指秀如尖笋。　③芳醑:香酒。　④铜盘:汉武帝建之金铜仙人承露盘。此以喻其花色如铜。

蝶恋花

山　茶

花占枝头饮日焙。金汞初抽[①],火鼎铅华退[②]。还似瘢痕涂獭髓[③],胭脂淡抹微酣醉。　数朵折来春槛外。欲染清香,只许梅相对。不是临风珠蓓蕾,山童隔竹休敲碎。

[注释]

①"金汞"句:从水银中炼出金丹,形容花色金黄。　②火鼎:铢丹炉。　铅华退:退去浓妆,现出本色。　③獭髓:相传白獭髓合玉屑为药,可灭瘢痕。

新雁过妆楼

乙巳菊日[①],寓溧阳,闻雁声,因动脊令之感[②]

遍插茱萸,人何处、客里顿懒携壶。雁影涵秋,绝似暮雨相呼。料得曾留堤上月,旧家伴侣有书无。谩嗟吁。数声怨抑，翻致无书。　　谁识飘零万里，更可怜倦翼，同此江湖。饮啄关心，知是近日何如。陶潜尚存菊径，且休羡松风陶隐居[③]。沙汀冷，拣寒枝、不似烟水黄庐。

[注释]

①乙巳：大德九年（1305）作者五十八岁，在江苏溧阳过重阳节（菊日）。　②脊令：即鹡鸰，水鸟名。《诗经·召南·棠棣》："鹡鸰在原，兄弟急难。"后以喻兄弟友爱。　③陶隐居：陶弘景，南朝齐梁间人。隐居句容句曲山，自号华阳隐居。

[集评]

许昂霄云："萧疏淡远，雅与题称。"（《词综偶评》）

高亮功云："起句是加一倍法。萧中孚云：'换头数语，人为抒写一片神行。'"（芸香草堂评《山中白云词》）

俞陛云云："前半平淡之笔，其作意在后半阕。人与雁合写，语悲而情真。"（《唐五代两宋词选释》）

洞仙歌

寄茅峰梁中砥[①]

中峰壁立，挂飞来孤剑。苍雪纷纷堕晴藓。自当年诗酒，客里相逢，春尚好，鸥散烟波茂苑。　　只今谁最老，种玉人间[②]，消得梅花共清浅。问我入山期，但恐山深，松风把红尘吹断。望蓬莱、知隔几重云，料只隔中间，白云一片。

[注释]

①茅峰梁：梁柱字中砥，为三茅山道流。其兄隆吉，有诗名。　②种玉：指道家神通。"千顷白云都种玉，一杯弱水不胜舟。"见金人虞集《赋壶洲》诗。

风入松

赠蒋道录溪山堂[①]

门前山可久长看,留住白云难。溪虚却与云相傍,对白云、何必深山。爽气潜生树石,晴光竟入阑干。　旧家三径竹千竿,苍雪拂衣寒[②]。绿蓑青笠玄真子[③],钓风波、不是真闲。得似壶中日月,依然只在人间。

[注释]

①蒋道录:《水竹居本》作“蒋山泉溪山堂”。道录疑是职称,山泉为其号。溪山堂当是斋名。　②苍雪:绿云,此指翠竹。　③玄真子:张志和号玄真子,渔隐于松江。

小重山

题晓竹图

淡色分山晓气浮[①]。疏林犹剩叶,不多秋。林深仿佛昔曾游。频唤酒,渔屋岸西头。　不拟此凝眸。朦胧清影里,过扁舟。行行应到白蘋洲[②]。烟水冷,传语旧沙鸥。

[注释]

①淡色:浮动的晓雾。　②白蘋洲:不止一处,此指湖州东南雪溪之汀洲。

浪淘沙

题许由掷瓢手卷[①]

拂袖入山阿,深隐松萝。掬流洗耳厌尘多。石上一般清意味,不羡渔蓑。　日月静中过,俗□消磨[②]。风瓢分付与清波。却笑唐求因底事[③]，无奈诗何。

[注释]

①许由：尧时隐者。尧欲官之，乃洗耳于颍滨。 ②俗□消磨：另本为“俗虑消磨”。 ③却笑唐求因底事：指唐尧求许由出山为官。

忆王孙

谢安棋墅[①]

争棋赌墅意欣然，心似游丝飏碧天。只为当时一著玄。笑苻坚，百万军声屐齿前[②]。

[注释]

①谢安：东晋宰相。苻坚南犯，战于淝水。谢安于别墅与人围棋。俄而淮上捷报至。安读后无言，依然对弈，不为所动。见《世说新语·雅量》。 ②屐齿前：谢安棋罢，出户，屐齿为折。见《晋书·谢安传》。

蝶恋花

邵平种瓜

秦地瓜分侯已故。不学渊明，种秫辞归去。薄有田园还种取，养成碧玉甘如许[①]。 卜隐青门真得趣[②]。蕙帐空闲，鹤怨来何暮。莫说蜗名催及戍[③]，长安城下锄烟雨。

[注释]

①碧玉甘如许：言西瓜碧如玉色而甘美。 ②青门：长安城东霸城门，一名青门。 ③及戍：戍边将士，及瓜而替还。见《左传·庄公八年》。指将士轮换。

如梦令

渊明行径

苔径独行清昼,瑟瑟松风如旧。出岫本无心,迟种门前杨柳。回首,回首,篱下白衣来否[①]。

[注释]

①白衣:陶渊明九日无酒,出宅边采菊盈把。见白衣人来,乃王弘送酒之使。见《续晋阳秋》。

丑奴儿

子母猿[①]

山人去后知何处,风月清虚,来往无拘,戏引儿孙乐有馀。 悬崖挂树如相语,常守枯株,久与人疏,闲了当年一卷书。

[注释]

①子母猿:画猿猴子母亲暱之图。吕岩诗:"白龟窟里夫妻会,青凤巢中子母圆。"与此意近。

浣溪沙

双 笋

空色庄严玉版师[①],老斑遮护锦绷儿[②]。只愁一夜被风吹。 润处似沾笪谷雨[③],斫来如带渭川泥。从空托出镇帷犀[④]。

[注释]

①玉版师：指笋。“不怕石头滑，来参玉版师”，苏轼咏笋诗句。 ②锦绷儿：笋壳，斑文似锦，故云。 ③筼谷：筼筜谷，在汉中，产美竹。 ④镇帷犀：指竹。东坡诗：“夜风摇动镇帷犀。”

清平乐

平原放马

辔摇衔铁[①]，蹴踏平原雪。勇趁军声曾汗血[②]，闲过升平时节。 茸茸春草天涯，涓涓野水晴沙。多少骅骝老去，至今犹困盐车[③]。

[注释]

①衔铁：马口衔的嚼子。 ②汗血：古代日行千里的骏马，汗从肩髆出，色如血。 ③困盐车：《战国策·楚策》“夫骥之齿至矣，服盐车而上太行”。喻人才埋没，用非所长。

[集评]

高亮功：“结句少味。”（芸香草堂评《山中白云词》）

木兰花慢

二分春到柳，青未了，欲婆娑。甚书剑飘零，身犹是客，岁月频过。西湖故园在否，怕东风、今日落梅多。抱瑟空行古道，盟鸥顿冷清波。 知么，老子狂歌。心未歇，鬓先皤[①]。叹敝却貂裘[②]，驱车万里，风雪关河。灯前恍疑梦醒，好依然、只著旧渔蓑。流水桃花渐暖，酒船不去如何。

［注释］

①皤：头髮变白。　②敝却貂裘：穿坏了貂裘华服。此用苏秦说秦不用事。

［集评］

高亮功云："闲闲写来，耐人寻味。予尝谓白石峭处，玉田似不能及。然玉田淡处，白石亦逊不筹。"（芸香草堂评《山中白云词》）

长相思

赠别笑倩

去来心，短长亭。只隔中间一片云，不知何处寻。

闷还颦[1]，恨还瞋。同是天涯流落人，此情烟水深。

［注释］

①颦：蹙眉，愁苦貌。

南楼令

有怀西湖，且叹客游之漂泊

湖上景消磨，飘零有梦过。问堤边、春事如何。可是而今张绪老，见说道、柳无多。　客里醉时歌，寻思安乐窝[1]。买扁舟、重缉渔蓑。欲趁桃花流水去，又却怕、有风波。

［注释］

①安乐窝：邵雍号安乐先生，名其居室曰安乐窝。址在河南洛阳。

清平乐

题倦耕图

一犁初卸，息影斜阳下。角上汉书何不挂[①]，老子近来慵跨[②]。　烟村草树离离，卧看流水忘归。莫饮山中清味，怕教洗耳人知。

[注释]

①"角上"句：李密骑牛，角上挂汉书，且行且看。见《唐书·李密传》。　②慵跨：懒得骑牛。

[集评]

高亮功云："前段写倦客，后段写倦意。"（芸香草堂评《山中白云词》）

满江红

近日衰迟，但随分、蜗涎片足。底须共、红尘争道，顿荒松菊。壮志已荒圯上履[①]，正音恐是沟中木[②]。又安知、幕下有词人，归心速。　书尚在，怜鱼腹。珠何处，惊鱼目。且依然诗思，灞桥人独。不用回头看堕甑[③]，不愁抱石疑非玉。忽一声、长啸出山来，黄粱熟。

（以上《彊村丛书》本《山中白云词》卷六）

[注释]

①圯上履：张良于圯上遇老人，为之拾履，因得授兵法而为王者师。见《史记·留侯世家》。　②沟中木：百年之木制成华贵的牺尊，断在沟中，就一钱不值了。见《庄子·天地》。　③堕甑：孟敏荷甑行，堕地，不顾而去。人问。曰甑已破矣，视之何益。见《后汉书·郭泰传附孟敏》。

[集评]

高亮功云:"萧中孚云:'熟调须运以生辣之笔,庶免庸钝。'收笔用事入俗。"(芸香草堂评《山中白云词》)

法曲献仙音

题姜子野雪溪图[①]

梅失黄昏,雁惊白昼,脉脉斜飞云表。絮不生萍[②],水疑浮玉,此景正宜舒啸。记夜悄、曾乘兴,何必见安道[③]。　　系船好。想前村、未知甚处,吟思苦,谁游灞桥路杳。清饮一瓢寒,又何妨、分傍茶灶。野屋萧萧,任楼中、低唱人笑。渐东风解冻,怕有桃花流到。

[注释]

①姜子野:作者诗友,生平不详。　②絮不生萍:旧传杨花入水,化为浮萍。雪非杨花,故不生萍。　③安道:戴逵,字安道。王子猷雪夜命舟至剡访戴,至门不入而返。曰乘兴而来,兴尽而去,何必见戴。见《世说新语·任诞》。

浣溪沙

写墨水仙二纸寄曾心传[①],并题其上

昨夜蓝田采玉游,向阳瑶草带花收。如今风雨不须愁。　　零露依稀倾凿落[②],碎琼重叠缀搔头。白云黄鹤思悠悠。

[注释]

①曾心传:曾遇,字子敬,一字心传。　②凿落:酒盏名。

浣溪沙

半面妆凝镜里春[①]，同心带舞掌中身。因沾弱水褪精神。　冷艳喜寻梅共笑，枯香羞与佩同纫。湘皋犹有未归人[②]。

［注释］

①半面妆：梁元帝后徐妃昭佩。因帝眇一目，帝至，以半面妆待之。见《南史·徐妃传》。　②湘皋：湘水边，此以屈原行吟泽畔自喻。

一枝春

为陆浩斋赋梅南[①]

竹外横枝，并阑干、试数风才一信[②]。么禽对语，仿佛醉眠初醒。遥知是雪，甚都把、暮寒消尽。清更润。明月飞来，瘦却旧时疏影。　东阁谩撩诗兴。料西湖树老，难认和靖。晴窗自好，胜事每来独领。融融向暖，笑尘世、万花犹冷。须酿成、一点春腴[③]，暗香在鼎[④]。

［注释］

①梅南：四印斋本"梅"下无"南"字，是。　②"竹外"二句：言梅枝与竹并倚阑干之侧。　一信：指梅花为二十四番花信风之首。　③春腴：浓浓的春意。　④在鼎：指梅子有调和鼎鼐（烹调）的功用。

水调歌头

寄王信父[①]

白髪已如此，岁序更骎骎。化机消息，庄生天籁雍门琴[②]。颇笑论文说剑，休问高车驷马，衮衮□黄金。蚁在元无梦，水竟不流心。　　绝交书[3]，招隐操[4]，恶圆箴[5]。世尘空扰，脱巾挂壁且松阴。谁对紫微阁下，我对白萍洲畔，朝市与山林[6]。不用一钱买，风月短长吟。

［注释］

①王信父：其人不详。　②雍门琴：雍门周，善琴，成曲而歌，且曲调哀伤。孟尝君涕泣曰："令文若破国亡邑之人。"见《说苑》。　③绝交书：嵇康有《与山巨源绝交书》。　④招隐操：《楚辞》有《招隐士》之篇。此指琴曲。　⑤恶圆箴：张华《女史箴》有"日中则昃，月满则微"，即恶圆之意。　⑥朝市与山林：大隐于朝市，小隐于山林。

南楼令

送杭友

聚首不多时，烟波又别离。有黄金、应铸相思[1]。折得梅花先寄我，山正在、里湖西。　　风雪脆荷衣，休教鸥鹭知。鬓丝丝、犹混尘泥。何日束书归旧隐，只恐怕、种瓜迟[2]。

［注释］

①"黄金"句："黄金矿里铸出相思泪"，见卢仝《与马异结交诗》。　②种瓜迟：用东陵侯邵平种瓜事。

南乡子

竹 居

爱此碧相依，卜筑西园隐逸时。三径成阴门可款[1]，幽栖。苍雪纷纷冷不飞[2]。　　青眼旧心知，瘦节终看岁晚期。人在清风来往处，吟诗。更好梅花著一枝。

[注释]

①门可款：门可扣。扣，进入之意。 ②苍雪：指翠竹。

朝中措

清明时节雨声哗，潮拥渡头沙。翻被梨花冷看，人生苦恋天涯。 燕帘莺户，云窗雾阁，酒醒啼鸦。折得一枝杨柳，归来插向谁家。

[集评]

高亮功云："起二句注下不甚紧。'翻被'句是自嘲语，亦无聊语。'燕帘莺户，云窗雾阁'是酒未醒时光景，若酒醒之后，但闻啼鸦而已。向之所谓'燕帘莺户，云窗雾阁'安在哉！意盖如此，结语极悲。"（芸香草堂评《山中白云词》）

俞陛云云："司马周南留滞，贻笑梨花；幼安辽海无家，空攀杨柳，是善于怨诽者。"（《唐五代两宋词选释》）

采桑子

西园冷罥秋千索①，雨透花鞯，雨过花皱，近觉江南无好春。 杜郎不恨寻芳晚②。梦里行云，陌上行尘，最是多愁老得人。

[注释]

①罥：牵绊，挂住。 秋千：亦名罥索。 ②杜郎：杜牧，有《叹花》诗"不须惆怅怨芳时"。

阮郎归

有怀北游①

钿车骄马锦相连，香尘逐管弦。瞥然飞过水秋千，清明寒食天。　　花贴贴，柳悬悬。莺房几醉眠。醉中不信有啼鹃，江南二十年。

[注释]

①北游：此指至元二十七年（1290）北上大都写金字藏经之事。

[集评]

高亮功云：“‘清明寒食天’，倒点节候，极峭。”（芸香草堂评《山中白云词》）

俞陛云云：“此为晚年之作……其北游燕蓟，在少壮时。迨至江南，年已四十馀矣。其《临江仙》词云‘甲寅年寓吴……时余年六十有七’，故此词有‘江南二十年’之句。”（《唐五代两宋词选释》）

浣溪沙

艾蒳香消火未残①，便能晴去不多寒。冶游天气却身闲。　　带雨移花浑懒看，应时插柳日须攀。最堪惆怅是东阑。

[注释]

①艾蒳：香名，出西国，可以和合诸香。见郭义恭《广志》卷下。

风入松

闰元宵

向人圆月转分明，箫鼓又逢迎。风吹不老蛾儿闹[1]，绕玉梅、犹恋香心。报道依然放夜[2]，何妨款曲行春。　锦灯重见丽繁星，水影动梨云。今朝准拟花朝醉，奈今宵、别是光阴。帘底听人笑语，莫教迟了□青[3]。

[注释]

①蛾儿闹："蛾儿闹"与"玉梅"皆元宵夜妇女头饰名。　②放夜：不禁夜行。　③□青：另本为"踏青"。

踏莎行

咏　汤[1]

瑶草收香[2]，琪花采汞，冰轮碾处芳尘动[3]。竹炉汤暖火初红，玉纤调罢歌声送。　麾去茶经，袭藏酒颂，一杯清味佳宾共。从来采药得长生，蓝桥休被琼浆弄[4]。

[注释]

①汤：此指烹茶。　②"瑶草"二句：收瑶草香，采琪花汞之倒装。即撷取仙花之精华。　③冰轮：此指碾碎团茶之轮状器皿。　④"蓝桥"句：裴航经蓝桥驿，渴而求饮，遇仙女，出双玉手，捧瓷（瓯）。航接饮之，真玉液也。见裴铏《传奇·裴航》。

鹧鸪天

楼上谁将玉笛吹，山前水阔暝云低。劳劳燕子人千里，落落梨花雨一枝[1]。　修禊近，卖饧时[2]。故乡惟有梦相随。夜来折得江头柳，不是苏堤也皱眉。

[注释]

①落落:分明、耀眼貌。　②卖饧(xíng):卖饴糖类食品。

摸鱼子

春雪客中寄白香岩、王信父①

又孤吟、灞桥深雪,千山绝尽飞鸟。梅花也著东风笑,一夜瘦添多少。春悄悄。正断梦愁诗,忘却池塘草。前村路杳。看野水流冰,舟闲渡口,何必见安道②。　慵登眺,脉脉霏霏未了③。寒威犹自清峭。终须几日开晴去,无奈此时怀抱。空暗恼。料酒兴歌情,未肯随人老。惜花起早。拚醉□忘归④,接羅更好,一笑任倾倒。

[注释]

①白香岩、王信父:皆作者诗友,有《水调》等寄王信父之作。　②安道:即王子猷雪夜往访之戴逵。戴字安道。　③脉脉霏霏:形容雪无声而纷纷地下着。　④拚醉□忘归:另本为"拚醉里忘归"。

满江红

己酉春日①

老子今年,多准备、吟笺赋笔。还自喜、锦囊添富,顿非畴昔。书册琴棋清队仗②,云山水竹闲踪迹。任醉筇、游屐过平生,千年客。　回首梦,东隅失。乘兴去,桑榆得。且怡然一笑,探梅消息。天下神仙何处有,神仙只向人间觅。折梅花、横挂酒壶归,白鸥识。

[注释]

①己酉：至大二年（1309），年六十二岁，故自称老子。②队仗：仪仗，形容书斋陈设清雅，可供驱遣。

[集评]

高亮功云："清狂故态，不以夷险变迁，想见此老兴复不浅。结句骚雅之甚。"（芸香草堂评《山中白云词》）

木兰花慢

元夕后，春意盎然，颇动游兴，呈雪川吟社诸公[①]

锦街穿戏鼓，扣铁马、响春冰。甚舞绣歌云，欢情未足，早已收灯。从今便须胜赏，步青青、野色一枝藤。落魄花间酒侣，温存竹里吟朋。　　休憎，短髮鬅鬙[②]。游兴懒、我何曾。任蹴踏芳尘，寻蕉覆，自笑无能。清狂尚如旧否，倚东风、啸咏古兰陵。十里梅花霁雪，水边楼观先登。

[注释]

①雪川吟社：吴兴诗家之组织。周密、张炎、白香岩、王信父等皆为吟社中人。②鬅鬙（péng sēng）：髮乱蓬鬆之貌。

木兰花慢

用前韵呈王信父

江南无贺老[①]，看万壑、出清冰。想柳思周情，长歌短咏，密与传灯[②]。山川润分秀色，称醉挥、健笔剡溪藤。一语不谈俗事，几人来结吟朋。　　堪憎，我髮鬅鬙。频赋曲、旧时曾。但春蚓秋蛩，寒篱晚砌，颇叹非能。何如种瓜种秋,带一锄、归去隐东陵。野啸天风两耳,翠微深处孙登[3]。

[注释]

①贺老:指北宋词人贺方回。 ②传灯:本指禅宗祖师之心法传授。此言名师指点词法。 ③孙登:三国魏人,隐居汲郡山中,善啸。

浪淘沙

寒食不多时,燕燕才归。杏花零落水痕肥[1]。浅碧分山初过雨,一霎晴晖。 闲折小桃枝,蝶也相随。晚妆不合整蛾眉。蓦忽思量张敞画[2],又被愁知。

[注释]

①水痕肥:水涨。 ②张敞:西汉京兆尹,字子高,爱其妻为之画眉。

临江仙

怀辰州教授赵学舟[1]

一点白鸥何处去,半江潮落沙虚。淡黄柳上月痕初。暇观情悄悄,凝想步徐徐。 每一相思千里梦,十年有此相疏。休休寄雁问何如。如何休寄雁,难写绝交书。

[注释]

①赵学舟:即赵与仁,字元父,号学舟。

壶中天

绕枝倦鹊[1],鬓萧萧、肯信如今犹客。风雪荷衣寒叶补，一点灯花悬壁。万里舟车，十年书剑，此意青天识。泛然身世，故家休问清白。　　却笑醉倒衰翁，石床飞梦，不入槐安国。只恐溪山游未了，莫叹飘零南北。滚滚江横，呜呜歌罢[2]，渺渺情何极。正无聊赖，天风吹下孤笛。

[注释]

①"绕枝"句：用曹操《短歌行》"月明星稀，乌鹊南飞。绕树三匝，何枝可依"之意。　②"滚滚江横"二句："白露横江，水光接天。""客有吹洞箫者……其声呜呜然。"皆东坡《前赤壁赋》中语，此略用其意。

[集评]

高亮功云："前半极其无聊，后半忽然旷达。旷达，愈无聊也。然语势，前半是合，后半是开。'只恐'二句，萧中孚云：'如此游兴，正复不恶。'余谓此乐笑翁倒跌语，然其本怀也。"（芸香草堂评《山中白云词》）

谒金门

晚晴薄[1]，一片杏花零落。纵是东风浑未恶，二分春过却。　　可怪寒生池阁，下了重重帘幕。忽见旧巢还是错[2]，燕归何处著。

[注释]

①晚晴薄：夕阳微淡。　②"忽见"二句：言旧巢已非己有，借归燕写无家之怅悒。

[集评]

高亮功云："'纵是'二句，顿挫之妙。结句赋而比也。"（芸香草堂评《山中白云词》）

清平乐

采芳人杳，顿觉游情少。客里看春多草草[1]，总被诗愁分了。　　去年燕子天涯，今看燕子谁家。三月休听夜雨，如今不是催花。

[注释]

①草草：匆忙。

[集评]

高亮功云："'客里'二句，工于言愁，非阅历者不能道。换头下则更深一层矣。"（芸香草堂评《山中白云词》）

俞陛云云："羁泊之怀，托诸燕子；易代之悲，托诸夜雨。深人无浅语也。"（《唐五代两宋词选释》）

渔家傲

病中未及过毗陵[1]

门掩新阴孤馆静，杨花却解来相趁。几日方知因酒病。无憀甚，脱巾挂壁将书枕　。　见说落红堆满径，不知何处游人盛。自笑扁舟犹未定。清和近，寻诗已约兰陵令[2]。

[注释]

①毗陵：今江苏常州之古称。　②兰陵：战国时楚邑名，春申君封地，在今山东枣庄峄城镇。晋室南渡侨置江南，地在江苏常州，即毗陵也。　兰陵令：指毗陵地方官。

渔家傲

辛苦移家聊处静，扫除花径歌声趁。也学维摩闲示病[①]。迂疏甚，松风两耳和衣枕。　颇倦扶筇寻捷径，东墙蔼蔼红香盛。少待摇人波自定。蓬壶近，且呼白鹤招韩令[②]。

[注释]

①维摩：维摩诘，释迦同时人。现病身以说法，有《维摩诘所说经》传世。　②韩令：韩愈因极论宫市之弊，贬广东山阳为令，因称韩令。此指地方县令。

壶中天

白香岩和东坡韵赋梅[①]

苔根抱古，透阳春、挺挺林间英物。隔水笛声那得到，斜日空明绝壁。半树篱边，一枝竹外，冷艳凌苍雪。淡然相对，万花无此清杰。　还念庾岭幽情[②]，江南聊折[③]，赠行人应发。寂寂西窗闲弄影，深夜寒灯明灭，且浸芳壶，休簪短帽，照见萧萧发。几时归去，朗吟湖上香月。

[注释]

①白香岩：霅川吟社中人，作者诗友。此词用东坡《念奴娇》韵。是对白香岩和韵赋梅之作的再和。　②庾岭幽情：隋人赵师雄在罗浮酒舍遇淡妆美人同饮。后知美人乃梅花化身。见《龙城录》。　③江南聊折：用陆凯折梅赠范晔事。

南楼令

题聚仙图

曾记宴蓬壶，寻思认得无[①]。醉归来、事已模糊。忽对画图如梦寐，又因甚、下清都[②]。　　拍手笑相呼，应书缩地符[③]。恐人间、天上同途。隔水一声何处笛，正月满、洞庭湖。

[注释]

①认得无：认得么。　②清都：天宫。　③缩地符：费长房有神术能缩地脉，千里如在目前。见《神仙传》。

清平乐

题墨仙双清图[①]

丹丘瑶草，不许秋风扫。记得对花曾被恼，犹似前时春好。　　湘皋闲立双清，相看波冷无声。独说长生未老，不知老却梅兄。

[注释]

①墨仙：未详。　双清：指梅花与水仙花合画。

浪淘沙

余画墨水仙并题其上

回首欲婆娑，淡扫修蛾。盈盈不语奈情何。应恨梅兄矾弟远[①]，云隔山阿。　　弱水夜寒多，带月曾过。羽衣飞过染馀波。白鹤难招归未得，天阔星河。

［注释］

①矾弟：山矾花。一名七里香。黄山谷《王充道送水仙花五十枝》："含香体素欲倾城，山矾是弟梅是兄。"

西江月

题墨水仙

缥缈波明洛浦①，依稀玉立湘皋。独将兰蕙入离骚，不识山中瑶草。　　月照英翘楚楚②，江空醉魄陶陶。犹疑颜色尚清高，一笑出门春老。

［注释］

①洛浦：《洛神赋》有"凌波微步，罗袜生尘"句，此亦喻水仙花之风姿绰约，如同洛神。　②英翘：高出的花朵。

壶中天

怀雪友

异乡倦旅，问扁舟东下，归期何日。琴剑空随身万里，天地谁非行客。李杜飘零，羊昙悲感①，回首俱陈迹。羁怀难写，豆虫吟破孤寂。　　柳外门掩疏阴，佳人何处，溪上蘋花白。留得一方无用月，隐隐山阳闻笛。旧雨不来，风流云散，惟有长相忆。雁书休寄，寸心分付梅驿②。

［注释］

①羊昙：晋人，谢安之甥。因误至西州门（谢安灵柩出城之门）而恸存没之感，悲哭而去。见《晋书·谢安传》。　②梅驿：传送梅花的驿使。此用陆凯送范晔梅花之典。

甘 州

和袁静春入杭韵[1]

听江湖、夜雨十年灯[2],孤影尚中洲。对荒凉茂苑,吟情渺渺,心事悠悠。见说寒梅犹在,无处认西楼。招取楼边月,同载扁舟。　　明日琴书何处,正风前坠叶,草外闲鸥。甚消磨不尽,惟有古今愁。总休问、西湖南浦,渐春来、烟水入天流。清游好,醉招黄鹤,一啸清秋。

[注释]

①袁静春:袁易,字通甫,筑室号静春。　②"听江湖"句:本黄山谷《寄黄几复》"桃李春风一杯酒,江湖夜雨十年灯"。

风入松

与王彦常游会仙亭[1]

爱闲能有几人来,松下独徘徊。清虚冷淡神仙事,笑名场、多少尘埃。漱齿石边危坐,洗心易里舒怀。　　划然长啸白云堆,更待月明□[2]。一瓢春水山中饮,喜无人、踏破苍苔。开了桃花半树,此游不是天台。

[注释]

①会仙亭:在宜兴东南会仙岩张公洞侧。　王彦常:作者诗友,其他未详。　②月明□:另本为"月明陪"。

风入松

酌惠山泉[1]

一瓢饮水曲肱眠[2],此乐不知年。今朝忽上龙峰顶,却元来、有此甘泉。洗却平生尘土，慵游万里山川。照人如鉴止如渊，古窦暗涓涓。当时桑苎今何在[③]，想松风、吹断茶烟。著我白云堆里，安知不是神仙。

[注释]

①惠山泉：在江苏无锡。陆羽列为天下第二泉。　②曲肱眠：枕臂而睡。　③桑苎：犹桑麻。此指百姓、人烟。

浪淘沙

题陈汝朝百鹭画卷[①]

玉立水云乡，尔我相忘。披离寒羽庇风霜。不趁白鸥游海上，静看鱼忙。　　应笑我凄凉，客路何长。犹将孤影侣斜阳。花底鹓行无认处[②]，却对秋塘。

[注释]

①陈汝朝：元代花鸟画家。戴表元、袁桷都有题此图之作。　②鹓行：此指上朝站立班行的位置，如白鹭鸳鸯之行有序。

[集评]

高亮功云："'静看'句炼。萧中孚云：'后半阕音极凄深。陆放翁词："酒徒一半取封侯，独去作江边渔父。"彼豪愤，而此幽怨。'"（芸香草堂评《山中白云词》）

祝英台近

题陆壶天水墨兰石[①]

带飘飘，衣楚楚，空谷饮甘露。一转花风，萧艾遽如许。细看息影云根[②]，淡然诗思，曾□被、生香轻误[③]。

此中趣，能消几笔幽奇，羞掩众芳谱。薜老苔荒，山鬼竟无语。梦游忘了江南，故人何处，听一片、潇湘夜雨。

[注释]

①陆壶天：即陆行直，号壶天居士。　②云根：山石。　③曾□被：另本为“曾否被”。

台城路

夏壶隐壁间[①]，李仲宾写竹石、赵子昂作枯木[②]，娟净峭拔，远返古雅，余赋词以述二妙

老枝无著秋声处，萧萧倦听风雨。暗饮春腴，欣荣晚节，不载天河人去。心存太古。喜冰雪相看，此君欲语[③]。共倚云根，岁寒羞并岁寒所。　当年曾见汉馆，卷帘频坐对，飞梦湘楚。叹我重来，何堪如此，落叶空江无数。盘桓屡抚。似冉冉吹衣，颇疑非雾。素壁高堂，晋人清几许。

（以上《彊村丛书》本《山中白云词》卷七）

[注释]

①夏壶隐：其人未详。壁间能得名手作画，地位可知。　②李仲宾：燕人，元时官至大学士，封蓟国公。　赵子昂：即赵孟頫，入元官至翰林学士承旨。书法山水皆有盛名。　③此君：竹。王子猷爱竹，云“何可一日无此君”。

长亭怨

别陈行之[①]

跨匹马、东瀛烟树。转首十年，旅愁无数。此日重逢，故人犹记旧游否。雨今云古[②]，更秉烛、浑疑梦语。衮

衮登台，叹野老、白头如许。　归去，问当初鸥鹭。几度西湖霜露。漂流最苦，便一似、断蓬飞絮。情可恨、独棹扁舟，浩歌向、清风来处。有多少相思，都在一声南浦[3]。

[注释]

①陈行之：即陈恕可，光州固始人，自号委宛居士。　②雨今云古：即“云雨今古”之倒文。　③南浦：泛指送别之处。江淹《别赋》：“送君南浦，伤如之何。”

忆旧游

寓毗陵有怀澄江旧友[1]

笑铭崖笔倦[2]，访雪舟寒，觅里寻邻。半掩闲门草，看长松落荫，旧榻悬尘。自怜此来何事，不为忆鲈莼[3]。但回首当年，芙蓉城里，胜友如云。　思君。度遥夜，谩疑是梅花，檐下空巡。蝶与周俱梦，折一枝聊寄，古意殊真。渺然望极来雁，传与异乡春。尚记得行歌，阳关西出无故人。

[注释]

①毗陵、澄江：皆在无锡江阳附近。　②铭崖：为崖山作铭，喻大手笔。　③忆鲈莼：晋张翰见秋风起，乃思吴中菰菜、莼羹、鲈鱼脍，因辞官归。

踏莎行

郊行，值游女以花掷水[1]，余行之，戏作此解

花引春来，手擎春住，芳心一点谁分付。微歌微笑蓦

思量，瞥然抛与东流去。　　带润偷拈，和香密护，归时自有留连处。不随烟水不随风，不教轻把刘郎误[②]。

[注释]

①以花掷水：指岸上游春少女，以花束抛向水中，为作者接住。　②刘郎：此用刘晨入天台采药，沿溪遇仙女，被邀至家中之典。

浪淘沙

作墨水仙寄张伯雨[①]

香雾湿云鬟，蕊佩珊珊。酒醒微步晚波寒。金鼎尚存丹已化，雪冷虚坛。　　游冶未知还，鹤怨空山。潇湘无梦绕丛兰。碧海茫茫归不去，却在人间。

[注释]

①张伯雨：张雨，字伯雨，道士。工诗能画，曾入元大都，赐传驿，后归隐茅山，号句曲外史。

西江月

同　前[①]

落落奇花未吐[②]，离离瑶草偏幽[③]。蓬山元是不知秋，却笑人间春瘦。　　潇洒寒犀麈尾[④]，玲珑润玉搔头，半窗晴日水痕收，不怕杜鹃啼后。

[注释]

①同前：即题为同一题旨“作墨水仙寄张伯雨”。　②“落落”句：花未开而苞已光鲜突出。　③瑶草：此指水仙叶如玉色。　④寒犀：避寒犀，温然有暖意。　麈尾：麈鹿尾作之拂尘。为贵人名士所持之物。

珍珠令

桃花扇底歌声杳[1]，愁多少。便觉道花阴闲了。因甚不归来，甚归来不早。　满院飞花休要扫。待留与、薄情知道。怕一似飞花，和春都老。

[注释]

①"桃花扇底"句：晏几道《鹧鸪天》有词句"歌尽桃花扇底风"，意味着美人歌舞已成往事。

壶中天

寿月溪[1]

波明昼锦[2]，看芳莲迎晓，风弄晴碧。乔木千年长润屋，清荫图书琴瑟。龟甲屏开[3]，虾鬚帘卷[4]，瑶草秋无色。和熏兰麝，彩衣欢拥诗伯。　溪上燕往鸥还，笔床茶灶，筇竹随游屐。闲似神仙闲最好，未必如今闲得。书染芝香，驿传梅信，次第来云北[5]。金尊须满，月光长照歌席。

[注释]

①月溪：卞南仲，字应平，号月溪，浙江长兴人。有《溪居集》、《江行集》等。　②波明昼锦：荷花投影水中，如昼锦光鲜。　③龟甲屏：用龟甲镶嵌的屏风。　④虾鬚帘：帘细如虾鬚，言其华美珍贵。　⑤云北：北云之倒装，似指朝廷方面的信息。

[集评]

江昱云："宋人寿词，虽出名手，亦必沾带俗气。如此作雅润清丽，顿觉习语一空。后《南楼令》尤为绝特。始知《指迷》所论，洵非虚言。"(《山

中白云词疏证》)

高亮功云:“此词虽不甚佳,然已极力避俗。”(芸香草堂评《山中白云词》)

摸鱼子

为卞南仲赋月溪

溯空明、霁蟾飞下[1],湖湘难辨遥树。流水那得清如许,不与众流东注。浮净宇。任消息虚盈[2],壶内藏今古。停杯问取。甚玉笛移宫[3],银桥散影[4],依旧广寒府。

休凝伫,鼓枻渔歌在否。沧浪浑是烟雨。黄河路接银河路,炯炯近天尺五。还自语。奈一寸闲心,不是安愁处。凌风远举。趁冰玉光中[5],排云万里,秋艇载诗去。

[注释]

①霁蟾:明月。　②消息盈亏:指月亮消长圆缺。　③玉笛移宫:叶法善引明皇入月宫,闻仙乐。因凄冷而归。记其半,以笛按之。见郑嵎《津阳门》诗注。　④银桥:银河之鹊桥。　⑤冰玉光中:冰轮玉魄指月亮。

好事近

赠笑倩

葱茜满身云[1],酒晕浅融香颊。水调数声娴雅,把芳心偷说。　风吹裙带下阶迟,惊散双蝴蝶。佯捻花枝微笑,溜晴波一瞥。

[注释]

①葱茜:指衣着青翠。

小重山

烟竹图

阴过云根冷不移[①]。古林疏又密，色依依。何须喷饭笑当时[②]。筼筜谷，盈尺小鹅溪[③]。　展玩似堪疑。楚山从此去，望中迷。不知何处倚湘妃[④]。空江晚，长笛一声吹。

［注释］

①"阴过"句：阴凉胜过石头之冷。　云根：山石。　②喷饭：文与可嘱东坡咏竹。坡诗有"料得清贫馋太守，渭滨千亩在胸中"。与可同其妻烧笋晚食，得诗失笑，喷饭满案。见《东坡集》三十二卷《文与可画筼筜谷偃竹记》。　③鹅溪：绢名，用以作画。　④湘妃：湘妃竹，即斑竹。

蝶恋花

秋　莺

求友林泉深密处[①]。弄舌调簧，如问春何许。燕子先将雏燕去，凄凉可是歌来暮。　乔木萧萧梧叶雨。不似寻芳，翻落花心露。认取门前杨柳树，数声须入新年语。

［注释］

①求友：本《诗经·小雅·伐木》"嘤其鸣矣，求其友声"。

南楼令

寿月溪

天净雨初晴，秋清人更清。满吟窗、柳思周情[①]。一片香来松桂下，长听得，读书声。　闲处卷黄庭[②]，年年两鬓青。佩芳兰、不系尘缨[3]。傍取溪边端正月，对玉兔、话长生。

[注释]

①柳思周情：言月溪词风如柳永、周邦彦富有情致。 ②黄庭：《黄庭经》，道家经籍名。 ③尘缨：布满俗尘的官帽。 缨：官帽的系带。

[集评]

江昱云："宋人寿词，虽出名手，亦必沾带俗气。如此作（指《壶中天·寿月溪》）雅润清丽，顿觉习语一空。后《南楼令》尤为绝特。"（《山中白云词疏证》）

风入松

溪山堂竹[1]

新篁依约佩初摇[2]，老石润山腰。逸人未必犹酣酒，正溪头、风雨潇潇。砺齿犹随市隐[3]，虚心肯受春招。 从教三径入渔樵，对此觉尘消。娟枝冷叶无多子，伴明窗、书卷诗瓢。清过炎天梅蕊，淡欺雪里芭蕉。

[注释]

①《全宋词》注：别本作"子昂竹石卷子"。 子昂：元画家赵孟頫。②新篁：新竹。 ③砺齿：典出《世说新语·排调》"所以枕流，欲洗其耳。所以漱石，欲砺其齿"。孙子荆欲隐山林之语。

踏莎行

跋伯时弟抚松寄傲诗集[1]

水落槎枯[2]，田荒玉碎，夜阑秉烛惊相对。故家人物已无传，一灯却照清江外。　　色展天机，光摇海贝，锦囊日月奚童背[3]。重逢何处抚孤松，共吟风月西湖醉。

［注释］

①伯时：当是张炎族弟，其他不详。　②槎枯：木筏搁浅。　③奚童：小书童。李贺有奚童背古锦囊随行，得句即投入囊中。

声声慢

中吴感旧[1]

因风整帽，借柳维舟[2]，休登故苑荒台。去岁何年，游处半入苍苔。白鸥旧盟未冷，但寒沙、空与愁堆。谩叹息，问西门洒泪，不忍徘徊。　　眼底江山犹在，把冰弦弹断，苦忆颜回[3]。一点归心，分付布袜青鞋。相寻已期到老，那知人、如此情怀。怅望久，海棠开、依旧燕来。

［注释］

①中吴：吴中，指苏州。　②“维舟”句：系船缆于柳上。　③颜回：孔子弟子，早卒。此殆悼念其弟子之早逝者。

声声慢

重过垂虹[1]

□声短棹，柳色长条，无花但觉风香。万境天开，逸兴纵我清狂。白鸥更闲似我，趁平芜、飞过斜阳。重叹息，却如何不□[2]，梦里黄粱。　　一自三高非旧[3]，把诗囊酒具，千古凄凉。近日烟波，乐事尽逐渔忙。山横洞庭夜月,似潇湘、不似潇湘。归未得,数清游、多在水乡。

[注释]

①垂虹:长桥名,在吴江松陵镇。　②如何不□:另本为“如何不醒”。　③三高:亭名,为纪念范蠡、张翰、陆龟蒙而建。

声声慢

寄叶书隐[1]

百花洲畔,十里湖边,沙鸥未许盟寒[2]。旧隐琴书,犹记渭水长安。苍云数千万叠,却依然、一笑人间。似梦里,对清尊白发,秉烛更阑。　渺渺烟波无际,唤扁舟欲去,且与凭阑。此别何如,能消几度阳关。江南又听夜雨,怕梅花、零落孤山。归最好,甚闲人、犹自未闲。

[注释]

①叶书隐:作者友人。何梦桂有寿夹谷书隐《沁园春》词。　②盟寒:寒盟,不履行诺言。

木兰花慢

归隐湖山,书寄陆处梅[1]

二分春是雨,采香径、绿阴铺[2]。正私语晴蛙,于飞晚燕[3],闲掩纹疏。流光惯欺病酒,问杨花、过了有花无。啼鴂初闻院宇,钓船犹系菰蒲。　林逋,树老山孤。浑忘却、隐西湖。叹扇底歌残,蕉间梦醒,难寄中吴。秋痕尚悬鬓影,见莼丝、依旧也思鲈。黏壁蜗涎几许,清风只在樵渔。

[注释]

①归隐湖山：归隐西湖，时约为至大三年（1310）左右。 陆处梅：作者吟友。 ②采香径：在苏州，灵岩山下。 ③于飞：作对偕飞。

清平乐

兰曰国香[①]，为哲人出，不以色香自炫，乃得天之清者也。楚子不作[②]，兰今安在。得见所南翁枝上数笔[③]，斯可矣。赋此以纪情事云

□花一叶，比似前时别。烟水茫茫无处说，冷却西湖□月。 贞芳只合深山，经尘了不相关。留得许多清影，幽香不到人间。

[注释]

①国香："兰有国香"见《左传·宣公三年》，郑文公取妾燕姞，梦天使与兰，生子曰兰，立为穆公。 ②楚子：楚国国君。 ③所南翁：郑思肖号所南，善画兰。

清平乐

赠云麓麓道人[①]

□□不了，都被红尘老。一粒粟中休道好[②]。弱水竟通蓬岛。 孤云漂泊难寻，如今却在□□。莫趁清风出岫，此中方是无心。

[注释]

①云麓麓道人：道流，其人不详。 ②一粒粟：《五灯会元》云"一粒粟中藏世界，半升铛内煮乾坤"。以小见大显神通之语。

清平乐

题平沙落雁图[①]

平沙流水，叶老芦花未[②]。落雁无声还有字，一片潇湘古意。　　扁舟记得幽寻，相寻只在□□。莫趁春风飞去，玉关夜雪犹深。

［注释］

①平沙落雁：潇湘八景之一。画者甚多，不详为何人之作。　②"叶老"句：为"芦花叶老未"之倒装语。

临江仙

甲寅秋[①]，寓吴，作墨水仙为处梅吟边清玩。时余年六十有七，看花雾中，不过戏纵笔墨，观者出门一笑可也

剪剪春冰出万壑[②]，和春带出芳丛。谁分弱水洗尘红。低回金叵罗[③]，约略玉玲珑[④]。　　昨夜洞庭云一片，朗吟飞过天风。以将瑶草散虚空。灵根何处觅[⑤]，只在此山中。

［注释］

①甲寅秋：延祐元年甲寅(1314)秋。作者时在苏州。　②剪剪：寒风拂拂貌。　春冰：此指化冰之寒水。　③金叵罗：古代酒具。　④玉玲珑：美听之歌声。　⑤灵根：此指水仙。

思佳客

题周草窗《武林旧事》[①]

梦里瞢腾说梦华[②]，莺莺燕燕已天涯。蕉中覆处应无鹿[③]，汉上从来不见花。　　今古事，古今嗟。西湖流水

响琵琶。铜驼烟雨栖芳草，休向江南问故家。

［注释］

①武林旧事：周密（草窗）著。记南宋临安之制度、文物、风俗之名著。　②梦华：孟元老有《东京梦华录》，记汴京旧事。　③“蕉中”句：郑人藏鹿于蕉而忘之，以为梦也。见《列子·周穆王》。

［集评］

高亮功云：“黍离之感深矣，却无噍杀之音，故佳。”（芸香草堂评《山中白云词》）

清平乐

别苗仲通[1]

柳间花外，日日离人泪。忆得楼心和月醉，落叶与愁俱碎。　如今一笑吴中，眼青犹认衰翁[2]。先泛扁舟烟水，西湖多定相逢。

［注释］

①苗仲通：作者友人，其他未详。　②眼青：青眼，尊重、厚爱之意。用阮籍典。

清平乐

过金桂轩坟园[1]

□□晴树，寒食无风雨。记得当时游冶处，桂底一身香露。　神仙只在蓬莱，不知白鹤飞来[2]。乘兴飘然归去，瞋人踏破苍苔。

[注释]

①金桂轩:作者诗友。元人袁易词中屡屡言及。　②白鹤飞来:辽东丁令威,学道得仙,后化鹤归来,而人已不识。此略用其意。

风入松

久别曾心传,近会于竹林清话,欢未足而离歌发,情如之何,因作此解,时至大庚戌七月也①

满头风雪昔同游②,同载月明舟。回来又续西湖梦,绕江南、那处无愁。赢得如今老大,依然只是漂流。　故人剪烛对花讴,不记此身浮。征衣冷落荷衣暖③,径虽荒、也合归休。明□□□烟水,相思却在并州④。

[注释]

①至大庚戌:至大三年庚戌(1310)。　②风雪昔同游:曾心传(遇)与张炎曾一同北上大都写金字藏经。　③荷衣:此指隐者之服。　④并州:山西太原一带。作者北上写经曾去并州。

渔歌子

张志和与余同姓,而意趣亦不相远。庚戌春,自阳羡牧溪放舟过罨画溪①,作渔歌子十解,述古调也

□卯湾头屋数间②,放船收尽一溪山。聊适兴,且怡颜,问天难买是真闲。

[注释]

①罨(yǎn)画溪:阳羡水名。　②□卯:《历代诗馀》、四印斋本作“丁卯”。

渔歌子

□□□□□□溪流，紧系篱边一叶舟。沽酒去，闭门休，从此清闲不属鸥。

渔歌子

□□□□□白云多，童子贪眠枕绿蓑。莞尔笑①，浩然歌，奈此萧萧落叶何。

[注释]

①莞（wǎn）尔：微笑。

渔歌子

□□□□□半树梅，卷帘一色玉蓬莱①。宜啸咏，莫徘徊，乘兴扁舟好去来②。

[注释]

①玉蓬莱：山如玉色，指下雪。 ②“乘兴”句：用王子猷雪夜驾舟至剡溪访戴逵之典。形容行迹潇洒无拘。

渔歌子

□□□□□□子同，更无人识老渔翁。来往事，有无中，却恐桃源自此通。

渔歌子

□□□□□□求鱼，钓不得鱼还自如。尘事远，世人疏，何须更写绝交书[1]。

[注释]

①绝交书：嵇康有《与山巨源（涛）绝交书》。

渔歌子

□□□□濯尘缨[1]，严濑磻溪有重轻[2]。多少事，古今情，今人当似古人清。

[注释]

①濯尘缨：古歌"沧浪之水清兮，可以濯我缨；沧浪之水浊兮，可以濯我足"。指隐人高致。　②严濑：严子陵隐居之钓台，在浙江桐庐富春山麓。　磻溪：吕尚垂钓处，在陕西宝鸡磻溪河畔。

渔歌子

□□□□□浮家，蓬底光阴鬓未华。停短棹，舣平沙[1]，流水恐是杏坛花[2]。

[注释]

①舣平沙：泊舟于平沙之地。　②杏坛：孔子教徒之处。

渔歌子

□□□□□孤村，路隔尘寰水到门。斜照散，远云昏，白鹭飞来老树根。

渔歌子

□□□年酒半酣，知鱼知我静中参[①]。峰六六[②]，径三三[③]，此怀难与俗人谈。

［注释］

①知鱼知我：庄子与惠子濠上观鱼，就人是否知道鱼之快乐进行了一场哲学辩论。分别从趣味判断与认识判断得出不同而极富启发性的结论。见《庄子·秋水》。　②峰六六：三十六峰。　③径三三：三经，隐士之径。三三，言隐人高士不少。

一剪梅

闷蕊惊寒减艳痕[①]。蜂也消魂，蝶也消魂。醉归无月傍黄昏，知是花村，知是前村。　留得闲枝叶半存。好似桃根，不似桃根。小楼昨夜雨声浑，春到三分，秋到三分。

［注释］

①闷蕊：为寒气所逼而发蔫的花蕊。

南乡子

野色一桥分，活水流云直到门。落叶堆篱从不扫，开尊，醉里教儿诵楚文[①]。　隔断马蹄痕，商鼎熏花独自闻[②]。吟思更添清绝处，黄昏，月白枝寒雪满村。

［注释］

①楚文：《离骚》、《楚辞》。　②商鼎：殷商铜鼎，为古雅之礼器。

清平乐

过吴见屠存博近诗[①],有怀其人

五湖一叶[②],风浪何时歇。醉里不知花影别,依旧空山明月。　夜深鹤怨归迟,此时那处堪归。门外一株杨柳,折来多少相思。

[注释]

①屠存博:屠约,字存博,号月汀,杭人。以诗名世。　②五湖一叶:泛舟一叶,以游五湖。

柳梢青

清明夜雪

一夜凝寒,忽成琼树[①],换却繁华。因甚春深,片红不到,绿水人家。　眼惊白昼天涯。空望断、尘香钿车[②]。独立回风,东阑惆怅,莫是梨花[③]。

[注释]

①琼树:树木披雪,有如玉树。　②尘香钿车:赏花之豪华车马。钿车:镶嵌贝螺的车子。　③梨花:此指雪片。

[集评]

高亮功云:“收句有风情。”(芸香草堂评《山中白云词》)

南歌子

陆义斋燕喜亭[①]

窗密春声聚,花多水影重。只留一路过东风,围得生香不断、锦熏笼[②]。　　月地连金屋，云楼瞰翠蓬。惺忪笑语隔帘栊[③]，知是谁调鹦鹉、柳阴中。

[注释]

①燕喜亭：广东连州城衙有燕喜亭。陆义斋（陆垕）曾官湖南肃政廉访使等职，有可能到过连州。　②锦熏笼：指盆花色香俱美，如锦饰之熏笼。　③惺忪（xīng sōng）：欢快轻松。

青玉案

闲　居

万红梅里幽深处，甚杖屦、来何暮[①]。草带湘香穿水树。尘留不住，云留却住，壶内藏今古。　　独清懒入终南去[②]，有忙事、修花谱。骑省不须重作赋[③]。园中成趣，琴中得趣，酒醒听风雨。

（以上《彊村丛书》本《山中白云词》卷八）

[注释]

①杖屦：老人扶杖而行。　②终南去：去终南山隐居。唐谚以终南高隐为谋官捷径，高人所鄙，故云“懒入”。　③骑省：散骑省，晋唐官署名。有散骑常侍。潘岳曾入直散骑之省，作有《秋兴赋》。

台城路

归　杭[①]

当年不信江湖老，如今岁华惊晚。路改家迷，花空荫落，谁识重来刘阮[②]。殊乡顿远。甚犹带羁怀，雁凄蛩怨。梦里忘归，乱浦烟浪片帆转。　　闲门休叹故苑。杖藜游冶处，萧艾都遍[③]。雨色云西，晴光水北，一洗悠然心

眼。行行渐懒。快料理幽寻，酒瓢诗卷。赖有湖边，旧时鸥数点。　　（《词源》钱良祐跋）

[注释]

①归杭：据《词源》钱良祐跋，"乙卯岁余以公事留杭数月……玉田尝赋《台城路》咏归杭。"则此词约作于仁宗延祐二年（1315）。　②刘阮：刘晨、阮肇，曾入天台，采药遇仙。后重到天台，则人物顿非了。　③萧艾：恶草。

菩萨蛮

晓行西湖边

霜花铺岸浓如雪，田间水浅冰初结。林密乱鸦啼，山深雁过稀。　　风恬湖似镜[1]，冷浸楼台影。梅不怕隆寒，疏葩正耐看。（《永乐大典》卷二千二百六十五"湖"字韵）

[注释]

①风恬：风和。

尾　犯

山庵有梅古甚，老僧云：此树近百年矣。余盘礴花下[1]，竟日忘归，因有感于孤山，为赋此调

一白受春知[2]。独爱老来，疏瘦偏宜。古月黄昏，许松竹相依。晕藓枯槎半折，影浮波、渴龙倒窥[3]。岁华凋谢，水边篱落，雪後忽横枝。　　百花头上立，且休问、向北开迟。老了何郎[4]，不成便无诗。惟只有、西州倦客，怕说著、西湖旧时。难忘处，放鹤山空人未归[5]。

（《永乐大典》卷二千八百零八"梅"字韵引张叔夏《玉田集》）

[注释]

①盘礴:徘徊。　②一白:指梅色纯白。　③渴龙倒窥:老枝遒劲,倒影水中,如渴龙下饮。　④何郎:何逊,有扬州官舍咏梅之作。此以何郎自喻。　⑤“放鹤”句:指林和靖放鹤孤山,逍遥自遣。

祝英台近

为自得斋赋[1]

水空流,心不竞,门掩柳阴早。芸暖书芗[2],声压四檐悄。断尘飞远清风,人间醒醉,任蝶梦、何时分晓。
古音少。素琴久已无弦,俗子未知道。听雨看云,依旧静中好。但教春气融融,一般意思,小窗外、不除芳草。

(《永乐大典》卷二千五百三十六“斋”字韵引张叔夏词)

[注释]

①自得斋:嘉禾叶广居书斋名。　②芸暖书芗:芸草花叶味浓,可以驱蠹虫。　芗:香。

华胥引

赋松花[1]

碧浮春盖,黄点秋旗[2],细芳泛月。露委残钗,烟梳高髻曾戏折。几度宿寄山房,□麹尘云屑。香入峰鬚,蜜房风味应别。　茗酒浮汤,爱霏霏、粉黄清绝。嫩苞新子,凭谁香歌五粒[3]。只怕东风吹尽,长萧萧黄髮。独鹤归来,满庭零乱金雪。

(《珊瑚网法书题跋》卷十载郭天锡手钞诸贤遗稿)

[注释]

①松花：松树花粉。色黄，及时拂取，作汤点之（烹茶时加入）甚佳。见《本草纲目》引苏颂语。　②秋旗：秋天采摘的绿茶。叶扁带小芽曰旗，旗枪。　③五粒：松的异种，一名五鬣松。

甘　州

题曾心传藏温日观墨蒲萄画卷①

想不劳、添竹引龙鬚，断梗忽传芳。记珠悬润碧，飘飖秋影，曾印禅窗。诗外片云落莫，错认是花光。无色空尘眼，雾老烟荒。　一剪静中生意。任前看冷淡，真味深长。有清风如许，吹断万红香。且休教夜深人见，怕误他、看月上银床②，凝眸久，却愁卷云，难博西凉③。

（《大观录》卷十五）

[注释]

①温日观：字仲言，号知归子。杭城玛瑙寺僧，善画葡萄。　②银床：银白井栏。　③西凉：甘肃武威，古称凉州，西凉。王翰《凉州词》："葡萄美酒夜光杯，欲饮琵琶马上催。醉卧沙场君莫笑，古来征战几人回。"语甚悲苦。

韩信同

韩信同(1251—1332)，字伯循，又号中村，宁德(今福建宁德)人。陈普弟子，主讲建安云庄书院。学者称为古遗先生，有《四书标注》及《诗文集》等。

沁园春

寿南窗叶知录

望紫云翁，启明在东①，长庚在西②。但空有寸心，荆州江汉，未能百里，弱水沙黎③。菊底秋深，樵边信至，一曲阳春草木知。长吟咏，觉声如韩操④，骨似陶诗。

不应鬓髮能稀。七十寿强如六十耆⑤。想高谈倾坐，风斯下矣，微辞漱物，清且涟漪。谩说磻翁⑥，休夸淇叟⑦，用舍行藏各有时⑧。真修养，有近思家学，字字参芝。⑨

(《翰墨大全》丙集卷十四)

[注释]

①启明：金星，晨见于东方。　②长庚：晚见于西方。实与“启明”为同一颗星。　③弱水沙黎：在今甘肃张掖一带。《尚书·禹贡》：“导弱水至于合黎，馀波入流沙。”　④韩操：韩娥于齐之雍门卖唱，馀音绕梁，三日不绝。见《列子·汤问》。　⑤耆：老。六十岁曰耆。　⑥磻翁：吕尚垂钓于磻溪(陕西宝鸡)，遇文王而佐周灭商。　⑦淇叟：卫武公有美德。《诗经·卫风·淇奥》美之。　⑧用舍行藏：即出仕与隐居。　⑨唐氏按：此首原题韩伯循撰。

王炎午

王炎午(1252—1324),初名应梅,字鼎翁,别号梅边,庐陵(今江西吉安)人。咸淳间,补太学生。临安陷,谒文天祥,毁家以助军饷,天祥留置幕府。天祥被执,应梅作生祭文以励其死。所著曰《吾汶稿》。

沁园春

又是年时,杏红欲脸,柳绿初芽。奈寻春步远,马嘶湖曲,卖花声过,人唱窗纱。暖日晴烟,轻衣罗扇,看遍王孙七宝车[①]。谁知道,十年魂梦,风雨天涯。　休休何必伤嗟。谩赢得、青青两鬓华[②]。且不知门外,桃花何代,不知江左[③],燕子谁家[④]。世事无情,天公有意,岁岁东风岁岁花。拚一笑[⑤],且醒来杯酒,醉后杯茶。

(元《草堂诗馀》卷下)

[注释]

①王孙:古代贵族子弟的通称。　②谩(màn):慢,空也。　③江左:南朝人称东晋为江左。古人以江东称江左。　④燕子谁家:本刘禹锡《乌衣巷》"旧时王谢堂前燕,飞入寻常百姓家"。　⑤拚(pàn):豁出去。

[集评]

俞陛云云:"前八句纯写春景,句颇明秀……下阕皆作超悟语,而其心弥苦。炎午曾为文信国作生祭文,盖志节之士,宜悲之深也。"(《唐五代两宋词选释》)

徐　瑞

徐瑞(1254—?),字山玉,号松巢,鄱(今江西鄱阳)人。咸淳间,应举不第,后推为本邑书院山长。约卒于延祐以后。有《松巢集》三卷,附词。

点绛唇

多事春风,年年绿遍江南草①。罗裙色好,莫把相如恼。②　　梦入瑶台③,搔背麻姑爪④。还惊觉,杜鹃啼早,一夜相思老。　　　　(《词综补遗》卷十三引《松巢集》)

[注释]

①绿遍江南:本王安石《泊船瓜州》"春风又绿江南岸,明月何时照我还"。　②相如:汉司马相如。　③瑶台:美玉楼台。古人想象中的神仙居处。　④麻姑爪:晋葛洪《神仙传》载,麻姑为女仙,其手似鸟爪。李白《西岳云台歌送丹丘子》:"明星玉女备洒扫,麻姑搔背指爪轻。"

王去疾

王去疾，生卒不详。字吉甫，金坛（今属江苏）人。乡贡进士。入元后，历吉州路、杭州路儒学教授，以从事郎镇江录事致仕。有《直溪集》，不传。

菩萨蛮

蟂　矶[①]

吴波深处波声急，阑干下瞰鱼龙宅[②]。江北与江南，斜阳山外山。　十洲三岛地[③]，梦里身曾至。今日醉危亭[④]，神仙邀我盟。　（康熙《太平府志》卷三十）

［注释］

①蟂矶：地名，在安徽芜湖西江中，高十丈，周九亩。　②鱼龙宅：指传说中的龙宫。此指江水。　③十洲三岛：古代传说中海上的仙境。《海内十洲记》："汉武帝既闻西王母说八方巨海之中有祖洲、瀛洲、玄洲、炎洲、长洲、元洲、流洲、生洲、凤麟洲、聚窟洲。有此十洲，乃人迹所稀绝处。"《汉书·郊祀志上》："燕昭使人入海求蓬莱、方丈、瀛洲，此三神山者，其传在勃海中。"　④危：高也。

刘将孙

刘将孙（1157—?），字尚友，庐陵（今江西吉安）人，辰翁之子。尝任延平教官，临汀书院山长。有《养吾斋集》。

踏莎行

闲　游

水际轻烟，沙边微雨，荷花芳草垂杨渡。多情移徙忽成愁，依稀恰是西湖路。　　血染红笺，泪题锦句，西湖岂忆相思苦。只应幽梦解重来①，梦中不识从何去。

[注释]

①解：懂得，会。

[集评]

沈际飞云："前人诗'梦魂不知处，飞过大江西'，此云飞不去，绝好翻用法。"（《草堂诗馀》）

阮郎归

舟中作

斜阳江路柳青青，传杯那放停。上船不记送人行，南风吹酒醒。　　江曲曲，路萦萦①，月明潮水生。送将残梦作浮萍，角声何处城②。

[注释]

①萦萦：回环萦绕。　②角：画角。古代军中的一种乐器。

南乡子

重阳效东坡作①

山色泛秋光，点点东篱菊又黄。岁月欺人如此去，堂堂。一事无成两鬓霜。　佳节共持觞②，无限杯供有限狂。明月明年诗句苦，茫茫。细把茱萸感慨长。

[注释]

①效东坡作：此为仿东坡《重九涵辉呈徐猷君》词。　②觞：古代饮酒杯。

八声甘州

九日登高①

不看萸、把酒对名山②，无帽厌西风③。渺四海故人，一尊今雨，万里长空。宇宙此山此日，今夕几人同。举世谁不醉，独属陶公④。　当日白衣几许，漫凄其寄兴，落日篱东⑤。抚停云六合⑥，借醉托孤踪。□吊古、不须多感，□古人、那得共杯中。拚酩酊⑦，明年此会，谁此从容。

[注释]

①九日：指阴历九月九日重阳节。　②萸：指茱萸。古人重阳节佩茱萸囊以祛病辟灾。　③“无帽”句：指孟嘉重阳节风吹落帽的故事。见《晋书·孟嘉传》。　④陶公：指陶潜。　⑤篱东：即东篱。　⑥六合：指天地四方。　⑦酩酊：饮酒醉得迷迷糊糊。

八声甘州

和人春雪词

看东风、天上放梅开①，经岁又新成。笑柳眼迷青，桃腮改白，蝶舞尘惊。任是万红千紫，无力与春争。想建章鳷鹊[2]，犹是残霙[3]。　不比腊前憔悴，拨寒炉榾柮[4]，茶薄烟清。快玉龙战罢[5]，四野迥收兵。望红花、扶桑国里[6]，玉玲珑、□□海天平。晴窗下，疏疏花雨，滴滴春声。

[注释]

①天上放梅开：以梅花喻雪花。　②建章：汉代长安的宫殿名。　鳷（zhī）鹊：传说中的神鸟，解人语。见则天下太平。见《拾遗记》。此指汉武帝所建的宫殿名。在长安甘泉苑中。　③霙（yīng）：雪花。　④榾柮（gǔ duò）：木炭、树疙瘩。　⑤玉龙：喻飞雪。宋张元《雪诗》："战死玉龙三十万，败鳞风卷满天飞。"　⑥扶桑：神话中的大树，为太阳栖息之所，后即代太阳。《山海经·海外东经》："汤谷上有扶桑，十日所浴。"

八声甘州

送　春

又江南、三月更明朝，便已是南风。拟强驻韶光[1]，狂追柳絮，卧占残红[2]。早向尊前沉醉，莫听五更钟。赢得春工笑，恼杀渠侬[3]。　只道春风不改，□年来岁去，柳密花浓。但沈腰潘鬓[4]，无复旧时容。春还是、多情多恨，便不教、绿满洛阳宫。只消得，无情风雨，断送匆匆。

[注释]

①韶光：美好的时光，常指春光。　②残红：落花。　③渠侬：吴地方言，即"他"。　④沈腰潘鬓：沈约腰瘦，后人亦称瘦为沈腰。潘岳三十二岁时两鬓已斑，代指衰老。

满江红

建安戏用林碧山韵

正好花时，忽办得、匆匆来去。道一往无情，却又别颦愁妩[1]。四海云鬟高样髻，长思红袖□分路。怪近来、不怨客毡寒，婵娟误。　　黄花约，终难据。曾未肯，清园住。只昼思夜梦，浅斟低诉。莲子擘开谁在薏[2]，徐娘一笑来何暮[3]。又争知、寂寞白头吟，寒机素。[4]

[注释]

①别颦愁妩：为离别而愁眉苦脸。　颦：皱眉。　妩：脸颊。　②"莲子"句：指建安名妓"莲薏"。　③"徐娘"句：指建安名妓"徐何"。　④原注："碧山建人，仕建安，词中云鬟红袖，皆建近景，莲薏徐何，皆建故有名妓，戏存其姓名，知者可一笑也。"

满江红

和李圆峤话别[1]

南浦绿波，只断送、行人行色。虽只是、鹏抟九万[2]，天池春碧。鸾侣凤朋争快睹，鸥盟鹭宿空曾识。到玉堂、天上念西江，今非昔。　　公去也，宁怀别。人感旧，情空切。但岁寒松柏，相期茂悦。好在莫偿尘土债，风流宁可金门客。俯人间、大暑少清风，多炎热。

[注释]

①李圆峤：至大元年(1308)李圆峤知南剑州，曾请作者为"福地新门作序"。　②鹏抟九万：大鹏鸟凭借扶摇风飞至九万里高空。见《庄子·逍遥游》。

满江红

五日风雨，萧然独坐，偶检康与之伯可顺庵词[①]，见其中隐括金铜仙人辞汉歌[②]，自谓缚虎手，殊不佳。因改此调，虽不能如贺方回诸作[③]，然稍觉平妥。长日无所用心，非欲求加昔人也

千里酸风[④]，茂陵客、咸阳古道[⑤]。宫门夜、马嘶无迹[⑥]，东关云晓。牵上魏车将汉月[⑦]，忆君清泪知多少。怅土花、三十六宫墙[⑧]，秋风袅。　浥露兰[⑨]，啼痕绕。画阑桂，雕香早。便天还知道，和天也老[⑩]。独出携盘谁送客[⑪]，刘郎陵上烟迷草[⑫]。悄渭城、已远月荒凉[⑬]，波声小[⑭]。

［注释］

①康与之：字伯可，号顺庵，滑州（今河南滑县）人。谄事秦桧，为秦门下十客之一，官军器监丞。有《顺庵乐府》，今不传，有赵万里辑本。　②金铜仙人辞汉歌：为唐诗人李贺所作。　③贺方回：宋词人贺铸。　④酸风：指悲凉的风。李贺《金铜仙人辞汉歌》："东关酸风射眸子。"　⑤茂陵客：指汉武帝刘彻。汉武帝陵墓叫茂陵。　⑥马嘶无迹：本李贺诗"夜闻马嘶晓无际"。　⑦魏：本李贺诗："魏官牵车指千里"。　⑧土花：指苔藓。三十六宫：汉长安有离宫别馆三十六所。李贺诗"三十六宫土花碧"。⑨浥露兰：本李贺诗"衰兰送客咸阳道"。浥露，形容兰花露水如啼泣。⑩和天也老：本李贺诗"天若有情天亦老"。　⑪独出携盘：本李贺诗"携盘独出月荒凉"。　⑫刘郎：指汉武帝。　⑬渭城：今陕西咸阳县东的渭城故城就是秦咸阳的旧址。　⑭波声小：本李贺诗"渭城已远波声小"。

摸鱼儿

己卯元夕[①]

又匆匆、一番元夕，无灯更愁风雨。人间天上无归

梦,惟有春来春去。愁不语。漫泪湿香绡[②],□草人何许。百年胜处。还更有琉璃,春棚月架,万眼蝶罗否[③]。风流事,孤负后来儿女。可怜薄命三五。千金无买吴呆处[④],更说龙飞凤舞[⑤]。今又古。便剩有才情,无分登楼赋[⑥]。春醪独抚[⑦]。也难觅阿瞒[⑧],肯容狂客,醉里试歌舞。

[注释]

①己卯:祥兴二年(1279)元兵入杭后三年。时禁赏灯。　元夕:指正月十五元宵节。　②漫:空,徒。　香绡:香帕。　③万眼蝶罗:一种蝶形花灯。　④吴呆:指传说中在月内砍桂树不已的吴刚。此代指月。　⑤龙飞凤舞:指元宵节龙凤式样的花灯。　⑥登楼赋:指王粲所写的《登楼赋》。　⑦醪(láo):酒。　⑧阿瞒:曹操的小名。唐玄宗亦自称阿瞒。

摸鱼儿

甲申客路闻鹃[①]

雨萧萧、春寒欲暮。杜鹃声转□□。东风与汝何恩怨,强管人间去住。行且去。漫憔悴十年,愁得身成树。青青故宇,看浩荡灵修[②],徘徊落日,不乐复何故。　曾听处,少日京华行路。青灯梦断无语。风林飒飒鸡声乱,摇落壮心如土。今又古。任啼到天明,清血流红雨。人生几许。且赢得刘郎[③],看花眼惯,懒复赋前度[④]。

[注释]

①甲申:元至元二十一年(1284)。　②浩荡灵修:本屈原《离骚》"怨灵修之浩荡兮,终不察夫民心"。　灵修:天神。　③刘郎:指唐诗人刘禹锡。　④赋前度:指刘禹锡《再游玄都观绝句》"百亩庭中半是苔,桃花净尽菜花开。种桃道士归何处?前度刘郎今又来"。

[集评]

厉鹗云:"情文慷慨,骨干近苍。"(《蕙风词话》卷三)

摸鱼儿

用前韵调敬德

甚平生、风流谢客[①],刀头梦送酸楚。不堪又得花间曲,猛忆云英霜杵[②]。闲情赋。谁催就月明,云鬟犀梳吐。才情几许。待遗策重来,吹箫一弄[③],鸾凤共轻举。
留春住,买得绿波南浦。黄金□散如土。蔷薇洞口三生路,无奈春光顿阻。新□绪。也待见东邻,花艳墙低处。东风看取。便娇送飞梭[④],半摧编贝[⑤],笑咏尚高古。

[注释]

①谢客:谢灵运。其小字客儿,时称谢客。 ②云英:仙女名,喻美女。《太平广记》卷五引《传奇·裴航》:"裴航从鄂渚回京途中,与樊夫人同舟,裴航赠诗致情意,后樊夫人答诗云:'一饮琼浆百感生,玄霜捣尽见云英。蓝桥便是神仙窟,何必崎岖上玉清。'"后裴航与玉英结为夫妇。 ③吹箫一弄:弄玉善吹箫,后与其夫萧史骑凤仙去。 ④飞梭:送来的目光。 ⑤编贝:排列起来的贝壳,形容牙齿的洁白整齐。

金缕曲

用稼轩韵作[①]

我老无能矣。叹人生、得开笑口,一年闲几。去景悠悠如有待,白髮已非春事。便一笑、何曾是喜。我本渔樵孟诸野[②],向举家、尽叹今如是,空自苦,有谁似。 堆堆独坐文书里。是无能、爱闲爱静,清时有味。出处古今无真是,往往君言有理。看攘臂、后来锋起[③]。汉晋唐虞一杯水[④],只鲁连、犹未知之耳[⑤]。况碌碌,共馀子。

[注释]

①稼轩:宋词人辛弃疾。此即次其《贺新郎》韵之作。 ②孟诸:古泽名,在河南商丘东北。 ③“看攘臂”句:奋起争夺厮杀。 ④汉晋唐虞:指中国几个朝代:汉朝、晋朝及古代的唐(陶唐氏,尧为其领袖),亦称尧唐;虞,舜乃其领袖。 ⑤鲁连:即鲁仲连。战国时齐国人,善于计划谋略,常周游各国,排难解纷。

江城子

和子昂题水仙花卷[①]

云涛白凤贺瑶池[②]。仗葳蕤[③],路芳菲。十月温汤,赐浴卸罗衣。半点檀心天一笑,琼奴弱[④],玉环肥。 风流谁合婿金闺。露将晞[⑤],雪争晖。贝阙珠宫,环佩月中归。误杀洛滨狂子建[⑥],情脉脉,恨依依。

[注释]

①子昂:赵子昂,即赵孟頫,宋元间著名画家。 ②白凤:此指水仙花。 ③葳蕤(wēi ruí):草木茂盛枝叶下垂貌。 ④琼奴:指许飞琼。传说中西王母的侍女。琼,与水仙花白色相合。 ⑤晞(xī):干。 ⑥洛滨:洛水之滨。曹植曾作《洛神赋》。 子建:魏诗人曹植。

江城梅花引

登 高

明霞回雨霁秋空[①]。笑难逢,步城东。直上翠微[②],客有可人同。回首向来轻节序,筋力异,心犹在,愧鬓蓬。 悲年冉冉江滚滚。骑台平,蒋陵冷[③]。天高年晚,山河险,烟雾冥濛。一幅乌纱，闲著傲西风。古往今来只如此，便潦倒，渺乾坤，醉眼中。

[注释]

①霁(jì)：雨过天晴。 ②翠微：青翠的山峦。 ③蒋陵：吴大帝孙权之陵在南京蒋山（即钟山）上。

六州歌头

元夕和宜可

天涯倦客，如梦说今宵。承平事[1]，车尘涨，马鸣萧。火城朝。狂歌闲嬉笑，平康客[2]，五陵侠[3]，闲相待，沙河路，灞陵桥[4]。万眼琉璃，目眩去闲买，一翦梅烧。数金蛾彩蝶，簇带那人娇[5]。说著魂销，掩鲛绡。 波翻海，尘换世，铜仙泪，铁心娆[6]。渺何地，跢朱履[7]，解金貂，步宫腰。瑶池惊燕罢，瓶落井，箭离弨。灯楼倒，吴儿老，绛都迢。点点梅梢残雪，似东风、吹恨难消。悄山村渔火，风鬓立春宵，绕寒潮。

[注释]

①承平：太平岁月。 ②平康：唐代长安里名，亦称平康坊，为妓女聚居之所。 ③五陵：五陵指西汉高帝长陵、惠帝安陵、景帝阳陵、武帝茂陵、昭帝平陵。均在渭水北岸今咸阳市附近，全称五陵。五陵地近京城长安，为游观之地。杜甫《秋兴》："五陵衣马自轻肥。" ④灞陵桥：即霸桥，在长安东，跨水筑桥，汉人送客至此桥，折柳赠别。见《三辅黄图》。 ⑤簇带：插带各种饰物，打扮。 ⑥娆：烦挠。通"挠"。 ⑦跢(duò)：顿足。

水调歌头

败　荷

摇风犹似旆[①]，倾雨不成盘。西风未禁十日，早作背时看[②]。寂寞六郎秋扇[③]，牵补灵均破屋，风露半襟寒。坐感青年晚，不但翠云残。　叹此君，深隐映，早阑珊[④]。人间受尽炎热，暑夕几凭阑。待得良宵灏气[⑤]，正是好天良月，红到绿垂干。摇落从此始，感慨不能闲。

[注释]

①旆(pèi)：旗子上镶的边。泛指旗。　②背时：不合时宜。　③六郎：张昌宗，武则天的宠臣，排行第六，人称六郎，当时比之为莲花。后把六郎作为美男子或莲花的代称。　④阑珊：衰落、将残、将尽。　⑤灏气：清气。

沁园春

近见旧词，有隐括前后赤壁赋者，殊不佳。长日无所用心，漫填《沁园春》二阕，不能如公《哨遍》之变化，又局于韵字，不能效公用陶诗之精整，姑就本语，捃拾排比，粗以自遣云

壬戌之秋[①]，七夕既望[②]，苏子泛舟[③]。正赤壁风清，举杯属客[④]，东山月上，遗世乘流。桂棹叩舷[⑤]，洞箫倚和，何事呜呜怨泣幽。悄危坐，抚苍苍东望，渺渺荆州[⑥]。　客云天地蜉蝣[⑦]。记千里舳舻旗帜浮[⑧]。叹孟德周郎[⑨]，英雄安在，武昌夏口[⑩]，山水相缪。客亦知夫，盈虚如彼[⑪]，山月江风有尽不。喜更酌，任东方既白，与子遨游。

［注释］

①壬戌：宋神宗元丰五年（1082）。　②既望：旧历每月十五为望日。　既望：十六日。　原注："望效公予怀望平读"。　注者按："渺渺兮予怀望，美人兮天一方"为东坡诗句。"望"读平声。　③苏子：苏轼。④属客：劝客人饮酒。　⑤棹（zhào）：船桨，代指船。　⑥荆州：东汉时辖区有今湖北、湖南等地。　⑦蜉蝣：一种只活几小时的小虫，喻人生短促。　⑧舳（zhú）舻：战船。　⑨孟德：曹操，字孟德。　周郎：周瑜。⑩武昌：今湖北鄂城。　夏口：即今汉口。　⑪盈虚：指月亮的圆与缺。

沁园春[①]

十月雪堂[②]，将归临皋[③]，二客从坡[④]。适薄暮得鱼，细鳞巨口[⑤]，新霜脱叶，月步行歌。有客无肴，有肴无酒[⑥]，如此风清月白何。归谋妇，得旧藏斗酒[⑦]，重载婆娑。　登虬踞虎嵯峨[⑧]，更凭醉攀翻栖鹘窠[⑨]。曾岁月几何，江流断岸，山川非昔，夜啸扪萝[⑩]。孤鹤横江，羽衣入梦[⑪]，应悟飞鸣昔我过。开户视，但寂寥四顾，万顷烟波[⑫]。

［注释］

①沁园春：此首词隐括苏轼《后赤壁赋》。　②十月：指宋神元丰五年十月。　雪堂：苏轼贬黄州寓居临皋亭。东坡筑雪堂，堂以大雪中为之，故名。　③临皋：苏轼在黄州寓居之所。　④坡：苏轼。自号东坡居士。　⑤巨口：本苏轼《后赤壁赋》"举网得鱼，巨口细鳞，状如松江之鲈"。　⑥有肴无酒：本《后赤壁赋》"有客无酒，有酒无肴，月白风清，如此良夜何"。　⑦旧藏斗酒：本《后赤壁赋》"归而谋诸妇，妇曰：'我有斗酒，藏之久矣。以待子不时之需。'"　⑧登虬踞虎：本《后赤壁赋》"踞虎豹，登虬龙"。虎豹，指山石之状如虎豹。虬龙，指草木之状如虬龙。⑨攀翻栖鹘窠：本《后赤壁赋》"攀栖鹘之危巢"。　鹘：鹰类。　⑩啸：蹙口出声，以舒愤懑之气。　⑪羽衣入梦：本《后赤壁赋》"时夜将半，四顾

寂寥。适有孤鹤，横江东来。翅如车轮，玄裳缟衣，戛然长鸣，掠予舟而西也。须臾客去，予亦就睡。梦一道士，羽衣蹁跹，过临皋之下。揖予而言曰：'赤壁之游乐乎。'问其姓名，俯而不答”。 羽衣：指道士。 ⑫万顷烟波：指《后赤壁赋》所写皆幻境，故四望时并无道士，只有一片光明空阔。

沁园春

大桥名清江桥，在樟镇十里许，有无闻翁赋《沁园春》、《满庭芳》二阕，书避乱所见女子，末有埋冤姐姐，衔恨婆婆语，极俚。后有螺川杨氏和二首，又自序生杨嫁罗，丙子暮春，自涪翁亭下舟行，追骑迫，间逃入山，卒不免于驱掠。行三日，经此桥，睹无闻二词，以为特未见其苦，乃和于壁。复云，观者毋谓弄笔墨非好人家儿女，此词虽俚，谅当近情，而首及权奸误国。又云，便归去，懒东涂西抹，学少年婆。又云，错应谁铸。皆追记往日之事，甚可哀也。因念南北之交，若此何限，心常痛之，适触于目，因其调为赋一词，悉叙其意，辞不足而情有馀悲矣

流水断桥，坏壁春风，一曲韦娘①。记宰相开元，弄权疮痏②，全家骆谷③，追骑仓皇。彩凤随鸦，琼奴失意④，可似人间白面郎。知他是，燕南牧马，塞北驱羊。 啼痕自诉衷肠。尚把笔低徊愧下堂。叹国手无棋，危涂何策，书窗如梦，世路方长。青冢琵琶⑤，穹庐笳拍⑥，未比渠侬泪万行⑦。二十载，竟何时委玉，何地埋香。

（以上见《养吾斋集》卷七）

[注释]

①韦娘：杜韦娘，唐时著名歌伎。后亦泛指歌女。又唐教坊有曲名《杜韦娘》。 ②疮痏（wěi）：疮伤瘢痕。 ③骆谷：在今陕西周至西南。谷长四百馀里，为关中与汉中的交通要道。 ④琼奴：指许飞琼，传说中西王母的侍女。 ⑤青冢琵琶：指王昭君出塞。 ⑥穹庐笳拍：指汉蔡文姬被虏入匈奴，作《胡笳十八拍》悲叹身世之苦。 ⑦渠侬：吴方言。指第

三人称。

忆旧游

前题分得论字①

正落花时节，憔悴东风，绿满愁痕。悄客梦惊呼伴侣，断鸿有约，回泊归云。江空共道惆怅，夜雨隔篷闻。尽世外纵横，人间恩怨，细酌重论。　叹他乡异县，渺旧雨新知，历落情真。匆匆那忍别，料当君思我，我亦思君。人生自非麋鹿，无计久同群。此去重销魂，黄昏细雨人闭门。（此首见元《草堂诗馀》卷中）

[注释]

①前题：即咏上题杨氏逃兵之事。　论字：谓押“论”字之韵。

陈恕可

陈恕可（1258—1339），字行之，固始（今河南固始）人。以荫补官。咸淳十年中铨试，授迪功郎泗州虹县主簿。至元二十七年（1290）为西湖书院山长。年六十八，以吴县尹致仕，自号宛委居士。吴讷《唐宋名贤百家词》本《乐府补题》、《词综》卷二十三误作练恕可。

水龙吟

浮翠山房拟赋白莲

素姬初宴瑶池，佩环误落云深处。分香华井，洗妆湘渚，天姿淡泞[①]。碧盖吹凉[②]，玉冠迎晓[③]，盈盈笑语。记当时乍识，江明夜静[④]，只愁被、婵娟误。　几点沙边飞鹭，旧盟寒、远迷烟雨。相思未尽，纤罗曳水，清铅泣露[⑤]，玉镜台空，银瓶绠绝[⑥]，断魂何许。待今宵试探[⑦]，中流一叶，共凌波去。

[注释]

①淡泞：明净貌。　②碧盖：荷叶。　③玉冠：白荷花。　④《全宋词》注："静"一作"净"。　⑤清铅：清泪。"忆君清泪如铅水"，李贺诗中语。　⑥银瓶绠绝：即银瓶断绠。原比喻妇女被离弃，恩爱断绝。泛喻男女分离，不能再相合。　绠：绳。　⑦《全宋词》注："探"一作"采"。

齐天乐

馀闲书院拟赋蝉

碧柯摇曳声何许[①]，阴阴晚凉庭院。露湿身轻，风生翅薄，昨夜绡衣初剪[②]。琴丝宛转[③]。弄几曲新声，几番凄惋。过雨高槐,为渠一洗故宫怨[④]。 清虚襟度漫与,向人低诉处,幽思无限。败叶枯形,残阳绝响,消得西风肠断。尘情已倦。任翻鬓云寒,缀貂金浅。蜕羽难留[⑤],顿觉仙梦远[⑥]。

[注释]

①碧柯:绿树枝。 ②绡衣:指蝉翼。 ③琴丝:指蝉鸣。 ④故宫怨:古传蝉乃齐王后所变。故云。 ⑤蜕羽:蜕下的蝉壳。 ⑥《全宋词》注:"觉"一作"惊"。

齐天乐

同 上

蜕仙飞佩流空远[①],珊珊数声林杪[②]。薄暑眠轻,浓阴听久,勾引凄凉多少。长吟未了。想犹怯高寒[③],又移深窈。与整绡衣,满身风露正清晓。 微薰庭院昼永,那回曾记得,如诉幽抱。断响难寻,馀悲独省,叶底还惊秋早。齐宫路杳[④]。叹往事魂消[⑤],夜阑人悄[⑥]。谩省轻盈,粉奁双鬓好。

[注释]

①蜕仙:指蜕化后飞入树梢之蝉。 ②珊珊:玉佩声音。 杪(miǎo):树木的末梢。 ③高寒:本李商隐《蝉》"本以高难饱,徒劳恨费声"。 ④杳:远。 ⑤《全宋词》注:"往事"一作"事往"。 ⑥阑:晚、尽。

桂枝香

天柱山房拟赋蟹

西风故国。记乍免内黄[①],归梦溪曲。还是秦星夜映，楚霜秋足[②]。无肠枉抱东流恨[③]，任年年、褪匡微绿[④]。草汀篝火，芦洲纬箔，早寒渔屋。　叙旧别、芳茎荐玉[⑤]。正香擘新橙，清泛佳菊。依约行沙乱雪，误惊窗竹。江湖岁晚相思远，对寒灯、谩怀幽独[⑥]。嫩汤浮眼，枯形蜕壳，断魂重续。

（以上四首见《乐府补题》）

［注释］

①“乍免”句：指被免去内黄（河南县名）的官职。　②“还是秦星”二句：表时代久远。　③无肠：无肠公子，指蟹。　④褪匡：蟹褪旧壳长出绿色新壳。　⑤芳茎：美味食品（指蟹）。　荐玉：可作佐酒（玉）的佳品。　⑥谩：空、徒。　《全宋词》注：“寒”一作“青”。

陈　深

陈深（1260—1344），字子微，别号宁极，平江（今江苏苏州）人。宋亡，隐居。有《宁极斋乐府》一卷。

水龙吟

寿白兰谷[1]

此翁疑是香山[2]，老来愈觉才情富。天孙借与，金刀玉尺[3]，裁云缝雾。一曲阳春[4]，樽前惟欠，柳蛮樱素[5]。对苍松翠竹，江空岁晚，伴明月、倾芳醑[6]。　深谷修兰楚楚[7]。续离骚、载歌初度。麻姑素约，天寒相访，遗余琼露。拟借青鸾，吹笙碧落，采芝玄圃。奈玉堂催召，文园醉叟[8]，草凌云赋。

[注释]

①白兰谷：白朴，字太素，号兰谷。元曲名家。　②香山：白居易，号香山居士。　③金刀玉尺：形容剪裁手段之不凡。　④阳春：高雅的乐曲。　⑤柳蛮樱素：白居易的两个家伎。一叫樊素，善歌；一叫小蛮，善舞。白居易曾为诗曰"樱桃樊素口，杨柳小蛮腰"。后泛指能歌善舞的美女。　⑥醑（xǔ）：美酒。　⑦楚楚：动人貌。　⑧文园：司马相如。亦泛指有才之人。

贺新郎

寿黄春谷，时自南州过浙右相宅[1]，合卺有期，适逢寿日

丹凤翔云表[2]。览德辉、翩然飞下，翠蓬仙岛。银汉无声天似水，昨夜新凉多少[3]。听一曲、琼箫音渺。千尺秦台凌空峻[4]，见一双、翠羽先飞到[5]。披紫雾，揽瑶草。

风流别乘当英妙[6]。对江山、掀髯把酒，浩歌长啸。绿髮公侯何足浼[7]，自是无双才调。况槐荫、青青天杪。月殿姮娥云深处，近清秋、丹桂催开早。斟绿醑，戴花帽。

[注释]

①黄春谷：不详。　浙右：浙东，绍兴一带。　相宅：说亲。挑贵婿曰宅相，亦曰相宅。　②唐氏按："丹凤"原误作"凤丹"，据《彊村丛书》本《宁极斋词》改。　③作者自注："前夕立秋。"　④秦台：即秦楼、凤台，为萧史夫妇所居之处。　⑤翠羽：指萧史、弄玉骑凤仙去。　⑥别乘：州县佐吏，长史、主簿之称。　⑦浼（měi）：央求、请托。

沁园春

次白兰谷韵

浪迹烟霞，有酒千钟，有书五车[1]。任从来萧散，闲心似水，何堪妩媚，笑面如花。濯髮沧浪[2]，放歌江海[3]，肯被红尘半点遮。谁知道，抱无名巨璞[4]，重价难赊。　嗟嗟，大泽龙蛇。且蟠屈、深潜得计些。看淋漓醉墨，神情自足，摩挲雄剑[5]，肝胆无邪。渭水烟蓑[6]，营丘绣衮[7]，出处何尝有异耶。今何在，但素蟾东出，红日西斜。

[注释]

①五车：言读书、著述之多。《庄子·天下》："惠施多方，其书五车。"　②濯髮沧浪：表示避世隐居或清高自守的意思。《孟子·离娄》："有孺子歌曰：'沧浪之水清兮，可以濯我缨；沧浪之水浊兮，可以濯我足。'"　③《全宋词》注：原作"口海"，劳权校语云，毛抄亦缺一字。此从《彊村丛书》本《宁极斋词》补。　④巨璞：巨大的璞玉。璞玉，未雕琢的玉。　⑤摩挲：抚弄。　⑥渭水烟蓑：指在渭水旁垂钓时的吕尚。　⑦营丘：即临淄。吕尚封侯于此。　绣衮（gǔn）：王侯礼服。

齐天乐

八月十八日寿妇翁[①]，号菊圃

秋涛欲涨西陵渡[②]，江亭晓来雄观。帝子吹笙[③]，洛妃起舞，应喜蓬宫仙诞。斗墟东畔[④]。望缥缈星槎[⑤]，来从河汉[⑥]。明月楼台，绣筵重启曼桃谳[⑦]。　庄椿一树翠色[⑧]，五枝芳桂长，金蕊玉干。自笑狂疏，尊前起寿，不似卫郎温润。一卮泛满[⑨]。羡彭泽风流，醉巾长岸。老圃黄花，清香宜岁晚。

[注释]

①妇翁：岳丈。　②西陵渡：在浙江萧山，又名西兴。　③帝子：天帝之女。　④斗：指斗宿。用《晋书·张华传》牛斗紫气的故事。　⑤星槎：神话传说中航行于海上与天河间的筏子。见晋张华《博物志》。　⑥河汉：银河。　⑦曼桃：即"曼倩三偷蟠实"。曼倩，东方朔字。东方朔曾三次偷王母的仙桃。　⑧庄椿：即《庄子·逍遥游》中所讲的大椿木，"以八千岁为春，八千岁为秋"，形容长寿。　⑨卮：古代一种饮酒器。

西江月

制　香

龙沫流芳旎旎[①]，犀沉锯削霏霏[②]。薇心玉露练香泥，压尽人间花气。　银叶初温火缓，金猊静袅烟微[③]。此时清赏只心知，难向人前举似[④]。

[注释]

①龙沫：指龙涎香，又名龙泄，和以其他香物，其香尤烈。　旎旎(nǐ)：柔美貌。　②犀：指犀角，珍贵药材，清热解毒。犀沉，指犀角的粉沫。　③金猊：香炉的一种。炉盖作狻猊形，空腹。焚香时，烟从口出。　④举似：说

明白。

虞美人

题玉环玩书图①

玉搔斜压乌云堕②，拄颊看书卧。开元天子惜娉婷③，一笑嫣然何事、便倾城。　马嵬风雨归时路④，艳骨销黄土。多情谁写画图中，江水江花千古、恨无穷。

［注释］

①玉环：指杨贵妃。小字玉环。　②玉搔：玉搔头，女子髮饰。　乌云：髮髻。　③开元天子：唐玄宗李隆基。　④马嵬（wéi）：马嵬驿。在今陕西兴平西，是杨贵妃被缢处。

洞仙歌

八月十七日寿耕参夫人，时命羽士设醮①

银波湛碧，遥泛仙槎早②。婺宿荧煌瑞云晓③。庆芳传丹桂，欢动连枝，称寿处，一簇蓬莱翠窈④。　步虚声宛转，清彻瑶坛⑤，疑是钧霄凤音渺⑥。正金姥⑦、礼虚皇，天阶净，凉入绡衣风袅。想金书、秘字赐长生，进九酝霞卮，练颜长好。

（以上劳权校《宁极斋稿》）

［注释］

①羽士：指道士。　设醮：设祭坛。　②仙槎：指可划至仙界的筏。　③婺（wù）宿：古星名，即“女宿”，旧时用作妇人的颂辞。　④蓬莱：传说中的仙岛。　⑤瑶坛：指如白玉的祭坛。　⑥钧霄凤音：指天上仙乐。　⑦金姥：指金母，即西王母。

刘　铉

刘铉，字鼎玉。为浏阳教官。其他不详。

少年游

戏友人与女客对棋

石榴花下薄罗衣，睡起却寻棋。未省高低，被伊春笋[①]，拈了白玻璃。　　钏脱钗斜浑不省[②]，意重子声迟。对面痴心，只愁收局，肠断欲输时。

[注释]

①春笋：指女子手指。　②钏（chuān）钗：指女子饰物。

蝶恋花

送　春

人自怜春春未去。萱草石榴，也解留春住。只道送春无送处，山花落得红成路。　　高处莺啼低蝶舞。何况日长，燕子能言语。付与光阴相客主[①]，晴云又卷西边雨。

[注释]

①相客主：互为主客，彼此迎送，坦然面对之意。

[集评]

况周颐云："信手拈来，自成妙谛。以'鬆秀'二字评之，宜。"（《蕙风词话》卷三）

乌夜啼

石　榴

垂杨影里残红。甚匆匆、只有榴花、全不怨东风。　暮雨急，晓鸦湿，绿玲珑。比似茜裙初染[①]、一般同。

（以上元《草堂诗馀》卷下）

[注释]

①比似：恰似。　茜（qiàn）裙：大红裙。

梁明夫

刘明夫，号梅境，宋末人。其他不详。

贺新郎

寿吕道山四十九岁

万里朝天去。见浔阳江上[①]，风引仙舟淮浦。到得玉阶方寸地，历历苍生辛苦。要尽活、江南一路。昼绣归来沾御渥，听邦人、箫鼓迎初度。龟与鹤，亦掀舞。　前身定是磻溪吕[②]。笑当时、八十始卜[③]，非熊非虎。试数行年逢革卦，革命正逢汤武[④]。真千载、风云会遇。拟向庐山招五老[⑤]，诣道山、同献蓬莱赋。仍剪菊，荐秋露。

（《翰墨大全》丁集卷一）

[注释]

①浔阳江：长江流经浔阳县境一段，古称浔阳江。浔阳，今江西九江。②磻溪吕：指吕尚。传说吕尚（即姜太公）钓于磻溪（今陕西宝鸡东南），与周文王相遇。　③八十始卜：言吕尚八十时，文王出猎时占卜，谓将获"霸王之辅"事，此言寿者会与太公那样交好运。　④汤武：谓商汤与周武王。　革命正逢汤武：本《易经·革》"汤武革命，顺乎天而应乎人"。言夏桀、商纣无道，为商汤、周武王所灭。　⑤五老：指庐山顶峰五老峰。

梅　坡

梅坡,生平不详。宋人号梅坡者甚多。郎瑛以为即萧育。见《翰墨全书》所附人名考。

鹊桥仙

三月廿一

华桐日永,泛兰风细,节近朱明十日[①]。玉麟何事吐书来[②],瑞世应、文章东壁[③]。　绿衣戏彩,金樽酌醴,兰玉阶庭森列。更看千岁树青青,管取并、三槐手植[④]。

[注释]

①朱明:古代称夏季为"朱明"。　②玉麟吐书:兆生贵子。见《拾遗记》。　③东壁:东壁二星主以文章名世。　④三槐:用以作三公的代称。《宋史·王旦传》:"祐(王祐)手植三槐于庭曰:'吾之后世必有为三公者,此其所以志也。'"后王祐次子王旦做宰相。

满江红

四月初六

天佑生贤,安排个、麦秋六日。人尽道、英雄慷慨,中兴人物。佛祖庆生宜后两[①],洞宾初度犹迟七[②]。欲急流勇退作神仙,如何得。　州县考,劳书绩。东西府,今虚席。看台星北拱,寿星南极[③]。即见紫泥书下逮,须还玉笋班头立[④]。愿得君、千载庆风云,齐箕翼[⑤]。

(以上二首《翰墨大全》丁集卷二)

[注释]

①“佛祖”句：四月初八为佛诞日。故曰：后两（日）。 ②洞宾：吕洞宾，俗传八仙之一。生于四月十四日。 ③寿星南极：星名。旧说该星掌管长寿。《史记·天官书》：“狼北地有大星曰南极老人。” ④玉笋班：言人才济济，如笋并立。 ⑤箕翼：皆星宿名。

水调歌头

寿马守 五月十八

五月进农黍，三叶换阶蓂[①]。不知今夕何夕，嵩岳庆生申[②]。莲幕泮宫小试[③]，花县二车遍历，所至蔼芳声。一札颁明诏，千里寄专城[④]。 席方温，边报警，塞飞尘。腹中数万兵甲，笑却狄人兵[⑤]。金印明年如斗，黄阁有人引类[⑥]，阔步到公卿。遥拜祝椿算[⑦]，长愿侍枫宸[⑧]。

[注释]

①“三叶”句：蓂草一日长一叶。十五日后日减一叶。换去三叶，则为十八日。 ②生申：庆人生日曰生申。见《诗经·大雅·崧高》。 ③泮（pàn）宫：西周诸侯所办学宫。 ④专城：古时称州牧、太守等地方长官，为专城之长。 ⑤狄人：胡族、异族。此指元兵。 ⑥黄阁：汉代丞相署，后亦称三公官署。泛指最高官署。 ⑦椿算：即椿龄。传说中椿树长命，后用为祝人长寿之辞。 ⑧枫宸：泛指帝王殿堂，亦借指帝王。汉宫多植枫树。宸，北辰所居。

千秋岁引

寿女人 八月初二

两叶蓂开[①]，千年桃熟，恰近秋期十三日。寿星辉映福星现，寿山高对城山立。蕊宫仙，王母宴，瑶池客。

齐劝芳樽斟玉液，齐唱新词翻玉笛。岁岁今朝陪燕集。

荣华富贵长年出，重重锦上花添色。谢庭兰[②]，燕山桂[③]，登科必。

（以上《翰墨大全》丁集卷三）

[注释]

①两叶蓂开：初二日，阶蓂始开二叶。　②谢庭兰："芝兰玉树生于庭阶"为谢安、谢玄问答语。谓子弟优秀。　③燕山桂：燕山窦禹钧五子登科，时人美称登科为折桂。

存目词

调名	首句	出处	附注
杏花天	婺星呈瑞	《花草粹编》卷十	无名氏词，见《翰墨大全》丁集卷二
福寿千春	柳暗三眠	《花草粹编》卷十一	同上

徐观国

徐观国，江左士子。其他不详。

蓦山溪

儒官措大[①]，是官曰都得做[②]。宰相故崇下，呼召也须同[③]，太原公子，能武又能文，闲暇里，抱琴书，车马时相过。　樽开北海[④]，减请还知么。叵耐这点徒[⑤]，刚入词、把人点污。儒冠屈辱，和我被干连，累告讦[⑥]，孟尝君，带累三千个。

（《白獭髓》）

[注释]

①措大：亦作"醋大"。对贫寒的读书人的贬称。　②唐氏按：此句多一字。　③唐氏按：此句缺二字。　④北海：指孔融。孔融曾为北海相，好宴宾客，尊酒不空。　⑤叵（pǒ）耐：不可耐，不可忍受。　⑥告讦（jié）：告发，检举。

某邑妓

渔家傲

十月小春梅蕊破。　　（《行都纪事》）

阮郎中

阮郎中，生平不详。

失调名

赠　妓[1]

东风捻就[2]，腰儿纤细。系的粉裙儿不起。近来只惯掌中看，忍教在、烛花影里。　更阑应是，酒红微褪。暗蹙损、眉儿娇翠。夜深著两小鞋儿，靠那个、屏风立地。

（《豹隐纪谈》）

[注释]

①唐氏按：《阳春白雪》卷三此首作陆永仲维之词，《瑞桂堂暇录》作无名氏词，未知孰是。《词林万选》卷二又误以为苏轼词。　②捻就：造就。

吴　某

吴某,不知其名。有《吴氏符川集》一卷,见《宋史·艺文志》。

失调名

剪罗幡儿,斜插真珠髻。

南乡子

楼台里、东风淡荡[①]。

[注释]

①唐氏按:此句与《南乡子》调不合,疑有误。

南乡子

乍卷珠帘新燕入。

(以上《新注断肠诗集》卷一注引《符川集》)

多　丽

几声天外归鸿。

(《新注断肠诗集》卷五注引《符川集》)

渔家傲

鹍鸠一声初报晓。

(《新注断肠诗集后集》卷一注引《符川集》)

俞克成

俞克成，生平不详。

蝶恋花

怀 旧

梦断池塘惊乍晓。百舌无端[1]，故作枝头闹。报道不禁寒料峭[2]，未教舒展闲花草。　尽日帘垂人不到。老去情疏，底事伤春瘦。相对一樽归计早，玉山不减巫山好[3]。

（《草堂诗馀前集》上）

[注释]

①百舌：鸟名。亦称鹨鹨，其声多变。　②料峭：寒貌。　③玉山：旧时形容人的仪表体态俊爽秀美。《晋书·裴楷传》："楷风神高迈，容仪俊爽，时人谓之玉人。又称如近玉山，照映人也。"

存目词

调名	首句	出处	附注
谒金门	愁脉脉	《类编草堂诗馀》卷一	陈克词，见《乐府雅词》卷下
蝶恋花	海燕双来归画栋	同上，卷二	欧阳修词，见《近体乐府》卷二
声声令	帘移碎影	同上	无名氏词，见《草堂诗馀前集》卷上

胡浩然

胡浩然,生平事迹不详。词多俚语。

万年欢

上　元

灯月交光,渐轻风布暖,先到南国。罗绮娇容,十里绛纱笼烛。花艳惊郎醉目。有多少、佳人如玉。春衫袂,整整齐齐,内家新样妆束。　欢情未足。更阑谩勾牵旧恨[①],萦乱心曲。怅望归期,应是紫姑频卜[②]。暗想双眉对蹙。断弦待、鸾胶重续。休迷恋,野草闲花,凤箫人在金谷[③]。

[注释]

①更阑:夜深。　②紫姑:民间相传的女神。夜间迎之,以问祸福。　③金谷:金谷园,晋石崇所建之别馆,在今河南洛阳市西北。

东风齐著力

除　夕

残腊收寒,三阳初转[①],已换年华。东君律管[②],迤逦到山家。处处笙簧鼎沸,会佳宴、坐列仙娃。花丛里,金炉满爇[③],龙麝烟斜[④]。　此景转堪夸。深意祝、寿山福海增加。玉觥满泛[⑤],且莫厌流霞[⑥]。幸有迎春寿酒,银瓶浸、几朵梅花。休辞醉,园林秀色,百草萌芽。

[注释]

①三阳:俗以正月元旦为三阳开泰。《易经》正月为泰卦,三阳在

下，故云。　②东君：司春之神。　③爇（ruò）：点燃。　④龙麝：指龙麝香。　⑤玉觥：玉盏。　⑥流霞：代指美酒。

送入我门来

除　夕

茶垒安扉[①]，灵馗挂户[②]，神傩烈竹轰雷[③]。动念流光，四序式周回。须知今岁今宵尽，似顿觉明年明日催。向今夕，是处迎春送腊，罗绮筵开。　　今古遍同此夜，贤愚共添一岁，贵贱仍偕。互祝遐龄，山海固难摧。石崇富贵篯铿寿[④]，更潘岳仪容子建才[⑤]。仗东风尽力，一齐吹送，入此门来。

［注释］

①茶垒：即神荼、郁垒二门神。　扉：门。　②灵馗：指钟馗。　③神傩（nuó）：古时腊月驱逐疫鬼的仪式。腊岁前一日击鼓驱疫。　④篯铿：即彭祖，古代传说人物，以长寿著称。据说姓篯名铿。　⑤潘岳：晋人潘岳美姿仪，辞藻艳丽。妇人遇之，皆连手萦绕，投之以果。　子建：曹植。

春　霁

春　晴

迟日融和，乍雨歇东郊，嫩草凝碧。紫燕双飞，海棠相衬，妆点上林春色[①]。黯然望极，困人天气浑无力。又听得，园苑数声，莺啭柳阴直。　　当此暗想，故国繁华，俨然游人，依旧南陌。院深沉、梨花乱落，那堪如练点衣白。酒量顿宽洪量窄。算此情景，除非殢酒狂欢，恣歌沉醉，有谁知得。　　（以上四首见《草堂诗馀后集》卷上）

[注释]

①上林:秦时有上林苑。秦始皇三十五年营建于咸阳,阿房宫即其前殿,汉初废。汉武帝时为宫苑,放养禽兽,并建离宫。

满庭芳

吉　席

潇洒佳人,风流才子,天然分付成双。兰堂绮席,烛影耀荧煌。数辐红罗绣帐,宝妆篆、金鸭焚香。分明是,芙蕖浪里[1],一对浴鸳鸯。　　欢娱,当此际,山盟海誓,地久天长。愿五男二女,七子成行。男作公卿将相,女须嫁、君宰侯王。从兹去,荣华富贵,福禄寿无疆。

(《类编草堂诗馀》卷三)

[注释]

①芙蕖:即荷花。

存目词

调名	首句	出处	附注
喜迁莺	谯门残月	《草堂诗馀后集》卷上	史浩词,见《鄮峰真隐词曲》卷一
传言玉女	一夜东风	《类编草堂诗馀》卷二	晁冲之词,见《乐府雅词》卷中
秋霁	虹影侵阶	沈际飞本《草堂诗馀正集》卷五	陈后主(应是无名氏)词,见《草堂诗馀后集》卷下

宋丰之

宋丰之，生平不详。

小冲山[①]

花样妖娆柳样柔[②]，眼波流不断、满眶秋。窥人佯整玉搔头[③]。娇无力，舞罢却成羞。　无计与迟留。满怀禁不得、许多愁。一溪春水送行舟。无情月，偏照水东楼。

（《草堂诗馀后集》卷下）

[注释]

①唐氏按：金绳武本《花草粹编》卷十三以此为向滈词，本书（今按：指《全宋词》）初版附录亦云“此首见《乐斋词》”，俱误。　②花样妖娆：形容女子貌美。　柳样柔：形容女子体态轻柔。　③玉搔头：女子髪饰。

孙夫人

孙夫人,不知何许人。或以为即孙道绚,或以为郑文妻,疑俱无所据,今别出。

风中柳

闺　情

销减芳容,端的为郎烦恼。鬓慵梳、宫妆草草①。别离情绪,待归来都告。怕伤郎、又还休道。　　利锁名缰②,几阻当年欢笑。更那堪、鳞鸿信杳③。蟾枝高折,愿从今须早。莫辜负、凤帏人老④。

(《类编草堂诗馀》卷二)

[注释]

①慵:懒。　②利锁名缰:即名利如缰绳锁钥。　③鳞鸿信杳:指音信全无。古代有鸿雁、鲤鱼传书之说。　④凤帏人:指闺中女子。

[集评]

贺裳云:"词家用意极浅,然愈翻则愈妙。……至孙夫人《风中柳》则更云:'别离情绪,待归来都告。怕伤郎、又还休道。'则又进一层。然总一意也。正如剥蕉者,转入转深耳。"(《皱水轩词筌》)

存目词

调　名	首　句	出　处	附　注
南乡子	晓日压重檐	《草堂诗馀后集》卷下	《乐府雅词拾遗》卷下,无名氏词

调名	首句	出处	附注
忆秦娥	花深深	《类编草堂诗馀》卷一	郑文妻词，见《古杭杂记》
烛影摇红	乳燕穿帘	《类编草堂诗馀》卷三	无名氏词，见《草堂诗馀后集》卷下
如梦令	翠擘红蕉影乱	《类编草堂诗馀》卷一	孙道绚词，见《诗人玉屑》卷二十

陈若晦

陈若晦,云间(今上海)人。其他不详。

满庭芳

游大涤赋[1]

五洞深沉,九峰回抱,望中云汉相侵。暮春天气,宫殿翠烟深。一片山光淡净,溪月上、碧水浮金。琼楼杪[2],仙人度曲,空外响虚音。 龙香,时暗引,青鸾白鹤,飞下秋阴。露华冷、琼珠点缀瑶林。犹记华胥梦断[3],从别后、几许追寻。人间世,逝川东注[4],红日又西沉。

(《洞霄诗集》卷三)

[注释]

①大涤:山名,在浙江馀杭西南。为道家第三十四洞天。 ②杪(miǎo):树梢。 ③华胥:黄帝梦游华胥之国,后用于梦境的代称。 ④逝川:流逝的水。 东注:向东流去。

徐一初

徐一初，生平不详。

摸鱼儿

对茱萸、一年一度。龙山今在何处[①]。参军莫道无勋业[②]，消得从容尊俎[③]。君看取。便破帽飘零，也博名千古。当年幕府。知多少时流，等闲收拾，有个客如许。
追往事，满目山河晋土。征鸿又过边羽。登临莫上高层望，怕见故宫禾黍[④]。觞绿醑。浇万斛牢愁，泪阁新亭雨[⑤]。黄花无语。毕竟是西风，朝来披拂[⑥]，犹忆旧时主。

（《吴礼部诗话》）

[注释]

①龙山：在湖北江陵。《孟嘉传》："（孟嘉）后为征西桓温参军，温甚重之。九月九日，温宴龙山，有风至，吹嘉帽堕地，嘉不觉之。温命孙盛作文嘲嘉，著嘉坐处。还见即答之，其文甚美，四坐嗟叹。" ②参军：指孟嘉。 ③尊俎：指宴席。 ④禾黍：即"黍离之悲"，感叹国家衰亡。典出《诗经·王风·黍离》。 ⑤新亭：本为地名，在今南京市南。因用典转指家国沦亡的悲痛。《世说新语·言语》："过江诸人，每至美日，辄相邀新亭，藉卉饮宴。周侯中坐而叹曰：'风景不殊，正自有山河之异！'皆相视流泪。" ⑥唐氏按："朝来"二字原缺，据《渚山堂诗话》卷二补。

吴　叔

吴叔,不详其人。陈去病校《词旨》云,疑是吴叔永之误。

声声慢

烟横山腹,雁点秋容。　　(《词旨属对》)

陈彦章妻

陈氏，嘉熙时兴化人。其他不详。

沁园春

记得爷爷，说与奴奴，陈郎俊哉[1]。笑世人无眼，老夫得法，官人易聘，国士难媒。印信乘龙[2]，夤缘叶凤[3]，选似扬鞭选得来。果然是，西雍人物[4]，京样官坯。　送郎上马三杯。莫把离愁恼别怀。那孤灯只砚，郎君珍重，离愁别恨，奴自推排。白髮夫妻，青衫事业，两句微吟当折梅。彦章去，早归则个，免待相催。

（《湖海新闻》后集卷二“文华门”）

［注释］

①陈郎：指陈彦章。　②乘龙：佳婿称乘龙快婿。《楚国先贤传》："黄宪与李膺俱娶太尉桓焉女，时人谓桓叔元两女俱乘龙。"　③夤（yǐn）缘：攀附。　叶凤：与"凤凰"关系和顺。　叶，通"协"。　④西雍人物：谓太学品德高尚之士。　西雍：文王所设高等学府辟雍。

郑文妻

郑文，秀州人，太学生。《彤管遗编》云：妻孙氏。

忆秦娥[①]

花深深，一钩罗袜行花阴。行花阴。闲将柳带，细结同心。　日边消息空沉沉，画眉楼上愁登临。愁登临，海棠开后，望到如今。（《古杭杂记》）

[注释]

①唐氏按：此首别误作孙道绚词，见《历代诗馀》卷十五。《古杭杂记》云，人传以为欧阳修作。别又误作黄庭坚词，见《草堂诗馀隽》卷三。

[集评]

谢章铤云：深得《国风·卷耳》之意。（《赌棋山庄词话》卷十一）

存目词

调名	首句	出处	附注
南乡子	晓日压重檐	《彤管遗编后集》卷十二	无名氏词，《乐府雅词拾遗》卷下
烛影摇红	乳燕穿帘	同上	无名氏词，见《草堂诗馀后集》卷下
清平乐	悠悠漾漾	同上	孙道绚或赵彦端词，见《唐宋诸贤绝妙词选》卷十，《宝文雅词》卷四
风中柳	销减芳容	《林下词选》卷三	孙夫人词，见《类编草堂诗馀》卷上

刘鼎臣妻

刘鼎臣妻，生平不详。

鹧鸪天

剪彩花送夫省试

金屋无人夜剪缯[①]，宝钗翻作齿痕轻。临行执手殷勤送，衬取萧郎两鬓青[②]。　听嘱付，好看承。千金不抵此时情。明年宴罢琼林晚，酒面微红相映明。

（《古杭杂记》）

[注释]

①缯(zēng)：古代丝织品总称。　②萧郎：泛指女子所爱的男子。

存目词

调名	首句	出处	附注
临江仙	何处甘泉来席上	《历代诗馀》卷三十八	易少夫人词，见《翰墨大全》后丁集卷十四
临江仙	记得高堂同饮散	同上	易少夫人词，见《彤管遗编后集》卷十二

张任国

张任国，字师圣，永福（今广西永福）人。绍熙元年(1190)进士。其他不详。

柳梢青

挂起招牌。一声喝采，旧店新开。熟事孩儿，家怀老子，毕竟招财。　　当初合下安排[①]，又不豪门买呆[②]。自古道、正身替代，见任添差[③]。　　（《古杭杂记》）

[注释]

①合：应该。　②买呆：装傻。　③见任：现任。

福建士子

福建士子，生平不详。

卜算子

月上小楼西，鸡唱霜天晓。泪眼相看话别时，把定纤纤手[①]。　　伊道不忘人[②]，伊却都忘了。我若无情似你时，瞒不得、桥头柳。（《古杭杂记》诗集卷三）

[注释]

①纤手：女子的手。　②伊：他。

钟辰翁

钟辰翁，号容斋，生平不详。

水调歌头

寿何帅[1]

某伏以天佑皇朝，龙虎叶千龄之运；时生人杰，麒麟开六月之祥。垂弧在辰，属部胥庆。共惟某官德钟清粹，气备中和。暂借鸿名，特欲重元戎之寄；伫来凤诏，促归充左辖之虚。属初度之载临，开华年而有永。某误蒙眷予，倍切欢愉。持南丰一瓣之香，归依已切；效东鲁三寿之祝，祈颂难穷。仰冀台慈，俯赐电览。某下情无任善颂之至

皜皜一何洁[2]，更暴以秋阳[3]。秋毫尘滓、如何涴得这肝肠。况对金风初度，酌彼银河净浴，六月凛冰霜。精白生来别，日月许争光。　清明朝，清要路，遍流芳。澄清闽峤[4]，姑命申伯式南邦[5]。洗得甲兵静了，去作诗书元帅，却入相吾皇。清问同天老[6]，俾尔寿而昌。

（《截江网》卷四）

[注释]

①何帅：何琮。端平元年（1234）任福建转运使知福州。见吴廷燮《南宋制抚年表》。　②皜皜（hào）：白洁。　③暴（pù）：晒。　④闽峤：闽岭，指福建一带。　⑤申伯：即辅佐周室的申侯甫。见《诗经·大雅·崧高》“维岳降神，生甫及申”。　⑥清问：犹清誉、美名。　同天老：与天长久。

齐天乐

寿谢丞

南墙槐竹风摇翠。欢声为谁吹起[1]。水秀龟神，松清鹤健[2]，人在蓬壶深处。金猊喷雾[3]。睹鬓雪青归，脸霞红驻。一点寿星，分明光照梅花树。　三年冰蘖清苦[4]。这长生富贵，天应分付。经阅黄庭，鼎烹丹井，心事淡然如水。东山霖雨。正出洗太虚[5]，未容别墅。紫诏飞来[6]，玉堂锵步武[7]。　（《翰墨大全》丙集卷十三）

[注释]

①唐氏按："声"原误作"击"，从一百二十七卷本。　②"水秀"二句：言谢丞精神如龟鹤松水一样清秀健旺。　③金猊：香炉的一种。炉盖作狻猊形，空腹。　④冰蘖(bò)：黄檗，味苦而大寒如冰。比喻寒苦的生活或处境。　⑤太虚：指天空。　⑥紫诏：指诏书。古时诏书的封袋用紫泥封袋，上面盖印，故称。　⑦玉堂：汉代殿名，后指清要官署。　步武：行走。

萧仲芮

萧仲芮,生平不详。

沁园春

寿春陵史君叔[①]

五马南来[②],一骑东驰,诏黄已催[③]。正寻幽择胜,闲边点检,吟风弄月,忙处徘徊。玉井莲房[④],碧筒酒熟,趁得长年千岁杯。杯浮处,正芒寒南极[⑤],色映三台[⑥]。
明光殿北屏门[⑦],记御笔亲题名姓来。看河东召入,韩侯归觐[⑧],通班玉笋[⑨],稳上鸾台。作汉元功[⑩],继唐八叶[⑪],绿鬓依然昼绣回。安排了,待秋风先看,双桂联魁。

(《截江网》卷五)

[注释]

①春陵:湖南宁远古称春陵。 ②五马:指太守。汉乐府《陌上桑》:“使君从南来,五马立踟蹰。” ③诏黄:即诏书。 ④玉井:井的美称。 ⑤南极:指南极老人星,旧说该星掌管长寿,后常为祝长寿语。 ⑥三台:古星名。古代以星象征人事,故又指三公。 ⑦明光殿:汉宫殿名,建于汉太初四年秋。 明光:又常借指蓬莱宫,或泛指宫殿。 ⑧韩侯:未详。 ⑨玉笋:贤俊集中处叫玉笋班。 ⑩元功:大功勋,如霍光等称元功。 ⑪八叶:八世蝉联高官。

存目词

唐氏按:本书(今按:指《全宋词》)初版卷二百八十一另收有萧仲芮《沁园春》“笑问鸥盟”一首,据所引《截江网》卷五原书,乃萧钟昮作。

陈士豪

陈士豪，生平不详。

沁园春

寿胡守

把酒西湖，问梅一笑[①]，为谁试花。有淡庵人品[②]，精忠许国，文昌地位[③]，清白传家。鸾检封芝[④]，麟符剖竹[⑤]，立马嘶风催戍瓜[⑥]。从今好，听夜郎江上，谯鼓喧村。
雌堂玉暖吴娃[⑦]。向燕寝香中早放衙。但一麾十里，风清画戟，五溪六诏、云拥高牙[⑧]。褒玺疏荣，锋车趣召[⑨]，万寿杯中色翠霞。何须更，问武陵玉肩，勾漏丹砂[⑩]。

（《截江网》卷五）

［注释］

①问梅：指在杭州西湖孤山寻梅。孤山上有林逋植的梅。 ②淡庵：胡铨字邦衡，号淡庵。曾上疏请诛秦桧，直声满天下。 ③文昌：星名，共六星，其二曰次将，主正左右。褒正弹邪为其职责。 ④鸾检：鸾书。指朝廷诏命。 封芝：印泥。此谓加印的诏书。 ⑤剖竹：指出任地方长官，古以剖竹为信。 ⑥戍瓜：派出戍守边界，瓜熟时轮换，曰戍瓜。 ⑦雌堂：后堂。女子居处。 ⑧高牙：大将的牙旗。 ⑨锋车：快车。 ⑩勾漏：山名，在广西北流。产丹砂。葛洪炼丹之地。

赵通判

赵通判，生平不详。

沁园春

寿太守李宗丞

贺白文章[①]，英卫规模[②]，簪缨世家。更襟怀芳润，光风霁月，笔端奇伟，春藻天葩[③]。课最严城[④]，升班清禁，蔽芾棠阴人竞夸[⑤]。争知道，富恩波衮衮，万顷无涯。　清辉庭桂方花，映潋滟仙杯浮紫霞。庆云龙风虎，明良际会[⑥]，鸿勋骏业，重叠辉华。寿挹南峰，福迎庐水，未羡还丹九转砂。从此去，看腰黄眼赤[⑦]，迤逦堤沙。

（《截江网》卷五）

［注释］

①贺白：指贺知章、李白。　②英卫：唐李勣封英国公，李靖封卫国公。　③春藻：春草。　天葩：天花。　④课最：考核为第一，曰课最。　⑤蔽芾：高官礼服。　棠阴：美政为人怀念。见《诗经·召南·甘棠》。　⑥明良：明主良臣。　⑦腰黄眼赤：谓在朝做高官。旧制：入两府则朱衣引马，金带悬鱼。故有"眼前何日赤，腰带几时黄"之谓。见《翰林故事》。

赵汝恂

赵汝恂，宋朝宗室，生平不详。

念奴娇

寿萧守

萧守六月九日生。其时购得石曼卿书寿字碑[①]，挂于厅壁，乃景祐五年六月九日书，月日恰同，用以为意

金塘瑞溢，爱琉璃十顷，风漪摇碧。玉女三千擎翠盖[②]，簇拥芙蓉仙伯。鸾鹤回翔，龙蛇飞动，醉墨挥仙笔[③]。磨崖书寿，分明知是今日。　应为今日生申[④]，银钩照坐，光满图书壁。竹马儿童传好语，小住湖山开国。玉玺成文，金莲赐对，剑履登玄石[⑤]。丹砂九转，功成依旧头黑。

（《截江网》卷五）

[注释]

①石曼卿：石延年字曼卿。北宋文学家。传死后为芙蓉城仙伯。　②玉女：仙女。　③仙笔：指石曼卿所书。　④生申：源出《诗经·大雅·崧高》，原指四岳神灵下降，使甫侯、申伯出生，辅佐周室。后表示有贤德才智的辅国大臣。多为颂祝之词。　⑤剑履登玄石：即剑履上殿之意。古有特大功勋者如萧何、曹操，可剑履上殿奏事。

石　麟

石麟,生平不详。

贺新凉

寿处州刘守

一骑飞来速。报平山、将颁凤检[1],宠分符竹[2]。自是平淮勋名在[3],姓字屏风纪录。正欲革、潢池风俗[4]。古括久思贤太守,待东山、一起苍生福[5]。唐李段[6],追芳躅[7]。横舟竹下凭青鹿。庆生朝、称觞蔼蔼,履珠簪玉。争奈回溪民望切,计日带牛佩犊。便合早、秣驺脂毂[8]。圣眷处公犹未惬[9],俟朱幡、才下锋车趣。符已兆,台星六[10]。

(《截江网》卷五)

[注释]

①检:指在古代文书封泥上盖印。　凤:指凤篆。　凤检:唐代诏书封好后加盖凤篆字体的印。　②符竹:喻指太守之职。　③平淮:裴度、李愬唐元和年间平定淮西割据,其功甚伟。　④潢池风俗:谓贫民被迫起兵作乱。潢池:池塘。　⑤东山:东晋武帝时宰相谢安,出任前曾隐居会稽东山。后世以东山喻隐居之地。　⑥李段:似为李愬、段文昌。段曾撰《平淮西碑》。　⑦芳躅:高人之踪迹。　⑧秣驺:喂马。　脂毂:给车轴上油。　⑨圣眷:皇上宠信。　未惬:未尽。　⑩台星六:三台,星象,共六星。比喻朝廷高官之三台六卿。

金缕词

寿南楼

欲上南楼寿。记当年、祥占玉燕[1],一阳生候[2]。今数书云犹七日[③]，宫线未添刺绣[④]。便草就、寿词盈袖。合捧金荷称鹤算[⑤]，想华堂、剩醉眉春酒。惭斐句[⑥]，为觞侑[⑦]。功名八稚年方少。自归来、陶庐蒋径[⑧]，菊松为友。轩筑易安栽花药，不坠家声五柳。况满砌、芝兰争秀。岁岁斑斓衣戏处，老人星、一点辉南斗。顾对此，共长久。

[注释]

①玉燕：传说唐张说母梦玉燕而入怀，乃生张说。　②一阳：指农历十一月，冬至节。　③书云：观云以占吉祥。　犹七日：离冬至尚有七天。　④宫线：旧传冬至后日添一线之长度。　⑤金荷：金酒盏。　鹤算：鹤寿长，故云。　⑥斐句：美文。　⑦觞侑：进酒。　觞：酒盏。　⑧蒋径：蒋诩门开三径，只接待高士。

水调歌头[①]

寿

九叶仙茅秀[②]，旬浃一阳生。中山瑞气和暖，融作玉壶春。昨夜洪临跨鹤[③]，翌早绿华骖凤[④]，今日岳生申[⑤]。须信神仙侣，引从降蓬瀛。　　文中虎，寿中鹤，酒中鲸。一门盛事相继，桥梓奋鹏程[⑥]。应羡华堂燕处，许大规摹涵养，大器晚方成。醒后宫花句，伫看赋琼林[⑦]。

[注释]

①此首与前一首中隔无名氏一首，虽云同前，疑非石麟作。　②《全宋词》注：一本作“芽”。　③洪临：似指洪崖仙人。　跨鹤：指骑鹤为仙。④翌(yì)早：明日晨。　绿华：仙女萼绿华。　骖凤：犹骖鸾，谓驾鸾飞升，羽化登仙。　⑤生申：表示生了像申侯这样有德有才的辅国大臣。用为祝颂之辞。　岳：指嵩岳。　⑥桥梓：言父子皆大材。见《尚书大传》。⑦伫：一本作“行”。

鹧鸪天

寿逸老堂主人，年八十二

欲寿中山不老仙，寿词更拟办千篇。九蓂日秀尧阶地[①]，五色云祥鲁观天[②]。　吟逸老，醉逃禅。香传丹桂子孙贤。莫言大器韬藏久，犹是梁魁擢第年[③]。

[注释]

①蓂日尧阶：即尧阶蓂荚。唐尧庭前的蓂荚，是古代传说中的瑞草。后用为祝颂之辞。　②鲁观：鲁之灵光殿。　③梁魁：宋梁颢，登状元之第，已八十二岁。

水调歌头

寿致政叔，时又得孙

日暖唐宫绣，云绚鲁台观。九叶仙茅方茂[①]，瑞气霭中山。逸老堂前戏彩，新抱玄孙弥月，红字写眉间。八十庆公寿，添撇更成千。　寿中星，人中杰，酒中仙。功名富贵，事业分付子孙贤。赢得濠梁真乐[②]，剩有陶园佳趣，杖屦日安闲。第恐非熊兆[③]，好事逼新年。

（以上四首《截江网》卷六）

[注释]

①九叶仙茅：仙茅，九叶，又名独茅，服之身轻、延年。　②“赢得濠梁”句：庄子与惠子观鱼濠上，有鱼乐与否之论。　③非熊：文王梦非熊非罴，乃得吕尚。此指诞生伟人。

黄通判

黄通判，生平事迹不详。

满江红

寿太守赵司直

太守风流，管领尽、十分春色。开藩了、万花妆就[1]，舒长化国[2]。太白方观宫锦样，老人又现端门侧。听螺州、千里沸观声[3]，春无极。　龙种贵，蟾宫客。熊轼彦[4]，鱼书直[5]。更精神天赋，寒光停碧。宝箓定膺铜狄数[6]，金樽好按梁州拍[7]。待予环、赤舄映貂蝉，头方黑。

（《截江网》卷五）

[注释]

①开藩：封侯。此指出任州府长官。　②化国：太平治化之国。　③螺州：福州地名。　沸观声："观"当为"欢"字之误。　④熊轼：此写公、侯的车仗级别。　⑤鱼书：鱼符及敕牒。　⑥铜狄：铜铸的人像，亦称金狄。铜狄，传说中五百馀岁之神人，此用以祝寿。　⑦梁州：乐曲名。《杨太真外传》本为"凉州"，宋以后误传为梁州。

高子芳

高子芳，生平事迹不详。

念奴娇[①]

庆朱察推

葱葱佳气，人都道、今日垂弧令旦[②]。怪得欢声如鼎沸，准拟华堂开宴。三虎容仪[③]，二乔态度[④]，争捧金杯劝。瑶池王母，何妨引领仙眷。　况有道骨仙风[⑤]，灵丹秘诀，钟鼎何心恋。却笑玉阶轩冕客，难脱功名羁绊。萧散陶篱[⑥]，徜徉裴野[⑦]，风月堪为伴。拳拳祝颂，寿龄期等龟算。

（《截江网》卷五）

［注释］

①唐氏按：原书调名作《喜迁莺》，今按律改。　②垂弧：即"悬弧"，古礼生了男孩，家人于门左悬挂桑弓。　③句下原注："三子。"　④句下原注："二宠是姊妹。"　⑤句下原注："致仕奉道。"　⑥陶篱：陶渊明的隐居田野。　⑦裴野：唐裴度于洛阳建绿野堂。

菩萨蛮

寿夫人

去年曾祝夫人寿，今岁也又还依旧。鬓绿与颜朱[①]，神仙想不如。　骨相真难老，疑是居蓬岛[②]。那更舞霓裳[③]，笙歌溢画堂。

（《截江网》卷六）

［注释］

①鬓绿：犹说青髮。　②蓬岛：传说中仙岛。　③句下原注："有妾名霓裳。"

萧仲昺

萧仲昺，生平事迹不详。

沁园春[1]

庆宁乡令

笑问鸥盟，所不同心，有如大江[2]。念渊明漫仕，虽轻斗粟[3]，弦歌有得，难慕柴桑。相业流芳，元枢新躅[4]，拈作先生一瓣香。长生酒，仗西风桂子，吹到河阳[5]。　湘江笑绾铜章[6]。便好筑绵州六一堂[7]。看千年辽鹤[8]，重归故里，一船明月，又上潇湘。橐紫翻荷，官黄书诏[9]，不待阴成蔽芾棠[10]。中书考，更侯封酂国[11]，汤沐宁乡[12]。

（《截江网》卷五）

[注释]

①唐氏按：此首本书（今按：指《全宋词》）初版卷二百八十一误作萧仲芮词。　②有如大江：古人发誓语。言如若不诚，有大江为证。　③斗粟：指陶渊明不愿为五斗米折腰事权贵。　④元枢：元老重臣。　新躅：新的业绩。　⑤河阳：今河南孟州之旧称。　⑥绾（wǎn）：系、结。　⑦六一堂：指欧阳修居处。　⑧辽鹤：指丁令威学道于灵虚山，后化鹤归辽的故事。见晋干宝《搜神记》。　⑨黄书诏：即诏书。　⑩芾（fèi）棠：即惠政，同“棠阴”。　⑪酂国：萧何以大功封酂侯。　⑫汤沐：即汤沐邑。天子赐给功臣的食邑封地。

熊德修

熊德修,生平事迹不详。

洞仙歌

庆县宰

洪崖仙裔[①],接武浮丘袂[②]。佩玉长裾下尘世。东寻山水,独抱一琴来锦里[③],不犯人间宫祉[④]。　城山堂宇静,百丈楼高,湖海元龙浩然气。初度启初筵,昼永堂垂,笙鹤铿、轰出云际。问雅乐、何时献三雍[⑤],待汉殿明年,日长风细。

(《截江网》卷五)

[注释]

①洪崖:古仙人。见《神仙传》。　②接武:联接。武:脚步。　浮丘:仙人名。　③锦里:成都地名。　④祉:福。然如文不顺,疑为“徵”之误。　宫徵:乐声也。　⑤三雍:朝廷祭堂。辟雍、明堂、灵台,合称三雍。

范　飞

范飞，生平事迹不详。

满江红

寿东人[①]

律转黄钟，尧蓂尚零星一叶。人尽道、当年此日，诞生豪杰。我是君家门下士，三年屡献阳春雪。更此行、骑鹤上扬州[②]，恩稠叠。　　君有子，文章伯。君有女，夸才色。更风流酝藉，东床佳客[③]。婿祝长生儿祝寿，玉杯举罢金杯接。愿年年、长醉腊前梅，梅梢月。

（《截江网》卷五）

[注释]

①东人：主人。此指恩师。　②骑鹤上扬州：指集富贵成仙于一身。《说郛》载《殷芸小说》："有客相从，各言所志：或愿为扬州刺史，或愿多资财，或愿骑鹤上升，其一人曰：'腰缠十万贯，骑鹤上扬州。'欲兼三者。"　③东床：指女婿。

程和仲

程和仲,生平事迹不详。

沁园春

寿竹林亭长[①]

呼伯雅来[②],满进松精[③],致寿于公。况富矣锦囊,吟边得句,森然武库[④],书里称雄。亭长新封,亩宫雅趣,一笑侯王名位穹。闲官守,任平章批抹[⑤],明月清风。
年年申庆桑蓬。幸至节今晨恰又逢[⑥]。想霭霭其祥,瑞云闿兆[⑦],绵绵之算,线日增红。一段文章,三千功行,名在长生宝箓中[⑧]。人间窄,待骖鸾驾鹤,上祝融峰。

(《截江网》卷六)

[注释]

①唐氏按:此首同卷重出,不著撰人姓氏,题作"生日自寿";《翰墨大全》丙集卷十四亦无撰人姓名,题作"借竹为寿"。 ②伯雅:大酒盏。 ③松精:酒名。 ④武库:形容学问渊博。 ⑤平章批抹:评点与改动。 ⑥今:《全宋词》注,《截江网》重出一首作"令"。 ⑦闿兆:和乐洋洋。 闿:顺。 ⑧宝箓:仙簿。

咏 槐

咏槐，姓名事迹未详。

贺新郎

代寿东屏①

绿长阶蓂九。近黄钟、薰晴爱日②，渐添宫绣。干鹊檐头声声喜③，催与东屏祝寿。怪一点、星明南斗。玉燕当年储瑞气，记垂弧、共醉蓬莱酒。无杰语，为觞侑。
英风耿耿拏云手④。向青春、蟾宫已步，桂香盈袖⑤。却要诗书成麹糵⑥，酝酿锦心绣口。待匣里、青萍雷吼⑦。今日功名乘机会，笑谈间、首入英雄彀⑧。看父子，继蓝绶。

（《截江网》卷六）

[注释]

①唐氏按：此首同卷重出，无撰人姓名，题作"寿东屏"；又见《翰墨大全》丁集卷四，乃十一月初九日寿词，无撰人姓氏，无题。②黄钟：仲冬，十一月。③干鹊：鹊恶湿，故名。④拏云手：操控政治风云的伟人。⑤桂香盈袖：即蟾宫折桂。指科举及第。⑥麹糵（niè）：酒母，也指酒。⑦青萍：宝剑名。⑧英雄彀（gòu）：英才尽在掌控之中。彀：弓箭射到之处。

陈梦协

陈梦协,生平事迹未详。

渡江云

寿妇人集曲名

瑞云浓[①],缥缈弦月当庭,天香满院。玉女传言,把真珠帘卷。拥鹊桥仙,引江城子,拟醉蓬莱宴。吹紫玉箫,唱黄金缕,按拍声声慢。　昼锦堂前,倾杯为寿,祝快活年,应天长远。喜似娘儿,解称人心愿。梦兰蕙芳,种宜男草,丹凤吟非晚。更步蟾宫,宴琼林日,汉宫春暖。

(《截江网》卷六)

[注释]

①瑞云浓:"瑞云浓"以及"月当庭"、"天香"、"传言玉女"、"真珠帘"、"鹊桥仙"、"江城子"、"醉蓬莱"、"紫玉箫"、"黄金缕"、"声声慢"、"昼锦堂"、"倾杯"、"快活年"、"应天长"等等,皆曲调名。此为文字游戏之作。

王　绍

王绍，生平不详。

菩萨蛮

侄寿伯

天正朔旦开新历[①]，吾家伯父长生日。兰玉傍庭阶，称觞特地来。　　后年逢七十，今岁瞻南极。南极寿星宫，分明矍铄翁。

（《截江网》卷六）

［注释］

①朔旦：每月初一。

程节斋

程节斋,生平事迹不详。

清平乐

寿伯母

吾家三母,先后相为寿。管领诸郎尽明秀,都是婺女星宿[1]。　华筵今日居先,适逾甲子周天。敬以庄椿为祝[2],举觞我愿年年。

（《截江网》卷六）

［注释］

①婺女:星名。　②庄椿:本《庄子·逍遥游》“上古有大椿者,以八千岁为春,八千岁为秋”。

木兰花

寿丈母

瑶池开宴后,问甚处、赋蟠桃。有砌底芝兰,涧边蘋藻,淑德方高。闺中秀、林下气,是寻常空委蓬蒿[1]。相映鱼轩黄绶[2],行膺鸾锦金罗。　自惭半子误恩多,所祝意如何。愿台星旁映[3],寿星齐照,乐自陶陶。芝田阆风何在,但从今、岁岁此高歌。敬上一卮为寿,神仙九酝香醪。

（《截江网》卷六）

［注释］

①唐氏按:此句缺一字。　②鱼轩:饰以鱼皮之车,贵妇所用。　黄绶:黄色印绶。官人佩饰。　③台星:位居三公的贵人。

沁园春

贺新冠

髧彼两髦[①]，未几见兮，突而弁兮[②]。记昔年犀玉，奇资秀质，今朝簪佩，丰颊修眉。满面春风，一团和气，发露胸中书与诗。人都羡，是君家驹子，天上麟儿。　画堂人物熙熙，会簪履雍容举庆宜。看筮日礼宾[③]，陈钟列俎[④]，三加致祝，一献成仪。绿鬓貂蝉，朱颜豸角[⑤]，早有君臣庆会期。荣冠带，看绶悬若若[⑥]，印佩累累。

（《翰墨大全》乙集卷三）

[注释]

①髧(dàn)彼两髦：指长髪下垂。《诗经·鄘风·柏舟》："髧彼两髦。"　②弁：古代贵族的一种帽子。　③筮(shì)：用蓍草占卦为筮。此指占卦问吉凶。　④列俎：摆宴席。俎，本指祭祀时盛牛羊肉的礼器。　⑤豸(zhì)角：即豸冠，古代执法者戴的帽子，又称"獬豸冠"。　⑥若若：长而下垂貌。

水调歌头

括坡诗

秋色正潇洒，佳气夜充闾[①]。人传好语，君家门左正垂弧。毕万从来有后[②]，释氏果然抱送，丹穴凤生雏。未作汤饼客[③]，先写弄獐书[④]。　参军妇[⑤]，贤相敌，古来无。钟奇毓秀，应是积善庆之馀。想见珠庭玉角，表表出群英物，我已预知渠。他日容相顾，啼看定何如。

[注释]

①充闾：光大门间。　②毕万：春秋时晋国大夫，封于魏，其后人与

韩、赵三分晋国。 ③汤饼:即今面条。 ④弄獐书:苏轼诗曰“甚欲去为汤饼客,惟愁错写弄獐书”。嘲笑李林甫错写“闻有弄獐之庆”(应为“弄璋”)。 ⑤参军妇:王浑妻钟琰生济,甚佳,浑赞之。琰曰:“若使新妇得配参军,生子故不止此”。参军,指浑弟王沦。见《晋书·烈女传》。

沁园春

庆舍弟生子

自古人言,庆在子孙,端有由来。看长庚孕李[①],昴星佐汉[②],福从人召,瑞自天开。曾忆当年,乃翁熊梦[③],岂在区区春祀禖[④]。只凭个、仁心积累,厚德栽培。 天工信巧安排,试说与君当一笑哉。记年时此际,嗷嗷万口,俾之粒食[⑤],活及婴孩。岁始星周,事还好在,故遣麒麟出此胎。何须问,是兴宗必矣,业广基恢[⑥]。

(以上二首见《翰墨大全》丙集卷三)

[注释]

①长庚孕李:李白的母亲梦见长庚星而生李白。后以喻非凡之人降生。见李阳冰《唐翰林李太白诗序》。 ②昴星:二十八宿之一。相传佐汉之萧何,为昴星降生。 ③熊梦:为祝人生子的吉祥语。《诗经·小雅·斯干》:“吉梦维何?维熊维罴,男子之祥。” ④禖(méi):管子嗣之神。 ⑤俾(bǐ):使。 ⑥恢:广大。

沁园春

寿许宰 二月初一

三百篇诗,三十六篇,以祈寿言。惟上天所佑,锡之君子[①],中心岂弟[②],盖有仁存。允矣我公,韦平世胄[③],学问于兹有本原。临民处,看精神秋彻,气宇春温。 由来淑景中分，第一日桑弧挂左门。是赋受不凡，仁而宜寿，笑渠谄子，徒费辞繁。命匪在天，算非由数，我只把公心地论。从今去，管亟登槐棘[4]，福遍乾坤。

（《翰墨大全》丁集卷二）

[注释]

①锡：赐。 ②岂弟：即恺悌，和乐平易。 ③韦平：韦贤、韦玄成与平当、平晏父子相继相汉。 ④槐棘：周时朝廷种三槐九棘，朝会时公卿大夫分别位于槐棘下。后遂以指三公等辅弼大臣。

木兰花慢

八月初四

西风吹昨梦，直飞上、广寒宫。见绛节霓旌[1]，常娥延伫，玉立双童。殷勤桂枝分付，却为言、当日有仙翁。谪堕人间几载，只今恰挂桑蓬[2]。 佳音未返碧楼空，青鸟耗难通[3]。闻洞府已成，南州占断，皓月光风。前期十日佳席，倩一言、为写此清衷。三岛十洲佳致，奈何携近尘笼。

（《翰墨大全》丁集卷三）

[注释]

①绛节霓旌：指上天仙界的霞彩旗帜。 ②桑蓬：即“桑弧蓬矢”。以蓬草为矢，桑木为弓。射天地四方，以表志在四方之意。后用为男子出生的典故。 ③耗：信、音耗。

水调歌头

题角觝人障[1]

养气兼养勇，岂不丈夫哉。何人刚欲鬥力，谩向此间来。莫论施身文绣[2],看取兼人胆谅[3],胸次尽嵬嵬。独步登坛后,诸子尽舆台。　笑渠侬,身贲育[4],仗婴孩。虚娇自恃,未识金德木鸡才。始也旁观退听,少则直前交臂,智与力俱摧。世有赏音者,为唱凯歌回。

[注释]

①角觝(zhì):秦汉时一种体育活动。大约同现代的“摔跤”相似。 ②施身:全身布满。 ③胆谅:胆量。 谅:通“量”。 ④贲育:指战国时勇士孟贲(bēn)和夏育。后泛称勇士。

水调歌头

题弩社头筹簇[1]

都尉部千弩,旧事汉材官[2]。连拳一臂三石[3],夜半破阴山[4]。曾使中有扪足[5],造次摧坚挫锐,分白辱宠涓[6]。省括一机耳[7],人未识黄间[8]。　锦为标,虽有戏,技为难。疾飞两箭,兄弟齐夺姓名还。虎帐有筹第一,龙榜预占双捷,底事足荣观。未数蹶张辈[9],容易立朝端。

(以上二首见《翰墨大全》壬集卷十六)

[注释]

①弩(nǔ)社:射箭的团体。 头筹:第一名。 簇:箭头。 ②材官:武官。 ③石:百二十斤为一石。 一臂三石:言拉弓有三百六十斤之力。 ④阴山:河套以北大青山一带。 ⑤扪足:刘邦胸部中箭,乃扪足诡称“虏伤吾足”以掩饰之。《史记·高祖本纪》。 ⑥“分白”句:孙膑伏兵马陵斫树白而书曰“庞涓死此树下”。涓夜至,齐伏兵万弩俱发。涓败自尽。“宠”涓当为“庞”涓之讹。 ⑦省:视。 括:箭的末端。 机:发箭的机关。 ⑧黄间:弩名。 ⑨蹶张:以足踏弩,使之张开。

张仲殊

张仲殊，妇人，馀不详。唐圭璋按僧仲殊亦称张仲殊，当非此人。

步蟾宫

妻寿夫

笙歌喜庆争催晓，篆烟舞、龙鸾缥缈[①]。香罗上、不画寿仙人，献一段、长生寿草。　一心一意同欢笑，两心事、卒难得了。教传语、天上太白星[②]，剩借取、几千年好。

（《截江网》卷六）

［注释］

①篆烟：指香烟拂动如篆字。　②太白星：即长庚星。

吴　氏

吴氏，生平不详。

好事近

妻寿夫

腊近渐知春，已有早梅堪折。况是诞辰佳宴，拥笙簧罗列。　　玉杯休惜十分斟，金炉更频爇。连理愿同千岁[①]，看蟠桃重结。　（《截江网》卷六）

[注释]

①连理：喻夫妻相偕。

吴编修

吴编修，当是翰林院编修，其他不详。

贺新凉

自寿

出处男儿事。甚从前、说著渊明，放高头地。点检柴桑无剩粟，未肯低头为米。算此事、非难非易。三十年间如昨日，秀才瞒[①]、撰到专城贵[②]。饱共暖，已不翅[③]。
旁人问我归耶未。数痴年、平头六十，更须三岁。把似如今高一著，更好闻鸡禁市。总不似、长伸脚睡。六月荷风芗州路[④]，北螺山、别是般滋味[⑤]。今不去，视江水。

（《截江网》卷六）

[注释]

①瞒：宋元口语，同“们”。 ②专城：太守官职。 ③不翅：不止，不仅。 ④芗州：江西吉安地名。 ⑤北螺山：即吉安螺山。

八声甘州

吴编修解任

系酒船、夜入古江楼，浑莫辨西东。叹从前眼底，一丁不识，四海曾空。老去休休莫莫，谁识旧元龙[①]。尚解被襟去[②]，赋大王雄[③]。　　回首演仙高处[④]，问赤松无恙，舍子何从。便不然学稼，犹有相牛翁。小婆娑、东家故舍，也著侬、四下二之中。芗州外，溪风山月，鸥鹭盟同。

[注释]

①元龙:即陈登,字元龙。三国时人,有文武胆略。后借指有文武胆略的湖海之士。 ②披襟:解开衣襟,任风吹拂。 ③大王雄:大王之雄风。见宋玉《风赋》。 ④演仙:黄裳字演仙。元丰进士第一。

摸鱼儿

同 上

予何人、此何时节,驾言我欲行志[①]。青原煮豆然萁后,谁豢龙蛇赤子[②]。心为碎。宽底是、翻疑又怕严底是。吾方左计[③]。冷眼别人看,畏首畏尾,身复尚馀几。

陶元亮,自古真奇男子。督邮尚若人耳。秋风一曲柴桑路,新秫炊香正美。黄鹄起。见说道、山光潭影皆欢喜。晴窗静倚。还我向来高,仙人羽客[④],别有一天地。

(以上二首《翰墨大全》庚集卷十五)

[注释]

①驾言:驾车出游。 言:语助。 ②谁豢:谁来养育。 ③左计:失策。 ④羽客:道士。

赵龙图

赵龙图，曾任龙图直学士，其他不详。

念奴娇[①]

吾今老矣，好归来、了取青山活计。甲子一周馀半纪，谙尽人间物理。婚嫁随缘，田舍粗给，知足生惭愧。心田安逸，自然绰有馀地。　还是初度来临[②]，葛巾野服[③]，不减貂蝉贵。门外风波烟浪恶，我已收心无累。弟劝兄酬，儿歌女舞，落得醺醺醉。满堂一笑，大家百二十岁。

（《截江网》卷六）

［注释］

①唐氏按：此首别误作赵彦端词，见金绳武本《花草粹编》卷二十。　②初度：生日。　③葛巾：葛布头巾，一种便帽。

存目词

本书（今按：指《全宋词》）初版卷二百八十二引《截江网》卷六载赵龙图《满庭芳》"老子今年"一首，按《截江网》卷六原书，此首无撰人姓名，题"曹安抚寿妻"，盖曹彦约词。

竹林亭长

竹林亭长，生平事迹不详。

沁园春

自　寿

自笑生身，历事以来，垂六十年。今浮湛闾里[①]，半非识面，交游朋友，各色华颠。富贵不来，少年已去，空见悠悠岁月迁。虽然是，只壮心一点，犹自依然。　新阳又长天边，人指似山间诗酒仙。算胸次崔嵬，不胜百榼[②]，笔端枯槁，难足千篇。隐几杖藜[③]，相耕听诵，聊看诸郎相后先。馀何□，但读书煮茗，日晏高眠。

（《截江网》卷六）

［注释］

①浮湛（chén）：即浮沉之意。　②榼（kē）：古代盛酒或贮水的器具。　③隐几：倚着几案打瞌睡。　杖藜：扶藜杖散步。

杨樵云

杨樵云，涂川（今属江西）人。其他不详。

满庭芳

影

只道空烟，又疑流水，依依却是行云。了然相对，又是梦纷纭。半面春风图画，黄金在、难铸昭君[①]。溪桥断，梅花晴雪，端的白三分。　真真[②]，难唤醒。三年抽藕，织得榴裙。甚徘徊窥镜，交翼鸾文。一片飞花来去，并刀快、剪取晴纹。无情处，分明著眼，强半带春醺。

[注释]

①昭君：即王昭君。　②真真：传为画中仙女，口呼百日可活。见《松窗杂记》。

水龙吟

梦

多情不在分明，绣窗日日花阴午。依依云絮，溶溶香雪，觑他寻路[①]。一滴东风，怎生消得，翠苞红栩。被疏钟敲断，流莺唤起，但长记、弓弯舞。　定是相思入骨，到如今、月痕同醉。教人枉了，若还真个，匆匆如此。全未惺松，缬纹生眼[②]，胡床犹据[③]。算从前、总是无凭，待说与、如何寄。

［注释］

①觑（qù）：窥伺。 ②缬（xié）：眼花时所见的星星点点。 ③胡床：可折叠的躺椅。

小楼连苑

梅

一枝斜堕墙腰，向人颤袅如相媚。是谁剪取，断云零玉[①]，轻轻妆缀。不是幽人，如何能到，水边沙际。又匆匆过了，春风半面，尽长把、重门闭。 只管相思成梦，道无情、又关乡意[②]。苍苔半亩，如今已是，鹿胎田地[③]。甚欲追陪，却嫌花下，翠环解语[④]。待何时月转，幽房醉了，不教归去。

（以上元《草堂诗馀》卷中）

［注释］

①断云零玉：形容白色梅花。 ②关乡意：惦念故乡。 ③鹿胎：葱之别名。 ④翠环：即翠鬟。此指化作翠禽的梅花仙子。见《尚友录》。

刘应雄

刘应雄，号青原，西昌（今江西泰和县西）人。其他不详。

木兰花慢

元夕郡侯邀赋

梅妆堪点额[①]，觉残雪、未全消。忽春递南枝，小窗明透，渐褪寒骄。天公似怜人意，便挽回、和气做元宵。太守公家事了，何妨银烛高烧。　旋开铁锁粲星桥。快灯市、客相邀。且同乐时平，唱弹弦索，对舞纤腰。传柑记陪佳宴[②]，待说来、须更换金貂[③]。只恐出关人早[④]，鸡鸣又报趣朝[⑤]。（元《草堂诗馀》卷中）

[注释]

①梅妆：用南朝刘宋寿阳公主睡于庭，有梅落额，洗之不去为梅花妆故事。　②传柑：宋时元宵，宫中宴近臣贵戚，赠以黄柑。　③换金貂：指金貂换酒事。此多比喻旧时文人的狂放不羁。典出《晋书·阮孚传》。　金貂：古代侍从贵臣的冠饰。　④出关：出函谷关。鸡鸣开关，古之定制。　⑤趣：《全宋词》注，《词学丛书》本元《草堂诗馀》作“趋”。

曾 隶

曾隶,号横舟。其他不详。

锁窗寒

帘 下

绣额云横,银钩月小,绿杨庭院。疏明满幅,永昼未忺高卷[①]。爱空纹、巧匀曲波,弄晴日色花阴转。任筛金影碎,轻敲檐玉,碍双飞燕。　　凝见。窗留篆影,六曲雕阑,翠深绛浅。香风暗度,不隔娇松莺啭。似无情、重雾下垂,嫩桃想像添笑脸。望瑶阶、窣地双鸳[②],注盼金莲远。

(元《草堂诗馀》卷中)

[注释]

①忺(xiān):适意、高兴。 ②双鸳:指女子绣鞋。

黄水村

黄水村，宜春（今江西宜春）人。其他不详。

解连环

春 梦

凤楼倚倦。正海棠睡足[①]，锦香衾软。似不似、雾阁云窗，拥绝妙灵君[②]，霎时曾见。屏里吴山，又依约、兽环半掩[③]。到教人觑了，非假非真，一种春怨。 游丝落花满院。料当时、错怪杏梁归燕。记得栩栩多情，似蝴蝶飞来，扑翻轻扇。偷眼帘帷，早不见、画眉人面。但凝红生半脸，枕痕一线。 （元《草堂诗馀》卷中）

［注释］

①海棠睡足：《明皇杂录》言唐明皇说酒醉未醒的杨贵妃是没有睡足的海棠。此泛指女子貌美。 ②灵君：代指仙女。 ③兽环：旧时大门环，多刻成兽形。此指大门。

姜个翁

姜个翁,清江(今江西清江)人。其他不详。

霓裳中序第一

春晚旅寓

园林罢组织[1],树树东风翠云滴。草满旧家行迹。时听得声声,晓莺如觅。愁红半湿。煞憔悴、墙根堪惜。可念我、飘零如此,一地送岑寂[2]。　龟石[3],当年第一。也似老、人间风日。馀葩选甚颜色。羞撚江南,断肠词笔。留春浑未得。翻些入、啼鹃夜泣。清江晚,绿杨归思,隔岸数峰出。

(元《草堂诗馀》卷中)

[注释]

①"园林"句:形容已无繁华似绣的春色了。　②岑寂:寂静、寂寞。　③龟石:其地非一。苏州远公庵下龟石尤有名。